Personen, außer historischen Persönlichkeiten, in diesem Roman sind frei erfunden. Jede Ähnlichkeit mit einer verstorbenen oder lebenden Person ist rein zufällig.

Autor

1942 geboren und aufgewachsen in einer kleinen Stadt Pakokku in Mittelburma, reiste er 1962 nach Erhalt des Auslandsstipendiums in die DDR ein, studierte Physik an der TH Magdeburg. Nach Promotion kehrte er 1974 nach Burma zurück und arbeitete im Forschung-Institut CRO. Er verließ 1977 Burma. 1978 bis 1985 arbeitete er an der Frankfurter Universität. Danach war er bis zu seiner Pensionierung im Luftfrachttransport beschäftigt. Seine Erlebnisse unter der Militärdiktatur in Burma verarbeitete er in seinem vorliegenden Debütroman.

TROPFEN DES MONSUNS

Roman

Maung Thaunglay Hokari

8. Überarbeitete Ausgabe

©2013-2014 Maung Thaunglay Hokari
Arheilger Str. 26, 64390 Erzhausen

Schriftart: Gramond 10

Herstellung und Druck:

Amazon Distribution GmbH, Leipzig
Covergestaltung: Marina Hokari und Thaung Lin

Alle Rechte Vorbehalten

ISBN-13: 978-1499218503
ISBN-10: 1499218508

Meinen Freunden gewidmet

INHALT

ERSTER TEIL

Der Abschied ...	1
Die Erinnerung und danach	18
Ko Phone Myint, der Nachbar der ehrbaren Witwe	48
Die Staatsdame Khin May Than	65
Phru und seine Kameraden	83
Silhouette einer Familie (1)	102
Silhouette einer Familie (2)	127
Das Begräbnis U Thants	144
Charlie Cho und seine Freunde	173
Phru und Ahmu	188
Metamorphose des Diktators General Ne Win	200
Der ehrwürdige Brahmane Dr. San Tint	253
Die lodernde Flamme	271
Der bittersüße Traum des Jünglings San Thein	298
Die Blüten des schneeweißen Jasmins	318
Der Despot auf dem Thron	341

ZWEITER TEIL

Unter den Zweigen des Tamarpin (1)	359
Unter den Zweigen des Tamarpin (2)	425
Das Vermächtnis eines Anständigen	483
Der Weg ins Ungewisse	526

DRITTER TEIL

Durch Wälder und über Berge	532
Mae Sot	560
Lebt wohl Freunde, lebt wohl	591
Wichtige Personen im Roman	623
Glossar	627
Nachwort	629

ERSTER TEIL

Der Abschied

Jetzt marschieren wir nur noch vorwärts, von nun an gibt es keine Rückkehr mehr, bemerkte Thaung Htin nachdenklich. Dies notierte er mit einem Kugelschreiber in seinem Tagebuch: Es war 6 Uhr am Morgen, den 1. August 1977. Weder das Gefühl des Frohseins noch der inneren Betrübnis spürte er in seiner Seele, als er sich über die bevorstehende, lange, ungewisse Reise eine allererste Bemerkung erlaubte. Der ganze Himmel spannte sich ins Tiefblau, soweit das Auge reichte. Die rosaroten Strahlen der Morgensonne, die noch hinter dem Horizont im tiefen Schlummer zu sein schien, tasteten sich unsicher, langsam heran und säumten die hängenden Wolken am östlichen Himmel. Das ganze Umland mit Reisfeldern erstreckte sich nach Osten und Süden einige Kilometer weit, bis das dichte Buschwerk ihnen Einhalt gebot, hier und da einsam in die Höhen sich emporreckende Kokosnussbäume, beladen mit schweren Früchten, zwischen den einzelnen Reisfeldern. Der Monsun aus Südwesten, der während dieser Jahreszeit über das Küstengebiet von Burma ständig hinwegfegte und das ganze Land mit schwerem Regen überzog, enttarnte sich seltsamerweise an diesem Morgengrauen als harmlose frische Brise. Am Horizont im Osten erhob sich eine Kette von Bergen, umhüllt von dem ewig grünen Gewand des dichten Urwaldes, der sich zwischen Burma und Thailand hinzog. Da, hinter diesen Bergen und Urwäldern sollte die thailändische Grenzstadt Mae Sot sein; dahin wollten sie auf einen Fußmarsch durch Dschungel und über Berge, das würde viereinhalb Tage dauern.

Von der burmesischen Hafenstadt Moulmein bis Mae Sot gab es eine gut ausgebaute Landstraße, hier fuhren derweil ausschließlich Militärfahrzeuge der burmesischen Armee. Für Thaung Htin und seine Reisekumpane wäre dies das sichere Ende ihrer Reise auf dieser gut ausgebauten Landstraße, denn auf sie warteten hier nur noch Verlust von Hab und Gut, Zwangsverschleppung durch das Militär und am Ende sogar der Tod. Angesichts dieses Umstandes vermieden sie jegliche Nähe zu dieser Straße und schlugen diesen beschwerlichen Umweg durch den Urwald ein. Nach Verlassen des kleinen Dorfes folgten sie zuerst einem Feldweg neben den Reisfeldern nach Osten. Auf der anderen Seite des Weges dicht nebeneinander standen die buntfarbigen Gebüsche aus Sternwinden mit orangefarbenen Blüten, Knöterichgewächse mit langen rankenden Schlingen, deren Spitzen korallenrosafarbige Blüten trugen, und Langfadengewächse, die sich um zahllose

Dornhecken rankten. An manchen Stellen vermengten sich einige Gattungen der Bougainvillea mit rosaroten und lilafarbigen zarten Blüten miteinander und überdachten das Dickicht wie eine Krone. Dahinter reihten sich Bambusstämme dicht nebeneinander, als wollten sie eine undurchdringliche Mauer errichten. Je mehr sie sich schnellen Schrittes nach Osten bewegten, um so mehr rückte das kleine Dorf in die Ferne, Bambushäuser wurden kleiner und verschmolzen allmählich unter dem grünen Dach, am Ende wurde es vollständig verschluckt von grünem Geäst und dichtem Gestrüpp.

Von einem kleinen Dorf namens Chaungnitkya aus, wo sie gestern im Hause von Mama Khine, einer Mittdreißigerin, die hier seit ihrer Geburt lebte, übernachtet hatten, begann Thaung Htins Reise zusammen mit fünf anderen Personen. Jeder war ausgestattet mit Gummisandalen und Strohhut von etwa sechzig Zentimeter Durchmesser, der aus Bambusschalen zusammen geflochten und absolut wasserdicht war. Um sich gegen den Monsunregen, der auf die in seine Ungnade Geratenen nicht nur von oben, sondern auch von jeglichen Seiten her mit schweren Regentropfen einpeitschte, zu schützen, wurde von jedem ein Umhang aus Plastikfolie über den Schultern getragen, der bis zur Kniehöhe reichte und damit den ganzen Körper umhüllte. Einen kleinen Rucksack, gefüllt mit dem Allernotwendigsten wie Hemd, Unterwäsche, Handtuch, Hose und einer Decke aus leichter Baumwolle, trug jeder auf dem Rücken. Aus Rangun waren mit ihm drei Personen mit dem Zug bis Moulmein gekommen, von da aus mussten sie per Lastwagen weiter. Die Landstraße führte in südlicher Richtung, überquerte etliche Kautschukfelder bis zu einer kleinen Stadt namens Mudon. Von dort aus schlug sie sich durch eine flache Ebene nach Südosten, wo mal mit Wasser gefluete, ausgedehnte Reisfelder, mal mit einer von Schilfrohr und Binsen übersäten Buschlandschaft, zerschnitten durch lehmige Bäche, bewachsen mit gabelig verzweigten Nipapalmen und zahlreichen Sumpfpflanzen wie Wasserhyazinthe, Weiher und Teiche dominierten. Hier endete die befahrbare Landstraße bei dem kleinen Dorf Chaungnitkya, ungefähr 75 Kilometer südöstlich von Moulmein.

Aus dem Dorf stießen noch drei Personen hinzu. Alle außer diesem jungen Mann Thaung Htin fuhren nach Thailand, um ihre Ware – Jade -, die sie sich in Rangun oder in Oberburma käuflich erworben hatten, in der thailändischen Grenzstadt Mae Sot mit Gewinn verkaufen zu können. Seitdem Burma ab 1962 von der Militärjunta diktatorisch regiert wurde, waren alle Produktionsstätten und Handelsunternehmen bis auf kleine Privatläden verstaatlicht worden. Alles gehörte dem Volk, so lautete die offizielle Losung des Militärs, in Wahrheit jedoch gehörte alles nur einigen Militäreliten und deren Günstlingen. Das ganze Land war eine Versorgungsquelle für sie allein. Die Wirtschaft des Landes war im Laufe der Militärdiktatur vollständig zum Erliegen gekommen. Der burmesische Weg zum Sozialismus - ein für Eigennutz zusammengezimmertes politisches Programm - führte zur Verelendung der gesamten Bevölkerung. Um die unzufriedenen Bürger ständig lückenlos unter Kontrolle zu halten, wurden riesige Apparate wie Geheimpolizei und Sicherheitsorgane geschaffen und Spitzelinformanten überall im Lande eingesetzt. Politisch Andersdenkende wurden nicht geduldet, sie wurden eingeschüchtert, gefoltert, eingekerkert, oft jahrelang ohne Prozess. Das einzige Gesetz, was in diesem Lande dauernd Anwendung fand, war Kriegsrecht. Die wahre Politik des burmesischen Militärs war einzig und allein skrupelloser Machterhalt. Etliche Politiker und Minister der demokratisch gewählten vorherigen Regierung flüchteten ins Ausland und organisierten aus dem thailändischen Grenzgebiet den Widerstand gegen die Militärherrschaft. Der normale Bürger war nur noch damit beschäftigt, wie er unter den ständig steigenden Preisen - Ergebnis der verfehlten Politik und Kommandowirtschaft - am nächsten Tag sein nacktes Leben durchbringen musste.

Einfache Militäroffiziere oder Soldaten, die ihre Pflichten gewissenhaft taten und dennoch über keine Verbindung zu den Spitzenmachthabern verfügten, mussten ein ebenso elendes Dasein führen wie die einfache Bevölkerung. Was vorher normaler freier Handel war, Kauf und Verkauf von Waren und Dienstleistungen, wodurch Warenströme auf dem ganzen Land am effektivsten geregelt und Preisstabilität gesichert, Lohn und Arbeit für Millionen Menschen im Lande geschaffen wurden, war plötzlich unter der Militärherrschaft Schwarzhandel geworden. Die verstaatlichten Betriebe unter Führung der Uniformierten verloren Produktivität und beendeten schließlich ihr kümmerliches Dasein als Ruine. Die staatlichen Läden sollten die Bevölkerung mit Bedarfsgütern versorgen, stattdessen wanderten jedoch die Waren meist unter den Händen der Funktionäre zu den blühenden Schwarzmärkten. Weil der Handel mit Jade und Edelsteinen für normale Bürger durch die Militärregierung verboten war, währenddessen das Militär im Namen des Staatsmonopols in großem Stil mit dem Ausland Edelsteinhandel betrieb und die Erlöse stets in dunklen Kanälen verschwanden, blieb für normale Händler keine andere Wahl mehr übrig, als die Waren bis nach Thailand zu bringen und dort zu verkaufen. Wenn ein Mensch seines Lebensunterhaltes beraubt wird, wodurch er sein ganzes Leben lang seine Existenz ehrlich bestreitet, bleibt ihm keine Wahl, als die geltenden Gesetze zu übertreten. Denn diese Gesetze basieren nicht auf Fairness und Gerechtigkeit und tragen nicht zum Wohl des Menschen bei.

Zu der Gruppe jenes jungen Mannes Thaung Htin gehörte ein Goldschmied namens Nyaing Aung, ein Mittdreißiger aus Rangun mit kurz geschorenem Haarschnitt und einem starken Kinn. Wenn er lächelte, kamen die goldenen Zähne auf beiden Wangen ganz eigenartig zum Vorschein. Er war ein ausgezeichneter Fachmann für Goldschmiedearbeiten und Edelsteine. In den letzten zehn Jahren, seitdem das Militär an der Macht war, hatte er leibhaftig gespürt, dass seine Dienste in dem immer ärmer werdenden Stadtviertel Thamein immer weniger beansprucht wurden. Er war gezwungen, auf den Jadehandel umzusteigen. Seinen Reisebegleiter Tha Tun, den er jahrelang als guten Freund kannte, hatte er extra für die Reise angeheuert, da doch die Reise durch Urwald und Berge als nicht ungefährlich galt.

Tha Tun, ebenfalls ein Mittdreißiger, trug ausgesprochen lange, schwarze Haare, die bis zur Hüfte reichten. Sorgfältig gepflegt, eingerieben mit Kokosnussöl, spiralförmig zusammengewickelt und geknotet, lag sein Haar wie ein glänzendes Häuflein auf seinem Kopf. Diese Art Frisur war für die Männer in Burma vor dem Ende des 19. Jahrhunderts obligatorisch gewesen. In heutiger Zeit wird sie ausnahmsweise nur noch im Kreise der Künstler gepflegt, die Volksdramen auf der Bühne vorführen. Dass Tha Tun diese volkstümliche Tradition, trotz der nicht seltenen höhnischen Blicke von Fremden, bis heute eisern treu bewahrte, war zu bewundern. Möglicherweise träumte er in seiner verborgenen Seele davon, mit einer berühmten Künstlerin auf der Volksbühne ein Duett zu singen und gemeinsam klassische Tänze vorzuführen, worauf er hätte gewiss sein können, mit tosendem Beifall bedacht zu werden. Verraten jedenfalls hatte er bis dahin niemandem, dass er dazu tatsächlich über eine entsprechend schöne Stimme verfügte. Seine Hautfarbe tendierte mehr zu Tiefbraun, während die Burmesen normalerweise von leicht brauner Farbe sind. Sein sympathisches Gesicht flößte jedem Betrachter ein klares, vertrauenswürdiges Gefühl ein.

Ein Bekannter von Nyaing Aung mit dem Namen Phathi, der diese Reise ebenfalls angetreten hatte, gehörte zu dem Volksstamm der Karen, einer der ethnischen Minderheiten in Burma. Die Karen hatten sich vor Jahrzehnten im südlichen Teil Burmas, in der Nähe von Rangun, niedergelassen und leben bis heute mit den Burmesen friedlich zusammen. Der größte Teil der Karen war aber auf den Hochebenen von Tanintharyi, im Süden Burmas, angesiedelt. Ein Teil der Karen, auch Karenni genannt, führte seit der Unabhängigkeit Burmas den bewaffneten Kampf gegen die burmesische Zentralregierung, um eigene staatliche Souveränität zu erlangen. Phathi sprach neben seiner Muttersprache Karenisch, auch burmesisch und englisch fließend, weil er wie die meisten Karen vom Kindesalter an in eine christliche Missionsschule gegangen war. Er hatte ein schmales Gesicht und kein Gramm Fett am Leib und war äußerst flink wie ein Windhund.

Die einzige Frau in der Gruppe war Mama Khine, sie gehörte zum Shan-Volk. Die Hochebene im östliche Teil Burmas ist seit jeher die Heimat dieses Volksstammes. Der richtige Name jener Frau war Nan Way Khine. Die weiblichen Namen des Shan-Volkes fangen immer mit „Nan" an, was Schwester bedeutet. Beim ersten Blick schon fiel es Thaung Htin auf, dass sie verträumte, tiefschwarze Augen hatte. Ihre Augenbrauen glichen zwei dünnen Schleiern, die über ihren Augen schwebten, ihre helle Haut war zart und geschmeidig, ihre Nase war weder spitz noch flach, sie war einfach lieblich. Ihre Lippen waren schmal, aber doch prägten sie unverkennbar eine gewisse Sinnlichkeit und Leidenschaft, die unter den konventionellen Schranken verborgen zu sein schien. Ihre Stimme war stets sanft und ruhig. Eine Frau richtig zum Verlieben, dachte Thaung Htin. Es war kaum vorstellbar, ob sie jemals in Zorn geraten könnte. Wenn es beim Gespräch etwas zum Lachen gab, lächelte sie meist mit funkelnden Augen, aber sie lachte niemals laut. Ihr höfliches Benehmen im Umgang mit anderen, sowohl in zwischenmenschlicher Beziehung als auch in geschäftlichem Zusammenhang mit dem Jadehandel, verriet eine hohe Bildung. Es war für Thaung Htin kaum vorstellbar, dass diese zierliche Frau eine solche nicht gerade unbeschwerliche Reise, die unterwegs ungeahnt gefährlich sein könnte, überhaupt unternehmen konnte. In ihrem Dorf stammten die Bewohner teils von Burmesen und teils von Shan ab; sie leben seit Generationen miteinander friedlich zusammen. Die Shan sprechen dieselbe Sprache wie die Thailänder, die auch Siamesen genannt werden.

Aus demselben Dorf stammte Thein Wa, ein schmächtig gebauter Kerl mit dunkler Hautfarbe, so dunkel wie ein Afrikaner, sein Gesicht war ziemlich rundlich. Wenn er lachte, verschwanden seine Augen so vollständig, als wären sie nie da gewesen. Meist war er still und wortkarg; er war als Wegweiser angeheuert worden, da er mit der Gegend gut vertraut war. Als Rucksack trug er eine hängende Tasche aus dunkler Baumwolle.

Am Himmel zog in raschen Folgen ein Getümmel von schwarzen Monsunwolken aus Südwesten heran, als hätten sie es ganz eilig. Ein Nieselregen setzte ein. Die grünen Reispflanzen schwankten in Reihe und Glied hin und her in der Windrichtung. Man hörte den sanften Aufprall der Regentropfen auf dem Strohhut. Wortlos gingen alle zügig hintereinander. Es wurde vor der Reise ausdrücklich darauf hingewiesen, sich unterwegs möglichst still zu verhalten und auf jegliche Geräusche von Militärfahrzeugen oder Fremdstimmen aufmerksam zu horchen. Heute Abend sollten sie zu einer Raststätte, genannt „U Shwemans Hütte", etwa fünfunddreißig Kilometer von hier entfernt, ankommen. Hier auf der flachen Ebene in der Nähe der Landstraße patrouillierten burmesische Militäreinheiten ab und zu in unregelmäßigen Abständen. An der Spitze der Gruppe marschierte Thein Wa. Raschen Schrittes hatten sie ungefähr zehn Kilometer hinter sich gebracht. Plötzlich ertönte das dumpfe Geräusch eines Lastkraftwagens. Da in dieser Gegend niemand mit einem privaten Fahrzeug unterwegs sein konnte, musste es ein Militärfahrzeug sein.

„Militärfahrzeug, Leute, alle schnell in Deckung!", zischte Thein Wa mit gedämpfter Stimme blitzschnell und forderte mit Handzeichen zum raschen Handeln auf. Alle rannten eilig vor Schreck, den Rucksack und den Strohhut fest in der Hand, drängten so tief wie möglich in das naheliegende Gebüsch oder Unterholz, um sich dort zu verstecken. Thaung Htin machte einen mächtigen Satz und sprang über eine Dornenhecke, warf sich hinein in eine Böschung und kroch unter das dichte Gestrüpp. Dornen verletzten seine Handfläche, er verhielt sich aber mucksmäuschenstill. Die Nerven waren angespannt, das Herz pochte schneller und schneller. Das dumpfe Geräusch eines langsam herannahenden Militärfahrzeuges wurde lauter und lauter. Plötzlich schien es anzuhalten, er vernahm die raue Stimme eines laut befehlenden Offiziers, seine Truppe vom Lastwagen aussteigen und in der Nähe der Kreuzung hinter den Bäumen und Gebüschen nach verdächtigen Personen suchen zu lassen. Die Soldaten, vom Lärm her zu beurteilen, nicht weniger als ein Dutzend drangen in die nahe gelegenen Büsche und schlugen mit ihren Gewehren heftig hin und her.

Möge es nicht einer von uns sein, der jetzt von einem Gewehrkolben erschlagen wird, betete Thaung Htin mit fest geschlossen Augen. Die Entfernung zwischen den Soldaten und seiner Gruppe schien ungefähr fünfzig bis siebzig Meter zu sein. Also, es könnte sein, dass keiner von uns erwischt wurde, jedenfalls war kein Schreien oder Wehklagen zu hören, was aber keineswegs bedeutet, die Gewehrkolben haben keinen von uns getroffen, dachte er. Das Stampfen und Rascheln der Stiefel der Soldaten im Gestrüpp näherte sich langsam in die Nähe seines Versteckes. Jetzt ruhig bleiben und Nerven behalten, wenn ich jetzt vor Furcht losrenne, hören die Soldaten das erst recht, wo ich bin, und wenn ein Idiot mit dem Maschinengewehr losballert, bin ich sofort tot, also dableiben, vielleicht finden sie keinen in unserem Versteck, ermunterte er sich selbst in dieser äußerst bedrohlichen Situation. Es schien, dass die Soldaten nicht so schnell vorwärtskamen, weil das Buschwerk sehr dicht war, sie durchstöberten überall das dornige Unterholz, das sie mit Gewehrspitzen durchstachen und hin und her bewegten. Das laute Knistern der Zweige unter den Stiefel der Soldaten näherte sich langsam, aber doch unverkennbar in der Richtung zu ihm. Es ist nur eine Frage der Zeit, wann sie mich finden werden, vielleicht habe ich noch eine kleine Chance, dass das Blätter- und Dornenwerk so dicht ist, dass sie zu mir gar nicht durchkommen, das weiß aber alleine der liebe Gott, möge Gott mir beistehen, dachte Thaung Htin und duckte sich zusammen wie ein Igel zwischen den Ästen und Blättern und schloss fest die Augen. Sein eigener Atem klang ihm wie ein Blasebalg, das Blut strömte in ihm wie eine mächtige Flutwelle, der kalte Schweiß drang ihm aus allen Poren. Die Furcht, dass sein gerade gestartetes Abenteuer abrupt in einer Katastrophe enden könnte, bemächtigte sich seiner ganz und gar. Nach zwei bis drei endlosen Minuten, die ihm wie eine Ewigkeit vorkamen, wobei er nur noch das heruntersausende Fallbeil auf seinen Nacken erwartete, meldete plötzlich ein Soldat:

„Sergeant, wir kommen nicht weiter, das Gebüsch ist zu dicht."

„Gut gehen wir zurück, das reicht", erwiderte eine Stimme und erstattete gleich Rapport an seinen Vorgesetzten:

„Befehl ausgeführt, nichts Verdächtiges gefunden."

„Ok, steigt ein, vielleicht habe ich mich geirrt, es schien so, als ob ich eine Bewegung zwischen den Büschen gesehen hätte, vielleicht war das ein Stück Wild, Reh oder Hirsch, na, egal."

Danach verschwand der Lastwagen mit den Soldaten allmählich in nördlicher Richtung. Alle harrten noch eine Zeit lang im Versteck aus, um sicher zu sein. Nach etwa zwanzig Minuten kamen sie nach und nach aus dem Gebüsch heraus.

„Gott sei Dank, das war wohl die erste Kostprobe", seufzte Thaung Htin mit zitternden Knien und anhaltendem Atem doch mit spürbarer Erleichterung. Mein Gott, wenn die Soldaten uns gefunden hätten, malte er im Nachhinein ein düsteres Bild vor sich hin: wir liegen nun gefesselt auf den Knien im Militärfahrzeug, umzingelt von Militärstiefeln.

Was danach kommt, wird nur noch die reinste Hölle sein, allen werden der Besitz, Edelstein und Geld abgenommen, auf einmal sind alle meine Leute bettelarm und nach irgendwo noch als Lastenträger auf unbestimmte Zeit von Soldaten verschleppt. Wenn die Soldaten dann feststellen, dass ich in Deutschland jahrelang studiert habe und auf diesem heimlichen Wege Burma verlassen wollte, was ihre Bosse als unerlaubt, verboten, illegal und verräterisch bezeichnen, bin ich in den Augen der uniformierten Befehlsempfänger unweigerlich ein Verräter, und wandere danach ganz sicher für ein paar hübsche Jahre hinter Gefängnismauern. Wenn die Soldateska es herausfände, das ist nur noch eine Frage der Zeit, dass ich kein Hehl daraus mache, meine tiefgründige Abneigung gegen das Militär zu vertreten, dann werden sie mich unweigerlich mit den burmesischen Widerstandskräften an der thailändischen Grenze in Verbindung bringen, für die ich stets Sympathie hege und alles tun werde, dieser Bewegung zu helfen, so weit es in meiner Macht steht, dann erhöht sich sicherlich meine Gefängnisdauer um das Zwei- bis Dreifache als sonst. Dann ist mit meinem Leben alles vorbei. Es war ein grausiges Schicksal, das diesmal ganz dicht an ihm vorbei gegangen war.

Das wird noch mal passieren, auf dieser flachen Ebene bis zur ersten Raststation kontrolliert diese verdammte Armee alles, sei stets auf der Hut, Junge, sagte ihm seine innere Stimme. Als er seine Sinne von der spekulativen Hölle zurückholte, spürte er einen stechenden Schmerz in der rechten Handfläche, eine Dornspitze war im Fleisch stecken geblieben, er versuchte, diese mit den Fingern herauszuholen.

„Was! Hast du dich verletzt?", fragte Mama Khine teilnahmsvoll.

„Nein, das ist nicht so schlimm, es ist nur eine Dornspitze darin", sagte er.

„Hier haste eine Sicherheitsnadel, versuch es mal damit."
Mama Khine übergab sie ihm aus ihrer Tasche.

„Danke", sagte er und lächelte ihr zu.

Sie fand beiläufig, dass sein Lächeln doch so herzerfrischend wirkte. Er hätte sie auch gern weiter gefragt, wie „Dorn" auf Thailändisch heiße und es gleich in sein Notizbuch eingetragen, aber jetzt war gerade kein passender Zeitpunkt nach dem Alarmzustand.

Seitdem er gestern Abend im Hause Mama Khines angekommen war, erfuhr er von den anderen, dass sie Thailändisch perfekt beherrschte. Oh, das trifft sich gut, ich muss Thailändisch lernen, und zwar so schnell wie möglich, dachte er mit Blick auf den künftigen Aufenthalt in Bangkok. „Ich möchte gern von Ihnen Thailändisch lernen", sagte er und fragte sie bei jeder Gelegenheit, wie etwas auf Thai hieße. Er registrierte alles vom ersten Augenblick an eifrig in seinem Notizheft.

„Sawa Di Krap, so begrüßt man in Thailand", brachte sie ihm die ersten Wörter bei. Sie hatte bislang noch nicht erlebt, dass sich jemand von ihr so interessiert die thailändische Sprache erklären ließ und mit solchem Eifer an diese Aufgabe heranging. Die Menschen, denen sie bis jetzt begegnet war, zeigten keinerlei Interesse an solchen sprachlichen Dingen; ein seltsamer Typ muss er sein, dachte sie. Später erfuhr sie von Nyaing Aung, dass dieser junge Mann Thaung Htin hieß und jahrelang im Ausland studiert und sich jetzt mit der Absicht, Burma für immer zu verlassen, dieser Reise angeschlossen hatte.

Ihre Tochter hatte gerade vor zwei Monaten ein Mädchen geboren und war vollauf nur mit der täglichen Fürsorge um das Baby beschäftigt. Mama Khine arbeitete im Haushalt, kochte und bewirtete die Gäste. Es war

Thaung Htin aufgefallen, dass in dieser Familie kein männliches Wesen da war.

„Das Haus muss im Sommer renoviert und das Dach neu gedeckt werden", sagte sie am Tisch beim Teetrinken. Tha Tun schlürfte jedes Mal ganz kräftig, wenn er den grünen Tee aus der Tasse leerte, er war von dem Genuss des Tees vollauf beglückt. Der ausgesprochen mächtige Klang seines Schlürf-Vorganges, der fast in einen Basston hineinreichte, war von allen Anwesenden mit Erstaunen und doch wohlwollendem Lächeln bescheinigt worden.

„Mr. Thaung Htin, it is called Tea with music (Es is Tee mit Musik)", sagte Phathi mit einem Augenzwinkern. Tha Tun verstand zwar kein Englisch, aber doch wohl ahnend, dass über sein Schlürfen Spaß gemacht wurde, beargwöhnte er Phathi mit einem scharfen Seitenblick und reagierte postwendend ärgerlich mit den Worten:

„Du brauchst doch nicht so viel Wind zu machen, weil du Englisch kannst."

„Nein, das war nicht böse gemeint, Phathi sagt nur, dass du sogar mit Schlürfen schöne Musik machen kannst", beschwichtigte Thaung Htin um des Friedens willen.

Alle brachen in ein schallendes Lachen aus. Tha Tun und Phathi konnten vom ersten Augenblick an einander nicht leiden, was für die Außenstehenden logisch nicht zu begreifen war. Wenn es aber Liebe auf den ersten Blick gäbe, müsste es eben berechtigterweise auch Abneigung zwischen Menschen geben, nicht wahr, argumentierte Thaung Htin selber in Gedanken und gab sich damit zufrieden, während Nyaing Aung, fast unbeteiligt an der Zwietracht, sich lässig an die Hauswand lehnte und genüsslich den Betel im Mund kaute.

„Wenn ihr das Dach deckt, komme ich gern, euch zu helfen, solche Dacharbeiten mache ich mit einer Hand", bot Phathi schwadronierend seine Dienste an. Dabei schweifte er mit kurzem Blick das Dach und machte ein süffisantes Lächeln, sodass sich der ihm zuhörende Tha Tun genötigt sah, ihn misstrauisch zu beäugen. Das Haus war, wie üblich in dieser Gegend, auf hohen Holzpfählen gebaut mit einem Treppenaufgang. Die Wände waren aus Holzplatten gezimmert, deren Außenfläche, um sie vor Regen zu schützen, mit braunem Schmieröl mehrfach eingestrichen wurde. Das Dach bestand aus geflochtenen dünnen Bambusstreifen, die mehrfach aufeinandergelegt waren. Das hielt mindestens sieben bis acht Jahre lang wasserdicht und musste erst danach komplett erneuert werden. Die ganze Bodenfläche war mit glatten Bambusmatten belegt.

„Hat es denn in letzter Zeit in dieser Nähe bewaffnete Kämpfe gegeben

zwischen dem Militär und den Karenni?", fragte Nyaing Aung.
„In der Regenzeit von Juni bis September hat es kaum Kämpfe gegeben. Das Militär harrt gewöhnlich in seiner trocknen Kaserne aus, die Karenni ebenfalls. Es ist eben gut so für uns, lediglich patrouilliert ab und zu das Militär in dieser Gegend. Dafür ist es eben im Sommer sehr gefährlich für unsere Männer im Dorf", machte Mama Khine eine kurze Pause.
„War das Militär im Dorf gewesen?", fragte Nyaing Aung ungeduldig.
„Ja, nicht nur das, die haben vor zwei Jahren im Sommer zwanzig Männer von hier zwangsverschleppt für das Tragen von Militärausrüstungen, und was es da alles so gibt. Unmittelbar danach hat es monatelang etliche Kämpfe gegeben. Von unseren Verschleppten sind nach ungefähr drei Monaten nur zehn Leute zurückgekommen; die Leute erzählten, dass einer vom Tragen schwerer Lasten erschöpft umgefallen und auf der Stelle tot war, der andere litt unter Entkräftung und war zusätzlich noch von starkem Fieber befallen, am nächsten Tag gab er kein Lebenszeichen mehr von sich, alle anderen sind irgendwo verschollen … verschollen, wo die Kämpfe zwischen Militär und Karenni stattgefunden haben. Die Leute, die zum Glück mit dem Leben davon gekommen sind, waren auch alle an Malaria erkrankt, es hat Monate gedauert, bis sie wieder auf die Beine kamen. Für diejenigen Familien, deren Angehöriger einer von den Rückkehrern war, war der Tag der Rückkehr wie ein großer Lottogewinn, aber für die anderen ist das unverhofft der endgültige Begräbnistag geworden. Ich wünsche mir, dass diese sinnlosen Kämpfe endlich aufhören und wir hier ruhig ohne Furcht leben können".
Mama Khine rang mühsam nach Atem. Alle waren von ihrer traurigen Erzählung gerührt, und danach herrschte Totenstille. Nyaing Aung sagte nachdenklich:
„Hoffen wir das Beste, dass wir morgen eine ruhige Reise haben, möge Gott diese verdammten Soldaten in der Kaserne behalten, solange wir noch unterwegs sind."
Stillschweigend nickten alle zustimmend mit dem Kopf.
„Egal wie es ist, Phathi wird im Sommer zu euch kommen, um bei den Dacharbeiten tatkräftig zu helfen, nicht wahr, Phathi?", verkündete Tha Tun triumphierend mit einem gewissen Seitenhieb auf seinen Kontrahenten.
„Versprochen ist versprochen, das werde ich tun", erwiderte Phathi, obwohl seine Worte etwas schwächer hervorzukommen schienen als normal.
Bevor sie sich an diesem Abend schlafen legten, beteten sie vor dem buddhistischen Altar, der in der östlichen Ecke des Wohnzimmers auf einem hohen Podest angebracht war, dass ihre bevorstehende Reise

ohne Gefahren verlaufen möge.

Alle setzten mit erhöhter Aufmerksamkeit den Fußmarsch fort, der Nieselregen wurde allmählich stärker. Der Feldweg war durch Regen aufgeweicht und manche Stellen waren ziemlich rutschig, sodass sie ständig achtgeben mussten, nicht unsanft im Schmutz zu landen. Sie quälten sich durch unzählige Wasserpfützen, folgten schlammigen Feldwegen, stiegen über rutschige Hügel und überquerten Wasserläufe voll von ekelhaften Parasiten wie Zecken und Blutegel, die das menschliche Fleisch gierig durchdrangen, um schmackhaftes Blut unersättlich zu ergattern.

„Diese verdammten Blutsauger, dreckige Verwandte Draculas", schimpfte Thaung Htin mächtig, wenn er einen mit Blut wohlernährten Blutegel zwischen seinen Fußzehen entdeckte und herauszog, um das Biest sofort auf der Stelle eigenhändig zu steinigen. Der Nieselregen hörte langsam auf, der Himmel erhellte sich. Hinter den Reisfeldern gingen sie an einem Bauerndorf vorbei.

Von der Gegenrichtung kam ihnen ein Bauer entgegen, mit einem Strohhut auf dem Kopf, einem Feldmesser in der Hand und mit dem bis zur Kniehöhe hochgezogenen Longyi – einer Art Wickelrock für Männer -, scheinbar die Feldarbeit gerade hinter sich gehabt. Strohhut und Plastikumhang auf der Schulter und ein Rucksack, was ein normaler Bauer nicht anhaben würde, verrieten das unverwechselbare Merkmal der Reisenden. Die Situation schnell erfasst, warnte der Bauer mit heller Stimme:

„Leute, aufpassen, vor einer halben Meile habe ich eine Gruppe von Soldaten getroffen, ungefähr zwanzig, die eine Rast machten, welche Richtung sie nachher einschlugen, weiß ich nicht. Also, Vorsicht! Besser, wenn ihr jetzt nicht weiter geht und Euch im Dorf versteckt!"

Die Leute schauten einander ganz kurz an und liefen neben den Reisfeldern so schnell wie möglich in das benachbarte Dorf. Eilig führte Thein Wa die Gruppe an der Spitze. In der Mitte des Dorfes betraten sie eine Bambushütte, die einem Bekannten von Thein Wa gehörte. Der zufällige Gastgeber erfasste ebenfalls die Situation sofort und zeigte, wo sich die Gäste hinsetzen sollten. Alle nahmen Platz auf langen Sitzbänken und schwiegen mit sorgenvollen Gesichtern, es war ein beklemmendes Schweigen. Nach einer Weile brachte der Hauswirt eine Teekanne und mehrere Teetassen. Tha Tun goss, ohne zu zögern, Tee in die Tassen und reichte diese den anderen. Er trank diesmal den Tee merkwürdigerweise ganz leise, ohne zu schlürfen, was er gewöhnlich zu tun pflegte. Es schien, dass sein Schlürfen, das unverkennbare Zeichen seiner Beglückung durch den Tee diesmal von dem jüngsten Schrecken unsanft vertrieben wurde.

Die Zeit schien für alle viel zu träge und langsam zu vergehen als normal

Thein Wa und der Hausherr wechselten ein paar freundliche Worte über die Familie und das Alltagsleben. Nach einer halben Stunde sagte der Hausherr: „Ich gehe nach draußen und gucke mal auf den Weg, wie die Situation ist." Strohhut aufgesetzt und mit einem Feldmesser in der Hand, verließ er das Haus. Nyaing Aung zog an seinem Rucksack und holte daraus eine fein säuberlich gefaltete Plastiktasche und öffnete sie vorsichtig auf dem Tisch. Tiefgrüne Betelportionen, ungefähr zehn Stück, fielen heraus. Seine Augen glänzten dabei, als sähe er Goldklumpen. Nyaing Aung war, wie viele Burmesen, ein ausgesprochen vernarrter Betelkauer. Er hatte für die lange Reise ausreichend Vorrat angeschafft.

„Wollt ihr?", bot er den anderen an. Tha Tun und Thaung Htin griffen ohne Zögern zu. Bevor ich Burma verlasse, esse ich noch mal richtig Betel, dachte Thaung Htin und kaute bewusst genüsslich den Betel, sodass dieser seltsam stechend scharfe Geschmack ihm so lang wie möglich im Gedächtnis erhalten bleiben möge. Je mehr er den Betel zwischen den Zähnen kaute, um so mehr entstand im Mund tiefroter Saft aus dem Gemisch aus Speichel und Betelbestandteilen, die hauptsächlich aus Kalk, klein geschnittener Betelnuss, Tabak und Nelken bestanden und im Innern eines dreieckig zusammengefalteten Betelblattes untergebracht waren. Er musste dauernd den nimmer versiegenden roten Saft herunterschlucken; Lippen und Zähne waren rot gefärbt, als sei er just in einen Vampir verwandelt.

Nyein Aung und seine Freunde kauten den Betel ganz gemütlich und genossen ihn in aller Seelenruhe. Während ihre roten Lippen synchron hin und her wanderten, bewegten sich ihre obereren und untereren Kiefer mühlenartig auf und ab, man erinnerte sich dabei angesichts der Ähnlichkeit an unablässig kauende Ziegenböcke. Sie schluckten den Betelsaft herunter, anstatt zu spucken, obwohl jeder Burmese aus Gewohnheit normalerweise den roten Saft irgendwo am Straßenrand mit Sicherheit ausspucken würde. Dies lässt sich durch etliche rot verschmierte Flecken an den äußeren Gebäudewänden und an asphaltierten Straßenrändern in Rangun und überall im Lande eindeutig als unwiderlegbare Beweise für die besondere Eigentümlichkeit der Burmesen vorführen. Ob Nyaing Aung und seine Freunde damit den Genuss bis zum letzten Tropfen des Betelsafts ausschöpfen wollten, oder aus Schicklichkeit hier das unansehnliche Spucken vermieden oder viel mehr aus Angst, aus dem Hause hinauszugehen und draußen den Saft zu entleeren, war schwer zu erraten. Nach einer halben Stunde kam der Hauswirt zurück mit der erlösenden Ankündigung, die Gefahr sei vorbei, die Soldaten seien in den Norden abgebogen. Die Gruppe startete erneut.

Sie alle waren wieder auf dem schmalen Weg zwischen den Reisfeldern. Die unzähligen zartgrünen Reispflanzen, die vor etwa sieben Wochen aus speziellen Beeten umgepflanzt sein mussten, waren erst höchstens vierzig Zentimeter hoch und standen in seichtem Wasser. Bei starken Winden fielen sie mit ihren zarten Blättern immer wieder auf die Wasseroberfläche, als brauchten sie jedes Mal eine kühle Erfrischung. Wenn der Wind vorüber war, standen sie wieder aufrecht. Die Gruppe schritt fast wie ein Tausendfüßler in Reih und Glied langsam durch den trüben Schlamm und unzählige Wasserpfützen, Thein Wa an der Spitze und Thaung Htin am Ende der Gruppe. Jeder versuchte, auf den Vordermann schauend, seine Füße auf die vermutlich richtigen Stellen im trüben Wasser zu platzieren, die manchmal seicht und manchmal tief waren.

Es war schon Nachmittag. Die Sonne war seit dem Morgen unter den schwarzen Regenwolken verschwunden. Die ganze Zeit rieselte der Regen ununterbrochen, mal stärker und mal schwächer. Eine neue starke Gewitterfront näherte sich nun langsam aus Südwest, entlud ihren Zorn mehrfach mit grellen Blitzen und krachenden Donnern. Der Monsunregen goss vom Himmel wie ein mächtiger Wasserfall. Jeder musste den Strohhut auf dem Kopf mit beiden Händen festhalten, sodass er von den herabströmenden Wassermassen nicht unsanft weggespült wurde. Die Sicht war durch dichten Regen bis auf einige Meter verkürzt, die Gruppe musste sich mühsam Schritt für Schritt durchkämpfen. Einmal schlugen zwei Blitze kurz hintereinander auf die Reisfelder in mehreren Kilometer Entfernung von der Gruppe ein. Der krachende Donner, der bald danach folgte, hatte allen Reisenden Furcht bis in die Glieder eingejagt. Jeder spürte, dass ihm die Knie plötzlich weich wurden. „Das Jenseits ist ja gar nicht mal so weit vom Diesseits", flüsterte Thaung Htin, tief Luft holend, ehrfürchtig vor sich hin. Nach ungefähr einer Stunde ließ der starke Regen allmählich nach und sie konnten etwas mehr Tempo zulegen.

Sie hatten sich vorgenommen, heute Abend noch vor Dunkelheit an der Raststation „Thittawgyi" anzukommen, die unmittelbar vor dem Eintritt in den tiefen Urwald lag. Sie waren seit sieben Stunden auf den Beinen. Sie hatten bereits die Dörfer und Siedlungen weit hinter sich gelassen und befanden sich im Vorland des tiefen Dschungels. Thein Wa, an der Spitze der Gruppe, zog mit eiligen Schritten die Gruppe an, um rechtzeitig die Station zu erreichen. Der Weg war mit Gras bedeckt und nicht mehr matschig und schlängelte sich zwischen meterhohen Gebüschen des kleinwüchsigen Bambus. Auf einmal machte Thein Wa Halt und schaute mit Erstaunen und zugleich mit Entsetzen auf den weichen Boden. Es waren Reifenspuren eines Lastwagens.

„Leute, Halt!", schrie er mit aufgeregter Stimme, „wir sind auf dem falschen Weg, dieser führt zur Armeekaserne, zurück, schnell, schnell!"
Die ganze Gruppe war aufgeschreckt von der unangenehmen Botschaft, jeder machte blitzschnell kehrt, rannte so schnell wie möglich in die Richtung, woher sie vor Kurzem gekommen waren. Als sie über einen Kilometer schleunigst um ihr Leben gelaufen waren, offenbarte Tha Tun wie ein verirrter Leithund eintönig und widerwillig:
„Ich war offenbar im starken Regen vom Weg abgekommen."
Seine Erklärung war zu lakonisch und einsilbig wie immer. Dessen ungeachtet verrieten seine unsicheren Augen, als schämte er sich dafür, obwohl keiner im Geringsten im Sinne hatte, ihm dafür einen Vorwurf zu machen. Im Gegenteil, jeder war froh, eine Gefahr unbeschadet überstanden zu haben, denn es war jedem klar, dass diese Reise von Anfang an keine Vergnügungstour war. Nach einer Stunde Eilmarsch kamen sie an die verpasste Abzweigstelle. Blockiert durch umgefallene Bäume, vermutlich verursacht durch Blitzschlag, war der richtige Weg unkenntlich und schwer passierbar geworden.

„Wartet mal, Leute, ich gucke erst mal nach", sagte Thein Wa und kletterte über den umgestürzten Baumstamm und die Äste, folgte ein Stückchen dem Weg, um sich zu vergewissern.

„Das ist der richtige Weg, kommt", schrie er zu den Leuten hinüber.

Die Gruppe kletterte über die Hindernisse und marschierte in südöstlicher Richtung über drei Stunden lang durch das Dickicht, bis sie ermüdet mit schmerzenden Gliedern an der Raststation ankam. Die Luft war feucht; auf den breitflächigen, tiefgrünen Blättern der Philodendren, die um die Raststätte zahlreich wuchsen, hingen noch Regentropfen wie Perlen auf einem grünen Seidentuch. Dicht am Rande des tropischen Regenwaldes sank die Temperatur merklich schnell, nachdem die Wärme der Sonne ihren Einfluss verlor. Ein paar Nebelschleier stiegen aus den Baumkronen auf. Die Sonne war längst im Westen hinter den schwarzen Wolken untergetaucht, der Horizont verabschiedete sich heimlich. Der Himmel war nur noch gedämpft beleuchtet, als der Tag die Nacht umarmte und in ihrem Schoß zu schlummern begann.

Die Raststation war eine große Bambushütte mit breitem Flur, die sowohl als Essplatz als auch für das Schlafen von Reisenden benutzt wurde. Die Hütte war eingehüllt unter einem mächtigen gelben Flammenbaum, dessen Äste mit gefiederten, tiefgrünen Blättern, verziert mit hellen, gelben Blüten, eine breite Krone bildeten, während ein mittelgroßer Jackfruchtbaum daneben seine fast einen halben Meter langen süßen zusammengesetzten Früchte zur Schau stellte. Ab dieser Station herrschte in Richtung Osten nur noch dichter Urwald mit Bergen und Tälern vor. Heute war außer ihrer Gruppe niemand als Gast anwesend. Jeder Gast musste für die Übernachtung und für das Essen bezahlen, sogar eigengebrannter Reisschnaps war im Angebot. Mit knurrendem Magen stürzte sich jeder auf das Essen, schließlich hatten sie seit sechs Uhr am Morgen noch keine Gelegenheit zum Essen gehabt, fast über zehn Stunden waren sie marschiert. Jeder verschlang das Essen gierig, ohne ein Wort mit seinen Nachbarn zu wechseln, denn der wahre Hunger erhob jegliches Essbare jederzeit zu einem leckeren Schmaus. Thaung Htin trank nach dem Essen drei Schnäpse hintereinander, um seinen etwas unterkühlten Körper schneller aufzuwärmen. Sein ganzer Körper war schlapp und ausgelaugt, nur die Beine waren steif, und besonders die Muskeln an den Schienbeinen taten sehr weh, immerhin waren es fast knapp vierzig Kilometer, die sie heute hinter sich gelassen hatten. Auf Anraten von Nyein Aung rieb er seine Beine mit der „Tigerbalmsalbe" ein, einer Salbe, die aus Wachs und Minzöl hergestellt wird und überall in Asien bekannt ist. Sie regt an der eingeriebenen Stelle die Durchblutung an, und die Muskeln werden innerhalb kurzer Zeit warm. Es tat ihm sehr gut.

Alle Leute legten sich hin, nachdem sie ihre wichtigsten Habseligkeiten, insbesondere den Beutel mit Jade, am Gürtel unter dem Oberhemd mehrfach festgebunden hatten. Die dünne Baumwolldecke über sich gezogen, schliefen sie dicht nebeneinander. Allen war bewusst, dass trotz äußerster Müdigkeit der Schlaf hier an diesem verlassenen Ort am Rande des Urwaldes, wo außer sieben Gästen und zwei Wirtsleuten angeblich niemand anwesend war, keineswegs eine reine Erholung bedeutete. Es war ratsam, äußerste Vorsicht und Wachsamkeit sogar im Schlaf walten zu lassen, denn niemand wusste, was für unvorhersehbare Gefahren in der Nacht auftauchen könnten. Es gab etliche Geschichten von Raub und sogar Mord aus Habgier besonders an Edelsteinhändlern in den Raststationen während der Nacht. Aus dem Grunde gingen Händler mit Wertsachen wie Edelsteinen niemals allein oder zu zweit, sondern in einer Gruppe mit mehreren Leuten auf diesem abenteuerlichen Pfad. Vor dem Hinlegen sagte Nyain Aung zu allen ganz leise im Flüsterton:

„Leute, aufpassen, ich habe vorhin vor der Küche den Wirt zu seinem Freund tuscheln hören: ‚Die Leute sind ganz sicher Jadehändler.' Es könnte belangloses Geschwätz sein, es könnte auch etwas dahinter stecken, was für uns sehr gefährlich werden kann."

Thaung Htin hatte vorher vorsichtshalber einen dicken Holzstock angeschafft und versteckte ihn unter der Decke und hielt ihn in seiner Hand. Nyaing Aung und Thein Wa und jeder aus der Gruppe ließen ihre mitgebrachten Klappmesser ebenfalls griffbereit in der Nähe ruhen. Die Müdigkeit war bei Thaung Htin übermäßig, er musste mit aller Kraftanstrengung mächtig gegen die Schläfrigkeit ankämpfen, wenn seine Konzentration nachließ, fielen die Augenlider wie ein schwerer Vorhang herab. Die Nacht war sehr ruhig außer dem melodischen Zirpen der Zikaden, die in feinen schrillen Tönen dieselbe Strophe gebetsmühlenartig immer wieder von vorne anfingen, als strebten sie ständig zur Perfektion ihres Könnens, war kein Laut zu vernehmen. Ab und zu mischte sich ein lautes Schnarchen von Tha Tun ein, das an einen regelmäßig pustenden Blasebalg erinnerte. Von Zeit zu Zeit war das leise Rascheln der Blätter im Wind zu vernehmen. Thaung Htin zog die dünne Baumwolldecke um seinen Körper ein wenig enger zusammen, es war immerhin etwas frischer geworden.

„Was macht denn wohl meine Familie zu Hause?", seufzte er, seine Gedanken schweiften wieder zurück nach Hause in Rangun und zu seinen Freunden.

Thaung Htin hätte nie gedacht, dass er seine Heimat auf diese Weise jemals verlassen würde. Dazu musste er zwei Jahre lang mit sich ringen, um zu dem Entschluss zu kommen, der seinem Gewissen nicht widersprach. Niemandem gegenüber hatte er nun ein schlechtes Gewissen, außer einer einzigen Person, das war seine kleine Schwester Ma Khin Htay. Sie hing an ihm so sehr, dass sein Verlassen für sie der Zusammenbruch der umhegten Welt bedeutete. Als es feststand, dass der große Bruder für immer Burma verlassen würde, war sie oft von schrecklichen Träumen verfolgt und schrie oft im Schlaf: „Mein Bruder geht weg, mein Bruder geht weg." Ihre tränenerstickte Stimme wurde von allen mehrfach während der Nacht vernommen, aufgewacht vom Albtraum musste sie bitterlich weinen. Seitdem ihr großer Bruder nach zwölf Jahren aus der DDR, wo er an der Technischen Hochschule Magdeburg studiert und gearbeitet hatte, nach Burma zurückgekehrt war, hatte sich ihr Leben gründlich verändert. Sie konnte mit ihrem großen Bruder alles teilen, ihre Sorgen, ihren Kummer, ihre Freude, immer fand sie bei ihm aufmerksames Gehör und Geborgenheit. Der andere Bruder, der älter als sie war, sorgte für sie und den Haushalt, jedoch hatte er weder das Verständnis noch das Einfühlungsvermögen, ihren persönlichen Problemen das nötige Gehör zu schenken. Ihr Vater gehörte zur älteren Generation, ihre individuellen Anliegen fanden bei ihm kaum Aufmerksamkeit. Thaung Htin war sich bewusst, dass sein Weggang für die Familienmitglieder eine Reihe von Problemen aufwerfen würde. Leider blieben für ihn am Ende der langen zermürbten Irrfahrt nur noch zwei Alternativen übrig, wenn er sein Leben in vom Militär unterjochten Burma für immer fristen sollte - entweder als notorischer Säufer, der alle Sorgen und Probleme mit Alkohol wegspült und am Ende den sicheren Tod mit

Leberzirrhose erleiden wird, genauso wie einige Kommilitonen von ihm, als winkten sie ihn schon ungeduldig zu sich vom Jenseits, oder als Partisan mit einem Gewehr in der Hand, der gegen die Militärregierung kämpft. Weder für das eine noch für das andere wollte er sein junges Leben hingeben. Lange, lange Zeit hatte er einen Ausweg gesucht. Er hatte sich gequält und gelitten, bis er diesen fand. Dieser Ausweg war keineswegs ein goldener Pfad, sah eher aus wie ein finsterer Tunnel. Wohin das führen würde, wusste er nicht. Jedenfalls musste er weg von hier, sonst würde er auf die Dauer verrückt. Wenn er mit seinen Freunden zusammen trank oder sich mit Weibern herumtrieb, konnte er noch ein Weilchen die Qualen, die ihn ständig verfolgten, vergessen und es hier zeitweilig aushalten, aber wenn er zur Normalität zurückkehrte, kehrten auch das Leiden und die Ohnmacht zu ihm zurück.

Thaung Htin glich einem kleinen Kind, das am Strand des Meeres ein Schloss aus Sand baute. Das Schloss war errichtet auf dem massiven Berg, versehen mit wuchtigen Säulen, mächtigen Türmen und einer riesigen Kuppel. Er brachte elfenbeinfarbige Muschelschalen an den Säulen, Bernsteinstücke an das breite Portal, diamantene kleine Steine an den Türmen und glänzend gelbe Steinchen auf der Kuppel an, als seien sie aus purem Gold. Er konstruierte eine gewaltige Mauer rund um den Schoss, um gegen jegliche Feinde gewappnet zu sein. „Das ist mein Traumschloss mit wuchtigen Säulen aus Elfenbein, mit einem gewaltigen Portal aus Bernstein, mächtigen Türmen aus Diamanten und einer riesigen Kuppel bedeckt mit Goldklumpen, es ist mein Ideal, meine Seele und alles, was ich jemals besitze". Seine Freude war grenzenlos, sein Stolz, ein solches Schloss gebaut zu haben, war übermächtig, es war ihm ein grenzenloses Begehren, immer wieder sein Schloss zu bewundern. Da kam plötzlich eine Welle von der See und zertrümmerte auf einmal vor seinen Augen sein Lebenswerk; die wuchtigen Säulen aus Elfenbein stürzten ein, das gewaltige Portal aus Bernstein verschwand in Schutt, die riesigen Türme aus Diamanten brachen zusammen, die massiven Mauern lösten sich in Stücke auf, und die mächtige goldene Kuppel zerfiel in kürzester Zeit in tausend winzige Trümmerteile. Geblieben war nur noch ein flacher Sandboden, zerschnitten von Wasserkanälen. Das Kind konnte es kaum fassen, dass ein mächtiges Schloss, das seine Träume, sein Leben und seine Ideale beherbergte, auf einmal weg war. Es starrte immer noch auf die dagebliebenen Sandkörner, glaubte nicht recht, ob es wirklich wahr sei, was es mit seinen Augen wahrnahm. Als das Kind endlich die Wahrheit begreifen musste, beweinte es bitterlich sein für immer verlorenes Traumschloss.

Die Erinnerung und danach

Es war März 1974, als ein Linienflugzeug der Aeroflot, von Ost-Berlin gestartet, über Moskau zur Landung in Rangun ansetzte. Von weit, weit her sah man vom Flugzeug aus die goldene Shwedagon-Pagode inmitten der zartgrünen Färbung der unzähligen Bäume, das Wahrzeichen von Burma, das in der grellen Sonne glänzte. Am Himmel brannte die Sonne wie eine glühende Scheibe, das Gras verdorrte, die lehmigen Felder um den Flughafen waren schutzlos der grellen Sonne preisgegeben, die Sonne kratzte mit brennenden Strahlen unbarmherzig tiefe Furchen und Narben auf deren Gesichter. Die gealterten Blätter mancher Bäume, gegart und ausgetrocknet von der Sonnenhitze, verloren ihre jungfräuliche grüne Färbung und fielen als spröde gelbbraune Blätter herunter. Ihre Stelle aber füllten schon neue grüne Sprösslinge, hungrig nach Sonnenlicht und neugierig nach neuem Leben. Die Wolken rasten aufgehetzt mit rascher Folge, als fürchteten sie, von der Sonne ungnädig verbrannt zu werden. Die Luft war heiß und stickig, als käme sie gerade von der Wüste. Jegliche Bewegung wurde für Mensch und Tier zugleich zur Plage, gefolgt von Schweißausbruch und Müdigkeit. Wer auf der Straße ohne Sonnenschirm der glühenden, tropischen Hitze ausgesetzt, gebadet in Schweiß und unmittelbar danach unbedacht eine Dusche nehmen würde, um die Unerträglichkeit mit dem kühlen Nass ein wenig zu mildern, riskierte sein Leben. Auf denjenigen wartet mit großer Sicherheit bald der Tod. Die Burmesen pflegen zu sagen: Untertauchen der Hitze. Dieses Phänomen hat den explosionsartigen Ausbruch eines hohen Fiebers zur Folge und löscht in wenigen Tagen das Leben eines Menschen vollständig aus.

Als Thaung Htin aus dem Flugzeug ausstieg, fing hiermit der neue Abschnitt seines Lebens, ein ernsthaftes Kapitel an: Hier ist das Land, wo du gebraucht wirst, die DDR wird sich weiter entwickeln, ob du dort bist oder nicht, aber hier in Burma bist du relativ nützlicher als anderswo, hier bist du auch nur ein winziges, kleines Rädchen, aber mit deinem bescheidenen Wissen kannst du ein wenig in positiver Richtung für dieses Land wirken.

Vor dreizehn Jahren in Burma hatte er glücklicherweise einen begehrten Auslandsstudienplatz ergattern können, und so schlug seinen Weg mit dem Alter von zwanzig nach Magdeburg. Es war von Anfang an seine feste Entscheidung, nach dem Studium in die Heimat zurückzukehren. Wenn er sich als Burmese für Burma nicht verpflichtet fühlte, wer sollte es denn überhaupt? Es war einfach moralischer Anstand, den er unbedingt erfüllen musste. Seelisch und moralisch hatte er sich auf seine neue ernsthafte Aufgabe in Burma eingestellt. Er war von seiner künftigen Aufgabe so dermaßen eingenommen, dass der Abschied von seinen Freunden, mit denen er so viele Jahre durch Leid und Freude eng verbunden war, am Flughafen Schönefeld in Ostberlin zum Zeitpunkt des Abflugs ihm in keiner Weise schwer vorkam. Ihm war bewusst, dass er seine Freunde vielleicht im Leben niemals wieder sehen würde. Es schien ihm, dass seine Anhänglichkeit zu seinen Freunden durchaus von Neugier vor neuer Lebensaufgabe vollständig verdrängt wurde. Die Aeroflot machte eine Zwischenlandung in Moskau, wo er bei einem burmesischen Freund übernachtete. Je mehr die Zeit voranschritt, als er in Moskau herumwanderte, unzählige Sehenswürdigkeiten anzuschauen, umso stärker spürte er im Unterbewusstsein irgendetwas, was ihm fehlte. Was war das?

Es war seine gewohnte Umgebung. Wenn er von seinem Zimmer im vierten Stock des Studentenwohnheims herunterblickte, wurde er des gesamten Gebäudekomplexes der Technischen Hochschule Magdeburg gewahr, das war sein Zuhause, wo er studiert und sorglos ein angenehmes Leben genossen hatte. Da spielten die Studenten auf dem Rasen direkt unter seinen Augen Fußball, was er auch zwölf Jahre lang mit seinen zahlreichen Kumpeln Jürgen, Peter, Zöphel, Heiner, Rainer, Gerd, Hermann, Martin, Frank, Adasch, Stalino usw. getan hatte. Ob Schnee, ob Regen, hatten sie täglich am Abend nach Beendigung der Vorlesungen emsig dem Lederball nachgejagt. Jedes Gebäude, jedes Institut der TH war ihm ans Herz gewachsen, jede Straße in Magdeburg, jede Ecke, jede Kneipe und jedes Tanzlokal waren ihm vertraut. Nun fern von seinem verwurzelten Milieu kam er doch sich selbst im Unterbewusstsein verloren vor, was er aber bewusst nicht wahrnahm. Als er sich am Abend zum Schlaf hinlegte, mit einem undefinierbaren Gefühl in seiner Seele, das er während der ganzen Jahre nie gekannt hatte, und das seit dem Abflug aus Berlin ihn heimlich verfolgte und ihn mit der Zeit immer stärker seine Wirkung spüren ließ, war er in der Nacht von einem seltsamen Traum überrascht worden.

Er war allein in einem Tragkorb, der von einem Seil nach oben gezogen wurde, er sollte damit über eine Bergspitze hinweg jenseits des Berges gebracht werden. Diesseits, als der Tragkorb langsam vom Boden abhob, winkte er mit fröhlicher Miene seinen Freunden zu, die zahlreich zum Abschied gekommen waren. Seine Freunde Uwe Sarömba, Peter Wernecke, Jürgen Boschan, Otto Flöte, Adasch, Osmani, Robbi, Gholam, Ahmed, Angela und Heinz, Krümel, Ulla, Christina, Jörg, Antje und Eva, die unten am Boden mit zuwinkenden Händen und zuwerfenden Küssen dageblieben waren, entfernten sich immer weiter von ihm. Er kam immer höher, die Gesichter seiner lieben Freunde wurden mit zunehmender Entfernung immer verschwommener, der erste Nebelschleier zerbrach endgültig seine

Sicht zu den Freunden. Nun wurde er über den Berggipfel hinweg auf der anderen Seite des Bergs langsam heruntergelassen. Nur noch zerklüftete Steinwände, die ihm Kälte und Schauder einflößten, umgaben ihn, grausige Schneegletscher warteten nur noch darauf, ihn für immer und ewig lebendig zu begraben. Furchterregende Schneelawinen schielten nach ihm, um ihn den Abhang hinunter in die Tiefe zu reißen, eiskalte Nebelschwaden und heftige Winde schlugen ihm ins Gesicht. Wenn er nach unten schaute, gewahrte er nur noch den finsteren tiefen Abgrund, die Kälte drang ihm bis in die Knochen, er zitterte an allen Gliedern, suchte fieberhaft Wärme, menschliche Wärme, die er stets von seinen Freunden empfangen hatte. Hier war in der furchterregenden Einöde nirgendwo ein wärmendes Flämmchen Feuer zu sehen. Eine quälende Unruhe überfiel ihn, er geriet in Angst und Panik. Der Schreck, dass er in dieser einsamen Hölle untergehen würde, nahm ihm den Atem. Wieso bin ich denn hier? Während er sich unverständlich und verzweifelt selbst fragte, hetzte der Korb mit rasender Geschwindigkeit immer schneller nach unten. Nein ..., nein, ich will nicht dahin, ich will zurück, zurück zu meinen Freunden, ... ich will zurück! Er schrie aus Leibeskräften, während er auf den Korb mit der Faust kräftig einschlug.

Von seinem eigenen Geschrei aufgeweckt, saß er auf dem Bett. Der kalte Schweiß rann ihm vom Gesicht. Er rang mit Mühe nach Atem, wischte sich mit dem Hemdsärmel die Schweißtropfen ab. Das Zimmer war dunkel, nirgendwo im Zimmer und außerhalb des Hauses waren Geräusche irgendeines Lebewesens zu vernehmen. Es herrschte eine Totenstille wie auf dem Begräbnisplatz. Die Schatten der kreuzförmigen Fensterstäbe, die von dem Dämmerlicht der Laterne unten am Straßenrand hervorgerufen wurden, erschienen an der Zimmerdecke als verworrene Schattierung eines Totengräbers in tiefschwarzer Kleidung. Er war so verlassen und allein, so einsam hatte er sich im Leben noch nie gefühlt. Oh Gott, wo bin ich denn überhaupt? Die Tränen rollten ihm über die Wangen. Er sehnte sich so sehr nach seinen Freunden zurück, ihre lieben Gesichter tauchten, eines nach dem anderen, wieder vor ihm auf. Wenn er versuchte, sie mit seiner Hand zu berühren, lösten sie sich in Nichts auf. Ihr seid ja wirklich gar nicht mehr da, diese bittere Realität, die seine innerste Seele grausam zerriss, war wie eine massive Steinmauer, die ihn lange, lange gefangen hielt. Er hockte auf dem Bett, den Kopf auf die verschränkten Arme gelegt. Ah, wie gern hätte er seine Freunde umarmt, einen nach dem anderen. Wie herzerfrischend wäre es jetzt, von seinem Zimmer im vierten Stock des Wohnheims 4 der TH in die Weite zu schauen. Die Sehnsucht nach dem angestammten Umfeld trug seine Seele abermals zurück nach Magdeburg:

„Oh mein Magdeburg!"

„Hallo Maung, komm herunter, wir spielen Fußball!", da schrie Zöph, der eigentliche Name Klaus Zöphel, von unten. Dieser besagte Zöph war der Fußballfanatischste von allen Physikstudenten des Jahrgangs 1962 und auch einer der Besten, oder sogar der Beste überhaupt auf dem Platz, daher avancierte er jedes Mal zum obersten Chef, und sein Wort galt stets als Befehl oder Anordnung von höherer Gewalt, der die restlichen Spieler willfährig Folge leisteten. Da er Maung Thaung Htin hieß, nannte man ihn bei dem Vornamen „Maung", wie es in Europa die Sitte ist. Thaung Htin beeilte sich sofort nach unten. Auf dem Spielfeld, unmittelbar vor dem Wohnheim 4, hatten seine Kumpel bereits Aufstellung genommen. Auf einer Seite spielten Zöph, Heiner Henschel, Peter Wernecke, Gerd Smiegel, Peter Ruß und er, während sich in der Gegnermannschaft Rainer Closs, Gehard Irmer, Kurt Hermann, Jürgen Boschan, Frank Schuffenhauer und Wolfgang Maron beteiligten. Im Spiel behielt Zöph als wirklicher Chef stets die Übersicht und erteilte mit lautem Geschrei unablässig seinen Mitspielern strategische Befehle:

„King, du Idiot, gib doch den Ball schnell ab", – mit King war Peter gemeint, warum er mit diesem Spitznamen bedacht wurde, war nicht ganz klar – zischte Zöph eine deftige Anweisung, wobei Peter, körperlich stark wie ein Rindvieh aber spielerisch immer wie ein holpriger Fußballanfänger, lieber durch die gegnerische Abwehrreihe jonglierte und dabei des Balles verlustig ging. Prompt bekam er was von Zöph zu hören:

„Na, siehst du, so ein Blödsinn, du bist dumm wie Bohnenstroh, du musst den Ball wie eine Frau behandeln, immer vorsichtig und nicht gleich dem Gegner überlassen."

Peter Ruß bemühte sich, mit wackeligen Beinen den Ball zu kicken. Da er aber wegen seiner Vielweiberei, welcher er sich während des Studiums voller Leidenschaft widmete, beim Fußballspiel immer nach einer Weile am Ende seiner Kräfte angelangt war, erntete verständlicherweise von Zöph keine Kritik, denn sein Erscheinen auf dem Spielfeld allein schon als beachtlich erschien. Auf der gegnerischen Seite war Kurt Harmann, unter dem Spitznamen Kurti bekannt, kaum vom Ball zu trennen, falls er von den anderen den Ball zugespielt bekam, aber er bekam ihn nicht, weil Rainer Closs oft den Ball für sich schnappte und immer nur in Richtung Tor mit ganzem Eifer hinstrebte, als hätte er Scheuklappen, ohne dabei nach links und rechts sehen zu können, wer sich da neben ihm bewegte. So hatte Rainer schon am Anfang gespielt und nach vier, fünf Jahren spielte er auch nicht anders, sodass alle nicht selten den Kopf schüttelten, wenn sie ihn spielen zu sehen bekamen. Dann war es kinderleicht für den Gegner, ihm den Ball sofort abzujagen. Da machte Gerd, der stets auf dem Spielfeld wiesenflink und technisch versiert war, eine vernichtende, aber doch zutreffende Bemerkung über Rainer:

„Schau mal Maung, wie dieser lange Kerl Rainer spielt, saumäßiger geht's nicht, der schaut nie, wen er anspielen kann. Wenn er einmal den Ball hat, denkt er immer, dass er gleich das Ding ins Tor tragen muss, wie naiv doch der Kerl ist. Er ist ein sehr, sehr guter Physiker, unheimlich geistig und fähig, abstrakte Dinge sofort zu begreifen, unvergleichbar viel besser als ich, aber auf dem Spielfeld ist sein fußballerisches Können so jämmerlich, er ist ein Taugenichts, der Kerl ist einfach nicht fähig zu begreifen, wie Fußball funktioniert. Das ist für mich ein Rätsel, warum er hier auf dem Spielfeld immer wie ein unverbesserlicher Idiot spielt, der von Spiel zu Spiel nichts dazulernt, aber gleichzeitig in der theoretischen Physik seinen unzweifelhaften großen Geist beweist. Das verstehe ich nicht, das ist unbegreiflich."

„Ja, alter Freund", sagte Thaung Htin mit einem Lächeln, „so etwas nennt man in der Naturwissenschaft physikalische Paradoxie", worauf Gerd mit einem lauten und lang anhaltenden Lachen den Kommentar seines Freundes genüsslich quittierte.

Ah, wie gern hätte er noch mal mit seinen Kumpeln Fußball gespielt und ihr lautes Lachen und Schimpfen angehört!

In der Seminargruppe für Physik war Thaung Htin mit Peter Wernecke und Jürgen Boschan zusammen gewesen. Im zweiten Studienjahr hatten sie im Studentenheim in einem Zimmer sogar zu dritt gewohnt. Peter und Jürgen hatten ihm immer mit Rat und Tat beigestanden, als er beim Studium nicht nur sprachliche, sondern auch fachliche Schwierigkeiten zu bewältigen hatte. Jürgen war ein viel belesener Mensch und sehr gut bewandert in Literatur und träumte davon, eines Tages ein Dichter zu werden. Er hatte so eine schöne Schrift, wie eine alte klassische Schriftart. Thaung Htin versuchte stets, die Schriftart von Jürgen nachzuahmen, was ihm jedoch nur teilweise gelang. Jürgen war ein leidenschaftlicher Jäger mit einem Jagdschein, den er sich offiziell erworben hatte. Thaung Htin war einmal mit ihm auf die Jagd gegangen. In einer finsteren Mitternacht krauten beide nebeneinander ca. zweihundert Meter Entfernung in fast einer Stunde über eine Wiese, um das Wildschwein das leise Herannahen zweier Burschen nicht merken zu lassen. Wenn Jürgen einen erfolgreichen Abschuss erzielt hatte, hatte er immer ein großes Stück Wildfleisch mitgebracht, sodass Thaung Htin im Studentenheim immer als Chefkoch mit dem Bino-Gewürz, das wie Maggi schmeckte, scharfen Paprikas und Reis kunstvoll ein leckes Essen für die Freunde herzaubern musste.

Sein anderer Freund Peter Wernecke war ein ewiger Jungblutwissenschaftler. Ihn interessierte alles, was Physik betraf, er konnte sich Zahlen und fachliche Zusammenhänge sofort merken, aber für die Namen von Personen hatte er scheinbar wenig Speicherplatz im Gehirn. Als er im Grundschulalter zum ersten Mal die Technik verstand, warum ein Propellerflugzeug fliegen konnte, hatte er von da an beim Rennen seinen Arm wie ein Windrad gedreht, damit er wie ein Flugzeug schneller vorwärtskäme. Rang und Titel interessierten ihn nicht im Geringsten, er war einfach beseelt wie ein Kind und leidenschaftlich besessen, wenn er ein wissenschaftliches Problem zu lösen hatte. Es gab so viele Probleme, die ihn fesselten. Außer dieser Eigenschaft der Obsession zur Wissenschaft gab es noch eine Gewohnheit bei Peter, die bei anderen Menschen kaum zu finden war. Wenn er von einem Teller verschiedene Dinge zu essen hatte, aß er immer die besten und schmackhaftesten zuerst und dann die restlichen, was bei den meisten Menschen umgekehrt der Fall war. Thaung Htin war sehr oft in Golzow bei der Familie von Peter, und an Weihnachten und anderen Feiertagen war seine Anwesenheit schon obligatorisch. Er war mit der Familie Wernecke so eng verbunden, dass er während der Zeit von zwölf Jahren in dieser Familie vier Beerdigungen – vom Opa, von Onkel Gustav, von der Tante Irma und von Walter, dem Vater von Peter - sowie die Hochzeit von Lenchen, der Cousine von Peter, miterlebt hatte. Jeder in Golzow pflegte zu sagen: „Frau Wernecke hat zwei Söhne, Peter und Maung."

Mutter Irene Wernecke war eine der herzlichsten und edelsten Menschen, denen Thaung Htin je im Leben begegnet war. An Weihnachten sang er jedes Jahr in der Dorfkirche mit Peter, Lenchen und Tante Brigitte Adventslieder, wobei sich der evangelische Pastor besonders heimlich freute, sogar ausländische Vertretung unter seiner Zuhörerschaft zu haben. Sehr oft gingen sie in die Tanzgaststätte „Rügen" zum Tanzen und zechten anständig mit seinen Dorfkumpeln Schorchi und Heini. Am Silvester tobten sie sich gemeinsam aus im Tanzlokal des Nachbardorfs „Oberjünne" oder „Ragösen" oder Brandenburg aus und küssten um 24 Uhr etliche Frauen in Serie, um ihnen ein glückliches Neujahr zu wünschen, und anschließend begossen sie das Neujahr reichlich im Kreis von neuen und alten Kumpeln, um es mit Anstand und Respekt willkommen zu heißen. Die Verwandten von Peter waren ebenfalls seine Verwandten geworden. Er erinnerte sich sehr oft daran, wie er zusammen mit Helga und Dieter – Peters Cousine und ihr Ehemann – dem Onkel Willi Schabernack gespielt hatten, wenn der arme Onkel Willi unmittelbar nach dem schmackhaften Mittagessen von Gänsebraten, das von Mutter Wernecke jedes Mal vorzüglich kreiert wurde, voller Glückseligkeit und beim gut genährten Dickwanst auf dem Stuhl zu schnarchen anfing, wobei sein Bauch synchron mit dem Schnarchton fleißig mitschwang. In der gemütlichen Bude des Häuschens von Tante Irma und Tante Brigitte hatte er so oft Kräuterschnaps getrunken, bis sein Magen mit einem nicht mehr zu vernachlässigenden Getöse energisch dagegen protestierte. Seine Erlebnisse im Golzow waren unvergesslich. Wie schön wäre es, noch mal in Golzow zu sein, um sich mit Gänsebraten von Mutter Wernecke den Bauch vollzuessen und hinterher den schnarchenden Onkel Willi mächtig zu ärgern!

Jürgen und Peter waren für Thaung Htin nicht nur gute Freunde, sondern auch Lehrer zugleich gewesen, die beiden hatten ihn in seinem jungen Alter im Denken und Handeln ziemlich beeinflusst. Sie hatten sehr oft in Magdeburg zusammen unzählige Kneipen besucht, sich nicht wenige Male mit Bier vollgetankt, waren so häufig zum Tanzen in das berühmte Tanzlokal „Stadt Prag" gegangen, um den hübschen Frauen nachzujagen. Oft am Abend saßen Peter, Zöph, Jürgen, Martin, Edgar, Draga, Frank und Thaung Htin in der Kneipe „Hansaeck", neben dem Studentenheim, und spielten Skat am Biertisch, wobei Thaung Htin meistens dem Spiel zuschaute, während am Nachbartisch einige Studenten Kneipenlieder lauthals anstimmten. Als Student war es ein unbeschreiblich schönes Leben an der TH Magdeburg. Jeder Studierende bekam ein Stipendium, ausreichend sowohl für das tägliche Essen und Wohnen im Studentenheim als auch für Bücher und Bier, wobei das Mittagessen seit Jahren unverändert eine Mark kostete, und die Zimmermiete zehn Mark pro Monat betrug, und die Bücher und das Bier ziemlich billig waren. Unter den Studenten erzählte man im vertrauten Kreis oft Witze über SED-Bosse und vor allem über die verhasste Stasi. Aus Angst, parteipolitisch belangt zu werden, schaute niemand im Internat das Westfernsehen, aber zu Hause sahen die meisten Bürger Westfernsehen, vorausgesetzt, dass ihr Wohnort von Westsendern erreicht werden konnte, daher waren die Bürger der DDR über den Westen bestens informiert. Die unangenehmste und oftmalige Frage, die die Leute an Thaung Htin stellten, war: „Kannst du in den Westen fahren?"

Dann war es für ihn sehr peinlich, zu sagen, dass er als Burmese das Privileg der Reisefreiheit genoß, das ihnen verwehrt war. Von sich aus hatte er daher niemals dieses Thema angerührt, um es anderen Menschen nicht unangenehm werden zu lassen. Jeder, der Augen und Ohren offen hatten, wusste dort zu gut, was mit den Menschen passierte, die mit dem Staat in Konflikt gerieten, in dem sie gegen die SED-Partei öffentlich Kritik übten oder die DDR heimlich oder offiziell zu verlassen versuchten; sie landeten ausschließlich im Stasi-Gefängnis. Diejenigen, die aus politischen Gründen oder durch Fluchtversuch hinter Gitter kamen, wurden nach jahrelangem

Häftlingsdasein früher oder später in den Westen abgeschoben. Man erfuhr derartige Kuriositäten nur durch vertrauenswürdige Freunde oder Bekannte oder vom Westfernsehen. Viele Menschen hätten diesen Staat DDR nicht für immer verlassen wollen, auch wenn sie es gekonnt hätten, aber niemand außer den verbohrten Parteimitgliedern und Stasibeamten war dafür, Ausreisewillige zu verhindern oder sie als Schwerverbrecher jahrelang einzusperren. Für die Menschen, die ins Visier der Stasi geraten waren, war die DDR vom Zuchthaus nicht mehr zu unterscheiden. Daher versuchte jeder eigene Zufriedenheit und Glück in den Bereichen und Nischen zu suchen, wo sie die Reglementierungen des Regimes nicht tangierten. Diese Nischen und Bereiche waren gar nicht mal so gering, wie manche dies kaum glauben würden. Viele fanden ihr Glück in der Wissenschaft und Technik, Musik und Kultur, manche suchten lieber im zwischenmenschlichen Bereich. Wo der Mensch von sozialer Existenzangst befreit ist, den Arbeitsplatz zu verlieren, kein Dach über dem Kopf zu haben oder zu verhungern, dann ist der zwischenmenschliche Bereich groß genug, in welchem viele Menschen ihr augenblickliches Glück finden können. Aber das Glücksempfinden der Menschen verändert sich nach der individuellen Erfahrung und der inneren Einstellung, sodass von Dauerglück nie die Rede sein kann. Einmal sagte sein Freund Jörg, der stets der deftigen sprachlichen Ausdrücke besonders mächtig war:

„Maung, ich und Christina werden dich ganz bestimmt in Burma besuchen, ich kann dir jetzt schon sagen, wann unser Besuch stattfindet, das ist genau in vierzig Jahren und drei Monaten, dann haben wir nämlich das Rentenalter erreicht."

Daraufhin ergänzte Ulla prompt, der in der sprachlichen Gewandtheit seinem Kumpel in keiner Weise nachstand mit den Worten:

„Vorausgesetzt, dass unsere Regierung das Rentenalter nicht erhöht oder die ausgezeichnet bewährten Reiseregelungen weiterhin, wie jetzt ihre Gültigkeiten haben, wofür wir zu allmächtigem Gott täglich beten, weil auf unsere liebe Partei kein Verlass ist, und das weiß auch der liebe Gott."

Lediglich erlaubte seine liebe Frau Krümel eine leise Bemerkung:

„Du, Ulla, passt auf, du wirst noch irgendwann zur Parteizentrale zitiert wegen Hoheitslästerung."

„Ah, was.., hier bei der Unterredung beteiligt sich doch ein ausländischer Würdenträger wie Maung, daher werden sie nicht wagen, Ulla anzugreifen, es sei denn, dass die Partei auf sein Rentenalter ausnahmsweise ein paar Jahre draufsattelt", bemerkte Christina, sodass alle in schallendes Gelächter ausbrachen.

„Wenn ihr jemals in Burma auftauchen solltet", erklärte Thaung Htin,

„und sucht mich unter dem Namen „Maung", da werdet ihr mich dort niemals finden, weil man mich in Burma nur unter dem Namen „Thaung Htin" kennt.

„Ja. Erkläre mal genauer, wie euer burmesischer Name es in sich hat", war die oftmalige Bitte von seinen Freunden, weil es für den Europäer sehr fremd war. So musste Thaung Htin jedes Mal ausführlich über die andersartige Namengebung der Burmesen erläutern:

„Ja, bei Burmesen, männlich oder weiblich, hat jeder seinen eigenen Namen, der sich von der Geburt an überhaupt nicht mehr ändert. Eigener Vorname und Familienname wie in Europa existieren bei uns nicht. Dafür gibt es bei uns sogenannte allgemeine Vornamen für Männer z. B. „Maung", d. h. jüngerer Bruder oder Brüderchen; „Ko", d. h. älterer Bruder und „U", d. h. Onkel, für die Frauen z. B. „Ma", d. h. jüngere oder ältere Schwester und „Daw", d. h. Tante. Wie es sich aus den Bedeutungen der Vornamen erkennen lässt, redet man in Burma einander in verwandtschaftlicher Beziehung, es ist ungefähr so, wie die Europäer im Mittelalter miteinander redeten. Mein eigener Name ist Thaung Htin. Daher wird einer, der ein paar Jahre jünger als ich ist, mich immer Ko Thaung Htin nennen. Wenn er viel jünger ist als ich, dann wird er mich U Thaung Htin nennen. Wenn er aber älter als ich ist, dann nennt er mich immer Maung Thaung Htin oder einfach Thaung Htin ohne Vornamen. Bei den Frauen ist es genau so, je nach dem geschätzten Altersunterschied wird der Vorname an den eigenen Namen angehängt. In offiziellen Anlässen und amtlichen Mitteilungen benutzt man für die Erwachsenen „Ko" oder „U" bei den Männern und „Daw" für Frauen. Für Jungen wird „Maung" und bei Mädchen „Ma" verwendet. Unter gleichaltrigen Freunden redet man mit Vornamen „Ko", aber meist ohne Vornamen. Unter Verwandten oder den eng befreundeten verwendet man den Vornamen „Mama",zwar kurz gesprochen, nicht wie bei lang betontem Wort „Mama (Mutter)" und „Ahma", d. h. ältere Schwester und „Ako" oder „Akogi", d. h. älterer Bruder. Bei dem Lehrer pflegt man höflich, unabhängig vom Alter, mit Vornamen „Saya" (d. h. Lehrer) und bei weiblichen Personen mit „Sayama" (d. h. Lehrerin) zu reden. Gegenüber Älteren redet man mit „Sie" und Jüngeren mit „Du" an, sogar unter den Verwandten."

Seine Freunde hörten ihn aufmerksam zu, obwohl die Einzelheiten der Benennungen an ihnen wie ein Rauschen vorbeisausten. Er leierte wie jedes Mal denselben Vortrag ab: „Als ich in die DDR kam, musste ich offiziell angeben, was mein Vorname und Familienname seien. Da stand ich zum ersten Mal, in der gleichen Situation - wie bei allen Burmesen - vor der Ratlosigkeit, wie wir unseren Namen in Vor- und Familiennamen aufteilen sollen, weil wir so etwas gar nicht haben. Da in meinem Reisepass der Name Maung Thaung Htin stand, gab ich einfach an - Maung als Vorname und Thaung Htin als Familienname."

„Das ist sehr interessant", entgegneten seine Freunde, „aber für uns zu kompliziert, daher nennen wir dich einfach „Maung", basta!"

„Das ist auch gut so, mit dem Vornamen „Maung" bleibe ich ewig jung", erwiderte Thaung Htin mit einem erheiterten Schmunzeln.

Über jeden Zweifel war das Studentenleben an der TH Magdeburg für Thaung Htin und seine Kommilitonen der schönste Lebensabschnitt für immer geblieben. Es war wie ein glückliches Landstreicherleben, was sie als Studenten jede Woche veranstalteten: Von Vorlesungssaal zum Fußballspielplatz, von dort zur Kneipe, nach der Kneipe zur Freundin, wenn es mit der Freundin langweilig geworden war, schritt man zum Tanzklub, dort angelte man wieder eine neue Freundin, dann ging man wieder zur Vorlesung und vom Vorlesungssaal zum Fußballplatz, usw. usw. Im vierten Studienjahr war Jürgen einmal in eine Frau Hals über Kopf verliebt, das war das erste Mal, dass Thaung Htin bei seinem Kumpel nach so vielen Jahren etwas Ungewöhnliches erlebte. Er schrieb in seinem Tagebuch: Jürgen ist richtig verknallt in eine Frau, eine Lehrerin für Musik, sie heißt Anna. Wenn ich mich nicht täusche, wird Anna bestimmt seine zukünftige Frau sein. Ich glaube nicht, dass ich mich irre, denn solche Landstreicher wie Jürgen sind selten im Leben verliebt. Wenn er einmal verliebt sein sollte, dann ist er nicht mehr zu retten – Gott sei Dank zu seinem Glück!

Nach dem Abschluss des Diploms ging Jürgen zum Physik-Institut als wissenschaftlicher Assistent, während Thaung Htin und Peter ebenfalls die Stelle eines Assistenten im Institut der chemischen Verfahrenstechnik antraten, um ihre Promotion weiterzuführen. Im Laufe der Jahre entstand an der TH ein Spruch: Studenten kommen und gehen, aber Maung bleibt immer an der TH. Als sich seine alten Kommilitonen von ihm zu neuen Bestimmungsorten verabschiedeten, kamen neue Freunde Ulla, Krümel, Krilla, Helga, Christina, Jörg, Pencho, Antje, Margot, Bernd, Uwe, Ina, Sascha, Robbi, Ahmed, Gholam in seinen Kreis hinzu, die jünger waren als er. Wie eh und je spielte er fast jeden Tag mit den Kumpeln Fußball, diesmal hießen seine Freunde auf dem Spielfeld Stalino, Osmani, Wanzi, Adasch, Jürgen, Wolfgang, Hemsdorf, Muschi usw. Nach wie vor jedes Jahr tobte er sich bei dem dreitägigen Hochschulfasching in der Stadthalle aus, wo die aufgeladene Stimmung von Beginn an einem summenden Bienenstock glich, und Tausende Studentinnen und Studenten fröhlich schunkelten, leidenschaftlich Twist tanzten, beim Rock and Roll einander hinschmissen, den ganzen Saal in wenigen Minuten in ein Tollhaus verwandelten, lange Schlangen bei der Polonaise anführten, beim enggeschmeidigen Walzer einander die Gefühle abtasteten, fast jede mit jedem bei der ruhigen schwingenden Musik knutschte, und die sich zumindest an dem Abend fest verbunden Fühlenden bei zärtlicher Musik einander leidenschaftlich und ausgiebig umschlangen.

Am vierten Tag nach dem Fasching lag Thaung Htin mit dem vom Alkohol gepeinigten Magen im Bett. Bei dem jährlichen Studentenfasching der medizinischen Akademie und der Hochschule für Wasserwirtschaft hatte er gemeinsam mit seinen Zechgenossen wie immer teilnehmen müssen. Nicht selten fand in regelmäßigen Zeitabständen eine Seminarfete irgendeiner Klasse von der Pädagogischen Hochschule statt, an der junge hübsche Damen die Mehrzahl der Studierenden bildeten. Hier waren Thaung Htin und seine Kumpel ständige Gäste, die sich jedes Mal zum Feiern selbst eingeladen hatten. Besonders am Vatertag verweilt der hart gesottene Kern der Studenten, das waren etliche Freunde Thaung Htins, in den Dorfkneipen um Magdeburg, um morgens mit Bier und Hackepeter anzufangen, mittags mit Bier und Eisbein fortzusetzen und in den späten Stunden nur noch allein mit der Bierflasche einzuschlummern. Wie so oft war Thaung Htin mit seinem Kumpel Uwe Sarömba in der Künstlerkneipe des Maxim-Gorki-Theaters, um mit seinen Schauspieler-Freunden Rolf MeyDahl, Hella, Monika ein angeregtes Plauderstündchen beim Bier zu absolvieren. Ah, wie gern würde er noch mal in jene ständig pulsierende Künstlerkneipe gehen, um dem stets pathetisch vorgetragenen Gitarrengesang von Rolf zu lauschen, der mit vielen würzigen Texten gespeist und von den Freunden stets mit frenetischem Beifall bedacht wurde. Das sorglose und gewohnte Leben des Thaung Htin geriet nur dann und wann ins Wanken, wenn er in eine Frau mit ganzer Leidenschaft verliebt war. Weil er sich dafür fest entschieden hatte, nach Burma zurückzufahren, konnte er einer Frau nicht zumuten, ihre Verwandten und ihr gewohntes Umfeld zu verlassen und dahin mit ihm zu ziehen, wo katastrophale Lebensverhältnisse auf ihn warteten. Wenn eine Frau bereit war, ihm bis ans Ende der Welt zu folgen, war die Leidenschaft seinerseits leider oft nicht übermäßig groß, sodass er es sein gelassen hatte. So schlitterte er von einem Schiffbruch zum nächsten, wie ein Reisender, der keine Ruhe in der Seele gefunden hatte. Was seine Promotion betraf, so hatte er sich von Anfang an vorgenommen, seine Doktorarbeit mit gedrosselter Intensität, die Thematik seiner wissenschaftlichen Arbeit aber doch gründlich, umfassend und vor allem gemütlich und ohne jegliche Hektik durchzuführen und zu erforschen, was auch in den folgenden Jahren so geschah, wie er von Beginn an beabsichtigt hatte, weil er nicht so schnell nach der Promotion nach Burma zurückkehren wollte.

Nun in seinen Gedanken schlenderte er noch mal ganz gemütlich auf dem Hochschulgelände, an der Mensa vorbei, in Richtung Hauptgebäude der Sektion Acht. Die Straßenbahn, die von Norden her kommend, die Areale der TH überquerte und sich in die Richtung Stadtmitte eilte, begrüßte ihn mit den wohlvertrauten Tam-Tam-Tam-Glockentönen. Er machte Halt beim Institut für Antriebstechnik, um mit Freddy, der hier genauso wie Uwe, Otto und Günther als wissenschaftlicher Assistent tätig war, eine Partie Schach zu spielen und ihn mächtig zu ärgern, was er in etlichen Jahren so oft getan und daran jedes Mal ergötzlich empfunden hatte, immer mit den einleitenden Wortsalven:

„Na, Freddy, nach deinem kümmerlichen ersten Zug kann ich dir todsicher, mit absoluter Gewissheit, voraussagen, dass dein Schicksal nach genau fünfzehn Zügen besiegelt sein wird. Wenn ich dir aber aus gewissen philanthropischen Gründen Mitleid gewähren sollte, das muss ich im Laufe der Entwicklung auf dem Schachbrett in gegebener Situation entscheiden, nicht wahr? Es könnte sein, dass ich aus Gnade deiner Daseinsberechtigung ein paar Züge mehr einräume. Aber mehr würde der Anstand gegenüber ehrlichen Spielregeln nicht erlauben, tut mir furchtbar leid, dir die harte Wahrheit an den Kopf zu schmeißen."

„Du, Quatschkopf immer mit deiner vollmündigen Ankündigung", erwiderte Freddy grimmig. Nach ein paar Zügen kippte die Partie weniger zu seinen Gunsten, somit war er gezwungen, sein Schlussplädoyer rechtzeitig abzuhalten:

„Ja mein Freund, ich habe nicht gedacht, dass meine Nachsicht und mein Mitleid in meinem Unterbewusstsein gegenüber dir so überwältigend waren, demzufolge werde ich sogar meinen Freund ausnahmsweise, ab und zu, gewinnen lassen, wohl gemerkt, mit der edlen Absicht eines Ritters, dich doch von Mal zu Mal anzuspornen, damit du dich auch sofort bereitfindest, wo und wann auch immer in den Ring zu steigen, wenn ich dich zu einer Partie auffordere."

„Schach, matt, siehst du, ich habe deinem König den Kopf abgeschlagen, du kannst reden, wie du willst."

Triumphierend erhob Freddy mit leuchtenden Augen seine Faust in die Höhe, seine goldenen Backenzähne schienen gerade zur Siegesfeier extra zu glänzen. Sein schmunzelndes Gesicht schmolz wie Honig, den errungenen Sieg in vorzüglicher Weise zu versüßen.

„Ja mein Freund, zwischen einfachem Verlieren und Verlieren mit Edelmut, gibt es einen feinen Unterschied, dessen wahrer Wert für den Erdenmenschen manchmal nicht so einfach ist, überhaupt annähend zu begreifen", erwiderte er scheinbar erhaben.

Rhetorisch war er doch mit seiner großen Klappe immerhin ungeschlagener Sieger, aber auf dem Schachbrett trug Freddy fast immer den Sieg davon. Was besonders ihm beim Schachspiel mit Freddy nebenbei noch Angenehmes herbeischaffte, war, dass er während des Spiels der schönen Anita, die als Sekretärin im Zimmer nebenan saß, ein paar nette Blicke zuwerfen konnte. Ah, wie gern hätte er noch mal mit Freddy Schach gespielt und die Schönheit von Anita noch einmal bewundert. Nicht weit von Freddys Arbeitszimmer auf dem gleichen Flur befand sich sein Arbeitszimmer im Institut für chemische Verfahrenstechnik, wo er sechs Jahre lang gearbeitet und mit Botschi und Charlie Laid zusammengesessen hatte und so heimisch geworden war. Sein Chef Prof. Kattanek saß im Nebenzimmer. Wie schön wäre es, die geistreichen Witze seines Chefs noch mal zu hören, der nicht nur als ein bekannter Wissenschaftler, sondern auch als unvergleichlicher Meistererzähler des Witzes galt und stets in der Lage war, wie ein Maschinengewehr Dutzende Salven von lustigen Geschichten aus dem Stegreif abzufeuern? Besonders wenn er ironische Witze erzählte, schlugen die Wimpern seiner Augen, die im Vergleich zu seinem ausgesprochen freundlich rundlichen Gesicht etwas zu klein geraten zu sein schienen, auf und nieder; sein vorpreschender Wanst bebte ein wenig heftiger als sonst. Gegenüber auf der anderen Seite befand sich das Gebäude für Chemie und Physik. Zum Chemie-Institut zu gelangen, ging er am Hörsaal 3 vorbei. Von dort streifte er durch das chemische Institut, wo ein gewisser Dozent Dr. Müller, der, unabhängig von seinem Privatleben, wegen seiner kameradschaftlichen Einstellung zu seinen Mitarbeitern von allen gern als Boss tituliert wurde, einst dessen Chemielabor unter liebevoller Partizipation von manchen weiblichen Schönheiten in ein traumhaftes Paradies verwandelte. Er ging in den Chemie-Laborraum im Keller, wo er mit seinen Freunden Repsi, Angela und Eva in ihrem Arbeitszimmer so vielmals in den Jahren über dies und jenes bei ein paar Tassen Tee gemütlich geplaudert hatte. Repsi, stets mit der nach hinten fein glatt gekämmten Haarpracht, grinste Thaung Htin an, wenn er manchmal im Labor auftauchte. Thaung Htin erwiderte ihm mit einer ironischen Bemerkung:

„Repsi, mit deiner Haarpracht willst du ja deinen hübschen Kolleginnen immer imponieren, nicht wahr?"

„Oh ja, der hat uns seit Jahren ungemein imponiert, meistens auch viel zu viel imponiert", äußerte Angela mit einem Seitenhieb auf Repsi. Da ergänzte Eva mit einem Schmunzeln:

„Ich kann mich ruhig deiner Ansicht anschließen, dass unser lieber Repsi über unerschöpfliches Imponiergehabe verfüge."

Alle schüttelten sich vor Lachen aus, wobei sich Repsi eine betretene Mine nicht verkneifen konnte.

Zu seinem Zimmer im Internat 4 zurückgekehrt, kochte er oft aus Fleisch, Bino-Gewürze und ungarischem Paprika ein leckeres, vor allem scharfes Gericht und tischte es mit Reis auf für seine Kumpel Adasch, Osmani, Wenzi, Gholam, Ahmed, Jürgen, Robbi, Otto und Uwe, die jeweils bei ihm an verschiedenen Tagen aufkreuzten. Sie verschlangen das Zeug mit Haut und Haar und spülten ihre von scharfer Peperoni verbrannten Kehlen und Zungen mit kaltem Bier durch, und sie sangen bis in die Nacht hinein. Der dick gefüllte Bauch und die heiße Kehle erzeugten gewöhnlich eine ausgeprägte Bassstimme und hervorragende Stimmung. Bevor er sich ins Bett legte, tauchte manchmal sein Kumpel Otto Flöte vor seiner Tür auf, der in die gleichen Fußstapfen des großen Otto, Otto von Guericke, zu treten bemüht war, der zum Ruhm und Ehre von Magdeburg wesentlich beigetragen hatte, in dem er sich der Wissenschaft der Kugel widmete. Otto von Guericke war mit seinem berühmten Experiment der „Magdeburger Halbkugeln" in die Geschichte eingegangen. Dem großen Otto annähernd ähnlich beschäftigte sich der gewisse Herr Otto Flöte jahrelang ausschließlich mit der runden Lederkugel auf dem Spielfeld in der Funktion des unermüdlich rackernden, grätschenden Kapitäns der TH-Fußballmannschaft, dabei trat er experimentierend gnadenlos mit voller Wucht, immer und immer wieder, auf den kugeligen Lederball und gelegentlich, nicht selten, auch nebenbei an das Schienbein des Gegners, worauf er stets mit den anerkennenden Worten: „Du, Arsch, pass doch auf!", vom Gegner reichlich bedankt wurde. Diese Tat gereichte ihm und der Hochschule in diesen Jahren zu unsterblichem Ruhm und Ehre. Dieser Kumpel Otto war gerade im Begriff in Begleitung einer Dame, die er vor einer Stunde im Studentenklub beim Dinieren gleich mit dem ersten Augenzwinkern erobert hatte, Thaung Htin einen Ehrenbesuch ausgerechnet vor dem Schlafen abzustatten und selbstverständlich vor allem seine neueste Errungenschaft dem guten Freund vorzustellen.

„Hallo Maung, wie geht's dir?"

Der schmunzelnde Gesichtsausdruck mit den verkniffenen Augen des ehrenwerten Kumpels offenbarte schon alles. Otto brauchte nicht die gebührend höfliche Anrede zweimal zu wiederholen, er händigte prompt den Zimmerschlüssel seinem Kumpan aus und verabschiedete sich schleunigst mit den Worten:

„Ihr wisst ja schon, was ihr zu tun habt, und ein paar Bier sind noch im Schrank."

Er verschwand schleunigst und übernachtete droben im anderen Zimmer.

Er hörte nun immer noch den Gesang der Biermesse seiner Freunde, der nach dem erlesenen burmesischen Essen ertönte. Die heilige Biermesse wurde meist unter der Leitung des stimmgewaltigen Uwe Sarömba gelesen, und was er vortrug, sangen ihm alle nach, Strophe für Strophe. Uwe stand an der Spitze des Tisches in festlich erhabener Manier, erhob das randvoll gefüllte Bierglas in den Himmel. Die einzelnen Haare, die ihm auf dem fast zur Glatze gewordenen Kopf sparsam und spärlich wuchsen, spreizten sich, angesichts der eingetretenen Stimmung sogar in die Höhe, sein blonder Vollbart verlieh ihm majestätische Würde. Mit einer wohltuenden und sanften Stimme eines Priesters verkündete er die hohe Botschaft, als spreche er in einer großen Kirche von der Kanzel herab zu den unten versammelten sündigen Gläubigen:

„Silentium, Silentium! Wiederholt ihr das Gebet, was ich euch nun vortrage!

„Herr, gib uns unseren Moses wieder. *Herr, gib uns unseren Moses wieder!*
Auf dass er seine Glaubensbrüder, *auf dass er seine Glaubensbrüder*
Führet in das Gelobte Land. *Führet in das Gelobte Land.*
Halleluja! *Halleluja*
Halle Leipzig! *Halle Leipzig*
Halle Saale! *Halle Saale*
Halle Dresden! *Halle Dresden*
Da verfluchte das Gesindel den Narren. *Da verfluchte das Gesindel den Narren.*
Amen, *Amen*
Und schlug der Blinde den Lahmen. *Und schlug der Blinde den Lahmen.*
Amen, *Amen*
Zigkri zagkri.heu heu heu (ab hier sangen sie alle zusammen.)
Wir Studenten sind immer dabei.
Prost mein Herr, prost mein Herr ... Zum Woh...le.
Ein Helles, ... Helles, Helles, Helles
Ein Helles,…. Helles, Helles, Helles
Ein helles Bierchen. Zum. Woh…le.

Der rhythmische Gesang seiner Freunde klang in seinem Ohr wie eine sanfte Melodie, die nie langweilig sein würde, diese immer wieder erneut zu hören. Das Klirren der Biergläser, die seine Kumpel lauthals schreiend am Ende der letzten Verse anstießen, war wahrhaftig die Krönung des Festaktes. Der euphorisch stimmende Gesang erklang in seinen Gedanken wie ein mehrfaches Echo, er schloss die Augen und widmete sein ganzes Gehör dem heiligen Chor seiner Kommilitonen.

Die Zuflucht in die Vergangenheit gewährte ihm jedoch keine wahre Erlösung. Nach einer Weile, wach gerüttelt und eingeholt von der Gegenwart der schrecklichen Einsamkeit, die ihn auf grausame Weise folterte, fragte er

sich selbst misstrauisch:
„Habe ich die Stimme meiner Kumpel wirklich gehört oder war das nur eine Einbildung von mir? Ja tatsächlich, es war nur meine Einbildung." Mühsam und schwerfällig stieß er einen Seufzer aus, während er seine Knie mit beiden Armen fest umschlang, als suchte er festen Halt, von den schönen Erinnerungen nicht herabzustürzen. Er starrte eine Zeit lang das Fenstergitter an und murmelte dahin:
„Dieser Gesang wird mich nie wieder erreichen. Nun, es ist alles vorbei für immer und ewig, ich werde nie wieder dahin kommen können, ihr seid in einer anderen Welt, ich bin nun weit weg von Euch, Freunde."

Das Zimmer schien noch schweigsamer und stummer zu sein als vorhin, der Schatten des schwarzen Totengräbers hatte sich nicht vom Fleck gerührt und starrte ihn immer noch von der Decke herab. Wenn er doch die Stimme irgendeines Lebewesens, von Menschen oder Tauben oder Hunden hören könnte, dann würde er sich nicht so schrecklich einsam fühlen. Obwohl er doch so müde und von Schläfrigkeit fast zerdrückt wurde, kämpfte er mit aller Macht nicht einzuschlafen. Ja, er hatte einfach Angst, sich noch mal ins Bett zu legen, denn wäre er sicherlich von dem schrecklichen Albtraum erneut in die Hölle gezerrt und unerträglich gefoltert worden. „Nein, ich will nicht zurück in diesen Traum der schrecklichen Qual, Gott möge mich davor bewahren." Er erinnerte sich an einen Satz, den er irgendwo mal gelesen hatte: Der wahre Wert eines Gegenstandes ist für denjenigen erst dann sichtbar, wenn er diesen nicht mehr besitzt.

Nun saß er im neuen Zuhause in Thamein, nördlich von Rangun in Burma. Das Haus, in dem seine Familie seit Jahren wohnte, war ein Miethaus. Es war wie viele andere Häuser aus Holz und Bambus und auf einen halben Meter hohen Holzstelzen gebaut und mit Wellblech überdacht. Außer einem Zimmer, wo seine jüngere Schwester Ma Khin Htay und seine Nichte Ma Lay schliefen, gab es nur freie Flächen. Das Schlafbett für den Vater war links neben dem buddhistischen Altar im Erdgeschoss aufgestellt. Neben der Treppe war der Esstisch, im Vorraum war die Sitzgarnitur mit Tisch für Gäste platziert. Auf der Etage waren zwei Schlafbetten, eine für ihn und die andere für seinen Bruder. Nach hinten war ein freier Raum an das Haus angegliedert, der als Küche diente. Die Toilette befand sich außerhalb hinter dem Haus. Alle Türen des Hauses wurden am Tag aufgemacht, sodass das Haus stets luftig blieb, andernfalls wäre es unter der schwülen Hitze im Hause kaum auszuhalten gewesen. Was man in dem Hause sagte und tat, wurde von Nachbarn gesehen und mitgehört. Es kam ihm vor, als ob sich sein Leben von nun an wie auf der Freilichtbühne unmittelbar vor den Zuschauern abspielen müsste. Je mehr Thaung Htin darüber nachdachte, umso mehr erschien es ihm wie ein offenes Bühnentheater des wirklichen Lebens, worauf nicht nur er, sondern auch alle Protagonisten zumindest von diesem Stadtviertel, unfreiwillig ihre zugeloste Rolle zu spielen, verurteilt waren. Die von ihm bis lang gewohnte individuelle Privatsphäre wie in Magdeburg war hier nur noch ein Wunschtraum, das kam ihm zuallererst schwer verdaulich vor. Am Tag übertrug das Wellblechdach die ganze Hitze der grellen Sonne ins Haus, es waren über vierzig Grad im Schatten. Das feuchtwarme Klima in dieser Jahreszeit ließ ihn ständig aus allen Poren schwitzen. Schwitzen sollte theoretisch nach dem Willen der Natur etwas Kühlung verschaffen, aber die Hitze des Wellblechdachs überstrahlte alles so sehr, dass ihm der Rücken wehtat, als stünde er vor glühenden Kohlen. Er legte ständig ein nasses Handtuch auf seinen nackten Rücken, um es etwas erträglicher zu machen. Wenn es Nässe verlor, wurde es erneut in frisches Wasser getaucht und wieder auf den Rücken gelegt. So funktionierte für ihn die improvisierte Klimatisierung im Hause.

Seitlich rechts von seinem Haus, in der Mitte der etwa zweihundert Quadratmeter breiten Ebene, hatte sich ein großer Müllhaufen angesammelt, der seit Jahren von der Gemeinde nicht gekehrt war und tagtäglich wuchs. Von Regen eingeweicht, vermischt mit allerlei Abfällen und bevölkert von Würmern, Larven etlicher Arten von Insekten, Fliegen und Ungeziefer, spendete der Müllhaufen einen Gestank der Fäulnis und des Ekels, der für jeden Nachbarn bei ungünstigen Winden, je nach der Richtung, schwer zu ertragen war. Ein großer Banyanbaum, der neben der Müllkippe seit über dreißig Jahren Wurzeln geschlagen hatte, streckte seine zahlreichen Äste schirmartig nach allen Seiten. Gestützt auf einen mächtigen Stamm und mit seinen dicht gewachsenen Blättern bot er jedem Passanten kühlen Schatten gegen die glühende Hitze der Sonne. Am Fuße des Banyanbaums betrieb der Nachbar einen kleinen Laden, gedeckt mit getrockneten Palmenblättern und eingerahmt mit Bambusmatten. Dort wurden Betel, Tabak und Süßigkeiten angeboten, während der Verkäufer neben seinen Waren, die ordentlich in separaten Kästen an einem schiefen Brett angebracht waren, den ganzen Tag im Schneidersitz verharrte. Der Laden war stets gut besucht von Nachbarn und Passanten auf der Straße, die gern ein Schwätzchen miteinander machen wollten. Es war für Thaung Htin erstaunlich, wie wenig sich diese Leute um den Gestank des Mühlhaufens von nebenan scherten, als existiere dieser gar nicht. Seit seiner Rückkehr nach Rangun nervte ihn dieser unerträgliche Gestank vom ersten Tag an. Er beschloss eines Tages, diesen zu beseitigen. Ausgerüstet mit einer Benzinflasche, Schaufel und Besen rückte er dem Müllhaufen auf den Leib, er kehrte und schaufelte alles penibel zusammen, stapelte alles hoch, sprühte mit Benzin und zündete Feuer, während die Nachbarn und vier, fünf Leute, die vor dem Tabakladen standen, ihn mit einer Mischung aus neugierigen und misstrauischen Blicken überzogen, als wäre es für sie eine Weltneuheit. Er nahm davon Kenntnis, dass sich die Leute für seine Handlung nicht begeisterten, aber seinerseits würdigte er sie keines Blickes. Es knisterte und brannte, schwarzer Rauch stieg hoch. Zwei, drei Leute kamen auf ihn zugeeilt und beschwerten sich, es stinke nach Rauch.

„Was ist Ihnen besser, dieser Gestank von Rauch, der gleich verschwindet, oder anderer ekelhafter Gestank, der Ihnen täglich um die Nase weht und womöglich noch Ungeziefer und Ratten anlockt und damit irgendwann ganz sicher schöne angenehme Krankheiten herbringen wird?"

Seine knallhart schroffe Frage, vorgetragen mit äußerst ernster Miene und entschlossenem Blick, ließ die Beanstandenden auf einmal verstummen. Das war der erste Konflikt mit der Umgebung hier, es wird auch nicht der Letzte sein, dachte er. Als die aufgeregten Nachbarn sich langsam am Ende doch beruhigt zurückzogen, kam ihm ein freundlicher junger Mann, der im gleichen Alter wie er zu sein schien, mit breiten Schultern und kurz geschorenem Haar, entgegen und sagte:

„Es ist gut, was Sie hier machen, ich bin auch gar nicht auf diese Idee gekommen, auf diese Weise den Müll zu beseitigen. Wissen Sie, die Leute hier sind so wie so ziemlich unwissend, brauchen Sie gar nicht zu beachten, ah, übrigens ich heiße Phone Myint, arbeite als Rechtsanwalt und wohne in dem Haus schräg gegenüber von Ihnen. Ich habe schon von Ihrem Bruder Ko Thaung Lin gehört, dass Sie aus Deutschland zurückgekommen sind, wenn Sie jetzt bisschen Zeit haben, kommen Sie mal zu Besuch zu mir."

Die Wohnung von Ko Phone Myint befand sich in einem zweistöckigen Haus, das aus Holzbrettern gebaut war. In der unteren Etage waren zwei Wohnungen, die bewohnt waren. Auf der oberen Etage in einer Wohnung lebte er mit seiner Mutter zusammen, die sich aber meist bei seiner jüngeren Schwester aufhielt, die sich in einem anderen Stadtteil Kamayut niedergelassen hatte. Die mächtigen Äste des großen Banyanbaums vor dem Haus überdachten sogar die Häuser ringsum, sodass man von der Veranda seiner Wohnung aus die herzförmigen grünen Blätter anfassen konnte, die im rauschenden Wind raschelten. Unmittelbar neben seiner Wohnung auf der gleichen Etage, getrennt nur noch durch eine dünne Holzbretterwand, wohnte eine junge Frau allein, die etwa im Alter von vierzig zu sein schien, ihr erwachsener Sohn wohnte für sich im unteren Stock.

Ko Phone Myint reichte ihm eine Flasche Bier zur Begrüßung, als sie auf der luftigen Veranda saßen, die an die der jungen Frau grenzte. Sie hörten schon deutlich die leisen Schritte der Nachbarin, wie sie sich in ihrer Wohnung bewegte. Einige Leute, die sich vor dem kleinen Tabakladen aufhielten, blickten neugierig herüber zu Ko Phone Myint und seinem Gast, als sie zum Wohl anstießen. Von Ko Phone Myint erfuhr er, dass die junge Frau seit etlichen Jahren Witwe sei und dieser bis jetzt noch nie direkt mit ihr ein Wort gewechselt hätte, obwohl sie doch unmittelbar dicht nebeneinander wohnten. In dem Moment, als sie die Bierflaschen aneinander klingen ließen, trat die Witwe ihrerseits auf die Veranda, das Gesicht auf die Straße zugewandt, ihre zierlichen Hände das Geländer festhaltend; ihre langen schwarzen Haare waren ordentlich nach hinten in einem Knoten festgebunden, ihre zierliche Nase und etwas helle Hautfarbe waren nicht gerade typisch burmesisch. Der um die schlanke Taille fest gewickelte Tamain (Wickelrock für die Frau), leicht grün mit lilafarbenem Blumenmuster, ließ ihren anmutigen Körper besonders graziös erscheinen, ihr gewölbter Busen unter der einfachen blauen Bluse trat hervor, wie hungrige Blumen nach der Sonne. Thaung Htin war sehr angetan und angenehm überrascht von der einfachen und schlichten Schönheit dieser jungen Dame, er streifte sie mit neugierig prüfendem Blick von Kopf bis Fuß, sie verhielt sich unbeweglich so, als ob niemand außer ihr anwesend wäre, obwohl sie doch nicht mal drei Meter von den zwei jungen Männern entfernt war und alles, Wort für Wort, mithörte, worüber die beiden sich unterhielten.

„Ja, Sie haben aber eine sehr hübsche Dame als Nachbarin, ganz zu beneiden", machte er ein Kompliment zu Ko Phone Myint, während er mit leichtem Kopfschwenken verstohlen kurz auf die junge Frau schielte. Sie drehte ihren Blick in dem Moment nach links, gerade entgegengesetzt zu ihnen, starrte eine Zeit lang, als warte sie auf irgendjemanden. Es schien äußerlich so, dass sie, nicht im geringsten, Notiz von den gehörten Komplimenten genommen hätte, zumal sie eine derartige schmeichelhafte Bemerkung über sich selbst noch nie gehört hatte, seitdem sie hier so viele Jahre ihr Witwendasein fristete. Es war mehr als verständlich in Burma, wo die geheuchelte Sittsamkeit als Tugend betrachtet und die natürliche Beziehung zwischen Mann und Frau in der herrschenden buddhistischen Religion als niedrige, animalische Begierde verdammt wurde, dass ein bloßer Blick einer Frau auf einen Mann in diesem prüden, geheimnisvollen Land viel mehr besagt als im aufgeklärten Europa.

Unmittelbar nach seinem Eintreffen in Rangun besuchte er seine Freunde, die an der Technischen Universität Rangun im Stadtteil Gyogone, die im Volksmund als die RIT(Rangoon Institute of Technology) bekannt war, als Lehrkräfte tätig waren. An der RIT war das Wiedersehen besonders herzlich mit seinen alten Freunden, Dr. Tin Hlaing, Dr. Saw Phru und Dr. Aung Soe, die nach dem Studium in der DDR bzw. in der CSSR zurückgekommen waren. Hier an der RIT entstand nach seinem Eintreten ein ausgesprochen enger Freundeskreis in dem Tennisklub, angefangen von dem über alles in Tennis extrem verliebten Rektor Dr. Aung Gyi, dem schlagfertigen Gentleman U Aung Than, dem wahnwitzigen U Tin Hlaing, dem weiberscheuen Dr. San Tint, For ever smiling Dr. Tin Win, dem sarkastisch erzählenden Dr. Khin Maung Win bis hin zu den jungen dynamischen wissenschaftlichen Assistenten Ko Win Kyaw und Ko Han Tin. Im Kreis um seinen alten Kumpanen Tin Hlaing und Saw Phru bildeten sie den echten Kern der Tennistruppe, die ihren Spaß beim Zusammensein der lebenslustigen und gleichgesinnten Freunde ausgiebig genossen, als nur auf dem Tennisplatz ernsthaft nach dem Filzball gemäß der vorgeschriebenen Regeln zu jagen und Punkt für Punkt schweißtreibend zu erkämpfen.

Nun zwei Monate seit seiner Rückkehr arbeitete er als Tagelöhner mit zehn Kyat pro Tag am Institut der Forschung in Rangun, da die normale Bearbeitung seiner offiziellen Anstellung in dem Institut laut dem hiesigen Direktor etwa ein halbes Jahr beanspruchen würde. Den wahren Grund, warum der Direktor die Zeitdauer der Bearbeitung der Bewerbung in seinen Händen, je nach der Größe des politischen Einflusses, der hinter dem Bewerber stand, beliebig variieren konnte, erfuhr er nach Jahren. Thaung Htin wurde ein Projekt zugeteilt: Methanol aus burmesischen Hölzern durch Holzvergasung zu gewinnen. Ihm schien es zuerst als eine vernünftige Aufgabe. Er ging unverzüglich mit Elan an die Arbeit, entwarf eine Pilotanlage und ließ die Anlageteile in der Werkstatt herstellen, konstruierte in drei Monaten eine funktionsfähige Versuchsanlage, die in einem dafür errichteten Schuppen untergebracht war. Er war selbst damit sehr zufrieden and widmete sich ganz der Arbeit. Täglich fuhr er zur Arbeit mit dem Bus von Thamein über Seven-and-halfmile per Umsteiger bis zum Institut. Die Busse waren ständig randvoll mit Passagieren. Wie könnte es anders sein für den Kerl, der mit der europäischen Kultur jahrelang vertraut war, besonders nach dem Prinzip „Ladies first", gewährte er jedes Mal an der Haltestelle den Damen Vortritt in den Linienbus. Die burmesischen Damen pflegten stets, mit ihren kräftigen Ellenbogen bis in das Innere des Busses durchzudrängen. Unmittelbar danach war der Bus voll gequetscht wie eine Sardinenbüchse, sodass dieser Bus unverrichteter Dinge ohne ihn losfuhr. Nach mehrmaligem Verpassen des Busses sah er sich gezwungen, das von ihm geachtete Prinzip doch von Fall zu Fall, der Notlage entsprechend, variierend zu praktizieren.

Eines Tages war er doch Zeuge eines seltsamen Vorfalls, der ihn von da an intensiv beschäftigte. Es war eine Bushaltestelle in der Nähe der psychiatrischen Klinik. Er wartete in der Mittagzeit auf den Bus, und etwa zehn Leute standen ebenfalls in der Nähe. Der Himmel war klar und die Sonne brannte unbarmherzig, Schatten spendende Bäume waren rar an dieser Stelle. Plötzlich hielt ein Militärfahrzeug an der Bushaltestelle unmittelbar vor ihm und den danebenstehenden Leuten. Soldaten, etwa zwei Dutzend an der Zahl, stiegen aus mit dem Gewehr in der Hand.

„Los, los Leute an den Straßenrand, Kopf nicht umdrehen, verstanden, los schnell!", schrien die Uniformierten die Passanten auf der Straße an. Sie trieben sofort ihn und die anderen rabiat mit Gewehrkolben bis zum Straßenrand, ohne die unschuldigen Menschen in irgendeiner Form zu bitten oder mindestens irgendetwas zu erklären, wozu diese oder jene Maßnahme unbedingt notwendig sei. Er war von den unerwarteten rüden Attacken der Soldaten gegenüber den unschuldigen Passanten, die sich in keiner Weise unzulässig gegen die Staatsmacht aufgelehnt hatten, überrascht und sprachlos, was andererseits auf der ganzen Welt, wo die Despoten an der Macht sind, gang und gäbe war. Er schäumte vor Wut, und als er im Begriff war, aus Zorn den Kopf umzudrehen und zu fragen, was überhaupt los sei, deutete ihm ein alter Mann, der dicht neben ihm stand und im Alter seines Vaters sein könnte, flehentlich mit dem ängstlichen Gesichtsausdruck, dies nicht zu tun. Er schaute in die Augen des gutmütigen alten Manns und entschloss sich widerwillig zu schweigen, er musste die Zähne zusammenbeißen, um seine ganzen Sinne im Zaum zu halten. Ein Militärjeep, ausgestattet mit Funkantenne, Soldaten mit Maschinengewehren darin, passierte mit scharfem Tempo, die Bushaltestelle, gefolgt von einer schwarzen Limousine und dahinter wiederum ein großer Militärlastwagen voll von Soldaten. Als die Wagenkolonne in hundert Meter Entfernung hinter der Straßenbiegung verschwand, zogen die Soldaten ab, stiegen in ihren Lastwagen und fuhren fort ohne irgendeine Erklärung an die Menschen, die an den Straßenrand gewaltsam abgeschoben worden waren.

„Es war gut, dass Sie den Kopf nicht umgedreht haben", sagte der alte Mann seufzend, doch spürbar mit erleichterter Stimme zu ihm, „sonst hätten Sie ganz sicher einen Gewehrkolbenschlag aufs Gesicht gekriegt, machen Sie das nie wieder, ne., junger Mann, ich habe schon schlimme Dinge erlebt."

Der väterliche Ton von dem alten Mann war ihm sehr beruhigend, und er bedankte sich bei ihm und fragte neugierig:

„Wer war denn überhaupt in dem schwarzen Auto?"

„Das war sicher Nr. Eins, haben Sie das nicht gewusst?"

Der alte Mann schmunzelte dabei ein wenig, da er doch sein Erstaunen über diesen seltsamen jungen Mann nicht ganz verbergen könnte.

„Nein, das habe ich nicht gewusst."

Als er dies nachdenklich äußerte, war der alte Mann bereits in den Bus in Richtung Mingladon eingestiegen und winkte ihm zum Abschied. Das war ihm eine unheimliche Begegnung mit der Nr. Eins Burmas, General Ne Win, der angeblich zum Wohle der Burmesen den Sozialismus aufbauen wollte.

Am nächsten Tag begegnete Thaung Htin im Institut einer Chemikerin, die ebenfalls nach der Promotion an der Universität Sidney nach Burma zurückgekehrt war. Sie war in den letzten Tagen nur damit beschäftigt, ihren mitgebrachten Pkw Toyota-Corrola so schnell wie möglich zu verkaufen. Sie erzählte ihm fröhlich, dass sie ihr Auto endlich für dreihunderttausend Kyat losgeworden sei.

„Mit dem Geld kann ich erst eine Existenzgrundlage schaffen und ein Häuschen kaufen. Mit dem Gehalt von vierhundert Kyat, die wir erst nach sechs Monaten bekommen, reicht es von vorne bis hinten nicht bei diesen Lebenshaltungskosten. Warum wir hier sechs Monate lang als Tagelöhner arbeiten müssen, bis wir angestellt werden oder die Bearbeitung unserer Anträge so lange Zeit beansprucht, ist es mir rätselhaft".

„Es ist mir ebenfalls schleierhaft", sagte er nachdenklich. Es gab viele Dinge, die ihm am Anfang in Burma unverständlich erschienen. Er wurde im Laufe der Zeit eines Besseren belehrt. Wohin er kam und wen er auch treffen mochte, Bekannte oder Fremde, die allererste Frage, die ihn unmittelbar nach seiner Rückkehr von Deutschland gestellt wurde, lautete immer gleich und monoton: Haben Sie ein Auto mitgebracht? Es ärgerte ihn mächtig. Die Leute interessieren sich nur für das Auto, die wollen ja gar nicht wissen, was ich überhaupt studiert habe. Er hatte viele Bücher mitgebracht, womit er etwas Vernünftiges hier anfangen wollte und ein Fahrrad dazu für seinen persönlichen Gebrauch. Nach lehrreichen Tagen und Wochen hatte er begriffen, was diese scheinbar simple Frage nach dem Auto wirklich in der Tat hindeutete, die er nicht gekannt hatte. Hier bedeutete das Auto so was wie ein Lottogewinn. Der Import von Industrieerzeugnissen und Luxusgütern wie Autos wurde von dem Militär streng kontrolliert. Privat durften nur noch Burmesen, die im Ausland gearbeitet oder studiert hatten, ein Auto nach Burma mitbringen. Die Preise für Autos waren in schwindelerregende Höhen gestiegen. Er hatte hautnah gespürt, wie seine materiellen Lebensbedürfnisse nach dem verfügbaren Einkommen sehr weit eingeschränkt werden mussten.

Er erzählte John, Charlie und Ko Maung Maung, die ebenfalls in dem Forschungsinstitut seit Jahren beschäftigt und mit ihm gut befreundet wa-

ren, von dem gestrigen Vorfall mit der sogenannten Nr. Eins.
„Weil du noch nicht lange her nach Burma zurückgekehrt bist, weißt du sicher noch nichts über die Besonderheiten der Nr. Eins", erwiderte John, „der Kerl zeigt nicht immer das pompöse Bodyguardschauspiel, aber er liebt es besonders, manchmal an ausgesuchten Orten derartige Machtposen zu inszenieren, sodass sich die Menschen ins Gedächtnis einprägen, wer hier an der Macht ist. Die Nr. Zwei, General San Yu dagegen ist eine unscheinbare Person, weder fähig, jemals seinem Boss zu widersprechen, noch darauf scharf zu sein, Ne Win zu beerben. Der One-and-half (Anderthalb), der zwischen Nr. Eins und Zwei steht, auch als Brille Tin Oo bekannt, ist Geheimdienstchef, der ist der bissige Wachhund von Ne Win, vor ihm fürchtet sich jeder, einschließlich aller Minister im Kabinett."

Es war schon Abend, die Sonne an diesem Breitengrad hielt sich nicht gern lange am Horizont und verabschiedete sich eilig. Im Gegensatz zu Magdeburg geschieht hier in Rangun der Wechsel von Tag zu Nacht und umgekehrt viel rascher. Heute Abend wollte Thaung Htin in die Stadtmitte, um ein paar Freunde zu besuchen. Als er unterwegs in Myenigone ausstieg, Kinoplakate anzusehen, kam ein Mann seines Alters schnurgerade auf ihn zu, schüttelte seine Schulter kräftig:
„Thaung Htin, du Thaung Htin, kannst du dich an mich erinnern, ich bin Maung Ko".
Seine Freude war unbeschreiblich, den alten Freund nach so vielen Jahren leiblich anzutreffen.
„Natürlich, kenne ich dich noch, du alter Junge, wohnst du auch in Rangun?"
„Ja, ich wohne hier in der Nähe, ich habe schon gehört, dass du aus dem Ausland zurückgekommen bist, ich wollte dich schon lange aufsuchen, ah, was für ein Glück, dass ich dich treffe."
Außer dass sein Gesicht etwas dünner erschien, kam es ihm auf dem ersten Blick so vor, als ob sich sein Freund Maung Ko in den fünfzehn Jahren nicht verändert hätte. Maung Ko und er waren in der gleichen Stadt Pakokku in Mittelburma, wo es im Jahr wenig regnete und meist trockenheißes Klima herrschte, aufgewachsen und hatten ein paar Häuser voneinander entfernt in dem gleichen Stadtteil Kokekodan gewohnt. Der Volksmund sagt: Puff und Staub, da ist Pakokku groß darauf. Vom Puff wussten die Jungs damals noch nichts, aber vom Staub hatten sie mehr als genug. Besonders in den Sommermonaten von Februar bis Mai wurde Pakokku oft von Sandstürmen heimgesucht, die von Westen her kamen und gemächlich nach Osten zogen, sie bedeckten Häuser, Bäume und Straßen mit fei-

nen braunen Staubteilchen, und der ganze Himmel war rot gefärbt von wirbelnden Staubwolken und zischenden Sandkörnern. Alle Bewohner machten ihr eigenes Haus dicht, die Hunde verkrochen sich unter dem Bambusflurboden, Federvieh suchte Schutz unter dichtem Gestrüpp, Vögel flogen schon vorausahnend von dannen nach sicherem Gebiet. Die Eltern von Maung Ko lebten von einer Wäscherei, der älteste Sohn arbeitete als Schuster im Hause, Maung Ko und sein jüngerer Bruder gingen in die Oberschule Ost, als Thaung Htin in der gleichen Zeit die Oberschule West besuchte. Er und Maung Ko hatten zusammen sehr viel erlebt, besonders wenn die Jungen vom Stadtviertel Kokekodan gemeinsam im Sommer, von Februar bis Mai, freiwillig in der Nacht Feuerwache hielten. Sie übernachteten zusammen auf einer Holzpritsche an der Straßenkreuzung von der Bojoke Straße und Konsidai Straße und drehten jede Stunde einmal um die Stadtviertel bis in die Mitternacht hinein eine Runde, in allen Straßen, schreiend und mahnend mit lauter Stimme:

„Achtung, Feuer in der Küche unbedingt löschen, Zigarre ausmachen!"

Denn Feuer war sehr gefährlich. Jedes Jahr in der Trockenzeit, wenn die Bäume ihre Blätter verloren, und die Erde fast austrocknete, wurde ihre Stadt in verschiedenen Vierteln von Feuer mehrmals verwüstet, dann wurden manche grüne Stadtteile in grauschwarze Landschaften verwandelt, dann lagen nur noch verkohlte Bambus- und Holzstücke, zu grauer Asche verbrannte Kleider, geschmolzene Aluminiumkochtöpfe und deformierte Wellbleche verwahrlost herum. Die Menschen verloren auf einmal ihr gesamtes Hab und Gut, was sie über Jahre mühsam angeschafft hatten. Wenn Feuer ausbrach, schlugen die Jungen an der Feuerwehrwache mit einem Eisenstab auf eine aufgehängte Autofelge: „Don. Don. Don." Es war das Zeichen des Feueralarms. Dieses akustische Signal wurde von jeweiligen Stadtteilen in der gleichen Technik weiter übertragen, sodass innerhalb kürzester Zeit die ganze Stadt wach gerüttelt wurde. Es war selbstverständlich, dass niemand in einem brennenden Haus weiter schlafen wollte. Das Feuerlöschen, das Wasserschleppen vom Brunnen hatten sie etliche Male zusammen mitgemacht, es war ein Glück, dass ihr Stadtviertel Kokekodan bis jetzt vom Feuer verschont gewesen war. In manchen Nächten teilten sie sich gemeinsam Bratnudeln oder Leckerbissen, die von jemandem für die Jungen freundlicherweise gespendet wurden, was nicht mal so selten war. Beim leckeren Schmaus kreiste ihre gemeinsame Thematik des Dialogs, wie könnte es anders sein für diese gerade in die Pubertät hineinstolzierenden Burschen, meist um Mädchen. Auf diesem spezifischen Gebiet schien Maung Ko etwas reifer und gesetzter zu sein als andere Jungen und war dementsprechend hoch geachtet bei seinen Freunden, denn er hatte sogar eine hübsche Freundin von der Parallelklasse seiner Schule, wovon die anderen nicht mal zu träumen wagten. Thaung Htin hatte absolut keine Angst mit Mädchen umzugehen. In dieser Hinsicht könnte man ihn sogar mit Recht als tapfer bezeichnen, wenn er ihnen nur Witze oder Späße zur allgemeinen Heiterkeit aus seinem Repertoire ausplaudern sollte. Aber wehe, wenn er einem Mädchen gegenüber seine persönlichen Gefühle offenbaren musste, schrumpfte seltsamerweise seine Riesentapferkeit in ein winziges Staubkorn zusammen, ihm zitterten die Knie, der Mund schien ihm zugenäht. Wenn er ihn mit Gewalt aufriss, kamen doch nur unpersönliche, witzige Worte heraus. Er wusste zu gut über seine eigenen Fähigkeiten, darum schwieg er meist wie ein Mäuschen vor dem Mädchen, das er sehr gern mochte.

Der andere Kumpel Tin Pe, der in der gleichen Straße wohnte wie Thaung Htin, konnte dagegen nicht mal seine eigene Fähigkeit objektiv einschätzen. Er kaufte einmal eine Geige, weil er im Film gesehen hatte, wie ein junger Mann die ersehnte Liebe einer Frau gewann, indem er vor dem Fenster seiner Angebeteten eine schöne Liebesmelodie auf der Geige spielte. Ohne ein Fünkchen Ahnung von der Musik, geschweige denn ein Instrument spielen zu können, versuchte er einer Nacht vor dem Fenster des Mädels, das er, trotz des abermalig abschlägigen Bescheids ihrerseits, unbeirrt weiterhin anhimmelte, mithilfe der zauberhaften Melodie der Geige, seine unverwüstliche Liebe erneut zu präsentieren, wobei er sich voller Selbstvertrauen eingebildet hatte, dass er ohne besondere Vorkenntnisse die Geige jederzeit durchaus passabel zu spielen imstande sei. Voller Erwartung und Konzentration setzte er den Bogen auf die Saiten und zog kräftig, um der sanften Melodie, die er sich zu spielen fest vorgenommen hatte, in besonderer Weise einen ausdrucksstarken, melancholischen Klang zu verpassen. Anstatt der erhofften liebevollen Stimme des angebeteten Mädels, das von seiner Musik überwältigt und am Ende seines grandiosen Unternehmens ihm zu Füßen liegen und zur Erwiderung seiner Liebeserklärung sich in irgendeiner erkennbaren Form erkenntlich zeigen sollte, erschienen Lausbuben am Fenster der Nachbarhäuser mit kichernder Stimme:

„Wenn du die Geige gut spielen könntest, wärst du Klasse, wir würden sogar applaudieren, aber dein Gequieke macht uns Ohrenschmerzen, Junge!"

Angesicht des zweifellos erwiesenen Fehlschlages unternahm Tin Pe geräuschlos und schweigsam den Rückzug, den ihm das Schicksal ungnädig beschieden hatte. Im Gegensatz zu Tin Pe und Thaung Htin war Maung Ko viel diplomatischer und seine Art und Weise mit den weiblichen Personen ganz natürlich umzugehen, faszinierten seine Kameraden. Dies von ihm zu lernen, erstrebten alle.

„Komm mal mit zu mir nach Hause", sagte sein Freund Maung Ko. Thaung Htin folgte seinem Freund, der nicht weit von der Myenigone-Kreuzung wohnte. Es war eine Hütte, ziemlich klein, nur eine Glühbirne an der Decke leuchtete hell. Ein nackter Tisch, umgeben von einer Sitzbank, besetzte den Vorraum, was fast ein Drittel der Wohnfläche ausmachte. Ein Tontopf mit Trinkwasser, zugedeckt mit einem Teller und eine Trinktasse aus Aluminium darauf, war auf einem Traggestell neben dem Tisch aufgestellt. Neben der Hütte war ein kleiner Raum, der als Küche benutzt wurde. Eingewickelte Moskitonetze und Schlafdecken mit Kopfkissen lagen unordentlich in der Ecke auf dem Bambusflur. Obwohl Thaung Htin inzwischen an die dürftige Ausstattung in Häusern normaler Familien gewöhnt war, fiel ihm sofort auf, dass hier die Armut an das Extreme grenzte. Als er eintraf, kündete Maung Ko in fröhlicher, festlicher Stimme an:

„Hier ist euer Onkel Dr. Thaung Htin, gerade vom Ausland zurückgekommen!"

Die Augen der drei Kinder, eins im Alter von über dreizehn, das andere über zehn und das Jüngste unter fünf Jahren, blitzten auf und brachen in einen Freudentaumel aus:

„Unser Onkel Thaung Htin ist endlich da, er ist schon da."

Ihre fröhlichen Stimmen klangen so, als erscheine vor ihnen endlich der ersehnte Messias, der sie vom elenden Dasein bestimmt befreien werde. Die Frau von Maung Ko, ein Kind noch im Bauch tragend, lächelte ihn freundlich an.

Der zweitälteste Sohn, der viel aufgeweckter war als seine Brüder, sagte ihm unverblümt, was alle dachten:

„Onkel, wir haben viel von dir gehört, Papa erzählte oft von dir, wir sind so stolz, so einen großen Mann als Onkel zu haben."

„Wie heißt du denn?"

„Ich? Ich heiße Kyaw Soe, mein älterer Bruder heißt Kyaw Moe und unser Jüngste heißt Schwe Mo", hindeutend mit dem Finger auf den Kleinen, der gerade mit seinem Spielzeug eifrig beschäftigt war. Er fügte noch hinzu:

„Schwe Mo heißt goldener Regen und Papa wollte, dass er eines Tages ein reicher Mann wird."

„Ja, so soll es eben sein, ihr müsst in der Schule fleißig lernen", erwiderte Thaung Htin. Nachdem er allerlei Fragen der Kinder zufriedenstellend beantwortet und mit dem Versprechen, oft zu Besuch zu kommen, sich von ihnen verabschiedet hatte, ging er mit Maung Ko zusammen in ein Kaffeehaus. Sie saßen an einem abgelegenen Tisch, um sich ungestört unterhalten zu können.

„Wie du siehst, nagen wir fast täglich am Hungertuch", eröffnete Maung Ko mit der ehrlichen Beschreibung des Zustandes seiner Familie in knappen Worten das Gespräch, „als dein Freund muss ich eben um deine Unterstützung bitten, wenn du dein Leben eingerichtet hast, dann nimm meinen ältesten Sohn zu dir, ich weiß schon lange nicht mehr, wie ich überhaupt meine Kinder ernähren soll."

Die Worte, die Maung Ko ausgesprochen hatte, hinterließen eindeutig Furchen auf seinem Gesicht, durch Mühsal und täglichen Daseinskampf war er schnell gealtert. Das Haar seines Freundes war, trotz des jungen Alters von zweiunddreißig Jahren, vorzeitig ergraut, was Thaung Htin beim ersten Blick nicht aufgefallen war. Seine glanzlosen Augen richteten sich in die Ferne.

„Mein Monatsgehalt als Postangestellter beträgt zweihundert Kyat, für die Miete zahlen wir fünfzig, dabei ist die Vermieterin sehr rücksichtsvoll mit uns, weil sie weiß, dass wir arme Schlucker sind. Sie hat die Miete seit Jahren nicht erhöht, der Rest reicht nicht mal für das nackte Leben von drei Kindern und zwei Erwachsenen. Fleisch kostet pro Kilo 10 bis 15 Kyat, Speiseöl ein Liter 10 bis 12 Kyat, ein Kilo normaler Reis fünf Kyat, ein normaler Longyi das Stück 20 Kayt, ein Hemd 20 Kyat. Wie soll man bei den Preisen mit meinem Gehalt für eine fünfköpfige Familie sorgen, Fleisch können wir uns seit Langem nicht mehr leisten, unsere Standardspeise war und ist Suppe mit Gemüse, wenn es Gemüse zufällig billig zu kaufen gibt. Kleidung ist zu teuer, meine Frau versucht selber für die Kinder zu nähen. Zwei Kinder gehen in die Schule, wir können ihnen nicht mal etwas Taschengeld mitgeben. Besonders schlimm ist, wenn ein Kind krank wird, dann ist die ärztliche Behandlung so teuer, dass 30 bis 40 Kyat auf einmal weg sind, in dem Monat reicht unser Geld nicht mal für Suppe. Die meiste Angst habe ich davor, dass meine Kinder auf der Strecke bleiben, weil wir einfach nichts bezahlen können. Einmal hat sich mein zweiter Sohn mit einer Mageninfektion angesteckt, hat dauernd Durchfall und hohes Fieber, er war so schwach, dass wir Angst hatten, dass sein Leben bald vorüber sein könnte. Da entschloss ich mich, einen Arzt zu holen, obwohl ich nicht wusste, wie ich überhaupt dafür bezahlen sollte. Er bekam vom Arzt zwei Spritzen, eine mit Penizillin gegen Fieber und eine Injektion gegen Darminfektion. Als der Arzt für seine Behandlung berechtigte siebzig Kyat von mir verlangte, zog ich meine Armbanduhr ab und reichte sie ihm, mit der Bitte sie als Bezahlung anzunehmen. Am Anfang war er ziemlich wütend auf mich und forderte sofort Bezahlung in Bargeld und schimpfte mit mir, warum ich ihn hergeholt habe, wenn ich dafür überhaupt nicht bezahlen kann. Als er aber am Ende begriff, dass wir wirklich so arm sind, hat er aus seiner Tasche eine Packung Medikamente rausgeholt und mir umsonst gegeben mit dem Hinweis, meinem Sohn diese dreimal täglich zu verabreichen. Ich war dem Arzt so dankbar, dass ich nicht wusste, wie ich meine Dankbarkeit zum Ausdruck bringen sollte, mir standen Tränen in den Augen. Als er meine Tränen sah, sagte er, wenn es meinem Sohn nicht besser gehe, solle ich ihn ruhig noch mal holen."

Er kniff die Augen zu und senkte den Kopf schwerfällig, als spürte er die Zentnerlast auf den Nacken.

„In meiner Arbeitsstelle auf dem Postamt haben fast alle eine Nebenbeschäftigung, manche stehen den ganzen Tag Schlange vor dem Volksladen oder sogar übernachten dort im Sitzen, damit sie am nächsten Tag ein Paar Textilien oder Reis oder Speiseöl oder Zahnpasta oder Seife mit ermäßigten Preisen ergattern können. Diese verkaufen sie wieder auf dem Schwarzmarkt mit dem zehn- bis fünfzehnfachen Preis, damit versuchen sie, ihre Familien irgendwie durchzubringen. Oder manche versuchen mal mit gefälschten Papieren, mal mit Bestechung Benzin zu kriegen und verscheuern es wieder auf dem Schwarzmarkt mit zehnfachem Gewinn. Soviel ich sehe, auf ehrliche Weise kann man heutzutage kaum noch ein anständiges Leben führen. Du hast inzwischen auch sicher gesehen, was für ein Riesenunterschied zwischen Burma vor Deiner Abfahrt nach Europa in 1962 und Burma nach deiner Rückkehr in 1974 besteht. Damals, als wir in Pakokku in die Schule gingen, war es eine ganz andere Zeit. Nach dem Abitur, als du nach Rangun gingst, um dort an der Uni zu studieren, habe ich angefangen, im Postamt zu arbeiten. Ich verdiente damals 100 Kyat pro Monat, das war viel Geld."

Bei dem Wort „viel Geld" schwenkte er extra seine Arme weit aus, mit den weit ausgestreckten Armen wollte er die Fülle der materiellen Verfügbarkeit von einst deutlich machen.

„Mit dem Gehalt hätte ich ruhig vier Erwachsene reichlich ernähren können. Ein Longyi oder Tamein kostete 1 bis 2 Kyat, einmal Bauchvollessen im Restaurant nicht mal 30 Pya, ein Kaffee 25 Pyas, 1-Kilo-Reis, beste Sorte, höchsten 50 Pya (1 Kyat = 100 Pya). Ein Hemd bester Qualität maximal 2 bis 3 Kyat. Ich als Junggeselle hatte so viel Geld jeden Monat übrig, ich habe es meistens meinen Eltern gegeben und nur ca. 30 Kyat für mich behalten. Meine Eltern hatten die einzige Sorge, dass ich als Junggeselle mit dem Geld auf die schiefe Bahn geraten könnte. Sie drängten und verheirateten mich mit einem Mädchen, das sie ausgesucht hatten, obwohl ich dazu überhaupt keine Lust hatte. Abgesehen davon war das Mädchen wirklich eine nette Person, an die ich mich mit der Zeit gewöhnt habe."

Er trank noch einen Schluck Tee und knüpfte den Gesprächsfaden fort: „Ich habe dir so viel zu erzählen, mein Freund, ich glaube nicht, dass du Bescheid weißt, wie das hier wirklich ist."

„Ja, das stimmt. Es gibt viel, wo ich weit von der Realität entfernt bin, erzähle mir mal alles, sagte Thaung Htin seinen Freund ermunternd und bestellte noch mal zwei Tassen Tee.

„Als das Militär in 1962 an die Macht kam, erklärte die neue Regierung, dass in Burma endlich zum Wohl des Volkes der Sozialismus aufgebaut werden sollte. Wir waren froh, dass unter dem Sozialismus endlich alle Bürger gleichermaßen am Reichtum des Staates beteiligt werden sollen, es werde weder Reiche noch Arme geben, alle werden gleich, es wird zum Vorteil aller sein, so haben wir gedacht", er wiegte seinen Kopf nachdenklich mit einem schwerfälligen Seufzer. „Wir haben mit Enthusiasmus applaudiert, als Läden und Fabriken verstaatlicht wurden. Viele ehrliche Leute haben am Anfang in diesen sogenannten Volksläden unentgeltlich mit guten Gewissen mitgeholfen, darunter auch dein Vater. Es dauerte aber nicht lange, dein Vater hatte nach einem Monat dem Volksladen den Rücken gekehrt und war weggegangen. Ich war darüber überrascht und etwas traurig, dass so ein ehrlicher Mensch wie dein Vater sich von dem Laden verabschiedet hatte. Vielleicht hatte er zu viel gesehen, was hinter dem Laden lief. Wir sahen, dass die Waren in den Volksläden immer weniger wurden, und nach ein paar Monaten gab es überhaupt keine Waren mehr. Wir, die normalen Bürger, erfuhren immer hinterher, wie Armeeoffiziere in Uniform oder in Zivilkleidung, die hinter den verstaatlichten Läden und Fabriken standen, die Waren teils für sich beanspruchten oder auf dem Schwarzmarkt zu teueren Preisen verschoben. Neben der Verstaatlichung hatte die Militärregierung jeglichen privaten Handel verboten, mit der Begründung, dies sei gewinnorientiert, und was auf Gewinn basiere, sei auch Ausbeutung. Du weißt doch, meine Tante hatte einen kleinen Lebensmittelladen im Basar, wo sie Hülsenfrüchte, Gewürze, Paprika, Pfeffer, usw. verkaufte. Weil er zu klein und mit ihm wenig zu holen war, wurde er nicht verstaatlicht, aber der Laden musste laut Anordnung zugemacht werden, nun hatten meine Tante und die ganze Familie plötzlich keine Existenzgrundlage mehr, sie wussten gar nicht mehr, wovon sie weiter leben sollten. In unserer Stadt oder anderswo gab es sowieso sehr wenig Angestellte des Staates. Meistens lebten die Leute von Handel, Kauf und Verkauf der Waren. Dieser ehrliche Beruf wurde auf einmal wegradiert, du kannst dir nicht vorstellen, wie viele Menschen von heute auf morgen in Elend und Armut getrieben wurden. Es gab nicht mehr viele Läden, wo man etwas kaufen konnte, die Waren wurden knapp und die Menschen hatten auch kein Geld mehr. Die Preise der noch vorhandenen Waren stiegen und stiegen. Die Regierung hatte nach und nach diese und jene Waren nach Jahren freigegeben, die wieder privat gehandelt werden durften. Alle Bürger merkten, dass der Sozialismus, den das Militär uns gebracht hatte, keineswegs Wohlstand bedeutete, sondern gerade umgekehrt war. Danach kamen Handelskorporationen, die die Bedarfsgüter von ihren Gemeinschaftsläden mit ermäßigten Preisen an die Bevölkerung verteilen sollten. Da stand jedes Mal ein Haufen von Menschen Schlange vor den Läden, um ein wenig Reis, Öl, Zwiebeln oder Stoff zu bekommen. Dafür gab es auf dem Schwarzmarkt Waren aller Art in Hülle und Fülle, aber zu unerschwinglichen Preisen, die sich ein normaler Bürger kaum leisten konnte. Wir waren vor sechs Jahren noch in Pakokku, dann wurde ich versetzt nach Rangun. Als wir noch in der Heimat waren, bekamen wir diese und jene Hilfe von den Verwandten. Hier in Rangun sind wir auf verlorenem Boden. Das Elend, dem wir tagtäglich begegnen, werden wir nicht mehr los. Manchmal träume ich von meiner besten Jugendzeit vor 1962, wo wir ohne Sorgen unser tägliches Dasein verrichteten. Gerade das essen, was wir wollten und so kleiden, wie wir wollten, obwohl das Geld nicht viel war, aber es reichte für jeden, sodass man mit Recht sagen konnte: Das Leben ist lebenswert. Aber jetzt ist unser tägliches Leben nur noch Kampf ums Überleben. Wie lange wir das noch durchhalten, wissen wir nicht. Weißt du, ich war von Jugend an nicht besonders eifrig in religiösen Dingen. Wie alle haben wir beide oft in Pakokku über die Missetaten von Mönchen gelacht und über sie gelästert, jetzt nehme ich Abstand von solchen Äußerungen, ich faste jedes Wochenende, meditiere oft, rezitiere Gebetsverse zigmal mit der Gebetskette in der Hand, bete täglich vor dem Altar, Buddha möge uns von der Armut irgendwie befreien. Wann das so weit sein wird, weiß ich nicht, manchmal bin ich sehr müde und erschöpft von diesem täglichen Daseinskampf."

Maung Ko schloss seine Erzählung mit einem langen Seufzer und nippte am letzten Schluck Tee aus der Tasse.

„Ich werde dir und deiner Familie helfen, so weit ich kann, es wird auch etliche Dinge geben, wozu ich gar nicht imstande bin", erwiderte Thaung Htin wohl wissend, dass er der Ehre, die ihm Maung Kos Kinder entgegen gebracht hatten und der Hoffnung, die in ihn gelegt wurde, nicht gerecht werden könnte, wenn er bedachte, dass er jetzt als Tagelöhner mit etwa zweihundert Kyat monatliches Budget für sich allein schon ziemlich spartanisch ausgestattet war. Wenn es für eine Person schon nicht ausreiche, das nackte Leben zu erhalten, wie sollte eine fünfköpfige Familie mit dem gleichen monatlichen Einkommen überhaupt noch leben? Vielleicht dachte sein Freund, dass er als vom Ausland zurückgekehrter Experte mit einem Riesengehalt besoldet wurde. Thaung Htin hatte absichtlich vermieden, die tatsächliche finanzielle Bestellung seiner Person seinem Freund gegenüber offen darzulegen, um ihm und dessen Kindern bei der allerersten Begegnung eine Enttäuschung zu ersparen. Die zufällige Begegnung mit seinem Jugendfreund war für Thaung Htin im wahrsten Sinne des Wortes die Aufklärung über den burmesischen Sozialismus.

Ko Phone Myint, der Nachbar der ehrbaren Witwe

Als Thaung Htin nach der Arbeit zu Hause angekommen war, sagte ihm seine Schwester Ma Khin Htay, die täglich mit der Nichte Ma Lay zusammen für die ganze Familie den Haushalt führte:

„Bruder, dein Freund Ko Phone Myint wartet auf dich zum Abendessen. Er sagte, er habe extra eine Flasche Rum für heute Abend besorgt."

„Großartig, das Edeltröpfchen Rum darf man nicht warten lassen", sagte er und war gerade im Begriff zu seinem Nachbarn zu gehen. Dann fiel ihm etwas ein, was ihn seit langer Zeit beschäftigte, er fragte seine Schwester:

„Kennt ihr die Frau, die neben Ko Phone Myint wohnt?"

„Wir haben sie oft gesehen, aber noch nie mit ihr gesprochen, sie wohnt ja allein in der Wohnung, jedenfalls eine hübsche Witwe", sagte Ma Lay. Es war eine typische Bemerkung des jungen Fräuleins Ma Lay, das vor zwei Monaten gerade neunzehn geworden war.

„Bruder, sei vorsichtig ja, hier ist Burma und nicht Deutschland, nicht vergessen", warnte ihn schmunzelnd sein Schwesterchen Ma Khin Htay.

„Keine Sorge, dein Bruder weiß Bescheid", erwiderte er und war schon auf dem Weg zu seinem Nachbar. Er sah aus der Entfernung, dass die junge Witwe den Balkon betrat und zu ihm herüber schaute, kurz danach aber ihm plötzlich den Rücken zuwandte.

Seitdem er bei der ersten Müllbeseitigung vor zwei Monaten seinen Nachbarn Ko Phone Myint kennengelernt hatte, waren sie gleich gute Freunde geworden. Ko Phone Myint war überhaupt, weit und breit, der einzige Nachbar von Thaung Htin, mit dem er sich über alle Themen unterhalten und verständigen konnte. Viele Abende hatten sie zusammengesessen beim Bier oder heimatlichen Schnaps mit gebratenen Beilagen oder gerösteten Erdnüssen in seinem Haus oder auf dem Balkon von Ko Phone Myint. Dass Ko Phone Myint einst Mr. Burma gewesen war, bewiesen seine muskulöse Gestalt, sein breiter Brustkorb und die starken kompakten Arme, deren wohlgeformten Muskelringe aus den Hemdärmeln heraus schielten, und letztlich sein aufrechter Gang mit den etwas seitlich leicht schwenkenden Armen. Diese sind eine typische Folge der massiven Muskelbildung am Rücken, nahe den Achselhöhlen, die man in der Sprache des Bodybuildings stolz und gern auch „Wing" - Flügel - nennt. Auf den breiten Schultern saß ihm ein massiver Hals, darauf der etwas längliche Kopf, von einem eckig dominanten Kiefer von unten eingerahmt, und oben verziert mit dem kurz geschorenen Haarschnitt. Zu seinem markanten Gesicht gehörten eine kleine flache Nase, dünne Lippen und zwei freundliche braune Augen, die unübersehbar eine edle humane Gesinnung mit einem Schimmer von kindlicher Naivität verrieten. Seine Sprache war, wenn er in Fahrt kam, was meistens der Fall war, gespickt mit Begeisterung und Leidenschaft:

„Von dieser Position und Lage betrachtet scheint der besagte Sachverhalt gerade nicht ganz angebracht zu sein, auf Sicht der Religion dies allein zu betrachten, jedoch wenn die Position und Lage, auf die man sich bezieht, sich aber ändern, gelangt man angesichts der veränderten Position und Lage zu einem neuen Blickpunkt, wir können also folglich, bezüglich der wohl definierten Position und Lage, so oder so eine Angelegenheit in Betracht ziehen, selbstverständlich die neu entstandene Position und Lage…"

Er verwendete gern repetierend die Worte „Position und Lage" in allen möglichen Variationen und grammatischen Effekten in seinem Gespräch über Themen, die er frohen Gemütes auspacken konnte, als liebte er abgöttisch diesen Ausdruck über alles oder hätte seit Geburt diesen Ausdruck als Muttermal auf der Haut gehabt. Er brachte stets gegenüber dem Gesprächspartner seine Worte mit Verve in einer Art und Weise, dass niemand die Wiederholung der besagten Worte – Position und Lage – als unangenehm langweilig oder überflüssige Wortspielerei empfand. Im Gegenteil! Jeder fand es amüsant und herzerfrischend, sich mit ihm zu unterhalten, da er als ein sehr angenehmer Mensch galt und seine Auffassung zu verschiedenen Themen mit fundierten Kenntnissen begründete. Nur wenn er auf das Militärregime zu sprechen kam, für das er nur noch Abscheu empfand, verließ er als Ausnahme sein sprachliches Domizil der sogenannten „Position und Lage:

„Der Tag, an dem unser ganzes Volk dieses verdammte Militär fortjagt, wird unser glücklichster Tag sein. Ob wir das noch zu unseren Lebzeiten erleben, weiß ich nicht. Wir Burmesen sind traditionelle Buddhisten. Danach glaubt jeder, sein jetziges Leben sei schon bestimmt durch das Karma des vorherigen Lebens. Das hieße, wenn die ganze Bevölkerung ein elendes und unfreies Leben nun führen muss, läge es an den Missetaten von abertausenden Burmesen in ihren vorherigen Leben und nicht an der Militärsippe, die uns jahrelang geknechtet und ein ganzes Land ins Elend getrieben hat. Von den Menschen, die einen solchen Unfug glauben, gibt es zweierlei Sorten. Die eine ist die herrschende Militärklasse mit Ne Win an der Spitze, die sich zulasten des Volkes schamlos bereichert und im Paradies lebt und die andere Sorte repräsentiert verbohrte, religiöse Fanatiker, die nie fähig sind, die Realität objektiv zu betrachten. Ah, wenn wir darüber weiter reden, versauen wir uns auch noch den ganzen Abend. Lasst doch mal ein wenig Spaß für uns noch übrig, wir werden lieber uns anderen angenehmen Dingen zuwenden. Trinken wir noch ein Schlückchen Rum, dann können wir uns mindestens etwas wohler fühlen. Übrigens wollte ich dir mal die Bilder zeigen, als ich im Jahre 1970 und 1971 an der Universität Rangun Mr. University geworden war."

Er zog ein Bündel von Fotos hervor, legte sie auf dem Tisch und begleitete sie mit den entsprechenden Kommentaren. Wenn er erzählte, wie er Mr. University und danach Mr. Burma geworden war, leuchteten seine kleinen Augen wie funkelnde Sterne, sein erwachsenes Gesicht glich dem eines Jünglings:

„Wenn ich mich auf der Bühne in klassische Positur setzte, die wunderschönen kantigen Muskeln am Vorderteil des Körpers stark hervorzuheben, vor dem großen Publikum, darunter auch viele Frauen, für die Position und Lage entsprechend von den Scheinwerfern beleuchtet und auf mich fokussiert, wenn ich meine Muskulatur an den Armen, am Bauch und an den Beinen plötzlich zusammenzog, sie wie dreidimensionale Bergketten erscheinen zu lassen. Oh... da stöhnte das ganze Publikum!"

Bei diesen Worten glänzten seine weit geöffneten Augen. Sein gespanntes Gesicht, die Haut auf allen Stellen straff gezogen, streckte sich empor. Der breite Schultermuskel sprang in die Höhe, der stramme Brustkorb dehnte sich nach vorn, seine Sitzhaltung änderte sich derart, dass sich sein Hintern über dem Stuhl merklich erhob, als schwebte er frei in der Luft. Die Arme spreizten sich ihm, als ob er ein Ereignis historischen Ranges just in dem Moment in seinen Armen empfangen würde. Er genoss dieses erhabene Gefühl, im Mittelpunkt der Welt zu stehen und von allen bewundert zu werden, jedes Mal erneut, wenn er sich dessen erinnerte. Dabei erweckte er bei seinen Zuhörern niemals den Eindruck, dass er aus rein egozentrischen Gründen mit sich prahlte, sondern man spürte unweigerlich das Gefühl, als erzähle hier ein Goldmedaillengewinner über seinen unvergesslichen Hundertmeterlauf bei der Olympiade, frei von jeglichem Eigenlob und nur mit der Intention, um jeden an seinem Ruhm und Erfolg möglichst teilhaben zu lassen.

„Weißt du, wenn ich da in der Rangun-Universität zur Vorlesung gehe, da verschlingen mich die Studenten und besonders Studentinnen mit Blicken, sie tuscheln miteinander, da ist Mr. Burma. Obwohl ich gern eine Studentin, die mir gefällt, persönlich ansprechen würde, habe ich mich nie getraut. Ich bin jetzt über dreißig, aber von der heutigen Situation und Lage rückblickend analysiert, habe ich bis heute weder eine Freundin gehabt, noch eine begehrliche Frau, von der Situation und Lage eines Junggesellen betrachtet, näher gekannt. Deswegen, als du einmal meiner Nachbarin gegenüber Komplimente machtest, sie sei eine hübsche Nachbarin, habe ich mich so gewundert über deine Art, ganz natürlich deine Worte an eine Frau zu adressieren, als ob gar nichts dabei gewesen wäre. Aber wahrlich enthält deine Botschaft, von der Situation und Lage der Beziehung zwischen Mann und Frau her gesehen, einen ganz eindeutigen Inhalt. Ich bin seltsamerweise vor den Frauen, die ich besonders begehre, sehr schüchtern, ich weiß nicht warum".

Er schaute dabei ratlos in die Ferne, wiegte den Kopf mehrmals hin und her:

„Wenn ich vor dem riesigen Publikum stehe und meine Muskelkraft vorführe, spüre ich gar keine Angst, sondern reinste Freude, da bin ich sicher, dass alle Anwesenden von meiner Vorführung restlos begeistert sind. Aber wenn ich vor einer Frau stehe, spüre ich allererst Angst oder Sorge oder Unsicherheit, dass ich ihr etwas Falsches oder Unpassendes sage. Je mehr ich mein Gefühl zu ihr in mir spüre, umso größer sind meine Befürchtungen, vor ihr zu versagen. Frauen gegenüber, die käufliche Liebe anbieten, habe ich gar keine Probleme, das sollte nicht bedeuten, dass ich etwa diese Art Frauen nicht respektiere. Nein, jede Frau ist für mich zu respektieren. Bei diesen Frauen des käuflichen Gewerbes weiß ich voraus, dass sie mich nicht ablehnen würden."

Ja das weibliche Wesen, das war das Gebiet, wo Ko Phone Myint sich noch ziemlich unerfahren vorkam.

Was Thaung Htin in letzter Zeit besonders auffiel, wenn er bei Ko Phone Myint auf dem Balkon saß, war, dass die Nachbarin, die bei der ersten Begegnung auf ihn einen sehr geheimnisvollen Eindruck hinterlassen und seine Gefühle und Neugier geweckt hatte, oft mehrmals ebenfalls auf ihren Balkon trat. Wenn er versuchte, mit seinen Augen vorsichtig ihren Blickkontakt zu suchen, um als guter Nachbar mit einem freundlichen Kopfnicken zu grüßen, ohne dabei in irgendeiner Weise aufdringlich zu sein, wich sie abrupt aus, indem sie die Blickrichtung sofort änderte. Dann drehte sie sich absichtlich mit ihrem ganzen Körper in eine andere Richtung, so dass ihr Gesicht ihm völlig abgewandt war. Ihr zierlicher Rücken und ihre schlanken Schenkel unter dem Tamain waren anmutig und von vollkommenem Liebreiz. Die Jasminblüten, die mit Bindfaden in einer Kette zusammengebunden und um den Knoten an ihrem Haar gewickelt waren, dufteten verführerisch.

„Weißt du, von den Blumen, die es hier überhaupt gibt, gefällt mir Jasmin am meisten, er duftet ja so zart und herzerfrischend", sagte Thaung Htin.

„Gibt es in Deutschland keinen Jasmin?", fragte Phone Myint.

„In Deutschland gibt's auch Jasmin, aber er duftet nicht so schön wie in Burma", erwiderte Thaung Htin.

Es schien, dass die junge Frau die Worte des Thaung Htin vernahm, die nicht an die Blume in ihrem Haar, sondern eigentlich an sie gerichtet waren. Es gefiel ihr einfach, so etwas Angenehmes zu hören. Dieser junge Mann Thaung Htin brachte jedes Mal etwas, woran sie sich erfreuen konnte.

So vergingen ein paar Wochen, währenddessen Thaung Htin bei jeder gebotenen Gelegenheit die Aufmerksamkeit der geheimnisvollen Witwe durch verschiedenartige Andeutungen angenehmerweise zu erregen versuchte, ohne dabei seinerseits in keiner Weise aufdringlich zu werden, ihrerseits aber äußerlich nicht im geringsten irgendetwas Bemerkenswertes festzustellen war. Jedoch unter der scheinbar stillen und starren Fassade erwachte Neugier in ihr über diesen jungen Mann, und langsam glühte unhaltbar die Begierde. Jedes Mal wenn Thaung Htin bei seinem Freund zu Besuch da war, hatte sie voller brennender Neugier gelauscht, was die beiden da sprachen. Sie hatte beim letzten Mal mit großer Freude seine sanfte Stimme und seine Worte gehört, wie er ihre Schönheit anhimmelte: „Sie hat eine tadellose graziöse Figur, ein hübsches Gesicht, soweit ich sehen kann, obschon sie immer versuchte, wegzuschauen, wenn ich einmal zu ihr hinblicke. Dazu noch schöne runde Busen, lange wohlgeformte Schenkel. Ich bin bei jedem Anblick dieser Dame von ihrer einfachen Schönheit ungemein überwältigt, das muss ich einfach ehrlich gestehen. Weißt du, es gibt so viele Frauen, die nur schön aussehen, weil sie extra durch künstliches Make-up aufgeputscht werden. Bei ihr ist es ganz anders. Sie ist natürlich einfach so reizend, ich mag diese Frau." An dem Abend konnte sie kaum noch schlafen, seine zarten Worte klangen immer wieder wie eine sanfte Melodie, die sie immer wieder erneut himmlisch werden ließ.

Einmal hatte er sogar einen selbst gepflückten Jasmin mit einem grünen Blatt auf ihrem Balkon stehen gelassen. Er dachte, sie würde vielleicht zuerst erraten, wer das sein könnte. Als sie jenen Jasmin gefunden hatte, wusste sie ganz genau, dass dieser ganz bestimmt von ihm war. Als der Jasmin einging, hat sie ihn in der Sonne getrocknet, anschließend in ein hübsches Taschentuch gewickelt, dies bewahrte sie unter ihrem Kopfkissen auf, sodass er sie in ihren Träumen oft besuchen möge. Wie oft hatte sie sich ins Gedächtnis eingeprägt, wie er sie anschaut, mit lächelnden Augen und begehrlichen Blick, der ihr Herz schneller schlagen ließ. Oft hatte sie gedacht, seine höfliche Begrüßung mit einem Lächeln zu erwidern, aber da hatte sie sich nicht getraut. Die Angst um Gesellschaftsnormen, es gezieme sich nicht für eine anständige Frau, einen Mann anzulächeln, den man gar nicht kennt, schien ihr viel strenger und beängstigender zu sein, als sie wahrhaben wollte. Als kokettierende Witwe von anderen erniedrigt zu werden, das wäre für sie eine große Schande, das würde sie nicht überleben. Diese Angst war wie ein Gespenst, das sie ständig bewachte:

Wenn ich ein junges Mädchen wäre, noch nicht verheiratet, dann vielleicht hätte ich mich unbekümmert so verhalten, wie es meine inneren Gefühle verraten. Aber als Witwe habe ich weder freie Rechte wie bei einem jungen Mädchen, noch Mut dafür zu kämpfen. Aber Witwe oder nicht Witwe, was macht das schon, ich bin eine Frau, ich habe Gefühle und Wünsche wie jede andere. Es ist manchmal so schrecklich und grausam, dass man eigene Gefühle ehrlich und offen in der Gesellschaft nicht zeigen darf, ohne dafür von der Umgebung verachtet zu werden. Jene Freiheit hätte ich gern jetzt in der Gegenwart für mich und nicht später; wenn ich alt und gebrechlich bin, überhaupt noch Freude des Lebens zu genießen, dann nutzt mir diese Freiheit nicht mehr.

Sie kämpfte mit Schwermut und verstrickte sich hoffnungslos im Dickicht der moralischen Barrieren und wusste nicht, wo der Ausweg für sie sein könnte. Sie hatte sich an seine Stimme gewöhnt, sein Kommen war ihr vertraut und sie hing sehr an seinen Komplimenten. An manchen Tagen, als er zum Besuch beim Nachbar nicht erschienen war, geriet sie regelrecht in Panik und Sehnsucht, Sehnsucht nach ihm. Dann schaute sie von ihrem Balkon aus nach seinem Haus, das in etwa fünfzig Meter Entfernung auf der anderen Seite der Straße lag. Wenn sie ihn flüchtig sehen konnte, war sie schon einigermaßen beruhigt. Aber es gab Tage, wo sie ihn überhaupt nicht in ihrem Blickfeld einfangen konnte. Da wäre sie an dem Tag am liebsten gestorben, als die Qual der Ungewissheit zu ertragen. An manchen Tagen, wenn er zu seinem Freund zu Besuch kam und die beiden sich bei heimatlichem Schnaps über dies und jenes gemütlich unterhielten, lauschte sie von ihrem Bett aus, Wort für Wort. Obwohl sie Alkohol tranken, waren er und sein Freund nie laut oder unanständig. Wenn sie dann an ihren eigenen Mann dachte, der vor zehn Jahren verstorben war, der war ja gemeiner Trinker. Wenn er betrunken war, glich er nur noch einem wilden

Tier. Wie oft hat er sie geschlagen, zärtliche Blicke oder Komplimente, so etwas hatte es nie in ihrem Eheleben gegeben. Nun erlebte sie leibhaftig, wie ein begehrlicher Blick dieses jungen Mannes sie bis in die innerste Seele erwärmte. Obwohl sie jedes Mal seinen Augen auswich, hatte sie doch die Farbe seiner Augen und seine Gesichtszüge so im Gedächtnis, als stünde er dicht vor ihr, und sie spürte sogar den Hauch seines Atems. Wie oft hatte sie in letzter Zeit fantasiert, seit dem sie ihn zum ersten Mal gesehen hatte. Fantasien, die sie auf zart duftenden Rosenblütenblättern trugen und die unzähligen Wolken hindurch irgendwohin segelten.

Er ist bestimmt ein paar Jahre jünger als ich, mit den langen Haaren sieht er etwas wild aus, aber es steht ihm gut. Ob er mich gern hat oder mich sogar liebt? Wenn er mich anschaut, spüre ich schon das Zittern in meinem Herzen.

Heute Abend trat sie schon drei-, viermal auf den Balkon, ohne ihn einmal gesehen zu haben. Er war ganz sicher in der Wohnung nebenan bei seinem Freund. Sie hörte ihn lachen und trinken, die beiden hatten ja offenbar unerschöpfliche Themen, um sich zu unterhalten. Es war schon fast zehn Uhr am späten Abend, die Lichter in den Häusern waren schon aus, die Türen waren von innen verriegelt, die Fenster waren zu. Es herrschte friedliche Stille, gelegentlich raschelten leise die Blätter des Banyanbaums im Wind. Die Nachtstille war manchmal nur unwesentlich gestört vom Bellen der Hunde von der anderen Straße, die noch nicht schlafen wollten. Sie trat erneut noch einmal auf den Balkon und näherte sich der Balkonseite des Nachbarn, die durch das gleiche Geländer verbunden war, um seine Stimme besser hören zu können. Das sanfte silberne Licht des Mondes, das sich zwischen den Blättern des Banyanbaums durchschlängelte, erhellte gedämpft ihre Hände, die das Balkongeländer festhielten. Lauschend auf seine Stimme ließ sie ihre Gedanken in Träumereien schweifen. Ah, wie schön wäre es, sich in den zärtlichen Armen eines Mannes, der sie liebt, leidenschaftlich hinzugeben, ihre nackte Haut auf seine eng zu schmiegen, zu fühlen und zu spüren. Wie himmlisch und sinnlich sind doch die tiefen unverwischbaren Spuren der Leidenschaft der Begierde! In ihren aufgewirbelten Gefühlen, die sie kaum noch zu kontrollieren in der Lage war, sah sie in den vom Mondlicht gedämpft beleuchteten Schatten der Blätter des Banyanbaums sein Gesicht, als betrachtete er sie ständig und unersättlich mit seinen verliebten Augen.

Als sie plötzlich von ihren Träumen zurückgekehrt und der Gegenwart gewahr wurde, stand er neben ihr auf der anderen Seite des Balkons. Sie war so sehr verträumt, dass sie nicht mal merkte, dass Thaung Htin aus der Wohnung seines Freundes herauskam und am Balkon geräuschlos Platz nahm. Seine Hände auf dem Geländer waren nur noch einen halben Meter weit entfernt von den ihren. Sie fühlte seine Nähe so stark, dass sie nicht in der Lage war, etwas Vernünftiges zu denken. Angesichts der plötzlich aufgetretenen Situation, die ihr innerlich unheimlich vorkam, sagte ihr der Verstand, schnell wegzugehen, aber das Herz nagelte ihr die Füße fest. Soviel sie sich bemühte, kam sie doch nicht vom Fleck. Oh, was mache ich denn? Sich selbst fragend umklammerten ihre Hände das Geländer noch fester, je mehr ihre Emotionen unkontrollierbar aus dem Ruder liefen. Sie fühlte, dass ein Wärmestrom rasend ihren Körper hindurchfloss.

Wortlos stand er ebenfalls neben ihr. Das war zum ersten Mal, dass diese geheimnisvolle Frau, die seine Blicke nicht ein einziges Mal erwidert und seine Anwesenheit scheinbar völlig negierte, so nahe neben ihm stand in solchen späten Dämmerstunden, es kam ihm sehr merkwürdig vor.

Wenn sie für mich gefühlsmäßig nichts übrig hätte, würde sie sich in solcher Situation schnell von mir entfernen, aber das tut sie nicht, dachte er. Diese Frau hatte vom ersten Blick an seine Neugier erweckt. Je mehr sie sich mit ihrem seltsamen Verhalten ihm gegenüber abweisend und uninteressiert zeigte, umso mehr entfesselte sie seine Gefühle und seine Leidenschaft. Er wandte sich vorsichtig zu ihr, die Konturen ihres graziösen Körpers mit dem wohlgeformten Busen und den schlanken Schenkeln waren im Dämmerlicht noch deutlich wahrzunehmen. Sie richtete ihr Gesicht unbeweglich geradeaus auf die dunkle Straße. Er wusste nicht recht, wie er sie ansprechen sollte, weil er bis dahin nie die Gelegenheit dazu von ihr geboten bekam. Es war andererseits nicht ratsam, sie in dieser Dunkelheit anzusprechen, da die anderen Leute vom unteren Geschoss womöglich es hören und aufgeweckt werden könnten. Wenn die aufwallenden Gefühle in Worte nicht erfasst werden können, blieb letzten Endes nur noch das Mittel der Gestik. Er löste seine linke Hand vom Geländer und setzte sie vorsichtig und sanft auf ihre. Diese zarte Berührung durch einen Mann war ihr das erste Mal überhaupt in ihrem Witwendasein seit zehn Jahren, ihre Gefühle gerieten heftig durcheinander. Als sie diese zitternde Erregung in ihren Adern wahrhaftig spürte, wovon sie oft geträumt hatte, erschrak sie doch davor, das ersehnte Glück zuzugreifen. Im ersten Moment war sie von der unerwarteten paradiesischen Überraschung so gelähmt, dass sie kaum in der Lage war, dies abzuschütteln. Jedoch kam ihr danach das Schamgefühl, von einem Mann, den sie noch nicht Mal gekannt und mit dem sie bis jetzt nicht ein Wort gewechselt hatte, in intimster Weise angerührt zu werden. Sollte sie ihre Hand wegziehen oder nicht? Wenn sie ihn so gewähren ließe, könnte er vielleicht denken, dass sie eine vom Anfang an nachgiebige und vor allem leichtfertige Frau sei. Andererseits könnte er interpretieren, dass sie für ihn gar nichts empfinde, wenn sie ihn schroff abweise. In heftiger Gefühlsrebellion hatte ihr Schamgefühl doch am Ende gesiegt. Mit einem heftigen Ruck zog sie hastig ihre Hand aus seiner sanften Berührung zurück und verschwand eilig hinter der Tür in ihr Zimmer. Sie kroch auf ihrem Bett unter die Decke, ihre Brust bebte vor Erregung auf und ab, ihr Atem stockte, ihre Hände zitterten. Dabei hatte sie ihre Haustür am Balkon aufgelassen.

Was mache ich denn, wenn er aber durch die Tür hereinkommt und mich umarme, ich … ich werde ihn fragen, ob er mich liebt und mich ernst nimmt. Wenn er ja sagt, dann … und dann, … und dann …

Sie zog eine dünne Decke über sich, wälzte sich links und rechts herum, um über brodelnde Gefühle Herr zu werden, was ihr aber nicht gelang. Sie legte ein zweites Kopfkissen neben ihrem, eine zweite Decke noch extra dazu und rückte sich ein wenig von der Mitte des Bettes zur Seite, um auf Eventualitäten vorbereitet zu sein.

Hoffentlich verstand er mich nicht falsch und interpretiert, dass ich ihn nicht mag. Bei der gegebenen Situation konnte ich nicht anders reagieren. Aber er würde doch sehen, dass ich extra die Haustür aufgelassen habe, das war schon mehr als genug. Er als erfahrener junger Mann, der keine Angst hat, einer Frau gegenüber passende Komplimente zu machen, ihre Hände zu berühren, würde das schon richtig verstehen, was unter der scheinbaren Oberflächlichkeit als nackte Wahrheit verborgen geblieben ist. Komm… komm doch mein Schatz, lass mich doch nicht so lange auf dich warten …

Die Zeit schien träge und langsamer voranzuschreiten als normal, als sie gespannt voller innerer Erregung auf das nächste Geschehen wartete. Völlig nervös und erschöpft, doch mit großer Erwartung, schloss sie ihre Augen, sie versuchte mit Gewalt, ihre zitternden Hände ruhig zu halten. Da es ihr nicht gelang, klammerte sie sich mit den Händen an der Bettkante fest. In ihren Adern kochte das Blut, wogegen sie machtlos war. Das Zimmer war gedämpft beleuchtet. Die Wanduhr, ein Erbstück ihrer Eltern, aufgehängt in der Zimmerecke, tickte und tickte, sie schien die Minuten und Sekunden genau zu zählen, die die Frau noch zu warten hätte.

Thaung Htin war sich seinerseits bewusst, dass die äußerst riskante Situation nun eingetreten war. Jeder Schritt in Richtung von ihr offen gelassene Tür könnte die letzte Fahrt eines Junggesellen sein, die er sich je erträumt hatte. Wenn er in ihr Zimmer hineingehe und sie schreien würde: Hilfe, dann wäre er erledigt. Wenn sie ihm aber zuerst alles willfährig geschehen ließe, was er wollte, und dann ihm drohe, alles an die große Glocke zu hängen, wenn er sie nicht heiraten würde, dann landet er in einer Katastrophe, zwar in dieser von Sittenkodexen überschwemmten Gesellschaft, und für sie wäre es ebenfalls Schimpf und Schande für immer in dieser Umgebung gewesen, wenn sie sich selbst bloßgestellt und ihre intime Sphäre der Öffentlichkeit preisgegeben hätte. Aber wie diese Frau tatsächlich später reagieren würde, war schwer zu vermuten. Obwohl für jene geheimnisvolle Frau seine Leidenschaft von Beginn an entflammte, behielt er noch den wachen Verstand. Er sah ein, dass es doch ratsam war, kein Risiko einzugehen, ihr Leben nicht in die Bredouille geraten und sein bisher bewahrtes Junggesellendasein nicht in Fiasko enden zu lassen, so beschloss er sofort den Rückzug anzutreten, bevor es noch nicht zu spät war.

Nun hörte sie seine Schritte, sie schloss ihre Augen fester, in ihren aufgewühlten Gedanken spürte sie schon seine Nähe. Doch akustisch schienen seine Schritte nicht gerade näher zu ihr zu kommen, stattdessen hörte sie ihn die Treppe hinunter gehen - in Richtung sein Haus.

Was denn, du kommst nicht? Völlig erschrocken fand sie auf einmal unerwartet nichts und eine grausame Leere in ihrer in voller Erwartung gesetzten Seele.

Warum bist du nicht gekommen, warum gehst du weg, hast du mich nicht gern, du hast sicher gesehen, dass ich die Tür zu meinem Zimmer offen gelassen habe. Sie stellte sich Fragen über Fragen, deren Antworten aber ausgeblieben waren. Hast du etwa Angst gehabt, zu mir herüber zu kommen? Das nehme ich dir nicht ab, wenn du es wagst, meine Hand anzufassen, hast du bestimmt Courage genug, mein Zimmer zu betreten, zumal die Tür weit geöffnet war.

Jäh überfiel sie eine unermessliche Verzweiflung. Enttäuschung und brennender Schmerz erfassten sie. Je mehr sie sich in die unlösbare Misere verstrickte, umso mehr ging ihre Enttäuschung in Unmut, ihr innerer Schmerz in Erbitterung und ihre gepeinigten Gefühle in Zorn über. Sie biss die Zähne zusammen.

Wenn du gekommen wärest, dann wäre das für mich der Beweis, dass du mich sehr lieb hast, es mit mir ernst meinst und mich als deine Frau nehmen willst. Hast du etwa von mir erwartet, dass ich mich dir gleich an den Hals werfe, weil du mein Händchen angefasst hattest? Vielleicht denkst du, ich warte die ganze Zeit nur darauf, von dir angesprochen zu werden und dir mich hinzugeben ohne jeglichen Anstand und Würde wie eine Prostituierte. Nun bist du nicht gekommen, vielleicht willst du mit Händeanfassen mich nur testen, ob ich eine leichte Frau bin. Wenn du denkst, dass ich eine solche leichte Beute bin, dann irrst du dich gewaltig. Wenn du mit mir etwas anfängst, dann gibt es nur eine ernste Beziehung, sonst nichts. Ich bin schließlich eine anständige Frau, die man mit Respekt und ernster Absicht behandeln muss. Es ist eine Schande, dass du mich auf gleiche Stufe mit einer Nutte stellen willst, das lasse ich mir nicht gefallen.

Sie geriet maßlos in Zorn. Ihre Lippen, die auf seinen zärtlichen Kuss eingestellt waren, zitterten vor Wut. Ihr ganzer Körper bebte, ihre Hände ballten sich zu Fäusten. Sie fasste das Kopfkissen und schleuderte es mit voller Wucht in die Ecke. Es war ihr unfassbar, dass dieser Kerl ihre inneren Gefühle so dermaßen verletzen konnte.

Das ... lasse ich mir nicht gefallen, von dir nicht und von niemandem. In diesem aufgeregten Zustand war sie sogar fähig, mit ihren eigenen Händen jemanden umzubringen.

Ich werde es Daw Mya Thi mitteilen, um den Kerl bloßzustellen.

Sie beschloss ihr Anliegen morgen der ehrbaren Frau Daw Mya Thi, die in dem Wohnviertel von vielen respektiert wurde, vorzutragen und sich über die unmöglichen Manieren dieses jungen Mannes zu beschweren. Schließlich galt und gilt in Burma das unerlaubte Anfassen einer fremden Dame an der Hand als eine verbotene Handlung, die sogar strafrechtlich mit Gefängnis geahndet werden konnte.

Am nächsten Tag besuchte sie Daw Mya Thi und berichtete mit tränenden Augen, dass dieser gewisse junge Mann Dr. Thaung Htin am gestrigen Abend ihre Hand an sich gezogen hätte, als sie zufällig auf den Balkon ihrer Wohnung trat. Sie schäme sich dafür so sehr, dass sie am liebsten darüber gar nicht reden wolle. Um solch rüdes Benehmen seinerseits künftig zu unterlassen, sehe sie sich gezwungen, ihr als ehrbarer Tante über diese Untat von ihm zu berichten. Für Daw Mya Thi war es ebenfalls peinlich, sie genauer auszufragen, wie es geschehen war. Als die Witwe ihr Haus verließ, ließ sie Thaung Htins junge Schwester Ma Khin Htay so gleich zu sich kommen, da währenddessen die zwei Brüder noch zur Arbeit und der Vater nach dem Norden Burmas unterwegs waren, und berichtete ihr von der Beschwerde der Witwe über ihren älteren Bruder Thaung Htin. Als er nach der Rückkehr von der Arbeit die ganze Geschichte erfuhr, die wortgetreu von seiner Schwester wiedergeben wurde, sagte er:

„Die Leute machen ja Probleme, wo kein Problem ist. Vielleicht bin ich in der falschen Welt gelandet, oder eine falsche Person ist in der richtigen Welt gelandet, je nachdem von welcher Position und Lage her betrachtet, wie unser Saya Phone sagen würde".

Auf einmal war sich Thaung Htin bewusst geworden, dass diese Umgebung nicht sein gewohntes Milieu in Magdeburg war. Was er getan hatte, war nichts Gravierendes, wenn man dies nach dem Sinne der aufgeklärten Europäer betrachten würde. Hier war nicht Europa und nicht Magdeburg, hier war es vollkommen eine andere Welt mit andersartigen moralischen Maßstäben und Anschauungen, die er, im Gewühl der leidenschaftlichen

Gefühle, ausreichend genug zu berücksichtigen, nicht imstande gewesen war. Das musste er nun begreifen, ob er wollte oder nicht. Von dem Tag an entschloss er sich, von der ehrbaren Witwe stets gebührenden Abstand zu halten.

Die nachbarliche soziale Verflechtung der burmesischen Gesellschaft ist gerade darauf erpicht, die, ihrer Auffassung nach, als unmoralisch oder verboten eingestufte Handlung zwischen Mann und Frau als etwas besonders Delikates zu betrachten und diese Nachricht mit den entsprechenden Kommentaren der jeweiligen Informanten von Mund zu Mund schnellst möglichst zu verbreiten und sich daran zu ergötzen. Die Nachricht des Vorfalls verbreitete sich rasch im Wohnviertel und erreichte schon vor Mittagszeit den Basar von Thamein, der nur ein paar Straßen von dem Haus Thaung Htins entfernt war, und stieß dort verständlicherweise auf reges Interesse. Eine Verkäuferin vom Gemüseladen erzählte ihrer Freundin vom Nachbarladen:

„Hast du heute Neuigkeiten gehört?"

„Was denn?", schenkte die Freundin ihr ganz neugierig Gehör.

„Du kennst doch diese junge Witwe von der U-Bahan-Straße, die in ihrer Wohnung alleine lebt", sie nahm einen kräftigen Zug an der Seepotlate - einer grünen Zigarre, die aus einem zusammengerollten Blatt des Thanatphet-Baumes (Cordia Grandis) besteht, dessen Hülle innen mit den getrocknet und anschließend zerkleinerten Tabakblättern und Tabak-Wurzel gefüllt wurde, und sich aufgrund ihres milden Geschmacks landesweit seit Jahrhunderten großer Beliebtheit sowohl von den männlichen als auch von den weiblichen Rauchern erfreut -, die sie gerade in den Mund gesteckt hatte, und fuhr fort:

„Sie hat ihrer Nachbarin erzählt, dass der junge Mann, der vom Ausland zurückgekommen war, wie heißt doch das Land, Ga, Ga. Gamuni oder Jamuni, so heißt das."

„Nein, Ja… Jamuni, so was habe ich noch nie gehört, das kann höchsten Ja…Ja… Jamaika heißen", korrigierte ihre Freundin besser wissend.

„Ja genau, das muss Jamaika sein, ich weiß es jetzt ganz genau, vor einem Monat hat mein Mann eine Flasche vom Hafen mitgebracht, darauf steht in schönen englischen Buchstaben „Jamaika Rum", das hat mein Mann mir vorgelesen, er kann nämlich Englisch lesen. Den hat er von einem ausländischen Seemann bekommen als Geschenk, weil mein Mann ihm irgendwie geholfen hat, den Puff in der Nähe des Hafens zu finden. Da war noch Rum, so ungefähr Daumenhöhe, in der Flasche darin, du meine Güte, mein Mann war die ganze Woche besoffen von den paar Tropfen, aber erzähle mal weiter."

Mit der von ihrer Freundin erteilten Erlaubnis nahm die Verkäuferin den abgebrochenen Gesprächsfaden wieder auf:

„Diese Witwe sagte, dieser junge Mann von Jamaika hätte ihre Hand ergriffen, vielleicht träumt sie davon", kicherte sie leise.

„Ich verstehe nicht, warum sie sich darüber beschwert. Sie hat doch, im Grunde genommen, gar nichts zu verlieren. Er ist jünger als sie, und sie kann sich ja einen jungen Mann angeln", sagte die Freundin.

„Oder sie wollte ihn irgendwie verführen, sodass er mit ihr gleich ins Bett steigt. Scheinbar hat es nicht geklappt und deswegen hat sie sich über ihn beschwert", erwiderte ihre Freundin mit lautem Lachen und setzte fort:

„Wenn sie ihn bis in ihr Zimmer mit raffinierter List verführt und dann gesagt hätte: Entweder du heiratest mich sofort oder ich schreie., dann hätte sie den Kerl in ihre Hände gekriegt. Aber jetzt hat sie ihr Pulver umsonst verschossen, schade um die seltene Chance im Leben. Wenn ich an ihrer Stelle gewesen wäre, hätte ich den jungen Mann längst gebraten und verspeist, ha, ha, ha ..."

Die Freundin amüsierte sich köstlich über die eigene geniale Idee.

„Eigentlich hast du recht, die Dame braucht nur ganz geschickt, ihn weiter zu locken, bis er in die Falle läuft, dann richtig zuzuschnappen. Stattdessen schreit sie schon über eine kleine Lappalie laut, bevor es noch nicht passiert war. Mit der Taktik kann sie aber keinen Mann kriegen", attestierte sie die Idee ihrer Freundin als raffiniert, worüber die beiden aus vollem Halse lachten, sodass die anderen Frauen von Nachbarläden nach und nach von der seltsamen Geschichte erfuhren. Eine alte Verkäuferin sagte aber nachdenklich:

„Das ist doch eine einfache und natürliche Sache der Welt, dass ein Mann einer Frau gegenüber einen Annäherungsversuch macht. Vielleicht fühlte sie sich gekränkt, von einem jungen Mann direkterweise angenähert zu werden, weil sie dies nicht so schnell erwartet hatte, oder war sie schon von Anfang an in ihn richtig verliebt. Als sie von ihm so enttäuscht war, hatte sich ihre Enttäuschung letztendlich in Wut umgeschlagen. So was kann passieren, wie ich als junges Mädchen einmal erlebt habe. Es tut mir aufrichtig leid für die Frau."

Am nächsten Tag an der Thamein-Kreuzung, wo die U-Bahan-Straße und die Insein Hauptstraße zusammentrafen, unterhielten sich zwei junge Männer miteinander. Einer war der Sohn der besagten Witwe, er studierte Naturwissenschaft an der Universität Rangun im zweiten Studienjahr. Der andere war sein Freund, der ebenfalls in der gleichen Straße, ein paar Häuser entfernt von ihm, wohnte. Mit einem sorgenvollen Gesicht fragte er den

Freund: „Was hältst du von dem Gerücht, dieser Dr. Thaung Htin hätte die Hand meiner Muter ergriffen?"

„Wenn es wirklich stimmt, müssen wir mit ein paar kräftigen Ohrfeigen dem Scheißkerl beibringen, wie man sich in Burma überhaupt benimmt. Der Kerl ist doch noch nicht lange her aus Deutschland zurückgekommen", äußerte der Freund unverblümt seine Meinung.

„Ich habe ihn oft gesehen, jedes Mal begrüßte er mich mit höflicher Gestik und ich ihn auch, ohne dabei bis jetzt miteinander gesprochen zu haben. Ich habe nie den Eindruck von ihm, dass er trotz des akademischen Titels Doktor irgendwie eingebildet ist. Er ist höflich und ganz normal. Ob er das, was man jetzt redet, getan hat, kann ich mir schwerlich vorstellen. Andererseits kann ich als Sohn gegen die Behauptung der eigenen Mutter nichts sagen. Du bist mein bester Kamerad, deswegen kann ich mit dir offen und vertraulich reden. Ich verstehe auch nicht, warum meine Mutter in der oberen Etage alleine wohnen will und bis jetzt alleine wohnt. Ob sie dabei etwas geträumt hat, weiß ich nicht." Er machte dabei ein unruhiges Gesicht und wartete gespannt auf die Stellungnahme seines Kameraden.

„Wie du sagst, was die Geschichte anbetrifft, weiß ich nicht, was wirklich wahr sein könnte. Wenn du fragst, was ich von ihm halte, dann sage ich offen. Der Kerl ist in meinen Augen ein Taugenichts. Der Kerl ist Doktor von irgendwas. Was nützt das hier in Burma, was hat er denn vom Ausland mitgebracht? Ein Fahrrad und ein Haufen Bücher! Nutzloses Zeug anstatt eines Autos, womit er anständig eine ganze Menge Kohle hier machen konnte. Ich habe schon inzwischen von solchen Doktoren genug gehört, die nur mit wertlosen Büchern vom Ausland zurückkommen. Die sind alle bescheuerte arme Schlucker. Weißt du, was diese hochgeehrten Gelehrten überhaupt verdienen? Anfangsgehalt im Monat vierhundert Kyat, mit Gehaltserhöhung von fünfundzwanzig Kyat pro Jahr. Mit dem Geld kannst du gerade mal sechs oder sieben Hemden mittlerer Qualität kaufen."

Der Freund setzte mit verächtlicher Miene fort:

„Weißt du, mein Cousin hat nicht mal das Abitur geschafft, er hatte vor zwei Jahren durch Beziehung eine Stelle gekriegt als Seemann auf einem japanischen Schiff und verdient vierzig Dollar monatlich. Das ist, nach heutigem Umtauschkurs in Kyat umgerechnet, etwa über zweitausend. Er verdient mehr als zwei, drei Professoren hier. Wenn mein Cousin nach Rangun kommt, bringt er schöne Stoffe oder Damentaschen mit, dann steht schon vor seinem Haus eine ganze Menge hübscher Mädel Schlange, ihm ihre Aufwartung zu machen. So sieht eben echtes Leben in Burma aus. Mein Cousin macht auf dem Schiff einfache körperliche Arbeiten wie Putzen oder Dreck kehren, aber das macht nichts. Er kann anständiges Geld sparen und in sechs oder sieben Jahren einen gebrauchten Toyota-Pkw kaufen. Dann ist er ein reicher Mann in Burma. Solange er als Seemann arbeitet, kann er immer wieder ein Auto kaufen und hier in Burma ein Vermögen erneut machen. Aber diese Doktoren können nur einmal großes Geld machen, wenn sie ein Auto vom Ausland mitgebracht haben. Danach ist für sie für immer Schluss. Aber ein Seemann hat immer noch Möglichkeiten, Geld zu machen. Deswegen steht für mich der Seemannsberuf viel höher als solche brotlosen Berufe mit wertlosem Titel Doktor oder Professor."

Als der Freund mit seiner in Burma weitverbreiteten Philosophie gerade den letzten Satz beendet hatte, kam gerade Thaung Htin von der Bushaltestelle zu ihnen gelaufen, er war auf dem Rückweg aus der Innenstadt Rangun aus dem Linienbus ausgestiegen.

„Ich wollte Sie mal ansprechen", sagte Thaung Htin gewandt zu dem Sohn der Witwe in normal höflichem Ton:

„Es tut mir sehr leid, dass ein Missverständnis betreffs ihrer Mutter vorgekommen war, ich habe überhaupt keine Absicht, ihre Mutter in irgendeiner Weise zu beleidigen, Entschuldigung."

„Es ist schon gut, Dr. Thaung Htin, ich habe es auch nicht anders erwartet", sagte er ebenfalls mit gewissem Respekt und dachte dabei an etwas, was hinter dem Schleier der scheinbaren Wahrheit verborgen geblieben sein könnte.

Das Leben nahm seinen gewohnten Gang. Vor dem Tabakladen sammelten sich vier, fünf Leute, plauderten wie immer dies und jenes. Der Wind ließ die unzähligen Blätter des großen Banyanbaums, wie eh und je, hin und her schaukeln. Die Kinder gingen in die Schule. Die Erwachsenen gingen zur Arbeit, wenn ein fester Arbeitsplatz vorhanden war. Die meisten aber gingen Arbeit suchen, zum Basar, zum Handel, zum Handwerk, um auf irgendeine Weise ihr tägliches Leben durchzubringen. Die Frauen, die zu Hause geblieben waren, kehrten ihr Haus. Die groß gewachsenen Bäume wie Banyan, Regenbaum, Mango, Pflaumen, Kirschen, Bambus, reckten sich weit in die Höhe und überdachten die U-Bahan-Straße, die weder gepflastert noch geteert war. Sie verharrte im rein natürlichen Zustand seit ihrer Geburt; kleine und große Wasserpfützen am Rande oder in der Mitte verschönerten schnörkellos jene schmale Straße. An manchen Stellen war sie gesäumt von Bambuszäunen. Bananenstauden, Papaya und Kokosnuss ergänzten sie als grüne Begrenzung. Auf den Zäunen herrschten überall in Heckenformen die Kletterpflanzen, Geißblatt und Anemonen, sie schmückten sich mit schönen Blüten und dekorativen roten oder schwarzen Früchten. An manchen Stellen war nur die Kletterhortensie mit weißen

Blüten vertreten, die von roten Trompetenblumen stellenweise durchlöchert waren. Es schien, als hätte sich in dieser Straße nichts geändert. Doch für die Witwe war die Straße nicht mehr so, wie es war. Die Blätter des Banyanbaums schienen ihr auch nicht mehr so schön im Winde zu rascheln und zu flüstern wie vorher. Die Geißblatt-Kletterpflanzen, die von ihrer Wohnung in einigen Metern Entfernung am Zaun wuchsen und besonders in den Abendstunden einen betörenden Duft verströmten, schienen in den letzten Tagen ihre Lebensaufgabe verlernt zu haben, ihre Umgebung mit angenehmen Düften zu erfreuen.

So oft wie sie auch auf ihren Balkon trat, fand sie keinen angenehmen Blick mehr, der ihr so vertraut und ihr Herz jedes Mal höher schlagen ließ. Sie hörte auch keine sanfte Stimme vom Balkon nebenan mehr, die ihr so oft erfreuliche Komplimente machte. Sie vermisste einfach die gewohnte Wärme seiner Nähe, die ihre inneren Gefühle sich aufbäumen ließ. So oft wie sie auch hinlauschte, fehlte ihr sein vertrautes Lachen, das ihr Gemüt erfrischte. Sie spürte schmerzlich das Fehlen seiner begehrlichen Blicke. Sie sehnte sich nach seiner zärtlichen Berührung, auch wenn dies ein einziges Erlebnis von kurzer Dauer gewesen war.

„Ich habe alles kaputt gemacht, was mir so teuer und selig war", flüsterte sie bereuend vor sich hin, indem sie schwerfällig, fast geistesabwesend, mit hängendem Kopf ihren glanzlosen Blick ziellos schweifte. Warum hast du so etwas getan? Warum, warum, warum denn? In endlose Selbstvorwürfe verstrickt, stellte sie sich in ihrem Gedanken immer wieder dieselbe Frage: warum? Auf einmal sah sie sich als strenge Richterin und zugleich als Angeklagte vor Gericht, um schonungslos die Misere zu durchleuchten:

„Warum bist du dann weggerannt von ihm, wenn du ihn so leidenschaftlich magst?"

„Ich kann das nicht erklären. Es war so plötzlich geschehen. Als ich mich in mein Zimmer zurückzog, dachte ich jedenfalls, dass er nachkommt. Ich habe extra die Tür aufgelassen."

„Vielleicht war das schon deine Absicht, ihn in dein Zimmer zu locken?"

„Am Anfang war das nicht so gemeint, dass ich mich von ihm entfernt habe, aber hinterher wünschte ich mir so selig, dass er mir nachkomme."

„Woher sollte er wissen, dass du nicht laut schreist, wenn er dein Zimmer betritt?"

„Nein, so was werde ich nie machen, ich werde mich sofort in seine Arme hinwerfen."

„Wenn du ihn so gern hast, wie du nun schilderst, wieso hast du dich über ihn bei Daw Mya Thi beschwert?"

„Ich weiß nicht mehr warum, ich war offenbar zu sehr von ihm enttäuscht."

„Von ihm enttäuscht oder genauer gesagt, von deinen eigenen Erwartungen enttäuscht?"

„Ja, das muss so gewesen sein."

„Du hast behauptet, er hätte deine Hand ergriffen. Dabei hast du absichtlich übertrieben dargestellt, als ob er in ganz rüden Manieren deine Hand an sich gezogen hätte. In Wirklichkeit hat er deine Hand nur zart berührt. War das nicht eine glatte Lüge, ihn als einen unanständigen Mann hinzustellen?"

„Ich weiß nicht, warum ich so etwas gesagt habe. Ich war so sehr von meinem eigenen Stolz irregeleitet worden. Enttäuschung über die unerfüllten Wünsche hat mich letzten Endes zu dieser Tat geführt."

„Wenn du ein junges Mädchen wärest, würde ich deine Erklärung akzeptieren. Aber du bist schon im reifen Alter von vierzig Jahren, und du benimmst dich wie ein verrücktes Huhn."

„Ich weiß nicht, ich weiß nicht mehr, wie ich es erklären soll."

„Wenn du ihn bloßstellst mit solchen Unwahrheiten, glaubst du, dass er jemals zu dir zurückkommt?"

„Ich wollte ihm niemals wehtun. Ich habe ihn zu sehr gern, aber ich weiß nicht, warum das alles so schief gelaufen war."

„Du bist ja nicht mehr zu retten, wie könntest du dann so dumm gewesen sein, ihn und dich selbst vor allen anderen lächerlich zu machen?"

„Ich weiß nicht, warum ich das gemacht habe, ich schäme mich dafür."

„Du hast noch Tränen vergossen, als du die aufgeblasene Geschichte erzählt hattest. Sag mal, hast du dabei nicht mal ein bisschen ein schlechtes Gewissen gespürt?"

„Ich war zu sehr von meiner Wut über ihn beherrscht, sodass ich in der Zeit nicht im geringsten fähig war, darüber nachzudenken. Ich weiß, dass ich zwischen Sehnsucht meiner Begierde und meinem Stolzgefühl zermalmt wurde, obwohl ich vergeblich dazwischen einen Kompromiss gesucht habe. Ich wollte seine zarten Lippen fühlen und ihn meine fühlen lassen, ich will ihm meine zitternden Schenkel spüren lassen, ich wollte meine Wollust ergiebig so erleben wie in meinen jungen Jahren. Im Grunde genommen habe ich in ihm nur meine eigenen glühenden Sehnsüchte wieder gesehen, zum ersten Mal nach so vielen Jahren. Dieser junge Mann war eigentlich nicht das Objekt, das ich begehre, sondern er war nur Abbild meiner Begierde. Er war nur Mittel zum Zweck, meine eigenen Wünsche zu erfüllen. Verzehrende Sehnsüchte, deren Erfüllung ich mir jahrelang nur im Traum vorstellen konnte, waren plötzlich wider Erwarten so greifbar nah und erfüllbar geworden, als ich unverhofft diesem jungen Mann begegnet war, und in seinen begehrlichen Blicken meine eigene unstillbare Leidenschaft wieder lebendig wurde. Obwohl ich mir innerlich mehrmals sagte, greif doch zu, habe ich mich vor meinem eigenen Glück gescheut. Die Angst, von ihm als leichte Beute missverstanden zu werden, war mir einerseits viel zu groß. Schließlich hat diese Angst mich dazu verleitet, sich über ihn zu beschweren, obwohl ich mich viel ruhiger und vernünftiger hätte verhalten müssen. Ich habe damit meine eigenen Träume und Sehnsüchte zunichtegemacht, das kann ich nie wieder gut machen, das tut mir so weh."

Ihr Herz zitterte vor Schmerz, der nicht mehr heilbar war. Bittere Tränen rollten ihr unaufhaltsam über die Wangen, sie bedeckte ihr Gesicht mit beiden Händen; ihre Brust bebte heftig, ihr leises Schluchzen ging in ein lautes Wehklagen über sich selbst und in herzzerreißende Trauer um den Verlust des paradiesischen Traums über, der zu ihr niemals zurückkehren würde. Der melodische Flötengesang der Amseln, die von Ast zu Ast des großen Banyanbaums vor ihrer Wohnung hin und her flogen und gewöhnlich den fröhlichen Klang anstimmten, schien in diesen Tagen merklich traurig zu tönen. Lediglich sang der Feldsperling unverändert immer dasselbe Lied „Tschilp, tschilp", als hätte sich für ihn nie was geändert. Der Monsun, der von Anfang Juni, von Südwesten her kommend, die U-Bahan-Straße durchstreifte, begann die durstigen Blätter der Bäume, die die trockene Jahreszeit überstanden hatten, mit winzigen Tropfen des Regens zu tränken, während die Blätter des großen Banyanbaums fortdauernd leise im Wind raschelten.

Die Staatsdame Khin May Than

Wahrlich schenken die buddhistischen Burmesen den Verstorbenen keine besondere Aufmerksamkeit, ausgenommen den großen Nationalhelden wie Bojoke Aung San. Es gibt keine vergleichbaren Handlungen wie in westlichen Ländern, etwa das Tragen von Trauerkleidung oder die Grabmalpflege oder Blumen auf dem Friedhof. Friedhöfe sind hier verlassene und verwahrloste Orte, wo besonders in der Nacht gruselige Gespenster und Dämonen ihr Unwesen umhertreiben, so glaubt jeder normale Sterbliche. Man würde nicht mal im Traum daran denken, dahin zu gehen, wenn es nicht unbedingt sein musste.

Jedoch an jenem Tag im Juni 1974 war der Kyandaw-Friedhof im mittelwestlichen Teil Ranguns von einem neugierigen Menschengewimmel zumindest am Vormittag so überlaufen, dass man sich kaum vorstellen konnte, dass es so etwas in der Geschichte der Friedhöfe in Burma jemals gegeben hätte. Was war geschehen?

Hier lag das Grab der vor einem Jahr ins Jenseits übergewechselten Staatsdame Daw Khin May Than, Ehefrau des Diktators General Ne Win. Genauer gesagt, die zweite Ehefrau, die mit Ne Win gemeinsam drei Kinder zeugte und ihrerseits ebenfalls drei mit in die Ehe brachte, und Ne Win seinerseits, nicht weniger und gleichrangig, stieg mit drei Kindern in die Ehe ein. Ihr prominentes Grab hob sich deutlich ab von den anderen Gräbern, die aus einfachen Ziegelsteinen gebaut und inzwischen vom Unkraut überwuchert waren, sowohl in architektonischer Formgebung - kunstvolle Ornamente auf den glatt polierten weißen Marmorplatten - an den Wänden als auch in der großzügigen, gartenähnlichen Gestaltung der Umgebung. Auf der Vorderseite waren ihr Name, Geburts- und Todesdatum eingraviert.

An jenem merkwürdigen Tag im Morgengrauen näherten sich, leise angeschlichen, zwei junge Männer dem Grab der auf ewig und immer schlummernden Staatsdame. Sie hatten ein zusammengerolltes Transparent aus weißem Leinentuch, eine Eisenstange, Schaufel und zwei Holzpfähle bei sich. Sie drehten eilig die Köpfe nach links und rechts und schauten sich vorsichtig in alle Richtungen um, bevor sie zwei tiefe Löcher in die Erde vor dem Grab zu buddeln begannen. Sie versenkten die Holzpfähle in die Erdlöcher, schütteten sie mit Steinen und Erde zu und stampften kräftig mit der Eisenstange, sodass die einundeinhalb Meter hohen Holzpfosten schüttelfest in der Erde verankert waren. Sie entrollten ein ungefähr drei Meter langes und ein Meter breites Transparent und befestigten es straff mit einer Schnur an den Holzpfosten. Als ihre Tat vollendet war, betrachteten sie gemeinsam aus der Entfernung das ausgebreitete ausdrucksvolle Plakat, mit großen, eindrucksvollen Buchstaben beschriftet, über dem Marmorgrab. Das weiße Plakat mit großen Buchstaben war sogar von der Straße außerhalb des Friedhofs deutlich zu sehen und aus der Entfernung gut lesbar. Es war ihnen gelungen. Mit äußerster Befriedigung und überschwänglichem Stolz rieben sich die beiden jungen Männer die Hände und gratulierten schmunzelnd einander für die einmalige historische Heldentat, die sie gemeinsam vollbracht hatten, und entfernten sich unauffällig von der Stelle.

Des überdeutlich großen Spruchbandes wurden die Passanten, die auf der Straße neben dem Friedhof vorbeiliefen, sofort gewahr. Drei, vier Leute, die vom Aussehen Arbeiter zu sein schienen, zuerst zögerlich und doch überwältigt von der Neugier, kamen in den Friedhof und näherten sich dem Marmorgrab.

Einer las mit gedämpfter Stimme den Spruch auf dem Transparent:

„Unter der Herrschaft des Vaters
wird unser Leiden von Tag zu Tag unerträglicher,
Oh., liebe Mutter, hole doch gleich den Vater unverzüglich zu dir!"
Als einer die Augen auf die Inschrift des Grabsteins unter dem Spruchband richtete, sah er den berühmten Namen: Daw Khin May Than. Jetzt hatte er den eigentlichen Zusammenhang begriffen. Dies war ja in Wahrheit pure Majestätsbeleidigung, es werde gewiss fatale Folgen für jeden Sterblichen nach sich ziehen, der mit dieser heiklen Affäre in direkter oder indirekter Weise in Berührung käme. Trotz des anfänglichen Schrecks begann er, seine Augen angeheftet an das Transparent, allmählich zu schmunzeln und warf den Blick etwas unsicher seitlich auf die nebenan stehenden Leute. Als er sah, dass die anderen, von der Mimik und Gestik her zu beurteilen, von gleichem Gemüt waren wie er, wagte er es, seiner Freude freien Lauf zu gewähren, und kicherte leise vor sich hin. Das leise Lachen der Individuen nebeneinander summierte sich allmählich zu einem großen Gelächter.

Als sich drei oder vier Arbeiter nach einer Weile mit schmunzelnden Gesichtern entfernten, kam eine Frau mittleren Alters mit einer Tragtasche in der Hand, ebenfalls von dem großen Transparent angelockt, zum Grab von Daw Khin May Than. Sie schaute flüchtig auf das Spruchband, machte, zuckend mit den Schultern, einen gleichgültigen Eindruck, jedoch fasste sie neugierig das Leinentuch an und rieb es zwischen Daumen und Zeigefinger.
„Das ist ein guter Stoff", ihre Augen funkelten, „so was habe ich lange nicht gehabt, kaufen könnte ich es sowieso nicht, unser täglich verdientes Geld reicht nicht mal für das Essen. So einen guten Stoff kaufen, um Gottes willen, da würden wir verhungern. Nun, meine Kinder werden sich riesig freuen, neue weiße Hemden zu bekommen. Daraus mindesten drei Hemden für meine Kinder und eins für mich und eins für meinen Mann nähen!"
Sie freute sich über das unerwartet gebotene himmlische Geschenk und befühlte den Stoff noch mal zwischen den Fingern ganz zärtlich mit voller innerer Befriedigung, als sei er aus Goldfäden gewebt:
„Die schwarze Farbe, das macht nichts, nach vier bis fünfmal Waschen, geht es weg."
Sie schaute vorsichtig mit blitzenden Augen um sich und lauschte mit verhaltenem Atem und gespitzten Ohren, um sicher zu sein, dass niemand sie beobachtete. Als der Augenblick ihr für das Vorhaben, das Begehrte in Besitz zu nehmen, geboten zu sein schien, fasste sie zunächst vorsichtig den Holzstab, um den nachher ruckartig mit ganzer Kraft herauszureißen.

Just in diesem Moment kam eine Gruppe von Schülern im Alter von vierzehn bis fünfzehn Jahren, die eine Abkürzung zu ihrer Schule durch das Friedhofsgelände zu nehmen schienen, herumtrödelnd und lustlos in den

Friedhof herein. Angelockt von dem seltsamen, großen, weißen Transparent kamen sie schnurstracks darauf zu.

Hinaufblickend auf das Transparent sagte ein Junge: „Das ist doch das Grab von Khin May Than!"
„Wer ist denn Khin May Than überhaupt?", fragte der andere Schlüler phlegmatisch.
„Was, du Idiot, haste vergessen, das ist doch die Frau von Nr. Eins Ne Win", belehrte der Junge, der ein heller Kopf zu sein schien, den anderen mit einer ungeduldigen Stimme und setzte fort:
„Ja, kapiert, das ist doch ein dringender Appell ans Jenseits".

Der andere Schüler, der den Zusammenhang erst jetzt verstanden hatte, schaltete der Situation entsprechend blitzschnell, kniete sich auf die Erde und betete, die Hände zusammengefaltet, mit bebender, ergreifender Stimme:
„Oh, liebes, liebes Mütterchen, wir haben so die Schnauze voll vom Väterchen Ne Win, hole ihn doch zu dir, so schnell wie möglich, bitte, bitte, ja."
Seine parodistische Einlage wurde von seinen Freunden mit klatschendem Beifall belohnt und ermunterte erst recht die übrigen.
„Mütterchen, warum hast du das Scheißväterchen noch nicht zu dir geholt, schnell weg mit dem Diktatorchen, schnell, schnell, bitte schnell", schickte der andere Junge voller Ironie sein inbrünstiges Gebet zum Himmel, während er mit den Armen in der Luft heftig fuchtelte, um sein Gebet mittels Gebärde mehrfach zu verstärken. Da es sich aber seiner Kenntnis entzog, wohin die ehrbare angebetete Dame im Jenseits tatsächlich gegangen war, zum Himmel oder in umgekehrter Richtung, stampfte er kräftig mit dem Fuß auf den Boden, sein Gebet ebenfalls notwendigkeitshalber in die andere Richtung zu lenken. Seine sarkastische Darbietung bot den Blicken seiner Kameraden ein geistreiches und unterhaltsames Schauspiel. Ihm wurde tosender Beifall zuteil.

Die Jungs waren von ihrer eigenen Fantasie und den Lachsalven so berauscht, dass sie die alte Frau, die neben dem Plakat schweigend wie versteinert dastand, zuerst nicht im geringsten beachteten. Endlich vom Lachanfall aufgewacht und gerade auf die alte Frau aufmerksam geworden, richtete der Junge, der die enorme Bedeutung des Spruchbandes am ehesten erkannt hatte, an die Frau, die immer noch den Holzstab des Spruchbandes in der Hand festhielt, die Frage, ob sie es hier aufgehängt hätte. Die Frau, sich erst jetzt voll bewusst geworden von der Brisanz der plakativen Propaganda und der möglichen unangenehmen Folgen des Textes auf dem Leinentuch, ließ den Holzstab endlich los und wies postwendend energisch

jegliche Beziehung zu dem fraglichen Transparent von sich:
„Nein, nein, ich ... ich habe damit nichts zu tun, ich ... ich wollte nur sehen, was für ein Stoff das hier ist".

Sie fasste ihre Handtasche fest mit der rechten Hand und entfernte sich schleunigst auf die Straße. Aus der Entfernung drehte sie sich noch mal um und ärgerte sich mächtig über die verdorbene Gelegenheit und verfluchte die Störenfriede aus ganzer Seele und beklagte den Verlust bitterlich:
„Verdammt noch mal, wenn diese dummen Jungen nicht da gewesen wären, hätte ich den guten Stoff gekriegt, so was kriege ich nie wieder umsonst."

Die Schüler standen vor dem Spruchband, zuerst fast erstaunt und ehrfürchtig vor dem genial formulierten Text und lasen ihn ganz gemütlich, langsam Wort für Wort noch einmal:
„Unter der Herrschaft des Vaters wird unser Leiden von Tag zu Tag unerträglicher, oh.., liebe Mutter, hole doch gleich den Vater unverzüglich zu dir!"

Ergänzend sagte einer:
„Hole doch gleich unverzüglich den Vater, hole doch den Scheißkerl schneller, ja, hole doch den Scheißkerl viel eher und sofort, ha, ha, ha ..."
Lachend aus vollem Halse hopsten die Schüler vor Freude wie kleine Kaninchen, jeder fügte lauthals schreiend seine eigene Dichtung hinzu. Sie amüsierten sich dabei ergötzlich und ausgelassen.

Ihr fröhliches Lachen und Geschrei lockten sämtliche Passanten von der Straße und viele Männer und Frauen strömten nach und nach in den Friedhof. Beim Anblick der ehrbaren Buchstaben auf dem Transparent, die die Sehnsüchte und unterdrückten Wünsche der Menschen, die unter der Herrschaft des Despoten Ne Win jahrelang gelitten hatten, im wahrsten Sinne des Wortes wiedergaben, brachen sie in schallendes Gelächter aus:
„Das stimmt, hole doch den Kerl Ne Win in die Hölle, wohin er für immer gehört". Angesicht der Masse von Menschen, die hierher kamen und ihre Wut und ihren Frust spontan losließen, hatte jeder seine Furcht und Vorsicht vor den Staatsspitzeln oder Agenten der Geheimpolizei, die überall im Lande die Bevölkerung ständig beschatteten, zumindest an diesem Vormittag auf diesem Friedhof fallen gelassen. Plötzlich trat ein Mann aus der Menschenmenge vor dem Transparent auf und verkündete mit erregter Stimme laut:
„Bevor er in die Hölle geht, ziehen wir den Kerl splitternackt aus, denn sein nackter Arsch brennt auf dem Scheiterhaufen viel besser, und seine teuere Kleidung, wenn ich die auf dem Schwarzmarkt verkaufe, kann ich ruhig ein halbes Jahr gut leben, stimmt's?"

„Ja, es stimmt", klang die einhellige Antwort der versammelten, und sein knackiger Vorschlag wurde mit rauschendem Applaus gewürdigt.

Ein anderer junger Mann, eine Seitentasche mit Büchern auf der rechten Schulter, trat unmittelbar danach dicht vor das Grab, hob seine Hände und drehte sich langsam eine Runde auf der Stelle, um sich von dem versammelten Publikum ringsum für sein Anliegen Gehör zu verschaffen. Als alle Leute neugierig mit großem Erwarten auf ihn schauten, trug er mit ernster Miene sanft und klar in melodischen Tönen die Verse vor, die er gerade in seinem Kopf, im Sog des allgemeinen Enthusiasmus, blitzschnell verfasst hatte: „Wenn anstatt seiner Frau … er … hier im Grab liegen,
Mein Pinkeln über seinem Grab werde nimmer versiegen.
Bedecken werde ich ihn mit Scheißhaufen,
Möge der edle Duft ihn für immer berauschen."

Der brillante Gelegenheitsdichter wurde mit nimmer enden wollenden Ovationen überhäuft. Jeder johlte herzhaft im Freudentaumel, endlich den verhassten Diktator Ne Win geziemend zu würdigen. Jeder stieß laut oder leise den bösen Fluch oder Verwünschungen über den skrupellosen Machthaber aus. Der Zorn und die Verdammnis der Individuen mündeten in ein gewaltiges Getöse der Masse. Neugier trieb die Menschen, die jahrelang von der Angst vor der Militärpolizei und der Sorge um das tägliche Überleben geplagt waren, an jenem Tag in diesen Friedhof. Nach einer Weile verließen diese Menschen, die nie etwas Erfreuliches durch das Militärregime bis da hin erlebt hatten, diesen Friedhof seltsamerweise als gut gelaunte Menschen, als seien sie verzaubert von der unsichtbaren Kraft der Worte auf dem Transparent über der Grabstätte der Madame Khin May Than. Menschen kamen und gingen, sodass das magische Transparent und Marmorgrab ungefähr von hundert Zuschauern ständig umringt waren. So viele fröhliche Menschen mit lachenden Gesichtern. Wann hat es überhaupt unter dem Diktator Ne Win so etwas gegeben?

Diese Volksfreude an dem Tag währte aber nicht lange. Am Vormittag bezogen mehrere tiefgrüne Lkw mit Soldaten, ausgestattet mit Maschinengewehren in der Hand, Stellung um den Friedhof, sie schnitten sämtliche Ausgänge ab. Manche, die die bevorstehende Gefahr rechtzeitig gemerkt hatten, schrien laut:

„Leute, Soldaten!, verschwindet schnell!"

Alle ergriffen panikartig die Flucht, wie aufgescheuchte Hühner. Viele kletterten eilig über die Friedhofmauer, sprangen nach draußen und brachten sich in Sicherheit. Manche versteckten sich hinter dichtem Gestrüpp. Einige stürzten vor Eile heftig zu Boden, standen wieder hastig auf, rannten sofort los. Frauen und manche Männer, die die Friedhofsmauer nicht erklimmen konnten oder wollten, schlugen sich zum Eingang durch. Die Soldaten trieben die Restlichen, die ahnungslos in der Richtung zum Eingang Zuflucht gesucht und zu ihrem Unglück gerade direkt in die Arme der Soldaten gelaufen waren, vom Eingang her in die Mitte zurück. Die Männer und Frauen, die die Maschinengewehre vor sich sahen, wichen erschrocken zurück, die Soldaten kreisten die Leute ein, für die es leider kein Entrinnen gab. Ein Hauptmann mit drei goldenen Streifen auf der Schulter und einer Pistole in der rechten Hand trat hervor, verkniff tief die Augen, starrte die eingekreisten und verängstigten Menschen an, fragte mit grimmigem Gesicht und ätzender Stimme, während er mit seinem linken Finger auf das Plakat hinwies:

„Wer hat das hier aufgehängt?"

„Keine Ahnung, wir wissen es nicht, wir haben damit nichts zu tun. Das Plakat war ja schon da, bevor wir kamen", stöhnten vielstimmig die Eingeschüchterten, einer nach dem anderen.

„Oberfeldwebel!", schrie der Hauptmann einen Uniformierten an, der neben ihm in einigen Metern Entfernung mit dem Maschinengewehr in Schussposition stand, „reiß das Plakat weg und roll es zusammen, alle festnehmen und lasst sie auf die Lkw einsteigen. Wir werden feststellen, wer damit zu tun hat."

„Aber Herr Hauptmann, wir haben wirklich damit nichts zu tun, wir waren hier nur zufällig", richteten einige vergeblich den letzten Gnadenappell an den Offizier.

Mit hängendem Kopf, bedrückender Schwermut und unterdrückter Wut stiegen die Gefangenen in einen der Lkw ein. Die Gesichter der Menschen, die außerhalb des Friedhofs auf der Straße standen und der Festnahme ihrer Freunde oder Angehörigen tatenlos zusehen mussten, verdunkelten sich zusehends. Sorgenfalten zogen auf die Stirn, quälende Trauer, Wut und Ohnmacht zersägten ihre Seele. Die Lkw mit den zusammengepferchten Gefangenen und Soldaten rollten fort. Einer der Festgenommenen war ein Hafenarbeiter, der sein Geld täglich durch das Tragen des Gepäcks der Schiffspassagiere verdienen musste. Um ihn kreiste der bedrückende Kummer ständig, kalter Schweiß stand ihm vor Sorgen auf der Stirn, seine Augen wanderten dahin, wo seine Liebsten sein könnten.

Wenn ich heute nicht arbeiten kann, dann haben meine Frau und meine Kinder morgen kein Geld für das Essen. Was soll das werden, wenn die Leute mich ein paar Tage lang festhalten, dann werden meine Kinder verhungern. Verdammt, es war ein großer Fehler von mir, dass ich ahnungslos in den Friedhof gegangen war. Ah ... wäre ich doch nicht dort gewesen, bereute er es und machte sich Vorwürfe.

Eine alte Frau, die neben ihm Platz nahm, schaute mit versteinertem Gesicht ziellos vor sich hin und versuchte ihre Tränen mit dem Hemdärmel abzuwischen. Sie fragte sich nur, wann sie wieder nach Hause gehen könnte und warum ausgerechnet sie denn gefangen genommen werden musste. Eine junge Frau machte ein zorniges Gesicht und verwünschte in Gedanken die Soldaten: Mögen sie alle in die Hölle kommen. Manche Gefangenen hielten den Kopf gesenkt, als hätten sie sich schon dem Schicksal ergeben.

Der Oberfeldwebel, der das Transparent auf Befehl zusammengerollt hatte, saß neben den Gefangenen im Lkw. Er streifte mitleidig die Unglückseligen mit kurzem Blick und murmelte seufzend in Gedanken vor sich hin: Warum seid ihr denn nicht eher verschwunden, bevor wir kommen, andererseits es ist doch Blödsinn, wegen einer solchen Lappalie die unschuldigen Menschen festzunehmen, die mit dem Plakat gar nichts zu tun haben. Die Leute, die dieses Transparent wirklich aufgehängt haben, sind doch schon längst weg. Ja, was auf dem Plakat geschrieben steht, stimmt auch im Grunde genommen. Er gedachte des Textes auf dem Transparent und sagte so bedächtig und leise vor sich hin, dass niemand als er allein ihn hören konnte:

„Hole doch den Vater unverzüglich zu dir, damit wir mit solchen Ungerechtigkeiten zu tun nicht mehr brauchen!"

„Als ich gestern Vormittag dem Kyandaw-Friedhof näherkam, in der Erwartung, das seltene Freudenfest zu erleben, habe ich nur noch den grünen Militärlastwagen mit den Festgenommenen von hinten abfahren gesehen, vielleicht habe ich Glück gehabt, dachte ich. Andererseits bedauere ich, das große Fest verpasst zu haben, das sich ein zweites Mal nicht wiederholen wird. Einer, der vor dem Friedhof neben mir stand, hat mir alles erzählt, was darin los gewesen war. Der Kerl war zum Glück aus dem Friedhof eher herausgekommen, vor dem Eintreffen der Soldaten, deswegen konnte er mir alles noch mit Freude berichten", erzählte John Tun Mya seinen Freunden in der Arbeitsstelle des Forschungsinstituts über das gestrige Ereignis, das in der ganzen Hauptstadt Rangun große Furore machte, das aber verständlicherweise in den staatlich kontrollierten Zeitungen keine nennenswerte Erwähnung fand.

„Ich wette eins zu Tausend und prophezeie auch heute hiermit, dass Nr. Eins sich bestimmt kein Grab errichten lassen wird, stattdessen wird er seinen Leichnam mit Sicherheit verbrennen und seine Asche irgendwo zerstreuen lassen", erhob Ko Maung Maung seine Stimme mit felsenfester Überzeugung, „wenn er irgendwann, glücklicherweise für uns und unglück-

licherweise für ihn, unsere Welt auf Nimmerwiedersehen verlassen sollte."
„Genial gedacht und geschlussfolgert hast du von den Ereignissen", lobte Charlie Cho seinen Kumpel und fügte hinzu, „anderenfalls wäre ja sein Grab der Wallfahrtsort für jeden Burmesen, der dort bei jedem Besuch ihn mit gesegnetem Wasser besprengt und mit gelber Duftpastete beschmiert."
„Das würde ich auch gern tun, wenn ich auch dafür auf eine Flasche Rum verzichten müsste", sagte Thaung Htin fröhlich.

Am Nachmittag kam sein Freund Dr. Myint Khine, der im Keramikinstitut arbeitete, zu ihm und schlug vor, ihren damaligen Dozenten Dr. Me Aung zu besuchen. Dr. Me Aung leitete das Institut für Zellstoff und Papier im Forschungsinstitut seit seiner Rückkehr aus Kanada vor zehn Jahren. Er war nicht nur eine große Kapazität auf seinem Gebiet, sondern auch ein stets ehrlich denkender Mensch, der politisch nie seine Fahne nach dem Wind drehte. Er war geachtet von allen.

„Warum seid ihr denn von Deutschland zurückgekommen?", seufzte Dr. Me Aung schwerfällig, als seine zwei ehemaligen Schüler in seinem Arbeitszimmer Platz nahmen.

„Es ist hier alles kaputt, unter diesem Militär gibt es keine Hoffnung mehr. Ihr habt auch inzwischen schon gesehen, was hier wirklich los ist und mit welchen Problemen man sich hier täglich herumschlägt", fügte er hinzu, während er mehrfach den Kopf schüttelte.

„Wir haben hier auch mehr als genug gesehen. Einerseits, wenn wir nicht zurückgekommen wären, hätten wir nie leibhaftig erfahren können, was das Militär unter dem Deckmantel des burmesischen Sozialismus wirklich macht, andererseits hätten wir ganz sicher ein schlechtes Gewissen gegenüber unserer eigenen Heimat", sagte Thaung Htin.

„Da hast du auch recht, genau aus dem Grunde bin ich vor zehn Jahren aus Kanada zurückgekommen, sagte Dr. Me Aung nachdenklich.

„Saya, Sie haben doch sicherlich in der Vergangenheit Gelegenheit gehabt, Ne Win aus der Nähe kennenzulernen. Wir sind sehr interessiert, zu erfahren, was für ein Mensch er denn überhaupt ist", fragte ihn Thaung Htin neugierig.

„Das hätte ich euch auch gern erzählt, damit ihr ihn selber einschätzen könnt, zum Glück können wir hier im eigenen Institut so frei reden, wie wir wollen", legte Dr. Me Aung ohne Umschweife los:

„Wir, alle Leiter der Abteilungen vom Forschungsinstitut und von Instituten der Rangun-Universität waren schon ein paar Mal zu ihm in die AD-Road eingeladen worden. Es wurde uns vorher ausdrücklich gesagt, dass die Gäste keinen Schlüsselbund oder keine Münzen in der Oberhemdtasche mitnehmen dürfen. Der angebliche Grund war, der General haßte das hell harte Geräusch von anschlagendem Metall. Der wirklich wahre Grund aber war, dass das Klirren einer heimlichen Pistole ein gleiches Geräusch machte, und der General davon nicht überrascht werden wollte, wobei das Geräusch eines Schlüsselbundes oder von einigen Münzen innerhalb der extrem kurzen Zeitspanne kaum vom Geräusch des Abzugs einer Pistole zu unterscheiden wäre. Er schien für seine leibliche Sicherheit äußerst penibel Sorge zu tragen."

Er schmunzelte ein wenig und setzte fort: „In der großen Halle seiner Villa wurde eine Wandtafel aufgestellt, auf die Dias projiziert wurden. Auf dem Tisch daneben waren ein paar Bücher aufgestapelt. Etwa in fünf Meter Abstand von der Tafel wurden mehrere Reihen Sitzstühle aufgestellt, wo wir, ganz still und gesittet, Platz nehmen mussten. Wenn man schon ein paar Mal dort gewesen war, merkte man, dass die Leute, die sich nach vorn drängten, um in der ersten Reihe einen Sitzplatz zu ergattern, fast immer dieselben Leute waren. Vermutlich wollten sie in irgendeiner Weise vom General bemerkt werden - wegen ihrer zukünftigen Karriere. Ich hatte immer die hinterste Reihe aufgesucht, weil ich mit diesen Gelehrten und besonders mit dem General nichts zu tun haben wollte. Es wimmelte auch von etlichen Militäroffizieren hier in der Villa, aber alle waren ohne Waffen. Der General war der Einzige im Saal, der eine Pistole am Gürtel trug. Er hielt einen Vortrag über eine neue Methode zur Energiegewinnung oder eines Verfahrens zur Herstellung von irgendwelchen Stoffen oder Metallen oder Produkten. Manchmal wurden Dias auf der Leinwand gezeigt. Der General pflegte stets besonders die Leute von der ersten Reihe zu fragen, ob sie vorher dieses oder jenes Verfahren gekannt hätten. Natürlich lautete die logische Antwort von den Herren: nein, noch nicht gehört. Der General holte ein paar Bücher vom Stapel auf dem Tisch und gab sie den Herren von der ersten Reihe mit den belehrenden Worten: Hier lies das. Das ist die neueste Literatur. Ihr sollt diese genau durchstudieren. Dieser Vorgang wiederholte sich zwei- bis dreimal, bis alle Bücher auf dem Tisch an die versammelten Zuhörer verteilt waren. Die Bücher hätte er angeblich während seines Aufenthaltes in England für eine medizinische Behandlung, die ein bis zweimal im Jahr mehrere Wochen dauerte, nebenbei angeschafft und angeblich alles durchgelesen. Die Wahrheit war, dass jemand diese Bücher durchlas und für ihn eine kurze Zusammenfassung schrieb. Mit dieser zusammengefassten Notiz hielt er hier vor dem Publikum einen großen Vortrag. Den Leuten, die wirklich solche Fachliteratur gebraucht hätten, wurde es von den zuständigen Ministerien nie gestattet, vom Ausland Bücher zu bestellen oder neue Veröffentlichungen zu besorgen."

Er schüttelte geringschätzig den Kopf und fuhr fort: „Mit solchen inszenierten Auftritten machte er einen gewaltigen Eindruck auf seine meist ungebildeten Armeeleute. Die Wirkung, die er damit erzielen wollte, war tatsächlich auch eingetreten. Die Militäroffiziere, die ihn ständig umgaben und ihm bedingungslos ergeben waren, glaubten fest, der General verstünde sehr gut den Inhalt jeglichen Buches, wenn er nur ein paar Zeilen am Anfang, in der Mitte und am Ende des Buches durchläse. Der General sei „Experte" auf jeglichem Gebiet!"

Dabei fand Dr. Me Aung diese Art Verehrung aberwitzig und konnte sich des Lachens über die Naivität der Uniformierten kaum enthalten, während er das Wort „Experte" sarkastisch besonders hervorhob.

„Meiner Einschätzung nach scheint der General immer noch in der Wahnvorstellung zu leben, dass der Mächtigste im Land auch der Klügste sei. Er protzt geradezu mit seinem Superioritätsgefühl in jeglicher Hinsicht. Hier in diesem kleinen Land Burma war und ist er praktisch der ungekrönte Monarch. Er ließ welche leben, die ihm huldigten, und diejenigen in der Versenkung verschwinden, die ihm und seiner Sippe nicht untertänig genug waren. Als Monarch brauchte er hier für sein Tun und Lassen, niemandem gegenüber Rechenschaft abzulegen. Mit dem Ausland, genauer gesagt, mit der ausländischen Presse, die ihn ausfragen könnte, über die Politik oder sein Vorhaben in der Zukunft, wollte er gar nichts zu tun haben. Mit dem Ausland hatte er wiederum im Angenehmen zu tun, wenn er nach England oder in die Schweiz wegen seines Vergnügens reiste, was aber jedes Mal in staatlich gelenkten Zeitungen als gesundheitliche Kontrolle für das Staatsoberhaupt getarnt wurde. Mit einer solchen monarchistischen Einstellung kann man heutzutage kein modernes Land mehr aufbauen, aber in Wahrheit hat er dazu nie die Absicht gehabt. Ich will nicht alles aufzählen, was ihr schon selber in Erfahrung gebracht habt, und hier nur das Wesentlichste", betonte Dr. Me Aung mit klarer Stimme.

„Die Projekte, die wir als nützlich für Burma betrachteten und mit den vorhandenen knappen Mitteln im Forschungsinstitut durchführten, wurden von den Ministerien, die ausschließlich von Militäroffizieren geleitet wurden, kaum noch beachtet. Für Bildung und Forschung wurde nur noch ein kleiner Bruchteil des Budgets ausgegeben, dagegen für das Militär überschwänglich. Wirtschaftlich versank das Land tiefer und tiefer ins Elend. Was alle Militäroberen nun besonders fieberhaft im Shan-Gebirge suchten, war Uranerz. Wenn irgendein Oberst von den Ausflügen zurückkam, brachte er jedes Mal ein paar Kilogramm Steine zu unserer Chemieabteilung mit dem Auftrag für eine sofortige Analyse. Unsere Kollegen von der analytischen Chemie waren die Leidtragenden, sie mussten sofort an die

Arbeit. Manche Kollegen von unserem Institut mussten sich sogar auf mehrere Monate in der unwegsamen Gegend des Shan-Gebirges aufhalten, um dort unter der Aufsicht des Militärgeheimdienstes die chemische Analyse der gewonnenen Erze vor Ort durchzuführen. Diese Aktionen werden als streng geheim eingestuft, unsere Kollegen durften nie öffentlich darüber reden, aber im Institut wusste jeder von solchen Dingen. Wenn Uranerz gefunden und abgebaut würde, wüsste es nur ein kleiner Kreis des Militärs allein, und die Erträge flossen dann sowieso auf die geheimen Konten. Wenn es irgendeine kleine sichtbare Hoffnung geben würde, dass sich das Land in absehbarer Zukunft besser entwickeln würde, dann lohnte es sich, dass wir hier weiter kämpften. Das Phänomen „Hoffnung" kann den Menschen unerschöpfliche Kraft verleihen, solange dieses Phänomen lebendig ist. Wenn es einmal stirbt, dann nimmt dies alle Seelen mit ins Grab, die einst daran festgehalten haben. Seit zwölf Jahren habe ich genug erfahren müssen, dass Ne Win kein Hoffnungsträger für unser Land, sondern ein machthungriger Tyrann ist. Unter seiner absoluten Alleinherrschaft kommen und gehen diese oder jene Generäle in Ministerkleidung, aber das Elend der Bevölkerung wird immer schlimmer. Wir können uns selber jeden Tag so viel Mut machen, wie wir wollen oder uns in die Arbeit vergraben, aber leider sehe ich nirgendwo mehr Hoffnung".

Dr. Me Aung senkte resigniert seinen Kopf und richtete seine farblosen Augen durch das Fenster in die Weite, als suchte er noch in der Ferne vergeblich nach einem Stückchen Hoffnungsschimmer.

„Das sind doch schöne Aussichten für Burma und für uns, nicht wahr?", sagte Myint Khine seufzend mit mutloser Stimmung.

„Das werden wir sehen, wie düster unsere Zukunft sein wird", erwiderte Thaung Htin nachdenklich, während er mit den Schultern zuckte, als sie beide in Richtung eigenes Arbeitszimmer aufbrachen. Nachdem Thaung Htin für die morgigen Experimente alles vorbereitet hatte, verließ er sein Arbeitszimmer am Nachmittag, um an einem Meeting an der Technischen Hochschule in Gyogone teilzunehmen. Er fuhr mit dem Bus in Richtung Kamayut-Kreuzung, um von dort aus seine Fahrt nach Gyogone per Umsteigen in einen Linienbus fortzusetzen. Die Kamayut-Kreuzung grenzte direkt an den Campus der ehrwürdigen Rangun-Universität, die aus der Ranguner Hochschule hervorging und im Jahre 1920 unter der britischen Kolonialverwaltung in den Rang einer Universität erhoben wurde. Am Ufer des Inya-Sees auf dem ungefähr hundertfünfzig Hektar großen, ewig grünen Gelände der Universität, wo sich Majan-, Eukalyptus-, Mango-, Regen- und sogar Kieferbäume mit beträchtlichem Umfang zahlreich in den Himmel erheben, befinden sich verschiedene Institutsgebäude, die Aula, Studentenwohnheime und Wohnhäuser für Professoren, die im alten viktorianischen Stil errichtet worden waren.

Die Rangun-Universität war der Geburtsort der Widerstandsbewegung der Burmesen gegen die britische Kolonialmacht. Organisiert in einer starken Studentenunion, hatten die Studenten angefangen, sich im Jahre 1930 gegen die fremde Macht aufzulehnen. In dem Gebäude der Studentenunion, das links am Haupteingangstor der Universität mit roten Backziegelsteinen in der Zeit der Ranguner Hochschule gebaut worden war, wurden heftige Debatten über den Widerstand geführt, Maßnahmen beschlossen, gewaltige Demonstrationen veranstaltet. In der Geschichte Burmas bildeten die Studenten eine politisch sehr aktive Klasse. Hier im großen Saal der Studentenunion hatten Ko Aung San, der mit seinen dreißig Kameraden Burma zur Unabhängigkeit aus der britischen Kolonialherrschaft geführt - aufgrund dessen von allen Burmesen als Nationalheld verehrt wurde - und Ko Nu, der als erster Ministerpräsident Burmas die junge Demokratie maßgeblich beeinflusst hatte, als Studentenführer unvergessliche flammende Reden gehalten, enthusiastische Diskussionen geleitet, die Kolonialherren das Fürchten gelehrt. Gemeinsam mit Ko Aung San und Ko Nu bildeten vor allem Ko Thein Pe, Ko Ragipt, Ko Kyaw Nyaing, die in der Politik Burmas eine große Rolle gespielt hatten, maßgeblich die treibende Kraft, die aus diesem Haus die entscheidende antikoloniale Widerstandsbewegung der Burmesen ins Rollen brachte. Auf der oberen Etage, in einem großen Raum, hingen die eingerahmten Bilder der gewählten Vorsitzenden der Studentenunion aus der Zeit vor dem Zweiten Weltkrieg, angefangen von Ko Nu, Aung San und anderen bis zur Gegenwart. Die Organisation der Studentenunion beschränkte sich nicht auf ihre Geburtsstätte der Rangun-Universität, sondern erstreckte sich auf alle übrigen Universitäten, Hochschulen und Oberschulen landesweit, sodass die Studentenunion während der kolonialen und nach der kolonialen burmesischen Gesellschaft eine mächtige Organisation bildete. Der Vorsitzender der Studentenunion der Rangun-Universität war politisch immer eine sehr gewichtige Stimme in der Geschichte Burmas, bis zum Beginn der Militärdiktatur im März 1962.

Vor dem Gebäude der Studentenunion wuchsen fächerartige Pfarpalmen. Der bogenförmige Weg, der von den zwei von einander getrennten Eingängen zum Hauptportal des Gebäudes führte, war gesäumt von den zierlich gepflegten Hainbuchen. Auf der rechten Seite von ihm stand ein mächtiger Thit-Poke-Baum (Dalbergia Kurzii), der seine zahlreichen Äste über dem Gebäude wie eine schützende Hand ausbreitete. Dieses Gebäude der Studentenunion war ein historisches Denkmal und zugleich Wahrzeichen der burmesischen Unabhängigkeitsbewegung zugleich, das jeder Burmese mit Respekt und Ehrfurcht betrat. Thaung Htin erinnerte sich, dass er in diesem heiligen Gebäude unzählige Male gewesen war, als er noch an dieser Universität von 1959 bis 1961 allgemeine Wissenschaft studierte, bevor er im Januar 1962 zum Auslandstudium in die DDR fuhr.

Als Thaung Htin nun vom Bus aus auf den Haupteingang der Rangun-Universität seinen Blick richtete, war der Platz leer, auf dem dieses historische Gebäude der Studentenunion einst gestanden hatte. Was war geschehen? Thaung Htin erinnerte sich dessen, was seine burmesischen Freunde ihm brieflich berichtet hatten, als er noch in Magdeburg war. Nachdem General Ne Win durch einen Staatsstreich am 2. März 1962 an die Macht gekommen war und die Mitglieder der legitimen demokratischen Regierung U Nu ins Gefängnis geworfen, das Parlament aufgelöst, demokratische Parteien verboten, die freie Presse allmählich an die Kette gelegt, zahlreiche Journalisten gewaltsam auf eine Gefängnisinsel deportiert und nach und nach die Bürgerrechte drastisch beschnitten hatte, brach am 7. Juli 1962 auf dem Campus der Rangun-Universität eine große Demonstration der Studenten gegen die Militärdiktatur aus. Die friedlich demonstrierenden Studenten wurden vom Militär brutal mit Waffengewalt niedergestreckt, Hunderte Studenten fanden im Kugelhagel einen grausamen Tod. Der General verbot sofort die Studentenunion und befahl, das historische Gebäude der Studentenunion, die Brutstätte des Widerstandes, in die Luft zu sprengen. Seine Söldner führten die grausame Vernichtung aus. Der ohrenbetäubende Donner grollte am 8. Juli 1962, das massive Denkmalsgebäude zerfiel in Stücke, eine dichte Rauchsäule aus Staub und Asche wirbelte auf und bedeckte das Gelände mit Trümmerhaufen. Alle Menschen, die dieser sinnlosen Zerstörung gewahr wurden, beweinten bitterlich das historische Denkmal.

An der Kamayut-Kreuzung stieg Thaung Htin aus dem Bus, er ging zur Buchhandlung an der Westseite der Kreuzung, wo auch mehrere kleine Restaurants und Einkaufsläden täglich bis in den späten Abend geöffnet waren. Vor der Verkaufsstelle der staatlichen Handelsgesellschaft, die sich schräg gegenüber der Buchhandlung, auf der Nordseite der Straße nach Westen postierte, standen etwa fünfzig Menschen Schlange, die ein, zwei Meter Leinenstoff, Zahnpasta, Seife, Speiseöl oder Reis zu ermäßigten staatlichen Preisen ergattern wollten, die hier manchmal in unregelmäßigen Zeitabständen rationsweise dem Bürger angeboten wurden. Manche hatten sich sogar seit dem gestrigen Abend in die lange Reihe der Wartenden eingereiht und hatten im Sitzen auf dem Straßenrand übernachtet, um die spärlich angebotenen Waren mit billigen Preisen kaufen zu können, denn die täglichen Bedarfsgüter waren sehr knapp und in kurzer Zeit nach der Ladenöffnung restlos ausverkauft. Es lohnte sich für jeden, hier so viel Mühe aufzubringen, da solche Waren auf dem Schwarzmarkt mindestens vier bis fünfmal teurer waren.

Als er aus dem Buchladen trat, sah er einen dunkelgrünen Militärbus, der von Norden her in Richtung Innenstadt kommend die Kreuzung langsam überquerte. Plötzlich stoppte, offenbar wegen eines unerwartet auftretenden Motorschadens, der Militärbus mitten auf der Kreuzung. Alle Passanten rund um die Kreuzung richteten ihre neugierigen und nicht gerade sympathischen Blicke auf den stehen gebliebenen Militärbus. Aus langer leidtragender Erfahrung war das Militär den normalen Sterblichen in ganz Burma so verhasst, dass alles, was mit dem Militär zusammenhing, z. B. militärisches Aussehen oder die tiefgrüne Militärfarbe, ungemein widerlich erschien. Im Militärbus schien niemand anwesend zu sein außer dem Fahrer. Wer und wie das angefangen hatte, wusste scheinbar niemand genau; nach kurzer Zeit flogen Steine aus allen Ecken auf den Militärbus, der Fahrer flüchtete um sein Leben. Auf den leeren Militärbus prasselten noch mehr faustdicke Steine und Ziegelsteine aller Art und Größe, die Fensterscheiben waren sofort zertrümmert, die Frontscheibe zerbarst mit gewaltigem Krach in Stücke, das Außenblech des Busses wurde nach einer kurzen Weile mit Narben, Beulen und Kratzern übersät. Thaung Htin griff ebenfalls einen Stein, schleuderte ihn mit ganzer Kraft auf den Bus. Nicht nur aus seinem Mund, sondern auch aus allen Mündern klang fast der gleiche hasserfüllte Aufschrei:

„Ihr Scheißmilitär!"

Der gewaltige Zorn des Volkes, das jahrelang erniedrigt wurde, hatte sich hier entladen. Viele Leute rannten ängstlich weg, entfernten sich schnell von der Kreuzung, aber andere Neugierige kamen hinzu, um die symbolische Steinigung des Militärfahrzeuges mit Freude mitzuerleben und ebenfalls ihren eigenen Beitrag dazu zu leisten. Die lange Reihe der wartenden Menschen vor der staatlichen Verkaufsstelle hatte sich angesichts der gefährlichen Situation zögerlich aufgelöst. Von den ängstlichen staatlichen Angestellten wurde das Geschäft zum Beginn der Unruhe sofort dicht gemacht. Das mühevolle Warten vieler Menschen war damit umsonst gewesen, manche verfluchten laut und zornig die staatlichen Ladenhüter und trauerten um den verloren gegangenen Einkauf. Von dem Krach und lauten Geschrei angezogen, kamen dreißig bis vierzig Studenten von dem naheliegenden Universitätsgelände angerannt zur Kreuzung, sie rafften emsig Steine und zielten wuchtig auf den ohnehin bereits erledigten Militärbus. Das ohrenbetäubende Krachen nahm kein Ende mehr. Die Busverbindung von der Stadt nach Norden, Thamein und Insein wurde durch diesen Vorfall unterbrochen. Jeder rechnete damit, dass irgendwann die Soldaten hier auftauchen würden. Thaung Htin verfolgte die Szene zunächst mit gewisser Freude und einer Art Genugtuung, aber je mehr er nüchtern darüber nachdachte, umso mehr stimmte es ihn traurig.

Als er im Begriff war, sich in Richtung Insein durchzuschlagen, kamen ca. zehn bis zwölf junge Leute an ihm vorbei, jeder hielt einen mit einem in Taschentuch gewickelten Henkelmann in der Hand, welches eindeutig verriet, dass sie einfache Arbeiter waren. Diese waren gerade von dem westlichen Stadtteil Alon hierher durchgekommen.

„Heute ist ja überall was los", sagte einer, „dort in Sinmaleit schossen die Soldaten auf uns und hier umgekehrt knallen die Leute mit Steinen auf den Militärwagen."

Sinmaleit war der Name der staatlichen Werft am Hlaing-Fluß am westlichen Teil Ranguns. Dort wurden Handelsschiffe im Trockendock gewartet und neue Schiffe gebaut, arbeiteten schätzungsweise achthundert Arbeiter und siebzig bis achtzig Techniker und Ingenieure. Thaung Htin erinnerte sich gerade an seinen Freund Ko Chin Sein, der in dieser Sinmaleit-Werft als Schiffsbauingenieur beschäftigt war, und hielt einen jungen Mann aus der Gruppe an, und fragte ihn besorgt:

„Was war denn in Sinmaleit los?"

„Sinmaleit wurde von der Marine beschossen, wir kommen gerade von dort", antwortete der junge Mann.

„Was ist denn überhaupt der Grund?" hakte Thaung Htin ungeduldig nach.

„Wir, alle einfachen Arbeiter, haben seit Monaten die staatliche Versorgungsstelle über unsere Betriebsbehörde mehrfach gebeten, Reis zu ermäßigtem Preis ausreichend an die Werksarbeiter zu verkaufen", erklärte der junge Mann geduldig und setzte fort: „Wie sollen wir mit unserem Hungerlohn von hundertfünfzig Kyat Reis auf dem Schwarzmarkt noch kaufen? Über unsere armselige Lage wissen unser Direktor Oberst Ye Nyint und sein Vorgesetzter, der Minister Oberst Tha Kyaw sehr gut Bescheid, aber geändert hat sich nichts. Daraufhin hatten alle Arbeiter heute früh die Arbeit niedergelegt und auf dem Betriebsgelände demonstriert. Wir wollen die Demonstration so lange fortsetzen, bis die Behörde uns eine feste Zusage macht. Stattdessen kam ein Kriegsschiff von der Marine vom Fluss her. Ohne Vorwarnung schossen die Soldaten vom Deck mit Maschinengewehren gezielt auf uns in die demonstrierende Menschenmenge. Manche wurden unglücklich von einer Kugel getroffen und waren auf der Stelle tot. Alle rannten weg aus dem Betriebsgelände, um das eigene Leben zu retten.

Wir hatten Glück und einen privaten Kleinbus auf der Straße noch rechtzeitig erwischt, um schnellstens von dort wegzukommen."
Der junge Mann schüttelte seufzend seinen Kopf und bemerkte mit trägen Worten:
„Wir wollen nur Reis zum bezahlbaren Preis, sonst nichts, aber sie geben uns dafür Gewehrkugeln. Es ist ja so traurig, man will es nicht wahrhaben, aber es ist doch so", während der junge Mann dies erzählte, verfinsterte sich sein Gesicht zunehmend, und seine letzten Worte gingen fast ins Flüstern über.

„Sie haben recht, es ist ja wirklich zum Weinen", antwortete Thaung Htin geistesabwesend mit dem versteinerten Gesicht.

Als er nach mehrfachem Umsteigen an den verschiedenen Bushaltestellen, da der regelmäßige Verkehr unterbrochen war, endlich zu Hause in Thamein ankam, war es schon spät am Abend. Er zog sich um, steckte den Tennisschläger in die Tasche, fuhr los mit dem Fahrrad zur Technischen Universität in Gyogone (RIT), die ungefähr zwei Kilometer entfernt von seinem Haus lag, um dort mit seinen Freunden Tennis zu spielen. Um den Tennisplatz waren sie schon vollzählig versammelt, auf dem Tennisspielfeld spielten schon Dr. Aung Gyi, Ko Tin Tut, Dr. Aung Soe und Ko Tin Soe.

„Endlich bist du gekommen", begrüßte ihn freundlich sein Freund Dr. Saw Phru, der als Professor am Institut für metallurgische Verfahrenstechnik beschäftigt war, „und heute ist ganz schön was los, es war in der Thamein-Textilfabrik eine große Demonstration der Arbeiter. Hast du davon gehört?"

„Nein, von der Thamein-Textilfabrik noch nicht aber von Sinmaleit schon", erzählte Thaung Htin dann den anderen, was er heute Nachmittag an der Kamayut-Kreuzung erlebt hatte.

„Überall derselbe Grund wie in Sinmaleit oder Thamein", bemerkte U Aung Than, der langjährige Dozent des Bergbauinstituts, der wesentlich älter war als Thaung Htin, inzwischen:

„Mehr Reis zum ermäßigten Preis. Wir, Angestellte und Dozenten an der Universität, verdienen nicht viel, wir können uns mit dem Gehalt gar nicht viel leisten, wenn wir die Preise der täglichen Bedarfsgüter auf dem Schwarzmarkt in Betracht ziehen, aber wir können uns jedenfalls täglich satt essen. Wir brauchen nicht mehr zu befürchten, dass wir verhungern. Aber für diese einfachen Arbeiter in der Sinmaleit-Werft oder der Textilfabrik ist sogar das elementarste menschliche Bedürfnis – tägliches Essen – seit Langem nicht mehr gewährleistet, es ist schon für sie fast Luxus geworden. Einen derartigen Zustand der Armut hat es in der Geschichte Burmas noch nie gegeben. So weit ist unser Land heruntergekommen." "Wie weit es noch weiter sinkt, weiß der Teufel allein", äußerte Dr. Khin Maung Win, der Dozent am gleichen Institut wie Dr. Saw Phru war, während er lässig eine Zigarette rauchte, und fuhr fort: "Ich habe in der Vergangenheit oft über solche Leute mit Herzenslust gelästert, die an einen Guru oder dem Scharlatan „Seinbaba" glauben und ihn verehren wie einen Gott, der die ahnungslosen Menschen in seinen Anhängerkreis einzufangen versucht, in dem er bei seiner Audienz stets einige raffinierte, trickreiche Zauberkünste vorführte, als seien es echte Wunder. Ich habe in den letzten Jahren von einer derartigen Verspottung Abstand genommen, denn ich bin doch zur Überzeugung gekommen: Der Mensch glaubt an alles, wenn er keine Hoffnung mehr hat."

Dr. Khin Maung Win, der nach seiner Rückkehr aus Australien an der RIT als Dozent durchgehend beschäftigt war, pflegte immer mit einem lächelnden Gentlemanslook über die ernsten Dinge des Lebens seine Meinung ironisch zu verkleiden. Die Bemerkung, die er heute machte, war dagegen jedoch sehr ernsthaft und stimmte besonders Thaung Htin sehr nachdenklich, da Thaung Htin ebenfalls solche neuerlichen Gottheiten als puren Humbug betrachtete und die Gläubigen innerlich verachtete.

"Wir waren sehr froh, dass die Unruhe in Thamein nicht die RIT erreicht hatte, sonst wäre es, ja, hier mit Sicherheit eine große Katastrophe geworden, mit unseren superaktiven Studenten", seufzte Tin Hlaing erleichtert, der neben der Dozentur am Institut für Maschinenbau als Leiter des Studentenheims D arbeitete und die Aktivitäten seiner Studenten sehr gut kannte.

"Ich habe von den Freunden aus der Armee oft gehört, General Tin Oo sei von allen sehr geliebt und verehrt", knüpfte U Aung Than, der im Kreis der Lehrkörperschaft der RIT wegen seines angenehmen und aufrechten Umgangs zu allen Mitarbeitern als Gentleman galt, während er seine Tabakpfeife, die er oft bei sich trug und deren Genuss ihn bei jeder gebotenen Gelegenheit erfreute, einmal aus dem Mund nahm und auf die Handfläche klopfte, um den ausgebrannten Tabak zu entleeren. Die Stimme des U Aung Than klang sanft doch unverkennbar lebhaft, während junge Leute – Thaung Htin, Tin Hlaing, Win Kyaw, San Tint und Han Tin - aufmerksam zuhörten, besonders wenn die älteren Herren, ganz in Gedanken versunken, erzählten. Dann nahm er den Gesprächsfaden wieder auf: "Wenn wir die führenden Köpfe in der Armee anschauen, dann ist General Tin Oo wirklich ein einziger Hoffnungsträger, der sowohl von der Armee als auch von der Bevölkerung sehr respektiert wird."

„Dann Prost auf den General Tin Oo, es dauert bestimmt nicht mehr lange, dass er bald von Nr. Eins abgesägt wird. Jeder, der von der Bevölkerung verehrt wird und als eventueller Hoffnungsträger infrage käme und letztlich für Nr. Eins gefährlich sein könnte, verschwindet schnell in der Versenkung", prophezeite U Tin Hlaing, der als Dozent am Maschinenbauinstitut beschäftigt und besonders wegen seiner knackigen Ausdrücke von allen hoch geachtet wurde und auf dem Campus der Technischen Universität zufällig den gleichen Namen trug wie Thaung Htins enger Freund Dr. Tin Hlaing.

„Einmal sollte er an der Frontlinie im Shan-Gebirge gewesen sein und sah, wie arm die einfachen Soldaten waren", sagte U Aung Than weiter, „als er nach Rangun zurückkam, sammelte er aus Armeebeständen Schuhe, Bekleidung, Haushaltswaren und ließ sie an diese Soldaten verteilen. Die Soldaten waren ihm so dankbar. Als diese Nachricht Nr. Eins und Nr. Zwei erreichte, nahmen sie ihm es übel, der Grund – beide oberen Bosse hatten solche Wohltaten noch nie gemacht."

„Ja, für die Satanisten bedeutet jegliche Wohltat eine Sünde", fügte U Tin Hlaing eine brillante Bemerkung hinzu. Damit hatte er den Nagel genau auf den Kopf getroffen. Alle Anwesenden schauten ihn respektvoll an, nicht nur wegen seiner kernigen Formulierung, sondern auch um ihre Zustimmung zu seiner Philosophie voll und ganz zu signalisieren.

Als das Tennisspiel ungefähr um zehn Uhr abends zum Ende kam und das Flutlicht ausgeschaltet wurde, und die meisten nach Hause gingen, verharrten Tin Hlaing, Thaung Htin, Phru, San Tint, Win Kyaw und Han Tin noch auf der Sitzbank und setzten ihre Unterhaltung fort, die jeden in der einen oder anderen Weise betraf. Jedoch kreisten die Bilder der ruhelosen und gepeinigten Menschen immer noch im Kopf Thaung Htins. Soviel wie er es auch versuchen mochte, fand er an dem Abend kaum innere Ruhe.

Phru und seine Kameraden

„Ich war vor einem Monat bei ihren Eltern in der Latta Straße zu Besuch. Die Latta Straße befindet sich ja in dem geschäftigen Viertel Ranguns, wie Ihr Bescheid weißt. Ihre Wohnung ist im zweiten Stock. Der eigentliche Grund: Sie haben mich zum Mittagessen eingeladen, schließlich bin ich, ja, mit der Tochter seit einem halben Jahr verlobt", mit diesem vielversprechenden Leitsatz fing Phru sein Plädoyer an, als Phru und seine Kameraden Thaung Htin, Tin Hlaing, San Tint, Win Kyaw und Han Tin wie fast jeden Abend auf der Sitzbank neben dem Tennisplatz der RIT zusammen saßen und wie viele unzählige Tage, Neuigkeiten und Erlebnisse untereinander austauschten, als die grell brennende Sonne am Horizont untertauchte und die wogenden Wolken im Westen mit feinen goldenen Saiten überzog. Die erfrischende Brise vom bengalischen Meer und dem Deltagebiet startete wie immer am Abend in Richtung Norden und weitete sich ins Landesinnere aus und mit ihr ein kühles erfrischendes Labsal für die vom schwülen heißen Tagesklima gepeinigten Menschen. Sie zogen nass geschwitzte Kleider aus und nahmen ein kühles Bad am Brunnen oder zu Hause, indem sie mit einer Schüssel das Wasser aus dem Wasserbehälter schöpften, wobei das Wasser von der öffentlichen Wasserversorgung täglich angezapft und im Behälter oder Becken gesammelt wurde, und begossen reichlich den ganzen Körper. So ein herrliches Gefühl war es für die Burmesen tagtäglich, früh am Morgen einmal und am Abend noch einmal vom kühlen Nass beglückt zu werden.

„Die Verlobung war ja von ihren Eltern und meiner Mutter mit Hilfe der Verwandten und Bekannten arrangiert, schließlich sind sie Muslime wie meine Familie, ihrerseits ziemlich vermögend, meinerseits Professor an der Technischen Universität in Rangun und dazu noch ledig, offiziell unverheiratet, he he ...", ein unverkennbar behäbiges Schmunzeln schob er zwischen die Worte, um den augenblicklichen Status seines Daseins zu verdeutlichen und sich dessen bewusst zu erinnern, wohlgemeint eher für sich als für den Zuhörer.

„Seitdem habe ich sie ungefähr dreimal getroffen, einmal bei der Verlobungsfeier in ihrem Hause, einmal an der Universität und einmal in der Stadtmitte. Es waren mehr oder weniger zufällige Begegnungen, wir haben dabei miteinander buchstäblich nur ein paar Worte gewechselt. Meinerseits habe ich mich auch nicht sonderlich bemüht, mit ihr extra ein Rendezvous herbeizuführen, schließlich bin ich ja täglich im Institut und am Abend fast immer auf dem Tennisplatz mit euch."

Zur Gewohnheit geworden, steckte er sich ganz gemütlich eine Seepotlate – eine leichte grüne Zigarre - in den Mund, die er mit dem Feuerzeug zusammen ständig bei sich trug, wohin er sich auch begeben mochte. Wenn er im Institut erschien, begleitete die Seepotlate ihn in der Hemdtasche, wenn er sich mit den Studenten traf, saß die Seepotlate in seiner Hand, wenn er an einem Meeting in der Universität teilnahm, nahm die geliebte grüne Zigarre ebenfalls neben ihm auf dem Tisch Platz, als erschüfe Gott am Anfang der Welt neben Eva und Adam sonderbar jenen dritten Menschen namens Phru mit einer gewissen Seepotlate in der Hand. Ausnahmsweise trug er manchmal zur einfachen Handhabung eine Zigarettenschachtel bei sich, wenn er irgendwo zu Besuch bei Fremden weilen musste. Sorgsam eingeklemmt zwischen dem Unter- und Oberkiefer, zog Phru an der Seepotlate gemächlich genießend, als lasse er den wundervollen Geschmack des Tabaks auf der Zunge ganz langsam zergehen. Seine kleinen Augen leuchteten wie helle Flecken in der Mitte des dunkelbraun getönten länglichen Gesichts. Zwei mächtige Strahlen der Rauchfahne, sich zwischen den dicht gewachsenen schwarzen Haaren in den beiden Nasenhöhlen drängelnd und schlängelnd, bahnten sich den beschwerlichen Weg aus seiner kleinen flachen Nase; sie kräuselten und keilten sich ineinander und bedeckten wie ausgebreitete Nebelschleier sein Gesicht und besprühten seine Seele mit wohltuendem Duft des heimatlichen Tabaks, dann schien es so, als ob Phru schwebende Rauchwolken hindurch, ohne große Umschweife und Entbehrungen, das ewige Paradies erlangt hätte.

„Sie war gar nicht übel, im blühenden Alter von zweiundzwanzig Jahren, gut gebaut, eine Brille verzierte ihre schwarzen tiefen Augen", setzte Phru unmittelbar nach der kurzen Tabakspause fort, während er kurz mit der linken Handfläche über die spärlich gewachsenen Haare auf seinem Kopf strich, als seine Kumpane wie üblich auf der Sitzbank neben ihm ganz gemütlich residierten und seiner Erzählung aufmerksam hinlauschten.

„Wir haben Mittag zusammen gegessen. Die Eltern erkundigten sich ganz normal nach dem Befinden meiner Eltern, nach meiner Arbeit an der Uni und dies und jenes. Nach dem Essen verabschiedeten sich zuerst ihre junge Schwester und ihr Bruder von mir, sie seien von Freunden ins Kino eingeladen. Unmittelbar danach verkündeten ihre Eltern, ihr Schwager habe gebeten, zwecks dringend geschäftlicher Angelegenheiten bei ihm, heute Nachmittag unbedingt vorbeizukommen. Zurück werden sie erst um sechs Uhr abends sein, ich solle mich so fühlen wie zu Hause. Als sich die Eingangstür hinter ihnen schloss, war ich nur noch mit ihr allein im Wohnzimmer und im ganzen Haus. Am Anfang war es mir noch nicht so bewusst, was das bedeuten sollte. Vom Hörensagen habe ich mal erfahren, dass die Eltern ihre Tochter absichtlich mit einem jungen Mann im Zimmer alleine ließen, um der in die Länge gezogenen Zweierbeziehung einen erwünschten Schwung zu geben. Ehrlich gesagt, nie habe ich dabei gedacht, dass ich je in eine solche Situation hinein geraten würde. Am Anfang war ich ruhig."

Phru rutschte von der Sitzbank ein wenig nach vorn, nahm die Seepotlate vom Mund und tippte mit Zeigefinger auf die brennende Spitze; die Asche löste sich und zerfiel in winzige kleine Teile und schwamm im Wind umher. Er steckte sie wieder in den Mund, verschaffte sich gierig einen mächtigen Zug, ließ genüsslich Rauchwolken langsam aus seinen Nasenlöchern erklimmen und schloss dabei ein wenig seine Augen, um der Konzentration willen, sich nicht ein einziges Teilchen des wohlgeliebten Tabakgenusses entgehen zu lassen. Anschließend klemmte er Seepotlate zwischen seine Zähne, die eher an nach rechts und links unordentlich verschoben Zaunbretter erinnerten, um den letzten Saft noch mit der Zungenspitze hervorzustöbern. Mit der rechten Hand nahm er die Seepotlate vom Mund und fuhr fort:

„Ah, was ist es denn dabei, mit einer jungen Dame allein zu sein, redete ich mir ein. Als du in Connecticut in USA Bergbau studiertest, hast du oft Mädchen im Zimmer gehabt und in Freiberg an der Bergakademie ebenfalls, oh ... was ich da herum getobt habe, ha, ha, ha ..."
Sein Lachen klang nicht ganz herzhaft, ein Schimmer von Wehmut und Nachruf mischte sich in seine Stimme ein.

„Aber andererseits, die Damen, die bis dahin in USA und Deutschland bei mir aufkreuzten, waren selbst willig und initiativ genug, sodass der Mann in dieser äußerst sensiblen Beziehung nicht allein die schleppende Dampflokomotive zu sein brauchte. Weder ich noch sie waren in irgendeiner Weise, in einer erzwungenen Situation, die Atmosphäre war immer gelöst und angenehm zugleich und schaukelte sich wie in einer Wiege, ja ... das war im Westen", stieß er einen schwerfälligen Seufzer aus und hielt kurz inne, „hier geboren in der streng gesitteten Heimat Arakan an der Westküste Burmas, erzogen und aufgewachsen nach der arakanisch mohammedanischen Sittenlehre, wonach ein Mann erst nach der Heirat eine Frau berühren darf, schwöre ich bei Allah, dass ich seit der Geburt bis jetzt in Burma weder eine fremde Frau geküsst, noch zu irgendeiner Frau jemals intime Beziehung gehalten habe. Jedenfalls im Zimmer war es mit der Zeit unbehaglich. Mir fiel nichts ein, worüber ich mit ihr ein Gespräch überhaupt anfangen sollte, ich war mit der unerwartet aufgetretenen Zwangssituation und infolgedessen mit mir selbst viel zu sehr beschäftigt. Langsam schlich sich in mir der Verdacht ein, ob die Eltern doch irgendwo von einem Versteck auf uns schauten. Ich fing an, die vier Wände mit scharfem Blick abzutasten, Punkt für Punkt, Ecke für Ecke, ob irgendwie ein verstecktes Guckloch verborgen sein könnte, sogar auf die Zimmerdecke über mir, ob da eine Geheimluke zu finden wäre".

Phru schilderte in allen Einzelheiten, was er sah und was ihm durch den Kopf ging. Nach seiner Erzählung waren an den Wänden des Wohnzimmers etliche eingerahmte Fotos der Familienmitglieder aufgehängt. Ein großes Foto vom Vater in einem goldenen breiten Rahmen platzierte neben dem der Mutter. Das Foto der Großmutter war darüber postiert. Er warf einen misstrauischen Blick auf die aufgehängten Fotos. Auf jene Fotos richtete er lange Zeit und eingehend seinen skeptischen Blick. Es kam ihm vor, als lehnten die drei weit aus dem Bilderrahmen und beobachteten ihn mit Glotzaugen.

„Quatsch, Unsinn, das ist doch nur Einbildung", redete er sich energisch ein. Um sich dessen zu vergewissern, richtete er noch mal einen flüchtigen Blick in die Richtung der Bilder. Tatsächlich, der Vater ragte mit seinem Oberkörper aus dem Rahmen, sein Fettwanst bedeckte sogar den unteren Rahmenteil, der alte Herr stierte ihn martialisch, doch mit etwas aufmunterndem Blick und seitlich gezogenen Lippen an, als gönne er ihm viel Glück bei der ersten Besteigung des Gipfels. Ob es aufrichtig oder gönnerhaft gemeint war? Die Mutter zog eher ein prüfendes, skeptisches Gesicht, als erspähe sie all seine wirren Gedanken und fordere ihn ultimativ auf, unverzüglich den ihm überlassenen Vertrauensbonus dementsprechend mit den Taten geziemend zu erwidern. Das Antlitz der Großmutter, eine Gebetskette in der Hand, verhüllte sich gern beim ersten flüchtigen Blick in einem gewissen Nimbus, doch straften ihre gerade auf ihn gerichteten neugierigen Augen, die nach etwas Bestimmtem zu lechzen schienen, ihre Heiligkeit Lüge. Verwirrung und Unruhe verschlugen ihm den Atem, er kämpfte mit dem Würgen in der Kehle.

Nein, ich muss mir etwas zu sehr eingebildet haben, dachte er in Gedanken, rieb sich mit der inneren Handfläche die Augen kräftig, als versuche er, die verschmutzten Linsen sauber zu putzen. Kurz danach warf er noch mal einen verkniffenen Blick nach den drei ehrbaren Protagonisten. Als er diesmal unmissverständlich feststellte, dass die übersensiblen Nerven ihm einen dummen Streich gespielt hatten, beruhigte er sich einstweilen.

Es war ruhig und still im Zimmer, als käme ihm sein eigener Atem in dieser Totenstille wie ein regelmäßig pustendes Sirenengeheul vor. Von Zeit zu Zeit drangen undeutliche Stimmen der Passanten unten von der Straße durch das Fenster ins Zimmer. Sie saß die ganze Zeit stumm auf dem gegenüberliegenden Sofa, den Rücken angelehnt, die Füße übereinander gekreuzt und die Arme gefaltet auf dem Schoß; ab und zu zog sie ihren Oberkörper ein wenig nach rechts oder links, um den matten Muskeln Erleichterung zu verschaffen. Sie hatte sich extra für den heutigen Tag hübsch angezogen, die eng angelegte Bluse, lilafarbig, hob den wohlgeformten Busen hervor; der Tamaing – Wickelrock für Damen - aus leicht blauer Seide ergänzte die Geschmeidigkeit ihrer schlanken Figur. Sie war von ihrer Mutter angestiftet worden, sich heute besonders hübsch anzukleiden. In ihrem Haar, das fein gekämmt und nach hinten geknotet war, steckte eine kleine rote Rose. Sie machte weder eine freundliche noch unfreundliche Miene, sondern viel eher einen gespannten Ausdruck. Sie war darauf bedacht, trotz der brennenden Neugier, was dieser Tag ihr überhaupt bescheren würde, Anstand zu bewahren und Zurückhaltung gegenüber ihm zu üben. Sie machte einen verwunderten Blick, als er ringsum liegende Wände anstierte. Jedoch gab sie keinen Laut von sich, richtete nur hin und wieder verstohlen einen ungeduldigen Blick auf ihn.

Was machte dieser Kerl überhaupt, warum sagt er denn nicht mal ein nettes Wort zu mir, er kann doch neben mir Platz nehmen und irgendetwas mit mir anfangen, schließlich sind wir ja schon verlobt, meine Eltern haben ihm doch nicht umsonst Vertrauen geschenkt. In alles, was er mit mir machen würde, werde ich mich ohne Widerstand willig fügen, das ist doch klar, das muss er doch begreifen.

Sie sehnte sich nach der Zärtlichkeit und leidenschaftlichen Berührung von einem Mann, wie sie es oft in westlichen Filmen gesehen und in den Liebesromanen mehrfach gelesen und dieses leibhaftig zu erleben seit ihrem Pubertätsalter zigmal geträumt hatte.

Oh, wenn er mich doch endlich umarmen würde ..., wie im amerikanischen Film, genau so wie der Schauspieler die Schauspielerin umschlingt und leidenschaftlich küsst, so gefühlvoll und heftig erregt soll er mich auf die Lippen küssen, meinen ganzen Körper in seinen Besitz nehmen, ich werde mich ihm hingeben, alles von mir, alles, ...alles, was er haben möchte, ich will die Wonne der Liebe mit Leib und Seele endlich erleben.

Bei dem Gedanken schoss ihr das Blut heiß, in den Adern bis in die Haarspitzen. Die Verheißung und die Erwartung erhoben sie in den ungeahnten Höhenrausch. Wann fängst Du an? Wann, wann..., fange doch endlich an, du mein süßer, zukünftiger Gemahl, beglücke mich mit deiner zarten Berührung und mit deiner stürmischen Verzückung! Warum zögerst du denn überhaupt, mein Gebieter? Es ist doch gar nicht zu überlegen. Jede Minute und jede Sekunde, die du zauderst, kommt mir wie eine Ewigkeit vor. Komm, fange doch an, ich werde deine Versuchung mit doppelter Hingebung erwidern, deine Berührung mit heftiger Ekstase ermuntern. Oh, warum schaust du mich nicht richtig an? Anstatt mich mit zärtlichen Blicken zu überhäufen, starrst du mal die Wände, mal die Decke an, was hast du denn? Oder findest du mich nicht attraktiv genug? Nein, das kann nicht sein, ich bescheinige mir nicht gern ein Selbstlob, ehrlich, es gibt noch genug junge Männer an der Uni, die mir ständig nachrennen. Oh, Schatz, ich will keine anderen Männer, nur dich, den meine lieben Eltern mir bewilligen. Oder hast du etwa Angst? Aber wovor denn? Ich liege dir doch schon zu Füßen, oder hast du überhaupt keine Erfahrung mit den Frauen? Das kann doch nicht wahr sein, du warst jahrelang in USA und in Deutschland zum Studium gewesen. Dort denken und sind die Menschen offen und frei zügiger bezüglich der Beziehung zwischen Mann und Frau, da musst du doch sicherlich irgendwann mal mit einer Frau intime Beziehung gehabt haben, nicht wahr? Oder.. doch nicht? Oder hast du kein Interesse und Gefühl für eine Frau überhaupt, sondern nur für ...? Nein, nein, mit deinen starken Backenknochen und scharfen Augen siehst du absolut männlich aus, schwul bist du bestimmt nicht! Oder bist du etwa krank, ich habe mal gehört, dass manche Männer nicht fähig seien, mit einer Frau so richtig was zu machen, mein Gott, bist du wirklich nicht Manns genug?

Unzählige Fragen taumelten und schwirrten in ihrem Kopf, ohne eine rechte Antwort darauf zu finden. Sie glich einem Arzt, der bei der Suche nach der richtigen Diagnose völlig überfordert war. Es grämte sie sehr, es verschwammen alle ihre Träume von einst vor den Augen, ihr war es weh und ratlos ums Herz.

Wenn ich von meiner Seite aus irgendwie anfangen würde, ihn zu animieren durch weibliche Gesten oder Reize, weiß zwar nicht genau wie, dann findet er vielleicht selber seinen eigenen Weg. Angesichts der unglücklich verlaufenden Sachlage stellte sie sich sogar sehr gewagt und ernsthaft die äußerst riskante Alternative vor. Doch erschrak sie kurz darauf über ihr eigenes Vorhaben.

Nein, nein!, das mache ich nicht, es schickt sich nicht für eine anständige Frau, durch Koketterie, wie etwa wackelnde Hintern und vorgestreckte Busen einen Mann bis zu seiner Erregung zu verführen, um womöglich hinter her noch undankbar als billige Sorte falsch verstanden zu werden. Nein, ich bin doch keine Prostituierte, nein, noch mal nein, das mache ich nicht! Ihre Entscheidung war felsenfest, ihrerseits nichts zu unternehmen.

Durch die Fenster, die zur Straße gewandt waren, drangen grelle Lichtstrahlen von der Mittagsonne gleich leuchtenden Fäden ins Zimmer, winzige Staubteilchen schwangen umher im Licht wie Balletttänzer auf einer hell erleuchteten Bühne. Der Regenbaum, der vor ihrer Wohnung bis auf die Höhe des zweiten Stockes wuchs, streckte einen Ast vor ihrem Fenster, postierte eine Unmenge von elliptischen grünen Blättern, die als neugierige Spähaugen fungierten. Eine Krähe, die auf der Straße vorbei flog, machte ausgerechnet Rast auf der Fensterbank ihrer Wohnung, starrte rücksichtslos in das Zimmer hinein. Was sie darin erblickte, posaunte sie zu ihren Artgenossen mit lautem Getöse aus. War das Gelächter oder verständnisvolles Lächeln über die beiden? Vielleicht lachte die Krähe über mich, dachte Phru, während er apathisch einen kurzen Blick auf die Krähe zuwarf. Nervös rückte er mehrfach an seinem Hemdärmel. Um seine Gedanken zu beruhigen, holte er eine Zigarette aus der Zigarettenschachtel, steckte sie in den Mund und versuchte mit der rechten Hand das Feuerzeug anzuzünden. Anstatt des Feuers kullerte das Feuerzeug, aus seinen zitternden Händen herabfallend, auf den Fußboden. „Entschuldigung", sagte er hastig, ohne auf sie zu schauen und bückte sich gleichzeitig ungeschickt auf den Boden, um das entschlüpfte Feuerzeug noch zu ergreifen.

Sie würdigte ihn aber keines Blickes, geschweige denn auf sein Wort „Entschuldigung" zu reagieren. Sie war mit ihren eigenen Sorgen voll belastet, warum er sie nicht gebührend beachtete, wieso er zögerte, weshalb er nicht mal ein annäherungsverdächtiges Wort zu ihr sagte; ihre anfängliche Unzufriedenheit und jene sehnsüchtige Erwartung schlugen allmählich in Ungeduld und Wut um.

Just in dem Moment zündete er noch mal die Zigarette an, versuchte krampfhaft seine zitternde Hand mit Gewalt unter Kontrolle zu halten. Warum wollt ihr mich zwingen, hier etwas zu tun, welchem ich in einer freiwilligen Situation voller Wollust und Begierde nachgehen würde. Jedoch hier unter euren versteckten Augen, mich völlig entblößen und meine intimen Handlungen euch vorführen, es käme ja einem Gladiator gleich, der im römischen Kolosseum unter den Augen Cäsars, auf Leben und Tod splitternackt, eine Dame begatten musste. Nein, nein, ich bin doch nicht verrückt, so führte Phru schon Selbstgespräche in seinen Gedanken.

Er fühlte sich beengt, bedrängt, als ob er eine luftdichte Maske mit brachialer Gewalt plötzlich aufgesetzt bekommen hätte. Ihm wurde es unerträglich heiß, er rang fieberhaft nach Atem, als läge zusätzlich ein Zentnergewicht auf seiner Brust. Der kalte Schweiß brach ihm aus allen Poren, er wischte gedankenversunken Schweißtropfen von der Stirn mit der Handfläche ab.

Wenn ich es trotz schlechter Stimmung mit ihr versuchen würde, strengte er sich in Gedanken an, mit allerletzter Kraft eine gangbare Notlösung aus der Krise herbeizuzaubern, und wenn es mir trotz gewaltiger Anstrengung nicht gelinge, wie ein Mann zu stehen, was denn?

Er richtete diesmal seinen prüfenden Blick auf sie, als erwarte er am Galgen seine unmittelbar bevorstehende Hinrichtung und werfe den allerletzten Blick auf seinen Henker. Ihr scharfer Medusenblick, in besonderem Maße gebündelt und geschärft durch ihre Brille, so schien es ihm in diesem Augenblick, drang in ihn, durch seine Kleidung, durch die Haut bis auf die Knochen und brannte mit aller Kraft, es tat ihm unvorstellbar weh.

Sie wird mich gnadenlos auslachen und verachten, als sei ich ein Stümper, mein guter Ruf ist immer dahin. Er stieß schwerfällig einen trägen Seufzer aus. Nein, ich kann nicht, ich kann nicht, ich kann nicht.., er schrie in Gedanken aus der ganzen Seele mit aller Macht.

Sie musste doch von seinen Lippen unausgesprochene Worte telepathisch abgelesen haben, oder doch akustisch tatsächlich wahrgenommen haben?

Sie stand wutentbrannt mit ruckartig heftiger Bewegung plötzlich auf, fragte ihn mit entsetzter Miene:

„Was hast du gesagt?"

Sie war maßlos enttäuscht von ihm, eine solche Enttäuschung hatte sie wahrlich nicht verdient. Anstatt der zärtlichen Wärme ergriff eisige Kälte ihr junges Herz, anstatt des leidenschaftlichen Kusses erfuhr sie einen heftigen Faustschlag ins Gesicht. Es sollte ihr ja ein traumhaftes Erlebnis im Paradies werden; was sie nun vorfand, war Inferno, Weltuntergang für ihre lang ersehnten Träume. Sie hielt mit äußerster Mühe die Tränen zurück, die ihre Augen zu überschwemmen drohten.

Verdutzt und erschrocken über die Worte, die aus seinem Mund unbewusst entglitten waren, ärgerte er sich maßlos über sich, sein ganzes Gesicht war feuerrot vor Scham, er erhob sich schnell vom Sofa, benommen wie ein zu Tode verurteilter Gefangener. Gesenkten Kopfes und mit zitternder, erregter Stimme in stotternden Worten sagte er:

„Es .., es tut mir leid, ich ..., ich ... muss jetzt nach Hause, ich ... ich habe eine Verabredung mit dem Rektor Dr.Dr... Dr. Aung Gyi vergessen."

Schnellen Schrittes eilte er zur Eingangstür, nachdem er seine Entschuldigung mit äußerster Willensanstrengung herausgebracht hatte, ohne auf ihre Reaktion zu warten. Er griff die Türklinke zum Öffnen, aber es ging nicht, es war von außen abgeschlossen, abgeschlossen von ihren Eltern, als sie die Wohnung verließen. Unwillig und entsetzt stand sie auf, holte den Schlüssel aus der Schublade, schob ihn unsanft beiseite, öffnete mit schneller Umdrehung die Eingangstür, drehte sich schnell zu ihm, schaute ihm ganz dicht in die Augen und schrie aus aller Leibeskraft:

„Du bist ein Ochse!"

Ihre verachtenden Worte stachen in sein Ohr wie ein Feuerdorn, er schloss seine Augen fest, um Schmach und Schande über sich ergehen zu lassen. Hinter dem herauseilenden Phru knallte die Tür mit solcher Wucht, als flögen die Türblätter in die Luft. Er sauste die Treppe herunter, so schnell er konnte, um schleunigst nach draußen zu gelangen. Bist du ein Ochse? Das war ihm wie ein vernichtender Fluch, eine schallende Ohrfeige, er musste sich bodenlos schämen. Dessen ungeachtet, als er draußen angelangt war, fühlte er spürbar eine Art Erleichterung in der Seele, als ob er just in dem Moment, unerwartet wie durch ein Wunder, aus der unsagbar leidvollen Gefangenschaft, wo er ständig unmenschlich erniedrigt, gepeinigt und gefoltert worden war, plötzlich entlassen würde. Anstatt der grausigen, beengten, dunklen Wände und eines starren, hässlichen Eisengitters sah er nun weit, weit in die Ferne. Über ihn hing frei und unendlich der blaue Himmel. Die Sonne schien ihn mit hellen Strahlen herzlich zu erwär-

men, die Spatzen stimmten sogar gemeinsam eine fröhliche Melodie an. Die verwahrlosten Hunde, die sonst auf der Straße und zwischen den Häusern mit der Suche nach Fressbarem unermüdlich beschäftigt waren, schienen die freundlichen Schnauzen zu erheben und vor Freude zu jaulen. Der krankhafte, beengte Atem, der stets von der schrecklichen Angst vor dem nächsten Peitschenhieb aufgetreten war, der seinen blutüberströmten Rücken zersprengen würde, war nun von ihm gewichen. Er fühlte die angenehme kühle Luft, die ihm ein wohltuendes befreites Gefühl bescherte. Ihre einst vernichtend schrillen Worte, die vor Kurzem noch ihn beim Abschied fast zur Besinnungslosigkeit wie ein K.o.- Faustschlag zugesetzt hatten, kamen ihm nun wie die sanfte Stimme des fürsorglichen Gefängnisaufsehers vor, der ihn beim Abschied aus dem Gefängnis zurief:
„Glückauf in die Freiheit!"

Alle standen noch ganz im Bann der leidenschaftlichen Erzählung Phrus, und jeder war so tief berührt, dass niemand in der Lage war, etwas Lächerliches oder Lustiges über seine Geschichte zu machen, obwohl jeder darauf erpicht war, Angenehmes und Heiteres so weit wie möglich aus den eigenen oder fremden Erlebnissen herauszuholen und miteinander die Freude zuteilen und gemeinsam ein erträgliches Leben auf diesem Tennisplatz zu gestalten. Denn dieses Fleckchen Erde am Tennisspielfeld der RIT bedeutete für Phru und seine Freunde im wahrsten Sinne des Wortes eine Oase inmitten der brennenden Wüste.

„Meister Phru, was ist denn mit der Frau geworden?", fragte ihn Thaung Htin neugierig.

„Ja, nach zwei Wochen nach unserer gescheiterten Begegnung war sie mit einem Studenten losgezogen, offenbar war sie von mir ziemlich enttäuscht. Damit war auch die Verlobung stillschweigend gelöst, das war alles."
Die Ereignisse schienen ihm nun gleichgültig geworden zu sein, obwohl sie ihm zu der Zeit nicht gleichgültig gewesen waren.

„Ah, du hättest es doch bei dieser Geschichte ruhiger angehen sollen, Phru", sagte Tin Hlaing teilnahmsvoll. „Du hast so wie so vorgehabt, sie zu heiraten, also du hättest dir gar nicht mal so viel Gedanken machen sollen, als du damals bei ihr warst. Nach dem Motto „ran an die Buletten" hättest du zugegriffen, dann wäre alles klar gewesen."
Phru schien bei diesen Worten etwas nachdenklich.

„Siehst du, als du in Freiberg während deines vierjährigen Aufenthaltes ganz ruhig mit dem weiblichen Geschlecht umgegangen warst, hattest du gleich zwei Kinder gezeugt. Hier in Burma hättest du gleich mit Allahs Segen ruhig Dutzende zeugen können, natürlich, wie Tin Hlaing sagte, wenn du bei ruhiger Hand mit deiner Pistole auf das Begehrte gezielt hättest", bemerkte Thaung Htin.

Phru riss bei diesen Worten seines Kumpels den Mund mit einem erheiterten Lachen auf, denn Thaung Htin hatte genau zur rechten Zeit das angeknackte Selbstvertrauen seines Freundes zurechtgerückt.

„Aber das Problem war, dass du in der kritischen Situation selber nicht wusstest, wo deine Pistole war, auf der rechten oder linken oder zwischen den Beinen?", fügte Tin Hlaing hinzu, was zur allgemeinen Erheiterung beitrug, und er nahm wieder den Gesprächsfaden auf:

„Aber in diesem Burma ist es nicht so einfach, was die Beziehung zwischen Mann und Frau betrifft. Wenn du einer Frau zufällig begegnest, die dir gefällt, darfst du sie nicht so einfach wie in Europa anlächeln oder ihr einen begehrlichen Blick zuwerfen, sonst versaust du alles, bevor die Geschichte überhaupt anfängt. Sie würde möglicherweise deinen begehrlichen Blick, was in Prag oder in Berlin oder in Paris ganz normal ist, so interpretieren, als seiest du wild darauf, sie mit dem penetranten Blick zu vergewaltigen. Du musst dich durch jemanden, der sie kennt, ihr zuerst offiziell vorstellen lassen, bevor du überhaupt was anfangen kannst. Mein Gott, es ist hier zu kompliziert", sagte Tin Hlaing, der sein Junggesellenleben während seines Studiums in Prag reichlich genossen hatte, „Einmal bin ich vor einem Jahr einer Studentin begegnet, die mir sehr gefiel. Ich habe sie ein, zweimal so natürlich angeguckt, wie ein Mann in Prag eine Frau mit dem diskreten Blick antastet. Weißt du, was danach passierte? Seltsamerweise erzählten besonders ihre Freundinnen und nicht sie über mich: derjenige Dr. Tin Hlaing sei ein balzender Vogel. Mein Gott, was hatten diese Freundinnen mit mir zu tun, in Europa gibt es so was nicht. Wenn eine Frau mein anständiges Begehren nicht akzeptieren wollte, schaute sie weg. Aber hier in Burma machen die Frauen so viel unnötiges Theater".

Tin Hlaing packte seinen Ärger ausgiebig aus und schüttete ihn weiter aus:

„Hier musst du immer diese verdammte „Würde" halten und anständig bleiben, ja wo bleibt denn Lebensfreude überhaupt noch?"

„Vielleicht hast du jene Studentin schon mit deinen Stieraugen tatsächlich geschwängert? So etwas hat es in den burmesischen Legenden oft gegeben. Da würde ich mich an deiner Stelle zuerst vorsichtshalber erkundigen, bevor eine dicke Alimentenforderung auf dich zurollt", schlug Thaung Htin ihm wohlüberlegt vor und löste gerade damit ein schallendes Gelächter aus.

„Aber Spaß beiseite, was Tin Hlaing aus dem Herzen sagt, empfinde ich genauso seit meiner Rücklandung in Burma. Für manche, die hier in Burma geboren aber doch in Europa kulturell aufgewachsen sind, sehen die Dinge in der Heimat mit ganz anderen Augen, es ist unbestreitbar. Was Frauen betrifft, gibt es auch etliche reife Frauen, mit denen man sich ganz vernünftig wie in Europa unterhalten kann. Aber die meisten hier sind mir weder für leichte Muße noch für die Ernsthaftigkeit geeignet. Berechtigerweise sehen und beurteilen sie ebenfalls uns ihrerseits als Doktoren mit einer gewissen Macke. Aber das ist ihr Recht und unser Pech, aber mich juckt das nicht. Die Frauen, die mich in dieser Art und Weise verehren, scheiden bei mir vorher sowieso aus. Also, wozu denn so viel Aufregung? Aber unabhängig davon, eine Frau, die mir unheimlich gefällt und in die ich mich sofort verknallen könnte wie in Europa, ist Miss Snow White vom Landvermessungsinstitut, die ist bis jetzt die einzige Frau in Burma mit europäischem Format, für die ich leidenschaftlich empfinden kann", sagte Thaung Htin.

„Die gefällt mir auch, aber die hat mir einen Korb gegeben", sagte Tin Hlaing.

„Das gleiche Los habe ich auch gezogen", erwiderte Thaung Htin und fügte hinzu: „Das macht nichts, wir sind eben Schicksalsbrüder. Aber wenn ich ernsthaft denke, was ich einer Frau von mir aus in Burma nun überhaupt anbieten kann, dann wird es mir richtig schlecht. Ich habe zu Hause ein Bett und ein Fahrrad und ein monatliches Vermögen von zweihundert Kyat, was mir tatsächlich zur Verfügung steht, das Geld reicht gerade mal für drei Flaschen Rum und drei Hemden."

„Pessimismus sei hier nicht angebracht, Kumpel, ich werde jedenfalls für dich in der Moschee beten, dass du ausnahmeweise als Buddhist vier reiche Frauen bekommst",ermunterte ihn Phru.

„Ich habe nachgedacht", fing Tin Hlaing an, „die burmesischen Frauen gründlicher zu analysieren. Für die traditionell gesinnten Burmesinnen kommen solche Typen wie ich und Thaung Htin gar nicht infrage, die ebenfalls nicht für uns. Sie betrachten uns als große westliche Ganoven, das will ich um der Wahrheit willen nicht widersprechen. Diese Frauen begehren nur solche Männer, die Würde und Anständigkeit gepaart mit Intelligenz unmissverständlich ausstrahlen wie z. B. Ko San Tint oder U Aung Hla Tun. Betrachten wir mal unseren Ko San Tint!"

Der weiberscheue Ko San Tint fing an etwas unruhig zu werden, als die schmunzelnden Augen seiner Freunde sich erwartungsvoll auf ihn richteten. Er zog stets ein freundliches Gesicht, jedoch diesmal mit der gewissen Spannung, die er nicht völlig verbergen konnte. Tin Hlaing setzte fort: „Aus seinem runden vollen Gesicht mit den üppigen Wangen konnte jeder unfehlbar ablesen, dass er niemals imstande sein würde, sogar einer Fliege etwas zuleid zu tun. Er ist sehr religiös, fastet sittsam fast jedes Wochenende, während wir dagegen am Wochenende gern zur Flasche greifen. Das zeugt von seiner tadellosen Anständigkeit, Ko San Tint trinkt nicht, raucht nicht und er schaut die Frauen niemals so an, wie ich und Thaung Htin es gelegentlich gern tun. Das verleiht ihm besonders in den Augen der Frauen Würde und Ehre. Als Absolvent der berühmten Lomonossow-Universität hatte er schon eine hohe Qualität an Intelligenz. Wenn man auf der schwarzen Tafel der RIT inserieren würde: Dr. San Tint suche Ehefrau, bitte Interessenten melden sich im Sekretariat. Dann bin ich absolut sicher, dass die unzähligen Frauen von der RIT bis Thamein Schlange stehen würden." Alle lachten herzhaft und eine ausgelassene heitere Stimmung herrschte unter den Freunden.

Heute ist Sonntag. Eine Familie, wohnhaft im Stadtteil Yankin, die vor Jahren in geschäftlicher Verbindung mit seinem Vater gestanden hatte, hatte Thaung Htin an dem Tag zum Mittagsessen eingeladen. Nach seiner Rückkehr aus dem Ausland kamen oft die Einladungen von den nahen und fernen Bekannten seiner Familie oder von Verwandten zu ihm, mit einer gewissen Erwartung und wohlbedachtem Arrangement, den Akademiker mit der eigenen Tochter oder Nichte in eine künftige Ehebeziehung anzubahnen. Dabei wurden oft materielle Zuwendungen, wie etwa Auto oder Wohnung, als Hochzeitsgeschenk ins Gespräch gebracht, was ihn besonders anwiderte. Weil Thaung Htin nie an einer solchen beabsichtigten Kuppelei und naiven Vorgaukelei Interesse gezeigt hatte, gaben seine Verwandten es bald auf, ihn zu bekehren.

Da er an diesem Sonntag nichts anderes vorhatte, machte er sich auf dem Weg. Die Eltern waren ihm überaus freundlich, obwohl er sie nie vorher näher gekannt hatte. Er hatte irgendwann mal gehört, dass die Familie ziemlich vermögend sei, was ihn aber am wenigstens interessierte. Die jüngste Tochter, seit ein paar Jahren geschieden, im gleichen Alter wie Thaung Htin, wohnte mit ihren Eltern zusammen. Sie arbeitete als leitende Angestellte in einem staatlichen wirtschaftlichen Institut, nachdem sie ihr Studium an der Universität Rangun hinter sich hatte. Die ältere Tochter lebte mit ihrer eigenen Familie außerhalb Ranguns. Beim Essen war besonders die Mutter überaus eifrig, ihn mit überschwänglicher Freundlichkeit zu bedienen. Den schmackhaften Schweinebraten und den gekochten Reis in seinen Teller reichlich füllend, knetete sie sogar den Reis extra mit ihren Fingern, damit das Essen, mit dem Fleisch gut gemischt, ihm besser schmecken möge. Dabei sagte sie mehrmals:

„Söhnchen iss, hier nimm das, hier iss das."

Für die kleinen Kinder pflegen die Mütter in Burma das Essen vorher mit den Fingern durchzukneten, sodass ihr Kind es besser verdauen kann. Es ist eben das Zeichen der Liebe der Eltern zu ihrem Kind. Aber für einen Erwachsenen wie Thaung Htin kam eine derartige Fürsorglichkeit der alten Frau jedoch etwas übertrieben und unappetitlich vor. Aber er ließ es sich aus Höflichkeit und Anstand nicht anmerken und schluckte das Essen herunter.

„Töchterchen, hole doch noch ein Glas Trinkwasser für das Söhnchen", gab die Mutter ihrer Tochter Anweisung, was diese prompt ausführte.

„Iss noch mehr, Söhnchen, fühle dich wie zu Hause", ermunterte sie mehrmals Thaung Htin. Der Vater setzte sich meist zurückgezogen auf einen Lehnstuhl und schien eigene Ruhe zu genießen. Hier in dem Haus war das Matriarchat unübersehbar deutlich, alle richteten ihr Tun und Lassen nach dem Willen der Mutter, alle gehorchten dieser kleinen schmächtigen fünfundsechzigjährigen Frau, die bebrillt und mit einer autoritären Stimme ausgestattet war. Ihre Augen waren scharf und ihr Gesicht meist streng, die willensstarke Frau schien selten für ein Späßchen aufgelegt zu sein.

„Töchterchen, hole deinen Bruder mit deinem Auto ab und zeige ihm Rangun, wo er noch nicht war. Geh zusammen ins Kino, wenn Ihr Zeit habt", stiftete sie ihre Tochter sogar förmlich an.

Zu Thaung Htin gewandt richtete sie eindringlich: „Söhnchen, rufe sie an, wenn die Arbeit im Institut langweilig ist. Töchterchen, schreib deine Telefonnummer auf und gibt sie ihm."

Sie arrangierte alles lückenlos, wollte nichts dem Zufall überlassen. Wenn es nach ihrem Willen ginge, hätte sie sich gleich auf der Stelle Thaung Htin als Schwiegersohn in den Familienkreis einverleibt. Thaung Htin blieb ganz ruhig, obwohl es ihm nicht gerade angenehm war, dachte er dabei an die Geschichte seines Freundes Phru. Obwohl er die gute Absicht der alten Frau durchaus verstehen konnte, war ihm voll bewusst, dass diese Menschen in einer anderen Welt bezüglich der Beziehung zwischen Mann und Frau lebten als er. Die Tochter schien ihm im Gegensatz zu der Mutter aufgrund ihres langen Studiums an der Universität und der leitenden Stellung im Büro aufgeklärt zu sein und das Leben etwas locker zu nehmen, zumal sie eher zu den traditionellen Burmesinnen gehören würde, nach dem zu beurteilen, wie sie sich kleidete und wie sie sprach. Übrigens hieß sie Ni Ni Sein. Einmal traf er sie zufällig in der Stadt und hatte sie eingeladen, ihn zu Hause zu besuchen. Sie sagte ihm, sie würde gerne kommen; sie war jedenfalls eine sympathische Frau.

An dem Nachmittag als Ni Ni Sein in ihrem Auto zu ihm zu Besuch kam, hat er alle seine Geschwister vorher gebeten, dem großen Bruder freundlicherweise an dem Nachmittag das Haus allein zu überlassen, da doch ansonsten der ungestörte private Empfang des Gastes unmöglich war. Mit schmunzelnden Gesichtern entsprachen sie wohlwollend seinem Wunsch. Als Ni Ni Sein ihr kleines Auto vor seinem Haus parkte und danach sein Haus betrat, glotzten schon die Nachbarn mit neugierigen Augen an. Die Leute vor dem Tabakladen stierten auf ihn und seinen Gast, sogar die ehrbare Witwe, um die sich Thaung Htin seit der Affäre möglichst einen großen Bogen machte, richtete von ihrem Balkon aus unverblümt und ohne jegliche Zurückhaltung den strengen Blick auf ihn. Ihm war es nicht gleichgültig gewesen, wie die lieben Nachbarn reagierten. Mein Gott, was geht es euch an, was in meinem Hause geschieht, dachte er und ärgerte sich ein wenig. Sie beide gingen auf die obere Etage, um den über den Zaun spähenden Blicken der ungebetenen Nachbarn auszuweichen. Da aber es immer noch möglich war, von außen beim genauen Hinlauschen akustisch wahrzunehmen, was im Hause gesprochen wurde, machte Thaung Htin alle Türen und Fenster des Hauses zu. Das erhöhte wiederum gerade die Neugier der übereifrigen Nachbarn.

Als sie nicht mal mehr als fünf Minuten ungestört von nachbarlichen Blicken für sich allein waren, fiel der erste Stein auf das Wellblechdach seines Hauses, es krachte beträchtlich. Es war ihm klar, dass dieser Steinschlag von irgendjemand aus dem nachbarlichen Kreis stammen musste, der ihn andere moralische Maßstäbe aufzwingen wollte. In Burma existiert seit jeher der Brauch, auch wenn es glücklicherweise und bekanntlich kaum zur Anwendung gebracht wurde, dass man auf das Dach desjenigen Hauses mit Steinen wirft, wo es eine unmoralisch sittenwidrige Handlung vermutet würde. Unter dem Einfluss der buddhistischen Religion, wonach jeder Mensch, bedingt durch die strenge kausale Folge des eigenen Karmas im ewigen Kreislauf des Daseins und der Wiedergeburt, für sein eigenes Schicksal selbst verantwortlich und niemand befugt sei, über anderen Menschen Gericht zu halten, geschieht es nie wie etwa Steinigung oder physische Verletzung der Menschen. Aber es gibt und es gab eine Art Störaktion, die gelegentlich von manchen eigenmächtig ausgeführt werden, die sich selbst in den Stand des Moralapostels gerne erheben. Diese Art Störung dient eher zur Warnung an die Involvierten oder Abschreckung im Bezug auf die öffentliche Moral. In einer Gesellschaft, wo der althergebrachte Moralkodex immer noch vorherrschend war und die private und gesellschaftliche Sphäre aufgrund der vorhandenen Wohnverhältnisse kaum voneinander scharf getrennt gehalten werden konnten, mussten zwangsläufig derartige Konflikte zwischen dem Individuum und der Gesellschaft immer wieder aufflammen. Diese Aktion stellt das Missfallen der umgebenden Gesellschaft zum Ausdruck und ist ein unangenehmer Akt für die Betroffenen. Handelte es sich um Auseinandersetzung mit der Gesellschaft bezüglich jener überlieferten Moral, so scheute sich fast jeder davor, sich mit der Gesellschaft anzulegen.

Thaung Htin erkannte sofort die Tragweite des Steinschlages, war jedoch wild entschlossen, mit ganzer Kraft dagegen Widerstand zu leisten, da diese Handlung für ihn unmissverständlich eine unerlaubte Einmischung der Gesellschaft in seine Privatsphäre bedeutete. Innerlich wutentbrannt und äußerlich Ruhe bewahrend ging er nach unten, öffnete die Haustür weit auf und schaute nach draußen mit dem strengen Gesicht und tastete ganz frech mit den Augen alles ab, was draußen außerhalb seines Hauses existierte. Er sagte zu sich selbst in Gedanken: Ich lasse mir von euch nicht vorschreiben, wie ich in meinem Hause zu leben habe. Beim Schließen knallte er extra mit voller Wucht die Haustür zu, dass manche sensiblen Nachbarn seine geballte Wut spürten. Er war darauf eingestellt, auf Biegen und Brechen den Kampf gegen ungebetene Gäste zu führen, was auch später sich ergeben mochte. Er ging ruhig zu seinem wartenden Gast Ni Ni Sein zurück, ohne seinen Ärger im geringsten merken zu lassen und sagte:

„Die Haustür war eingehakt, deswegen muss ich kräftig zuschließen."

Die Nachbarschaft schien die unmissverständliche Botschaft ihres Kontrahenten gut verstanden zu haben, danach herrschte Ruhe.

Wenn ein Mann und eine Frau zusammen sind, entscheiden selten die Worte, die sie miteinander austauschen, den Verlauf der Beziehung, sondern die Art und Weise, wie man sie ins Paradies einlädt. Er nahm sie zärtlich in seine Arme, sie erwiderte es mit voller Hingebung, sie fühlte seine leidenschaftliche Berührung, ihr ganzer Leib zitterte vor Erregung, ihre ganzen Sinne gerieten in Ekstase, als wäre sie in das ungeahnte himmlische Reich voller seltsamer Farben und unbeschreiblicher Sinnlichkeit erhoben, das sie jahrelang vermisst und jenes zu betreten sie sich nur in ihren heimlichen Träumen gelegentlich getraut hatte.

Als Ni Ni Sein die abgelegten Kleider wieder anzog, machte sie sich schon Gedanken, ob es überhaupt richtig gewesen war, was sie gerade getan hatte. Obwohl sie nur an Wunderbares denken möchte, nagte das moralische Gewissen an ihr, ob sie so etwas mit einem Mann vor der Vermählung tun dürfe, und so gleich beim ersten Treffen schon? Wie konnte es ihr so schnell passieren, worüber sie vorher gar nicht nachgedacht hatte. Sie grübelte fortdauernd, warum sie die moralischen Grundsätze, die sie von den Eltern mehrfach gelehrt bekommen und deren sie sich stets befleißigt hatte, auf einmal über den Haufen werfen konnte. Sie wurde von Jung an streng erzogen, und es war ihr beigebracht worden, dass solch eine intime Handlung mit einem Mann ihr nur dann erlaubt würde, wenn sie mit ihm verheiratet war. Jetzt hatte sie sich mit jemandem eingelassen, der mit ihr weder verheiratet noch verlobt war. Sie schämte sich maßlos vor sich selbst und vor ihren Eltern, diesmal mit ihrer Gehorsamkeit gegenüber den Eltern versagt zu haben. Sie schämte sich vor ihm, wie eine leichtsinnige Frau nachgegeben zu haben. Sie schämte sich ihres unmöglichen Betragens, der Begierde mit vollem Eifer und Verlangen unterworfen gewesen zu sein. Sie fasste die Bettkante so fest, dass ihre Fingernägel fast in das Holz eindrangen, sie wagte nicht, ihn anzusehen. Sie fühlte sich mutlos und ließ den Kopf hängen, ihr Gesicht war heiß und rot vor dieser schmerzlichen Scham. Als Thaung Htin der plötzlichen Änderung ihres Gesichtsausdrucks gewahr wurde, fragte er leise, was sie bedrücke.

Sie sagte:

„Ich schäme mich, schäme mich, ich weiß nicht, wie ich unter die Augen meiner Eltern treten solle. Ich schäme mich, von hier herauszugehen."

Ihre Stimme war hart und verbissen, denn in ihr brach regelrecht eine Panik aus.

„Was werden die anderen von mir denken, ich gehe nicht mehr weg von hier, ich bleibe hier, egal was geschieht."

„Was?", entschlüpfte ihm unbeabsichtigt ein Wort des Erstaunens über die unerwartete Reaktion der Dame.

„Ja, ich bleibe hier, ich gehe von hier gar nicht mehr weg!", wiederholte sie dieselben Worte unmissverständlich mit todernstem Gesicht.

In ihrem aufgewühlten Selbstvorwurf und unter den aufschäumenden Gefühlsausbrüchen klammerte sie sich noch fester an die Bettkante, als wollte sie sich hinter sicherer Festung für immer verschanzen.

Ah, du, meine große Scheiße, dachte er, und dabei stockte ihm der Atem. Als er mitten im Bemühen für ihre Reaktion Verständnis aufzubringen, obwohl er das panikartige Befinden einer Frau in diesem Ausmaß gerade nach einer gemütlich schönen Stunde noch nie im Leben erlebt hatte, von ihr knallhart gesagt bekam, sie schäme sich, sie gehe nicht mehr weg und bleibe hier, schien es ihm so, dass die größte anzunehmende Katastrophe, die er jemals in seinem Junggesellenleben erleben würde, auf ihn unaufhaltbar zurollte.

Zugleich erinnerte er sich zufällig genau an eine ähnliche Geschichte, die sich vor zwanzig Jahren während seiner Oberschulzeit ereignet hatte, wobei sein Lehrer namens Riesendiamant, der in der Oberschule in seiner Heimatstadt Pakokku in Mittelburma wegen seiner ausgezeichneten pädagogischen Lehrmethode im Fach burmesischer Geschichte zu Recht bekannt und von allen verehrt wurde und jedoch auf dem lebensnotwendigen Gebiet des weiblichen Wesens bedaulicher Weise über keine blasse Ahnung verfügte, demzufolge zum Opfer gefallen war, als eine raffinierte Schülerin, die es auf den unerfahrenen Lehrer abgesehen hatte, ihn nach der Schule zu Hause besuchte, wo er seit Jahren als Junggeselle hauste, um sich angeblich Hausaufgaben von ihm erklären zu lassen. Überaus reichlich und ohne jegliche Hemmung bediente sie sich gewiss der weiblichen List und des verführerischen Charmes, um den privaten Unterricht merklich in die Länge zu ziehen, sodass dieser unweigerlich in den späten Abend hineinrutschte, und etwas geschah, was sich die junge Dame vorgenommen hatte. Als es draußen dunkel wurde und die Sterne zu funkeln begannen, sagte sie ihm unter Tränen, dass sie sich maßlos schäme, als anständige Frau in solcher späten Stunde alleine nach Hause zu gehen. Was würden die Nachbarn und Bekannten von ihr denken? Für eine wohlerzogene Frau wie sie gezieme es sich nicht, von der Öffentlichkeit unter solchen etwaigen Verdächtigungen, gleich welcher Art, gestellt zu werden. Wenn ihre Eltern so etwas zu hören bekämen, würden sie gleich einen Herzinfarkt bekommen. Unter Betrachtung der fürchterlichen Vorsehung bliebe ihr keine andere Wahl als hier zu bleiben, was auch mit ihr geschehen möge. Der ahnungslose Lehrer, der in der schweren Schicksalsstunde keine andere Wahl mehr übrig hatte, musste sie auf der Stelle heiraten, indem er zu später Stunde die Nachbarn schleunigst zu sich einlud, um sie als Trauzeuge dabei fungieren zu lassen, da er fürchtete, den guten Ruf in der Gesellschaft für immer zu verlieren.

Die Erinnerung an die tragische Geschichte seines Lehrers stiftete in ihm gewisse Unruhe, aber er blieb doch äußerlich ruhig und dachte scharf nach, wie er sich aus der Schlinge, die ihm die Kehle schon fast zuschnürte, befreien könnte. Der gesellschaftliche Einfluss auf das Individuum war auf dem Lande wesentlich stärker als in der modernen Hauptstadt Rangun. Jedoch hatte sich die Auslegung des Begriffs Moral bei den Menschen in den Jahren kaum verändert.

Er stand auf, ging neben dem Bett ein paar Schritte hin und her, während Ni Ni Sein auf dem Bett stur und stumm saß. Nach einem Weilchen Ruhe wandte er sich zu ihr und fragte leise:

„Du sagtest, dass du dich schämst, warum denn?"

„So was darf man nicht in Burma machen, wenn man noch nicht verheiratet ist", antwortete sie, während sie seinem Blick auswich.

„Wenn es so ist, darfst du es ja ruhig machen, weil du doch schon mal verheiratet gewesen warst", erwiderte er gleich, wenn auch seine Bemerkung nicht scharfzynisch jedoch leicht ironisch klang.

„Aber doch nicht mit dir verheiratet", konterte sie barsch.

„Entschuldigung, ich habe in keiner Weise gemeint, dass eine Geschiedene anders zu bewerten ist als eine Unverheiratete. Eine Dame ist für mich eine Dame, egal, in welchem familiären Verhältnis sie ist. In dieser Hinsicht denken viele burmesische Männer ganz anders als ich. Besonders bezüglich der Moral oder der Schande oder Nicht-Schande vertrete ich andere Auffassung als viele hier, ich behaupte keineswegs, dass ich damit allein recht habe. Nach meiner Ansicht sollte man sich schämen, wenn man anderen ohne Grund beleidigt oder unrechtmäßig behandelt hätte."

Er redete ganz sanft mit ruhiger Stimme weiter:

„Weil wir hier miteinander schöne Stunden verbracht haben, haben wir damit jemanden beleidigt oder ihm unrecht getan?" Er richtete ganz ruhig und behutsam die Frage an sie.

„Nein", lautete leise ihre Antwort.

„Wenn wir unsere intime Handlung auf der Straße vor dem Publikum bloß aufgeführt hätten, dann mussten wir uns bodenlos schämen. Wenn wir aber in einem Zimmer nur für uns allein zueinander zärtlich werden, geht es doch niemanden etwas an. Das ist allein deine und meine private Angelegenheit. Wenn ich dich aber unfair mit irgendeinem Versprechen oder Trick verführt hätte, habe ich mich bei dir zu entschuldigen, aber ich habe auch nur das gemacht, wozu du auch selber willig warst, stimmt's?"

Sie nickte mit dem Kopf, dabei erschien zum ersten Mal auf ihrem Gesicht ein verhaltenes Lächeln nach dem langen Kampf in ihrer Seele.

„Außerdem, wenn du hier bleiben willst, müssen wir noch ein Bett aufstellen, daneben ist schon das Bett von meinem Bruder, wie du siehst, gibt es hier nicht viel Platz, ein einziges Zimmer im Hause ist besetzt von meiner Schwester und Nichte", erklärte er ihr ruhig mit gelassener Miene.

„Dann kannst du ja zu uns mitkommen, bei uns ist viel Platz da", machte sie den Gegenvorschlag.

„Dann wird aber deine Mutter mich rausschmeißen", erwiderte er.

„Natürlich müssen wir uns vorher offiziell heiraten", unterstrich sie reglementarisch die geltende Vorschrift in Burma.

„Ja, das wird nicht so einfach sein, einem solchen eingefleischten Junggesellen wie mir das Eheleben aufzuzwingen", antwortete er mit lächelndem Gesicht aber doch entscheidend mit fester Betonung auf dem Wort „Aufzwingen".

Als sie zum Abschied in ihr Auto stieg, lächelte sie ihn sogar mit ausgelassener Freundlichkeit an. Er atmete tief durch und fühlte sich zum ersten Mal wie ein Segler, der mit seinem Boot in schwere Seenot geraten und beinahe ums Leben gekommen wäre.

Die Silhouette einer Familie (1. Teil)

An jenem Abend waren Thaung Htin und die Geschwister zu Hause beisammen. Der Vater war immer noch unterwegs im Norden Burmas. Ma Khin Htay war vollauf beschäftigt mit dem Kleben der neuen Bilder in das Album, während sie am Tisch sitzend ihre zierlichen Füße übereinander kreuzte. Ihre Haare waren ordentlich gekämmt und wie bei Frauen üblich nach hinten geknotet. Sie hatte eine schöne Nase wie ihre ältere Schwester Ma Khin Kyi, scheinbar hatten sie sie beide von der Mutter geerbt, die vor sieben Jahren verstorben war. Das zarte Oval ihres Gesichts, ergänzt durch zwei leuchtende Augen, strahlte Wärme und Ruhe aus, sie war schmal und zierlich gebaut. Sie war auch die Einzige in der Familie, die in der Gemütsverfassung ganz der Mutter glich. Man könnte sie heute ohne irgendeinen Grund ohrfeigen und morgen dafür um Entschuldigung bitten, die Verzeihung ihrerseits war ganz gewiss, genau so wie bei der Mutter. Sie war die Jüngste unter den fünfköpfigen Geschwistern. Als Thaung Htin zum Auslandstudium das Stipendium bekam und im Januar 1962 Burma verließ, war sie erst ein zwölfjähriges Schulmädchen, jetzt war sie schon vierundzwanzig, ein junges Fräulein, beseelt von Träumen und Wünschen. Sie sagte zu Thaung Htin:

„Koko, so klein war ich, bevor du nach Deutschland fuhrst." (Koko, Ako – älterer Bruder auf Burmesisch).

Sie zeigte ihm ein Bild aus ihrer Kindheit. Seine Nichte Ma Lay und sein jüngerer Bruder Thu Maw schauten sich ebenfalls das Bild an.

„Du hattest ein Grübchen auf der rechten Wange, das war so typisch bei dir", bemerkte Thu Maw, „dafür hatte ich ständig einen Popel an der Nase."

„Ja, es stimmt, aus der Entfernung erkannte man dich, als du jung warst, an dem gelben hängenden Nasenschleim", ergänzte Thaung Htin die Aussage seines jüngeren Bruders. Alle ergötzten sich an dieser Erinnerung.

„Als wir jung waren und in Pakokku in Mittelburma lebten, seid ihr, die beiden Jüngsten, mit dem Papa sehr gut zu Recht gekommen, eine Tracht Prügel vom Papa habt ihr nie erlebt. Aber ich und unser älterer Bruder Ako Khin Maung hatten die meisten Schläge vom Papa gekriegt. Besonders hatte Papa mich oft geprügelt, dazu war auch der berechtigte Anlass immer da gewesen, weil ich oft von zu Hause Geld geklaut hatte", frischte Thaung Htin die Erinnerungen auf:

„Aber es hatte auch einen Fall gegeben, wobei ich in keiner Weise schuldig war, und unser Papa mich fast zu Tode geprügelt hatte. Einmal hatte ich eine Armbanduhr im Schrank gesehen, aus Neugier hatte ich sie rausgeholt und danach kein Interesse mehr, dann daneben liegen gelassen. Weil die Uhr danach nicht mehr ausfindig gemacht werden konnte, beschuldigte Papa wie immer mich des Diebstahls. Ich sagte: Ich habe die Uhr gesehen und angefasst, aber nicht weggenommen. Papa schlug mit einem dicken Holzstock auf meinen Hintern mehrmals, es tat so weh. Wenn er mich fragt: Hast du das gestohlen? Antwortete ich: Nein, ich habe es nicht getan. Es war sicher, dass Papa mich mit Sicherheit zu Tode prügeln würde, wenn ich nicht sagte, was er von mir erwartet hatte. Aus taktischen Gründen sagte ich, dass ich die Uhr gestohlen hatte und an jemanden auf der Straße verkauft hätte, der mir vorher nicht bekannt war. Danach ließ er den fürchterlichen Stock auf die Erde fallen. Mir war es die ganzen Jahre ein Rätsel gewesen, wo die Armbanduhr geblieben war und wer sie an sich genommen hatte."

Thaung Htin schloss seine Geschichte mit einem spürbar starken Verlangen, das jahrelang verborgene Geheimnis doch noch zu lüften.

Der jüngere Bruder Thu Maw, der vier Jahre jünger war als Thaung Htin und seit acht Jahren als Lehrer für Physik an der Oberschule arbeitete, zupfte am Ende der Erzählung seines Bruders an seiner etwas lang gezogenen Nase - vermutlich die Folgeerscheinung aus seiner Kindheitsplage, dass er fast bis zu seinem siebten Lebensjahr ständig damit beschäftigt war, mit seiner rechten Handfläche und den Fingern die gelben schleimigen Popel, die aus seiner Nase dauernd strömten, abzuwischen und den Dreck auf sein Hemd zu übertragen und dadurch zog er meist zwangsläufig seine Nase zwischen dem Daumen und Zeigefinger unbewusst in die Länge. Er sagte mit blinzelnden Augen und gesenktem Kopf:

„Ich kann mich sehr gut erinnern, ich habe die Armbanduhr gefunden, die du neben dem Schrank liegen gelassen hattest. Ich hatte am Anfang damit gespielt, auf einmal drehten sich die Uhrzieger nicht mehr, und ich hatte so eine Wut auf die Uhr und schlug mit einem Hammer darauf und habe sie anschließend weggeschmissen. Als Papa dich wegen der Armbanduhr heftig schlug, hatte ich so eine Angst, dass ich damals nicht gewagt habe, die Wahrheit zu sagen."

Bei der Geständnisablegung des wahren Täters mussten alle lauthals lachen, Thaung Htin fühlte sich endlich erleichtert, die Lösung des geheimnisvollen Rätsels, nun doch endlich nach zwanzig Jahren gefunden zu haben.

„Wie war's denn damals, als der Konflikt zwischen Papa und Ako Khin Maung ausgebrochen war?", fragte Thaung Htin über die tragische Auseinandersetzung zwischen seinem Vater und dem älteren Bruder, die Thaung Htin damals aus dem fernen Magdeburg nur brieflich verfolgen konnte.

„Es war sehr schlimm für uns alle, Mama hat am meisten darunter gelitten", erzählte Ma Khin Htay schweren Herzens.

Als Thaung Htin nach dem Abitur im Juni 1958 zur Rangun-Universität ging, war der ältere Bruder Ko Khin Maung bereits an der Universität. Der Vater war sehr stolz auf die Söhne, dass sie beide ein höheres Studium erreichen konnten, was in Burma nicht allgemein der Fall war und finanzierte alle Studienkosten für die Söhne mit dem Gewinn aus dem Handel von Maisblättern und manchen anderen landwirtschaftlichen Produkten. Wenn die Geschäfte gut liefen, war ihm zeitweilig Ruhe gegönnt, andernfalls bereitete es ihm schlaflose Nächte. Das Auf und Ab der finanziellen Lage der Familie war besonders dem älteren Sohn Ko Khin Maung bewusst. Die beiden Söhne mussten mit dem knappen Geld, was der Vater ihnen monatlich zuschickte, auskommen. Sehr gut erinnerte sich Thaung Htin daran, dass er oft vier, fünf Kilometer zu Fuß gelaufen war, um das Busgeld zu sparen. Oft vermied er es, mit den Freunden, die materiell viel besser gestellt waren als er, zusammen Tee oder Kaffee trinken zu gehen. Denn wenn die Freunde für ihn etwas ausgaben und er dies aber in der gleichen Weise nicht wieder gutmachen konnte, was finanziell leider fast immer der Fall war, spürte er ein schlechtes Gewissen. Seine Familie gehörte zwar nicht zu den Ärmsten aber auch nicht zu den Wohlhabenden. Dass die Geschäfte des Vaters im letzten Jahr nicht liefen, und der Vater bei einer Verwandten Schulden machen musste, um seine Söhne an der Universität weiter studieren zu lassen, machte dem älteren Sohn viel berechtigte Sorgen. Als Ko Khin Maung, der das letzte Studienjahr angefangen hatte, zufällig ein Angebot bekam, an einer Oberschule als Lehrer zu arbeiten, entschloss er sich sofort, sein Studium abzubrechen und die Arbeitsstelle anzutreten, ohne dies dem Vater vorher mitzuteilen. Er wollte damit, den Vater einerseits finanziell entlasten und dem jüngeren Bruder Thaung Htin ebenfalls das Studium ohne Sorge weiter ermöglichen. Der Vater konnte nicht fassen, dass der Sohn so einfach das Studium und damit seine Zukunft hinschmiss, wofür er trotz enormer Schwierigkeiten weiter zu kämpfen bereit war. Der Vater wollte nur, dass seine Söhne eine bessere Zukunft haben als er. Der Vater beschimpfte den Sohn und hatte nie dessen wahren edlen Motive verstanden.

Als Ko Khin Maung die Frau heiratete, die seinen Vater einmal verbal beleidigt hatte, was der Vater ihr niemals verzeihen konnte, kam der endgültige Bruch zwischen Vater und Sohn. Der Vater hatte sogar den Sohn flehentlich gebeten, irgendeine beliebige Frau zu nehmen, er würde sein Einverständnis sofort geben, aber nicht diese Frau. Ja, in damaliger Zeit schlossen die Kinder nur mit denjenigen die Ehe, in die die Eltern einwilligten. Als der Sohn doch trotz all seiner mehrfach vorgetragenen

Einwände mit der Frau die Ehe einging, ließ er sogar in der Zeitung bekannt machen, dass Ko Khin Maung von nun an nicht mehr sein Sohn sei. Der Vater verbot allen Familienmitgliedern, jemals mit dem älteren Sohn wieder in Kontakt zu treten, geschweige den Namen des ungeliebten Sohns in seiner Anwesenheit zu nennen. Der Vater hasste die Schwiegertochter und nun auch den Sohn abgrundtief.

Der Vater gehörte zu dem Menschentyp, der die anderen niemals wissentlich beleidigen würde. Wenn jemand ihm ohne berechtigten Grund unrecht tat, vergaß er es auch nie. Aber Unrecht oder Recht ist relativer Natur und jeweils abhängig von der Betrachtung. Wie sollte aber dieser Vater, völlig eingebettet in die damals geltenden gesellschaftlichen Normen, einsehen, dass sein persönlicher Rechtsanspruch gerade an der Schwelle des anderen Individuums ende? Ko Khin Maung hatte auch diesmal aus anderen Gründen, fern von dem Gedanken, den Vater zu kränken, die Frau geheiratet, da der zukünftige Schwiegervater vor Kurzem unerwartet verstorben war und die ganze Familie hilflos dastand.

Die einzige Person, die die volle Last der familiären Tragödie zu spüren bekam, war die Mutter, sie wurde zwischen dem Ehemann und dem Sohn seelisch zerrieben, sodass sich ihre physische und psychische Verfassung von Tag zu Tag zunehmend verschlechterte. Sie widmete sich nur noch mit der ganzen Kraft den religiösen Angelegenheiten, um die Alltagssorgen los zu werden. Sie fastete oft, ging zur Pagode und zum Kloster, rezitierte unablässig mit der Gebetskette in der Hand die Lehrsätze Buddhas. Wie sie sich auch bemühte, Ruhe in der Seele zu finden, war ihre Mühe stets vergebens. Wenn es nach ihrem Willen ginge, würde sie sofort ins Nonnenkloster eintreten, um alles, alles hinter sich zu lassen, was ihr einst so lieb und teuer gewesen war.

„Wenn Mama damals von dem Wort „Nonne" anfing, hatte ich immer schreckliche Angst, sie für immer zu verlieren", sagte Ma Khin Htay, die als einziges Kind noch in der Familie geblieben war; ihr älterer Bruder Ko Thu Maw war in dieser Zeit schon an der Rangun-Universität zum Studium.

„Papa wollte es nicht wahrhaben oder hatte immer weggehört, wenn Mama gelegentlich von ihrem Wunsch zum Nonnendasein sprach. Damals waren Mama und Papa etwa fünfundfünfzig Jahre alt, noch recht jung. Aber die Mama war durch die familiäre Misere so schnell gealtert und schien nicht mehr Freude für das Eheleben zu spüren. Damals wohnte bei uns Ako Saw, Cousin ersten Grades von unserer väterlichen Seite, der in der Zeit das Abitur wiederholte und Ma Tin Hla, Cousine ersten Grades von unserer mütterlichen Seite, die in die neunte Klasse ging. Sie verliebten sich ineinander, wie die jungen Leute eben waren. Papa war so eifersüchtig auf die zärtlichen Blicke der jungen Menschen, die er nicht mehr empfangen konnte. Er verbot den beiden, eine derartige Beziehung in seinem Hause zu unterhalten. Stattdessen ging er manchmal, vielleicht auch mit Absicht, ins Schlafzimmer, wenn Ma Tin Hla sich dort allein aufhielt; sie vertrieb ihn mit dem lauten Geschrei: Geh weg! Wir haben das gehört, aber niemand wagte, etwas darüber laut zu sagen."

Ma Khin Htay holte tief Luft, um etwas Schwieriges, Unangenehmes, worüber sie lieber schweigen würde, über die Lippen zu bringen: „Da passierte etwas mit unserem Papa."

Die Tränen rollten ihr aus den Augen, sie wischte sich mit den Fingern die Tränen ab.

„Eines Tages übernachtete meine Freundin Ma Hla Aye, die Tochter von unserer Nachbarsfamilie bei uns. Sie schlief auf der Pritsche am Eingang im Erdgeschoss. In der Nacht schien unser Papa, sich ihr heimlich zu nähern und ihr Hemd zu öffnen. Da schrie sie laut: Ein alter Mann mit weißen Haaren fasste mich an. Von ihrem Geschrei waren alle aufgewacht, kamen zu ihr und machten betroffene Gesichter. Es blieb ihnen nichts anderes übrig als schönfarbig zu reden, dass Ma Hla Aye es doch geträumt haben müsste, obwohl jeder wusste, dass wirklich etwas gewesen sein musste, denn der einzige alte Mann mit weißen Haaren zu Hause war unser Papa."

Die letzten Worte überhaupt auszusprechen, schien ihr so schwer, ihre leuchtenden Augen verloren auf einmal Farbe, und ihr Gesicht verdunkelte sich.

„Was? Unser Papa!", sagte Thaung Htin bestürzt über die unangenehme peinliche Überraschung, die er bis dahin nicht mal im Traum für möglich gehalten hatte. Der Vater war für ihn immer eine moralische Instanz gewesen, alle zollten seinem Vater Respekt, weil er stets jeden fair und gerecht behandelte. Obwohl er Händler war, hatte er sich nie Tricks oder der Täuschung bedient, um sich im normalen Alltagsleben oder in geschäftlichen Beziehungen auf Kosten der anderen eigene Vorteile zu verschaffen. Er hat die ganze Familie ernährt und für seine Kinder alles getan, damit seine Kinder es im Leben besser hätten als er. In einer derartigen Unanständigkeit, die mit den Frauen zu tun hatte, war er nie verwickelt gewesen, so weit sich Thaung Htin dessen noch deutlich erinnern konnte. Was ist denn aus meinem Papa geworden?, die quälende Frage nagte an seiner Seele, er fühlte sich so betroffen, als stürzte ein Riesenberg vor ihm auf den Boden und zerschellte in Stücke, Schutt und Staub füllten den ganzen Raum, die Luft war stickig, der Atem war ihm schwer, es war ihm fast zum Ersticken. Thaung Htin hatte einen großen Respekt vor seinem Vater trotz aller auf getretenen Meinungsunterschiede. Aber hier in diesem Fall hatte es nicht mehr mit Auffassungsunterschieden zu tun, sondern mit dem wirklichen Tatbestand.

„Oh mein Gott", seufzte er schwer. „Wenn er es nicht aushalten kann, warum geht er nicht zu den Prostituierten, aber doch nicht zu Hause so etwas anfangen", platzte er des Zornes entbrannt.

Alle schwiegen eine Zeit lang, als ob sie gemeinsam auf einmal die Sprache verloren hätten, zumal in Thaung Htins Adern noch das Blut mächtig kochte. Nach einer Weile machte seine Nichte Ma Lay, die bis dahin nur schweigend zugehört hatte, mit einem Paukenschlag den Mund auf, dass besonders auf den großen Bruder Thaung Htin wie ein unheilvoller Donner und Blitz wirkte, sie sagte kurz und bündig:

„Dasselbe hatte auch Großvater U Soe Khine mit mir gemacht!"

„Was! Dieser Onkel Soe Khine, der Bruder unserer Mutter?", fragte Thaung Htin mit unfassbarem Entsetzen. Ma Lay setzte fort:

„Das war vor einem Jahr, als er hier in Rangun zu Besuch war. Im ersten Stock wollte ich nur ein paar Sachen wegräumen, da kam er und umarmte mich sehr aufdringlich und wollte mich auf die Bettkante drängen. Was machen Sie denn für einen Blödsinn? Laut schimpfend habe ich ihn mächtig hingeschubst, sodass er gleich heftig zu Boden stürzte. Dann bin ich weggegangen."

Ma Lay erzählte über die Ereignisse so emotionslos und erhaben, als wäre diese Geschichte für sie längst vorbei oder nie da gewesen, aber für Thaung Htin schien es so, als ob er just in die Mitte einer heftigen Explosion geraten wäre.

„Du hättest den Kerl kräftig ohrfeigen und vom ersten Stock runterschmeißen sollen", ärgerte er sich maßlos über den ungeliebten Onkel, der sich in seiner Erinnerung, so weit er sich noch als Kind an ihn rückbesinnen konnte, immer als Geizhals erwiesen hatte. Wenn es um seinen egoistischen Vorteil ging, kannte dieser Onkel nie das Schamgefühl, kratzte Pfennig für Pfennig von den anderen zusammen, er zog fast immer ein überfreundliches Gesicht, um damit leichter den anderen leimen zu können. Seine Hand war stets feucht und klebrig von Habgier, so hatte Thaung Htin immer das Gefühl von diesem Onkel, dieser Kerl hätte ganz gewiss sogar seinen eigenen Sarg aus Geldscheinen gebastelt, um seinen Besitz ins Grab mitzunehmen.

Von dem Tag an beschäftigte Thaung Htin dauernd der unansehnliche Vorfall mit den alten Herren. Soviel wie er seinen heftigen Zorn an seinem geizigen Onkel auslassen konnte, so stürzte er in ohnmächtige Wut und in tiefe Betrübnis, wenn er sich seines Vaters erinnerte. Es war ein Glück für ihn, dass der Vater in diesen Tagen immer noch nicht zu Hause war. Wie sollte er sich nach diesen Ereignissen ihm gegenüber denn unbefangen verhalten? Er sah sogar oft seinen Vater im Traum, bekleidet mit einem Hemd voll von schwarzen Flecken. Wenn er dann den Vater fragte: „Warum ziehst du denn ein solch schmutziges Hemd an?", blieb der Vater mit den traurigen Augen immer stumm. Wenn er von dem Traum aufgewacht war, fühlte er sich mutlos und niedergeschlagen, er hätte vor unerträglichen Schmerzen in seiner Seele laut aufschreien können. „Warum hast du so etwas getan, Papa? Warum, warum denn?" Er stellte vergeblich unzählige Male dieselbe beschämende Frage an ihn, jedoch die ersehnte Antwort war ausgeblieben.

In diesen Tagen, wohin er auch gehen mochte, begleitete ihn diese Sorge wie ein dichter stickiger Nebel vor seinen Augen. Manchmal spürte er den Überdruss, nur noch in einem Labyrinth der inneren Unruhe herumzuirren. Von Zeit zu Zeit fragte er sich, ob er überhaupt berechtigt sei, wie ein Richter über seinen Vater wegen dessen Fehlverhaltens ein Urteil zu fällen. Je mehr er sich in diese Richtung gedanklich vertiefte, entstand andererseits der Selbstvorwurf, dass er mit dieser Überlegung die objektive Betrachtungsweise endgültig verlasse, den Fall euphemistisch zu behandeln und wegen des verwandtschaftlichen Verhältnisses seinem Vater schonend beistehe. Ein Gewissenskonflikt tobte heftig in seinem Inneren. Er kam dann nach langer Überlegung zu der Überzeugung, dass die Frage, ob er seinen Vater unbarmherzig oder milder verurteile, sich erst dann stelle, wenn es geklärt würde, ob er überhaupt legitimiert sei, sich auf den Richterstuhl zu setzen. Bist du berechtigt, ihn zu verurteilen? Es war dieselbe Frage, die sich einst Robinson Crusoe selbst gestellt hatte, als er über den Kannibalen Freitag urteilen musste.

Du bist jung, du hast genug Erfahrung, für dich ist es kein Problem, eine Frau jederzeit zu finden. Aber es ist in keiner Weise berechtigt, nach deinem persönlichen Maßstab diesen alten Mann zu bemessen. Dieser alte Mann hatte keine derartige Erfahrung wie du. Er war vernachlässigt von seiner Frau, wer daran schuld war, sei dahingestellt. In einer kleinen Stadt wie Pakokku ist es für ihn nicht so einfach, wie du gerne behauptest, eine Prostituierte zu finden. In solch extremer Situation können bei manchen Menschen derartige Fehlgriffe vorkommen. Man kann das verstehen, aber Verstehen bedeutet keineswegs Einwilligen. Mit dieser Erklärung fand Thaung Htin endlich einigermaßen den inneren Frieden.

Es war schon Anfang Juni. Der Himmel, wo die brennende Sonne von Februar bis Ende Mai allmächtig wurde, verdunkelte sich mehr und mehr, schwarze dichte Wolken, beladen mit Blitz und Donner - die Botschaft des sich ankündigenden Monsunregens - zogen in rascher Folge von Südwesten her. Hinter den drohenden Regenwolken verschwand die sengende Sonne meist tagelang und spähte lediglich kurz hervor, wenn ihr der schwarze Schleier manchmal Gnade gewährte. Die Hunde krochen unter die Häuser, die Vögel suchten nach einem sicheren Obdach. Die schweren Regentropfen peitschten den ganzen Tag in den heftigen Winden, die Winde heulten und pfiffen im schallenden Chor. Sie rieselten mal sanft und schlugen mal unbarmherzig auf die Bäume, die Bäume hingegen quietschten voller Inbrunst mit ausgestreckten Ästen, als sei die fremde Berührung lang ersehnte zärtliche Küsse des Monsuns. Sanft auf und ab wie auf einer Welle schwangen die Äste, und sie schienen ein Wiegenlied auf Regentropfen anzustimmen. Regentropfen trommelten auf die Blätter, die Blätter klatschten voller Freude um das kühle Nass. Sie eilten sich von den Blättern in den Schoß der Mutter Erde, die Erde schloss sie liebkosend in die Arme und murmelte den rauschenden Freudengesang. Die Klangsinfonie der Tropfen des Monsuns ertönte sanft und friedlich.

Am nächsten Tag ging er wieder wie gewohnt zur Arbeit ins Forschungsinstitut. Alle Mitarbeiter der Abteilung Analytische Chemie, in der auch Thaung Htin beschäftigt war, bereiteten wie üblich den Tagesablauf mit den Experimenten vor. Da kam der Abteilungsleiter der analytischen Chemie U Kyaw Thaung, der nicht nur ein guter Chemiker, sondern auch menschlich eine tadellose Persönlichkeit war, zu der Thaung Htin seit seiner Tätigkeit in seiner Abteilung ein besonders gutes Verhältnis hatte, herüber zu seinem Arbeitszimmer. Er schien in einer ungeduldigen Verfassung, Thaung Htin etwas unbedingt mitteilen zu wollen. Er fuhr sich mit der rechten Handfläche über das kurz geschnittene graue Haar, eine Gewohnheit, die er jedes Mal tat, bevor er etwas Wichtiges zur Sprache brachte:

„Dr. Thaung Htin, ich muss Ihnen was erzählen, ich kann das alleine nicht mehr aushalten. Gestern war ich bei unserem Minister Oberst Maung Cho. Ich konnte das nicht fassen, dieser Oberst hat vor meinen Augen den Dekan der medizinischen Fakultät Prof. Tha Oo, der bestimmt im Alter von seinem Vater war und in Akademikerkreisen von allen sehr verehrt wird, von oben herab so schäbig behandelt und angeschrien, als ob der alte Professor ein kleiner ungezogener Bengel wäre."

Sein fast viereckiges Gesicht war geprägt von Zorn und Ohnmacht, sein Mund war seitlich weit gezogen und zitterte vor Erregung. Aus seiner Empörung barsten die rasenden Worte hinaus:

„Diese Armeeleute verstehen nichts von Höflichkeit und menschlichem Anstand. Die sind wie wilde Tiere. Sie zwingen uns, in die Partei einzutreten, in die sogenannte „Burmesische Sozialistische Programmpartei". Diese Militärbosse sind zugleich selber Parteibosse, die können ja ruhig Militärpartei heißen, mein Gott, das entspräche eher der Realität! statt das Wort Militär haben sie einfach das Wort „Sozialistische" darauf geklebt, um es nach außen besser darzustellen. In dieser Partei gilt nur ein Gesetz, nämlich bedingungslos zu gehorchen, was der Vorgesetzte sagt, Diskussion oder Meinungsaustausch ist fehl am Platz. Die wollen die ganze burmesische Gesellschaft in eine Armee umwandeln, damit sie leichter regieren können. Sie denken, ohne sie läuft in Burma nichts. Dabei ist es gerade umgekehrt. Diese Leute sind wirklich Paranoiker ohnegleichen. Wenn ich diesen Leuten widerspreche, dann fliege ich sofort raus und meine Familie hat nur noch Gras zu essen. "

Er seufzte nachdenklich und sagte: „Seien Sie froh, dass Sie mit solchen Armeeoffizieren direkt nichts zu tun haben."

Er schien etwas erleichtert, nachdem er sein Herz vor jemandem hatte ausgiebig ausschütten können, der ihm politisch und menschlich nahe stand. Thaung Htin konnte sehr gut nachempfinden, wie der alte Herr innerlich gelitten haben musste. Er wandte sich zu ihm und sagte:

„Saya, ich verstehe Sie sehr gut, an Ihrer Stelle wäre es mir nicht anders ergangen."

Als er am Nachmittag mit seinen Messungen in der Pilotanlage nach dem Tagesplan fertig war, ging er zur Abteilung Atomenergie, wo seine Freunde John und Ko Maung Maung arbeiteten. Seine Freunde warteten auf ihn ungeduldig, um ihm die neueste der Neuigkeiten, die im burmesischen Alltag herumgeisterte, mitzuteilen.

„He, Ko Thaung Htin, hast du schon gehört von der Direktive des Vorsitzenden der Burmesischen sozialistischen Programmpartei?", verkündete Ko Maung Maung gegenüber seinem Freund, während er seine beiden Augenbrauen anhob und seinen Mund ein wenig öffnete, wobei die weißen Kaninchenzähne zwischen den üppigen Wangen zum Vorschein kamen. Er hatte an der Rangun-Universität Physik studiert und verfügte über ausgezeichnete Verbindungen durch seinen Onkel, der in dem Militär eine hohe Funktion bekleidete. Jedoch waren seine Ansichten immer volksnahe und vernünftig, sodass alle Freunde ihn schätzten.

„Nein, erzähle mal", antwortete Thaung Htin erwartungsvoll. Dann legte Ko Maung Maung los:

„Nummer Eins soll von der volkseigenen Wachsfabrik ein paar Kerzen als Geschenk überreicht bekommen haben. Als seine Frau zu Hause eine anzündete, war die Kerze gleich weich geworden und kippte um. Daraufhin ließ Nr. Eins den Minister für Industrie, Oberst Maung Cho, gleich zu sich kommen und beschimpfte ihn und sagte wörtlich: Deine Kerzen sind so steif wie Schlappschwänze, also kümmere dich gefälligst, damit deine Schlappschwänze richtig steif werden. Merke es dir für den Rest deines Lebens, gute Qualität heißt steife Schwänze und schlechte Qualität heißt Schlappschwänze. Dem kleinen armen Minister zitterten die Knie, bat um Gnade und schwor baldige Besserung. Dem armseligen Minister war es nicht entgangen, dass die weisen lehrreichen Worte des verehrten Vorsitzenden von historischem Bestand für die Gegenwart und die Nachwelt sein mussten. Daraufhin ließ er in seinem Ministerium und allen Institutionen der Universitäten und Fabriken, die ihm unterstanden, die Weisheiten des großen Vorsitzenden als wertvolle Direktive bezüglich der Qualitätssteigerung wortgetreu, wie es gesagt wurde, zirkulieren:

„Gute Qualität heiße steife Schwänze, schlechte Qualität heiße Schlappschwänze, so sagte unser geliebter Führer und Vorsitzende der Burmesischen Sozialistischen Programmpartei."

Heute Morgen war hier ein Meeting mit allen Abteilungsleitern gewesen, da hatte der Direktor Dr. Man Thet Kyan unsere Abteilungsleiterin Daw Nyge Than extra aus dem Meeting hinausgehen lassen, damit sie als anständige Frau diesen vulgären Ausdruck „Schlappschwanz" nicht zu hören brauchte. So was Idiotisches kann ich mir gar nicht vorstellen."

Während der Erzählung über jene skurrile Geschichte schüttelte Ko Maung Maung vor Erstaunen mehrfach den Kopf hin und her. John, der bis dahin ruhig zugehört hatte, machte den abschließenden Kommentar, der je nicht hätte besser lauten können:

„Es gibt ein Sprichwort, ich weiß nicht mehr in welcher Sprache: Idioten verehren niemals die Intelligenten, sondern nur ihresgleichen."

Als Thaung Htin eines Tages von der Arbeit nach Hause kam, machte sein Schwesterchen Ma Khin Htay ein betroffenes Gesicht, der jüngere Bruder Ko Thu Maw war nicht zu Hause und Ma Lay war unterwegs in der Stadt.

„Was ist denn los, Schwesterchen?", fragte Thaung Htin.

„Koko, es stimmte auch nicht zwischen Ako Thu Maw und Ma Lay", eröffnete sie zögernd die Geheimnisse der eigenen Familie, „ich wollte dir schon viel eher darüber berichten."

Thaung Htin war gefasst auf alle Eventualitäten, die er in diesem Lande noch erleben musste.

„Drei Monate vor deiner Ankunft in Rangun haben sie geheiratet", erzählte sie ihm.

„Warum müssen die Leute hier eigene Verwandte heiraten?", seufzte er,

„und Thu Maw hatte doch eine Freundin gehabt."

„Mit der Freundin war es schon lange aus", sagte sie, „ als Ma Lay, die Tochter unserer Cousine zweiten Grades vor einem Jahr zu uns nach Rangun kam, änderte sich alles bei uns. Papa hat vorher die Eltern von Ma Lay und sie gefragt, ob Ma Lay in Rangun mit uns zusammenleben wollte, und sie sagten ja. Dann war Ma Lay gleich mit Papa nach Rangun mitgekommen. Papa wollte eben, dass ich zu Hause nicht allein sein sollte. Ich mag Ma Lay sehr gern. Sie ist so lieb und nett zu allen. Außerdem ist sie sehr hübsch. Eine Menge Jungs waren ständig, auf und ab vor unserem Haus, nur mit der einzigen Absicht, um Ma Lay einmal anzulächeln. Wenn sie allein auf die Straße ging, liefen sie ihr hinterher, um mit ihr irgendwie zu flirten und ihr fleißig geschriebene Liebesbriefe zu überreichen."

Thaung Htin hatte auch gemerkt, dass bei Ma Lay nicht nur ihre Schönheit, sondern auch vor allem ihre unbefangene fröhliche Natur bewundernswert war. Sie war immer darauf eingestellt, aus irgendetwas Späßchen zu machen, ohne dabei jemanden zu beleidigen oder wehzutun oder kokett zu werden. Ihre fröhliche Natur war ansteckend, jeder freute sich über ihre Anwesenheit. Ihre dünnen Augenbrauen glichen zwei im Wind flatternden Schleiern, ihre nach oben gebogenen Wimpern verzierten ihre schönen schwarzen Augen. Wenn sie ihre Augen aufschlug, wurden die Jungs beinahe verrückt, so wurde fast überschwänglich von ihrer graziösen Anmut erzählt. Ma Lay war gar nicht geneigt, jemandem gegenüber ein unfreundliches böses Gesicht zu zeigen, wenn dieser ihr seine Gefühle durch höfliche Gestik und Worte zu offenbaren versuchte, unabhängig davon, ob dieser oder jener ihr gefiel oder nicht. Es sei denn, dass dieser die erträgliche Grenze überschritt, dann würde auch die gebührende Antwort von Ma Lay nicht lange auf sich warten lassen. Einmal war ein Junge an der Bushaltestelle zu ihr so aufdringlich geworden, dass sie ihm plötzlich ohne Vorwarnung eine kräftige Ohrfeige verabreicht hatte. Der erschrockene Junge musste sich vor den staunenden Passanten schleunigst aus dem Staub machen; von da an genoss sie großen Respekt von den Jungen in ihrem Wohnviertel. Wie denn auch ihre Reaktion unsanft gewesen war, so tat dies der Bewunderung und Begehrlichkeit bei den Jungen keinen Abbruch, im Gegenteil nahmen diese eher noch zu. Wie die jungen Leute vor dem Haus oftmals nach Ma Lay Ausschau hielten, war an dem achtundzwanzigjährigen Thu Maw, der an der Oberschule in Thamein als Lehrer beschäftigt war, nicht spurlos vorübergegangen. Er ärgerte sich manchmal über Ma Lay, die sich gegenüber diesen Lausbuben zu freundlich verhielt, statt ihnen unmissverständlich die kalte Schulter zu zeigen. Mit ihrer Art, sich möglichst passiv zu verhalten, ermutigte sie geradezu unbewusst diese Bengel.

Ob sie dies bewusst tat oder unbewusst, was machte das schon für einen Unterschied, er würde auf der Stelle diese blöden Kerle verprügeln, sodass sie nie wieder Ma Lay zu belästigen wagten.

Wenn er sich morgens früh für den Unterricht in der Schule zu Hause am Tisch vorbereitete, tauchten schon ein paar hofierende Jungen auf der Straße auf mit ausgeprägt schielenden Augen in Richtung Ma Lay, da schlug schon sein Puls noch schneller, mehr als er wahrhaben wollte. Soviel wie er sich auch bemühte, so war er nicht mehr Herr seines Zornes und des inneren Gefühls, jenes Gefühls, als fürchte er irgendetwas zu verlieren, was er unbewusst begehrte. Was war denn dieses irgendetwas? Nein, er wusste es nicht oder leugnete er etwa, es zu wissen? Dann verließ er gedankenversunken das Haus in Richtung Schule, ohne Ma Lay und seiner Schwester Ma Khin Htay ein Wort zu sagen, was für die zwei jungen Fräulein berechtigterweise ziemlich merkwürdig vorkam. Als er in der Schule unterrichtete, tauchte manchmal das hübsche Gesicht Ma Lays in seinen Gedanken auf, auch wenn er sie mit den schönsten Schülerinnen verglich, konnte doch niemand Ma Lay das Wasser reichen. Dass er ab und zu an Ma Lay dachte, das hatte nichts zu bedeuten. Schließlich war er nicht unerfahren mit weiblichen Schönheiten.

Als Thu Maw an der Rangun-Universität studierte, genoss er große Popularität als Champion des Kunstspringens. Wenn er auf dem Brett stand, richteten Hunderte von schönen Frauen ihren bewundernden Blick auf ihn. Jahrelang war er mit einer festen Freundin zusammen gewesen, aber zum Heiraten kam es doch irgendwie nicht. Ein Jahr nachdem er sein Studium an der Rangun-Universität im Jahre 1964 angefangen hatte, zog der Vater zu ihm nach Rangun und beide hatten glücklicherweise Unterschlupf bei einem Verwandten gefunden, während seine Mutter und seine Schwester Ma Khin Htay noch in Pakokku lebten.

Der Vater hatte seiner Heimatstadt Pakokku für immer den Rücken gekehrt, aus welchen Gründen auch immer. Aus Rangun trieb er Handel mit Jade, den er gut verstand, und fuhr oft nach Mogaung in den Norden Burmas, wo zahlreiche Jadeit-Abbaustätten seit Jahrhunderten existieren. Hier tummelten sich etliche Abenteurer, um auf einen Schlag steinreich zu werden, die ihrem Lebenstraum unter extremen Entbehrungen nachgingen und den in den schichtartig im Serpentingestein vorkommenden Jadeit suchten und mühsam mit der Axt und Schaufel ausgruben. Anstatt des Reichtums fanden auch viele das unermessliche Elend und am Ende sogar den Tod in den schmutzigen Jadeitminen. Dort kaufte der Vater in den meisten Fällen rohe Jadeitsteine oder suchte in den Lagerstätten des umgebenden tiefen Dschungels und in unwegsamen Gegenden der Flussabläufe nach ihnen.

Die gefundenen Rohsteine wurden zersägt, und wenn das Glück ihm zufällig Pate stand, was nur selten der Fall war, fand er ausreichend smaragdgrüne Jade im rohen Stein, womit er einen guten Gewinn erzielen konnte. Zum Reichtum führte es zwar nicht, aber doch konnte der Vater den Sohn dadurch finanziell unterstützen, sodass Thu Maw das Studium erfolgreich beenden konnte. Als er im Jahre 1967 in der Oberschule in Thamein als Lehrer tätig war und endlich Geld verdiente, sah er sich in der Pflicht, seine Eltern zu unterstützen, anstatt seine eigene Familie zu gründen. Er mietete ein Haus und holte seine Mama und das Schwesterchen nach Rangun, damit die ganze Familie wieder zusammengeführt wurde.

Der gesundheitliche Zustand der Mutter war zu dieser Zeit so sehr verschlechtert, dass sie unmittelbar nach dem Umzug nach Rangun ins Krankenhaus zur stationären Behandlung eingeliefert werden musste. Der Vater wich nicht von der Seite der Mutter, er hatte richtig Angst, dass seine Frau, die mit ihm über vierzig Jahre durch Höhen und Tiefen des Lebens gegangen war und fünf Kinder gemeinsam aufgezogen hatte, diesmal ihm für immer Lebewohl sagen könnte. Er erfüllte alle ihre Wünsche, was sie auch immer vom Krankenbett aus erbat, sogar delikates Essen besorgte er, wenn sie gerade Appetit darauf hatte, obwohl manches vom Arzt untersagt war. Dafür erntete er den Tadel vom Stationsarzt, aber er ertrug es gesenkten Kopfes demütig, um seine Frau glücklich zu machen. Über die Liebe, Treue und Ergebenheit dieser Frau zu ihm hatte er sich bis dahin nie Gedanken gemacht, es war ihm alles selbstverständlich gewesen. Nun erschien es ihm zum ersten Mal, dass alles, was er die ganzen Jahre für selbstverständlich angenommen hatte, doch nicht so selbstverständlich war. Je länger er am Krankenbett seiner Frau stand und je mehr er das Leiden seiner Frau ansehen musste, umso deutlicher wurde ihm, dass er mit ihr alles im Leben verlieren würde. Ihm war es bewusst, dass seine Frau unter der familiären Tragödie der Auseinandersetzung zwischen ihm und dem älteren Sohn am meisten zu leiden hatte. Als die Frau an jenem Tag im Juni 1967 starb, heulte er wie ein kleines Kind, seine Kinder Thu Maw und Ma Khin Htay und die älteste Tochter Ma Khin Kyi mussten sich ernsthaft Sorgen machen, ob der arme Papa überhaupt den Tod der Mutter überleben würde. Als der ältere Sohn Ko Khin Maung, mit dem er jahrelang keine Beziehung mehr unterhalten und dem er sein Haus jemals zu betreten verboten hatte, an der Beerdigung der Mutter erschien, sagte er unter den Tränen mit der zitternden Stimme:

„Du hast deine Mutter getötet, du hast sie getötet, du Mörder, Mörder…"

Thu Maw hatte seinen älteren Bruder Thaung Htin, der noch zu jener

Zeit an der TH Magdeburg studierte, brieflich benachrichtigt, dass die Mutter nicht mehr am Leben sei. Ja, die Mutter, sie war eine herzensgute Frau, zu allen nett und hilfsbreit. Man konnte sie sogar wegen dieser Gutmütigkeit ausnutzen. Sie war nicht gebildet, eine einfache Frau vom Lande. Sieben Kinder hat sie zur Welt gebracht, zwei waren verstorben. Bei der Erziehung hatte sie nie vor ihren Kindern tiefsinnige Lehrsätze ausgeplaudert, wozu sie auch gar nicht in der Lage war. Dafür hatte sie einfach vorgelebt, wie sie war und wie ein Mensch sein sollte, und die Kinder hatten begriffen, was ein Mensch wirklich bedeutete. Das war nicht viel und auch nicht wenig im Leben. Den einzigen markanten Spruch, den sie oft beim Tadel ihrer Kinder benutzte, war: „Ihr macht Blödsinn, als buddelt man da erst ein Loch in die Erde, wenn die Scheiße schon unterwegs ist." Damit meinte sie, dass man ein Loch voraus in die Erde gebuddelt haben müsste, bevor das ungebetene Zeug herauskam. Den eigentlichen Sinn wird man erst verstehen, wenn man bedenkt, dass in Burma bis auf den heutigen Tag auf dem Lande weder Toilettenspülung noch Kanalisation existieren. Man buddelt ein großes, zwei bis drei Meter tiefes Loch in die Erde, setzt ein Sitzgestell darauf umgeben mit vier Wänden und einem Dach und einer Tür. Diese Bedürfnisanstalt, in der Fliegen und Larven immer ein großes Paradies im Erdloch einzunisten pflegen und stets in der die großen Düfte herrschen, nennen die Burmesen im wahrsten Sinne des Wortes „Aintha" („Angenehmes Haus"). Wenn das angenehme Haus einmal randvoll gefüllt ist, buddelt man daneben wieder in die Erde ein neues, tiefes Loch.

Die Mutter hatte zu Hause einen Laden aufgemacht und verkaufte getrocknete Maisblätter in kleinen Mengen, womit man leichte Zigarren drehen konnte. Wie viele andere ältere Frauen in Mittelburma es zu tun pflegten, drehte auch sie selber oft Maisblatt-Zigarren, die mindestens zwanzig Zentimeter lang und ca. drei Zentimeter dick waren. Wenn der weiße Rauch von ihrer Zigarre sich in den Himmel erhob, war sie meist von Glückseligkeit beseelt. Wehe aber, wenn sie ihr Kind mit einer Zigarette in der Hand erwischte, dann wurde sie fuchsteufelswild, schimpfte kräftig mit ihm, verbot ohne jegliche Widerrede kategorisch das Rauchen, das sie selber doch nicht lassen konnte. Aus einem alten Rezept, geerbt von den Großeltern, stellte sie eine Kräutermedizin her, die sowohl einer geregelten Verdauung als auch dem akuten Abführen diente und sich in den Kreisen ihrer Bekannten allgemeinen Zuspruchs erfreute. Wenn die Kinder auf ihre Mutter schauten, trug sie immer ein weiches sanftes Gesicht. Wenn sie sogar manchmal wütend wurde, vermittelten ihre Augen doch eher einen besänftigenden Eindruck. Sie prahlte nie mit ihren Kindern vor den anderen Eltern, was die anderen gerne taten. Sie lobte ihre Kinder nie, eher bevorzugte sie den Tadel, aber ihr selbstloser uneigennütziger Blick hatte stets auf ihre Kinder vollends positiv gewirkt. Sie erzählte den Kindern manchmal, wie sie und ihr Mann in jungen Jahren schwer arbeiten mussten. Ihre Erzählung kreiste oft darum, wie Papa immer morgens früh vor Sonnenaufgang aufstand und auf dem Feld den ganzen Tag schuftete und erst nach Sonnenuntergang nach Hause zurückkam, um die ganze Familie ernähren zu können. Ihre Worte bezeugten Bewunderung, Dankbarkeit und Liebe zu ihrem Mann, denn ihr Mann und die Kinder waren ihre einzige Welt, die sie begehrte. Ihr lag es fern, jemals über ihren Mann etwas Negatives über die Lippen zu bringen. Sie klagte nie, dafür aber ertrug sie viel zu viel bis fast zur Selbstzerstörung. In den letzten Tagen ihres Lebens spürte sie den einzigen Wunsch, ihre beiden Söhne Thaung Htin und Khin Maung noch einmal in ihre Arme zu schließen. Doch Thaung Htin war noch in Deutschland, so weit entfernt von ihr. Sie hatte damals, als der Sohn sich vor fünf Jahren zum Auslandsstudium von ihr verabschiedete, bitterlich geweint, vielleicht vorausahnend, dass sie ihn zu ihren Lebzeiten nie wieder sehen würde. Der andere Sohn Khin Maung war vom Vater für immer verstoßen, sie durfte ihn nicht sehen, er durfte zu ihr nicht kommen. Ah, wenn der Vater und der Sohn sich doch miteinander wieder vertragen würden, das war ihr letzter Wunsch. Nun war die gute alte Mutter für immer von ihnen gegangen.

Thu Maw unterdrückte die Tränen, die ihm aus den Augen zu stürzen begannen, als er in die Erinnerung an seine Mutter versank. Jetzt war es seine Pflicht, die Familie zusammenzuhalten und den Papa wieder auf die Beine zu bringen und für die Schwester Ma Khin Htay zu sorgen. In der Zeit, als Ma Khin Htay das Abitur ablegen musste, war die familiäre Krise ausgebrochen, sie hatte viel darunter gelitten, die Mama in den Armen gehalten und vielmals zusammen mit ihr geweint. Dass sie das Abitur im zerrütteten Umfeld nicht schaffen würde, war die logische Folge. Sie hatte es noch zweimal versucht, aber leider erfolglos. Nun hatte sie die Schule aufgegeben und machte nur noch den Haushalt. Wenn die Schwester irgendwann jemanden treffen und glücklich in der Ehe landen würde, dann könnte er erst danach an seine eigene private Zukunft denken. Den Papa würde er in die Familie mitnehmen, wenn er überhaupt eine eigene Familie gründen sollte. Wenn er aber ernsthaft an die Zukunft dachte, war ihm jedes Mal bewusst, dass er mit seinem bescheidenen Lehrergehalt und den ständig steigenden Preisen bald kaum noch eine eigene Familie würde ernähren können. Er hatte schon in Gedanken gespielt, das gesicherte Angestelltendasein mit einem privaten Lehrerjob einzutauschen, was risikoreich war, aber auch für ihn eine wirkliche Chance sein könnte. Wenn der Bruder aus Deutschland zurückkäme, dann würde das für ihn sicher die große Entlastung sein. Das würde es, aber, nur wenn und wenn. So war er die ganzen Jahre Junggeselle geblieben. Es gab nicht selten Schülerinnen, die in den humorvollen Lehrer verliebt waren. Aber er hatte sich doch mit Ruhe und Bedachtsamkeit verantwortungsvoll verhalten und sich nie etwas zu Schulden kommen lassen.

Nun war er wirklich geplagt von der Sorge um Ma Lay. Warum er sich um sie soviel Sorgen machte, wusste er selber nicht. Mit diesen balzenden Jungen, die waren gar nicht so gefährlich, wie sie ausschauten, könnte er fertig werden. Aber dieser alte Knacker U Tun Pe, der in fast sechzigjährigem Alter sogar sein Vater sein könnte, kam oft ausgerechnet in der Zeit zu Besuch, wenn er noch in der Schule unterrichtete und nur zwei Mädchen zu Hause waren. Seit dem Ableben der Mutter war der Vater oft längere Zeit unterwegs im Norden Burmas, um seinen Geschäften mit dem Jadehandel intensiver nachzugehen, sodass sich meist nur die zwei Mädchen am Tag zu Hause aufhielten. Dieser Kerl brachte manchmal Geschenke, wie z. B. schöne Stoffe, die man selten kaufen konnte. Ma Khin Htay verhielt sich etwas distanzierter, aber Ma Lay ließ beim Blick der Geschenke ihrer kindlichen Freude freien Lauf. Dabei war dieser U Tun Pe der Ehemann der älteren Schwester Ma Khin Kyi, also der Schwager von Thu Maw und Ma Khin Htay.

Die ältere Schwester Ma Khin Kyi lebte seit zehn Jahren mit ihrer Familie in Insein, etwa zehn Kilometer nördlich von Thamein. Als sich Ma Khin Kyi im Jahre 1949 im Alter von zwanzig der politischen Untergrundbewegung anschloss, die, von den Kommunisten angezettelt, zum bewaffneten Kampf gegen die junge demokratische Regierung Burmas aufrief, welche gerade erst von der britischen Kolonialmacht die Unabhängigkeit im Januar 1948 erlangt hatte, war Thaung Htin gerade acht Jahre alt und Thu Maw gerade vier und die Jüngste Ma Khin Htay war noch nicht geboren. Damals, nachdem Bojoke Aung San, der Nationalheld der Unahängigkeitsbewegung und seine sieben Minister im Jahre 1947 einem Attentat durch die Reaktionären zum Opfer fielen, war die politische Situation in Burma sehr instabil, und besonders die burmesische kommunistische Partei erhielt regen Zulauf von jungen Aktivisten. Als Partisan hatte Ma Khin Kyi neun Jahre lang im Untergrund verbracht, sie hatte ihren Mann dort kennengelernt und geheiratet und zwei Kinder zur Welt gebracht, bis sie und ihr Mann im Jahre 1958 in die Gefangenschaft gerieten. Sie beide wurden angeklagt und im Schnellverfahren zu langjährigem Gefängnis verurteilt. Sie saß drei Jahre im Gefängnis und ihr Mann fünf Jahre. Nachdem ihr Mann im Jahre 1964 aus dem Gefängnis entlassen wurde, hatten sie sich in Insein niedergelassen. Weil er Politbüromitglied der kommunistischen Partei Burmas gewesen war, bot die im März 1962 durch einen Staatsstreich zur Macht gekommene Militärregierung ihm eine gut dotierte Direktorenstelle in einer staatlichen Handelsgesellschaft an, die er angenommen hatte. Alle ehemaligen Kommunisten, die in der Parteihierarchie zur hohen Schicht gehörten und die Waffen niederlegt und sich dem Militär ergeben hatten oder nach langer Gefangenschaft das Zuchthaus verließen, wurden sofort danach von dem Militär sanft integriert, was schon eine gängige Praxis war, welcher sich die Militärmachthaber gerne bedienten. Mit diesem Schachzug erreichte die Militärregierung, dass die ehemaligen Kommunisten unter ihrer Kontrolle und Abhängigkeit standen und gleichzeitig politisch nach außen hin der Eindruck vermittelt werden konnte, dass sogar die Kommunisten ihren sozialistischen Kurs unterstützten und tatkräftig mitarbeiteten. Für die ehemaligen Kommunisten war dies ebenfalls willkommen, weil ihr Lebensunterhalt dadurch gesichert wurde.

Als U Tun Pe im Hause des Schwiegervaters im Oktober 1973 in Thamein dem achtzehnjährigen Fräulein Ma Lay zum ersten Mal begegnete, war er berauscht von der jugendlich frischen Schönheit und Anmut des Mädchens. Nicht weniger als dreimal älter war er als sie und hätte schon ihr Großvater sein können, das aber hinderte ihn in keiner Weise, voller Begierde seine Augen immer wieder um sie schweifen zu lassen. Seine Leidenschaft, die er für sie empfand und die mehr an Wollust grenzte als an wahrer Zuneigung, war unversehens zur unbezähmbaren Obsession geworden. Mit seinem aufdringlich verzehrenden Blick, der jeglichen Anstand vermissen ließ, durchbohrte er sie. Er war nicht imstande, seinen in Begierde erstarrten Blick von ihr abzuwenden, der sich von ihrem gewölbten Busen, entlang der Taille nach der runden Hüfte auf und ab bewegte. Nicht nur Ma Lay, sondern auch allen anderen Anwesenden war es schwerlich entgangen, dass U Tun Pe an dem Tag etwas benommen schien und sein Blick unheimlich und fast krankhaft wirkte. Im Leben hatte er sich schon mit vielen hübschen Frauen vergnügt, aber ja, die waren alle entgeltlich gewesen. Aber dieses Mädchen glich einer zarten Blütenknospe, die gerade im Begriff war, aufzublühen. Er wollte unbedingt der Erste sein, der die aufblühende Blume berührt und ihren Duft einatmet und in Besitz nimmt, auf welchem Wege dies erreichbar sei, war ihm belanglos. Vom ersten Blick an hatte er sich fest entschlossen, zur Erreichung seines Zieles jedes erdenkliche Mittel zu benutzen. In den nächsten Tagen und Nächten war er in Gedanken nur noch damit vollauf beschäftigt, wie sie auf schnellem Wege in seinen Besitz gebracht werden könnte. Zuerst muss ich ihr Vertrauen gewinnen, das ist das Allerwichtigste, analysierte er genau und heckte einen Plan aus, sein Ziel eines Tages unfehlbar zu erreichen.

An einem Nachmittag besuchte er die beiden Mädchen, als ihr Bruder Thu Maw sich noch in der Schule aufhielt, mit der scheinheiligen Begründung, dass er wegen einer Besprechung gerade zufällig mit dem Auto in der Nähe unterwegs gewesen sei und deswegen die Gelegenheit hier genutzt, vorbei zu schauen. Dabei legte er einen schönen Batikstoff für Damenbekleidung auf den Tisch, den er zuvor auf dem Schwarzmarkt wohlüberlegt allein für diesen Zweck käuflich erworben hatte, um die Neugier von Ma Lay anzuregen und um damit auch ein Interesse an ihm und eine langsame Zuneigung für ihn zu erwecken. Die Wirkung, die er erzielen wollte, wurde nicht verfehlt. Ma Lay war hocherfreut und sehr nett zu ihm, obwohl Ma Khin Htay als reifere Person, wohl ahnend, was sich hinter den Geschenken verstecken könnte, ihren verwunderten und skeptischen Eindruck nicht verbergen konnte, so weit sie auch versuchen mochte, sich aus Höflichkeit nach außen hin dezenter zu verhalten. Er wiederholte zweimal den beabsichtigten Besuch mit dem gleichen Muster. Er kam jedes Mal im Dienstwagen, ihm stand ein Dienstwagen mit Fahrer zur Verfügung, weil er als Mitglied des Direktoriums in der Handelsgesellschaft angestellt war. Dem Fahrer seines Dienstwagens Ko Hla Tu kam es auch jedes Mal seltsam vor, da dieser ihn an der Thamein-Kreuzung absetzen und warten musste, bis er zurückkam. Eines Tages enthüllte er seinem Fahrer sein geheimes Vorhaben, weil er unbedingt einen Verbündeten brauchte, der ihm bedingungslos ergeben war:

„Ich liebe ein junges Fräulein, sie liebt mich auch. Sie kennen doch Ma Lay, die Enkelin des Großvaters U Waing aus Thamein?"
Der Fahrer nickte, da er ein paar Mal ihn und seine Frau zu dem Haus des Schwiegervaters hinfahren musste und dabei das hübsche Fräulein einmal gesehen hatte. U Tun Pe setzte fort:
„Ich habe mich entschlossen, sie zu entführen, sie hat mich auch darum gebeten, weil es keine andere Möglichkeit gibt. Ich werde sie heiraten und als zweite Frau behalten. Wenn meine jetzige Frau Theater macht, schmeiße ich sie aus meinem Haus."

An einem Nachmittag im November warteten der Fahrer und sein Dienstherr U Tun Pe in ihrem Auto, einem roten Mazda-Pkw, an der Thamein-Kreuzung. Er hatte vorher mit List und Tricks in Erfahrung gebracht, dass Ma Lay an diesem Nachmittag alleine in die Stadt fahren würde, um dort die Verwandten wie gewohnt zu besuchen. Er hatte seinen Fahrer darauf eingestimmt, dass das Mädchen willig mit ihm mitkommen würde. Wenn das Mädchen ins Auto einstieg, sollte er so schnell wie möglich losfahren nach Mingladon, dort hätte er schon ein kleines Haus gemietet, um dort ungestört seine schönsten Tage mit seiner Geliebten verbringen zu können. Danach sollte der Fahrer seine Frau Ma Khin Kyi am Abend anrufen und sagen, dass er dringend nach Mandalay eine Dienstreise machen müsste und in einer Woche zurückkäme; die Dienststelle würde er selber anrufen und sagen, dass er krank sei und einige Tage fehlen würde.

Sie warteten nun seit der Mittagszeit auf Ma Lay. Die sengende Sonne brannte unbarmherzig und drang durch die Lücken zwischen den dichten Blättern des großen Regenbaums bis auf die geteerte Straße. Obwohl die Sonne ihre Wirkung in den Wintermonaten von Oktober bis Januar in Burma ein wenig zu mäßigen schien, war die tropische Hitze doch für jeden deutlich zu spüren. Die Thamein-Kreuzung war sehr geschäftig, mehrere kleine Läden und Garküchen reihten sich nebeneinander auf der östlichen Seite, und kleine Tabakläden und Straßenhändler postierten sich neben der Bushaltestelle auf der westlichen Seite. Die Fahrradrikschas warteten im Schatten des großen Regenbaums auf Passagiere. Die Busse, voll beladen mit Passagieren, pendelten fleißig und oft über diese Kreuzung in Richtung Rangun oder Insein oder Mingladon. Vom Auto aus sahen sie schon Ma Lay von der U-Bahan-Straße kommen, schlendernd und ahnungslos, was sie an diesem Nachmittag erwartete. Als sie sich der Thamein-Kreuzung näherte, stieg U Tun Pe aus dem Auto, ließ die Autotür offen und begrüßte sie mit überschwänglicher Freude:

„Ha, Ma Lay, das ist aber ein Zufall, dass ich dich hier treffe. Wo willst du hin?"

„Ich wollte nach Rangun, Verwandte zu besuchen", erwiderte sie freundlich.

„Ja, das trifft sich gut, ich wollte auch gerade nach Rangun in die Stadt fahren. Ich kann dich mit dem Auto mitnehmen, steig ein", sagte er mit einem überaus freundlichen honigsüßen Gesicht.

Ma Lay zögerte, da es ihr aufgefallen war, dass der rote Mazda-Pkw, aus dem U Tun Pe ausstieg, allem Anschein nach seit längerer Zeit an der Kreuzung stand, da sie dieses rote Auto schon aus der Entfernung gesehen hatte, als sie von der U-Bahan-Straße in die Bahn Straße in Richtung Thamein-Kreuzung abbog. Es kam ihr seltsam vor, dass ausgerechnet U Tun Pe, der ihr jedes Mal unheimlich begierige Blicke zuwarf, aus diesem Auto ausstieg und sie ins Auto einlud. Nein, da schien etwas nicht zu stimmen, flüsterte ihr eine wachsame innere Stimme zu. Sie erinnerte sich an die warnenden Worte Ma Khin Htays: „Pass auf, dieser U Tun Pe schaut dich jedes Mal komisch an."

„Nein, danke, ich fahre lieber mit dem Bus", lehnte sie mit dem freundlichen Lächeln ab.

„Wieso denn, ich fahre sowieso nach Rangun, ich kann dir ein bisschen Gesellschaft leisten, komm steig ein", appellierte er an sie mit einer gewissen aufdringlichen Stimme.

„Nein, danke noch mal, also vielen Dank", bekundete sie unbeirrt ihre Entscheidung und war gerade im Begriff, sich von ihm abzuwenden in Richtung Bushaltestelle. Da er nun unverhofft seine Felle fortschwimmen sah, fasste er sie kräftig am Arm und zerrte sie zu seinem Auto, während er sie gleichzeitig flehentlich bat:

„Komm doch Ma Lay, wir fahren zusammen." Ma Lay riss plötzlich ihren Arm mit einem kräftigen Ruck aus seiner Umklammerung, tiefe Schamröte stieg ihr ins Gesicht, sie verzog das Gesicht zu einer Grimasse und schrie entsetzt mit wutentbrannter Stimme:

„Ich habe Ihnen gesagt, dass ich mit dem Bus fahre. Lassen Sie mich endlich in Ruhe."

Danach eilte sie schnell zum Bus, ohne sich umzudrehen, als einige Passanten sie und den alten Mann, der so alt wie ihr Großvater sein könnte, mit neugierigen Augen anstarrten.

Thu Maw hatte sich fest vorgenommen, U Tun Pe zur Rede zu stellen und ihm alles ins Gesicht zu sagen, wie er ihn abscheulich, gemein und niederträchtig fände, seit diesem ungeheuerlichen Vorfall. Träfe er diesen Kerl jetzt zufällig auf der Straße, könnte er ihm sofort den Hals umdrehen, ohne mit der Wimper zu zucken. Er musste sich zwingen, seine rasende Wut so weit wie möglich in Schach zu halten. An einem Abend traf er zufällig Ko Hla Tu, den Fahrer von U Tun Pes Dienstwagen, an der Kamayut-Kreuzung, als er vom Bus ausstieg und im Begriff war, einen Buchladen zu betreten. Thu Maw kannte ihn vorher und schätzte ihn besonders als einen ehrlichen ruhigen Menschen. Er fragte Ko Hla Tu ganz vertraulich und ungezwungen, was sich zwischen U Tun Pe und Ma Lay zugetragen hatte.

„Sagen Sie U Tun Pe nicht, dass ich Ihnen das anvertraut habe. Er wollte Ma Lay entführen, er sagte mir, dass Ma Lay einverstanden sei. Er liebte sie, sie ebenfalls ihn. Was ich aber auf der Straße gesehen hatte, so schien das Mädchen gar nichts davon zu wissen, und sie war gar nicht gewillt, mit ihm mitzukommen. Ma Lay ist so jung wie meine eigene Tochter, ich hatte selber ein schlechtes Gewissen, irgendwie in den Fall verwickelt gewesen zu sein."

Ko Hla Tu machte Pause, um tief Luft zu holen, die Sorgenfalten waren auf seinem ehrlichen Gesicht deutlich zu vernehmen. Thu Maw lauschte gespannt, ohne ihn mit einer Zwischenfrage anzuhalten.

„U Tun Pe hat sogar extra ein Haus in Mingladon gemietet, um nach der erfolgreichen Entführung mit Ma Lay dort ein paar Tage zu verbringen. Ich war ehrlich froh, dass sie seine Pläne durchkreuzt hatte. Wenn sie vertrauensselig ins Auto eingestiegen wäre, hätte er sie irgendwie gezwungen oder den Mund zugestopft und ich hätte losfahren müssen, es wäre ja so schrecklich gewesen."

Ko Hla Tu wischte die Schweißperlen auf seiner Stirn und schaute verlegen in die Weite, als wäre er zum Glück an einer Katastrophe vorbeigeschrammt.

„Ich danke Ihnen, dass Sie mir alles offen sagen, sonst hätte ich die wahren Hintergründe gar nicht gewusst", dankte Thu Maw ihm herzlich.

„Ich kann ihnen das alles erzählen, weil ich gar nicht von U Tun Pe angestellt war, sondern vom Handelsministerium. Wenn ich das auspacke, wird das nur ein großer Skandal für ihn, deswegen wird er mir gar nichts antun. Außerdem habe ich in Ma Lay mein eigenes Töchterchen gesehen, das erschütterte mich besonders."

Das Gesicht des Fahrers Ko Hla Tu schien immer noch blass zu sein, wenn er daran denken musste.

Nach dem gescheiterten Unternehmen überlegte U Tun Pe, ob er sich für eine Zeit lang in dem Haus in Thamein besser nicht blicken lassen sollte. Er kam jedoch zu der Ansicht, dass er sich aus taktischen Gründen so unauffällig wie möglich ganz normal weiterhin verhalten sollte. Damit würde sogar Ma Lay einsehen, dass er sie nicht so leicht aufgegeben habe und wie unerschütterlich und beständig seine Liebe zu ihr sei. Er suchte für den wichtigen Besuch den Tag und die Zeit aus, wann Thu Maw nicht zu Hause sein sollte. An dem Tag betrat er mit frechem Gesicht das Haus in Thamein und rief mit gedämpfter Stimme, die freundlich doch etwas vorsichtig klang:

„Hallo, wo seid Ihr denn junge Fräulein?"

Diesmal kam Thu Maw anstatt der jungen Damen aus dem Hinterzimmer. Was er alles von dem zornigen jungen Mann zu hören bekam! Er hätte eine Entführung von Ma Lay geplant, und sei ein verlogener, unanständiger, skrupelloser Mensch, und.. und. und. U Tun Pe hatte immer gelächelt und höflich abgestritten, was der junge Mann ihm unterstellt hatte. Mit solcher Art Beschuldigung konnte er eiskalt fertig werden, schließlich waren ihm die Ansichten anderer Menschen keinen Pfifferling wert, wie dieser oder jener auch über ihn urteilte. Für ihn zählte allein die Befriedigung seiner Wünsche, dafür würde er geduldig warten, bis die Gunst der Stunde für ihn schlug.

Die Nachricht über sein seltsames Unternehmen erreichte schließlich doch mit einer gewissen Zeitverzögerung seine Frau. Die Frau wagte zwar nicht, sich offen zu beschweren, aber sie verhielt sich auffällig und sehr missfallend ihm gegenüber. Diese Reaktion von seiner Frau hatte er vorausgeahnt. Daraufhin unterstellte er ihr ganz kalt und berechnend, was er im Voraus akribisch überlegt und geplant hatte, dass sie ein Verhältnis mit ihrem jungen Cousin Tin Soe hätte, der zu dieser Zeit in ihrem Hause lebte und in einem Büro als Angestellter beschäftigt war. Für ihn galt einfach die Devise, dass der Angriff die beste Verteidigung sei. Damit wollte er sie mundtot machen, obwohl seine Beschuldigung von Anfang an verlogen und niederträchtig war, aber was machte das schon, für ihn war allein die Wirkung auf seine Frau wichtig. Wie er wohlüberlegt voraus gerechnet hatte, hatten seine strategisch ausgewählten Worte sie wie knallharte Schläge getroffen, sie war schließlich fast bis zur Besinnungslosigkeit niedergeschlagen. Die Frau weinte bitterlich, es schmerzte sie bis in die innerste Seele. Sie hatte ihn abgöttisch verehrt und geliebt. Als sie ihm als Partisan beim gemeinsamen Kampf gegen die Regierung ungefähr im Jahre 1950 zum ersten Mal im Dschungel im Westen Burmas, wo die kommunistischen Aufständischen ihr Hauptquartier aufgeschlagen hatten, begegnete, lehrte er als Dozent die jungen Kommunisten marxistische Philosophie und Dialektik. Er gehörte zum Politbüro der Partei und für Agitation und die Ausbildung der jungen Kader zuständig. Sie hatte bei ihm als Schülerin gelernt, was Sozialismus bedeutete, wie dieses System aufgebaut war. Er wurde geachtet und verehrt von Jung und Alt zugleich. So weit sie sich seiner erinnern konnte, war er immer gerecht, höflich, ehrlich und weltoffen. Vom ersten Blick an war sie so verliebt in ihn, der wesentlich älter war als sie. All die Jahre, die sie mit ihm verbrachte, war sie glücklich und stolz auf ihn und auf sich selbst, und dass sie wichtige politische Lebensaufgaben im Leben gemeinsam erfüllen konnten. Wer hatte denn ein solches Glück in der Familie überhaupt? Sie dachte oft an die Begegnung mit ihm, und sie war jedes Mal überglücklich. Nun, was ist dann aus diesem Mann geworden, dem ihre Verehrung und innige Liebe gehörte? Dass die Ehe ein freiwilliger gesellschaftlicher Vertrag zwischen den Ehepartnern bedeutete, und deswegen einander nie Zwang auferlegt werden sollte, war ihr bekannt. Es war ihr auch nicht neu und ganz natürlich und selbstverständlich, dass manche der Begierde oft unterlegen waren, außerhalb der Ehe diese oder jene Freude zu suchen. Dafür war sie stets in der Lage, für ihn Verständnis aufzubringen. Aber dieser Fall mit Ma Lay grenzte fast an Obszönität und Wahnsinn; was noch hinzukam, war, dass er sie aus reinem Kalkül einfach beschuldigte, mit jemandem ein liederliches Verhältnis zu haben, das war eine kaum zu überbietende Gemeinheit, die sie im Leben nie verdauen würde. Wenn er die Courage hätte, zuzugeben, was er getan hatte, dann würde sie ihm leicht verzeihen können. Doch statt der männlichen Courage schüttete er den Dreck auf den anderen Unschuldigen, um seinen eigenen Schandfleck verdecken zu können. Sie wusste nicht und hatte sich nie je vorgestellt, dass er so gemein, feige und unehrlich sein könnte, das machte sie zutiefst traurig.

Thu Maw fühlte sich ein wenig erleichtert, dass er endlich die Scheinheiligkeit dieses abscheulichen Kerls hatte entlarven können, aber Ruhe fand er doch nicht in seiner Seele, weil es ihm durchaus bewusst war, dass ein solch skrupelloser Mensch nie seine Ziele so leicht aufgab. Wie sollte er dann Ma Lay schützen vor dem Angriff dieses listigen grauen Wolfes, der jederzeit und an jedem Ort seine Angriffe wiederholen könnte. Ma Lay war erwachsen und vernünftig genug, dass sie imstande war, den Gefahren auszuweichen. Bis jetzt war alles gut gegangen, aber wer weiß, was in Zukunft noch auf sie zukommen könnte, wenn er daran dachte, fand er kaum noch ruhigen Schlaf.

Heute war er eher von der Schule zurückgekommen, Ma Khin Htay war zum Markt einkaufen gegangen, er war zu Hause allein mit Ma Lay zusammen. Am Tisch korrigierte er die Hausaufgaben der zehnten Klasse, während Ma Lay einen Pullover aus Wolle strickte. Es war schon Anfang Dezember, der Winter war eingezogen, an manchem Morgen herrschte dichter Nebel, der aber am Vormittag schon von der unbarmherzigen Sonne gnadenlos vertrieben wurde. Heute Morgen hob sich wiederum der undurchdringlicher Nebel. Auf dem Wellblechdach des Hauses und an den Blättern der Bäume hatte sich der Nebel als Tau niedergelassen. Seit den turbulenten Ereignissen um Ma Lay herrschte unbewusst eine gespannte Atmosphäre zwischen ihm und Ma Lay, er konnte das nicht erklären, warum das so war, aber er fühlte es; sie empfand ebenfalls, nicht minder als er, eine Art undefinierbare Spannung, wenn sich ihre Blicke zufällig beggneten. Er machte Pause bei der Durchsicht der Schularbeiten und streifte Ma Lay, die am anderen Ende des Tisches mit Strickarbeiten fleißig beschäftigt war, mit einem flüchtigen Blick, der von fürsorglicher und zugleich begehrlicher Natur war, obwohl er die Begehrlichkeit lieber leugnen würde, als wahrheitsgetreu einzugestehen.

„Ma Lay, ich mache mir Sorgen um dich", sagte er.

„Was haben Sie gesagt, Onkel? Ich kann nicht so deutlich hören", sagte sie und kam näher zu ihm und saß dicht neben ihm, um ihn akustisch besser wahrnehmen zu können. Obwohl Ma Lay für Thaung Htin und Thu Maw verwandtschaftlich eine Nichte zweiten Grades war, hatte sie sich daran gewöhnt, Thaung Htin mit „Großer Bruder" und Thu Maw mit „Onkel" anzureden.

„Ich habe gesagt, dass ich mir um dich Sorgen mache", er wiederholte denselben Satz.

„Wieso machen Sie sich Sorgen um mich, ich kann doch auf mich selber aufpassen", entgegnete sie ihm sanft.

„Ja, ich weiß, dass du auf dich selber aufpassen kannst, aber trotzdem mach ich mir Sorgen", betonte er noch mal ganz energisch, während er tief in ihre Augen schaute, um seinen Worten ein wenig Ernsthaftigkeit zu verleihen; dabei spürte er seltsamerweise eine gewisse Nervosität durch die Nähe ihres reizenden Körpers; dieses Gefühl der nervösen Benommenheit vor einer Frau hatte ihn noch nie bis dahin in seinem Leben ergriffen. Sie schaute ihn verlegen an und fragte ihn mit einer gewissen Neugier noch mal:

„Wieso machen Sie sich denn so viel Sorgen um mich?"

„Ich mache mir Sorgen um dich, weil ich..weil ich ...", seine Worte versagten, als ob ihm der Mund zugenäht worden wäre; anstatt der Worte, umschlangen seine starken Arme ihren zierlichen Körper, seine heißen Lippen drückten sich auf ihre. Seine seit Monaten aufgestaute Leidenschaft und seine innigen Gefühle für sie brachen aus wie ein riesiger Vulkan, der auf einmal unhaltbar explodierte. Plötzlich wurde ihr ganzer Körper heiß, zitterte vor taumelnden, unkontrollierbaren Emotionen und vereinigte sich mit dem Seinigem. Nicht im Geringsten hatte sie von Anfang an versucht, ihn abzuwehren, sie fügte sich mit Wohlwollen seinen Wünschen, die auch ihre waren.

„Eines Tages erzählte Ma Lay mir, was mit ihr und Ako Thu Maw geschehen war, von da an machte ich mir Sorgen, was das alles werden sollte. Papa war auch nicht zu Hause, ich hatte niemanden, dem ich es hätte mitteilen und dem ich um Rat hätte bitten können", erzählte Ma Khin Htay ihrem großen Bruder Thaung Htin. „Wenn ich nicht mehr wusste, wohin ich gehen sollte und an wen ich mich wenden sollte, erschien mir jedes Mal unsere Mama; ihre einfühlsamen Augen schauten mich an, ich schmiegte meine feuchten Wangen an ihre, sie gewährte mir immer Schutz, Wärme und Zuflucht, wann ich es brauchte. Das Einzige, was sie nicht tat, war Sprechen. Wenn ich sie um irgendeinen Rat fragte, schaute sie mich traurig an, aber es kam kein Wort aus ihrem Mund. Vielleicht weil sie schon verstorben war, deswegen konnte sie gar nicht sprechen? Dann merkte ich erst wieder richtig, dass Mama wirklich nicht mehr lebte."

Die Tränen stürzten ihr aus den Augen.

„Komm Schwesterchen, nicht weinen, unsere Mama wird auch nicht glücklich, wenn sie dich weinen sieht", tröstete Thaung Htin.

„Einmal war ich in Thamein an den Bahnschienen entlang spazieren gegangen, die Sorge um Ma Lay begleitete mich überall, wohin ich ging; ich überlegte und überlegte, wusste überhaupt nicht, wo ein Ausweg sein sollte. Ich war so tief in meinen Gedanken versunken und habe gar nicht gemerkt, dass ein Zug hinter mir aus Rangun herbeiraste. Plötzlich spürte ich einen Schlag mit einem harten Gegenstand auf der rechten Seite des Kopfes, dann war ich weg. Als ich nach ein paar Stunden zu mir kam, hatte ich so unerträgliche Kopfschmerzen, mein Kopf war umhüllt von einem weißen Stoffverband, ich sah undeutlich die Gesichter von Papa, Ma Lay und Ako Thu Maw. Ich musste irgendwie vom fahrenden Zug am Kopf, an der rechten Seite, erfasst worden sein, als ich neben den Bahnschienen gegangen war, zum Glück war ich nicht auf den Bahngleisen gewesen, sonst wäre ich sofort tot gewesen. Im Krankenhaus war ich meistens erschöft, das Sprechen fiel mir so schwer, schlief die ganze Zeit, dann träume ich wieder von Mama. Ich saß auf einer Schaukel, Mama schob mich von hinten ein bisschen, bis die Schaukel hin und her schwang. Ich lachte laut vor Freude, wenn ich bei jedem Schwingen an Mama vorbeisauste. Mama lächelte mir zu. Als es zu Ende war, sagte ich Mama, dass ich bei ihr für immer bleiben möchte, aber sie schüttelte nur den Kopf, ohne ein Wort zu sagen. Dann wachte ich wieder von meinen langen Träumen auf, hinterher war ich genau so traurig wie vorher."

Sie schien in ihrem Denken und Fühlen viel mehr bei der verstorbenen Mutter jenseits zu sein als diesseits. Thaung Htin streichelte zart den Kopf seiner Schwester, ohne ihre Rede zu unterbrechen.

„Ich war fast einen Monat im Krankenhaus. Einen Monat nach meiner Entlassung aus dem Krankenhaus heirateten Ako Thu Maw und Ma Lay. Die Verwandten und ein paar Gäste haben wir zur Hochzeitsfeier zu Hause eingeladen und ein großes Essen gemacht, zusammen geschmaust und viel gelacht. Aus Höflichkeit hatte Ako Thu Maw sogar U Tun Pe auch eingeladen, damit künftig zwischen allen eine normale Beziehung wieder hergestellt sein sollte. Ich war seit Monaten zum ersten Mal so richtig glücklich über das gute Ende für Ma Lay und endlich war Frieden in unserer Familie. Aber leider, die Ehe zwischen Ma Lay und Ako Thu Maw funktionierte nicht so, wie es sein sollte. Ako Thu Maw verhielt sich zu Ma Lay so, als ob zwischen ihnen nichts gewesen wäre, Ma Lay hat das am Anfang als komisch empfunden, nach und nach darunter gelitten, und nun nach über einem halben Jahr ist sie schon sehr unglücklich."

Die Silhouette einer Familie (2. Teil)

Wie lange ist denn eine emotionale Zuneigung, die nur aus purer Eifersucht geboren war, überlebensfähig? Wahrlich glich sie in der Natur einem Vulkan, der innen aufgestaute heiße Lava in einem gewaltigen Ausbruch mit einem Male hinaus stieß und danach auf einen Schlag seine Eruption beendete, um friedlich für immer und ewig in Ruhe zu schlummern, als hätte es nie etwas anderes vorher gegeben als diese absolute Stille. Für jemanden, der dieses seltene Ereignis am eigenen Leibe nicht miterlebt hatte, würde es fast unvorstellbar vorkommen, dass dieser nun vor den eigenen Augen vollkommen friedlich erscheinende Vulkan tatsächlich vor Kurzem noch brodelndes Feuer gespien hatte. Aber für diejenigen, die bei der Geburt des nimmer endenden glühenden Lavastroms und des explodierenden Feuerscheins als Augenzeuge dabei gewesen waren, würde es fast unglaubhaft erscheinen, wie jener Feuer speiende Berg so auf einmal seine zornigen Aktivitäten abrupt einstellen konnte. Nein, nein, das kann nicht sein, dachte Ma Lay jedes Mal, wenn sie in der endlosen Grübelei über ihn versank. War das denn wirklich eine Schimäre, die sie noch vor Kurzem als himmlisches Paradies empfunden hatte?

Er war so zärtlich zu ihr und stets besorgt um sie, und die Leidenschaft, mit der er sie in den siebten Himmel gehoben hatte, war echt, wirklich echt. Daran hegte sie in keiner Weise Zweifel. Nun, was ist denn aus ihm geworden? Seine einst lebendigen Augen schienen nun die Farbe und den Glanz vollkommen verloren zu haben. Wenn seine und ihre Blicke sich zufällig trafen, wich er ihr meist mit seinen leblosen Augen absichtlich aus oder benahm sich so, als ob er sie übersehen hätte.

Warum denn? Was habe ich denn verbrochen, dass er mich auf einmal so behandelt, als sei ich einfach Luft. Am Anfang dachte ich mir, dass er mit mir scherzte, dann wunderte ich mich darüber, dass er es mit dem Scherzchen übertrieb, und nun muss ich einfach hinnehmen, dass es doch kein Späßchen, sondern eine grausame Realität war. Einmal habe ich ihn beim Eingang absichtlich mit voller Wucht gerammt, damit er wisse, dass ich noch lebe. Aber er hatte nur gelächelt und kein Wort gesagt. Scheinbar wollte er mir nicht Mal ein freundliches Wort gönnen. Ich bin nicht der Typ von Menschen, der an jemandem herumnörgelt, obwohl ich manchmal am liebsten große Lust hätte, ihn sogar mit eigenen Händen auseinander zu zerren. Aber das werde ich auch nie tun, selbst wenn ich dies auch könnte, ich ziehe mich lieber zurück in meine eigene Ecke und bete zu Gott, dass er endlich wach gerüttelt werde und zu mir zurück findet. Schließlich liebe ich ihn, ich gehöre ihm, ich wünsche nur, dass er auch mir gehört. Wir gelten zwar seit vier Monaten als verheiratet, aber es gibt leider zwischen mir und ihm nichts Gemeinsames als Ehepaar, z. B. miteinander zärtlich reden und in die Augen schauen. Ich habe so oft versucht und versuche es immer noch, in seine Augen zu schauen und durch diese und jene Art mit ihm ins Gespräch zu kommen. Seine gelegentlichen Antworten waren immer unpersönlich, es kommt mir meist vor, als ob ich gegen eine Wand rede, die Antwort war stumm und leblos. Aber trotzdem habe ich noch nie einen Mann so geliebt, wie ihn. Solch eine intime Beziehung mit einem Mann habe ich zum ersten Mal im Leben erlebt - zwar mit ihm und nur mit ihm. Ich träume so oft davon, dass er mich wieder so leidenschaftlich umarmt, wie damals, ja wie damals. Viele Tage und Nächte habe ich mich danach gesehnt, seinen lieblichen Blick noch mal zu sehen, seinen zärtlichen Kuss zu empfangen und seine hinreißende Glut hautnah zu spüren, die mich bis fast zum Wahnsinn treibt. Oh mein Gott, wie lange soll ich noch darauf warten? Obwohl wir unter dem gleichen Dach tagtäglich leben, empfinde ich nicht, dass er mir so nah ist. Ich erlebe es jeden Tag, dass er mit seinen Gedanken so weit weg von mir ist. Das wollte ich zuerst nicht wahrhaben. Aber leider mit den Tagen und Nächten wird mein Glaube daran immer schwächer, dass irgendwann die düsteren Nächte zu Ende sein werden, und nun wird meine Hoffnung immer aussichtsloser. Ich habe keine Kraft mehr, noch an dem Glauben auf ein gutes Ende festzuhalten. Was soll ich machen? Sage doch, wie lange ich das noch ertragen soll?

Sie war von unsäglichem Leiden verzehrt, wobei sie sich aber schämte, dies offen nach außen sichtbar werden zu lassen, und daher ständig bemüht, dies mit einem gleichgültigen Lächeln zu verdecken. Jedoch brach das wahre Ausmaß der verheimlichten Tragödie gerade in der Nacht aus, wenn diese ihres verstellten Angesichts nicht mehr bedurfte; die Augen schwammen unaufhörlich in Tränen; das Schluchzen, wenn es auch leise klang, drängte sich allmählich in die Finsternis. Ma Khin Htay hatte instinktiv den leisen Hilferuf wahrgenommen und jedes Mal sie tröstend in die Arme geschlossen.

Von dem Tag an, als sein Verstand, den er sich die ganzen Jahre stets klar und besonnen bewahrt zu haben glaubte, jedoch durch die unbezähmbare brennende Leidenschaft einmal besiegt wurde, geriet er oft in Zweifel, ob es überhaupt richtig gewesen war, dass er sich in der Hitze unkontrollierbarer Gefühlsausbrüche mit ihr einmal eingelassen hatte. Einst war er in der Gefangenschaft seiner zügellosen Eifersucht gegenüber jedem, der um die Gunst Ma Lays buhlte. Kann eine echte emotionale Beziehung zwischen Mann und Frau denn auf dem Boden, der in Wahrheit nur mit Eifersucht gedüngt wurde, dauerhaft gedeihen? Die Eifersucht ist der persönliche Anspruch auf etwas als Eigentum, was nie als privates Besitztum betrachtet werden darf, gewöhnlich tarnt sich jene Eifersucht gern im Gewand der wahren emotionalen Zuneigung. Ob es nur reine Eifersucht war, oder war das wirklich wahre Liebe, die er für sie damals empfand? Darüber hatte er sich nie vor jenem denkwürdigen Tag Gedanken gemacht. Umso mehr wurde er nun verdammt, mit der gnadenlosen Folge fertig zu werden, die unhaltbar ihren eigenen schicksalhaften Lauf genommen hatte. Mehrmals hatte er sich gefragt: Habe ich sie gern gehabt? Diese Frage wurde von ihm mit gutem Gewissen bejaht, aber jede weitere Erkundigung diesbezüglich stieß auf eine undurchdringliche Mauer, deren Existenz ihm selbst in seiner innersten Seele nicht ganz bewusst gewesen war. Die Begierde mit leidenschaftlicher Zuneigung führt zum höchsten Gemütszustand innerer Befriedigung, der schon beim leisesten Gedanken daran immer wieder neu entflammt, wie eine unversiegbare Quelle des Glücks. Jedoch führt die Begierde ohne echte Zuneigung zum Abgrund der Leidenschaft, wo nur noch das finstere Gefühl des Abscheus und der inneren Leere herrscht. War das denn eine pure animalische Begierde, die ihn dazu getrieben hatte, einfach blind zu werden und die folgenschweren Konsequenzen so naiv zu übersehen? Nein, er wusste nicht, wie es geschehen konnte. Es gibt manchmal im Leben eines Menschen Momente, in denen etwas Unerklärliches, Unbegreifliches, geschieht, so etwa musste es gewesen sein, dachte er. Mit einer Frau für immer zusammen zu sein, das war etwas, das er sich noch nicht vorstellen konnte. Auch als er in der Studienzeit an der Universität mit einer Freundin sogar jahrelang zusammen gewesen war, konnte er sich mit dem Gedanken nicht ernsthaft anfreunden, mit dieser Frau eine Familie zu gründen und gemeinsam Kinder zu haben; dazu fühlte er sich noch zu jung und noch nicht berufen. Seine Verpflichtung gegenüber seinen Eltern hatte ihn in gewisser Hinsicht noch mehr erleichtert, das leidige Problem der persönlichen festen Bindung beliebig hinauszuschieben.

Nun hatte er die moralische Grenze überschritten, die im engen Geflecht der Familie der Burmesen stillschweigend als heilig galt. Um die Ehre des jungen Fräuleins Ma Lay nicht zu beschädigen und Spott und Schande über ihn und über sie zu vermeiden, hatte er sie geheiratet. Dass die Ehe, unter dem gesellschaftlichen Zwang zusammengezimmert, nur einen kurzen Atem haben würde, war von Anfang an klar vorauszusehen. Für Thu Maw schien das erzwungene Eheleben von Beginn an öde und beengt zu sein; er musste eben mit dem Leben fertig werden, dass ihm das Schicksal beschieden hatte. Thu Maw wusste nicht, wie es weiter gehen sollte; es überstieg doch sein Vorstellungsvermögen, über die Zukunft Gedanken zu machen.

Er überließ alles dem Schicksal und ließ sich treiben wie ein Blütenblatt auf der Wasseroberfläche in einem See, irgendwohin ziellos, nicht ahnend und nicht ahnen wollend, was am nächsten Tag mit ihm und mit ihr geschehen könnte.

Von Zeit zu Zeit pflegte Ma Lay an manchen Feiertagen ihre Verwandten in Rangun zu besuchen. Dort lebte Daw Soe Mu, die jüngere Schwester ihrer Mutter, mit ihrem Sohn Hla Nyint zusammen, der in einem staatlichen Büro angestellt war. Es war so ein Tag, als sie unterwegs in der Nähe vom Bojoke-Park in der Mitte der Stadt langsam vor sich hin schlenderte. Sie hatte sich angeschickt, aufs Geratewohl einen Weg einzuschlagen, wohin auch ihre zierlichen Füße sie gemächlich tragen mochten, sie richtete ihren Blick lustlos geradeaus, ohne etwas bewusst wahrzunehmen. Das große Rathausgebäude, verziert mit kunstvollen Fresken, getönt in leicht blauen Farben und errichtet nach der Unabhängigkeit im Stil der alten burmesischen klassischen Architektur, erhob sich schräg gegenüber dem Park, daneben in der Mitte der Straßenkreuzung auf der breiten Verkehrsinsel, die Suhle-Pagode, deren vergoldete Stupa in der Sonne strahlend glänzte. In der 1. Straße, die an der östlichen Seite des Bojoke-Parks entlang verlief und die Maha-Bandulah-Straße mit der Botataung Straße verband, säumten die im viktorianischen Stil errichteten Gebäude aus der britischen Kolonialzeit, darunter auch die Residenz des Obersten Gerichtshofs, wo jeder Bürger in der Zeit der demokratischen Regierung sein Recht einklagen konnte, das nun aber seit der Militärdiktatur zur Bedeutungslosigkeit degradiert worden war. Mitten im Park reckte sich eine über fünfzig Meter hohe, sternförmige, massive Marmorsäule, das Unabhängigkeitsdenkmal, in den Himmel. Vor jenem Denkmal stand majestätisch die Bronzestatue des Vaters der Unabhängigkeitsbewegung Burmas, des Bojoke Aung San, die rechte Hand leicht ausgestreckt und gepaart mit einem milden väterlichen Lächeln, auf einem einzinhalb Meter hohen Marmorsockel. Wenn man auf die Bronzestatue des Nationalhelden blickt, scheint es so, als ob Bojoke Aung San mit seinen scharfsinnigen Gedanken jeden Burmesen ständig mahne: Gib Acht auf die Freiheit und Gerechtigkeit für jedermann.

Die rosaroten nostalgischen Kletterrosen schmückten den Metallzaun des ehrwürdigen Parks, während die knallroten Geranien die Eingangsbogen zierten, an manchen Stellen schauten ausgewachsene Fuchsienstämme durch die Zaunstäbe nach außen, ihre zierlichen Blüten hingen wie zahlreiche leuchtende Laternen zwischen den grünen Blättern; dahinter standen einige meterhohe Engelstrompeten, die stolz ihre weißgelben großen Blüten wie hängende Glocken zur Schau trugen. Der sanfte berauschende

Duft der Trompetenblüten überschwemmte unaufhörlich die Umgebung. „Ja, es duftet unheimlich", sagte Ma Lay und atmete tief mit geschlossen Augen, um den erfrischenden Duft vollständig einzufangen. Es war ihr auch eine Art Abwechselung und neue Umgebung, da sie doch zu Hause innerlich in der latenten melancholischen Spannung zwischen der Hoffnung und Ohnmacht weilte, besonders in der Zeit, wenn sich Thu Maw zu Hause unter dem gleichen Dach aufhielt. Wenn der ältere Bruder Thaung Htin da war, herrschte immer noch eine aufgelockerte Stimmung. Ach, ich möchte den Tag so normal verbringen, unbekümmert und glücklich, dachte sie oft. Seit dem sie das Paradies auf Erden erlebt hatte, sehnte sie sich nur noch dahin zurückzukommen, wohin der Weg doch für sie unerklärlicherweise versperrt war. Die Erinnerung verklärte oft das Vergangene, und das Paradies, das nicht erreichbar war, könnte manchmal paradoxerweise wie eine Hölle erscheinen.

Als sie nun um die Ecke zur Ahnawyata Straße einbiegen wollte, stand er plötzlich vor ihr, wie eine Säule, die nicht so leicht übersehen werden konnte.
„Ma Lay, wie geht's Dir? Es ist eine Überraschung, dass ich dich überhaupt wieder sehe."
Es war Ko Kyi Aung, den sie zu vergessen versuchte. Er begrüßte sie herzlich aber doch etwas zurückhaltend, wie es auch immer seine Natur gewesen war. Ihm gegenüber spürte sie sogar ein schlechtes Gewissen. Seitdem die plötzliche Schicksalswendung mit Ko Thu Maw in ihr Leben eingetreten war, geriet ihre anfängliche Beziehung zum Ko Kyi Aung in Vergessenheit. In letzter Zeit tauchte sein Gesicht oft in ihren wirren Gedanken auf. Ma Lay war mit ihm eine Zeit lang gut befreundet. Irgendwann vor einem halben Jahr war sie in Begleitung von Ma Khin Htay zur Shwedagon Pagode gewesen und dabei hatte sie durch Zufall Ko Kyi Aung und seinen Freund Ko Aye Thein flüchtig kennengelernt. Die beiden arbeiteten als Angestellte in einem Versorgungsbüro für Armeeangehörige. Von da an las sie oft die Liebesbriefe von Ko Kyi Aung, die in regelmäßigen Abständen folgten. Ma Khin Htay erhielt ebenfalls einige zärtlich geschriebene Briefe von Ko Aye Thein. An der Pagode oder im Kandawgyi-Park trafen sich beide Pärchen an manchen Tagen und verbrachten gemeinsam fröhliche Stunden. Kyi Aung war vom ersten Tag an in Ma Lay Hals über Kopf verliebt, dass er wild entschlossen war, sie jederzeit zu heiraten, wenn sie wollte, unabhängig davon, was für Umstände und Hindernisse auch im Wege stehen mochten. Seine ganzen Gedanken und Sinne gehörten ihr; sein ganzes

Leben, seitdem er sie zum ersten Mal gesehen hatte, wurde nur noch auf sie gerichtet. Wenn ihn manchmal eine pessimistische Stimmung überfiel und ihn in Melancholie stürzte, malte er sich in Gedanken schwermütig aus, dass sie jemand anderen heirate als ihn, und er dann fast verrückt sein würde. Aber dann werde ich darauf so lange warten, bis sie wieder frei wird, aufgeben werde ich nicht, dachte er so und sprach sich selbst Mut zu.

Ihrerseits war die Beziehung zu ihm eher platonisch, ihre emotionale Zuneigung zu ihm war noch nicht so rasant fortgeschritten. Sie hatte nicht vor, sich in den jungen Jahren so schnell auf jemand festzulegen, sie möchte sich noch frei bewegen und von allen begehrt werden. Als Ko Kyi Aung eine Zeit lang von ihr keine Nachricht erhielt und eines Tages überraschend erfahren musste, dass Ma Lay ihren jungen Onkel Ko Thu Maw geheiratet hatte, traf ihn die Hiobsbotschaft wie ein Donnerschlag. Sein lang ersehnter Traum auf ein glückliches Leben mit seiner Liebsten war unversehens, ohne irgendein leisestes Vorzeichen, plötzlich zerstört, seine ganze Hoffnung war in Stücke zerrissen, sein Leben schien schon so zu Ende, bevor es überhaupt angefangen hatte. Um den unsagbaren Schmerz in seiner Seele ein wenig abzumildern, verbrachte er diesen schwarzen Tag mit einer Flasche Rum, die ihn besinnungslos werden ließ.

„Mir geht es nicht besonders gut", quälte sie sich, den augenblicklichen Zustand ihres Befindens ihm offen einzugestehen, „es tut mir leid, dass ich dir nicht vorher alles erklären konnte, und vor allem, wenn ich dir innerlich viel Kummer bereitet habe."

Sie sagte es ruhig mit fast leblosen Augen, hinblickend in die Ferne, als versuchte sie bewusst, seinen fragenden Augen auszuweichen.

„Das macht nichts", sagte er wohl wissend, dass ihre Anteilnahme an seinem Leiden wie eine Heilung für seine geschundene Seele wirkte. In dem Augenblick war diese Erkenntnis gar nicht so wichtig für ihn. Umso wichtiger war es ihm doch in diesem Augenblick, warum es ihr nicht gut ging, wie er ihr beistehen konnte. Er hatte auf Umwegen flüchtig gehört, dass sie doch in der Ehe nicht ganz glücklich sei.

„Komm, wir gehen in den Park, wir können uns dort im Schatten auf eine Bank setzen und uns ganz ruhig unterhalten", sagte er.

Er bemerkte, dass Ma Lay sehr verändert vorkam, und ihr einst fröhliches Gesicht war nun wie versteinert und unbeweglich, so etwas hatte er bei ihr bis dahin noch nie gesehen. Etwas beunruhigt über ihren Zustand tastete er sich behutsam vor:

„Ma Lay, ich möchte dich nicht alles fragen, das darf ich auch nicht, will ich auch nicht, wenn du mir aber etwas erzählen willst, höre ich sehr gern zu."

Die Antwort ihrerseits blieb stumm, ihr fiel es unheimlich schwer, vor ihm ein Klagelied über ihr blutendes Herz vorzutragen, nein, gerade ihm gegenüber spürte sie sogar noch ein schlechtes Gewissen. Er wartete ein Weilchen auf ihre Reaktion und schaute ihr besorgt in die Augen, fasste zögerlich Mut und sagte mit sanfter Stimme die Worte, die er sich die ganze Zeit vorgenommen hatte, sie mindestens einmal ganz klar wissen zu lassen, was wirklich in seinem Herzen vorging, falls er sie irgendwann wiedersehen sollte, nun war dieser Augenblick da:

„Ich habe dich immer geliebt, vom ersten Tag an, wo wir uns an der Schwedagon Pagode zufällig begegnet sind. Ich liebe dich immer noch, ich werde dich immer lieben, egal ob du verheiratet bist oder nicht. Ob es jemals ein Fünkchen Hoffnung für mich gibt oder nicht, es kommt nicht darauf an, ob ich dich als Ehefrau besitze oder nicht, unabhängig von allem, was auch geschehen möge, leidenschaftlich lieben werde ich dich immer. Das wird mir niemand verbieten können."

Seine leidenschaftlichen Worte rieselten wie kühle Tropfen des Monsunregens auf ihre ausgebrannte Seele, seine Stimme wirkte besänftigend auf ihre ruhelosen Gedanken, er erschien ihr wie ein heller Mondschein in der tiefen Finsternis. Nicht einmal die leiseste Ahnung hatte sie vorher gehabt, dass es in ihrem in Chaos und Unglück geratenen jungen Leben von neunzehnjährigem Alter unerwartet einen sonnigen Tag geben würde, denn eine verheiratete oder eine geschiedene Frau bedeutet in dieser Gesellschaft weniger als eine unverheiratete. Seine Güte beschämte sie so sehr, dass sie nicht wagte, ihn anzuschauen. Langsam und unsicher fasste sie Mut und schaute empor in sein Gesicht. Vor dem unfassbaren Glück, das ihr urplötzlich wider alle Erwartungen beschert wurde, flossen Tränen, Tränen der unerwarteten Freude überschattet von denen des Schamgefühls, auf ihren zarten Wangen, vor Erregung bebte sie am ganzen Leib. Fast benommen flüsterte sie mit tränenerstickter Stimme:

„Magst du mich immer noch, trotz allem, was schon passiert war?"

Sie konnte kaum glauben, dass er sie, die schon verheiratet war, immer noch liebt, als ob es nichts gewesen wäre.

„Oh ja, meine Liebste, ich will dich für immer haben, ich bin in Gedanken schon so glücklich, mit dir einmal zusammen zu sein. Wenn es für das ganze Leben mit dir sein soll, dann finde ich einfach keine Worte mehr, mein großes Glück zu beschreiben." Seine aufrichtigen Worte befreiten sie endgültig von allen ihren Zweifeln und von ihrer Unsicherheit und Zurückhaltung. Sie warf sich hin in seine Arme, schmiegte sich an seine Wange, hielt ihn in ihren Armen so fest, als ob sie ihn nie wieder verlieren wollte.

Nach Hause zurückgekehrt berichtete sie dem Bruder Thaung Htin und Ma Khin Htay von dem Tag, was zwischen ihr und Kyi Aung geschehen war. Sie fügte ihren Wunsch hinzu, sich von Thu Maw zu trennen, da die Ehe, wie allen bekannt, keinen Sinn mehr habe. Kyi Aung wolle sie so schnell wie möglich heiraten, er liebe sie immer noch und sie liebe ihn ebenfalls. Besonders Thaung Htin fühlte sich sehr erleichtert über die seltsame Schicksalswendung im Leben der jungen Frau, die aus ihrer ausweglosen Misere von heute auf morgen zum Glück geführt wurde. Es war ihm seit Langem nicht entgangen, dass sich hinter dem scheinbar sorglosen, stets heiter aussehenden Gesicht Ma Lays eine weinende Seele verbarg. Es stand zu seinem Leidwesen, soviel wie er innerlich sich anstrengte, über sein Vermögen, diesen zwei jungen Menschen in irgendeiner Weise beizustehen, aus dem Irrgarten der Tragödie auszubrechen, dessen mehrfach verschlungene Wege weder den Anfang noch das Ende sichtbar werden ließen. Nun war der Ausweg da, der mindestens Zuversicht und Hoffnung auf eine bessere Zukunft für beide Seiten versprach, man musste jetzt eben zupacken. Thaung Htin sprach mit ersichtlicher Befriedigung und Erleichterung zu ihr:

„Ma Lay, wir wissen sehr gut, dass du in der Ehe so unglücklich warst, was du gar nicht verdient hattest. Es scheint oberflächlich gesehen ziemlich klar, wer daran schuld ist oder nicht schuld ist, wenn eine Krise in einer Ehe ausbricht. Aber je mehr man die Oberfläche der Zweierbeziehung durchbricht und je tiefer und gründlicher in das Problem hineinschaut, verschwindet auf einmal die Grenze zwischen Schuld und Unschuld. Jedenfalls freue ich mich unheimlich über dich, dass du den Mut hattest, dein Schicksal in die eigene Hand zu nehmen und den Ausweg herbeizuführen. Ich bin absolut sicher, dass du mit Maung Kyi Aung sehr glücklich sein wirst. Als dein großer Bruder, wie du mich gerne nennst anstatt Onkel, gebe ich dir dazu meinen Segen. Wir laden am Wochenende Maung Kyi Aung, unsere älteste Schwester Mama Kyi, Tante Daw Soe Mu und Hla Nyint zum Mittagessen, um danach alles genau zu besprechen."

In den darauf folgenden Tagen waren beide jungen Frauen in aufgeheiterter Stimmung nur noch damit vollauf beschäftigt, welche besonderen Getränke und Essen für die Gäste aufgetischt werden sollten. Lediglich Thu Maw wirkte deprimiert, er schämte sich, dass über seine persönlichen Angelegenheiten öffentlich von den anderen diskutiert wurde, und fürchtete sich mehr davor, seinen guten Ruf zu verlieren. Der gute Ruf, der in der Realität kaum in fühlbare Erscheinung trat und lediglich in seiner fiktiven Welt zum Schein vorkam, war für ihn von essenzieller Bedeutung. Manchmal kam der Schein viel grauenvoller als die Wirklichkeit vor. Der Mensch lebt nicht selten in der Scheinwelt, weil der Schein genau das Spiegelbild seiner Wünsche und Illusionen abbildet. Wer wäre denn frei von

Traum und Täuschung? Oft in seiner eigenen Fantasie fühlte sich in diesen Tagen Thu Maw von allen gejagt und getrieben dahin, wo er an den Pranger gestellt und mit einem Fingerzeig, trotz seines erwachsenen Alters, trotz seiner angesehenen sozialen Stellung eines Oberschullehrers, nun als ein unreifer, eheuntauglicher Mensch und letztendlich sogar als seltsamer komischer Kauz gnadenlos gebrandmarkt wurde, der in der Tat nicht mal fähig war, seine junge hübsche Frau zu halten, um die ihn alle jungen Männer beneideten. Er schwebte in tausend Ängsten, als ein Dummkopf verhöhnt zu werden, der von seiner jungen Frau um ihres neuen Liebhabers willen verlassen wurde, zumal das Phänomen der sogenannten Ehescheidung weder im Kreise seiner Verwandten noch im Umfeld seiner Freunde bis dahin noch nie vorgekommen war, so weit er sich dessen überhaupt erinnern konnte. Es kam ihm wie eine unbeschreibliche Höllenqual vor, die er in diesen Tagen hilflos ertragen musste.

Angesichts der komplizierten Umstände, die Scheidung und die bald darauf folgende Wiederverheiratung, die im alltäglichen Leben nicht oft vorkamen, musste das Vorhaben der Familie Thaung Htins mitten im äußerst rückständigen und konservativen gesellschaftlichen Umfeld, das sich in der langjährigen Tradition von jeher streng bewahrten Sitten, eingezwängten Moralvorstellungen unweigerlich verharrte und die neuzeitlichen Ereignisse unbefangen und objektiv zu betrachten weder bereit noch fähig war, sogar buchstäblich als Novum gelten. Demzufolge war es schier unmöglich, die wohlwollende Akzeptanz der umgebenden Gesellschaft zu erwarten. Allem zum Trotz war Thaung Htin, der bei zeitweiliger Abwesenheit des Vaters als Familienoberhaupt die Verantwortung übernehmen musste, fest entschlossen, dem Vorhaben Ma Lays seinen Segen zu geben, auch wenn dabei unvermeidbare Konflikte mit den ungebetenen Nachbarn heraufbeschwören mochten. Ihm war durchaus bewusst, dass es in dem Haus, wo nur ein einziges verschließbares Zimmer vorhanden war und dies von seiner Schwester Ma Khin Htay und Ma Lay besetzt wurde, und aus dem Grunde keine ehegerechten Wohnverhältnisse für das junge Ehepaar gegeben hatten. Dies erschwerte im beträchtlichen Maße, sich ein objektives Urteil über die beteiligten Personen zu erlauben. Unbestreitbar stand aber die Tatsache fest, die sich nach langer eingehender Betrachtung als wahre Ursache erwies, dass der Hauptprotagonist Thu Maw zu seiner angetrauten Ehefrau nicht im geringsten eine Neigung zeigte. Unter allen Umständen aber musste nun etwas getan werden, was unbedingt dringend notwendig war, um dem anhaltenden Leiden der betreffenden Menschen so schnell wie möglich ein Ende zu bereiten und klare Verhältnisse zu schaffen. Als den einzigen Nachbarn hatte Thaung Htin seinen Freund Ko Phone Myint über die bevorstehenden Ereignisse in seinem Hause informiert und aus diesem Anlass an dem Tag zum gemeinsamen Festessen eingeladen.

„Weißt du, ich bin genau deiner Ansicht, es ist besser klare Verhältnisse zu schaffen. Vom allgemeinen philanthropischen Standpunkt aus betrachtet, freue ich mich besonders darüber, dass Ma Lay ohne Gesichtsverlust ein neues glückliches Leben aufbauen kann. So etwas ist sehr selten, und diese Geschichte ist einfach so schön mitzuerleben für mich als euer Freund und Nachbar. Auf eines müssen wir hier aufpassen. In diesem Viertel leben etliche Leute, die gern unaufgefordert das Recht für sich beanspruchen, sich gegenüber anderen im Namen der sogenannten öffentlichen Moral wie ein Richter aufzuspielen. Du kannst dich noch an diesen Steinschlag auf dein Hausdach doch gut erinnern, als du zum ersten Mal Damenbesuch empfingst. Ich weiß nicht, wo solch ein unsinniger Brauch auf der Welt noch praktiziert wird, auf das Dach des anderen mit Steinen zu werfen, wenn die blöden Nachbarn etwas nicht moralisch finden. So etwas machen heutzutage kaum noch erwachsene Leute, das sind ausschließlich doofe Teenager, die sich gern Steine greifen, nur mit der primitiven Absicht, andere zu stören und zu ärgern. Nur wenn sich diese unwissenden Teenager von manchen Erwachsenen direkt ermutigt fühlen, dann könnte es schwierig werden", sagte Ko Phone Myint nachdenklich und setzte fort:

„Wenn eine Frau mich besucht, da stieren mich schon die blöden Nachbarn mit den frechen Augen an, aber es juckt mich nicht mehr, die wagen es aber nicht, mich zu stören, weil sie fürchten, dass ich als Rechtsanwalt sie gerichtlich verfolgen kann. Es gibt hier leider auch ein paar Jungen, die gern ganz schlimme Dinge veranstalten wollen. Ich werde jedenfalls an dem Tag ein Auge darauf halten".

„Mir ist durchaus bewusst, dass das, was wir in unserem Hause veranstalten gegen die sogenannte Moral dieser Umgebung ist, Scheidung und gleichzeitig über die nächste Heirat zu reden, aber das ist doch unsere eigene Angelegenheit, wir machen niemanden damit unglücklich, und wir leben auch nicht von Almosen der anderen. Wenn diese Idioten darauf bestehen, dass wir uns ihrer Vorstellung unterwerfen müssen, dann pfeife ich darauf", machte Thaung Htin seinen eisernen Willen bekannt.

Es war schon Sonntagnachmittag. Draußen brannte die glühende Sonne unbarmherzig, die Luft war feucht und stickig. Die Verwandten waren im Hause in der U-Bahan-Straße vollzählig erschienen, nur Mama Kyi war verhindert. Jeder griff ein Stück Zeitungspapier oder einen Fächer und fächelte emsig, um sich einwenig Kühlung zu verschaffen, wegen des aus den Poren der Haut ständig strömenden Schweißes, der Blusen und Hemden reichlich tränkte. Kyi Aung nahm seitlich von Ma Lay Platz. Tante Daw Soe Mu, die vor einigen Tagen gerade sechzig geworden war, und ihr Sohn Hla Nyint waren als nahe Verwandte von Ma Lay vertreten und saßen Thaung Htin gegenüber, während Thu Maw auf seinem Stuhl daneben unruhig hin und her rutschte, eine gewisse Aufgeregtheit war deutlich bei ihm zu spüren. Ma Lay dagegen schien, seit Tagen die innere Ruhe gefunden zu haben, und saß gelassen neben Ma Khin Htay, denn alle waren gespannt, wie dieses Treffen ablaufen würde.

Thaung Htin eröffnete das Gespräch. Gewandt an Kyi Aung richtete er ruhig die Frage:

„Maung Kyi Aung, Ma Lay hatte uns unterrichtet, dass du sie so schnell wie möglich heiraten willst, wenn hier alles klar geregelt wird?"

Kyi Aung, leicht gelehnt an den Sessel, streckte ein wenig den Kopf hervor und antwortete ebenfalls mit wohlwollender Stimme:

„Ja, das stimmt, ich möchte aber, dass die Ehe mit Ko Thu Maw vorher offiziell aufgelöst wird."

In der Zeit spitzten die neugierigen Nachbarn die Ohren, was in dem Hause von Thaung Htin gesprochen wurde. Vor dem Tabakladen fanden sich schon einige Leute zusammen, die sich angeblich miteinander unterhielten, jedoch ihre Aufmerksamkeit auf das Haus Thaung Htins richteten.

„Aber, natürlich, es muss eben vorher alles klar geregelt werden."

Bevor Thaung Htin noch seinen Satz zu Ende gesprochen hatte, brach die barsche Bemerkung von Hla Nyint ein, der im gleichen Alter von Thu Maw war:

„Aber nicht so schnell mit der Auflösung der Ehe, es muss noch darüber genau gesprochen werden."

Seine üppigen Wangen blähten sich beim Sprechen auf und es erinnerte die Anwesenden ein wenig an einen quakenden Frosch mit Schallblasen.

„Ja, wir müssen noch darüber ein Wörtchen reden, man kann eine Sache nicht so einfach beenden, wie man gerade Lust dazu hat", machte Tante Daw Soe Mu mächtig ihrem Ärger Luft, während sie in der rechten Hand zwischen Zeigefinger und Mittelfinger eine Seepotlate festhielt und sie zwischendurch mit kräftigen Zügen paffte. Die dampfenden weißen Rauchwolken, die mächtig in regelmäßigen Abständen nach oben schossen, schienen gerade das Ausmaß ihres aufgestauten Grolls, den sie seit langer Zeit besonders gegen Thu Maw gehegt hatte, wahrheitsgetreu zu symbolisieren. Beim erregten Sprechen hingen ihr mitunter sogar ein paar graue Haarsträhnen auf der Stirn herab, wobei sie ganz lässig mit ihrer linken Handfläche die baumelnden Haare zurück auf ihr Haupt brachte.

„Schließlich ist ja eine Frau kein Fallobst, das man beliebig wegschmeißen kann", setzte sie wutentbrannt mit Nachdruck fort. Besonders Aung Kyi und Ma Lay schauten mit besorgniserregendem Blick auf die alte Dame, ob sie mit dieser zwiespältigen Bemerkung andeuten wolle, der vorgesehenen Scheidung Ma Lays womöglich noch ihre Zustimmung verweigern zu können.

„Aber, Tante Soe Mu, von Wegschmeißen war hier gar keine Rede, das heutige Treffen dient nur dazu, das unnötige Leiden dieser jungen Menschen so schnell wie möglich zu beenden, damit sie glücklich ein neues Leben anfangen können", intervenierte Thaung Htin energisch.

„Man hat euch ja vertrauensvoll das junge Mädchen zur Aufsicht gegeben, das Mädchen wurde auf eine Art missbraucht, unglücklich gemacht und dann einfach weg?", brachte die alte Dame ihr tiefstes Missfallen zum Ausdruck.

Alle waren still, besonders Thu Maw starrte unbeweglich die ganze Zeit an den Fußboden und wagte kein Ton herauszubringen. Bei dem Wort „missbraucht" in der deftigen Bemerkung der alten Tante, fuhr sogar Ma Lay heftig zusammen wie von einem elektrischen Schlag. Es schien, von der Gestik her zu deuten, dass Thu Maw gerade an dieser Stelle mit sich kämpfte, endlich den Mut aufzubringen, um die Dinge aus seiner Sicht darzustellen; seine Lippen bewegten sich heftig, doch brachte er keinen Ton heraus, er beließ es dabei und entschloss sich, Schimpf und Schande über sich ergehen zu lassen, wohl wissend, dass er die Schelte der alten Tante gerechterweise verdient hätte.

„Aber, Tante Soe Mu, trotz aller Achtung vor Ihrem hohen Alter, muss ich aber gewaltig gegen Ihre Unterstellung des sogenannten „Missbrauchs" protestieren. Was einmal geschehen war, kann man nicht mehr rückgängig machen. Thu Maw hat sie auch anständig geheiratet, dass sie beide nachher miteinander nicht glücklich geworden sind, dafür gibt es etliche, stichhaltige Gründe, die bei normaler oberflächlicher Betrachtung nicht einfach sind, annähernd zu begreifen. Jedenfalls, es ist nicht richtig und ungerecht, Ma Lay in irgendeiner Weise herabzuwürdigen. Sie ist durch diese unglücklichen Ereignisse als Mensch weder schlechter noch besser als vorher. Sie weiß ganz genau, was sie will, sie ist zu allen lieb und nett, und sie hat vor allem Mut, ihr Schicksal in ihre Hände zu nehmen. Sie verdient ein besseres und glücklicheres Leben, das wünschen wir ihr, nicht wahr?"
Gegen die pathetisch vorgetragenen argumentativen Worte von Thaung Htin war die alte Tante machtlos, es fiel ihr nicht ein, etwas Gegenteiliges zu behaupten.

„Unabhängig von allem, es steht aber fest, dass das Kind sehr viel darunter gelitten hat, man hätte ihr doch solche Dinge ersparen können, wenn man von Anfang an verantwortlich mit ihr umgegangen wäre. Dafür ist es doch rein menschlich angebracht, dass man sie fairerweise entschädigt", sagte Hla Nyint und richtete seinen scharfen Blick offen auf Thu Maw.

„Eine angemessene Entschädigung ist das Mindeste, was man überhaupt verlangen muss", ergänzte Tante Soe Mu energisch.

„So, Thu Maw, du sorgst dafür, dass dieses Problem so schnell wie möglich zufriedenstellend geregelt wird!", wies Thaung Htin seinen jüngeren Bruder an.

„Ja, ich mache das, was verlangt wird", sagte Thu Maw mit dem Kopf nickend.

„Dann betrachten wir von nun an die Ehe zwischen Thu Maw und Ma Lay als geschieden", verkündete Thaung Htin. Mit dieser Verkündung war die Scheidung nach dem geltenden Brauch und der Tradition in Burma rechtskräftig, alle Anwesenden galten als Zeuge. Die Eheschließung oder Trennung ist eh und je in diesem Lande mehr eine gesellschaftliche als eine juristische Angelegenheit. Eine Ehe gilt als geschlossen, wenn die Beteiligten und Nachbarn diese anerkennen, genauso die Ehescheidung, wenn die Protagonisten einvernehmlich vor den Nachbarn die Ehe als beendet erklären.

Alle kamen nach der heftigen Auseinandersetzung langsam wieder zu ruhigem Atem.

„Da Ma Lay und Maung Kyi Aung, wie alle wissen, bald heiraten wollen, setzen wir eben nächsten Sonntag als Hochzeitstag fest, und wir feiern diesmal richtig", ergänzte Thaung Htin fröhlich die angenehme Nachricht. Alle hießen die fröhliche Nachricht willkommen. Endlich losgelöst von allen Sorgen standen Ma Lay und Ma Khin Htay auf, gingen in die Küche und bereiteten das Essen für die Gäste vor, während Thu Maw mit einer gewissen Ruhe das Geschirr auf dem Esstisch platzierte.

In dieser Zeit braute sich etwas wie eine entfachte Flamme, die vom Wind begünstigt worden war, in der nach außen scheinbar friedlich aussehenden nachbarlichen Umgebung zusammen. Angesichts der herrschenden Wohnverhältnisse in dem Wohnviertel, wo die Einwohner materiell nicht gerade betucht waren, reihten sich die Häuser meist dicht nebeneinander. Wer keinen Platz hatte, um eine grüne Hecke um sein Haus anzupflanzen, dem war das Haus mit seinem Innenleben vor fremden Blicken schutzlos ausgeliefert. Bedingt dadurch, dass die Haustüren und Fenster der Familie Thaung Htins, wie auch bei anderen Häusern, am Tag wegen der unerträglichen Hitze und Feuchtigkeit nie geschlossen werden konnten, und folglich eine private Atmosphäre für den Einzelnen in fast allen Häusern kaum möglich war, hatten die neugierigen Nachbarn mit besonderem Eifer und gespitzten Ohren alles akustisch wahrgenommen, was sich in dem Hause Thaung Htins an dem Tag zugetragen hatte. Besonders die zänkische Familie, die unmittelbar an der östlichen Seite von Thaung Htins Haus wohnte, war wohl bekannt für ihre übermäßig penetrante Anteilnahme an fremden Angelegenheiten, sei es gebeten oder ungebeten. Für die alte siebzigjährige Frau aus dieser Familie, die den ganzen Tag nur mit Beobachten und Belauschen der Nachbarn außerordentlich fleißig beschäftigt und stets auf der Suche nach Neuigkeiten war, um ihre unersättliche Neugier zu stillen, war nun die delikate Nachricht aus dem Hause Thaung Htins ein gefundenes Fressen, während im Allgemeinen die Burmesen bei einem solch hohen Alter sich ausschließlich der Religiosität zu widmen pflegten, in dem sie mit einer Gebetskette in der Hand, vor dem buddhistischem Altar kniend, Gebetsformel beim Meditieren oftmals wiederholen, um spirituellen Verdienste zu erwerben und damit in nächster Inkarnation ein noch besseres Leben zu erreichen als das jetzige.

Lauthals mit greller, durchdringender Krähenstimme kreischte jene alte Frau zu einer anderen Nachbarin, die ihr im Grad an Neugierde keinesfalls nachstand, gewiss mit der wohlbedachten Absicht, um dem ganzen Wohnviertel wie durch einen Lautsprecher die allererste Neuigkeit zu Gehör zu bringen:

„Hast du gehört? Man hat noch nicht mal den ersten Ehemann los, aber der Zweite ist schon in der Tasche, das ist einfach skandalös."
Ihre verachtende Stimmlage war unmissverständlich; für sie stand es zweifelsfrei fest, dass dies eine unerhörte Sittenwidrigkeit und ein Verbrechen an der wohlbehüteten Moral sei.

„Ja, so was Unanständiges und Verwerfliches habe ich noch nie gehört, vielleicht möchte die Dame dazwischen keine Pause machen", schlug ihre Freundin heftig in die gleiche Kerbe.

Zur gleichen Zeit sammelten sich vor dem Tabakladen noch mehr Leute, sie wurden sogleich von der aktuellen Ehekrise erfasst, angestachelt von der Lautsprecherstimme der alten Frau, bezogen sie eilig jeweils persönlich Stellung; und wie könnte es anders sein, in den althergebrachten Vorurteilen. Einer bemächtigte sich der Sache und verkündete in der Manier eines selbst ernannten Richters ein abfälliges Urteil darüber:

"Es ist ja kein Wunder, was in dem Haus vorgeht, der Vater ist nie da, da sind alle nur junge Leute, die wissen gar nicht, was anständig und was nicht anständig ist."

„Na, so jung sind sie aber nicht, der Bruder hat sogar im Ausland studiert, vielleicht denken sie zu viel ausländisch", fügte der andere hinzu.

„Ich finde es aber sehr stark, dass die Frau mit dem geschiedenen Ehemann weiter unter dem gleichen Dach schläft, kann sie das oder hält er sie aus?"

Die spöttische Bemerkung, begleitet vom Gelächter, machte unhaltbar die Runde.

„So was habe ich noch nie gehört, scheiden und gleich wieder heiraten", machte einer äußert empört eine Bemerkung, die von allen Anwesenden vollends geteilt wurde. Lediglich ein einziger junger Mann, der ein Student zu sein schien, stemmte sich energisch dagegen:

„Es geht uns doch gar nichts an, das ist doch ihre Sache, wie sie in ihrer eigenen Familie Probleme regeln."

Jedoch ging seine vernünftige Stimme im Gewühl des unkritisch dogmatischen Denkmusters der Mehrheit unter. Die Unruhe und die Reaktionen mancher Nachbarn hinterließen erkennbare Spuren auf den Mitgliedern der Familie Thaung Htins. Besonders litt Ma Lay unter dem Selbstvorwurf, die ganze Familie durch die von ihr eingefädelte Geschichte in Verruf gebracht zu haben, das Blut stieg ihr ins Gesicht vor Scham, Tante Soe Mu verzog das Gesicht zu einer Grimasse. Kyi Aung war ratlos, wie er in dieser schweren Stunde Ma Lay beistehen sollte. Thu Maw mochte scheinbar ein Plätzchen finden, wo er sein Gesicht am bestens unbemerkt verstecken könnte. Die Wangen des Hla Nyints blähten sich vor Wut wieder auf. Ma Khin Htay zog ein tief betroffenes Gesicht und schaute Hilfe suchend auf ihren Bruder.

„Ah, Ma Lay, mach dir nichts daraus, was geht es denn diese blöden Nachbarn an?", sagte Thaung Htin sichtlich bemüht, seinen aufwallenden Zorn auf die Nachbarn möglichst unter Kontrolle zu halten, denn er wusste zu gut, dass es sinnlos war, mit diesen Leuten zu streiten. Zum Bedauern aber war das Festessen für alle Anwesenden unter der unerträglichen Stimmung fast verdorben. Thaung Htin verließ kurz das Haus, um seinen Freund Ko Phone Myint zum verabredeten Essen abzuholen. Als er sich dem Tabakladen näherte, verstummten plötzlich die Stimmen der Anwesenden, die vor dem Tabakladen versammelt waren. Die Augen dieser Menschen verrieten es ohnehin mehr als deutlich, wie sie dachten und fühlten. Thaung Htin seinerseits sah nicht im geringsten einen Anlass, das archaisch puritanische Gesinnungsgut seiner Nachbarn zu teilen. In der Tat tangierte die besagte Angelegenheit nur seine Familie, und diese hatte objektiv das vernünftige Ziel, den verirrten jungen Menschen zum Glück zu verhelfen. Wer dennoch das Recht beanspruchte, in das fremde Areal unaufgefordert einzudringen, stieß auf seinen erbitterten Widerstand. Hier prallten die Moralvorstellungen diametral unversöhnlich heftig aufeinander.

Dort, vor dem Tabakladen, machte er absichtlich Halt, übersah ostentativ die versammelten Leute und rief von unten nach seinem Freund, der in der oberen Etage der Wohnung auf der anderen Seite der Straße gegenüber dem Tabakladen wohnte, in einem unverkennbaren Ton, mit einem wohlbedachten gewissen Seitenhieb auf die ungebetenen Eindringlinge in seine Familiensphäre:

„He, Saya Phone, kommen Sie zum Festessen, bei einer solchen Bombenstimmung schmeckt das Essen besonders köstlich."

„Ok, ich komme gleich", winkte ihm sein Freund von seinem Balkon. Dann kehrte er nach Hause zurück, ohne die Menschen vor dem Tabakladen eines Blickes zu würdigen. Er merkte, dass lediglich die ehrbare Witwe, die sich zufällig zu der Zeit auf dem Balkon aufhielt, als er nach seinem Freund rief, ihm ein verständnisvolles Lächeln zuwarf. Vielleicht gehört sie zu den wenigen, die uns wirklich verstehen, dachte er.

Nach einem Weilchen erschien Ko Phone Myint mit einer Packung schöner Taschentücher als Geschenk für Ma Lay, er wünschte ihr und Maung Kyi Aung alles Gute. Als er am Tisch saß, sagte er:

„Ich muss euch etwas Wichtiges mitteilen, was nicht gerade angenehm ist."

„Was denn?", fragte ihn Thu Maw mit einer gewissen Beunruhigung, die er kaum noch verbergen konnte.

„Ich war vor einer Stunde in einer Seitenstraße hinter der Pagode gewesen. Seit ein paar Stunden habe ich die Jungen in dem Viertel im Auge behalten. Da die Jungen heute in diese Seitenstraße ziemlich auffällig oft ein- und ausgingen, möchte ich mal wissen, was sie da vorhaben. Dort traf ich sechs Jungs neben einem Haufen von gesammelten Steinen. Diese Teenager, alle zwischen sechzehn und zwanzig, kenne ich vom Sehen gut. Ich fragte, was sie damit machen. Nichts sagten sie am Anfang. Als ich eindringlich nachhakte, sagte einer, die Steine seien für diejenigen, die unanständige Dinge machen. Wer macht was denn unanständig?, fragte ich gezielt nach. Die Antwort: Viele sagen, die Leute, die da eine Scheidung und Hochzeit gleichzeitig machen, sind unanständig. Da ballte ich die Faust zusammen und schrie sie an: Was geht es euch an, woher nehmt ihr das Recht, über andere Leute zu urteilen und zu richten? Ich weiß ganz genau, wen ihr meint; hier in dem Haus leben meine Freunde. Wenn einer von Euch mit Steinen auf das Haus wirft, dann werde ich ihn herausfinden, und ich werde den Kerl so fix und fertigmachen, dass er das nie mehr im Leben vergisst. Danach sind die blöden Bengel gleich verschwunden, diese Jungen werden bestimmt nicht wagen, Unfug zu treiben. Aber, was mich etwas bedenklich macht, ist, wenn es dunkel wird, und diese Jungen ihre Freunde vom anderen Viertel anstacheln, die Steine zu werfen, dann wird es schwierig, und die Lage könnte leicht aus der Kontrolle geraten. Deswegen würde ich Ma Lay raten, heute schon mit Maung Aung Kyi mitzugehen und unbedingt vor der Dunkelheit das Haus zusammen mit ihm zu verlassen. Dann werden die Nachbarn sehen, dass ihr weg seid und die Lage wird sich bestimmt entspannen."

Ko Phone Myint fühlte sich sogar etwas peinlich, das offen auszusprechen, hielt es aber für unbedingt notwendig, seine Freunde vor dem Unheil zu bewahren. Alle waren überrascht von der unerwartet zugespitzten Lage, die von den Jugendlichen zusätzlich angeheizt wurde. Einst waren sie glühende Verehrer von Ma Lay, die sich nun von ihrem ehemaligen Idol verlassen und betrogen fühlten. Enttäuscht und verärgert waren sie bereit, ihre einstige Angebetete sogar in den Schmutz zu zerren - aus purer Eifersucht und Rache wie der Fuchs, der die unerreichbaren Trauben verdammte: Die Trauben sind sauer.

„Ja, das stimmt, was Ko Phone Myint sagt, es ist besser, sich mit den Nachbarn nicht anzulegen", sagte Tante Soe Mu mit sichtlich sorgenvoller Miene, „Ma Lay, pack schnell deinen Koffer, dann brechen wir gleich auf, zum Essen habe ich auch sowieso keine Lust mehr", gab die alte Tante ungeduldig die Marschrichtung vor.

„Ja, ich finde auch, es ist besser, so schnell wie möglich zu gehen", stimmte Hla Nyint seiner Mutter umgehend zu.

Als Ma Lay zum Abschied Ma Khin Htay umarmte, schwammen ihre Augen in Tränen, Ma Khin Htay drückte sie fest in ihre Arme und wischte ihr betroffen die Tränen ab. Anschließend bat Ma Lay mit gefalteten Händen und kniend vor Thaung Htin um Entschuldigung:

„Verzeihung Akogyi, dass es wegen mir so viele Unannehmlichkeiten gab."

„Ah, Unsinn, du hast keinen Grund, um Verziehung zu bitten. Schade, dass wir deine Hochzeit nicht so richtig feiern können", sagte Thaung Htin mit einer beherrschten Haltung, jedoch war es ihm nicht ganz gelungen, seine verwundete Seele und seinen Zorn auf die Nachbarn vor den eigenen Leuten zu verheimlichen.

Als die Vier, Tante Soe Mu, Kyi Aung, einen Koffer in der rechten Hand schleppend, Hla Nyint ebenfalls eine große Handtasche in der linken Hand, und Ma Lay eine schwere Tragetasche in beiden Händen haltend, das Haus verließen, durchbohrten einige Leute und die Jugendlichen, die sich noch vor dem Tabakladen aufhielten, sie mit neugierigen Blicken. Ihre unbeweglichen Gesichter waren deutlich gekennzeichnet von Schadenfreude, Genugtuung und ein wenig Nachdenklichkeit. Die alte Nachbarin, die vorhin lauthals eine abfällige Äußerung über Ma Lay gepredigt hatte, versteckte sich hinter dem Bretterzaun und spähte durch eine Bretterspalte auf die Ungeliebten auf der Straße, als traute sie sich nicht, ihre Gesinnung in der Siegerpose ganz offen zur Schau zu stellen. Ma Khin Htay begleitete die Verwandte aus dem Haus bis zur Straßenmitte, schaute mit unsagbar betroffener Miene den sich langsam entfernenden Verwandten und Ma Lay nach und winkte ihnen schwerfällig mit der rechten Hand, bis die vier Leute an der Biegung in die Bahn Straße langsam aus ihren Augen verschwanden. Ihr Blick war vollständig verschleiert von Tränen, die ihr unablässig auf die Wangen rollten; ihr leises Schluchzen jedoch wurde, soviel wie sie auch zu unterdrücken versuchte, von allen deutlich vernommen. Daw Mya Thi, die gegenüber auf der anderen Seite der U-Bahan-Straße wohnte und mit der Familie Thaung Htins eng befreundet war und die ganze unerfreuliche Szene mitbekam, kam eiligen Schrittes herüber zu Ma Khin Htay, nahm gefühlvoll das junge Fräulein, das dringend der Geborgenheit bedurfte, in ihre Arme, wischte ihr die Tränen tröstend mit ihrer Handfläche ab:

„Komm, weine nicht Töchterchen, es gibt eben Menschen mit einer guten Seele und leider auch solche mit einer schwarzen Seele, man kann es nicht ändern."

Die alte siebzigjährige Nachbarin, die über Ma Lay schadenfroh gelästert und sich danach hinter dem Bretterzaun versteckt hatte, musste nun harsche Kritik über sich ergehen lassen; sie duckte sich rasch noch tiefer, die farblosen Augen nach unten gerichtet, den Rücken gebeugt, und verschwand eilig hinter ihrem Haus, als ob sie erst in dem Moment die Schwere ihrer schwarzen Seele tatsächlich zu spüren bekommen hätte.

Das Begräbnis U Thants

5. Dezember 1974, in der Villa des Diktators Ne Win.

„Großvater, Großvater …, heute Nachmittag haben die Studenten gewaltsam den Leichnam U Thants in Besitz genommen und in die Rangun-Universität verschleppt", erstattete der Geheimdienstchef Oberst Tin Oo, der im Volksmund als One-and-half (Anderthalb) bekannt war, da er in der Rangliste der Militärjunta, zwar nicht offiziell, doch bei der praktischen Machtausübung, zwischen Nr. Eins Ne Win, und Nr. Zwei General San Yu, stand und von allen wegen seiner Machtfülle und Grausamkeit gefürchtet wurde, Rapport an Ne Win. Obwohl er sich bemühte, seine Nervosität, die zum Teil aus seiner Unsicherheit herrührte, als Boss des mächtigen, mit allen erdenklichen Ressourcen ausgestatteten Geheimdienstapparates, die

Ereignisse nicht vorausgeahnt zu haben, zu unterdrücken und sein sicheres Auftreten, trotz äußerst serviler Gesinnung und blinder Treue, deren er sich stets mit peniblem Pflichtbewusstsein, gleich einem abgerichteten Hund zu seinem Herren, befleißigte, wie gewohnt vor seinem Gebieter zu bewahren, rutschte ihm, aus jenem Grunde, die schwarz eingerahmte Hornbrille von seinem Nasenbein oft nach unten, sodass er mit seiner linken Hand die Stellung seiner verrutschten Hornbrille ständig korrigieren musste.

„Wie konnte es passieren?", fragte Ne Win mit gekreuzten Armen gebieterisch, indem er seine Augenbrauen hochzog.

„Wie vorgesehen sollte der Leichnam heute Vormittag von Kyaiksan zum Kyandaw-Friedhof von Angestellten des Roten Kreuzes transportiert werden, um dort unauffällig begraben zu werden - ohne Presse und Öffentlichkeit", antwortete One-and-half, während er seine verrutschte Hornbrille noch mal nach oben schob, und setzte dann fort: „In der Kyaiksan-Halle waren nur die besagten Angestellten des Roten Kreuzes anwesend und sonst niemand. Wir haben, wie Sie Großvater uns ausdrücklich angewiesen haben, allen staatlichen Angestellten, vom Minister bis zu den einfachen Büroangestellten, verboten, sich bei der Beerdigung U Thants in irgendeiner Weise zu beteiligen. Daher konnte der Leichnam, als er gestern am Flughafen eingetroffen war, ohne Aufsehen und Aufmerksamkeit der Öffentlichkeit zur Kyaiksan-Halle hingebracht werden. Um die Neugier der Öffentlichkeit nicht zu wecken, haben wir dort extra keine bewaffneten Soldaten für die Überwachung der Leiche abgestellt. Als das Rote Kreuz heute Nachmittag bei der Vorbereitung war, die Leiche zum Kyandaw-Friedhof zu transportieren, da tauchten plötzlich schätzungsweise zehntausend Studenten und hundert Mönche vor der Kyaiksan-Halle auf, drängten sich in die Halle und rissen den Sarg an sich, und danach haben sie diesen auf einen Lastwagen geschoben und in die Rangun-Universität geschleppt. Er soll jetzt in der Aula aufgebahrt sein."

Diktator Ne Win hatte es im Laufe der Jahre allen seinen Militäroffizieren beigebracht, dass alle ihn respektvoll nur mit „Großvater" anreden durften, um den Altersunterschied zwischen ihm und seinen Untergebenen zu verdeutlichen, denn in der burmesischen Gesellschaft gilt seit Generationen, dass den älteren Menschen Respekt und Ehre gebühren und die Jüngeren sich den Älteren gern unterordnen. Nach der Berichterstattung des Geheimdienstchefs verzog Ne Win das Gesicht grimmig, schob sein Whiskyglas beiseite und ließ noch mal alles in Gedanken Revue passieren.

Ja, es stimmt, er, Ne Win, habe jegliche Militäreskorte verboten, um den verstorbenen Kerl als eine belanglos dahingeschiedene Person zu behandeln. Seine Leiche solle ohne geringste öffentliche Aufmerksamkeit in die Erde gescharrt werden wie verfaultes Obst, das einfach entsorgt wird. Dass dieser U Thant von 1961 bis 1971 Generalsekretär der UNO gewesen und aus dem Grund eine der seltenen Persönlichkeiten war, auf die jeder Burmese stolz sein kann, schere ihn einen Dreck. Er habe das Staatsbegräbnis für diesen Kerl verweigert, das alle Studenten und Bürger gefordert hatten. Er habe alle Minister und hohe Regierungsbeamte ausdrücklich angewiesen, nicht auf dem Flughafen Ranguns zu erscheinen, als die sterblichen Überreste von U Thant in Rangun eingetroffen waren. Den stellvertretenden Minister des Ausbildungsministeriums U Aung Tun, der an dem Tag auf dem Flugplatz erschienen war, habe er sofort aus seinem Posten entfernt. Schließlich war ja dieser U Thant ein enger Vertrauter des ehemaligen Ministerpräsidenten U Nu, den er Anfang 1962 in die Wüste verjagt hatte. Er ist nun der alleinige Machthaber in Burma, er einzig und allein habe zu bestimmen, wer zu Ehren kommen solle und wer nicht. Er habe nur nicht vorausgesehen, dass diese verdammten Studenten seinen Plan durchkreuzen würden. Wartet nur ab, wie ich mich eurer bald entledigen werde, schwor er im Stillen und dachte an seine kompromisslose und brutale Niederschlagung der Studentenproteste 1962 am gleichen Ort der Rangun-Universität, wo Hunderte von Studenten niedergestreckt und das Gebäude der Studentenunion in die Luft gesprengt wurden.

„Wenn diese Dummköpfe nicht lernen, was Auflehnen gegen mich heißt, dann werden sie es ein zweites Mal erleben", knirschte Ne Win vor Wut mit den Zähnen und befahl seinem Untergebenen:

„Mach ausfindig, welche maßgeblichen Idioten diese Unruhe angestiftet haben, berichte mir täglich ausführlich von dem Geschehen auf dem Universitätsgelände. Ich werde bei gegebener Zeit entscheiden, was zu tun ist. Aber vorläufig nichts unternehmen, verstanden?"

„Ja, Großvater", nickte One-and-Half ehrfürchtig mit dem Kopf und entfernte sich erleichtert, dass der Diktator ihn für das Versagen verantwortlich zu machen abgesehen hatte. Obwohl sich sogar alle Minister in der Regierung und Generäle in der Armee, ohne jegliche Ausnahme, seit Jahren mit großem Respekt und mit nicht mehr zu überbietender Furcht vor ihm bei jeder Begegnung verneigten, und er selbst als große Persönlichkeit galt, nicht nur machthierarchisch, sondern auch körperlich mit seiner kräftigen Statur von 1,80 Meter, kam er sich doch als kleiner Lakai vor - im Angesicht seines großen übermächtigen Gebieters Ne Win, was ihn aber in keiner Weise störte. Im Gegenteil empfand er dies als große Ehre und Glück, solch einem großen Staatsmann, der gewiss in die Geschichte eingehen würde, aus nächster Nähe dienen zu dürfen. Jedes Mal wenn er daran dachte, wollte er am liebsten vor diesem unheimlichen Glück weinen. Er hatte bereits im Voraus dafür gesorgt, was sein Herr ihm bezüglich dieser unangenehmen Affäre für kluge Anweisungen erteilen könnte. Er hatte nämlich seine Informanten in Zivilkleidung bereits auf dem Universitätsgelände platziert.

Auf dem Campus der Rangun-Universität hatte eine wahre Aufbruchstimmung mit Trompeten- und Sirenengeheul Einzug gehalten, seitdem der Leichnam U Thants auf der Bühne der ehrwürdigen Aula aufgebahrt worden war. Das Festgebäude, ein im Jahre 1920 errichteter Massivbau mit dicken Wänden, ist das Wahrzeichen der Rangun-Universität und im Volksmund bekannt als RASU (Rangoon Arts & Science University). In jenem Gebäude, dessen Haupteingangsportal mit großen, runden Bogen und breitem Treppenaufgang aus polierten Marmorplatten verziert ist, residieren der Kanzler und Senat der Universität nebst wichtigen Bereichen der Administration. Hier befindet sich die Aula mit zweitausend Sitzplätzen. Das Festgebäude nennt man seit eh und je „Aula". Jährlich empfingen hier in festlicher Zeremonie die Universitätsabsolventen vom Rektor die akademische Urkunde - der Zenit im Leben eines jeden Studenten, woran jeder gern und stolz zurückdenkt.

Vor der Aula, auf der südlichen Seite, wuchsen knorrige Pagodenbäume mit dicken Ästen, bedeckt von glänzend dunkelgrünen Blättern, ihre weißen Blüten verströmten während des ganzen Jahres einen angenehmen, starken Duft. Auf der runden Verkehrsinsel, unmittelbar vor dem Hauptportal der Aula, gediehen prächtige Blumenrohrgewächse mit rosaroten Blüten und dachziegelartig überlappenden Kelchblättern. Auf der rechten Seite der Festhalle ergänzten zahlreiche immergrüne Sträucher wie scharlachrote Ixora, Wüstenrosen und Catharanthen, die sich unter der breiten Krone eines riesigen Marien-Baumes sichtlich wohlzufühlen schienen, die harmonische Umgebung der Aula. Mehrere riesige, fast zwanzig Meter hohe Mango- und Mangostane-Bäume mit weit ausladender, dicht belaubter Krone spendeten kühle Schatten zwischen der Aula und den Gebäuden der Naturwissenschaften, die sich östlich von ihr befanden. Von der Aula aus führte die Kanzler Straße, gesäumt von den auf circa drei Meter hohe fein säuberlich abgeschnittenen Strahlenaralien, deren schirmförmig angeordneten länglichen Blätter sanft hinüberhingen, nach Süden, vorbei an den Studentenwohnheimen, bis zum Haupteingang des Campus an der University-Avenue-Straße. Ebenfalls führte von der Aula eine Straße nach Westen, vorbei an der Fakultät für Ökonomie und den Vorlesungssälen und traf an der Westseite die Inyalake Straße.

Von allen Eingängen strömten täglich Bürger jeglicher Couleur und Studenten von anderen Universitäten der Medizin und des Ingenieurwesens zu Tausenden in das Universitätsgelände, traten in die ehrwürdige Aula ein, um dem Verstorbenen die letzte Ehre zu erweisen - Respekt und Verehrung von allen ehrlichen Menschen, für die sich der Verstorbene zu seinen Lebzeiten mehr als verdient gemacht und als würdig erwiesen hatte. Auf der Bühne der Aula, gesäumt von den Flaggen Burmas, der UNO, der burmesischen Buddhisten und der Flagge der verbotenen Studentenunion, stand der mit Blumen bedeckte hölzerne Sarg in der Mitte der Bühne. Die Flagge der Studentenunion zeigt einen angreifenden Pfau auf rotem Hintergrund. Ein Rednerpult stand auf der rechten Seite. Jeder, der dem Verstorbenen Ehre erwies, hielt eine Weile andächtig still vor dem Sarg und entfernte sich ruhig, manche hinterließen eine Blume oder einen Blumenstrauß am Fuße des hölzernen Sargs. Die Aula war von morgens bis abends voll von Menschen. Der Lehrbetrieb auf dem Universitätsgelände war längst eingestellt worden.

Seit der Bekanntgabe der Nachricht, dass der Leichnam U Thants von New York nach Rangun geflogen und hier begraben werden sollte, hatten die Studenten ein Komitee für die Beerdigung U Thants gebildet und angefangen, Spenden zu sammeln, um für die weltbekannte Persönlichkeit ein Mausoleum als würdige letzte Ruhestätte zu errichten. Um dem Verstorbenen die letzte Ehre zu erweisen, brachen circa zehntausend Studenten am 5. Dezember 1974 von der Rangun-Universität aus nach Kyaiksan auf, wo der Leichnam U Thants aufgebahrt wurde - unter der maßgeblichen Organisation und Leitung der Studentenführer Tin Maung Oo und Ko Kyi Win.

Der energische Studentenführer Tin Maung Oo war erst im Januar desselben Jahres aus dem Gefängnis entlassen worden, wo er mit Gleichgesinnten wegen der Propagierung eines demokratischen föderalen Systems im Gegensatz zum sozialistischen Einparteiensystem der Regierung Ne Wins für einige Monate eingekerkert worden war. Er gehörte zum Chin-Volk, einer Nationalität, die sich vor Jahrhunderten auf den nordwestlichen hohen Gebirgen Burmas niedergelassen hatte, wo der Rhododendron blüht, Kiefernbäume wachsen und das ganze Jahr ein mildes Klima herrscht. Nach dem Abitur in Rangun, wo auch seine Familie seit einigen Jahren lebte, hatte er das Studium an der Rangun-Universität aufgenommen. Er war ein junger Student mit ausgeprägter klarer politischer Vision und einem eisernen Willen gepaart mit außerordentlichem Organisationstalent. Er war der festen Überzeugung, dass die sogenannte sozialistische Regierung Ne Wins nur den oberflächlichen Anschein von sozialer Gerechtigkeit trug und in der Tat eine reine Militärdiktatur war, und folglich jeder Demokrat mit aller Macht gegen die scheinheilige Militärjunta Ne Wins erbitterten Widerstand leisten musste, welcher Anlass sich zum Widerstand in Form von Protest oder Streik auch jemals bieten möge.

Die Regierung Ne Wins hatte mehr als deutlich bei der Arbeiterdemonstration von Sinmaleit und Thamein am 6. Juni 1974 bewiesen, bei der die armen Arbeiter nur Reis zu einem erträglichen Preis gefordert hatten und dafür Gewehrkugeln erhielten, dass die Bezeichnung „Sozialistische Regierung Burmas" in der Tat nur eine inhaltslose Phrase darstellte. Tin Maung Oo fühlte sich verpflichtet jenen heldenhaften Studenten gegenüber, die 1962 während einer friedlichen Demonstration gegen Ne Wins Militärregierung unter dem Kugelhagel der Soldaten ihr Leben gelassen hatten. Daher sah Tin Maung Oo seine Lebensaufgabe darin, die Studenten von Kampf zu überzeugen und weiterhin den Aufstand zu organisieren, unabhängig davon, wie sein und ihr Leben auch enden mögen.

Am Nachmittag des 5. Dezembers 1974, in einem Arbeitszimmer der Aula, gratulierten Studentenführer Tin Maung Oo und seine Kollegen einander über den gelungenen Coup. Alle zollten Tin Maung Oo neidlos und bewundernd wegen seines scharfen Verstandes und Masterplans Respekt, nach welchem das große Unternehmen heute abgelaufen war. Dank seiner Organisation und Agitation waren am heutigen frühen Morgen Tausende und abertausende Studenten der RASU, der RIT und der medizinischen Akademie diszipliniert auf der Straße in Richtung Kyaiksan marschiert und am Nachmittag mit dem Sarg des verehrten U Thant in die Rangun-Universität erfolgreich zurückgekehrt. Ihre Losung, die vom Studentenkomitee auf gedruckten Zetteln an alle verteilt und während des Fußmarsches aus den tausendfachen Kehlen der Demonstrierenden mit aller Kraft herausposaunt wurde, hatte für jeden Bürger, der sein Leben widerwillig unter der Militärdiktatur fristen musste, wie ein elektrisierendes, flammendes Kampflied geklungen, das auf die Zuhörer an diesem Tag zugleich wie eine Seelenmassage gewirkt und ihnen innere Befriedigung beschert hatte.

„Wir fordern Staatsbegräbnis - für U Thant!
Wir bauen ein Mausoleum - für U Thant!
Weg mit - Einparteiensystem!
Weg mit - Militärdiktatur!
Wir fordern - Demokratie!
Wir fordern - Freiheit!"

Viele Bürger hatten von den Straßenseiten den demonstrierenden Studenten zugeschaut, enthusiastisch Beifall geklatscht und den Slogan der Studenten im gleichen Takt lautstark nachgesungen. Mehr und mehr hatten sich die Bürger und Mönche dem langen Zug der demonstrierenden Studenten angeschlossen, die sich wie ein Tausendfüßler auf der Straße langsam bewegten und alle Bürger von jeder Straßenecke in die Widerstandsbewegung mitgerissen hatten. Nun stand der Leichnam U Thants endlich dort, wo dem Verstorbenen gebührende Ehre gezollt werden konnte: in der Aula der Rangun-Universität. Die Nachricht, dass die Studenten den Leichnam U Thants entführt und zur Ehre des Verstorbenen in der Aula aufgebahrt hatten, verbreitete sich mit Windeseile in der Bevölkerung. Der Campus verwandelte sich sofort zum Wallfahrtsort für jedermann, gleich einem Pagodenfestival, wo jeder aufgelockert und fröhlich hinschlenderte. Kleine Läden mit Büchern, Tabakwaren, Getränken oder Süßigkeiten sprossen nach und nach auf der Kanzler Straße aus dem Boden. Eltern mit Kindern wanderten in die Aula, Omas und Opas waren auch nicht selten unterwegs dorthin, Schüler und Schülerinnen kamen in Gruppen, die ehrbaren Mönche beteiligten sich ebenfalls bei dieser großen Veranstaltung, wo eigentlich jeder durch seine Anwesenheit hier auf dem Campus zusammen mit den rebellierenden Studenten der Militärsippe Ne Wins die Stirn bot.

Tin Maung Oo und seine Kollegen des Studentenkomitees beschäftigten sich ernsthaft mit dem Plan, den Leichnam U Thants auf dem leeren Platz, wo einst das Gebäude der Studentenunion gestanden hatte, beizusetzen und dort ein Mausoleum zu bauen, falls die Regierung wie bisher ein Staatsbegräbnis, das die Studenten gefordert hatten, weiterhin ablehnen sollte. Da das Militär immer noch nicht bereit war, auf die Forderung der Studenten einzugehen, fingen die Architekturstudenten sofort mit dem Bau der Grabstätte an; das Mausoleum sollte bald folgen. Mit Schaufeln und Spaten ausgestattet, fingen etliche Leute schon an, auf dem Gelände die Gebüsche zu entfernen und das Gelände weiträumig ebenflächig zu gestalten. Ein Lkw brachte nach einer Weile Ziegelsteine, Sand und Beton. Mehrere Leute kamen zum Lkw, um die Ladung zu löschen und das Baumaterial zum Bestimmungsplatz zu tragen. Unter den freiwilligen Helfern, die die Ziegelsteine emsig schleppten, waren mehrere Dozenten und Studenten von der RIT. Tin Hlaing und Thaung Htin hatten das Glück, an dem Tag tatkräftig mithelfen zu dürfen. Tin Hlaing, Ziegelstein in der Hand und sich den Schweiß von der Stirn mit dem Ellenbogen wischend, sagte: „Ich frage mich manchmal, warum der liebe Gott einen guten Menschen wie U Thant eher sterben und einen solchen Verbrecher wie Ne Win weiter leben lässt?"

„Ja, das ist eine berechtigte Frage", antwortete Thaung Htin, „jedenfalls wird auf dem Grabstein U Thants geschrieben stehen: Geliebt und verehrt vom Volk. Dagegen auf Ne Wins Grabstein: verflucht und verdammt auf Ewigkeit für deine Verbrechen."

Die Aula war von morgens bis abends überflutet von Menschen, besonders am Abend, wenn die tägliche Arbeit zu Ende war, füllten die Arbeiter und Studenten den großen Saal randvoll bis zur letzten Ecke, um den flammenden Reden zu lauschen, die von Arbeitern, Studenten, Mönchen und Journalisten spontan gehalten und von den versammelten Zuhörern mit frenetischem Beifall honoriert wurden, im Besonderen, wenn die Regierung Ne Wins von den Rednern gehörig auf die Schippe genommen wurde. Täglich vor dem Beginn der großen Reden erhoben sich alle Anwesenden beim Aufruf eines Studenten vom Sitzplatz und salutierten den gefallenen Studenten von 1962 auf diesem schicksalhaften Campus.

Am ersten Tag, auf Drängen des Studentenkomitees und aus der Notwendigkeit, das Publikum über die Geschehnisse umfassend zu informieren, erschien der Studentenführer Tin Maung Oo auf der Bühne. Er war körperlich klein gebaut, nur seine scharfen Augen, in denen sich seine menschliche Reife und sein klarer Verstand widerspiegelten, funkelten vor Freude. Er klopfte das Mikrofon mit dem Finger zwei-, dreimal an, es schien mit dem Lautsprecher gut zu funktionieren. Der Lärm im großen Saal ließ nach, das ganze Publikum lauschte gespannt, was der junge Redner auf der Bühne zum Besten geben würde.

„Sehr geehrte Gäste und liebe Kameraden, gestatten Sie mir im Namen des Studentenkomitees der RASU, der RIT und der medizinischen Akademie Sie alle hier herzlich begrüßen zu dürfen. Notwendigkeitshalber darf ich mich ihnen zuerst vorstellen. Ich heiße Tin Maung Oo bzw. Salai Tin Maung Oo, ich gehöre zur Chin-Nationalität. Wie Sie sicherlich wohl informiert sind, bedeutet Salai in unserer Chin-Sprache Mr. Ich bin ein Mitglied des Organisationsteams zu Ehren des verstorbenen U Thant, des großen Sohnes unserer Heimat Burma. Wie Sie sehen, haben wir heute zusammen etwas Großartiges geleistet. Wir haben jemandem Ehre erwiesen, dem Ehre gebührt. Wir haben auch zugleich jemandem eine Abfuhr und die Verachtung erteilt, der mit dieser Art Demütigung bedacht zu werden mehr als berechtigt war. Die Rede ist von U Thant, der für die Verehrung der gesamten Bevölkerung Burmas würdig ist, und Ne Win, für den jeder ehrliche Bürger nur noch Verachtung übrig hat. Wir, etwa zehntausend Studenten, sind heute Morgen nach Kyaiksan aufgebrochen, wo wir den Leichnam U Thants nach der Ankunft in Rangun aufgebahrt glaubten, um unserem verehrten U Thant das letzte Geleit zu geben und ihm unseren Respekt zu erweisen. Als wir dort ankamen, sahen wir Unglaubliches in der Kyaiksan-Halle. Wisst ihr, was die Kyaiksan-Halle vorher gewesen war? Ältere werden es bestimmt wissen, aber viele Jüngere bestimmt noch nicht. Kyaikasan war die berühmte Pferderennbahn, auf der von der britischen Kolonialzeit bis Anfang 1962 hier jede Woche Pferderennen stattgefunden hatten. Die Halle, in der der Sarg U Thants einfach so hingestellt wurde, war einst der Pferderennklub gewesen. Nun zur Sache, was sahen wir denn dort, als wir in die Kyaiksan-Halle eindrangen? Um den Sarg U Thants standen etwa zehn Leute vom Rotkreuz, die waren gerade dabei den Leichnam zum Kyandaw-Friedhof zu transportieren. Wir dachten, da versteckten sich ganz sicher noch etliche Staatssekretäre, Minister von der Regierung, oder sogar Ne Win selbst, in einem Raum oder sonst irgendwo, da sie vielleicht Angst vor uns Studenten haben. Wirklich, die haben manchmal großen Schiss vor uns Studenten."

Das Publikum lachte laut. Er fuhr fort: „Es kann nicht sein, dachten wir, dass bei der Beerdigung eines großen Sohnes Burmas, der bei den Vereinten Nationen zehn Jahre lang als Generalsekretär gedient und für den Weltfrieden gesorgt hatte und jeden Burmesen stolz werden ließ, einfach kein Funktionsträger von der Staatsmacht erscheint. Ne, ne, das kann nicht stimmen, und wir suchten weiter, in den Wetthallen, Zuschauerräumen und sogar in den ehemaligen Pferdeställen. Ihr wisst ja gut, dass unser Staatschef U Ne Win, so heißt er jetzt, vorher General Ne Win, ein Pferdenarr ist. Als Student der RangunUniversität, ungefähr in den Jahren 1930 und 31, war er die ganze Zeit beim Pferderennen in Kyaiksan gewesen, als die anderen Studenten gegen die britische Kolonialregierung demonstrierten. Er hatte wirklich überhaupt keine Zeit gehabt für solche normalen studentischen Aktivitäten. Da dachten wir, vielleicht ist U Ne Win im Pferdestall, um seine Erinnerungen an die Studentenzeit aufzufrischen. Wir riefen laut überall in den Pferdeställen, ‚Hallo Chef, … Hallo Chef'. Das Schwein war nirgendwo zu finden."

Das ganze Publikum quietschte vor lauter Vergnügen, pfiff und klatschte vor Begeisterung. Tin Maung Oo setzte fort:

„Ja, kein Schwein von der offiziellen Seite war dort anwesend, kaum zu glauben, es ist aber wahr. Ne Win und seine Regierung behandeln U Thant, als sei dieser einfach verfaulter Abfall, der gleich in die Erdgrube geschmissen werden sollte. Wir haben nun aus zuverlässiger Quelle erfahren, dass Ne Win alle staatlichen Angestellten bis zum Minister angewiesen hat, von der Beerdigung U Thants fernzubleiben. Was will denn dieser Ne Win überhaupt?"

Der Redner schrie mit geballter Stimme laut auf, während er mit den Armen herumfuchtelte, als wollte er vor Wut den ganzen Himmel herunterreißen, dann fuhr er mit sanft eindringlicher Stimme fort:

„Er will mit Gewalt und Macht verhindern, dass dieser U Thant von uns verehrt, respektiert und geliebt wird, und dass er in unseren Herzen lebendig bleibt als Patriot und große Persönlichkeit, die stets mahnt: Das höchste Gut der Menschheit ist Freiheit und Demokratie. Einmal sagte ein Gelehrter: Es gibt im Leben drei Größen, die nie mit Gewalt oder Geld erreicht werden können, das sind Liebe, Respekt und Weisheit! Wer eine Frau zur Liebe zwingt oder die Liebe mit Geld erkauft, der bekommt dafür Hass oder Täuschung. Wer sich durch Macht und Geld Respekt verschafft, der erntet nur Hohn und Verachtung. Wer sich der Weisheit durch Macht und Geld bemächtigen will, der empfängt nur Einbildung."

Bei diesen weisen Worten eines Gelehrten, die Tin Maung Oo in seine Rede eingebaut hatte, war das ganze Publikum so ruhig und nachdenklich, dass man das Fallen einer Nadel auf dem Fußboden deutlich hätte hören können.

„Nun, Ne Win wollte U Thants Leichnam auf dem Kyandaw-Friedhof beerdigen lassen. Aber, in Kyandaw werden, wie wir Bescheid wissen, nur gewöhnliche Tote begraben, die im Leben nichts Außerordentliches geleistet haben. Aber U Thant war kein normaler Sterblicher! Nur Ne Win wollte ihn durch seine dreckigen Hände in den Schmutz ziehen und auf das Normalmaß herabsetzen. Da haben wir, die Studenten der RASU, des RIT und der medizinischen Akademie, den abscheulichen Plan Ne Wins gründlich verdorben, indem wir den Leichnam U Thants in der ehrwürdigen Aula aufgebahrt haben, wo jeder Bürger Gelegenheit hat, dem Verstorbenen die letzte Ehre zu erweisen. Wenn die Regierung Ne Wins kein Staatsbegräbnis zusichert, dann werden wir den Leichnam auf dem Platz, wo einst das Gebäude der Studentenunion, das von Ne Win im Juni 1962 zerstört wurde, begraben und dort ein Mausoleum des Friedens bauen. Wir fangen nun auch an, die Spenden dafür zu sammeln.

Liebe Kameraden, wir haben zusammen dem Despoten Ne Win gezeigt, wie weit seine Macht reicht. Er kann uns ins Gefängnis werfen oder sogar uns umbringen, aber unser Widerstand gegen seine Militärdiktatur wird weiter brennen, wie eine ewige Flamme, die diesen Diktator und seine Sippe eines Tages bis zur Asche verbrennen und unserer Bevölkerung endlich das ersehnte Licht der Freiheit und Demokratie bringen wird!"

Der Redner beendete seine mit vollem Pathos vorgetragene Rede mit hochgehobener Faust. Ein Sturm der Begeisterung wurde beim Publikum entfesselt, Beifallklatschen und Hurrarufe im großen Saal hörten nicht mehr auf, bis der zweite Redner die Bühne betrat. Er war ein Herr von mittlerem Alter, etwa vierzig. Er legte einen Notizzettel auf das Rednerpult und wandte sich sogleich an das Publikum:

„Liebe Freunde und Kameraden, ich bin ein Arbeiter seit zwanzig Jahren in der ThameinTextilfabrik. In diesen langen Jahren ist es uns, den Arbeitern, noch nie so schlecht gegangen wie jetzt. Mit unserem Gehalt, was wir dort verdienen, kommen wir überhaupt nicht mehr über die Runden. Bis 1962, bis diese Regierung Ne Wins an die Macht kam, konnte ich mit meinem kleinen Gehalt meine dreiköpfige Familie gut ernähren. Seitdem ging es jährlich bergab, sodass das Gehalt eines Arbeiters nicht mal für sich allein ausreicht, geschweige für die Familienmitglieder. Jeder in der Familie muss seit Jahren irgendwo arbeiten, damit wir einigermaßen zu essen haben. Vor einem halben Jahr im Juni hatten wir, die Arbeiter von der Thamein-Textilfabrik und Sinmaleit-Werft, am gleichen Tag auf unseren Werksgeländen demonstriert. Unsere einzige Forderung und Losung war „Gebt uns Reis zum staatlich verbilligten Preis", und mehr war es nicht. Dieser Slogan war weder politisch noch aufrührerisch. Wir wollten keine Regierung umstürzen. Wir haben keinen Zweifel daran, dass die Minister in der Regierung oder hohe Armeeoffiziere, die unser Werk leiten, qualifiziert sind. Die sind alle studierte, gebildete Leute. Mit unserer Aktion hatten wir nur die einzige schlichte Absicht, die Regierung auf unsere verzweifelte Lage aufmerksam zu machen. Auf dem Schwarzmarkt kann jeder so viel Reis kaufen, wie er will, natürlich mit drei bis viermal höherem Preis. Wir Arbeiter konnten und können uns das nicht leisten, wir hatten mehrere Male vergeblich die Werksleitung gebeten, uns die Reisration zum ermäßigten Preis, die wir ab und zu bekommen, mengenmäßig zu erhöhen oder im Monat drei-, viermal regelmäßig Reis an uns zu verteilen. Hohe Armeeoffiziere, die das Werk leiteten und immer noch leiten, wissen genau, dass sich die Arbeiter bei ständig steigenden Lebensmittelpreisen kaum noch regelmäßige Mahlzeiten leisten können. Aber unsere Bitte war leider nie erhört worden. Da hatten wir aus Verzweiflung einen Nachmittag gestreikt, nicht nur in Sinmaleit, auch bei uns in Thamein. Leider waren, wie sie bereits erfahren haben, viele unserer demonstrierenden Mitarbeiter ohne Vorwarnung auf der Stelle erschossen worden und viele wanderten ins Gefängnis. Jeder, der dieses Grauen mit eigenen Augen gesehen und miterlebt hatte, fing an, sich Fragen zu stellen."

Der Redner machte Halt an der Stelle und presste die Worte dann mit eindringlicher Intensität, Wort für Wort, klar aus seinen Lippen: „War denn unsere friedliche Demonstration ein großer Aufstand gegen diese Regierung, sodass sie uns mit tödlichen Schüssen brutal bestrafen musste? Bedeutet denn unsere gewaltfreie Willensbekundung für sie schon ein großes Staatsverbrechen? Wenn die jetzige Regierung Ne Wins unsere Aktion so interpretiert und handelt, als müsste jegliche freie Willensäußerung der Menschen kategorisch mit Gewalt unterdrückt werden, anstatt die Ursache der Arbeiterunruhe genauer zu untersuchen und gemeinsam eine friedliche Lösung zu finden", der Redner holte tief Luft und sprach den letzten Satz aus, der sich jedem Zuhörer in den Kopf hineinfraß, „dann ist es erlaubt, ernsthaft nachzudenken, was für eine Regierung das denn überhaupt ist! Und wie sollten unsere künftigen Reaktionen gegenüber dieser Regierung sein?"

Der Redner verließ die Bühne, das Publikum war mit der gestellten Frage so beschäftigt und wie hypnotisiert, dass der ganze Saal danach einen Augenblick ganz still wurde, um so mehr folgte dann dröhnendes enthusiastisches Beifallklatschen, als würde dies die große Aula zersprengen.

Nach einer Weile stieg ein junger Student auf die Bühne und verkündete stolz den Auftritt des bekannten Journalisten U Kyaung, der als Chefredakteur bei der ehemals regierungskritischen Zeitung „Kyemon (Spiegel)" jahrelang tätig gewesen war und nach der Zwangsenteignung der Zeitung durch die Regierung keine freie Stimme mehr hatte. Nach der Ansage erschien ein alter Mann auf der Bühne und näherte sich langsam dem Rednerpult, seine Haare waren grau und eine dicke Brille bedeckte seine Augen, seine Jacke aus gelbbraunem Baumwollgewebe lag etwas schief auf der rechten Seite und hing leicht nach unten, da er in der Jackentasche Feuerzeug, Zigarren und andere Kleinigkeiten hineingetan hatte. Als er am Rednerpult stand, richtete er seine Augen auf das ganze Publikum und ließ seinen Blick von links nach rechts streifen, um die etwa dreitausend Anwesenden genauer zu betrachten. Jeder Zuschauer musste bestimmt jünger sein als er. Mit einem Schmunzeln eröffnete er seine Rede, die von den Zuschauern mit Spannung erwartet wurde:

„Liebe Studenten und verehrte Gäste, ich bin sicher, dass ich einer der Ältesten unter allen hier Anwesenden in diesem Saal bin. Ich bin bald siebzig Jahre alt. Ich wurde von eurem Studentenkomitee gebeten, hier eine Rede zu halten. Dem komme ich gern nach. Ich bin mein ganzes Leben lang Journalist gewesen. In den letzten Jahren wurden meine Artikel in den Zeitungen nicht mehr gedruckt, weil ich andere Ansichten habe als die Regierung Ne Wins. Das gleiche Schicksal erleiden eben viele Journalisten und Schriftsteller, seitdem die Zeitungen und Zeitschriften verstaatlicht und von der Behörde zensiert werden. Die freie Meinungsäußerung, die wir bis Anfang 1962 vor dem Militärputsch genossen hatten, ist schon lange Vergangenheit. Ich habe mir heute vorgenommen, euch zu berichten, was ich jahrelang recherchiert habe, und durch meine langjährigen journalistischen Verbindungen in das Ausland konnte ich mir zum Glück zuverlässige Informationen beschaffen. Wenn ich darüber schreibe, wird es nie in diesem Land veröffentlicht werden, so lange Ne Wins Regierung an der Macht ist. Mit meinem heutigen Beitrag will ich ebenfalls die zwei Fragen, die der vorherige Redner von der Thamein-Textilfabrik interessanterweise aufgeworfen hat, aufgreifen, nämlich: Was für eine Regierung ist denn Ne Wins Regime und wie sollen wir, die Bevölkerung Burmas, uns gegenüber dieser Regierung verhalten?"

Er machte eine kleine Pause und setzte mit ruhiger Stimme fort:
„Als General Ne Win als Chef der Übergangsregierung im September 1958 zum ersten Mal an die Macht kam und diese Macht ausgiebig ausgekostet hatte, hatte er längst entschieden, das Land in Zukunft für immer als alleiniger Machthaber zu regieren. Die erste Machtübernahme durch das Militär in der burmesischen Geschichte war wesentlich vorangetrieben von Oberst Aung Gyi und Oberst Maung Maung, natürlich mit stillschweigendem Einverständnis von General Ne Win. Der Militärputsch wurde durch einen klugen Schachzug von Ministerpräsident U Nu umgewandelt in die legale Machtübergabe von der demokratisch gewählten Regierung an das Militär, wobei sich das Militär öffentlich verpflichten musste, nach einem halben Jahr allgemeine Wahlen abzuhalten und die politische Macht an die Wahlsiegerpartei abzutreten.

Nach der Machtübernahme zeigte die Regierung mit Ne Win als Ministerpräsident und den Ministern aus Armeeoffizieren das wahre Gesicht des Militärs. Sie propagierten drei Ziele: Befestigung der Sicherheit und Ordnung, Beseitigung der Profiteure und Preistreiberei, Umgestaltung der Hauptstadt Rangun. Angeblich, um die Sicherheit und Ordnung im Lande zu erhöhen, wurden auf Betreiben des Obersten Maung Maung, der als Sonderbeauftragter von General Ne Win tätig war, über vierhundert, meist politisch links orientierte Politiker, Schriftsteller und Journalisten eingekerkert, mit der Anschuldigung, sie seien Kommunisten. Hundertdreiundfünfzig wurden auf die Kokoe-Insel im bengalischen Meer verschleppt und dort gefangen gehalten. Ich habe meine Zeit ebenfalls dort verbracht. Die Zeitungen, die zur Militärregierung kritisch Stellung bezogen, wurden von ihr verboten und die Redakteure mit Gefängnis bestraft.

Auf wirtschaftlichem Gebiet tat sich Gewaltiges unter der Leitung von Oberst Aung Gyi. Das armeeeigene Wirtschaftsunternehmen expandierte und schluckte mit dubiosen Methoden wie Drohung, Einschüchterung und Zwang innerhalb kurzer Zeit den Export- und Importhandel des Landes, die Fischereiindustrie, die Alkohol- und Spirituosenerzeugung, die Bau- und Konstruktionsbranche, den Seefahrtshandel, die pharmazeutische Produktion, den Bankensektor und schuf daraus vierzig Handelsgesellschaften, mit denen die Armee die gesamte Wirtschaft des Landes kontrollierte."

U Kaung hatte sich vorgenommen, darüber, was er mit allen erdenklichen Mitteln recherchiert hatte, die wissbegierigen Studenten allumfassend zu informieren. Er fuhr fort:

„Während der Bereinigung der Hauptstadt Rangun wurden hundertfünfzigtausend Häuser abgerissen und die Menschen nach Thaketa und Okeklapa, eilig errichteten Satellitenstädten, zwangsumgesiedelt, wo es damals weder sauberes Wasser noch Elektrizität gab. Die nun frei gewordenen Grundstücke in Rangun wurden hohen Armeebossen zugeteilt. Die Bevölkerung hatte in dieser kurzen Zeit unter der Militärregierung sehr viel gelitten. Das Militär war deshalb sehr verhasst unter der Bevölkerung. Als Ne Win die Dauer seiner Herrschaft in die Länge zog, wurden die Proteste von allen politischen Parteien laut. In der Partei von U Nu wurde ganz offen diskutiert und beschlossen, notfalls mit Waffengewalt den Volksaufstand gegen Ne Wins Regierung zu organisieren. Als Ne Win sah, dass seine Armee gegen das ganze Volk, das besonders unter der Führung des erfahrenen Politikers U Nu und der anderen namhaften Widerstandskämpfer den Kampf aufnimmt, nicht gewinnen könne, war er gezwungen, nachzugeben. Er machte bekannt, dass die Wahlen im Februar 1960 stattfinden werden. Damals hatte er sich schon fest entschlossen, auf eine günstige Gelegenheit zu warten und wieder zuzuschlagen, um das ganze Land endgültig unter seine alleinige Macht für immer zu zwingen, dann würde er aber zuerst alle einflussreichen Politiker verhaften lassen, sodass der Widerstand des Volkes nicht mehr organisiert werden konnte.

Als er mit seinem zweiten Militärputsch im März 1962 endgültig zuschlug, wurden U Nu und alle Regierungspolitiker verhaftet. Als Begründung gab Ne Win an, er wolle den Zerfall der Union von Burma verhindern, da das Shan-Volk die Abspaltung von der Union unternehme, was gar nicht stimmte und dies in Wahrheit eine vorgeschobene Begründung war, um seine Militärdiktatur in diesem Lande zu etablieren. Als die Studenten der Rangun-Universität am 7. Juli 1962 gegen die Militärregierung und gegen die Abschaffung des demokratischen Parlamentarismus auf diesem Campus, wo wir jetzt stehen, demonstrierten, wurden sie von Soldaten brutal niedergeschlagen. Hunderte Studenten wurden unter dem Kugelhagel in den Tod getrieben, und das historische Gebäude der Studentenunion, wurde auf Befehl von General Ne Win mit Dynamit in die Luft gesprengt. Seltsamerweise sagte der General jedes Mal, dass er mit der Zerstörung des Gebäudes der Studentenunion nichts zu tun gehabt hätte. Offenbar hat er Angst, als brutaler Sprengmeister in die Geschichte einzugehen, aber diesen Ehrentitel hat er sich wohl verdient und den wird er nie mehr los."

U Kaung lachte herzhaft und befriedigt, während sich das Publikum in grenzenloser Zustimmung mit schallenden Lachsalven wiegte.

„Nachdem er die Demokratie abgeschafft hatte, suchte er ein politisches

System, um seine alleinige Herrschaft auf Dauer zu sichern. Da sah er sozialistische Länder, in denen die Staatschefs bis ans Lebensende an der Macht, wie fest genagelt, bleiben. Er beauftragte zwei Schriftsteller, die sich in sozialistischer Ideologie auskannten, eine Art Manifest zum burmesischen Weg zum Sozialismus anzufertigen. Er teilte seinen Offizieren mit, dass er im Interesse des Landes entschlossen sei, dem Volk den burmesischen Weg zum Sozialismus zu bahnen und befahl seinen Anhängern, sich der klugen Lehren des eben erstellten ideologischen Manifestes zu befleißigen. Somit entstand die Burmesische Sozialistische Programm Partei (BSPP), in der alle hochrangigen Offiziere automatisch Parteimitglieder waren, und zusätzlich noch ein paar alte Kommunisten, die ebenfalls in die Partei aufgenommen wurden. Seine einstigen Mitstreiter zur Machtergreifung wie Oberst Maung Maung und Oberst Aung Gyi und mehrere hohe Offiziere, die ihm auf dem Weg zur alleinigen Macht in dieser oder jener Weise hätten hinderlich sein können, hatte er schon längst aus der Armee rausgeschmissen. Er wollte und will nur von Offizieren umgeben und vergöttert werden, die ihm blind gehorchen, wie abgerichtete Hunde ihrem Herrn."

Als der alte Herr eine kleine Pause einlegte, um Luft zu holen, wartete das ganze Publikum gespannt auf die Fortsetzung.

„Als erste Maßnahme zum Aufbau des burmesischen Sozialismus begann also Ne Win im Januar 1963 mit der Verstaatlichung der Privatunternehmen, angefangen von großen Firmen, Fabriken bis zu kleinen Läden und Institutionen, die von privat oder von Wohltätigkeitsverbänden betrieben worden waren, sogar z. B. Kinos, Privatschulen, Krankenhäuser. Dabei wurden nur ausländische Firmen finanziell entschädigt, und alle anderen Firmen, deren Besitzer Burmesen waren, waren einfach ohne jegliche Entschädigung enteignet worden. Bei der Verstaatlichung wurde die Abwicklung bei größeren Firmen durch ranghohe Offiziere wie einen Oberst oder einen Major durchgeführt, bei mittleren Firmen durch Offiziere von mittlerem Rang wie Hauptmann, und bei kleinen Läden durch jene mit niedrigen Rängen wie Feldwebel oder Leutnant. Vor jedem Laden oder jeder Firma wurden mehrere Soldaten als Wachposten aufgestellt. Die Offiziere und Parteimitglieder der BSPP beschlagnahmten alles, was zu dem Unternehmen gehörte, angefangen von Bargeld bis zum Firmenauto. Die Firmenautos, die am Morgen noch Eigentum der Firma waren, gehörten nun am Nachmittag im Handumdrehen zum Besitz der Armeeoffiziere. Die Ladenbesitzer, die ihre Autos nicht abgaben, wurden mit langjähriger Haft bestraft. Hier zum Beispiel: Der Buchladen Smith & Caramdam in der Sulepagoda Straße wurde enteignet. Der Ladenbesitzer, ein alter Mann, besaß einen alten, kaputten, schrottreifen Wagen. Da er den Besitz des fahruntüchtigen Autos nicht angegeben hatte, wurde er zu vier Jahren Gefängnis verurteilt. Der alte Mann war zweiundsiebzig Jahre alt. Die Offiziere und die zivilen Parteimitglieder, die ausschließlich pensionierte Offiziere waren, arbeiteten anstelle der ehemaligen Ladenbesitzer.

Die Offiziere oder Ex-Offiziere, die mit Läden von teuren Waren zu tun hatten, wurden sofort reich, denn sie klauten Teile der enteigneten Waren nach Herzenslust und verscheuerten sie auf dem Schwarzmarkt. Bei der Verstaatlichung der Privatbanken und Läden wurden oft systematisch keine Listen geführt, sodass ganze Vermögen in die Taschen der Armeeoffiziere geschaufelt wurden. Als sich die BSPP entschloss, die beschlagnahmten Waren zusammenzulegen und zu vermarkten, wurden 12764 Läden - nur allein in Rangun – frei. Aufgrund der zahlreichen indischen Geschäftsleute, die durch Zerstörung ihrer wirtschaftlichen Grundlage für sich keine Zukunft mehr sahen und nach Indien zurückkehrten, wurden in Rangun etwa 100 000 Geschäftsräume und Wohnungen frei, sie wurden sofort von Armeeoffizieren in Besitz genommen. Bei der Enteignung der Zeitungs- und Verlagshäuser wurden nur lappige vier Prozent des Originalwertes als Entschädigung gezahlt. Bei der Entschädigung hatte es nur Ausnahmen gegeben, zwar bei den Firmen, die von Verwandten von Daw Khin May Than, der Ehefrau des Generals Ne Win, betrieben wurden. Hier wurde heimlich und penibel auf Heller und Pfennig entschädigt. Bei der Entschädigung der Sperrholzfabrik, die den nahen Verwandten der Frau des Generals gehörte, wurden nicht nur in harten Devisen bezahlt, sondern auch dem ehemaligen Besitzer eine zeitweilige Anstellung in der burmesischen Botschaft in London verschafft, sodass die ganze Familie ganz gemütlich nach London auswandern konnte.

Die verstaatlichten Industrie- und Handelsfirmen wurden in verschiedenen Handelsgesellschaften erfasst und nur von ranghohen Militäroffizieren verwaltet und betrieben, später wurde dies geringfügig mit gefügigen ehemaligen Kommunisten und Zivilpersonen in der Verwaltung ergänzt. Generell wurde es damals Zivilpersonen strafrechtlich verboten, mit 460 Arten von Waren Handel zu treiben, diese waren allein nur der Militäregierung vorbehalten worden.

Damit entstand eine gesellschaftliche Klasse von ranghohen Armeeoffizieren, die nach der Machtergreifung auf Kosten der Bevölkerung enorm profitierte und immer noch profitiert. Eigentlich war die sogenannte Verstaatlichung nur eine reine Plünderung des Volksvermögens oder die totale Ausbeutung des burmesischen Volkes, die von Ne Win und seinen Gefolgsleuten verübt wurde, um sich selbst zu bereichern."

Es war wahrlich eine lehrreiche Geschichtsstunde über den dubiosen Diktator Ne Win und seine Sippe, die der alte weise Journalist vortrug.

„Aber das war nicht der letzte Raub, den Ne Win und seine Militärsippe am burmesischen Volk begangen hatten. In dem folgenden Jahr 1964, am 17. Mai, wurden alle Geldscheine von Hundert- und Fünfzig-Kyat, die von der Regierung ausgegeben und in Umlauf gebracht worden waren, für ungültig erklärt, um angeblich die preistreibenden großen Händler zu bestrafen. Dadurch wurden 22 % des Geldes, das sich in den Händen des Volkes befand, vernichtet. Rechnet man dies genau nach, so war das Volk danach um den Betrag von 915 Millionen Kyat ärmer geworden. Unzählige Menschen, die sich aus ihrer mühseligen Arbeit jahrelang Geld gespart hatten, waren plötzlich arm geworden. Das war ein gemeiner, gieriger Raub an vielen Menschen, die sich nicht hatten wehren können. Liebe Freunde, ich glaube nicht, dass das der letzte gemeine Streich der von Ne Win geführten Räuberbande war.

Es versteht sich von selbst, dass ihre verfehlte Wirtschaftspolitik zu ständig steigenden Preisen und schließlich zur Verelendung unserer Bevölkerung führte, während auf der Sonnenseite die Armee-Elite ihr verschwenderisches Leben sorglos genießt. Seitdem alle Zeitungen und Zeitschriften enteignet waren und zum Eigentum der Armee gehörten, war die Meinungsfreiheit unwiderruflich hingerichtet worden. Die Andersdenkenden, die ihre Ansichten öffentlich kundtaten, landeten immer im Gefängnis.

Was General Ne Win betrifft, fährt er seit 1962 jährlich vier bis fünfmal nach Europa - wie es in den staatlichen Medien heißt: der große Vorsitzende der Burmesischen sozialistischen Programm Partei, General Ne Win, und neuerdings seit Anfang 1974 der Staatspräsident U Ne Win in Zivilkleidung, begibt sich zur Erholungsreise nach Europa. Dort amüsierte er sich ausgiebig beim Pferde- und Hunderennen in London, da in Burma seit der Proklamation des Sozialismus sein beliebtes Hobby ‚Pferderennen' verboten werden musste. Aber er wusste sich schon zu helfen. Er kaufte dort eine teuere Villa, unterhält ein Hotel in der Schweiz. Als Staatschef und gleichzeitig als Minister für Finanzen im Kabinett bemächtigte er sich der Kontrolle aller Gelder, die in Burma fließen. Was er dabei in seinen persönlichen Besitz schaufelt, da gestattet er niemandem, sich Einblick zu verschaffen."

Der alte Fuchs machte hier eine kleine Pause, nahm das ein gereichtes Glas Wasser zu sich und fuhr mit ganzem Eifer fort:

„Neuerdings führt unser Staatschef inmitten dieses Jahres 1974 den größten Trick auf dieser Welt vor, indem er die politische Macht von der Militärregierung General Ne Wins an die Zivilregierung des Präsidenten U

Ne Win übergab. Damit soll deutlich demonstriert werden, dass nun in Burma eine legale zivile Regierung etabliert sei. Das ist der größte Witz, bei dem uns vor lauter Traurigkeit das Lachen vergeht. Was hat denn das Volk davon? Nichts! Während der General seine Uniform abelegte und nun sich in Zivil präsentierte, wurden die Arbeiter in Sinmaleit und Thamein erschossen, weil sie Reis zu einem billigeren Preis forderten. Die majestätische Staatsmacht fühlt sich beleidigt, wenn das Volk vor Hunger schreit. Die freie Meinungsäußerung existiert seit Jahren nicht mehr. Dass wir hier offen reden können, ist auch nur eine vorläufige Ausnahme, die nicht lange bestehen bleiben wird. Jedenfalls bin ich todsicher, dass alle Redner auf dieser Bühne in den nächsten Tagen von der Geheimpolizei beschattet und in naher Zukunft abgeholt werden. Aber wir lassen uns von dieser Regierung nicht einschüchtern!

Nun zu der Frage des vorherigen Redners: Was für eine Regierung ist das überhaupt? Ich habe schon versucht, in meiner Rede dies deutlich zu machen. Die Antwort ist: Es ist schlicht und einfach eine Militärdiktatur. Die Profiteure bilden eine Schicht aus hohen Militäroffizieren und ihren Handlangern. Sie schlagen brutal zu, wenn sich ihnen jemand in den Weg stellt. Ich kann euch nur raten: Wehrt euch mit allen Mitteln! Euer Schweigen wird das Leid eurer Kinder sein. Der Kampf und Widerstand gegen diese Militärdiktatur werden viel Schweiß und Blut kosten, also stellt euch auf einen langen, zähen Kampf ein. Es ist gewiss, dass wir eines Tages diese Militärjunta besiegen werden. Warum? Weil wir alle auf der gerechten Seite stehen. Die Gerechtigkeit siegt immer, wenn es auch viele Opfer kostet. Wir Burmesen waren unterjocht von Engländern, wir haben uns freigekämpft. Wir waren unter japanischen Besatzern, wir haben sie hinausgeworfen. Nun sind wir seit Jahren geknechtet und ausgebeutet von der Militärdiktatur eigenen Fleisches und eigenen Blutes, aber wir werden sie eines Tages wegjagen, auch wenn dazu viele Opfer und Blut erforderlich sein sollten. Unser Sieg ist gewiss, wie der Sonnenaufgang am Morgen!"

Am Ende der enthusiastischen Rede, die alle Zuhörer mitriss, standen alle auf und spendeten minutenlangen Beifall, die große Aula bebte und krachte, als bräche der Donnergott in den großen Saal hinein. Es war ein erhabenes Gefühl für jeden, solch eine sachkundige und ermutigende Rede eines weisen alten Mannes zu hören. Die große Aula war überflutet von dem kämpferischen Willen und der stählernen Entschlossenheit zum Widerstand gegen den Despoten Ne Win. Nicht nur Thaung Htin, der fast täglich als eifriger Zuhörer in dieser Aula gewesen war, sondern auch jeder andere war stolz, an diesem Ort und zu dieser Stunde ein Teil dieses seltsamen Fluidums zu sein. Thaung Htin, tief beeindruckt von all den Informationen, die er in diesen Tagen von den vom Enthusiasmus überwältigten Menschen mitbekam, sagte zu sich: „Für den eigenen Vorteil das ganze Land und die gesamte Bevölkerung ins Verderben zu schicken, bedarf es einer enormen kriminellen Energie. Ein solcher Verbrecher wie Ne Win muß unwiderruflich auf das Schafott."

Der Diktator Ne Win las die täglichen Berichte über die Geschehnisse auf dem Campus, persönlich überreicht vom Geheimdienstchef One-and-half. Als er den Inhalt der Reden las, musste er seine schäumende Wut gewaltig im Zaum halten, denn er brauchte nun einen kühlen Kopf, die Situation nicht noch mehr eskalieren zu lassen. Er hatte immerhin Reputation in der Welt zu verlieren, denn er hatte sich gerade vor einem halben Jahr durch ein geschicktes Manöver vom Chef der Militärregierung zum gewählten zivilen Präsidenten Burmas verwandelt. Wenn er nun gewaltsam gegen unbewaffnete Studenten vorgehen würde, würde ihm seine präsidiale Würde sofort abhanden kommen, das konnte er sich in der gegenwärtigen Situation nicht leisten. Er zitierte den Innenminister Kyaw Soe zu sich und befahl ihm, dem streikenden Studentenkomitee ein Angebot zu unterbreiten. Der Innenminister setzte sofort einen Text auf: Angesichts der überwältigenden Willensbekundung der Studenten erklärt sich die burmesische Regierung bereit, dem Wunsch der Studenten zu entsprechen. Daher soll der Leichnam U Thants im Kandawmin-Park in der Mitte Ranguns, wo auch die letzte Ruhestätte des verstorbenen großen Dichters und Widerstandskämpfers Thakhin Ko Daw Mhain liegt, bestattet werden. Der Einrichtung eines Mausoleums dort steht nichts im Wege.

Nach Erhalt der offiziellen Botschaft von der Regierung berieten Tin Maung Oo und seine Kameraden über das weitere Vorgehen. Die meisten waren der Ansicht, dass das Angebot akzeptabel sei und mit dem schon gesammelten Geld dort ein Mausoleum gebaut werden könne. Am 8. Dezember informierte Tin Maung Oo das versammelte Publikum in der überfüllten Aula über das Angebot der Regierung und erklärte, dass das Studentenkomitee dies für akzeptabel halte. Ein Student stand aus der Mitte des Publikums auf und machte sich stark für das ursprüngliche Vorhaben, den Leichnam U Thants auf dem Platz des einst zerstörten Gebäudes der Studentenunion beizusetzen und dort ein Mausoleum zu errichten. Wenn ein großes Ereignis von historischer Dimension seinen eigenen Lauf genommen hatte, so ließ sich dieses kaum noch aufhalten. Das ganze Publikum votierte einhellig für das Begräbnis auf dem Campus. Entsprechend den Wünschen des Volkes geschah es am gleichen Tag. Am Nachmittag des 8. Dezember 1974 wurde der Leichnam, auf den Händen der Arbeiter,

Studenten und Angestellten der Universität von der Aula zum Bestimmungsplatz getragen. Die rote Flagge der Studentenunion, getragen von einem Studenten, unmittelbar vor dem Trauerzug, flatterte in der Luft, als ein starker Windstoß vorbeisauste.

Es war eine große feierliche Trauerprozession unter der Beteiligung von etwa zwanzigtausend Menschen, die sich langsam auf der Kanzler Straße von der Aula wegbewegten. Die Stimme der gewaltigen Masse drang bis in den Himmel empor: „Wir wollen - Demokratie!"
„Wir wollen - Demokratie!"
„Nieder mit - Militärdiktatur!"
„Nieder mit - Diktator Ne Win!"

Der Campus war in diesen Tagen zu einer eisernen Festung des gewaltigen Widerstandes gegen das Militärregime Ne Wins herangewachsen. Darüber waren die ganze Hauptstadt Rangun und das ganze Land wohl informiert von den streikenden und protestierenden Studenten, uneingeschränkte Sympathie und Solidarität wurden ihnen von der Bevölkerung zuteil. Jeder nach Freiheit strebende Mensch fühlte sich auf diesem Campus erhaben und glücklich - mindestens in diesen Tagen.

Die Kanzler Straße war umsäumt von der gewaltigen Menge von Menschen, die von der Stadt hierher gekommen waren, um dem Verstorbenen die letzte Ehre zu erweisen. Der Trauerzug bog von der Kanzler Straße nach links zu dem vorgesehenen Bestattungsplatz. Das war im wahrsten Sinne des Wortes das große Staatsbegräbnis, das der Diktator Ne Win unbedingt verhindern wollte. Als der Sarg in das Grab, das schon vorher gebaut und mit schönen Fresken dekoriert und einer Granitplatte mit Inschrift versehen war, langsam hinabgesenkt wurde, erklang melodisch, rhythmisch und sanft die Rezitation der Pali-Verse, wie ein Chorgesang, aus den Mündern von etwa hundert buddhistischen Mönchen, die an der östlichen Seite des Grabes zusammen vorher Platz genommen hatten:
„Buddan Tharanan Gitsarmi" (Buddha möge Dir Zuflucht gewähren.)
„Dahman Tharanan Gitsarmi" (Dahma (Lehre Buddhas) möge Dir
Zuflucht gewähren)
„Thangan Tharanan Gitsarmi" (Thanga (Mönche) möge Dir Zuflucht
gewähren.)

Der alte Brauch, der seit Jahrhunderten bewahrt wurde, wollte es, dass die Rezitation der Tharanagon-Sprüche bei der Beerdigung der Buddhisten vorgenommen wird, sodass der Verstorbene im Samsara (Kreislauf des Lebens) zur nächsten höheren Stufe gelangen möge.

Der Mensch war geboren, der Mensch hat gelebt, nun ist der Mensch gestorben. Die Erde hat ihn zugedeckt. Sein Körper existiert nicht mehr, aber seine Seele lebt in den Gedanken und Erinnerungen der Menschen weiter, so lange weiter, wie er würdig ist, erinnert zu werden. Die Erinnerung an diese Person wird entweder von Verwünschung und Fluch oder von Freude, Respekt und Segen begleitet sein, je nachdem wie der Verstorbene den Mitmenschen zu seinen Lebzeiten dienlich oder abscheulich gewesen war.

Als die Mönche mit der Rezitation fertig waren, erhob ein Student die Flagge der Studentenunion und verkündete die Ehrenbezeugung für U Thant und die gefallenen Studenten vom Jahr 1962.

„Wir salutieren U Thant, dem großen Kämpfer für Demokratie und Freiheit!"

Alle erhoben sich von den Plätzen und verneigten sich vor dem Verstorbenen in strammer Haltung und mit innigem Respekt wie bei Soldaten, wie es in Burma üblich war.

„Wir salutieren unseren gefallenen Kameraden von 1962, die für Demokratie und Freiheit ihr Leben gelassen haben!"

Alle verbeugten sich schweigsam, tief in sich gekehrt.

Nachdem die Beerdigungszeremonie an ihr Ende gekommen war, fingen die Architekturstudenten emsig an, die Öffnung des Grabes mit Ziegelsteinen und Zement zuzumauern. Die Mittagsonne leuchtete hell und vermittelte ein angenehmes mildes Klima in Mitte Dezember 1974. Die wogende Menschenmenge von Abertausenden, die der Beerdigung beiwohnte, verharrte andächtig in stiller Ruhe. Vier Studenten postierten sich als Wache um das Grab, als das Grab zugemauert und fein säuberlich verputzt worden war. Ein Studentenführer, Kipp Kho Lian, der unter dem Spitznamen Kipp bekannt war und szusammen mit Tin Maung Oo und anderen Studenten in dem Vorbereitungskomitee arbeitete, trat auf Drängen der Kameraden danach vor das Grab und richtete eine kurze Ansprache an das Publikum, während er einen Zettel aus seiner Tasche zog und in der Hand hielt:

„Liebe Kameraden, nun haben wir für unseren verehrten U Thant ein feierliches Staatsbegräbnis durch das Volk veranstaltet, ein Staatsbegräbnis, das der Diktator Ne Win unbedingt verweigern wollte. Damit haben wir gemeinsam einen Etappensieg gegen Ne Win errungen, aber der Kampf für Freiheit und Demokratie und der Kampf gegen die Militärdiktatur hat erst begonnen, er wird nicht leicht sein und viele Opfer verlangen. Für diesen langen Kampf tanken wir hier gemeinsam neue unerschütterliche Kraft am Grabe des großen Sohnes Burmas, der sich für Freiheit und Demokratie sein ganzes Leben lang eingesetzt hat. Unsere heutige Demonstration, unsere Widerstandsbewegung gegen Diktator Ne Win, soll eine Fackel des lang anhaltenden Aufstandes gegen die Militärjunta sein. Diese Fackel des Aufstandes über das ganze Land zu tragen, ist heute unsere größte Pflicht. Von nun an soll unser Campus die Festung von Freiheit und Demokratie werden. Ich bin mir sicher, dass das Militär draußen nur darauf wartet, die Grabstätte unseres verehrten U Thant zu zerstören, wie sie es damals mit dem Gebäude der Studentenunion gemacht haben. Daher schlage ich vor, diese Grabstätte Tag und Nacht zu beschützen und unsere Fackel der Freiheit und Demokratie weiterhin brennen zu lassen."

„Jawohl, wir kämpfen weiter", schrie ein junger Mann aus der Menge. Unmittelbar danach hallten die bebenden Stimmen des versammelten Publikums bis in den Himmel:

„Jawohl, wir kämpfen weiter." Ihre Slogans gegen das Militär und für Demokratie, die sie von hier inbrünstig herausschrien, waren weit, weit bis in die Stadt zu hören, und jene, die dies hörten, wiederholten es aus ganzem Herzen: „Nieder mit - Militärdiktatur."

„Wir wollen - Demokratie."

An der Grabstätte blieben zigtausende Studenten und setzten den Bau des Mausoleums des Friedens fort.

Ne Win verschaffte sich einen kurzen Überblick über die täglichen Berichte, während sich der Geheimdienstchef One-and-half in strammer und doch unverkennbar kriecherischer Haltung zwei Meter entfernt vor ihm postierte.

„Ich habe bis jetzt genug Geduld gezeigt, nun ist Schluss damit!", der Despot geriet in Rage, „wir müssen dieses schmutzige Rattennest beseitigen, und zwar gründlich."

Ne Win schmiss den Bericht auf den Tisch und ging ein paar Mal auf und ab in seinem Arbeitszimmer, hielt sich an der Ecke des Tisches auf, griff hastig das halbgefüllte Whiskyglas und kippte mit der rechten Hand den Inhalt auf einmal in seine Kehle hinunter. One-and-half bewunderte von jeher die Sauffestigkeit seines Gebieters, nicht desto weniger setzte sein Herr ihn diesmal auch in Erstaunen. Er fügte lediglich leise, wohl darauf achtend, den Eindruck zu vermeiden, dass er seinen Herren nachäffte:

„Ja, Großvater, ich bin auch der gleichen Ansicht."

Ne Win schaute durch das breite Fenster auf den Inya-See, diktierte dabei dem Geheimdienstchef seine Befehle, ohne seinen Blick vom Fenster zu wenden:

„Alle Mitglieder des Beerdigungskomitees, vor allem diesen Tin Maung Oo und alle Redner, besonders U Kaung, müsst ihr unbedingt fassen und hinter Gitter bringen. Räumt den Campus aus und alle festnehmen, egal wer sich dort aufhält. Und die Leiche, die begrabt ihr im Kandawmin-Park am gleichen Tag. Verstanden?"

„Ja, Großvater", kurz und bündig antwortend, machte sich One-and-half auf den Rückweg.

Am Grabe des U Thants brannte die Fackel des Freiheitskampfes in ihren leuchtenden Farben unvermindert weiter, sie vermittelte menschliche Wärme, Solidarität, Wagemut, Zuversicht und Hoffnung auf ein besseres und freieres Leben für alle Burmesen. Redner traten vor das Grab, einer nach dem anderen; Arbeiter, Studenten, Angestellte, Mönche, Jung und Alt, hielten kämpferische Ansprachen. Tausende Zuhörer um jene Grabstätte bebten oft vor Erregung, kicherten nicht selten herzhaft über die eingebrachten Witze, verhielten sich vor Neugier zuweilen still, brachen häufig in lautes Gelächter aus über die Dummheiten des Militärs, tobten manchmal vor Schmerz und Qual, gerieten zeitweise außer sich vor Zorn und fielen gelegentlich in tiefes Nachdenken. Am Ende des Tages fühlte jeder Zuhörer, dass er selbst eine brennende Fackel der Freiheit und Demokratie in sich trug, die hell genug war, den Unwissenden und Gleichgültigen die Augen zu öffnen, und zugleich heiß genug, sich für jeden der Militärsippe Ne Wins in ein Höllenfeuer zu verwandeln. Die Fackel der Widerstandsbewegung, die seit dem 5. Dezember 1974 auf dem Campus unvermindert glühend hell strahlte, hatte längst Funken übertragen auf die Arbeiter in den verschiedenen Fabriken. Die Arbeiter in Thamein, Sinmaleit und anderen Produktionsstätten waren so weit, sich dem Streik der Studenten anzuschließen, um den Protest gegen Ne Wins Regime landesweit auszuweiten.

Es war am 11. Dezember um 23 Uhr. Vor der Dunkelheit hatten viele Menschen den Campus bereits verlassen, nachdem einige Militärwagen außerhalb des Campus sichtbar Stellung bezogen hatten. Übrig geblieben war nur der harte Kern der Demonstranten, es waren schon immerhin über zweitausend Menschen. In der Dunkelheit der Nacht rollten einige Militärlastwagen mit bewaffneten Soldaten auf der Inyalake Straße an der östlichen und nördlichen Seite um den Campus der Rangun-Universität. An der westlichen Seite, auf der Mingladon Straße, postierten sich ebenfalls Militärfahrzeuge. Auf der südlichen Seite, der University-Avenue-Straße, waren schon einige Feuerwehrfahrzeuge abgestellt. Später kamen Militärwagen nach und nach an die südliche Flanke. Der Haupteingang mit der massiven Eisengittertür zum Campus wurde von den Studenten zugeschlossen und mit zahlreichen Bänken, angeschleppt aus Vorlesungssälen, zusätzlich amateurhaft verstärkt. Alle Tore zum Campus wurden nun abgeriegelt und von Soldaten besetzt; die Studenten, die auf dem Campus in verschiedenen Wohnheimen wohnten, kamen nun zum Grab U Thants und vereinigten sich mit der an dem Grab verharrenden Menschenmenge und zählten nun schon über dreitausend Seelen. Hier waren viele freiheitsliebende Bürger versammelt: vor allem Studenten, Männer, Mönche und einige Frauen. Sie würden ihre Fackel der Freiheit verteidigen, egal was kommen mochte.

Von der Grabstätte aus sah man ein massives Polizeiaufgebot in circa hundert Meter Entfernung vor dem Haupteingang der Universität, das nur durch einen hohen Stahlzaun und eine breite Straße von der Masse der Protestierenden getrennt war. Die University-Avenue-Straße war voll besetzt von Polizisten und Soldaten; die letzteren hielten sich aber mehr im Hintergrund. Die Schlacht würde kommen, in Minuten oder Stunden. Die Fackeln, die an vier Ecken der Grabstätte angezündet wurden, brannten mit voller Kraft, im leuchtenden Schein der Fackeln wogte die Masse von Menschen hin und her. Auf der anderen Seite standen etwa dreihundert Polizisten bewaffnet mit Schlagstöcken. Es war nur noch eine Frage der Zeit, wann die Schlacht losging. Die Menschenmenge von etwa dreitausend hielt fest wie ein geschweißter Block.

Nachts um ein Uhr ertönte vom Lautsprecher eines Polizeiwagens ein Aufruf an die versammelte Menschenmasse, dass sie nun friedlich nach Hause gehen solle, wer sich jetzt freiwillig verabschiede, dem werde Straffreiheit garantiert. Der laute Aufruf wiederholte sich mehrmals. Keiner von der Masse rührte sich vom Fleck. Die meisten waren darauf eingestellt, auf Biegen und Brechen die Freiheit zu verteidigen. Vom Campus schallte ein Gegenappell von dem Lautsprecher der Studenten, dass die Soldaten und Polizisten friedlich nach Hause gehen sollen. Die Menschen hier zeugten nur von ihrem Glauben an Demokratie und Freiheit, wie einst U Thant es getan hätte. Alle Polizisten und Soldaten seien hier herzlich eingeladen, sich mit dem Volk zusammenzuschließen und für Demokratie und Freiheit zu demonstrieren. Alle dreitausend Versammelten klatschten dem Aufruf und der herzlichen Einladung an die ungebetenen Gäste außerhalb des Campus einen langen bebenden Beifall.

Um 2 Uhr feuerten die Polizisten Dutzende von Tränengasgeschossen auf die versammelten Menschen. In der Mitte der Masse stiegen weiße Wolken auf, großes Geschrei brach los, die Menschenmenge war wie eine aufgescheuchte Herde. In dicken Rauchschwaden der ätzenden Tränengase suchten manche Wasser in den Eimern in der Nähe des Grabes, steckten eilig ihre Hemden darin, wischten sich ihre Augen und Gesichter, obwohl ihre Bemühungen vergeblich blieben. Die brennenden Augen brannten noch mehr, das nasse Tuch oder Hemd konnte ihnen keine Linderung verschaffen. Der Rauch bedeckte ganze Areale, sodass viele plötzlich die

Orientierung verloren. Viele irrten in der Dunkelheit umher, manche rannten weg und suchten schon das Weite vom Zentrum des Geschehens. Einige Dutzende kletterten auf den Zaun, der aus zugespitzten Eisenstäben bestand, um auf die andere Seite des Studentenheims ‚Sagain' zu kommen. Aber eine nicht geringe Anzahl von Zivilisten, Studenten, Mönchen und Frauen, geschätzt etwa fünfhundert, scharten sich um das Grab und harrten immer noch mit eisernem Willen vor diesem bedeutungsvollen Bauwerk aus, um dessen Entweihung durch die Söldner Ne Wins mit aller Macht zu verhindern. Nach und nach kamen immer mehr jene Leute zurück, die zuvor durch das ätzende Rauchgas geschockt waren, und versammelten sich um die letzte Ruhestätte U Thants.

Als der dicke Rauch sich allmählich gelegt hatte, rammte ein Bulldozer das versperrte Haupttor, das aus starkem Eisengitter bestand, und walzte es auf dem Boden nieder. Es krachte dröhnend. Von draußen rückten gleich etwa dreihundert Polizisten, bewaffnet mit Schlagstöcken, durch den freigemachten Eingang in den Campus ein, sie überfielen die um das Grab versammelte Menschenmenge und schlugen sie brutal mit Schlagstöcken nieder. Das Blut vieler Bürger spritzte und verfärbte die weiße Marmorplatte des Grabes tiefrot. Hunderte wurden weggeschleppt, gefangen genommen, von der Nähe des Grabes vertrieben. Manche fielen mit Schädelbruch um und standen nie wieder auf. Manche, die den Schlagstock der Uniformierten nicht wehrlos auf sich ergehen lassen wollten, schlugen tapfer die Polizisten zurück mit Holzbalken, die auf dem Bauplatz leicht zu finden waren. Aber es war von Anfang an ein Kampf der Ungleichen. Die tapferen Widerstandskämpfer wurden jedoch von mehreren Polizisten umzingelt und danach folgte Stockhieb auf Stockhieb, bis sie wie ein Kartenhaus zusammenfielen. Aus ihren zertrümmerten Schädeln floss das Blut unaufhörlich.

Ein Polizeioffizier befahl eilig seinen Leuten: „Prüft nach, ob die noch atmen. Wenn nicht, schafft schnell die Toten weg auf den Lkw."
Vier Polizisten schauten nach und meldeten: „Einer atmet noch, die andern drei nicht mehr."

„Verletzte zum Krankenwagen und die Toten zum Kyandow-Friedhof, dort gleich verbrennen lassen, verstanden?"

Nach dem Befehl ihres Vorgesetzten schleppten die Polizisten die Toten und den Verletzten schnell aus dem Campus weg.

Nachdem die Menschenmenge von Polizisten gewalttätig auseinander getrieben worden war, drängten bewaffnete Soldaten, etwa über siebenhundert, nun in den Campus und nahmen gleich Hetzjagd auf die flüchtenden Menschen auf. Diejenige, die in die Hände der Soldaten fielen, wurden geschlagen, getreten und misshandelt wie Tiere, und am Ende gezwungen, ihre Hände ständig auf dem Kopf zu halten. Ein junger Mönch, der sich weigerte, die erniedrigende Pose einzunehmen, wurde von mehreren Soldaten mit Gewehrkolben brutal niedergeschlagen. Der entsetzliche Aufschrei des jungen Mönchs wegen unermesslicher Schmerzen war fürchterlich. Aus seinem zerbrochenen kahlen Schädel flossen das tiefrote Blut und die gelbe Gehirnmasse und beschmutzten die Erde. Die Soldaten warfen kaltblütig den zusammengebrochenen Mönch, der ohne Zweifel den Schädelbruch nicht überlebt hatte, wie einen Kadaver auf den Militärlastwagen, der auf der Kanzler Straße extra dafür bereitstand, Leichen zu sammeln. Laute einzelne Schüsse fielen hier und da. Die Menschen rannten durcheinander, die meisten schlugen im Schein der Laternenlichter in die Richtung zur Aula ein, manche suchten Zuflucht in den Studentenwohnheimen, manche versteckten sich in Vorlesungsräumen, zwischen den Gebäuden, in den Büschen und auf den Bäumen. Manche lagen mit gebrochenen Gliedern auf der Kanzler Straße oder blutverschmiert auf der Wiese am Straßenrand, manche leblos in den Straßengräben. Die Menschen, die aus dem Campus durch die abgeriegelten Ausgänge zu flüchten versuchten, wurden dort von den postierten Soldaten sofort verhaftet und abgeführt. Nur einer geringen Menge von Menschen war es ausnahmsweise geglückt, aus der Hölle unversehrt herauszukommen.

Trotz der lebensbedrohlichen Situation sammelten sich etwa hundert junge Leute vor der Aula wieder, vier Leute trugen auf ihren ausgestreckten Armen eine tote junge Frau mit einem zertrümmerten Schädel, das Blut tropfte auf die Erde und verschmierte die Hemdsärmel der jungen Leute tiefrot. Ihre Gesichter waren streng und hart und fest entschlossen, der erschlagenen jungen Frau die letzte Ehre zu erweisen. Ihre Herzen waren voll von Trauer, ihre Augen überschwemmt von Tränen. Sie sangen gemeinsam die Nationalhymne Burmas und marschierten auf der Kanzler Straße nach Süden, genau gegen die mit Maschinengewehren heranrückenden Soldaten. Die Nationalhymne, gesungen aus tief entfesselten Seelen, klang friedlich und doch kompromisslos gegenüber jeglichem, was auch kommen mochte. Die gewaltige Stimme der Nationalhymne drang überall bis in den letzten Winkel des Campus; alle, die schon in den Verstecken waren oder noch ein letztes Schlupfloch fieberhaft suchten oder um ihr Leben rannten, hielten still, zumindest einen Augenblick, und sangen die Melodie der Nationalhymne mit, manche laut mit der geballten Faust in der Tasche, manche ohne Stimme, manche zitternd, manche in Tränen:

„Wir sollen Burma immer lieben, das Land unserer Vorfahren.
Wir kämpfen und geben unsere Leben, für unsere Einheit,

Für sie nehmen wir verantwortungsvoll die Aufgaben auf uns.
So stehen wir einig in der Pflichterfüllung für unser Land."
Die tapferen unerschrockenen Worte der Nationalhymne streiften die Blätter der hochgewachsenen Wildkirsche-, Nadel-, Eukalyptus- und Feigenbäume auf dem Campus und breiteten sich, vom Winde getragen, in alle Richtungen aus. Der Gesang der Nationalhymne war voll beladen mit Pathos und Entschlossenheit, jede Silbe und jedes Wort war eingetränkt vom eisernen Schwur, um heute in dieser Stunde das höchste Gut hinzugeben, das man besitzt: das Leben.

Ein Major, ein vollgeladenes Maschinengewehr fest in der Hand, und seine Soldaten, die sich in der Nähe des Studentenheims Toungoo aufhielten, sagte mit Erstaunen, doch hämisch vor sich hin:

„Diese Idioten singen auch noch, die will ich am liebsten über den Haufen schießen. Aber zuerst schicke ich noch mal die Schlägertruppe voraus."

Wegen ihres schlechten Rufes, während der Studentenunruhe 1962 viele unbewaffnete Studenten mit Maschinengewehren erschossen zu haben, hatten die Militärmachthaber diesmal den schnell todbringenden Waffengebrauch eingeschränkt, aber nicht ganz ausgeschlossen. Daher befahl der Major einem Polizeioffizier, der im Range eines Hauptmanns zweihundert Polizisten mit Schlagstöcken befehligte, seine Truppe schnellstens zu reorganisieren und sofort in Richtung Aula-Gebäude in Marsch zu setzen, um die die Nationalhymne singende Studentenmenge niederzuknüppeln.

Nach einer Weile standen die Polizisten bereits an der Sammelstelle und marschierten sofort und stießen frontal auf die entgegen kommenden Protestierenden, deren gemeinsames Anstimmen der Nationalhymne ihre Entschlossenheit noch mehr zu stählen schien. Zuerst kreisten die Polizisten vor der Hauptbibliothek die Gruppe der singenden Studenten von rechts und links ein, die ihre Stimme noch mal mit ganzem Eifer steigerten. Plötzlich wurde die gewaltige Stimme der Nationalhymne, anfangs überschattet von dem plötzlichen Zusammenstoß zweier Menschenmassen, beigemischt von brutalen Schlagstöcken, schrecklichen Schreien der Menschen, Schlagen und Treten mit Stiefeln, nach einer Weile gänzlich ausgelöscht durch spritzendes Blut, zertrümmerte Schädel, gebrochene Arme, zerfetzte Kleider und zertretene Leiber. Die Leiche der jungen Frau mit dem Schädelbruch, die vorher auf den Armen der jungen Leute getragen worden war, fiel unsanft auf den Boden und wurde mehrfach zertreten von den Stiefeln. Junge Leute, bestehend aus Studenten und Zivilisten, sackten einer nach dem anderen zu Boden. Unzählige Verletzte oder Tote wurden schleunigst in den Lkw geworfen und manche Überlebende, die noch laufen konnten, wurden von Polizisten abgeführt. Die asphaltierte

Kanzler Straße war vor der Hauptbibliothek der Universität voll verschmiert mit Blut. Die grünen Wiesen, die die Kanzler Straße säumten, waren auf mehreren Stellen dunkelrot gefärbt. Im Dämmerlicht der Laternen lagen etliche Gummisandalen zerstreut überall auf der Straße, hinterlassen von abgeschleppten Toten oder Verletzten. Manche Federhalter rollten herrenlos auf der Straße, nicht weit von den liegen gelassenen Sandalen.

Mittlerweile stürmte eine Spezialeinheit von dreißig Soldaten, ausgestattet mit Brecheisen und Hammer, das Ehrengrab U Thants und fing mit der grausamen Zerstörung des monumentalen Bauwerks an. Die weiße Marmorplatte, worauf der Name U Thant eingraviert war, wurde in Stücke zerschlagen, dicke Brecheisen durchbohrten die fein polierte Oberfläche, dicke Hämmer schlugen auf die Wände des Grabes, die Ziegelsteine flogen weg, der Putz und Zement zerfielen in Staub. Der Holzsarg wurde eilig freigelegt, vier Soldaten hoben den Sarg auf, schleppten ihn sofort zum bereitgestellten Lkw. Der Lkw fuhr sofort in Richtung Innenstadt los. Die restlichen Teile des Grabes wurden so lange zerschlagen, bis es dem Erdboden gleich wurde. Die Säulen, errichtet als Vorstufe für den Aufbau des Friedensmausoleums, wurden kurz und klein zerhackt. Damit war das Symbol der Freiheit und der Demokratie des Volkes am 12. Dezember 1974 um 3 Uhr morgens von der Soldateska Ne Wins vollständig zerstört. Die bewaffneten Soldaten durchkämmten den gesamten Campus, durchsuchten jedes Wohnheim, zerschlugen jedes Zimmer. Vorlesungssäle, ganze Institutsgebäude wurden penibel durchsucht nach den Versteckten. Die Bürger, auf dem Campus erwischt, wurden von den Soldaten gefangen genommen und auf die Kanzler Straße getrieben und auf die bereitstehenden Lkw geschoben. Wenn ein Lkw voll war, fuhr er los zu dem berüchtigten Gefängniss in Insein, dann folgte der nächste Lkw.

Vor dem Studentenheim Pinya standen Hunderte von verhafteten Studenten Schlange, um in den Lkw einzusteigen. Unter ihnen befanden sich Ko Phone Myint und Ko Thu Maw.

Phone Myint sagte leise: „Dein Bruder Thaung Htin hat offenbar dieses große Fest verpasst."

Thu Maw erwiderte: „Mein Bruder hat, wie es aussieht, Glück gehabt. Er war jeden Tag hier gewesen. Gestern wollte er in der RIT Tennis spielen. Daher hat er dieses große Fest verpasst."

„Schnauze halten und zügig vorwärtsgehen!", schrie ein Soldat die Studenten an.

Ein paar Soldaten schoben die Menschen unsanft mit Gewehrkolben von hinten, um die Masse zu schnellerer Bewegung zu zwingen. Vom rabiaten

Gewehrkolbenstoß verursacht, stürzte plötzlich ein in Reihe stehender Student heftig zu Boden. Während er aufzustehen versuchte, hob er seinen Kopf und stieß wütend, sich gegen den rüden Soldaten wendend, ein deftiges Schimpfwort aus: „Du Scheißkerl, ihr seid so tapfer, weil ihr Waffen in der Hand habt."

Der Soldat schien auf die Gelegenheit lange gewartet zu haben.

„Genau das, unsere Armee hat die Macht und nicht ihr", schrie er mit höhnischem Grinsen zurück, während er zugleich jähzornig mehrmals mit seinem Stiefel auf Bauch und Beine des Hingefallenen trat. Da sprang Ko Phone Myint, der aus zwei Metern Entfernung der grauenvollen Tat zugesehen hatte, mit einem Satz auf den Soldaten und verpasste ihm einen kräftigen Kinnhaken, sodass der Soldat sogleich auf den Boden flog und sein Maschinengewehr weit von ihm auf dem Boden liegen blieb. Fünf Soldaten stürzten sich sofort auf Ko Phone Myint, und einer schlug ihn von hinten mit dem Gewehrkolben, Ko Phone Myint fiel wie ein Sack auf den Boden.

Das Unglück geschah so schnell, dass keiner imstande war, das Geschehene zu begreifen und vernünftig zu reagieren. Nur Thu Maw schaltete sich schnell ein, schrie aus Leibeskräften die Soldaten an, die gerade im Begriff waren, dem Geschlagenen noch einmal einen Hieb zu versetzen:

„Aufhören, Ihr bringt ihn ja um."

Ein Hauptmann, der schnell herbeigekommen war, hielt die Soldaten zurück. Thu Maw eilte zu seinem Freund, Blut strömte aus dem Kopf des Verletzten, er versuchte, es mit einem Taschentuch abzuwischen. Zwei junge Leute halfen ihm dabei, die anderen kamen ebenfalls dem verletzten Studenten zu Hilfe. Mehrere Leute gaben Thu Maw Taschentücher, ein Student in der Nähe zerriss den Ärmel von seinem Hemd und überreichte ihm diesen. Thu Maw verband den langen Ärmel um den verletzten Kopf, verstärkte den Verband mit den restlichen Taschentüchern. Als der Verletzte in den Armen von Thu Maw glücklicherweise nach zehn Minuten zu sich kam, sagte Thu Maw:

„Saya Phone, du hättest die Lage und Situation genau betrachten sollen."

Trotz des offenbar großen Schmerzens erwiderte Ko Phone Myint leise: „Ja, manche Situation und Lage lassen uns keine andere Wahl."

„Los, Los, schnell einsteigen, es ist keine Vergnügungsreise für euch", tobte ein Sergeant mit einer grässlichen Stimme und trieb die Gefangenen mit einer Art wohlüberlegter Provokation, die Unbeugsamen herauszufordern und die Gelegenheit maßgerecht verschafft zu bekommen, um die Unliebsamen die soldatische Grausamkeit leibhaftig spüren zu lassen. Die Gefangenen blieben ruhig mit geballten Fäusten in der Tasche. Insgesamt fünfzig Lkw mit dreitausend Gefangenen verließen den Campus im Dämmerlicht der Laterne, einer nach dem anderen, in Richtung Insein. Der Himmel war wolkenverhangen, gelegentlich spähte eine kleine Mondsichel unsicher aus den schwarzen Wolken nach der Tragödie auf der Erde, dann entschwand sie wieder eilig hinter den Wolken.

In der Nacht zum 12. Dezember 1974 brach Unruhe in verschiedenen Teilen Ranguns aus, der Volkszorn hatte sich entzündet und war in Gewalt umgeschlagen, eine Polizeistation ging in Flammen auf, drei Busse wurden verbrannt, ein Eisenbahnwaggon wurde angezündet, ein Kino in der Stadtmitte geriet in Brand. Viele Leute, vor allem junge Zivilisten, Studenten, die sich mit roten Stirnbändern an den Unruhen in der Stadt beteiligt hatten, wurden gar nicht erst gefangen genommen, sondern auf der Stelle von den Soldaten erschossen, die unzähligen Leichen wurden zum Kyandow-Friedhof verschleppt und dort sofort verbrannt. Die schwarze Rauchsäule stieg aus dem Schornstein des Krematoriums auf - stundenlang in dieser Nacht.

In dieser Nacht wurden schätzungsweise 100 bis 150 Menschen umgebracht und über fünfhundert schwer verletzt. Die Eltern und Verwandten wurden nie über die toten Angehörigen benachrichtigt. Alle Gefängnisse waren überfüllt mit gedemütigten Neuankömmlingen. Die Dozenten und Assistenten, die auf dem Campus in den Studentenwohnheimen als Heimleiter tätig waren, wurden ebenfalls verhaftet und erst nach stundenlanger Befragung freigelassen. Diejenigen Angehörigen der Universität, die sich an dem Aufbegehren gegen die Militärjunta aktiv beteiligt hatten oder die Studenten unterstützt hatten, mussten im Gefängnis bleiben und verloren ihre Arbeit. Alle Colleges und Universitäten im ganzen Lande wurden danach vier Monate lang geschlossen. Das Gelände der Rangun-Universität wurde von der Armee besetzt, statt Studenten hausten die Horden der Soldaten in den Studentenwohnheimen. Viele Aktivisten, seien es Studenten oder Zivilisten, wurden von einem Militärtribunal zu drei bis sieben Jahren Gefängnis verurteilt.

Charlie Cho und seine Freude

Der ehrwürdige Herr Charlie Cho, der sich, gewiss erwähnenswert, stets eine amüsante Balzenkunst weiblichem Wesen gegenüber zurechtlegte, war einer der besten Freunde Thaung Htins und ebenfalls beschäftigt im Forschungsinstitut CRO. Begegnete Charlie Cho durch Zufall oder mit wohlgetarnter Intention einer jungen Frau, die ihn innerlich genau ansprach, abgesehen davon, dass dies bei 99,99 Prozent der Frauen bei ihm der Fall war, so lächelte er ihr ins Gesicht, immer ohne Ausnahme, mit einem honigsüßen Gesicht, just als wäre ein Bienenstock auf sein Antlitz gefallen, und dessen süße Tropfen dem ohnehin schmunzelnden Gesicht mit einer feinen Schicht überzogen hätten. Animiert von dem herannahenden weiblichen Geschlecht, dessen einzigartigen Duft von weit her zu schnuppern er an Fähigkeit einem Spürhund in keiner Weise nachstand, leuchteten seine Augen in der Mitte des länglichen braunen Gesichtes - wie funkelnde Sterne mitten im dunklen Universum. Wenn er ein paar schmeichelnde Worte an die Angebetete richtete, formte er seinen Mund derart, um möglichst einen klangvollen sanften Ton zu ermöglichen, damit ein unvergesslicher Eindruck bei dem weiblichen Zuhörer haften bleiben möge. Obschon manche Freunde von ihm wie John oder Eddy über ihn nicht selten gern lästerten, seine gekünstelte Klappenverformung gleiche der zusammengedrückten Schale einer überreifen Banane, er stiere stets mit Glotzaugen auf die Weiber, und das wäre fast eine optische Vergewaltigung und dergleichen, sah er aber seinerseits nicht im geringsten die Notwendigkeit, sich bei seiner bewährten Taktik irgendwelche Abstriche zu erlauben, zumal die Meinung seiner Artgenossen natürlich dem bewusst oder unbewusst ausgetragenen Konkurrenzkampf unterliege und daher ziemlich subjektiv gefärbt sei. Vonseiten der Weiblichkeit hatte er diesbezüglich noch nie solche Verlautbarungen zu hören bekommen. Stünde er einer Dame von Angesicht zu Angesicht gegenüber, so richteten sich seine gütigen Augen unablässig gezielt auf sie und verfolgten sie sanft und behutsam, auf Schritt und Tritt, wie ein anschmiegsamer, anhänglicher, abgerichteter Pudel zu seiner Herrin. Die meisten Damen fanden die Art und Weise des ehrenwerten Charlie Cho, wie er die weiblichen Geschöpfe zu hofieren pflegte, eher amüsant und äußerst schmeichelhaft, wobei lediglich manche Damen ihn liebevoll als Balzenmeister titulierten. Dabei war dieser Herr ein Mensch reinster Seele, er war stets hilfsbreit, nett und korrekt zu allen Menschen. Das wurde auch von allen, die ihm begegnet waren, so wahrgenommen. Auf dem fachlichen Gebiet der Elektronik, wo er im Forschungsinstitut beschäftigt war, war er immer ein kompetenter Gesprächspartner. Nur wenn es sich um weibliche Geschöpfe handelte, fühlte er sich wie ein armseliges hilfloses Eisenspänchen, das von allen mächtigen Magneten unwiderstehlich angezogen wird. Die Anziehung dieses oder jenes Magneten, wenn diese auch bei ihm am Anfang unheimlich stark gewesen sein mochte, erlosch unerklärlicherweise vollständig nach nur ein-, zweimaliger Begegnung. Dann entflammte sich wieder seine Leidenschaft beim nächsten Blitz, bis der Donner seine gerade entfachten Gefühle wiederum zunichte machte. So lief seine endlose Geschichte. Mittlerweile räumte er im überreifen Junggesellenalter von fünfunddreißig freimütig ein, dass sein paradoxes Innenleben eine genetisch bedingte Krankheit sein müsste. Da der liebe Gott es ihm so beschieden hatte, bliebe ihm nichts anderes übrig, als sich dem grausamen Schicksal willfährig zu fügen.

Doch es hatte einmal eine Ausnahme gegeben: Nämlich als er sich im ersten Studienjahr an der Universität im Alter von pubertären sechzehn in eine Studentin unsterblich verliebte, die eine Muslime war. Es war gerade vor den Sommerferien. Er hatte alleine heimlich ausgekundschaftet und herausgefunden, dass sie in der Nähe vom Aungsan-Markt wohnte. Niemand durfte erfahren, dass er, ein geborener Christ, dazu noch Katholik, sich ausgerechnet in eine Andersgläubige verknallt hatte. Da er als Christ strenger Prägung jede Woche zum Gebet in die Kirche ging, nahm er als Jüngling, der nicht im geringsten Kenntnis über Muslime verfügte, selbstverständlich an, dass sie als Muslime ebenfalls regelmäßig in die Moschee ginge. In der Nähe vom Aung-San-Markt gab es eine große Moschee. Dahin würde sie bestimmt gehen, er war nur nicht sicher, an welchem Tag sie die Moschee betrat. Daher wartete Charlie vor der Moschee darauf, von morgens früh bis abends - eine ganze Woche lang, um sie einmal sehen zu können. Als er nach Tagen der vergeblichen Warterei von einem freundlichen Moscheebesucher erklärt bekam, dass die Frauen nie eine Moschee betreten dürfen, sank seine Hoffnung samt der gerade zum Zenit emporgestiegenen Begeisterung drastisch auf den Nullpunkt; seine zarte Liebe hatte sich danach nie wieder erholt. Vielleicht war er von nun an verdammt, ewig auf Wanderschaft zu gehen, nur noch von zeitweiligen Almosen zu leben, ohne an die lange Zukunft zu denken, sagte er manchmal wehleidig über sich selbst.

„Ach, Charlie, spiele doch nicht wie eine Trauertante, was du nicht bist", sagte John, während er eine tiefgrüne Flasche aus seiner Tasche herausholte und vorsichtig auf den Tisch hinstellte.

„Was? ... Cognac der Marke „Napoleon! Woher hast du die gekriegt?", fragte Thaung Htin mit einem Augenzwinkern John, während Charlie in dem gleichen Moment mit fast unglaublich erstaunter Miene die wertvolle Flasche zärtlich in die Hand nahm und die schöne goldene Marke „Napoleon" eingehend betrachtete.

„Komm Charlie, stiere nicht so auf den guten Napoleon, er ist keine Frau, er hat keine schönen Schenkel, keinen wollüstigen Busen, er besitzt einfach edle Tropfen in der Flasche, also hole schnell ein paar Gläser und am besten halte deine Klappe, wenn ich anfange, den Napoleon zu genießen", sagte Eddy – ein langjähriger enger Freund von Charlie aus der Oberschulzeit, der sich oft zu seinen Freunden gesellte - mit strengem Gesicht, „sonst verdirbst du mir noch den guten Geschmack, von dem man nur selten träumen kann, verstanden?"

„Jawohl, ich habe verstanden", sagte Charlie und verschwand eilig, die Gläser zu holen.

Es war eine geniale Idee von John und Eddy, Charlie einen Streich zu spielen und vor allem Thaung Htin einmal miterleben zu lassen, wie Charlie so unglaublich fähig war, zu spinnen von etwas, was er am wenigsten tat: Saufen. Gewöhnlich pflegte Charlie nie, von Bier oder Schnaps irgendwelche Freude oder Befriedigung zu ergattern, aber er genoss gern das gesellige Zusammensein mit seinen Freunden und fühlte jedes Mal eigenartigerweise eine gelöste Zunge, wenn ein paar edle Tropfen auf sie gelangten, was ihn am meisten überraschte. John hatte die leere Flasche irgendwo aufgegabelt und Eddy hatte sie mit dem einheimischen Rum, hergestellt in Mandalay, gefüllt. Die festliche Präsentation des optisch veredelten Getränkes taten sie vor dem ehrenwerten Charlie im Beisein von Thaung Htin.

Es dauerte nicht lange, bis Charlie mit dem runden Glas in der Hand, das angeblich den teuren Cognac enthalten sollte, ein gewaltiges Plädoyer eröffnete, das sogar dem gegenüber ihm neutral positionierten Thaung Htin enorm imponierte:

„Wenn man Cognac genießt, trinkt man nie mit dem Mund allein, sondern zuallererst mit der Nase. Man solle das Glas mit dem ausgestreckten Arm in der Hand halten, dann das Glas langsam und sanft so bewegen, sodass der Cognac im Glas eine leichte Kreisbewegung ausführt und den ersten aromatischen Dufthauch freisetzt, den muss man eben als Einstieg bewusst wahrnehmen. Dann nähert man sich langsam mit der eingestimmten Nase dem Cognac ..."

„Ah ha, ich weiß schon Charlie, das ist dasselbe, wie du dich gemächlich mit deiner Schnauze der feuchten Oase zwischen den Schenkeln deiner angebeteten Dame näherst, um die aphrodisischen Düfte unersättlich zu schnuppern, na, ist das nicht so?", warf John die passende Zwischenbemerkung in die Runde, die eine mächtige Aufheiterung nach sich zog. Charlie ließ sich aber nicht beirren und fuhr fort:

„Wenn das Glas sich nähert, betrachtet man die tiefbraune Farbe, Viskosität und Transparenz, dann setzt man die untere Lippe an den Rand des Glases und atmet langsam und tief mit Mund und Nase, sodass alle Düfte des Cognacs die Riech- und Geschmacksorgane berühren und anregen." Charlie leierte alles herunter – im Stil eines schwere Verse aus dem Stegreif vortragenden Schauspielers - was er einmal über Cognac gelesen hatte.

„So ein Spinner und Quasselkopf", winkte Eddy mit deftiger Bemerkung ab.

Charlie war nicht zu bremsen, er sah sich genötigt, die Unwissenden zu belehren, auch wenn der Widerstand an die Grenze des Erträglichen stieß; er nahm den hängenden Faden seines Vortrages unbeirrt wieder auf:

„Dann lässt man nur ein paar Tropfen in den Mund ganz langsam fließen, man darf aber den Cognac nicht gleich herunterschlucken, sondern auf der Zunge und im Rachenraum herum, ganz sanft, gleiten lassen."

Charlie verfuhr mit dem Cognac so, wie er vorgetragen hatte; seine Augen schlossen sich seelenruhig, sein Gesicht glich in dem Moment eher dem eines Heiligen. Er genoss mit all seiner Hingabe den Geschmack des Cognacs, der doch in der Tat nicht das war, was sich Charlie vorgestellt hatte. Nichtsdestotrotz beschrieb er in der Fantasie mit ganzer Verve die Heiligkeit des Edelgetränks:

„Man merkt schon bei unmittelbarem Kontakt des Cognacs mit der Zunge, als ob eine wunderschöne französische Mademoiselle ihn ganz zärtlich und liebevoll auf den Mund küsst, so zart und gefühlvoll, als wäre man im Paradies angekommen. Wenn man aber mit solch einer Marke wie burmesischen Rum vorliebnimmt, hat man unweigerlich beim ersten Tropfen im Rachenraum das Gefühl, als hätte jemand in die Kehle mit einer spitzen Lanze gestoßen, ein stechend furchtbar schmerzliches Gefühl. Der penetrante Geruch greift ätzend die Riechorgane an und hinterläßt einen rauen unzivilisierten brutalen Gestank, dass man dies aus der Erinnerung zu streichen sogar mehrere Tage brauchen würde."

Eddy, John und Thaung Htin machten schon den großen Mund auf - vor lauter Bewunderung über die erstaunliche Fantasiefähigkeit des Kumpels Charlie, jedoch raffte sich Eddy widerwillig mit der Konterattacke auf:

„Du, verdammter Kerl, was du gerade getrunken hast, ist reiner burmesischer Rum, nur die schöne Flasche hatte das edle Etikett „Napoleon", als sie noch leer war. Wir haben sie mit dem einheimischen Rum gefüllt mit der Absicht, dir eins auszuwischen. Verstanden, Charlie?"

Charlie ließ sich gar nicht anmerken, dass er reingelegt worden war. Er machte nur die lapidare Bemerkung:

„Ich habe jedenfalls bei dem Geschmack gemerkt, dass etwas nicht in Ordnung war, aber ich wollte Euch euren Schabernack nicht verderben und daher habe ich bis zum Schluss das Theater mitgespielt."

„Unser Meister Charlie ist in schauspielerischer Hinsicht unschlagbar", sagte John respektvoll, „mit dieser brillanten Leistung hat er mir vor einem Jahr aus der Klemme geholfen, wofür ich ihm ewig dankbar bin", ergänzte John mit einem wohlwollenden Blick auf Charlie, wobei Charlie mit erhabener majestätischer Miene seine Befriedigung bescheinigte.

„Was hat denn Charlie wieder angestellt? Erzähl mal, damit es für die

Nachwelt als Chronik erhalten bleibt", stachelte Thaung Htin an.

„Das war, wie gesagt, vor einem Jahr, es gab eine Party im Haus von Johnny, zwar im ersten Stock. Ich und Charlie waren dort, da war eine ganze Menge hübscher Frauen. Ich war gerade mit einer Dame über die Erwärmungsphase hinaus und fast in einem fortgeschrittenen Stadium angelangt, da hörte ich jemand vom Erdgeschoss rufen, Grace sei gekommen. Grace ist meine Frau, ah, was mache ich denn? Als ich noch nicht schlüssig war, was ich überhaupt tun sollte, da schaltete Charlie am schnellsten, kam zu mir herüber und sagte zu meiner Dame höflich: ‚Entschuldigen Sie, darf ich ganz kurz John nach unten entführen. Meine Schwester ist unten angekommen, uns etwas mitzuteilen, ganz kurz, wir sind gleich zurück.' Wir waren unten, meine Frau war nur vorbeigekommen, weil sie zufällig mit dem Auto in der Nähe war, dann war sie auch gleich wieder weggefahren. Wenn mein Freund Charlie mir nicht zur Hilfe geeilt wäre, wüsste ich nicht recht, wie ich aus der Patsche hätte herauskommen solle. Da bin ich Charlie ewig zu Dank verpflichtet."

Charlie erwiderte mit einem erhabenen Lächeln:

„Es war mir ein Vergnügen, dir zur Seite zu stehen, schließlich bist du in der Tat ein guter Ehemann, wenn auch meine Bemerkung etwas ironisch klingen sollte. Wenn ich jemals heiraten würde, werde ich auf eine Art so wie du. Ein guter Ehemann besteht nach meiner Ansicht darin, dass er zu seiner Frau stets lieb und nett und fair ist; er vernachlässigt sie niemals, wenn er auch zeitweilig in dieser oder jener Weise außerhalb des Ehelebens beschäftigt sein sollte. Er betrachtet seine Frau niemals als sein Eigentum, sondern als gleichberechtigten Lebenspartner, den man mit Respekt, Anstand, Rücksicht und vor allem mit Liebe behandeln muss. Der Anspruch auf Eigentum in der Ehe ist eigentlich der wahre Ursprung der Eifersucht und des Mistrauens."

Charlie betrachtete seine dreiköpfigen Zuhörer mit einem gewissen süffisanten Lächeln, da aber keiner Neigung zeigte, ihm bei seinem akademischen Vortrag ein Bein zu stellen, belehrte er weiter in der Manier eines selbst ernannten Lehrmeisters:

„Eine gute und verständnisvolle Ehefrau betrachtet ihren Ehemann in der gleichen Weise, mit dem gleichen Verhaltenskodex, wie ich es vorher erwähnt habe, dann gibt es in einer solchen Ehe niemals Probleme. John weiß, wohin er für immer gehört, er kümmert sich tadellos um seine Kinder, und seine Frau weiß ebenso gut, dass John zu ihr immer zurückkommt und sie nie vernachlässigt. Seit der Heirat hat es nie Konflikte, weder versteckte noch offene, in seiner Ehe gegeben. Die Ehe von John und Grace ist eine glückliche Ehe, die von niemandem getrennt werden kann, und ich bin so glücklich, ein guter Freund dieser Eheleute zu sein."

„Ich habe langsam die Schnauze voll, mir eure gegenseitigen Lobeshymnen anzuhören, gib mal her den Napoleon für mich und den Rum für Charlie", sagte Eddy ungeduldig. Er goss den angeblichen Napoleon in die Gläser und reichte diese seinen Freunden.

„Charlie sagt, er würde ein guter Ehemann sein, wenn er verheiratet wäre. Das ist zum Lachen, der Kerl ist einfach nicht fähig, es bei einer Frau länger auszuhalten, geschweige, für immer als Ehemann zu bleiben", verkündete Eddy mit einem hämischen Grinsen die unsanfte Wertung über seinen Freund, während er seine Zigarre mächtig paffte, aus der eine weiße Rauchwolke entwich und einen angenehmen Duft hinterließ, denn Eddy war ein Zigarrenliebhaber. Seine üppigen Backen aus heller Haut schwollen regelmäßig an, bevor er die Rauchwolle auspustete. Dann kehrte ein gutmütiges Lächeln auf sein Gesicht zurück, was wahrhaftig seinem inneren Wesen entsprach, darum wurde er von allen seinen Freunden gemocht.

„Aber Charlie hat wirklich vernünftige Ansichten, ich kann ihm voll und ganz zustimmen", sagte Thaung Htin und fügte hinzu, „außer dass er über den burmesischen Rum geringschätzig Kommentare macht. Dieser Rum ist jedenfalls das Beste, was wir in Burma bekommen können. Mehr gibt's hier sowieso nicht."

„Wenn man nur das Reden hört", sagte Eddy, „könnte man denken, da wäre ein Heiliger. Unser anderer Freund Norman ist auch so einer, der meditiert oft, ja wirklich. Das kann man kaum glauben, dass ein solcher Ganove zur Pagode oder zum Kloster geht und ein paar Tage oder sogar Wochen in Meditation versinkt. Und was ist der Grund? Der Kerl glaubt, er mache im Leben zu viel Sünde mit den Weibern, die kann er nicht abstellen und will auch nicht aufhören. Also macht er gute religiöse Verdienste durch Meditation, um sie gegen seine laufend produzierten Sünden anrechnen zu können. Ob die Rechnung aufgeht, werden wir ja sehen, wenn er ins Jenseits kommt. Einmal hat er bei der Meditation sogar fast die Erleuchtung erlangt, sagte er. So ein Witz!"

„Wie hat er denn ohne Batterie erleuchtet?", fragte Thaung Htin nach.

„Das kam so", packte Eddy aus, „dieser gewisse Kerl Norman hatte sich, seiner Erzählung nach, auf den Vorhof eines Tempels hingesetzt, um zu meditieren. Der Tempel war umgeben von einer Menge von Bäumen, er meditierte stundenlang bei geschlossenen Augen, ganz in sich versunken. Wenn man die Augen schließt, sieht man ja meist dunkle Farben und einen finsteren Hintergrund. Bei geschlossenen Augen hat man das Gefühl, dass man von einer tiefen dunklen Stille umgeben und zugleich von fremden Sinneseinflüssen vollkommen ausgeschaltet ist. Nach etwa einstündiger intensiver Meditation in vollständiger Dunkelheit sah der Kerl plötzlich leuchtende Farben in seinen geschlossenen Augen, so ein Gemisch von Erscheinung wie in einem Regenbogen, die Lichtstrahlen schossen wie zahlreiche Blitze. So etwas hat er noch nie im Leben erlebt. Am Anfang war er skeptisch. Vielleicht war das eine Täuschung seiner Sinne? Trotz minutenlanger bewusster Betrachtung verschwanden jene leuchtenden Farben nicht. Was war das? War das die sogenannte Erleuchtung, die man vom Hörensagen erfahren hatte? Die funkelnden Farben durchleuchteten seine geschlossenen Augen, sie erloschen nicht, blieben fünf Minuten oder so gar länger. War das denn die Erscheinung der esoterischen Kräfte der Erleuchtung? Außer dieser Deutung gebe es wirklich nichts, womit er noch jene seltsame Erscheinung interpretieren könnte. Er war sicher, das müsste die Erleuchtung sein. Dass ein Sündenbock wie er so schnell zur Erleuchtung gelangen konnte, das hätte er im bisherigen Leben nicht Mal zu träumen gewagt. Er war fast erschüttert vor lauter Freude, die er kaum für möglich gehalten hatte. Bin ich denn wirklich zur Erleuchtung gelangt, wofür ich mich noch nicht reif genug halte, zweifelte er sogar zeitweilig an sich selbst. Aber was sollten dann diese seltsamen farbigen Helligkeiten bedeuten? Sie hörten nicht auf, außer dass die Helligkeit ab und zu blitzartig nachließ, aber doch die ganze Zeit so hell blieb wie die Sonne. Vielleicht bin ich doch auserwählt worden, zur Erleuchtung zu gelangen. Nach dieser Erleuchtung wird die Erkenntnis über die Loslösung meines bisherigen lüsternen Lebens unbedingt kommen, ein ganzes Leben lang war ich der wahre Knecht der Begierde gewesen, ich habe Hunderte von Frauen vernascht, nun wird endlich damit Schluss sein, dann wird mein Leben schlagartig völlig anders sein als vorher. Ich werde nicht mehr Knecht der Begierde sein, die den Tod und die Wiedergeburt auslöst und meine Seele in ewigem Kreislauf des Samsara unaufhörlich rotieren lässt. Nun werde ich endlich befreit sein von all diesem weltlichen Ballast und dann in das Nirwana eingehen, was ich vorher nie für möglich gehalten habe. Meine Freunde wie Charlie, Eddy und John werden sich über mich wundern, einen Erleuchteten in ihrem Kreis zu haben. Das musste er unbedingt seinen Eltern und Freunden mitteilen, dachte er und machte ganz gespannt und langsam seine Augen endlich auf. Da sah er erst, dass die Sonnenstrahlen durch die Blätter der Bäume direkt auf seine geschlossenen Augen gefallen waren und diese seltsame helle Erleuchtung daher in seinen Augen hervorgerufen hatten. Der Kerl musste sich über die eigene bizarre Erfahrung totlachen. Das war ja die wahre Erleuchtung, die unser sündiger Bruder Norman erlebt hatte, und weitere Erleuchtungen werden ganz sicher noch folgen. Seht ihr, es gibt in unserem Freundeskreis eine Menge von Heiligen und Erleuchteten."

Nach der Erzählung Eddys lachten alle herzhaft.

„Komm, gehen wir jetzt zusammen nach Chinatown und essen wir was", sagte Eddy. Jedes Mal schleppte Eddy seine Freunde, die als Angestellte in dem von außen als prestigeträchtigen Forschungsinstitut tätig und doch regelmäßig vor jedem Monatsende ziemlich knapp bei Kasse waren, zur erlesenen Essbude. Seine Freunde erwiderten die Einladung stets mit erkennbarer Dankbarkeit, in dem sie sich den Bauch vollfraßen. Im Gegensatz zu seinen Freunden hatte Eddy nach Abschluss des Studiums an der Rangun-Universität seine Laufbahn in die Wirtschaft eingeschlagen und war nach einigen Jahren zu Recht ein erfolgreicher Geschäftsmann und Holzexperte geworden. Er betrieb Teakholzexport und verdiente damit ein Vermögen.

Als Thaung Htin am nächsten Tag zum Institut kam, fragte ihn Ko Aung Myint, der im Vorzimmer des Abteilungsleiters U Kyaw Thaung saß und als dessen Sekretär arbeitete:

„Dr. Thaung Htin, können Sie mir heute 20 Kyat ausleihen?"

„Ok, hier haben sie 20 Kyat", gab Thaung Htin sie ihm, ohne zu zögern.

„Danke", sagte Ko Aung Myint, während er den Geldschein in die Hemdtasche steckte und mit den bebrillten Augen und kurz geschnittenen Haaren dankbar Thaung Htin anblickte.

Thaung Htin wusste schon vorher, dass er das Geld nicht wieder bekommen würde, aber trotzdem fühlte er sich verpflichtet, Ko Aung Myint zu helfen, der noch armseliger war als er, so weit er konnte, denn Ko Aung Myint hatte mit dem Gehalt von 220 Kyat eine vierköpfige Familie zu ernähren. Seine Kinder gingen noch in die Schule, die Frau hatte keine Verdienstmöglichkeit. Jeden Tag durchzukommen, blieb ihnen keine andere Wahl, als sich oft mit der Reissuppe zu begnügen. Vor Monaten, als sich Thaung Htin über die wirtschaftlichen Verhältnisse des armen Arbeitskollegen noch nicht tief genug Gedanken gemacht hatte, hatte er darauf geachtet, dass Ko Aung Myint ihm das geliehene Geld zurückgab. Seitdem ihm bewusst geworden war, wie der andere viel Schlimmeres erleben musste als er, schämte er sich, dass er am Anfang mit dem Geldausleihen knauserig gewesen war. Im Institut gab es etliche Mitarbeiter, die in der Verwaltung oder in gering qualifizierten Stellen arbeiteten und täglich bei ständig steigenden Lebensmittelpreisen ums Überleben kämpfen mussten. Den Betrag des Monatsgehalts von Ko Aung Myint benutzte Thaung Htin monatlich für sich allein, dabei reichte dies gerade für ein spartanisches Leben ohne jeglichen Luxus.

Seit einem halben Jahr hatte er sich mit dem Bau einer Pilotanlage für Holzvergasung beschäftigt, ein Schuppen für die Unterbringung der Anlage wurde dafür extra errichtet, ein Brennkessel, mehrere Kondensationsrohre und Kühlvorrichtungen sowie eine Befeuerungsanlage wurden nach und nach in der Werkstatt gebaut, geschweißt und alle Teile nun zusammeninstalliert. In den nächsten Tagen sollten seine Versuche laufen. Am Nachmittag kam John zu ihm und sagte:

„Heh … Ko Thaung Htin, gehen wir jetzt zu Mama Mya, ich habe vorhin gesehen, dass ihre hübsche Tochter bei ihr gerade zu Besuch ist."

Mama Mya war ein paar Jahre älter als John und Thaung Htin und in der Abteilung für Materialversorgung beschäftigt, sie war eine Schönheit und eine reizende Dame und nie verlegen um eine passende Antwort. Daher war eine Unterhaltung mit ihr für jeden eine angenehme Angelegenheit.

„Hast du schon Charlie gesagt, dass wir zu ihr gehen?", fragte Thaung Htin obligatorisch.

„Natürlich, der Meister darf ja nicht fehlen, da… kommt er schon herbei geeilt", sagte John.

Wenn Charlie, John und Thaung Htin irgendwo auftauchten, pflegte man im Institut zu sagen: „Da kommen die drei Musketiere." Die drei waren immer zum Scherzen aufgelegt. Als die drei das Bürozimmer der Materialversorgungsabteilung mit schmunzelnden Gesichtern betraten, begrüßten die Kollegen die Ankömmlinge mit grinsenden Gesichtern, während Mama Mya und ihre Tochter sie mit lachenden Blicken anschauten, wohl wissend, warum die drei Ganoven ausgerechnet hier auftauchten.

„Wie geht's Ihnen Mama Mya und allerseits?", eröffnete Thaung Htin das Gesprächspaket, „Wir waren ja lange Zeit nicht hier gewesen, ne … da sind wir jetzt in der Nähe und wollen einfach vorbeischauen. Ah, Mama Than ist auch hier da."

Mama Than war die Vorgesetzte von John und weilte zufällig in der Abteilung.

„Uns geht es gut, ehrlich gesagt, wir haben euch gar nicht erwartet", frohlockte Mama Mya mit einem erkennbaren Seitenhieb.

„Na, ja, die Überraschung tut immer gut, nicht wahr? Ah …, was sehe ich denn, das junge Fräulein neben Ihnen ist Ihnen sehr ähnlich, scheint ihre Schwester zu sein, nicht?"

Als Thaung Htin sich mit Höflichkeitsfloskel, die unbedingt notwendig war, um den wertvollen Zeitraum für die Balzarie seiner Freude zu ermöglichen, in den Hauptteil der Konversation einzuschleichen versuchte, stierte Charlie mit seinen hell erleuchteten Glotzaugen das junge Fräulein an, das offenbar nicht recht zu wissen schien, wie es die aufdringlich hofierenden Blicke abwehren sollte. Plötzlich hielt John seine ausgebreitete Handfläche dicht unter Charlies Kinn. Mama Than fragte mit verwundertem Blick:

„Was macht denn John?"

„Das ist eine Vorsichtsmaßnahme", erklärte John, „wenn die Augen von Charlie vor lauter Glotzen herunterfallen sollten, da ... muss ich die auffangen, sonst können sie ganz dreckig werden."

Trotz schallenden Gelächters der Anwesenden behielt Charlie sein erhabenes Lächeln. Danach beeilte sich Mama Mya mit umso mehr entschlossener Miene zu sagen:

„Dies ist meine älteste Tochter, nicht meine Schwester."

„Ja, das ist ja kaum zu glauben, vom ersten Blick an habe ich mit bestem Gewissen darauf getippt, dass Sie Geschwister sind, glauben Sie mir", betonte Thaung Htin pathetisch, seine ehrliche Behauptung zu untermauern. Mama Mya wusste, dass es nur ein reines Kompliment war. Trotzdem konnte sie ihr Wohlgefallen an diesem Kompliment bewusst nicht verweigern und bescheinigte ihre stillschweigende Zustimmung daher mit einem lieblichen Lächeln.

„Die Tochter ist sehr hübsch, weil sie der Mutter sehr ähnelt. Nicht wahr, John?", legte Thaung Htin nach.

„Ich muss dir voll und ganz zustimmen", sagte John, während das junge Fräulein schüchtern ihre Augen senkte.

„Schauen Sie an, Mama Mya", wies Thaung Htin hin, „unser Charlie ist ebenfalls seiner Mutter sehr ähnlich, daher ist er sehr goodlooking. Gestern waren wir zu dritt an der Uni. Alle Studentinnen, Jung und Alt, warfen begehrliche Blicke nur auf Charlie. Das war so überwältigend. Obwohl wir neben ihm hergingen, hatten wir nicht ein einziges Lächeln abbekommen, kaum zu glauben. Da war ich so neidisch auf Charlie geworden und fast drauf und dran, vor allen Frauen Charlie aus purem Neid einen kräftigen Tritt zu versetzen. Wenn John mich mit Gewalt nicht zurückgehalten hätte, da wäre beinahe das Unglück passiert."

„Schade, dass es nicht passiert war", frohlockte Mama Mya mit einem gewissen Kichern.

„Das meinen Sie doch als Scherz, nicht wahr? Wenn ich irgendwie eine Tochter hätte, käme nur ein solcher Idealtyp wie Charlie als zukünftiger Schwiegersohn infrage und kein anderer, das kann ich bei Gott schwören", bekräftigte Thaung Htin.

„Da bin ich aber nicht Ihrer Ansicht, Dr. Thaung Htin", konterte Mama Mya sofort.

„Ehrlich gesagt, ich trete hier gar nicht als Fürsprecher von Charlie auf", machte Thaung Htin ein Päuschen und fuhr weiter, „obwohl er mich gestern zum ersten Mal zum Biertrinken eingeladen hat. Das war ganz teures Bier und hat gut geschmeckt. Aber wenn Sie mir nicht glauben, bitte, fragen Sie John. Wenn John eine erwachsene Tochter hätte, hätte er, genau so wie ich, sofort Charlie als Schwiegersohn aufgegriffen. Aber die beiden Töchter von John sind noch recht jung, gerade unter zehn Jahre, John ist froh, dass sie noch jung sind."

Es schien, dass die drei Damen sich große Mühe gaben, dennoch waren sie nicht imstande, sich das Lachen zu verkneifen.

Als die drei Musketiere zurück in Johns Arbeitszimmer kamen, bewertete Charlie die heutige Begegnung als vollen Erfolg. Immerhin konnte er auf das wunderschöne Fräulein trotz Widrigkeiten ein paar tief gehende emotionale Blicke werfen, die wiederum, wer weiß, in absehbarer Zeit in irgendeiner Weise ihre Seele würden befruchten können.

John fragte mit ängstlichem Gesicht: „Charlie, hoffentlich hast du mit deinen Blicken das Mädchen nicht gleich geschwängert?

„Das werden wir in neun Monaten einwandfrei feststellen", sagte Thaung Htin.

„Sie hat mir stets mit schüchternen lieblichen Blicken erwidert, wenn ich sie anschaute, dann jedes Mal ging mein Puls hoch, das habe ich genau registriert", entblößte Charlie seine nackten Gefühle vor seinen Freunden.

„Charlie, wenn deine Gefühlsregung mehr als eine Woche dauert, trinke ich mein ganzes Leben lang keinen Alkohol mehr", sagte Thaung Htin, „übrigens, John, hast du noch den Mangosaft? Ich habe vorher vom Labor eine Flasche Ethanol besorgt, das ist 100 % Alkohol. Die mischen wir mit dem Mangosaft und kreieren unseren eigenen Schnaps."

Die geniale Idee wurde sofort in die Tat umgesetzt. Als die Mischerei vollendet war, ließ er John das Eigenprodukt kosten.

„Es ist noch zu stark", beurteilte John.

„Gut geben wir noch ein bisschen Mangosaft dazu, dann kriegen wir Cognac de la Madame Mushibubu", verkündete Thaung Htin die Botschaft über die gelungene Mischerei und reichte die gefüllten Gläser an seine Kumpel weiter.

„Für mich nicht", monierte Charlie kokettierend.

„Was? Der Meister ist offenbar nur auf Napoleon festgelegt", stellte Thaung Htin fest, „John ... hast du noch eine leere Flasche der Marke Napoleon hier? Dann gieße ich unseren Mushibubu hinein, erst dann wird unser Meister Charlie seine Hand an die Flasche legen."

„Hier hast du die Flasche Napoleon", übergab John, aus seinem Schrank herausholend. Thaung Htin füllte die wertvolle Mixtur extra in die Flasche „Napoleon" und schenkte von der Flasche ein Glas ein und reichte es Charlie. Da seine Freunde ihn mächtig niedergemacht hatten, war Charlie gezwungen, doch mit seinen Freunden anzustoßen.

„Ich habe euch noch nicht erzählt, dass mein jüngerer Bruder und ein sehr guter Freund von mir seit vier Wochen im Insein-Gefängnis sitzen. Ich war auch dort jeden Tag in der Aula gewesen. An dem Tag, als die Masse verhaftet wurde, war ich durch Zufall beim Tennisspiel gewesen. Sonst säße ich jetzt im Gefängnis. Unter diesem Scheißmilitär ist jeder nur um Haaresbreite davon entfernt, im Gefängnis zu landen. Ah ... wenn ich über diese Idioten weiter rede, wird uns der Appetit auf das Edelgetränk auch noch vergehen, also machen wir hier Stopp. Jedenfalls, solange wir leben, lassen wir unser Leben von niemand unglücklich und kaputt machen. Weder von dem Scheißmilitär noch von denen, die den Arsch vom Militär lecken. Darauf trinken wir", erhob Thaung Htin ein Glas. Seine Freunde taten dasselbe: „Zum Wohl!"

Offenbar von der Stärke der Mixtur überrascht, hustete Charlie unfreiwillig zwei-, dreimal und bestätigte mit anerkennenden Worten:

„Das ist aber ganz schön stark, aber gut im Geschmack."

„Der erste Kuss von Madame Mushibubu scheint unseren Meister Charlie ganz schön beeindruckt zu haben", sagte John, während er sein entleertes Glas mit dem Edelgetränk neu füllte, „Was war denn, Ko Thaung Htin, mit dem vierzehnjährigen Mädchen, das da vor zwei Wochen zu dir kam und sagte, du sollst sofort mitkommen, ihre Schwester erwarte dich zu Hause usw."

„Ja, das war eine Geschichte, die ohne meine persönliche Beteiligung abgelaufen war und deren seltsamer Werdegang mich fast umgehauen hat", sagte Thaung Htin nachdenklich.

„Was war los?", drängte ihn Charlie ihn.

„Diese Frau habe ich im Leben ein einziges Mal ganz kurz gesehen. Sie ist Lehrerin an einer Oberschule, eine Bekannte von meinem jüngeren Bruder. Sie kam einmal etwa vor zwei Monaten, so weit ich mich noch entsinnen kann, mit ihrer Freundin zu Besuch in unser Haus. Zufällig habe ich sie dabei kennengelernt und habe mich nur kurze Zeit mit ihr über Belangloses unterhalten. Sie war eine normale, gut aussehende Frau, mehr war sie nicht. Bezüglich dieser Frau spürte ich von meiner Seite aus weder leidenschaftlichen Begehr noch ein Fünkchen Lust, Schabernack zu treiben. Eines habe ich aber von ihren Augen vom ersten Blick an unmissverständlich abgelesen, dass sie vor Nichts zurückschrecken würde, um einen Mann zu kämpfen, den sie begehrt. Für sie existiert in dieser Beziehung weder Recht noch Unrecht, sondern der Gedanke an Besitz allein bestimmt ihr Tun und Lassen. Ob die Person, nach der sie sich sehnt, ihr gegenüber in der gleichen Weise empfindet oder nicht, ist für sie nicht von Bedeutung. Es gibt auch nicht selten Männer, die die Frauen mit Gewalt zwingen, um sie in ihren Besitz zu bringen. Ich hatte das Gefühl, dass sie zu einer solchen radikalen Kategorie gehören könnte."

Thaung Htin nippte gemächlich an seinem Glas Edelgetränk, bevor er die Geschichte fortsetzte: „Danach habe ich die Frau nie wieder gesehen, mit meinem Bruder habe ich mich über sie auch nie unterhalten. Vor zwei Wochen am Nachmittag kam ein junges Mädchen, eine etwa vierzehnjährige Schülerin, plötzlich zu mir ins Institut. Sie sagte, sie sei von ihrer älteren Schwester Ma Than Yi beauftragt worden. Die Schwester wünsche, dass ich jetzt sofort zu ihr mitkomme. Ich war so überrascht von dieser offenen Aufforderung einer Dame. Vielleicht dachte sie, sie könne mich im Handumdrehen sofort kassieren. Dass sie so dachte, war die logische Folgerung aus diesem offenen Frontalangriff. Wenn sie so dachte, musste sie ihrerseits restlos überzeugt sein, dass sie damit Erfolg haben würde. Oder dachte sie, ich wäre zu naiv und unerfahren mit Frauen. Oder hatte sie in ihrer Überlegung einfach die Bodenhaftung verloren, weil sie vom eigenen Egoismus bezüglich dieser besonderen Beziehung zwischen Mann und Frau vollständig beherrscht wurde, um sich etwas, was ihr Herz angeblich begehrt, mit allen Mitteln in ihren Besitz einzuverleiben, ohne sich über die Wirkung und Folge bewusst zu sein. Ich habe eher den Eindruck, dass sie offenbar ziemlich scharf auf meinen akademischen Titel war, obwohl in Wahrheit hinter diesem Titel nicht viel steckt. Ich kann mir beim besten Willen nicht vorstellen, dass sie in mich schon beim ersten Blick so verliebt gewesen wäre, denn so gut aussehend würde ich zwar gern sein, bin ich aber gar nicht. Damit mindestens ihre jüngere Schwester, die von Anfang an einen viel netteren Eindruck machte als die andere, mich nicht missverstand, musste ich den richtigen Ton bei meiner Antwort finden, daher versuchte ich, die Schwester über die Hintergründe auszufragen. Das Mädchen erzählte mir, ihre Schwester hätte heute ein großes Mittagessen vorbereitet, ihre Tante hätte sie extra eingeladen, ihre Eltern wären ebenfalls da. Ihre Schwester hätte in letzter Zeit oft von mir erzählt, dass ich von Deutschland zurückgekommen sei und dort den Doktor gemacht hätte, und sie mich sehr gerne habe und ich sie auch. Ich habe zuerst ruhig zugehört, dann sagte ich zu ihr: ‚Ich sehe, dass du ein anderer Mensch bist als deine Schwester, du bist verständnisvoller und sensibler, das merkt man. Dass deine Schwester mich zum Essen einladen will, finde ich nett. Aber ich wusste ganz und gar nichts von ihrem Vorhaben. Wenn sie mich vorher telefonisch gefragt hätte, ob ich eventuell zum Essen kommen könnte, wäre das viel angenehmer für alle. Dass ich jetzt sofort mitkommen soll, das ist mir gerade nicht gelegen. Kannst du mich verstehen?' Sie sagte, dass sie mich gut verstehen könne. Ich erzählte ihr weiter: ‚Ich habe deine Schwester ungefähr vor zwei

Monaten nur ganz kurz gesehen, als sie mit ihrer Freundin bei uns zu Hause meinen Bruder besuchte. Sonst kenne ich sie gar nicht. Ich will deine Schwester in keiner Weise schlecht machen, das ist nicht meine Absicht, im Gegenteil, ich finde sie sehr nett. Aber trotzdem ist die zwanghafte Einladung nicht passend für mich. Ich habe im Institut auch viel Arbeit, und ehrlich gesagt ich habe auch keine Lust mitzukommen. Ich habe versucht, dir alles ausführlich zu erzählen, damit du mich mindestens ein wenig verstehen kannst und mir nicht böse bist.', ,Nein ich bin Ihnen nicht böse', sagte das Mädchen. ,Sag deiner Schwester, dass ich für die Einladung danke, aber leider keine Zeit und keine Lust dazu habe, es ist zwar hart, leider finde ich in dieser heiklen Situation keine bessere Formulierung, um später keine Missverständnisse aufkommen zu lassen.' Danach ist sie nach Hause gegangen. Genau vor drei Tagen traf ich zufällig diese jüngere Schwester der besagten Lehrerin an der Bushaltestelle in Yankin wieder. Sie kam eilig herüber zu mir, es schien, dass sie mir mehr zu erzählen hätte, als ich sie fragen wollte. Ich fragte sie, wie es ihr und ihrer Schwester ginge. Sie erzählte drauf los, als hätte sie lange Zeit darauf gewartet. Sie erzählte, dass ihre Schwester vor der Tante und den Eltern losgeheult hätte, nachdem sie ihrer Schwester mitgeteilt hätte, dass ich nicht kommen könnte. Ihre Schwester war so wütend, dass sie die Zeitschriften, die nahe auf einem Tisch lagen, in die Zimmerecke warf. Die Eltern und die Tante sahen sich sogar genötigt, sie zur Mäßigung zu mahnen. Sie empfand ihren persönlichen Stolz in gröbster Weise verletzt. Sie schimpfte laut über mich, dass ich ihr konkrete Hoffnungen gemacht hätte. Als anständiger Mensch würde ich mich gegenüber einer Dame nicht so verhalten, das zeige, was für ein niederträchtiger Mensch ich eigentlich sei. Sie hasse mich aus ganzem Herzen, sie würde nie mehr mit mir zu tun haben wollen und sperrte sich selbst im Schlafzimmer ein und weinte allein die ganze Zeit. Ihre Eltern waren von der unerwarteten Reaktion ihrer Tochter so überrascht, dass sie zuerst ratlos waren. Sie hatten noch nie bei ihrer erwachsenen Tochter so eine panikartige Szene erlebt. Nur die Tante versuchte, ins Schlafzimmer zu gelangen, und tröstete die Nichte mit besänftigenden Worten: ,Ah, wenn er nicht kommen will, lass ihn doch, der ist es nicht wert, der Richtige wird noch kommen.' Die ältere Schwester sei immerhin sechsundzwanzig und eine geachtete Lehrerin in der Schule, stattdessen verhielte sie sich hier wie ein verrücktes Huhn; das war ihr, der jüngeren Schwester, wie ein Rätsel. Als das Mädchen mit ihrer Erzählung zu Ende war, sagte sie, sie hätte alles geglaubt, was ihre Schwester gesagt hatte, wenn sie vorher mit mir nicht gesprochen hätte und fragte mich nachdenklich, ob es so etwas möglich sei, dass man jemanden hasse, den man vor einigen Minuten noch so sehr geliebt habe. Ich sagte ihr lediglich, ihre Schwester hatte nur das Bild eines Mannes geliebt, das sie selber in ihrer Vorstellung gemalt hatte. Als sie aber feststellen musste, dass der Mann ihrer Vorstellung nur im Traum und nicht in der Wirklichkeit existiert, hat sie angefangen, ihn zu hassen."

Als der Tag sich neigte, hatten die drei Musketiere die ganze Flasche der schmackhaften Mixtur leer getrunken. Es war im Institut schon längst Feierabend geworden, fast alle Mitarbeiter machten sich schon auf dem Weg nach Hause. Die drei Freunde verharrten immer noch im träumerischen Fluidum dank des Zaubertrankes. John, ein geborener Hobbysänger, der wegen seiner ausgesprochen schönen Stimme bei den Theaterinszenierungen der christlichen Gemeinde in Rangun überaus bekannt war, fing an, zu singen:

„Love can be a many splendid thing... (Wunderschön kann die Liebe sein, Can't deny the joy it brings...   was sie herbringt, sagt man nicht nein.)

Charlie, der sehr musikalisch war und alle Musikinstrumente mit Leichtigkeit spielen konnte, holte eilig die Gitarre aus seinem Zimmer und begleitete den Gesang Johns auf dem Instrument. Die schöne Musik mit sanftem Gesang und klangvollen Gitarrentönen breitete sich aus dem Fenster des Arbeitszimmers Johns im zweiten Stock leise fort in die Ferne.

Phru und Ahmu

„He Freunde, ich habe etwas Delikates für Euch gefunden", verkündete Thaung Htin am Abend, als das Tennisspiel beim RIT-Tennisklub zu Ende ging, und alle anderen nach Hause gegangen, und nur noch Tin Hlaing, Phru, Win Kyaw und Thaung Htin zu viert auf einer Sitzbank am Tennisplatz verharrten, um das gewohntes Plauderstündchen wie üblich abzuhalten.

Es war schon Anfang Februar 1975. Vor zwei Monaten war der RIT und allen anderen Universitäten – in Verbindung mit den Studentenunruhen bei U Thants Begräbnis - von der Militärregierung ein Zwangsurlaub auf unbestimmte Dauer verordnet worden, um die Studenten zu zerstreuen und damit studentische Aktivitäten gegen das Militär zu ersticken. Der Lehrbetrieb war eingestellt, die Studenten wurden gezwungen, nach Hause zu fahren, die leeren Studentenheime wurden von den Soldaten bis Ende Januar, fast eineinhalbe Monate lang, besetzt. Die bewaffneten Soldaten bewachten den Haupteingang des RIT, sie hausten in den Zimmern der Wohnheime, wo einst Studenten wohnten. Jeder Angehörige der RIT, der in irgendeinem Institut tätig war oder auf dem Gelände der RIT eine

Essbude betrieb oder dort arbeitete, empfand hautnah die fremde Besatzungsmacht. Das hektische, pulsierende Leben der RIT-Arena war fast ausgestorben; lediglich die Aktivität des RIT-Tennisklubs funktionierte normal. Nun war es, Gott sei Dank, so weit, dass die unliebsamen Soldaten, die auf dem Gelände der RIT die fremde Macht verkörperten und dies auch nach außen hin deutlich demonstrierten, Ende Januar den Campus der RIT endlich geräumt und sich in ihre Kaserne zurückgezogen hatten. Der Termin, wann der gewohnte Lehrbetrieb wieder aufgenommen werden sollte, war noch nicht bekannt. Am Tennisplatz sammelten sich die Freunde um Thaung Htin, Tin Hlaing und Phru, die sich dazu verschrieben hatten, das Leben ihres Freundeskreises so weit wie möglich, ungeachtet des oftmaligen Störfeuers vom Militärmachthaber, angenehm zu gestalten.

„Was hast du gefunden? Erzähl mal schnell", forderte Phru mit stierenden Glotzaugen ungeduldig die schleunigste Herausgabe der Neuigkeit von seinem Freund.

„Ich bin gestern in meiner Arbeitsstelle CRO, aufgrund meiner exzellent eingefädelten Beziehungen in der weiten Welt, ehrlich gesagt, ohne mich dabei rühmen zu müssen, meine verehrten ungeduldigen Herrschaften ..., einer gut gebauten, gut aussehenden und vor allem reizenden jungen Dame begegnet. Wie ich mich in den Jahren stets als ein wahrer Freund von Euch und ein um euer Wohlergehen sorgender Kumpan unzweifelhaft erwiesen habe, erbat ich mir bei der gebotenen Begegnung untertänig die Freundlichkeit jener Dame, meinen Freunden an der RIT ebenfalls ihre Gunst zu erweisen. Aufgrund meiner in höchster Diskretion und Vertrauenswürdigkeit vorgetragenen Petition, entsprach die gnädige Dame nach eingehender Überlegung meiner Fürbitte, sodass sie euch bald einen Besuch in eurer bescheidenen Behausung abstatten und euch mit ihren unvergleichlich weiblichen Künsten erfreuen wird", spannte Thaung Htin seine neugierigen Freunde ungnädig auf die Folter.

„Thaung Htin, mach schnell mit deiner Geschichte, unser armer Phru tropft jetzt schon mächtig, sonst schmilzt er bald noch ganz zu Brei", richtete Tin Hlaing das Gnadengesuch an Thaung Htin.

„Allegro, Allegro, Professore!", bat Win Kyaw ebenfalls mit ungeduldiger Miene.

„Also gut, Freunde", entlüftete Thaung Htin doch am Ende willfährig in das große Geheimnis, „die besagte jene Dame ist ..."

Sie hieß Ahmu, fünfundzwanzig Jahre alt, ausgesprochen sympathisch, ausgestattet mit allen weiblichen Begehrlichkeiten, die man mit Fug und Recht „hübsch" nennen musste. Sie bot den Bekannten oder Freunden ihre freundlichen Dienste entgeltlich an. Sie hatte so eine ehrliche, sanfte Art, die einem männlichen Wesen, das mit ihr einmal in Beziehung trat, Respekt abverlangte. Niemand war bereit, sie als etwas Käufliches zu betrachten; viel mehr war man geneigt, sie als gute Freundin anzusehen, die man seit Jahren gekannt und geschätzt hätte. Es war verständlich, dass sich Ahmu ebenfalls in ihrer Haut wohlfühlte, mit Respekt und Zartgefühl behandelt zu werden. Ihre anmutigen Augen und ihr stilles Lächeln waren von erhabener Art, die man nicht gerne vermissen wollte.

Als sie bald in Begleitung von Thaung Htin im verwaist und leerstehenden Studentenheim der RIT – aufgrund der Zwangsschließung - erschien, wo nur noch ein paar Asistenten in verschiedenen Wohnblocken vereinzelt wohnhaft geblieben waren und Win Kyaw und Thaung Htin im Block D ein Zimmer teilten, war die Gemeinschaft um Tin Hlaing und Phru auf das Höchste erfreut. Win Kyaw bereitete ein köstliches Mittagessen, um die Freunde und vor allem den Ehrengast überschwänglich zu beköstigen. Er kochte Hühnerfleisch mit Gemüse in scharfer Soße, sodass alle Anwesenden es nicht nur im Gaumen scharf empfinden mögen, sondern auch in anderen erdenklichen Sinnen. Dabei richtete Win Kyaw die höfliche Frage an Ahmu, ob sie gerne scharf esse. Auf ihre eindeutige Erwiderung: „Ja, gerne", beigemischt mit einem lieblichen Lächeln, fügte Tin Hlaing mit leuchtenden Augen hinzu:

„Das ist ausgezeichnet, Ahmu, wir haben alle den gleichen Geschmack. Bei uns ist nur einer, der immer besonders scharf ist, zwar auf schöne Frauen wie dich, der braucht keine extra Chilischoten, weißt du Ahmu…, wer das ist?"

„Nein, weiß ich nicht", sagte Ahmu, während sie alle vier Männer jeweils mit einem flüchtigen Blick musterte.

„Das ist der große Bruder Phru neben dir", zwinkerte Tin Hlaing mit den Augen, „Vorsicht!, wenn du ihn anfasst, kriegst du gleich einen Stromschlag, denn der ist ganz schön geladen, seit eine hübsche junge Dame neben ihm Platz genommen hat."

Das süßeste Gesicht, das sich Phru zu jener Stunde zu tragen anschickte, um der anwesenden jungen Dame so weit wie möglich zu imponieren, bestand in diesem Moment aus den zwei großen hervorstechenden schwarzen Augen, einer darunter postierten kleinen Nase und einem weit geöffneten Mund, aus dem sich die weißen schiefen Zähne würdevoll hinauslehnten, wobei seine spärlichen Haare buchstäblich auf dem Kopf strammstanden, nicht etwa aus Ärger, sondern aus purer Spannung, doch sein gesamtes Antlitz verlieh ihm einen ehrlichen und sympathischen Ausdruck. Der erhabene Phru genehmigte sich ein ehrwürdiges Lächeln: „He., He..,.. He".

Ahmu schaute verstohlen von der Seite nach dem ehrbaren Phru und sagte liebevoll:

„Der sieht doch sehr gut aus, jedenfalls gefällt mir dieser Gentleman sehr."

Phru strahlte übers ganze Gesicht wie ein sowjetischer Kriegsheld, der aus den Händen der Witwe Stalins den vaterländischen Orden erster Klasse empfangen durfte.

Danach gab Tin Hlaing erlesene, saftige Witze zum Besten, die er aus seiner Erinnerungskiste reichlich hervorzauberte, um den herannahenden Höhepunkt des Tages zielgenau anzubahnen. Phru überstrahlte alles mit seiner ansteckenden Fröhlichkeit, die an den um die Gunst des Weibchens emsig buhlenden Paradiesvogel, geschmückt mit hell leuchtenden Federn, erinnerte. Win Kyaw steuerte mehrere feine Nachtischbeilagen bei, sowohl für das körperliche als auch für das seelische Wohlbefinden der Anwesenden. Ahmu ihrerseits, seelenruhig und ohne jegliche Hektik, erwiderte jedem mit Freude diskreter und begehrlicher Art, sodass man diesen Tag, ohne dabei im Geringsten hinterhältig zu denken, für jeden ehrlich als ein Freudenfest bezeichnen durfte.

Als der fröhliche Tag sich neigte, gaben Tin Hlaing, Win Kyaw und Thaung Htin der freundlichen Ahmu jeweils fünfzig Kyats als Erwiderungsgeschenk für ihre nette Unterhaltung und verabschiedeten sich von ihr, um am Tennisplatz zu erscheinen. Dagegen hielt der brave Phru die zierliche Ahmu immer noch unzertrennlich zärtlich in seinen Armen fest und bat sie, während er sie schmusend mit seinem Kinn auf die Schulter einfühlsam berührte:

„Ahmu willst du mit mir die ganze Nacht hier verbringen?"

Seine gefühlvoll vorgetragenen Worte und sein kindlich erwartendes Gesicht waren so entwaffnend, dass Ahmu sich an seine breite Brust noch fester schmiegte und auf seine umschlingenden Arme ihre zärtlich legte.

„Unser Phru ist ja schon richtig verliebt in Ahmu", seufzte Thaung Htin zunächst frohlockend, doch danach etwas nachdenklich, als er sich mit seinen Kumpeln gemeinsam zum Tennisspiel begab. Als die drei auf dem Weg zum Tennisplatz an dem Haus, wo Phru mit seiner Mutter und den Geschwistern wohnten, vorbeischritten, kamen die Mutter und der ältere Bruder von Phru aus dem Haus angerannt und wandten sich an Tin Hlaing:

„Dr. Tin Hlaing, wo ist denn Phru? Er sagte heute Morgen, bevor er von zuhause wegging, dass er mit Ihnen den ganzen Tag zusammen sein werde."

Tin Hlaing zuerst, etwas verblüfft, um mit der unerwarteten Konstellation fertig zu werden, ließ sich blitzschnell etwas einfallen und erklärte:

„Ja, das stimmt, wir waren zusammen in Rangun, in der Stadt bei einem

Studenten, da haben wir dessen Geburtstagsfeier mitgemacht, der Student hat uns gebeten, dort die ganze Nacht zu bleiben. Da ich heute unbedingt Tennis spielen wollte, bin ich zurückgekommen. Fragen Sie Dr. Thaung Htin, er war auch dabei."
Tin Hlaing schob den Gesprächsfaden ganz diplomatisch an Thaung Htin weiter. Thaung Htin, nicht weniger gewissenhaft und pflichtbewusst, bestätigte dies in vertrauenerweckenden Worten:
„Ja, ich war auch dabei, ich und Tin Hlaing haben schon öfters bei diesem Studenten gefeiert und sind über Nacht ein paar Mal geblieben, Phru war ja zum ersten Mal dort, und der Student, der im letzten Studienjahr ist, hat unbedingt darauf bestanden, dass sein Professor ausnahmsweise heute in seinem Hause übernachtet. Also machen Sie sich keine Sorgen, der ist morgen früh wieder zurück."
„Phru war ja noch nie über Nacht weg, außerdem ist ja heute der erste Tag des Ramadans", sagte die Mutter besorgt.
„Sie brauchen sich keine Sorgen zu machen, sein Student war so freundlich, dass er nicht Nein sagen konnte", beruhigte Tin Hlaing die etwas ratlos wirkende Mutter.
Nachdem die Autorität zweier Doktoren die Glaubwürdigkeit der unglaublichen Affäre halbwegs gemeistert zu haben schien und die drei dem Tennisplatz näherkamen, sagte Win Kyaw, tief Atem holend, ganz leise:
„So ein Ding, unser guter Phru hat sogar den ehrwürdigen Allah vergessen, wenn er in den Armen Ahmus liegt."
„Phru ist seit Jahren schon kein Strenggläubiger mehr, dafür bekommt er eine Jungfrau weniger, wenn er in den Himmel kommt", kommentierte Tin Hlaing mit einem Achselzucken.
„Sollen wir unseren weiberscheuen Freund Ko San Tint in die Affäre einweihen?", fragte Win Kyaw.
„Du hast es gut gemeint, aber lieber nicht, jener Meister San Tint ist mit diesem Mittel kaum wegzulocken, außerdem ist die Sache mit Phru ziemlich ernst", machte Thaung Htin eine Pause und setzte mit bedächtiger Miene fort:
„Phru ist schon, so wie wir es vorhin gesehen haben, richtig in Ahmu verknallt, also von nun an müssen wir Ahmu nur noch Phru überlassen, wir dürfen uns auf gar keinen Fall zwischen beiden drängen, es wäre nicht gut für die Gefühle Phrus."
U Aung Than, der zufällig das Gespräch mit der Mutter von Phru mitbekommen hatte und ebenfalls auf dem Weg zum Tennisplatz war, erforschte ganz diskret bei Tin Hlaing, ob die angebliche Übernachtung des Professors Phru nicht bei einem Studenten, sondern womöglich doch bei einer Stu-

dentin sein könnte. Darauf beantwortete Tin Hlaing, ob bei ... ten oder tin verbringen, sei eine Sache der Betrachtung an sich, er könne aber auf die absolute Wahrheit nicht schwören, da doch der Mensch im Laufe des Lebens nicht immer frei von Irrungen und Fehlern sei. Zufrieden beließ es U Aung Than dabei und betrachtete die Angelegenheit als ad acta gelegt.

Der Tennisklub war schon vollzählig, manche spielten schon auf dem Platz, der Rest nahm Platz auf den Bänken, während sie die Protagonisten auf dem Spielfeld anfeuerten oder sich mit einem Schwätzchen die Zeit gemächlich vertrieben. Das Spielfeld war vom Scheinwerferlicht hell erleuchtet. Als Dr. Aung Gyi, die Abwesenheit Phrus bemerkt, nach ihm fragte, gab Tin Hlaing kurz und bündig die Antwort:

„Der ist gerade auf Himmelfahrt, wird aber bald zurück sein."

„Man sagt, im Himmel gibt es unzählige hübsche weibliche Engel, unser Phru wird es ganz schön schwer haben, eine richtige dort zu finden, oder es sei denn, dass er alle nimmt, die er dort findet", fügte U Aung Than in Manier eines Gedankenlesers hinzu.

„Schön wär's, wenn es so viele hübsche weibliche Engel geben würde, dann ... wären wir gar nicht hier ... Ha, Ha, Ha ..." entfuhr Thaung Htin ein bedächtiges Lachen.

„Ja, darf ich auch nächstes Mal in den Himmel mitfahren?", fragte Dr. Khin Maung Win mit einem Augenzwinkern.

„Natürlich, wenn Sie von ihrer Chefin Margret die Erlaubnis bekommen sollten", konterte Tin Hlaing.

„Er hat noch nie bei mir eine Erlaubnis beantragt", sagte Margret prompt, die neben Mama Mu und Ma Tu auf der Bank Platz genommen hatte.

„Heißt das denn, dass jener Herr noch nie Anlass hatte, eine derartige Erlaubnis zu beantragen oder läuft das diskret auf der Schiene „Streng Geheim", nörgelte U Aung Than an der Wortklausel mitten im Gelächter der Anwesenden.

„Oh, für die Beantwortung dieser Frage ist Margret viel prädestinierter als ich", wandte sich Dr. Khin Maung Win mit einem gewissen süffisanten Lächeln an seine Frau, worauf sie aber mit einem betörenden Blick erwiderte.

Im Studentenheim, im D-Block, in jenem Zimmer auf der ersten Etage herrschte eine Stille, eine Stille von einer fröhlichen Art, die wahrscheinlich aus den darin weilenden glücklichen Seelen zu stammen schien. Phru streichelte Ahmu sanft mit den Fingern auf ihrem nackten Rücken:

„Du hast ja so eine zarte weiße Haut, ich kann sie ewig so weiter streicheln, es wird mir nie langweilig sein."

„Meinst du es wirklich? Aber übertreibe nicht zu viel", neckte Ahmu mit einem Schmunzeln.

„Nein, ich sage es dir wirklich, ich schwöre bei Gott, deine weiße, zarte Haut erinnert mich an den weißen Meeresstrand in Rakhine, wo ich geboren bin."

Phru schaute ihr begehrlich von der Seite ins Gesicht, während er erneut seine Handfläche auf ihren Rücken gefühlvoll gleiten ließ. Ahmu wartete ganz gespannt darauf, was er weiter erzählen würde.

„Als ich noch ein kleiner Junge war, lief ich oft am Strand auf dem weißen zarten Sand. Ich streichelte die Sandfläche ganz liebevoll mit naivem kindlichem Respekt und träumte, dass ich das weiße, wunderbare Kleid einer schönen Prinzessin berühren dürfte. Ich war dabei so selig. Ich wagte gar nicht, ihr ins Gesicht zu schauen, obwohl in mir die Leidenschaft brannte, ihr wunderschönes Gesicht in meinem Herzen zu verewigen. Wenn ich jedoch versuchte, einen Blick von ihrem Gesicht zu erhaschen, wandte sie sich jedes Mal von mir weg, ich weiß nicht warum, ich durfte sie nie richtig ansehen, dann war ich so traurig und weinte bitterlich. Als meine Tränen ihr weißes Kleid benetzten, sah ich dann braune runde Flecken, ich versuchte panikartig, die Flecken wegzuwischen, dann merkte ich erst, dass es doch nur Sand war und nicht das Kleid der Prinzessin, das ich gerade mit der Hand berührte."

Ahmu fand seine Geschichte so rührend und besonders beeindruckend, wie er im erwachsenen Alter im Stil eines unbekümmerten Kindes ganz freimütig und aufrichtig erzählt hatte. Phru fand selbst erstaunlich, dass er seine melancholischen Gefühle in Worten aus dem Steigreif ausdrucken konnte, wobei jene Fähigkeit seinem eigentlichen Wesen nicht entsprach. Seine inneren Gefühle hatten ihn zum ersten Mal im Leben über sich hinauswachsen lassen. Ahmu drehte sich mitfühlend zu Phru, wobei ihre Armen zärtlich um ihn schlangen. Sie tröstete ihn:

„Du armer Träumer."

Ihre Wange schmiegte sich gefühlvoll an seine. So einen zärtlichen Mann mit kindlichen Träumen hatte sie noch nie in ihren Armen gehabt, dachte sie und nahm sogar seltsamerweise ihr Glücksgefühl zum ersten Mal bewusst zur Kenntnis, das Glücklichsein in dem Moment. Wenn sie aber an die nächsten Tage dachte, wusste sie nicht mehr, welchen Lauf ihr Schicksal nehmen würde: Mit dreckigen Händen angefasst und wie ein Stück Vieh behandelt zu werden oder bei einem solchen Gentleman mit Rücksicht und höflichem Umgang, was ihr in ihrem Leben wie ein kleiner seltener Lichtblick vorkam. Denk nicht daran, genieße eben, solange dieser kleine Moment noch dauert, gemahnte sie sich selbst und bemühte sich,

Emotionen ihrerseits nicht unbedacht ausbrechen zu lassen.

Phru hatte im Leben nie so viele Frauen kennengelernt wie seine Freunde Tin Hlaing und Thaung Htin, die in der Hinsicht fast den Status eines Ganoven erreichten. Aber von den wenigen, denen er in seinem Leben begegnet war, war Ahmu die Zarteste und Zärtlichste überhaupt. Warum war er dann einer solchen Frau vorher nicht begegnet? Dann wusste er schon, wie sein bisheriges Leben verlaufen könnte. Seit einigen Jahren bekleidete er eine Professur an der RIT, er war viel beachtet, aber sein Leben war in mancher Hinsicht viel enger geworden durch die gesellschaftlichen Normen und Zwänge, die man hier Moral und Anstand nannte. Seit der Rückkehr von Thaung Htin aus der DDR nach Rangun, war sein Leben dank seines Kumpels im wahrsten Sinne des Wortes viel farbiger geworden; Thaung Htin organisierte nämlich solche angenehme Events für seine Freunde. Dass er dabei unverhofft einer derartig respektablen Frau aus jenem Milieu begegnen könnte, war für ihn die große Überraschung überhaupt. Ah, wenn er doch so frei und unbekümmert sein Leben gestalten könnte! In der Hinsicht beneidete er seine Freunde Thaung Htin und Tin Hlaing sehr:

Thaung Htin laufe noch mit langen Haaren herum, er schere sich einen Dreck, was die anderen über ihn denken oder sagen wie etwa: Dr. Straßenrowdy mit langen Haaren. Er schaffe sich damit seine eigene Welt und lebe in seiner eigenen Vorstellung, da lässt er sich von niemandem hineinreden. Auch Tin Hlaing trotze der allgemeinen Meinung, rede, saufe und lebe, wie er es für richtig und angemessen hält, er lasse sich nicht vorschreiben, was er im Leben tun und lassen soll. Diesen Mut, eigene individuelle Räume zu schaffen, habe ich bei mir nie gekannt. Ich war von Geburt an ein braver Junge gewesen, habe mich gegen niemanden aufgelehnt, habe nur fleißig gelernt. Nun bin ich Professor und lebe in Amt und Würden, oder muss in Amt und Würden leben. Manchmal wünsche ich mir, mich so unbekümmert im Leben auszutoben wie Thaung Htin und Tin Hlaing. Ich möchte auch junge Frauen kennenlernen, mit ihnen irgendwo ausgehen, Spaß haben. Ich möchte mich auch in eine hübsche Frau so richtig verknallen, ihr unzählige Liebesbriefe schreiben, mich an ihrem Lächeln erfreuen und auch an ihrer Trauer teilhaben und sie trösten. Ah, was ich noch wünsche. Ich weiß, dass man im Leben nicht alles haben kann, was man wünscht, vielleicht beneiden manche mich und ich beneide wiederum andere. Jedenfalls sind Tin Hlaing, Thaung Htin und Win Kyaw meine besten Freunde, mit denen ich alles teilen kann. Und heute, was für ein wunderbarer Tag, wo wir so viel Spaß hatten und diese junge zarte Ahmu, egal was sie war, sie ist so eine herzliche Seele, die man einfach gern haben muss. Sie ist vor allem eine Frau, die wahrlich würdig ist, mit ganzer Seele geliebt zu werden.

Dass er sich in eine Frau leidenschaftlich verlieben konnte, dies war der jungen Frau nicht entgangen. Denn Ahmu fühlte leibhaftig seine unstillbar flammende Leidenschaft und kindlich anhängliche Freude in seinen verliebten Augen. Ob seine Verliebtheit eine Vorübergehende war? Oder ein wirklicher Beginn von beständigen und dauerhaften Gefühlen und nicht nur der zur Schau gestellte emotionale Ausbruch? Sie war sogar neugierig, das zu erfahren.

„Ahmu hast du noch Hunger?" Phru holte die Reste vom Mittagessen, das Win Kyaw zubereitet hatte, füllte in einen Teller, mischte die Soße und den Reis zusammen und hielt ihr das köstliche Essen in einem Löffel liebevoll vor den Mund.

„Du bist ja so lieb", bedankte sich Ahmu mit einem Küsschen auf seiner Wange und schaute ihn mit betörendem Blick an, bevor sie den Leckerbissen zu sich nahm.

„Warst du noch nie in eine Frau verliebt gewesen", fragte ihn Ahmu mit kindlich forschenden Augen.

„Sicher war ich schon ein paar Mal verliebt gewesen, aber nur von meiner Seite. Als ich in den USA als junger Bursche studierte, lernte ich im Laufe der Jahre zwei, drei Studentinnen kennen, in die ich Hals über Kopf verliebt war, aber die Beziehung war nie intim gewesen. Damals war ich jung und auch noch zu schüchtern gewesen, sodass ich nie erleben konnte, was eigentlich eine leidenschaftliche Zuneigung zu einer Frau für mich bedeutete. Natürlich habe ich mit einigen Frauen geschlafen, aber das war im Bordell, die Beziehung war also rein mechanisch und rein geschäftlich, sodass ich von der zärtlichen Beziehung zu einer Frau weit entfernt war. Als ich in Ostdeutschland als Erwachsener meine Promotion machte, war ich auch mit einer Frau ständig zusammen gewesen, aber ... richtig verliebt war ich in diese Frau nicht gewesen. Hier in Burma hatte ich sogar die Gelegenheit bekommen, mit einer jungen hübschen Frau fast einen halben Tag in einem Zimmer zusammen zu verbringen. Diese junge Frau wollten meine und ihre Eltern mit mir verkuppeln. Es war leider schief gegangen, in mir war es mit den Gefühlen zu der Frau noch nicht so weit gewesen, um mich ungehemmt und frei wie ein Verliebter zu verhalten. Es ist seltsam, was man sich von der Verliebtheit vorstellt und was man eigentlich im eigenen Inneren empfindet. Wenn man da den Unterschied spürt, dann ist das keine echte Liebe mehr."

„Das ist schon philosophisch, was du hier redest, ich kann dir gar nicht so folgen, aber jedenfalls mag ich dich", sagte Ahmu, während sie ihn mit ihren Fingern auf seiner Brust gefühlvoll berührte, anschließend sanft ihre Handfläche ausbreitend auf und ab bewegte, langsam und zartfühlend, als fasste sie vorsichtig eine zerbrechliche Blüte - und dazu mit einem gewissen einladenden Lächeln. Er ließ sich die freundliche Einladung nicht entgehen, zog sie geschmeidig an sich und drückte seine flammenden Lippen auf ihre; Ahmu spürte das heftige Feuer seiner Gefühle, die sie in ihrem bisherigen Leben sich nicht mal zu erträumen gewagt hatte, und hörte sein leises Flüstern:

„Ahmu, ich liebe dich so sehr."

Als sie beide nach wonnevollen Stunden in der Mitte der Nacht aufwachten, schmiegten sie sich noch fester aneinander.

„Ich wünschte, dass diese Nacht nie zu Ende ginge und der Morgen ganz ausbleiben möge", murmelte Phru.

„Hast du mich wirklich so gern?", fragte ihn Ahmu.

„Gern haben, das ist zu wenig gesagt, ich liebe dich, ja wirklich, ich liebe dich, obwohl ich dich erst vor einem halben Tag zum ersten Mal gesehen habe. Es scheint seltsam, aber es ist wahr."

In ihrem bisherigen Leben hatte sie noch nie erlebt, dass ein Mann, der gerade ein paar Stunden zuvor zum ersten Mal auftauchte und nun ihr seine Liebe schwor. Es war fast unglaublich, sie wusste nicht, ob sie sich wirklich freuen sollte oder nicht. Ahmu zögerte eine Weile und sagte:

„Wenn du mich so gern hast, nimm mich doch für immer, nur wenn du kannst. Es ist mir auch klar, dass ich für dich nur als eine heimliche Frau infrage komme. Du musst dafür sorgen, dass ich eine kleine Wohnung habe, wo ich nur für dich lebe und täglich auf dich warten kann. Wenn du mir später erlaubst, könnte ich auch einen anständigen Beruf lernen z. B. Kleidernähen. Natürlich, wenn du willst und wenn du kannst."

Ihr war durchaus bewusst, dass sie ihrerseits keine Forderung an ihn stellen durfte, und es zwischen Wollen und Können immer noch eine große Kluft geben könnte. Damit hatte sie ihre eigene Grenze überschritten, die es von jeher einzuhalten galt, nämlich: Eine Prostituierte darf niemals ihre wahren Gefühle zeigen. Wenn man eigenes Gefühl jemandem anvertraut, kann man viel gewinnen, wenn dies in der gleichen Weise erwidert wird, andernfalls verliert man alles.

„Ich denke darüber schon die ganze Zeit nach, meine Liebe, es ist nicht so einfach", die Worte kamen schwer und träge aus seinem Mund, „ich ärgere mich, warum mein Leben so kompliziert sein muss. Ich habe geträumt, als ich vorhin eingeschlafen war, ich wollte mit dir Hand in Hand in einem wunderschönen Park, ganz glücklich, losrennen, da habe ich erst festgestellt, dass meine Beine gelähmt waren, ich könnte nicht … und

könnte nicht., ich war so wütend und gleichzeitig ohnmächtig und traurig, dass ausgerechnet mir so ein Unglück passieren musste."
Ahmu hatte gespürt, dass seine Augen feucht waren. Er war in ein Labyrinth der endlosen Gedanken geraten:
Wenn er sie als heimliche Frau nehme und irgendwo in einer Wohnung leben lasse, wo er sich mit ihr heimlich trifft, werde es so lange gut gehen, wenn niemand es erfahre, aber es sei nur eine Frage der Zeit, wann sein Geheimnis publik werde. Denn wäre es mit seiner Ehre und dem guten Ruf für immer vorbei, er höre schon das Geschrei: Professor Prhu lebt mit einer Prostituierten zusammen, es ist ein Skandal ungeheuerlichen Ausmaßes und mit der Ehre eines Professors in keiner Weise vereinbar. Ist dieser Professor Phru überhaupt noch bei Sinnen, wegen einer Prostituierten alles im Leben aufzugeben? Oder ist der Kerl gar nicht fähig, eine anständige Frau kennenzulernen? Es kann doch nicht sein Ernst sein. Da gibt es in dieser burmesischen Gesellschaft, in der das Geld, Prestige, die Ehre, der Rang und ein akademischer Titel ungeheuer von Bedeutung sind, so viel reiche und schöne Frauen, die so gern einen Professor zum Manne haben wollten. Alle werden ihn nun von Weitem meiden, außer seiner engsten Freunde Tin Hlaing, Thaung Htin und Win Kyaw. Diese drei werden immer auf seiner Seite stehen, egal was auch kommen möge. Aber er könne auf die anderen genau so wenig verzichten. Warum er die anderen brauche, wisse er nicht genau. Aber solange er mit den anderen in Einklang leben müsse, könne er sie und ihre Einwände nicht so einfach vernachlässigen. Sich mit diesen Menschen auf Biegen und Brechen anzulegen, könne er auf die Dauer nicht durchstehen, dazu fehle ihm einfach Kraft und Mut. Er würde lieber die Eintracht anstatt der Konfrontation zu der Gesellschaft wählen. Die Lehrkräfte von der RIT werden ihn weiterhin höflich behandeln, wenn auch scheinheilig, um ihn hinter seinem Rücken in den Dreck zu ziehen. Im schlimmsten Fall höre er schon, wie manche freche Studenten ihn sogar als Professor Nutte nennen. Alle seine unschuldigen Verwandten würden in den Schmutz, den er allein zu verantworten hat, gezogen, vor allem seine Mutter. Wie würde sie damit überhaupt fertig werden? Wenn seine Mutter durch den Schock zusammenbreche, dann wäre auch sein Leben für immer vorbei. Als Muttermörder werde er nirgendwo mehr eine Existenzberechtigung haben können. Ist es das denn wirklich wert so viel zu riskieren? Ist er denn nicht egoistisch, wenn er nur sein eigenes Leben und eigenes Glück in den Mittelpunkt stellt und alles andere vollkommen vernachlässigt? Wie kann er und wie soll er alles aufs Spiel setzen, nur wegen seiner alleinigen persönlichen Freude? Gesetzt den Fall, er würde alles auf eine Karte setzen, würde er denn danach unter diesem gesellschaftlichen Dauerkonflikt wirk-

lich glücklich sein können? Nein, nein …, nochmals nein.

Im Überschwang seines Glücksgefühls war er so weit, alles zu opfern. Er glich jemandem, der plötzlich auf ungeahnte Höhen katapultiert wurde, er genoss hier den paradiesischen Ausblick über Wolken, Berge und Wälder. Er war im Höhenrausch, sein Glücksgefühl kannte keine Grenze wie der vor ihm ausgebreitete Horizont, der ins Unendliche gerückt war. Als er aber unter seinen Füßen die weit tief hinab nach unten fallenden steilen Wände sah, spürte er plötzlich Höhenangst. Im Wechselbad der Gefühle schien er sich selbst verloren zu haben. Je mehr er darüber nachdachte, umso mehr sah er viele Menschen, die durch sein Vorgehen alles verlieren würden. Er spürte Angst, über seinen eigenen Schatten zu springen. Phru war schweigsam geworden, er wusste, dass er ihr eine klare Antwort schuldig war. Aber, wie sollte er es ihr denn erklären, wenn seine Kehle von mutlosen Gefühlen fest geschnürt war. Er sagte lediglich:

„Ich wünschte, dass diese Nacht mit dir nie zu Ende geht und die Sonne am Horizont nie wieder auftaucht."

Ahmu ließ ihn erneut in ihren Armen lehnen und streichelte seine Wangen, ohne ein Wort zu sagen. Sie fühlte schon seine Antwort, die sie vorausgeahnt und doch widerwillig erwartet hatte, und dennoch traf diese sie in der Seele hart und grausam. Sie wusste, dass sie äußerlich eine attraktive Frau darstellte, aber in der Tat eine Unberührbare geworden war. Ich habe dir gesagt, dass du mit deinen eigenen Gefühlen vorsichtig sein sollst, weil du sowieso von Anfang an auf der Verliererstraße bist, jetzt stehst du vor einem Scherbenhaufen, machte sie sich nun in Gedanken Selbstvorwürfe und bereute es, ihn je im Ernst darauf angesprochen zu haben und versuchte vergeblich, ihre Tränen zu verdrängen.

Das Morgengrauen brach an. Ahmu machte ihre Kleidung zurecht, kämmte sich ihre Haare vor dem Spiegel. Phru steckte zwei Hundert-Kyat-Scheine in die Handtasche Ahmus. Amu sagte: „Danke schön." Er erwiderte nichts, und stattdessen legte er seine Arme um Ahmu, zog ihren zierlichen Körper eng an sich, schmiegte seine Wange an ihre und flüsterte:

„Sei nicht böse, dass ich es nicht kann, obwohl ich es so gern getan hätte."

„Ach, was, das habe ich doch nur aus Spaß gesagt, mach dir keine Gedanken", erwiderte sie ihm ruhig mit scheinbar gleichgültigen Worten, obwohl es ihr innerlich derweil so schwer fiel, dies auszusprechen. Sie hatte zum ersten Mal im Leben das Roulette gespielt, als Einsatz hatte sie ihre Seele hingelegt, in der Hoffnung auf den ersehnten großen Gewinn. Nun hatte sie alles und alles, was sie je besaß, verloren. Wie konnte sie so riskieren, auf unbekanntes Terrain zu laufen? War sie so naiv und dumm wie keine andere? Nein, sie wusste es nicht mehr, wie sie selbst auf die verrückte Idee gekommen war, ihre einzige Habe – die Seele – auf den Spieltisch hinzuwerfen. Ihr Inneres war nun so leer, als bestünde ihr Leib nur noch aus Rippen und Knochen.

Sie verabschiedete sich von ihm, mit einem langen zärtlichen Kuss und bat ihn, zum Ausgang nicht mitzukommen. Sie traten aus dem Zimmer, sie lief allein den Korridor entlang die Treppe hinab zum Ausgang. Sie drehte sich nicht um, dem winkenden Phru einen letzten Blick zuzuwerfen. Du darfst ihn nicht mehr anschauen, halte deinen Kopf und deine Schritte gerade aus, zwang sie sich mit einer eisernen Willensanstrengung, die ihr große Schmerzen im Herzen bereitete.

Es war ihr durchaus gelungen. Was ihr aber nicht gelang, waren ihre Tränen, die ihr sanft über die Wangen rollten. Die Amseln, die auf den Eukalyptusbäumen am südlichen Zaun neben den Studentenheimen beheimatet waren, sangen an diesem Morgen ihre Morgenlieder nicht so fröhlich wie gewohnt, so als nähmen sie Anteil an den Tränen der jungen Frau. Die farbenprächtigen Libellen segelten träge mit ihren ausgebreiteten Flügeln in der frischen Morgenluft umher, sie schienen ebenfalls an diesem Morgen nicht übermäßig hektisch und heiter gewesen zu sein. Sogar die Brise des Monsuns, die in dieser Jahreszeit von Dezember bis Februar täglich von Nordosten herüber streifte, schien sich an diesem Morgen verzögert zu haben, um dem leisen Schluchzen der jungen Frau voller Mitleid zuzuhören.

Metamorphose des Diktators General Ne Win

„Ich bin General Ne Win, nun bin ich endlich im Zenit meiner Macht, ich bin alleiniger Herr und Gebieter dieses Landes Burma, meine Herrschaft werde lange ... lange, bis zu meinem Lebensende, erhalten bleiben. Dafür werde ich mit aller Entschlossenheit sorgen, koste es, was es... wolle!" Darin musste man ihm gewiss eine meisterliche Leistung im Bezug auf Publicity bescheinigen, wobei sein reiner Machterhaltungstrieb und dessen verheerende Auswirkungen auf die gesamte Bevölkerung Burmas theoretisch außer Acht gelassen würden, was aber, objektiv betrachtet, schier unmöglich war; sonst käme es ja etwa dem gleich, einen Mörder zu loben, angeblich wegen seines genial, akribisch ausgeklügelten und brutal durchgeführten Mordes.

Er fasste das viereckige Glas, nippte genießerisch vom Whisky, strich das Glas ganz sanft mit seinen Fingern, als ruhte ein Stück Rohdiamant auf seiner Handfläche. Ja, über diese seine Finger kursierte seit Jahren in den abergläubigen Schichten der Bevölkerung Burmas eine Legende: Der Zeigefinger des Generals sei wesentlich länger als sein Ringfinger, dies sei nach der althergebrachten burmesischen Chirologie ein eindeutiges Merkmal des absoluten Herrschers, und er genieße nun in diesem Leben die Früchte, die er im vergangenen Leben durch außerordentliche religiöse Verdienste erworben habe. So lautete die gängige Interpretation der tiefreligiösen, dogmatischen Schichten der Buddhisten, die die wahre Ursache jeglicher gegenwärtigen Geschehnisse ausschließlich nur auf das vergangene Leben zu verlagern pflegen. Dies hat zwangsläufig zur Folge, dass viele Burmesen die Probleme der Gegenwart, als vom Schicksal vorgegeben, a priori hinnehmen und die logische Analytik der kausalen Zusammenhänge in der Gesellschaft und in der Politik zu betreiben und zu begreifen kaum fähig waren, dennoch durften dem größten Teil der burmesischen Buddhisten unter der täglich wiederkehrenden unermesslichen Last der Unterdrückung die wahre Ursache und deren Wirkung nicht entgangen sein, denn die leibliche Erfahrung ließ sich nicht einfach von der vorgefassten religiösen Ideologie verdrängen.

Der gelbrötliche Whisky stieß einen starken Duft aus, während kleine Eiswürfel kreisend darin schwammen. Er mochte besonders diesen rauen Duft, roch genüsslich an ihm mit seiner stumpfen Nase, über die es ebenfalls im Lande ständig rumort hatte, der General leide unheilbar seit seinem Mannesalter unter einer seltsamen Nasenkrankheit, deren Ursache tatsächlich in seiner unersättlichen Schnüffelei in den von Geheimnissen umwitterten Tälern und Wölbungen des weiblichen Körpers zu suchen sei. Die aberwitzige Behauptung war tatsächlich von der Historie mehrfach bestätigt, dass unzählige weibliche Berühmtheiten, die aufgrund ihres unbestechlichen Körperbaus zur Ms. Burma gekürt wurden, einst im Schlafgemach des Generals gelandet waren, und seine unersättliche Begierde nach animalischer Befriedigung sich durch sein ganzes Leben, wie ein dicker, roter Faden zog. Er stellte lässig das Glas auf den Tisch, betrachtete eine danebenstehende Whiskyflasche, es war seine Lieblingsmarke - Johnnie Walker. Er stierte mit seinen Glotzaugen auf das Bild des adrett gekleideten Gentlemans. Der englische Gentleman im roten Frack und schwarzem Zylinder, abgebildet als Produktmarke auf der Flasche, schien ihm plötzlich seltsamerweise, wie in einem Märchen, tatsächlich lebendig geworden zu sein. Mr. Johnnie Walker stieg aus dem Etikett der Whiskyflasche, hob eilig seinen Zylinder, verneigte sich vor Ne Win ehrerbietig mit den höfischen schmeichelnden honigsüßen Worten:

„Eure Majestät, unumschränkter Herrscher über das Riesenland Burma zwischen Himalaja und bangalischem Meer, Gebieter über das burmesische

Volk, ebenso über die Shan-, Karin-, Kachin-, Kayar-, Mon- und Rakhain-Völker, Euer untertänigster Diener ist beglückt, Euch bei hervorragender Gesundheit und in der vorzüglichen Gemütsverfassung finden zu dürfen. Euer ergebener Diener ist herbeigeeilt, Euch tiefste Ehrerbietung gehorsam zu erweisen."

Angesichts dieser seltsamen Erscheinung, die er zuerst nur zögerlich wahrnahm, war Ne Win just in dem Moment vollkommen verblüfft und sprachlos, aber dennoch innerlich hocherfreut und erinnerte sich dessen, dass er, seit er die höchste Machtstufe in Burma erklommen hatte, ständig von einem erhabenen Gefühl – er sei wahrlich zu den Göttern entrückt – beseelt war. Dann stieß er aus vor Stolz schwellender Brust ganz lässig hervor:

„Ja, die Verneigung jedes Lebewesens vor mir ist die natürlichste Sache in diesem Lande. Schließlich bin ich eben der wahre.... König von Burma, der absolute Herrscher ... über alle Menschen in diesem Lande!."

Wie ein Schauspieler auf der Bühne legte er bei dem selbst inszenierten Monolog immer wieder ein Päuschen zwischen den Worten ein, um die Gewichtigkeit seiner Worte an entsprechender Stelle besonders hervorzuheben, was ihm sichtlich zu gefallen schien:

„Hier geschieht nichts...ohne meinen Willen, alle sind mir ergeben ..., und alle sind meine Untertanen, wenn ich euch ... anblicke, muss jeder Sterbliche meine Macht am eigenen Leibe spüren ... und vor Furcht am ganzen Leibe zittern, wie eine kleine Maus ...vor dem Feuer speienden Königsdrachen. Ich lege wenig Wert ... auf Liebe oder Respekt von Euch, was ich von Euch verlange, ist unbedingter Gehorsam! In dieser langen Geschichte Burmas habe ich nach hundertjähriger Unterbrechung die neue Dynastie, die Dynastie Ne Wins, im Jahre 1962 aus der Taufe gehoben, mit meiner eisernen Faust aufgebaut und weiter ständig befestigt. Um diese Dynastie, mein gro...ßes Werk, das mir zur unsterblichen Ehre und Ruhm gereichen wird, errichten zu können, habe ich mich nicht davor gescheut, auf dem Wege meiner Machtergreifung ... alle meine Gegner in sanfter Manier mit List und Tücke ...von der politischen Bühne oder ganz brutal mit Drohung oder Mord ... heimtückisch zu beseitigen. Mit meiner scharfsinnigen Zweckdiplomatie habe ich immer versucht, als ich noch als unbedeutender Armeechef im Staat dienen musste, dabei gepaart mit meinen brillant inszenierten Intrigen und glaubhaft vorgetäuschten Lügengeschichten, um ständig Unruhe und Misstrauen im Kreis der maßgeblichen Politiker zu stiften und zwischen den politischen Parteien jahrelang ganz gezielt Zwietracht zu säen, denn die zerstrittene Parteienlandschaft war die beste Basis, meine Macht als Oberhaupt der Armee, die ich als unabhängiges

Staatsorgan im Staate durch meine langjährige geschickte Taktik fest etabliert habe, in diesem Lande ständig ... zu vergrößern. Als die Parteien sich aufeinander zubewegten, um endlich einen politischen Konsens zu erzielen, sah ich wie ein Prophet blitzschnell voraus, dass eine große Gefahr für mich bestünde, meine mühsam aufgebaute Macht und meinen Einfluss in Burma für immer zu verlieren. Da habe ich auf der Stelle, ohne im geringsten zu zaudern, mit meinen treuen Offizieren blitzschnell einen Staatsstreich eingeleitet. Oh, ja, es hätte für mein Vorhaben nicht besser laufen können; denn diesen Plan zum Militärputsch habe ich längst ... in der Schublade gehabt und nur darauf gewartet, endlich loszuschlagen."

Im Rausch des pathetischen Lobgesanges auf seinen ruhmreichen Geniestreich versetzte er am Ende seiner Worte auf dem Tisch einen kräftigen Faustschlag - ein typisches Zeichen des Generals zum Zeitpunkt einer aufwallenden Emotion. Das Glas und die Whiskyflasche taumelten heftig auf dem Tisch, die gelbrote Flüssigkeit spritzte in Tropfen aus dem Glas und verteilte sich in winzigen Teilen in der Luft und benetzte den Tisch. Er nahm gleich noch mal einen kräftigen Schluck Whisky und leckte anschließend seine mit Alkohol befeuchteten Lippen langsam mit der Zunge rundweg ab, als genieße hier Dracula das Abschlecken fremden Blutes auf seinen Lippen nach einer vollendeten Bluttat. Zu seinem triumphalen Gesicht erschien ein spöttisch herablassendes Lächeln über jene Menschen, die von ihm auf seinem langen Weg auf sanfte oder grausame Weise beseitigt worden waren. Aus dem breiten Fenster im zweiten Stock seiner großen Villa am Ufer des Inya-Sees im Norden Ranguns schaute er hinaus auf den großen ruhigen See, der sich nach Westen und Süden kilometerweit erstreckte, und er fühlte sich dabei innerlich majestätisch so erhaben, als richtete er nun seinen Blick auf sein burmesisches Volk; der ganze breite See käme ihm just in dem Moment wie zigtausend zählendes gemeines Volk, das ihm frenetisch zujubelte: Lang lebe der große König Ne Win!

„Das Leben ist wie ein Pokerspiel. Alle erdenklichen Mittel und Tricks z. B. Bluffen, Täuschen, Betrügen, Hinterlist, den Gegnern tödliche Fallen stellen, sind hier alle erlaubt, deren Natur moralisch oder unmoralisch, grausam oder sanft, niederträchtig oder gütig sein kann. Die Hauptsache ist, den Gegner zu besiegen, zwar mit allen erdenklichen Mitteln. Ob es moralisch oder nicht moralisch ist, ob es gut oder böse ist, das sind nur Fragen der Betrachtung und haben überhaupt keine Bedeutung für mich. In einem Staat die Macht zu ergreifen, sind solche Kategorien wie Moral, Mitleid, Fairness und Gemeinwohl keine tauglichen Fundamente. Wer auf solchen schwammigen Grundsätzen sein politisches Lebensideal baut, der verschwindet schnell von der Bühne, bevor er überhaupt angefangen hat.

Schau mal diesen ... Aung San an!"

Bei diesem Namen „Aung San (Vater d. Opositionsfühererin Aung San Su Kyi)" verzog er seine Lippen mit einem gewissen Zeichen der Geringschätzung, denn er hegte seit seiner Ranguner Universitätszeit 1930 starke Abneigung gegenüber dem politisch agierenden Studentenführer Aung San von Anfang an, den er als nutzlosen Schwatzmaulpolitiker bezeichnete. Er orakelte im tiefen verächtlichen Ton weiter:

„Dieser Aung San, der sogenannte Vater der Unabhängigkeitsbewegung Burmas, der Kerl war echt ehrlich und hatte eine tadellose Moral, er war beliebt und verehrt von allen Burmesen; aber der Kerl wurde ermordet in seinen jungen Jahren, und so früh verschwand er aus dem Leben für immer, da habe ich noch in indirekter Weise denjenigen ein wenig Hilfe geleistet - bei der Beförderung dieses großen Helden ins Jenseits. Ha ... Ha ... Ha .."

Dabei lachte er sich eins ins Fäustchen über das größte Geheimnis, das er sein ganzes Leben lang wie seinen eigenen Augapfel bewahrt und all diejenigen, die dieses Geheimnis zu lüften versuchten, gnadenlos beseitigt hatte.

„Und ich, Ne Win, verschwende kaum Zeit mit Fragen der Moral, sondern folge genau meinem Machtinstinkt, benutze alle Mittel, meine Macht zu erweitern und zu befestigen. Ich werde gnadenlos alle vernichten, die mich daran hindern oder hindern wollen, und diejenigen belohnen, die mir bedingungslos ergeben und loyal sind. Ich brauche keinen, der nachdenkt darüber, warum und weshalb ich ihn anweise oder selbst tue, sondern ich brauche nur diejenigen, die mir zu jederzeit blinde Gefolgschaft erweisen. Natürlich musste ich nun im zwanzigsten Jahrhundert mein Machtgefüge und meine Organisation entsprechend den gegenwärtigen weltpolitischen Gegebenheiten etwas anders modifizieren als zu Zeiten des Königs Anawrahta oder Ahlongpaya damals vor tausend Jahren. Jedenfalls auf die loyale Gefolgschaft, die ich jahrzehntelang in der Armee sorgfältig gezüchtet habe, baue ich meine Machtbasis und werde die Bevölkerung Burmas, die sowieso meist aus unwissenden Dummköpfen besteht, mit Gewehren in Schach halten."

Der General würdigte bei dieser Gelegenheit seine unzähligen ehrbaren Untertanen mit einem sarkastischen Lächeln, das ihm gerade angemessen schien.

„In der Armee gibt es nur ein einfaches Gesetz: Gehorche deinem Vorgesetzten. Zuwiderhandlung darf es nicht geben, wenn es sie gibt, wird sie streng bestraft. Ein Heer von zigtausenden Soldaten unter der Befehlsgewalt zu halten und zu kontrollieren, ist wesentlich leichter, als ein Land zu beherrschen. Darum habe ich seit Beginn meiner Machtergreifung im März

1962 versucht, dieses Land in eine Armee zu verwandeln und habe vom ersten Tag an das Kriegsgesetz eingeführt, und nun haben wir schon 1974, genau 12 Jahre besteht meine Dynastie, aber notwendigkeitshalber wird dieses Kriegsgesetz auf unbestimmte Zeit bestehen bleiben. Ich habe mich in meinem Leben nie auf unsichere Dinge verlassen, dieses Gesetz gibt mir freie Hand und passt gerade zu meiner absoluten Alleinherrschaft. Manche ausländischen Beobachter bewundern mich und rätseln darüber, wie ich mich so lange an der Macht halten konnte. Ich kenne die Burmesen ganz genau und regiere diesen Staat dementsprechend. Die festen Stützen meiner Macht sind der Geheimdienst und die Armee. In dem Geheimdienst baue ich noch mal, aus Sicherheitsgründen, einen internen Geheimdienst, der die Geheimdienstler kontrolliert, und wenn notwendig mehrere Schichten der Überwachungsorgane, damit habe ich zu jeder Zeit und jeder Situation über jegliche Person oder jegliches Ereignis absolute Kontrolle. In der Armee lasse ich niemanden als meinen Kronprinz gelten, der von mir die Macht erben solle, stattdessen erlaube ich das eine Mal diesem und das andere Mal jenem, in die Rolle des Kronprinzen zu schlüpfen, sodass unter mir jeder den anderen ständig beäugt. Diese untereinander misstrauische Gesellschaft ist für mich als Staatschef am optimalsten, alles ständig unter meiner Kontrolle zu halten, denn in der Tat, ich verlasse mich niemals hundertprozentig auf den anderen, und ich traue niemandem außer mir. Alle ranghohen Topoffiziere unter mir nennen mich liebevoll „Großvater". Das habe ich aus taktischen Gründen gewollt und meinen Leuten dazu beigebracht, dass sie mich nur mit dem Namen „Großvater" ansprechen müssen. Das heißt, diese Bengel sind zwei Generationen unter mir. Für die Burmesen sind der Rang und das Alter die wichtigsten Merkmale zur Respekterweisung, darauf habe ich absichtlich gezielt, dass alle Topoffiziere immer das Gefühl spüren müssen, dass es zwischen mir und ihnen nicht nur altersmäßig, sondern auch rangmäßig einen Riesenunterschied gibt."

„Majestät, um Eure vortreffliche Intelligenz werden Euch sogar die Götter beneiden", warf Jonnie Walker voller Anerkennung ein.

Der General schmunzelte dabei sehr befriedigt über seine gelungene, meisterhafte Taktik, die sich in der Praxis ausgezeichnet bewährt hatte. Er griff das Glas und genehmigte sich noch mal einen kräftigen Schluck und erhob sich vom Stuhl, ging langsam auf und ab in seinem großen Arbeitszimmer, das nach Westen zum Inya-See gewandt war. Der sorgsam gepflegte große Garten um seine Villa mit grünen Rasen, in bestimmten Abständen unterbrochen von den mit weißer und rosaroter Blütenpracht bedeckten Seidenbäumen, duftenden Rosenstauden, farbenfrohen Chrysanthemen und den hier und da wie ausgebreiteten Fächern gestaltenden Pfahlpalmen, erstreckte sich weit bis zum See, dessen Ufer von zahlreiche Seerosen umsäumt war. Der General war heute besonders gut aufgelegt, alte Erinnerungen auszugraben. Er hatte seit Langem vorgehabt, sich genug Zeit zu nehmen und seinen langen Marsch zur Macht, Schritt für Schritt, wie in einem Film noch mal gedanklich zu erleben, angefangen von seiner Studentenzeit 1930, als er noch als armer Schlucker sein Dasein fristen musste, bis zum heutigen Tag, wo alle ihm zu Füßen liegen und ihm als ihren unumschränkt herrschenden Monarchen huldigen. Er fand es selbst atemberaubend, wenn er über sich nachdachte, wie er sich von einem unscheinbar einfachen Postangestellten zu einem großen Staatschef emporgearbeitet hatte. Er war sichtlich stolz darauf und ungemein davon überwältigt, was er in den vergangenen Jahren zur Verwirklichung seines Lebenswerkes, um Alleinherrscher über ganz Burma zu werden und sein Leben lang als Staatsoberhaupt zu bleiben, trotz immenser Widerstände mit aller Macht durchgesetzt hatte. In seinem großen Arbeitszimmer hielt er sich seit dem Morgen an jenem Tag im Dezember 1974 allein auf, hier wollte er ungestört mit sich allein sein, um in seinen innersten Gedanken ganz geheim mit sich zu plaudern und alle Etappen seines heroischen Kampfes mit bitteren Niederlagen und heilsamen Siegen, die doch nach seinem Empfinden markante Säulen seiner zielstrebigen Lebensgeschichte bildeten und am Ende zu seiner glorreichen Krönung führten, noch mal lebendig werden zu lassen. Wie war es damals?

Als er sich an der Rangun-Universität als Student im Jahre 1929 eingeschrieben hatte – damals hieß er mit dem Jugendnamen Shu Maung, den seine Eltern ihm bei seiner Geburt gegeben hatten, den späteren Name „Ne Win" bekam er erst nach dem Aufenthalt in Japan in 1941 -, begann seine große Abenteuerreise, in Wahrheit aber außerhalb der Universität. Seine große Leidenschaft für „Wettspiele" konnte sich hier ungehindert entfalten. Aufgrund seiner dürftigen finanziellen Ausstattung wanderte er zunächst am Anfang seines neuen Lebens von Hotel zu Hotel, wo gelegentlich ein Spielkasino veranstaltet wurde, und bot sich als Pokerspieler an, um seine Leidenschaft zu stillen und sein materielles Einkommen ein wenig aufzubessern. Als guter Pokerspieler hatte er sich schon sogar während seiner Oberschulzeit mehrfach bewiesen und galt unter seinen Altersgenossen zu Recht als Pokerexperte. Der Sonntag wurde für das Pferderennen reserviert, nach und nach wurde das Wetten um schnelle Pferde seine Lieblingsbeschäftigung, wo er auf die große Welt traf, die er sich bis dahin nicht mal in seinen kühnsten Träumen vorgestellt hatte. Das Pferderennen war unvergleichlich viel prestigeträchtiger als das Pokerspiel. Hier wimmelte es so wohl von britischen Kolonialherren mit Rang und Titel als auch von den wohlhabenden Burmesen aus der ganzen Hauptstadt Rangun, kutschiert in schicken, teueren Limousinen, die von den weiß behandschuhten Chauffeuren gefahren wurden. Die adrett und standesgemäß angezogenen Herren waren immer in Begleitung von elegant und gesittet gekleideten Damen, geschmückt am Hals mit goldenen Jade-Ketten und am Finger mit kostbarsten Rubin- oder Smaragdringen.

Dem siebzehnjährigen Jungen Shu Maung alias Ne Win, der gerade von der Provinz kam und dessen Eltern nicht betucht waren, musste die neue Welt an der Ranguner Pferderennbahn wie ein Schlaraffenland erschienen sein, zu dem er gerne gehören würde. Er notierte penibel, wer diese Damen und Herren waren, die aus den luxuriösen Prunkwagen ausstiegen, welche gesellschaftliche Rangstellung sie bekleideten, was für Edelkarossen sie fuhren, welche Kennzeichen diese hatten und wer ihr Chauffeur war. Er belauschte gern aufmerksam diese Persönlichkeiten, worüber sie sich unterhielten, sofern er zufällig oder absichtlich in die Nähe dieser Menschen kam. Um dieser gehobenen oberen Gesellschaft anzugehören, musste er viel Geld verdienen. Folgerichtig entschied er sich, Medizin zu studieren, um Arzt zu werden, damit würde er schnellstens zu Wohlstand kommen. Die Zulassung zum Medizinstudium entschied die Prüfung am Ende des zweijährigen Grundstudiums an der Universität. Während seiner Studentenzeit ging Shu Maung mit Herzenslust seiner Neigung ungehindert nach, die Kyaitkasan Pferderennbahn wurde sein Zuhause, hier hörte er gern die trommelnden Hufe, schnaubenden Nüstern der schönen und starken Pferde, er genoss den Nervenkitzel und das Wettfieber, verbrachte die Zeit manchmal mit überschwänglich froher Laune, wenn er die Wette gewonnen hatte, manche Zeiten verbrachte er missmutig, wenn die Wette zu seinen Ungunsten ausfiel. An dem Tag, als er zum ersten Mal eine Wette gewann und ein paar Geldscheine in Empfang nahm, ließ er sich von einer Flasche Whisky und in den Armen einer hübschen Prostituierten die ganze Nacht verwöhnen, da fühlte er sich, als sei er im ewigen Paradies angekommen und wünschte, dieses Leben möge nie zu Ende gehen.

Der Ranguner Pferderennklub befand sich in Kyaitkasan, dem östlichem Stadtteil Ranguns, gebaut im Kolonialstil mit einer großen Eingangshalle, einer penibel gepflegten großen Rennbahn, der in verschiedenen Klassen eingeteilten Zuschauertribüne, mehreren Lounges für die Klubmitglieder, Teestube, Klubrestaurant, wo feinste, erlesene Champagner, Wein und Cognac und Speisen serviert wurden, wovon der arme Schlucker Shu Maung nur träumen konnte. Um in der Spielergesellschaft mitzumischen, musste Shu Maung sich anständig kleiden, zumindest in einer teuren seidenen Jacke und Bangkok-Longyi – Wickelrock aus Seide für burmesische Männer –, damit er äußerlich nicht unangenehm auffiel. Der Eintrittspreis für die Tribüne, wo die britischen Kolonialherren und reichen Einheimischen Platz nahmen, war schon beträchtlich, für das Wetten musste das Geld auch noch ausreichend in der Tasche vorhanden sein.

Shu Maung brauchte Geld, er suchte ständig nach Möglichkeiten, seine Finanzen aufzubessern. Um in diesem gesellschaftlich hohen Kreis schnell vorwärtszukommen, brauchte man Beziehungen zu Prominenten, über die er jedoch nicht verfügte. Mindestens muss ich mit diesen wichtigen Leuten Blickkontakt haben, damit ich später irgendwie an sie herankomme, dachte er und grüßte bei jeder sich bietenden Chance mit ehrerbietiger Haltung im Besonderen die zwei Persönlichkeiten: Den britischen Gouverneur und den Polizeichef, die oft beim Pferderennen anwesend waren:

„Guten Tag, Sir."

Dabei hielt er sich geschickt in gewisser Entfernung, damit sein Gruß nicht aufdringlich und verdächtig vorkam und andererseits diese wichtigen Persönlichkeiten irgendwann von ihm angenehm Notiz nehmen würden. Die im Rampenlicht stehenden Persönlichkeiten wurden gewöhnlich gern aus den verschiedensten Motiven, sei es Geltungsbedürfnis oder Wichtigtuerei, von vielen respektvoll begrüßt, sodass seine Bemühungen jahrelang keine nennenswerten Früchte trugen. Aber das fand er ganz normal.

Während sich Schu Maung an der Pferderennbahn über die Füllung seiner Geldbörse ständig den Kopf zerbrochen hatte, war die Lage an der Rangun-Universität unter den Studenten politisch in eine explosive Phase eingetreten. Ob Burma als Staat getrennt von Indien, oder als ein Teil von Indien bei der Erhebung der britischen Kolonialverwaltung in die höhere Ebene betrachtet werden sollte oder nicht – bis zu der Zeit waren Burma und Indien zusammen zu einem britischen Kolonialgebiet zusammengefasst – entbrannte eine heftige politische Auseinandersetzung an der Rangun-Universität. Im Schlepptau dieser Diskussion entstand die gewaltige antikoloniale Bewegung. Jeder Student zog demonstrativ eine in der Heimat hergestellte Jacke aus schlichtem gelbbraunen Baumwollgewebe an – als Zeichen des Patriotismus.

Einer der bedeutenden Studentenführer bis 1930 war Ba Sein. Mit einem glatt rasierten Kopf nannte er sich Gandhi Sein und stellte für sich den nicht geringen Anspruch, dass er wie Mahatma Gandhi der Allgemeinheit zu dienen innerlich und äußerlich entschlossen sei. Im Gegensatz zu Gandhi, dessen Ideale Sanftmut, Toleranz und Gerechtigkeit für alle bedeuteten, war die geistige Haltung Ba Seins, in Folge seiner eigenen egomanischen Lebensphilosophie, jedoch weit entfernt von denen seines Idols.

Ba Sein erlangte unter den Studenten die Führerschaft und Berühmtheit - nur deswegen, weil er es wagte, die Kritik an britische Kolonialregierung in der Öffentlichkeit mit einer auffälligen, wortgewaltigen Schimpfkanone zu bekleiden. Er war von allen gefürchtet wegen seines äußerst rauen, zügellosen Mundwerks, das keine Grenze kannte. Er zeigte weder Respekt vor den aufgrund gesellschaftlicher Verdienste allgemein anerkannten Persönlichkeiten noch Achtung vor jüngeren, neu gewählten Studentenführern und verweigerte kategorisch jegliche Zusammenarbeit mit den Neuankömmlingen in der antikolonialen Widerstandsbewegung, mit der angeblichen Begründung, dass diese jungen Burschen in der Politik nicht qualifiziert genug seien und demzufolge nicht als seinesgleichen betrachtet werden können. Ba Sein war ein besonders egozentrischer Mensch mit unverkennbar starker Neigung zur Autokratie. Mit absoluter Sicherheit - was er tat und was er sprach, müsste unfehlbar richtig sein und gelten, als stehe er ewig über der Wahrheit - vertrat er seine Ansichten kompromisslos und verunglimpfte stets in unfaire Weise, mit scharfer Zunge, alle diejenigen, die zu einer anderen Auffassung neigten als er.

Als Ba Sein 1928 wegen der Aufwiegelung gegen die koloniale Staatsmacht im Gefängnis saß, wurde er von dem britischen Geheimdienst CID (Central Inspection Department) mehrmals umworben. Letztendlich war er der Verführung der lukrativen finanziellen Zuwendungen des CID erlegen, im Gegenzug sollte er Aktivitäten der Studenten und besonders die der Führer der Studentenunion auskundschaften, was er auch gern getan hätte – aus purer persönlicher Abneigung und Geringschätzung gegen diese jungen, unreifen Studenten. Ausgerechnet dieser exzentrische Ba Sein hatte sich die grenzenlose Verehrung von Shu Maung erworben. Alle anderen Studentenführer wie Ko Nu oder Aung San in ihren gelbroten Baumwolljacken hinterließen bei Shu Maung den Eindruck nutzloser Schwätzer und Möchtegernpolitiker. Shu Maung war an den politischen Diskussionen der Studenten an der Rangun-Universität nie interessiert und blieb stets fern von derlei Aktivitäten. Immer war er im Gegensatz zu den normalen Studenten in tadelloser eleganter Kleidung und ständig beschäftigt mit dem Gedanken an Pferderennen, während seine gleichaltrigen Kommilitonen in die Vorlesungen gingen oder über die politischen Themen heftig in Diskurs gerieten. Die brennenden politischen Diskussionen fanden immer im Gebäude der Studentenunion statt - das Gebäude, in dem Shu Maung fast nie gewesen war.

Als er seinen verehrten Ba Sein persönlich kennengelernt und seine Hochachtung ihm gegenüber offen zum Ausdruck bringen durfte, war Shu Maung überaus glücklich. Er fand erstaunlicherweise heraus, dass seine

Ansichten mit denen seines verehrten Ba Sein bezüglich anderer Studentenführer nahtlos übereinstimmten. Es war ein Glücksfall zumindest für Shu Maung, dass er diesem exzentrischen Studentenführer Ba Sein im Leben begegnet und in ihm einen guten Freund gewonnen hatte. Shu Maung verließ die Rangun-Universität in 1931, als die Prüfungen am Ende des zweiten Studienjahrs, die die Zulassung zu speziellen Fachgebieten wie Ingenieurwesen oder Medizin entschieden, seinen Traum, Arzt zu werden, endgültig begruben. Die finanzielle Unterstützung seitens seiner Eltern für die Fortsetzung seines Studiums konnte und wollte er nicht mehr verlangen, da dies große Opfer für seine Familie bedeuten würde. Ohnehin spürte er nie eine enge Bindung zu dieser akademischen Anstalt, sein Leben verlief bis dahin ausschließlich außerhalb der Universität. Er entschied sich, in Rangun zu bleiben, da die Rückkehr in das Elternhaus in der Provinz keine Zukunft für ihn bedeutete.

In einer Wohnung in der 101. Straße in Rangun hauste er zusammen mit einem Freund, da er allein die Miete nicht aufbringen konnte. Um in der Hauptstadt überleben zu können, musste er unbedingt Geld verdienen. Er besann sich deshalb, mit irgendeinem Handel schnell zu Geld zu kommen. Zuerst müssten die Waren ohne große Vorfinanzierung beschaffbar sein, sodass er erst nach dem Verkauf den Kaufpreis zu zahlen brauchte. Es traf sich gut, dass einige Bekannte von ihm zu der Zeit in Prome, ca. zweihundert Kilometer nördlich von Rangun entfernt, Holzkohle produzierten. Da würde er die Holzkohle billig und ohne Vorauszahlung beschaffen und in Rangun mit Profit wieder verkaufen. In Rangun gab es mehr als genug Konsumenten, geschätzt auf über hunderttausend, die Holzkohle für den Haushalt täglich brauchten; das hieße, dieses Geschäft sei eine todsichere Geldquelle, damit wäre er nach seiner Berechnung unter Berücksichtigung der unversiegbaren Nachfrage in ein paar Monaten ein gemachter Mann, so träumte er von einer goldenen Zukunft. Zunächst musste er mit einem Kumpel zusammen die Besorgung und Auslieferung der Waren an die Kunden alleine bewerkstelligen, um am Anfang unnötige Kosten so weit wie möglich zu vermeiden. Die dreckigen Kohlesäcke schleppte er vom Auto herunter, seine Hände waren schwarz, sein Gesicht war staubig und seine Arbeitskleidung schmutzig. Wenn er auf den Kohlesäcken saß und wartete, bis ein Kunde die Tür aufmachte, sah er wehmütig die Reichen in teueren hübschen Kleidern, die auf der Straße aus einer Limousine ausstiegen. Dann fing er an, sich zu fragen, wann er endlich aus diesem armseligen Schicksal herauskommen könnte, und ob er wirklich eines Tages das schaffen würde, was er sich vorgestellt hatte. Der Zweifel nagte ihm so schmerzlich an der Seele. Trotz des schweißtreibenden Daseinskampfes scheiterte er mit seinem Geschäft kläglich, da sich die Konkurrenz in diesem Bereich, die er vorher nicht in seinem Kalkül berücksichtigt hatte, als zu stark erwies und er, dies finanziell lange Zeit durchzustehen, nicht in der Lage war. Um in Rangun bleiben zu können, musste er aber unbedingt eine Arbeit finden, von der er ein regelmäßiges Einkommen erwarten konnte. Vom Pokerspiel und von den Pferderennwetten konnte er nie hundertprozentig einen Gewinn erwarten, und wenn einmal unglücklich sein ganzes Geld verspielt war, was dann? Nein, er musste ein sicheres Dach überm Kopf haben, egal was! Endlich nach langem Suchen fand er glücklicherweise in einem Postamt eine Anstellung als Büroangestellter unteren Ranges. Eigentlich war seine Qualifikation – zweijähriges Studium an der Universität – sogar zu hoch und gar nicht notwendig für die Position eines unteren Postangestellten, aber was soll's. Shu Maung war glücklich, endlich Boden unter den Füßen zu haben. Um seiner Arbeitsstelle näher zu sein, zog er in eine Wohnung in der 35. Straße und teilte die Wohnung mit einem Freund, um abermals die Mietkosten erträglich zu gestalten.

Der Tag, an dem er sein Idol Ba Sein seit Verlassen der Universität zufällig wieder traf, änderte sein Leben auf einen Schlag. Ba Sein war gut im Bilde, welchen Neigungen sein Schützling Shu Maung einst gern nachgegangen war, in welchem Milieu er sich bewegt hatte, und in welcher materiellen Bedürftigkeit er nun in der Tat war. Eines Tages, etwa im Jahre 1932, stellte Ba Sein seinen Schützling Shu Maung einem Gentleman vor, der sich als Mitarbeiter des britischen Geheimdienstes enttarnte. Shu Maung sollte über politische Aktivitäten der Studenten, die er ohnehin als Schwatzmaulpolitiker bezeichnete, Berichte liefern, dafür würde er finanziell belohnt werden, was er jederzeit für seine leidenschaftlichen Pferderennwetten gebrauchen konnte. Shu Maung merkte zum ersten Mal im Leben, dass Information Geld bringt. Je nach der Wichtigkeit der eingebrachten Information würde auch das Honorar entsprechend ausfallen, erinnerte er sich gern an die letzten Worte des Gentlemans. Er verinnerlichte das Credo des Geheimdienstgewerbes: Informant und Information müssen immer absolut vertraulich behandelt werden. Man sollte niemandem vertrauen außer sich selbst. Von nun an war Shu Maung britischer Spion geworden – zumindest ein inoffizieller Spion.

1933 entstand unter der Schirmherrschaft des nationalen Dichters Thakin Ko Daw Mhaing eine der wichtigsten Organisationen, die in der Geschichte Burmas eine große Rolle gespielt hatten - All Burma Organisation -, die sich die Förderung des Patriotismus der Burmesen zum Ziel gesetzt hatte, mit dem Slogan: Es lebe unsere Heimat Burma, es lebe unsere Literatur, es lebe unsere Sprache. Die Organisation setzte eine gewaltige antikoloniale

Aufbruchstimmung in allen Schichten der Bevölkerung in Gang. Die Mitglieder nannten sich „Thakin", d. h. „Herr" in burmesischer Sprache. Damit bekundeten die Mitglieder das politische Manifest, dass sie nicht mehr Sklaven der britischen Kolonialherren, sondern der eigene Herr im eigenen Land seien. Alle Jugendlichen und Studenten, die entschlossen waren, gegen die britische Knechtschaft zu kämpfen, traten dieser Organisation bei und jeder bekam Mitgliedausweis, darin eingetragen mit dem Titel „Thakin" vor dem eigenen Namen. Am Hauptsitz der All Burma Organisation in der Pansodan-Straße meldeten sich als allererste Mitglieder zwei junge Männer: Ko Nu, der nach erfolgreicher Beendigung seines Studiums mit akademischem B.A. vor einem Jahr nun wieder im Jahre 1930 zu einem Jurastudium an die Rangun-Universität zurückgekehrt war, und Aung San, der 1932 an die Universität gekommen war. Sie bezahlten die Beitrittsgebühr von fünfundzwanzig Pyas pro Person, erhielten ihre Mitgliedskarte und hießen von nun an Thakin Nu und Thakin Aung San. Dies war der Anfang, dass diese beiden jungen Menschen in die Politik mit ganzem Enthusiasmus und Opferbereitschaft eintraten und folgerichtig in den nächsten Jahren die Geschichte Burmas grundlegend veränderten.

Aung San und Ko Nu hatten, seitdem sie an die Rangun-Universität gekommen waren, mit ihren gleichgesinnten Kommilitonen Thein Pe, Rashit, Kyaw Nyaing, Thein Tin alias Nyo Mya als führende Aktivisten der Studentenunion gemeinsam die antiimperialistische Debatte geleitet, Kundgebungen organisiert und damit ständig den flammenden Geist zur Befreiung Burmas aus der britischen Herrschaft unter den Studenten wach gehalten. Die ganze Universität in Rangun war Anfang 1930 wie ein Herd, aus dem sich ein loderndes Feuer des Patriotismus entzündete.

Genauso wie Aung San und Ko Nu traten zur gleichen Zeit auch Ba Sein und seine Freunde Tun Oke und Ko Ni, ein Vetter von Shu Maung, der All Burma Organisation bei, und sie wurden somit Thakin Ba Sein, Thakin Tun Oke und Thakin Ni. Shu Maung, der sich nie für Politik interessiert hatte und darin überhaupt keinen Sinn finden konnte, betrachtete dagegen die neue Thakin-Organisation mit Skepsis und Mistrauen. Er wandte sich an seinen Vetter Thakin Ni, der die Organisation sowohl finanziell unterstützte als auch freiwillig mitarbeitete, mit den geringschätzigen Worten: „Pass mal auf, die sogenannten Thakin nutzen dich aus, bis du kein Geld mehr in der Hand hast, dann werden sie dich fallen lassen."
Jedoch war diese Organisation für Shu Maung auf eine andere Art interessant, er berichtete nähmlich heimlich über die Aktivitäten mancher Mitglieder, die er und besonders sein Mentor Thakin Ba Sein nicht für reif genug für die große Politik und für nutzlose Schwätzer hielten, an den briti-

schen Geheimdienst, womit er manchmal sein geringes Einkommen als Postangestellter durchaus spürbar aufbessern konnte. Der Einfluss der All Burma Organisation auf die Bevölkerung wuchs stetig aufgrund der unermüdlich wirkenden Aktivisten, jedoch traten unüberbrückbare Konflikte wegen Thakin Ba Sein innerhalb der Organisation auf. Seit seinem Eintritt in die Organisation lehnte der exzentrische Thakin Ba Sein jegliche Zusammenarbeit mit den jungen Mitgliedern Aung San und Ko Nu ab. Ohne parteiinterne Kooperation führte Thakin Ba Sein wie gewohnt seine eigene einsame Regie und sparte nicht mit demagogischer Kritik, verbal formuliert in obszönen Ausdrücken, an anderen Mitgliedern. Das Geheimnis, dass Thakin Ba Sein vor 1930 aufseiten des britischen Geheimdiensts Spionage getrieben hatte, war auf einmal enttarnt. Beim Parteitag der All Burma Organisation in 1938 in Prome wurde Thakin Ba Sein aufgrund seiner schwerwiegenden Verfehlungen von der Organisation ausgeschlossen. Unmittelbar danach gründete Thakin Ba Sein zusammen mit Thakin Tun Oke eine zweite All Burma Organisation. Nun war für den Kundschafter Shu Maung eine bessere Epoche eingeläutet worden, wo er ungehemmt über die politischen Bewegungen der Konkurrenzpartei von der Gruppe Thakin Ko Daw Hmaing, in der Ko Nu, Aung San, Than Tun und Kyaw Soe weiterhin unermüdlich landesweit den Antikolonialismus betrieben, an den CID berichten konnte. Leider waren seine Nachrichten bisher nicht so brisant und wichtig genug für die Engländer, sodass das Honorar auch dementsprechend nicht sonderlich hoch war. Shu Maung war aber absolut überzeugt, dass er eines Tages so eine Nachricht liefern würde, die wie eine Bombe im CID platzen würde, und sogar der Chef des CID Mr. Prescort ihm persönlich in den höchsten Tönen gratulieren müsste, wenn er beharrlich den aufgeputzten Kerlen Aung San und Ko Nu etc., die ständig Unruhe gegen die Obrigkeit aussheckten, auf den Fersen folgen und nach allen möglichen Nachrichten jagen würde. Er träumte davon, in naher Zukunft einen großen Coup zu landen, sodass die Engländer seine Fähigkeiten endlich anerkennen und ihn von nun an sogar als ihresgleichen betrachten müssten. Weiterhin horchte er Gerüchten mit gespitzten Ohren aus und notierte ausführlich, was er akustisch und optisch wahrnehmen konnte. Wenn er außerhalb seiner Regelarbeit im Postamt frei war, half Shu Maung aufgrund seiner Freundschaft zu Thakin Ba Sein gelegentlich in der Druckerei von Daw Khin Khin, der Ehefrau von Thakin Ba Sein.

Der Zweite Weltkrieg warf lange Schatten auf die nach Unabhängigkeit strebenden Länder wie Indien und Burma. Die patriotischen Kräfte sowohl in Burma als auch in Indien suchten gemeinsam die Kooperation auf dem Weg zur Unabhängigkeit. Nach der Rückkehr der burmesischen Delegation, geleitet von Aung San, Thakin Tin Maung, Thakin Khin Aung und Thakin Than Tun, vom Kongressparteitag in Indien im März 1940, beschloss die All Burma Organisation, dass sie im Fall eines Weltkriegs der britischen Regierung keinen militärischen Beistand leisten würde. Im Geiste der Befreiung des Vaterlandes versuchten die Führer der All Burma Organisation, mit anderen patriotischen Parteien ein Bündnis einzugehen. Daraus entstand die Befreiungspartei mit Dr. Ba Maw als Vorsitzenden und Aung San als Generalsekretär; sie suchten fieberhaft nach Mitteln und Wegen, woher sie vor allem militärische Unterstützung erwarten könnten. Die Gruppe von Thakin Ba Sein und Thakin Tun Oke versuchten, mit den Japanern Kontakt aufzunehmen, um die gewünschte militärische Unterstützung zu erhalten. Japan war nicht minder interessiert an einer Gewährung militärischer Ausbildung von jungen burmesischen Patrioten, da dies ihre Herrschaft in Asien relativ leicht erweitern und befestigen könnte. Nachdem die Japaner ihre Bereitschaft signalisiert hatten, trafen sich die maßgeblichen Kontaktpersonen von der japanischen Botschaft mit den führenden Mitgliedern der Gruppe von Ba Sein - Thakin Ba Sein, Thakin Tun Oke, Thakin Chit Tin und Thakin Aung Than - am 10. Juni 1940 heimlich in Rangun. Die Kontaktpersonen auf der japanischen Seite für die bevorstehende Geheimmission waren ein Herr namens Mr. Minami, der getarnt als Korrespondent der Zeitung Yomiuri in Rangun akkreditiert war, und ein anderer Herr namens Mr. Kokubu, der ebenfalls getarnt als Zahnarzt für japanische Staatsbürger in Rangun arbeitete. Sie berieten gemeinsam über die militärische Ausbildung der Burmesen in Japan und beschlossen als ersten Schritt, Thakin Ba Sein allein nach Japan über Thailand zu schicken. Thakin Ba Sein sollte nach Ankunft in Bangkok die japanische Botschaft kontaktieren, zu diesem Zweck erhielt er von Mr. Kokobu ein geheimes Schreiben an die Botschaft. Seine Reise unterlag der höchsten Geheimhaltung. Niemand außer den vier Mitgliedern, die an dem Geheimtreffen teilgenommen hatten, durfte darüber wissen. Thakin Ba Sein und seine Kameraden freuten sich riesig über die bevorstehende historische Mission. Jedoch, um ein eventuelles Risiko auszuschalten, musste er seine Reise von nun an alleine planen, über die Details seiner Reise, Reisedatum, die Route und den Grenzübergang etc. durfte keiner etwas erfahren.

Seit dem Entstehen der All Burma Organisation wurden die führenden Persönlichkeiten von dem britischen Geheimdienst beschattet. Nach der Spaltung der Organisation zählte Thakin Ba Sein ebenfalls zu denen, die vom CID beobachtet wurden, da er zum Führer der anderen Thakin-Organisation aufgestiegen war. Um der Beschattung zu entgehen, musste sich Thakin Ba Sein in einem geheimen Ort eine Zeit lang versteckt halten. Um die Sicherheit des Meisters sorgte sich niemand anderer als sein Vertrauter Shu Maung allein. Shu Maung brachte ihm täglich Essen, besorgte ihm ohne Unterbrechung sogar sein Lieblingsgetränk - Brandy der Marke „Biscuit". Im Rausch des Edelgetränks wurde sein Meister langsam redefreundlicher, und allmählich fing dieser an, zu erzählen, über die wichtigste Reise seines Lebens, alles bis in die kleinsten Einzelheiten. Shu Maung, der hinter der Versteckaktion etwas Wichtiges vermutet und doch aus taktischen Gründen geduldig auf deren Offenbarung gewartet hatte, machte seine Ohren weit auf, um die brisanteste Nachricht, die er je in seinem Leben gehört hatte, von seinem Meister zu empfangen. Shu Maung begriff sofort, dass er im Besitz einer Nachricht von äußerst enormer Bedeutung war, die in der Kommandostelle des britischen Geheimdienstes wie eine tonnenschwere Bombe einschlagen würde. Er sah schon in Gedanken, wie ihm die Engländer respektvoll begegnen würden, und wie sich sein bisheriges Leben als unbedeutender Postangestellter bald von Grund auf ändern würde. Bisher hatte er ein entbehrungsreiches Leben führen müssen. Nun wurde ihm eine Tür weit aufgestoßen − zum anderen Ufer, dem Ufer des Schlaraffenlandes.

Sollte er die einmalige Chance mit beiden Händen ergreifen oder nicht? Solch eine einzigartige Gelegenheit würde sich im Leben eines Menschen niemals wiederholen:

Wenn ich das gebotene Geschenk nicht annehme, wäre ich doch der dümmste Mensch auf dieser Welt und mein Leben als kleiner, unbedeutender Postbeamter werde sich nie ändern, dachte er. Wenn der andere wegen mir Pech haben soll, kommt er ganz sicher nach ein oder zwei Jahren aus dem Gefängnis heraus. Ba Sein ist reich, überall bekannt, seine Frau besitzt eine große Druckerei. Was er für mich opfern muss, ist gering. Was ich davon profitiere, ist unvergleichbar gewaltig. Ah, es ist sowieso Unsinn, hier den Vorteil für mich und den Nachteil für den anderen gegeneinander abzuwägen. Wer nicht wagt, der gewinnt nicht, so einfach ist das Leben. Jeder muss für sein eigenes Leben kämpfen, mit allen erdenklichen Mitteln. Wer schlau genug ist, der wird weiter kommen, und wer dumm ist, der bleibt auf der Strecke. Mir ist diese einmalige Chance angeboten worden, ich habe das nicht selber herbeigeschafft, nun zuzupacken ist meine Pflicht. Seine Entscheidung stand fest.

Nach Erhalt eines gefälschten Reisepasses mit anderslautenden Besitzernamen, worauf ein Lichtbild von Thakin Ba Sein geklebt wurde, erledigte der Meister seine letzten Vorbereitungen für die Reise. Er bedankte sich bei seinem Schüler für die aufopferungsvollen Dienste, die er nie vergessen würde. Der Schüler wünschte ganz herzlich seinem Meister alles Gute für

die Reise mit dem ausdrücklichen Hinweis:
„Gut aufpassen auf der Reise, wie du weißt, besonders an der Grenze sind viele Geheimdienstleute!"
Der Meister trat froh gelaunt die historische Reise auf einem Lastkraftwagen an - über Moulmein in Richtung thailändischer Grenze. Sein Schüler Shu Maung erhob die geballte Faust in den Himmel und schritt gemächlich zur gleichen Zeit zum britischen Geheimdienst.

Wie es anders nicht zu erwarten war, wurde Thakin Ba Sein an der Grenze von den bereits wartenden Polizisten eingehend kontrolliert, sein Pass wurde für gefälscht befunden, und er wurde verhaftet. Trotz der intensiven Suchaktion von Polizisten sowohl in seiner Handtasche als auch an seinem ganzen Körper wurde nichts gefunden, da Thakin Ba Sein zum Glück den mitgebrachten Brief von Mr. Kokubu, den er mit sich geführt hatte, rechtzeitig im Mund zerkaut herunterschlucken konnte. Damit endete die große Mission Thakin Ba Seins kläglich an der thailändischen Grenze, bevor sie überhaupt hätte anfangen können. In der gleichen Zeit, als Thakin Ba Sein an der Grenze in Handschellen abgeführt wurde, um wegen des Verstoßes gegen das geltende Passgesetz mit einjährigem Gefängnis verurteilt zu werden, wurde Shu Maung vom britischen Polizeichef Mr. Prescort in Rangun persönlich empfangen, um ihm für seine großartige Leistung mit höchstem Respekt zu gratulieren. Nun zählte er zu den Mitarbeitern des CID mit besonderen Verdiensten. An diesem merkwürdigen Tag verbrachte Shu Maung ungeniert auf Staatskosten die ganze Nacht im Nobelbordell bei fließendem Champagner und Whisky. Am nächsten Tag nahm er wie gewohnt seine tägliche Arbeit im Postamt wieder auf und half in der Druckerei von Daw Khin Khin und lebte ganz normal wie bisher, damit nicht im Geringsten etwas Verdächtiges auffallen könnte. Wie im Pokerspiel war Shu Maung gewiss erfahren im Bluffen, Täuschen und Irreführen – auch im wirklichen Leben. Darin musste man ihm in schauspielerischer Hinsicht neidlos Anerkennung zusprechen.

Die Nachricht über die Verhaftung Thakin Ba Seins an der Grenze sickerte am Ende Juli 1940 langsam bis nach Rangun durch und schlug heftige Wellen. Über die gescheiterte Reise von Thakin Ba Sein rätselten seine Genossen Thakin Chit Tin, Thakin Tun Oke und andere, doch konnte kein konkreter Verdacht bei irgendjemandem festgestellt werden. Dagegen musste Mr. Kokubu sofort Burma verlassen, um dem eventuellen Zugriff der britischen Polizei zu entkommen. Infolge der Ermittlungen gegen Thakin Ba Sein wurde sein Genosse Thakin Chit Tin ebenfalls in polizeilichen Gewahrsam genommen. Shu Maung, der die ganze Zeit die Geschehnisse aufmerksam beobachtet hatte, hielt für sich nun die Zeit gekommen, aus

Rangun für eine Weile zu verschwinden, um die Mitglieder der Gruppe Thakin Ba Seins zu der Vermutung zu verleiten, dass die Polizei ebenfalls auf der Suche nach ihm sei, weshalb er nun untertauche. Im Postamt hatte Shu Maung seine Arbeitsstelle ordnungsgemäß gekündigt und seine Schreibutensilien und Bürohefte an seinen Vorgesetzten zurückgegeben und verließ ohne die geringste Hektik das Postamt, denn er hatte es aufgrund seiner großen Verdienste nicht mehr nötig, als kleiner unbedeutender Angestellter sein Leben weiter zu fristen. Er verließ Rangun etwa im August 1940 in Richtung Paungtalei, seiner Heimatstadt, ca. hundertfünfzig Kilometer nördlich von Rangun, wo seine Eltern bisher lebten.

In der anderen All Burma Organisation beschäftigte sich Aung San, der als deren Generalsekretär jahrelang tätig war, mit dem Problem, von welchem Land konkrete militärische Hilfe für Burma im Kampf gegen England erwartet werden könnte, während sein Kampfgenosse Ko Nu in dieser Zeit im Gefängnis in Mandalay saß, wegen der öffentlichen aufrührerischen Rede gegen die Kolonialregierung. Aung San verabscheute zutiefst jeglichen Kolonialismus und Faschismus, weshalb er nicht geneigt war, von Japan, dessen Politik nur aus der Eroberung fremder Länder und Ausbreitung ihres faschistischen Systems bestand, militärische Unterstützung zu erbitten. Er sah die einzige Macht in Asien, die für die eigene gerechte Unabhängigkeit kämpfte, deren Ideale er voll und ganz akzeptieren konnte. Dies waren die chinesischen Kommunisten, sie kämpften erfolgreich gegen die faschistische Kumitang-Regierung für die Befreiung des eigenen Volkes.

Aung San war in der Politik nicht nur gebildet und viel belesen, sondern auch ein politisch agierender Mensch mit hohen Idealen. Trotz seines jungen Alters von fünfundzwanzig Jahren war er reif, um sich der großen epochemachenden Aufgabe seines Landes zu stellen. Mit dem Ziel, mit den chinesischen Kommunisten in Kontakt zu treten und von ihnen Waffenhilfe zu ersuchen, verließ Aung San heimlich Rangun Anfang August 1940 auf einem Dampfer in Richtung China. Der erhoffte Kontakt mit den chinesischen Genossen kam leider nicht zustande, und er war über drei Monate in der chinesischen Hafenstadt Amoi gestrandet. In dieser Zeit versuchte die japanische Seite mit der All Burma Organisation von Thakin Ko Daw Mhaing, also der Gruppe von Aung San und Ko Nu, zu kontaktieren, da der Versuch mit der Gruppe von Thakin Ba Sein gescheitert war. Am Flughafen Haneda in Tokio wurde Aung San von Mr. Minami am 12. November 1940 empfangen, der sich als Generalsekretär der japanisch-burmesischen Gesellschaft mit dem Tarnnamen Minami ausgab, jedoch in Wahrheit bei der japanischen Infanterie als Oberst Suzuki tätig war. Er hatte privat die Gesellschaft „Minami Kikan" gegründet, mit dem Ziel,

Burma aus der britischen Kolonie zu entreißen, und eines Tages seinem verehrten japanischen Kaiser ein neues japanisches Besitztum als Geschenk zu überreichen. Dazu müssten zu allererst die aktiven jungen Burmesen in Japan militärisch ausgebildet werden. Danach sollte Japan mit Hilfe dieser militärisch ausgebildeten Burmesen Burma von der britischen Besatzung befreien und sich dieses Land endgültig in die japanische Einflusssphäre einverleiben. Seine Gesellschaft wurde nach und nach von japanischen Großindustriellen, die ihre zukünftigen Profite witterten, finanziell unterstützt.

Es war reiner Zufall, dass Aung San in Japan gelandet war. Aung San war zum ersten Mal mit der japanischen zivilisatorischen Sitte frontal zusammengestoßen, als er beim Aufenthalt in einem Hotel von Oberst Suzuki freundlich gefragt wurde:

„He, Aung San, wollen Sie zum Vergnügen heute Abend eine Frau nehmen? Bei uns betrachtet man eine solche Angelegenheit als ganz natürlich, als ob man ein Bad nimmt", erklärte Oberst Suzuki lachend beiläufig, während er eine junge Kellnerin, die etwa sechzehnjährig zu sein schien, zu sich kommen ließ und ungeniert nach einem Bordell fragte. Aung San, der in Burma bis dahin noch nie mit einer Frau Beziehung gehabt, diese Beziehung als ehrliche, ernsthafte und heilige Kategorie betrachtet und sein ganzes Leben für ernsthafte Ziele wie die Befreiung seiner Heimat hingegeben hatte, war bei dieser Frage von Oberst Suzuki, trotz der unzweifelhaften gastfreundlichen Gesten ihm gegenüber, ungemein schockiert und empfand Scham gegenüber der jungen Kellnerin und lehnte postwendend die Einladung freundlich ab:

„Nein, danke, ich bin heute sehr müde."

Der zweite Schock, von dem sich Aung San nicht so schnell erholte, geschah in einem Restaurant, in dem ein Koreaner als Kellner arbeitete. Oberst Suzuki behandelte den koreanischen Kellner von oben herab nicht nur verbal, sondern auch tätlich, indem er den armen Kerl herumschubste, als sei er ein Stück Dreck. Aung San empfand das Verhalten seines Gastgebers innerlich so erniedrigend und verstand die versklavten Gefühle des Koreaners, dessen Heimat von Japanern seit 1910 militärisch besetzt und geknechtet war.

Dieses Erlebnis hatte sich ihm tief und unauslöschlich ins Herz eingeprägt, sodass er gezwungen war, sich in Gedanken die wahrscheinliche Zukunft seines Landes auszumalen, bevor die erstrebte Kooperation mit den Japanern zustande kam: Wenn die Japaner uns beim Kampf gegen die Engländer helfen und nachher Burma besetzen und uns genauso behandeln wie diesen armen Koreaner, dann wird es unvermeidbar sein, dass wir uns eines Tages mit Waffengewalt gegen die Japaner erheben müssen.

Aber Aung San verstand zu gut, was im Leben Wunschtraum und was Realität war. Was für die Unabhängigkeit Burmas nun notwendig war, musste unbedingt getan werden, außer Japan gab es kein Land, von dem die Burmesen militärische Hilfe erwarten könnten. Japan positionierte sich gegen England und die USA. England war Besatzungsmacht in Burma. Der Feind meines Feindes ist mein Freund, nach diesem Motto sollte sich Aung San nach seiner nüchternen Analyse gegenüber Japan verhalten. Oberst Suzuki war am Anfang Aung San gegenüber misstrauisch, zwar aufgrund der Reise nach China, die Aung San zuerst unternommen hatte, doch er empfand allmählich Respekt und Vertrauen zu Aung San, dass dieser junge Mann mit klaren politischen Visionen und eisernem Willen aufrichtig entschlossen war, für die Unabhängigkeit Burmas von sich aus alles zu geben, fern von jeglichem egoistischen Denken und stets bedacht auf Fairness und Toleranz sowohl gegenüber seinen Freunden als auch seinen Feinden.

Zuerst über Strategie zur Befreiung Burmas und militärische Ausbildung der jungen Burmesen wurden von Aung San und japanischer Seite drei Monate lang frei und offen diskutiert und bis in Einzelheiten festgelegt. Für die bevorstehende militärische Operation und Organisation wurde Aung San als Führer von japanischer Seite offiziell anerkannt. Die japanische Seite äußerte ebenfalls den Wunsch, den jungen Burmesen von der andern Gruppe von Thakin Ba Sein die gleichen militärischen Ausbildung zu gewähren. Aung San, seinerseits stets überparteilich denkend, stimmte dem zu. Für die Rekrutierung der jungen Burmesen kehrte Aung San heimlich auf einem japanischen Schiff am 3. März 1941 nach Rangun zurück und blieb dort bis 9. März. Er suchte während dieser Zeit fieberhaft Mitglieder der Thakin-Organisation, die sich bis dahin vor der britischen Polizei versteckt hielten. Nach und nach gelang es Aung San, um 18 junge Thakin-Leute von der Thakin-Gruppe von Thakin Ko Daw Mhain aus Rangun herauszuschmuggeln und auf dem japanischen Schiff nach Tokyo und danach auf die Insel Heinan zu bringen, wo ein militärisches Ausbildungslager für Burmesen war. Diese waren Hla Phe (späterer Name: Bo Let Ya), Ba Gyan (Bo La Yong), Aye Maung (Bo Mo), Tun Shain (Bo Yan Naing), Saw Lwin (Bo Min Aung), Than Tin (Bo Mya Din), Ko Shwe (Bo Kyaw Zaw), Aung Thein (Bo Ye Tut), Tun Shwe(Bo Lin Youn), Tin Aye (Bo Ohn Myint), Ko Soe(Bo Myint Aung), Ko Hla Maung (Bo Ze Ya), San Mya (Bo Taut Htain), Khin Maung U (Bo Ta Ya), San Hlaing (Bo Mue Aung), Maung Maung (Bo Nya Na), Tun Lwin (Bo Ba La), Ko Hla (Bo Min Yawn).

Shu Maung, der seinen bisher größten Coup für seine Karriere gelandet und seinen Mentor Thakin Ba Sein buchstäblich ins Gefängnis geleitet hatte, kehrte etwa Anfang 1941 nach Rangun zurück. Thakin Tun Oke, der zweite Führer der Gruppe von Thakin Ba Sein, behandelte ihn unverändert wie bisher, als sei er Freund und Mitglied seiner Thakin-Gruppe, obwohl Shu Maung nie offiziell der Thakin-Gruppe beigetreten war. Der zufällige Umstand, dass alle Thakin-Mitglieder von der Polizei seit 1940 ständig beschattet waren, musste ihn zu dem milden Urteil bezüglich Shu Maung bewegt haben. Als die erneute Kontaktnahme von der japanischen Seite mit Thakin Tut Oke zustande kam, rief er alle seine Genossen, einschließlich Shu Maung, zu sich und informierte sie über das japanische Vorhaben, alle Thakin-Mitgleider zur militärischen Ausbildung nach Japan einzuladen. Nun sah Shu Maung für sich die größte Chance, nach Japan zu fahren und endlich in die burmesische Elite aufzusteigen. Dieses Vorhaben darf nicht scheitern, weil es für mich Zukunft bedeutet, dachte Shu Maung und ging schnurstracks zum britischen Geheimdienst mit einem raffiniert ausgeheckten Plan. Offizier Brown, der persönliche Assistent des Mr. Prescort, Chef der britischen Polizei und des CID, empfing ihn persönlich.

„Mr. Brown, ich habe nun ... die genaue Information", er betonte die letzten Worte ganz langsam und deutlich, „dass die japanische Seite eine Gruppe von Burmesen zur militärischen Ausbildung nach Japan eingeladen hat. Ich kenne diese Leute, die eingeladen worden sind."

Shu Maung bückte sich auf dem Stuhl nach vorn, um tief in die Augen des neugierig zuhörenden Mr. Brown zu schauen und setzte fort:

„Sie können diese Leute sofort verhaften oder später, aber ich habe einen besseren Vorschlag. Lassen Sie diese Leute ruhig nach Japan gehen. Ich werde sie als Ihr Mann nach Japan begleiten, die Leute haben zu mir Vertrauen. Ich werde dort vor Ort Informationen sammeln und Ihnen von Zeit zu Zeit berichten, was die Japaner tatsächlich vorhaben, wie und wann, und wie diese kleine Thakin-Gruppe wirklich eingesetzt wird."

Shu Maung lehnte lässig auf dem Stuhl und wartete auf die Reaktion des britischen Polizeioffiziers, dessen Gedanken er schon im Voraus berechnet und geahnt hatte. Offizier Brown war im höchsten Grade begeistert von Shu Maungs genialer Idee, zumal es schwierig genug war, einen Spion in diese verdächtige Gruppe einzuschleusen, geschweige denn einen geeigneten Mann für diese Aufgabe zu finden.

„Mr. Shu Maung, Sie sind ein genialer Mensch", rief er mit heller Freude aus, während seine Augen funkelten, was bei solch einem Polizeioffizier selten der Fall war, „ich unterstütze Sie voll und ganz in Ihrer Vorstellung." Ein gütiges Lächeln huschte über seine Lippen; er setzte fort, fast in schmeichelhaftem Ton:

„So einen Mitarbeiter zu finden ist für uns ein großes Glück, das kann ich Ihnen offen sagen." Er legte eine kleine Pause ein, als ob er über etwas ganz Wichtiges nachdachte, und dann sagte: „Als Wertschätzung für Sie und auch als eine Ehre für uns, darf ich es so arrangieren, dass der Chauffeur Mr. Ba Chit Sie und Ihre Gruppe an dem Tag zum Hafen mit der Limousine unseres Polizeichefs Mr. Prescort hinfährt?"

„Nein, ich habe nichts dagegen", antwortete Shu Maung, während er in seiner Gedankenwelt herumsegelte, wie seine Leute ihn bewundernd anschauen würden – in Anbetracht des großen Dienstwagens, den er durch seine weitreichenden Beziehungen organisiert hatte. In den nächsten Tagen ließ er von einem speziellen Schneider im Scott-Market zwei Anzüge nach westlicher Mode aus feinstem Stoff und ein paar Hosen machen. Zwei, drei Krawatten mit hübschem Muster wählte er aus, weiße Hemden und schwarze Schuhe aus bestem Leder und einen passenden Gürtel dazu. Damit bereitete er sich seelenruhig auf seine allererste Auslandsreise im Leben vor. Er träumte schon, wie er auf dem Schiff in seinem eleganten Anzug herumspazieren würde – wie auf einem luxuriösen Ozeandampfer. Oft malte er sich seinen Aufenthalt in Japan in den schönsten Farben aus, wie die Japaner ihn freundlich bewirten und wie die schönsten Geishas jeden seiner Wünsche erfüllen würden, oh ... wenn er an die Geisha dachte, konnte er sofort verrückt werden.

Nach ein paar Tagen probierte er schon den neuen Anzug, den er gerade von der Schneiderei abgeholt hatte, – das war sein allererster westlicher Anzug, bis dahin hatte er sich noch nie wie ein Engländer angezogen. Mit einer würdigen Haltung posierte er nun gemächlich vor dem Spiegel, und er kam aus dem Staunen über seine blendende Erscheinung nicht heraus, oh ..., wie seine Schulter und seine Beine so angeschmiegt und passend im Anzug standen, erstaunlich! Er sah so aus, als wäre er wirklich der Prinz von Wales. Er hielt es nicht länger aus, seine blendende Erscheinung für sich zu behalten und entschloss sich, zum Pferderennen zu pilgern, wo die wohlhabende Oberschicht in besten Kleidern und Anzügen herumwimmelte. Eine rot karierte Krawatte gebunden, die blink und blank geputzten Schuhe angezogen, in den neuen Anzug geschlüpft, stieg er ins Taxi ein – bitte zum Pferderennen. Er hatte es jetzt nicht mehr nötig, auf seinen Geldbeutel zu achten wie vor Jahren, seitdem aus seiner Informationsquelle Geldscheine sprudelten. Zwischen den Rängen der teuersten Zuschauertribüne der Pferderennbahn stolzierte er possenhaft und eitel wie ein balzender Pfau umher, um beim Publikum auffälliger zu erscheinen. Seine Bekannten von der Pferderennbahn bewunderten seine wohlhabende Erscheinung und rätselten, wie schnell er das zuwege gebracht hatte. Er gab schmunzelnd die Antwort:

„Ich bin in den Opiumhandel eingestiegen."

Als er für die Saufgelage seiner Freunde und Bekannten ein paar Flaschen teuersten Whiskys beisteuerte, waren die Jubelrufe auf ihn nicht mehr zu halten. Seitdem er diesmal nach Rangun zurückgekehrt war, pflegte er in regelmäßigen Zeitabständen urplötzlich, ganz und gar, von der Bildfläche zu verschwinden und nistete sich behaglich wie ein gern gesehener Dauergast in Nobeletablissement ein und ließ sich von den temperamentvollen, wollüstigen Damen bei gedämpftem Rotlicht und wehendem Duft von Parfüm nächtelang verwöhnen – wie im Paradies.

Thakin Tun Oke bekam eine wichtige Nachricht von der japanischen Botschaft, dass seine Gruppe mit dem japanischen Schiff Kori Yumaru, das im Juli 1941 in Rangun ankommen würde, unbedingt mitfahren sollte, da dies das letzte japanische Schiff sei. Angetrieben von Neugier, um zu erfahren, wie das Schiff Kori Yumaru, mit dem sie in See stechen sollten, von innen aussah, versuchten Thakin Kyaw Sein und Thakin Tun Khin auf das Schiff zu gelangen, jedoch wurden sie vom Schiffspersonal vertrieben, da ihr Vorhaben dem Schiffspersonal nicht rechtzeitig mitgeteilt worden war. Um eine Verwechselung mit den Passagieren auszuschließen, sollten Tun Oke und seine Kameraden Thakin Tun Khin, Thakin Nwe, Thakin Thit, Thakin Kyaw Sein und Shu Maung, gemäß geheimer Absprache mit dem Militärattaché Mr. Homa von der japanischen Botschaft, bei Tag an Bord gehen, wobei sie in weißer Hose und weißem Hemd gekleidet, ein Bündel von Bananen in einer Hand und einen Regenschirm in der anderen Hand haltend, beim Einsteigen eine zuvor mitgeteilte eigene Personen-Nummer laut und deutlich zurufen mussten, um den Anschein zu erwecken, dass sie wirklich zur Mannschaft des Schiffes gehörten.

Der Tag, an dem Shu Maung und seine Leute zum Hafen fuhren, war für ihn ein triumphaler Tag. Sie nahmen Platz in der großen Limousine des britischen Polizeichefs Mr. Prescort für eine Fahrt zum Ranguner Hafen, zwar dank des Arrangements von Herrn Shu Maung, alle machten verwundert große Augen. In so einem großen Wagen haben sie noch nie im Leben gesessen. Dieses funkelnde Lenkrad, das breite elegante Armaturenbrett, die schwarzen weichen Ledersitze. Man fühlte sich, als läge man auf zarten seidenen Tüchern. Die Riesenkarosse rollte federleicht, ganz sanft und geschmeidig, die Motorenstimme klang zart und wohltuend wie ein Harfenspiel. War das nur Traum oder Wirklichkeit? Es war kaum zu glauben, wenn man wirklich nicht dabei gewesen wäre. Die lapidare Erklärung von Shu Maung bezüglich dieser ungewöhnlichen Aktion, dass dies ein Abschiedsgeschenk von Ko Ba Chit, dem Fahrer Mr. Presorts, sei, erschien für seine Kameraden vom Anfang an etwas nebulös. Er sei mit Ko Ba Chit seit geraumer Zeit sehr gut befreundet und daher könne er sich auf ihn, also Ko Ba Chit, absolut verlassen. Er hätte Ko Ba Chit vorher erklärt, Thakin Tun Oke sei in der Tat ein stinkreicher Opiumhändler und jetzt gerade mit seinen Kameraden auf der Flucht ins sichere Ausland. Darum bat er besonders Thakin Tun Oke, dass er seinerseits unterwegs ruhig bleiben und am besten den Mund halten solle; er, Shu Maung, würde das alles managen, bis die Gefahr vorüber sei.

Auf dem Schiff angelangt, wurden sie gleich unter Deck gebracht und nach Hinabsteigen von mehreren Etagen in eine kleine schwach beleuchtete Kabine neben dem Maschinenraum eingepfercht, wo es kein Fenster gab und wo es nach Maschinenöl stank. Der enge Raum war die ganze Zeit vom ohrenbetäubenden Krach der Schiffsmotoren übertönt. Es wurde vom Schiffspersonal ausdrücklich darauf hingewiesen, nicht zu sprechen und sich absolut still zu verhalten, da britische Zollbeamte und Polizisten nun das Schiff vor der Abfahrt gründlich kontrollieren würden. Shu Maung war enttäuscht von dem rüden Empfang auf dem Schiff und besonders von den spartanischen Verhältnissen, die hier herrschten. In der Kabine waren nicht nur die sechs Leute der Gruppe Shu Maungs, sondern auch vier unbekannte Leute, die bereits vorher da waren. Wer waren denn diese Leute überhaupt? Im Dämmerlicht konnte Shu Maung diese Leute nicht erkennen. Von den Konturen der Gesichter, die er überhaupt wahrnehmen konnte, schienen sie ihm unbekannt, und auch noch nie begegnet zu sein. Wie konnten die Japaner uns mit diesen unbekannten Fremden in einen Raum einsperren? Wir sind doch von Japan zur Militärausbildung eingeladene Gäste, die besonders speziell behandelt werden müssen, dachte Shu Maung in einem maßlosen Unbehagen. Keiner traute sich in dieser Situation, den anderen zu fragen, da jeder seine Mission für strenggeheim hielt. In diesem beengten Raum konnte man sich kaum bewegen; es war gerade Regenzeit draußen, schwül und heiß, er musste sich den Schweiß, der ihm übers Gesicht rieselte, ständig von der Stirn wischen. Er hatte extra für diese Reise teuere Anzüge machen lassen, stattdessen mussten sie diese billigen weißen Hosen und weißen Hemden anziehen. Wenn er in dem elenden Zustand, noch dazu im Stehen, in einer kleinen Kabine, eingequetscht wie in einer Fischkonserve, bis nach Japan fahren sollte, ... darüber wollte er am liebsten gar nicht weiter nachdenken. Er hatte es sich ganz anders vorgestellt, als reise er wie ein Wohlhabender im eleganten Anzug und mit Bedienung auf einem luxuriösen Schiff. Was er hier vor Ort fand, war seiner nicht würdig und erniedrigend.

Thakin Tun Oke und seine Kameraden hatten es sich aber, im Gegensatz zu Shu Maung, nicht anders vorgestellt – diese Reise nach Japan. Sie hatten schon im Voraus mit den unvermeidlichen Entbehrungen, Qualen unterwegs gerechnet. Sie hatten alles penibel heimlich vorbereitet, z. B. indem sie die Hosen und Jacken mit billigem bezahlbarem Stoff, ganz unauffällig, extra außerhalb Ranguns, hatten machen lassen. Sie hatten jede überflüssige Bewegung vermieden und sich meist versteckt gehalten, um kein verdächtiges Anzeichen für die britische Polizei zu hinterlassen. Nun, in diesem großen Auto des britischen Polizeichefs ..., das war ein großer Schock für sie, den sie nicht so leicht verdauen konnten. Und dazu noch Shu Maungs wortkarge Erklärung, die so etwas unheimlich wirkte. Jeder machte sich Gedanken über das, was nicht ausgesprochen werden konnte. Jeder, außer Shu Maung, fühlte sich nun in dieser oder jener Weise gezwungen, die Ereignisse, die bis dahin unberücksichtigt gelassen worden waren, noch einmal in neuem Licht zu betrachten: die Verhaftung ihres Führers Thakin Ba Sein vor einem Jahr und dieses große Auto von dem britischen Polizeichef! Gab es eventuell eine Verbindung zwischen diesen Ereignissen? Sie erkannten ebenfalls das unvermeidliche Schicksal, in das sie bereits hineingestolpert waren: Wenn eine Schlange in ihrem Nest herumkroch, dann besaßen sie eben keine Wahl mehr, als mit dieser Schlange weiter in Eintracht zu leben, ob es ihnen lieb oder abscheulich war.

Als das Schiff von den britischen Kontrolleuren längst verlassen und endlich außerhalb des Ranguner Gewässers gelangte, durften Shu Maung und seine Kameraden die kleine Kabine verlassen. Draußen angelangt, endlich frische Meeresluft geschnappt, kamen sie ins Gespräch mit den anderen vier unbekannten Leuten. Nun erfuhren sie nach und nach, dass sie junge Thakins von der Konkurrenzgruppe von Thakin Ko Daw Mhaing und zum gleichen Zweck nach Japan unterwegs seien. Am Anfang waren Shu Maung und seine Kameraden ziemlich schockiert, unerwartet mit der Gegnergruppe zusammenzutreffen - gerade auf dem Weg nach Japan, wobei sie fest glaubten, dass nur ihre Gruppe von der japanischen Regierung eingeladen worden sei. Es war besonders eine Hiobsbotschaft für Shu Maung, als er hörte, dass zwanzig Burmesen von der anderen Thakin-Organisation schon vor seiner Gruppe in Japan seien. Er hatte bis dahin geglaubt, dass er zur Elitegruppe von nur sechs Burmesen gehöre, die für die Japanreise auserwählt worden waren. Wenn er jetzt mit den Fingern zähle, sind das schon insgesamt dreißig Leute, verflucht noch mal, ich muss versuchen, so schnell wie möglich in der Gruppe nach oben zu kommen, dachte er und befasste sich fortan nur noch mit den Gedanken über sein Vorwärtskommen in der neuen Konstellation; es musste eben alles getan werden, was seiner Entwicklung dienlich war. Als allererste Maßnahme realisierte er sein Vorhaben so, indem er sich den Mitgliedern der anderen Thakin-Gruppe gegenüber, in der ungeniertesten Weise, - zum ersten Mal im Leben überhaupt als Thakin Shu Maung - vorstellte, mit der wohlüberlegten Absicht, dass er genauso politisch gewichtig sei wie seine Genossen, obwohl er nie an den politischen Bewegungen der Thakin beteiligt gewesen war, geschweige denn, dass er der Thakin-Organisation jemals beigetreten wäre. Das löste verständlicherweise bei den Mitgliedern seiner Gruppe, die ihn seit Jahren kannten, ein gewisses höhnisches Schmunzeln aus, was ihn aber nicht im geringsten störte.

In Japan angekommen musste er im Militärtrainingslager das zur Kenntnis nehmen, was ihm im ersten Moment nicht gerade angenehm war, dass Aung San, den er und sein Mentor Thakin Ba Sein in der Vergangenheit oft als nutzlosen Schwätzer beschimpft und über ihn als den Möchtegernpolitiker gelästert und nie als ernsthaften Menschen wahrgenommen hatten und über den er schon mehrmals an den britischen Geheimdienst CID berichtet hatte, nun von allen Burmesen und von den Japanern zugleich als unumstrittener Führer der burmesischen Gruppe, aufgrund seiner ausgeprägten menschlichen Größe – Gradlinigkeit, Integrität, Intelligenz und gerechte Gesinnung jedermann gegenüber -, zurecht anerkannt wurde. Ohne im geringsten zu zaudern, änderte er wie ein Chamäleon sofort seine Hautfarbe und passte sich der Umgebung an. Für ihn waren die abstrakten Kategorien wie z. B. Glaube oder Ideologie, gesetztenfalls, dass eine solche Kategorie für ihn je existiert hätte, nie entscheidend wichtig im Leben gewesen, sondern sie wurden bedingungslos dem obersten Ziel der persönlichen Karriere – untergeordnet. Er hatte sich darauf eingestellt, besonders die Gunst der japanischen Ausbilder und die von Aung San bei jeder gebotenen Gelegenheit zu gewinnen, dessen übertriebene Dienstbeflissenheit, begleitet von lakaienhafter Bereitschaft zur Folgsamkeit in jeglicher Hinsicht, gezielt nur auf die Verbesserung seines Ranges innerhalb der Gruppe, gleich einem Bettler, der ständig mit hungernden Augen auf eine milde Gabe gierig wartet, den anderen Kameraden nicht entgangen war.

Innerhalb der Gruppenhierarchie belegte Shu Maung die sechste Stelle hinter Aung San, Thakin Tun Oke, Bo Letya, Bo Setkya und Bo Zeya in der militärischen Rangordnung, die entsprechend den Fähigkeiten in der Militärausbildung und aus Ausgewogenheitsgründen zwischen zwei Thakin-Gruppen von Aung San festgelegt worden war. Aufgrund seines besonderen Eifers und seiner Eignung wurde Shu Maung in Techniken der militärischen Spionage von der Kinpetai (japanische Militärspionage) gesondert ausgebildet. Während dieser Zeit, wie seine Genesis nicht anders geschaffen war, buhlte er um persönliche, enge Beziehungen zu den ausbildenden Offizieren der Kinpetai, und zwar mit Blick darauf, dass diese Beziehung ihm in Burma großen Nutzen bringen würde, falls die Japaner Burma länger als erwartet besetzen sollten.

Auf dem Rückweg von Japan nach Burma über Thailand Ende 1941 änderten auf Vorschlag von Aung San alle Mitglieder, die als die berühmten dreißig Kameraden in die burmesische Geschichte eingingen, ihre zivilen in militärische Namen um, z. B. Aung San in Bo Te Za, Thakin Hla Pe in Bo Let Ya, Thakin Aung Than in Bo Set Kya, Thakin Hla Maung in Bo Ze Ya, Ko Swe in Bo Kyaw Zaw und Shu Maung in Bo Ne Win. Von nun an hieß Shu Maung bis zu seinem Lebensende mit dem neuen Namen „Ne Win". Oberst Suzuki, der von der ersten Begegnung mit Aung San an und während der ganzen Militärausbildung hindurch mit den Burmesen eng verbündet war und sowohl für die Fortentwicklung in der militärischen Ausbildung als auch für das Wohlergehen seiner Schützlinge gesorgt hatte, erhielt den burmesischen Militärnamen „Bo Mogyo", der auf Burmesisch „Donner" bedeutete, was ihn besonders erfreute und mächtig stolz werden ließ.

Am 26. Dezember 1941 wurde in Thailand die Burmesische Befreiungsarmee (BIA – Burma Independence Army) gegründet, an der Spitze General Aung San als Oberbefehlshaber. Ausgestattet mit Waffen von den Restbeständen der japanischen Armee in China, die - nur durch das unermüdliche Drängen von Oberst Suzuki - von der japanischen Regierung zögerlich, doch nach und nach, freigegeben worden waren, kämpfte die burmesische Armee tapfer neben den regulären japanischen Armee-Einheiten, die von Indochina über Thailand in Burma einmarschiert waren, gegen die britischen Truppen. Bereits ein Monat zuvor wurde Ne Win zusammen mit Bo Tarya, Bo Monyo und Bo Linyon mit einem Stoßtrupp, ausgestattet mit hundert kleinen Pistolen, Handgranaten und dreitausend Rupees (damalig gültige Währung in Burma) mit einem besonderen Auftrag nach Burma geschickt, um mit den Widerstandskämpfern in Burma in Verbindung zu treten und im Landesinneren gegen englische Truppen den bewaffneten Widerstand zu organisieren. Als Ne Win in Rangun ankam, blieb er dort allein, während die anderen getrennt nach Oberburma weiterzogen. Ne Win traf auf die Widerstandsgruppe von Kyaw Nyain, der mit Aung San zusammen an der Rangun-Universität in der Studentenunion zusammengearbeitet hatte und nun politische Aktivitäten gegen die britische Kolonialregierung im Untergrund organisierte. Ne Win verteilte die mitgebrachten Pistolen an die Mitarbeiter von Kyaw Nyain. Er erzählte wortgewaltig über seine aufopferungsvolle politische Laufbahn und über die grandiose Militärausbildung in Japan. Ohne Zweifel gehörte Ne Win zu den „Berühmten dreißig Kameraden" in der Geschichte Burmas, jenen jungen Burmesen, die in Japan militärische Ausbildung genießen durften, um ihre Heimat aus der britischen Kolonialherrschaft zu befreien. Daher wurde er nun als elitäre Person von allen bewundert, beneidet und mit vollem Respekt behandelt, wohin er auch kam. Nun ist er doch endlich ein gemachter Mann geworden, das spürte er ganz deutlich. Dass er zur auserlesenen Elite gehörte, dies ließ er auch bald seine Mitmenschen unvergesslich spüren.

Als Ne Win am 2. Februar 1942 in Rangun ankam, war die Hauptstadt längst von Engländern geräumt, die Menschen erwarteten mit großer Begeisterung den baldigen Einmarsch der japanischen Armee, wie den verheißungsvollen Messias. Ne Win, in japanischer Uniform, Pistole am Gürtel, sah in den Augen der Burmesen wahrhaftig wie ein ersehnter Erlöser aus. Er hatte mit Hilfe von Bekannten einen Jeep aufgetrieben, fuhr in der Stadt herum und war vollauf damit beschäftigt, die leer stehenden schönen Villen, die von den Engländern verlassen worden waren, in Besitz zu nehmen oder, wenn dies nicht ginge, für einen billigen Preis zu kaufen.

Einmal musste er seinen Jeep zur Reparatur bringen. Als er den Jeep abzuholen in der Werkstatt erschien, war der Kraftfahrzeugmechaniker zufällig außer Haus, um den Motor eines anderen Wagens bei der Fahrt zu testen. Ne Win, der scheinbare messianische Erlöser, schäumte vor Wut, da er eine Weile gezwungenerweise auf den Mechaniker warten musste.

Was denkt denn dieser kleine Mechaniker, mich, so eine erhabene elitäre Persönlichkeit, die über allen und jedem steht, warten zu lassen, es käme ja einer Majestätsbeleidigung gleich. Solche Lumpen, die keine Ahnung haben, wie man höher gestellte Persönlichkeiten geziemend respektvoll behandeln soll, verdienen unbedingt eine Tracht Prügel. Dem Schuft werde ich es zeigen, damit er es sich für immer merkt, wer Ne Win ist und wie er sich in Zukunft mir gegenüber zu verhalten hat.

Als der Kraftfahrzeugmechaniker zurückkam, packte Ne Win ihn sofort am Genick, zerrte ihn aus dem Auto und verabreichte ihm brutal links und rechts kräftige Ohrfeigen, sodass der arme Kerl, blutüberströmt eine Zeit lang benommen, auf dem Erdboden liegen bleiben musste. Ne Win hatte für diesen armseligen Kerl nichts als höhnisches Lächeln übrig. Kraft seiner am Gürtel hängenden Pistole wagte es niemand, sich in seine Angelegenheit einzumischen. Ja, wer den Messias ungehörig warten ließ, erntete den wohlverdienten Lohn. Ne Win glaubte sein ganzes Leben lang zutiefst, dass Brutalität zu seiner persönlichen Ausstrahlung gehörte. Seine fürchterliche Brutalität bei der Militärausbildung in Japan war es sogar vom japanischen

Ausbilder Tatsuro Izumi, besonders bei der Nahkampfübung mit Bajonetten, urkundlich in einem Buch über Minami Kikan erwähnt worden. Außer seiner Immobilienaktivität widmete er sich nun voll und ganz nur noch der angenehmen Muße des Lebens, schlummernd in den Armen der entgeltlichen Zärtlichkeit und zügelloser Wollust. Wenn er daran dachte, wie er sich die ganze Zeit bei der Militärausbildung in Japan mit schlechtem Essen spartanisch begnügen musste, und von den zarten japanischen Geishas, von denen er vielmals vor der Reise nach Japan geträumt hatte, verflucht noch mal, die waren ja für ihn nicht mal zu riechen da gewesen. Die ganze Zeit mussten sie trainieren und noch mal trainieren, mit dem schweren Gewehr in der Hand. Wenn statt eines Gewehrs eine hübsche Geisha in seinen Händen gewesen wäre, da hätte er sie auf seinen starken Armen so zärtlich getragen und mit der ganzen Leidenschaft so vernascht, dass die Nippon-Sonne in seinem Herzen nie wieder untergehen würde. Was er jetzt in Rangun tat, das sollte eben als eine Art gerechte Entschädigung für sein kümmerliches Dasein als Abstinenzler im japanischen Exil sein.

Am 8. März 1942 landeten die japanischen Truppen unter Oberst Sakuma über eine Luftbrücke am Ranguner Flughafen und besetzten die Hauptstadt, während sich die britischen Armeeverbände über Mittelburma nach Indien zurückzogen. Unmittelbar danach erreichte die BIA Rangun, und Ne Win schloss sich der Truppe an. Die Burmesische Befreiungsarmee war inzwischen bis auf 23000 Mann angeschwollen. Um Mittelburma zu besetzen und die restliche britische Armee zu vertreiben, marschierten die BIA und die japanischen Truppen von Rangun aus nach Norden weiter. Dabei wurde die BIA in zwei Divisionen eingeteilt, Division 1 unter dem Kommando von Oberst Bo Zeya und Division 2 unter Oberst Ne Win, General Aung San als Obersbefehlshaber und Oberst Bo Letya als Vizeoberbefehlshaber. Auf Regimentsebene wurden jedoch die Truppen direkt unter die Befehlsgewalt von General Aung San, Oberst Bo Zeya, Bo Letya und Ne Win eingeteilt.

Auf Empfehlung des Untergrundkämpfers Kyaw Nyain hatte General Aung San unmittelbar vor dem Abmarsch nach Norden Ne Win zum Oberst befördert. Zum ersten Mal im Leben hatte er Verantwortung übertragen bekommen, und zwar als Oberst eine Truppe zu befehligen, d.h. er besaß die Macht, einer Anzahl von Soldaten zu befehlen, das zu tun, was er anordnete; diese ihm unterstellten müssten ihm bedingungslos gehorchen. Nun war endlich die goldene Zeit für Ne Win gekommen, seine Macht ausgiebig auszukosten. Wenn ihm etwas aus irgendeinem Grunde nicht passte, war er blitzschnell, seine kräftigen Ohrfeigen jedem zu verpassen, sei der Leidtragende einfacher Bürger, Soldat oder Offizier. Er ließ auf der anderen Seite, aber gönnerhaft seinen Soldaten und Offizieren auf dem Gebiet, wo sie einmarschierten, völlig freie Hand, wenn ihre Handlungen ihn nicht persönlich tangieren sollten. Dies führte dazu, dass seine Offiziere und einige Einheimischen vor Ort zivile Verwaltung und Militärgerichte eilig abhielten, wo ein Machtvakuum durch den Rückzug der britischen Arme entstanden war. Die Militärgerichte waren ohne jegliche Gesetzesgrundlage schnell installiert worden, um in der Tat die zügellose, persönlich motivierte Rachelust einiger Untergebenen von Oberst Ne Win zu befriedigen. Von unzähligen Bürgern wurden Geständnisse durch Folter erzwungen, etliche ungerecht gepeinigt und einige waren im Eilverfahren sogar zu Tode verurteilt worden - nur auf Verdacht hin, sie seien britische Spione, sodass die BIA, besonders in dem Gebiet des Irawadi-Deltas, als grausame Truppe in Verruf geraten war. Bei den BIA-Truppen, die unter dem direkten Befehl vom General Aung San bzw. Bo Letya und Bo Zeya standen, hatte es derartige gesetzlose Vorkommnisse nicht gegeben. Manche Gesetzlose, die während des langen Einmarsches von Thailand nach Burma schwere Verbrechen an den Bürgern begangen hatten, wurden auf Befehl von General Aung San hingerichtet. Durch eine derartige eiserne Disziplin wurden die Truppen direkt unter General Aung San so wie Bo Letya und Bo Zeya geführt, sodass die BIA-Truppen unter ihnen von der Bevölkerung überall mit offenen Herzen empfangen wurden. Als die gesetzlosen Übergriffe an der Bevölkerung unter jenen Truppen trotz des Befehls von General Aung San – die BIA dürfe weder sich an der zivilen Verwaltung beteiligen noch Militärgerichte abhalten - fortsetzten, wurden die Truppen, die die Burmesische Befreiungsarmee in eine Folterarmee verwandelt hatten, mit sofortiger Wirkung aufgelöst; diese Truppen waren diejenigen gewesen, die ausschließlich unter der Befehlsgewalt des Obersts Ne Win standen, während die Truppen, die direkt General Aung San bzw. Bo Letya und Bo Zeya unterstellt worden waren, weiterhin bestehen blieben.

Wie Aung San und seine Kameraden bereits zuvor gefürchtet hatten, hinterließ die japanische Armee, wo sie einmarschiert war, Furcht und Schrecken unter der zivilen Bevölkerung. Der japanischen Militärpolizei Kinpetai machte besonders die äußerste Brutalität alle Ehre. Die Menschen, die durch unangenehme Vorkommnisse mit den Japanern nicht sympathisierten, wurden von der Kinpetai kategorisch als Gegner Japans beschuldigt. Die Menschen, die als probritisch oder kommunistisch oder antijapanisch verdächtigt und angezeigt wurden, landeten ungnädig in der gefürchteten Folterkammer der Kinpetai, die voll von abscheulichen Foltermethoden des Mittelalters war. Hier wurden den Gefangenen bestialisch die Nägel aus den Fingern mittels Pinzetten gezogen; die Gesichter mit kochend heißem Wasser begossen; an Händen und Füßen gefesselt an einen Balken aufgehängt und mit einem Eisenstab auf den Körper geschlagen, bis zur Besinnungslosigkeit; Wasser so lange in den Mund gepumpt, bis der Magen platzte; manchen wurden die Hoden in einen Schraubstock gespannt bis zur Ohnmacht. Wenn einer durch die Folterkammer glücklicherweise mit dem Leben davonkam, wurde er von den Folterknechten mit einer vorzüglichen Verbeugung und den höflichen Worten verabschiedet: „Es tut uns wirklich leid, dass wir mit Ihnen so verfahren mussten."

Die menschenunwürdigen Foltermethoden, grausame Einschüchterung und das zentralistisch autoritäre Machtgefüge waren die Instrumentarien des japanischen Faschismus, der bereits in den besetzten Ländern wie in der Manchurai und in Korea unermessliches Leid an unzähligen Menschen verursacht hatte. Genau dieses Ziel verfolgte das japanische Militär bedingungslos in Burma. Auf der politischen Ebene verschob die japanische Regierung nach und nach den Termin der Unabhängigkeitserklärung Burmas, den sie vorher Aung San und seinen Kameraden versprochen hatten. Stattdessen versuchten die japanischen Machthaber, zwischen die burmesischen Politikern einen Keil zu treiben, um womöglich die Unabhängigkeitsbestrebung zu hintertreiben.

Oberst Suzuki, der eigentliche Mentor der Minamikikan-Gesellschaft, der sich im Denken und Fühlen trotz seines ursprünglichen Vorhabens, Burma als japanische Kolonie zu gewinnen, durch die enge und echte Freundschaft zu Aung San und dessen Kameraden im Laufe der Geschichte sogar in seiner Grundeinstellung geändert und die Liebe zu den Burmesen gewonnen hatte, bemühte sich ständig, seit dem Einmarsch der japanischen Truppen in Burma im wahren Interesse Burmas zu handeln, ungeachtet der Konflikte mit den japanischen Militaristen. Im Besonderen hatte er große Achtung vor Aung San, vom ersten Tag seiner Begegnung mit ihm an, obwohl Aung San vom Alter her sogar sein Sohn hätte sein können. Er äußerte einmal vor dem prominenten burmesischen Politiker Dr. Ba Maw seine Bewunderung in knappen Worten:

„Aung San liebt weder Geld noch Macht, hat kein eigenes Leben. Er ist aufrichtig. Wenn man mit ihm ehrlich umgeht, ist er sehr gutmütig, wenn man zu ihm aber nicht ehrlich ist, wird er sehr gefährlich."

Zwischen Oberst Suzuki und Aung San war eine vertrauensvolle und echte Freundschaft im Laufe der ereignisvollen Jahre entstanden. Vor Aung San und seinen Kameraden verkündete er einmal sogar seine aufrichtige Bereitschaft, dass er bedingungslos auf der Seite der Burmesen gegen japanische Truppen, gegen seine eigenen Landsleute, kämpfen werde, wenn Japan Burma die Unabhängigkeit nicht gewähren würde. Niemand zweifelte an der Ernsthaftigkeit seiner Worte. Er war wahrhaftig würdig, von seinen burmesischen Kameraden verehrt zu werden. Im Kreise des japanischen Militärs trat Oberst Suzuki offen weiterhin für das Interesse der Burmesen ein, dass eine echte Unabhängigkeit an Burma gegeben werden müsste. Jedoch verfolgte die japanische Regierung im Gegensatz zu Oberst Suzuki in Burma andere Ziele. Er wurde damit bald zum Störenfried für die japanischen Kolonialisten, der beseitigt werden musste. Oberst Suzuki wurde für seine Verdienste zum General befördert und sanft aus dem Wege geräumt, in dem er zugleich nach Japan versetzt wurde, um angeblich im Landesinneren andere Aufgaben zu übernehmen. Er musste schweren Herzens seine burmesischen Freunde verlassen, ohne seinen Traum verwirklicht haben zu können. Jedes Mal wenn er sich das Foto anschaute, auf dem er, als einziger in burmesischer Kleidung, inmitten seiner dreißig burmesischen Freunde, Aung San neben ihm in japanischer Militäruniform, aufgenommen während des kurzen Aufenthalts in Thailand auf dem Weg nach Burma, ergriff ihn tiefe Trauer und Sehnsucht nach seinen Seelenverwandten. Er hätte doch für Burma und Japan viel Gutes bewirken können, aber für die japanische Militärregierung war er nutzlos und stand nur im Wege. Wie so oft überleben die echten Helden selten ihre eigene Geschichte.

Als das japanische Militär gezwungenerweise danach einsehen musste, um die herannahende politische Explosion in Burma zu vermeiden, hatte die japanische Regierung die Unabhängigkeitserklärung unterzeichnet und offiziell am 1. August 1943 Burma für unabhängig erklärt. Die burmesische Regierung mit Dr. Ba Maw als Regierungschef, General Aung San als Verteidigungsminister und U Nu als Außenminister, wurde gebildet. Jedoch wurden alle Ministerien von Japanern ständig kontrolliert und bevormundet. Sogar der Ministerpräsident des sogenannten „unabhängigen Staates Burma" musste seine administrativen Handlungen vor dem japanischen Militär rechtfertigen, sodass die von Japan gewährte Unabhängigkeit in der Tat nur ein Stück Papier wert war. Auf dem Lande wütete die von der burmesischen Bevölkerung gefürchtete und verhasste Kinpetai weiter wie bisher. Die Japaner, die am Anfang als Erlöser der Burmesen aus der britischen Knechtschaft frenetisch gefeiert wurden, verwandelten sich bald in grausame Unterdrücker, ihre zahlreichen Divisionen waren überall in Burma stationiert. Im Schatten des Militärs versuchten die japanischen Großindustriellen, ihre Hand nach den burmesischen Bodenschätzen auszustrecken. Um ihren Einfluss wie im besetzten Korea zu zementieren, zwang das japanische Militär die Burmesen, die japanische Sprache in die burmesischen Schulen als Pflichtfach einzuführen. Die ersehnte Freiheit jedes Bürgers war weiter in die Ferne gerückt, Aung San und seine Kameraden kamen zu der Überzeugung, dass die japanische Knechtschaft nur durch einen gut organisierten, landesweit bewaffneten Aufstand besiegt werden konnte. In dieser brisanten Lage versuchten Aung San, Thakin Than Tun und U Nu auf der politischen Bühne, wie bisher mit den Japanern diplomatisch zu kooperieren, jedoch im Hintergrund liefen heimlich die Widerstandsaktivitäten auf Hochtouren: Die Vereinigung und Verstärkung der Widerstandskräfte aus allen politischen Richtungen, eine straff militärische Organisation innerhalb der neu aufgebauten burmesischen Nationalarmee und die Intensivierung der Zusammenarbeit mit den Nationalitäten Karin, Shan, Kachin und Chin.

Mitten in dieser landesweit antijapanischen Stimmung hielt am 6. August 1943, ausgerechnet Oberst Ne Win eine fragwürdige Rede über die japanische Armee, nachdem jene Ne Win auf Drängen und Bitten von Thakin Tun Oke und Thakin Ba Sein, der aus dem britischen Gefängnis nach dem Einmarsch der Japaner freikam, mit der Begründung, dass niemand von ihrer Gruppe in der nun gebildeten Machtinstitution vertreten sei, nach der Bildung der neuen burmesischen Regierung, zum Generalstabchef vom Verteidigungsminister General Aung San ernannt worden war. Ne Win sah, dass nun eine goldene Gelegenheit für ihn gekommen sei, einerseits um seine neu erworbene hohe Rangstellung als Generalstabchef ins rechte Licht zu rücken und andererseits sein unersättliches Geltungsbedürfnis zu stillen, was noch viel wichtiger zu sein schien. Überraschend lud er unmittelbar nach seiner Beförderung die Korrespondenten der japanischen und burmesischen Zeitungen zu einer Pressekonferenz, auf der er - getreu seiner wahren Absicht- sich selbst zuallererst als Stabschef der neu strukturierten burmesischen Nationalarmee vorstellte und entgegen allen bekannten politischen Stimmungen im Lande einen Lobgesang auf die japanische Besatzer aus voller Kehle anstimmte: Japaner seien für immer Lehrmeister der Burmesen, das japanische Militär sei immer erfolgreich im Angriff und seine Taten gereichen dem japanischen Volk zu ewigem Ruhm. Er stellte sich, hoch erfreut, dem Blitzlichtgewitter der Pressefotografen, besonders dem der japanischen Zeitungen. Er ließ sich bei dieser Gelegenheit gern als wahrer, ewiger Freund der Japaner feiern. U Thaung Nyint, der Chefredakteur der burmesischen Zeitung Myanmar Ahlin, in der über jene Pressekonferenz nur flüchtig berichtet worden war, wurde von Oberst Ne Win ermahnt und eindringlich aufgefordert, besonders seine Verbundenheit mit den Japanern nochmals ausführlich zu berichten. Auf den erpresserischen Befehl des Generalstabchefs musste die Zeitung nachträglich am 10. August 1943 einen ausführlichen Artikel schreiben. Die seltsame Darbietung des Obersts Ne Win, die sich in der damaligen politischen Landschaft als eindeutig konträr darstellte, war in allen Kreisen der patriotischen Kräfte mit Abscheu registriert worden. Die ursprüngliche Burmesische Befreiungsarmee (BIA) wurde auf Befehl des japanischen Militärs aufgelöst und am 26. August 1942 mit fünftausend Soldaten als burmesische Verteidigungsarmee neu gegründet. Die burmesischen Truppen waren nicht ausreichend bewaffnet und auf Befehl des japanischen Kommandos, dessen Strategie von Anfang an darauf abgezielt hatte, die militärische Stärke der burmesischen Truppen auf ein Minimum zu halten, im Lande so zerstreut stationiert, dass eine reibungslose Kommunikation untereinander nicht möglich war. Um sich gegen die starke japanische Armee erfolgreich aufzulehnen, müssten burmesische Truppen so schnell wie möglich aufgerüstet werden. Die notwendigen Waffen konnten aber nur von den Japanern durch den diplomatisch geschickten Umgang, den Aung San auf der Regierungsebene mit Geduld und Umsicht zu tun pflegte, nach und nach erhalten werden. Um den Aufstand gegen die asiatische Großmacht Japan durchzuführen und den Feind endgültig zu besiegen, bedurfte es unbedingt der starken Kooperation mit den alliierten Truppen, die gegen Japan Krieg führten. Der Einmarsch der alliierten Streitkräfte in Burma musste sogar aus taktischen Gründen mit offenen Armen empfangen werden, denn die Alliierten hatten nun „die Befreiung der von deutschen Nazis und von japanischen Faschisten besetzten Länder" auf die Fahne geschrieben. Aung San, Thakin Than Tun und Bo Setkya versuchten aus diesen politischen und strategischen Gründen, über Geheimdienstverbindungen mit den englischen Truppen in Indien in Kontakt zu treten. Bo Setkya gelang es endlich durch die Karen, einer im mittelöstlichen Teil Burmas ansässigen Nationalität, die in der britischen Kolonialzeit in Burma mit den Engländern besonders gute Beziehungen hatte und diese weiterhin aufrechterhielt, mit einem Verbindungsmann der britischen Spionagetruppe 136 in Kontakt zu kommen. Die Nachricht, die burmesische Armee sei bereit, sich gegen die japanischen Imperialisten zu erheben, konnte an die Zentrale der britischen Truppe in Indien erfolgreich übermittelt werden. Bo Setkya erstattete nur an Aung San und Ne Win Bericht über die erfolgreiche Kontaktaufnahme mit Major Seagrim von der britischen Spionagetruppe 136, der sich seit dem Rückzug der britischen Truppen bei den Karen in der Nähe von Toungo versteckt hielt. Ne Win, der zu dieser Zeit als zweiter Mann in der burmesischen Armee unter General Aung San als Generalstabchef fungierte, besaß wiederum zum zweiten Mal in seinem bisherigen Leben eine Information von enormer Brisanz, die ihm persönlich von großem Nutzen sein könnte - wie damals. Er witterte nun den

Sprung seiner Karriere, worauf er sehnsüchtig in seinem Inneren ständig gelauert hatte. Ihm war es tagein, tagaus bewusst, dass Aung San auf seiner Karrierelaufbahn immer über ihm stehen würde, so lange Aung San von seiner Spitzenposition nicht gestürzt werden konnte. Er dürstete nach Geltung, verspürte unwiderstehliche Gier nach Aufstieg, eines Tages in der hierarchischen Rangordnung der burmesischen Armee als der höchste Offizier vor jenem Aung San zu sein.

Wenn er, Ne Win, diese wichtige Information an die japanische Militärführung weitergäbe, erwerbe er jedenfalls einen großen Verdienst, werde vor allem von der Kinpetai als echter, loyaler Verbündeter der Japaner anerkannt, und gleichzeitig werden Aung San und Bo Setkya in den Augen der japanischen Militärbehörde unweigerlich als Verräter erscheinen. Ja, es tut ihm, dem Ne Win, aufrichtig leid, aber das Schicksal hat ihm, glücklicherweise, eben Mal etwas besonderes beschieden, im Leben höher hinaufzusteigen und die anderen eben nicht. Er schaute lässig in die Ferne, das Haupt in Siegerpose emporgehoben, die rechte Hand sanft ausgestreckt, als erscheine er hier als ein Überirdischer, förmlich die herannahenden großen Ereignisse zu verkünden. Er werde der Kinpetai über diese Angelegenheit so berichten, dass sein Name nie als Informant auftauche, wie damals bei diesem naiven Thakin Ba Sen; darin war er von niemandem zu schlagen. Bei jedem Geheimdienst genießt der Informant absoluten Schutz, also, da braucht er keinerlei Gedanken zu verschwenden. Verdächtigung von diesem und jenem kann es in solchen Fällen immer geben. Aber gebe es keinen eindeutigen Beweis, dann existiere auch niemand, der eindeutig beschuldigt werden kann. So einfach ist die Sache. Er werde alle mit seiner grandiosen Ignoranz so bluffen, dass jegliche Verdächtigungen, von welcher Seite auch immer, an seiner dicken Haut abprallen wie Regentropfen an der Marmorwand. Ja, Verräter unter Japanern haben bestimmt kein langes Leben. Wenn das japanische Militär eines Tages Aung San beseitige, werde er, Ne Win, da er jetzt schon, sowieso, den zweithöchsten Rang der Armee innehabe, automatisch Oberhaupt der burmesischen Streitkräfte. Damit kann er sich seines größten Rivalen Aung San, ohne seine Hände zu beschmutzen, ganz elegant, ganz raffiniert, unauffällig, sanft und ruhig, entledigen.

Voller Befriedigung grinste Ne Win verschmitzt, sein Maul riss sich weit nach außen auf, seine kleinen Zähne preschten mit Gewalt hervor, er rieb sich kräftig die Hände und war wiederum berauscht über die genialen Einfälle, die allein ihm in die Hände wie Gottes Segen fielen.

Als bald darauf Aung San ganz erschüttert erfahren musste, dass die Kinpetai hinter Bo Setkya sei, ihn gefangen zu nehmen, schickte er Bo Setkya sofort, mit einem diplomatischen Pass, als neu ernannten Militärattaché der burmesischen Regierung - mit wohlüberlegter Absicht, nach Japan, um einerseits demonstrativ zu verdeutlichen, dass die Persönlichkeit Bo Setkya weiterhin das unumstrittene Vertrauen der Burmesen genieße, andererseits durch seine diplomatische Immunität als burmesischer Militärattaché im befreundeten Japan vom Zugriff der Kinpetai gänzlich ausgeschlossen ist. Aung San ebenfalls stand auf Schritt und Tritt unter der Observierung der Kinpetai. Die japanische Militärpolizei wusste genau, dass hinter Aung San die ganze burmesische Armee und die gesamte Bevölkerung wie ein Mann stand, und die Verhaftung Aung Sans hätte eine landesweite Explosion auslösen können, deren Ausgang niemand einzuschätzen vermochte. Es blieb dem japanischen Militär nichts anderes übrig, als den unliebsamen Aung San vorläufig zu schonen, dafür wütete die Kinpetai ausgiebig bei der Suche nach den unter den Karen versteckten britischen Offizier Major Seagrim. Alle Dörfer in der Nähe von Toungoo in Mittelburma, wo nur die Karen seit Jahrzehnten lebten, wurden von den Soldaten der Kinpetai besetzt, verdächtige Bewohner wurden verhaftet und nach Major Seagrim gefragt. Seitdem die britischen Truppen aus Burma abgezogen waren, hatte Major Seagrim über drei Jahre lang in einem Dorf mit den Karen zusammengelebt, in einer Bambushütte gehaust, genau so wie die Karen gekleidet, sich von demselben Essen ernährt, mit ihnen gemeinsam die Felder bebaut, gepflügt, gesät, die Früchte geerntet, in die Dorfkirche gegangen, die Lieder zusammen gesungen. Alle Dorfbewohner fühlten, dass er einfach zu ihnen gehörte wie ein Bruder aus der eigenen Familie. Wie aus Fleisch und Blut war er wahrhaftig einer von ihnen. Er hatte dieses entbehrungsreiche Leben auf sich genommen, um als Verbindungsmann zwischen den burmesischen Widerstandskräften und den britischen Truppen in Indien zu dienen und bei der Entstehung des Volksaufstandes gegen die japanische Besatzung, der eines Tages mit Sicherheit ausbrechen würde, aktiv mitzuwirken. Wie hätte ein Karen den eigenen Bruder, der aus reinen edlen Motiven sein Leben geopfert hatte, an den Henker liefern können? Es gab keinen, der trotz der Todesangst den britischen Major verraten würde. Die Bewohner wurden bestialisch gefoltert und anschließend, einer nach dem anderen, von der Kinpetai grausam umgebracht. Als Major Seagrim zusehen musste, dass mehrere Karen, den eigenen Tod in Kauf genommen hatten, statt ihn zu verraten, stellte er sich der Kinpetai, um dem sinnlosen Mord an seinen Freunden Einhalt zu gebieten. Trotz seiner eindringlichen Bitte vor seiner Hinrichtung hatte die Kinpetai sieben Karen, die vor seiner Verhaftung wegen ihm festgenommen worden waren, standrechtlich erschossen. Die Verhaftung des Verbindungsmanns Major Seagrim schlug große Wellen unter den Burmesen: War es Aung San oder Ne Win, der den aufopferungsvollen britischen Major an die Kinpetai geliefert hatte? Von nun an war für Aung San und seine Kameraden größte Vorsicht geboten bei den Vorbereitungen, da ein japanischer Spion buchstäblich vor der Nase saß.

Unter den burmesischen Politikern, die den notwendigen bewaffneten Aufstand gegen die japanische Besatzung vorausgesehen hatten, war Thakin Soe, der Vorsitzende der kommunistischen Partei Burmas. Er hatte im Untergrund diesbezüglich sogar vor dem Einmarsch der japanischen Truppen in Burma Vorbereitungen getroffen, indem er die Verbindung zu den abgezogenen englischen Truppen aufrechterhielt und Waffenunterstützung von ihnen bekam. Da ihn die Kinpetai ständig verfolgte, organisierte er versteckt im Untergrund die Widerstandsaktivitäten. Seinerseits wartete er auf den landesweiten Zusammenschluss aller Widerstandskräfte einschließlich der burmesischen Nationalarmee. Ihm war bewusst, dass ohne Beteiligung der burmesischen Nationalarmee der erfolgreiche Aufstand gegen die Japaner nicht möglich war.

In der burmesischen Armee versuchten manch ungeduldige, hitzige Offiziere z. B. Maung Maung und Hauptmann Aung Gyi, den Widerstandskampf gegen die Japaner auf eigene Faust zu organisieren, da sie zu der Überzeugung kamen, dass alle burmesischen Politiker, einschließlich General Aung San, nur noch für ihr eigenes Wohl sorgten und sich nicht mehr für die Befreiung Burmas von der fremden Herrschaft interessierten. Sie informierten eines Tages Kyaw Nyain, den engen Mitarbeiter von General Aung San in der Regierung, über ihr Vorhaben. Kyaw Nyain, der über die Komplexität der Widerstandsbewegung Bescheid wusste, lehnte den Plan kategorisch ab, mit der Argumentation: Es sei zu früh diesen zu realisieren, und wenn ein solches Vorhaben nationaler Dimension verwirklicht werden sollte, musste zuallererst General Aung San informiert werden. Die hitzigen Offiziere suchten weiter jemanden, der bei der Schlacht gegen die Japaner die militärische Führung übernehmen könnte. Die gesuchte Person wurde gleich fündig, als sie Oberst Ne Win ihren Plan vortrugen.

Ne Win erklärte sich sofort bereit, die Führung der Widerstandsbewegung gegen die Japaner zu übernehmen, wenn Aung San und die anderen keinen Mut dazu hätten, ungeachtet dessen, dass er vor Kurzem noch sein Loblied über die Japaner bei der Pressekonferenz lauthals gesungen und den britischen Offizier Major Seagrim an die Kinpetai ausgehändigt hatte. Für Ne Win war es, wie immer sein ganzes Leben hindurch, belanglos, was für eine Auffassung er vorher vertrat; entscheidend wichtig war es ihm in diesem Fall, dass er für sich persönlich die höchste Rangstellung, dabei Aung San weit hinter sich lassend, in der nationalen Widerstandsbewegung einnehmen und in den Geschichtsbüchern unsterblich erscheinen würde. Da den Protagonisten bewusst war, dass ihr Vorhaben ohne die Waffenlieferungen von britischen Truppen und damit praktisch ohne die Mitarbeit von Thakin Soe nicht realisiert werden konnte, wurde ein Geheimtreffen mit Thakin Soe arrangiert. Thakin Soe, der über die Umtriebe des Obersts Ne Win, angefangen von der Pressekonferenz bis zum Verrat an Major Seagrim, genauestens informiert war, durchschaute den zwielichtigen Möchtegern-Führer Ne Win und dessen wahre Motive. Er wunderte sich lediglich über die unübertreffliche Schamlosigkeit dieser Person Ne Win, sich an die Spitze der Widerstandsbewegung gegen die Japaner zu stellen, obwohl er sich geradezu erstaunlich als dessen Gegenteil, in Wort und Tat, mehrfach erwiesen hatte. Thakin Soe wusste genau, dass die burmesische Armee und die ganze Bevölkerung nur hinter Aung San standen und dagegen nur ein paar hitzige Offiziere hinter Oberst Ne Win, dessen Rangstellung als Generalstabchef, in der Tat nichts als nur eine leere, inhaltlose Hülle für den bewaffneten Kampf darstellte. Vielleicht wollte Ne Win leichtgläubig von ihm die Verbindungen zu alliierten Truppen auskundschaften, um seinen japanischen Herren damit den größten Dienst zu erweisen. Thakin Soe lehnte diplomatisch das Angebot zur Zusammenarbeit mit Ne Win ab und verlangte stattdessen die Anwesenheit Aung Sans, da er nur diesen, als unumstrittenen Führer der burmesischen Streitkräfte anerkennen konnte.

Als Aung San durch die Nachricht von Thakin Soe über das unglaubliche Gehabe des Obersts Ne Win erfuhr, hielt er es nun für geboten, jegliche Gefährdung der Widerstandsbewegung im Voraus zu beseitigen. Mit sofortiger Wirkung entfernte er Ne Win von der Stelle des Generalstabchefs und versetzte ihn in die Versorgungsabteilung. Als neuer Generalstabchef wurde Bo Zeya eingesetzt. Die Degradierung seiner militärischen Rangordnung empfand Ne Win - wie hätte man es anders erwarten können - als persönliche Demütigung, die Aung San ihm ungerechterweise widerfahren ließ. Er schwor, eines Tages Aung San dies in anderer Weise zu vergelten. Aus Schmach aus Schande ging er eine Zeit lang nicht zur Arbeit und verbrachte mehrere Tage und Nächte lang beim Saufgelage und Kartenspiel in einer Autowerkstatt seines Bekannten U Han Shain in Myenigone, einem Stadtteil von Rangun.

Aus der Notwendigkeit zur Zusammenarbeit trafen bald Aung San und Thakin Soe im Hause des Bo Kyaw Zaws im Juli 1944, ohne dies Ne Win wissen zu lassen. Sie hoben gemeinsam die Vereinigung aller antifaschistischen Parteien aus der Taufe und legten die genaue, militärische und politische Aufgabenteilung zum bevorstehenden Aufstand gegen die japanischen Faschisten fest. Nachdem die politischen und militärischen

Vorbereitungen abgeschlossen waren, trafen sich zur detaillierten Festlegung der Operationen General Aung San und seine Militärführung einschließlich Ne Win im Hause des Generals und besprachen sich drei Nächte lang ausführlich. Aus organisatorischen Gründen wurde das ganze Land in Divisionen eingeteilt, für jede Division wurden wiederum zwei Verantwortliche festgelegt, ein militärischer und ein politischer Kommandeur.

In der letzten Nacht fragte Bo Kyaw Zaw, die Offiziere von dem Bezirk Hanthawadi hätten gern gewusst, wie sie Oberst Ne Win erreichen sollten, da die Bezirke Hanthawadi und Pyapon bisher der Division 2 zugeordnet waren, die bisher unter dem Kommando des Obersts Ne Win gestanden hatten. General Aung San, mit dem Bleistift die Landkarte neu markierend, antwortete klar und deutlich, dass nun, unter der Division 2 lediglich nur der Twinte-Bezirk falle und alle restlichen Bezirke werden unter der Division 4 (Pegu Division) neu zugeordnet und daher unter dem Kommandeur der Division 4 stehen.

Oberst Ne Win, dessen Einflussregion wesentlich verkleinert und seine Machtbefugnis beschnitten wurde, was für die meisten an der Besprechung Teilnehmenden als die logische und konsequente Folge seiner fragwürdigen Aktivitäten in der Vergangenheit, die längst fällig und erwartet worden war, verstanden wurde, brach wehklagend in einen aufgeregten Ton aus:

„General, wenn Sie zu mir kein Vertrauen haben, geben Sie mir keine Verantwortung."

Während die meisten der Anwesenden - Thakin Soe, Thakin Than Tun, Thakin Tin, Ba Swe, Kyaw Nyain, Thakin Chit, Bo Kyaw Zaw, Bo Yetut, Bo Pho Kun, Bo Maung Maung, Bo Aung Gyi – staunend die Reaktion des Obersts Ne Win registrierten, erwiderte General Aung San darauf hin kein Wort. Stattdessen starrte er Ne Win quer über die Länge des Besprechungstisches durchdringend an und sagte lediglich, die Besprechung sei damit zu Ende. Bei der nächsten militärischen Besprechung, bei der das landesweite Operationsgebiet aus strategischen Gründen in militärische Zonen aufgeteilt wurde, wurden die Bezirke der Hanthawadi, Pyapon und Mauhpin der Zone Nr. 2 zugeordnet. Da General Aung San keinen Einwand erhob, bekam Oberst Ne Win seinen Einflussbereich zurück.

Der landesweite bewaffnete Aufstand gegen die japanischen Besatzer fand am 27. März 1945 statt und wurde erfolgreich abgeschlossen; über 20000 Japaner waren gefallen, über 300 Soldaten und japanische Offiziere gefangen genommen. Die restlichen japanischen Truppen flüchteten unter großen Verlusten aus Burma, sodass die Hauptstadt Rangun schon im April von den burmesischen Truppen, unter der Leitung von Kyaw Nyaing, der für Rangun zuständig war, unter Kontrolle gebracht werden konnte.

Am 2. Mai landete ein britisches Militärflugzeug mit Offizieren an Bord auf dem Ranguner Flughafen, nach und nach rückten die britischen Truppen auf dem Landwege in Rangun ein. Über die Militärkampfhandlungen in verschiedenen Militärzonen wurde General Aung San, der vom Landesinneren den Befreiungskrieg koordinierte und zugestellte Berichte registrierte, ständig unterrichtet, jedoch fehlte der Bericht von der militärischen Zone Hanthawadi, die unter Oberst Ne Win stand. Anstatt die japanischen Besatzer in dem ihm zugeteilten Gebiet zu bekämpfen, verließ Oberst Ne Win eigenmächtig, nachdem er seine Truppen an seinen Stellvertreter Hauptmann Tin Pe übergeben hatte, und ging nach Rangun, wo das Gebiet von den burmesischen Truppen bereits befreit und es in den Zeitungen am 3. Mai 1945 publik gemacht worden war. In Rangun angekommen, wo Ne Win nicht zuständig war, drängte er Kyaw Nyaing und dessen Kampfgenossen, die Befreiung der Hauptstadt Rangun durch die burmesische Armee über den Rundfunk weltbekannt zu machen, mit der angeblichen Begründung: Die britische Luftwaffe könnte eventuell Rangun angreifen, wenn jene wichtige Nachricht noch nicht bis in den letzten Winkel der Welt durchgedrungen sei. Daraufhin wurde die Nachricht, dass die Japaner aus Rangun vertrieben worden seien, in Burmesisch und Englisch verfasst, unterzeichnet von Oberst Ne Win, im Radio am 7. Mai verlesen. Damit wollte Ne Win in die Weltgeschichte unsterblich eingehen, als sei er der Befreier der Hauptstadt Rangun.

Am nächsten Tag bekam Oberst Ne Win eine Gelegenheit, sich mit Oberst Hodean von der britischen Armee zu treffen, der sein Hauptquartier in Rangun im Hause des ehemaligen britischen Gouverneurs aufgeschlagen hatte. Oberst Hodean brachte bei dem Treffen mit Ne Win zum Ausdruck, dass die britischen Streitkräfte die burmesische Befreiungsarmee als Alliierte betrachten. Die einzige Bitte seinerseits sei, dass die burmesischen Soldaten in Rangun das Tragen von Waffen unterlassen sollen, um die Verwechselungen mit den japanischen Soldaten zu vermeiden. Da die burmesischen Soldaten die gleichen Uniformen trugen wie die japanischen Soldaten, habe es mehrere Fälle in anderen Bezirken gegeben, dass man die burmesischen Soldaten mit den japanischen verwechselte, und dies zu unnötigen Komplikationen führte. Es wäre nun angebracht, wenn die burmesischen Soldaten andere Uniform tragen würden. Obwohl Ne Win in keiner Weise dazu befugt war, verlangte er von Oberst Hodean 2 Millionen Rupee, einen gewaltigen Betrag von Geld für die damaligen Verhältnisse, um neue Uniformen für die burmesischen Soldaten anzuschaffen. Als Oberst Hodean ihm höflich und diplomatisch zu verstehen gab, dass er nicht so viel Geld bei sich habe, bestand Ne Win dennoch beharrlich darauf, ihm sofort einen Geldbetrag auszuhändigen, so weit Oberst Hodean nun in der Lage sei. Daraufhin übergab Oberst Hodean ihm 2000 Rupee.

Während seines selbst bestimmten Aufenthalts in Rangun las Ne Win mehrere Kriegsberichte aus anderen Bezirken und fabrizierte daraus seine Berichte an die Zentralkommandostelle, als hätte er an den Kämpfen selbst teilgenommen. Er berichtete nebenbei General Aung San, dass er aus Sorge um die Hauptstadt nach Rangun gekommen sei. General Aung San akzeptierte nicht im Geringsten Ne Wins verantwortungsloses Verhalten, die eigene militärische Zone im Stich zu lassen und sich nach eigenem Gutdünken in Rangun aufzuhalten, wo er nichts zu suchen hatte.

Nach der erfolgreichen Vertreibung der japanischen Besatzung, die hauptsächlich durch die burmesische Befreiungsarmee unter der Führung von General Aung San und in enger Kooperation mit den alliierten Truppen erfolgreich durchgeführt worden war, beschloss das britische Parlament, dass Burma drei Jahre lang vom britischen Gouverneur, ausgestattet mit Sondermacht und speziellen Befugnissen, regiert werden sollte. Danach sollten allgemeine Wahlen folgen, und schließlich sollte das alte bewährte koloniale Regierungssystem wieder eingeführt werden. Dieses Vorhaben konnte verständlicherweise aus der burmesischen Sicht nicht akzeptiert werden. Aung San und seinen Kameraden war bewusst, dass nun auf der politischen Ebene die endgültige Unabhängigkeit Burmas erkämpft werden musste. Die Befreiung Burmas aus der britischen kolonialen Herrschaft könnte nur durch die geballte Massenbewegung, die ihren unabdingbaren Willen auf dem demokratischen Weg zum Ausdruck bringe, unfehlbar erreicht werden. Sie gründeten aus dieser Notwendigkeit mit der Unterstützung der ganzen Bevölkerung am 19. August 1945 die politische Partei AFPFL(Antifascist People's Freedom League), Antifaschistische Freiheitsliga des Volkes.

Bei der Verhandlung zwischen der burmesischen Delegation, die von General Aung San geleitet wurde, und Admiral Mountbatten, dem britischen Oberbefehlshaber der alliierten Truppen im asiatischen Raum, in dessen Hauptquartier in Ceylon (Srilanka) über den Fortbestand der burmesischen Befreiungsarmee brachte Admiral Mountbatten zum Ausdruck, dass die Alliierten die burmesische Armee unter General Aung San als Kampfgenossen und Freund betrachteten und sie in der britischen Armee willkommen hießen. Admiral Mountbatten war beeindruckt von der Persönlichkeit Aung Sans – besonders von dessen Gradlinigkeit in Wort und Gedanken, dessen glasklarer Aufrichtigkeit und der Schlichtheit in dessen Kleidung.

Nach der erfolgreichen Verhandlung mit Admiral Mountbatten wurde die burmesische Befreiungsarmee neu formiert und in die britische Armee integriert, da Burma als Kolonie noch nicht gestattet werden konnte, eine eigene Armee zu unterhalten. Um für den weiteren Kampf um die Unabhängigkeit Burmas effektiv zu wirken, sah Aung San seine Rolle mehr in der Politik als in der Armee, daher entschied er, sich völlig aus der Armee zurückzuziehen. Außerdem war Aung San, im Hinblick auf den künftigen Unabhängigkeitskampf, nicht geneigt, als Soldat auf die britische Krone einen Treueid zu leisten. Die 4700 Soldaten und 200 Offiziere der ehemaligen burmesischen Befreiungsarmee wurden in die britische Armee aufgenommen und in drei neue Bataillone eingeteilt – Burma Rifle Bataillon 3, 4 & 5, wobei die Soldaten der Nationalitäten Kachin, Chin und Karen ebenfalls, jede für sich, in einem eigenen Bataillon erfasst wurden. Ne Win wurde Kommandeur des Bataillons 4 im Range eines Majors und Bo Kyaw Zaw Kommandeur des Bataillons 3 und Bo Zeya Kommandeur des Bataillons 5. Als Inspekteur und Chef der neu formierten burmesischen Armee wurde Bo Letya im Range eines Obersts auf Empfehlung von Aung San eingesetzt. Dabei traten die restlichen 3500 Soldaten von der burmesischen Befreiungsarmee nicht der britischen Armee bei und formierten sich zu einem paramilitärischen Verband mit der Bezeichnung ‚Volkskameraden'(People Volunteer Organisation PVO), wobei Aung San als der Vorsitzende und der Oberbefehlshaber des Verbandes fungierte. Aung San hatte bei der Auswahl des Chefs der burmesischen Truppen den gewissen Ne Win von Anfang an nicht berücksichtigt, da sich Ne Win als ein unzuverlässiger Mensch mit einem dubiösen Charakter mehrfach erwiesen hatte. Aung San hatte vorgehabt, ihn wegen der Disziplinlosigkeit und des Fehlverhaltens sogar aus der Armee auszuschließen. Ne Win aber akzeptierte nach außen hin stets gehorsam die Kritik und die Strafe seines Vorgesetzten Aung Sans. Nachdem die burmesische Befreiungsarmee damals zusammen mit den japanischen Truppen in Rangun einrückte, bezog General Aung San sein Quartier in einer Baracke wie die anderen Offiziere und Soldaten, als Ne Win zu der Zeit in zwei großen Häusern, die er während seines früheren Aufenthaltes in Rangun als Offizier der Stoßtruppe in seinen persönlichen Besitz gebracht hatte, nachdem die Engländer sich nach Indien zurückzogen und mehrere Häuser frei geworden waren, luxuriös wohnte. Nach der abermaligen Bitte Ne Wins zog General Aung San in ein seiner großen Häuser ein. Nach Ansicht von Bo Kyaw Zaw, einem der berühmten dreizig Kameraden – niedergeschrieben in seinen Memoiren – schien es, dass General Aung San aus einem Dankbarkeitsgefühl heraus nun davon abgesehen hatte, Ne Win aus der Armee für immer auszuschließen. Im Buddhismus gilt Dankbarkeit als eine der höchsten Tugenden. Ein tief gläubiger Buddhist, der von jemandem Hilfe angenommen hat, fühlt sich seinem Wohltäter gegenüber zu Dank verpflichtet. Er versucht stets es seinem Gönner in der gleichen oder anderer Weise zu vergelten. Ihm wird es niemals in den Gedanken kommen, gegen jemanden, dem er in irgendeiner Weise Dank verschuldet war, Hand zu erheben, auch wenn er sogar sieht, dass jener gegenüber anderen Menschen unrecht tut. Ne Win gehörte zu solchen Menschen, die Dankbarkeitsgefühl der anderen Menschen berechnenderweise zu seinen Gunsten auszunutzen. Aung San, der große Visionär und Freiheitskämpfer, schien als gläubiger Buddhist aus jenem Dankbarkeitsgefühl sich dem anrüchigen Ne Win gegenüber nicht konsequent genug verhalten zu haben.

Nun war Ne Win maßlos enttäuscht, dass er – als Major - also mit dem unscheinbar niedrigeren Rang als vorher in der neu formierten Armee anfangen musste und nicht mal zum Chefoffizier der burmesischen Truppen ernannt wurde. Über ihm standen rangmäßig nicht nur Bo Letya, sondern auch Brigadegeneral Saw Kyado und Generalmajor Smidt Dune, die der Nationalität der Karen angehörten und die Dienstältesten in der britischen Armee waren. Als Kommandeur des Bataillons 4 sammelte Ne Win seine getreuen Offiziere Hauptmann Aung Gyi, Maung Maung und Tin Pe um sich und soff wie ein Loch mit seinen Jüngern oft Bier und Rum, um die Enttäuschung über seine unbefriedigende Karriere aus seiner Seele mit reichlich Alkohol wegzuspülen. In der Zeit, als Major Ne Win mit seinen Offizieren oft eine Saforgie nach der anderen veranstaltete, reiste Aung San das ganze Land auf und ab, die Massen für den bevorstehenden Unabhängigkeitskampf zu organisieren und alle Schichten der Bevölkerung zu mobilisieren. Er hielt flammende Reden vor abertausenden Zuhörern, klärte die mit gespitzten Ohren lauschenden Burmesen über die komplizierten Themen wie Faschismus und Kolonialismus auf, analysierte die feudale Ordnung der burmesischen Gesellschaft vor und nach dem Kolonialzeitalter, übte Kritik am britischen Imperialismus, legte die nationale und internationale politische Situation und deren wechselseitigen Einfluss und Abhängigkeit voneinander dar, offenbarte seinen tiefen Respekt vor den buddhistischen Mönchen, weil diese unabhängig von ihrer Religiosität seit Jahrhunderten in den Dörfern den Kindern das Lesen, Schreiben und Rechnen beigebracht und das Analphabetentum in Burma effektiv bekämpft und einen unschätzbaren sozialpolitischen Beitrag für dieses Land geleistet hatten, schilderte genau das Leiden der Bevölkerung unter der japanischen Besatzung und wie der erfolgreiche Aufstand gegen die japanischen Faschisten von allen organisiert wurde, zeichnete auf, warum Burma endlich die Unabhängigkeit erlangen müsse, ermahnte die Bevölkerung eindringlich auf dem Weg zur endgültigen Befreiung der eigenen Nation, einig und aufopferungsvoll für einander zu sein. Aung San war tief beseelt, von den Worten des Abraham Lincoln, den er so verehrte, nach der Unabhängigkeit in Burma eine Regierung des Volkes, durch das Volk und für das Volk zu bilden. Die Rede des Aung San dauerte vor dem mit Mann und Maus erscheinenden Riesenpublikum manchmal zwei bis drei Stunden. Wenn er müde war, kam ein anderer Kampfgenosse, seine vorgefasste Rede dem Publikum weiter vorzulesen. Wenn Aung San wieder die Rede aufnahm und dazwischen andere aktuelle Ereignisse in den laufenden Redefluss aufnahm und mit ganzem Pathos erzählte, fühlte sich das ganze Publikum immer wieder von Neuem erheitert, als bewege es sich gemütlich und fröhlich mit wiegenden Schritten. Jedes Mal wurde seine Rede vom Publikum frenetisch gefeiert und enthusiastisch mit nimmer enden wollenden Ovationen gewürdigt. Aung San war nicht nur eine charismatische Persönlichkeit, sondern auch aufgrund seiner humanistischen Gesinnung ein aufrichtiger Mensch, der nur von zwei bis drei Kleidungen im ganzen Jahr Gebrauch machte und ein ganz schlichtes Leben vorzog und sich der höheren Aufgabe, der Befreiung seiner Nation, gewidmet hatte. Er war zu Recht von allen verehrt und gehörte zu den Persönlichkeiten, die für eine Nation in einem Jahrhundert vielleicht nicht mehr als einmal vorkommen.

Als unter der unermüdlichen Mobilisierung der ganzen Bevölkerung die geballte Forderung des burmesischen Volkes nach der Unabhängigkeit für die britischen Behörden unverkennbar lauter wurde, wurden Aung San als der Vertreter der AFPFL und die Spitzenpolitiker anderer politischen Parteien Burmas von der britischen Regierung nach London eingeladen, um über die Unabhängigkeit Burmas zu verhandeln. Seitdem Burma von der britischen Kolonialmacht unterjocht wurde, lag die Macht konzentriert in den Händen des britischen Gouverneurs. Unter dem sogenannten Dyarchy System wurde der burmesische Regierungschef als Ministerpräsident unter den vorhandenen Parteien gewählt, aber doch fungierte die burmesische Regierung in der Tat lediglich als beratendes Gremium unter dem allmächtigen britischen Gouverneur. In der Wirtschaft, die auf die effektive Ausbeutung der Ressourcen des Landes – hauptsächlich Teakholzgewinnung, Reisexport, Erdölförderung und Zinkerzabbau - und die begleitende Leichtindustrie wie Holzsägewerke und Reismühlen konzentriert war, hatten nur die britischen Industriellen die Monopolstellung. Sie fürchteten, ihre im Laufe der Kolonialjahre aufgebauten Besitztümer in Burma auf einen Schlag zu verlieren, wenn Aung San und seine Partei AFPFL nach der Unabhängigkeit des Landes zur Macht kämen, da Aung San und seine Partei in der Wirtschaftspolitik bekanntlich nach links tendierten. Daher organisierten die britischen Industriellen Gleichgesinnte und suchten willige Vollstrecker, die die Unabhängigkeitsbewegung Burmas und insbesondere Aung San und seinen Kollegen einen vernichtenden Schlag zu versetzen bereit waren.

Bei der Verhandlung zwischen der burmesischen Delegation, die von dem erst zweiunddreißigjährigen Aung San geführt wurde, und dem britischen Premierminister Attlee im Januar 1947 in London erzielten die Burmesen ein Abkommen, wonach Burma innerhalb eines Jahres die Unabhängigkeit gewährt werden sollte. Zuvor sollten allgemeine Wahlen abgehalten werden und danach ein konstituierendes Parlament gebildet und eine Verfassung ausgearbeitet werden. Als das Abkommen von Aung San und Attlee nach der erfolgreichen Verhandlung unterzeichnet werden sollte, verweigerten ohne einen triftigen Grund zwei Mitglieder der burmesischen Delegation ihre Zustimmung: ein gewisser Thakin Ba Sein, einst Lehrmeister von Ne Win und damals vom eigenen Schüler hinters Licht geführt wurde, und U Saw, der ehemalige Ministerpräsident der burmesischen Regierung von 1940 bis 1942 unter britischer Herrschaft, der damals dank der großartigen konspirativen Mitarbeit von Shu Maung - der nach seiner Rückkehr aus Japan Ne Win hieß – jenen Thakin Ba Sein auf seiner Geheimreise nach Japan im Jahre 1940 an der burmesisch-thailändischen Grenze verhaften ließ, wie es das seltsame Schicksal nicht besser hätte fügen können.

Der ehemalige Ministerpräsident U Saw, Jahrgang 1900, war ein ehrgeiziger Anwalt. Durch seine Verteidigung des Rebellenführers Saya San vor Gericht, der den Aufstand der Bauern gegen die britische Kolonialmacht im Jahre 1930 führte, gewann er große Bekanntheit unter der Bevölkerung. Danach erwarb er aus taktischen Gründen den Verlag einer Zeitung namens ‚Thuriya', die stets als sein Sprachrohr für die persönliche Einflussnahme hinter den politischen Kulissen diente, so begann sein Aufstieg in die Politik. Seine Anhänger, die wie in einer paramilitärischen Truppe organisiert waren, genossen bereits den Ruf gewalttätiger Radikalen. Er war berühmt und berüchtigt durch seine egozentrische Machtgier und immer bereit über Leichen zu gehen, wenn es um die Erfüllung seiner persönlichen Ziele ginge. Das Gemeinwohl stand ihm weit hinter seiner Egomanie. Er hatte es sogar geschafft, Ministerpräsident zu werden - eine für einen Burmesen unter der britischen Herrschaft in der Machthierarchie fast unvorstellbare Position. U Saw in seiner Funktion als Ministerpräsident hatte bei seiner Reise nach London im Jahre 1941 vergeblich versucht, Winston Churchill ein Versprechen zu entlocken, dass Burma nach dem zweiten Weltkrieg der Dominion-Status gewährt werden sollte. Gleichzeitig nahm er aus seinem reinen Machtkalkül die Geheimkontakte zu den Japanern auf, um sich seine Interesse zu bewahren für den Fall, dass Japan in Burma einmarschieren sollte. Als seine zwiespältigen Machenschaften durch den britischen Geheimdienst aufgeflogen waren, war er auf der Heimreise von London nach Burma in Uganda verhaftet und dort vier Jahre lang bis zum Kriegsende interniert worden. Als U Saw nach dem Krieg nach Burma zurückkehrte, musste er zusehen, wie sich das ganze Land um den jungen charismatischen Politiker Aung San scharte und für seine machtpolitische Zukunft keine Räume mehr übrig blieben. Nun versperrte dieser Aung San, der im Alter seines Sohnes war, seinen unaufhaltsamen Aufstieg, der nur für einen Auserwählten wie ihn, der vor dem Krieg schon den höchsten politischen und staatlichen Rang unter allen Burmesen innehatte, vorbehalten sein musste, sollte es überhaupt Gerechtigkeit geben. Wenn die Gerechtigkeit nun nicht in der Lage wäre, die notwendigen Korrekturen herbeizuführen, würde er ihr mit allen Mitteln, die ihm zur Verfügung standen, nachhelfen, so dachte U Saw. Ein mysteriöser Umstand, der ihm die vorgefasste Meinung über Aung San und damit den in ihm tief sitzenden Hass verstärkte, war, dass ein Mordversuch an ihm vor dem Antritt der Reise mit der Delegation nach London von Unbekannten unternommen wurde, wobei er zum Glück mit einem leichten Schaden am Auge entkam. Obwohl Aung San und U Nu unmittelbar danach an seinem Krankenbett standen und für seine Genesung sorgten, vermutete er, wie könnte es anders sein, seinen politischen Rivalen Aung San hinter diesem Verbrechen. Als er sich als Mitglied der burmesischen Delegation unter Leitung von Aung San im Jahre 1947 in London aufhielt, suchte ihn einmal ein Gentleman diskret auf, der sich als Vertreter der britischen Großindustriellen vorstellte, die um den Verlust ihrer ungeheuren Reichtümer in Burma bangten. U Saw als der ehemalige Ministerpräsident war sich voll bewusst, was für eine immense politische Macht und welche einflußreiche Verbindungen hinter den in Burma vertretenden britischen Unternehmern standen. Der Gentleman vertraute ihm ein Vorhaben der mächtigen Interessenten an, das ihn, U Saw, nebst finanziellen Zuwendungen, in das ihm allein zustehende Amt und Würde zurückbringen und ihn in die Geschichte Burmas unsterblich eingehen lassen würde.

Nach der Rückkehr aus London bereiste Aung San das ganze Land, informierte die Bevölkerung über die Verhandlungsergebnisse von London und mobilisierte zugleich die Massen für die bevorstehenden Wahlen, die überall zu Hunderttausenden erschienen, um dem aufrichtigen Volksführer Aung San zuzuhören. Es gelang Aung San mit den Nationalitäten - Kachin, Chin, Shan und Karen - im Februar 1947 ein Abkommen zu erzielen, wo nach sich die Burmesen und alle anderen Nationalitäten entschließen, gleichberechtigt und gemeinsam das Vaterland – die Union von Burma - zu gründen. Es wurde auch in dem Abkommen, das als Pinlon-Abkommen in die Geschichte einging, festgehalten, dass jede Nationalität nach zehn Jahren der Unabhängigkeit ihr eigenes Schicksal selber entscheiden könne.

Bei den Wahlen im April errang Aung Sans Partei AFPFL, einen überwältigenden Sieg, wobei sich die politischen Parteien wie die Patriotische Partei von U Saw und die Burma-Partei von Dr. Ba Maw wegen Aussichtslosigkeit auf Erfolg an den Wahlen nicht beteiligten und die kommunistische Partei „Weiße Flagge von Thakin Soe" aus verbohrten ideologischen Gründen den Wahlen fernblieben. Die kommunistische Partei „Rote Flagge von Thakin Than Tun" gewann 7 Sitze. Von den insgesamt 255 Parlamentssitzen wurden 210 durch Wahlen gewählt und die restlichen 45 Sitze an die Nationalitäten proportionsgemäß vergeben. Bei der ersten Sitzung des konstituierenden Parlaments im Juni 1947, wobei U Nu als Parlamentspräsident fungierte, wurde eine Kommission zur Ausarbeitung der Landesverfassung gebildet. Auf der ersten Sitzung redete Aung San, wie es seine ehrliche Art immer gewesen war, Tacheles zu den Volksvertretern:

„Wenn Burma die Unabhängigkeit erlangt hat, müssen wir aber verschiedene Landesaufbauprojekte mit ganzer Kraft in Angriff nehmen. Wenn ich es mal ganz grob sagen darf, müssen wir uns dabei gewaltig den Arsch aufreißen. Dann werden wir erst in etwa 20 Jahren einigermaßen etwas Greifbares erreicht haben. Sonst können wir nicht mal Thailand einholen. Wenn die anderen Länder einen Schritt machen, müssen wir vier, fünf Schritte hinter uns haben. Wenn wir das nicht schaffen, wird unser Land wie eine billige Nutte sein, die jeden Freier anmachen muss."

Nach den Wahlen arbeiteten Aung San und seine Kollegen von der AFPFL und die Nationalitätenvertreter praktisch als Interimsregierung und konzentrierten sich intensiv an der Ausarbeitung der Verfassung.

In dieser Zeit unternahm U Saw, ausgestattet mit den Finanzen und Verbindungen zu wichtigen Personen, die das Waffenarsenal der britischen Truppen verwalteten, die ersten Vorbereitungen, seinen Geheimplan zu verwirklichen. Sein Plan war Aung San samt allen seinen Kabinettmitgliedern einschließlich U Nu zu beseitigen. Wenn die jetzige Führungsriege restlos beseitigt würde, blieb es den britischen Machthabern nichts anderes übrig als auf einen alten Hasen wie ihn zurückzugreifen. Folgerichtig werde er von dem britischen Gouverneur zu neuem Ministerpräsidenten ernannt, um ein Chaos im Lande zu vermeiden, so war die Strategie, die U Saw zusammen mit den britischen Geheimmächten in London geschmiedet hatte. Er beschaffte mit Hilfe von englischen Offizieren 200 Maschinengewehre und Munition aus dem Waffendepot und versteckte diese auf seinem Grundstück. Was noch viel wichtiger war als Waffen, sah U Saw die explosive Kraft der neu formierten burmesischen Armee und vor allem die der paramilitärisch organisierten Volkskameraden (PVO), die nun fast an die Zehntausend zählten und nur Aung San unterstellt waren. Diese zwei eminent wichtigen Herde könnten einen unkontrollierbaren Bürgerkrieg auslösen. Er suchte Verbündete in den burmesischen Streitkräften, die die gleiche Gesinnung hatten wie er: Egomanie stand weit an allererster Stelle im Denken und Handeln. Vor allem suchte er einen zuverlässigen Partner, der für Ruhe in der burmesischen Armee sorgen und die unberechenbaren Volkskameraden in Schach halten könnte. Er brauchte gar nicht mal so viel Zeit dafür zu verwenden, der Gesuchte war gleich fündig geworden: Major Ne Win, der Kommandeur des Bataillons 4, ehemaliger konspirativer Agent. Seine besonderen Verdienste: die entscheidende Nachricht über die bevorstehende Geheimreise des Thakin Ba Sein nach Japan; Reise nach Japan als ein Geheimagent der britischen Kolonialmacht. Besonderes Merkmal: überhöhter Ehrgeiz bei persönlichen Zielen. Vorläufiger Zustand: unzufrieden mit der eigenen Karriere.

Er, U Saw, hatte die alten Berichte vom britischen Geheimdienst (CID) gelesen - über einen gewissen Shu Maung alias Ne Win, der große Verdienste zum Nutzen der britischen Kolonialregierung im Jahre 1940 erworben hatte, während er, U Saw, selbst noch als Ministerpräsident in der gleichen Zeit dem gleichen Herrn diente.

An einem geheimen Ort trafen sich die beiden Herren unter vier Augen. U Saw sagte, er würde gern bald Ne Win als General und den obersten Chef der burmesischen Streitkräfte begrüßen, wenn sein Plan erfolgreich ausgeführt würde. Er weihte Ne Win in seinen Plan ein. Als Gegenleistung von diesem, von dem zukünftigen Oberbefehlshaber der Armee, erwarte er, U Saw, dass Ne Win für absolute Ruhe in den burmesischen Truppen sorge, d. h., er müsse mit seinen Truppen die unberechenbaren Volkskameraden in Schach halten. Ne Win war sich wohl bewusst, dass U Saw genauso ein dubioser, trickreicher Kerl war wie er, und rechnete seine Chance aus: Wenn ich Chef der burmesischen Armee werde, vorbei an den jetzigen Vorgesetzten, Generalmajor Saw Kya Do, Smith Dune und Bo Zeya, dann ist mein Aufstieg nach oben für immer frei. Über eines bin ich mir absolut sicher, ich werde nie Chef der burmesischen Armee, so lange Aung San etwas zu sagen hat, er hat mich jedes Mal beiseitegeschoben, meine Karriere oft vermasselt. Wenn nun dieser dubiose Kerl U Saw seine Finger dreckig machen will, ist es mir doch willkommen, ich habe nichts zu verlieren, sondern viel zu gewinnen. Verschwinden Aung San und die anderen, kann vielleicht sogar das ganze Land zeitweilig ins Chaos stürzen, aber was ist denn dabei, die Hauptsache ist, dass ich an die Spitze der burmesischen Armee komme, deren Einfluss immer stärker zunehmen wird, je länger und heftiger die bewaffneten Konflikte im Lande andauern. Eines Tages werde ich dieses Land mithilfe meiner Armee unter meinen Stiefel bringen. Egal wie dieses Land aussieht und wie das Volk denkt, alle werden meine Untertanen sein und ich der alleinige Herrscher! Um dieses große Ziel zu erreichen, würde ich zeitweilig sogar mit dem Teufel paktieren, wenn es sein müsste!

Nun war seine endgültige Entscheidung gefallen, sich mit dem Teufel den gleichen Weg zu bahnen. Was er zum Gelingen des teuflischen Plans noch zusätzlich beitragen könnte, behielt er für sich.

Am 19. Juli 1947 wurden Aung San und seine Kabinettskollegen, Thakin Mya, Didote U Ba Cho, U Ba Win, U Razat, Man Ba Khaing, Mainpun Saw Bya von den von U Saw angeheuerten Killern im Sitzungszimmer bestialisch ermordet. Der Staatssekretär U Ohn Maung und Ko Hytaw, Leibwächter von U Razat, waren dem Attentat ebenfalls zum Opfer gefallen. Nur U Nu, der auf Drängen und Bitten des Aung San, sein Lebensziel, Schriftsteller zu werden, augenblicklich aufgeben musste und den Posten des Parlamentspräsidenten angenommen und bei der Ausarbeitung der künftigen Verfassung Burmas aktiv mitgearbeitet hatte, entkam allein dem Anschlag, weil er an dem Tag durch Zufall zur Kabinettssitzung nicht erscheinen konnte. Zahlreiche tödliche Spezialkugeln der Maschinengewehre, die U Saw mithilfe der englischen Offiziere vom Waffendepot entwendet hatte, durchsiebten die Leiber der Helden der Nation, deren tragischer Tod eine große nationale Katastrophe bedeutete und die Entwicklung des Landes um Jahrzehnte zurückwarf. Der Hauptanstifter des Verbrechens U Saw, dessen Haus am Inya-See in Rangun von den Vertrauensleuten des Generalinspektors Tun Hla Aung, nach der offiziellen Bekanntgabe des Verschwindens großer Mengen Waffen aus dem Waffendepot in den Zeitungen, ständig beschattet worden war, und seine Mörderbande wurden danach vor Gericht gestellt, schuldig befunden und hingerichtet; die englischen Offiziere, die sich an diesen Verbrechen, in Verbindung mit U Saw, indirekt beteiligt hatten, konnten durch die vorzügliche Arbeit des Generalinspektors Tun Hla Aung enttarnt, verhaftet und später des Landes verwiesen werden.

Nachdem der Nationalführer Aung San und seine Kabinettsmitglieder Opfer des grausamen Attentats geworden waren, scharten sich alle politischen Führungskräfte in der AFPFL geeint um U Nu, den langjährigen Kampfgenossen von Aung San, der wie durch ein Wunder das Attentat überlebt hatte. Unter der Führung U Nus gelang Burma die Unabhängigkeit am 4. Januar 1948. Die Kommunisten erkannten jedoch die Unabhängigkeit nicht an, da dies ohne einen bewaffneten Kampf erreicht worden sei und daher keine echte Unabhängigkeit von der britischen Kolonialmacht darstellte, demzufolge müssten die Kommunisten unbedingt zu den Waffen greifen und gegen die Regierung U Nu Krieg führen, die eigentlich nichts anderes als Marionetteninstrument von britischen Herren repräsentierte. Somit brach in Burma der Bürgerkrieg aus, die Kommunisten und Volkskameraden gingen in den bewaffneten Untergrund, einige Bataillone der burmesischen Armee schlossen sich ebenfalls der Untergrundbewegung an. Der tragische Umstand, dass Aung San, anerkannt von allen Nationalitäten und politischen Parteien einschließlich der Kommunisten als unumstrittener Nationalführer und Integrationsfigur, nicht mehr am Leben war, hatte zu dem tragischen Zerfall des jungen Landes entscheidend beigetragen. In der gleichen Zeit besetzten aufständische Karen-Truppen mehrere Städte im Irawadi-Delta. In dieser schweren Schicksalstunde für das gerade unabhängig gewordene Land erlangte Ne Win den Zenit seiner Karriere am Anfang des Jahres 1949. Er wurde zum General und Chef der burmesischen Streitkräfte befördert, nachdem seine Vorgesetzten, Generalmajor Smith Dune und Generalmajor Saw Kya Dow – beide Karen-Nationalität – in Zusammenhang mit dem bewaffneten Aufstand der Karen-Truppen in den Ruhestand versetzt worden waren, während Bo Letya, der Vorgesetzter von Ne Win, die Armee vorher verließ und in die Politik ging und Bo Zeya sich den Kommunisten im bewaffneten Untergrund angeschlossen hatte. Damit war der Weg zum Aufstieg in der Machthierarchie für den mit allen Mitteln nach der Macht strebenden egozentrischen Ne Win frei geworden.

Inmitten des Bürgerkrieges im Jahre 1948, als mehrere große Städte von Aufständischen kontrolliert wurden, erklärten mehrere Minister, einschließlich U Kyaw Nyaing und einige von dem sozialistischen Flügel der AFPFL, aus persönlichen oder opportunistischen Gründen ihren Rücktritt aus dem Kabinett. Notgedrungen musste Ministerpräsident U Nu in dieser Situation mehrere vakante Ministerposten sofort neu besetzen, um die Regierung handlungsfähig zu halten. In dieser Ausnahmesituation war General Ne Win, der vor Kurzem zum Armeechef aufgestiegen war, der größte Nutznießer – er wurde im April 1949 zum Verteidigungsminister und gleichzeitig zum Vizeministerpräsidenten ernannt.

Damit war General Ne Win zur zweitmächtigsten Person in Burma aufgestiegen. Es war nicht mehr weit entfernt von dem, wohin er die ganzen Jahre strebte - eines Tages der Mächtigste in Burma zu sein.

Bevor das Attentat auf den Nationalführer ausgeübt wurde, kursierte schon etwa zwei Wochen vorher das Gerücht in Verbindung mit den verschwundenen Waffen, dass ein Mordanschlag auf Aung San von Unbekannten geplant sei. Aung San hatte die ganzen Jahre des Unabhängigkeitskampfes nie für sich einen Leibwächter beansprucht und glaubte nun nicht, dass sein Gegner, wer es auch sein mochte, solch ein Gewaltverbrechen begehen würde. Didote U Ba Cho, ein Minister im Kabinett, der ebenfalls dem Attentat zum Opfer gefallen war, hatte notwendigerweise Ne Win über eine Woche vor dem tragischen Tag um bewaffnetes Schutzpersonal - besonders für Aung San gebeten. Darauf hin hatte Ne Win seine zwei Vertrauensleute geschickt: Ba Toat und Ye Myint. Sie beide waren Soldaten und zugleich Leibwächter von Ne Win in den ganzen Jahren des Aufstandes gegen die Japaner gewesen. Sie waren besonders aufmerksam und erfahren - sowohl in Verteidigung als auch im Angriff und zielsicher mit allen möglichen Waffen. Seitdem sie für den Schutz von Aung San zugeteilt wurden, bewachten sie die ganzen Tage die Kabinettssitzungen. Jedoch waren sie seltsamerweise an dem Tag des Attentats, dem 19. Juli 1947, nicht zum Dienst erschienen. Die besagten zwei Leibwächter waren tagelang verschwunden und man fand sie rätselhafterweise am Ende tot.

Das mysteriöse Attentat auf Aung San und seine Mitstreiter hinterließ somit zweifelhafte Spuren, wenn es sich um die Frage handelte: Wer war noch beteiligt an diesem Verbrechen? Wer waren denn die Mittäter an der Seite U Saws? Wer versuchte, dieses Geheimnis zu lüften, musste dies mit dem eigenen Leben bezahlen. U Tin Htut, der spätere AFPFL-Führer und Mitstreiter Aung Sans, der Aung San bei der wichtigen Reise nach London in Dezember 1946 als Staatssekretär begleitet hatte, diente später in der paramilitärischen Unionspolizei (Union Military Police Force, UMP), die im Jahre 1948 bis auf 25 Bataillonen erweitert und dem Innenminister unterstellt war. Als er als Brigadegeneral bei der UMP diente und gleichzeitig als der Chefredakteur der englischsprachigen Zeitung „New Times" tätig war, hatte er schon nach Spuren der Mittäter in Verbindung zu U Saw gesucht. Es wurde damals von U Tin Htut in der Zeitung allgemein bekannt gemacht, dass es nun genau recherchiert werde, welche Personen als willige Helfer an der Seite U Saws gestanden hatten. Er beauftragte den Zeitungsreporter Ko Aye Pe, um allen möglichen Informationen nachzuforschen. Es dauerte nicht lange, bis U Tin Htut am 17. September 1948 auf grausame Weise umgebracht wurde. Sein Pkw wurde in die Luft gesprengt, als er zu später Stunde den Wagen bestieg, um nach der Redaktionsarbeit von der Innenstadt Rangun nach Hause zu fahren. Es war mehr als deutlich, dass jemand hinter diesem Verbrechen stand und mit aller Macht versuchte, die Enttarnung der noch nicht sichtbaren Komplizen U Saws zu verhindern, denn U Saw galt von nun an als der vom burmesischen Volk meistgehasste Mörder, er war verdammt auf Ewigkeit. Wer wollte denn mit diesem Verbrecher in Verbindung gebracht werden?

Als die Nachricht, die Recherche und Kommentaren über den entsetzlichen Mord an U Tin Htut tagelang Schlagzeilen der Presse eroberten, lief die Ermittlung auf Hochtouren; jedoch stießen die eifrigen Mitarbeiter der Ermittlungsbehörde bald auf unüberwindbare Mauern. Der Rumor – hinter dem Mord steckt eine sehr einflussreiche Persönlichkeit -, der am Anfang als übliches Geplauder in der Öffentlichkeit erschienen war, erhärtete sich immer mehr, und die Inspektoren der Mordkommission spürten hautnah die unsichtbare Gefahr, die ihnen drohte. So verlief die Ermittlung am Ende im Sand.

In der Zeit, als der Mord an U Tin Htut das beherrschende Gesprächsthema in Rangun war, erreichte General Ne Win die brisante Nachricht, dass ein gewisser U Tun Hla Aung in Begleitung seiner Familie nach Beendigung seiner Dienstzeit als Militärattaché in Großbritannien auf der Rückfahrt auf einem Dampfer von London nach Rangun bald in Colombo, Hafenstadt in Sri Lanka, Zwischenstopp einlegen werde.

Wer war denn U Tun Hla Aung? Jener U Tun Hla Aung war der ehemalige Generalinspektor im Mordfall am Nationalhelden Aung San und dessen Mitstreitern. Durch seine akribische Arbeit konnten lückenlose Beweise vorgelegt und die Mordanklage gegen U Saw und seine Verbrecherbande erhoben werden. Wegen seiner hervorragend geleisteten Arbeit wurde er im August 1948 zum Generalmajor der Polizei befördert und anschließend nach London delegiert, um seine letzten zwei Dienstjahre bis August 1950 als Militärattaché in England verbringen zu können. Aus den Ermittlungen gegen U Saw und seine Bande kannte U Tun Hla Aung viel zu viel über die Hintermänner und willige Kompagnons jenes Verbrechers. Wenn jener U Tun Hla Aung in der Zeit in Rangun eintreffen würde, als der Mord an U Tin Htut noch so frisch war, würde der Fall noch mehr Auftrieb bekommen – im Falle, dass die neugierige Presse sich an jenen U Tun Hal Aung wenden würde. Das musste auf jeden Fall verhindert werden, dachte der General und beorderte seine Geheimdienstleute sofort nach Colombo. Bei der Zwischenlandung am Hafen Colombo wurden dem ahnungslosen U Tun Hla Aung und seinen Familienmitgliedern von dem wartenden burmesischen Geheimdienst die Reisepässe abgenommen. Der ehemalige Generalinspektor und seine Familienangehörigen waren von September 1950 bis 1954 in Sri Lanka gestrandet, ohne gültige Reisedokumente konnten sie sich nirgendwohin bewegen: eine Art Hausarrest.

General Ne Win hatte die ganzen Jahre das große Geheimnis – seine Verwicklung ins Attentat auf den Nationalführer Aung San – für sich so bewahrt, dass er dies lieber ins Grab mitnehmen würde. Solange er lebe, durfte dieses Geheimnis nicht gelüftet werden. Wer dies trotz der unausgesprochenen Warnung wage, wird dem Tode geweiht sein. Er wollte niemals mit dem Verbrecher U Saw in irgendeiner Weise in Verbindung gebracht werden. Er würde mit der ganzen Macht und seinem Einfluss dafür sorgen, dass in den Massenmedien stets berichtet werde, dass er dem nationalen Führer Aung San loyal und persönlich verbunden sei und sich als der wahre Nachfolger von Aung San immer für das Wohl der Nation eingesetzt habe. Er hatte vor, seine Biografie und seine Heldentaten von einem gefügigen Schriftsteller, zwar nach seiner Vorstellung niederschreiben zu lassen, damit er neben dem großen Nationalhelden Aung San zu unsterblichem Ruhm gelange. Damit irgendein Journalist nicht irgendwann auf die dümmste Idee komme, den Spuren des längst begrabenen Falles nachzuschnüffeln, musste der General zu einer ungewöhnlichen Taktik greifen: offene Drohung. Jeder könnte vermuten, dass er keine sauberen Hände hat, aber niemandem war es erlaubt, Nachforschungen über die Ermordung Aung Sans anzustellen, um zu beweisen, dass er – Ne Win - tatsächlich in den Fall verwickelt war.

Als es eines Tages rumorte, dass manche Journalisten nach den Mittätern U Saw eine Recherche anstellen wollten, fragte General Ne Win - mit einer wohl kalkulierten Absicht - während eines Treffens mit den Journalisten, etwa im Jahre 1955, den Chefredakteur der burmesischen Zeitung „Bama Khit (Burmas Epoche)", U Ohn Khin, der unter den Journalisten sehr bekannt und einflussreich war, unverblümt, in klaren, deutlichen Worten:
„Wissen Sie überhaupt, wer Tin Htut ermordet hat?"
Dabei ließ der General die höfliche Anrede U vor dem Namen Tin Htut absichtlich weg, um seine Geringschätzung für den ermordeten zu verdeutlichen. Wohl wissend, dass dies hier kein Scherz des Generals, sondern eine ernsthafte Drohung war, lenkte U Ohn Khin diplomatisch das Gesprächsthema mit einem gewissen Lächeln in eine andere Richtung. Seit diesem Ereignis war es allen burmesischen Journalisten wie ein ungeschriebenes Gesetz klar geworden, dass Ne Win, so lange er an der Macht bleibe, jeden sofort beseitigen würde, der dieses geheimnisvolle Thema anzurühren wage.

Der ehrwürdige Brahmane Dr. San Tint

„Habt ihr gehört, Dr. Tin Win hat die Ausreise beantragt, bezahlt dem ungeliebten Militär fünfzigtausend Kyat, dann darf er in die USA für immer", sagte Phru mit einer räuspernden Stimme, während er eine Neuigkeit über einen Freund vom Tennisklub erzählte. Wie immer waren alle Freunde auf dem Tennisplatz versammelt.

„Es ist gut, wenn er soviel bezahlen kann", murmelte Thaung Htin, „wenn ich aber von meinem armseligen Salär von vierhundert Kyat ausgehe, macht diese Summe mich sofort schwindlig, von meinem bescheidenen Gehalt steuere ich die Hälfte für den Haushalt meiner Familie in Thamein bei, also bleiben zu meiner persönlichen Verfügung nur noch zweihundert Kyat. Sogar wenn ich noch hundertzwanzig Kyat Honorar für eine Gastdozentur von der RIT hinzurechne, bin ich trotzdem an jedem Monatsende pleite, und wenn ich mich trotz der immensen materiellen Bedürftigkeit dazu zwinge, jeden Monat fünfzig Kyat zu sparen, für diesen Zweck allein, den Generälen das Ablösegeld in die Mäuler zu schmeißen, würde es nach erster Schätzung über dreiundachtzig Jahre dauern, diese Summe endlich zu erreichen. Das Honorar von hundertzwanzig Kyat von der RIT wird mir aber nur ausgezahlt, wenn die Hochschule auf ist, die ist aber in der Tat im Jahr zwei bis dreimal unregelmäßig für mehrere Monate geschlossen, weil die Generäle nicht wünschen, dass die Studenten noch intelligenter werden und sich mehr Gedanken machen über das Land und folglich mehr demonstrieren. Also von dem Honorar von der RIT bleibt am Ende nur noch für zwei oder drei Monate im Jahr übrig, das würde die Sparzeit für die Ablösesumme noch mehr in die Länge ziehen, also rechnen wir ganz grob gesamt, neunzig Jahre! Dann kann ich nur noch vom Jenseits direkt ins Ausland fahren", zog Thaung Htin seufzend sarkastisch Resümee über sich.

„In dem Falle brauchst du, ja, im Jenseits sogar kein Flugticket mehr, es ist doch echt ein Vorteil für dich, freue dich und belobige unsere Herren. Hoch lebe unsere weise Militärregierung im rosaroten sozialistischen Gewand, hoch leben ihre Weiber und Nebenweiber in schwarzen Limousinen und hoch leben ihre leuchtenden Bajonette, an der Spitze Herr General", fügte Tin Hlaing in melodischer Aufmachung prompt ironisch hinzu und setzte fort: „Hier eine mathematische Aufgabe für euer Brainstorming, damit euere Gehirne auf hohem Niveau weiterhin geistig arbeiten, trotz mancher vom Lehrbetrieb suspendierten langen Monate im Jahr. Also ein General plus ein General, wie viel gibt's dann?"

Tin Hlaing fragte die versammelten Herren mit ernster Miene und hoch

Gehobenem Zeigefinger, worauf Aung Soe, der promovierte Bauingenieur und Liebhaber für Mathematik, prompt in der Manier eines braven Schülers vorpreschte:

„Nach Addition des deutschen Mathematikers Adam Riese müssen es natürlich als Ergebnis zwei Generäle sein, was denn sonst!"

„Deine Antwort ist weder mathematisch richtig noch logisch nachvollziehbar", analysierte Tin Hlaing, indem er seinen kleinen Mund langsam öffnete und dann mit einer gewaltigen, martialischen Stimme orakelte:

„Es gibt nur Null und definitiv Null, weil Null plus Null, nur Null rauskommt, merk dir das mein Freundchen, gefälligst bis an dein Lebensende. Obwohl diese Generäle nicht müde werden, ständig in ihren Nullhaufen herumzuwühlen, um irgendeinen nennenswerten Betrag zu finden, sind sie am Ende doch mit leeren Händen geblieben. Aus Nichtigkeit kommt nur Nichts heraus."

„Jawohl, Herr Doktor, von nun an werde ich diese Weisheit beherzigen", antwortete Aung Soe ehrerbietig.

„Um diesen gierigen Obermäulern genug Fressen zu geben, gibt's für dich, Kumpel Thaung Htin, in dieser tragischen Situation nur noch einen einzigen Ausweg", entwickelte Phru in kürzester Denkzeit seine Auswegstheorie, die unter den gegebenen Rahmenbedingungen durchaus anwendbar sein sollte, „das heißt: Du begibst dich in den Schoß einer reichen Frau, deren Eltern sich mit dem akademischen Titel „Doktor" des Schwiegersohnes in der Gesellschaft gern dekorieren wollen, solche gibt's in Rangun, in Hülle und Fülle. Damit hast du zwar Geld, womit du dir das Militär ganz sanft vom Halse schaffen kannst, aber dafür hast du dann eben unvermeidbar die Alte wie einen Klotz am Bein als Nebeneffekt oder Kollateralschaden."

Phru zeichnete seine genialen Gedankengänge unfehlbar, klar, prägnant und mit einem zweideutigen Schmunzeln auf, während er den Seepotlate in den rechten Mundwinkel klemmte.

„Ob ich diese große Summe jemals besitze oder nicht, ... ich werde für diese Idioten nicht mal einen Pfennig hinterlassen", spuckte Thaung Htin dabei die Worte mit tiefem Hass aus, als speie er Gift und Galle auf der Stelle.

Wie immer beim Tennisspiel saßen Phru, Tin Hlaing, Thaung Htin, Aung Soe, Win Kyaw und Han Sein auf der Bank neben dem Tennisspielfeld und hielten gemeinsam Plauderstunde. Nebenan, auf den anderen Banken, saßen Dr. Aung Gyi. Mama Mu, U Aung Than, U Tin Soe, Ko Tin Tut, U San Hla Aung, Ma Tu, Dr, Khin Maung Win und Magret. Nach dem beendeten Lehrbetrieb verbrachten die freiwilligen Mitglieder des Tennisklubs der RIT, wie immer, gemeinsam eine angenehme Stunde auf dem Tennisplatz, der an dem Abend vom Scheinwerfer hell beleuchtet war.

„Wo ist denn Ko San Tint?", fragte Dr. Aung Gyi.

„Es scheint, dass er mit dem Meditieren noch nicht fertig ist", sagte Tin Hlaing beiläufig.

Es war schon Ende Mai 1975, erst zwei Monate waren vergangen, seitdem alle Universitäten wieder geöffnet worden waren. Die trockenen Sommermonate, angefangen von Februar, gingen zu Ende, die angenehme Brise von Süden fegte die heiße Luft vom Tag weg; die Farnpalmen, die neben dem Tennisplatz der RIT prächtig gediehen, streckten ihre gefächerten Blätter wie Windsegel in die Luft. Prächtige Oleander am Wegrand spreizten ihre zart rosaroten Blüten, umhüllt vom Geflecht der länglichen, hellgrünen Blätter. Ein mittelgroßer Mangobaum mit dichten Blättern schmückte sich in Tiefgrün auf dem gelben lehmigen Hügel neben dem Tennisplatz.

Die mit Betonplatten belegte Straße, die vom Haupteingang zur RIT von der Insein-Straße den Anfang genommen hatte, bahnte sich neben den Studentenheimen E und F nach Osten ihren Weg, führte am Tennisplatz vorbei, schlängelte sich zwischen den zweistöckigen Häusern, wo Dozenten und Professoren der RIT untergebracht werden, machte eine Schleife um die Häuser von Angestellten und dann setzte sich weiter nach Westen, den Fußballplatz entlang, dem Wohnheim der Studentinnen, G-Hall genannt, rechts vorbei, die Mensa und Wohnheime für Studenten links liegen lassend, zum Hauptgebäude fort, in dem sich verschiedene Institute und Hörsäle befanden. Bei normalem Lehrbetrieb hielten sich auf dem 25 Hektar großen RIT-Campus täglich ca. vier- bis fünftausend Menschen auf.

Hinter einem Fenster des zweistöckigen Hauses in der Nähe des Tennisplatzes machte Dr. San Tint, ein gewisser Dozent vom Institut für Elektrotechnik, die Hände zusammenfaltend, Kotau vor einem buddhistischen Altar. Er betete inbrünstig, schloss dabei seine Augen, um sich tief konzentriert dem Gebet zu widmen.

„Okasa, Okasa, Okasa, Kayakan Wasikan Manawkan, Namaw Tatha Bagawa Taw, Arahataw, Thama Thanbok Datha." (Ehrwürdigen, ich bitte um Vergebung für all meine Sünden, die ich verbal oder gedanklich oder tätlich begangen habe.)

Eine Kerze, die vor dem Altar angezündet wurde, erhellte sein rundes Gesicht sanft und friedlich. Aus dem Räucherstäbchen, als Opfergabe an Buddha gedacht, stieg der fadenförmige Rauch sich kräuselnd in die Höhe und schirmte den Raum mit angenehmem und zartem Duft ab. Rezitierend wiederholte er zigmal Herrlichkeiten Buddhas und seiner Lehre; er schloss alle Lebewesen in sein Gebet ein, wie jeder bekennende Buddhist es zu tun pflegt. Er verteilte seine eben durch Fasten erworbenen religiösen Verdienste an alle Lebewesen im ganzen Universum: „Ahmya, Ahmya, Ahmya" – möget ihr an meine Wohltaten teilhaben –; er hörte, tief in seinem Herzen, den Widerhall der Stimmen zahlreicher Wesen, die seine Gabe dankbar angenommen hatten: „Thardu, Thardu, Thardu" – wohlgetan, wohlgetan –. In seiner Seele fand er dabei tiefe Befriedigung und Ruhe, fern von alltäglichen Problemen und Sorgen, die sich ihm auf dem Weg zur Erlösung nur als Hindernisse stellten. Er war tief religiös, oft hatte er den Wunsch in seinem Inneren gespürt, allen diesseitigen Begehrlichkeiten zu entsagen und eines Tages Mönch zu werden.

Er hatte heute früh für sich Fasten angeordnet, blieb demzufolge absichtlich vom Tennisplatz fern, wo er doch von seinen ehrwürdigen Kumpanen Saw Phru, Thaung Htin und Tin Hlaing zwischen den Spielen ständig mit atemberaubenden Weibergeschichten oft aus seiner inneren Balance gebracht wurde. Seine drei Freunde verfolgten dabei penibel einen genauen strategischen Plan, maßgeblich ausgearbeitet von Tin Hlaing, und zwar immer mit der operativen Zielsetzung: Erstens: Dr. San Tint von dem bisherigen Abstinenzdasein in irgendeiner Weise wegzulocken; zweitens: Das Angenehme des weiblichen Geschlechts ihm vor Augen zu führen, mittels angenehmer, praktischer Einführung durch eine hübsche Dame, wobei Diskretion gewährt wird; und drittens: ihn in das Paradies des Ehelebens zu hieven. Jedes Mal, wenn er mit irgendeiner Studentin oder Kandidatin in Verbindung gebracht wurde, verfärbte sich sofort sein Gesicht rot, stemmte sich gegen die Behauptung seiner Kumpane mit den stets negierenden Worten:

„Nein, das stimmt nicht, nein, ich habe nie mit der Dame zu tun gehabt".
Gelegentlich beteiligte sich sogar Dr. Aung Gyi als sein fürsorglicher Vorgesetzter mahnend und ermutigend zugleich, dem extrem scheuen Einsiedler die angenehme Seite des Ehelebens schmackhaft zu machen. Denn Dr. San Tint gehörte nach Meinung aller Menschen, die mit der RIT in irgendeiner Weise zu tun hatten - zu den ehrwürdigen Brahmanen, die im ganzen Lehrkörper der RIT nur zwei zählten. Der andere war U Aung Hla Tun, ein Mittdreißiger, ein viel respektierter Dozent vom Institut für Metallurgie, ein tiefreligiöser Christ und Angehöriger der Karen-Nationalität. Seine Vorlesungen waren stets mit Humor und Witz vollgepackt und wurden begeistert von vielen Zuhörern besucht; er kümmerte sich immer um die Belange seiner Studenten und Studentinnen, sowohl innerhalb als auch außerhalb der Universität. Als Vorsitzender der Karen Christ Assoziation enga-

gierte er sich unermüdlich für das Wohl seiner Mitmenschen. Das vom Scheitel aus nach links und rechts gleichmäßig gekämmte Haar, der gepflegte, dünne Bart, der sich zwischen seiner etwas spitzen Nase und dünnen Oberlippe postierte, das sympathisch vertrauenswürdige Gesicht und sein legerer Umgang mit allen Mitmenschen verliehen ihm eine unverwechselbare Persönlichkeitsnote ersten Ranges, sodass er für die Frauen an der RIT ein heiß begehrter Traummann geworden war, wovon er scheinbar selbst am wenigsten Notiz nahm. Unerklärlich für jeden Normalsterblichen verteidigte er mit Vehemenz sein Junggesellenleben, trotz der allerlei auf ihn gerichteten Annäherungsversuche der weiblichen Gesellschaft, sei es andeutungsweise oder ganz unverblümt, als ob er nicht ein Fünkchen Interesse an einer süßen, intimen Beziehung zum weiblichen Wesen besäße, als hätte der allmächtige Gott ihm je das Schicksal beschieden, als Zölibatär von Geburt an sein Leben zu fristen. Dabei war sein Verhalten und Umgang mit Frauen ganz normal, und es gab nichts im geringsten auszusetzen, wie man diesbezüglich auch versuchen mochte, das Gegenteil nachzuweisen. Der Brahmane gehört nach der herkömmlichen buddhistischen Mythologie zu einem der höchsten heiligen Wesen, die sich nicht mehr durch die primitiven, niedrigen, rohen Tast- oder Berührungssinne ihre Wünsche befriedigen, sondern nur noch durch die edlen, hohen Sinne wie den Sehsinn oder den Riechsinn.

Dr. San Tint versuchte stets, nach hohen buddhistischen Geboten zu leben, Fasten praktizierte er oft, aber er war nicht im entferntesten radikal religiös. Er verbrachte oft stundenlang, die Gebetskette in der Hand haltend, in tiefer Meditation. Genauso hörte er gern allerlei wollüstige Geschichten über etliche Frauen, erzählt von seinen Kumpanen am Tennisplatz, und er hatte es dabei jedes Mal ergötzlich empfunden. Als freundlicher und fachlich kompetenter Dozent am Institut für Elektrotechnik, wo er seit seiner Rückkehr vom Studienaufenthalt in der Sowjetunion arbeitete, war er von allen Mitarbeitern und Studenten sehr geschätzt. Als potenzialer Heiratskandidat wurde er schon längst in allen weiblichen Kreisen hochgeehrt, da die burmesischen Frauen auf materielle Sicherheit, gesellschaftlichen Rang und akademische Titel sehr viel Wert legten. Oft war er während seiner Vorlesung von manchen Studentinnen verstohlen mit diskreten Blicken bedacht worden. Seine scheue Unsicherheit gegenüber weiblichen Personen verdeckte er oft mit seiner ruhigen und gemächlichen Art, sodass es nach außen hin gar nicht sonderlich auffiel. Er engagierte sich besonders eifrig in religiösen Veranstaltungen innerhalb der Universitätsgesellschaft. Es ließ sich von außen schwerlich erraten, wie er in seinen verborgenen Träumen und Gedanken tatsächlich lebte. Jedoch deuteten seine übereifrigen religiösen Aktivitäten darauf hin, dass seine Ideale nicht diesseits des Lebens, sondern jenseits zu suchen wären. In seinem Innern würde er Begierde und Gelüste, so weit wie möglich, unterdrücken, um auf dem Pfad zum Nirwana der eigenen Befreiung und Erlösung näher zu rücken. So würde er von sich aus, niemals auf den Gedanken kommen, bei einer weiblichen Person in direkter oder indirekter Weise, einen Annäherungsversuch zu wagen. Trotz aller Anstrengung und Meditation gelang es ihm nicht immer, seine manchmal umherirrenden Gedankensprünge in seiner Seele vollständig zu kontrollieren, die sich zwangsläufig aus natürlich biologischen Bedürfnissen der vegetativen Funktionen seines Leibes ergaben. Der Anblick einer jungen Frau mit runden beträchtlichen Busen, die sich in den Hüften wiegte, löste jedesmal in ihm eine undefinierbare Unruhe aus, die aber äußerlich auf seinem ruhigen Gesicht nicht zu merken war. Obwohl er jene Frau flüchtig mit einem ganz kurzen Blick streifte, blieben ihre runden graziösen Konturen in seinen Gedanken bildhaft lange erhalten, als würden sie auf die Retina seiner Augen eingeritzt.

Von der Begierde des Lebens abgewandt und das kontemplative Dasein eines Mönches zu führen geneigten Doktor San Tint mit allen Mitteln und Wegen auf das normale Leben zurückzubringen, hatte sich Tin Hlaing aus purer philanthropischer Gesinnung und als verantwortungsbewusst agierender wahrer Freund die Lebensaufgabe gestellt. Dazu fühlte er sich berufen, und über Lebenserfahrung in Bezug auf das andere Geschlecht verfügte er mehr als genug. Mit äußerstem Enthusiasmus, zeitlich aufwendig und vor allem ergötzlich erforscht hatte er diese Materie während seines siebenjährigen Studiums an der Karlsuniversität in Prag. Er war ein vitaler, stets mit Energie geladener Mensch und wusste, andere Menschen immer wieder zu begeistern. Seit seiner Rückkehr aus Prag als promovierter Maschinenbauer war er als Dozent im Maschinenbau-Institut beschäftigt. Er kannte dieses Universitätsleben und dessen Beteiligte, seien es Lehrende oder Studierende, viel zu gut.

Einen solchen Einsiedler wie Dr. San Tint, der seit Jahren große Hochachtung von allen genoss, auf den gewöhnlichen Weg in eine Beziehungskiste in irgendeiner Weise zu locken, geschweige denn von einem ernsthaften Eheleben zu reden, das weit, weit in der Ferne lag, erforderte schon einen Gewaltakt an gut ausgedachten und organisatorischen Einfällen, wobei die Protagonisten am Anfang zwangsläufig sogar in eine prekäre Lage gebracht werden könnten. Aus dieser taktisch unvermeidbaren Zwangsbegegnung sollte allmählich eine normale Zweierbeziehung entstehen, unter dem Einfluss der den Prozess ständig anbahnenden Begleiter. Ja, diese Leute muss man eben, wenn notwendig, mit List und Trick zwingen, sodass sie ihr Lebensglück, wenn auch am Anfang zögerlich, und doch am Ende dankbar zugreifen würden.

Nach langer, reiflicher, strategischer Überlegung einen operativen Schlachtplan entwickelt, verkündete ihn Tin Hlaing eines Tages seinen Freunden:

„Also, für Ko San Tint muss es eine Frau sein, die von sich aus aktiv ist und vor allem fähig, Verständnis aufzubringen, besonders für einen solchen Spätzünder; wenn er dennoch beizeiten nicht zünden sollte, sollte sie ihn eben mit ihrem weiblichen Charme so verführen, dass es am Ende doch bei ihm zur Explosion kommt. Da sehe ich Aye Aye Kyaw!"

Er zog dabei die Augenbrauen in die Höhe, um dem genannten Namen der Person besondere Aufmerksamkeit zu verleihen, und setzte fort:

„Sie ist Assistentin im Institut für Verfahrenstechnik und stellvertretende Leiterin des Wohnheims für Studentinnen; die ist gut aussehend, ausgestattet mit einer blühenden Figur."

Bei diesen Worten malte er ausgiebig mit beiden Händen in der Luft ihre ansehnliche Figur nach, ohne dabei seine ausgesprochen rührende Freude übermäßig ausufern zu lassen.

„Sie hat ein gewisses Temperament, das besonders für unseren Freund in dieser heiklen Affäre recht sein könnte; vor allem hat sie noch keinen Freund, so weit ich diesbezüglich fleißig recherchiert habe. Bei jedem Meeting des Wohnheimausschusses, das monatlich stattfindet, treffen wir sie. Ko San Tint hat sich auch mit ihr oft unterhalten, ich weiß aber nicht worüber."

Er kniff dabei das rechte Auge zu, während sich sein Mund seitlich verzog, um seinen aufmerksam zuhörenden Freunden seine abschließende Schlussfolgerung kundzutun:

„Also die beiden kennen sich. Aus diesem Brei müssen wir etwas Genießbares kochen, meine Freunde."

Tin Hlaing beendete sein Plädoyer und warb stark für seine Mandantin.

„Ja, die Frau passt ihm wie der Kork in die Flasche, ob der Kork in die Flasche hineinkriecht oder die Flasche den Kork verschlingt, egal wie, ich bin dafür", stimmte Phru mit einem Kopfnicken dem Vorschlag von Tin Hlaing zu. Thaung Htin, Win Kyaw und Han Tin zögerten ebenfalls nicht mit der Einwilligung. So kam der einmütige Beschluss des Gremiums und damit die praktische Ausführung zustande, als die fünf in der Kaffee- und Essbude von U Chit auf dem RIT-Gelände an einem Abend zusammensaßen. U Chit war ein Angestellter in der Maschinenwerkstatt der RIT, und seine Familie betrieb eine Essbude. Wegen seiner außerordentlichen Kollegialität und Herzlichkeit war U Chit von allen gern gemocht und sein Laden war sowohl von der Lehrerschaft als auch von den Studenten oft besucht. Tin Hlaing bestellte einen Nudelbraten und ließ ihn verpacken. Win Kyaw beauftragte den kleinen Sohn des U Chit, die Bratnudelpackung zum Pförtner des Wohnheims der Studentinnen zu bringen, mit der Nachricht: dies sei für Sayama Aye Aye Kyaw und ein Geschenk von Saya U San Tint. Win Kyaw ließ den Jungen die äußerst wichtige Nachricht noch einmal langsam wiederholen, sodass die pointierte Botschaft nebst Nudelbraten auch in den richtigen Händen ankomme. Er steckte einen Kyat Geldschein in die Hände des Jungen als Belohnung im Voraus für seine Dienste.

Es war eine gängige, weitverbreitete Art des Annäherungsversuchs zwischen den Geschlechtern im Universitätsleben in Burma, indem ein leckeres Päckchen mit Nudelbraten oder gebratenem Reis die Liebesbotschaft zur angehimmelten Dame überbringen musste.

Als der Junge mit der wichtigen Botschaft losging, war es schon neun Uhr abends. Die Studentinnen und Assistentinnen, die im Wohnheim zusammenwohnten, durften sich nach der Heimordnung für weibliche Personen, die seit Menschengedenken bis zum heutigen Tag in Burma gilt, ohne besondere Erlaubnis nach zwanzig Uhr außerhalb des Wohnheims nicht aufhalten. Nach zehn Minuten kam der Junge zurück, worauf die Truppe sehnlich gewartet hatte. Der Junge erzählte, er habe die Bratnudeln an den Pförtner Ko Tun, übergeben mit der besagten Nachricht, der Pförtner hatte die Nachricht sofort an Sayama Aye Aye Kyaw weitergeleitet mit der Bitte, sie möge ihr Bratnudelgeschenk von Saya U San Tint abholen.

„So, der allererste Schritt ist vollbracht, Freunde, wir müssen jetzt mehr Agitation mit Würde und Ruhe betreiben, sodass der Prozess der Anbahnung unumkehrbar zum erstrebten Ziel voranschreitet", verkündete Tin Hlaing mit erhabener Befriedigung. Alle fünf erhoben ihre leeren Teetassen und stießen zum Gelingen der heiligen Mission an.

Am Morgen des nächsten Tages traf Tin Hlaing unterwegs zu seiner bevorstehenden Vorlesung zufällig den Pförtner Ko Tun von dem Wohnheim der Studentinnen vor dem Hauptgebäude und fragte ihn diskret, ob die Dame die Bratnudeln von Saya U San Tint angenommen habe. Daraufhin antwortete Ko Tun, er habe zwei bis dreimal wiederholt die Nachricht an Sayama Aye Aye Kyaw geschickt, aber zur Abholung wäre sie doch nicht gekommen und langsam wäre es schon ziemlich spät gewesen und er habe gefürchtet, dass die Bratnudeln am nächsten Tag mit Sicherheit nicht mehr genießbar gewesen sein würden, so habe er schweren Herzens diese vor Mitternacht aufgegessen. Ungeachtet der wider Erwarten eingetretenen Panne verbreitete sich die neueste Nachricht durch neugierige Studentinnen, die den Pförtner zur Herausgabe der Nachricht ausgequetscht hatten,

mit Windeseile in der RIT–Arena:
„Saya U San Tint hat Bratnudeln geschickt - an Aye Aye Kyaw!"
„Endlich hat unser Brahmane die Erleuchtung erlangt", verkündeten manche; „das war ein heldenhafter, längst überfälliger Kanonenschuss", kommentierten die ungeduldig Wartenden; „Aye Aye Kyaw hat das große Los gezogen", beneideten sie manche Frauen um das große Glück.

Der darauf folgende Tag; im Heim der Studentinnen, Zimmer-Nummer 312; das Zimmer war von innen verriegelt; Ma Cho Cho, eine gewisse junge Frau im Alter von siebenundzwanzig, litt unter starken Kopfschmerzen und Unwohlsein, ihre Nerven flatterten ständig, als sei sie unter starker Elektrospannung gestellt; sie wurde zunehmend apathisch gegenüber allem, was sie umgab, sie fühlte sich so einsam und verlassen, als würde sie plötzlich allein in der brennenden Wüste von allen im Stich gelassen; seit heute Morgen bemächtigte sich dieses unsagbare Leiden aller ihrer Sinne - genauer gesagt, seitdem die Bratnudelgeschichte von Dr. San Tint ihr Ohr im Institut erreichte. Es war, als wäre der ganze Himmel mit Planeten und Sternen auf einmal über sie herabgestürzt.

Ma Cho Cho war als Assistentin im gleichen Institut für Elektrotechnik beschäftigt wie der besagte Dr. San Tint. Er war Dozent und zugleich ihr Vorgesetzter. Sie kümmerte sich um ihn, seien es schulische oder private Angelegenheiten. Sie erinnerte ihn gern, wann seine Vorlesung stattfände oder verschoben würde. Sie machte ihn aufmerksam auf die Meetingtermine innerhalb des Instituts oder in der RIT-Verwaltung, da er neben seiner Dozentur auch als Heimleiter für das Studentenwohnheim Block A zuständig war. Sie achtete stets penibel darauf, dass eine Packung Kreide unmittelbar vor seiner Vorlesung griffbreit auf dem Tisch lag. Wenn Anrufe von außerhalb für ihn kamen, gab sie bei seiner Abwesenheit die nötigen Auskünfte. Sie fungierte also freiwillig und praktisch als seine Sekretärin.

Für derlei Aufgaben wurde sie von niemandem angewiesen; in der Tat hatte sie die Aufgaben, die mit Dr. San Tint in irgendeiner Weise zusammenhingen, von Anfang an buchstäblich an sich gerissen. Wegen ihres ausgesprochen starken Mundwerks, wagte im Institut auch niemand, sich in die von ihr einverleibten Angelegenheiten einzumischen, sodass etwaige Konkurrentinnen von Beginn an eher die Flucht ergreifen würden als sich mit ihr einzulassen. In ihren Gedanken und Gefühlen war er seit Jahren ihrer und ganz ihrer, ihre Träume gehörten ihm, ihre Seele war fest von ihm besetzt. Ihre täglichen Gebete galten ihm. An den Tagen, wenn er fastete, fastete sie ebenfalls. Wenn er irgendwann Mönch werden sollte, möchte sie auch zur gleichen Zeit Nonne werden, damit sie mit ihm gemeinsam zur

Erlösung gelangen könnte, dachte sie.

Als er vor Jahren zum ersten Mal für ihre freiwilligen Dienste „Danke schön" sagte, war sie überglücklich. Wenn er auch jetzt, wie gewohnt ‚Danke' sagte, empfand sie nicht mehr so große Freude wie vor Jahren, stattdessen beschäftigte sie sich viel mehr mit der Frage, was nach dem Dankeschön kommen würde. Ihre Erwartung hatte, wie könnte es anders sein, im Verlauf der Monate und Jahre zu Recht zugenommen.

Wann sagt er mir denn endlich etwas ganz Persönliches, wann lädt er mich ins Kino ein, oder lässt er über seine Verwandten oder Bekannten etwas in die Wege leiten, was ich mir sehnlich erträumt habe. Er ist doch sehr schüchtern, da traut er sich gar nicht, mir dies offen zu sagen, ja, das stimmt, ich muss eben mit ihm Geduld haben. Aber trotzdem kann er mir doch Blumen oder Bratnudeln oder gebratenen Reis ins Wohnheim schicken, wie viele Verehrer es gern für ihre Angebeteten tun.

Manchmal schlich sich bei ihr der berechtigte Zweifel ein, ob er sie überhaupt gern habe. Dann versank sie in unsagbar tiefe Resignation, wovon sie sich wiederum nur mit Mühe aufrappeln und sich selbst Mut zusprechen musste: Doch, er habe sie gern, sonst würde er ihr doch nicht jedes Mal mit diesem ausgesprochen freundlichen Gesicht „danke" sagen; vor allem hatte er es bei keiner Frau versucht. Wenn er es endlich versuchen würde, dann wird es ganz sicher bei mir sein, da bin ich mir absolut sicher, das fühle ich es so stark in meiner innersten Seele.

Im Fluidum des inneren Zweifels und der Gewissheit, in der Kontroverse zwischen nagender Resignation und beflügelter Zuversicht, im Wirrwarr von Ungeduld und erzwungener Geduld traf unverhofft jene Nachricht der verdammten Bratnudelgeschichte ein, als wäre ein Fallbeil auf sie herabgestürzt.

Wieso hast du zu Aye Aye Kyaw so was geschickt und nicht zu mir, beklagte sie ihn in Gedanken bitterlich unter Tränen; ich werde nie mehr im Leben diese verfluchten Bratnudeln anrühren, schwor sie daraufhin mit voller Wut und Abscheu. Nachdem sie sich ausgiebig ausgeweint hatte, und das Kopfkissen völlig durchnässt war, stand sie auf, machte ihre Haare mit dem Kamm zurecht und stellte sich vor den Spiegel. Sie betrachtete sich selbst im Spiegel; ihre prüfenden Augen richteten sich auf ihr Abbild, streiften ihn ganz langsam, angefangen vom Gesicht, gleitend über Busen, die Taille entlang und an den Hüften vorbei, die Beine hinab, bis auf den Füssen. Sie konzentrierte sich noch mal genau auf ihr Gesicht, sie fasste ihre Wangen mit den Fingern und streichelte sie sanft und rief aus:

„Was hat dann diese Aye Aye Kyaw mehr als ich, du bist doch nicht die Schönste von der RIT, mein Gesicht ist genauso gut aussehend wie deines;

eine Brille habe ich und du nicht; mein Busen ist genauso groß, vielleicht noch etwas größer als dein."

Während sie bei ihrem Monolog besonders das Wort „größer" mit äußerster Befriedigung betonte, tastete sie in der gleichen Zeit mit beiden Händen die Konturen ihres vollen Busens ab, um sich zweifelsfrei zu vergewissern.

„Und die Hüfte", sie drehte sich um, um den Hintern besser im Spiegel in Augenschein nehmen zu können, „die hast du ein bisschen größer als ich, offenbar zu viel Fett an deinem Hintern", sie verzog dabei den Mund spöttisch. „Die Beine", sie löste dabei ihren Tamain, und zog ihn in die Höhe, sich den freien Blick zu verschaffen, „meine sind nicht so lang wie deine, aber trotzdem genau so schlank wie bei dir."

Durch diesen bildhaften konkreten Vergleich gewann sie sogar innerlich die Überzeugung, dass ihre Figur durchaus konkurrenzfähig im Vergleich zu ihrer Konkurrentin sei. Aufgrund dieser überraschend neuen Erkenntnis beruhigte sie sich einstweilen.

Aber trotzdem, warum hat sie Bratnudel gekriegt und ich nicht? Diese immer wiederkehrende Frage war wie ein Giftpfeil, der ihren Körper durchdrang, wogegen sie sich zu wehren nicht imstande war. Schließlich sprach sie über ihre Sorge mit ihrer besten Freundin Nilar, die ebenfalls im Heim wohnte und seit Jahren als Assistentin im Textil-Institut der RIT arbeitete. Ihre Freundin schlug ihr vor, die traditionellen Geister zu befragen, und zwar den Rollmattengeist, er werde es sicher sagen können, ob die Bratnudeln tatsächlich vom Verehrer Dr. San Tint stammten oder nicht, ob Dr. San Tint nicht vielleicht doch Ma Cho Cho gern habe; der Rollmattengeist spreche in Gestalt einer gerollten Matte; was er sage, treffe immer die Wahrheit, so weit es Nilar bis jetzt erlebt habe. Ma Cho Cho hatte oft von diesem Rollmattengeist gehört, war bis dahin aber noch nicht damit in Berührung gekommen; sie war geneigt, den Rat ihrer Freundin zu befolgen.

Der Animismus, der Burma vor Einführung des Buddhismus im elften Jahrhundert beherrscht hatte, war in den Herzen der einfachen Burmesen genauso lebendig geblieben wie vor tausend Jahren. Der ältere Glauben an Schamanen und Priester, bekannt als „Ahyigi", deren religiöser Einfluss nur lokal beschränkt war und darauf abzielte, die von der Priesterschaft beliebig festgelegten primitiven Rituale bei dem unwissenden Bauervolk als tugendhafte Handlung erscheinen zu lassen wie z. B. die erste Nacht der Jungfrauen vor ihrer Vermählung als heilige Opfergabe bei den Priestern verbringen zu müssen, verschwand aber immer mehr aufgrund der mangelnden gesellschaftlichen Bindung zu den Gläubigen, seit sich die Verehrung an die Ahnengeister in der burmesischen Bevölkerung durchsetzte.

Der Glaube an traditionelle Geister und Ahnengeister war nicht so vorherrschend wie der Buddhismus, jedoch im alltäglichen Leben der Burmesen wendet man sich gern an die Geister, wenn man Sorgen oder Wünsche hat oder für etwas um Rat fragen möchte. Die Geister - in burmesisch „Nat" genannt - waren zu ihren Lebzeiten meist berühmte Leute gewesen, die auf tragische Weise den Tod fanden. Nach dem körperlichen Tod leben sie als „Nat" spirituell weiter und bewachen das Glück oder Unglück der Menschen, so glauben die Burmesen. Sie werden verehrt als Heilige und stets mit Opfergaben bedacht. Vor etwa siebenhundert Jahren lebte ein reicher Mann namens U Min Gyaw in der Nähe der mittelburmesischen Stadt Pakokku, der durch seine tagelangen Zechtouren durch Ortschaften und ständige Sauferei weitaus bekannt war. Nach seinem tragischen Tod, dessen Ursache durchaus im blauen Dunst liegen könnte, wurde er als Nat hoch verehrt und alljährlich für mehrere Tage ein großes Fest um seine Kultstätte veranstaltet, die in seiner Heimatstadt Pakhan nach seinem Tod errichtet worden war.

Besonders zu erwähnen sind Mingyi und Minlay Nat, die nördlich von Mandalay residieren; sie waren im elften Jahrhundert bekannte Helden im Königspalast und wegen ihrer Nachlässigkeit in der Pflichterfüllung beim Pagodenbau in Ungnade gefallen und waren auf des Königs Geheiß eines Tages hingerichtet worden. Die Kultstätten von Mingyi und Minlay Nat, deren Hoheitsgebiet sogar vom König zugesprochen worden war, ist bis zur heutigen Zeit ein sehr bekannter Wallfahrtsort für die Abergläubigen. Der allerheiligste Ort für die Nat-gläubigen ist der Berg Poppa in der Nähe von Pagan. Dort residieren die ältesten Nat in der burmesischen Geschichte, und ihr Territorium wurde sogar von allen burmesischen Königen anerkannt.

Im Süden Burmas, um das Irawadi-Delta, wurde Salzwasser-U Shin Gyi als der oberste Nat verehrt. Nach der Legende sollte U Shin Gyi, der Jüngste von sieben Brüdern, mit den Gebrüdern zusammen zu einer Insel im Deltagebiet zum Sammeln von Brennholz gerudert sein. Musikalisch außerordentlich talentiert hatte er stets seine Harfe bei sich, wohin er auch ging. Er wurde zur Überwachung des Boots allein gelassen, während die restlichen Brüder Brennholz anschafften. Wie gewohnt spielte U Shin Gyi seine Harfe. Die Geister, besonders die weiblichen Nat, die auf der Insel residierten, fanden inniges Gefallen an seinem Harfenspiel. Als U Shin Gyi und seine Brüder samt gesammeltem Brennholz zur Heimkehr ins Boot stiegen, war das Boot nicht mehr zu bewegen, da die weiblichen Nat das Boot unsichtbar festhielten. Die Nat mochten wohl U Shin Gyi und sein Harfen spiel nicht mehr vermissen. Als die Gebrüder erfuhren, dass das Harfenspiel ihres jüngsten Bruders die Geister auf der Insel zu dieser Tat veranlasst und somit die ganze Mannschaft in Gefahr gebracht hatte, gerieten sie in Panik und Wut und warfen U Shin Gyi samt Harfe über Bord. Erst danach ließ sich das Boot wieder bewegen. U Shin Gyi ertrank im tiefen Wasser und wurde ein Nat. Da das Wasser in der Nähe zur Meeresküste salzig war, nannte man ihn „Salzwasser U Shin Gyi". Die Kommunikation zwischen dem Nat, der nur spirituell existiert, und den Menschen wird durch gewisse Frauen hergestellt, die sich Natkadaw – Gemahlin des Nat - nennen und behaupten und glauben, von einem Nat als Gemahlin auserwählt worden zu sein. In alten Zeiten konnten dem Glauben nach nur diejenigen Natkadaw werden, deren Vorfahren ebenfalls schon als Natkadaw gedient hatten.

Um die unerträgliche Pein loszuwerden, entschloss sich Ma Cho Cho mit ihrer Freundin, sofort nach Insein zu fahren und dort den Rollmattengeist zu befragen. Der Rollmattengeist, in burmesisch „Phya-late-nat" genannt, ist ein traditioneller Nat, dessen Ursprung in der burmesischen Kulturgeschichte nirgends ausfindig gemacht werden kann. Es gibt weder ein territoriales Gebiet für diesen Nat, wo er uneingeschränkt herrscht, noch ein großes Kultfest, das zu seinen besonderen Ehren jährlich veranstaltet wird. Jedoch ist er landesweit bekannt und wird aus allen Schichten der Bevölkerung oft um Rat und Tat gebeten.

Nach fünfzehnminütiger Busfahrt vom RIT traten sie in das Haus der Natkadaw, das sich zwar äußerlich von den anderen aus Bambus und Holz gebauten Häusern nicht wesentlich unterschied, jedoch im Inneren des weiträumigen Hauses war der Fußboden mit poliertem Holz ausgelegt. Wertvolle Möbel deuteten darauf hin, dass die Natkadaw mit Geldlichen gut gesegnet sein musste. Eine junge Frau, die die Gehilfin der Natkadaw zu sein schien, kam zum Eingang und begrüßte Ma Cho Cho und ihre Freundin mit leichtem Kopfnicken. Sie führte die beiden jungen Frauen in einen großen Raum. Ein großer Altar, geschmückt mit goldfarbig umsäumten weißen und roten Tüchern und grünen Kokosnussblättern, stand am Ende des breiten Raumes. Auf dem Altar, der wiederum auf einem mit rotem Tischtuch bedeckten kommodenförmigen Podest lag, befanden sich fünf große Schüsseln, jeweils vollgefüllt mit Bananen und Kokosnüssen. Grüne und teils getrocknete Kokosnüsse, in aufrechter Form gehalten zwischen den Bananen, waren am oberen Teil jeweils mit einem langen roten Schal einmal umwickelt und so geknotet, dass die beiden Enden des Tuches wie Ohrläppchen seitlich am oberen Ende der Kokosnüsse hingen.

In einer kleinen mit Sand gefüllten Schüssel brannten zahlreiche aufgesteckte Räucherstäbchen, und der aufsteigende Rauch wirbelte wohlriechenden Duft um den Altar.

In der Mitte standen zwei aus Holz gehauene Nat-Figuren, eine ca. 30 cm und andere ca. 60 cm groß, gekleidet wie burmesische Prinzen in feinen königlichen Seidenkleidern, bestickt mit goldfarbenen Fäden. Die Gesichter der Nat-Figuren waren weiß bemalt und zusätzlich auch noch gepudert, die Lippen waren rot getüncht. Der kleine Nat stand aufrecht, hielt ein langes Schwert in der rechten Hand und sollte den Ahnengeist darstellen. Der große Nat dagegen saß im Schneidersitz und hielt eine vergoldete Harfe im Arm und sollte den obersten Nat im Süden Burmas, den Salzwasser-U Shin Gyi darstellen, der als Schutzgeist im Irawadi-Delta bekannt war. Beide Nat-Figuren trugen am Kopf jeweils ein rotes Stirnband, das seitlich geknotet war. Zwei kleine Tassen aus reinem Silber, gefüllt mit Trinkwasser und zwei Teller, ebenfalls aus Silber, darauf Mango und Granatapfel, sollten die Speiseopfergaben für die Geister bedeuten. Neben den Nat-Figuren brannten einige Kerzen. Im Lichtschein der Kerzen stiegen die duftenden Rauchschwaden aus den ständig brennenden Räucherstäbchen, während die überwiegend von roten, weißen und goldenen Farben beherrschten Nat-Statuen inmitten der Kokosnüsse und Bananen dem Nat-Altar ein stilles andächtiges Ambiente verliehen.

Die Natkadaw, eine Frau im Alter von ungefähr vierzig, trat aus dem Nebenzimmer und kam langsam auf die jungen Gäste zu. Die goldenen Armbänder, die auf beiden Armen getragen wurden, funkelten beträchtlich im Schein des Kerzenlichtes. Ein roter Seidenschal verzierte ihren Hals. Ihre üppigen Wangen waren mit dem feinen Thanatka-Puder, der von einer Rinde des Baumes (Limona acidissima, ein Baum der Fam. Rutacee) gewonnen und seit Jahrtausenden von Frauen als Schminkpuder benutzt wird, bestäubt, ihre langen Haare fein säuberlich nach hinten geknotet. Sie war in einem weißen Hemd und einem teueren tiefblauen Tamain aus Seide gekleidet. Sie befragte Ma Cho Cho und ihre Freundin nach deren Anliegen. Ma Cho Chos Freundin erzählte in knappen Worten die ganze Geschichte und richtete die Bitte an den Rollmattengeist. Die Natkadaw erklärte, die Opfergabe dafür betrage vierzig Kyat, ein Zehntel von Ma Cho Chos Gehalt. Die fällige Opfergabe wurde gleich entrichtet. Die Natkadaw bat danach die beiden jungen Damen, im Flur zu sitzen und holte aus einer kleinen Kammer die sorgfältig aufbewahrte Bambusmatte, die zusammengerollt und mit einem roten Stoffband fest zugebunden war. Die Ränder der heiligen Bambusmatte waren umsäumt von einem weißen Seidentuch. Die Natkadaw hielt ehrfürchtig und sanft die Bambusmatte in beiden

Händen und stellte diese aufrecht auf dem Fußboden, während ihre Gehilfin auf dem Altar eine neue, faustdicke Kerze anzündete und drei, vier neue Räucherstäbchen ansteckte. Im leuchtenden Schimmer des Kerzenscheins, unter dem zwei erhabene Nat auf die Hilfesuchenden einen Blick zu werfen schienen, erzeugte die Stille im Raum eine spürbare Aufregung im Herzen von Ma Cho Cho. Was kommt dann danach, fragte sie sich ungeduldig. Obwohl sie über den Rollmattengeist etliche Male in ihrem Leben gehört hatte, war dies doch das allererste Mal überhaupt, ihr Schicksal in die Hände von Geistern zu legen. Die Natkadaw wendete sich kurz zu den beiden Damen und erklärte, sie werde jetzt ehrerbietig den Nat herbeirufen. Wenn es so weit sei, werde der Nat ihre Fragen nur durch die seitliche Bewegung der gerollten Matte, also nach links oder rechts oder vorn beantworten, daher müssten die Fragen eben dementsprechend gestellt werden und maximal nur drei Fragen sind erlaubt.

„Habt ihr verstanden?", vergewisserte sich die Natkadaw noch einmal. Die beiden nickten ehrfürchtig mit dem Kopf, ohne ein Wort zu sagen. Während die Natkadaw die gerollte Bambusmatte zwischen beiden Händen senkrecht auf dem Fußboden festhielt, wandte sie sich anschließend kniend zu den Nat-Figuren. Nachdem sie eine Weile in derselben andächtigen Stellung ausharrte, als sei sie in tiefer Meditation, bat sie den Ahnengeist mit ehrfürchtigem Respekt, angesichts der Hilfesuchenden hier zu erscheinen. Danach herrschte ein Weilchen tiefe Stille im Raum, außer dem leisen Rauschen der flackernden Kerzenflamme war nichts wahrzunehmen, bis der Oberkörper der Natkadaw anfing, zu zucken, am Anfang langsam, dann immer heftiger. Das Zucken ging allmählich in heftiges Zittern und einen Trancezustand über, und der Oberkörper fing an, nach links und rechts wie ein Pendel zu schwingen. Die ehrbare Natkadaw ging blitzschnell von der knienden Stellung in den Schneidersitz über und drehte gleichzeitig um sich, ohne dabei das fast periodische Schwingen ihres Körpers zu unterbrechen. Nun war das Gesicht der Natkadaw den beiden Damen zugewandt. Es schien, dass die weiblichen Gesichtszüge der Natkadaw allmählich verschwanden und an deren Stelle eine strenge Miene trat, und dass die Natkadaw am Ende des Bittgesuchs allmählich in Ekstase geraten war. Dies sollte angeblich ein Zeichen sein, dass der Geist des Nat in den Körper der Natkadaw, also unter ihre Haut, in ihr Fleisch, ihre Knochen, in all ihre Organe eindrang und den ganzen Leib und die ganze Seele in Besitz nahm. Von nun an erschien der Nat ganz in der äußerlichen Gestalt der Natkadaw; was sie tat, sollte die Tat des Nat sein; was sie sagte, sollten die Worte des Nat sein. Das Zittern des Körpers ließ langsam nach und die Bambusmatte stand, leicht eingeklemmt zwischen den beiden Handflächen der Natkadaw, senkrecht auf dem Fußboden. Die Gehilfin, die vorhin neben Ma Cho Cho Platz genommen hatte, sagte zu den jungen Frauen, der Nat sei erschienen, und Fragen könnten gestellt werden. Ma Cho Cho wendete sich schüchtern an ihre Freundin. Ihre Freundin sagte mit energischer Stimme: „Das Beste ist, dass du selber fragst!"

Ma Cho Cho versuchte unsicher mit stotternder Stimme, die Frage einigermaßen vernünftig zu formulieren: „Ist, ist .. ist das wahr…wahr, dass Dr. San Tint..Brat...Brat … Bratnudeln zu zu... zu ihr, also Aye Aye Gyaw ge ... geschickt hat, wenn das ... das stimmt, zeige es bitte durch Schwenkung nach ... nach rechts oder links!"

Sie warteten in höchster Alarmstimmung auf die Bewegung der heiligen Matte, ihre Augen waren fest fixiert auf den roten Stoffstreifen in der Mitte. Nichts geschah; keine Bewegung, weder nach links noch nach rechts. Es würde bedeuten, dass er nicht derjenige war, der die Bratnudeln geschickt hat. Ma Cho Chos Augen fangen an, etwas heller zu leuchten. Um sicher zu sein, wagte Ma Cho Cho für denselben Sachverhalt, in anderer Weise die Frage zu formulieren. Diesmal gelang es ihr sogar mit dem etwas gerade hinzugewonnenen Selbstvertrauen, den vollen Satz glatt auszusprechen:

„Wenn er die Bratnudeln nicht geschickt hat, bitte zeige das Zeichen nach rechts oder links!"

Nach einer Weile schwenkte die Matte nach links und rechts. Es war wahrlich eine Art großer Erlösung für sie, als käme sie aus der brennenden Hölle heraus und wäre gleich an einem kühlen, paradiesischen Brunnen gelandet. Da noch eine Frage als Dritte erlaubt war, fasste sie den Mut, die Frage zu stellen, deren Inhalt ihr in einer alltäglichen Situation fast schamlos vorgekommen wäre.

„Wenn in diesem Raum eine Person anwesend ist, die Dr. San Tint gern hat, bitte zeigen Sie erkennbar, wer diese Person ist!"

Bei dieser heiklen Frage machte sogar ihre Freundin erstaunt große Augen, sie fürchtete im ersten Augenblick, was passieren würde, wenn die Rollmatte in ihre Richtung zeigen würde, anstatt zu Ma Cho Cho; jedoch beruhigte sie sich nach einer kurzen Weile, da Dr. San Tint doch sie gar nicht persönlich kenne und sie ihn auch nicht.

Ma Cho Cho aber ging mit dieser gewagten Fragestellung ein volles Risiko ein. Ihr war es voll bewusst, worauf sie sich mit dieser verfänglichen Frage eingelassen hatte. Wenn die heilige Matte nicht zu mir zeigt, sondern anderswohin, was dann? Dann würde das bedeuten, ich bin nicht die Frau, die er mag; damit verliere ich alles und alle meine Hoffnungen, andererseits ist es die beste gebotene Chance, um endgültig Klarheit zu schaffen, wo ich überhaupt stehe; ich kann es nicht mehr lange aushalten, mit dieser Ungewissheit weiter zu leben.

Während sie sich selbst auf das schlimmste Szenario innerlich eingestellt hatte, schaute sie voller Spannung und Erregung auf die heilige Matte. Die Bambusmatte, geflochten aus Unmengen glatter schmalen Bambusstreifen, die aus unzähligen parallelen Linien in senkrecht und waagerecht zueinander zugleich verliefen, erschein ihr wie ein Stück Gemälde, auf dem so viele Treppenstufe fein säuberlich abgebildet waren; Treppenstufen, die Ma Cho Cho mühsam hinaufsteigen musste, um ihr Glück zu finden.

Die Bambusmatte stand und verharrte unbeweglich in derselben Position nach ihrer Fragestellung fast zwei, drei Minuten lang, die ihr wie eine Ewigkeit vorkamen, während sie fast die Fassung verloren hätte. Als sie es sah und dies traurig und krampfhaft zur Kenntnis nehmen musste, dass ihr Schicksal unabänderlich besiegelt war, fiel die Matte, just in dem Moment, plötzlich auf den Fußboden und berührte mit dem einen Ende das Knie der sitzenden Ma Cho Cho. Oh, was für ein Wunder! Die Natkadaw lag ebenfalls auf dem Fußboden und fiel vor physischer Erschöpfung sogleich in tiefen Schlaf. Die Gehilfin erklärte, dass die Natkadaw jedes Mal nach dem ehrwürdigen Besuch des Nat und der unheimlichen Ekstase in ihrem Leib sehr, sehr müde wurde und danach einer langen Erholungsphase bedürfe.

Die beiden jungen Damen machten sich schleunigst auf den Rückweg. Ma Cho Cho war offenbar sehr zufrieden mit dem Ergebnis, jedoch konnte sie in ihrer innersten Seele aber immer noch nicht richtig dem Glück trauen, was der ehrwürdige Rollmattengeist ihr offenbart hatte. Unabhängig davon, dass der Rollmattengeist immer nur die reine Wahrheit äußerte, wie ihre Freundin dieser Tatsache auch mehrfach beipflichtete, konnte sie sich doch noch nicht von ihrer quälenden Unruhe restlos befreien. Erst, wenn Dr. San Tint ihr persönlich sage, die Bratnudeln seien nicht von ihm, dann wäre sie zweifelsfrei alle Sorgen für immer los; das hieß, sie musste ihn selber fragen. Nach langer Überlegung während der Rückfahrt mit dem Bus entschloss sie sich, den letzten Schritt zu wagen.

Am Morgen des nächsten Tages schielte sie oft unbemerkt nach dem Arbeitszimmer von Dr. San Tint, um eine günstige Gelegenheit zu finden, ihn allein anzutreffen. Sie bemerkte ebenfalls, dass besonders die Kolleginnen am Institut seit der Entstehung der Nudelgeschichte sie mit Argusaugen bewachten; manche derjenigen Augen waren von schadenfroher Natur, und manche waren bemitleidend. Am Nachmittag, als alle Mitarbeiter zum Mittagsessen gingen, fand sie endlich die längst ersehnte Gelegenheit, schlüpfte in das Zimmer von Dr. San Tint. Er war gerade bei der Schreibarbeit, als sie das Zimmer betrat.

„Saya darf ich Sie etwas fragen?" tastete sie sich heran.

„Ja, was denn, Ma Cho Cho", war seine Antwort, ohne seine Schreibarbeit zu unterbrechen.

„Draußen ist ein komischer Rumor in Umlauf, Saya hätte an Ma Aye Aye Kyaw Bratnudeln ... Bratnudeln ... geschickt ...", brachte sie mit einer gewissen Selbstüberwindung den Mut auf, dessen Spuren auf ihrem unsicheren Gesicht deutlich abzulesen waren, ihre Hände zitterten vor den unabsehbaren Folgen so sehr, dass sie sich den Stuhl vor ihr mit den beiden Händen festklammerten.

„Was sagen Sie? Ich hätte Bratnudeln geschickt an Aye Aye Kyaw!"
Sein Gesicht verfärbte sich gleich rot, seine Augen glotzen, seine Lippen zitterten vor Aufregung, so etwas ihm zu unterstellen.

„So ein Blödsinn, so was habe ich noch nie im Leben gemacht, wer hat denn solchen Unsinn verbreitet?"

Er geriet in Wut und stand plötzlich auf und starrte sie an. In dem Moment spürte er zum ersten Mal vor lauter Zorn keine Angst vor dem anderen Geschlecht, das ihn allemal angst und bange werden ließ, so weit er sich dessen noch erinnern konnte.

Ma Cho Cho, um es sicher zu sein, raffte schnell allen Mut zusammen und hakte noch mal nach, indem sie beide Augen schloss und die für sie lebenswichtige Frage hervorbrachte:

„Das heißt, Saya hat keine Bratnudeln ... Bratnudeln geschickt?"

„Nein, das habe ich Ihnen doch gesagt", brüllte er sie mit aufwallendem Zorn an, zumal er sich selber schämte, einer Dame gegenüber so unhöflich und so aufgebracht aufzutreten; einen solchen Zustand hatte er noch nie erlebt, Gott möge ihm diesmal verzeihen.

Bei jenen klarstellenden Worten ihres Verehrtesten, die auf ihr brennendes Herz wie frisches, kühles Wasser herabrieselten, erhellte sich ihr Gesicht wie eine aufgehende Sonnenblume; ihre Augen leuchteten wie nie zuvor. Vor dem unerwarteten Freudentaumel konnte sie kaum noch ihre Tränen zurückhalten, und dann stürmte sie mit einem leichten Schluchzen gleich aus seinem Zimmer.

„Komisch, warum hat sie denn geweint, die Weiber sind, sowieso, seltsame Wesen, die man kaum verstehen kann", rätselte Dr. San Tint vergeblich mit leichtem Kopfschütteln.

Am nächsten Tag weitete sich unaufhaltsam mit Windeseile in der RIT-Arena die neueste Nachricht aus: „Ma Cho Cho kommt voller Tränen aus dem Zimmer des ehrwürdigen Brahmanen Dr. San Tint!"

Die lodernde Flamme

Es war der 6. Juni 1975, Anfang der Regenzeit. Der Monsun raste in dieser Zeit ständig aus Südwesten von der Andamanensee ins Landesinnere. Ständig nahm er dichte dunkle Regenwolken ins Schlepptau, die rasch aufeinander folgend und überall im Lande wie ein Wasserfall hinabrieselten. Als Thaung Htin nach seiner täglichen Arbeit im Forschungsinstitut gerade nach Hause gehen wollte, hörte er von den Mitarbeitern sagen, dass eine Studentenunruhe in der RIT ausgebrochen und nun ans Thamein College übergesprungen sei. Die Colleges und Universitäten waren landesweit erst im April nach viermonatigem Zwangsurlaub wieder eröffnet worden. Er stieg in den Bus in Richtung Kabaaye, um per Umsteigen nach Hause in Thamein zu gelangen. Im Bus merkte man schon von den gespannten Reaktionen und Gesprächen der Passagiere, dass ein großes besorgniserregendes Ereignis im Gange war. Als er am Abend in der RIT ankam, traf er Tin Hlaing und erfuhr, was an dem Tag geschehen war.

An diesem Nachmittag sollten Dr. Khin Mg Win, der Minister für Ausbildungswesen, und Dr. Hla Han, Mitglied des Staatsrates, zur RIT gekommen sein, um mit den Studenten über Studienangelegenheiten zu diskutieren. Die Gesprächsrunde wurde von der Jugendorganisation, der sogenannte „Lanzin-Jugend", die vor Jahren von den Militärmachthabern für ihre eigene Interessenvertretung aus der Taufe gehoben worden war, geleitet, mit der Zielrichtung, die Studenten besser im Sinne der Regierung zu beeinflussen. Der Tag war ausgerechnet der 6. Juni, an dem genau vor einem Jahr die Arbeiterunruhen auf der Sinmaleit-Werft und in der Thamein-Textilfabrik ausgebrochen, und viele Arbeiter brutal erschossen worden waren. Es war unbekannt, ob die Lanzin-Organisation dieses wichtige Datum übersehen hatten, oder absichtlich und hinterlistig die Studenten düpieren wollte, oder das politische Bewusstsein der Studenten gering schätzten.

In der großen Aula der RIT waren viele Studenten versammelt. Die Organisation „Lanzin-Jugend" und einige von ihr ausgewählte Studenten eröffneten und lenkten nach ihrem Gutdünken das Gespräch. Am Anfang war es ihnen gelungen, jedoch verloren sie mit der Zeit die Kontrolle über das Publikum, und die Gesprächsthematik schritt unaufhaltsam in die totale Konfrontation zur Regierungspolitik. Mehrere aufgebrachte Studenten kritisierten und verurteilten unter einhelligem Beifall des Publikums in schärfsten Tönen das Vorgehen der Regierung mit den konkreten und bereits bekannten Fakten:

„Ihr habt genau vor einem Jahr am 6. Juni die Arbeiter von der Sinmaleit-Werft und der Thamein-Textilfabrik, die von der Regierung den Reis zu bezahlbarem erträglichen Preis verlangten, einfach abgeknallt, warum denn?"

Ein Student stand auf und legte los:
„Es ist doch logisch, dass wir von der Regierung mindestens eine plausible Erklärung erwarten, uns, den ahnungslosen Studenten - so bezeichnet ihr uns doch gerne, nicht wahr? – endlich die Augen zu öffnen, warum die protestierenden Arbeiter genau vor einem Jahr abgeknallt werden mussten."

Von anderer Ecke des Publikums folgte gleich eine andere Stimme:
„Sie sind doch hohe Regierungsmitglieder: Herr Minister und Staatsratsmitglied. Sie sind viel intelligenter als wir Studenten. Können Sie uns erklären, warum ein Arbeiter, der um Hilfe schreit, weil er fast verhungert ist, erschossen werden musste. Damit er nicht mehr unter Hunger leidet? Oder?"

Die sarkastische Fragestellung eines Studenten brachte das ganze Publikum zum Kochen und war zugleich eine schallende Ohrfeige für die Staatsfunktionäre. Die Vertreter der allmächtigen Staatsmacht waren nun machtlos, die berechtigten Fragen zu beantworten. Abrupt erklärten die Organisatoren das Ende der Veranstaltung. Dies führte erst zu einem tumultartigen Zustand. Zuerst hatten die hohen Regierungsmitglieder vor, nach dem Gespräch in der RIT gemächlich zum Thamein-College ihre Vergnügungsreise fortzusetzen, um dort den Studenten kluge Ratschläge zu erteilen. Nun waren sie am Ende ihrer angeblichen Weisheit, kniffen den Schwanz zwischen die Beine und bliesen eilig zum Rückzug.

Im Thamein-College wartete in der Zeit eine große Menge von Studenten ungeduldig auf das Eintreffen jener Persönlichkeiten von der Regierung. Die Studenten waren hier besonders gut organisiert und vorbereitet auf die bevorstehende Diskussion, zwar unter der Leitung jenes Studentenführers Tin Maung Oo, der beim U Thants Begräbnis maßgeblich die Widerstandsbewegung gegen das Militärregime organisiert hatte. Alle scharrten sich um den lange Zeit vermissten Freund, der bis jetzt der Verfolgung durch die Militärpolizei, die ständig hinter ihm her war, erfolgreich ausweichen konnte.

Nachdem der Campus der Universität Ranguns am 11. Dezember letzten Jahres von den Soldaten erstürmt wurde, musste Tin Maung Oo untertauchen. Mit falscher Identität und abwechselndem Aussehen versteckte er sich zuerst eine Zeit lang im Hause seiner Freunde und Bekannten, da der Geheimdienst die ganze Zeit fieberhaft ihm auf den Fersen folgte. Schließlich gelang es ihm, sich mit Hilfe gleich gesinnter Freunde bis zur thailändischen Grenze durchzuschlagen, um sich dort der politisch und militärisch operierenden patriotischen Kräften anzuschließen, die einst vom ehemaligen Ministerpräsidenten U Nu und Bo Letya im Jahre 1970 gegründet worden waren, um gegen die Regierung Ne Wins Widerstand zu leisten.

Dort besuchte Tin Maung Oo politische und militärische Lehrgänge. Während seines Aufenthaltes begegnete er vielen Menschen, die einst Studenten, Angestellte, Politiker, Schriftsteller und Journalisten gewesen waren und fast vier Jahre lang im Ausbildungslager in Wanka, mitten im Urwald, verbracht hatten. Tin Maung Oo war sehr beeindruckt von den tausenden Kämpfern, die ihr Ideal der Befreiung Burmas aus der Knechtschaft des Militärs mit eisernem Willen verfolgten. Im Laufe der Zeit musste auch er feststellen, dass manche kaum noch Kontakt zum Landesinneren hatten. Aufgrund der mangelnden Erfolgserlebnisse im politischen und bewaffneten Kampf gegen die burmesische Militärregierung besonders in den letzten Jahren mussten viele mittlerweile gegen die eigene Resignation mühsam ankämpfen. Wenn sie vom Neuankömmling Tin Maung Oo im Alter von einundzwanzig enthusiastisch erzählen hörten, wie die Studenten und Zivilisten eine tapfere Schlacht gegen die bewaffnete Übermacht der Soldaten geliefert und Arbeiter in den Fabriken und die Bevölkerung in den Aufstand erfolgreich einbezogen hatten, entflammten Begeisterung und Kampfeswillen in den Augen vieler, die wesentlich älter waren als er. Genauso viele deuteten den Aufstand der Studenten am Ende jedoch als ein gescheitertes Unterfangen. Viele hatten den Kampf schon aufgegeben und sich in Mae Sot oder anderswo in Thailand niedergelassen. Aber viele blieben noch im Ausbildungslager, mit der Hoffnung, irgendwann als Befreier in Burma einmarschieren zu können.

Tin Maung Oo entschied sich, so schnell wie möglich, nach Rangun zurückzukehren, um seinen eigenen Kampf mit den Studenten und seinen Freunden gegen das Militärregime weiter zu führen. Dort, wo er effektiv gebraucht werde, um die Militärjunta immer wieder mit kleinen Nadelstichen ins Herz zu verletzen und die brennende Fackel in der Hand zu halten, sodass die Bevölkerung für die Fortsetzung des Kampfes wach gehalten werde, war sein Platz und seine Bestimmung, wenn er auch dabei sein Leben verlieren würde. Er wusste, dass sein Kampf weitergehen werde, so lange er noch lebt. Ihm war völlig bewusst, dass sein Kampf nicht den unmittelbaren Umsturz des Teufelsregimes bewirken würde, aber die Flamme der Widerstandsbewegung müsse jedenfalls weiter brennen, bis eine große Feuersbrunst entsteht, um die brutale Militärmacht zu Asche zu verbrennen. Trotz des jungen Alters war Tin Maung Oo sowohl im Denken als auch im Handeln weit voraus.

Rechtzeitig war er nach Rangun zurückgekehrt, um sich dem gemeinsamen Kampf gegen das verhasste Regime an jenem denkwürdigen Tag am 6. Juni zu stellen. Diesmal war er sogar mit einer Pistole bewaffnet, die er unter dem Oberhemd versteckt trug, um das spektakuläre Unternehmen zu organisieren, das in der Politik landesweit für Furore sorgen würde. Der Plan, den er und seine engsten Freunde geschmiedet hatten, war, jene zwei Mitglieder der Regierung, die nach der Diskussion in der RIT nach Thamein kommen sollten, zu entführen und von der Regierung politische Zugeständnissen zu erpressen. Ob die geforderten Bedingungen von dem Militär erfüllt würden oder nicht, lag hauptsächlich nicht im Vordergrund, sondern die undemokratische Regierung an den Pranger zu stellen, war ihm das Hauptziel.

Am Nachmittag kamen die Studenten von der RIT in Thamein an und berichteten über jene zwei Mitglieder der herrschenden Sippe, die sich eilig aus dem Staub gemacht hatten, weil sie keine Antwort mehr auf die berechtigten Fragen der Studenten wussten. Ein großer Jubel war unter der Studentenschar ausgebrochen. Da der ursprüngliche Plan gescheitert war, dachte Tin Maung Oo als strategisch denkender Mensch blitzschnell nach, wie er nun die Hunderte von tatendurstigen und ungemein motivierten Studenten zu Heldentaten inspirieren sollte, die nach Vernunft logisch und nachvollziehbar sein sollten, zwar nach der Überlegung: Man solle das Eisen schmieden, solange es noch heiß ist. Tin Maung Oo stand auf und hielt vor dem aufgeregten Publikum eine flammende Rede:

„Liebe Kameraden, unsere Brüder und Schwestern von der RIT haben heute, wie ihr vernommen habt, zwei Feiglinge der Regierung des Diktators Ne Win in die Flucht geschlagen. Diese Idioten haben es nicht Mal bis zu uns geschafft, sonst hätten sie es bei uns arschvoll gekriegt."

Alle klatschten Beifall und brachen in lautes Gelächter. Er setzte fort:

„Heute am 6. Juni jährt sich genau der Tag, an dem die heldenhaften Arbeiter der Sinmaleit-Werft und der Textilfabrik in Thamein ihre berechtigten Forderung nach billigem Reis mit einer machtvollen Demonstration sichtbar gemacht haben. Eigentlich haben die arbeitenden Bürger von der Regierung nichts anders verlangt als Gerechtigkeit, weil während zigtausende Arbeiter für einen Hungerlohn täglich schuften müssen, lebt die Oberschicht der sogenannten elitären Armeebosse in Saus und Braus. Wie ihr wisst, wurden viele Arbeiter von den Soldaten brutal erschossen. Der gefallenen Arbeiter, die einen heroischen Tod gefunden hatten, sollen wir heute gedenken und gleichzeitig unsere Hand zum Schwur erheben, dass wir so lange unseren Kampf gegen die diktatorische Regierung weiter fortsetzen, bis ein demokratisches System in unserem Lande wieder hergestellt wird. Wir sollen auch bei diesem langjährigen Kampf unsere Kräfte nicht überall und zu jeder Zeit verschwenden, sondern sie rational und effektiv einteilen, sodass unsere Ressource langfristig erhalten bleibt. Nun zu heute, ihr seht täglich die hässliche Mauer, die zwischen Thamein-College und Thamein-Textilfabrik läuft. Diese Mauer wurde vor einem Jahr von den Behörden errichtet mit der Absicht, die Studenten von den Arbeitern zu trennen. Vor Jahren war es noch der breite Durchgang zwischen den Geländen, sodass jeder Student mit den Arbeitern engen Kontakt knüpfen konnte. Schließlich sind Anliegen und Ideal der Arbeiter jeher auch die der Studenten gewesen, nämlich Gerechtigkeit und Demokratie. Diese Ideale wurden von Ne Win und seiner Soldateska mit Füßen getreten. Wir werden heute den Teil dieser Mauer, der den freien Zugang zwischen den beiden Geländen versperrt und Studenten von den Arbeitern trennt und das Werk und Machtsymbol der herrschenden Generale darstellt, vollständig zerstören, damit unsere Verbundenheit mit den Arbeitern nicht nur symbolisch, sondern auch wirklich wieder hergestellt wird. Nun liebe Freunde, ran an die Mauer!"

Die Studenten, bewaffnet jeweils mit eilig herbeigeschafften Eisenstangen, Schaufeln, Holzstöcken oder Hammer, gingen mit ganzem Eifer und Wut ans Werk. Einer der älteren Studenten schrie laut, während er in die Mauer mit Brecheisen kräftig stach:

„Hier ist der erste Stich in den Arsch von General Ne Win, der zweite Stich gehört in den Arsch von General San Yu und der dritte Stich ist bestimmt für den One-and-half Oberst Tin Oo!"

Alle lachten aus vollem Halse. Hunderte von Studenten zerstörten das ca. fünfzehn Meter langen Teilstück der Mauer, die eineinhalb Meter hoch und insgesamt fast zweihundert Meter lang war, genau an der Stelle, wo es vor Jahren den breiten Zugang zum Gelände der Fabrik gegeben hatte. Die Studenten bearbeiteten den Teil der hässlichen Mauer Stück für Stück, als nagten hier die fleißigen Ameisen an einem Kadaver. Die laute Kakofonie des Hauens auf die Mauer und des Stechens in die Mauer klang diesmal seltsam so melodisch, dass jeder mit voller Freude und Befriedigung diesen krachenden Stimmen zuhörte, als stammte jene wunderbare Melodie nicht von dieser Welt.

Hunderte Arbeiter der Textilfabrik klatschten Beifall und bekundeten Mit überschwänglicher Befriedigung ihre Zustimmung und Achtung vor den Studenten mit Bravorufen. Es war ja wirklich ein unvergesslicher Tag, an dem die Studenten und Arbeiter einen Sieg über die verhasste Junta zelebrieren durften.

Die Nachricht über die Zerstörung der Trennungsmauer zwischen dem Thamein-College und der Textilfabrik lief wie ein Lauffeuer durch die Hauptstadt. Alle demokratisch gesinnten Menschen hießen diese Aktion als eine wohltuende Tat. Nach dem Niederreißen der Mauer begannen die Studenten unter der Führung von Tin Maung Oo ihren Protestmarsch zu Fuß, zuerst die Insein-Straße entlang, dann in Richtung Universität Ranguns. An der Spitze der marschierenden Studenten, die ca. sechshundert bis siebenhundert Teilnehmer zählten, wehte die Flagge der verbotenen Studentenunion. Danach war ein großes Transparent mit der Aufschrift zu sehen: Gedenktag für die gefallenen Arbeiter von der Sinmaleit-Werft und der Thamein-Textilfarbrik am 6. Juni 1974. Unterwegs schreien sie lautstark die Slogans:

„Wir fordern ... Demokratie."

Wir fordern ... Demokratie.

Gefallene Arbeiter der Sinmaleit-Werft sind ... unsere Helden.

Gefallene Arbeiter der Textilfabrik sind ... unsere Helden."

Die Menschen am Straßenrand schauten zuerst neugierig und unverständlich auf die lange Reihe des Protestzuges, und nach einer Weile erhellten sich ihre Gesichter, sie fingen an, mit Beifallklatschen die Forderung der Studenten zu unterstützen und als ihre eigene zu betrachten. Sie bewunderten sogar die Studenten für ihren unerschrockenen Mut, den brutalen Militärmachthabern Paroli zu bieten. In diesem Lande braucht man viele von dieser Art von Menschen, so dachte jeder.

Als der Protestzug spät am Nachmittag mit lautem Slogan – wir fordern Demokratie - durch den Haupteingang bis zur Aula der Universität Rangun marschierte, gesellten sich nach und nach die Studenten, die sich auf dem Campus aufhielten, ihren Kommilitonen zu. Als sie vor der Aula ankamen, war es schon Abend. Vor dem nun fast tausendköpfigen Publikum sagte Tin Maung Oo:

„Kameraden, wir haben nun gemeinsam den Protestmarsch zu Ehren des Arbeiteraufstandes vor einem Jahr erfolgreich durchgeführt. Wir wollen nun der gefallenen Arbeiter der Sinmaleit-Werft und der Thamein-Textilfabrik mit einer Verbeugung gedenken."

Alle standen still in aufrechter Haltung und gedachten der gefallenen Arbeiter mit einer Verneigung. Danach gingen die Studenten auseinander mit dem Vorhaben, sich morgen früh hier wieder vor der Aula zu sammeln und weitere Aktivitäten zu unternehmen.

Besonders in Nächten oder an Tagen, wenn Tin Maung Oo allein war, war es für ihn am gefährlichsten. Solange er sich unter einer großen Menge von Studenten aufhielt, wagte es die Militärpolizei nicht, ihn zu fassen.

Daher fing für ihn die Zeit höchster Gefährdung von dem Moment an, wenn er sich von der Menschenmenge entfernte. Er musste irgendwo, in der Toilette oder in einem Raum sein Aussehen schnell so verändern, damit keiner außer seiner engsten Freunde ihn erkennen konnte. Immer mit List und Trick kam er aus den Fängen der Gefahren, dabei stand ihm Fortuna bis jetzt immer zur Seite. Es war nicht selten, dass er den Übernachtungsort zwei bis dreimal in derselben Nacht wechseln musste, um der Verhaftung zu entgehen. Wenn sich mehrere Leute verdächtig vor dem Haus versammelten, wo er sich gerade aufhielt, dann war es die höchste Gefahr und die letzte Minute für ihn Flucht zu ergreifen; das hatte sich ihm in seiner Erfahrung tief eingeprägt. In Wahrheit spürte er für sich keine Angst, gefangen genommen zu werden. Nur solange er seine volle Bewegungsfreiheit habe, könne er all das organisieren und in die Wege leiten, wie er es bis dahin als Masterbrain für die Widerstandsaktionen der Studenten geführt hatte. Alle maßgeblichen Aktivisten der Studenten wünschten ihm, dass er nicht im Gefängnis lande und solange wie möglich ihnen mit brillanten Ideen und Aktionen zur Seite stehe, denn einer musste ja die Studenten führen. Er hatte sich eigentlich es nie ausgesucht, Studentenführer zu sein. Es war das Schicksal, das ihn in diese Rolle hineinkatapultiert hatte, er hatte über nichts zu jammern und er musste eben das akzeptieren, was ihm das Leben zugedacht hatte. Er konnte voll und ganz mit reinem Gewissen vor den Menschen und vor Gott verantworten, was er bis jetzt getan hatte. Ne Win und seine Vasallen brandmarkten ihn als einen Unruhestifter und den meist gesuchten Verbrecher und erklärten, dass er aus dem Grunde die höchste Strafe verdiene. Aber alle Studenten und die Bevölkerung verneigten sich vor ihm wegen seines Mutes und seiner Fähigkeit, Widerstandsbewegungen gegen die verhasste Militärsippe effektiv und erfolgreich auf die Beine zu stellen. Der Geheimdienstchef One-and-half hatte schon eine Spezialgruppe von Agenten aufgestellt, jenen Tin Maung Oo ständig zu beschatten. Er musste also immer auf der Hut sein.

Wie gern wollte er manchmal wieder zu Hause in der Stadt Rangun sein - besonders bei seinen lieben Eltern und Geschwistern. Wie gern hätte er das köstliche Essen, was seine Mutter zubereitete, gemeinsam mit seinen Brüdern und Schwestern zu sich genommen. Wie schön wäre es, mit seinen Geschwistern unsinnigen Schabernack zu treiben und herzhaft zu lachen. Er wäre so gern mal wieder in den hohen Chin-Bergen, wo seine Eltern als Kind aufgewachsen waren, und wo sich Kiefer- und Tannenbäume in die Höhe reckten und Rhododendron und Kirschbäume ihre Blütenpracht zur Schau stellten. Wie andere Studenten hätte er auch gerne seine Freundin vom Studentinnenwohnheim abgeholt und wäre mit ihr am Inya-See, hinter der Aula, Hand in Hand spazieren gegangen. Aber das war für ihn nur noch ein purer Wunschtraum, der niemals in Erfüllung gehen würde. Das Haus seiner Eltern wurde ständig von Militärpolizisten in Zivilkleidung überwacht. Seine Freunde und deren Wohnungen wurden ebenfalls von Fremden beschattet, seit er in den Augen der Machthaber nach der Studentenunruhe bei U Thants Begräbnis als der gefährlichste Unruhestifter der Nation galt. An manchen Tagen hatte er sich in Mingladon oder Pegu außerhalb Ranguns aufgehalten, als Bauer verkleidet und in einer Hütte gehaust. Wenn er dabei ruhig und unbesorgt Zeitungen studieren konnte, war es für ihn ein Luxus. In geheimer Kooperation und Verbindung mit seinen Freunden aus der verbotenen Studentenunion, die ebenfalls im Untergrund weiter aktiv waren, plante er, am 23. März 1976 eine große Gedenkfeier zu Ehren des berühmten verstorbenen Nationaldichters und großen Widerstandskämpfers Thakin Ko Daw Mhaing zu organisieren - er wäre an dem Tag 100 Jahre alt geworden.

Somit sollte es eine machtvolle Demonstration gegen die herrschende Militärregierung Ne Wins werden, an der sich Studenten, Arbeiter und Zivilisten beteiligen sollten. Bis dahin waren es noch fast neun Monate. Aber von einem versteckten Ort aus an die Verbindungsstellen und Personen die gewünschte Botschaft zu bringen und die ganze Organisation in Details zu planen, war sehr zeitaufwendig und gefährlich, jedoch sah er es schlicht und einfach als seine Verpflichtung gegenüber der Gesellschaft an, die er unbedingt erfüllen müsste. Als er sich gerade über das künftige Vorhaben Gedanken machte, kam in der späten Nacht ein Vertrauter in sein Versteck in Yankin mit der Warnung, dass eine Gruppe von verdächtigen Personen an der nahen Straßenkreuzung Stellung bezogen hätte, daher sollte Tin Maung Oo schleunigst durch den Garten hinter dem Haus in ein anderes Stadtviertel ausweichen. Die Flucht, die sein Dasein in letzten Monaten bestimmte, hatte wieder einmal zugeschlagen.

Am nächsten Tag, dem 7. Juni 1975, versammelten sich etwa dreihundert Studenten vor der Aula der Universität Ranguns, wobei der engere Kreis wohl informiert war, dass das Erscheinen von Tin Maung Oo durch Umstände verhindert war. Sie alle hatten beschlossen, die gestern begonnene Gedenkfeier weiter fortzusetzen. Dem harten Kern der Aktivisten gefiel die Idee eines Mitgliedes, vor dem Insein-Gefängnis zu demonstrieren, um mit den politischen Gefangenen, die noch in der Zelle festgehalten wurden, Solidarität zu üben, sie ebenfalls zu ermutigen und deren sofortige Freilassung zu fordern. Nach langer Busfahrt nach Insein erreichten sie endlich das Gefängnis. Laute Rufe ertönten aus den etwa dreihundert Kehlen:

„Politische Gefangene sind ... unsere Helden."
„Wir fordern ... Demokratie."
„Wir fordern ... Freiheit."

Die lautstarke Bekundung von dreihundert Studenten vor der Gefängnismauer über ihre uneingeschränkte Solidarität mit den politischen Gefangenen wurde mit starkem Beifallklatschen von den Gefängnisinsassen erwidert. Es war nur eine einfache und kleine Geste von denjenigen, die die Freiheit genießen konnten, aber doch große Freude und Anerkennung für diejenigen, die der Freiheit beraubt waren.

Am nächsten Tag trafen sich wieder dieselben Studenten vor der Aula und zogen am Nachmittag der Insein-Straße entlang in die Stadtmitte Ranguns, mit demselben Slogan – wir fordern ... Demokratie. Die Studenten wurden seltsamerweise weder von Polizisten noch von Soldaten daran gehindert, lautstark ihren Slogan zu schreien oder ihre Marschroute zu ändern.

Zur gleichen Stunde liefen die Vorbereitungen in der Geheimdienstzentrale planmäßig. Der Geheimdienstchef One-and-half las mieslaunig durch die Hornbrille den kurzen Bericht, dass der meistgesuchte Rädelsführer Tin Maung Oo aus der umzingelten Beschattung entschlüpft war. Er musste sich jetzt gewaltig beherrschen, seine Untertanen nicht anzuschreien, zumal er aus jenem Grunde vom Großvater zum Rapport zitiert und mächtig verdonnert wurde. Zwei Offiziere, im Rang eines Majors, standen in strammer Haltung in respektabler Entfernung vor ihm, während er den kurzen Bericht las, um weitere Befehle von ihm im Empfang zu nehmen. One-and-half erhob sich und schnauzte barsch die zwei Majore an, obwohl er sich vor Kurzem noch fest vorgenommen hatte, nicht unbeherrscht zu reagieren:

„Ihr seid ja so unfähig, diesen Unruhestifter Tin Maung Oo zu schnappen. Er ist immer wieder entkommen. Wenn es noch einmal passiert, ist es aus mit euch. Nun zum jetzigen Plan B, von der Gruppe darf keiner entkommen. Verstanden?"

„Jawohl Chef, wir haben verstanden", antworteten die zwei Majore und entfernten sich ehrerbietig.

Daher hatten die protestierenden Studenten entlang der U-wisara-Straße freie Fahrt zur Shwedagon-Pagode. Da es aber zeitlich keinen Sinn machte, in die Stadtmitte zu marschieren, machten Sie Rast an der Shwedagon-Pagode, und dort übernachteten etwa hundertfünfzig demonstrierende Studenten ermüdet auf dem Gelände der Shwedagon-Pagode. Sie hatten vor, am nächsten Tag in die Stadt einzumarschieren. Am Abend wurden zahlreiche Esspakete mit Reis und Curry von Bürgern gespendet und an die ruhenden Studenten verteilt. Im Morgengrauen, als alle Studenten noch im tiefen Schlaf versunken waren, rückten ca. fünfhundert bewaffnete Soldaten von allen Seiten vor und besetzten das Gelände der Pagode. Auf einem Streich wurden alle Studenten verhaftet, jeder in Handschellen abgeführt, in die bereits wartenden Lkws gepfercht und dann zum Insein-Gefängnis gebracht. Dort wurden die Studenten von speziell aufgestellten Schlägertruppen mit Schlagstöcken und Fausthieben brutal misshandelt, bis alle Opfer ohne Ausnahme mit blutenden Gesichtern und gebrochenen Gliedern zusammenbrachen. Etliche Studenten, die bereits als Anstifter bekannt waren, wurden am nächsten Tag von dem Militärtribunal, das innerhalb des Insein-Gefängnisses unter Ausschluss der Öffentlichkeit stattfand, zu einer Haftstrafe von zwei bis drei Jahren verurteilt.

Zu gleicher Zeit, als die Studenten vor dem Militärtribunal standen, weilte One-and-half, der Geheimdienstchef, in der Villa des Alleinherrschers Ne Win und erstattete ihm ausführlichen Bericht. Seit jeher bestand der innerste Machtzirkel des Alleinherrschers aus ihm selbst und dem Geheimdienstchef, der seinem Herrn bedingungslos ergeben war. Der Despot, offenbar zufrieden mit der Verhaftung der protestierenden Studenten, äußerte sich nach eingehender Überlegung kritisch und wie gewohnt, wenn es in seinem ureigenen Interesse stand:

„Du sagtest, die Demonstrierenden hatten wenig Unterstützung von Studenten und von der Bevölkerung gehabt, deswegen war die Anzahl gering. Daher seien weitere Unruhen unwahrscheinlich, aber nicht ausgeschlossen. Du hast das ziemlich mild ausgedrückt."

One-and-half spitzte gehorsam seine Ohren mit einer gewissen Befürchtung, ob der Tadel Großvater auf ihn herabprasseln würde. Zum Glück geschah dies nicht, und der Diktator nahm wieder seinen Gesprächsfaden auf:

„Aber, wenn die Studenten nun hören, dass hundertfünfzig von ihnen im Gefängnis sitzen, dann haben sie erst recht, noch mehr und effektiver die restlichen Studenten und Zivilisten anzustiften. Außerdem läuft dieser verdammte Hauptradelsführer Tin Maung Oo immer noch frei herum. Der wird jetzt alles in Gang setzen, dann wird es noch schlimmer werden. Wir haben erst in April, also vor zwei Monaten, alle Universitäten wieder aufgemacht."

Der Despot seufzte, bevor er nach einer Weile fortsetzte:

„Ich will nicht wieder alle zumachen, die wir gerade aufgemacht haben. Aber das Allerwichtigste in der heutigen Politik ist, die uneingeschränkte Macht meiner Regierung im Lande zu erhalten und zu festigen. Ob die

Universitäten lange oder kurz geschlossen bleiben, ist mir doch scheißegal. Man lernt an diesen Universitäten so wie so gar nichts. Die sind nur noch Ansammlung von undisziplinierten Haufen."

Ne Win verzog das Gesicht zu einer Fratze und fuhr fort:

„Man lernt in der Armee an einem Tag viel mehr als in einem Jahr an der Universität. Diese sogenannten universitären Gelehrten und Studenten sind alle Idioten. Wir brauchen in diesem Lande nur gute, disziplinierte und gehorsame Soldaten, aber keine demonstrierenden Studenten. Diese Studenten haben keine Lust zu studieren, sondern nur noch zu randalieren und sich immer gegen die Regierung zu stellen. Also machen wir alle Colleges und Universitäten im Lande auf unbestimmte Zeit zu. Sorg dafür, dass alle Studenten die Studentenheime verlassen und sofort nach Hause fahren. Wann die Zeit reif wird, diese Anstalten wieder zu öffnen, oder nicht, werde ich beobachten und alleine entscheiden. Nun geh und verkünde gleich, dass diese Unruheorte ab heute bis auf Weiteres dicht gemacht werden."

Es wurde am 9. Juni 1975 im Radio in den Nachrichten bekannt gegeben, dass hundertfünfzig randalierende Studenten verhaftet worden seien. Um Ruhe und Sicherheit im Lande zu bewahren, habe die Regierung beschlossen, dass alle Colleges und Universitäten landesweit ab heute auf unbestimmte Zeit geschlossen werden. Als die Hiobsbotschaft die Bevölkerung erreichte, schüttelten Eltern, die ihre Kinder an höhere Schulen zum Studium geschickt hatten, seufzend mit dem Kopf und fragten nun vor sich hin:

„Die Universitäten sind gerade seit Kurzem wieder geöffnet und nun werden sie wieder dicht gemacht. Was sollte nun aus dem Studium der Kinder werden?"

Die Antwort wusste niemand.

In den Studentenwohnheimen packte jeder Student und jede Studentin die Koffer, kleine und große Taxis standen bereits vor dem Portal. Den Koffer ins Taxi gestaut, fuhren sie zum Hauptbahnhof, um von dort die verschiedenen Richtungen zu ihren Heimatstädten einzuschlagen. Es war schon Anfang der Regenzeit, die kleinen Tropfen des Monsuns füllten den gesamten Raum der Luft und traten am Anfang in Form von Sprühregen auf und gingen bald in einen peitschenden und heulenden Wasserstrom über. Jeder Student, gewappnet mit großem Regenschirm, kämpfte sich vor, schnell in den Schalterraum des Ranguner Hauptbahnhofs zu gelangen, um eine Fahrkarte zu lösen. Jeder war doch traurig, die Universität und Freunde zu verlassen, mit denen sie nach langer erzwungener Trennung von vier Monaten gerade Wiedersehen gefeiert hatten und nun erneut nach zwei Monaten wieder auseinandergehen mussten. Der Abschied diesmal tat doch jedem weh. Werde ich je mein Studium beenden können? Das Gelände der RIT, das vor einem Tag noch laut, geschäftig, voller Freude gewesen war, glich nun einem verdorrten Acker. Vorlesungsräume und Workshops waren leer von Menschen. Restaurants und Essbuden, die vor Kurzem noch voll von wimmelnden weiblichen und männlichen Studierenden waren, gähnten nun vor Langeweile. In den Studentenwohnheimen war es plötzlich still geworden.

Als Thaung Htin am Abend im Studentenheim D auftauchte, waren die alten Freunde Phru, Win Kyaw, Tin Hlaing wieder versammelt. Sie hatten für das Zusammensein, das sich in bestimmten Zeitabständen wiederholte, ein leckeres Abendessen gekocht. Thaung Htin steuerte eine Flasche Mandalay-Rum und getrocknete Würsten bei, die er aus der Tasche zog und die Augen der Anwesenden einstweilen leuchten und deren Herzen höher schlagen ließ. Tin Hlaing fasste die Rum-Flasche fast zärtlich mit der Hand, als berührte er eine wunderschöne Frau an der Taille, und fragte seinen Freund:

„Na, Thaung Htin, scheinbar hast du gestern für diese Flasche abgearbeitet?"

„Du hast immer gut und richtig geraten, mein Freund, genau das habe ich gestern absolviert", gestand Thaung Htin pflichtmäßig, „ Madame war wie immer selig, wenn sie sich mit mir traf. Als ich ihr vor einem Jahr zum ersten Mal begegnete, war sie trotz der Scheidung, die sie seit ein paar Jahren hinter sich hat, und ihres erwachsenen Alters von über dreißig in gewisser Beziehung immer noch schüchtern. Wie sollte ich es ihr verdenken, dass sie nun ihr Glück mit Leib und Seele auskostete, wobei ich jedes Mal meine Handlungen mehr aus Wollust als aus seelischem Verlangen leiten lasse, es klingt sehr unverschämt, aber es ist wahr. Dazu noch, dass sie oft für mich getrocknete Wurst, Eier etc. mitbringt und ab und zu in meine Hemdtasche einen Fünfzig-Kyat-Schein steckt, ehrlich gesagt, das macht mir schon ein schlechtes Gewissen."

„Da kann man nichts machen, sie liebt dich eben", kommentierte Win Kyaw.

„Das stimmt wohl wahr, mindestens ihrerseits, aber ich spüre leider keine großen leidenschaftlichen Gefühle für sie. Für eine emotionale Beziehung ist das Gefühl bei der ersten Begegnung meist entscheidend, entweder hat man das oder nie. Am Anfang hat sie mich Mal gefragt, ob ich es mit ihr ernst meine. Daraufhin habe ich ganz ehrlich gesagt, dass ich kein Mann zum Heiraten bin, daher hat es keinen Sinn in diese Richtung zu denken. Mehr als deutlich in höflichen Worten, konnte ich es auch nicht mehr formulieren. Das war noch das kleinste Übel für mich. Was mir aber am Anfang viel zu schaffen gemacht hat, waren Geldgeschenke, um die ich sie nie gebeten habe. Es war so, einmal traf ich vor einem halben Jahr zufällig einen alten Freund Maung Ko aus meiner Heimatstadt Pakokku. Er arbeitete in der Post der Stadtmitte Rangun, und mit seinem kleinen Gehalt hatte er seine Frau und vier kleine Kinder zu ernähren. Als ich die Armseligkeit seiner Familie gesehen hatte, war ich sehr erschrocken. Einmal bat er mich, ihm Geld zu borgen, etwa hundertfünfzig Kyats. Er dachte, ich kam aus dem Ausland als großer Doktor zurück, da kann er doch von mir solche Kleinigkeit erwarten. Wie sollte ich ihm das geben, ich bin auch jeden Monat pleite. Es fiel mir so schwer, zu sagen, dass ich kein Geld habe. Es war kein Schamgefühl in mir, sondern das Gefühl der Ohnmacht, nicht imstande zu sein, einem Freund in Not zu helfen. Unmittelbar danach gab es ein Rendezvous mit der Dame. Ich habe ihr zufällig davon erzählt, nicht aus irgendeiner egoistischen Berechnung, sondern weil ich mit dieser Ohnmacht noch nicht fertig war. Bevor sie ging, steckte sie mir hundertfünfzig Kyats in die Hemdtasche und sagte: damit du deinem Freund helfen kannst. Da sagte ich ihr: Es ist nett von dir, aber mein Freund wird nie imstande sein, dir das zurückzugeben. Meinerseits werde ich es auch nicht schaffen, das Gleiche zu tun, wenn ich auch angeblich Doktore heiße. Sie sagte lakonisch: Mach dir darüber kein Gedanken. Von da an hat sie ab und zu mir Geld zugesteckt. Am Anfang war das ganz schwer zu verdauen, mir schlug das Gewissen. Ich komme mir wie ein Gigolo vor, der es nur auf ihr Geld abgesehen hat. Einerseits, sie hatte nie Probleme mit Geld, ihre Familie ist reich. Wenn sie finanziell in der gleichen Situation wie ich wäre, hätte ich nie etwas von ihr angenommen, das wäre ja eindeutig ein Verbrechen gewesen, das hätte ich nie getan. Sie empfand offenbar großes Vergnügen, für mich zu sorgen; vielleicht eine Art, ihre Zuneigung zum Ausdruck zu bringen. Es könnte auch sein, dass sie hofft oder glaubt, mit derartiger Zuwendung mich eines Tages da hinbiegen zu können, wohin sie mich haben wollte. Es tut mir auch leid, dass ich ihr in der gleichen Hinsicht nichts erwidern konnte, wie sie zu mir war. Seltsam, es war ganz anders bei Ms. Snow White vom Landvermessungsinstitut. In sie war ich schon vom ersten Blick an verliebt gewesen. Ich war damals innerlich so bereit gewesen, ihr alles zu geben, was ich je besaß."

„Du meinst, dein kleines Fahrrad, das du aus Magdeburg mitgebracht hast?" schmiss Tin Hlaing eine Zwischenbemerkung hinein, die für die Heiterkeit sorgte.

„Da hast du wieder recht, mehr besaß ich so wie so nicht. Aber jedenfalls war meine Zuneigung zu ihr eine höchst seltene Empfindung in mir über haupt. Ich habe ihr einen schönen Liebesbrief in Englisch geschrieben. Leider hatte sie nichts für mich übrig. So war ich wieder auf der Landstreicherslaufbahn zurück gelandet, wo ich die meiste Zeit meines Lebens verbracht habe. Während meiner Studienzeit gab es einige Frauen, die mich leidenschaftlich liebten, aber mir fehlten die nötigen Gefühle. Wenn ich aber eine Frau liebte, dann wurde es nicht in der gleichen Weise erwidert. Bei einigen Frauen war die Liebe von beiden Seiten ebenbürtig, da gab es aber wiederum andere unüberwindliche Hindernisse, die wir einander nicht zumuten konnten. Wenn ich dort geblieben wäre, wäre ich schon längst glücklich verheiratet. So hatte mir das Schicksal beschieden, als Landstreicher mein Leben zu fristen. Man sagt: Es ist schön, verliebt zu werden, es ist aber schöner, verliebt zu sein. Am schönsten ist es doch, verliebt zu werden und gleichzeitig verliebt zu sein. Solange das Schicksal mir das Glück verwehrt, mich in eine Frau bedingungslos zu verlieben und von ihr in der gleichen Intensität geliebt zu werden, wird sich mein Leben in emotionaler Hinsicht nicht ändern."

Der pathetische Ausspruch Thaung Htins schien auf die versammelten Junggesellen wie eine wohltuende Seelenmassage gewirkt zu haben.

„Aber, was war denn mit der Chinesin, die Privatlehrerin, die du ab und zu hierher mitgebracht hast?" hakte Win Kyaw nach.

„Ja, das war eine andere Geschichte, solange ich keine Frau leidenschaftlich liebe, bin ich fähig, auf mehreren Hochzeiten den letzten Tango zu tanzen. Wenn ich mich aber in eine Frau leidenschaftlich verliebe, kann ich das nicht mehr. Dann bleibt nur noch eine einzige Frau für mich. Bis dahin begibt sich meine Seele auf eine rastlose unruhige Wanderung, ob ich will oder nicht, das ist eben mein Schicksal", erläuterte Thaung Htin, „die chinesische Dame sagte jedes Mal, dass sie einen Mann haben wolle. Ich sagte: Ich werde dir einen kaufen, warte Mal nur ab. Daraufhin brachte sie zum Ausdruck, dass sie nur mich als Mann haben wollte, ich dagegen antwortete, dass ich mich nicht selbst kaufen könne, daher sie einen anderen suchen müsse. Dann war sie wieder zufrieden. Das ist mehr oder weniger Zeitvertreib, aber von seelischem Glück leider keine Spur in mir."

„Weil wir gerade dabei sind, darf ich noch weiter in deiner Kiste herumstöbern? Die dunkle Doris mit den schönen Augen und die helle Sandra, was war das denn?" forderte Win Kyaw von ihm mehr Auskunft.

„Ja, das sind die Geschichten, die mir für ein paar Monate Zeitvertreib reichen, mehr nicht. Ich verstehe diese Frauen nicht, warum jede mich so schnell wie möglich heiraten will. Dieser armselige Doktor, dessen akademischer Titel keinen Pfifferling wert ist, besaß weder Haus noch Geld, läuft mit langen Haaren wie ein Straßenrowdy herum", schüttelte Thaung Htin den Kopf, „ich sage ganz ehrlich, wenn ich eine Frau wäre, würde mir nie in den Sinn kommen, mich in einen solchen Taugenichts zu verlieben."

„Vielleicht hast du etwas, was die anderen Männer nicht haben", äußerte Win Kyaw eine weich gespülte euphemistische Vermutung.

„Ah... Ha, es leuchtet mir ein, das muss mein kleines klappbares Fahrrad sein, das ich aus Magdeburg mitgebracht habe, ganz bestimmt, so was besaß keiner in Rangun", erläuterte Thaung Htin fröhlich über die geheimnisvolle Wahrheit, worauf sich seine Freunde vor Lachen schüttelten.

„Solches jammervolles Leben wie Thaung Htin möchte ich auch gerne haben", bemerkte Phru mit einem Schmunzeln.

Nach einer Weile eröffnete Tin Hlaing sein Plädoyer:

„Spaß beiseite, es ist wahr, was Thaung Htin gesagt hat. Als ich in Prag war, habe ich eine ganze Menge Frauen durchgezogen, aber richtig geliebt habe ich nur Helena. Sie liebte mich auch so sehr und hatte scheinbar immer Angst, mich zu verlieren. Wenn sie manchmal nach ihrem Besuch bei ihren Eltern auf dem Lande zurückkam, kontrollierte sie alles peinlich genau in ihrer Wohnung nach, ob ich eventuell inzwischen andere Frauen ins Zimmer geschleppt hätte. Natürlich hatte ich vorher die Spuren längst beseitigt, Ha ... Ha ... Ha ..."

Sein herzhaftes Lachen zog jeden in seinen Bann. Nachdem sich alle an seiner drolligen Erzählung ergötzt hatten, setzte er fort:

„Aber richtig ein ganzes Leben lang zusammen zu sein und zärtlich einander lieben, all die Zeit mit ganzer Seele und Leidenschaft einander innig zu sein, das kann ich mir nur mit Helena und keiner anderen Frau vorstellen. Das ist ein seltsames und seltenes Gefühl, das ein eingefleischter Junggeselle wie ich als Liebe empfinden kann. Ich habe mit ihr über zwei Jahre in ihrer Wohnung zusammengelebt. Es war eine sehr schöne unvergessliche Zeit für uns beide, diese Zeit war und ist mir wie ein wunderschöner Traum für immer erhalten geblieben. Ich bin nach Burma zurückgekehrt, weil meine Mutter mich oft angerufen hat. Ich wollte meine Mutter unbedingt wieder sehen. Nach einem oder zwei Jahren in Burma wollte ich zurück nach Prag, mit Helena für immer zusammen zu leben, trotzdem war der Abschied für uns beide sehr schmerzhaft. Ich habe alle meine Bücher, mein Hab und Gut bei ihr gelassen, weil ich mich fest entschlossen hatte, zu ihr zurückzukommen. Leider brach die Verbindung zwischen mir und ihr nach einundeinhalben Jahren ab, vielleicht hatte sie die Hoffnung verloren, dass ich zurückkomme, oder hat sie jemanden gefunden. Obwohl ich ihr mehrmals geschrieben habe, kam kein Lebenszeichen von ihr mehr zurück. Jedenfalls wünschte ich ihr viel Glück. Ich habe sie sehr ... sehr geliebt. In stillen Nächten denke ich sehr oft an Helena, ich fühle ihre zarten

Wangen, ihre heißen Lippen, ihre unzertrennliche Umarmung, die ich so sehr vermisse. Wenn ich eine Frau so innig lieben könnte wie Helena, dann wäre sie für mich die Frau fürs Leben."

Die ernsthafte Erzählung Tin Hlaings war so mitreißend und klang besonders zum Schluss so melancholisch und traurig, dass keiner es wagte, nicht Mal andeutungsweise über seine Gefühle sich ein Wörtchen Witz zu erlauben, zumal er ganz selten seine emotionalen Gefühle publik machte und die meiste Zeit fröhlich gestimmt war.

„Ich bin jedenfalls der Jüngste in der Runde. Ich habe nicht so viele Frauen kennengelernt wie ihr, aber ich liebe jetzt meine Freundin Nan Way Thi genau so wie am ersten Tag der Begegnung vor drei Jahren, es hat in meinen Gefühlen zu ihr weder zugenommen noch abgenommen, es ist immer noch so, wie es am Anfang war. Ich kann mir aus meiner bescheidenen Erfahrung gar nicht vorstellen, je eine andere Frau so zu lieben wie Nan Way Thi", erzählte Win Kyaw über seine Liebe.

„Du bist eben einer der glücklichsten Menschen, die mit dem ersten Schuss die Richtige getroffen haben", sagte Thaung Htin mit einem milden Lächeln.

„Kommt, liebe Freunde, trinken wir auf eine bessere Zukunft in Burma, obwohl es hier jeden Tag immer düsterer wird, trotz allem wollen wir unser Leben von dem Scheißmilitär nicht vermiesen lassen", erhob Thaung Htin sein Glas, worauf seine Freunde ihm folgten. Er fuhr weiter fort: „Der besagte Spruch, unser Leben unabhängig von den Arschlöchern zu gestalten, ist sehr wichtig für das Überleben in diesem Lande. Wenn man täglich sieht, wie das Leben draußen unerträglicher wird und dazu noch mit den geschlossenen Universitäten auf unbestimmte Zeit, darf man nicht weiter fragen, wohin das alles führt ...In den staatlichen Zeitungen erscheinen täglich glorreiche Nachrichten mit den obligatorisch posierten Abbildern vom Minister Soundso in Zivil- oder Militärkleidung, wovon der Normalbürger es mehr als satt hat. Ihre Parolen sind immer dieselben – vorwärts, vorwärts, aber wohin? Ich habe bis jetzt gezögert, ein Urteil über die Zukunft unserer Heimat und unseres Leben zu fällen, ich wollte darüber ruhig und vernünftig und mit ausreichender Dauer und Erfahrung nachdenken. Was ich bis jetzt in diesem Lande gehört oder gesehen oder persönlich erlebt habe, gab leider kaum Anlass zur Freude. Eines, was ich bis jetzt mit Gewissheit für mich sagen kann, ist, dass ich jegliche Hoffnung auf eine bessere Zukunft Burmas unter dieser sozialistisch getarnten Militärjunta schon längst begraben habe. Es ist so, als ob man gerade einer Beerdigung beigewohnt hat. Erst später merkt man, dass man dort am Friedhof auch eigene Hoffnung mit zu Grabe getragen hat. Manche Menschen können ohne Hoffnung nicht leben. Manche leben einfach in den Tag hinein, ob man Hoffnung oder keine Hoffnung sieht, das war für sie nicht von Bedeutung, solche Menschen sind nun, in dieser Situation, viel glücklicher als die anderen. Es gibt auch viele Menschen, die weder Zeit noch Muße haben, sich darüber Gedanken zu machen, weil sie am Existenzminimum, irgendwo am Hafen oder Basar, ständig ums Überleben kämpfen müssen, sie stehen am schlimmsten da."

Thaung Htin hielt inne, während er mit versteinertem Gesicht vor sich hinschaute. Es war ruhig, seine Freunde merkten zum ersten Mal, dass Thaung Htin lange und sehr ernsthaft über das leidige Thema sprach, er glich dabei eher einem Patienten, der nicht mehr Herr seines Leidens war.

„Bevor ich nach Burma zurückkam, habe ich mir aus den bescheidenen Informationen, die ich überhaupt damals kriegen konnte, gedacht, dass es in Burma wirklich Aufbruchstimmung sei, unter der Führung der Armee ein soziales gerechtes System aufzubauen. Wir alle jungen Burmesen, die in sozialistischen Ländern Europas studiert haben und zurückgekommen sind, waren von der Entwicklung dieser Staaten ziemlich beeindruckt. Wenn die Armee unter Ne Win ehrlich auf die Idee kommt, ernsthaft den Sozialismus aufzubauen, dann ist das doch die beste Voraussetzung für die breite Schicht der Bevölkerung, in absehbaren Jahren einen hohen Lebensstandard zu erzielen. Was für eine naive Vorstellung von mir war es doch gewesen? Ich bilde mir ein, dass ich hier in Burma mit meinem bescheidenen Wissen ein klein wenig beitragen könnte, damit das Leben der Menschen in Zukunft allmählich besser geht, und mein Dasein könnte hier etwas nützlicher sein als im Westen. Ich bilde mir aber keinesfalls ein, dass ich als einzelne Person Großartiges schaffen könnte, aber jedenfalls einen kleinen bescheidenen Beitrag für ein besseres Leben der Menschen in Burma. Als ich aber mit der Zeit endgültig feststellen musste, dass Ne Win und seine Vasallen nur darauf aus waren, den ewigen Machterhalt der Militärdiktatur mit allen Mitteln zu festigen, war es für mich die größte Enttäuschung, die ich je im Leben machen konnte. Es scheint mir alles sinnlos zu sein, egal was man macht, solange diese Regierung Ne Wins an der Macht bleibt. Ich würde gern so positiv an die Zukunft unserer Heimat denken mit diesem oder jenem Hoffnungsträger, aber ich weiß nicht wie. Wenn man einen Glauben oder eine Hoffnung hat, wofür man seine ganze Kraft einsetzt, wofür man hungert und auf vieles verzichtet, was in normalem Zustand unentbehrlich erscheint, ist man mit seinen eigenen Idealen eins, und der Mensch ist glücklich. Das Glück ist aber ein relativer Begriff und wird von Mensch zu Mensch anders gedeutet und empfunden werden, daher kann ich nur für mich sprechen."

Thaung Htin kippte den Rest Rum herunter. Der starke Rum mit tiefroter Farbe hinterließ seine unfehlbare Wirkung in seinen Gedanken und Gefühlen, wo sich die Hoffnungslosigkeit seit Tagen spürbar ausbreitete wie eine Insel, die von einer Explosion eines Unterseevulkans an die Meeresoberfläche plötzlich emporgehoben wurde. Die Hoffnungslosigkeit ist gleich einem Raum, wo nichts als klirrende Kälte, Finsternis und Einsamkeit herrschen, diese Art von Gefühl hatte er zum ersten Mal im Leben gespürt, ob er allein oder von Freunden umgeben war. Heute sehnte er sich danach, sich besinnungslos zu besaufen, im Rauschzustand des Alkohols ließen sich viele Dinge besser ertragen als sonst – wie eine Art Fata Morgana.

„Ja, das ist wichtig, ich bin der gleichen Meinung wie Thaung Htin", sagte Tin Hlaing , „ich bin nun fest überzeugt, dass das Militär in Burma wie ein Moor ist, das unser Land immer tiefer in den Abgrund reißt, irgendwann wird es eine große Katastrophe geben. Ob unser Land eine oder mehrere Katastrophen braucht, um auf den richtigen Weg zu kommen, wage ich nicht zu spekulieren. Obwohl ich die jetzige Armee abgrundtief hasse, gibt es eine Menge hoher Offiziere und Soldaten, die sich mit dem Machthaber Ne Win in keiner Weise identifizieren wollen, z. B. General Tin Oo. Sie wagen nur noch nicht, sich gegen den Diktator zu erheben. Ich hoffe, auch wenn ich diesen Tag nicht mehr erleben sollte, dass in der Armee Offiziere heranwachsen, die wirklich das dauerhafte Wohl der Bevölkerung ins Auge fassen statt ihre kurzfristigen Karriere und eines Tages die endgültige Rückkehr Burmas in die Demokratie ermöglichen werden."

„Ja, darauf trinken wir ", feuerte Thaung Htin seine Freunde oder, besser gesagt, sich selbst an, und ließ die Gläser gleich klingen, zwar nach dem Motto: Man solle die Hoffnung nie aufgeben, obgleich nichts mehr vorhanden war, was zur Hoffnung berechtigt zu sein schien.

Als er mit einer von selbst gestellten Lebensaufgabe nach Burma zurückkam, sah er den Weg klar vor Augen, wohin er sich bewegte, nun nach eineinhalben Jahren schien ihm der Weg immer mehr düsterer und zweifelhafter zu sein als je zuvor, er wusste zunehmend nicht mehr, wohin sein Weg führen würde – wie ein kleines Kind, das sich auf dem Weg nach Hause im dichten Nebel verlaufen hatte. Trotz des beträchtlichen Rums waren die Freunde nicht in angeheiterter Stimmung, weil jeder von der hoffnungslosen politischen Lage im Lande bewusst oder unbewusst zwangsläufig stark tangiert war. Es herrschte seltsamerweise eine Stille an dem Tag, als hätten die Freunde die Sprache verloren. Jeder nippte wortlos an seinem Glas Rum und schaute nur noch vor sich hin.

Am nächsten Tag besuchte Thaung Htin seinen Freund Soe Myint Thein, der an der Universität Leipzig Forstwirtschaft studiert hatte und nach der

Rückkehr nach Burma nun als Dozent im Forstwirtschaftsinstitut der Universität Rangun arbeitete. Er wohnte in einem Heim neben dem Campus, wo ledige Dozenten der Universität untergebracht waren. Sein Freund wartete auf ihn mit einer Flasche Rum und einer Flasche heimatlichen Schnaps, der aus Zuckerpalmensaft hergestellt wird. Die besagte Spirituose war sechsmal billiger als Rum und auch sehr stark. Thaung Htin hatte auch unzählige Male mit diesem heimatlichen Edelsaft Bekanntschaft gemacht. Aufgrund der chemischen Verunreinigungen darin riet jeder Kenner, diesen mit Vorsicht zu genießen. Nach zwei, drei kleinen Gläsern war man so schnell von der Wirkung jenes Edelsaftes benebelt worden, dass seine potenzielle Gefahr für diejenigen, die ihr zeitweilig unterlegen waren, immer kleiner zu werden schien.

„Womit willst du anfangen, mit heimatlichem Schnaps oder mit Rum?", fragte sein Kumpel mit väterlicher Gutmütigkeit.

„Rum haben wir oft getrunken, also beginnen wir mit heimatlichem Schnaps." Sagte Thaung Htin.

„Trink, mein Kumpel, dieser Edellikör hilft uns, über alle Sorgen hinweg zu fliegen. Es ist in der Tat wie ein fliegender Teppich, der über allen erdenklichen Sorgen schwebt und uns immer ein herrliches befreiendes und unendliches Gefühl beschert", erläuterte Soe Myint Thein geduldig seine aus langjähriger Praxis erworbene Erkenntnis, die derweil für ihn in den Rang eines Lebenselixiers emporgestiegen war. Er schüttelte einige Salzerdnüsse in die kleine Schüssel und eine Portion gebratenen Schweinebauch, die er vom Laden besorgt hatte, auf einen Teller als Beilage.

„Ich bin ungefähr zwei Jahre ehr als du nach Burma zurückgekehrt, seit dem genehmige ich mir regelmäßig dieses Edelgetränk. Mandalay-Rum ist zwar qualitätsmäßig gut aber mindestens sechsmal teurer als dieser. Also werde ich mich lieber mit sechs wilden Weibern aus der Provence vergnügen als mit einer teueren Hofdame vom städtischen Bordell. Wenn man sich damit vergnügt hat, kommt doch nachher das Gleiche heraus ... He. He. He ..."

Sein Lachen war ziemlich trocken, aber er hatte in gewisser Hinsicht recht. Kurz darauf gesellte sich Tin Maung, der in Budapest Veterinärmedizin studiert hatte und ebenfalls an der Universität Rangun tätig und besonders wegen seiner Trinkfestigkeit ziemlich bekannt war, zu ihnen. Das Zechgelage steigerte sich langsam und kontinuierlich in eine höhere Stufe.

„Wenn es so lautet, es sei effektiver und ökonomischer sich an der Gesellschaft von sechs Wildgänsen zu ergötzen als an der von einer Stadtente, muss es wohl eine weise Entscheidung von dir gewesen sein", stimmte Thaung Htin zu und nahm einen kräftigen Schluck, der seine Kehle fast verbrannte. In letzter Zeit hatte er viel getrunken, um in eine andere Welt der scheinbar berauschenden Fantasie zu flüchten und in der Misere der realen Welt nicht geschmort zu werden, auch wenn die Flucht ihm nur für eine kurze Weile gelungen war.

„Mach dir doch keine großen Gedanken über die Politik dieser Arschlöcher-Militärregierung", sagte Soe Myint Thein mit einer gleichgültigen Miene, „es ändert sich hier sowieso nichts, also saufe dich glücklich und beschäftige dich mit allen möglichen Weibern, dann bleibt dir keine Zeit mehr, dich mit unglücklichen Dingen zu befassen. Ist das nicht eine pragmatische Lösung des Problems? General Ne Win oder U Ne Win, wie der Arsch auch auf der politischen Bühne heißen möge, ist es doch derselbe Hund, der Arbeiter und Studenten erschießt, Dissidenten, Politiker, Journalisten oder Schriftsteller in Kerker sperrt. Es hat hier keinen Sinn, ob du dich hier politisch engagierst, oder nicht. Ne Win und seine Sippe haben vor allem Waffen, sie werden immer Waffen haben, wir aber nicht, also es hat gar keinen Sinn, sich darüber Gedanken zu machen oder damit Zeit zu verschwenden."

Er zog einen kräftigen Zug an seiner Zigarette, blickte auf Thaung Htin mit einem milden Lächeln und nahm dann den Gesprächsfaden wieder auf: „Wenn man sich mit unglücklichen Dingen befasst, wird man logischerweise unglücklich, wenn man sich aber mit glücklichen Dingen beschäftigt, wird man eben glücklich, also daraus die kausal bedingte Schlussfolgerung: Ich befasse mich nur mit glücklichen Dingen, d. h. Saufen und Frauen. Ich saufe mich glücklich und treibe mich mit den Weibern herum. Ich praktiziere nach diesem Prinzip seit Jahren, damit bin ich jedenfalls sehr vorzüglich bedient worden, mein Freund. Ich bin nicht naiv, weiß genau, dass mich Rum oder heimatlicher Schnaps eines Tages ins Grab bringen wird, aber mir ist es egal, sterben müssen wir sowieso. Solange ich lebe, möchte ich möglichst sorgenfrei sein und daher saufe ich fast täglich, um mich im Glück zu ertränken", versuchte er seine Lebensphilosophie schmackhaft darzustellen, wobei seine Augen, während er sprach, hinter der Brille hell aufleuchteten und seine goldene Kette, die er seit Jahren um den Hals trug, hin und her baumelte, wenn er sich mit seinem Oberkörper und Schnapsglas in der Hand zum Wohl aufrichtete.

„Ich stimme Soe Myint Thein völlig zu", ergänzte Tin Maung mit angetrunkener Stimme.

„Vielleicht habt ihr Recht", bejahte Thaung Htin mit einem schweren Kopf und einem vollen Glas in der Hand. Er hatte sich wieder vorgenommen, heute sich vollzusaufen, und dann ein paar Weiber auf den fliegenden Teppich mitzuschleppen und all die Wut und Ohnmacht weit hinter sich lassend irgendwohin zu fliegen, wo die Blutsauger-Generäle nicht existieren. Er fragte sich nur in seinen wirren Gedanken: Gibt es denn wirklich einen fliegenden Teppich, wie sein Freund gern behauptet? Werden sich all die Tropfen des Edelsaftes, die er nun getrunken hatte, tatsächlich in einen fliegenden Teppich verwandeln? Gibt es wirklich auch Örtchen, wo das hässliche Militär nicht zu finden ist?

Es war an einem Abend in der Stadtmitte Ranguns.

„Komm Ko Thaung Htin, gehen wir Hühner fangen", sagte Pho Kyaw, ein Freund von Thaung Htin, in dem er seine Brille mit einem Taschentuch putzte und gleichzeitig seinen jüngeren Bruder Tun Tun, seinen Cousin Bu Maung ein Zeichen zum Aufbruch gab. Die Gebrüder Pho Kyaw waren neue Freunde von Thaung Htin, mit denen er sich in letzter Zeit in der Stadtmitte oft traf. Hühnerfangen heißt in Burma „Prostituiertensuchen". Diese Redewendung war unter den jungen Menschen landesweit in den sechziger Jahren zum Schlagwort erkoren worden, nachdem der berühmte Roman „Stehaufmännchen" vom burmesischen Schriftsteller Aung Lin veröffentlicht wurde, in dem das Leben eines Rikschafahrers in Rangun eindrucksvoll geschildert wurde.

„Okay ziehen wir los", stimmte Thaung Htin zu und zog zur nächtlichen Stunde mit der Truppe in die Stadtmitte. Sie schlenderten in der Nähe von Nacht-Basar, vor den Kinos, die Bojoke-Aung-San-Straße und Botataung-Straße entlang, wo es durch die Neonlichter der geöffneten Geschäfte und kleinen Läden hell erleuchtet war, die sich auf dem Gehsteig am Rande der breiten Straße standen und die verschiedenen Konsumwaren wie Feuerzeug, Armbanduhr, Federhalter, Zigaretten, Lippenstift, Radiokassetten etc. feilboten. Zahlreiche Essbuden und Restaurants und Kaffeehäuser waren bis Mitternacht auf. Im Zentrum der Hauptstadt konnte man alles kaufen, was ein Normalsterblicher in volkseigenen Läden nie zu sehen bekam, nur wenn man das nötige Geld hätte. Hier pulsierte das Nachtleben der Hauptstadt, hier waren täglich in den späten Stunden viele Menschen unterwegs, nur dieses und jenes zu schauen und sich die Zeit zu vertreiben.

Eine nicht geringe Anzahl von adrett und hübsch gekleideten Frauen, rote Lippen, fein geschminkte Augenbrauen, leicht zurechtgemachte Frisuren, kokettierende Blicke, jung und erwachsen, die dem ältesten Gewerbe der Welt nachgingen, bummelten durch die Straßen. Das melodische Kennzeichen ihrer Schritte, hervorgerufen durch den leisen Schlag ihres Schuhabsatzes auf den harten Betonplatten der Gehsteige, hinterließ einen unverkennbaren Klang, der sich von denen der normalen Frauen wesentlich unterschied. Ihre Schritte waren weder zu langsam noch zu schnell, immer gemächlich und gleichmäßig, manchmal abwartend, manchmal an einer Stelle verharrend und dann wieder in gewohnter Manier fortsetzend; es gab nie eilende oder rennende Schritte jener Damen, die ihre verführerischen Blicke den künftigen Freiern verschwenderisch zuwarfen, als hätten sie ihre begehrlichen Fangnetze ausgebreitet, worauf sich das männliche Wesen, sei es Abstinenzler oder Anhänger, offen oder klammheimlich freute, abgesehen von den wenigen Moralaposteln, die sich allein beim Anblick der Verführungskünstlerinnen schon unablässig verschiedenartige Flüche ausstießen, vielleicht weil sie selber höllische Angst davor verspürten, der Begierde des wollüstigen Fleisches zu unterliegen, oder weil sie dieses als sündhaftes Gewerbe betrachteten. Dessen ungeachtet ließen die schmiegsamen zarten Damen mit ihren bestechend graziösen Figuren, vervollkommnet mit nach vorn gepreschten schönen runden Busen und einer kleinen Handtasche, die gelegentlich um ihre Finger rotierte und ergänzt mit einem reizenden Gang, wobei ihr wohlgeformter Allerwertester ein wenig nach rechts und links, in feiner Abstimmung mit dem gesetzten Schritt harmonisch schaukelte, manche männlichen Passanten auf der Straße zur wohlwollenden Betrachtung hinreißen. Manch gewagte Männer sprachen jene Damen sofort freundlich an; manche zierten sich beim ersten Blick und mussten noch den ganzen Mut aufbringen, die begehrlichen Gefühle in kommunizierende Worte umzusetzen.

„Sie sind eine wunderschöne Frau", wenn man so diplomatisch und verführerisch sie anspreche, würde man gleich von ihr mit einem betörenden Blick und liebevoller Reaktion belohnt: „Danke schön mein Süßer, was darf es sein? Womit kann ich dich noch glücklicher machen?"

Manche Damen waren ausnahmsweise wortkarg und wollten gleich zur Sache kommen und erwähnten sofort den Handelspreis, denn das Feilschen um diesen war nicht erlaubt. Abgesehen davon, ob man in den Handel einsteigen wollte oder nicht, war doch der Anblick der verführerischen Damen sehr herzerfrischend, so sagte Pho Kyaw gerne mit einem lachenden Gesicht, der stets unternehmungslustig und von froher Natur war, während sein junger Bruder Tun Tun, der, vom zurzeit im Kino laufenden englischen Film Romeo und Julia überwältigt, nur noch von der großen leidenschaftlichen Liebe träumte und davon ständig redete. Er war ausdrucksstark und literarisch veranlagt, lernte die schönen Verse von Shakespeare voller Hingabe auswendig und trug sie manchmal vor, mit Pathos hinblickend auf den Balkon, als ob seine angebetete Julia dort sehnsüchtig auf ihn wartete:

„Der Narben lacht, wer Wunden nie gefühlt.
Doch, still, was schimmert durch das Fenster dort?

Es ist der Ost und Julia die Sonne!"
Da auf dem Balkon ihres Hauses anstatt Julia sein Bruder Pho Kyaw zufällig stand, bekam er prompt die deftige Erwiderung zurück:
„Schmeiß bloß nicht mit den Shakespeares Versen umher,
Du Arsch, ich bin nicht Julia, sondern dein Bruder!"
Obschon Tun Tun ständig über die ewige Verbundenheit zweier Seelen und die unsterbliche Liebe wie bei Romeo und Julia etc. Lobeslieder sang, war er doch nicht imstande, sich der Versuchung des nackten Fleisches zu entziehen, und so begab er sich am Ende willfährig, wie die anderen in die Arme jener Damen, als die wollüstige nächtliche Mußestunde angekommen war. Für Thaung Htin war es ein vollkommen neues Milieu, wo er sich mit Pho Kyaw und seinen Gebrüdern herumtrieb, es erschien ihm ungemein interessant, aus den Klängen des Schuhabsatzes die Deutung schon von der Ferne her abzulesen und mit den spätabendlichen Kuriositäten in der Stadtmitte Zeit zu vertreiben. Im Laufe der Zeit und mit zunehmender Erfahrung war er wie seine Freunde ebenfalls in der Lage, die Kunst der Deutung der Schritte richtig zu beherrschen, wobei er es vermied, sich zu fragen, woher diese scheinbar freundlichen Frauen kamen und, aus welchen Gründen sie sich für Geld den Fremden hingaben. Verspürt ein Mensch Leere in seiner Seele, so versucht er gelegentlich diese mit leicht verschaffbaren Amüsements zu füllen oder verdecken, es gelingt ihm jedoch selten.

Pho Kyaw und seine Gebrüder hatten Thaung Htin vor ein paar Monaten bei einer Trinkgelage mit seinem anderen Freund Zaw Win als neue Zechgenossen kennengelernt, und sie sind auf Anhieb dicke Freunde geworden. Pho Kyaw studierte Chemische Verfahrenstechnik an der RIT und nun im letzten Studienjahrgang, sein jüngerer Bruder Tun Tun studierte Medizin und Bu Maung war in einer Handelsfirma beschäftigt. Tha Dun Oo, ein Ingenieur und älterer Cousin von Pho Kyaw, beteiligte sich oft wie Zaw Win mit der notwendigen Beschaffung vom Alkohol am Gelingen des feucht fröhlichen Zechabends. Die drei Junggesellen lebten in einer Wohnung in der Stadtmitte, in der Nähe vom Bojoke-Markt, wobei ihre Eltern, eine Straße weiter, in der Nähe wohnten. Damit war der idealste Zustand von Beginn an erfüllt, für Junggesellen ein zügelloses Leben zu treiben. Mal hatten sie Nächte lang gezecht, mal vergnügten sie sich mit einer auserlesenen Prostituierten, die sie in der Nacht nach Herumtreiben in der Stadt geangelt hatten. In Thaung Htin sahen Pho Kyaw und Tun Tun einen großen Bruder, der alle Jugendsünden jederzeit, ohne mit der Wimper zu zucken, mitmachte. Pho Kyaw, im Alter von dreiundzwanzig und Tun Tun erst zwanzig, hatten keine besondere Neigung, sich eine feste Freundin anzuschaffen, obwohl sie mit allen Attributen ausgestattet waren, mit denen sie jederzeit eine Freundin erfolgreich erobern konnten, z. B. gegenüber der Dame ohne Scheu und Angst auf eventuellen Rückschlag, Liebeserklärung zu machen und mit der Frau würdig und respektvoll umzugehen.

Die meisten Jugendlichen in Burma träumten davon, eine Freundin zu haben, jedoch trauten die wenigsten sich, eine Frau diesbezüglich anzusprechen. Derjenige, der in Begleitung einer Freundin in der Öffentlichkeit aufzutreten in der Lage war, wurde er im Kreis seiner Altersgenossen höher angesehen. Tun Tun und Pho Kyaw schätzten jedoch die volle Freiheit eines Junggesellen viel mehr als das Dasein eines Anhängsels einer Dame. So war ihr Leben voller Aktivitäten, deren Genuss und Freude ohne jegliche Gewissensbisse voneinander geteilt werden konnten. Pho Kyaw pflegte zu sagen:

„Unsere Eltern haben uns von jung an beigebracht, man könne im Leben alles machen außer einem, dass man jemandem Tränen in die Augen treibe, das sei das Schlimmste, was es überhaupt geben kann. An diesem ethischen Lehrsatz halte ich immer fest."

Nicht nur dass die Gebrüder Pho Kyaw jenen Leitsatz des Lebens wirklich verinnerlichten, sondern auch danach lebten, merkte jeder nach kurzer Zeit, dass jene Burschen trotz lauter Zechen und Hurerei innerlich äußerst sensibel waren.

Wenn alle Kumpane beim Zechgelage anwesend waren, ertönte die tiefe Stimme des gewissen Herrn Zaw Win, der immer gutmütig war und zu seinen Freunden niemals „Nein" sagen konnte, am lautesten. Er spendierte gern die nicht gerade billigen alkoholischen Getränke für seine Freunde, da er nach seinem Ingenieurstudium in Westdeutschland ein teures Auto mit gebracht und damit im Gegensatz zu den Heimkehrern aus Ostblock-Staaten sich ein materiell komfortables Leben in Burma leisten konnte.

Tha Dun Oo hingegen hüllte sich meist gern in Schweigen und nippte ruhig von seinem Glas Rum, beteiligt sich dann und wann an dem feucht fröhlichen Gespräch.

„Eine Nachbarin, hier zwei Häuer auf der rechten Seite, ist vollbusig und flattert dauernd vor dem Haus hin und her", sagte Pho Kyaw, „Ko Thaung Htin, willst du dich an die nicht ranmachen?"

„Du hast gut beobachtet, die Dame flattert ziemlich hin und her, andererseits scheint sie ganz gefährlich zu sein", sagte Thaung Htin, „die ist sowieso nicht mein Typ und vor allem bei geringster Gefahr leuchtet es bei mir schon rot. Bei manchen Frauen ist der Eingang ziemlich einfach, aber der Ausgang sehr problematisch, da mache ich lieber einen Riesenbogen um die Frau. Vor zwei Monaten war eine junge Dame in meinem Bett, die war sehr nett, hübsch und von tadelloser Figur. Ich habe nichts gemacht und lieber die Finger davon gelassen."

„Was? Gibt's dann so was?" entfuhr allen ein Ruf des unglaublichen Staunens.

„Wenn ich das Ding gemacht hätte, würde sie es sofort ihren Eltern und Verwandten erzählen und Tausende Tränen vergießen, dass sie mich sofort heiraten müsse, sonst würde sie vor Scham sterben, da sie ihr wertvollstes Gut „Jungfräulichkeit" für immer verloren habe. Da sehe ich schon die ganze wütende Schar ihrer Verwandten, bewaffnet mit Messern, Gabeln und Holzstöcken, zu mir sich in Marsch setzen und an der Spitze ihr älterer Bruder, der in ihrer Stadt ein durch K.o.-Siege bekannt gewordener Boxer war. Da wird es für mich kein Entrinnen mehr geben, mein Leben ist für immer besiegelt, es bleibt mir keine andere Wahl – entweder Cholera oder Pest. Gott möge sich meiner erbarmen!"

Das dröhnende Lachen der Zechgenossen war an dem Tag sogar von den Nachbarn mit Neugier registriert worden.

Es war an einem Tag in Dezember 1975 ungefähr 22 Uhr, Thaung Htin, Pho Kyaw und Ohn Kyaw, der beste Studienfreund von Pho Kyaw, waren zufällig an der Myenigon-Kreuzung. Sie waren im Begriff, dort gemütlich in einem Kaffeehaus zu sitzen und ein wenig zu plaudern. Die Tische waren vor dem Kaffeehaus unter freiem Himmel aufgestellt, fast alle Tische waren besetzt, blieb nur noch ein Tisch, ganz abgelegen in der Ecke, der nur von zwei jungen Männern besetzt war. Da Pho Kyaw und Ohn Kyaw einen von jenen zwei jungen Männern ebenfalls als Student von der RIT gut kannten, setzten sie sich an den Tisch, wo sie von den zwei mit freundlichem Lächeln begrüßt wurden. Ein junger Mann trug eine schwarze Brille und langes Haar und der andere, der Bekannte von Pho Kyaw, war normal gekleidet. Thaung Htin hatte an dem Tag in der Zeitung gelesen, dass es eine große Razzia der staatlichen Behörden auf dem Bahnhof Moulmein gegeben hätte und eine große Menge schwarzer Importwaren aus Thailand beschlagnahmt worden sei.

„Heute stand es wieder über eine Razzia in Moulmein in der Zeitung, da haben die Behörden immer wieder Gelegenheit, sich selbst reichlich mit Radiokassetten, Tonbänder einzudecken", sagte Thaung Htin.

„Nachdem die hohen Armeebosse die Filetstücke an der Grenze abkassiert haben, durften die kleinen Handlanger an die Knochen gehen. Alle Kommandeure an den Grenzregionen sind bekanntlich nach einem oder zwei Jahren stinkreich geworden", fügte Pho Kyaw hinzu.

„Es ist kein Wunder, seit diese Ne Win Regierung Import und Export verstaatlicht hat und sie nur noch von den Behörden d. h. von ihren Offizieren durchgeführt werden, was vorher in der Zeit der Regierung U Nus jeder fähige Bürger machen durfte, geht nun alles durcheinander", machte Thaung Htin seinem Ärger Luft, „der einfache Bürger weiß nicht mehr, wie er noch sein ehrliches Geld verdienen soll. Jemand hat mir gesagt, die Militärjunta habe in Burma ein System geschaffen, in dem ehrliche Bürger verhungern müssen. Da ist wirklich Wahres dran. Seitdem ich vor eineinhalb Jahren aus Ostdeutschland zurückgekommen bin, habe ich bis jetzt keine einzige Aktion dieser Regierung Ne Win gesehen, die von den einfachen Bürgern als Ermutigung oder Verbesserung angesehen werden konnte. Als die armen Arbeiter nur eine Handvoll Reis zu einem vernünftigen Preis verlangten, erschießen sie die wehrlosen Arbeiter, statt ihnen zu helfen. Als U Thants Leichnam nach Rangun gebracht wurde, brauchten sie nur ein Staatsbegräbnis zu zelebrieren, dieser war eine große Persönlichkeit als UN-Generalsekretär, ob Ne Win ihn mag oder nicht. Stattdessen hat die Scheißregierung mit ihrer Weigerung unnötig die Unruhe auf die Spitze getrieben. Als sie die Unruhe nicht mehr bremsen konnte, haben sie Studenten und Zivilisten einfach niedergeknüppelt. Wenn die Studenten einen Tag demonstrieren, macht die Regierung mindestens halbes Jahr alle Universitäten zu. Ich habe mich am Anfang gewundert, warum diese Regierung zu blöd ist, die Probleme zu lösen. Ich habe am Ende endlich kapiert, dass die Militärclique um Ne Win weder fähig noch willig ist, das Land vorwärts zu bringen. Einzig und allein, wofür sie sich interessieren, ist der absolute Machterhalt nur für den Militärclan. Burma war vorher eine englische Kolonie, jetzt ist es eine Kolonie des Diktators Ne Win, eines echten Burmesen! Unter Engländern hat es noch mindestens bürgerliche Gesetze gegeben, die für jeden galten, unabhängig von Rang und Ordnung. Aber unter dem Diktator Ne Win gibt es keine allgemeingültigen Gesetze mehr, weil sie das selber fabrizieren, was ihnen angenehm und vorteilhaft ist, das Militär ist selbst das Gesetz."

„Ob wir die Freiheit aus dieser Knechtschaft bei unserer Lebzeit noch erleben werden, ist nicht so sicher", sagte Ohn Kyaw.

„Wenn man bedenkt, dass ein Gegner dieser Regierung, die Kommunisten, sich nur noch mit sich selbst und der Kulturrevolution beschäftigen und gegenseitig umbringen, dann ist von dieser Seite nichts mehr zu erwarten. Die patriotischen Befreiungskämpfer von U Nu haben mit ihren Bombenexplosionen, die nur Zivilisten töteten, ihren guten Ruf bei der Bevölkerung verspielt. So haben wir von niemandem mehr Hilfe zu erwarten", sagte Thaung Htin mit nüchterner Stimme, die doch ziemlich resigniert klang.

Mittlerweile waren fast alle Gäste weg und alle Tische leer, es blieben nur noch Pho Kyaw und seine Freunde vollzählig am Tisch wie vorher.

„Aber, solange wir diesen Kampf nicht aufgeben, haben wir noch Hoffnung", sagte der junge Mann mit schwarzer Brille, der bis jetzt ruhig und unauffällig dem Gespräch zugehört hatte, - bei ersten Worten zögerlich, doch am Ende in ruhigem klarem Ton. Sein kräftiges Kinn, verziert mit einem schmalen Bart über den dünnen Lippen, ließ seinen starken Willen unmissverständlich erkennen und verlieh damit seinen Worten, die ohnehin sehr ernst gemeint waren, zusätzlich Gewicht. Thaung Htin schaute den jungen Mann aufmerksam an und pflichtete ihm wohlwollend bei:

„Sie haben recht, resigniert kann sich jeder fühlen, aber aufgeben sollen wir dieses Ziel auf gar keinen Fall, egal wo wir sind."

„Wenn man sich einen solch übermäßigen Gegner zum Feind macht, kann der Kampf verdammt lange …, sehr lange dauern", sagte der junge Mann, der inzwischen ein wenig zutraulich geworden war, und setzte fort: „Was wir jetzt in Burma erleben, ist ja schon eine Art Anfang einer Revolution. Wenn man eine Revolution macht, kann es zehn Jahre oder zwanzig oder hundert Jahre dauern. Es ist durchaus möglich, dass wir den Sieg persönlich gar nicht mehr erleben. Meiner Ansicht nach muss der Kampf nicht nur im Lande, sondern auch von außen, also international, fortgesetzt werden. Übrigens wenn Sie aus Deutschland zurückgekommen sind, besteht auch die Wahrscheinlichkeit, dass Sie irgendwann einmal wieder dort sind. Wie wäre es, wenn Sie dort alles niederschreiben würden, was sie in Burma erlebt haben, damit die Menschen dort erfahren, was hier in Burma wirklich geschehen ist. Auf lange Sicht gesehen wird die internationale Solidarität die wichtigste Verbündete im Kampf gegen eine solche Tyrannei in Burma sein."

Die Stimme des jungen Mannes, der mindestens fast zehn Jahre jünger zu sein schien als Thaung Htin, war klar und prägnant, seine Idee war einleuchtend und vorausschauend trotz seines jungen Alters, sodass Thaung Htin ihm mit großem Respekt zulächelte.

Als der junge Mann mit schwarzer Brille und sein Freund sich von Thaung Htin und dessen Freunden verabschiedeten, war schon fast Mitternacht. Die Sterne funkelten am Himmel. Thaung Htin schaute sich vorsichtig um, sich zu vergewissern, ob irgendein Fremder in der Nähe war. Da sich niemand in Hörweite aufhielt, sagte er leise zu seinen Freunden:

„Ich habe diesen jungen Mann schon mal gesehen und seine Stimme gehört, es muss in der Aula der Universität Rangun bei U Thants Begräbnis gewesen sein, er müsste Studentenführer Tin Maung Oo sein. Als Tarnung hatte er die Brille getragen. Das war eine unheimlich flammende Rede, die er damals gehalten hatte. Er hat den ganzen Aufstand der Studenten maßgeblich geleitet."

„Das stimmt, ich habe ihn auch erkannt", stimmte Ohn Kyaw ihm in gedämpftem Ton zu, „Er ist ein großer Kämpfer und ein Held. Obwohl ich nicht so wie er mein eigenes Leben allein für diesen Kampf aufopfern kann, gehört ihm meine aufrichtige Verehrung. Möge Gott ihn beschützen."

„Ich habe ihn auch gleich erkannt, ich bin der gleichen Ansicht wie du, Ohn Kyaw", flüsterte Pho Kyaw sichtlich bewegt.

„Der ist ein selbstloser Kämpfer und Idealist, er opfert sein Leben für die Freiheit und Demokratie und ein besseres Leben für alle Burmesen. Wenn ich das Wort „Burmese" benutze, meine ich als den Sammelbegriff für alle Menschen in Burma, seien es Chin, Kayin, Schan, Rakhine, Burmese usw.", sagte Thaung Htin, „seit U Thants Begräbnis, so weit ich einschätzen kann, muss das ganze Heer von Geheimpolizisten hinter ihm her sein. Was für ein aufopferungsvolles Leben. In seinem Denken und Handeln für die Allgemeinheit ist er viel weiter und konsequenter als wir. Ich verneige mich aufrichtig vor diesem jungen Mann!"

Es musste für Thaung Htin ein seltenes Glück gewesen sein, diesen großen Kämpfer einmal lebendig aus der Nähe gesehen zu haben. Als Thaung Htin um Mitternacht nach Hause fuhr, schein es ihm so, als hätte er eine lodernde Flamme in der Ferne gesehen – die Flamme, die niemals erlöschen wird, solange der Befreiungskampf der Burmesen gegen die Militärjunta noch andauere.

Der bittersüße Traum des Jünglings San Thein

San Thein war ein junger Mann in etwa vierzehnjährigem Alter, trug ein ausgesprochen sympathisches Gesicht. Seine Haare waren so geschnitten, als liebte er extravagante, kantige Frisuren, ob er sich die Haartracht selber zugelegt hatte, oder seine Tante ihm dabei hilfreich zur Seite stand, vermochte man, nicht beim ersten Blick zu beurteilen. Sein Gesicht weder rund noch länglich, seine oberen Zähne niedlich wie die eines Kaninchens und traten oft zwischen den dünnen Lippen besonders freundlich auf, wenn er herzhaft lachte. Dass er von Geburt an am rechten Auge durch den Grauen Star erblindet war, erwies sich für ihn nicht im Geringsten als Nachteil, sondern erwirkte eher bei jedem Betrachter innige Anteilnahme an seinem freundlichen Wesen. Er hielt ständig ein zweijähriges Mädchen, seine Cousine, auf dem Arm, wenn er auf einen Sprung ins Haus von Thaung Htin in der U-Bahan-Straße kam, um den Geschwistern Thaung Htins, Ma Lay und Ma Khin Htay, einen Besuch abzustatten. Ein willkommener Gast war er immer im Hause von Thaung Htin. Auf seinen Besuch, der fast täglich erfolgte, freuten sich Thaung Htin und seine Geschwister aufrichtig. Er wohnte vier Häuser entfernt in der gleichen Straße. Seitdem seine Eltern plötzlich hintereinander verstorben sind, als er die 3. Klasse beendete, wurde er im Alter von acht Jahren von seiner Tante Ma Than Than in deren Familie aufgenommen. Von da an wuchs er auf in dieser Familie, wo ihm jeder freundlich gesinnt war. Sein tägliches Leben verlief zwischen Kinderbetreuung und Haushalt.

Der Ehemann seiner Tante Ma Than Than hatte das Medizinstudium gerade vor einem halben Jahr im Alter von fünfundzwanzig beendet, nun versuchte er, als niedergelassener Arzt eine Privatpraxis aufzubauen. Da er aber wegen der hohen Miete finanziell nicht imstande war, sich in einem publikumsträchtigen Stadtteil Ranguns mit zahlungskräftigen Patienten niederzulassen, hatte er eben in der Nähe der Bahnstraße des Stadtteils Thamein, einem Wohnviertel geprägt durch Bürger mit kleinem Einkommen, die sich gerade am Rande der Existenz bewegten, ein kleines Zimmer gemietet und seine Praxis aufgemacht.

Das Geschäft lief schleppend. Wenig Patienten; wenn welche kamen, waren sie meist nicht zahlungskräftig. Gerade nicht selten kam es vor, dass der Patient ihn vor der Behandlung zuerst nach den zu erwartenden Kosten fragte. Es tat ihm jedes Mal leid, über Geld zu sprechen, bevor er das Leiden des Patienten lindern konnte. Gierig nach Geld war er auf gar keinen Fall, aber er musste stets darauf achten, ob ihm nach der Behandlung noch etwas übrig blieb, um seine Familie zu ernähren und neue Medikamente auf dem Markt zu kaufen. Seine Frau Ma Than Than, ein Jahr jünger als er, hatte nur zwei Jahre die Rangun-Universität besucht. Seit der Geburt ihrer Tochter sorgte sie für den Haushalt, das Kochen und Waschen. Sie würde gerne arbeiten und finanziell ein wenig zum eigenen Haushalt beitragen, doch dazu reichte ihre Bildung nicht. Wenn ihre Bildung dazu reichen würde, war eben weit und breit überhaupt keine Aussicht auf eine Arbeitsstelle; also wozu noch diese Gedankenspielerei? Sie musste eben mit dem Haushaltgeld, was ihr Mann ihr monatlich in die Hand gab, so umgehen, dass jedes Familienmitglied einigermaßen satt ernährt wurde. Es war gerade nicht so einfach in dieser Zeit mit täglich steigenden Preisen, obwohl das Einkommen eines Arztes im Vergleich zu anderen nicht gering ausfallen wurde. Aber trotz des täglichen Ringens war sie doch durchweg zufrieden mit dem eigenen Leben, zumal wenn sie die anderen Familien näher betrachtete.

Ihr Mann war ein guter Ehemann, um ihn hätte jede Frau sie beneiden können und auf ihren kleinen Vetter San Thein war absolut Verlass. Ihre

Schwiegermutter Daw Aye Kyu war kerngesund, vor einem Monat fünfundsechzig geworden und gehörte zu einer der ältesten in ihrem Stadtviertel. Daher gebührte ihr Respekt und Ehre von allen Bewohnern dieses Stadtviertels. Die Alten, die das Alter von 70 Jahren erreichten, waren schon eine Seltenheit und über 80 noch seltener, und über 90 war es schon die Ausnahme. Die Schwiegermutter widmete sich ausschließlich nur noch der Religiosität, wie es der Brauch für alte Menschen in buddhistischem Burma noch immer ist: Täglich zur Pagode oder zum Kloster gehen, dort mit der Gebetskette in der Hand meditieren; am Fastentag ab der Stunde, wenn die Sonne den Zenit überschreitet, sich jegliches Essens bis nächsten Tag enthalten; das Gelöbnis abgelegen, weder mündliche und tätliche noch gedankliche Sünden zu begehen.

Seit der Verbreitung des Buddhismus im elften Jahrhundert in Burma ist das kulturelle Leben der Burmesen tief verwurzelt in der Philosophie der Erlösung vom weltlichen Leiden. Für die normalen Menschen, die den steilen Pfad zur Erlösung vom Samsara – dem Kreislauf von Geburt und Wiedergeburt – der die Entsagung der Sinnesgenüsse zur Folge hat, wie die Mönche es praktizieren, zu folgen nicht imstande sind, gibt es einen alternativen Weg. Für sie wird das menschliche Leben in drei Altersabschnitte eingeteilt: Im jungen Alter soll man sich Kenntnisse erwerben, im mittleren Alter soll man Geld verdienen und eine Familie gründen, im hohen Alter soll man sich nur noch der Religiosität widmen, um religiöse Verdienste zu erwerben, damit im nächsten Leben alles besser vonstattengeht als im jetzigen Leben, sodass man mit jeder neuen Geburt ein Stückchen näher an die endgültige Erlösung, das Nirwana, heranrückt. Mit jeder neuen Geburt die alltägliche, soziale Stellung etwas zu verbessern als im vorherigen Leben, ist in Wirklichkeit das erstrebte Ziel der meisten buddhistischen Gläubigen, jedoch nicht die schnelle Erlangung von Nirwana.

Täglich sechs Uhr morgen früh pflegte Daw Aye Kyu gewöhnlich aufzustehen, die im Stadtviertel als Oma Aye Kyu bekannt war. Nach dem Zähneputzen und Waschen kniete sie, beide Hände ehrfürchtig zusammengefaltet, dem Kopf gesenkt, Gebetskette zwischen Daumen und Zeigefinger, vor dem buddhistischen Altar, hielt fast halbe Stunde lang eine Morgenandacht. Ihre Augen waren geschlossen, ihre Lippen bewegten sich leicht, da sie wortlos in Gedanken die buddhistischen Gebetsformeln unablässig rezitierte. Die kleinen polierten, an einander gereihten Holzkugeln der Gebetskette wanderten gemächlich zwischen den Fingern. Draußen war es noch halbdunkel, man hörte dennoch die Menschen eilig gehen; die Mühsal des täglichen Daseins nahm den gewohnten Lauf.

Als sie aufwachte, war der Junge San Thein noch tief im Schlummer. Seit der Junge im Alter von acht in das Haus gekommen war, hatte er neben ihr im gleichen Bett geschlafen. Sie hatte ihn aufgezogen wie einen eigenen Sohn. Damals war er noch ein kleiner Bengel. Wenn sie ihn nun flüchtig anschaute, oh, wie erwachsen er in den Jahren geworden war! Seine Arme protzten schon mit starken Muskeln, seine Beine sind länger geworden, sein Brustkorb breiter, sein Gesicht, das sie in seinen jungen Jahren so oft so zärtlich gestreichelt hatte, nicht mehr so kindlich. Er trat in den Lebensabschnitt eines jungen Mannes mit allen seinen physiologischen Attributen. Wie er sich in fünf Jahren geändert hatte, war kaum zu glauben. In ihren Augen erschien er ihr immer noch als kleiner Junge. Aber wenn sie ihn manchmal aus Sicht einer Frau richtig betrachtete, was sie in den vergangenen Jahren selten, doch in jüngster Zeit bewusst oft getan hatte, dann war sie erstaunt, wie er sich inzwischen in einen attraktiven jungen Mann verwandelt hatte, gleich einer kleinen Raupe in einen schönen Schmetterling.

Das Haus, in dem ihre fünfköpfige Familie wohnte, auf einem halben Meter hohen Stelzen gebaut, um vom überflutenden Regenwasser zu schützen, das Dach aus Wellblech, Hauswände aus Holzbrettern, Fußboden verkleidet mit fein gehobelten Holzplatten, war im Vergleich zu anderen Häusern keinesfalls klein, - sogar als relativ geräumig zu nennen – ausgestattet mit zwei Schlafzimmern, einer Kochnische und dem Wohnbereich, ein Schlafzimmer für ihren Sohn und die Schwiegertochter, eins für sie und den Jungen. Das Jüngste, zweijähriges Enkelkind schlief mit den Eltern zusammen. In den meisten Häusern dieser Gegend gab es im Allgemeinen nur ein abschließbares Schlafzimmer, und die Einwohner schliefen auf den Bettgestellen auf dem Flur, je nach der räumlichen Gegebenheit, jeweils in einer Ecke oder nebeneinander. Nur die wenigen Leute, die vermögend waren, besaßen meistens Häuser aus Ziegelstein, hier verfügte jedes Familienmitglied über ein eigenes Zimmer. In diesem Stadtviertel von Thamein, wo Oma Aye Kyu wohnte, lebten seit Jahren nur einfache Bürger der armen und mittleren Schicht. Die Häuser aus Ziegelstein waren hier daher kaum anzutreffen. Das Haus von Oma Aye Kyu war umgeben von grünen meterhohen Sträuchern am Zaun, überdacht von den starken Zweigen des Regenbaums, der neben ihrem Haus seit ihrem Kindesalter existierte.

Ihr Sohn Dr. Ye Myint verließ das Haus täglich etwa um acht Uhr, meist begab er sich zum sogenannten „Volksladen", wo Medikamente durch öffentliche Bekanntmachung in Form eines Aushanges am Fenster des Ladens ein oder zwei Tage unmittelbar vor dem Aktionstag verkauft wurden. Es gab im Monat solche Verkaufsaktionen in der Regel vier- bis fünfmal. Daher war es für jeden Mediziner, wie Dr. Ye Myint, ratsam und unentbehrlich, jeden Tag bei dem Laden vorbeizuschauen. Außer in bestimmten Volksläden, wo Pharmaka zum Kauf angeboten wurden, gab es, ja, keinen Ort, wo die nötigen Arzneimittel besorgt werden konnten. Seitdem die Militärregierung auf den sogenannten „ Burmesischen Weg zum Sozialismus" seit 1962 unbeirrt voranschritt, hatten die privaten Apotheken, wo jegliche Heilmittel einst überschwänglich angeboten wurden, seither nur noch einen reinen Erinnerungswert.

An dem Verkaufstag drängelten sich Hunderte von Ärzten am Schalter des Ladens, manche hatten schon Schlange stehend mehrere Stunden auf die Öffnung des Ladens gewartet. Sie hätten doch lieber die wertvolle Zeit besser für die Heilung der Patienten verwenden sollen, anstatt der stundenlangen Zeitverschwendung hier vor dem Laden. Ja, wenn ein Arzt keine Medizin mehr zur Verfügung hat, ist er wie ein Handwerker, der seines Werkzeugs beraubt wurde. Dr. Ye Myint hasste diese verfluchte Warterei, aber wenn er diese Warterei nicht in Kauf nehmen würde, hätte er seine Praxis gleich zumachen müssen, doch wovon sollte er dann noch seine Familie ernähren? Wenn er seinen Onkel, einen pensionierten Arzt, erzählen hörte, wie dieser leicht und unbeschwerlich seine private Arztpraxis vor der Zeit der Militärdiktatur hatte führen können, fern von Schlangenstehen um Medikamente und kein Patient, der in seiner Praxis aufgetaucht war, der vor der Behandlung schon nach den Kosten fragte, da in der damaligen Zeit fast alle Bürger keine derartigen Sorgen um das Überleben hatten wie jetzt in der Phase des burmesischen Sozialismus usw., dann kam Dr. Ye Myint die Zeit vor dieser Militärregierung fast unglaublich vor.

Ma Than Than hatte Mittagessen gekocht, wollte es, in den Henkelmann zu Recht getan, zur Praxis ihres Mannes in der benachbarten Straße bringen. Sie hatte Schweinefleisch-Curry mit Auberginen zubereitet, dabei ganz scharf mit Chili gewürzt, mit ein wenig Ingwer verfeinert, und als Krönung darauf mit Koriander den Duft und Geschmack veredelt. Das isst er bestimmt gerne, sie würde ihn mit seinem Lieblingsgericht, das sie in veränderter Variation neu kreiert hatte, heute mächtig überraschen, war sie sogar in Gedanken beseelt. Sie brachte täglich Mittagessen zu ihm, sonst hätte er extra dafür noch ausgeben müssen, was gar nicht nötig gewesen wäre.

Ihr Neffe San Thein, nach dem er ihr Töchterchen gefüttert und neu gekleidet hatte, ging ebenfalls außer Haus, um die Nachbarinnen Ma Lay und Ma Khin Htay zu besuchen und mit Plauderei die Zeit gemeinsam zu vertreiben.

„Komm herein San Thein", begrüßte Ma Khin Htay den Ankömmling mit freundlichen Worten schon am Eingang.

„Gut, Ma Hla Yi ist auch schon da, es scheint, dass ihr euch beide fast täglich bei uns verabredet habt, nicht wahr?", sagte Ma Lay nebenbei, die gerade bei ihrer Cousine zum Besuch war, ohne ihm absichtlich etwas anhängen zu wollen. Ma Hla Yi war Adoptivtochter vom U Hla Kyaw und mit der Familie von Thaung Htin sehr gut befreundet, wohnte ein paar Häuser nördlich vom Thaung Htins Haus.

„Das muss eben so sein, Ma Lay", antwortete San Thein ganz diplomatisch auf die diskrete Frage der Gastgeberin, dabei richtete er seinen neugierigen Blick ganz verstohlen auf Ma Hla Yi, die in der Ecke unbeweglich mit einem schmunzelnden Gesicht dasaß, und senkte danach abrupt seine Augen, um die Beklommenheit so weit wie möglich zu verdecken, die jedes Mal beim Anblick dieses jungen Fräuleins in ihn drang, als würde er auf der Stelle vom Sturm erfasst und fortgerissen, obschon seine abermaligen krampfhaften Bemühungen stets vergeblich in den Wind geschlagen worden waren. Ma Hla Yi, die gerade sechszehn geworden war, schaute dagegen ganz keck in die schüchternen Augen San Theins, erwiderte mit Augenzwinkern:

„Was, der, San Thein wird sich doch mit mir nie verabreden. Hm ..., wenn ich darauf warten müsste, werde ich langsam Oma."

Alle brachen in schallendes Gelächter aus, San Thein musste mitlachen, obwohl es ihm ziemlich schwer zumute war.

Aber, im Ernst, wie sollte er mit dieser Ma Hla Yi, die ständig dreiste Antworten auf jede Frage parat hatte und sogar bei seinen kleinsten, leisesten Andeutungen in Richtung zu einer ernsthaften Liebeserklärung hin ihn von vornherein bloß stellte, fertig werden? Sie musste ja doch Bescheid wissen, dass er ziemlich schüchtern war, dass er diese Schüchternheit nicht so einfach von seiner Haut abstreifen konnte, wie eine Schlange. Oh, mein Gott, erbarme dich meiner.

Er war ratlos, wie er aus dieser Misere herauskommen sollte. Dabei stachelte sie ihn dauernd mit kleinen, unscheinbaren Seitenhieben an: Er schaue ihr gar nicht Mal richtig in die Augen, wie solle er da sein Herz öffnen, vielleicht habe er gar kein Herz, bei Gelegenheit solle er sich von einem Arzt richtig, gründlich untersuchen lassen, usw. usw.

Jedes Mal war er sprachlos und wunderte sich über ihre Schlagfertigkeit, in der Hinsicht hatte er ihr nichts entgegenzusetzen. War es dann seine Trotzreaktion, seine Leidenschaft, sein inniges Verlangen nach ihr, seine Anbetung ungehemmt in seinem Inneren so steigen zu lassen, dass sich sein fleischliches Wesen und Geisteswesen als Ganzes in ihr, Ma Hla Yi, auflösten; wohin er schaute, da sah er ihr keckes Gesicht, das ihn mal in leidenschaftliche Glut, mal in Zorn stürzen ließ; ihre sinnlichen Lippen, die er mit seinen tausendmal hätte bedecken mögen, ihre proportionale, straffe

Figur mit rundem gewölbten Busen, die er so zärtlich gestreichelt hätte, ihr beneidenswert schöner Hintern, den er mit beiden Armen wollüstig zu sich genommen hätte. Manchmal war er fast müde und erdrückt von den endlosen Fantasien, die ihn oft in schwerelosen schwebenden Zustand versetzten. Wenn er wieder Boden unter den Füßen fand, verging noch eine unerträgliche Zeit, in der er sich an die graue Realität gewöhnen musste.

In jener Nacht hatte er zum ersten Mal von seiner angebeteten Ma Hla Yi geträumt: Sie war in seinem Schlafzimmer erschienen, was er sich nicht mal in seinen kühnsten Fantasien vorstellen konnte; sie war ungewohnt still und ihr freches Verhalten, was ihm ständig zu schaffen machte, war vollständig gewichen. Sie kam ihm so erwachsen vor, dass er das Gefühl verspürte, sie werde diesmal seiner Liebeserklärung ohne jeglichen Hohn und Spott wirklich zuhören. Er holte tief Luft und wollte ihr seine flammenden Gefühle, in die erdenklich schönsten Worte gekleidet, mit Pathos vortragen, da presste sie ihren Zeigefinger auf die Mitte seiner Lippen, also still, er solle schweigen. Vielleicht damit niemand hörte, dass sie heimlich zu ihm gekommen war. Ohne ein Wort zu sagen, legte sie sich hin, sanft dicht neben ihm. Eine bis dahin ihm unbekannte, rätselhafte Wärme durchströmte seinen ganzen Körper, sie streichelte ihn mit ihren zarten Fingern im Gesicht, er fühlte sich so himmlisch, dass er nicht wagte, einen Laut von sich zu geben, damit dieser Traumzustand sich ungestört fortsetzen könnte. Er spürte Ihre zarte Hand bewegen, gleitend auf seinen Lippen, seinem Kinn und seinem Hals, langsam fortschreitend auf seine Brust und seinen Bauch und dann zwischen seinen Beinen. Oh, wie geschmeichelt und wohltuend war doch die Berührung dieser ihrer kleinen einfühlsamen Finger, die ihn in einen unkontrollierbaren Gemütszustand erhoben und seinen Körper heftig zitternd in Ekstase geraten ließen.

Am nächsten Abend ging San Thein ungewöhnlich früh ins Bett, um sich nach dem Traum der vergangenen Nacht zu verzehren und womöglich diesen fortzusetzen. Aus lauter Angst, der ersehnte Traum könne ausbleiben, konnte er eine Zeit lang nicht einschlafen, wie auch mit aller suggestiven Macht seine Augen zu schließen, versuchte. Jedoch unterlag er schließlich der allmählich mächtiger werdenden Müdigkeit.

Oma Aye Kyu nahm davon Notiz, dass sich der Junge seltsamerweise heute so früh ins Bett legte. Vielleicht hatte ihm doch der gestrige Traum gut gefallen, dachte sie vergnügt über den Akt der Verführung, den sie aus Neugier und Widerwillen in der gestrigen Nacht vollzogen hatte. Lange Zeit hatte sie sich überlegt, ob sie so etwas machen solle oder dürfe, ob es mit ihrer Moral zu vereinbaren sei. Am Ende hatte doch ihre unstillbare Neugier alle Bedenken hinweggefegt, als seien sie in der Gewichtigkeit im Vergleich zu ihrer glühenden Leidenschaft nur bedeutungslose Staubkörner gewesen. Das war in der vergangenen Nacht der Fall. Umso mehr plagte sie heute das schlechte Gewissen, etwas Unmoralisches begangen zu haben. Eigentlich wollte sie nur wissen, ob es dem Jungen gefällt. Sie wusste aus eigener Erfahrung und aus dem stürmischen Lebensanfang viel zu gut, wie wunderschön es sein könnte. Wollte sie damit wirklich nur dem Jungen Freude machen, oder doch ihre Neugier oder, ganz offen gesagt, ihre Begierde befriedigen? Nein, nein, sie wollte es hautsächlich nur für ihn tun, vielleicht dabei, ehrlich gesagt, ein bisschen an dieser Freude teilhaben, die im Vergleich zu dem Ausmaß, welches sie ihm zugedacht, sehr geringfügig sei. Das schlechte Gewissen, das sie nun doch im Hintergrund ihres Bewusstseins ständig quälte, war, dass sie seine Oma und er ihr Enkelkind war, obwohl keine echte Blutsverwandtschaft zwischen ihr und ihm bestand, denn er war nur ein Cousin ihrer Schwiegertochter. Sie hatte ihn wie ein eigenes Kind ab dem achten Lebensjahr aufgezogen. Nach dem allgemein bekannten Verständnis über Anstand und Moral in ihrer Umgebung und Verwandtschaft, deren sie sich bis dahin stets befleißigt hatte, war es ohne Zweifel anstandslos und moralisch verwerflich, was zwischen ihr und San Thein vorgefallen war. Zwischen Oma und Enkelkind durfte es eine solche Beziehung nicht geben! Wenn das publik werden würde, wäre das ein großer Skandal und eine Schande für sie und für ihre Familie. Wie sollte sie noch ihr Gesicht in der Umgebung zeigen? Alle würden nur noch Verachtung und Spott für sie übrig haben in der Gesellschaft, in der die Ehre höher gewertet wurde als das Leben, würde für sie kein Platz mehr sein. So was darf es nie wieder geben, sogar nicht Mal in Gedanken; sie schwor bei ihrer Ehre, nie wieder so etwas zu tun.

Obwohl sie noch ziemlich rüstig für ihr Alter war, zählte Oma Aye Kyu nach dem gängigen Empfinden der Burmesen schon zur alten Generation, deren täglicher Lebensinhalt nur noch in der Ausübung religiöser Tätigkeiten zu bestehen habe. Sie hatte noch nie ernsthaft unter gesundheitlichen Beschwerden gelitten, geschweige denn an irgendeiner Krankheit. Sie fühlte sich persönlich auch nicht alt, sie wurde nur von allen als alt angesehen, weshalb ihr überall respektvolle Behandlung zuteil wurde. Sie hatte drei Kinder zur Welt gebracht, unglücklicherweise waren zwei im Kindesalter gestorben. Seitdem ihr lieber Mann vor zwanzig Jahren aus dem Leben schied, hatte sie sich im Leben allein durchgekämpft und ihrem jüngsten Sohn ein Medizinstudium ermöglicht. Was sie im Leben geleistet hatte, war nicht gering. Wenn sie auf ihr Leben zurückblickte, spürte sie sogar mit Recht ein stolzes Gefühl. Manchmal kam es ihr in den Sinn: Warum muss man sich denn gezwungenermaßen alt fühlen, nur weil die Umgebung einen als alt abstempelt, und wenn man auch für die Freude des Lebens noch empfänglich ist? Über derartige Probleme sich mit Gleichaltrigen zu unterhalten, nein, das führe ganz bestimmt zu einer falschen Interpretation, sie hüte also lieber ihre Zunge. Sie sah auch weit und breit niemanden, der den inneren Drang und die natürliche Freude eines solchen Menschen verstehen und mit ihr unpersönlich darüber Gedanken austauschen könnte.

Länger als gewöhnlich hatte sie diesmal den Versuch unternommen, um am Abend vor dem Altar zu meditieren. Wie sie sich auch anstrengte, ihre ganze Konzentration in den Griff zu kriegen, gelang es ihr nicht recht, ihre Sinne zusammenzuhalten; sie flogen so umher wie die Schmetterlinge, die an ein Fangnetz gekonnt auswichen. Schließlich begab sie sich zur Ruhe.

Wie solle sie denn so einfach und ruhig einschlafen können, wenn ein hübscher, starker junger Mann neben ihr liegt, nicht Mal einen halben Meter entfernt? Es wäre doch besser gewesen, wenn jeder sein eigenes Schlafzimmer gehabt hätte, das war aber bei den vorhandenen Wohnverhältnissen nur ein unerfüllbarer Wunschtraum. Ah, was soll's? Sie versuchte mit aller Macht, beide Augen zu schließen und einzuschlafen. Sie hatte ja bei ihrer Ehre geschworen, Unanständiges zu unterlassen. Ja, das war unmoralisch, was in der gestrigen Nacht geschehen war, das weiß sie; solle niemand sie jemals daran erinnern, das war nicht nötig. Sie war ärgerlich mit sich selbst. Obwohl das Schlafzimmer dunkel war, konnte sie seine Gestalt so genau wahrnehmen, seine dünnen Lippen, breite Brust, starke Arme, lange Schenkel. Oh, wie er sich jetzt im Bett herumwälzt und seine Beine ausstreckt! Sie zitterte schon bei dem aufgewirbelten Hauch seines Körpers. Jetzt drehte er sich wieder um, dabei fiel plötzlich seine Hand auf ihre. Bei jener Berührung seiner Hand fühlte sie sich so benommen und schwach, als träfe ein Stromschlag sie mitten ins Herz. Sie gab sich Mühe, ihre Hand herauszuziehen, aber da gehorchte die Hand ihr nicht mehr, als sei ihre Hand verhext und unterläge einer unbekannten Macht: der Macht der Begierde. Innerhalb einer kurzen Zeitspanne ergriff die unbezwingbare Wollust Besitz von ihrem ganzen Körper, sie fühlte die starken Arme, die sie innig und heftig festklammerten, die verschlungenen, zarten Berührungen der Schenkel des anderen Wesens mit den ihrigen. Sie schwebte frei und wonnevoll auf einer paradiesischen Höhe, so ein unbeschreibbar wunderbares Glücksgefühl. Als sie langsam herunterkam und erschöpft den Boden berührte, hörte sie ihn leise schnaufen und undeutlich murmeln:
„Es war wunderschön, ich liebe dich so sehr., Ma Hla Yi."

Als San Tein aufwachte, war seine Oma schon längst unterwegs zum Kloster, den Mönchen eine Morgenopfergabe darzubieten. Ohne aufzustehen, ließ sich San Tein noch mal vergnügt ins Bett fallen, zog die Decke über den Kopf, schloss beide Augen fest, um den wunderbaren Traum der gestrigen Nacht Stück für Stück zurückzurollen und von Anfang bis zur letzten Szene wiederholt vor seinen Augen abspielen zu lassen. Er konnte sich an jenen ergreifenden Bildern nicht sattsehen. Der gestrige Traum war unvergleichbar leidenschaftlicher und beglückender als der von vorgestern, bildete die höchste Stufe, wovon er je geträumt hatte. Was für ein Glück, dass er so unvergessliche Träume zwei Tage hintereinander erleben durfte.

Je mehr er sich aber in den Traum vertiefte, beschlich ihn doch unbewusst der Zweifel, ob es wirklich nur ein Traum gewesen war, es war ja so der Wirklichkeit nah, und er spürte sogar etwas Schmerzen zwischen seinen Beinen.

Als er diesmal Ma Hla Yi im Hause von Thaung Htin wie gewohnt bei der Plauderstunde am Nachmittag begegnete, war er so verlegen, sprachlos und verwirrt, dass er stumm dasaß und nur noch mit einem gezwungenen Lächeln danach trachtete, über die Zeit sich zu retten. Hier erlebte er anstatt des lieblichen Lächelns im Traum freche Blicke in der Wirklichkeit, anstatt der zärtlichen, innigen Umarmung das widerborstige Benehmen ihrerseits. War das denn der tatsächliche und wahre Unterschied zwischen Traum und Wirklichkeit? Hätte er doch lieber in seinem Traum bleiben sollen, wo er sich doch geborgen fühlte, umhüllt von allen erdenklichen wunderbaren Dingen, die er sich je vorstellen könnte; es war ein großer Schock für ihn, den er nicht so schnell verkraften konnte, als landete er aus großer Höhe auf rauem steinigem Boden, statt auf einem sanften Blumenbeet. In dieser Nacht ließ die Enttäuschung ihn trotz Müdigkeit nicht einschlafen, seine wirren Gedanken irrten immer wieder in einem dunklen Labyrinth umher, das die unbarmherzige Realität – den krassen Unterschied zu erkennen zwischen seiner Heißgeliebten im Traum und der in der Wirklichkeit – ihm gnadenlos aufgezwungen hatte.

Allmählich wurde es schon Mitternacht, es war so still, dass nur das leise Rascheln der Blätter des Regenbaums im Wind gut wahrzunehmen war. Da spürte er plötzlich das zarte Berühren einer Hand, diese Zartheit, ja, diese erfrischende Zartheit, die war ihm doch schon gut vertraut. Dieses liebevolle Betasten, das langsam seinen Körper zartfühlend streifte und nach einer kurzen Weile seine Gefühle glühend erhitzte, das war doch von seiner Liebsten Ma Hla Yi. Träumte er jetzt, oder…?

Er war nicht mehr imstande, dies vernünftig zu beantworten; Traum und Wirklichkeit verschmolzen ineinander zu einem fabelhaften Fantasiegebilde; seine ganzen Sinne und sein Verstand stürzten in einen betäubenden Rausch, gleich einem jähen Absturz in einen gewaltigen Wasserfall. Seine

Beine und Hände wurden von unruhigen Zuckungen überzogen, sein Körper gelitt über heftige Wogen der unbezwingbaren Leidenschaft. Als er sich erschöpft hinlegte, fiel er in tiefen Schlaf.

Als er zufällig früher als die anderen am Morgen aufwachte, sah er im schwachen Licht der Morgendämmerung, dass sein Bein auf den nackten Schenkeln seiner Oma lag. „Oh, mein Gott", seufzte er erschrocken, zog sanft und leise sein Bein zur Seite, ohne die schlummernde Oma aufzuwecken. Er breitete vorsichtig eine dünne Decke auf ihrem Unterlieb aus, zog seine abgerutschte, zerknitterte Longyi zu Recht. Nun wusste er endlich, dass es doch kein Traum war, was er in den vergangenen Nächten erlebt hatte. Es überkam ihn Schamgefühl und bittere Reue, dass er sich zu einer solchen unvorstellbar scheußlichen Tat durch seine eigene Begierde hatte hinreißen lassen; in ständigen Klagen über sich selbst erging er sich immer wieder in seinen Gedanken. Wie sollte er denn sein begangenes Verbrechen jemals sühnen können? Allerlei Gedanken schwirrten ihm durch den Kopf. Kurz entschlossen stand er leise auf, trat aus dem Haus, machte die Haustür zu und verließ es eilig in Richtung Thamein-Kreuzung, ohne im Geringsten zu wissen, wohin er eigentlich gehen sollte und was er zu tun gedachte. Er wollte einfach vom Ort, wo sein Verbrechen geschah, so schnell wie möglich flüchten, weit, weit weg. Wie sollte er sich denn die Gesichter von seinem Onkel, seiner Tante und vor allem seiner Oma noch ansehen, nachdem so etwas Unvorstellbares passiert war? Er hätte sich doch die gestrige Nacht im Halbschlaf vor dem herannahenden Unheil irgendwie retten können, stattdessen hatte er sich von der eigenen Begierde kopflos versklaven lassen. Wie sollte er denn diesen Schandfleck aus seiner Seele jemals tilgen können? Er schämte sich zutiefst vor seinen Verwandten und vor allem vor sich selbst.

Als er auf der Straße stand, war es noch so früh, dass noch keine Menschenseele zu sehen war; sogar die Bäume am Straßenrand schienen noch im tiefen Schlaf zu verweilen, lediglich die Blätter tranken im Schlummer den frischen Tau, der an ihnen von der gestrigen Nacht hängen geblieben war. Eine leichte Brise bemühte sich vergeblich, die Bäume wach zu rütteln. Die Vögel, die auf den Ästen übernachtet hatten, enthielten sich immer noch ihrer singenden Stimme. Ein Streuner überquerte die Straße und wühlte einsam in einem Misthaufen nach etwas Essbarem. San Thein warf einen flüchtigen Blick auf den Streuner; ich habe kein besseres Leben als du, weder ein Zuhause noch Verwandte, ausgesetzt einsam und allein in der Welt, du hast keine Schuld an deinem Schicksal, aber ich habe selber mein Leben vermasselt, das ist der kleine Unterschied, dachte San Thein und setzte seinen Weg schnellen Schrittes fort, auf der Hauptstraße, die von den

Straßenlaternen schwach beleuchtet war, in Richtung Insein. Die ersten Busse verkehrten schon in unregelmäßigen Zeitabständen. Auf dem Weg erinnerte er sich an einen kleinen Tempel im Wald östlich von Insein, den er vor Jahren im Kindesalter einmal mit seinen Eltern besucht hatte. Dorthin würde er zuerst gehen und danach weiter sehen, wie er sein Leben fortsetzen sollte.

Zuhause in der U-Bahan-Straße erhitzte das seltsame und plötzliche Verschwinden San Theins die Gemüter; der Junge war noch nie weggegangen, ohne vorher Bescheid zu sagen; wenn er denn außer Haus war, hatte er immer sein Schwesterchen auf dem Arm, alleine ging er fast nie. Im Hause und bei Nachbarn stellte man sich Fragen über Fragen, warum und weshalb der Junge abgehauen sei. Manche böse Zungen munkelten so allerlei, dass zwischen der Oma und dem Jungen etwas vorgefallen sein könnte, da es allen seit Jahren bekannt war, dass er mit der Oma das Bett teilen musste. Solange er noch ein Kind war, wäre es kein Problem, aber wenn er so groß geworden ist, was dann…?

Oma Aye Kyu aber hüllte sich beharrlich in ein seltsames Schweigen: Was soll sie denn sonst noch sagen? Sie weiß zu viel, warum der Junge am Ende die Flucht ergriffen hat; es ist alles ihre Schuld, sie möchte jetzt am liebsten losheulen, wie ein kleines Kind. Aber das geht nicht, wie soll sie denn ganz ehrlich zugeben, was wirklich geschehen war? Das käme, ja, einem Selbstmord gleich, der Zerstörung ihrer lebenslang bewahrten Ehre und der Vernichtung ihrer ganzen Familie, die Vertreibung als schamlose Geächtete aus der Gesellschaft wäre die unvermeidbare Folge. Nein, noch mal nein, das kann sie sich nicht leisten, egal, was auch in der Zukunft kommen möge. Ich muss nicht kopflos wie meine Schwiegertochter reagieren, und vor allem Ruhe bewahren, dachte Oma Aye Kyu und sagte mit scheinbar, äußerlich unbeweglicher Miene, die ihr innerlich ungeheure Anstrengung abverlangt hatte:

„Der Junge kann ja nicht so lange wegbleiben, warten wir in Ruhe ab."

Ihr Sohn musste zur Praxis, der Daseinskampf vergönnte niemandem eine Pause. Dem zweijährigen Enkelkind schien der freundliche Bruder plötzlich zu fehlen, und es fragte die Mutter mit undeutlich artikulierten Worten: „Ao Tain, Ao Tain?"

Jeder verstand, dass Ako Thein – Bruder Thein – gemeint war. Ma Than Than seufzte sorgenvollen Gesichtes, besänftigte ihr Töchterchen:

„Dein Ako Thein kommt bald wieder zurück."

Die Nachricht erreichte bald die engen Freunde des San Thein. Thaung Htin, Ma Khin Htay und Ma Hla Yi machten schon besorgte Gesichter: wohin er gegangen sei und warum denn?

Oma Aye Kyu trat den Gang, wie gewohnt zum Kloster, diesmal nicht nur den Mönchen das Mittagessen anzubieten, sondern auch mit einem Vorhaben, heute den Sabbattag zu begehen, zu fasten und in einer abgelegenen Ecke des Rasthauses, das an das Kloster angegliedert war, den ganzen Tag zu meditieren. Es durfte nichts auffallen, es musste alles so laufen, wie es jeden Tag gewesen war, damit den neugierigen Nachbarn keine Gelegenheit gegeben würde, etwas Sonderbares über sie zu erdichten, begründete sie ihre aufgezwungene Rolle auf der Bühne des öffentlichen gesellschaftlichen Lebens.

Wie vorgehabt, saß sie zur Mittagszeit zur Meditation mit einer Gebetskette in der Hand, sie schob andächtig die kleinen glatt polierten Holzkugeln, die an der Kette in der Reihe standen, eine nach der anderen, während sie mit geschlossenen Augen die Pali-Verse repetitiv rezitierte. Da es ihr nicht gelungen war, ihre herumflatternden Gedanken mittels Gebetskette zur Ruhe zu bringen, stellte sie ihre Meditationsmethode um. Um die höchste meditative Konzentration unfehlbar zu erreichen, versuchte sie, von Anfang an, sich von der trivialsten Übung langsam zu steigern. Zuerst konzentrierte sie sich mit geschlossenen Augen auf ihren Atem: Luft rein., Luft raus., Luft rein.., Luft raus.., raus aus dem Hause war der Junge gegangen, reinkommen in das Haus wird er, konzentriere dich richtig, Luft rein., Luft raus, raus musste der Junge doch aus dieser Misere, reinkommen wird er bestimmt, halte doch deine Sinne beisammen, ich versuche es noch mal.

Sie fing wieder von vorne an; unzählige Male versuchte sie vergeblich über ihre unruhigen Gefühle Herr zu werden, doch war leider jedes Mal gescheitert. Ihre ganzen Gedanken waren nur noch bei ihm:

Wo steckt denn der Junge? Was macht er denn überhaupt? Hat er überhaupt etwas zu essen, er müsste jetzt schon Hunger haben, er hat doch kein Geld in der Tasche. Du alleine hast diese Krise ausgelöst, du hast den Jungen ins Verderben verleitet, warum hast du den Jungen nicht in Ruhe lassen können - wegen deiner liederlichen Geilheit, wegen deiner zügellosen Begierde! Für dein Verbrechen wirst du leiden und büßen bis zu deinem Lebensende, du alte Hexe, du lüsternes Weib!

Nein, nein, bitte verurteile mich nicht so streng, ich liebe ihn wirklich, das sage ich ehrlich, ohne das Ausmaß meines Verbrechens mildern zu wollen. Bitte glaube mir das, nur dies Einzige sollst du von mir abnehmen, etwas anderes darf ich nicht von dir verlangen, du kannst mich richten, wie es sich gehört, ich akzeptiere alles. Hoffentlich stürzt er sich nicht in den Fluss, seinem Leben ein Ende zu machen; in diesem schlimmsten Falle habe ich auch keine Daseinsberechtigung mehr. Dann habe ich ihn unbewusst in den Tod gestürzt, ich bin eine Mörderin, Mörderin., ja du bist wirklich eine Mörderin, Mörderin, Mörderin!

Mehrfaches Echo dröhnte ihr in den Ohren, Entsetzen und Furcht ergriffen sie in dem Moment, ihre Hände zitterten heftig, die Gebetskette fiel ihr aus der Hand. Tränen rollten ihr über die Wangen; sie sah nur noch seltsame Streifen von Farben, die sie unaufhörlich umkreisten; der Atem fiel ihr auf einmal so schwer, als ob der Hauch des Todes von jenseits sie streifte. „Ja, ich komme auch rüber zu dir hin", seufzte sie leise und brach plötzlich zusammen.

Auf dem Gelände eines kleinen Tempels im Wald am östlichen Rand von Insein hielt sich San Thein auf. Der kleine Stupa, weiß gestrichen und dessen Ziegelsteine in manchen Stellen porös geworden, beherbergte im Innenraum eine sitzende Buddhastatue aus weißem Marmor. Das Antlitz des Erleuchteten strahlte erhabene Ruhe und Sanftheit aus, fern von Freude und Trauer, fern von Gier und Apathie. Es gibt weder Vergangenheit noch Zukunft, es existiert nur Gegenwart, Momente, mit all seiner Seele; Moment um Moment vergeht und entsteht, die Seele eilt dem Moment weder voraus noch hing ihm nach, es bildet sich eine harmonische Einheit von Seele und zeitlichem Moment. Hier in dem Stadium existiert weder herkömmliche Begrenzungen des sogenannten „weder Du noch Ich, weder Sie noch Er"; jeder, jede und jedes ist nur ein Teil des unendlichen Universums.

San Thein betrachtete bewusst eine Zeit lang das stille Antlitz der Buddhastatue, erinnerte sich dessen, was er über Buddhismus gehört hatte, ohne dabei über den Sinn nachzudenken, oder diesen verstanden zu haben. Er faltete die Hände, kniete sich vor der Buddhastatue nieder und betete inbrünstig:

„Ich weiß nicht, wie viel ich von deiner Lehre verstanden habe, mir ist bewusst, dass ich gern Gutes im Leben machen will, weil ich auch dadurch wieder Gutes zurückbekomme. Aber ich habe eben etwas Furchtbares getan, und ich weiß nicht, ob ich es jemals wiedergutmachen kann, bitte, bitte, hilf mir, auf den rechten Weg zu kommen."

Buddha lächelte ihm zu, ohne auf seine Bitte einzugehen.

Es war schon Mitte Dezember. Nach der viermonatigen Monsun-Regenzeit, die sich von Juni bis Ende September erstreckte, folgte ab Oktober ein kühles Klima. Der Monsun ändert seine Richtung und wehte nun von Nordosten her und führt trockene kühle Luft mit sich. Die Jahreszeit von November bis Ende Januar pflegt man in Burma als Winter zu bezeichnen. Im unwegsamen Norden Burmas auf den hohen Bergen fällt Schnee, jedoch hat ein Burmese, der auf dem Flachland wohnt, in seinem Leben nie Schnee gesehen.

Es war schon Nachmittag, San Theins Magen knurrte schon mächtig. Er hatte vorher auf dem Podest vor der Buddhastatue eine Opfergabe – ein Stück Banane, ein Stück Mango und das in einem Bananenblatt gewickeltes Essbares - gesehen, was er keineswegs berührte. Wenn ich auch hungrig bin, werde ich niemals die Opfergabe anrühren, das darf ich nicht, dachte San Thein und wandte seinen Blick vom verführerischen Essen ab.

Es war jahrhundertealte Sitte in Burma, dass die normalen Buddhisten niemals eine Opfergabe essen dürfen. Sie werden nur von den Bettlern angenommen und verzehrt, dieser Brauch basiert auf festem historischen Grund. San Thein erinnerte sich an die Worte seiner Oma, die ihn im Kindesalter geduldig aufklärte, woher das Verzehrsverbot stammt, anschließend las sie ihm sogar einen kleinen Abschnitt aus einem Geschichtsbuch vor, damit er sich die Fakten besser einprägen konnte:

Nach der historischen Überlieferung hatte der mächtige König von Thaton im elften Jahrhundert das Mon-Volk beherrscht, das sich im Süden Burma seit einem Jahrtausend angesiedelt hatte; hier blühten der wahre Buddhismus und die Kultur, die vom benachbarten Thailand hergebracht worden war. Zu jener Zeit hatte König Anawrahta in Mittelburma die erste burmesische Dynastie mit Pagan als Hauptstadt gegründet. Das Volk aber bestand aus unkultivierten Sektenanhängern und primitiven Gläubigen des Animismus und des Ahnenkults. Als einmal ein buddhistischer Mönch Pagan erreichte, war König Anawrahta so überwältigt von der ehrbaren Erscheinung des Mönchs und der Lehre des Buddhismus, dass er den König von Thaton um die Abschrift der buddhistischen Lehre, Kunst und Kultur bat. Der König von Thaton – aufgrund seiner magischen Kraft soll sogar sein Mund geleuchtet haben, wenn er sprach – hatte die Bitte des burmesischen Königs abschlägig beschieden, mit den Worten:

„Wildes Volk von Burmesen, Ihr seid des Buddhismus nicht würdig."

Daraufhin zog König Anawrahta mit seiner ganzen Streitmacht gegen das Königreich Thaton, eroberte es, brachte Schriften der buddhistischen Lehre, Kulturschätze, Gelehrte, Künstler und Handwerker nach Pagan. Er bat buddhistische Mönche, nach Pagan zu übersiedeln, danach breitete sich die buddhistische Kultur in ganz Burma aus. Bis heute kann man unzählige Pagoden und die hohe Architektur des Pagodenbaus in Pagan bewundern. Um die Akzeptanz der neuen buddhistischen Religion in der breiten burmesischen Bevölkerung schneller zu erzielen, integrierte der kluge König die bis dahin bekannten sechsunddreißig Ahnengeister als Unterstufe des Buddhismus, indem er die in Stein gehauenen Statuen jener bekannten

Geister in betender Stellung zu Buddha, auf der unteren Stufe des Geländes der großen Pagode „Shwesigon" in Pagan aufstellen ließ, die bis zum heutigen Tag meist erhalten geblieben sind. Der König von Thaton und sein Hofstaat wurden gefangen genommen, und ihnen wurde nur noch erlaubt, sich von den Opfergaben aus der Pagode und vom Betteln zu ernähren. Eine Opfergabe an Buddha, abgestellt vor den Buddhastatuen oder auf dem Podest einer Pagode, ist immer ein erlesenes Essen und bestes Obst. Sie werden am nächsten Tag entfernt und durch frische Opfergaben ersetzt, und dabei nie von den normalen Buddhisten gegessen, sondern stets an Bettler verteilt. Der einst mächtige König von Thaton hätte, der Überlieferung nach, durch den Verzehr von Opfergaben seine magische Kraft vollständig verloren. Diese Tradition und Glaube sind bis zum heutigen Tag unter den Buddhisten in Burma immer noch lebendig geblieben.

Tradition, Brauch, Glaube oder Moral werden bekanntlich nur dann von den Menschen beachtet, solange der Magen voll ist. Mit zunehmender Dauer tobte der Kampf zwischen dem abstrakten Glauben an Tradition und dem starken Verlangen des leeren Magens in San Thein immer heftiger. Am Ende ging der Hunger doch als Sieger aus dem Kampf hervor, was auch zu erwarten war. San Thein griff zuerst die Bananen aus der Opfergabe, machte die Schale auf, verdrückte sie schnell. Danach stürzte er sich auf das Essen, das in einem Bananenblatt verpackt war. Es war duftender Klebreis mit Fischbraten, bestreut mit den gerösteten Sesamkörnern, es roch so appetitlich! Er verschlang es gierig, am Ende verspeiste er die saftige Mango. Glücklicherweise war bei der Opfergabe eine Tasse Wasser dabei, was eigentlich selten der Fall war. Jemand musste aus einem besonderen Anlass diese Opfergabe hier hingestellt haben. Wie dem auch sei, war es ihm recht, er stillte ausgiebig seinen Durst.

Die kleine Pagode war umgeben von meterhohen dicken Bambusbäumen, die dicht gewachsen waren, während die hohen Flammen- und Pagodenbäume mit länglichen Blättern und roten Blüten das Umfeld ergänzten; allerlei Pfauenstrauch und Puderquastensträucher und dichte Unkräuter aus farbigen Windengewächsen und Knöterichgewächsen trugen gemeinsam zur urwaldähnlichen Umzäunung der Pagode bei. Die kühle Luft, die vom Nordosten her wehte und am Tag noch angenehm wirkte, verwandelte sich in der Nacht in Tau und klammerte sich fest an die grünen Blätter. Mit zunehmender Dunkelheit drängte sich die Kälte immer stärker in das bewaldete Gebiet. San Thein setzte sich im Innenraum des Tempels auf den Boden und lehnte sich mit verschränkten Armen und Beinen an die Wand. Die rauen Wände kratzten seinen Rücken und vermittelten ihm ein gleichgültiges, dumpfes Gefühl. Er hörte das nimmer enden wollende

Rauschen der Blätter im Wind. Der Wind, der die Blätter zum endlosen Rauschen veranlasste, brachte ihm dagegen nur noch grausige Kälte. Die Finsternis, die alles Sichtbare verschlang, und die grausame, tiefe Kälte ließen San Thein in eine unerträgliche Einsamkeit hinabzustürzen. Seine dünne Kleidung war nicht imstande, ihn gegen die Kälte zu schützen, er zitterte schon am ganzen Körper, an Schlaf war kaum zu denken.

Als Oma Aye Kyu wieder zu sich kam, fand sie sich umlagert von einem jungen Mönchen und einer alten Frau, die sich sehr besorgt um sie kümmerten. Sie fühlte die frische Luft eines wedelnden Fächers, den die alte Frau in der Hand hielt.

„Ist es bei Ihnen wieder in Ordnung?", fragte ein Mönch.

„Alles in Ordnung, scheinbar bin ich eine Weile eingeschlafen", sagte Oma Aye Kyu, die die wahre Situation noch nicht ganz begriffen zu haben schien.

„Wenn Sie nur eingeschlafen wären, bräuchten wir uns keine Sorge zu machen. Aber Sie sind in Ohnmacht gefallen, vielleicht ein Schwächeanfall. Gott sei Dank, dass es nur kurze Zeit war, ich war zufällig in der Nähe und konnte sofort eingreifen", erwiderte die alte Frau mit einem erleichterten Gesicht.

„Bitte trinken Sie kühles Wasser", hielt die alte Frau ihr ein Glas Wasser hin.

„Oh, vielen, vielen Dank, dass Sie sich um mich Sorgen gemacht haben", sagte Oma Aye Kyu tief berührt und trank das Wasser.

„Entschuldigen Sie vielmals, wenn ich Ihnen dadurch Umstände gemacht habe", bedankte sich Oma Aye Kyu bei der alten Frau, „aber jetzt fühle ich mich schon wieder ganz normal."

Sie versuchte, nach einer Weile aufzustehen.

„Versuchen Sie es ganz langsam und vorsichtig", warnte der Mönch.

Glücklicherweise war sie wegen ihrer körperlichen Robustheit nach einer kurzen Zeit wieder vollständig fit und verabschiedete sich von der alten Frau und dem Mönch. Dann machte sie sich eilig auf den Heimweg. Als sie zu Hause ankam, war von den besorgniserregenden Gesichtern ihres wartenden Sohnes und der Schwiegertochter abzulesen, dass nichts Gutes zu erwarten war: „Der Junge ist immer noch nicht zurück."

Ma Than Than sagte mit einem fast versteinerten Gesicht:

„Wir müssen morgen unbedingt unseren Ahnengeist befragen. Nat-Befragung ist das Einzige, was wir überhaupt machen können."

„Ja, du hast recht, wir gehen morgen zum Nat (Geist oder Ahnengeist auf Burmesisch)", stimmte Oma Aye Kyu schwerfällig zu. Ihr Sohn, Dr. Ye

Myint, hielt den Geisterglauben für Aberglauben und für mehr nicht, aber er hatte auch Verständnis, dass sich jeder Mensch in hoffnungsloser Situation an den letzten Strohhalm klammert, ob es sinnvoll ist oder nicht.

Früh am nächsten Tag standen Oma Aye Kyu und ihre Schwiegertochter, während sie ihr Töchterchen auf den Armen trug, vor einem Haus in der Nähe vom Thamein-Bahnhof, wo eine Natkadaw wohnte und die Nat-Befragung stattfinden sollte. Die sogenannte „Natkadaw" ist die Gemahlin bzw. Vertreterin des Nat. Der ehrwürdige Nat spricht nur durch die Natkadaw, so glauben die Burmesen seit jeher.

Am Eingang des Hauses der Natkadaw wartete eine Dame, um Gäste zu empfangen. Ma Than Than erzählte der Dame am Eingang über den vermissten Jungen San Thein. Sie wurden vor der Nat-Befragung unterrichtet, dass eine Spende von dreißig Kyat zu entrichten sei. Nachdem Ma Than Than die verlangte Gebühr, die nicht gerade billig war, bezahlt hatte, wurden sie in ein dunkles Nebenzimmer geführt, wo Kerzenlichter leuchteten, die vor einer im Schneidersitz ruhenden Natstatue mit rotem Stirnband und mit bestickten Seidentüchern gekleidet, ein Schwert in der Hand haltend, angezündet waren. Ein Bündel von Bananen und eine Kokosnuss waren als Opfergabe in einer Schale vor der Nat-Statue platziert. Die ehrwürdige Natkadaw, die das Zimmer bald danach betrat, zündete zuerst extra eine dicke Kerze an, stellte diese auf den Nat-Altar hin, band sich danach ein rotes Band um die Stirn und in ehrerbietiger Andacht dann wandte sich an den Nat. Die beiden Frauen warteten ehrfürchtig und respektvoll auf das baldige Erscheinen des Ahnengeistes in der äußeren Gestalt der Natkadaw. Nach etwa zehn Minuten schien Natkadaw in Trance zu fallen; ihr zierlicher Körper fing an, wie ein Pendel hin und her zu schwingen, ihr Gesicht nahm strenge eher männliche Züge an, ein eindeutiges Zeichen, dass Nat auf ihre Bitte hin erschienen war. Der Nat würde nun, die Natkadaw als Medium benutzend, mit den Hilfe suchenden Menschen kommunizieren. Was nun die Natkadaw sagt, stammt direkt von Nat. Hier in diesem Fall übernimmt die Natkadaw die direkte Verbindung zu den Menschen, wobei bei dem Rollmattengeist die gerollte Matte durch ihr Gebaren die Aussage des Nat wiedergibt.

Die zwei Frauen warteten gespannt auf die Reaktion des heiligen Nats. Gerade in dem Moment eröffnete die Natkadaw den Dialog:
„Ich weiß, warum ihr gekommen seid, ich habe mit ihm gesprochen. Der Junge sagte, er habe große Sorgen."
„Was für Sorgen hat er denn?", fragte eilig Ma Than Than. Es war ihr selbstverständlich, dass der Nat vorausahnte, worum es hier ging. Nur bei dieser gestellten, verfänglichen Frage stockte bei Oma Aye Kyu der Atem.

Wenn der Nat die Sorge des Jungen und seine wahren Gründe enthüllen würde, wäre das ihr Todesurteil. Sie machte nur noch die Augen zu und lauschte, was noch kommen würde.

„Was für eine Sorge, das sagte er nicht", erwiderte Natkadaw.

Oma Aye Kyu beruhigte sich einstweilen von der unerwartet harmlosen Antwort der Natkadaw und fragte besorgt:

„Hat der Junge was zu essen?"

„Gestern hat er ein wenig zu essen gehabt, nun hat er gar nichts, er ist nun sehr hungrig und durstig, außerdem hat er nun Fieber, seine Situation ist nicht gut."

Die beiden Frauen wurden sehr unruhig und machten betroffene Gesichter. Sie sorgten sich um die Gesundheit des Jungen.

„Bitte, sagen Sie ihm, dass er bald nach Hause kommen soll, bitte, bitte.", richtete Oma Aye Kyu ihre Bitte flehend an die Natkadaw.

„Ja, ich sage ihm, dass er bald heimkehren soll", mit den Worten schien sich der Nat von seiner Anwesenheit verabschiedet zu haben; die Pendelbewegung der Natkadaw kam langsam zu Ruhe, sie verharrte eine Zeit lang weiterhin in einer schweigsamen, stillen Stellung.

Die Dame, die am Eingang die Gäste vorher empfangen hatte, deutete gestikulierend an, dass die Nat-Befragung zu Ende sei und die beiden Frauen ruhig nach Hause gehen sollen.

San Thein hatte kaum eine Minute schlafen können, bis die kühle Nacht von der Morgensonne verdrängt wurde. Er fühlte sich so müde und erschöpft. Zu trinken hatte er kein Tröpfchen Wasser, seine Kehle war trocken. Zu essen war ebenfalls nichts vorhanden. Die Erkältung, die sich in der gestrigen Nacht in ihm eingenistet hatte, erhielt den besten Nährboden in seiner körperlichen Schwäche, seiner Müdigkeit und Schlaflosigkeit. Er fühlte sich so elend, er merkte die unerträgliche Hitze in seinem Leib und seiner trockenen Kehle, als befände er sich inmitten einer Wüste. Noch war er in der Lage zu merken, dass er von einem starken Fieber befallen war. Wenn er hier weiter bleiben würde, war es sicher, dass er gegen das steigende Fieber alleine hilflos dastehen und, im schlimmsten Fall, an diesem verlassenen Ort einsam starben würde. Ein panischer Schrecken vor diesem einsamen Tod ergriff ihn. Er entschied, sich zusammenzureißen und bis nach Hause zurückzukehren, auch wenn ihn langsam die Kräfte zu verlassen drohten. Es war ein Rätsel, wie er es trotz des hohen Fiebers bis nach Hause über eine Entfernung von über zehn Kilometer zu Fuß geschafft hatte. Als er endlich am Nachmittag seine Haustür in der U-Bahn-Straße erreichte, brach er vor Erschöpfung an der Türschwelle plötzlich zusammen. Oma Aye Kyu und Ma Than Than beeilten sich, ihn vom Boden aufzuheben. Dr. Ye Myint, der schnell nach Hause herbeigeeilt war, untersuchte San Thein gründlich. Seine Körpertemperatur war über vierzig Grad Celsius. Der Junge fantasierte unbewusst, drehte mehrmals sein Gesicht von einer Seite zu der anderen, fuchtelte wie wild mit den Armen, rief laut und zusammenhanglos: „Ma Hla Yi, Oma.., Ma Hla Yi, Oma...!" Ma Than Than machte eine verständnislose Miene, während sich das Gesicht der Oma Aye Kyu zunehmend verfinsterte. Nur Dr. Ye Myint, mehrmals nachdenklich seufzend, vertiefte sich allein in das Fantasiegebilde des Patienten, grub die Kenntnisse aus den Lehrstoffen aus, um die Diagnose, so weit wie möglich, richtigzustellen. Er gab San Thein gleich eine Penizillininjektion. San Thein schlief danach ein. Dr. Ye Myint saß stundenlang unbeweglich auf einem Stuhl, kombinierte die Fakten zusammen, um der Wahrheit näherzukommen. Er wusste zu gut, dass er kein Recht hatte, in diesem komplizierten Fall über jemanden überhaupt ein Urteil zu fällen. Er wäre sogar froh, annähernd die Realität zu verstehen. Nachdem er lange Zeit auf der Suche der geheimnisvollen Wahrheit war, entschloss er sich plötzlich, ein klappbares Bett, das er vor Jahren hinter dem Haus aufbewahrt hatte, herauszuholen.

Als San Thein nach etwa drei Stunden aufwachte, lag er auf einem klappbaren Bett in der Ecke des Bereiches des Hauses, der als Wohnzimmer benutzt wurde. Sein Fieber war zum Glück abgeklungen. Sein zweijähriges Schwesterchen spielte allein auf einer Matte neben seinem Bett und hielt ihm liebevoll ein Spielzeug vor sein Gesicht. San Thein bedankte sich bei seinem Schwesterchen mit einem Lächeln. Dr. Ye Myint, der nebenan auf einem Stuhl sitzend ihn beobachtet hatte, kam herüber zu ihm, erkundigte sich: „Wie geht's dir?"

San Thein nickte leicht mit dem Kopf. Dr. Ye Myint sagte ihm: „Von nun an schläfst du hier, das ist dein Bett, du kannst das am Tag zuklappen und in die Ecke stellen, und wenn du schlafen willst, kannst du es wieder aufklappen. Wie findest du das?"

„Danke schön, Onkel", erwiderte San Thein mit undeutlich artikulierten Worten, während sein Gesicht bleich und erschöpft aussah.

Seitdem San Thein nun auf dem neuen Bett allein schlief, hatte seine große Liebe Ma Hla Yi ihn nie wieder im Traum besucht. Auf die verfängliche Frage, ob er sich nach dem Erscheinen von Ma Hla Yi in jenem Traum sehne, wusste er nicht recht, wie er sie für sich beantworten sollte.

Die Blüten des schneeweißen Jasmins

Das Jahr 1976 hatte gerade angefangen. Alle Universitäten und Colleges landesweit wurden nach der 7-monatigen Zwangsschließung nun im Januar wieder geöffnet. Im ganzen Jahr 1975 waren jene höheren Bildungsstätten nur läppische drei Monate geöffnet gewesen. Der Alltag der RIT war mit vollem Leben zurückgekehrt. In die Studentenheime, wo fast über tausend Studenten und Studentinnen auf dem Gelände der RIT wohnten, kehrte das fröhliche und geschäftige Leben zurück. Der RIT-Campus, der während der zwangsverordneten Ferien wie eine gedörrte Wiese ausgesehen hatte, verwandelte sich in einen erfrischend grünen Rasen. Im Hauptgebäude und in den verzweigten Institutsgebäuden, wo monatelang Friedhofsruhe beherrscht hatte, waren laute, fröhliche Stimmen der jungen Studenten und Studentinnen zu vernehmen. Eine geschlossene Universität oder eine versperrte Schule ist wahrlich gleich einer Grabstätte des Wissens, einem Friedhof des Fortschrittes und nichts anders als die Verdummung und Verstümmlung der jungen Generation. Die Essbuden, Restaurants und Cafes auf dem Gelände der RIT waren voll von rastenden Studenten, die sich die Zeit zwischen den Vorlesungen vertrieben. Die Ladenbesitzer wie U Chit freuten sich, Gäste und Freunde in ihren Läden wieder zu begrüßen und zu bewirten. In manchen stillen Stunden schlenderten Pärchen, Hand in Hand, auf den Gängen zwischen den Vorlesungssälen oder Werkstätten. Manche Pärchen suchten ein ruhiges Nestchen in einem Seminarraum oder Vorlesungssaal, aber meist auf dem westlichen Flügel des dritten Stocks im Hauptgebäude, währenddessen bezogen schon einige fleißige und fast professionell gewordene Sensationsspäher, mit einem selbst konstruierten, seltsam aussehenden Spiegel oder kleinen Fernrohr ausgestattet, unauffällig Stellung, um auf die sich um diskrete Sphäre für die dringende Realisierung der emotionalen Explosion bemühende Pärchen, die sich irgendwo in einer Ecke eines Seminarraumes oder zwischen den Schulbänken eines Vorlesungssaals eilig hineinzwängten, durch Türschlitze oder Fenster einen ergötzlichen Blick zu erhaschen. Es war durchaus verständlich, dass derartige Heimlichtuerei gang und gäbe war in einer von Tradition und strengem Moralkodex eingeengten prüden Gesellschaft, in der ein Student niemals das Zimmer seiner Freundin in ihrem Internat betreten durfte und seine Freundin ihn nur im Empfangsraum für Gäste während festgelegter Zeit empfangen durfte. Natürliche Bedürfnisse der Menschen suchen und finden jeher den eigenen Ausweg, gleich einem Fluss, der in seinem natürlichen Lauf gehindert wurde.

Im Februar 1976 hatte sich Tin Hlaing überglücklich und freiwillig in die festen Hände seiner lieben Freundin Kyi May Nwe, einer sehr netten und menschlich reifen Studentin von der RIT, in die er sich vor einem Jahr Hals über Kopf verliebt und sein emotionaler Ausbruch von ihr in gleicher Weise erwidert, begeben und auf dem Standesamt geheiratet und damit sein Junggesellendasein rein formalistisch als beendet erklärt. Zu dem erfreulichen Anlass gab er für seine engsten Freunde und Arbeitskollegen vom Institut einen Empfang mit Speisen und Getränken in einem leer stehenden Haus innerhalb des RIT-Campus. Da er sich aber als Dozent mit seinem Salär von sechshundert Kyats einen solchen kostspieligen Empfang nicht leisten konnte, hatte sein Schwiegervater ihm großzügig mit dreitausend Kyats unter die Arme gegriffen. Bei der Gelegenheit verkündete Win Kyaw, dass seine Hochzeit mit seiner langjährigen Freundin Nan Way Thi im Juni stattfinden werde.

„Demnach müsste was für Ko Thaung Htin kommen", neckte Kyi May Nwe, die frischgebackene Ehefrau von Tin Hlaing, mit einem Augenwink.

„Bei mir stehen die Sterne sehr ungünstig", entgegnete Thaung Htin.

„Vielleicht hast du zu viel Sterne im Himmel", fügte Phru hinzu.

„Aber meine Sterne verglühen leider oft schnell am Himmel, daher auch die Vorhersage diesbezüglich, es hatte sich jedes Mal erübrigt, bevor es überfällig war", konterte der ewige Junggeselle.

„Thaung Htin, du musst mich als Vorbild nehmen, ich bin wirklich ein Glückspilz", sagte Tin Hlaing, „nicht nur, weil ich meine große Liebe geheiratet habe", während er das sagte, zog er seine Frau zärtlich mit einer Umarmung seitlich zu sich, „sondern, weil ich noch drei junge hübsche Schwägerinnen habe, denn Kyi May Nwe ist die Älteste."

„Aha ... Du siehst schon von Anfang an über den Tellerrand hinaus, ein kluger Kerl", bemerkte Win Kyaw, sodass alle anfingen, zu kichern.

„Wisst ihr, dass nach altem burmesischem Brauch ein Bein der Schwägerin ihrem Schwager gehört, stimmt's? Danach bin ich im Besitz von sogar drei hübschen Weiberbeinen, natürlich die Beine meiner Frau noch nicht mitgerechnet", frohlockte Tin Hlaing mit blitzenden Augen.

„Ob der Herr auch so vielen Verpflichtungen nachkommen kann, daran habe ich Zweifel", erwiderte Kyi May Nwe zum Erstaunen aller Anwesenden friedfertig und so gekonnt. Bei solch einer brisanten Thematik, wo normale burmesische Frauen aus Scham sofort erröten würden, verhielt sich Kyi May Nwe so besonnen und erwachsen, als wäre sie nie unter althergebrachten Moralzwängen aufgewachsen. Damit hatte sie allen männlichen Kollegen von Anfang an gehörigen Respekt eingeflößt. Alle Freunde waren froh und gleichzeitig davon überzeugt, dass der lebensfrohe Tin Haling keine bessere Frau finden konnte als Kyi May Nwe, es hatte sich im Laufe der Jahre viel deutlicher bewahrheitet, als man sich je vorstellen konnte.

Mittlerweile hatte der RIT-Tennisklub, wo Thaung Htin, Tin Hlaing, Phru, Win Kyaw und Han Tin ihre Schläger schwangen, nun am Abend mehr Zuschauer durch die gelegentlich vorbeikommenden Studenten und Lehrer, darunter auch Ko Kyi Win und seine Frau vom Institut der Mathematik, die sich nicht selten von Lachsalven der Galionsfiguren am Tennisplatz anstecken ließen. U Aung Than, Dr. Aung Gyi, Dr. Khin Maung Win, Aung Soe, Ko Tin Win, Ko San Tint und der wortgewaltige U Tin Hlaing waren schon am Spielfeld, während die Ehrendamen Mama Mu, Ma Tu und Magret schon Platz auf den Bänken nahmen und ihr gewohntes Plaudern in Gang setzten. Nach einer Weile weckte Tin Hlaing die Neugier aller Anwesenden mit einer Ankündigung:

„Haben Sie von der neuerlichen Inthronisation der Nummer Eins gehört?"

„Nein Ko Tin Hlaing, erzählen Sie Mal!", forderte U Aung Than ungeduldig im Namen von allen auf.

Tin Hlaing schaute sich vorsichtig um, ob sich noch fremde unbekannte Leute in der Nähe des Tennisplatzes aufhielten, da es immer angebracht war, Vorsicht walten zu lassen, bevor man eine delikate Geschichte über die Staatsführung lästernd erzählte. Die RIT-Tennis-Gemeinde war eine Art verschworener Gesellschaft unter Gleichgesinnten, hier konnte man alles vertrauenswürdig sagen, was man dachte. Als Tin Hlaing feststellte, dass die Luft rein war, fuhr er mit Vollgas fort:

„Ich habe neuerdings diese Geschichte von einem Freund gehört, der in der Armee arbeitet. Danach soll Nr. Eins vor Kurzem nach Maruk U zur Inthronisation gewesen sein. Der Grund war, sein Astrologe hätte ihn geraten, dass aufgrund der Sternenkonstellation in seinem Horoskop eine Inthronisation in der alten Königsstadt Maruk U für seine Zukunft wesentlich förderlich sein würde", sagte Tin Hlaing als Prolog zu seiner Geschichte. Da unterbrach sein Namensvetter U Tin Hlaing mit der Zwischenbemerkung: „Hätte Nr. Eins unseren Saya U Min Win gefragt, der bekanntlich der größte Hobbyastrologe ist, wäre er vielleicht zum anderen Ergebnis gekommen."

„Das kann schon mal stimmen", erwiderte Tin Hlaing, „U Min Win hat nach meinem Horoskop gerechnet und vor Jahren, als ich mir noch keine Gedanken über die Ehe machte, schon vorausgesagt, dass ich vor Erreichen des 35 heiraten werde. Es stimmte fast perfekt, mein Hochzeitstag war genau 10 Tage nach meinem 35. Lebensjahr."

Tin Hlaing orakelte die letzten Worte mit einem gewissen süffisanten Lächeln, begleitet von seinen Augenbrauen, die dabei mit einem Ruck hochschossen, und mit einem Mundwinkel, der aufgrund voller seliger Befriedigung nach außen weit gezogen war.

„Oho!", raunte ein Erstaunen im Kreis der Zuhörer über die Treffsicherheit des RIT-Hobbyastrologen Prof. U Min Win, der der ungeteilten Verehrung aller Anwesenden gewiss sein konnte.

„Okay setzen wir die Geschichte fort", beeilte sich Tin Hlaing mit dem Hauptanliegen, „daraufhin befahl Nr. Eins seinem Wachhund One-andhalf, alle erforderlichen Vorbereitungen zu treffen. Nr. Eins und seine engste Sippe vom Militärgeheimdienst flogen nach Sittwe und dann nach Maruk U. Da war noch ein Problem zu lösen, dass bei der Inthronisation der burmesischen Könige bekanntlich immer die Königin dabei gewesen war. Es hatte nie einen ledigen König in der burmesischen Geschichte gegeben. Nr. Eins hatte aber im Moment keine Firstlady, mit der er sich gemeinsam in Gesellschaft blicken lassen wollte, seitdem Yadanar Natmei ihn sitzen gelassen hatte. Yadanar Natmei war ja die in Frankreich lebende Burmesin, die Ne Win nach kurzer Episode verlassen hatte. Außerdem wollte Nr. Eins auf gar keinem Fall eine Frau als Königin dabeihaben, damit die Wunderkräfte, die sich aus der Sternenkonstellation ergeben, nur auf ihn allein wirken, schließlich ist es ja sein alleiniges Horoskop, so ein Egoist! One-and-half hatte alles im Voraus besorgt, sodass sein Gebieter Nr. Eins die Nacht vor der Thronbesteigung mit einer erlesenen Dame bis zum Morgengrauen verbringen konnte, als eine Art der Betankung mit den astrologischen Zauberkräften. Entschuldigung meine Damen für die unvermeidliche Erwähnung jener Vorgänge."

Tin Hlaing verbeugte sich förmlich vor den drei Damen, bevor er seine Erzählung fortsetzte, sodass sich Ma Tu genötigt sah zu intervenieren:

„Erzählen Sie doch schnell, was passiert."

„Sie meinen doch nicht, was in der Nacht vor der Thronbesteigung …, oder doch?" hakte Tin Hlaing nach.

„Natürlich nicht das, was in der Nacht passiert, schließlich sind wir verheiratet und mehr als erfahren", donnerte Ma Tu mit scharfer Attacke zurück, sodass alle Anwesenden in ein schallendes Gelächter ausbrachen.

Tin Hlaing nahm seinen Gesprächsfaden wieder auf:

„One-and-half hatte, wie schon gesagt, alles im Voraus in Details in die Wege geleitet, die Krönungsfeier fand unter strengster Geheimhaltung unter Ausschluss des Publikums statt. Offenbar hatten Nr. Eins und seine Leute Angst, von der Bevölkerung ausgelacht zu werden. In einer provisorisch eingerichteten Halle wurde ein Thron, getreu dem Thron des letzten Königs von Thi Baw nachgebaut, natürlich nicht in echtem Gold und Edelsteinen, sondern mehr in ähnlichen Farbtönen und günstigen Materialien - aus Kostengründen. Übrigens stammen alle prächtigen Kleider samt und sonders von einer Wandertheaterbühne, ausgenommen die Kleider für Nr. Eins, die waren extra angefertigt. Die Geheimdienstoffiziere gekleidet in adlige Kostümen fungierten als königliche Hofgesellschaft, die in gewisser Entfernung vor dem Thron in Kotaustellung auf dem mit feinen Matten belegten Boden kuschten, während Nr. Eins in königlichen Gewändern, bestickt mit goldenen und silbernen Farben, Verzierungen und Schleifen aus Seide, auf dem Thron im Schneidersitz saß. Wie der Astrologe für die Krönungsfeier vorgeschrieben und angeordnet hatte, wurde sie durchgeführt. Ein Geheimdienstoffizier, gekleidet als gelehrter Eunuch mit hagerer Gestalt und dünnen nackten Beinen, blies ins Muschelhorn als Segnung für den König; ein als Minister in langem Gewand und Turban gekleideter Offizier las die Krönungsverse des Lobgesangs vor, die den Erdenkönig, also die Nr. Eins, ins Überirdische erhöhten. Damit war die Thronbesteigung abgeschlossen, und alle fuhren am nächsten Tag nach Rangun zurück. Den Thron hatten sie so stehen lassen, wie es gewesen war. Lediglich wurde der Befehl des One-and-half an die Lokalbehörden weitergegeben, dass die Halle und der Thron erst nach neun Tagen – die magische Lieblingszahl der Nr. Eins - abgerissen werden sollen. Danach nahm seltsamerweise ein verwahrloster hergelaufener Hund den Thron in seinen Besitz, kletterte darauf und schlief dort seelenruhig Tag und Nacht. Als die Menschen das sahen, kamen sie nicht aus dem Staunen. Ein Hund auf dem Thron, ein seltenes Phänomen, das man noch nie gehört oder gesehen hatte. Die Menschen von überall, darunter auch etliche Astrologen, denn in jedem Dorf in Burma gibt es mindestens einen Astrologen, kamen in Scharen vorbei, das seltene Schauspiel mit eigenen Augen anzusehen. Keiner wusste, ob es ein gutes Omen für das Land war oder ein schlechtes. Allemal war es jedem klar, dass es mit der Vorhersage der heiligen Geister über die nächste Zukunft ganz sicher zu tun habe. Alle Astrologen, angesichts des Hundes auf dem Thron, der für die Burmesen ein Machtsymbol darstellt, prophezeiten übereinstimmend, dass die höhere Menschenrasse dieses Landes in der Zukunft mit Gewissheit von Kreaturen niedrigen Verstandes beherrscht werde. Im Volksmund aber verbreitete sich danach die Nachricht wie ein Lauffeuer: Ein Hund hat den Thron bestiegen."

Als die Erzählung Tin Hlaings zu Ende war, herrschte zuerst eine nachdenkliche Stille, danach waren alle vor Lachen fast geborsten.

Es näherte sich langsam der März. Es war jedem bekannt, dass sich am 23. März 1976 der Geburtstag des berühmten Dichters und Freiheitskämpfers Thakin Ko Daw Hmaing zum hundertsten Male jährte. Die Militärjunta fürchtete, dass die Studenten oder Arbeiter wieder jenen Tag zum Anlass nehmen würden, gegen die Regierung zu demonstrieren. Sie verstärkte die Kontrolle. Die Agenten des Geheimdiensts schnüffelten auf dem Campus, mischten sich unter die Studenten, hielten sich zwischen den Vorlesungssälen auf und gingen in die Betriebe, um auf die herrschenden Stimmungen zu horchen und neue Information über untergetauchte Politiker oder Studenten von der verbotenen Studentenunion zu erfahren und die Aktionen der Studenten möglichst früh zu sabotieren. One-and-half hatte sein Sonderkommando in Alarmbereitschaft versetzt, die Untergrundkämpfer wie Tin Maung Oo und andere aufzuspüren, die nun vor dem entscheidenden Tag merklich ihre Aktivitäten erhöhen mussten. Da One-and-half den gefährlichen Tin Maung Oo nicht dingfest machen konnte, flatterten seine Nerven umso mehr, je näher der denkwürdige Geburtstag des großen Dichters heranrückte. Wenn jener Tin Maung Oo an dem Tag an der Spitze der Studentendemonstration auftrete, werde der General ihm diesmal nicht mehr gnädig sein, und er werde mit größter Sicherheit sofort geköpft. Was musste er nun tun, damit er seinen Kopf retten konnte. Er befahl seiner Truppe:

„Ihr bringt mir sofort die ganzen Familienmitglieder des Tin Maung Oo, d. h. Eltern und alle 7 Kinder! Wir werden mit allen Mitteln aus der Familie herausquetschen, wo sich der gesuchte Rädelsführer versteckt."

Tin Maung Oo war mit 23 Jahren der ältester Sohn in der zehnköpfigen Familie des Vaters U Hla Dinn und der Mutter Daw Hnin Myaing, danach kam ein Sohn Mya Tin mit 20, eine Tochter Mai Po Po mit 18, ein Sohn Hla Swe mit 17 Jahren, die restlichen vier kleinen Geschwister rangierten von 13 bis 5 Jahren. Am 21. März kam ein großer Militärlastwagen mit ca. zehn bewaffneten Soldaten der Geheimpolizei angefahren und hielt sich vor dem Haus in der Thuka-Strasse in dem Stadtteil Thamein auf, wo die Familie des Tin Maung Oo seit ihrer Niederlassung in der Hauptstadt wohnte. Als die bewaffneten Soldaten ins Haus kamen, wussten die Eltern schon, dass es für sie alle etwas Schlimmes bevorstünde. Der Geheimdienstoffizier fragte: „Sind sie U Hla Dinn, der Vater von Tin Maung Oo?"
„Ja."
„Sie sind die Mutter Daw Hnin Myaing?"
„Ja."
„Da sind ihre sieben Kinder, Mya Tin, Mai Po Po, Hla Swe usw.?"
„Ja, das stimmt."
„Sie kommen alle mit uns, in der Zentrale des Geheimdiensts werden wir sie über Verschiedenes befragen", sagte der Offizier mit einem unbeweglichen Gesicht. Die Eltern und drei erwachsene Kinder wurden ausführlich

ausgefragt, da aber One-and-half und seine Mitarbeiter keine brauchbaren Fakten finden konnten, wandten sie sich an die restlichen vier Kinder, die zwischen fünf und dreizehn Jahre alt waren. Sie versuchten Mal mit freundlichen Gesten, mal mit Drohgebärden und letztlich scheuten sie sich nicht, die Kinder brutal zu schlagen, sodass der dreizehnjährige Sohn sogar in Ohnmacht fiel, da wurde erst aufgehört, die Kinder zu misshandeln. Als One-and-half und seine Truppe weder mit brutaler Methode noch mit sanfter Art brauchbare Nachrichten aus der Familie herauspressen konnten, ließen sie die sieben Kinder frei und brachten sie am 22. März nach Hause, während ihre Eltern zum Insein-Gefängnis gebracht wurden.

Derweil liefen die Vorbereitungen an der RIT und an der Rangun-Universität wie geplant. Es sollte eine machtvolle Demonstration zu Ehren des verdienstvollen großen Dichters und Freiheitskämpfers Thakin Ko Daw Hmaing werden aber auch gleichzeitig ein Protestmarsch gegen die Militärregierung, die der große Dichter schon zu seinen Lebzeiten wegen der undemokratischen Militärdiktatur mehrfach scharf kritisiert hatte. Genau so wie Tin Maung Oo, der durch ein geheimes Netzwerk innerhalb der RASU für das bevorstehende Ereignis mit Gleichgesinnten in Verbindung trat, war Ko Tin Aye Kyu, ein Student der Fachrichtung der chemischen Verfahrenstechnik im fünften Studienjahr, ein führender Kopf unter den Studenten der RIT. Er galt lange Zeit als verschollen, da er während der Arbeiterunruhe in Juni 1974 auf dem Gelände der Thamein-Textilfabrik, wo er sich aktiv für die streikenden Arbeiter vor Ort an der Organisation beteiligte, zum letzten Mal gesehen wurde. Manche erzählten, er wäre damals von Bajonetten der Soldaten, die in die Thamein-Textilfabrik gewaltsam eindrangen, durchbohrt worden. Seitdem behielten die Studenten der RIT ihn in ihren Erinnerungen als einen großen Kämpfer für die Freiheit und Demokratie. Da Ko Tin Aye Kyu nicht nur als Studentenführer, sondern auch als Dichter unter dem Dichternamen Nyo Hmaing Lwin bekannt war, zirkulierten seine Gedichte und Schriften zum Kampf für Demokratie und Freiheit, die von der im Untergrund operierenden Studentenunion zum Andenken des Dichters herausgegeben wurden, innerhalb der RIT, um die Studenten für die nächste Schlacht kampfbereit und wach zu halten.

Als Ko Tin Aye Kyu am 23. Juni auf der RIT-Arena auftauchte, war der Freudenschrei der versammelten Studenten grenzenlos, den verloren geglaubten großen Bruder in die Arme zu schließen. Es wurden Blätter mit Losungen, die von Ko Tin Aye Kyu stammen, an die versammelten Studenten verteilt, die während der Demonstration gerufen werden sollten. Als die RIT-Studenten, eine Anzahl von etwa 200, die nun unter der Führung von Ko Tin Aye Kyu, Ko Than Lin, Ko Win Min Htay, Ko Tint Aung und Ko Maung Maung bereit zum Aufmarsch zur RASU waren, wo sie mit anderen Studenten vereinigt werden und danach zusammen zur Grabstätte des Thakin Ko Daw Hmain im Kandawmin-Prak in der Stadtmitte Ranguns marschieren sollten, traf unerwartet eine traurige Nachricht ein, veröffentlicht in den Zeitungen, dass der Studentenführer Tin Maung Oo und Ko Myint Soe, ebenfalls von der verbotenen Studentenunion, in der vergangenen Nacht verhaftet worden seien. Nun kam Zweifel auf, ob der geplante Aufmarsch ohne den bekanntesten Studentenführer Tin Maung Oo, auf dessen Schultern die Mobilisierung der RASU-Studenten hauptsächlich ruhte, überhaupt noch stattfinden würde. Ungeachtet dessen beschlossen die Studenten der RIT wie geplant zur RASU zu fahren und dort möglichst viele Studenten für den Aufmarsch zu gewinnen. Die Studenten gingen auf die Insein-Straße und kaperten drei große Linienbusse, die auf der Strecke zwischen Rangun und Insein regelmäßig verkehrten, und fuhren damit zu der RASU.

Als die Nachricht über die Festnahme von Tin Maung Oo am späten Abend des 22. März 1976 im Radio bekannt gegeben wurde, herrschte große Trauer in seiner Familie. Alle Geschwister standen vor dem Radio dicht gedrängt beieinander und beweinten bitterlich ihren großen Bruder, während dieser Zeit ihr Vater in seiner dunkler Zelle wortlos hockte und die Mutter ebenfalls in ihrer Zelle, einsam die Tränen abwischend, sich nach ihren Kindern sehnte. Mai Po Po, die drittälteste und jüngere Schwester von Tin Maung Oo, die noch in der Oberschule war, wusste zu gut, warum ihr großer Bruder ein entbehrungsreiches Leben auf sich nahm und wofür er trotz Gefahren weiter kämpfte, er kämpfte nicht für sich, sondern für die Freiheit und Demokratie, das höchste Gut der Menschen, das es für alle Zeiten zu verteidigen galt. Alle Familienmitglieder, einschließlich Vater und Mutter, waren sehr stolz auf Tin Maung Oo. Seit Dezember 1974 war er über zwei Jahre nie zu Hause gewesen, weil sich die Agenten des Geheimdiensts in Zivilkleidung vor dem Hause ständig, Tag und Nacht, postierten. Genauso wie ihr Haus wurden alle Häuser und Wohnungen der Eltern und Verwandten der untergetauchten Sudenten, die zur verbotenen Studentenunion gehörten und gegen die Militärregierung weiterhin aktiv waren, von Geheimdienstspitzeln rund um die Uhr beschattet. Obwohl Tin Maung Oo die ganzen Jahre nicht in der Familie weilen konnte, war er doch im Bewusstsein aller Familienmitglieder immer gegenwärtig gewesen, als ob er nie weg gewesen wäre. Sein Vater war seit Jahren bei der staatlichen Telekommunikation als Radiooperator beschäftigt und seine Mutter arbeitete als Krankenschwester. Seine Eltern hatten den Kindern nie verboten, poli-

tisch tätig zu sein. Mai Po Po vermisste ihren Bruder besonders, all ihre Gedanken waren in diesen Tagen bei ihm:
Wo mag er die ganze Zeit gewesen sein, irgendwo musste er sich versteckt halten und immer wieder eine neue Behausung suchen und mit den nach ihm fahndenden Geheimagenten Katz und Maus spielen; es ist gut, dass er so viele zuverlässige Freunde hat, darunter sicher meist Chin-Freunde und auch Burmesen dabei. Ohne gute Freunde, die ihn beschützen, wäre er längst verloren gewesen. Jedes Mal wenn sie an ihren Bruder dachte, war ihr fast zum Weinen zumute, aber sie musste Fassung bewahren vor ihren Geschwistern und vor ihren Eltern, die von ihren Schmerzen um das Schicksal des Sohnes täglich fast erdrückt wurden aber doch nie sich etwas anmerken ließen. Nun wusste sie mit Gewissheit, dass er im Gefängnis saß, ausgerechnet gerade am Tag vor dem 100-jährigen Geburtstag des großen Dichters Thakin Ko Daw Hmaing. Jeder politisch denkende Mensch erwartete an dem Tag ein deutliches Zeichen des Aufbegehrens des Volkes gegen die Militärdiktatur, das war das Mindeste, womit man diesen großen Dichter und Freiheitskämpfer würdigen und ihm Ehre und Respekt bezeugen könne. Mai Po Po sah in Gedanken ihren großen Bruder, der auf dem Campus der Universität die Studenten mit flammender Rede mobilisiert und an der Front des langen Demonstrationszuges zum Grabmal des großen Dichters marschiert. Keiner würde sich dabei einbilden, dass die verhasste Militärregierung mit derlei Protestmarsch zum Sturz zu bringen sei, aber das ist der deutliche Beweis, dass die Flamme des Widerstandes niemals ausgelöscht werden kann und weiter brennt; davor hat die Militärjunta immer große Angst. Nun werde vielleicht morgen niemand auf dem Campus da sein, dieses große Ereignis zu organisieren und die Studenten zu mobilisieren. Als junge Schülerin hatte sie auf dem Campus das Begräbnis U Thants miterlebt, wo ihr Bruder sich an der vordersten Front gestellt und eine flammende Rede gehalten hatte. Mai Po Po dachte und dachte, was sie für das Gelingen des Vorhabens ihres Bruders tun könne. Wenn sie so groß und alt wäre wie ihr Bruder und an der Universität studieren würde, würde sie sofort auf dem Campus vor den Studenten eine Rede halten und sie alle für den Protestmarsch gewinnen, obwohl sie bis dahin noch nie im Leben vor einer Menschenmenge eine Rede gehalten hat. Wenn sie daran dachte, wackelten ihre Knie schon vor Angst. Aber sie ist ein junges Mädchen, gerade im Alter von 18, was könne sie da noch ausrichten, die großen Studenten würden sie sicher gar nicht ernst nehmen und mit geringschätzigem Lächeln abspeisen. Es hat keinen Sinn, etwas in dieser Richtung zu unternehmen. Aber wenn es so ist, wo gibt es denn noch eine Möglichkeit, dass sie als freiheitsliebender Mensch einen bescheidenen

Beitrag zu diesem Tag leisten könne. Sie wusste es selber nicht, fühlte sich mutlos und verlassen. Aber was denn, wenn sie mindestens versuchen würde, auf dem Campus Studenten zu organisieren? Ob es gelingt oder nicht, werde sich zeigen, man muss zuerst alles Mögliche versuchen. Wenn es daran scheitert, kann sie immer noch ein gutes Gewissen haben, mindestens alles von sich gegeben zu haben. Wenn ihr Bruder davon erfahren würde, werde er sich ganz sicher darüber freuen, er werde auch sehr stolz sein, dass seine kleine Schwester mindestens versucht hat, ihn würdig zu vertreten.

Nach Hin- und Herüberlegen hatte sie sich am Ende durchgerungen, morgen früh sich auf dem Campus zum Kampf zu stellen, mindestens einen Versuch zu wagen, das Vermächtnis ihres großen Bruders zu realisieren. Sie sprach mit ihren Brüdern Mya Tin und Hla Swe über ihr Vorhaben, Mya Tin war zwei Jahre älter als sie und Hla Swe ein Jahr jünger. Da Mya Tin mit einem gebrochenen Bein zu Hause lag, kamen sie und ihr jüngerer Bruder Hla Swe infrage, das gefasste Vorhaben zu realisieren.

Am 23. März früh morgens verließen Mai Po Po und ihr Bruder Hla Swe heimlich das Haus, zuerst ohne vom Geheimdienst bemerkt und verfolgt zu werden. Angekommen auf dem Campus, ging sie mit ihrem Bruder auf die Stelle, vor dem Gebäude der Aula, die die meisten Studierenden am Tag mehrmals überqueren. Mai Po Po hatte die ganze Zeit überlegt, was sie sagen sollte. Nun stand sie da auf dem Platz, ihr junger Bruder schaute währenddessen neben ihr unsicher um sich, weil er nicht genau wusste, wie seine ältere Schwester die schwere Aufgabe bewältigen würde und wie sie überhaupt die Rede anfangen sollte. Die Studenten und Studentinnen gingen an ihnen vorbei, ohne sie dabei eines Blickes zu würdigen.

„Schwester, fang an, egal wie", flüsterte er ihr, obwohl er schon selber Angst spürte, wie das alles so ablaufen würde. Mai Po Po starrte nach vorn und hörte ihre eigene innere Stimme, die sie ständig anfeuerte, obwohl ihre Knie anfingen zu zittern: Jetzt los Mädchen, schrei laut, hab keine Angst, jeder fängt bei null an, was du vorhast, ist eine gute Sache, du vertrittst damit deinen großen Bruder und gleichzeitig alle Menschen, die aufrichtigen Respekt und Ehre dem großen Dichter bezeugen. Du musst Augen zu und durch, egal was auch passieren möge. Du musst deine Angst einfach überwinden, los, überlege nicht lange, keiner wird es dir übelnehmen, wenn du ein falsches Wort sagst; also zögere nicht mehr, springe einfach rein, Mädchen, Los!

Auf einmal erhob sie mit der geballten Faust ihren rechten Arm in die Höhe und schrie sie laut, wie sie konnte:

„Kameraden ..., wie ihr gut informiert seid, begeht heute am 23. März unser großer Dichter und Freiheitskämpfer Thakin Ko Daw Hmaing den 100. Geburtstag. Wenn er noch am Leben wäre, hätte er hier oder anderswo gestanden und die Militärdiktatur der Regierung Ne Wins in Bausch und Bogen verdammt, wie er es zu seinen Lebzeiten mehrfach getan hatte."

Viele gingen vorbei, ohne den Kopf nach ihr zu drehen, geschweige denn ihr zuzuhören, aber einige hielten an, zuerst mit einem geringschätzigen Blick und dann mit einer gewissen Neugier, was dieses kleine Mädchen zu sagen hatte. Ein Pärchen kam aus der Vorlesung, die junge Studentin machte bei der Menschenmenge in der Nähe zu Mai Po Po halt, als sie die seltsame Stimme des Aufrufes hörte, ihr Freund schien nicht daran interessiert und war im Begriff, weiter zu gehen, doch sie zog ihn mit einem Ruck an Ärmel fest, sodass er danach notgedrungenerweise der Rede des Mädchens widerwillig zuhören musste, doch mit der Zeit ganz begeistert zu lauschen begann.

„Ich brauche euch nicht extra zu sagen, wer Thakin Ko Daw Hmaing war, ihr alle seid älter als ich, ich bin immer noch in der Oberschule. Wenn ich das Abitur dieses Jahr bestehe, werde ich erst nächstes Jahr hier bei euch an der Universität anfangen. Es geht hier, wie gesagt nicht um mich, sondern um den größten Dichter der Nachkriegszeit. Mit seiner brillanten Khway-Dika (Im Leben eines Hundes) hatte er die inhumane Unterdrückungspolitik der britischen Kolonialmacht gegeißelt. Genauso hat er die erneute Versklavung unseres Volks durch die eigene Militärregierung mit aller Entschiedenheit verurteilt, als er noch lebte. Was gibt es denn noch Höheres in einem Lande als Demokratie und Freiheit des Bürgers. Jeder von uns, der eine politische Gesinnung hat, soll diesen 100. Geburtstag unseres großen Dichters, mit Bedacht und Respekt verbringen."

Mai Po Po staunte selber, wie ihr die Worte so flüssig herkamen, die sie vorher fieberhaft gesucht hatte, vielleicht machte ihr unbedingter Wille die Schwierigkeiten platt, dachte sie. Ihr junger Bruder Hla Swe schaute sie verstohlen mit großem Respekt an, er hätte nie zu träumen gewagt, dass seine große Schwester so eine mitreißende Rede zu halten je imstande wäre. Als Mai Po Po noch im Redefluss war, näherten sich plötzlich zwei erwachsene Männer, einer sagte ihr mit sehr strenger Stimme:

„Was machst du hier überhaupt? Wer hat dir Erlaubnis gegeben, hier zu sprechen? Wie heißt du denn?"

Mai Po Po wusste nicht, was sie überhaupt antworten und wie sie reagieren sollte. Die Studenten, an der Zahl etwa 30, die ihr zugehört hatten, begriffen aber sofort, wer die zwei Männer sein könnten und nahmen die beiden in die Zange. Ein hochgewachsener Student sagte mit hoch gehobenen Fingern:

„Lasst das Mädchen in Ruhe, sonst kriegt ihr alle was in die Fresse!"

„Wir wollen sie nur fragen, wie sie heißt, sonst weiter nichts", sagte einer von den beiden und sie entfernten sich unauffällig, als sie von der Menge der Studenten mit wütender Miene angestiert wurden. Die beiden Männer beobachteten weiterhin die Szene aus einer gewissen Entfernung, sie gehörten zu den Agenten des Geheimdiensts, dessen Leute überall auf dem Campus postiert waren. Unmittelbar danach feuerte ein Student das Mädchen an: „Los Mädchen, weiter mit deiner Rede!"

„Ich danke Euch vielmals für den Beistand", Mai Po Po verneigte sich höflich vor der Menschenmenge und setzte fort:

„Wenn ich und mein Bruder zu Euch nicht gekommen wären, wäre sicherlich jemand anders gekommen, euch an diesen großartigen Tag zu erinnern. Nun möchte ich an Euch appellieren, mit uns gemeinsam zum Grabmal des Thakin Ko Daw Hmain im Kandawmin-Park zu marschieren, um dem großen Dichter zum 100. Geburtstag Respekt zu erweisen und diesen großartigen Tag würdig zu begehen. Wer sich mit uns an den Ehrenmarsch beteiligen will, kommt bitte auf unsere Seite", bat Mai Po Po die zuhörende Menge, die mittlerweile fast hundert Personen zählte.

Spontan schlossen sich ihr etwa 20 Studenten sie an, während die anderen noch zögerten. Ein älterer Student, der bereits auf ihrer Seite stand, trat ungeduldig auf und richtete sich an die unentschlossenen Kameraden:

„Seid ihr denn so feige, das Mädchen kommt extra hier her, uns zu mobilisieren. Ihr, Männer, sollt euch schämen und zieht lieber Weiberrock an, wenn ihr so viel Schiss habt!"

Sein donnernder Appell zeigte offenbar Wirkung, alle Studenten und Studentinnen wechselten nach und nach die Front. Just in diesem Moment trafen drei große Omnibusse mit ca. 200 Studenten von der RIT ein, die mit Transparenten ausgestattet waren. Zwei Gruppen der Studenten vereinigten sich vor dem Gebäude der Aula unter lautem Freudentaumel. Wie geplant, versuchten die Studentenführer um Ko Tin Aye Kyu zuerst, in die Aula einzudringen, um mit der in der Halle ausgestatteten Lautsprecheranlage, so viele Studenten wie möglich zu erreichen. Als die Studentenführer aber zu ihrer Enttäuschung in der Aula die Lautsprecheranlage abmontiert und entfernt fanden – es war Sabotage von der Seite des Geheimdienstes, da sie durch ihre Agenten den Plan vorher erfahren konnte - wurden sie gezwungen, den Plan abzuändern, und marschierten zusammen zu Fuß unter Führung von Ko Tin Aye Kyu und Mai Po Po über die Prom-Road zum Kandawmin-Park, wo der große Dichter seine letzte Ruhe gefunden hatte. Die Studenten verzichteten auf ihrem Marsch absichtlich auf die Slogans, die als Angriff auf die Militärjunta interpretiert werden könnten, um den Zusammenstoß mit dem Militär zu vermeiden, bevor sie an ihr Ziel gekommen waren. Während viele Bürger mit lautem Beifall den tapferen Studenten Achtung zollten, schossen die Agenten des Geheimdienstes, in Manier eines Zeitungsreporters, auf der Straße Fotos von den an der Demonstration beteiligten Studenten und besonders von deren Führern. Die Geheimdienstzentrale unter One-and-half war an dem Tag so beschäftigt, die Filme sofort zu entwickeln und die beteiligten Studenten zu identifizieren und ihre Wohnadresse festzustellen. Mehrere Spezialagentengruppen wurden sofort auf den Weg geschickt, um die Studentenführer auf Schritt und Tritt zu verfolgen und bei günstiger Gelegenheit die observierten Personen unauffällig festzunehmen.

Als die Studenten im Kandawmin-Park zu Füssen der berühmten Swedagon-Pagode ankamen, wurden sie herzlich von fast zehntausend wartenden Menschen mit frenetischem Beifall begrüßt. Der Kandowmin-Park liegt in der malerischen Landschaft, neben dem Kandowgyi-See, mit allerlei subtropischen Blumen, Pflanzen und breiten Wiesen, wo die Menschen sich gerne erholen und Picknick zu machen pflegen. Vor dem Grab des Thakin Ko Daw Hmaing hielt der Studentenführer Ko Tin Aye Kyu eine flammende Rede und anschließend verneigten sich alle zehntausend Menschen vor dem Grab des verstorbenen großen Dichters.

Nach der Veranstaltung kehrten die Studenten friedlich zurück zum Campus der Universität, hier entlud sich die aufgestaute Wut und der Hass auf die Militärdiktatur, die sie aus taktischen Gründen mühsam unterdrücken mussten, um jeglichen Aufruf gegen die Militärregierung unterwegs während des Aufmarsches zu unterlassen. Vor dem Gebäude der Aula schrie die versammelte Menge der Studenten aus voller Kehle, deren Anzahl sich von Hun-derten zu Tausenden innerhalb kurzer Dauer rapide vergrößerte:
„Tod ...die Militärdiktatur!"
„Wir fordern ...Demokratie."
„Wir fordern ... Freiheit."
Die Vorlesungssäle wurden leer gefegt, da sich viele Studierende den Protestierenden zugesellten. An der Front der Protestierenden standen die Geschwister Mai Po Po, Ko Tin Aye Kyu und alle Studentenführer. Inzwischen war Mya Tin, der ältere Bruder von Mai Po Po, der wegen des Beinbruchs an Krücken gehen müsste, ebenfalls auf dem Campus aufgetaucht und hatte sich der protestierenden Menge angeschlossen. Die gewaltigen Stimmen der Studenten nach Freiheit und Demokratie, in denen sich die ersehnten Träume des burmesischen Volkes widerspiegelten, verbreiteten sich bis spät in den Abend.

Für die besoldeten Schnüffler der Abteilung von One-and-half war es sehr wichtig, kurz und bündig zu notieren, dass sich drei Geschwister von Tin Maung Oo an den Unruhen maßgeblich beteiligt hatten. Derweil erstattete One-and-half dem General den ausführlichen Bericht über die Unruhe und deren Anstifter. Der General hörte ihm aufmerksam zu und sagte mit finsterer Mine:

„Diesmal darf keiner entkommen, verstanden? Die ganze Chin-Familie von diesem Hund Salai Tin Maung Oo besteht aus lauter Unruhestiftern und blöden Radaumachern. Schmeiß alle ins Gefängnis. Die sollen diesmal am Leibe richtig spüren, was Aufbegehren gegen uns bedeutet. Alle anderen aus der RIT ebenfalls. Mach alle Universitäten und Colleges sofort zu!"

„Ich habe vorsichtshalber die Eltern von Tin Maung Oo bereits ins Gefängnis gesteckt", meldete stolz One-and-half.

„Gut gemacht", lobte sein Gebieter, sodass sich One-and-half ungemein freute.

Der General hatte das Urteil gefällt, sein Ergebener hatte dies nur auszuführen. Die Universitäten waren erst vor drei Monaten wieder geöffnet worden, um nun wieder geschlossen zu werden – auf unbestimmte Zeit.

Um 20 Uhr am Abend wurde vom Radio die Nachricht verbreitet, dass alle Universitäten und Colleges landesweit ab sofort auf unbestimmte Zeit geschlossen seien. Als Grund wurde angegeben, dass Mai Po Po, die jüngere Schwester des bereits verhafteten Studentenführers Tin Maung Oo, gemeinsam mit ihren Geschwistern Unruhe und Randale auf dem Campus ausgelöst hätte. Erst jetzt erfuhren Tin Aye Kyu und alle anderen Studenten, wer eigentlich jenes tapfere Mädchen war, das auf dem Campus die Studenten zum Ehrenmarsch mobilisiert hatte, ohne zu sagen, wer sie wirklich ist. Nun gehörte der aufrichtige Respekt vieler Studenten dem unscheinbaren Mädchen Mai Po Po.

Am Abend des 24. März, als alle Geschwister von Mai Po Po zu Hause versammelt waren, hörte man heftiges Klopfen an der Haustür. Als man aufmachte, kamen fünf bewaffnete Soldaten und ein Geheimdienstoffizier mit der Pistole am Gürtel ins Haus. Der Offizier sagte barsch:

„Ihr seid alle verhaftet, wegen des Widerstandes gegen den Staat und die Regierung. Nur die vier jüngsten Kinder bleiben hier zu Hause, alle andere kommen mit."

Die drei erwachsenen Kinder: Mai Po Po, ihr älterer Bruder Mya Tin und ihr jüngerer Bruder Hla Swe wurden von den Soldaten sofort in Handschellen gelegt. Sie stellten dem Offizier keine Frage, weil sie alle wussten, dass es hier überhaupt keinen Sinn hatte. Seitdem sie die Nachricht über die Unruhe und Schließung der Universitäten im Radio gehört hatten, hatten sie geahnt, dass etwas Unheimliches auf sie zukommen würde. Mai

Po Po sagte den jüngsten Kindern, die jetzt anfingen, zu weinen und sich an den großen Brüdern und Schwester festzuklammern. „Hört ihr, wir kommen gleich zurück, macht euch keine Sorgen. Ihr sollt gleich eure Tante anrufen und hier kommen lassen. Verstanden?" Die Kinder schlossen voller Tränen ihre große Schwester und die Brüder zum Abschied in die Arme, wobei diese nicht in der gleichen Weise erwidern konnte, weil ihre Hände in Handschellen lagen. Als sie das Haus und die hilflosen vier Kinder verließen, wusste Mai Po Po, dass Jahre vergehen würden, bis sie ihre Geschwister wieder umarmen konnte.

Die drei Gefangenen wurden danach zum Insein-Gefängnis gebracht, wo ihre Eltern bereits interniert werden, dort von einem Sondergericht, das auf dem Gelände des Gefängnisses abgehalten wurde, im Schnellverfahren zu mehrjährigem Gefängnis verurteilt, angeblich wegen des Versuches, den Staat und die Regierung zu stürzen: Mai Po Po zu neu Jahren, Hla Swe, Mya Tin, der Vater und die Mutter zu sieben Jahren Zuchthausstrafe. Im gleichen Zuge wurden Ko Tin Aye Kyu, Ko Than Lin, Ko Win Myint und zwölf andere Studenten von der RIT verhaftet. Nach und nach wurden insgesamt ca. 230 Studenten wegen der Demonstration vom Geheimdienst verhaftet und ins Insein-Gefängnis gebracht.

„Wißt ihr, was ich im so genanten Spezialgericht auf dem Gelände des Insein-Gefängnises erleben musste? Es war zum Kotzen", machte Tin Hlaing sich mächtig Luft, als er mit seinen Freunden Phru, Thaung Htin im Zimmer von Win Kyaw, in mittlerem Flügel des Studentenheims D, saß. Es war fast über eine Woche her, dass die Universitäten dicht gemacht waren. Der geschäftige, laute, fröhliche Campus der RIT glich nun eher einer Wüste, eine dumpfe Stille herrschte hier. Niemand, der sich über die Zukunft der nächsten Generation Gedanken machte, war glücklich, eine ausgedörrte Bildungsstätte vorzufinden.

„Ich kann mir vorstellen, was im Gefängnis los ist, seitdem die Idioten wieder Studenten verhaftet und alle Schule zugemacht haben. Ne Win und seine Sippe bekämpfen nur die Symptome der Krankheit, aber niemals die eigentliche Ursache. Denn sie selbst sind die Ursache. Aber erzähl, was du da dort erlebt hast", sagte Thaung Htin.

„Wir sind gleich deiner Meinung, man kommt wie in eine beschissene Lage und weiß nicht recht, wann man wieder rauskommt. Wie gesagt, war ich mit Thein Dan und Ko San Tint dort im Gerichtssaal des Spezialgerichts auf dem Gelände des Insein-Gefängnisses, weil wir Leiter der jeweiligen Studentenheime waren. Wir drei mussten lediglich nur mit „Ja" antworten, wenn wir gefragt wurden, z. B.: Heißt derjenige Student so und so und wohnt er im Studentenheim, wo sie Heimleiter sind? usw. Wir mussten der ganzen, sogenannten Gerichtsverhandlung beiwohnen, bei der den Beschuldigten kein Recht zur eigenen Verteidigung eingeräumt wird. Am Ende bekommt jeder Student 10 oder 15 Jahre Gefängnis für die Beteiligung an der Demonstration, das sind genau 14 Studenten von der RIT. Wie viel es von der RASU sind, weiß ich nicht, muss eine ganze Menge gewesen sein. Einer hatte 7 Jahre gekriegt, weil er den Linienbus für den Transport der Studenten begeschafft hatte. Ich weiß nicht mehr, in welchem Land wir überhaupt leben", schüttelte Tin Hlaing seinen Kopf resigniert hin und her. Er seufzte tief und fuhr fort:

„Dazu noch eine Anordnung von höchster Stelle, dass alle Studenten, die in der Vergangenheit oder jetzt mit der Demonstration zu tun gehabt haben, von der Universität rausgeschmissen werden müssen. Das sind schon mindestens über zwei oder dreihundert. Die Zukunft dieser Kinder ist dahin. Wo sollte das noch hinführen? Je mehr ich darüber nachdenke, umso mehr verliere ich den Mut. Wenn ich nicht verheiratet gewesen wäre, könnte ich mir, ganz ehrlich gesagt, gar nicht vorstellen, hier in dem Lande für immer zu leben. Jedenfalls muss ich von nun an sehr ernsthaft über die Zukunft meiner Familie nachdenken. In der Hinsicht kann ich Thaung Htin gut verstehen, dass er gar nicht daran denkt, hier eine Familie zu gründen."

„Das ist eben mal mein Pech, dass ich hier zu gar nichts imstande bin, über eine eigene Familie nachzudenken. Aber es stimmt schon, was Tin Hlaing sagt, bei diesem Umfeld will ich beim besten Willen an die Gründung einer Familie keine Gedanken verschwenden", sagte Thaung Htin.

„Aber für die Menschen, die hier im Lande leben müssen, ist es nicht einfach, weil sie keine Alternative haben als hier zu bleiben", sagte Win Kyaw und setzte nachdenklich fort, „Buddha sagte: Zu den höchsten Tugenden des Lebens gehören Mitleid und Unempfindlichkeit. Es ist zwar schwer, diese widersprüchliche Formulierung zu begreifen, aber wir sind eben Mal in der Situation, diese Lebensweisheit ab und zu unbedingt praktizieren zu müssen, wenn es auch uns nicht recht ist, falls wenn wir unbedingt hier in Burma überleben wollen oder müssen."

„Win Kyaw, du bist ja Philosoph geworden", sagte Phru, während er seine Zigarrenstange im Mund genüsslich kaute.

Im Insein-Gefängnis saß Tin Maung Oo in seiner Zelle. Er war am 2. April 1976, nach zehn Tagen seiner Festnahme, vom Spezialgericht wegen des Landesverrats zum Tode verurteilt worden. Jeder politisch kundige Bürger wusste, dass sich jenes Spezialgericht in dem Insein-Gefängnis befand und nur Ankläger und keine Verteidigung zugelassen wurde; es war keinesfalls ein Gericht im rechtlichen Sinne, sondern lediglich Urteilsverkündungsbüro. Es hatte Tin Maung Oo keiner Weise überrascht, dass das Militärregime solche Leute wie ihn gern aus dem Weg räumen wollte. Dessen ungeachtet hegte er noch Hoffnung, dass das Todesurteil in langjährige Gefängnisstrafe umgewandelt werden könnte, da bis jetzt in der Geschichte Burmas kein Student gehängt wurde. Aber wenn er daran dachte, wie die Studenten 1962 von Soldaten kaltblütig erschossen wurden, war er nicht so sicher, wie es bei ihm verlaufen würde. Jedenfalls freute er sich riesig, dass er am 25. Juni von den Gefängnisbehörden kurzfristig gesagt über den heutigen Besuch seiner Eltern gesagt bekam, die ihn zum ersten Mal nach seiner Festnahme wieder sehen durften. Er hatte sich immer gewundert, warum seine Eltern nicht zu ihm kamen oder nicht kommen durften. Es waren schon immerhin fast vier Monate vergangen, seitdem er in der Zelle eingesperrt war, er hatte keine Möglichkeit, mit anderen Gefangenen zu sprechen oder irgendeine Information zu bekommen. Daher war seine Freude fast grenzenlos, seine Mama und Papa nach so langer Zeit zu Gesicht zu bekommen. Er war ja seit Dezember 1974 nicht zu Hause gewesen, hatte ab und zu durch Vertrauensleute den Eltern eine Nachricht zukommen lassen, dass es ihm unter Umständen gut ginge. Wegen der Geheimagenten, die nach ihn ständig jagten, hatte er nie gewagt, sich dem Haus der Eltern zu nähern. Was macht denn Schwesterchen Mai Po Po und Brüderchen Hla Swe, Mya Tin und alle anderen? Er war schon beim Gedanken, all die Fragen seinen Eltern zu stellen, so ungeduldig und zugleich so selig, dass er es kaum noch erwarten könnte, dass sie im Besucherraum auftauchen würden. Der kleine Besucherraum, wohin er von dem Gefängniswärter gebracht wurde, schien nur für ihn und seine Eltern reserviert zu sein, keine Trennwand zwischen dem Besucher und Gefangenen. Es sei seltsam, dachte er, aber mir soll es recht sein, wenn ich meine Eltern richtig umarmen kann, vielleicht machen die Behörden bei mir eine Ausnahme. Er ging hin und her im Warteraum, damit für ihn die Zeit schneller verging, während ein bulliger Gefängniswärter ruhig in der Ecke saß.

Endlich ging die Tür auf, die Mutter kam allein herein. Die Mutter hatte sich extra die Haare gekämmt, saubere Kleidung angezogen, trotzdem sah sie etwas verwirrt aus. Die Mutter lächelte, aber ihr Gesicht zeigte unverkennbar müde und abgekämpfte Züge. Sie schien in den vergangen zweieinhalb Jahren viel älter geworden zu sein, als er sie sich vorgestellt hatte. Als er seine Mutter in die Arme schloss, rollten ihr die Tränen über die Wangen. Er streichelte ihre Haare und sah, dass viele Harre sogar grau geworden waren. Als er das letzte Mal seine Mutter gesehen hatte, war sie jung und frisch, nun schien sie in kurzer Zeit alt und gebrechlich geworden zu sein. Er fragte ungeduldig: „Ich bin schon fast vier Monate hier im Gefängnis. Warum seid ihr so spät gekommen?"

„Wir konnten nicht, wenn wir auch wollten", sagte die Mutter mit einem gequälten Lächeln, das ihr innerlich viel abverlangte.

Tin Maung Oo rätselte, was der Grund sein könnte, was die Eltern daran hinderte, ihn im Gefängnis eher zu besuchen und warum sie hierher alleine ohne Vater kam. Er will aber seiner Mutter keinen Zwang antun, wenn sie darüber nicht freiwillig sagen wollte. Das verbot ihm sein Anstand, sogar innerhalb der Familie galt der Verhaltenskodex der Höflichkeit.

„Wo ist Papa? Warum kommen Mai Po Po, Hla Swe und Mya Tin nicht hierher?" fragte Tin Maung Oo, um über seine Geschwister näheres zu erfahren.

Bei dieser Frage war die Mutter fast zum Weinen zumute, kämpfte mit sich, nicht ins Tränen auszubrechen, mit der größten Kraftanstrengung sagte sie:

„Deine drei Geschwister und dein Papa können nicht zu dir kommen, weil sie alle im Gefängnis sitzen, ich auch, seit 24. März."

„Was! Wieso?" Über den unfassbaren Zustand war Tin Maung Oo sprachlos.

Die Mutter erzählte ihm über Mai Po Po, wie sie mit Hla Swe und später auch Mya Tin zusammen auf dem Campus gewesen war, wie sie durch ihre Rede die Studenten zum Ehrenmarsch zu Kandawmin-Park mobilisiert hatte, daraufhin alle Universitäten geschlossen wurden. Der Geheimdienst hätte am 21. März alle Mitglieder der Familie verhaftet und am nächsten Tag seine Geschwister freigelassen, aber am 24. die drei großen Geschwister wieder in Haft genommen, sodass nun alle hier im Insein-Gfängnis seien, zu Hause seien nur noch die jüngsten vier übrig geblieben, usw.

„Ich verstehe nicht, warum ihr beide verhaftet werdet, ihr habt doch gar nichts damit zu tun, was die Kinder machen", sagte Tin Maung Oo ärgerlich.

„Aber mein Sohn, wir auch nicht, aber zu fragen macht es keinen Sinn. Sie verhaften alle, wenn sie wollen, hier kann alles passieren, was sich ein normaler Mensch nicht vorstellen kann", sagte die Mutter, die inzwischen einigermaßen wieder Fassung gewonnen zu haben schien.

„Ich bin euch sehr dankbar, dass ihr so viel Verständnis für eure Kinder aufbringt. Ich bin nur betroffen, dass alle dieses Unglück erleben müssen", schüttelte er seinen Kopf vor Empörung und Unverständnis.

„Dein Papa und ich haben euch nie verboten, politisch tätig zu sein. Trotz aller Misere, die die ganze Familie ausbaden muss, sind wir stolz auf euch,

ihr habt das getan, was nur mutige Menschen in dieser Situation wagen", sagte die Mutter, worauf Tin Maung Oo mit großem Respekt seine Mutter in die Arme schloss. Plötzlich öffnete sich die Tür, drei Gefängniswärter traten in den Raum, einer sagte:
„Los, die Zeit ist um!"
Tin Maung Oo umarmte innig seine Mutter:
„Mama, bitte aufpassen auf dich, mache dir keine Sorge um mich. Auf Wiedersehen Mama, auf Wiedersehen."
Seine Mutter schaute ihn in die Augen und flüsterte zärtlich:
„Ich hoffe, mein Sohn ... ich hoffe, dich wieder zu sehen."
Ihre letzten Worte schienen in Tränen erstickt zu sein, sodass sie nur noch sehr undeutlich wahrgenommen werden konnten.

Als die Mutter weg war, wurde nach einer Weile der Vater in den Warteraum eingeführt. Tin Maung Oo sagte seinem Papa, ihm tue es sehr leid, dass alle so im Gefängnis landen mussten. Sein Vater zeigte ihm volles Verständnis mit den Worten, er habe damit bewiesen, dass er ein anständiger Politiker sei, er brauche sich darüber keine Gedanken zu machen. Er teilte dem Vater die traurige Nachricht mit, die er seiner Mutter verheimlicht hatte, dass er zum Tode verurteilt worden sei. Der Vater konnte kaum begreifen, warum ein politischer Gefangener, der keine kriminelle Handlung begangen hat und nur seine politische Überzeugung vertritt, mit dem Tod bestraft werden muss. Sein Sohn erklärte, dass in diesem Land unter der Militärdiktatur alles möglich sei. Das hatte er längst am eigenen Leibe erfahren. Als der Vater aus dem Warteraum hinausgeführt wurde, spürte Tin Maung Oo, dass er seinen Vater zum letzten Mal gesehen hat. Er flüsterte vor sich hin:
„Vielen Dank Papa und Mama für eure Liebe und Verständnis."
Als die Mutter in ihre Zelle zurückkam, wurde ihr befohlen, sofort ihre Sachen zu packen, danach legte man ihr Handschellen an, band ihr ein Tuch um die Augen und führte sie eilig aus dem Gefängnis. Als sie mit einem Bündel ihrer Habseligkeiten in einen Jeep einstieg, fühlte sie, dass jemand bereits vor ihr im Jeep war und nun neben ihr saß. Sie hörte an den Stimmen, dass zwei Soldaten ihr gegenüber Platz genommen hatten. Sie hätte gern gewusst, wer neben ihr war, vielleicht konnte die andere oder der andere wie sie gar nicht sehen; sie musste eben warten, bis sie von der Stimme feststellen könnte, ob es eine Frau oder ein Mann war. Plötzlich wanderten Ihre Gedanken zu ihrem Sohn. Es kam ihr nach und nach sehr unheimlich vor, warum sie nach dem Treffen mit dem Sohn sofort anderswohin gebracht werden sollte, sie hegte ein ungutes Gefühl, was später kommen könnte. Ihr Gesicht war gezeichnet von quälender Sorge, die ständig an

ihrer Seele nagte. Sie schloss ihre Augen fest und betete inbrünstig in Gedanken: Möge Gott dem Sohn beistehen.

Der Jeep startete sofort, das Gefängnistor schloss sich hinter ihnen. Der peitschende Monsunregen, der seit Anfang Juni mehrmals täglich unangekündigt, manchmal mit gewaltigem Donner überfallartig und manchmal leise angeschlichen einsetzte, umhüllte alle Gegenstände mit seinem dicken Schleier von Wassermassen und hätte den Blick der armseligen Mutter nach dem immer in die Weite rückenden Gefängnisgebäude verhindert, wenn sie überhaupt hätte sehen können. Sie sah in ihren verworrenen Gedanken ihren liebsten Sohn winken, er schien sogar nach ihr zu rufen:

„Lebewohl Mutter, Lebewohl!"

Als der Jeep Insein weit hinter sich gelassen hat, nahmen die Soldaten den gefangenen Frauen die Augenbinden ab. Zu ihrer großen Überraschung sah die Mutter, dass die Nachbarin ihre Tochter Mai Po Po war, sie sah die Tochter zum ersten Mal seit der Gefangennahme und schrie voller Freude:

„Oh, mein Töchterchen Mai Po Po!"

„Oh, Mama, Mama!"

Die beiden Frauen fielen einander in die Arme und ihre Augen schwammen in Tränen der Rührung, die arme Mutter sagte vor sich hin:

„Oh Gott danke ich dir, dass du mir meine Tochter zurückgegeben hast."

Zwei begleitende Soldaten, die ihr gegenübersaßen, schienen nicht imstande zu sein, ihr Mitleid mit den armen Frauen zu verbergen, sie schauten betroffen weg. Unterwegs erfuhr Mai Po Po von ihrer Mutter über das Wiedersehen mit Tin Maung Oo. Die Mutter schien sehr glücklich zu sein, dass sie ihn kurz getroffen und gesprochen hatte. Er sehe sehr gut und gesund aus, er sagte, Mama solle sich keine Sorgen um ihn machen. Sie solle selber aufpassen usw. Als sie das erzählte, leuchteten ihre Augen, aber nach einer Weile traten ihr die Tränen in die Augen, sie griff fieberhaft die Hände ihrer Tochter, als sei ihre Tochter der Rettungsanker im breiten stürmischen Ozean ihres seelischen Leidens. Unterwegs erfuhren sie von den Soldaten, die mit der Zeit zutraulich geworden waren, dass sie zu dem Thayawadi-Gefängnis verlegt werden, etwa zweihundert Kilometer nordwestlich vom Insein-Gefängnis. Auf die Frage, warum sie verlegt werden, wussten die Soldaten auch keine Antwort.

Der Vater U Hla Din und die zwei Söhne Hla Swe und Mya Tin wurden ebenfalls an dem Tag des 25. Juni sofort zum Toungoo-Gefängnis in der Mitte Burmas verlegt. Der Vater und die zwei Söhne vermuteten ebenfalls, dass vielleicht etwas Ungewöhnliches bevorstehen könnte, hielten aber an der Hoffnung fest, dass es für alle Familienmitglieder gut verlaufen möge.

Nachdem Tin Maung Oo in seine Zelle zurückgebracht wurde, legte er sich auf das Bett und konnte immer noch nicht mit dem Gedanken fertig werden, warum seine Eltern so viel durchmachen mussten. Er spürte so ein schlechtes Gewissen gegenüber seinen Eltern, so viel Unglück über die Familie hineingebracht zu haben. Andererseits war er überglücklich zu wissen, dass sowohl seine Eltern als auch seine Geschwister seine politischen Aktivitäten als notwendig betrachtet und ihn voll unterstützt hatten. Der Vater hatte im zweiten Weltkrieg auf der Seite der britischen Armee gegen die Japaner gekämpft, um Burma zur Unabhängigkeit zu führen, er wusste zu gut, was Faschismus bedeutete. Viele seiner Verwandten waren von den japanischen Faschisten gefoltert und ermordet worden. Im Besonderen war Tin Maung Oo von seiner jungen Schwester Mai Po Po beeindruckt, wie sie trotz des jungen Alters von Achtzehn so wagemutig die Studenten auf dem Campus mobilisiert hatte. Das hätte er in ihrem Alter mit besten Willen nie zu tun gewagt, er bewunderte sein Schwesterchen. Wie gern hätte er sie in die Arme genommen und ihr seine aufrichtige Hochachtung ausgesprochen. Warum durfte sie zusammen mit den Eltern ihn heute nicht besuchen? Warum denn? Es kam ihm sehr seltsam vor, was für ihn vielleicht kein gutes Omen bedeuten könnte. Was machen denn meine kleinen Geschwister, die zu Hause geblieben waren? Er hätte gern alle, nacheinander auf dem Schoß genommen und getröstet: Macht euch keine Sorgen, Mama, Papa, eure großen Brüder und Schwester kommen bald heim, obwohl er nicht sicher war, ob er zu jenen gehöre, die nach Hause zurückkehren werden. Er schrieb mit Kreide, die er einmal draußen gefunden und versteckt hatte, auf die Wand – vielleicht eine Botschaft, wenn er nicht mehr da sein sollte.

Wenn er aus dem Gefängnis herauskäme, würde er gern mit seinen Geschwistern und Eltern in dem Haus in Thuka-Strasse in Thamein im Norden Ranguns wieder zusammen sein, wo er mit seinen Geschwistern Mai Po Po, Hla Swe und Mya Tin gemeinsam seine Kindheit verbracht hatte. Seine Eltern stammten beide aus den Chin-Bergen in Nordwesten Burmas, wo Rhododendron, Kirschen und Kiefernwälder wachsen. Seine Mutter und Vater hatten sich nach der Geburt des ersten Kindes Tin Maung Oo in der Hauptstadt Rangun niedergelassen. Als er im Schulkindesalter war, hatte er oft dort mit seinen Geschwistern Verstecken gespielt, jeder versuchte, hinter der Catharanthe-Staude mit rosafarbigen Blüten oder den Blumenrohrgewächsen mit emporreckenden knallroten Blüten oder unter dem buntfarbigen Wunderstrauch oder Jasmingewächsen mit schneeweißen Blüten, die in der Nähe reichlich wuchsen, sich zu verstecken und verkündete mit lauter Stimme:

„Such mich, bin beim Verstecken!"

„Ha, Ha, ich habe dich gefunden…, wir verstecken uns und du suchst diesmal!"

So ging es weiter mit heiterem Lachen, Suchen und Verstecken den ganzen Tag. Als der kleine Tin Maung Oo sich hinter dem Jasmingewächs versteckte, sah er, wie eine kleine Biene auf einer schneeweißen sternenförmigen duftenden Blüte verharrte und in Seelenruhe den süßen Nektar trank. Er winkte seine Schwester Mai Po Po heran und sagte: „Schau an Mai Po Po, die kleine Biene küsst die Jasminblüte zärtlich." Inzwischen waren alle anderen Geschwister Hla Swe und Mya Tin hinzugekommen und richteten, nebeneinander dicht gedrängt, ihren neugierigen Blick auf die schneeweiße Blüte des Jasmins und Biene, die sich offenbar von den aufdringlichen Zuschauern nicht stören ließ.

„Ja, du hast recht, die kleine Biene ist in die Blume verliebt …, ha. ha. ha …", lachten Mai Po Po und alle ihre Brüder laut, deren fröhlichen Stimmen mit dem Wind weit segelten.

Am nächsten Tag, 26. Juni, hörte er ganz früh seine Zellentür öffnen. Es war noch vor 4 Uhr morgen früh, viele Gefangene schlummerten noch im Tiefschlaf, auf den Gängen war es nur gedämpft beleuchtet. Zwei Gefangniswärter und ein hoher Geheimdienstoffizier standen vor Tin Maung Oo. Der Offizier erklärte ihm, dass seine Todesstrafe um 4.00 Uhr vollstreckt werde. Tin Maung Oo war innerlich darauf vorbereitet, weder Aufregung noch Angst spürte er vor dem Tod. Er hatte alles gegeben, was er besaß, er hatte sein Leben geopfert im Kampf für die Freiheit und Demokratie dieses Landes. Seine Eltern und seine Geschwister waren stolz auf ihn, und viele Studenten und Bürger verehrten ihn als einen aufrichtigen Demokraten und mutigen Kämpfer für die Freiheit. Wenn er diesen Kampf nicht aufgenommen hätte, hätte es sicher ein anderer gemacht, ob er oder ein anderer es war, sollte keine Rolle spielen. Hauptsache war, dass diese Militärdiktatur mit allen Mitteln bekämpft werden musste. Er hatte seine Aufgabe erfüllt, was ein pflichtbewusster Mensch im Leben tun musste. Er war überzeigt, dass sein Tod nicht um sonst sein würde, er war wie ein Mosaikstein, der auf dem rauen steinigen Weg zur endgültigen Befreiung Burmas aus der Knechtschaft der Militärdiktatur gepflastert wurde. Es werden viele Steine wie er notwendig sein. In der Morgendämmerung stand er auf dem Galgen, neben seinem Kopf baumelte der Strick im gerade einsetzenden Wind. Ein Sprühregen gesellte sich dem rauschenden Wind zu. Als der Henker den Strick in die Hände nahm und einen Augenblick zögerte, die Schlinge, um den Hals des Todesgeweihten zu legen, sagte Tin Maung Oo mit ruhiger Stimme: „Komm, gib mir die Schlinge, ich mache es selber. Ich habe keine Angst zu sterben. Ihr könnt mich töten aber niemals meinen Glauben an Demokratie und Freiheit, wofür ich gekämpft und gelebt habe."

Er legte sich mit beiden Händen, die mit Handschellen festgebunden waren, die Schlinge um den Hals. Danach schnürte der Henker die Schlinge fest, wobei er noch einmal auf den jungen Mann mit einem gemischten Gefühl von Nachdenklichkeit und Erstaunen einen Blick warf, dabei konnte er sich des Eindrucks nicht erwehren, dass der Todgeweihte ihm mit der Unerschrockenheit vor dem Tod und mit dem eisernen Willen einen gewissen Respekt eingeflößt hatte. Tin Maung Oo schaute nach vorn mit einem befriedigten Lächeln, im Leben das ausgeführt zu haben, was seine Aufgabe gewesen war – Verteidigung der Demokratie und Freiheit. Sein Lächeln hörte nicht auf, obwohl sein Hals immer enger zugeschnürt war, er sah in der weiten Ferne sein Haus in Thamein, mehrere große Regenbäume standen Spalier um die Straße, wo sein Haus stand. Er wollte nach Hause, er war jahrelang nicht dort gewesen, er wollte seine Geschwister sehen, seinen Papa und seine Mama umarmen. Ah, wie schön wäre es, im Kreis seiner Liebsten zu weilen. Er pflückte unterwegs einige schneeweiße Blüten des Jasmins vom Straßenrand und band sie zum Blumenstrauß für seine Mutter. Jasmin war vor allem die Lieblingsblume seiner Mutter. Er hatte öfter Blumen für seine Mutter mitgebracht, wenn er zu spät in der Nacht nach Hause kam und die Mutter sich jedes Mal um ihn Sorgen machte. Wenn die Mutter den Sohn mit den Blumen sah, konnte sie mindesten augenblicklich die Sorgen wieder vergessen. Nun aus der Ferne sah er schon seine Eltern und Geschwister vor dem Haus ungeduldig auf ihn warten, sie winkten ihn mit lauten Freudenrufen zu sich. Mai Po Po und Hla Swe riefen ihn laut: Bruder, Bruder komm schnell, wir haben dich vermisst. Er rannte und rannte, so schnell er konnte, er hatte Straßenlaternen, Häuser und Bäume hinter sich gelassen, er kam näher und näher zu seinem Haus. Die jüngsten Brüderchen und Schwesterchen kamen ihm schon entgegen. Er breitete seine Arme aus und schrie laut: „Ich bin wieder zu Hause, ich bin bei euch ... und diesmal ... für immer, ... diesmal ... für immer."

Es schien, dass schneeweiße Blüten des Jasmins in seinen Händen seine sehnsüchtigen Worte mitfühlend vernommen hätten, die sogar aus den großen Regenbäumen am Straßenrand widerhallten: „... diesmal für immer."

Als der Gefängniswärter die leere Zelle des Tin Maung Oo öffnete, fand er die Zeile, die an der Zellenwand mit der Kreide geschrieben war:
„Schwester Mai Po Po, ich bin sehr stolz auf dich."

Despot auf dem Thron

Es schien, dass sich der erhabene Despot - neulich hieß er auf der politischen Bühne Präsident Ne Win statt General Ne Win - in Kürze auf eine Inspektionsreise in die Umgebung der Hauptstadt Rangun begeben würde. Der speziell für den Despoten angefertigte Sessel aus poliertem Teakholz - versehen mit Verzierungen sowohl an den Armlehnen als auch an der Rücklehne - und weichem zartem Polster für den königlichen Allerwertesten, dessen Höhe, genau um neun Zoll, die der normalen üblichen Sitzstühle überragte, wurde nun mit einer weichen Decke umhüllt und in ein Transportauto behutsam verladen. Der Verladevorgang und Transport wurde von keinem Geringeren als dem Geheimdienstchef One-and-half selbst persönlich überwacht, denn der Despot fürchtete, dass an seinem sonderangefertigten Sessel heimlich Bomben angebracht werden könnten. Wenn es nicht um das Leben anderer, sondern um sein eigenes Leben ging, war der Despot seit jeher selbstverständlich äußerst vorsichtig.

Dass sein „Esel" genau neun Zoll höher sein musste als alle anderen, ist verankert in dem jahrtausendealten Aberglauben der Burmesen, nämlich dass jene magische Zahl „Neun" nach der burmesischen Astrologie Glück, Segen und Vortrefflichkeit verkörpere. Es ist aber schleierhaft und bleibt für die Normalsterblichen ein ewiges Rätsel, wie diese spirituelle Kraft, die aus dem mit der genannten magischen Zahl „Neun" umfluteten Holzsessel auf den darauf Sitzenden übergehen solle, vielleicht etwa durch das breite fette Gesäß oder durch den Rücken, der gelegentlich die Rücklehne berührt.

Um die Hin-und-her-Schlepperei des Sessel-Sonderlings zu ersparen, war man an den Despoten ehrfürchtig mit der Bitte herangetreten, eine genaue Kopie an dem Ort anzufertigen und dort zu belassen, wo der Despot bald erscheinen sollte. Dies wurde von dem Despoten abschlägig beschieden, da auf dem Double andere beliebige Personen ihre Hintern erwärmen könnten, da doch das Ding einzig und allein nur für den gnädigen Despoten vorgesehen war.

In Wahrheit glaubte der Despot Ne Win nicht blindlings an die astrologischen Aussagen wie manche Burmesen, aber er tat den Empfehlungen seines vertrauenswürdigen Hausastrologen entsprechend, um den Fortgang seines Lebens so weit wie möglich positiv zu beeinflussen. Ja, jeder Machthaber in Burma hielt aus langer Tradition her einen vertraulichen Astrologen am Hofe, vergleichbar mit einem notorischen Säufer, der ständig ein Fläschchen bei sich trägt.

Jener Sessel wurde an dem Ort und in dem Raum aufgestellt, wo der Despot eine Zeit lang bei der Unterhaltung mit den Militärgouverneuren zu verweilen beabsichtigte. Dort nahm der Despot weder Getränke noch Essen zu sich, obwohl jedes Mal ein fürstliches Bankett, ihn zu ehren, vorbereitet wurde. Nicht aus dem Grunde, weil er kein Gourmet war, sondern weil er stets höchste Vorsicht gegenüber jeglichem Essen und Getränken, angeboten außerhalb seiner Residenz, walten ließ, seit dem er vor Jahren zum Glück mit dem Leben davon gekommen war, als ein Militäroffizier, ein Adjutant von ihm, versuchte, ihn mit Essen zu vergiften. Er kochte vor Wut, wenn er daran denken musste, dass sich der Täter ins Ausland abgesetzt hatte, bevor sein Geheimdienst hinter dem Kerl her war.

In seiner Villa, wo ein gewisser Vertrauter Raju für ihn das tägliche Essen zubereitete, da würde nie und nimmer eine Gefahr heraufbeschwören. Jener Raju war Inder und sein Koch zugleich, der ihn seit den Nachkriegsjahren sein ganzes Leben lang treu ergeben begleitet hatte. Was Raju anfasste, konnte er sich alles genehmigen, was sein Magen begehrte. Jede Flasche Whisky von der Marke Johnnie Walker, die er gern trank, wurde von Raju vorher getestet und ihm zum Trinken freigegeben. Ein unumschränkter Staatschef zu sein, war nicht einfach, stets umgeben von unvorhersehbaren Gefahren, manchen aus Neid, einigen aus Missgunst, einer nicht geringen Anzahl aus politischer Rivalität; alle diese Gefahren musste er mit Umsicht, Wachsamkeit und mit dem treu ergebenen Raju täglich abwehren.

Wenn er in einem Raum Platz nehmen sollte, saß er stets mit dem Rücken zur Wand, sodass er sich einerseits von seinem Sitz aus eine klare Übersicht auf alle Anwesenden verschaffte und andererseits - die noch wichtiger zu sein schien - mit diesem seltsamen Gebaren verhindern konnte, unerwartet hinterrücks erschossen zu werden.

Wenn er alle Menschen, die ihn umgeben, anschaute, waren nur wenige, denen er absolut vertrauen konnte. Die Vertrauenswürdigste, die er sehr geliebt hatte und der er sich ein ganzes Leben lang zu Dank verpflichtet fühlte, war seine verstorbene Frau Khin May Than. Sie war genau das Abbild von ihm, schlau, gerissen, skrupellos, machtbesessen, herrisch, sie war eine würdige Königin in seinen Augen, die neben ihm dieses Land mit Würde regierte, darum liebte er sie sehr. Sie hatte ihm in seinen jungen Jahren die richtigen Umgangsformen in der Gesellschaft beigebracht, wie man sich in gehobenen Kreisen vorbildlich und vornehm bewegen sollte. Sie war im wahrsten Sinne des Wortes seine Meisterin, die ihn vom wilden Soldaten zu einem vornehmen Staatsmann erzogen hatte. Ja, er hatte diese wunderbare Dame irgendwann im Jahre 1957 bei einem Pferderennen kennengelernt, ihre begehrlichen und tiefen Blicke hatten ihn bis ins Innerste aufgewühlt, bis er sie in seine Arme für immer schließen konnte. Dabei war sie in jener Zeit immer noch verheiratet, und von Scheidung von ihrem Mann, der sich zu der Zeit in England aufhielt, war ebenfalls gar nicht die Rede gewesen. Ah, egal, er, Ne Win, war auch verheiratet, die burmesische Heirat oder Scheidung war so einfach und problemlos, dass er sich darüber kein Kopfzerbrechen zu machen brauchte.

Er heiratete sie heimlich. Der Reporter der Zeitung „Nation" Mr. La Zyo, der seine Hochzeit aufgespürt hatte, wurde von ihm bei der Bildaufnahme mit der Gratulation: „Herzlichen Glückwunsch zur Hochzeit, Herr General!" erwischt und erbärmlich und kräftig geohrfeigt und dessen Kamera zertrümmert, sodass der unglückliche Reporter fast eine Woche lang im Krankenhaus das Bett hüten musste.

Mit ihrem sich damals in England aufhaltenden Ehemann war es gar kein Problem, weil sich der General mittels seines Militärgeheimdienstes so sehr um den besagten Ehemann kümmerte, wagte der arme Kerl nie nach Burma zurückzukehren. Als die Nachricht über seine heimliche Eheschließung mit einer noch verheirateten Dame das Ohr des Ministerpräsidenten U Nu erreichte, der stets religiös war und moralische Prinzipien hochschätzte, war der Regierungschef drauf und dran, ihn vom Posten des Chefs der Armee abzusetzen. Weil der General rechtzeitig von der bevorstehenden Entlassungsnachricht durch einen Kompagnon erfuhr, eilte er sofort zu den einflussreichen Politikern U Kyaw Nyain, U Ba Swe und Thakin Chit Maung, die zufällig zusammen waren; voller Tränen kniete er dort vor den Versammelten und bat um Hilfe. So hatte er noch rechtzeitig seinen Kopf aus der Schlinge ziehen können. Er hatte für sie, im wahrsten Sinne des Wortes für diese Dame, fast mit seiner ganzen Karriere bezahlt.

Ebenfalls liebte sie ihn, diesen unstillbaren Rammelbock, beinahe abgöttisch, sie war von der leidenschaftlichen Liebe des Draufgängers so beseelt, als eine Frau im fortgeschrittenen Alter, dazu noch mit drei Kindern, so ein unvorstellbares Glück erleben zu dürfen. Sie duldete daher keine Konkurrentin in der Öffentlichkeit, dennoch machte sie niemals direkt ihm gegenüber irgendwelche kindliche Anstalten oder eifersüchtige Szenerien, wenn er sich heimlich mit anderen Schönheiten herumtrieb. Nur einmal, als das gesellschaftliche Geplauder ihr Ohr erreichte, dass der Despot so oft bei einer Dame namens Phyu Phyu Schain, einer neulich zur Ms. Burma erkorenen Schönheit, weilte und diese Dame vielleicht bald zur zweiten Ehefrau des Despoten aufsteigen könnte, hatte die Madam die Konkurrentin, ohne ein Wort mit ihr zu wechseln, inmitten des Publikums – ausgerechnet vor seinen Augen - plötzlich geohrfeigt, alle Anwesenden waren aufs Höchste erschrocken. Seitdem herrschte Ruhe mit jener Dame und mit ihm auch. Ja, er durfte beliebige Frauenzimmer anrühren, aber nur als Kurtisane, wenn er unbedingt seine überschüssige Manneskraft los werden musste.

Aber wehe, wenn sich jenes Frauenzimmer zum Range einer Konkurrentin vordrängele, werde sie auf der Stelle diese liederliche Dame vernichten. Seinerseits war es nicht viel anders. Einmal legte die Firstlady am Golfplatz abwechslungsweise ein Flirtchen mit einem hübschen jungen Offizier von der Luftwaffe hin, als sie sich von der alltäglichen, immer dieselben Unterhaltungen mit den Ehefrauen der ranghohen Offiziere zu sehr langweilte. Der Despot registrierte es beiläufig, ohne irgendeine Auffälligkeit, er äußerte zu ihr weder Unwillen noch geringste Anmerkung bezüglich jenes jungen Offiziers. Stattdessen, als er eines Tages in ihrer Begleitung am Golfplatz erschien und den jungen Nebenbuhler zufällig traf, schlug er, ohne ein Wort zu verlieren, - vor ihren Augen - brutal mit einem Golfschläger auf ihn ein. Der Luftwaffenchef musste schleunigst den jungen Offizier ins Ausland schicken, um noch Schlimmeres zu vermeiden. Seit dieser Zeit und bei dieser Brutalität wagte kein anderer Charmeur mehr, einen begehrlichen Blick der Granddame in der annähernd ähnlichen Weise zu erwidern, stattdessen verbeugte sich jeder vor ihr mit Ehrfurcht, und zwar von einer gewissen Distanz.

Wenn der Despot an manchen Tagen an die verstorbene Firstlady dachte, standen ihm die Tränen in den Augen, was in seinem Leben selten geschah. Es kam ihm wie ein Film vor, wenn er die schönen Erinnerungen mit ihr auffrischte. Er konnte sogar herzhaft lachen, wie sie erstklassige Jade und Rubine von der Ausstellung zum ersten Mal ganz raffiniert ergaunert hatte. Das war so, er war Chef der Revolutionsregierung in den früheren Jahren nach dem gelungenen Putsch Anfang 1962. Als die Edelsteinausstellung und Auktion in Rangun eröffnet wurde, um ausländische Käufer zu werben, hatte er dort mit ihr einen Besuch abgestattet. Während des Rundganges flüsterte sie ihm ganz leise, sie wolle diesen und jenen Edelstein haben. Seine leise Antwort lautete, es sei unmöglich, hier diesen einfach wegzunehmen. Daraufhin sagte sie leise, warte Mal, sie wisse, wie sie es arrangieren solle. Danach ging sie allein mit dem Chef der Ausstellung, einem Oberst, extra einen Rundgang und zeigte diese oder jene funkelnden kostbarsten Steine, die ihr gefielen, und ließ ihn über diese ausführlicher erklären. Anschließend sagte sie ihm, diese Steine möchte sie genauer ansehen, daher diese verpacken und zu ihr nach Hause bringen. Als er und sie in ihrer Villa ankamen, lagen die von ihr ausgewählten Edelsteinen schon auf ihrem Tisch. So einfach war das. Wie sie in der Manier eines ausgekochten Gangsters die Sache angedreht hatte, darüber war er sehr verwundert. Sie hatte damit ihm ganz schön Respekt abgetrotzt. Jedes Jahr hatte sie auf die gleiche Weise etliche Edelsteine ergaunert, sie verkaufte diese Beute in einigen Juwelierläden in der Schweiz. Einmal hatte die große

Staatsdame Pech, wurde mit den illegal eingeschleppten Edelsteinen auf dem Flughafen Charles de Gaules in Paris erwischt und sollte wegen Schmuggels strafrechtlich belangt werden. Aber kein Problem. Die große Dame ließ den burmesischen Botschafter sofort kommen und erklären, sie sei eine ranghohe Persönlichkeit in der Botschaft und vertrete das Interesse des Landes Burma, daher genieße sie Immunität. Damit war sie schon aus dem Schneider. So abgekocht war sie.

Noch etwas ganz Wichtiges, womit sie ihn auf den besonderen Geschmack auf das große Geld gebracht hatte, war die Vermittlungsprovision in Dollar von ausländischen Firmen. Wenn das Ausland eine projektgebundene Entwicklungshilfe an Burma vergab, bezahlte die ausländische Firma beim Erhalt des Auftrages eine Vermittlungsprovision von 15 oder sogar 20 % an den Vermittler in Burma. Da hatte die Granddame zum ersten Mal im Leben eine riesige Summe von Dollar als Provision kassiert, als eine Textilfabrik mit den Geldern der Entwicklungshilfe in Oberburma gebaut wurde. Der Despot machte große Augen und überschüttete seiner superschlauen Dame mit heißen Küssen und nächtelanger Liebesbezeugung als seine aufrichtige Dankbarkeit und innige Verehrung. Seit dieser Zeit 1962 bis 1971, während er als Chef der Revolutionsregierung die Macht ausübte und für die Finanzen, Justiz, Verteidigung aber nicht für Wirtschaft und Handel zuständig war, hatte er sich alle Entwicklungsprojekte unter die Nägel gerissen, kein anderes Ministerium durfte jemals derartige Projekte anfassen, somit flossen Millionen von Dollar als Provision in seine eigene Tasche.

Ja, auf die Gerissenheit und Skrupellosigkeit der Granddame war immer Verlass, und der Despot folgte ihr stets mit Ergebenheit, er liebte sie, bewunderte sie wegen ihrer Kaltblütigkeit über die Maßen, die er nach seinen egozentrischen Normen überhaupt zu messen vermag, nämlich danach: Was schert mich die Meinung der anderen Menschen und deren Schicksale, Hauptsache meine Macht, meine Familie, mein Reichtum!

Seit ihrem Abschied für immer fühlte er sich innerlich einsam und verlassen, er glaubte nicht mehr, im Leben einer solchen Dame von Rang und Würde noch einmal zu beggenen. Er hatte inzwischen wieder geheiratet, weil es einerseits für den Staatspräsidenten ohne Firstlady in der Gesellschaft nicht schicklich war und andererseits, er die junge Dame seit Jahren näher kannte. Sie hieß Ni Ni Myint und war nämlich die Nichte zweiten Grades seiner verstorbenen Frau Khin May Than. Sie war von einer beneidenswerten Schönheit und mit einer ausgesprochen schlanken Figur gesegnet. Als er ihr einmal beim Besuch ihrer Tante begegnet war, spürte er jedes Mal ein unkontrollierbar starkes Bedürfnis, mit ihr einer leidenschaftlichen intimen Freude teilhaftig zu werden. Nachdem die Granddame im Jahre 1973 unerwartet hinübergegangen war, war die junge Dame Ni Ni Myint dem Drängen und Bitten ihres Onkels zweiten Grades, also des Ehegatten ihrer verstorbenen Tante Daw Khin May Than, ständig ausgesetzt: Er sei ein gebrochener alter Mann, der in dieser vom unsagbaren Schicksal schwer gebeutelten Stunde ein wenig Mitleid und Trost von ihr erwarten dürfte, unabhängig davon, dass er während seiner oscarreifen schauspielerischen Darbietung voll und ganz auf ihre schlanken Schenkel und ihren runden Busen voller Wollust stierte – mit dem Credo: Du entgehst mir nicht, weil alles in diesem Lande mir gehört, weil ich wahrhaftig der alleinige Herrscher dieses Landes bin!

So war es die logische Folge, dass die mitleidsvolle junge Dame den Fängen des alten Ganoven, der immerhin zurzeit der mächtigste Mann Burmas war, nicht entrinnen konnte oder wollte und letztendlich seine Gemahlin wurde. Die neue Frau war im Gegensatz zur Verstorbenen eine Akademikerin, übte eine Dozentur im Institut für Geschichte an der Universität Rangun aus; daher war sie nach seiner Ansicht prädestiniert für die Repräsentationszwecke neben einem großen Staatsmann wie ihm, aber leider war sie andererseits bescheiden, ruhig, ehrlich und unauffällig. Als Wissenschaftlerin verbrachte sie ihre Zeit lieber mit den Büchern viel mehr als eine Staatsdame auf dem glamourösen Laufsteg. Als bei ihm die animalische Begehrlichkeit langsam in den ersten Tagen den Zenit überschritten hatte, war auch sein Leben mit ihr langsam langweilig geworden. Mehr und mehr war ihm der Unterschied zwischen ihr und seiner verstorbenen Frau tagtäglich deutlicher geworden. Im Vergleich zur Granddame verstand sie nicht im Geringsten die wichtigsten Künste des Lebens, z. B. wie man kaltschnäuzig, autoritär, stolz, rechthaberisch, habgierig und skrupellos sein müsse. Bei einer solchen zarten Dame wie Ni Ni Myint - womöglich mit einem heiligen Schein - konnte der Despot ab und zu im Schlafgemach befriedigt sein, aber auf die Dauer richtig seelisch mit ihr verbunden sein, nein …, das konnte er nie und nimmer, dazu war ihr inneres Wesen meilenweit entfernt von seinem. Auch seine Kinder akzeptierten die neue Frau nicht, daher hatte er es so arrangiert, dass sie woanders getrennt von ihm lebte. Das war für ihn immerhin recht, denn er konnte in ihren Gemächern jederzeit erscheinen, wenn seine biologischen Bedürfnisse unbedingt von ihm Tribut forderten. Das sollte aber keineswegs bedeuten, dass er etwa unter einem Mangel an Angeboten litt. Im Gegenteil, wenn er einmal seinen untertänigen Offizieren einen Wink gäbe, warteten auf ihn schon vollbusige Schönheiten Schlange stehend, aber die Frauen waren nur für eine oder mehrere Nächte, jedoch für den Präsidenten geziemte es sich leider nicht, sich in der Öffentlichkeit mit ihnen sehen zu lassen.

So war es, dass das beklagenswerte Leben des Despoten wie eine abgeleierte Schallplatte tagein tagaus quietschte, bis die große Dame von Welt aus Paris kommend Ende 1975 plötzlich mit Pauken und Trompeten vor ihm auftauchte. Sie hieß wohlklingend „Yadanar Natme", wörtlich übersetzt bedeute „Juwelenengel", ein archaisch monarchistischer Name. Sie war hochgewachsen, von heller Haut, mit tiefen schwarzen Augen, wagemutigem Gesicht, tadelloser Figur, einer kühnen emanzipierten Haltung und von einer unbeschreiblichen Schönheit. Jedenfalls war sie ein rassiges Weib, genau wie seine verstorbene Frau. Man sagte, sie sei vom adligen Geschlecht und ihre Eltern stammten von dem letzten burmesischen König Thi Baw.

Bei ihrem höflichen Besuch in der Villa des Despoten verliebte sich der Herrscher Hals über Kopf in sie und überredete sie mit allen Künsten der Verführungen, die er offenbar beherrschte, seine Gemahlin zu werden und die in der Tat seit Langem vakante Stelle der Granddame würdig anzutreten, obwohl er von seiner angetrauten Ehefrau Ni Ni Myint gar nicht geschieden war. Es lag daran, dass die gesellschaftlichen Regeln und Normen in Burma, die spezifisch Mann und Frau betreffen, seit der Zivilisation nicht so starr formuliert wurden. Bigamie oder Polygamie ist nirgendwo gesetzlich verboten, jedoch sind sie gesellschaftlich verpönt, zumal Ausnahmen eingeräumt werden, je höher der soziale Stand, umso großzügiger.

So wurde die grandiose Hochzeit gefeiert, in allen staatlich kontrollierten Zeitungen erschienen die überschäumend glücklichen Bilder, auf denen der Despot und seine neue Granddame in burmesischer nationaler Tracht zu sehen waren. Der Despot versuchte, in der Öffentlichkeit das Gerücht zu lancieren, dass er - auch aus nationalem Interesse – bei jener Dame um die Hand angehalten habe; dadurch könne der Anspruch des Landes Burma auf die Juwelen – Rubine, Smaragde, Jade, Wert auf mehrere Millionen Dollar geschätzt - des von den britischen Truppen verschleppten letzten Königs von Burma, die nun in dem britischen Nationalmuseum schlummern, damit dingfester gemacht werden.

Das Glück des Despoten währte aber nicht lange, als sein Geheimdienst ihm eine brenzlige Nachricht vorlegte, dass die neulich angetraute Granddame zur CIA in Verbindung stünde. Es wurde erzählt, dass zwischen dem Despoten und der Granddame ein unversöhnlicher Streit aus dem genannten Grund ausgebrochen sei, und die Granddame dabei wutentbrannt einen Aschenbecher auf ihn geworfen hätte und am nächsten Tag nach Paris zurückgeflogen sei, was von einer solchen rassigen Frau durchaus zu erwarten war. Es bleibt aber ungeklärt, ob der Despot es in Wirklichkeit doch auf die reiche Beute der Dame abgesehen hatte oder es allein auf das rassige Weib, das er dringend brauchte.

Der erhabene Despot, der durch die unerwartete Krise um die gerade vermählte Ehegattin, die ihn unverrichteter Dinge postwendend verlassen hatte, nicht so sonderlich erhaben geworden war, saß nun allein und einsam am Tisch in seinem großen Arbeitszimmer, die halb ausgetrunkene Whisky-Flasche der Marke Jonnie Walker stand unmittelbar vor seiner Nase. Er hielt die Flasche in der rechten Hand, goss sich ein Glas beträchtlicher Menge Whisky ein, fasste es ganz zart mit der linken Hand. Bevor er im Begriff war den Whisky auszutrinken, schaute er auf das Bild Jonnie Walker auf der Flasche und fing an zu flüstern, zuerst leise und dann laut und immer lauter, als wollte er nun Jonnie alles anvertrauen, was ihm in letzter Zeit so viel Kopfschmerzen und Kummer bereitet hatte:

„Ah, Jonnie, du hast ja gar keine Ahnung, was ich in letzter Zeit durchgemacht habe."

Jonnie schien ganz geduldig und leise auf die bevorstehenden Gefühlsausbrüche seines erhabenen Gebieters zu warten, er zuckte nicht einmal mit der Wimper und schenkte dem Despoten sein ganzes Gehör und raunte ihm nur ein paar tröstende Worte ins Ohr:

„Majestät, es ist für Euren ergebenen Diener eine große Ehre, an Euerem Leid und Glück teilhaben zu dürfen."

„Ich hatte gedacht, wirklich …,dass ich endlich eine würdige Gemahlin gefunden habe", öffnete der Despot wehleidig sein geschundenes Herz, „sie war genau das Abbild meiner verstorbenen Frau Khin May Than. Nun ist sie doch wieder weg. Es tut mir furchtbar leid, dass ich sie gefragt habe, ob sie tatsächlich mit der CIA zu tun hatte. Darauf war sie ganz wütend geworden und bewarf mich sogar mit einem Aschenbecher, sie war wirklich ein rassiges Weib, in sie bin ich so … richtig verliebt. Aber leider ist es nun alles vorbei."

Seufzend mit verzogenem Mund genehmigte sich der Despot einen kräftigen Schluck, um seine Trauer mit Alkohol herunterzuspülen, was ihm kaum gelangen. Sein Kopf war fast benebelt aber die traurige Seele wollte immer noch nicht von ihm weichen. Er fing an, wieder zu reden:

„Weißt du Jonnie, ich habe im Laufe meines Lebens von vielen Menschen Abschied genommen, manche habe ich von heute auf morgen von ihren Posten gefeuert, manche habe ich Jahre lang in den Kerker gesteckt, manche habe ich in den Tod geschickt, niemand war für mich unersetzbar außer meiner verstorbenen Frau. Yadanar Natme könnte so eine werden wie meine verstorbene Frau. Schade, dass die Geschichte so abrupt endet, wenn es gerade so schön war. Aber wenn sie wirklich von der CIA angeheuert war, kann das für mich ganz schön gefährlich werden, wenn ich das auch nicht gerne wahrhaben wollte. Wenn die CIA auch in der Vergangenheit hinter ihr gestanden haben möge, und sie sich nun durch die Liebe zu mir auf meine Seite schlagen würde, werde ich ihr ganz sicher verzeihen. Aber sie hat mir nicht Mal Zweifel erlaubt, ganz schön stolz und kompromisslos von ihr. Der Abschied von ihr hat mich doch ein wenig traurig gestimmt, wenn es auch nicht so gravierend war wie bei meiner verstorbenen Frau." Diesmal hatte der Despot keine Lust, Eiswürfel in den Whisky zu mischen, was er jedes Mal zu tun pflegte, trank hastig, um alles zu vergessen. In der Tat war seine Trauer überlagert von der persönlichen Gekränktheit, dass er von einer Frau so schäbig und unter Gebühr behandelt worden war, mit einem Gegenstand wie Aschenbecher beworfen zu werden. In seinem ganzen langen Lebenslauf hatte er noch nie so etwas erlebt, keine Frau würde es je wagen, ihn, den Mächtigsten Burmas, so ohne jegliche Furcht und jeglichen Respekt zu behandeln. Nein, so etwas hatte es noch nie gegeben. Jede Frau hätte er bei dieser Konstellation sofort links und rechts geohrfeigt, aber bei ihr war er sogar sprachlos und verlegen, was gegen seine Natur war. Wenn er zum Glück dem fliegenden Aschenbecher nicht schnell genug ausgewichen wäre, hätte das Ding direkt seine Stirn getroffen, Blut wäre herausgespritzt und hätte sicherlich eine Narbe hinterlassen und einen Skandal noch dazu. Im Grunde genommen konnte er mit dem begrenzten Schaden noch froh sein.

„Vielleicht war sie in mich so verliebt und deswegen innerlich so verletzt, von mir unerwartet als Agent der CIA verdächtigt zu werden. Und was noch gravierender war, ist, dass ihre Liebe zu mir angezweifelt wurde. Daher diese explosive Reaktion von ihr? Eines steht schon fest, dass eine schwache Frau nie imstande wäre, so etwas zu tun. Es war sicher, dass die CIA versucht hatte, an sie heranzutreten. Aber ob sie für Geld im Auftrag der CIA arbeiten würde, das ist jedenfalls nicht bewiesen. Geld und Vermögen hat sie ja mehr als genug. Aha ... wie dem auch sei, es ist alles vorbei ..., sie kommt nicht mehr zurück."

Der Despot war wirklich in einem Zustand, den man durchaus traurig nennen könnte, solche Momente waren rar in seinem Leben, das meist von seinen egozentrischen Szenen überwiegend beherrscht wurde. Er kippte ein Schluck Whisky hastig in seine Kehle, um sich von der ungewollten Trübsinnigkeit zu befreien. Auf alle Fälle konnte er auf die Information, die ihm sein Geheimdienst verschafft hatte, absolut vertrauen, dass sie bedauerlicherweise mit der CIA zu tun hatte. Überhaupt auf den Geheimdienst, dessen Offiziere ihm allein mit der Treue eines abgerichteten Hundes dienten, war immer Verlass gewesen. Nun stand One-and-half als der Geheimdienstchef an der Spitze seiner treuesten Ergebenen. Sie lasen die

Wünsche ihres Gebieters sogar aus seiner Mimik, Gestik und Tonlage des gesprochenen Wortes ab und setzten diese in die Tat um, alles dem Despoten wunschgemäß zu präsentieren. Trotz allem behielt er alle ranghohen Offiziere und Minister einschließlich One-and-half und dessen Leute ständig im Auge, wie sie sich in der Gesellschaft und Politik bewegen, in welche Affären sie verwickelt waren, mit wem sie verkehrten usw. Der Despot besaß erstaunlicherweise ein phänomenales Gedächtnis über die Menschen, die ihm in dieser oder jener Hinsicht nützlich oder gefährlich sein könnten. Wenn einer von seinen untertänigen Offizieren Köpfchen hat und für ihn irgendwann in Zukunft gefährlich werden könnte, beseitigte er ihn gnadenlos.

Oft erging sich der Despot genüsslich in überschwängliche Selbstbeweihräucherung, wenn er an die unzähligen Gefechte und Siege in seinem Leben gedachte. Dennoch kratzte es ihm in der Seele, wenn er sich an manche Niederlage erinnerte. Wie war denn der erste Tiefschlag, den er schwerlich verdauen musste? Der Despot schwelgte nun wiederum in seinen Erinnerungen. Sein Glas Whiskey war mal voll und mal wieder leer.

Nachdem er seine politische Partei „Burmesische Sozialistische Programm Partei" (BSPP) schnell aus der Taufe gehoben hatte, musste der General unerwartet eine persönlich höchst empfindliche Niederlage, sogar die empfindlichste Niederlage in seinem Leben überhaupt, einstecken. Einige ranghohe Militäroffiziere behaupteten, dass es in sozialistischen Ländern kein Pferderennen gäbe, daher dieses auch in Burma abgeschafft werden müssten, wenn der Sozialismus in Burma glaubhaft etabliert werden sollte. Dem General stockte der Atem, als er die drohenden Gewitter vernahm. Der General, der seit seiner Studentenzeit sein ganzes Leben lang, jedes Wochenende im Rennstall und Rennklub verbracht, sein schwieriges Erwachsenwerden als armer Schlucker hier angefangen, und nun als die mächtigste Persönlichkeit in diesem Lande vollendet, ausgelassen fröhliche Stunden unzählige Male hier verlebt, das Wiehern und Hufgetrappel der Pferde wie eine himmlische Melodie empfunden, im Rennklub mit den Bekannten und Freunden sehr oft gezecht und gespeist, seine große Liebe und zukünftige Ehefrau Khin May Than, hier in einer Lounge kennengelernt und sich Hals über Kopf in sie verliebt, während des Rennens ständig nach ihr geschielt und hier unvergessliche Zeit mit ihr genossen, mit seinem berühmten Rennpferd namens „Bazuka" mehrmals Siegertrophäen eingefahren und die Wette gewonnen und volle Kasse gemacht, als Besitzer der siegreichen Rennpferde sehr stolz und von allen bewundert und diese Pferderennbahn als ein nicht mehr wegzudenkender Teil seines Lebens empfunden hatte, musste mit schwerem Herzen dem Vorschlag seiner Ergebe-

nen zustimmen mit den Worten:
„Wenn ihr meint, Pferderennen passe nicht in unser System, dann müssen wir das schließen." Die Worte kamen so schwer von seinen Lippen, als kostete es ihm übermenschliche Anstrengung, diese auszusprechen. Angesichts der echten Trauer in den Augen des Generals gerieten die Offiziere, die den Vorschlag unterbereitet hatten, zuerst sogar ins Mitleid mit ihrem Chef, das aber bald danach in berechtigte Angst umschlug, womöglich es von ihm übel genommen zu werden. Der General war gezwungen, hier Bauernopfer zu bringen, um sein großes Vorhaben, einen nach seinem Geschmack zusammengebastelten burmesischen Sozialismus einzuführen, wodurch seine Macht als Staatschef für immer sicher sein würde, keinesfalls zu gefährden.

Als die Nachricht von der Schließung der Pferderennen im Radio bekannt gegeben wurde, fühlte sich der General so, als ob seine Beine und Hände abgehackt worden wären. Es tat ihm unsagbar weh, er musste sogar mit Gewalt ein paar Tränen unterdrücken, damit niemand in der Nachwelt je erzählen konnte: Wie ein Kind beweinte einst ein großes Staatsoberhaupt aus Burma sein geliebtes Pferderennen. Er hätte lieber gern den Sozialismus mit Pferderennen, wo er sich königlich amüsieren konnte wie bisher. Für den General war die Pferderennenbahn in Kyakkasan wahrlich das wichtigste historische Gebäude überhaupt im ganzen Land Burma.

Die zweite Niederlage erlitt der General im Jahre 1971, als seine Partei BSPP in eine Massenpartei umgewandelt wurde, wodurch Zivilisten auch Parteimitglied werden konnten. Dessen ungeachtet lief es in dieser Partei wie bisher in der Soldatentruppe, mehr als Befehlegeben oder Befehleempfangen gab es kaum. Auf dem ersten Parteitag wurden die Wahlen zur Parteikommission abgehalten, wobei alle Parteimitglieder ihre Stimme geheim abgaben. Als das Wahlergebnis bekannt gegeben wurde, gab es eine faustdicke Überraschung, die auch eine ungeheure Misere für manche Parteimitglieder brachte. Die meisten Stimmen erzielte der Vizepräsident der Partei General San yu, dagegen landete General Ne Win, der eigentliche Parteipräsident, wider Erwartung abgeschlagen an vierter Stelle. Die zweite und dritte Stelle belegten Oberst Tun Lin und Oberst Than Sein, die in der Parteizentrale arbeiteten und bei allen sehr beliebt waren. Es war eine schallende Ohrfeige für den General, die nicht ohne Folgen bleiben würde. Das Blut stieg dem Despoten vor Scham und Wut in den Kopf: Er, Ne Win, habe diese Partei aus der Taufe gehoben. Er habe das ganze System des sogenannten „Burmesischen Sozialismus" erfunden, eine neue Elitengesellschaft aus den Armeeangehörigen gemacht. Die Kaderpartei in eine Massenpartei umzuwandeln war seine Idee, damit die einfachen Menschen die Früchte ernten können, die er einmal gesät hat. Diese Parteimitglieder haben es nur ihm allein, dem wahren Vater des burmesischen Sozialismus und dem eigentlichen Masterbrain zu verdanken, dass sie die seltenen Privilegien der Elitengensellschaft genießen können, was Millionen von einfachen Bürgern nicht mal zu träumen wagen. Wenn dieser Pöbel seine Stimmen bei der Wahl abzugeben hätten, müsse er die meisten Stimmen bekommen, sonst niemand. Diese Idioten sind undankbares Gesindel.

Der erhabene große Vorsitzende, getrieben von seiner Eitelkeit als der allem Irdischen entrückte Despot, erzürnte maßlos über seine Niederlage. nicht den ersten Platz bei der Wahl belegt zu haben. Er verzog das Gesicht zu einer Fratze und verließ sofort die Parteizentrale, ohne ein Wort zu sagen. Die versammelten Parteimitglieder waren ratlos, und die Kenner der Szene ahnten schon voraus, dass dies ganz bestimmt unabsehbare Folgen haben würde.

Zuhause angelangt, zitierte der Despot One-and-half sofort zu sich. One-and-half, der mit der Stimmung und Laune seines Gebieters bestens vertraut war, ahnte voraus, was darauf folgen würde, seit er die Dramatik der Wahlniederlage seines Herren in der Parteizentrale miterlebt hatte. Er hatte vorsichtshalber eilig seinen Schnüfflern einen Befehl erteilt, sofort über den zweit- und drittplatzierten Oberst Tun Lin und Oberst Than Sein alle erdenklichen Informationen zu sammeln. Nun stand One-and-half stramm vor seinem Gebieter. Der Despot machte seinem Ärger Luft:

„Diese Idioten, die haben gedacht, dass nun die Partei regiere und diejenigen, die die meisten Stimmen der Parteimitglieder bekommen, am meisten zu bestimmen hätten. Ich werde nun zeigen, wer in der Partei und im Lande wirklich die Macht habe."

„Großvater, wir alle von der Armee haben ganz sicher für Großvater gestimmt, das musste nur von den Stimmen der pensionierten Offiziere oder Zivilisten kommen", sagte One-and-half, ohne zu wissen, wie der Despot auf seine Ansicht reagieren würde.

„Egal, wer das auch gewesen sein mag, ich werde hier ein Exempel statuieren, damit dieses Lumpenvolk endlich kapiert, wie es sich künftig zu verhalten habe. Besorge alle möglichen Informationen über Oberst Tun Lin und Than Sein!"

„Jawohl Großvater, ich habe dies bereits veranlasst", verbeugte sich One-and-half vor dem Despoten ehrfürchtig und entfernte sich schleunigst. One-and-half hatte sehr gut verstanden, was er über jene zwei unglückseligen Obersten zu suchen hatte. Seine Untertanen aber fanden bedauerlicherweise nirgendwo Negatives über die besagten zwei, auch wie sie sich alle

Mühe gaben, weil die zwei Offiziere sehr ehrliche Leute waren und nie sich etwas zuschulden hatten kommen lassen. Lediglich hatten sie zufälligerweise vor einigen Monaten für die Hochzeit ihrer Töchter vom Volksladen ein paar Dutzend Dosen Kondensmilch erhalten, die auch alle ordnungsgemäß von den Behörden gebilligt und von diesen korrekt bezahlt worden waren. Das war die einzige Stelle, wo man noch etwas übertrieben hinzudichten könnte. Da aber One-and-half sich bewusst war, dass er seinem Gebieter schnell und unbedingt brauchbare Resultate abliefern musste, ließ er die Verkaufsprotokolle der Volksläden verfälschen. Der General hatte sich entschieden, seine Wut an den wenig bekannten zwei Obersten ausgiebig auszulassen, da der erstplatzierte General San Yu ohne Zweifel als sein treuer Untertan bekannt war und sein Vertrauen genoss. Danach folgte die Verhaftung jener zwei Obersten wegen der Unterschlagung von Volkseigentum – angeblich mehrere Dosen Kondensmilch vom Volksladen ungesetzlich erhalten zu haben. Sie wurden im gleichen Zug von der Partei ausgeschlossen angeblich wegen unlauterer Wahlwerbung und Beeinflussung der Parteimitglieder. Ja, wenn man den Despoten ungebührlich ärgerte, erntete man geschwind bittere Früchte. Von da an war man aus Schaden klug geworden, man organisierte bei weiteren Wahlen innerhalb der BSPP es so, dass der General immer die meisten Stimmen erzielen konnte. Sonst wäre ja jegliches Resultat wahrlich Majestätsbeleidigung geworden, die konnte man ja mit bestem Willen nicht zulassen.

Der erhabene Despot war eines Tages von einer durchaus logischen Idee fasziniert: Solch ein Mensch wie er, der über die absolute Macht in diesem Lande verfüge, besitze daher auch das meiste Wissen und die höchste Gelehrsamkeit. Der Despot hielt nun die Zeit für gekommen, dass er als der Mächtigste im Lande ein ewig bleibendes Monument in der burmesischen Literatur hinterlassen müsse, damit die Nachwelt ihn nicht nur als einen großen Staatsmann, sondern auch als einen großen Literaten in Erinnerung behalte. Er verschaffte sich einen flüchtigen Überblick über die Grammatik der burmesischen Sprache und entschloss sich, die heilige Kuh der burmesischen Literatur – die Rechtschreibung - zu schlachten, damit er mit seinen genialen Taten schon zu seinen Lebzeiten zum ewigen Ruhm gelangen. Der Despot korrigierte eines Tages die Rechtschreibung der burmesischen Sprache, die schon Jahrtausende alt war.

Es gibt in Burmesisch das Wort „Tit" (Eins, numerische Zahl) und „Ta" (ein, unbestimmter Artikel). Auf Burmesisch sagt man: Ta Oak (ein Buch), Ta Aing (ein Haus), Ta Yauk (ein Mensch). Es ist nicht üblich, zu sagen: Tit Oak (eins Buch), Tit Aing (eins Haus), Tit Yauk (eins Mensch). Nach jeher geltender burmesischer Rechtschreibung ist es korrekt zu formulieren: Ich kaufe ein Buch (Ta Oak). Aber niemals: Ich kaufe eins Buch (Tit Oak).

Der General sah in dieser Stelle „Tit und Ta" eine willkommene Gelegenheit, seinen historischen Stempel aufzudrücken. Öffentlich erklärte er großspurig vor dem versammelten Sprachgelehrtenpublikum, ohne irgendein Argument – Argumente hielt er ohnehin in seinem Falle für überflüssig - vorzulegen, dass das Wort „Ta" (ein), das von so vielen Dichtern seit Jahrhunderten in ihren Gedichten geschrieben und benutzt worden war, nicht richtig sei, es müsse eigentlich „Tit" (Eins) heißen und „Ta" (ein) sei vollkommen falsch. Kraft seiner uneingeschränkten Macht befahl er, dass es von nun an kein „Ta" mehr in den Schriften geben dürfe. So müssten alle neuen Bücher, Zeitschriften und Zeitungen nur noch mit dem vom General genehmigten Wort „Tit"(Eins) erscheinen dürfen. Nun fühlte sich der Despot endlich in die Welt der unsterblichen Gelehrten aufgestiegen zu sein, wohin er längst gehören sollte. Laut seines Befehls müssten in Burma sogar viele alte Bücher und literarische Werke neu gedruckt werden – mit der vom Despoten korrigierten und genehmigten Rechtschreibung. Kein Gelehrter wagte, ihm zu widersprechen, da es jedem geläufig war, mit der Widerrede womöglich sein eigenes Grab geschaufelt zu haben. Das erstaunliche Raunen und Kopfschütteln aller Intellektuellen in Burma über die ungeheuerliche Tat des Generals kannte keine Grenze mehr.

In einem Café saßen zwei Schriftsteller betagten Alters in einer verlassenen Ecke, es waren weit und breit wenige Gäste da, sodass sie sich beide ungestört fühlten, sich miteinander über die aktuellen Geschehnisse vertraulich zu unterhalten. Sie beide teilten dasselbe Schicksal: Ihre Manuskripte wurden von der Zulassungsbehörde seit Jahren nicht mehr zum Druck freigegeben, weil sie angeblich einmal für zu links und anderes Mal zu rechts eingestuft wurden.

„Mit dieser unbeschreiblichen Tat über die neue Rechtschreibung ging der ‚gelahrte' General zu Recht in die Geschichte der burmesischen Literatur ein", sagte ein Schriftsteller mit einem vielsagenden Lächeln zu seinem Kollegen.

„Fürwahr!", ergänzte sein Kollege, „der General soll wegen seiner großen Verdienste um unsere Muttersprache mit einem Ehrentitel bedacht werden, der lautet: „Der größte Beschmutzer der burmesischen Sprache!"

Danach brachen sie beide in lautes Gelächter aus, und ihr herzhaftes Lachen steckte sogar den Wirt an, der nur Experte für Kaffee- und Teekochen war und Romane und Novellen zu lesen weder Zeit noch Interesse hatte, jedoch sich über das Fröhlichsein seiner Gäste freute.

Das Jahr 1976 näherte sich seinem Ende, in der Nacht herrschte kühle

Luft. Um seine Villa am Ufer des Inya-Sees wehte eine leichte Brise aus Norden. Der Despot, der seit drei Jahren die Uniform ausgezogen hatte und sich nur noch in Zivilkleidung als Staatspräsident und Vorsitzender der BSPP und des Staatsrates präsentierte, griff das Glas Whisky und schlürfte es vergnügt und genoss Tropfen für Tropfen, die in seiner Kehle hinabglitten. Er hatte heute über sein Epoche machendes Leben bis zum heutigen Tag nachgedacht, Siege und Niederlagen noch mal verdaut, den mühseligen Aufbau seiner Dynastie Schritt für Schritt in Gedanken nacherlebt. Er war glückselig, seit 1962 über 14 Jahren Alleinherrscher auf dem Thron zu sein. Er werde bis zu seinem letzten Tag des Lebens auf diesem Machtpodest verharren. Schließlich erhob der General im blauen Dunst sein Glas und orakelte aus seinem Herzen:

„Wer auch meine Dynastie – die Dynastie des unumschränkten Herrschers General Ne Win – nach meinem Tod beerben möge, sei es Saw Maung oder Than Swe oder irgendwer, er müsse sich streng nach meiner musterhaften Lebensführung richten und meine Lebensphilosophie verinnerlichen. Das Wichtigste ist, die Macht allein in der Hand zu halten und dafür muss man alle Mittel einsetzen. Man darf sich nicht scheuen, jederzeit und zu jedem skrupellos, egoistisch, brutal und machtbesessen zu sein. Die sogenannten moralischen Prinzipien und Tugenden gelten nur für die Schwächlinge, aber für solche Herrschertypen wie mich, der nur nach der absoluten Macht strebt, haben diejenigen Kategorien überhaupt keine Bedeutung. Die Macht allein steht über allen Dingen."

Der Despot war sichtlich zufrieden mit seinem Leben, er hatte den Studentenführer Salai Tin Maung Oo vor einem halben Jahr hängen lassen, nun gab es schon wieder ein paar junge Armeeoffiziere, die ihn ermorden wollten. Zu seinem großen Glück war ihr Plan aufgeflogen, da hatte er sich zum ersten Mal ganz schon fürchterlich gefühlt. Ja, an die Macht zu gelangen, war wesentlich einfacher als, ständig an der Macht zu bleiben. Da lauerten immer wieder unbekannte Gefahren auf ihn, er musste stets auf der Hut sein. Es war schon Spätabend, er war schon im Schlafanzug und gerade dabei, sich zur Ruhe zu begeben. Er hatte den ganzen Nachmittag mit seinen Erinnerungen verbracht. Eine leise Musik mit einer ihm bekannten Melodie drang vom anderen Ufer des Inya-Sees zu ihm. Das ist ja Tanzmusik, mit solcher Musik hatte er sich mit jungen hübschen Frauen ausgetobt, als er noch ein junger General war, dachte er nostalgisch an die alten Zeiten vor 1960. Jetzt konnte er sich nicht mehr sorglos bewegen, wohin er wollte. Seitdem er die Macht über ein Land mit fünfzig Millionen Menschen mit eiserner Faust ausübte, waren seine Freiheiten leider eingeschränkt worden. Ja, die schwingende Tanzmusik musste vom

Inyalake-Hotel kommen, heute ist ja schließlich Silvesterabend, alle werden fröhlich tanzen, dachte er und flüsterte vor sich hin:

„Ah, wie ich mit meiner lieben Frau Khin May Than durch den Tanzsaal geschwungen bin, war ja so eine schöne Zeit gewesen. Manchmal frage ich mich, wieso ich mich in meinem Land nicht mehr so frei bewegen kann, wie ich will. Ich bin ja jetzt erst 65 Jahre jung, habe noch so viele Jahre zu leben und dieses Land zu beherrschen, die Staatsgeschäfte zu führen. Wie gern wäre ich noch einmal in eine junge Offiziersgestalt hineingeschlüpft und hätte etliche junge hübsche Frauen eine nach der anderen vernascht wie in meinen jungen Jahren. Alle rassigen Weiber, die zur Ms. Burma auserkoren worden waren, landeten in meinem Bett. Jeden Tag könnte ich neue aussuchen, ich könnte mit diesen und jenen erlesenen Frauen überall hingehen, in jedem Restaurant zusammen essen und trinken, wie ich wollte. Ich könnte alles aufessen, was mir schmeckt und zu welcher Zeit auch, wie es mir gerade passte. Damals war mein Leben als junger General immer frei, fröhlich und vor allem ohne jegliche Gefahren. Ah, wie schön war es doch damals!"

Der Despot hüllte sich in melancholische Stimmung und trauerte um etwas, was ihm im Leben für immer verloren gegangen war.

„Jetzt geht vieles leider nicht mehr so, wie es einmal war. Ich traue mich nicht mehr jedes Essen anzurühren, das mir angeboten wird, es kann ja Gift darin sein. Ich kann auch jetzt nicht irgendwohin gehen ohne meine verlässlichen Geheimdienstleute, obwohl ich zwar wie ein König über dieses große Land Burma herrsche."

Sich selbst bemitleidend seufzte der Despot und ließ sich gemächlich in den Sessel fallen.

„Damit ich in diesem Land uneingeschränkt herrschen kann, habe ich das Land vollkommen vom Ausland abgeschottet. In diesem Land liegen alle mir zu Füßen, viele huldigen mir, viele zittern vor mir, mein Wort ist das Gesetz in diesem Lande. Aber ich kann leider niemandem absolut vertrauen. Ich muss eine Reihe von Freiheiten entbehren, die für den normalen Bürger selbstverständlich sind. Leider gibt es welche, die mich unbedingt umbringen wollen. Vor diesen Idioten muss ich mich ständig schützen."

Derweil schwang vom anderen Ufer die schöne zärtliche Melodie von „Something in the way she moves" zu ihm herüber.

„Ah, das ja doch das Lied von Georg Harrison", murmelte der Despot, der in der westlichen Musik gut bewandert war.

„Ah ... wie schön wäre's doch, wenn ich, eng umschlungen mit meiner lieben Frau, bei solcher Musik ganz gemächlich auf dem Tanzparkett gleiten könnte."

Der Despot sehnte sich nach seiner innig geliebten verstorbenen Frau.

„Gerade in diesem Augenblick, wo ich mich ständig vor allerlei möglichen Gefahren in Acht nehmen und ein beengtes Leben führen und auf vieles verzichten muss, frage ich mich, warum manche Leute, ausgerechnet in dieser Zeit, sich in meiner Reichweite bei solch lauter Musik ausgelassen austoben müssen?"

„Ich sehe nicht ein, dass meine Untertanen unverschämt glücklich tanzen, während ich, der eigentliche Herrscher dieses Landes, gerade in missmutiger Stimmung bin."

Mehrmals schüttelte der Despot den Kopf, dabei hinüber blickend mit einer unverständlichen Miene, die zuerst sein Missfallen widerspiegelte, jedoch rasch in Zorn überging.

„Ich habe nichts dagegen, wenn diese Leute fröhlich ein Fest zelebrieren, wenn ich, ihr oberster Herr, auch in gemütlicher Verfassung bin. Aber wenn ich gerade schlechter Laune bin, machen sie jetzt entsetzlich ohrenbetäubenden Krach, ohne Rücksicht auf mich zu nehmen. Was denken diese Idioten überhaupt? Diese Leute haben überhaupt kein Recht, laut und fröhlich zu feiern, weil ich als der Alleinherrscher dieses Landes entscheiden kann, wer fröhlich feiern darf und wer nicht, wer laut singen darf und wer nicht, welche Musik laut sein darf und welche Musik nicht. Das liegt allein in meinem eigenen Ermessen, wie ich mich dazu entscheide."

Der erhabene Diktator schäumte vor Wut, dass die Ruhe, die ihm gerade am nötigsten war, um seine persönlichen Entbehrungen im Leben zu verkraften, in gröbster Weise gestört wurde. Sein Superioritätskomplex, er sei in diesem Lande der Mächtigste, alle anderen haben ihm zu Füssen zu liegen, gestattete ihn nicht, anderen Menschen zu gönnen, dass diese in manchen Stunden glücklicher sein können als er. Dies brachte ihn allmählich in unkontrollierbare Rage. Die melodischen Rhythmen, die von dort herüber kamen, verwandelten sich in seiner Wahrnehmung in dröhnende Kakofonie, als fühlte er einen Dolchstoß in seinem Ohr. Wutentbrannt schrie er laut auf:

„Es ist zu laut, verdammt zu laut! Ich kann das nicht mehr ertragen, es muss sofort aufhören mit all diesem Gesindel!"

Erregt ging er hin und her, ballte die Faust und schlug heftig auf den Tisch. Damit hatte er sich nun entschlossen, dem Pöbel eine Lektion zu erteilen und den Herd des unerträglichen Lärmes eigenhändig auszumerzen. In seinem gestreiften Schlafanzug und mit einer Pistole am Gürtel trat er plötzlich aus seiner Villa, rief die wachhabenden Soldaten herbei, ließ sofort einen Militärjeep kommen, stieg mit sechs bewaffneten Soldaten ein, steuerte selbst das Auto mit scharfem Tempo zum Inyalake-Hotel, woher die unerträgliche Musik stammen sollte. Ein anderer Jeep mit Geheimdienstoffizieren folgte ihm.

Im für die Silvesterfeier festlich geschmückten großen Salon des Hotels Inyalake genossen die hohen Gäste, die ausschließlich aus zahlungskräftigen Einheimischen und ausländischen Botschaftern und Botschaftspersonal bestanden, bei Champagner und erlesenen Speisen den Silvesterabend des zu Ende gehenden Jahres 1976. Die adrett gekleideten Kellner, jeder mit einem Serviertablett voll von Speisen und Getränken, waren emsig bemüht, alle Wünsche der Gäste sofort zu erfüllen.

„Hallo, Mr. Wolter, wie geht es Ihnen?"

„Gut, gut und Ihnen? ... Es ist heute ein sehr seltener erfreulicher Silvesterabend in Rangun, nicht wahr?"

„Alldings, so was habe ich gar nicht für möglich gehalten, ha, ha. Ha ..."

Alle Gäste waren ausgelassen fröhlich. Bei der zarten schwingenden Melodie, die von einer ausgezeichneten Band laufend gespielt wurde, tanzten Hunderte von Gästen auf dem glänzend polierten Teakholz-Parkett schwungvoll und vergnügt unter angenehm gedämpfter Beleuchtung, sie alle fieberten unbeschwert und spannungsvoll dem Beginn des neuen Jahres entgegen.

Plötzlich stürmte von einer Seitentür ein älterer Mann mit einer Pistole am Gürtel und im gestreiften Schlafanzug schnurstracks in den Tanzsaal, schubste die tanzenden Gäste unsanft beiseite, sodass manche Männer und Frauen heftig zu Boden stürzten. Lautes Geschrei und Gespött – „He, Gentleman, sind Sie verrückt, rücksichtslos die Menschen einfach wegzuschubsen? Sind Sie noch von Sinnen? Unmöglicher Kerl!" - waren deutlich zu hören. Die Band hatte sofort aufgehört, Musik zu spielen, als Tumult und Panik im Publikum ausbrachen. Die Musiker hatten, vielleicht auch vorausahnend, vorsichtig ihre Plätze verlassen. Einem Gast, der sich dem seltsamen Einbrecher in den Weg stellte, verabreichte dieser eine kräftige Ohrfeige, sodass der Unglückliche erschrocken zur Seite auswich. Angesichts seiner Pistole am Gürtel und der bewaffneten Begleitsoldaten, die dem alten Mann gefolgt und an allen Seitenausgängen des Tanzsaals postiert waren, wagte niemand mehr, ihn zu hindern. Rabiat bahnte sich jener alte Mann den Weg zur Musikband. Dort angekommen schleuderte er Schlagzeuginstrumente auf den Tanzparkettboden, sodass kleine Trommeln und Becken mit einem Riesenkrach auf dem Boden polterten, dann stieß er wuchtig mit seinen Schuhen auf die große Drum, sodass sie sofort mit lautem Knall zerplatzten; das Keyboard kippte er um, mit einer Geige schlug er auf den Kontrabass, und die Geige flog in zwei Teilen in die Luft und nahm die Saiten des Kontrabasses mit, er schmiss die Ständer mit den

Musiknoten und die Mikrofone um sich, zerriss mit Gewalt die Gitarre und brach sie entzwei, zertrat mehrmals die Gitarre mit seinen Schuhen, haute mit dem Saxofon voller Wucht auf die Klaviertasten, die Metallteile des Saxofons und Klaviertasten flogen mit zischendem Getöse in die Luft und verteilten sich auf dem Tanzplatz. Dröhnen und Krachen überschäumten den Saal. Einst geordnet dagestandene Musikinstrumente lagen nun wie ein Trümmerhaufen vor dem staunenden Publikum. Es ging so schnell, dass die Gäste und das Hotelpersonal immer noch in Schockstarre verharrten und das Treiben des Täters entsetzt und fassungslos anstarrten. Da schrie ein Mann mit einem Mal laut aus dem Publikum: „Das ist Nr. Eins!"

Da ging ein Raunen durch den Saal. Aha ..., das war der berüchtigte Diktator Ne Win selbst. Man hörte viel über diesen paranoiden Despoten, nun hatten die ausländischen Gäste zum ersten Mal die seltene Gelegenheit geboten bekommen, die filmreife Szene des allmächtigen Oberhauptes von Burma mit eigenen Augen zu erleben. So schnell er gekommen war, so geschwind verschwand er auf einmal. Die Hotelleitung erklärte den aufgeregten Gästen, die sich noch nicht vom Schock erholt hatten, dass die Silvesterparty leider nicht fortgesetzt werden könne, und bitte sie höflich darum, die Heimreise anzutreten.

Am nächsten Tag wurde der Handelsminister Oberst San Win von seinem Posten gefeuert, weil das Hotelgewerbe in seiner Zuständigkeit falle und daher ebenfalls die Veranstaltung derartiger Partys. In den ausländischen Medien, die selbstverständlich nicht in Burma erschienen, wurde ausgiebig über die notorischen Wuteskapaden des Diktators Ne Win berichtet, während die von der Militärjunta stets kontrollierte Presse in Burma über irgendwelche Wohltaten des erhabenen großen Vorsitzenden der BSPP und dem Präsidenten der sozialistischen Union von Burma ausführlich wie üblich berichtete. Jedoch verbreitet sich die gewalttätige, verrückte Vorführung des Despoten Burmas, die in der Welt ihresgleichen suchte, mit Windeseile im Lande.

ZWEITER TEIL

Unter den Zweigen des Tamarpin (Teil 1)

Es war Anfang Juli 1976. Nach und nach verdichtete sich die Nachricht, dass der Studentenführer Tin Maung Oo im Insein-Gefängnis hingerichtet worden sei. Die Studenten sowohl von der RASU als auch von der RIT hatten den unvergesslichen Studentenführer für immer in Erinnerung behalten, wie dieses einzigartige Organisationstalent das eindrucksvolle Aufbegehren gegen die Militärmachthaber beim Begräbnis U Thants im Dezember 1974 und bei der Studentendemonstration im Juni 1975 auf die Beine gestellt hatte. Seine flammenden Reden und seine akribisch geplant und durchgeführten Aktionen hatten das Militärregime das Fürchten gelehrt. Viele Bürger, die einst mit ihm zusammen an den Protestaktionen teilgenommen hatten, gedachten ihres gefallenen Helden Salai Tin Maung Oo mit tiefer Trauer, großem Respekt und zugleich mit berechtigtem Stolz.

Thaung Htin hielt sich an dem Abend im Kreis seiner Freunde Pho Kyaw, Ohn Kyaw, Tun Tun, Zaw Win, Tha Dun Oo auf. Eine Flasche Rum, die nun auf dem Tisch stand, war dem wohlgesinnten Zaw Win zu verdanken. Thaung Htin erhob sein Glas und sprach mit ernster Mine einen Trinkspruch aus:

„Ich trinke auf einen Freund, der nicht mehr unter den Lebenden weilt. Wir haben ihn nie persönlich gekannt. Dennoch gehört ihm mein aufrichtiger Respekt, er war viel tapferer und vor allem viel selbstloser als wir. Obwohl wir seine flammenden Reden in Zukunft nicht mehr hören können, wird sein Geist immer präsent sein. Möge er für immer Ruhe finden."

Pho Kyaw, Ohn Kyaw und Tun Tun, die sich der Bedeutung der Worte Thaung Htins wohl bewusst waren, stoßen ihre Gläser zu Ehren des gefallenen Freundes an, während andere Freunde, die der Geschichte des Studentenführers nicht ganz kundig waren, mit einem gewissen Lächeln, doch ohne jeglichen Hintersinn, Thaung Htins Handlung bescheinigte, da alle wohl ahnten, dass es ihm mit seinen Worten sehr ernst gemeint war.

Seit Langem hatte Thaung Htin vorgehabt, nach so vielen Jahren einmal seine Heimatstadt Pakokku zu besuchen, um seine Schulfreunde und Verwandten wieder zu sehen. Pakokku liegt ca. 600 Km entfernt nördlich von Rangun, am Westufer des großen Flusses Irawadi im trockenen Gebiet in Mittelburma, wo besonders in den Sommermonaten fast wüstenähnliche klimatische Bedingungen herrschen. Da sein bescheidenes Salär die Reisekosten nicht verkraften konnte, verkaufte er zu einem billigen Preis seinen Fotoapparat Praktika, den er bei seiner Rückreise aus Magdeburg mitgebracht hatte. Mit dem Geld flog er von Rangun zuerst nach Pagan, das von seiner Heimatstadt nur noch etwa 50 Km entfernt ist. Pagan ist eine sehr bekannte alte historische Hauptstadt, erbaut im zehnten Jahrhundert. Wegen der zahlreichen ausländischen Touristen, die Pagan besuchen, gibt es eine regelmäßige Fluglinie von Rangun nach Pagan. Von Pagan, das auf dem Ostufer des Irawadi-Flusses liegt, fuhr er mit einem Motorboot, das fast hundert Passagiere an Bord nahm, flussaufwärts über vier Stunden bis Pakokku. Bevor er Anfang 1962 nach Ostdeutschland fuhr, hatte es noch eine regelmäßige Flugverbindung zwischen Pakokku und Rangun gegeben. Seine Hcimatstadt war das Zentrum des Handels für verschiedene landwirtschaftliche Erzeugnisse, besonders für Hülsenfrüchte, Tabak und Baumwolle gewesen und unterhielt sogar eine eigene Handelsbörse. Nun war diese einst wirtschaftlich florierende Stadt, genauso wie die Gesamtwirtschaft des Landes, zur Bedeutungslosigkeit herabgesunken. Das gelbe lehmige Wasser des großen Flusses Irawadi, der von dem äußersten Norden Burmas durch das ganze Land fast über zweitausend Kilometer lang nach Süden fließt, spaltet sich dort in zahlreiche kleine und große Arme und schafft dadurch ein fruchtbares großes Deltagebiet, wo seit Jahrhunderten eine große Menge Reis angebaut wird, bevor der Irawadi in die Andamanensee mündet. Was Thaung Htin vom Motorboot aus auf dem großen Fluss sah, schien ihm dasselbe zu sein, was er vor fünfzehn Jahren gesehen hatte. Der über zwei Kilometer breite große Fluss schlenderte gemächlich dahin, als ob es für ihn immer das gleiche ewige Ritual gewesen wäre. An manchen Stellen hatten sich kleine und große Inseln, deren Ausmaß und Lage sich je nach der jährlich verlaufenen Strömung veränderten, breitgemacht. Auf dem westlichen Ufer reckten sich zahlreiche Zukerpalmen zwischen den Feldern in die Höhe, auf denen Mais, Baumwolle, Tabak, Erdnüsse, Sesam, Erbsen, Bohnen und Linsen angebaut werden. Weit in fernen Westen waren die Ausläufer der hohen Chin-Berge, getaucht in leicht blauer Farbe, schemenhaft sichtbar. Am östlichen Ufer tauchten zahlreiche alte Tempel und Pagoden von Pagan auf, die fast neunhundert Jahre alt sind.

Als er in Pakokku ankam, war es schon fast Spätnachmittag. Hier am Hafen warteten seit eh und je mehrere einspännige Pferdewagen und Fahrradrikschas. Einst war dieser Hafen voll von kleinen Essstuben und Tabakläden, die in einer Reihe standen und voll von Menschen waren; jetzt schien es so, als hätte er fast seinen Dienst eingestellt. Lediglich stand am Hafenufer der große Regenbaum mit seiner breiten Krone, der den ein- und aussteigenden Passagieren kühlen Schatten spendete, immer noch an derselben Stelle. Thaung Htin stieg in einen Pferdewagen und ließ sich fahren. Viele Häuser am Straßenrand sahen äußerlich unverändert aus. Der Pferdewagen fuhr am Marktplatz entlang, wo bis vor fünfzehn Jahren von morgens bis abends ein lautes, reges Leben herrschte. Hier konnte man alles kaufen, Lebensmittel, verschiedene Bedarfsgüter, Textilien aller Art. Thaung Htin sah nun, dass viele Läden geschlossen waren. Fröhliches Weibergeschwätz und das Geschnatter der dominanten Verkäuferinnen, die besonders am

Fisch- und Fleischmarkt, der in einer offenen Halle untergebracht war, die jungen unerfahrenen Männer, die hier zufällig vorbeikamen, oft ins Schwitzen und in Ratlosigkeit brachen, kamen ihm gerade in Erinnerung: „He, schau Mal diesen jungen Mann an, sicher hat seine Mama ihn zum Einkaufen geschickt, der sieht noch ganz frisch aus. Du.. schnapp dir diesen jungen Mann und schlepp ihn mit nach Hause, gerade passend für deine Tochter. Aber du sollst erst den Kerl ausprobieren, ob er überhaupt für die Ehe taugt ..., dann kannst du ihn deiner Tochter weiterreichen, ha ... ha ... ha. Aber probiere nicht so doll aus mit dem jungen Mann, sonst überlebt er den nächsten Tag nicht mehr."

Das laute Gelächter der Verkäuferinnen war so gewaltig, dass einem jungen Burschen die Ohren gleich rot werden könnten. Die burmesischen Frauen, wenn sie unter sich sind, kennen manchmal keine Hemmungen. Neben dem Fischmarkt befand sich der Obst- und Gemüsemarkt, wo die konkurrierenden Verkäufer oder Verkäuferinnen damals mit auffälligen Sprüchen, gepfeffertem Witz und herzerfrischendem Humor die Kunden anlockten. Diese fröhliche Stimmung war nun leider aus dem Alltag gewichen, sagte der Pferdewagenfahrer, der etwa zehn Jahre älter als Thaung Htin zu sein schien und sich an die guten Tage bis vor fünfzehn Jahren noch sehr gut erinnern konnte. Unzählige Textilläden, wo man ungehindert zu vernünftigen Preisen wie damals noch einkaufen konnte, gab es jetzt nicht mehr, stattdessen nur noch zwei staatliche Läden, wo die normalen Bürger Schlange stehen mussten. Einige private Textilläden gab es noch, die mit horrenden Preisen ausgestattet waren, sagte der Pferdewagenfahrer.

Während seines Aufenthaltes übernachte er im Hause seiner Tante, die im Stadtteil Aungzagan, nördlich vom Hauptkrankenhaus, wohnte. Zuallererst suchte Thaung Htin seinen Jugendfreund San Hlaing auf. Über seinen Freund hatte er vorher nur gerüchteweise gehört, dass dieser geschieden sei. Thaung Htin war sowohl mit San Hlaing als auch mit seiner ganzen Familie sehr gut befreundet, als er noch in Pakokku in die Schule gegangen war. San Hlaing besuchte in der gleichen Zeit eine andere Oberschule als Thaung Htin und lebte mit seiner Schwester und seinem Schwager zusammen. Zeitweilig arbeitete er während der Schulferien im Laden seiner Schwester auf dem Markt. Sie verkauften auf dem Markt Tabak, getrocknete Lebensmittel z. B. Erbsen, Chilischoten, Salz, Öl. Das Geschäft lief immer gut, wie die allgemeine wirtschaftliche Situation damals war. Thaung Htin hatte sich sehr oft in dem Laden bei seinem Freund die Zeit vertrieben und mit ihm mehrmals zu Mittag gegessen.

San Hlaing errang eine erstaunliche Berühmtheit in der Oberschule, weil er einmal als Hauptdarsteller in dem Theaterstück mitwirken durfte, das für ein Schulfest von einem Lehrer inszeniert worden war. Das brachte ihm berechtigterweise eine beträchtliche Bewunderung und Begehrlichkeit besonders vonseiten zahlreicher Schülerinnen ein. Dies schlug unmittelbar danach in ein konkretes Ergebnis um, sodass er sich ohne großen Aufwand eine hübsche Freundin anschaffen konnte, die in dem Stadtviertel namens „Kokekodan" wohnte, wo auch Thaung Htin ansässig war. In den trockenen heißen Sommermonaten von Februar bis Ende Mai drohte besonders Brandgefahr in der Stadt. In dieser Zeit wurde in den meisten Stadtteilen jede Nacht eine freiwillige Feuerwache gehalten.

Nach Beendigung der Abschlussprüfungen in den Schulen Ende März beteiligten sich die erwachsenen Schüler ebenfalls an den freiwilligen Feuerwachdiensten in ihrem Stadtviertel. In der Nacht machten Thaung Htin und seine Freunde Maung Ko, Shwe Man, Hla Nyint usw. zu jeder Stunde eine Inspektionsrunde in allen Straßen ihres Viertels, um alle Bewohner aufzurufen, das Feuer in der Küche vollständig zu löschen, das Feuer der angezündeten Zigarre sorgsam auszumachen, denn Feuer war die größte Gefahr, und es vernichtete jedes Jahr Hunderte von Häusern und das Vermögen der Bewohner. In den späten Abendstunden, wenn die Dunkelheit anfing, tauchte jener San Hlaing oft an der Feuerwache des Stadtviertels Kokekodan auf, er stellte dort sein Fahrrad ab, wo Thaung Htin und seine Freunde die Feuerwache hielten, um sein gewohntes Abenteuer zu unternehmen. Nicht weit von der Kreuzung, wo die Feuerwache gehalten wurde, lag das Haus der Freundin des San Hlaing auf der anderen Seite der Straße. Sie schlief im Obergeschoss und im Sommer stets bei geöffnetem Fenster zur Straße. Wie so oft kletterte San Hlaing zu Mitternacht unter dem Dämmerlicht der Straßenbeleuchtung wie eine flinke Katze auf das Vordach des Hauses und gelangte schließlich durch das bereits geöffnete Fenster zu seiner mit Feuer und Flamme auf ihn wartenden Freundin, während seine Freunde vom Feuerwachedienst mit pochendem Herzen auf den Klettermaxe schauten und ihm ohne Worte aus der Ferne neidlos gratulierten. In den frühen Morgenstunden, bevor die Sonne aufging, kam er von seinem himmlischen Reich wieder herunter, stieg auf sein Fahrrad und begab sich stets erschöpft mit recht wackligen Beinen strampelnd nach Hause.

San Hlaing wurde von seinen Freunden hoch geachtet - wegen seiner außerordentlichen Leistung, das Ungewöhnliche genossen zu haben, wovon andere nicht mal träumen konnten. Zwei Kinder hatte er mit der Frau, die lange Jahre seine Freundin gewesen war und später geheiratet hatte. Das war der letzte Stand über seinen Freund San Hlaing, was Thaung Htin vor seiner Studienreise ins Ausland vor fünfzehn Jahre gehört hatte. Durch mehrmaliges Erkunden fand er schließlich das Haus seiner Schwester. Das Haus sah viel ärmlicher aus, als Thaung Htin dies noch in Erinnerung hatte. Nach einem Weilchen Unterhaltung erkannte sie Thaung Htin wieder, und von da an erzählte sie ihm mit einer gewohnten Vertrautheit über den bisherigen Werdegang ihrer Familie, zwar mit einer erstaunlich erhabenen Haltung, als hätte sie innerlich und äußerlich mit dem wirtschaftlichen Niedergang, der vor dreizehn Jahren ihre Familie und viele unzählige Familien der Nachbarschaft in den Abgrund getrieben hatte, vollständig abgefunden. Ja, in der Tat hatte sie trotz aller schweren Schläge im Leben doch ihren inneren Frieden gefunden.

„Zusammen mit dem Militär ist auch die große Armut bei uns eingebrochen, wie ein Fluch, da kann man gar nichts machen", sagte sie fast phlegmatisch, „die Militärregierung hatte uns zuerst verboten, Handel zu treiben. Unsere Läden im Markt wurden dicht gemacht, unsere Waren weggenommen, sie sagten, es sei Verstaatlichung, und zuallerletzt wurden die Geldscheine für Hundert- und Fünfzig-Kyat für ungültig erklärt. Die Regierung sagte, die Gelder, die man in der Bank deponiert hat, bleiben weiterhin gültig. Aber wer hat denn jemals mit einer Bank zu tun? Wir haben nie Geld in die Bank gesteckt, unsere Vorfahren hatten so etwas nie gekannt. Jeder Mensch behält sein Geld zu Hause. Ich kenne in meinem Leben niemanden, der mit einer Bank zu tun hat. Damit verloren wir und viele andere auch das ganze Vermögen, was wir jahrelang gespart hatten. Mein Mann ist seit dem seelisch zusammengebrochen, er hat sich nie davon erholt. Das ist eben unser Schicksal, dagegen kann man nichts machen."

Ihre letzten Worte klangen eher resignierend, obschon das schwere Schicksal von ihr klaglos hingenommen worden war. Allem zum Trotz hatte sie ihr freundliches Lächeln nie verloren, und ihre Fröhlichkeit hatte sie nicht ein bisschen eingebüßt, soweit sich Thaung Htin dessen noch erinnern konnte. Diese einfache Frau schien aufgrund ihrer inneren Stärke über die materielle Bedürftigkeit erhaben zu sein. Von ihr erfuhr Thaung Htin, dass San Hlaing jahrelang bei seiner Frau gelebt hatte. Vor ein paar Jahren hatte sie ihn aus ihrem Haus rausgeschmissen, und seitdem lebte er in einem Kloster, er ginge gelegentlich arbeiten, wenn er welche fände.

Am nächsten Tag suchte Thaung Htin seinen Freund San Hlaing im Kloster auf, wo er angeblich leben sollte. San Hlaing lebte eigentlich im Rasthaus vor einem Kloster, das sich im Gelände der Shwegu-Pagode befand. In der Nähe einer großen Pagode oder eines Klosters gibt es in Burma immer ein oder mehrere Rasthäuser, wo die Pilger zu rasten oder manchmal zu übernachten pflegen. Es ist eine geräumige, mit Wellblech überdachte freie Liegefläche aus Holzbrettern ohne Wände und Türen, die etwa auf

1/2 Meter hohen Stelzen gebaut war. Dort fand er seinen Freund. Seine gekräuselten Haare, die damals sehr schön ausgesehen hatten, waren nicht mehr gepflegt, sein Hemd und Longyi waren ziemlich abgenutzt. Trotz seines jungen Alters von 34 schien er viel älter zu sein, als er war, und nur seine Augen leuchteten noch nach wie vor, wenn er von erfreulichen Dingen sprach. Er erzählte, dass er täglich vom Kloster Essenreste bekomme, und übernehme seinerseits die Arbeiten im Kloster, die ihn von den Mönchen gelegentlich angewiesen wurden. Geld verdienen könne er ab und zu, wenn er zu den Arbeiten angeheuert würde z. B. Toilettenschacht ausgraben oder schwere Säcke auf dem Marktplatz tragen, sonst gebe es für ihn keine Arbeit. Er hoffe immer noch, dass er eines Tages zu seiner Familie zurückkehren könne. Er kenne einen Meister, der ein esoterisches Zaubermittel herstelle. Mit diesem Mittel werde er eines Tages seine getrennt lebende Frau bestimmt hinbiegen können, dass sie ihn als ihren Ehemann wieder akzeptiere, sagte er mit einem gewissen hoffnungsvollen Gesicht vor sich hin, ohne dabei sein Gesicht dem Freund zuzuwenden. Viele Menschen in Burma haben immer noch einen tief verwurzelten Aberglauben an die mystischen geheimnisvollen Kräfte, die aus einer mit dem Horoskop der betreffenden Person abgestimmten Zauberformel stammen sollen und bei den gezielten Menschen in dieser oder jener Weise Positives bewirken können. Ob derartiger Aberglaube den Menschen tatsächlich die gewünschte Heilung bringt oder nicht, liegt auf einem anderen Blatt, jedoch klammern sich viele Menschen an solchen Aberglauben umso fester, je mehr ihre Situation hoffnungslos erscheint.

San Hlaing hatte das Einsiedlerleben vorgezogen, nachdem er seine Familie verlassen musste, sagte er, weil er auch seiner Schwester nicht zur Last fallen wollte, denn ihre Familie hatte schon mit dem täglichen Überleben schwer zu kämpfen. Dennoch schien es, dass er sich vor seinem Freund ein wenig schämte, nicht deswegen, weil er nichts besaß außer der Kleidung, die er anhatte, sondern er hatte seinen wertvollsten Besitz verloren: Seine Frau und Kinder, nach denen er sich so sehnte. Gegenüber seinem Freund, der so viele Jahre weg gewesen war und ihn nun aufsuchte, hatte er nichts Erfreuliches seinerseits vorzuweisen, das machte ihm gerade zu schaffen. Thaung Htin sagte nichts und hörte aufmerksam seinem Freund zu. Angesichts des erbärmlichen Zustandes, in dem sein Freund das tägliche Dasein fristen musste, wagte Thaung Htin gar nicht, die Frage zu stellen, wie und weshalb San Hlaing in diese fatale Lage geraten war. Eine derartige Frage könnte nur einen reinen theoretischen Wert haben, aber für seinen Freund war sie praktisch nichts wert. Wie könnte er mit solch einer sinnlosen Frage das innere Leiden seines Freundes erhöhen? Nein, das werde er nicht machen; er entschloss sich dazu, die Frau seines Freundes so schnell wie möglich aufzusuchen, die wahren Gründe der Trennung näher zu erfahren und eventuell versuchen zu vermitteln. Thaung Htin gab seinem Freund eine warme Winterjacke, die er aus Magdeburg mitgebracht hatte. Die Jacke könnte ihm in kalten trockenen Wintermonaten, besonders im November und Dezember, wenn die Temperatur in seiner Heimatstadt in manchen Nächten etwa unter 12°C absank, sehr nützlich sein, zumal dieser im Rasthaus übernachten musste, wo er ohnehin im offenen Schlafgemach der ungewohnten Kälte ausgesetzt war.

Am darauffolgenden Tag besuchte er die ehemalige Frau von San Hlaing, sie hatte sich äußerlich nicht geändert, sie war genau so gut aussehend und schlank wie vor Jahren. Das unbekümmerte jugendliche Mädchen hatte sich in eine reife Frau verwandelt. Dennoch trug sie, wie damals in ihren jungen Jahren, so eine Art vom begehrlichen Blick, wenn sie einen Mann anschaute, der ihr gefiel, und sie zeigte dies auch in ihrer Eigenart mit aller Deutlichkeit, ohne jegliche Scheu; sie spielte dauernd mit ihren tiefen schwarzen Augen, als wollte sie ihn gleich aus den Angeln heben. Besäße ein Mann, der ihr gegenübersteht, keine ausreichende Erfahrung mit dem weiblichen Wesen, könnte er gleich ins Trudeln geraten. Thaung Htin versuchte beim Gespräch indirekterweise, das Thema San Hlaing anzuschneiden, sie wich am Anfang eine Zeit lang gekonnt aus. Am Ende sagte sie, dass San Hlaing als Liebhaber gut war, aber doch nicht taugte, ein guter Familienvater zu sein, der die Verantwortung für die Familie übernahm und konkrete Grundlagen für das tägliche Leben schuf. Es tat ihr weh, wenn sie an ihn dachte, aber es gab keinen gemeinsamen Weg mit ihm. Damals als sie vor fünfzehn Jahren in ihn verliebt war, war das Leben für ihre Familie und seine Familie einfach, jeder hatte genug zu essen, es gab jede Menge Arbeit, mit der man das Leben für sich und für die Familie aufbauen konnte. Nun hatten sich die Zeiten vollkommen geändert. Sie musste versuchen, ihre Kinder durchzubringen, es war schon schwer genug, sagte sie mit aller Nüchternheit, nachdem sie ihre gewohnten begehrlichen Blicke abgelegt hatte. Thaung Htin musste zusehen, dass seine Mission, die von Anfang an wenig Erfolg versprach, nun vollkommen gescheitert war. Er verabschiedete sich von der Frau, wohl wissend, dass er über das gescheiterte Unternehmen seinem Freund San Hlaing nichts mitteilen würde. Nein, er wollte den Traum seines Freundes nicht zerstören, denn für manche Menschen gewährt ihnen der Traum einen nicht gering zu schätzenden Halt, wenn er sich auch später als illusorisch erweisen sollte.

Danach besuchte er seine Freunde in der Bojoke-Aung-San-Straße, in der er auch fast fünfzehn Jahre lang mit seiner Familie wohnhaft gewesen war.

„He, Thaung Htin, wann bist du nach Pakokku gekommen? Ich habe schon vor einem Jahr gehört, dass du aus dem Ausland zurückgekommen warst", fragte ihn Hla Nyint, sein ehemaliger Schulfreund, mit großer Freude und Überraschung, den alten Freund nach so vielen Jahren unerwartet wieder zu sehen. Er lud Thaung Htin gleich zum Mittagessen ein. Hla Nyint war mit Thaung Htin zusammen in der gleichen Klasse gewesen, angefangen von der fünften bis der zehnten Klasse. Am Ende der zehnten Klasse fand die Abiturprüfung statt. Von da an schieden sich ihre Wege, Thaung Htin ging nach bestandenem Abitur an die Rangun-Universität, während Hla Nyint sitzen geblieben war. Er war jedenfalls in der Schule immer ein Spaßvogel gewesen, den alle gerne mochten. Jedes Mal nahm er freiwillig in der Schulklasse die Arbeit auf sich, die Schultafel mit einem Schwamm abzuwischen, nachdem der Lehrer die Tafel mit Kreide vollgeschmiert hatte. Dabei stand er beim Abwischen der Schultafel meist hinter dem Lehrer, der der Klasse zugewandt war. In dieser kurzen Zeitspanne leistete er stets gewagt einige pantomimische Narrenstreiche, in dem er Mal seine ausgestreckte Handfläche auf dem Kopf des Lehrers hielt oder Mal seine Zunge gegenüber dem Hinterkopf des Lehrers ausgestreckte. Als der Lehrer merkte, dass die Klasse aufgrund dessen zu kichern anfing, war es für ihn schon zu spät. Wie blitzschnell der Lehrer auch seine Körperwendung nach hinten vollzogen haben mochte, war der Spaßvogel längst zu seiner aufopferungsvollen Abwisch-Arbeit zurückgekehrt. Obwohl er sich bei jedem Lehrer solchen Spaß erlaubte, hatte er es bei den Lehrerinnen nie gemacht. Nach der bitteren Erfahrung sah sich jeder Lehrer damals gezwungen, sich neben die Tafel zu positionieren, um das Gebaren des Spaßvogels vollständig kontrollieren zu können, wenn Hla Nyint die Tafel mit einem nassen Schwamm ganz ordentlich abwusch, wofür er des Lobes vom Lehrer sicher sein konnte, obgleich er die Lobesworte mit grinsendem Gesicht annehmen musste, dies veranlasste wiederum das Erheitern der Gemüter der Klasse.

Nun waren bei Hla Nyint die jugendlichen Züge des sorglosen Spaßvogels vollständig verschwunden, stattdessen trat eine erwachsene und eher um die tägliche Existenz mühsam schuftende Gestalt in seinem Wesen auf. Er zeigte seinem Freund, womit er seine Familie täglich ernährte - einem großen Backofen, den er hinter seinem Haus mit Ziegelsteinen und Lehm eigenständig gebaut hatte. Jeden Tag backten er und seine Frau Brot.

„Davon lebt meine Familie recht und schlecht", sagte er, „von allen alten Freunden von uns geht es keinem gut. Ausnahmeweise gibt es solche Leute wie Ba Thein, der vom Militär durch irgendwelche Beziehung eine Sondergenehmigung bekommt, Benzin von der Regierung billig zu kriegen und mit einem teureren Preis an normale Leute weiter zu verkaufen, da macht er viel Geld, sonst sind die Profiteure nur hohe Militäroffiziere, die wir gar nicht kennen. Damals vor etwa zwölf Jahren hatte das Militär durch seine sogenannte Verstaatlichung alles der Bevölkerung weggenommen, dazu machten sie auch noch die großen Geldscheine wertlos. Wir haben diesem Diktator Ne Win und dem Scheißmilitär viel zu verdanken, dass wir alle von heute auf morgen so arm geworden sind."

Nach dem Mittagessen ging Thaung Htin in das Nachbarhaus, hier lebten damals sein Freund Shwe Man und seine ältere Schwester Mama Aye zusammen mit den Eltern. Vor zwanzig Jahren ging Shwe Man in die gleiche Oberschule und in die gleiche Klasse wie Thaung Htin und hatte eine beträchtliche Popularität als ein großer Fußballspieler bis über die Grenze der Oberschule hinaus genossen, obwohl er seine Schüchternheit besonders Mädchen gegenüber in den ganzen Jahren der Oberschule nie ablegen konnte. Wenn ein gewisser junger Mann Ko Aung Too, der spätere Schwager von Shwe Man, der damals täglich abends mehrmals vor dem Haus von Shwe Man den Drahtesel hin und her kutschierte, um Shwe Mans Schwester Mama Aye den Hof zu machen und mindestens ein Lächeln von ihr zu erhaschen, die wie so oft gerade zu dieser Zeit aus dem Fenster schaute, hatten sich Shwe Mann und Thaung Htin absichtlich vor das Haus gestellt und laut gezählt: Einmal ..., zweimal ..., dreimal ..., wie viel Mal der fleißige Bursche vor dem Haus gependelt hatte. Als sie später merkten, dass Mama Aye ebenfalls in den Burschen verliebt war, hatten Shwe Mann und Thaung Htin davon Abstand genommen. Mama Aye hatte ihn geheiratet und lebte nun zusammen mit den Eltern in dem Haus, während Shwe Man jetzt in einer anderen Stadt namens Chauk als Postangestellter arbeitete.

Mama Aye und ihr Ehemann Ko Aung Too empfingen Thaung Htin mit der gewohnten Herzlichkeit. Es fiel ihm auf, dass sie beide trotz der Herzlichkeit gegenüber Thaung Htin unverkennbar ermattete Gesichtszüge trugen, ihre normalen Bewegungen waren träge, als würden sie stets mit äußerster Anstrengung durchgeführt. Sie beide sahen erheblich älter aus, als sie wirklich waren. Die jungen fröhlichen Gesichter von Mama Aye und Ko Aung Too von damals, die er noch in seiner Erinnerung hatte, schienen ihm unwiederbringlich verloren gegangen zu sein. Auf dem Hinterhof ihres Hauses, wo Shwe Man und er damals ab und zu Fußball gespielt hatten, sah er einen glühend heißen großen Backofen, wie beim Nachbarn Hla Nyint. Thaung Htin erfuhr, dass sich das Ehepaar Mama Aye ebenfalls mit dem Brotbacken täglich gerade noch über Wasser halten konnte. Im Laufe der Tage hatte er mehrere Jugendfreunde besucht. Was er unbedingt dabei feststellen musste, war, wie sein Freund Hla Nyint bereits gesagt hatte, dass alle ärmer geworden waren, als er sie vor Jahren gesehen hatte. Die Wirkung der politischen Diktatur und deren kausale Folge traten auf dem Lande viel deutlicher und kontrastreicher auf als in der Hauptstadt Rangun.

Als Thaung Htin vom Shwe Mans Haus die Bojoke-Aung-San-Straße entlang in die westliche Richtung schlenderte, sah er das zweistöckige Haus, das seine Eltern damals gemietet hatten und wo er seine Kindheit vom Ende der dritten Klasse bis zum Abitur verbracht hatte, nun von niemandem bewohnt leer stand. Das Haus war mit Wellblech gedeckt, die Wände bestanden aus außen mit schwarzem Schmieröl gestrichenen Holzbrettern; es war umgeben von einem großen Tamarindenbaum an der rechten Seite und sechs großen Bäumen der Gattung Tamarpin am westlichen und südlichen Zaun entlang.

Tamarpin ist der typische Baum in seiner Heimatstadt überall reichlich zu finden. Er gehört zur Familie Tragant (Astragalus). In Europa findet man ihn meist als krautige Pflanze, jedoch wachsen viele Tamarpin hier in Pakokku als stämmiger Baum bis auf circa zehn Meter Höhe mit einer breiten Baumkrone, reichlich gesegnet mit fingerhutgroßen gelben Früchten, deren innerer Teil mit weichem Fruchtfleisch einen harten Kern umhüllt. Aus den Kernen gewinnt man pflanzliche Öle, die hauptsächlich für die lokale Herstellung von Seifen verwendet werden. Die Blätter sind lanzettlich, lang zugespitzt, stehen zu zweit in kreuzständiger Anordnung an einem Knoten des Stängels mit fünf bis sieben Paar Blättchen, wobei es an der Spitze des Stängels mit drei Blättern an dem letzten Knoten abgeschlossen wird. Die Blüten sind gelb und versehen mit ringförmig stehenden kleinen zarten Blütenblättern. Wenn die Blätter im Monat März noch jung und zart sind, kocht man sie kurz im Wasser und isst sie mit einer scharfen Fischsoße als Gemüsebeilage zum Mittag- oder Abendessen. Wenn Thaung Htin an den leckeren Geschmack dieser Blätter dachte, lief ihm schon das Wasser im Munde zusammen. An der westlichen Seite des ehemaligen Hauses der Familie Thaung Htins führte senkrecht zur Bojoke-Aung-San-Straße eine Straße nach Süden und traf nach dreiviertel Kilometern direkt auf den großen Fluss Irawadi, worin Thaung Htin und seine Geschwister fast täglich gebadet hatten.

Westlich von seinem Haus befand sich ein großes buddhistisches Kloster auf einem viereckigen Gelände von 300 mal 300 Meter, umgeben von einer fast zwei Meter hohen Mauer, das als das Mitte-Kloster in Pakokku bekannt war, wobei jeweils das Ost- und West-Kloster existierte. Hier im Mitte-Kloster lebte eine fast tausendköpfige Mönchsgemeinde, die aus Vollordinierten und Novizen bestand, in den etwa vierzig verschiedenen Gebäuden, gebaut aus Ziegelsteinen und Holz und finanziert durch die Spenden der Bevölkerung. Die vollordinierten Mönche sind diejenigen, die ihr ganzes Leben dem Mönchsorden verschrieben haben, im Kloster ein Leben der Meditation und Askese zu verbringen, sich in das Studium der buddhistischen Lehre zu vertiefen, sich den Regeln der Mönchsgemeinschaft zu unterziehen, und mindestens fünf bis zehn Jahre in dieser Tätigkeit verbracht haben, wobei der Novize nur zeitweilig dem Mönchsorden angehört.

Innerhalb der Mönchsgemeinde des Theravada-Buddhismus, der seit dem 12. Jahrhundert in Burma blühte, gibt es strenge Ordensregeln für die Mönche, die seit der Lebzeit Buddhas (5. Jahrhundert v. Chr.) in Nordindien festgelegt und mündlich weiter gegeben und erst beim 3. Konzil im 3. Jahrhundert zusammen mit den Lehrreden und philosophischen Abhandlungen Buddhas in Pali verfasst und als Tipitaka (Dreikorb, auch Pali-Kanon) niedergeschrieben wurden, wobei diese Schriften als die älteste große Zusammenfassung buddhistischen Schriftgutes gelten. Hier in der Ordensregel wurde genauestens beschrieben, wie sich ein Mönch in der Mönchsgemeinde verhalten solle und ebenfalls über seine Beziehung zu den Laien, d. h. zu der Menschen-Gesellschaft. Die Mönchsgemeinde ist damit von Anfang seit deren Begründung zu Lebzeiten Buddhas ein Bestandteil der Gesellschaft. Die Mönchsgemeinde besteht nicht aus Eremiten oder Einsiedlermönche, die einsam im abgelegenen Ort, fern von der Gesellschaft leben, sondern inmitten der Gesellschaft. Wer die strengen Regeln des Mönchsordens nicht befolgen kann, hat jederzeit das Recht und die Möglichkeit, das Mönchsleben zu beenden und in die Welt der Laien zurückzukehren. Es ist seit Jahrhunderten für die Buddhisten in Burma ein Brauch, dass jede männliche Person im jungen Alter mindestens ein paar Wochen das gelbe Gewand trägt und als Novize im Kloster verbringt. In jedem Wohngebäude im Kloster, das sich als Schule, z. B. Yaw-Schule, Thirisa-Schule usw., nannt, wohnen ca. vierzig bis fünfzig Mönche. Jede Schule wurde verwaltet von einem ordinierten Mönch, der altersmäßig und in der Rangordnung höher stand und als s. g. „Vorsteher-Mönch" fungierte. Die Dauer des Daseins als Mönch wird gezählt in „War", d. h. wie viele Regenzeiten „War" (von Juni bis Ende September) ein Mönch hinter sich hatte. In der Regenzeit wird es den Mönchen verboten, den Aufenthaltsort zu wechseln oder zu verreisen, wenn kein lebensbedrohender Anlass vorliegt. Das gesamte Kloster steht schließlich unter der Aufsicht eines Abtes, der ebenfalls im Rang und Mönchsalter im Kloster am höchsten ist. Die meisten Mönche gehen täglich vormittags mit einer schwarzen Opferschale Almosen betteln, die sie nach der Ordensregel vor 12 Uhr Mittag zu sich nehmen müssen, danach gilt die Fastenzeit bis zum nächsten Morgengrauen. Am Nachmittag versinken die Mönche in Meditation und um ca. 14 Uhr besuchen sie Lehrgänge über Buddhismus in entsprechender Stufe, je nach dem bereits absolvierten Stand, in verschiedenen Schulgebäuden, die von Lektoren und Dozenten im gelben Gewand abgehalten werden. Am Abend vor dem Schlafen gilt es wieder die Meditationsübung für sich selbst. Es ist eine Art Universität für die buddhistischen Mönche. Jährlich müssen die Mönche Prüfungen über beendete Lehrgänge ablegen. Die Mönche, die aufgrund der Qualifikation Vorsteher oder Abt oder Lektor oder Dozent geworden sind, brauchen nicht mehr täglich Almosen zu erbetteln; für sie wird täglich gesondert das Mittagsmahl von den verschiedenen Spendern ins Kloster gebracht.

Das Mitte-Kloster ist mehrere Jahrhunderte alt, die Wohngebäude für die Mönche wurden nach und nach erneuert und erweitert; zahlreiche riesige Bäume von Rosenholz, Tamarpin, Tamarinde, Banyan, Regenbaum, Feigen, Mango, Wildkirschen, Jackfrucht, Zuckerpalme auf dem Klostergelände waren ebenfalls vom beträchtlichen Alter. Zwischen den einzelnen Schulgebäuden wuchsen zahlreich Granatapfel, Bananen, Zitronen, Papaya, Annonen, Guave, Sternfrucht und mehrere farbenfrohe Zierpflanzen wie Wunderstrauch, Rangunschlinger, Jasmin, Blumenrohr und Catharanthe. An der westlichen Seite des Klosters, außerhalb der Begrenzungsmauer des Klosters, standen ca. dreißig Toiletten in einer Reihe, die die Mönche täglich benutzten; westlich hinter den Toiletten waren ca. einen halben Kilometer weit nur noch Felder vorhanden, danach erst begann das Stadtviertel „Khandaw". Die menschlichen Ausscheidungen von den dreißig Toiletten wurden in zwei großen offenen Jauchengruben gesammelt, deren unvergesslicher Dufthauch für die Passanten, die südlich vom Kloster auf der Verbindungsstraße vom Kokekodan-Viertel nach Khandaw verweilten, viel mehr als ein einzigartig verbleibender Erinnerungswert war. Jene Jauchengruben wurden dann einmal im Jahr auf natürliche Weise restlos geleert, wenn der große geschwollene Fluss Irawadi jährlich im Juli während der Überschwemmung die Hälfte der Stadt mit reichlichen Wassermassen überspülte.

Seinem Haus schräg gegenüber auf der anderen Seite der Bojoke-Aung-San-Straße befand sich das Spendenhaus für die Mönche. Dort wurden große Mengen Reis, in kleinen und großen Säcken verpackt, im ganzen Jahr gesammelt und eingelagert, die von den Stadtbewohnern freiwillig gespendet wurden. Täglich früh kochte man dort Reis in großen Kochtöpfen und bot schon um 5 Uhr morgens dies den fast achthundert Mönchen an, die sich während ihres morgendlichen Almosenganges das Frühstück erbettelten. Seit der Zeit, als Thaung Htin in die Grundschule ging, waren U Tha und seine Frau Daw Lone, die hinter dem Spendenhaus, neben der großen Küche des Spendenhauses, in einer Bude mit ihren beiden Kindern wohnten, zuständig für die tägliche Speisenzubereitung für die Mönche. Als Gehilfe für die Speisenvorbreitung morgen früh arbeitete ein gewisser Junggeselle Ko Lu Phan, der nachmittags als Wasserträger sein Geld verdiente, indem er das Wasser vom Brunnen holte und zum Verbraucher hin trug.

Auf der rechten Seite vom Spendenhaus lebte damals eine Familie bestehend aus drei Frauen: Die älteste war die sechzigjährige Mutter, namens Daw Phya Su, deren dreißigjährige Tochter einen Laden für trockene Lebensmittel auf dem Markt betrieb und sich dort den ganzen Tag aufhielt. Die Jüngste war das zwanzigjährige Fräulein namens Ma Mya Mya, das Thaung Htin und seine Geschwister Mama Mya(große Schwester Mya) zu nennen pflegten, weil sie älter war als die Geschwister Thaung Htins. Mama Mya, so sagte man damals, sei die ferne Nichte der alten Dame, aber sie arbeitete praktisch als Dienstmädchen, war kaum außerhalb des Hauses zu sehen. Die Hausherrin wünschte angeblich nicht, dass ihr Mädchen den begehrlichen Blicken der Männer ausgesetzt wurde, denn jenes Fräulein war wegen ihres wunderschönen Körperbaus, ihres eigenartig scheuen Blickes und ihres gesamten Wesens, das eher der Schönheit einer natürlich gewachsenen wilden Rose ähnelte, in dem Wohnviertel weitaus bekannt, als die Hausherrin dies wahrhaben wollte. Als Thaung Htin, damals dreizehnjährig, Mama Mya zum ersten Mal sah, wobei seine Blicke keineswegs gewagt, sondern von verstohlener und schüchterner Natur waren, flatterte sein Herz jedes Mal heftig.

Westlich vom Spendenhaus, drei Häuser entfernt, auf der gleichen Straßenseite, da war die Grundschule, auf ein Meter hohen Stelzen gebautes Gebäude, das ca. 30 Meter lang und 10 Meter breit war. Hier hatte Thaung Htin die Vorschulklasse und die folgende Klasse besucht. Wenn er nun den großen Tamarpin mit den ausgestreckten Zweigen sah, der dicht neben dem Grundschulgebäude seit jeher, mächtig wie ein Riese, immer noch steht, als halte dieser Wache für das Wohlergehen der Schulkinder, verspürte Thaung Htin das Gefühl, als ob er einen großen alten Freund und Beschützer nach so vielen Jahren wieder sah und von ihm mit einem stillen Lächeln empfangen wurde. Unter seinen Zweigen und Blättern hatten er und seine Schulkameraden auf dem Schulhof gespielt, gejohlt, gelacht, geschrien, miteinander geschimpft, gestritten und sich dann wieder versöhnt nach abermaligen Zänkereien, die sich wie so oft gerne wiederholten. Es war immerhin schon über vierzehn Jahre vergangen, bis er diesen großen Baum wieder sah. Am Fuße des großen Tamarpin hatte ein

Einmann-Friseurladen gestanden, betrieben von Ko Aye, der immer ein freundliches Lächeln und ein angenehmes Plauderstündchen für alle seine Kunden, Jung und Alt, parat hatte und während des Haarschneidens seine Arbeit mit Leben füllte. Dabei waren seine Unterhaltungen nie pflichtmäßig abgeleierte Wiederholungen, sondern dem Kunden spezifisch angepasste Gespräche. Daher kamen alle seinen Kunden immer wieder gern zurück zu ihm, wenn ihre Haarpracht wieder gepflegt werden sollte. Nun existierte dieser Friseurladen nicht mehr. Thaung Htin hatte erfahren, dass der freundliche Ko Aye seit ein paar Jahren nicht mehr am Leben sei. Ja, die Zeit schafft unverrückbare Veränderungen, die die Menschen einfach zu akzeptieren haben.

Als er sich von der Umgebung und den darin lebenden Freunden Überblick verschafft hatte, kam er zurück zu dem Haus, wo seine Kindes- und Jugenderinnerungen fest eingraviert waren. Nun stand er andächtig und ruhig vor dem Haus, er betrat das Grundstück des Hauses, ging um das Haus herum, das nun unbewohnt und verriegelt war. Die von außen mit Schmieröl gestrichenen Holzpaneelen, die die vier Wände des Hauses schmückten, waren genauso widerstandsfähig wie vor Jahren. Lediglich war die Holztreppe, die vom Fußboden, von außen her, nach der ersten Etage führte, von Wind und Regen angegriffen und veraltet und wies auffällige Schäden auf. Die Küche, als eine separate kleine Bude hinter dem Haus angebaut, war nun bedeckt von einer dicken Staubschicht. Die Eisenstäbe, die wie ein Gitter das untere Geschoss des Hauses an der vorderen und linken Seite verzierten, waren vom Rost befallen. Die drei oder vier Tauben, die damals unter der Dachspalte ihre Behausungen gebaut, dort gelebt und täglich „Huhu huhu" gesungen hatten, waren nicht mehr anwesend, da hier seit Jahren niemand mehr lebte und keine Essenreste mehr für sie zu erwarten waren. Der große Tamarindenbaum, der an der rechten Seite des Hauses am vorderen Zaun wuchs, stand immer noch wie vor Jahren. Thaung Htin verharrte vor dem Haus eine Zeit lang, plötzlich hörte er aus dem unbewohnten Haus Stimmen, die ihm so vertraut waren. Es kam Thaung Htin vor, als blättere er nun in dem großen Buch seiner Kindheitserinnerungen Seite um Seite.

Der erste Schultag im Juni 1947 war für den sechsjährigen Thaung Htin ein sehr denkwürdiger Tag gewesen. Was an dem Tag geschah, tangierte ihn unmittelbar mit seiner Herkunft. Seine Eltern stammten aus dem Yaw-Gebiet, das etwa hundert km westlich von Pakokku lag und sich bis an das hohe Chin-Gebirge im Westen erstreckte. Dort in den ewig grünen Urwäldern, die auf den Bergen wuchsen, lebt man hauptsächlich von Landwirtschaft. Die Dörfer waren weit voneinander entfernt, und es gab nur wenige Orte, die man als Stadt bezeichnen konnte, wie z. B. Htilin oder Gangaw, wo der Gouverneur der Stadt sein Amt aufgeschlagen hatte und ein Postamt existierte. Die Straßenverbindungen waren in der starken Regenzeit vom Juni bis September nur zeitweilig passierbar. Im Yaw-Gebiet regnet es fast sechs Monate im Jahr vom Mai bis Oktober. Als Hauptverkehrsmittel, um von einem Ort zu anderem zu gelangen, benutzte man meist einen Ochsenkarren, ausnahmsweise auch Elefanten. Die Lastkraftwagen kamen in den trockenen Monaten unregelmäßig und in der Regenzeit überhaupt nicht. In den Wintermonaten von November bis Ende Januar war es ziemlich kalt. Die Menschen sprachen dort ausschließlich den Yaw-Dialekt und benutzten oft andere sprachliche Ausdrücke und Benennungen, die für andere Burmesen auf dem Flachland ziemlich fremdländisch klingen. Da das Yaw-Gebiet von den normalen Burmesen damaliger Zeit kaum bereist war – es sind immerhin über tausend Meter hohe Bergketten zu überwinden, bis man in Yaw ankam - dichtete man allerlei kuriose und mystische Geschichten über die Yaw-Bewohner, z. B. sie beherrschen Schwarze Magie, es gebe nicht nur eine, sondern sogar mehrere Hexen in einem Dorf, sie sehen äußerlich alle normal aus. Wenn ein junger Mann ein Mädchen in ihrem Hause besucht, könne er nie wieder von der Matte aufstehen, wo er sich vorher hingesetzt hat, weil die Mutter des Mädchens, die wie die meisten älteren Frauen im Dorf eine geheimnisvolle Kunst beherrscht und die Sitzmatte verhext hat. Der junge Mann könne nur dann von der Matte losgelöst werden, wenn er verspreche, die Tochter zu heiraten. Zu jeder Mitternacht, wenn die tiefste Finsternis herrscht und der Gong zwölfmal schlägt, sehe man dort schreckliche Kreaturen in den Straßen wandern, da seien die Hexen und Geister, die ihr Unwesen in der Finsternis umhertreiben usw. Was die Erwachsenen glauben und erzählen, wird oft auf ihre Kinder übertragen.

Daher war es nicht verwunderlich, dass die anderen Kinder am ersten Schultag den Sonderling Thaung Htin mit skeptischen Augen betrachteten, zumal er seinerseits mit einigen fremdartigen Ausdrücken und einem komisch klingenden Dialekt von der ersten Begegnung an Furore gemacht hatte. Als einmal ein Kind Thaung Htin zum Spaß mit einer Wasserpistole spritzte, sagte Thaung Htin, die Hände ausgestreckt und ohne im geringsten böse zu sein: „Asu Asu Asu.." Das hieß in seiner Yaw-Sprache: kalt, kalt, kalt. Da hatten alle Kinder herzhaft gelacht und der kleine Thaung Htin lachte ebenfalls mit. Seit dieser Zeit gewann er viele Freude. Am gleichen Tag kamen ein paar Mädchen und Jungen zu ihm und sagten mit neugierigen Augen:

„He, Thaung Htin, Du bist doch ein Yaw-Mensch, nicht wahr?"

„Ja, ich komme von dort", sagte Thaung Htin.

„Wir haben von unseren Eltern gehört, dass Yaw-Menschen sehr gut hexen können, manche Hexen haben so eine dicke und lange Zunge wie ein Baum", sagte ein Junge, während er gestikulierend seine beiden Hände ausstreckte, um seinen Worten zusätzlichen Ausdruck zu verleihen.

„Ich weiß nicht, ich habe so was noch nie gesehen", antwortete Thaung Htin ahnungslos.

Ein Mädchen drängte sich zu ihm und machte ihre Hand vor ihm auf, da war ein Frosch, sie sagte mit neugierigen Augen:

„Thaung Htin, als Yaw-Mensch musst du doch ein bisschen hexen können. Nun hexe mal dieses Fröschlein, damit er sofort in einen Prinzen verwandelt wird. Dann werde ich ihn heiraten."

„Du, das kann ich leider nicht", sagte Thaung Htin. Alle schienen ein wenig von ihm enttäuscht zu sein. Da fiel ihm plötzlich ein lustiges Spiel von seinem Onkel ein und sogleich rief er freudestrahlend aus: „Aber damit ihr nicht enttäuscht seid, zeige ich euch etwas ganz anderes. Ich kann mich selbst hexen, damit ich sofort in einen wilden Tiger verwandelt werde."

Alle Freunde waren hell begeistert und forderten ihn auf, sofort die Hexenkunst zu demonstrieren.

„Ihr alle müsst euch ein wenig von mir wegrücken, schließlich ist ein Tiger sehr gefährlich", machte er spannend.

Als seine Freunde von ihm etwa zwei Meter entfernt standen, rief er seine Zauberformel auf:

„Ham Hum Hum…, werde sofort ein wilder Tiger!"

Unverzüglich danach machte Thaung Htin ein grimmiges fürchterliches Gesicht und seinen Mund weit auf, fletschte seine Eckzähne, hob seine beiden Arme hoch, spreizte seine Finger, als seien sie die Krallen und stürzte sich auf seine Freunde mit einem lauten Geschrei:

„Ich bin der wilde Tiger, ich werde euch alle auffressen.., Reh.. He ..He!"

Seine Freunde liefen laut schreiend weg, versteckten sich doch äußerst vergnügt in irgendeiner Ecke. Seit diesem Tag musste er seinen Freunden oft den wilden Tiger vorspielen. Jedes Mal wenn die Schulkinder spielten oder vor Freude johlten oder vor Wut barsten, schaute der große Tamarpin mit seinen ausgestreckten Zweigen, der neben dem Schulgebäude wie ein wachender Riese stand, auf die Kinder und fühlte sich befriedigt und glücklich zu sehen, wie sie fröhlich unter seinen Zweigen heranwuchsen.

In der Vorschulklasse lernten Thaung Htin und seine Freunde nur das burmesische Alphabet, wie es geschrieben und gelesen wurde. Zum Schreiben benutzte jedes Kind eine mit Holz eingerahmte Schiefertafel.

Während des Schulunterrichts setzten sich alle Schüler und Schülerinnen aller Klassen auf den Fußboden, der aus Bambusbrettern zusammen gezimmert war. Ausnahmsweise hatten nur die Schulkinder der vierten Klasse Sitzbänke und Tische. Die Klassen wurden räumlich nicht getrennt, sondern belegten ihre Plätze nebeneinander. Nur der zuständige Klassenlehrer und die große schwarze Tafel, worauf sich die Schulkinder der jeweiligen Klasse konzentrieren müssten, unterschieden sich. Die Schule begann morgens um 8 Uhr, mittags wurde eine Stunde Pause eingelegt, um den Kindern das Mittagessen zu Hause zu ermöglichen, danach ging der Lehrbetrieb bis 16 Uhr weiter. Es wurden noch zwei kurze Pausen am Vor- und Nachmittag zusätzlich angeordnet, sodass die Kinder spielen und sich austoben konnten.

Als die Vorschulklasse vorbei war, kam Thaung Htin in die erste Klasse. Nun fingen sie an, das Textbuch zu lesen, Sätze zu schreiben und mit den Zahlen zu rechnen. Die Lehrerin der ersten Klasse war eine gutmütige Frau im geschätzten Alter von fünfzig. Alle Menschen, Jung und Alt, die ihr einmal begegnet waren, spürten sofort die menschliche Wärme und die Klarheit, die ihr Antlitz ausstrahlte, gepaart mit einer gerechten Gesinnung und einem Taktgefühl zu allen. Viele in Pakokku waren einst ihre Schüler und Schülerinnen gewesen, und sie alle zollten dieser Frau großen Respekt, die körperlich klein gebaut war, im Gegensatz zu ihrer wahren immensen menschlichen Größe. Sie wirkte nie auffällig und im Gegenteil sogar eher unscheinbar und bedurfte aber keiner überlauten Worte, wenn sie ihre Meinung kundtun wollte. Wenn sie einmal sprach, waren ihre Worte immer klar, unmissverständlich und vor allem gerecht gewesen. Alle, Schüler oder Lehrer oder Erwachsene, unabhängig davon, ob sie jünger oder älter als sie waren, nannten und riefen sie seit eh und je „Ahma Lay", d. h. „ältere Schwester". Ahma Lay war Direktorin dieser Grundschule und hieß amtlich Daw Aye Shin. Gewöhnlich würde man sie „Lehrerin Daw Aye Shin" nennen, wenn man zu ihr keine persönliche Beziehung hätte. In Wahrheit verbarg sich hinter dieser herkömmlichen Betitelung „Ahma Lay" eine echte Ehrenbezeugung zu ihr. Sie hatte zusammen mit ihrem Ehemann die Grundschule aufgebaut, seit ihr Ehemann vor zehn Jahren verstorben war, war sie zur Direktorin der Grundschule ernannt worden.

Was aber Thaung Htin vom ersten Tag an in der ersten Klasse merkte, war, dass alle Schulkinder ihre Lehrerin ‚Aha Lay' sehr mochten, unabhängig davon, dass fast jedes Kind einmal von ihr streng bestraft worden war. Die Strafmaßnahme von Ahma Lay konnte mit Gewissheit von niemandem, der je diese zu genießen die Ehre zugesprochen bekommen hatte, im Leben vergessen werden, weil sie in ihrer Art einmalig war. Jedes Kind, das diese Strafe hinter sich hatte, war nachher nie böse auf die Lehrerin Ahma Lay; sie glich eher einer Strafe ihrer Eltern, die sie immer lieb hatten.

Einmal wurde Thaung Htin von Ahma Lay gerufen, nach vorne zu kommen, weil er in der Klasse undiszipliniert überlaut gewesen war. Er musste vor ihr strammstehen, während alle Kinder ihm zuschauten. Ahma Lay sagte mit einem strengen Gesicht:
„Ich habe dir ein paar Mal gesagt, dass du nicht laut sein sollst."
Sie schaute ihm in die Augen und fragte: „Was macht man dann mit den Kindern, die nicht gern auf ihre Lehrerin hören?"
Thaung Htin sah die drohende Strafe auf sich zu kommen und machte sich schon seelisch und moralisch bereit, die Strafe so weit wie möglich erträglich zu gestalten und sagte mit einem verzogenen Gesicht kleinlaut: „Strafe."
Das Wort kam widerwillig ausgequetscht leise aus seinem Munde, sodass nur er und Ahma Lay dies wahrnehmen konnten.

„Sag es lauter!", befahl ihm Ahma Lay.

„Strafe", wiederholte Thaung Htin etwas lauter als vorher.

„Komm näher zu mir", sagte Ahma Lay, und Thaung Htin näherte sich ihr. Als er dicht vor dem Stuhl stand, auf dem sie dasaß, griff sie ihn mit der rechten Hand an der linken Vorderseite seines Bauches, in dem sie ein Stück Bauchfleisch Thaung Htins zwischen ihrer Daume und Zeigefinger einklemmte, und hin und her knetete. Es kam ihm vor, als ob man seinen Bauch mit einer stumpfen Säge langsam zersägte. Manchmal fühlte er, als ob ein dicker Wurm in seinen Bauch herum kröche und seine Innereien auffräße und er werde langsam lebendig eingehen, oh … es tat ihm sehr weh. Ohne diese Schmerzen wäre es ja fast ein angenehmer Bauchkitzel, aber der unsagbare Schmerz beigemischt mit einem seltsamen traumatischen mulmigen Gefühl machte ihm das Leben unerträglich. Aber die Schmerzen waren andererseits zum Glück nicht so übermäßig groß, dass ein Kind unbedingt losheulen musste. Das lag gerade noch an der Grenze der absoluten Erträglichkeit, die Ahma Lay mit einem klugen und umsichtigen Feingefühl für jedes Kind anders dosiert anwendete. Nichtsdestotrotz entschied er sich zu schluchzen mit der wohl kalkulierten Hoffnung, dass Ahma Lay ihn doch mit Nachsicht behandeln möge. Er fing an, zu schluchzen.

„Nicht weinen, sonst wird es noch schlimmer", warnte sie ihn mit kompromissloser Strenge. Da seine Rechnung nicht aufging, musste er mit einem runzeligen Gesicht die leibliche Pein über sich ergehen lassen. Er glaubte fest, dass sich durch das schreckliche Kneten ein Loch auf der linken Seite seines Bauches gebildet haben musste. Als die Strafaktion nach ein paar Minuten glücklicherweise zu Ende ging, durfte er zu seinem Platz zurückgehen. Dort angekommen machte er vorsichtig sein Hemd auf, nachzusehen, wie groß das Loch im Bauch sein konnte. Als er zu seinem Erstaunen sah, dass dort nicht mal ein Loch, geschweige denn ein roter Fleck zu finden war, freute er sich riesig, und seine Welt war genau so wieder in Ordnung wie vorher.

Manchmal hatten die Schulkinder im Unterricht viel zum Lachen, wenn Ahma Lay etwas Lustiges erzählte. Was er aber sein ganzes Leben lang nicht vergessen konnte, war die eigenartige Strafe seiner Lehrerin Ahma Lay und deren klares und reines Gesicht, das hinter der scheinbaren Strenge große menschliche Liebe und Verantwortung für ihre Schulkinder verbarg. Thaung Htin und andere Kinder konnten sich durchaus vorstellen, dass Ahma Lay sich auf dem Spielplatz wie ihre beste Spielfreundin verhalten würde. In dem scheinbar äußerlich strengen Antlitz der Ahma Lay las jedes Kind ein Stück von sich selbst: eine fröhlich kindliche Seele, menschliche Güte und Vertrauenswürdigkeit. Wenn ein Kind von ihr bestraft wurde, erkannte jedes Kind, dass es das verdient hatte. Während der Strafaktion kam keiner auf die Idee, Ahma Lay je als verwünschten Folterknecht anzusehen. Sie war genauso beliebt nach der ausgeführten Strafe wie vor der Strafe. Darin bestand wahrhaftig die menschliche Größe Ahma Lays, die den Kindern ein Beispiel vorlebte, ohne jemals zu sagen, was die menschliche Güte bedeutete. Je erwachsener die Schulkinder wurden, umso mehr bewusster waren sie sich über die menschliche Größe ihrer Lehrerin Ahma Lay gleich einem großen Berg, der nur aus der Entfernung seine wahre Größe deutlich erkennen lässt.

Das Jahr 1948 brachte große Veränderung in die Familie Thaung Htins. Zuerst hörten die Schulkinder, dass Burma von der britischen Kolonialherrschaft unabhängig geworden sei – am 4. Januar 1948; die Nationalflagge wurde vor dem Schulgebäude gehisst, die Schulkinder salutierten vor der Nationalflagge und sangen die Nationalhymne. In der Schule hing ein großes Bild von Bojoke Aung San, den alle nur einfach Bojoke – General – nannten. Der war ein großer Nationalheld, der die Unabhängigkeit Burmas erkämpft hatte. Alle Menschen, Jung und Alt, liebten Bojoke und hatten großen Respekt vor ihm. Es war ein großes Glück für Thaung Htin, als Sechsjähriger Bojoke einmal gesehen zu haben, als er im Februar 1947 in Pakokku auf dem großen Gelände der Faundawuo-Pagode vor einer Riesenmenge von Menschen eine flammende Rede hielt. Das war Bojoke in einer schlichten und einfachen Militäruniform, der als Mensch und Politiker für alle Burmesen verehrungswürdig und vorbildlich gewesen war. Damals war es ihm zu kompliziert zu verstehen, was Bojoke vor dem großen enthusiastisch applaudierenden Publikum gesagt hatte, aber als kleiner Junge begriff er, dass alle Menschen ihn sehr mochten und verehrten. Als Bojoke und seine Kameraden von Banditen in Juli 1947 ermordet wurden, waren alle Menschen von dem großen Unglück bestürzt. Das Land versank in Bürgerkrieg, überall waren bewaffnete Aufstände gegen die Regierung. Seine drei Cousinen und ein Cousin sowohl mütterlicherseits als auch väterlicherseits vom Yaw-Gebiet kamen für mehrere Monate zu seiner Familie. Es wurde erzählt, dass es dort sehr unruhig sei und es oft bewaffnete Kämpfe gegeben hätte und viele Zivilisten tot und verwundet seien. Man sagte, die Kommunisten seien in den Untergrund gegangen und kämpften gegen die Regierungstruppen. Mit den Kommunisten ging auch Thaung Htins älteste zweiundzwanzigjährige Schwester Ma Khin Kyi, die er so sehr mochte, in den Untergrund. Er konnte als Kind kaum begreifen, warum seine große Schwester Mama Kyi die eigene Familie verließ und sich den unbekannten Untergrundkämpfern anschloss. Bis er sie wieder sah, hat es fast vierzehn Jahre gedauert.

Sein Vater arbeitete als Händler, d. h. er vermittelte Geschäfte zwischen den Verkäufern, die ihre Waren z. B. Tabakblätter und Harz hauptsächlich aus dem Yaw-Gebiet mitbrachten, und den Käufern in Pakokku. Davon bekam er 5 % Provision von der Verkaufssumme. Die Händler brachten aus dem Yaw-Gebiet die Waren auf Ochsenkarren, die eine Strecke von fast über hundertdreißig km in drei bis vier Tage zurücklegten. Sie übernachteten im Haus von Thaung Htins Eltern so lange, bis die Waren zu einem vernünftigen Preis verkauft wurden. Das Haus war ständig voll von auswärtigen Gästen aus Yaw. Es gab damals wenig Lkw-Verkehr für einen derartigen Ferntransport, da einerseits die Fernstraßen zu schlecht waren und andererseits es wenig Unternehmer gab, die sich teuere Lkws leisten konnten. Sein älterer Bruder Ko Khin Maung, der fünf Jahre älter als er war, besuchte schon die Mittelschule, während sein jüngerer Bruder Thu Maw erst zwei Jahre alt war.

In der zweiten Klasse hieß seine Klassenlehrerin Daw Hla Kyi. Was die Schulkinder in der zweiten Klasse sofort bemerkten, war, dass sich die Lehrerin beim Gehen nur langsam bewegte. Später erfuhren Thaung Htin und seine Kameraden, dass die Lehrerin irgendwann unglücklicherweise einen Hüftenschaden erlitten hatte. Sie war freundlich zu den Kindern, aber nicht so herzlich wie Ahma Lay, und es gab in der Klasse wenig herzhaft zu lachen. Wie klein auch die Kinder noch waren, spürten sie schon den geringsten Unterschied in der emotionalen Empfindung.

Einmal als Thaung Htin und seine Freunde vor der Schule, unter den

Zweigen des großen Tamarpin, spielten und in die Nähe des Friseurladens von Ko Aye kamen, der sich dicht an der Schule befand, waren sie gerade Zeuge eines geheimnisvollen Geplauders der Erwachsenen, die sich im Friseurladen aufhielten.

„Die junge neue Lehrerin Ma San San scheint aber in den jungen Burschen Hla Aye ziemlich verliebt zu sein", eröffnete einer das Gespräch.

„Das stimmt", erwiderte der andere lachend, „du meinst doch die neue junge Lehrerin für die Vorschulklasse, ich habe es auch schon längst gemerkt, sie liebt ihn so dermaßen, dass sie vor Freude sofort pinkeln musste, wenn sie ihn nur sieht."

Manche Ausdrücke, die Thaung Htin von der zufällig mitgehörten Unterhaltung aufgefangen hatte, waren für ihn unverständlich wie ein Rätsel, und er dachte vergeblich nach, warum man pinkeln musste, wenn man jemanden sieht, den man lieb hatte. Aus Neugier fragte er gleich seinen Schulfreund Maung Ko:

„Verstehst du das? Pinkelt man denn, wenn man jemanden sieht, den man lieb hat?"

„Das verstehe ich auch nicht", sagte Maung Ko mit zuckenden Schultern, „ich pinkele nie, wenn ich meine Eltern oder Geschwister sehe. Die alle habe ich sehr lieb."

„Vielleicht ist es bei den Erwachsenen anders als bei den Kindern", schlussfolgerte Thaung Htin und beließ es dabei.

Als er noch in der zweiten Klasse war, bekam seine Familie wieder Nachwuchs: ein Mädchen. Es wurde Ma Khin Htay genannt, war ein süßes Schwesterchen für Thaung Htin und seine Brüder. Eigenartigerweise hatte das Mädchen große Kulleraugen wie seine älteste Schwester. Alle kümmerten sich um das Baby und freuten sich unheimlich, wenn sie für ihre Bemühungen vom Schwesterchen mit einem kleinen Lächeln belohnt wurden. Sein jüngerer Bruder Thu Maw besuchte schon die Vorschulklasse.

In der zweiten Klasse spielte Thaung Htin oft Fußball mit seinen Freunden. Sie hatten sich in der Schule mit den Freunden verabredet, am Straßenrand auf der anderen Seite der Getreidebörse, wo eine breite Fläche vorhanden war, mit den Ball zu spielen, zwar die Truppe aus Kokekodan gegen die aus Wadan. Kokekodan hieß der Stadtviertel, wo Thaung Htin wohnte und Wadan war ein Nachbarviertel. Thaung Htin zog extra seine Gummischuhe an, die er mit einem Bindefaden am Fuß extra enger festband. Jede Seite war mit elf Spielern ausgestattet, wie bei einem richtigen Spiel. Jeder zog ein farbiges Hemd an, was er zu Hause hatte. Beide Mannschaften waren mit unterschiedlicher Farbenpracht vertreten, aber es war nicht wichtig, jeder merkte schon, wer zu welcher Mannschaft gehörte.

Viele spielten barfuß. Der Ball war nicht groß, ein kleiner Gummiball, ca. zweimal größer als ein Tennisball. Ein Schiedsrichter war nicht nötig. Nachdem jede Seite ihre Leute sowohl für die Verteidigung als auch für den Angriff aufgestellt hatte, konnte es losgehen. Als der Ball rollte, verschmelzten die Verteidiger mit den Angreifern, jeder wollte den Ball kicken, so sammelten sich geballt zwanzig Jungs um den kleinen Ball, während nur zwei Torhüter ihrer Torlinie treu blieben. Der graue Staub, der ohnehin sowohl an der Straßenseite als auch auf der Straße in Hülle und Fülle vorhanden war, wirbelte auf, gleich einer dichten Wolke aus einem explodierten Vulkan. Keiner konnte mit den Augen wahrnehmen, wo der Ball war. Jeder kickte nach seinem Instinkt und drang in die Ballung der Spieler, um möglichst den Ball zu treffen. Als der Ball hinter der Torlinie landete und der jeweilige Torwart hinter der Torlinie den Ball zurückholen musste, merkte man erst, dass ein Tor gefallen war. Dann legte sich die Staubwolke zeitweilig auf dem Spielfeld, um bei neuem Anpfiff mit geballter Intensität die spielenden Jungs unsichtbar werden zu lassen.

Pakokku war ohnehin sehr bekannt als staubige Stadt. In den heißesten Monaten Februar und März, wobei sich der Sommer bis April erstreckte, fielen die Blätter der meisten Bäume. Manche sahen wie ausgetrocknete Skelette aus, schutzlos der unbarmherzigen grellen Sonne ausgeliefert. Die verwelkten trockenen Laubblätter verirrten sich oft ziellos auf dem dürren Boden und bewegten sich dahin, wohin sie der launige Wind trieb. Der starke Wind aber kam meist aus Nordosten, und wenn er einmal kam, schleppte er von weit her viel Sand und Staub mit sich, sodass die Stadt Pakokku in den Staubwolken völlig verschwand. Sonst sah die Stadt in dieser Sommerzeit eher wie eine Beduinensiedlung in der Wüste aus. Erst Mitte März trieben junge zarte Knospen aus nackten dürren Zweigen und Ästen, als trugen die Bäume jährlich wiederkehrend ihr Jungfernkleid. Der Blätterwechsel war bei verschiedenen Baumarten unterschiedlich schnell vonstattengegangen. Bei manchen Bäumen rückten die neugeborenen Blätter sofort nach, wenn die alten verwelkten Blätter ihr Dasein aufgaben, sodass der Farbenwechsel von Tiefgrün zu Hellgrün bei solchen Bäumen in den ersten Monaten des heißen Sommers nicht so auffällig von den Einheimischen wahrgenommen wurde. Bei den meisten Bäumen aber fielen die verdorrten Blätter aber schon Ende Februar.

Im Bezirk Pakokku wuchsen Tabak, Baumwolle und fast alle Getreidesorten außer Reis. Viele Waren wurden auch per Schiff oder Boot herunter bis zur Hauptstadt befördert und dort verkauft. Die gehandelten Preise für verschiedene Sorten der Hülsenfrüchte sowohl in Pakokku und als auch in Rangun wurden damals täglich im Radio bekannt gegeben. Pakokku war neben Rangun das bedeutendste wirtschaftliche Zentrum für landwirtschaftliche Produkte in Burma. Jeder Einwohner in Pakokku lebte vom Handel und von den Dienstleistungen, die unmittelbar mit dem Handel direkt verbunden waren. Niemand lebte schlecht, jeder hatte genug zu essen, jeder konnte mit dem Geld, was er verdiente, gut auskommen und die eigene Familie ausreichend ernähren. Die Währung war damals seit Menschengedenken stabil. Die Inflation war minimal, sodass jeder von dem stabilen wirtschaftlichen Wachstum und von der Geldwertstabilität profitieren konnte.

Es wurden in dieser geschäftigen Stadt Tonnen von Waren von Lagerhaus zu Lagerhaus oder zum Hafen bewegt oder aus verschiedenen Erzeugerorten her in die Stadt hereingebracht. Es gab in Pakokku mit fast fünzigtausend Einwohnern nur zwei große asphaltierte Straßen – die Bojoke Straße und die Pauk Straße - die von Ost nach West durch die ganze Stadt liefen, alle anderen Straßen waren mit Schotter belegt. Der Warentransport vom Hafen zu verschiedenen Händlern und Brokern oder von einer Lagerhalle zur anderen geschah meist mittels Ochsenkarren. Das Rad der Ochsenkarre wurde zwar aus stabilem Holz konstruiert, jedoch wurde die äußere Umfangfläche des Rades extra mit einem zentimeterdicken Eisenblech bespannt, um die Stabilität des Rades zu erhöhen und die schnelle Abnutzung zu vermeiden. Dies verursachte andererseits zum Leidwesen der Straßen der Stadt, dass die Schottersteine der Straße, wie groß sie auch anfangs gewesen sein mochten, von den unzähligen Rädern der Ochsenkarren im Laufe der Zeit zu Staub zermalmt wurden. Damit war die staubige Beschaffenheit der Stadt nicht minder dem Warenverkehr auf den Ochsenkarren zu zuschreiben als der klimatischen Beschaffenheit.

Wie dicht und undurchsichtig die Staubwolke auch sein mochte, und wie oft sie auch heftiges Husten bei denen, die in dieser Wolke verweilten, auslösen konnte, war sie nie in der Lage, die Fußball spielenden Jungs bei ihrer Vernarrtheit in den Ball auf irgendeine Weise zu beeinflussen. Das Spiel setzte sich im Dunst des braunen Staubes solange fort, bis es von der hereinbrechenden Dunkelheit abrupt beendet wurde. Da sich die Wadan-Gruppe mit ihrer knappen Niederlage nicht zufrieden geben konnte, verabredeten sie sich einmütig, am nächsten Tag nach der Schule das abgebrochene Spiel beim Stande von zehn zu elf Toren fortzusetzen.

In der dritten Klasse lernten Thaung Htin und seine Schulkameraden die Multiplikation der Zahlen auswendig z. B. eins Mal eins bis sechzehn Mal zwölf. Der Lehrer zuständig für alle Fächer in der dritten Klasse war Herr Saya Sain, er war ein stämmig gebauter Kerl und ziemlich bekannt für seine fürchterliche Strafe; alle Schulkinder spürten vor ihm mehr Angst als Respekt. Trotz der kindlichen Naivität verinnerlichten alle Kinder, einschließlich Thaung Htin, bei jenem Lehrer Saya Sein von Anfang an mit Gewissheit eines, dass sie zu diesem Lehrer nie innerliche Anhänglichkeit gewinnen werden wie bei Ahma Lay. Einmal musste jedes Kind vor Saya Sain die Multiplikation auswendig vortragen. Wer einen Fehler machte, bekam sofort die Peitsche auf dem Hintern zu spüren. Dabei benutzte Saya Sain einen ein Meter langen dünnen Rattanstock, den er jedes Mal mit Schwung steuerte, um die fürchterliche Kraft des Peitschens beträchtlich zu erhöhen, deren Wirkung wahrlich von jedem Schulkind nie im Leben vergessen werden konnte.

In der Schulpause gingen Thaung Htin und seine Freunde zur Toilette. Es gab eigentlich nur zwei Toiletten, die in einer Ecke des Schulgeländes aufgestellt wurden, eine für die Lehrkräfte und eine für die großen Schülerinnen und Schüler der vierten Klasse. Alle anderen Schulkinder erledigten ihre naturbedingten Geschäfte am Straßenrand an der westlichen Seite der Schule oder auf den freien breiten Feldern, die ca. hundert Meter nördlich von der Schule entfernt lagen. Niemand fand es etwa anstößig, dass die Schulkinder am Straßenrand ihre persönliche Bedürfnisanstalt gelegentlich eingerichtet hatten. Wenn die herrenlosen Hunde, die sich in der Ortschaft von Essenresten dieser oder jener Haushalte ernährten, durch jene Straße stolzierten - das taten sie mehrmals am Tage - dann war die Straße sauber und leer gefegt, wo die Schulkinder ihre kleinen Geschäfte hinterlassen hatten.

Thaung Htin und seine Freunde bevorzugten für ihre Geschäfte jedoch die von der Schule etwas entfernten Felder mit Büschen und Bäumen, wo man unbeobachtet seine eigene relativ angenehme Nische aufschlagen konnte. Für das Saubermachen der entsprechenden zeitweilig beschmutzten Körperteile benutzte man in Burma über Jahrhunderte hinweg, vermutlich seit Menschengedenken, einen Bambusstock oder irgendeinen Stock von den kleinen Zweigen oder Ästen des Strauchs oder des Unterholzes oder eines Baums, was gerade zur Verfügung stand. Eines Tages als Thaung Htin und sein Schulkamerad Maung Ko, auf dem besagten Feld unter freiem Himmel und örtlich nicht so weit voneinander entfernt, ihre Geschäfte erledigten und sie gerade zum Abschluss zu bringen in Gedanken waren, tauchten plötzlich aus der Deckung eines nahen Gebüsches fünf Schulfreunde auf, angeführt von Maung Ket und Kyaw Hla und jeder mit einer Handvoll Steinen in schussbereiter Position, was für Thaung Htin und Maung Ko eine große anzunehmende Katastrophe bedeutete. Sie ließen nicht lange auf sich warten, die Bande schrie laut:

„Wenn der brave Schüler
Auf dem Felde scheißt und kackt.
Nicht weinen, mein Freund, wenn wir
Mit den Steinen zielen auf deinen Arsch."
Unmittelbar danach flogen die Steine ungnädig auf die Allerwertesten. Thaung Htin und Maung Ko sahen sich gezwungen, zuerst den fliegenden Steinen notbedürftig auszuweichen, schleunigst hinter dem nahe liegendem Busch Deckung zu suchen und sofort mit einem Gegenangriff auf die Feinde zu starten. Sie steckten daher den Bambusstock, der gerade für die Reinigung des Hinterteils verwendet wurde, in den frischen Haufen und legten ein Stück vom duftenden Kot darauf und verkündeten ihre Angriffsbotschaft lautstark aus voller Kehle:
„Dreckige Schüler tun das bestimmt,
Schleudern die Scheiße auf euer Gesicht."
Sie jagten nun mit der Wunder-Stinkbombe in der Hand diejenigen, die zuletzt den Frieden gestört hatten. Die Aggressoren traten, angesichts der starken penetranten Duftfahne, die von weit her ihre enorme Wirkung nicht verfehlt hatte, ungeordnet den sofortigen Rückzug an und baten beim Fliehen sogar um Vergebung. Nun waren sie doch von rücksichtslosen Verfolgern zu armseligen Verfolgten und von Lachenden zu Weinenden geworden, wie es im ewigen Kreislauf des Samsaras der Fall ist.

Zum Baden gingen sie zum Brunnen im nahen Mitte-Kloster, wo es mehrere Brunnen zum Baden und Trinkwasser gab; sie standen nicht nur für Mönche als auch für Laien zur freien Verfügung. Jedoch war es nicht gebräuchlich, dass Frauen am Brunnen im Klostergelände ein Bad nehmen, weil es als unanständig galt, dass die zum Zölibat verpflichteten Mönche von dem teilweise entblößten weiblichen Körper verführt würden. Meist aber schlugen Thaung Htin und seine Freunde Richtung zum großen Fluss Irawadi ein, der in nur zehn Minuten zu Fuß erreichbar war.

Der Irawadi, die Lebensader und große Wasserstraße Burmas, aus Norden herkommend, bog nach Mandalay zuerst nach Westen und schlug dann in Richtung Südwest und verzweigte sich nach Myingyan in zwei Arme, ein westlicher Arm floss direkt an Pakokku vorbei und der östliche Arm nahm ca. dreißig km von Pakokku entfernt den Weg ebenfalls in südwestliche Richtung und sie vereinigten sich wieder unterhalb Pakokku zu einem einzigen Strom. Der Wasserspiegel des Flusses änderte sich abhängig von den Jahreszeiten sehr stark. Während der trockenen Monate von Februar bis Mai, wenn es wenig regnete, war der fast ein Kilometer breite Fluss um Pakokku so seicht geworden, dass die großen Schiffe, die regelmäßig landauf und landab fuhren und Hunderte von Passagieren und Tonnen von

Waren transportierten und jede Woche in Pakokku vor Anker gingen, nur unterhalb Pakokkus anlegen mussten. In dieser Zeit konnte die Verbindung zur Stadt nur mit kleinen Motorbooten zum provisorischen Hafe aufrechterhalten werden.

An dem fast drei Kilometer langen, geschäftigen Ufer um Pakokku sah man das ganze Jahr über verschiedene kleine oder große Motorboote, die täglich anlegten und mit den Waren und Reisenden wieder wegfuhren. Die lange Rauchfahne aus dem Schonstein mancher Motorboote zog sich wie ein lang gezogener grauer Streifen über dem Fluss. Große Boote mit breiten Segeln, beladen mit verschiedenartigen Erzeugnissen, waren nicht selten auf der großen Wasserstraße zu sehen. Etliche Fischerboote waren in Küstennähe ständig auf und ab unterwegs und warfen ihre Netze ins Wasser und zogen wieder Netze mit reichlicher Beute von Süßwasserfischen heraus, die täglich auf dem Markt verkauft wurden. Mehrere große Flöße, bestehend aus Bündeln von Bambus oder Baumstämmen, hatten ebenfalls großflächig am Ufer festgemacht. Während zahlreiche Flöße am Ufer Pakokkus auseinandergenommen und die Holzstämme zum Sägewerk und Bambus zum Wadan-Viertel, wo er in mannigfaltige Bambuserzeugnisse z. B. Tragkörbe, Häuserwände, Zäune, Dächer, Fußbodenbretter verarbeitet wurde, wanderten, trieben viele Flöße weiter stromabwärts. Dann kamen wieder neue große Flöße von weit her an, sodass das Ufer von Pakokku ständig um die Entladestellen weiträumig von weit ausgedehnten Flößen besetzt war.

Betrat man das Ufer des großen Flusses, sah man zuallererst in südwestlicher Richtung, in der Ferne, den aus der flachen Ebene emporsteigenden tausendvierhundert Meter hohen heiligen Berg „Popepa", den erloschenen Vulkan mit kegelförmiger Öffnung. Dort residieren seit Jahrhunderten mächtige Nat (Geister) wie Mingyi und Minlay, so sagen viele Burmesen ehrfurchtsvoll, die immer noch fest an Animismus glauben. Manchmal war die Bergspitze wolkenverhangen, dann pflegte man im Umkreis von Pakokku und Pagan zu sagen, dass man das eigene Hausdach nachprüfen solle, ob es wasserdicht sei. Denn es war immer das Vorzeichen des bald hereinbrechenden schweren Regens. Gegenüber Pakokku, auf der anderen Seite des Flusses, waren kilometerweit grüne Felder mit Tabakbäumen, Mais, verschiedenen Bohnen, Tomaten, Auberginen, Kürbissen, Erdnüssen und verschiedenen Arten von Gemüsen, die die dort lebenden Bauern anbauten und täglich mit dem Boot herüber kamen und dieses frische Gemüse auf dem Markt feilboten. Während sich Thaung Htin und seine Freunde im Fluss austobten, verrichteten viele Menschen tagein tagaus ihre tägliche Arbeit auf den Booten, Flößen, Dampfern, sie lebten praktisch auf dem Wasser. Den besten Badeplatz fanden Thaung Htin und seine Kumpel immer auf dem Floß und von dort sprangen sie dann ins fließende Wasser. Auf dem Floß verweilten ebenfalls täglich mehrere Hausfrauen, die sich meist paarweise postierten und ihre von zu Hause mitgebrachte Wäsche emsig mit Seife einrieben und im Flusswasser wuschen, während sie eifrig miteinander allerlei Klatschgeschichten austauschten. Die Jungs führten nach Herzenslust das Vorwärts- oder Rückwärtsspringen ins Wasser, dabei hatten sie das Schwimmen nie systematisch gelernt. Sie hatten, wie alle Kinder in Burma, zuerst im seichten Wasser mit dem Schwimmen angefangen, und dann nach ein-, zweimal fast Ertrinken war es mit der Erfahrung soweit, dass man sich mindestens über Wasser halten konnte. Nach und nach wurden sie doch gute Schwimmer.

In den Sommermonaten war das Flusswasser sogar klar, und mehrere ausgedehnte Sandbänke tauchten aus dem Flussbett hier und da auf, aber in den restlichen Zeiten trug der große Fluss eher eine lehmige Farbe und war fast zehn bis fünfzehn Meter tief. Die Menschen, die auf den Booten oder Flößen ihre Arbeit verrichten mussten und praktisch dort tagtäglich ihr Leben verbrachten oder in der Nähe des Flussufers lebten, benutzten das Flusswasser sowohl zum Trinken als auch zum Kochen. Andererseits musste der große Fluss als eine natürliche Mülladestelle für alle Menschen dienen, die auf dem Fluss ihr Dasein fristeten. Das Flusswasser war aufgrund der darin enthaltenden Mineralien vom Geschmack her sehr würzig, verglichen mit dem Brunnenwasser, sodass die Menschen, die daran gewöhnt waren, das relativ geschmacklose Brunnenwasser nie freiwillig zu sich nahmen.

Als Thaung Htin einst mit eigenen Augen staunend angesehen hatte, wie Trinkwasser aus dem Fluss entnommen wurde, vermied er von da an, Flusswasser zu trinken. Die Wasserträger, die ihren täglichen Lebensunterhalt mit dem Heranschaffen des Flusswassers oder Brunnenwassers zum Verbraucher verdienten, waren nicht selten am Ufer anzutreffen. Sie benutzten immer zwei Blechkanister, aufgehängt an den Enden einer Bambusstange, die auf der Schulter getragen wurden wie eine Waage. Die Hausfrauen, die für den Eigenbedarf ihrer Familie das Wasser vom Fluss holten, verwendeten ausschließlich den kugelförmigen Tonkrug, den sie gekonnt balancierend auf dem Kopf trugen. Thaung Htin und seine Freunde waren eines Tages im Begriff nach dem Baden nach Hause zu gehen, als ein Wasserträger mit zwei Blecheimern und zwei Frauen mit Tonkrügen auf das Floß kamen. Sie suchten irgendwo eine Stelle, wo sie ihre Blecheimer und Tonkrüge mit Wasser füllen konnten. Der Wasserträger postierte sich an einer Frontstelle des Floßes, die zwei Frauen waren ca. zwei Meter entfernt von ihm. Als der Wasserträger mit einer Hand einen Eimer ins Wasser eintauchte, kamen ein paar Klumpen Fäkalien, die bestimmt von Bewohnern der Motorboote, Schiffe oder Flöße irgendwann abgelassen worden waren, angeschwemmt zu seinem Eimer. Ganz schnell reflexartig schaufelte er mit der anderen Hand ganze Wassermassen in seitlicher Richtung, sodass der unerwünschte Haufen die Aufenthaltsposition seitlich verschob. Die zwei Frauen, die ihre Krüge gerade zu der Zeit ins Wasser hielten und den gelben Haufen in dem Moment in ihrer Richtung herüberkommen sahen, stießen laute Schimpfkanonen aus:

„Du, Drecksau." Sie schaufelten den Haufen mit der gleichen Technik zu ihm zurück. Der Wasserträger sagte seelenruhig, ohne den Haufen zu vertreiben:

„Na, ja, das macht es noch würziger für die trinkenden Herrschaften."
Er schöpfte das lehmige Wasser in die zwei Eimer, wobei der unansehnliche Haufen dicht daneben auf der Wasseroberfläche ruhte. Die ganze Szene war so spaßig, dass sich Thaung Htin und seine Freunde daran mächtig ergötzten. Wenn er aber später daran dachte, wurde es ihm fast erbrechend übel. Er sagte danach, dass er nie wieder Flusswasser trinken würde.
Daraufhin erwiderte sein Freund Maung Ko:

„Was denkst du denn, so viele Menschen, die mit dem Schiff oder dem Motorboot verreisen, scheißen sowieso in den Fluss, der Fluss ist doch voll von Scheiße, auch wo wir gerade geschwommen sind, nur sehen können wir das Ding nicht. Mein Vater pflegte zu sagen, dass der Mensch eigene Scheiße fressen würde, wenn er sie nicht sehen und riechen könnte, das ist die Scheiße im Fluss."

„Mein Onkel sagte auch", fügte ein anderer Freund Kyaw Hla hinzu, „wir, Burmesen, sind beim Flusswassertrinken stärker als Engländer, weil wir dadurch nie krank werden, aber die Engländer werden nach einer Tasse Flusswasser sofort krank."

„Meine Tante ist Krankenschwester", bestätigte ein anderer Freund Aung Nyint diesbezüglich, „sie sagte, weil wir Burmesen immer Flusswasser trinken, sind wir Imma …immi…imman, ja imman, so heißt das Wort, imman gegen Krankheit, deswegen sind die Burmesen nicht krank."

„Was ist denn imman?", hakte Thaung Htin nach.

„Das heißt widerstandsfähig", belehrte ihn sein Freund Aung Nyint, worauf Thaung Htin ihn mit einer gehörigen Portion Respekt anblickte, weil Aung Nyint sich mit schwierigen Wörtern auskannte.

Im Monat Juni fängt in Pakokku die Regenzeit an. Im Norden Burmas, der von großen Bergen und Urwäldern bedeckt ist und wo der große Fluss

Irawadi seinen Ursprung nimmt, fällt der Regen viel stärker als in Pakokku. Die Irawadi fängt an, gewaltig anzuschwellen und sich auszudehnen. Jährlich im Juli ist es schon so weit, dass der Fluss in die Stadt Pakokku eindringt. Erreichte das lehmige braune Flusswasser die Straßen und Gassen des Stadtviertels Kokekodan, frohlockten Thaung Htin und seine Schulkameraden. Sie hießen die Botschaft des großen Flusses Irawadi mit unbeschreiblicher Begeisterung willkommen und griffen sogar aktiv in das Geschehen ein, in dem sie, jeder mit einem Stock in der Hand, fleißig die Erde wegschaufelten, um dem ständig steigenden Flusswasser leichter und schneller das ungehinderte Fließen zu ermöglichen. Sie schrien froh gelaunt: „Hochwasser ist da, Hochwasser ist gekommen."

Wenn das Hochwasser da war, das fast die Hälfte der Stadt unter Wasser setzte und das Haus Thaung Htins dabei knietief im Wasser stand, wurden die Schulen geschlossen, deren Klassenräume von den Wassermassen umgeben waren. Dann bastelte Thaung Htin ein kleines Boot aus dem Wellblech, dessen Löcher mit einer Klebemasse notdürftig gestopft wurden. Damit paddelte er hocherfreut über Wasser, jedoch drang das Wasser nach ein paar Metern Fahrt ins Boot, und es sank in trübes Wasser. Abermals hob er die Blechkanne aus dem Wasser, schüttelte sie aus und stieg wieder darauf, so ging es den ganzen Tag weiter. Nicht selten paddelten sie mit den Freunden in Begleitung der Erwachsenen in einem gemieteten Boot herum, meist südlich am Kloster vorbei, die überschwemmte Straße entlang nach Westen, bis hinter das Sägewerk zur alten Tempelanlage am Anfang des Khandaw-Virtels, wo das Wasser tief war und ungehindert floss. Dort war eine Holzbrücke, die eine tiefe Stelle überspannte. Hier waren viele Kinder und Erwachsenen, die sich im Wasser ganz gemütlich umhertummelten. Mal sprangen Thaung Htin und die anderen Kinder von der Brücke herunter in das braune Wasser und mal schubsten sie laut johlend einander von der Brücke herunter. Ihnen war nicht im geringsten bewusst, dass in der gleichen Zeit die Tore der Jauchengruben vom Mitte-Kloster weit geöffnet wurden, um die aufgestaute riesige Menge Fäkalien eines ganzen Jahres in den fließenden Wasserstrom abzulassen. Die immensen Haufen, verteilt auf breiter Wasseroberfläche, mit dem stechenden unvergesslichen Gestank, den die Bewohner der Nachbarortschaften scherzhaft als heiligen Geruch zu nennen pflegten, weil diese aus den Hinterlassenschaften der ehrwürdigen Mönche stammten, bahnten sich stromabwärts vom Mitte-Kloster in westliche Richtung, zwischen Sägewerk und alter Tempelanlage bis unter die Brücke ihren Weg, wo gerade dort Thaung Htin und seine Freunde ahnungslos und ausgelassen, ausgiebig Wasserschlachten veranstalteten, wobei zum Glück jene heilige Masse schon längst im lehmigen

Wasser aufgelöst und der heilige Duft bereits in den Himmel aufgestiegen war.

Seit Jahren hielt Saya Nyint, der in der Grundschule unter den Lehrkräften mit fünfundfünfzig Jahren der Älteste war, jeden Monat einmal vor allen Schulkindern einen Vortrag, in dem er mit religiösen Beispielen aus dem Leben Buddhas die ethischen Werte des Lebens den Schulkindern verständlich zu machen versuchte: welche Normen gehören zum guten Charakter eines Menschen, welche Ziele soll ein Mensch im Leben anstreben. Die guten moralischen Maßstäbe, derer sich jeder täglich befleißigen soll, sind: Du sollst nicht töten, du sollst nicht lügen, du sollst fremdes Eigentum nicht stehlen, du sollst keinen Alkohol trinken und du sollst dich nicht an Tochter oder Weib eines Fremden vergehen. Thaung Htin hatte Jahre lang den interessanten Vortrag in verschiedenen Variationen gehört, ohne sich damit ernsthaft zu beschäftigen. Derweil stand er eines Tages plötzlich vor dem Problem, ob sein Tun mit den guten gesellschaftlichen Normen in Einklang stand. Was war geschehen?

Als er eines Nachmittags zu Hause weilte, hing das Hemd seines Vaters am Kleiderhaken, was so selten geschah. Die Hemdtasche, in die man gewöhnlich Taschentuch oder Kleingeld steckte, war auffälligerweise am unteren Teil nach außen hin geschwollen – ein eindeutiges Zeichen, dass Kleingeld darin sein musste. Thaung Htin war so neugierig nur zu sehen, wie viel Kleingeld darin war; er drehte sich um, niemand war in der Nähe. Er stieg auf einen eilig herbeigeschafften Stuhl, um an das Hemd am Kleiderhaken zu gelangen, der am Hausbalken aufgehängt war. Er stellte fest, dass das Kleingeld genau zwei Kyat zählte. Also wenn er nur zwei Stücke von 10 Pya, d. h. zehn Prozent des Inhaltes, herausnehme, würde das seinem Vater gar nicht auffallen, dachte er. Es wurde so getan, wie er gedacht hat. In der Schule hatte er mit dem Geld gleich einige Leckerbissen gekauft und diese gierig verschlungen, die ihm sehr gut geschmeckt hatten. Mittlerweile empfand er trotz des schmackhaften Leckerbissens ein mulmiges Gefühl, ob er gegen den moralischen Grundsatz verstoßen hätte und dadurch ein Dieb geworden wäre. In ihm tobte derweil eine hitzige Auseinandersetzung: Man sagte, du sollst fremdes Eigentum nicht stehlen. Ist mein Vater ein Fremder für mich? Nein, mein Vater ist kein Fremder, er gehört zur Familie wie ich auch. Das heißt, ich habe kein fremdes Eigentum gestohlen. Also, das ist keine Sünde, was ich getan habe. Lediglich habe ich ihm nur nicht gesagt, dass ich ein bisschen Geld genommen habe. Mit diesem unter der eigenen Ägide geführten Diskurs gelangte er zur selbstgefälligen Erkenntnis, dass er von jenem moralischen Vorwurf endgültig freizusprechen sei, somit beließ er seinen kleptomanischen Geist wie bisher.

Ab und zu machte Thaung Htin den buddhistischen Altar zu Hause sauber, beseitige alte Blumen, stellte neue frische Blumen in die Vase, wischte Staub vom Altartisch, wenn die Mutter manchmal dazu keine Zeit hatte. Einmal fand er bei der Reinigungsarbeit des Altars zu seinem Erstaunen – fünf 10-Pya-Stücke unter der kleinen Tischdecke des Altars, worauf die Blumenvase stand.

„Was für ein Glück heute!", schrie er laut und nahm das Geld überglücklich sofort in seinen Besitz, ohne zu denken und sich zu erkundigen, wer dieses Geld hingelegt haben könnte oder zu wem dies gehörte. Er war in dem Moment von seinem großen Glück maßlos verblendet, sodass er keinesfalls bereit war, nicht einmal in Erwägung zu ziehen, dass das gefundene Geld jemanden anderen gehören könnte. Tatsächlich hatte er das Geld gefunden, damit war es nach seiner Ansicht zweifelsfrei erwiesen, niemanden um dieses Geld erleichtert zu haben, was er wiederum für einen leckeren Schmaus in der Schule ausgab. Als er von der Schule nach Hause kam, wartete sein Vater auf ihn – mit einem strengen Gesicht und einem langen Stock in der Hand. Ein Händler, der sich in der Zeit im Hause aufhielt, hatte behauptet, dass jemand sein Geld gestohlen hätte, welches er unter die Tischdecke auf dem Altar gestern Abend hingelegt hatte. Jener Händler war dazu noch als Geizhals ziemlich bekannt. Der Vater wusste schon, wer der Täter sein musste. Der Vater fragte Thaung Htin mit einem verfinsterten Gesicht:

„Hast du gestern jemandem Geld gestohlen?"

„Nein, ich habe niemandem Geld gestohlen", antwortete er mit voller Überzeugung, weil er wissentlich das gestrige Geld niemandem entwendet hatte. Der Vater griff ihn rabiat an die Schulter und verpasste ihm mit dem Stock ein paar kräftige Schläge auf den Rücken, deren schmerzliche Wirkung durch das dünne Hemd ins Fleisch eindrang. Mit geschlossenen Augen hielt Thaung Htin zuerst durch und ahnte, dass es mit dem Geld auf dem Altar zu tun haben musste. Er räumte inzwischen ein:

„Ich habe gestern bei der Reinigung des Altars Geld, fünf Stücke von 10 Pya, unter der kleinen Tischdecke gefunden, das gehört doch niemandem. Keiner hat vorher gesagt, dass er das Geld dort hingelegt hatte. Also habe ich das genommen und in der Schule für leckere Sachen ausgegeben und mit den Freunden zusammen gegessen."

Da hörte der Vater auf, ihn zu schlagen und fragte ihn:

„Hast du das Geld vorher auf dem Altar gelegt?"

„Nein, habe ich nicht."

„Wenn du das Geld dort nicht hingelegt hast, muss es ja jemand dort hin-

gelegt haben. Das bedeutet, dass das Geld jemanden gehört und aber bestimmt nicht dir. Also, wenn du irgendetwas wegnehmen willst, was dir nicht persönlich gehört, musst du eben zuerst fragen, wem das gehört. Wenn der Besitzer einverstanden ist, darfst du das nehmen. Wenn du ohne Erlaubnis des Besitzers etwas wegnimmst, was dir nicht gehört, nennt man es Diebstahl. Das ist nicht gut. Mach das nie wieder."
Thaung Htin nickte schweigend mit dem Kopf, und der Vater ersetzte dem Händler das verschwundene Geld. Er begriff nun, das, was man nicht persönlich besitzt, fremdes Eigentum bedeutet, und dessen Besitznahme ohne vorherige Erlaubnis als Diebstahl gilt. Bevor seine neulich erworbene Erkenntnis noch nicht Mal reif werden konnte, fand er zu Hause wieder ein Hemd, das von einem Händler leichtsinnig an der Bettkante hängen gelassen wurde, aus dessen Hemdtasche sich einige Geldscheine nach außen hinauslehnten und den Jüngling Thaung Htin mit magischer Kraft anzogen. In der Vergangenheit von der angenehmen Seite des Geldes mehrfach berauscht, erlag er erneut der unwiderstehlichen Verführung des Geldscheins, er griff zu. Es waren am Anfang zwei Kyat, was er wissentlich dem Händler gestohlen hatte. Da die Leichtsinnigkeit desselben Händlers weiterhin nicht nachließ, sein Hemd wie bisher an der Bettkante hängen zu lassen, bediente sich Thaung Htin reichlich aus der gebotenen Gelegenheit fast täglich, sodass sich das Diebesgut in seiner Hand nach zwei Wochen auf eine erstaunliche Summe von fast dreißig Kyat addierte. Das war viel Geld, das er je in seiner Hand hielt. Er verstaute die ganzen Scheine in einem Taschentuch und wickelte sie zu einem Klumpen und schleppte dies überall mit, wohin er ging. Wenn er in die Schule kam, wollte er im Nachbarladen leckere Speisen kaufen und diese auf seiner Zunge genießerisch zergehen lassen. Beim Anblick auf dem Ladentisch fühlte er schon die unwiderstehlich hypnotisierende Kraft der süßen Bonbons, das leckere Eis schaute ihn verführerisch an, die eingelegten süßsauren Mangoscheiben luden ihn herzlich ein, das zärtlich weiche süße Gebäck hockte in der Ecke und blinzelte ihn mit den Augen an, der knackige Reiskuchen winkte ihm mit einem lieblichen Lächeln zu sich, die salzig sauren Pflaumen ließen ihm jedes Mal das Wasser im Mund zusammenlaufen. Trotz der Begehrlichkeiten, die ihn fast zum Wahnsinn trieben, sagte ihm da seltsamerweise jedes Mal seine innere Stimme, dass er für solche unsinnigen Dinge das Geld nicht leichtsinnig ausgeben sollte, was er ganz schwer geklaut hatte, ohne diese überflüssige Näscherei würde er auch auskommen können. Übrigens hatte er diese Dinge schon einmal gegessen, also nichts Neues mehr. Zum eigenen Erstaunen war er täglich seiner inneren Stimme gefolgt und hatte erfolgreich die Begierde der unbezwingbaren Naschsucht besiegt.

Wenn er manchmal durch den Basar schlenderte – mit seiner Geldbörse in der Hand, sah er interessante Spielzeuge, Autos oder Panzer usw., die ihn auf den ersten Blick unheimlich begeisterten. Wenn ich diese teuren Dinge kaufe, werden meine Eltern sofort fragen, woher ich das Geld dazu habe, dann kommt alles heraus, das geht nicht. Außerdem brauche ich ja diese Dinge nicht unbedingt, ohne diese kann ich auch gut leben. Dieses elektrische Spielzeug geht schnell kaputt, so hat ein Freund mir mal gesagt, nein, ich gebe dafür kein Geld aus.

Damit war das Einkaufsarsenal des Elfjährigen nach einer Weile schon erschöpft. Allmählich kam er zu der Ansicht, dass das Geld zu klauen doch viel leichter sei, als dieses vernünftig zu verwenden. Nach einigen Tagen war es schon seiner Mutter aufgefallen, dass der kleine Kerl überall etwas Verdächtiges in dem Taschentuchklumpen mitschleppte. Eines Tages schnappte sie diesen Klumpen weg und öffnete ihn. Sie traute ihren Augen nicht, fand das Diebesgut von Geldscheinen und verabreichte ihm mit voller Wucht ein paar Ohrfeigen. Sie nahm an, dass er das Geld von zu Hause entwendet hatte. Den Fall verschwieg sie dem Vater, weil sie fürchtete, dass der Junge in dem Fall vom Vater zu Tode geprügelt werden könnte. Der Händler, der an sich ziemlich gutmütig war, bemerkte es einmal, dass ihm in der Tasche ungefähr dreißig Kyat fehlten. Da er von dem Diebesgut des Jungen mitbekommen hatte, fragte er freundlich Thaung Htin, woher er das Geld bekommen oder gefunden hatte. Der Händler hatte den Eltern Thaung Htins überhaupt nichts gesagt, dass ihm Geld fehlte. Unterdessen gab Thaung Htin ihm beiläufig Auskunft, dass er das Geld irgendwo auf der Straße gefunden habe, weil er sich nicht traute, offen den Diebstahl zu gestehen. Ihm schlug das Gewissen zum ersten Mal im Leben, den freundlichen Händler und einen guten Menschen belogen und bestohlen zu haben, der ihn stets gut behandelte und nun in dieser Stunde wegen des verlorenen Geldes keinerlei Aufstand machte. Von diesem Moment an hatte er sich fest entschlossen, dass er im Leben nie mehr etwas stehlen werde. Als er an die Universität Rangun ging und menschlich reifer geworden war, wollte er sich bei diesem Händler entschuldigen, da lebte dieser leider nicht mehr.

Er hatte sich längst von der Kleptomanie verabschiedet, da geschah zu Hause ein mysteriöser Fall, der ihn jahrelang beschäftigte. Der Vater hatte eines Tages festgestellt, dass eine Armbanduhr, die er vorher im Schrank gelegt hatte, spurlos verschwunden war. Der Vater beschuldigte Thaung Htin des Diebstahls. Thaung Htin hatte zwar aus Neugier die Armbanduhr angefasst aber danach auf dem Tisch neben dem Schrank liegen gelassen, weil er kein Interesse daran hatte, daher verneinte er energisch, diese gestohlen zu haben. Der Vater verabreichte ihm unbarmherzig mit einem dicken Stock eine Tracht Prügel auf den Hintern. Es schmerzte ihn unsagbar weh, aber er wiederholte jedes Mal auf die Frage - Hast du gestohlen? – unter Tränen mit einem kräftigen „Nein". Er war nicht bereit zuzugeben, was er nicht getan habe. Der Vater züchtigte ihn weiter mit peitschenden Schlägen, während er immer dieselbe Frage wiederholte: „Hast du gestohlen? Sagt die Wahrheit!" Der Vater war fest entschlossen, die teuflische diebische Krankheit mit Schlägen aus dem Jungen auszutreiben, auch wenn der Junge dabei zugrunde gehen sollte. Währenddessen strömten schon das erste Bluts aus Rücken und Hintern Thaung Htins. Die Nachbarn kamen schon herbeigeeilt und baten den wütenden Vater um Mäßigung, worauf der Vater mit einer monotonen Antwort gereizt reagierte:

„Er hat gestohlen und bis jetzt nicht gestanden, dann bekommt er noch mehr Schläge."

Der Vater schlug immer noch zu, obwohl es ihm im Laufe der Zeit seltsam vorkam, warum der Junge trotz brutaler Schläge immer noch nicht geständig war; aus der Erfahrung hatte der Junge nach ein paar Peitschenhieben gleich zugegeben, wenn er wirklich den Diebstahl begangen hatte. Seinerseits dachte Thaung Htin angesichts des immer wieder zuschlagenden Holzstocks, der seinen Rücken und Hintern fast zerfetzt hatte, dass es nie aufhören würde, wenn er nicht das sage, was sein Vater hören wollte. Um die unheimliche Qual zu beenden, sagte Thaung Htin:

„Ja, ich habe gestohlen. Auf der Straße hat ein Fremder sie von mir abgekauft, das Geld habe ich schon alles ausgegeben."

Der Vater hatte danach sofort mit der schrecklichen Züchtigung aufgehört und auch nichts weiter über den angeblichen Verkauf gefragt. Diesen mysteriösen Fall hatte Thaung Htin nie vergessen und sagte dem Vater, als er an die Universität ging, dass der Vater ihn brutal bestraft hatte, obwohl er den Diebstahl der Armbanduhr nie begangen hatte. Aber wer jene Armbanduhr genommen oder entwendet hatte, war jahrelange ein seltsames Geheimnis gewesen, bis er vom Auslandsstudium 1974 nach Burma zurückkam.

Als Thaung Htin die dritte Klasse beendet hatte, zog seine Familie in ein anderes Mietshaus in der Bojoke-Aung-San-Straße, das sich neben dem Mitte-Kloster befand. Seit der Übersiedlung aus dem Yaw-Gebiet nach Pakokku hatten sie in einem Haus gegenüber der Getreidebörse gewohnt, einem Flachbau mit hohen Wänden aus roten Ziegelsteinen. Das neue Mietshaus war nur eine Straße vom alten Mietshaus entfernt.

Nun kamen Thaung Htin und seine Freunde in die vierte Klasse und waren meist zwölf Jahre alt geworden, ihre persönlichen Interessen an Dingen des Lebens hatten sich ebenfalls gewandelt. Der große Tamarpin vor der Grundschule notierte schon, wie die Schulkinder allmählich heranwuchsen. Er sah, dass manche großen Kinder die Schule verlassen hatten und dafür neue kleine Kinder hinzukamen. Ihm war es nicht entgangen, wie die Jungen von der vierten Klasse, die ihr letztes Schuljahr absolvierten, nun die Mädchen jedes Mal mit andersartigen Augen anschauten, wie ihre Blicke zuerst auf den emporstehenden Busen und dann auf die unter der Tamain verborgenen Schenkel wanderten. Die Mädchen erwiderten ebenfalls mit neugierigen Blicken darauf, die sich mit Fragen und Erwarten und manchmal auch mit einer gewagten Ermunterung umhüllten. Sie verspürten schon eine seltsame Fantasie, die ihnen bis dahin fremd gewesen war. Thaung Htin und seine Freude experimentierten schon, mit welcher Augeneinstellung und welchem Gesichtsausdruck sie den Mädchen am meisten imponieren würden, und mit welchen Arten von Blicken sie ihre gewünschte Botschaft an die Mädchen übermitteln könnten. In ihren täglichen Unterhaltungen nahm die Thematik Mädchen und Liebe erheblich breiten Raum ein. Eines Tages sagte sein Freund Kyaw Hla, er hätte lange Zeit bei den Erwachsenen zugeschaut und ganz Wichtiges festgestellt, wie die Zuneigung mit einem Augenzwinkern an die Mädchen am besten übermittelt werden könne. Alle waren begeistert und feuerten ihn an, seine Erkenntnis in die Tat umzusetzen, da er sich durch seine lange Beobachtung am besten auskannte, wie man auf die Augenbrauen die emotionale Botschaft laden und abfeuern sollte, damit es auch als Volltreffer landen könnte.

Der Lehrer in der vierten Klasse war Saya Ohn, er hatte immer ein ernstes Gesicht. Die Kinder hatten nie erlebt, dass er herzhaft lachte, außer dass er seine Lippen ausnahmsweise seitlich leicht nach außen hin schob, deren Ausdruck aus Erfahrung als ein wohlwollendes Schmunzeln gedeutet werden könnte. Er war immer gerecht zu den Kindern und stets bemüht, seinen Schützlingen möglichst viel Wissen beizubringen. In der vierten Klasse war fast ein Drittel mit Mädchen besetzt, unter denen ein Mädchen namens Khin Lay Kyi als die Schönste galt. Sie saß in der Klasse stets neben ihrer Cousine Khin Mama, die von den Jungen nicht so begehrt wurde wie ihre Cousine. Da Kyaw Hla seine theoretischen Erkenntnisse in ein Experiment umsetzen sollte, wählte er als Zielscheibe nicht die Schönste, sondern normale Khin Mama, da er von Anfang an eine leichte Unsicherheit spürte, sofort eine deftige Abfuhr einzuheimsen, wenn er sich in der unmittelbaren Probierphase mit der Schönsten anlegen würde. Auf eine günstige Gelegenheit in der Schulpause musste er lauern, da die beiden Cousinen oft zusammen waren. Als die Gelegenheit günstig zu sein schien, feuerte er den ersten Schuss ab, wobei er die Augenbrauen extra hochzog, beigemengt mit einem honigsüßen Lächeln. Der Schuss hatte sein Ziel nicht verfehlt, Khin Mama stierte ihn danach mit Glotzaugen an, blies mit voller Wut ihre Wangen auf und hätte mit einem Lineal, das sie für den Geometrieunterricht benutzte, auf ihn geworfen, wenn ihre Cousine sie nicht daran gehindert hätte. Ihre Cousine Khin Lay Kyi, die von dem Fall mitgekriegt hatte, maß diesem keine allzu große Bedeutung bei und sagte nur:

„Der Kerl scheint aber irgendeine Nervenkrankheit zu haben, wenn die Augenbrauen unkontrolliert zucken. Es ist das Zeichen, dass der Junge krank ist. Das hat mir mal unsere Tante erklärt."

„Nein, das stimmt nicht, er hat mir voller Absicht mit den Augen gezwinkert, er ist so widerlich, ein ekelhafter Kerl. Ich werde mich jedenfalls bei Saya Ohn über ihn beschweren", erwiderte Khin Mama wutentbrannt, da sie in ihrem Leben bis dahin von niemandem in der Art angemacht worden sei.

Nach der Pause beschwerte sie sich in aller Öffentlichkeit vor der Klasse bei Saya Ohn über die Missetaten von Kyaw Hla. Alle Schulkinder spitzten die Ohren, Thaung Htin und seine Gesinnungsfreunde machten schon sorgenvolle Gesichter um Kyaw Hla, ob er ungeschoren davon kommen würde, da der vielversprechende Schuss wider Erwarten nach hinten losgegangen war. Kyaw Hla wurde gerufen, vor Klasse zu treten. Saya Ohn fragte ihn mit einer ersten Mine, die er auf sein ohnehin ernstes Gesicht zusätzlich drauf gesattelt hatte:

„Kyaw Hla, sag die Wahrheit, hast du ihr mit den Augen gezwinkert?"

„Nein ..., ich habe nichts gemacht. Jedenfalls habe ich seit Tagen Probleme mit meinen Augenbrauen, ich habe ständig Schmerzen um die Augen, meine Mutter wollte mich sogar zum Arzt bringen", erzählte Kyaw Hla ganz seelenruhig, als ob er die Tat vorher minutiös geplant hätte. Dies wiederum, wie er den Hals aus der Schlinge gezogen hatte, knöpfte seinen Gesinnungsgenossen ganz gewaltigen Respekt ab. Khin Lay Kyi sah dabei ihre vermutete These, dass bei dem Kerl mit den Augenbrauen etwas nicht stimmen könnte, bestätigt, schaute daher Kyaw Hla mit einem gewissen Mitleid an, während ihre Cousine Khin Mama fest davon überzeugt war, dass der Kerl definitiv gelogen hatte. Allem zum Trotz freute sie sich, dass es ihr gelungen war, diesen miesen anmachenden Wüstling vor dem Publikum bloßgestellt zu haben. Saya Ohn, der stets auf Gerechtigkeit bedacht war, sagte ihm lediglich:

„Okay, das nächste Mal ... aufpassen!"

Saya Ohn wollte den Fall möglichst schnell begraben, weil die Schuld des

Täters nicht eindeutig zu beweisen war. Nach diesem merkwürdigen Ereignis genoss Kyaw Hla Achtung von seinen Freunden, aber seine These, die Liebesgrüße mit dem Augenzwinkern erfolgreich zu übertragen, musste von da an für immer begraben werden.

Trotz des gescheiterten Versuchs erzählte Kyaw Hla nach ein paar Tagen, dass ein bekannter Meister, nur zwei Straßen weiter von seinem Haus entfernt, lebe, der esoterische Zaubermittel herstellt. Man sagt, sein Piyaze - Zaubermittel, die Zuneigung der Frauen zu erwirken – sei sehr gut, viele Männer kommen täglich zu ihm, diese Piyaze zu kaufen. Maung Ko, Thaung Htin und Kyaw Hla beschlossen zu dritt, zu dem Meister zu gehen. Als sie das Haus des Meisters betraten, empfing sie der Meister, ein vierzigjähriger Mann, mit freundlichem Gesicht. Er sagte am Eingang:

„Ihr seid noch ziemlich jung, aber interessiert euch schon für die wichtigen Dinge des Lebens."

Sein Haus war gefüllt mit amulett- und talismanartigen Dingen, die an der Wand, die aus dünnen Bambusbrettern gefertigt war, hingen, manche waren beschriftet mit eigenartigen fremden Zeichen, manche mit Zaubersprüchen und Beschwörungsformeln geritzt, die den drei Bengeln unheimlich erschienen. Der Meister fragte die Kinder, obwohl er wusste, wofür die Kinder gekommen waren, noch mal genauer:

„Was wollt ihr denn, liebe Kinder?"

„Wir wollen Piyaze haben", sagte Kyaw Hla.

Der Meister, der ehrlich zu seinem Beruf zu sein schien und sich voll bewusst war von der Effektivität seines Zaubermittels nur im erwachsenen Alter, schmunzelte zuerst und erklärte liebevoll den Kindern:

„Wisst ihr, dass mein Piyaze erst nur bei erwachsenem Alter wirkt, d. h. ab fünfzehn oder sechzehn Jahren. Wie alt seid ihr?"

„Wir sind alle jetzt zwölf geworden", gestand Kyaw Hla im Namen aller.

„Ich kann euch nicht garantieren, dass mein Piyaze für euch schon etwas Effektives bringt, aber wenn ihr es unbedingt ausprobieren wollt, gebe ich es euch mit dem verbilligten Sonderpreis, d. h. jeder zehn Pyas", erklärte der Meister geduldig.

Da die drei Jungs drauf und daran waren, das zu probieren, ging der Meister gleich ans Werk. Er holte aus einer Schublade drei kleine, dünne Silberblätter, jedes ein Zentimeter lang und einen halben Zentimeter breit, dann schrieb er mit der Spitze eines Metallstifts eine Zauberformel auf jedes Silberblatt. Anschließend rollte er jedes Blatt zu einem kleinen Röhrchen zusammen, legte es vor den buddhistischen Altar und betete inbrünstig ein Weilchen lang. Die drei Jungen verfolgten jeden Schritt des Meisters mit Lampenfieber und Ungeduld. Der Meister erhob sich und füllte eine kleine

Schüssel voller Wasser und warf anschließend die drei Silberröhrchen in die Schüssel, während er dabei den Vorgang mit einem Zauberspruch in Pali begleitete. Die Silberröhrchen schwammen auf der Wasseroberfläche, dies wurde als eine erfolgreiche Wirkung des Zauberspruches interpretiert, und nun sei es endlich eine siegreiche Piyaze geworden. Eine andere Art Piyaze in sich zu tragen, war die Tätowierung, wobei die Zauberformel mit geheimnisvollen Zahlen und Buchstaben mit einer schwarzen Tinte meist auf die Brust tätowiert wurde. Der Meister erklärte, dass der Zauberspruch nicht wirke, wenn das Röhrchen im Wasser sinken würde. Er gab den Jungen, jedem ein Stück Piyaze mit dem Wasser herunterzuschlucken. Drei Jungs verabschiedeten sich von dem freundlichen Meister, der ihnen viel Glück wünschte.

Tage vergingen, obschon weder Thaung Htin noch Maung Ko die Wirkung der Wunderwaffe spürbar gemerkt hatten, berichtete Kyaw Hla dagegen seinen Kampfgenossen überschwänglich von seinen durchschlagenen Erfolgen:

„Wisst ihr …, ich könnte kaum glauben, dass Piyaze so eine große positive Wirkung auslöst. Wenn ich jetzt bei einem Mädchen mit einem Augenzwinkern einen Versuch mache, lächelt mir jedes Mädchen zurück, sogar Khin Mama, die sich über mich beim Saya Ohn damals beschwert hatte."

„Das ist aber sehr erfreulich für dich, aber bei uns können wir leider keine Wirkung feststellen", sagten Maung Ko und Thaung Htin übereinstimmend.

„Es könnte sein, dass sich bestimmte Piyaze nur bei bestimmten Menschen auswirkt, das habe ich von jemandem erzählen hören", sagte Kyaw Hla mit einem gewissen unübersehbaren Stolz, dass er zu einer Art Menschen gehöre, die vom Zaubermittel Piyaze unbedingt angesprochen worden sei.

Thaung Htin und Maung Ko freuten sich über den Freund Kyaw Hla, aber waren doch ein wenig skeptisch über die besagten Erfolge von Kyaw Hla. Eines Nachmittags, als sie sich während der Schulpause zum Zeitvertreib gelangweilt an den großen Tamarpin lehnten, hörten sie das Gespräch von zwei Mädchen von der dritten Klasse, die sich zufällig in der Nähe aufhielten: „Hast du gemerkt, dass ein Junge namens Kyaw Hla von der vierten Klasse…, er zwinkert dauernd mit den Augen, wenn er ein Mädchen sieht."

„Das sollst du nicht ernst nehmen, der Kerl leidet unter einer seltsamen Nervenkrankheit, er zuckt dauernd nervös mit den Augenbrauen, die konnte er gar nicht selber abstellen. Das haben die Mädchen aus der vierten Klasse uns längst erzählt", erklärte ihre Freundin.

Thaung Htin und Maung Ko waren keineswegs schadenfroh über ihren Freund Kyaw Hla, dessen Kanonendonner, der den Sieg verkünden sollte, sich nun doch wiederum als Nichts in Luft aufgelöst hatte. Thaung Htin schaute den großen Tamarpin hinauf, der seine Ästen und Zweige wie einen Schirm über die Schule und die Schulkinder seit Jahren ausgebreitet hielt, und sagte: „Ah, du großer Tamarpin, wenn du eines Tages erzählen würdest über die Schulkinder, die unter deinem Schatten aufwachsen, das wird bestimmt nie langweilig sein." Wohl wissend, dass er dies eines Tages bestimmt tun werde, lächelte der große Tamarpin erhaben vor sich hin.

Einmal im Monat ging Thaung Htin auf Anweisung seiner Mutter in den Friseurladen von Ko Aye, seine Haare ordentlich schneiden zu lassen. Der Laden vom Ko Aye war eigentlich der Treffpunkt von Jugendlichen und Erwachsenen zugleich, die sich beim Brettspiel des Fingerbillards gemütlich die Zeit vertrieben und diese und jene Neuigkeiten im eigenen Stadtviertel miteinander austauschten, da Ko Aye seit der Eröffnung des Ladens ein Spielbrett den Gästen zur Verfügung gestellt hatte. Thaung Htin schaute dem Spiel zu, als zwei junge Männer das Brettspiel eröffneten, während zur gleichen Zeit Ko Aye einem alten Mann die Haare schnitt. Der alte Herr, der fast sechzig und vom Nachbarstadtviertel Sadeittan, einem Stadtviertel zwischen Kokekodan und dem Irawadi-Fluß, stammte, erweckte mit einem enthusiastischen Paukenschlag das Interesse aller Anwesenden:
„Habt ihr gehört, was sich vor einer Woche in Sadaitan ereignet hatte?"
Der alte Mann erhob sich vor lauter Mitteilungsbedürfnis förmlich vom Stuhl, wo er zum Haarschneiden saß, sodass Ko Aye mit einer Schere in einer Hand und einem Kamm in der anderen Hand ihm ganz schnell ausweichen musste.
„Nein ..., wir haben noch nicht gehört", sagte ein junger Man, der am Billardtisch saß, und bat ihn zugleich zu erzählen.
Der alte Mann legte gleich los:
„Dort war so ein Ding passiert, dass jeder, der das hört, loslachen musste." Der Beginn seiner Erzählung war so einladend, dass jeder Anwesende mit großer Neugier darauf wartete.
„In der Straße zum Fluss, wo es einen Teeladen gibt, da wohnt die Familie Daw Aye Tha, die Tochter ist ein nettes Mädchen im Alter von achtzehn Jahren, kennt ihr die?", fragte er beiläufig.
„Ja, wir kennen sie, die heißt May San, die ist wirklich nett", sagte der junge Mann am Spieltisch.
„Zu ihr kam fast jeden Tag ein gewisser junger Mann Soe Myint vom Nyazetan-Viertel zu Besuch, der ihr ganz fleißig den Hof machte. Der Kerl

gefiel ihr ganz und gar nicht, aber sie wusste nicht recht, wie sie es ihm schonend beibringen sollte. Wie sie auch andeutungsweise höflich ihn bat, nicht mehr zu kommen, negierte er es vollkommen. Manche Männer denken idiotischerweise, dass sie sich immer fleißig um die Frau bemühen müssen. Ob er der Frau überhaupt gefällt, das ist das Wichtigste, das denken die meisten Männer gar nicht. Wie dem auch sei, das Mädchen wusste nicht mehr recht, wie sie sich verhalten solle, sie bat vor einigen Tagen ihre Nachbarin um Hilfe. Die Nachbarin ist meine Schwester, die lebt dort seit mehreren Jahren. Die hat mir diese Geschichte erzählt. Meine Schwester beruhigte sie und sagte, dass sie sich mit dem jungen Mann unterhalten würde. Sie werde ihr danach sagen, was sie später zu tun habe, sie solle sich jetzt weiter unauffällig verhalten."

Vor lauter Mitteilungsbedürfnis leuchteten die Augen des Erzählers und er fuhr schnell fort.

„Als der Kerl das nächste Mal auftauchte und danach mit dem Fahrrad nach Hause radeln wollte, kam meine Schwester aus dem Hause heraus und unterhielt sich mit ihm. Der junge Mann kannte meine Schwester auch vom Sehen, so redete er vertraulich. Sie gab ihm einen Tipp, dass er zu einem Meister im Nyazetan-Viertel gehen solle, dessen Piyaze ziemlich bekannt sei. So wie sie seine Lage einschätzen könne, werde er ohne Piyaze keinen Erfolg haben. Der Kerl war so überglücklich, den wichtigen Rat von der alten Frau bekommen zu haben. Der sagte, dass er gleich zu dem empfohlenen Meister gehen werde. Danach sagte meine Schwester dem Mädchen, was sie vorhatte. Sie empfahl dem Mädchen: Wenn er das nächste Mal zu Besuch komme, solle sie ihm gegenüber sehr nett sein und sich mit ihm sehr viel unterhalten. Anschließend gab sie ihr ein paar Kanekho-Körner. Nach einer Weile netter Unterhaltung solle sie ihm eine Tasse Tee mit Zucker anbieten. Sie solle vorher diese Kanekho-Körner zermalmen und in den Tee geben. Diese Körner sind von der Kanekho-Frucht und haben dieselbe Wirkung wie Rizinusöl, wer diese isst, kriegt nach kurzer Zeit einen starken Durchfall … ha..ha … ha."

Der alte Herr konnte sich das Lachen nicht verkneifen, bevor er fortsetzte.

„Nachdem der Kerl vom Meister Piyaze besorgt hatte, kam er mit großer Zuversicht und froh gelaunt zu ihr. Er fand das Mädchen wie verwandelt so freundlich und zuvorkommend zu ihm, dass er so sehr bereute, nicht eher die Hilfe des Meisters beansprucht zu haben. Sie servierte ihm sogar eine Tasse süßen Tee, den er so schmackhaft nirgendwo vorher im Leben getrunken hatte. Weil es ihm so schmeckte, hatte er sogar ohne aufzufordern sofort einen Nachschlag eingegossen bekommen. Er war so selig, mit Hilfe des Piyaze endlich seinem Ziel nähergekommen zu sein. Plötzlich mitten im Gespräch, das zu einem Annäherungsversuch führen sollte, spürte er unerwartet eine eigenartige Unruhe in seinem Magen. Er negierte es zuerst und versuchte die Unterhaltung, wie gewohnt fortzusetzen, da das Mädchen endlich zu ihm so lieb geworden war, wovon er zu träumen nie gewagt hatte, da werde er doch von solch einem kleinen Magenschmerz sein großes Glück nicht zerstören lassen. Er unterdrückte mit aller Macht die Schmerzen, die langsam vom Magen in die Därme einzugreifen schienen. Mit der Zeit beschlich ihn sogar die Angst, dass es sehr unangenehm werden könnte, wenn das Ding plötzlich unkontrollierbar vom Hintern rauskommen würde, da sein Magen mit lautem Getöse zu gurgeln anfing. Trotz seines unbedingten Ausharrens mit ganzer Konzentration revoltierte das Ungeheuer in seinem Bauch weiter. Was sollte er denn machen? Den kalten Schweiß spürte er schon mittlerweile auf der Stirn. Er sagte ihr vorsichtshalber, dass es nun Zeit sei, nach Hause zu gehen. Sie aber bat ihn mehrmals, noch ein Weilchen bei ihr zu bleiben, es sei noch so früh nach Hause zu gehen. Er war nun sehr unruhig, bewegte sich mit seinem Hintern hin und her auf dem Stuhl. Sie fragte ihn freundlich, was mit ihm plötzlich los sei, sie werde ihm bestimmt böse, wenn er sie nun alleine lassen würde. Oh, warum musste mir mein Magen ausgerechnet jetzt verdammte Schwierigkeiten machen, schimpfte er mit sich selbst. Währenddessen war es bei ihm nun die höchste Zeit, sein Gesicht war zunehmend blasser geworden, er fühlte, als sauste die geballte Kraft von seinem Magen nach unten durch. Er sagte eilig mit aufgeregter Stimme: Nein, ich muss jetzt unbedingt nach Hause. Als er sich vom Stuhl erhob, wandte er sich sofort zum Ausgang, wo sein Fahrrad stand, aber da schoss ein gewaltiger Strom übel riechender gelber Masse aus seinem Hintern, sein Longyi war durch den Schleim völlig durchnässt. Er schmiss sich auf das Fahrrad und radelte so schnell er konnte, ohne auf seine tropfenden Spuren jemals zurückzublicken. Seitdem wagte er nie wieder, zu ihr zu kommen."

Als die Erzählung zu Ende kam, waren alle Anwesenden im Friseurladen vor Lachen fast geborsten, sodass sich sogar die unbeteiligten Passanten auf der Straße umdrehten und ihre neugierigen Blicke in Richtung des Ladens warfen. Zum Schluss wandte sich der alte Mann an die jungen Männer, die sich im Laden aufhielten:

„Ihr, junge Burschen, aufpassen, wenn ihr mit Piyaze zu Mädchen geht! Wenn sie mehr als normal freundlich zu Euch ist, haut lieber eher nach Hause ab, bevor das große Ding rauskommt."

Alle lachten herzhaft. Thaung Htin entschloss sich, von da an im Leben nie wieder Piyaze zu nehmen.

Seit Anfang der vierten Klasse lernte Thaung Htin bei einem Mönch namens U Pandita Mathematik. Jener Mönch stammte aus der bekannten Stadt Taungdwingi, die in der Geschichte Burmas einige große Dichter hervorgebracht hatte. U Pandita war schon ordinierter Mönch, Mönchsalter ca. Zwanzig „War"(zwanzig Jahre) und Menschenalter ca. fünfunddreißig Jahre, als er von seiner Heimatstadt nach Pakokku zum Mitte-Kloster zur Vertiefung seiner buddhistische Kenntnisse in der Lehre und Praxis aufgebrochen war. Er war aus eigenem Entschluss Mönch geworden, weil er von der buddhistischen Philosophie über die Befreiung aus dem eigenem „Ich", der die Begierde und das Leiden ständig hervorruft, tief überzeugt war. Oft am Tag und Abend war er in tiefe Meditation versunken, um den eigenen Geist und seine Aufmerksamkeit zu schärfen, die unbedingt notwendig waren, um seine erworbenen buddhistischen Kenntnisse in Erkenntnisse umzusetzen und sie dann in den dauerhaften Zustand zu überführen. Auf der Reise nach Pakokku vor Jahren hatte er seine zwei Neffen, die Kinder seiner Schwester, mitgebracht, die nun in dem Kloster als Laien wohnten und in die normale Schule gingen, wobei der ältere Neffe gemeinsam mit dem älteren Bruder von Thaung Htin die gleiche Klasse besuchte und sie miteinander sehr gut befreundet waren. In der freien Zeit, wo U Pandita von der täglichen Meditation und von dem Studium der buddhistischen Lehre frei war, brachte er den Kindern Mathematik bei. Somit hatte Thaung Htin Glück, von U Pandita, der außerordentlich in die Kunst der abstrakten Zahlen und deren logische Verknüpfungen verliebt war, das logische Denken zu erlernen. Wenn Thaung Htin unsicher vor einer schweren Mathematikaufgabe stand, die er vorher noch nie probiert hatte, pflegte sein Lehrer im Mönchsgewand stets zu sagen:

„Wenn du nicht weißt, wie du mit der Aufgabe anfangen sollst, musst du erst die Aufgabe in Stücke zerlegen, dann deren Zusammenhänge genau betrachten, dann versuche, Schritt für Schritt vorwärtszukommen, wie du eine Treppe steigst, einen Schritt nach dem anderen."

Wenn er Thaung Htin die Denkweise erklärte, leuchteten seine kleinen Augen in seinem länglichen Gesicht, das vom glatt geschorenen Schädel überdacht war. Meist saß er in einem würdigen Schneidersitz, wobei er von der gelbroten Mönchsrobe ordensregelrecht umwickelt war. Oft pflegte er, während er sprach, sich mit der rechten Hand an seine Glatze zu fassen und sich gemächlich über sie nach hinten und wieder nach vorn zu fahren. So hatte Thaung Htin immer den Eindruck, als ob danach die Glatze seines Mönch-Lehrers jedes Mal glänzender erschien als zuvor. Sie unterhielten sich oft über die Lernstoffe in seiner Schule. Wenn Thaung Htin ihm über seine Kameraden und Lehrer von der Schule erzählte, hörte er ihm oft mit einem erhabenen Lächeln zu. Täglich informierte er sich in der Zeitung, was im Lande in der Politik und Gesellschaft vor sich ging. Er lehrte Thaung Htin, dass das Engagement jedes Einzelnen in der Politik und in der Entwicklung der Gesellschaft unbedingt notwendig sei. Dabei habe die Mönchsgemeinde nicht nur für sich, sondern auch gesellschaftlich die Aufgabe, jeden Einzelnen und die Gemeinschaft zur Zufriedenheit, zu innerer Ruhe, d. h. zum Glück diesseits und jenseits zu führen. Es hilft in den meisten Fällen, wenn die Mönche den Menschen die Beispiele aus den buddhistischen Lehren vortragen und immer wieder daran erinnern, dass gute Taten jeden dem Nirwana näher bringen, aber das ewige Glück nur dann erreicht werden kann, wenn der Mensch vom eigenen „Ich" endgültig befreit werde, vorausgesetzt, wenn es im Lande erträgliche Lebensbedingungen gibt, z. B. gerechte Regierung. Aber wenn die gesamte Bevölkerung unter den Tyrannen leidet, von einer ungerechten, inhumanen Regierung tagtäglich terrorisiert und ständig unter Repressalien gesetzt würde, dann hilft reine Rede und wörtliche Belehrung durch die Mönchsgemeinde den betreffenden Menschen auch nicht mehr. Dann müsse sich eben die Mönchsgemeinde ausnahmsweise in diesem speziellen Fall gegen die herrschenden Tyrannen erheben, wie einst viele Mönche gegen die britischen Kolonialherren mit friedlichen Protesten ihre Solidarität, ihr Mitgefühl und ihre Anteilnahme für die Unterdrückten bekundet haben. Dabei waren solche Mönche wie U Ottama und U Wisara die leuchtenden Beispiele für die Mönchsgemeinde. U Wisara war nach 166 Tage Hungerstreik in den Kerkern der britischen Kolonialherren 1929 gestorben. Das hatte folgerichtig einen großen Volksaufstand ausgelöst. Wenn es sein muss, müssen Mönche bereit sein, ihr eigenes Leben zu opfern, denn die Mönchsgemeinde lebt nicht außerhalb der Menschengesellschaft, sondern innerhalb der Gesellschaft. Die Mönche haben kein Recht irgendetwas von der Gesellschaft zu fordern, sie erbetteln das Nötigste, was die Menschen ihnen freiwillig anbieten, aber andererseits haben die Mönche Pflichten der Gesellschaft gegenüber, auf den richtigen Weg hinzuweisen, nicht nur in Worten, sondern auch in Taten, wenn nötig.

Thaung Htin hörte aufmerksam zu, wenn sein Mönch-Lehrer mit funkelnden Augen über seine Lebensphilosophie zu erzählen anfing, die gelegentlich während des Mathematikunterrichts vorkam. Zu Ehren des heldenhaften Kämpfers U Wisara, über den sein Mönch-Lehrer gern erzählt hatte, war in Rangun ein Denkmal - mit der Statue des U Wisara auf einer hohen Säule – auf einer Verkehrsinsel an der Straßenkreuzung, westlich von der Shwedagon-Pagode nach der Unabhängigkeit errichtet und die große Straße nach ihm benannt worden. Alle Burmesen verehren U Ottama und

U Wisara als große Helden, die im Safrangewand für die Unabhängigkeit des burmesischen Volkes gekämpft hatten.

Zusammen mit Thaung Htin nahm ebenfalls ein Novize an dem Unterricht teil, der ein Jahr älter als Thaung Htin war. Er und der Novize hielten sich ganz ruhig, mit dem Bleistift und Rechenheft in der Hand, bis ihr Mönch-Lehrer das Thema beendet hatte und zu einer neuen Matheaufgabe überging. Der Novize hatte ein klares Gesicht und ein unheimlich schnelles Auffassungsvermögen, er hatte beim Lesen der schwierigen Aufgabe schon sofort gewusst, wie die Aufgabe gelöst werden soll, während Thaung Htin mindestens zweimal die Aufgabe lesen musste, bevor er den Lösungsweg fand. Thaung Htin hatte große Achtung vor dem Novizen und genoss große Freude mit ihm zusammen zu lernen. Das glasklare Gesicht des Novizen, das noch etwas Kindliches an sich hatte und doch eine blitzartige geistige Schärfe besaß, während er seine Mönchsrobe kindhaft lässig trug, hatte Thaung Htin sehr imponiert. Er hatte diesen Novizen nie in seinem Leben vergessen, obwohl sie nach ein paar Jahren einander aus den Augen verloren hatten. Die Matheaufgaben, die Thaung Htin bei seinem Mönch-Lehrer schon vom Anfang der vierten Klasse zu lösen lernte, kamen in der normalen Schule erst in der sechsten Klasse, sodass die Mathematik in der Schule Thaung Htin sehr leicht vorkam.

Es war nicht ungewöhnlich, dass etliche Mönche wie U Pandita durch das Selbststudium besonders die englische Sprache beherrschten. Durch ihre genaue Kenntnisse in Pali, die Sprache, in der die gesamte buddhistische Philosophie niedergeschrieben wurde und deren Ursprung im Sanskrit liegt und damit zur indoeuropäischen Sprachgruppe gehört, und durch die tägliche Meditation, die ihre geistigen Sinne schärfen, sind die buddhistischen Mönche gerade zu prädestiniert, Englisch mit Leichtigkeit zu beherrschen. In der Geschichte Burmas war das Kloster Jahrhunderte lang Quelle der geistigen und kulturellen Inspiration gewesen. In den Gebieten Burmas, wo die meisten Buddhisten leben, das ist fast 90 % der Bevölkerung, gilt es: Wo es ein Dorf gibt, gibt es immer ein Kloster und eine Pagode. Ein Kloster war seit Jahrhunderten zugleich Schule für die Kinder aus dem Dorf. Die Mönche lehrten seit jeher die Kinder das Lesen, Schreiben und Rechnen, bis die staatlichen Schulen erst nach der Unabhängigkeit des Landes 1948 nach und nach überall geöffnet werden konnten. Dass in Burma Jahrhunderte lang relativ wenig Analphabeten gegeben hatte, war der Mönchsgemeinde zu verdanken. Auf dem Gelände des Klosters wurde in manchen Dörfern jährlich ein Pagodenfest gefeiert, Laientheater wurden dort errichtet, und Dramen wurden von in der Schauspielkunst begabten Dorfbewohnern gespielt. Hier klingt die Stimme der klassischen burmesischen Orchester, die aus einer Reihe von Trommeln, Oboe, Klapper und mehreren Gongs verschiedener Größe besteht, die ganze Nacht hindurch, da das burmesische Theaterspiel gewöhnlich erst spät am Abend ca. um 21 Uhr anfing und im Morgengrauen zu Ende kam.

In der Grundschule gab es Zeitschriften, die von der staatlichen Literaturgesellschaft herausgegeben wurden, die allerlei Wissenswertes aus der ganzen Welt, Geschichte und Übersetzungen der weltbekannten Novellen enthielten. Thaung Htin und seine Kameraden lernten in Erdkunde über die Kontinente, Klimazonen, Länder, Hauptstädte, Flüsse, Bergen, Wälder und Wüsten und in der Weltgeschichte über Cesar und die Römer, Karthago und Hannibal, jedoch hatten sie durch den Unterricht nie eine persönliche Beziehung zu den Menschen herstellen können, die dort gelebt hatten und noch leben. Er und seine Freunde hatten bis dahin noch nie einen weißen Europäer oder Amerikaner mit eignen Augen gesehen. Erst als er den ins Burmesische übersetzten Roman „Onkel Toms Hütte" von Harriet Beecher Stowe las, bekam er erst eine leise Vorstellung, wie die Menschen in Amerika dachten und fühlten. Oft hatte er die Bilder von weißem Schnee und schneebedeckten Bergen gesehen, aber er konnte sich nie vorstellen, wie sich der Schnee in den Händen anfühlte, wie kalt er war, wie er zu Wasser schmelzen konnte. Wenn er über den Schinken las, war es ihm kaum vorstellbar, wie ein großes fettes Bein vom Schwein in Rauch getrocknet und haltbar gemacht werden konnte. Er kannte ja nur die in der Sonne getrockneten Fische. Wenn er die Bilder über lachende Kinder von Europa zu Gesicht bekam, stellte er immer Fragen, ob jene Kinder in der gleichen Weise dachten und spielten wie er und seine Kameraden oder ganz anders. Voller Begeisterung war er, als er über die Raketen und Raketenforscher aus Deutschland las. Er erzählte seinem Vater über diese großartigen deutschen Raketenforscher, was er gelesen hatte. Sein Vater sagte, er hätte einmal von jemandem gehört, dass die Außerirdischen mit dem Raumschiff vor Jahrtausenden in Deutschland gelandet seien. Jene Außerirdischen hätten den Deutschen die Wissenschaft beigebracht, daher seien die Deutschen sehr begabt in der Wissenschaft. Thaung Htin dachte, dass alle Deutschen unheimlich intelligent seien und er träumte, einmal dahin zu fahren von jenen Menschen die Wissenschaft zu lernen.

Im März jeden Jahres fanden in der Schule die Abschlussprüfungen statt. Wer diese bestand, kam in die nächste höhere Klasse, wer nicht, der musste sitzen bleiben. Thaung Htin und alle seine Freunde hatten sie geschafft und würden bald in die Oberschule in dem Stadtviertel Khandaw gehen, die als Khandaw-Schule bekannt war. Im Monat Februar und März war es brennend heiß, der Wind kam meist aus Nordosten aber doch oft unberechenbar. Man hörte plötzlich in der Nacht den ohrenbetäubenden Krach „Don Don Don ...", die sich ständig wiederholte. Es war der Ton, der entstand, wenn man mit einer Eisenstange auf eine aufgehängte Eisenfelge schlug. Es war das Zeichen, dass es irgendwo brannte. Viele Menschen kamen aus ihren Häusern und schauten, wo der Rauch aufstieg und heller Feuerschein zu sehen war. Zuhause packte man schon die Wertsachen, stellte den Wassereimer breit, viele beteten vor dem buddhistischen Altar, der immer im östlichen Teil des Hauses, auf einem separaten Podest angebracht war. Zum Glück hatte es in seinem Stadtviertel Kokekodan noch nie gebrannt, aber in Pakokku gab es jedes Jahr in anderen Stadtvierteln große Brände, die etliche Häuser vernichteten und viele Menschen auf einmal arm werden ließen.

In den Sommerferien im April und Mai nahm Thaung Htin zum ersten Mal im Leben bei einer Privatlehrerin am Englisch-Unterricht teil, weil er in der fünften Klasse mit der Fremdsprache anfangen musste. Der Unterricht fand für Anfänger und für Fortgeschrittene in zwei parallelen Klassen statt. Das war für ihn die allererste Berührung mit anders klingenden Lauten und Buchstaben, die er am Anfang schwerlich zu verdauen hatte. Die Neulinge fingen mit dem englischen Alphabet A, B, C ... an, und lernten, wie man die Worte aussprechen musste und wie die Grammatik aufgebaut ist. Er musste sich mächtig Mühe geben, mit Hilfe der Zunge und des Mundes den richtigen Ton der englischen Wörter korrekt zu treffen. Wenn er einen Satz in Englisch vorlesen musste, pustete er aus Unsicherheitsgründen zwischen jedem englischen Wort, das in der Satzreihe stand, ein fast halskratzendes Wörtchen „Ham" aus, um in der kurzen Zeitspanne nachzudenken, wie das folgende Wort ausgesprochen werden sollte und was es bedeuten könnte:

„ I ham go ham to ham school. I want ham learn ham Englisch."

Die Lehrerin schmunzelte jedes Mal über die Gewohnheit ihres Schülers und beließ es dabei, sonst könnte eine unpassende Bemerkung ihrerseits die Bemühung des Schülers zurückwerfen. Mittlerweile nannten schon die an deren Schüler der fortgeschrittenen Klasse Thaung Htin „Mr. Ham". Trotz der anfänglichen Schwierigkeiten hatte er im Laufe der Zeit die englische Sprache lieben gelernt und träumte sogar, irgendwann einmal dem weißen Engländer die Hand schütteln und sich in seiner Sprache mit ihm zu unterhalten:

„How are you? I am fine.

What is your name?   My name is Thaung Htin.

Where are you living? I am living in Pakokku."

Zu mehr würden seine Kenntnisse wirklich nicht reichen, aber Träume davon hatte er inzwischen immer öfter, denn Träume eroberten immer mehr sein Leben.

In der neuen Khandaw-Schule fand Thaung Htin neue Freunde, die von verschiedenen Schulen kamen. Es gab auf dem Schulgelände vier Schulgebäude und mehrere Klassen, die sich von der fünften bis zehnten Klasse erstreckten. Die Lehrkräfte zählten fast zwanzig Personen, und die Anzahl der Schüler betrug fast über dreihundert. In der Mitte des Schulgeländes gab es wiederum einen großen Tamarpin, der seine Zweige und Äste über dem Schulgebäude ausgebreitet hielt wie bei seiner Grundschule. Durch seine schmalen Blätter fielen die Sonnenstrahlen auf die Gänge zwischen den verschiedenen Schulgebäuden. Wenn seine Blätter müde wurden und sich ausgelebt hatten, stiegen sie auf die Erde oder auf das Dach des Schulgebäudes hinab und legten sich hin für einen langen ... langen Schlaf. Thaung Htin war überglücklich, in der neuen Schule ebenfalls unter den Zweigen des großen Tamarpin, der ihn vom ersten Tag seiner Schuljahre an wie ein großer Freund und Beschützer begleiten würde, zu spielen, zu lernen und vor allem zu träumen.

In der fünften Klasse lernten die Kinder Geometrie, wobei sie zum ersten Mal im Leben mit einem Zirkel und Dreieck hantieren mussten. Zu diesem Zweck hatte sein älterer Bruder Khin Maung für ihn im Laden einen Zirkelkasten gekauft. Thaung Htin freute sich unheimlich, mit der neuen Technik schöne geometrische Formen zu zeichnen. Als er aber mit dem Zirkel einen Kreis zeichnen wollte, stellte er zu seinem großen Bedauern fest, dass eine Metallspitze vom Zirkel nicht festsaß und immer abging, wenn dieser einmal benutzt wurde. Der Hohlraum des Metallstücks, wo die Spitze hineingeschoben wurde, war nicht eng genug, sodass die Spitze nicht festsitzen konnte. Trotz der Beschwerde seines Bruders in dem Laden, wo das Gerät gekauft wurde, lehnte es der Ladenbesitzer ab, das Gerät auszutauschen. Das Gerät hatte ein Kyat gekostet, das war schon viel Geld im Jahre 1953. Was sollte Thaung Htin machen? Er musste das defekte Gerät irgendwo beim Handwerker reparieren lassen. Vor der Shwegu-Pagode, in der Bojoke-Aung-San-Straße, gab es zwei kleine Werkstätten, die die Zinkbleche durch Formen und Löten mit Zink in Lampen und Haushaltgeräten bearbeiteten. Es waren Einmannwerkstätten, wo der Besitzer zugleich der Arbeiter war.

Thaung Htin ging zu einer Werkstatt, zeigte den Zirkel mit der losen Spitze, fragte, wie viel es kosten würde, die lose Spitze festzumachen. Der Ladenbesitzer, etwas mollig mit vollen Wangen, Haare kurz geschoren, umgeben von geschnittenen Zinkblechen, die teils auf dem Boden und teils auf dem Metallgestell lagen, das wie ein Schrank aussah, schaute sorgfältig den Zirkel in der einen Hand, während er mit der anderen Hand einen Lötkolben in das glühende Feuer steckte. Sein Gesicht war ziemlich rund und hatte ein Doppelkinn. In der Schneidersitzstellung auf einem niedrigen Schemel Platz nehmend, begutachtete er den Metallzirkel und die lose Spitze; ab und zu warf er einen prüfenden Blick auf Thaung Htin, der sorgfältig die Bewegungen des Handwerksmeisters verfolgte, überschattet von der Sorge, ob er für die Reparaturkosten überhaupt aufkommen konnte.

Die Lampen in verschiedenen Größen und Ausführungen, hergestellt aus Zinkblech und aufgehängt an der Vorderseite des Ladens, baumelten in der Luft hin und her, wenn eine starke Brise vorbeizischte. Der Meister sagte ganz trocken mit einem teilnahmslosen Gesicht:

„Es kostet fünfundzwanzig Pays."

Das hatte Thaung Htin befürchtet, dass es so viel kosten konnte, es war schon immerhin ein Viertel des Gesamtpreises für den Zirkelkasten.

„Nein, das kann ich nicht bezahlen und so viel Geld habe ich nicht", sagte er mit Bedauern.

Der Meister gab ihm den Zirkel und die lose Metallspitze zurück, ohne ein Wort zu verlieren. Thaung Htin nahm das Gerät zurück und war nun ratlos, was er überhaupt noch machen konnte. Gesenkten Kopfes stieg er auf sein Fahrrad, fuhr ein Stückchen weiter, hielt nach ein paar Häusern vor der anderen Werkstatt an. Ich muss einfach probieren, ob der andere Meister es billiger machen konnte, dachte er, obwohl er keine große Hoffnung mehr hegte. Seiner Hoffnungslosigkeit zum Trotz zeigte er dem anderen Handwerksmeister den Zirkel und die Metallspitze und erklärte sein Anliegen, dann folgte seine unsichere Frage nach dem Reparaturpreis. Der Meister, ca. dreißig, in einem kurzen Hemd und mit einem klaren Gesicht, schaute den Zirkel nur ganz kurz an, holte danach einen kleinen Hammer, steckte das stumpfe Ende der Metallspitze in die vorgesehene Stelle des Zirkels und gab einen leichten Hammerschlag darauf. Nun saß die Metallspitze ganz fest am Zirkel, wo sie ursprünglich sein sollte. Er vergewisserte sich noch mal, in dem er die Metallspitze kräftig herauszog, die Spitze blieb ganz fest am Zirkel. Dann gab er Thaung Htin den Zirkel zurück mit den Worten: „Hier hast du deinen Zirkel, schon repariert."

„Wie viel kostet es denn?", fragte Thaung Htin verdutzt mit einem erstaunten Gesicht, dass die Reparatur von dem Meister so schnell und einfach ausgeführt worden war.

„Es kostet nichts, es war doch überhaupt keine Arbeit", sagte der Meister mit einem milden Lächeln.

Thaung Htin schaute den Meister mit unglaublicher Dankbarkeit und

tiefster Verehrung und mit einer Gewissheit in seiner Seele an, dass diese Sorte von Menschen niemals auf unehrliche Weise Geld verdienen würde. Das war ein sehr ehrlicher Mensch, der für sich nie jemanden ausnutzen würde, sagte er in seinen Gedanken. Er verbeugte sich vor dem Meister und sagte tief bewegt:
„Vielen, vielen Dank, dass sie mir geholfen haben."
„Schon gut", erwiderte der Meister mit einem Selbstverständnis, das dem Ehrlichen gut stand.

Es war so, als ob Thaung Htin an dem Tag zufällig einem Heiligen und einem Gauner, dem jedes Mittel recht war, alles Geld an sich zu raffen und andere auszunutzen, begegnet war. Jedes Mal wenn er mit dem Fahrrad an der Werkstatt jenes ehrlichen Meisters vorbeifuhr, schaute er immer nach dem Meister mit einem besonderen Dankbarkeitsgefühl und tiefster Verehrung.

Sie waren die Jüngsten in der Schule, die jetzt gerade in die fünfte Klasse gekommen waren. Der Neuling Thaung Htin sah nun viele hübsche Mädchen, viel mehr als in der Grundschule. Die meisten Mädchen waren schon älter als er und hatten es nicht mal nötig, solchen kleinen Knirps wie ihn eines flüchtigen Blickes zu würdigen. Nun war ihm die Gelegenheit, seine in der Grundschule bereits erworbenen Erkenntnisse bezüglich der Annäherungskunst zum weiblichen Wesen weiter zu entwickeln. Nicht nur er, sondern auch alle Jugendlichen, die sich in die Pubertät hineinzwängten, stellten schon eigene experimentelle Forschungen an, wie man seine Botschaft – ich mag dich sehr - unmissverständlich hinüberbringen könnte. Längst hatte er festgestellt, dass die Technik des Augenzwinkerns, die seinen Freund Kyaw Hla in der vierten Klasse zum Verhängnis geführt hatte, kein geeignetes probates Mittel war. In den Filmen, die er im Kino oft sah, sei es burmesisch, indisch oder amerikanisch, verfolgt er mit ganzem Eifer, wie der Schauspieler während der Annäherungsphase auf die Schauspielerin blickte, bevor sie einander lieb gewannen. Besonders in den amerikanischen Filmen, die er von der eigentlichen Handlung wegen der schwierigen englischen Sprache ganz und gar nicht mitbekommen hatte, entdeckte er trotz allem eine Menge von neuen verwertbaren Erkenntnissen: Erstens, wie die Augen zu der in Betracht kommenden Person eingestellt werden sollten, zwar in eine Seite hin schräg gucken, möglichst die Pupille an die rechte Ecke hinrücken, wobei die Augen nicht weit aufgemacht, sondern ein wenig die Augenweite drosseln; zweitens, den Mundwinkel ebenfalls nach rechts ziehen, aber nicht so übermäßig, sonst könnte es wie ein Esel aussehen, der sein weites Maul zum Fressen aufreißt; drittens, die Wangen müssen in einem entspannten soften Zustand sein und viertens, das wichtigste, der gesamte Gesichtsausdruck muss von den emotionalen Gefühlen – zumindest ausgepresst in dem Moment – so überlagert sein, dass die Botschaft an die weibliche Person auch von ihr als eine erfreuliche Nachricht angenommen wird. Natürlich tauschte er seine Ansichten und mühsam gewonnene Erkenntnisse mit seinen Kampfgenossen, die sich auch der gleichen Forschungsrichtung widmeten. Manche waren in der Hinsicht überhaupt nicht talentiert und trotz massiver Übungen nicht Meister geworden, sie kannten nämlich nur einen einzigen Gesichtsausdruck, den sie von Geburt an trugen: die Nase zwischen den Augen und über dem Mund und mehr nichts. Aber diejenigen, die von Natur aus außerordentlich begabt waren, implantierten ihre Gefühle reflexartig entsprechend den äußeren Darstellungen, sodass alle neidlos anerkennen mussten, dass derjenige ganz hervorragend sei. Unter den Kampfgenossen war ein gewisser Chit Tin, dem es erstaunlicherweise in einer relativ kurzen Zeitspanne gelungen war, den hervorragenden, von allen Jungen erstrebten Blick, den sogenannten Balzenblick dauernd auf dem Gesicht zu tragen, sodass er in jeglicher Position schussbereit war. Nach einigen Monaten war er in der Kandaw-Schule zur Berühmtheit gelangt, von allen mit dem Titel - Balzen-König – verehrt zu werden, es sei aber dahin gestellt, ob dies hinter vorgehaltener Hand geschah oder anders. Zu den ausgesprochen Begnadeten zählte ebenfalls ein gewisser Hla Maung, der sich angesichts seiner von Geburt an gekniffenen Augen mit einer geringen Mühe den begehrten Balzenblick aneignen konnte. Auf der Seite der Mädchen waren mittlerweile auch erhebliche Fortschritte zu verzeichnen, manche verfeinerten ihre Technik, mit ihren betörenden Blicken sogar die Jungen so verrückt zu machen, dass diese sich blindlings aufeinander mit Fäusten stürzten, nur weil jeder den wahllos verteilten weiblichen Blick für sich allein beanspruchen wollte. Dabei zählte die weibliche Seite lediglich nur die Trefferquote und betrachtete die Ahnungslosen als Freiwild, um ihre Technik zu erproben und weiter zu verfeinern.

Er, Thaung Htin, gehörte aber leider nicht zur begnadeten Garde, daher musste er fleißig üben, in dem er sich mit verschiedenartigen Gesichtszügen oft im Spiegel anschaute, um den besten Balzenblick zu kreieren. Bei der Umsetzung seiner theoretischen Erkenntnisse in die Praxis musste er am unmittelbaren Anfang dem weiblichen Wesen gegenüber mehrere aufmerksame Blicke, bei einer passenden Gelegenheit, ein paar Mal intensiv hintereinander zuwerfen, um die gewünschte Wirkung zu erzielen. Meist wurde er doch mit einem süffisanten Lächeln von dem Mädchen belohnt, aber Lächeln war ihm immerhin ein Lächeln und auch ein erfreuliches Resultat.

Nicht selten wurde er von der anderen Seite mit einem wortlosen scharfen durchdringenden Blick gekontert, wobei er zum Glück glimpflich davongekommen war. Nicht wenige Male war ihm das Unglück widerfahren, und er hörte einen gewaltigen Donner der Schimpfkanone voller hämischer Wortsalven, die auf ihn niederprasselten:

„Du, kleiner Däumling ..., was willst du denn von mir, Du bist so klein, dass man dich weder fressen noch naschen kann. Wenn ich dich noch einmal mit solchen Balzen-Augen erwische, versohle ich dir anständig den Arsch, dass du mich in deinem ganzen Leben nie vergisst, verstanden? ..., Ha ... Ha ... Ha."

Ihr lautes sarkastisches Lachen trieb ihn in die sofortige Flucht, und von da an befleißigte er sich stets, einen großen Bogen um jenes Mädchen zu machen, das ihm auf seinen Hintern beinahe eine unvergessliche Narbe hinterlassen hätte.

Der große Tamarpin ließ ein paar verwelkte Blätter auf den kleinen Wüstling Thaung Htin herabrieseln, als er unter seinen Zweigen vorbeikam. Als er den großen Tamarpin hinaufschaute, und gestand er mit einem schmunzelnden Gesicht:

„Weißt du, ich habe heute eine große Niederlage erlitten, aber macht nichts, ich muss sowohl meine Lageeinschätzung als auch die Technik wieter verbessern."

„Ja, du wirst schon merken, dass schlechte Erfahrungen immer die wertvollsten Erkenntnisse im Leben sind", schien der große Tamarpin ihm zuzuflüstern. Die weisen Worte des großen Tamarpin waren ihm immerhin eine Ermutigung gewesen.

Täglich fast acht Stunden dauerte der Unterricht in der Schule. Im Gegensatz zur Grundschule war hier für jedes Fach ein anderer Lehrer zugeteilt. Für das Fach Englisch war Saya U Ba Than zuständig, von der fünften bis zur siebten Klasse. In Burma pflegt man dem Lehrer gegenüber ehrerbietig mit dem Titel „Saya (Lehrer)" anzusprechen. Saya U Ba Than, kurz geschorene Haare, stämmig gebaut, ca. vierzig Jahre alt, war ein Lehrer, der in die englische Sprache so leidenschaftlich verliebt war, dass er bei der Erklärung der Fremdwörter vor der Klasse oft mit der Zunge schnalzte, einerseits den Lernenden zu verdeutlichen, wie herrlich und präzis dieser und jener Ausdruck seien und andererseits seine Achtung gegenüber jener Sprache deutlich zum Ausdruck zu bringen. Er war von der Schönheit der englischen Sprache beseelt, dass er sogar in seinem Haus auf den Holzbalken markante englische Redewendungen mit Kreide aufgeschrieben hatte, sodass jeder, der die erste Etage seines Hauses betrat, sofort die englischen Sätze deutlich vor Augen hatte.

„Schau mal diesen Satz: I love you from the bottom of my heart. Es bedeutet in burmesisch: Ich liebe dich aus den Innersten meiner Seele." Als Saya U Ba Than vor der fünften Klasse den Satz in Englisch vortrug, strahlten seine kindlichen Augen, als machte er gerade voller Leidenschaft eine Liebeserklärung an eine Dame. Die ganze Klasse war auf einmal wie aufgewacht und spitzte die Ohren.

„Merkt ihr, dass die Engländer ihre Liebe anders erklären als wir Burmesen, in dem sie die Tiefe und das Ausmaß ihrer Gefühle als Charakteristik der Liebe beschreiben."

Saya U Ba Than traf genau den Nerv der in die Pubertät mit einem Bein hereinhängenden Dreizehn- bis Vierzehnjährigen, alle schenkten ihm die höchste Aufmerksamkeit, die je in diesem Alter im Schulunterricht möglich war.

„Wenn wir die burmesischen Liebesbriefe durchblättern, finden wir, dass die Burmesen das Ausmaß ihrer Liebe - im Gegensatz zu Engländern – gern mit der Größe des Schmerzens oder des Leidens bemessen: Zum Beispiel, pflegen wir Burmesen zu sagen: Ich liebe dich so sehr, als wäre mein Herz dadurch fast zerbrochen. Ich liebe dich, bis mein Herz unermesslich leidet, usw. ... usw. ... Ein burmesischer Student an der Rangun-Universität hatte einmal einer Engländerin einen Liebesbrief in Englisch geschrieben, so ungefähr wörtlich, wie die Burmesen ihre Liebe beschreiben. Als die Engländerin den Brief las, brach sie in schallendes Gelächter aus und sagte: Wie kann er mich lieben, wenn sein Herz schon zerbrochen ist, wenn er jetzt wegen der Liebe Herzbeschwerden hat, soll er lieber schnellstens zum Arzt gehen. Den kranken Burschen will ich keinesfalls als Freund haben."

Die ganze Klasse tobte vor ausgelassener Heiterkeit. Nun hatte er den Boden gut vorbereitet, den Kindern beizubringen, was die Essenz einer Sprache sei.

„Was ich sagen wollte, ist, dass jede Sprache ihre Eigentümlichkeiten hat. Die Art und Weise, die Dinge zu beschreiben, zu formulieren, sind nicht in allen Sprachen gleich, sondern immer unterschiedlich in verschiedenen Sprachen. Daher, wenn ihr einer Engländerin oder einem Engländer Liebeserklärung machen wollt, müsst ihr die Sätze so formulieren, damit er oder sie das auch richtig versteht. Das heißt, wenn ihr Englisch lernt, müsst ihr vor allem lernen, wie die Engländer denken und fühlen und das wörtlich zum Ausdruck bringen."

Der Englischunterricht war fabelhaft interessant, Thaung Htin war sehr motiviert zu lernen. Vor allem füllte Saya U Ba Than seinen Unterricht mit ganzer Seele und Leidenschaft, die im Kreis der Lehrkräfte ganz selten zu finden waren. Man sagt, wer eine warmherzige Seele hat, überträgt seine Seele auf die anderen, ohne dabei seine eigene zu verlieren; sie gleicht dem Feuer einer Kerze, das durch Übertragung auf andere nie ihr eigenes Leuchten verliert.

Im Fach Mathematik unterrichtete Saya Myit, ein fünfundfünfzigjähriger erfahrener Lehrer, dünne kleine Gestalt, schmales Gesicht, die Furchen auf der weichen Wange, dünner Haarwuchs, nur sein gutmütiges väterliches Lächeln überstrahlte alles. Er war sein ganzes Leben lang Junggeselle gewesen, daher sagten die anderen Lehrer zum Spaß, dass er immer noch auf der Suche nach der richtigen sei und die gründliche Suche erfordere manchmal ein ganzes Leben. Er lebte jetzt mit seiner Schwester und deren Enkelkindern zusammen. Er war einer der ältesten in der Lehrerschaft. Nicht deswegen wurde er von allen, sowohl von Lehrerkollegen als auch von den Schülern geachtet und geschätzt, sondern, weil er stets ausgesprochen freundlichen Umgang mit allen pflegte. Jeder, der jemals in seiner Nähe gewesen war, spürte, dass sein ganzes Wesen voll von wahrhaftiger menschlicher Wärme und zugleich fern von jeglicher Eitelkeit war. Saya Myit war besonders für das Fach Algebra zuständig. Einmal stand er vor der Klasse und wollte den Zusammenhang einer Gleichung mit einem Kreis erklären. Er sagte:

„Zuerst müssen wir einen Kreis auf der Tafel zeichnen."

Weil er keinen großen Zirkel, wie im Fach Geometrie, in der Hand hatte, warteten Thaung Htin und seine Mitschüler gespannt, wie Saya Myit das fertigbringen würde. Er überlegte kurz und zog gleich ein Taschentuch aus seinem Hemd, fixierte ein Ende des Tuches auf der Tafel mit dem Daumen der einen Hand und zog mit der anderen Hand das andere Ende des Tuches und führte eine Kreisbewegung aus, während er mittels der mitgeführten Kreide einen Kreis beschrieb. Thaung Htin und seine Freunde hatten bis dahin so eine triviale und effektive Technik noch nie gesehen und waren sehr beeindruckt von dem freundlichen Lehrer. Immer wenn er sprach, war sein Gesicht unverkennbar überspannt von einem milden Lächeln, das ihm in keiner Weise einer Anstrengung bedurfte. Seine spärlich gewachsenen Haare trugen schon silbernen Glanz, die sich mehr auf den beiden Hälften seines Kopfes verteilt hatten, manche waren ein wenig gekräuselt. Sein starkes Kinn bewies einen unbändigen Willen, den er niemals für seinen persönlichen Vorteil eingesetzt hatte. Lehrer zu werden war seine Berufung, die er mit großer Liebe und Hingabe erfüllte. Er war stets überglücklich, den Kindern Wissen weiter zu geben. Das Größte, was er den Kindern unbewusst mitgegeben hatte, war die tiefe menschliche Güte, die aus seiner

Seele hinausströmte, deren fruchtbaren Samen in den Herzen der Schulkinder weiter getragen wurden.

Ein anderer Lehrer, der nicht minder als Saya U Myit und Saya U Ba Than auf Thaung Htin für sein ganzes Leben eine bleibende Erinnerung hinterlassen hatte, war Saya U Chit Pe. Er war zuständig für die Mathematik, besonders speziell für Geometrie, angefangen von der fünften bis siebten Klasse. Auf den ersten flüchtigen Blick fand man sein Gesicht weder freundlich noch unfreundlich, eher ein tiefes, stilles und vor allem nachdenkliches Gesicht. Aber beim zweiten Blick fiel es schon auf, dass hinter seinem scheinbar strengen Antlitz eine zarte Seele verborgen lag. Im Unterricht war er nie verlegen, markante Sprüche loszulassen, die aber nicht für die Selbstverherrlichung oder jemanden zu verletzen gedacht waren, sondern allein den Kindern deutlich zu machen, wie wichtig ein Sachverhalt war. Um die Kinder eine sehr unangenehme Situation hautnah spüren zu lassen, sagte er einmal zum Vergleich:

„Es ist genau so schlimm und zum Kotzen, als hättet ihr in der Wüste Hundescheiße angefasst, … Ja …, was macht ihr dann in dem Fall?"

Er machte ernste Augen und richtete seinen scharf durchdringenden Blick auf die Kinder, der jeden Einzelnen sofort gedanklich in die Wüste katapultierte, als hätte er die ganze Klasse hypnotisiert.

Jeder stellte sich vor, er wäre in der Wüste, da gab es ja kaum Wasser die dreckigen Hände abzuwaschen. Wenn in der mitgebrachten Flasche Wasser wäre, wäre es ja nur zum Trinken und im Notfall zum Überleben da, oh … was für ein schrecklicher beißender Gestank, der ständig vor der Nase mächtig wehte und den man gar nicht loswerden konnte.

Seine Bespiele und Vergleiche waren so bildlich und äußerst prägnant, dass die Schulkinder zuerst gezwungen wurden, sich gedanklich in diejenige Lage zu versetzen. Nach ein paar Minuten fing man an, nachdenklich ganz bewusst darüber herzhaft zu lachen. Als ein Schüler auf seine Frage einmal eine total falsche Antwort gab, knüpfte er sich den Schüler gründlich vor. Er ging ganz dicht zu jenem Schüler, zeigte mit seinem Zeigefinger auf dessen Stirn und fragte mit einem erstaunten Gesicht:

„Ist das dein Kopf?"

„Ja …, das ist mein Kopf", antwortete der Schüler unsicher.

„Ich glaube nicht, dass es dein Kopf ist. Vielleicht hast du gestern eine Absage von einem Mädchen gekriegt, dem du einen langen Liebesbrief geschrieben hattest."

Saya U Chit Pe streifte ihn mit einem prüfenden Blick, während der Schüler schmunzelte.

„Daraufhin hast du gestern vor maßloser Enttäuschung deinen Kopf in die Ecke geschmissen und heute bist du ohne Kopf in die Schule gekommen, ... nicht wahr?"

Der Schüler kicherte, ohne laut zu werden, und die ganze Klasse teilte seine Gemütsverfassung.

„Dann schreib mal an deine Angebetete: Ich habe deinetwegen meinen Kopf verloren. Das hatte sogar mein Lehrer Saya U Chit Pe gemerkt. Vielleicht hast du diesmal mehr Glück."

Einmal sagte er über die burmesischen Filme, die die amerikanischen Cowboy-Filme nachmachten:

„In den amerikanischen Filmen reitet der Cowboy ein richtiges Pferd, kräftig, mit voller Mähne und hochgewachsen. Dagegen in unseren burmesischen Cowboy-Filmen reitet der angebliche Held auf einen alten Gaul voller sichtbarer Rippen, weil das arme Tier nie genug zu Fressen bekommen hat. Beim nächsten Sprung über die Böschung überlebt der Gaul gar nicht mehr."

Über seinen trockenen Witz lachte er nie, darüber waren aber die Schulkinder jedes Mal vor Lachen fast geplatzt. Über einen, der sich im Dorf, wo fast alle Bauern des Lesens und Schreibens nicht kundig waren, immer lauthals rühmte, er sei der große Weise und könne ausgezeichnet lesen, sagte Saya U Chit Pe einmal:

„Weil er immer vor Publikum mit breiter Brust so viel Wind machte, aufgrund seiner Lesefähigkeit weise zu sein, wurde er einmal gebeten, einen Zettel vor der versammelten Menschenmenge im Dorf vorzulesen, worauf ein Satz geschrieben stand: Regenschirm 700 - Einnahme 80 Kyat. Endlich seine ruhmreiche Intelligenz unter Beweis zu stellen, las der Kerl mit stolzer Miene ganz laut: „Regenschirm sieben Oh Oh Strich Einnahme Acht Oh Kyat."

Ein dröhnendes Lachen der Schulkinder überschwemmte den Klassenraum.

Wenn Saya U Chit Pe vor der Klasse stand, drang sein gutmütiges Lächeln, gepaart mit autoritärer Strenge und aber zarter Seele eines Kindes, tief in die Seele der Schulkinder ein, deren Gesichter voller Freude waren. Sein Unterricht war immer lebendig, weil alle Schulkinder in dieser oder jener Weise aktiv in den Lernstoff einbezogen wurden. Saya U Chit Pe verstand es meisterlich, die fachlichen Kenntnisse mit den wichtigen Dingen des Lebens humorvoll zu verknüpfen. Einmal sagte er, wie man die wichtigen Zahlen im Gedächtnis behalten konnte.

„Wenn man sich irgendeine Zahl merken soll, zu der man keine Beziehung hat, dann ist es für jeden sehr schwierig, z. B. Im Jahre 1886 wurde der letzte burmesische König Thibaw von den Engländern nach Indien verschleppt. Wie soll man sich diese Zahl 1886 merken, sodass man diese nie vergisst. Als ich in eurem Alter war, habe ich mir einen Trick einfallen lassen, zwar Folgendes: Ich bastele einen Zusammenhang, der im Gedächtnis leicht zu behalten ist, z. B. achtzehnjährige Engländerin hatte sechsundachtzigjährigen alten König Thibaw verführt. Von da an vergesse ich nie mehr diese Zahl."

Die Schulkinder schauten auf den Lehrer mit unglaublichem Erstaunen, wie einfach und nützlich doch seine Methode war.

Einmal wurde Thaung Htin von ihm vor die Klasse zitiert, wegen eines Fehlers in der Rechnung. Saya U Chit Pe posaunte mit außerordentlich strengem Gesicht:

„Thaung Htin, du bist immer gut in Geometrie gewesen. Wegen dieses dummen Fehlers, den man dir nicht so einfach verzeihen kann, muss ich dich aber nun bestrafen."

Alle in der Klasse waren gespannt, was noch kommen würde. Saya U Chit Pe streckte seine rechte Hand aus und ballte eine dicke Faust in Richtung Thaung Htins und verkündete:

„Schau mal Thaung Htin, hier ist meine Faust. Als Strafe musst du nun mit deiner Stirn auf meine dicke Faust stoßen, aber nicht so zärtlich."

Da lachte schon die ganze Klasse, sodass Saya U Chit Pe ebenfalls seine eingenommene strenge Haltung verlor und zeitweilig ein wenig schmunzeln musste, danach setzte er fort:

„Nun mit ganzer Kraft, wie ein Mann, draufstoßen!"

Thaung Htin stieß nun selbstverständlich mit einer enorm gedrosselten Manneskraft auf die Faust des Lehrers, die wie ein weiches Kopfkissen nachgab, was zu erwarten war. Diese Kopfstoßstrafe war für Thaung Htin eine große Auszeichnung von seinem Lehrer Saya U Chit Pe, den er im Leben nie vergaß und dessen er immer wieder mit aufrichtiger Verehrung und voller Dankbarkeit gedachte. In den Sommerschulferien machten Saya U Ba Than, Saya Myit und Saya U Chit Pe extra Lehrgänge für lerneifrige Schulkinder, wobei Thaung Htin und seine Freunde daran viel Freude hatten. Nach den ersten Testprüfungen für alle Klassen, die Ende September stattgefunden hatten, erschütterte ein Ereignis die ganze Schule.

In der fünften Klasse unterrichteten mehrere Lehrer verschiedene Fächer, z. B. Burmesisch, Geschichte, Kunst, Naturwissenschaft, Englisch, Mathematik (Algebra), Mathematik (Geometrie), und Erdkunde. Im Fach Naturwissenschaft unterrichtete ein junger Lehrer U Tun Aung, von der fünften Klasse bis zur siebten Klasse. Er war ca. fünfundzwanzig Jahre alt und trug ständig eine schwarze Brille, vermutlich aus Schicklichkeitsgründen, dazu sah er ziemlich gut aus und war immer flink in seinen anmutigen

Bewegungen. Es war nicht selten, dass er ständig den begehrlichen Blicken einiger Schülerinnen der höheren Klasse ausgesetzt war. Für das Fach Geschichte war ein anderer Lehrer U Nyint Sain zuständig, der ebenfalls noch recht jung war. Er war jedoch dick und in seinen äußeren Erscheinungen träge und erschien unattraktiv in den Augen der Schülerinnen. Seinerseits bemühte er sich mit gelegentlichen Gefälligkeiten, die Schulkinder für sich zu gewinnen, in dem er ein Mal interessante Bücher mit Bildern aus westlichen Ländern in die Klasse mitbrachte und ein anderes Mal über sein Studentenleben an der Rangun-Universität erzählte, jedoch wurden seine Erzählungen von den meisten Zuhörern als langweilig eingestuft. Obwohl sein Gesicht stets freundlich war, hatte man immer das Gefühl, dass es etwas dahinter zu verbergen hätte. Vor der Klasse lästerte er oft über den Lehrer U Tun Aung, den er nicht ausstehen konnte, aus welchen Gründen auch immer.

Eines Tages rumorte es in der Schule heftig, dass sich die Eltern einer Schülerin der neunten Klasse bei dem Schuldirektor über den Lehrer U Tun Aung beschwert hätte, er hätte einen Liebesbrief an die Schülerin geschrieben, dies sei unmoralisch, unakzeptabel usw. Es dauerte nicht mal einen halben Tag, da tauchte ein Auto mit einem Lautsprecher vor der Schule auf, auf dem etwa zehn große Schüler Platz nahmen. Sie schrien mit Hilfe des Lautsprechers:

„Liebe verehrte Zuhörer, verehrte Lehrer und Lehrerinnen, liebe Mitschüler und Mitschülerinnen, es war nun publik geworden, dass ein gewisser Lehrer Saya U Tun Aung ein unmoralisches und verwerfliches Vergehen begangen hat. Er hat nämlich einen Liebesbrief an eine Schülerin der neunten Klasse geschrieben. Ein Lehrer, der keine Würde und keinen guten Charakter besitzt, ist eine Schande für unsere Schule. Daher müssen wir im Namen der Schülerschaft energisch fordern, dass Saya U Tun Aung von der Schule unverzüglich entfernt wird."

Der Lautsprecherwagen wanderte gemächlich durch die Straßen der Stadt, um die Nachricht zu verbreiten. Manche Schulkinder wussten nicht recht, wie sie darüber denken sollten, nicht wenige zeigten schon verärgerte Gesichter und nahmen Partei gegen jenen Lehrer. Manche Schülerinnen waren schadenfroh und manche hielten die Geschichte für fast unmöglich. Die Lehrerschaft bemühte sich, Ruhe zu bewahren, die Angelegenheit friedlich und fair zu lösen, aber sie wurde leider durch die öffentliche Bekanntmachung vor vollendeten Tatsachen gestellt.

Ein Häuflein von Schülern, ausgestattet mit dem Lautsprecher, beeilte sich, den Ruf des Lehrers U Tun Aung zu beschmutzen, obwohl viele Fragen offengeblieben waren. Am Nachmittag während der Schulpause hielten

sich einige große Schüler von der zehnten Klasse auf dem Schulhof, unter dem Schatten des großen Tamarpin auf, sie waren voll überrascht von der Unruhe in der Schule und unterhielten sich aufgeregt miteinander:
„Es ist doch gar nicht sicher, ob der Brief tatsächlich von Saya U Tun Aung war."
„Wenn es so wäre, ob der angebliche Brief von Saya U Tun Aung nur die Antwort auf den ersten ursprünglichen Brief von der Schülerin war?", hakte ein Schüler scharfsinnig nach.
„Es kann auch sein, dass jemand mit dem Namen von U Tun Aung den Brief absichtlich verfasst und der Schülerin zugespielt hat", sagte der andere.
„Jeder merkt doch immer, dass U Tun Aung wegen seines guten Aussehens von den Schülerinnen begehrt wird, das weiß er selber auch. Da sehe ich keinen Anlass von seiner Seite, sich zuerst zu bewegen, wenn es eine Bewegung geben sollte."
„Ich verstehe die Eltern der besagten Schülerin überhaupt nicht, warum sie so viel Theater machen. Wenn ihre Tochter eines Tages so einen guten Mann kriegt, sollen sie doch froh sein."
„Ich vermute jedenfalls, dass jemand anderes hinter diesem Brief steckt."
„Das lässt sich nicht so einfach beweisen."
„Aber was sehr verdächtig war, dass ein kleiner Haufen Schüler sofort Saya U Tun Aung an den Pranger stellte, bevor die Schulleitung dazu Stellung bezogen hat."
„Es riecht nach Rufmord …, ja, tatsächlich Rufmord."
„Schau Mal die Schüler auf dem Lautsprecherwagen, die sind alle treuen Anhänger des dicken Lehrers U Nyint Sain."
„Das war mir ebenfalls aufgefallen."
„Der Dicke lästert doch dauernd über Saya U Tun Aung vor der Klasse."
„Wenn der Dicke wirklich hinter dieser Rufmordkampagne steckt, es sieht jedenfalls so aus, ist er wirklich ein Verbrecher. Jedenfalls konnte ich sein schleimiges Gesicht nie leiden."
„Es tut mir sehr leid um Saya U Tun Aung, der war immer zu allen nett gewesen."
„Ich verstehe nicht, warum manche Menschen daran Spaß haben, andere Menschen zu zerstören."
„Ah, weißt du, manche Menschen haben menschliche Güte und Wärme, wie unsere Saya U Ba Than, Saya Myit und Saya U Chit Pe. Bei diesen drei Lehrern spürt jeder, dass sie in ihrer Seele zweifelsfrei edel und gut sind. Aber es gibt auch solche, die sich denken, wenn sie einen anderen schlecht machen können, werden sie erst dann großartig. Menschen dieser Art sind

in der Tat armselige Kreaturen."

„Ich bin der gleichen Meinung wie du, diese drei großen Lehrer mag ich am meisten in dieser Schule."

Von der Ecke seiner Klasse hatte Thaung Htin das Gespräch der großen Schüler mitgehört. Obwohl manche Wörter wie „Rufmord" oder „Rufmordkampagne" ihm nicht geläufig waren, hatte er doch den Sinn begriffen. Besonders hatte er sich gefreut, dass seine drei Lieblingslehrer auch ihre waren. Thaung Htin schaute auf den großen Tamarpin und sagte: „Siehst du, die großen haben auch den gleichen Geschmack wie ich, was den guten Lehrer betrifft. Aber es tut mir sehr leid um Saya U Tun Aung." Der große Tamarpin hörte ihm schweigend zu und schien nur einen kleinen Wunsch zu haben, dass der Junge die gewonnenen Erlebnisse in Erfahrung verarbeiten möge.

Als die Schulferien anfingen, begannen die Vorbereitungen zum Shin Pyu Pye, eine rituelle Zeremonie zum Eintritt ins Noviziat für Thaung Htin, seinen jüngeren Bruder Thu Maw und seinen Cousin Maung Mhat. Es ist ein Brauch in Burma, seit der Theravada-Buddhistmus etwa tausend Jahre im Lande herrscht, dass die Jungen im Leben mindestens ein paar Wochen in der Mönchsgemeinde als Novize verbringen sollen. Dahinter verbirgt sich der Sinn, dass die Eltern einmal im Leben ihre Söhne als Jünger Buddhas, gekleidet im gelben Gewand, erleben können, welches sich für die Buddhisten, sowohl für die Eltern als auch für die betreffenden, als ein großes spirituelles Glück, Ehre und zugleich als ein großer religiöser Verdienst darstellt. Bei Mädchen ist es nicht zwingend vorgeschrieben, dass sie dem Nonnenorden zeitweilig beitreten müssen, obwohl der Nonnenorden sogar zur Lebzeit Buddhas wie der Mönchsorden entstanden war. Besonders freute sich der jüngere Bruder Thu Maw, der erst das Alter von acht Jahren erreicht hatte, riesig auf das bevorstehende Noviziat, weil er als kleiner Mönch täglich gutes Essen aufgetischt bekommen würde, während sich seine zwei fast vierzehnjährigen Brüder nur damit emsig in Gedanken beschäftigten, wie sie - nach Beendigung ihres zwei Wochen dauernden, glatzköpfigen Daseins als Novize - ihre ursprüngliche Haarpracht so schnell wie möglich wieder bekommen sollten, sodass sie vor den Mädchen unbekümmert stolzieren konnten wie bisher.

Zum Schin Pyu Pye wurden alle Verwandten und Freunde eingeladen. Die drei zukünftigen Novizen wurden an dem Tag wie Prinzen festlich gekleidet und mit einer rituellen Prozession zum Mitte-Kloster gebracht, wobei die Eltern, die Verwandten und eingeladenen Gäste, ca. hundert Leute, ebenfalls in festlicher Kleidung, die drei Kinder begleiteten, während sie eine schwarze Almosenschale, das dreiteilige Mönchsgewand, den Gürtel zum Festbinden des Untergewandes, Handtücher, Betttücher aus Leinen, Serviette, Sitzkissen, Moskitonetz, Bett, Bettdecke, Kästchen für Nähnadel, Wasserfilter, Rasiermesser mit Behälter, Schleifstein, Sandalen, die für die Novizenordination nach der Ordinationsregel vorgeschrieben waren, auf den Händen trugen. Als Spende an das Kloster und die dort lebenden Mönche wurden ebenfalls die Mönchsgewänder, metallene Utensilien wie Tasse, Schüssel, Löffel und frische Obst, Zucker, Salz, Öl, Honig usw. bei diesem Shin Pyu Pye von den beteiligten Gästen reichlich mitgebracht.

Im Kloster wurden Thaung Htin und seinen Brüdern die Haare mit einem Rasiermesser abgeschnitten. Das hundertköpfige Publikum, das in der großen Halle des Klosters Platz genommen hatte, schaute mit Befriedigung und Respekt zu, was mit den zukünftigen Novizen geschah. Die Haare fielen Stück für Stück herunter, Thaung Htin hatte das Gefühl, als stieße er an den Himmel mit seinem Glatzkopf. Ein Verwandter von ihm sammelte mit großem Respekt die geschnittenen Haare in einem Tuch. Thaung Htin fasste sich ein paar Mal an seinen Glatzkopf mit seinen Händen und dachte an seinen Mönch-Lehrer U Pandita, ob seine Glatze auch so schön glänzend erscheinen würde wie die seines verehrten Mönch-Lehrers. Danach baten Thaung Htin und seine Brüder, wie die Rituale es vorschrieben, den Mönch U Zaw Tika, der als Lektor im Mitte-Kloster sehr bekannt, und ebenfalls als Mönch-Vorsteher für eines der Wohnheime für die Mönche tätig war und für die drei Novizen die Verantwortung und Aufsicht übernommen hatte, um die Aufnahme ins Noviziat. Rezitierend aus Pali-Psalmen unterwies der Mönch U Zaw Tika die drei Jungen in die elementaren Kenntnisse über dreifaches Juwel im Buddhismus, wobei die Jungen die Pali-Psalmen Wort für Wort nachsagen mussten, als U Zaw Tika die Rezitation stückweise vortrug:

„Buddan Tharanan Gitsarmi." (möge mir Buddha Zuflucht gewähren.)
„Dahman Tharanan Gitsarmi." (möge mir Dahma Zuflucht gewähren.)
„Thangan Tharanan Gitsarmi." (möge mir Thanga Zuflucht gewähren.)

Nachdem sie am Körper untersucht wurden, dass sie nicht von irgendeiner Krankheit befallen waren, wurde es ihnen erlaubt, das dreiteilige Mönchsgewand anzuziehen. Das Gewand ordentlich anzuziehen, war für die Neulinge sehr umständlich, daher stand ein älterer Mönch ihnen zur Seite. Zuerst wurde das Untergewand angezogen, das zusätzlich mit dem Stoffgürtel um die Taille festgeschnallt war, danach das Gewand und darüber das Obergewand. Nach der Beendigung des Ankleidens legten sie zehn Gelübde ab, Gelübde gegenüber dem Mönchsorden, zu dem sie bald gehören würden. An diese Gelübde wurden sie gebunden sein, solange sie No-

vize oder Mönche waren. U Zaw Tika trug zehn Gelübde vor und Thaung Htin und seine Brüder wiederholten dies Wort für Wort:
„Panatipata Veramani" (Enthalten vom Töten von Lebewesen)
„Adinnadana Veramani" (Enthalten vom Stehlen)
„Abrahmacariya Veramani" (Enthalten vom geschlechtlichen Verkehr)
„Musavada Veramani" (Enthalten von Lügen)
„Sura-meraya majja thana Veramani" (Enthalten von alkoholischen Rauschgetränken)
„Vikala bhojana Veramani" (Enthalten von Speisen zwischen Mittag und dem nächsten Morgen)
„Nacca gita vadita visuka dasana veramani" (Enthalten von Veranstaltungen für Musik , Gesang,Tanz,Unterhaltung)
„Mala gandha vilepana dharana man dana vibhusanatthana veramani" (Enthalten von allen Arten des Sich-Schön-Schmückens)
„Ucca sayana mahasayana veramani" (Enthalten von luxuriösen Betten)
„Jata rupa rajata patiggahana veramani" (Enthalten von Umgang mit Geld)

Nach Ablegen der zehn Gelübde wurden die zukünftigen Novizen über die bevorstehende Befragung durch die Mönchsgemeinde informiert, z. B. einer Person wird nicht erlaubt, dem Mönchsorden beizutreten, wenn er folgende schwere Vergehen begangen hat: Mord an Vater, Mutter oder an einem Mönch; böswillig den Buddha verletzen; Vergewaltigung einer Nonne. Die Person darf nicht unter einer ansteckenden, unheilbaren Krankheit leiden, es darf ihm nicht an den wichtigen Körperteilen z. B. Hand und Fuß fehlen, er darf weder eine Körperdeformation noch eine körperliche Behinderung z. B. Lähmung, Taubheit, Stummheit oder Blindheit aufweisen.

Es muss letztlich die Zustimmung der Eltern vorhanden sein. Die Bedingungen und die Befragung für die Ordination zum Mönch, die im Allgemeinen erst nach fünf Jahren nach der Novizenordination erfolgen kann, sind ungemein strenger als die zum Eintritt ins Noviziat.

Die Zeit als Novize wird eigentlich als eine Probezeit für denjenigen betrachtet, selbst Erfahrungen zu machen, ob er tatsächlich geeignet ist, für seine eigene Überzeugung und Religiosität den weltlichen Begehrlichkeiten zu entsagen und das spartanische Leben als Mönch lange Jahre, vielleicht bis zum Ende seines Daseins, zu führen. Wer die strengen Ordensregeln nicht befolgen kann, hat jederzeit das Recht, in das Leben der Laien als einfacher Mensch zurückzukehren.

In der ersten Woche waren Thaung Htin und seine Brüder hauptsächlich damit beschäftigt, das nagende Hungergefühl, das regelmäßig in der gewohnten Zeit des Abendessens auftrat, zu besiegen. Nach einer Woche der

Eingewöhnung ging es relativ einfacher. Wie die Ordensregel vorschreibt, gingen sie morgens früh barfuß, mit der schwarzen Almosenschale, die aus dem eingeflochten Bambus angefertigt und mit einer dicken Schicht schwarzfarbigen Harzes innen und außen überzogen und anschließend fein säuberlich lackiert war, in den Armen haltend, Almosen betteln. Ihre Nachbarn, Bekannten, Verwandten und ihre Eltern zollten ihnen Respekt und machten Kotau vor ihnen und spendeten ihnen reichlich Almosen. Meist wurde für die drei Novizen das Mittagessen etwa um 11 Uhr entweder im Hause der Eltern Thaung Htins oder seines Cousins vorbereitet und dort eingenommen. Am Nachmittag lernten sie einfache Pali-Verse aus der buddhistischen Philosophie auswendig, wie man fünf oder zehn Gelübde in einer korrekten Aussprache in Pali rezitieren sollte, die ihr Mentor U Zaw Tika ihnen täglich vorgegeben hatte. Ungefähr um siebzehn Uhr besuchten sie täglich ihre Eltern zu Hause, wobei sie mit süßer Limonade oder anderen Getränken reichlich versorgt wurden. Wenn sie sich in die Stadt begaben, um ihre Verwandten zu besuchen, hatte Thaung Htin glücklicherweise noch kein Mädchen von seiner Schulklasse getroffen. Er fürchtete schon in Gedanken, seine Glatze sehen zu lassen. Bis jetzt hatte er ein paar Jungen aus seiner Klasse zufällig auf der Straße getroffen, sie begrüßten ihn sogar mit Verbeugung und Respekt. Nur Mädchen wollte er nicht getroffen haben.

Es war einmal, dass sein Glück ihn jämmerlicherweise verließ; unterwegs tauchte zufällig eine Klassenkameradin namens Saw Kyaing auf, die aufgrund ihres Mundwerkes ziemlich bekannt und von der Grundschule an mit ihm immer in der gleichen Klasse gewesen war, in Begleitung ihrer jungen Schwester auf der Straße. Obwohl Thaung Htin mit einer unsicheren Miene sie freundlich begrüßte, in dem er mit einem leichten Kopfnicken ihr zulächelte, weil er in dem Augenblick keinen anderen Ausweg sah, ihr auszuweichen, machte sie offenbar einen erstaunten Eindruck, wobei ihre Augenbrauen hochschnellten, und währenddessen ihr Mundwerk und ihre Augen sich weit öffneten. Thaung Htin ahnte voraus, dass die Vorzeichen nicht gerade günstig für ihn standen. Danach folgten aus ihrer Richtung ein schallendes Lachen und ein spöttisches Getöse:

„Glatze, Glatze ... Oh ...Oh ... Glatze.

Deine Glatze sonnt sich in der frischen Luft.

Dein Arschloch singt fröhlich Pup ... Pup."

Ihre höhnische Lästerung schlug Thaung Htin wie ein krachender Hieb auf seine Glatze, er schäumte vor Wut, dass sie nicht einmal vor dem edlen gelben Mönchsgewand Respekt hatte, geschweige vor einem Novizen wie ihm; er hätte sie in der gleichen Manier mit deftigen Wortsalven auf der

Stelle verfluchen wollen, dass sie in der Hölle sofort verbrannt werden möge, du dreckige Verdammte usw., aber er war im ehrbaren Mönchsgewand. Aber für einen Novizen wie ihn geziemte es sich nicht, in Zornesausbrüche zu geraten, aus welchen Gründen auch immer. Daher blieb es ihm keine andere Wahl, als die Zähne zusammenzubeißen und schleunigst auf der Stelle zu verschwinden, während er den Mund schloss und die Ohren mit beiden Händen dicht machte, bis die Spottkanone nicht mehr wahrgenommen werden konnte.

Im Kloster sah Thaung Htin aus der Nähe, wie einfach sein zeitweiliges Novizenleben im Vergleich zu jenen war, die ihr ganzes Leben dem Mönchsdasein gewidmet hatten. Alle Mönche schliefen auf dem harten Flur, der mit einer aus Rattan geflochten Matte breitflächig bedeckt war. Die Schlafplätze wurden nur durch die aufgehängten Mönchsroben abgetrennt. Die persönlichen Habseligkeiten, die sie überhaupt besitzen dürfen, z. B. Almosenschale, Zahnbürste, Zahnpasta, Trinkbecher, gelbes Handtuch, ein zusätzliches Mönchsgewand, einen kleinen Koffer mit Erinnerungsfoto von Eltern und Geschwistern, Bücher über buddhistische Philosophie in Pali-Sprache, lagen neben dem Bett. Nur dem Mönchsvorsteher stand ein separater Raum zur Verfügung und ausnahmsweise manchmal auch für einen älteren Mönch, wenn die Räumlichkeit in einem Wohnheim zur Verfügung stand. Die Mönche üben Enthaltsamkeit, Genügsamkeit und Entsagung an weltliches Leben. Da im Kloster streng nach der Ordensregel praktiziert war, hatte es nie Streitigkeiten innerhalb der Mönchsgemeinde gegeben, da die älteren Mönche ihr Verhalten gemäß der Verantwortung gegenüber jüngeren Mönchen richten mussten und die Jüngeren ebenfalls nach dem Respektprinzip gegenüber älteren Mönchen. Trotz allerlei Versuchungen, die in jeder Lage des Lebens auf sie lauerten, die Begierde zu entfachen, widerstanden sie doch bewundernswert und mit einer klaren Einsicht. Es gibt insgesamt 227 Ordensregeln, die die Mönche befolgen müssen, worin genauesten beschrieben wird, z. B. beim Umgang mit älteren Mönchen, jüngeren Mönchen, Nonnen, Laien, Verhalten beim Speisen, Kleiden, Almosenbetteln, Lernen der Buddha-Lehre, mit Besitzgegenständen, Handlungen, die den Mönchen strikt verboten sind usw.

Bei Verletzung der Ordensregel wird das Vergehen je nach der Gewichtigkeit in verschiedene Klassen eingeteilt, die eine kann durch eine Beichte getilgt werden, die andere Art Vergehen zieht neben einer Beichte zusätzlich eine Strafe nach sich, andere bedeutet sogar eine zeitweilige Exkommunikation, und manche Kardinalvergehen z. B. Geschlechtsverkehr, Diebstahl, Anstachelung zur Tötung oder Mord an einen Menschen, bewusste Täuschung der anderen, dass man einem höheren Bewusstseinszustand (z. B. Erleuchtung) erreicht hätte, haben die Ausschließung eines Mönches aus dem Mönchsorden zur Folge. Bei leichtem Vergehen kann ein Mönch durch eine Beichte vor einem anderen Mönch seine Schuld bereinigen, wobei der Beichtvater nicht in das Vergehen verwickelt sein darf. Beim mittleren Vergehen muss die Beichte mindestens vor zwei bis drei Mönchen und bei schweren Vergehen mindestens vor vier Mönchen abgehalten werden. Die Beichtrituale, die zwischen dem Beichtenden und dem Beichtvater verlaufen, werden sowie auch sämtliche Rituale im Buddhismus, ausschließlich in der Pali-Sprache wie folgt vorgenommen:

„Ehrwürden, ich habe … Vergehen begangen."
„Haben Sie das eingesehen?"
„Ja, Ehrwürden, ich habe es eingesehen."
„In Zukunft sollen Sie sich dessen enthalten."
„Ja, Ehrwürden. Künftig werde ich von solchen Vergehen Abstand nehmen."

Trotz der strengen Ordensregeln gab es bekanntlich ausnahmsweise wenige Fälle, in denen die Mönche wegen eines schweren Vergehens aus dem Orden ausscheiden mussten und Laien geworden sind.

Die Novizen und jungen Mönche besuchen täglich am Nachmittag Vorlesungen, wo sie meist die Pali-Verse des Buddhismus korrekt rezitieren lernen. In jeder Ecke des Klosters hört man laute Rezitationen des täglich gelernten Stoffes, die von Mönchen, Jung und Alt, emsig betrieben werden. Am Abend meditieren sie meist vor dem Schlafengehen. Täglich verrichten die Mönche individuell, jeder für sich, nach dem Erwachen das Morgengebet und vor dem Schlafen das Abendgebet vor dem buddhistischen Altar. Viele ältere Mönche verbringen den Tag oft in tiefer Meditation. Im buddhistischen Kloster wird es zeitlich nie vorgeschrieben, wann die Mönche für sich meditieren oder die buddhistische Philosophie lernen müssen, jeder ist zeitlich freigestellt.

Der Buddhismus beruht im Allgemeinen auf der Freiwilligkeit und der Selbstständigkeit des Individuums und erkennt keinen allmächtigen Gott, der alles geschaffen hat. Buddha war weit davon entfernt, weder andere Glaubensrichtungen zu verteufeln noch zu behaupten, dass seine Lehre die einzige wahre Lehre sei. Buddha riet jedem, seine Lehre mit dem eigenen Verstand zu beurteilen und zu bewerten. Vor allem erhob Buddha mitten in der einst von dem herrschenden Hinduismus in verschiedenen Kasten separierten antiken indischen Gesellschaft Eltern und Lehrer in den Rang der sogenannten „Fünf Edeljuwelen" – Buddha, seine Lehre, Mönche, Eltern und Lehrer -,die man verehren sollte. Damit schuf er zu damaliger

Zeit ganz andere ethische Normen im Gesellschaftsystem, in dem bis dahin nur die hinduistischen Götter alleinigen Anspruch darauf stellen durften, verehrt und anbetet zu werden. Nach der buddhistischen Lehre sei jedes Lebewesen in einem ewigen Kreislauf (Samsara) von Begierde und Leid gefangen, wobei das eine jeweils das andere verursacht. Begierde und Leid, was man individuell empfindet, haben aber nur in der subjektiven Betrachtung ihre Existenzberechtigung, wo die sogenannte Fiktion „Ich" existiere. Jedoch objektiv existiere weder „Ich", noch „Du", daher verlieren auch „Meine Begierde" und „Mein Leid" ihre Existenz. Letztendlich sei die endgültige Befreiung aus dem eigenen Ego der Eingang ins Nirwana. Nach dem Verständnis der buddhistischen Lehre gibt es zwei Arten von Glück. Eine ist das Glück, das man erfährt, wenn all seine Wünsche erfüllt sind, z. B. Lottogewinn, hier in diesem Fall ist die Begierde zeitweilig befriedigt. Die zweite Art von Glück ist das, das man empfindet, wenn man einfach keine Wünsche spürt, man ist frei von jeglichen Wünschen und Begierden. Jene zweite Art von Freude ist die, nach der man im Buddhismus strebt. Der höchste Zustand „Nirwana" beschreibt, dass sich der Mensch, von den ichhaften Fesseln dauerhaft befreit, nur noch, als ein winziges Teilchen im großen Universum darstelle und mit dem ganzen Universum in Harmonie vereint sei. Der Weg zur Befreiung von „Ich" führt über dem edlen achtfachen Weg: rechte Anschauung und Erkenntnis, rechte Gesinnung und Absicht, rechte Rede, rechte Handlung, rechte Lebensweise, rechtes Streben, rechte Achtsamkeit, rechte Konzentration (Meditation).

Was die gemeinschaftliche rituelle Handlung der Mönche betrifft, gibt es - im Gegensatz zu Klöstern christlichen Glaubens - ausnahmsweise nur eine gemeinsame Rezitation im Kloster, die sogenannte Patimokkha-Rezitation, an der sich alle Mönche des Klosters beteiligen. Diese ausnahmsweise durchgeführte gemeinsame Rezitation findet am Vollmondtag und Neumondtag statt und ebenfalls an dem bestimmten Tag als besonderer Anlass, wenn die Meinungsunterschiede bezüglich der Interpretation über die Ordensregel innerhalb der Mönchsgemeinde mit Eintracht beseitigt werden kann. Dabei werden alle Vergehen, die durch Beichte getilgt werden können und die anderen schweren Vergehen, die den Ausschluss aus dem Mönchsorden zur Folge haben, noch einmal gemeinsam rezitiert, um damit jeden Mönch daran zu erinnern. Jene Patimokkharezitation war in der Zeit nach dem Tode von Buddha oft von seinen Jüngern einberufen worden, um den Streit der Interpretationsunterschiede verschiedener Schulen beizulegen. Jedoch hat es in der gegenwärtigen Mönchsgemeinde in Burma keine praktische Bedeutung mehr, da sich die Deutung der buddhistischen Lehre seit Jahrtausenden nicht geändert hat.

Unter den Zweigen des Tamarpin (Teil 2)

Seit Beginn der fünften Klasse ging Thaung Htin zusammen mit seinen zwei Cousins Aung Sein und Maung Saw in die Schule, der eine mütterlicherseits und der andere väterlicherseits verwandt war. Sie kamen vom Yaw-Gebiet, um die Schule zu besuchen und wohnten bei ihm zu Hause. Weil nun mehrere Kinder im Hause waren, musste jedes Kind für seine eigene Wäsche sorgen, d. h. Waschen und Bügeln der eigenen Kleider. Das Wasser für Trinken, Waschen und Kochen mussten ebenfalls die drei Jungen täglich von einem Brunnen des Nachbarhauses holen. Sie benutzten dabei zwei Blecheimer mit einem Fassungsvermögen von jeweils zehn Litern, die sie mit beiden Händen ca. fünfzig Meter vom Brunnen über die Straße bis nach Hause trugen. Dann füllten sie zu Hause mehrere große Behälter voll mit Wasser.

Gegenüber dem Haus Thaung Htins befand sich auf der anderen Seite der Straße das Spendenhaus, daneben auf der rechten Seite das Haus der Familie Daw Phya Su, auf deren Grundstück im Hinterhof jener Brunnen lag. Zum Wasserholen überquerten die Brüder Thaung Htins täglich am Nachmittag zuerst die Straße, gingen hinter das Spendenhaus und danach gelangten durch ein Zauntor, das nur leicht verriegelt war, zum Brunnen auf dem Hinterhof der Familie Daw Phya Su. Dort holten sie das Wasser aus dem Brunnen mithilfe eines Eimers, der am Ende eines Seils befestigt war, das durch eine oben aufgehängte Spule lief. Neben dem Brunnen in ca. drei Meter Abstand war die Küche der Familie Daw Phya Su in einer auf 1/2 Meter hohen Stelzen gebauten Hütte unterbracht, die mit Bambusbretterwänden hermetisch abgeriegelt und mit einer Eingangstür versehen war. Zur Entlüftung war ein Bambusbrettfenster vorhanden, das nur von innen aufgemacht und geschlossen werden konnte. Bei den burmesischen Häusern war die Küche immer in einem separaten Raum oder einer Hütte außerhalb des Hauses untergebracht, um vom Rauch nicht belästigt zu werden. Die Toilette war ebenfalls immer außerhalb des Hauses, in der weit entferntesten Ecke des Hausgeländes.

Hier in der Küche kochte Ma Mya Mya, die Nichte der alten Dame Daw Phya Su, die Thaung Htin und seine Cousins Mama Mya zu nennen pflegten, und sie führte praktisch den ganzen Haushalt der Familie. Wenn Thaung Htin und seine Cousins am Brunnen standen, sahen sie Mama Mya immer in der Küche beschäftigt. Sie war schon im blühenden Alter von fast zwanzig. Als Thaung Htin in die fünfte Klasse ging, war sein Interesse an Mädchen nur Neugier, um das weibliche Wesen, aufmerksamer zu betrachten und näher kennenzulernen. Er war nur damit beschäftigt, mit welchen

Mitteln und Wegen das andere Wesen am besten erreicht werden könnte. Sieg und Niederlage wurden ohne besondere Leidenschaft spielerisch angenommen, mit Humor ertragen und oft kindlich vergessen. Als er aber in die sechste Klasse kam, verharrten seine Blicke auf anderen Wesen wesentlich länger und intensiver, seine Gefühle wurden pathetischer und wirkten auf ihn nachhaltiger als jemals zuvor. Es war nicht mehr möglich, auf die Reaktionen der anderen Seite knabenhaft zu reagieren oder mit Leichtfüßigkeit darüber hinwegzugehen. Der langsame Reifeprozess der inneren Gefühle hatte bei ihm erst begonnen. Nach und nach wurde er der aufblühenden Schönheit einer Rose gewahr, die er tagtäglich aus der Nähe zu betrachten das Glück hatte und bis dahin aufgrund seiner altersbedingten Unreife unsichtbar gewesen war: die schöne Mama Mya.

Sie war eine reife erwachsene Schönheit, die ihre Erhabenheit mit Würde trug - beim Sprechen, beim Sehen und beim Bewegen. Wenn er nun Mama Mya mit den Mädchen in der Schule verglich, sahen alle Schulmädchen wie kleine Kinder aus, die dauernd ohne jeglichen Grund kicherten, sich stritten, schrien und heulten. Vor einem Jahr, als er Mama Mya von seiner Schule und Kameraden erzählte, gab es viel zum Lachen. Damals kannte er weder Schüchternheit noch Angst, mit ihr zu plaudern; sie schien ihm wie eine große Schwester zu sein. Nun verspürte er seltsamerweise schon eine innere Unruhe, sogar wenn sie sich in seiner Nähe aufhielt. Wann sich dieses seltsame Gefühl zum ersten Mal in seine Seele eingeschlichen hatte, wusste er nicht. Wenn er sich nun mit ihr unterhielt, traute er sich selten, ihr ins Gesicht zu schauen, stattdessen schlug er oft seine Augen nieder, um seine innere Unsicherheit, so weit wie möglich, zu verheimlichen. Wie einst sich mit ihr zwanglos zu unterhalten, wobei ihm die Worte so flüssig und zwanglos einfielen, war es ihm aufgrund seiner inneren Unruhe kaum noch möglich. Wenn er sie mit aller Ruhe betrachten könnte, ohne dabei von den anderen beobachtet zu werden, wanderten seine starren Augen oft von ihrem hübschen Gesicht zu ihrem gewölbten Busen und glitten über die Taille hinab. Oft versuchte er reflexartig, seine Augen umzusteuern, wenn sich ihre Blicke zufällig begegneten. Es war ihr auch nicht verborgen geblieben, dass das Verhalten bei dem kleinen Burschen Thaung Htin nicht mehr so kindhaft war. Seine Augen trugen schon manchmal männliche Züge, wenn diese auch noch so schüchtern und unreif waren.

Eigentlich sprach Mama Mya wenig, aber ihre tiefen geheimnisvollen Augen, die voller Anmut schauten, schienen etwas zu besagen, wovon sie träumte, und wonach sie sich sehnte. Wenn sie aus der Küche herauskam, um in ihr Haus durch die hintere Tür zu gehen, verfolgten die Augen Thaung Htins verstohlen ihre atemberaubende, anmutige Bewegung, wie ihre schlanken Schenkel anzüglich leichtfüßig die Schritte setzten, wie ihr voll entfalteter Busen auf und ab schwang, wie ihre schwarzen Haarsträhnen um ihre Ohren schaukelten. Wenn sie ihr gefühlvolles und stilles Gesicht, das sie ständig trug, ahnend, dass der kleine Kerl Thaung Htin ihr wie ein Verliebter ständig nachschaute, mit Absicht ihm zuwandte, färbte die Glut seiner heimlichen Leidenschaft seine Wangen rot, und dann fühlte er sich so, als wäre er aufgrund seiner heftigen inneren Erregung sofort in brennendes Höllenfeuer geraten, und falls sie ihm dabei mit ihren tiefen Augen länger als ein Weilchen Aufmerksamkeit schenkte, spürte er paradoxerweise den Schüttelfrost in seinen ganzen Gliedern bis zu den Extremitäten, als ob sein ganzer Körper zu Eis erstarrt geworden wäre. Wenn sie ihn noch dazu mit einer Frage belegte, war er just in dem Moment sprachlos, als wäre er als Stummer auf die Welt gekommen. Bis er die Sprache wieder fand, verging eine Weile, die ihm wie eine Ewigkeit vorkam. Mama Mya hatte schon längst wahrgenommen, dass der Junge mit den Gefühlen durcheinander war. Aber was sollte sie denn mit diesem Jungen anfangen, der erst vierzehn und glatte sechs Jahre jünger war als sie und von Frauen keinen blassen Schimmer hatte?

Nein, nein, sie sehnte sich nach jemandem, der sie mit Willenskraft und Leidenschaft in ein unbekanntes Reich führt, ah ... wann kommt er denn?

Das Spendenhaus war ca. 90 Quadratmeter groß und eigentlich ein Lagerhaus für unzählige Reissäcke. Das Dach des Spendenhauses war dreifach aufgeschichtet und mit kunstvollen Verzierungen versehen wie bei einem Tempel oder Kloster, sodass es von außen schon sichtbar war, dass dieses Gebäude etwas mit religiösen Zwecken zu tun hatte. Dort innen lagen Hunderte von kleinen und großen Reissäcken gestapelt. Diese waren die Spenden der Bevölkerung der Stadt, um die Mönche täglich mit gekochtem Reis zu versorgen. Weil der gespendete Reis für die Mönche dort eingelagert und von dort aus den Mönchen ebenfalls das gekochte Frühstück serviert wurde, nannte man dieses Gebäude im Volksmund „Spendenhaus". Zwischen den Reissäcken gab es Räume und enge Gassen, wo die Kinder von U Tha, ein zehnjähriger Bub und ein achtjähriges Mädchen am Tag oft Versteck spielten.

Das tägliche Leben des Spendenhauses erwachte schon ganz früh um ca. drei Uhr morgens, wenn die Normalsterblichen noch im Bett schlummerten. Das Ehepaar U Tha und Ko Luphan, die separaten Räumen neben der freien Küche, hinter dem Spendenhaus, wohnten, kochten zu dritt in großen Bottichen Reis für die Mönche, die zu Hunderten täglich morgens gegen fünf Uhr zum Spendenhaus kamen, um das Frühstück zu erbetteln.

Die großen Kochtöpfe mit gekochtem Reis wurden durch den Hintereingang des Spendenhauses zum Vorderteil gebracht. Wenn ein Kochtopf leer war, wurde von hinten wieder Nachschub geliefert. Der Hintereingang des Spendenhauses war aus jenen Gründen ständig offen. U Tha und Ko Luphan standen am Vorderteil des Spendenhauses an einem Tisch, wo der erste Mönch seinen schwarzen Almosentopf, den er in beiden Händen hielt, aufmachte. Es war noch finster um das Spendenhaus und auf der Straße. Nur die elektrische Birne an der Decke des Vorderteils des Spendenhauses leuchtete spärlich, wobei das Innere des Spendenhauses nie beleuchtet und daher in der Nacht immer dunkel war. U Tha, seine langen Haare in einem Knoten verschlungen, schöpfte mit einer Schüssel den gekochten Reis aus dem großen Topf, der auf einem Tisch lag, und schüttelte den Reis in den schwarzen Almosentopf eines Mönches, dann kam der zweite Mönch an die Reihe. Ko Luphan stand am Tisch neben ihm und machte den Reis im Kochtopf mithilfe eines großen Holzlöffels locker, um ihn das Herausholen leichter zu ermöglichen. Hunderte von Mönchen standen Schlange im Morgengrauen vor dem Spendenhaus, um Almosen für das Frühstück zu sammeln. Die meisten Mönche, die zum Spendenhaus kamen, waren ausschließlich junge Mönche und überwiegend Novizen. Die Mönche kehrten zum Kloster zurück und nahmen im Speisesaal gemeinsam das Frühstück ein, das meist nur aus dem gekochten Reis und Salz bestand. Danach nahmen sie eine Dusche, und ca. 8. Uhr begaben sie sich wieder auf den Weg, um Almosen zum Mittagessen zu erbetteln, das sie ca. 11 Uhr gemeinsam im Speisesaal zu sich nahmen. Der Start zum Beginn des Mittagsmahls im gesamten Kloster wird durch ein lautes Klopfen auf einen großen, innen ausgehöhlten Holzklotz verkündet, das täglich um die gleiche Zeit ertönte:

„Daugh Daugh Daugh…Daugh Daugh Daugh…"
Danach ab 12 Uhr begann das Fasten der Mönchsgemeinde bis zum Morgengrauen.

Während der viermonatigen Regenzeit vom Juli bis Ende Oktober, die man als „War-Dwin" bezeichnet, konzentrieren sich die Buddhisten seit Jahrtausenden besonders auf die religiösen Aktivitäten. Nach der Mönchsordensregel dürfen die Mönche während des „War-Dwin" nicht verreisen. Die Hochzeit zwischen buddhistischen Gläubigen findet nie in dieser Zeitspanne statt, da sich die Gläubigen voll und ganz der Religion widmen. Viele Buddhisten pflegen mindesten einmal in der Woche – am Sabbattag – zum Kloster zu gehen und dort zu fasten.

In Pakokku gingen viele Gläubige am Sabbattag zum West-Kloster neben der berühmten Thihoshin-Pagode. Manche gingen auch zum Kloster auf den nördlich der Stadt liegenden Bergen. Die Berge waren nur ungefähr zwei- bis dreihundert Meter hoch, aber da oben wehte ständig eine kühle, erfrischende Brise, wenn es unten in der Stadt glühend heiß war. Dort im Kloster rezitierte der Abt am Sabbattag zehn Gelübde für das versammelte Laien-Publikum, jeder wiederholte phasenweise wörtlich die Rezitation des Abtes in der Pali-Sprache, um zehn Gelübde für diesen Tag abzulegen: „Ahan Bande Tithayaneha Thaha, Aghanga Thamanna Gati Upawthahta Thilan, Daman Yasami Anutgahan, Katwa Thilan Detha May Bande." (Ehrwürdiger, in Anbetung an die drei heiligen Juwelen, erlauben Sie mir, vor dem Ehrwürdigen Zehn Gelübde abzulegen. Ich bitte ehrfürchtig, um Verkündung der Zehn Gelübde.)

Nach der Spende einer Portion des Mittagsmahls an die Mönche aß jeder zu Mittag, was man im Henkelmann von Zuhause mitgebracht hatte, danach galt das Fasten ab 12 Uhr bis zum nächsten Morgen. Die Menschen verbrachten den ganzen Tag mit einer Gebetskette in der Hand in tiefer Meditation, manche unter einem schattigen Baum, manche unter dem Dach eines Tempels oder manche in einer ruhigen Ecke eines Rasthauses. Manche betagten Damen, die an jedem Sabbattag mit ihren gleichaltrigen Freundinnen im Rasthaus des Klosters zusammenkamen, pflegten dabei gern das zwanglose Plauderstündchen miteinander über dieses und jenes zu führen, wobei sie während der Unterhaltung, deren Thematik oft dicht an der Grenze der auferlegten zehn Gelübde vorbeischrammte, ganz fleißig mit den Fingern die kleinen runden Kugeln der Gebetskette schoben: „Habt ihr gehört, die Tochter des ...", der Name des Betreffenden wurde dabei so leise und geheimnisvoll über die Lippen gebracht, „soll mit ... ein Verhältnis gehabt haben, der schon verheiratet ist?"

„Ja, ich habe schon gehört, der soll vorher nicht nur eine, sondern mehrere gehabt haben", tuschelte eine andere Frau.

„Na, ja, wenn der Mann nicht nur mit dem Geld, sondern auch mit seiner Manneskraft die Frauen ernähren kann, wie unser vorletzter König Mindon, der über siebzig Frauen hatte, habe ich nichts dagegen", äußerte eine anscheinend liberal denkende Dame.

„Na, man weiß nicht, ob König Mindon das alleine geschafft hatte, oder mehrere ihm unter Arme und Beine gegriffen hatten", fügte eine hinzu, und alle lachten mit gedämpfter Stimme, um von den anderen strengreligiösen Gläubigen nicht angestiert zu werden.

„Übrigens, seit einer Woche kommt ein junger Mönch zu uns, Mittagsalmosen zu erbetteln, der sieht so gut aus, seitdem koche ich nur das Beste für ihn. Alle meine Nachbarinnen waren so begeistert von ihm, dass sie ihm ebenfalls Mittagsalmosen angeboten haben. Eine Nachbarin, die war ziemlich schamlos, sie machte sich extra hübsch und bestäubt ihr Gesicht und sogar den ganzen Körper mit Parfum, bevor er kommt. So was mache ich nicht, ich ziehe nur täglich ein neues Kleid an", lästerte eine Dame mit einem grimmigen Gesicht über ihre Konkurrentin.

„Bei uns war auch vor Monaten ein junger Mönch gewesen, der hatte scheinbar einen Liebesbrief immer bei sich und hielt diesen zwischen der Almosenschale und seinen Handflächen. Wenn ein hübsches Fräulein ihm Almosen gab, hat er ihr den Brief gleich überreicht. Seit es sich unter den Mädchen herumgesprochen hatte, ist er nie wieder aufgetaucht", berichtete eine andere Dame.

„Ich glaube, das sind ja die Ausnahmefälle. Wir haben bis jetzt in dieser Stadt, wo viele Mönche leben, noch nie gehört, dass irgendeine Frau mit jemandem verheiratet war, der wegen der Frau vom Mönch zum Laien gewechselt hat", beschwichtigte eine Dame, die extrem religiös zu sein schien.

„Bei uns nicht, aber in Myingyan, wo meine Schwester wohnt, hat es eine Familie gegeben. Der Ehemann war Ex-Mönch, also vom Mönch zum Laien konvertiert. Als ehemaliger Mönch, der bis dahin täglich von Almosen gelebt hatte, verstand er gar nicht, wie man im Leben Geld verdienen soll und arbeiten muss. Nachher war immer Streit zwischen ihm und der Frau ausgebrochen, die Ehe ging in die Brüche. Dann ist er doch wieder Mönch geworden. Der Ex-Mönch, der mit einer Dame verheiratet ist, bleibt auch niemals in dem Ort, wo er im Kloster gewesen war. Dann verliert er sein Gesicht, daher würden sie sich eher anderswo niederlassen, wo sie niemanden vorher kennen", erzählte eine Dame eine Geschichte, die sie gut kannte.

„Im Grunde genommen sind die Mönche wie wir Laien immer noch Menschen, die in der Tat die Knechte der Begierde sind, wie der erleuchtete Buddha uns gelehrt hat. Zum Unterschied zu uns Laien führen die Mönche ein bedürftiges Leben mit dem festen Vorsatz, sich von der Knechtschaft der Begierde und des Leidens frei zu kämpfen. Daher ist es mehr als verständlich, dass manche Mönche ihren heimlichen Gefühlen unterliegen", äußerte eine ältere Dame ihre Ansicht.

„Wenn ein hübscher junger Mönch mir einen Liebesbrief gibt, werde ich den ruhig behalten, das sage ich euch ehrlich", offenbarte eine Dame, die noch ledig war, ihren heimlichen Wunsch.

„Da hast du es einfacher als ich. Wenn ich so was bekomme, muss ich das meinem Mann sofort vorlegen, sonst bekomme ich bald einen gewaltigen Donner", ergänzte eine Dame mit einem lachenden Gesicht und zog damit ihre Freundinnen in eine erheiterte Stimmung, sodass sie alle hinter vorgehaltener Hand ihren Lachanfall hüten mussten.

Am Nachmittag gegen 16 Uhr pflegte der Abt im großen Saal des Klosters vor einer großen Schar von Zuhörern eine lange Predigt als Abschluss des Sabbattages zu halten. In seinen Ausführungen wies er darauf hin, wie das Leben Buddhas verlaufen war, wie der Weg zur Befreiung aus dem ewigen Kreislauf Samsara zu erreichen sei. Alle schenkten den Belehrungen des ehrbaren Abtes Aufmerksamkeit und ehrfürchtige Anbetung. Danach kehrten die Menschen mit einem befriedigten Gefühl nach Hause zurück, sich an dem Tag einen beträchtlichen Teil religiösen Verdienstes erworben zu haben.

In der Zeit jenes „War-Dwin", ertönt täglich um ca. 4 Uhr in den Teilen der Stadt, wo ein Kloster in der Nähe war, der sanfte Klang eines Gongschlages, den die Burmesen als „Keyzi-Than" bezeichnen. Der Gong hat die Form eines halben Banyanblattes und besteht aus einer ca. ein Zentimeter dicken Bronzescheibe, die man mit einer Schnur an deren Spitze aufgehängt hält. Es wird besonders bei religiösen Anlässen mit einem kleinen Holzhammer auf die eine Seite der Bronzescheibe geschlagen, somit entsteht ein lang anhaltender melodischer Klang, der eine gewisse meditative wohltuende Stimmung erzeugt. Es ist ein jahrhundertelanger Brauch in Burma, dass die Menschen durch jene Keyzi-Than geweckt werden, um für die Mönche das Frühstück vorzubereiten. Wenn im Morgengrauen jene Keyzi-Than ertönt, weckt die Stimme des Menschen, der mit dem Gong in der Hand diesen Dienst freiwillig tut und alle Straßen des Stadtviertels durchwandert, die schlafenden Menschen mit einem Aufruf:

„Gute Bürger, warmherzige Menschen!
Wacht auf, um diese Stunde.
Bereitet vor das Frühstücksessen
Für die ehrenwerten Mönche."

Dann ertönt erneut der lang anhaltende melodische Klang des Gongschlags. Durch die Rotation der Gongscheibe beim Schlag verlagert sich ein vibrierender Effekt zusätzlich auf eigenen charakteristischen Ton, sodass hier ein wirbelnder Klang erzeugt wird anders als bei einem einfachen Glockenschlag.

Keyzi-Than schritt durch die stille Nacht, schlenderte zwischen den Blättern der Bäume hindurch, und eine leichte Morgenbrise begleite ihn dabei durch Gassen und an Häusern vorbei und weckte jedes noch im Schlaf schlummernde Lebewesen mit einer sanften Streichelstimme auf, deren leiser, zärtlicher Hauch so gar die weit entfernte Sonne, die bis dahin noch nicht Mal bis zum Horizont geschafft hatte, unverkennbar spüren ließ. Von Keyzi-Than aufgeweckt, standen manche Mütter oder Töchter auf und kochten das Frühstücksessen für die Mönche, während die Väter oder Onkel eher die Morgenandacht bevorzugten. Manche Menschen, die an einem bestimmten Tag einen ganz besonderen Anlass hatten, z. B. Geburtstag eines Nahestehenden in der Familie, warteten mit dem vorbereiteten Essen in der Hand ganz früh in der Morgendämmerung vor dem eigenen Haus. Wenn ein Mönch mit einer Almosenschale vor dem Haus vorbeikam, wurde der gekochte Reis und Curry in die Almosenschale hineingetan, worauf der Mönch zu sagen pflegte: „Thadu, Thadu..(wohl getan)."

Die Spende an andere gehört nach dem Buddhismus zu einer guten Tat, und dieser religiöse Verdienst trägt für die Besserstellung des eigenen nächsten Lebens bei, so glauben die Buddhisten in Burma. Dabei erbringt die Spende an spirituell höher gestellte Personen oder Institutionen wie z. B.an eine Pagode oder an Mönche einen relativ höheren religiösen Verdienst, der viel höher sei als bei der Spende an arme normale Menschen.

Manche, die die allmorgendliche Andacht bevorzugten, taten den gekochten Reis und Curry auf einen kleinen Teller, das Trinkwasser in ein Glas, frische Blumen in eine Vase, dies waren Almosen für Buddha. Sie wurden vor dem buddhistischen Altar, der in jedem Haus nicht fehlen darf, aufgestellt. Obwohl Buddha vor zweitausendfünfhundert Jahren gelebt hatte, tun die buddhistischen Gläubigen immer noch so, als verweile der lebendige Buddha noch auf dem Altar in ihrem Hause. Die wahre Verehrung unterliegt eben keiner zeitlichen Begrenzung. Zwei, drei Kerzen, die vor dem Altar angezündet wurden, leuchteten die vergoldete Buddhastatue in der Mitte des Altars an. Das stille Antlitz Buddhas, frei von Begierde, Leiden und Ego, erstrahlte im Kerzenlicht Friedfertigkeit und Sanftmut und ließ jedem Anbetenden seelische Ruhe in sich fühlen. In sich gekehrt verrichteten manche Menschen leise das Morgengebet, als es draußen noch dunkel war:

„Okasa, Okasa, Okasa, Kayakan Wasikan Manawkan, Manaw Tatha Bagawa Taw, Araha Taw, Thama Thanbok Datha."
(Ehrwürdiger, ich bitte um Vergebung für all meine Sünden, die ich verbal, gedanklich oder tätlich begangen habe.)

Manche schrien aber lauthals das Morgengebet, sodass die ganze Straße mithören konnte. Manche waren der ehrlichen Ansicht, dass diejenigen, die das Gebet vernahmen, seinen religiösen Verdienst teilen mögen. Manche Lautenschläger verfolgten dies aber mit einer gewissen Absicht, nämlich überschwängliche Religiosität von sich zu geben, weil die Normalsterblichen im Lande Religiosität oft gern mit Ehrbarkeit verwechseln.

Im Hause von Daw Phya Su stand Mama Mya täglich morgens früh auf, um das Almosenessen für die Mönche zu kochen. Sie saß meist in der Küche, wenn ihre Tante im oberen Stockwerk vor dem buddhistischen Altar stundenlang das Morgengebet verrichtete. Täglich morgens ungefähr um 9 Uhr kamen die Mönche ins Haus, das Mittagessen zu erbetteln. Jede Familie pflegte täglich vier bis fünf Mönche, die vorher das Einverständnis jener Familie eingeholt hatten, mit Mittagessen zu versorgen. Dabei bestanden die gespendeten Almosen von einer Familie aus einer kleinen Schüssel voll gekochtem Reis und einem Fleischgericht oder gebratenem Gemüse oder frischem Obst. Ein Mönch war täglich bei ca. sechs bis sieben Familien, sodass das gespendete Essen für ihn mehr als ausreichend war. Im Kloster teilen die Mönche das Essen miteinander.

Von den sechs Mönchen, die täglich ins Haus von Daw Phya Su kamen, war ein junger Mönch gerade im zwanzigsten Lebensjahr, er war erst vor vier Jahren dem Mönchsorden beigetreten, stammte aus der nördlichen kleinen Stadt Myain. Nun hatte er vier „War" hinter sich, und in einem Jahr, also nach fünf „War" würde er ordinierter Mönch sein. Seitdem der junge Mönch in ihrem Hause erschien, war Mama Mya von seinem wohlgefälligen Antlitz besonders angetan. Wie oft hatte sie danach sein Gesicht in ihren Gedanken nachgezeichnet, bemalt und befühlt: Wenn er sich statt der Mönchsrobe eine Laienkleidung anziehen würde, z. B. ein weißes Hemd und ein blau gestreiftes Longyi, und wenn er anstatt der Glatze noch seine Haare wachsen lassen würde, würde er sehr gut aussehen, sodass andere Frauen mich zurecht beneiden würden, wenn ich neben ihm stünde. Wenn er mich eines Tages fragen würde, ob ich seine angetraute Frau werden wollte ...

Sie wusste, dass es sündhaft war, einem Mönch begehrlich zu sein, und einen ehrenwerten Mönch, der den weltlichen Begehrlichkeiten entsagt hatte oder mindestens versuchte, zu entsagen, durch ihre Weiblichkeit auf den falschen und gefährlichen Weg zu führen, wäre eine noch größere Sünde. Aber Sünde oder nicht Sünde, wenn die Sinne übermächtig werden, sind die Menschen oft machtlos, so sehr sie sich auch dagegen stemmen. Sie wollte ihn ja gar nicht wissen lassen, wie sehr sie ihn mochte; aber ihre Augen, ihre Lippen, ihre Hände sprachen schon die eigenartige Sprache der Leidenschaft und Begierde. Wenn er einmal vor ihr stand, hätte sie sich am liebsten in seine Arme hingeworfen, ohne ein Wort zu sagen, denn die Worte genügten ihr nicht mehr. Was die Erfahrung mit Männern betrifft, hatte sie bis dahin absolut keine. Aber Erfahrung hin, Erfahrung her, ihre unbezwingbare Leidenschaft und ihr inniges Verlangen nach ihm entführten sie schon in die schöne Fantasie, wo sie noch nie gewesen war.

Tagtäglich verlief ihr ganzes Leben zwischen Kochen und Haushalt, sie weilte entweder in der Küche oder im Hause, abgesehen davon, dass sie

gelegentlich mit der Nachbarsfamilie U Tha über den Zaun ein paar Worte wechselte oder mit Thaung Htin und seinen Brüdern ein Schwätzchen hielt, wenn diese zum Brunnen Wasser holen kamen. Ausnahmsweise trat sie einmal am Tag vor das Haus, um Blumen zu gießen. Wenn zu jener Zeit junge Leute auf der Straße vorbeikamen, war sie deren ungeteilter Aufmerksamkeit sicher. So wurde sie von den begehrlichen und zuweilen aufdringlichen Blicken der Burschen umlagert, was sie sehr glücklich und sogar stolz werden ließ, obwohl sie sich nie traute, diesen Leuten einen flüchtigen Blick zuzuwerfen. Sie hörte nicht selten die jungen Leute sagen:
„Oh, das ist eine hübsche Frau."
Manche beharrlichen Burschen drehten so gar ein paar Runden auf ihren Fahrrädern an ihrem Haus vorbei, um ihre Aufmerksamkeit erhaschen zu können. Jedes Mal, wenn ihre ohne hin strenge Tante diese Szene mitbekommen hatte, war sie fuchswild und rief sie sofort, ins Haus hereinzukommen und verbot ihr sogar, vor das Haus zu treten. Da aber die Blumen vor dem Haus täglich gegossen werden mussten und sie selbst auch diese Arbeit nicht machen wollte, sah sich die Tante gezwungen, Mama Mya am Tag einmal vor das Haus treten zu lassen. Wie gern wäre sie einmal ins Kino gegangen wie andere jungen Frauen, aber ihre Tante und ihre ältere Cousine hatten mit solcher Art von Unterhaltung nichts im Sinn, so musste sie sich dem Willen ihrer Verwandten fügen, wie es war und wie es in der Familie sein musste. Wenn sie nichts zu tun hatte, ließ sie die Hauskatze auf dem Schoß sitzen und streichelte sie so lange, bis die Katze eingeschlafen war. Wenn ein Tag vorbei war, kam der nächste Tag und ihr Leben hatte sich nicht geändert.
Seitdem sie dem jungen Mönch begegnet war, war ihr Leben ganz anders geworden. Wenn ein Tag zu Ende ging, sehnte sie sich nach dem nächsten Tag, weil er wiederkommen würde, Almosen zu holen. Sie musste nur aufpassen, dass ihre Tante nicht den leisesten Verdacht über ihre Gefühlsregungen erahnen konnte. Bei Anwesenheit der Tante verhielt sie sich ganz korrekt und kühl dem jungen Mönch gegenüber. Am Anfang war es ihr sehr einfach, gleichgültiges Benehmen vorzutäuschen, aber je mehr ihre inneren Gefühle zu ihm stärker wurden, um so schwieriger und belastender wurde doch diese Schauspielerei. Wenn er dasaß auf dem Stuhl, seine Almosenschale auf dem Tisch, sah sie ihn in Gedanken ihr zulächeln, obwohl er in seiner gelben Mönchsrobe in der Tat mit einem fast unbeweglichen Gesichtsausdruck, sogar ein wenig distanziert zu ihr stand, auch wenn ihre sehnsüchtigen Augen nicht so selten ihn anstarren mochten. Es war ihm, dem jungen Mönch, nicht spurlos entgangen, wie die junge hübsche Frau ihn bei Überreichung der mit reichlichem Essen gefüllten Almosenschale

seine Hände berührte, die auf ihn fast elektrisierend wirkte, wohl wissend, dass das Beschäftigen mit einer Frau - sogar rein gedanklich - ein Vergehen nach der Mönchsordensregel bedeutete.

Wenn Thaung Htin im Klassenzimmer saß, war er oft in Gedanken bei Mama Mya, als wäre er ein Verirrter im Labyrinth seiner leidenschaftlichen Gefühle; ihr stilles Gesicht verführte ihn in unwegsame Gassen, ihre tiefen Augen zerrten ihn in eine unbekannte Richtung, ihr wohlproportionierter graziöser Körper mit Wölbungen und Vertiefungen kreiste um ihn ständig wie ein Karussell und ließ ihm einmal eine berauschende und ein anderes Mal beängstigende Empfindung bescheren: Freude, sie mit sehnsüchtigen Blicken voller Begehr zu überhäufen, und Angst, von dieser zarten, geheimnisvollen Angebeteten abgewiesen zu werden.

Vielleicht merkt sie schon, dass er närrisch in sie verliebt ist, vielleicht auch noch nicht, wie soll er es sie denn wissen lassen? Soll er es ihr sagen, egal was passiert? Dazu gibt es kaum Gelegenheit, dass er ihr allein begegnet, um sein ganzes Herz auszuschütten. Und wenn es diese seltene Gelegenheit gäbe, würde er sich nie trauen, seine innersten Gefühle über die Lippen zu bringen. So etwas hatte er im Leben noch nie getan und auf seine eigene Courage war nie Verlass.

Derweil hatten seine Cousins die unübersehbaren Auffälligkeiten auf seinem Gesicht und in seinem Verhalten gegenüber Mama Mya längst registriert, und bewusst oder unbewusst war er damit schon unter die aufmerksame Beobachtung der anderen geraten. Einmal hatte er einen kleinen Jasminzweig, den er im Garten für sie gepflückt hatte, vor ihrer Küche gelassen, als er als Letzter mit den Wassereimern den Brunnen verließ, mit einer gewissen Hoffnung, dass sie seine Zuneigung mindestens mit einem ermutigenden Lächeln würdigen möge. Es waren eigentlich zwei duftende Jasminblüten mit zwei Blättern, die sollten genau zwei Personen symbolisieren: sie und ihn. Leider war am nächsten Tag auf ihrem Gesicht weder Erfreuliches noch Unerfreuliches zu finden. Ob sie die Blüten gar nicht gefunden hat oder gar nicht wusste, dass sie von ihm waren. Es war schon eine herbe Enttäuschung, jedoch sprach er sich Mut zu, da es immer noch nicht restlos bewiesen war, dass sie ihn nicht mochte. Wenn es so wirklich wäre, was nun? Sollte er lieber einen Liebesbrief an sie richten, damit sie endgültig und unmissverständlich in Kenntnis gesetzt werde: Er liebt sie.

Wenn sie aber für ihn nichts empfinde und den Brief lese, werde sie vielleicht ihn auslachen oder im schlimmsten Fall in irgendeiner Weise ihn bloß stellen oder ihrer Tante seinen Brief vorlegen, dann werde sich daraus eine sehr unangenehme Situation ergeben. Er spürte Angst, Angst davor, mit seiner allerersten Liebeserklärung im Leben auf einem Scherbenhaufen zu landen. Außerdem ist sie viel älter als er und jeder würde sagen, er sei verrückt, sich in eine alte Frau zu verlieben. Wenn seine Eltern das erfahren würden, dann ist der Riesenkrach zu Hause vorprogrammiert und eine Tracht Prügel ganz sicher; das darf also keiner erfahren, außer ihm und ihr; das ist das größte Geheimnis, das er jemals in seinem bisherigen Leben für sich aufbewahrt habe. Wenn er Wasser holen gehe, da sind seine zwei Cousins immer dabei. Wenn er dort seinen Liebesbrief ausrücken würde, würden sie alles sehen und zu Hause darüber berichten. Mama Mya würde sich in Anwesenheit anderer Personen eher dumm anstellen und seinen Liebesbrief eher ablehnen mit den Worten: „Was ist das?" Das wäre die größtmögliche Katastrophe, die er je zu erwarten habe. Was sollte er dann tun? Er war ratlos und verfiel in endlose Grübelei. Als er endlich zu der Entscheidung kam, es zu wagen, egal was es auch kommen möge, waren schon einige Tage vergangen.

Nun verfasste er einen langen Liebesbrief, in dem er ihr alle Gefühle und Leiden akribisch schilderte, die er aus Liebe zu ihr unermesslich empfunden und darunter gelitten hatte. Zuerst fand er die Formulierung ganz genial, ohne sich dessen zu rühmen, aber doch mit der Zeit schlich sich der Zweifel ein, ob es angebracht sei, so viel zu schreiben. Gesetzt den Fall, seine Liebeserklärung würde ihr ganz und gar nicht gefallen, würde sie umso wütender auf ihn werden, je mehr Zeilen sie lesen musste. Also, daher lieber eine kurze und prägnantere Formulierung vorziehen als eine lange Schilderung. Nach reiflichem Hin- und Herüberlegen einigte er sich endgültig auf den knappen Satz, der einen eventuellen Schaden begrenzen könnte:

„Mama Mya, ich liebe dich aus dem Innersten meiner Seele.

Thaung Htin"

Nachdem er den Offenbarungssatz formuliert hatte, entbrannte in seinem Gedanken ein heftiger Diskurs über die Form des Briefes, ob es wirklich angebracht sei, überhaupt seinen Namen hinzuzufügen.

„Im schlimmsten Fall, wenn alles schief gehen sollte, könnte ich mich darauf berufen, dass ich nicht derjenige gewesen war, wie Mama Mya behauptet hätte, wenn mein Name auf dem Brief fehlen sollte. Andererseits werde ich mir in diesem Fall unweigerlich wie ein Feigling vorkommen, der seine eigne Tat leugnet, d. h., ich leugne selbst damit meine eigene Liebe zu ihr. Nein, noch mal nein! Ich darf und werde niemals meine Liebe zu Mama Mya in Zweifel ziehen lassen, von niemandem und aus welchen Gründen es auch sein möge. Man muss sogar bereit sein, sein eigenes Leben für die Liebe zu opfern, das ist das eindeutige Zeichen der wahren Liebe. Hier sind genau der Zeitpunkt und zugleich die Stelle, wo ich vor allen Menschen unfehlbar beweisen muss, dass meine Liebe wahrhaftig ist für immer und für die Ewigkeit."

Von da an entschloss er sich, eher in die Rolle eines heroischen Liebesabenteurers hineinzuschlüpfen, der bald dem Untergang geweiht sein könnte, als in die eines flüchtenden Feiglings. Daraufhin beließ er seine Unterschrift endgültig so, wie es ursprünglich vorgesehen war.

Der kurze Brief hatte trotz der inneren Kontroverse ihm auch sehr gut gefallen, den er mit den schönsten Schriften, die er je kreieren konnte, angefertigt hatte. Nach eingehender kritischer Betrachtung gefiel ihm die Art der Schrift doch nicht, und er fing erneut an, den Brief anders zu gestalten und ergänzte ihn mit Bemalungen an den Rändern, jedoch verwarf er diese mehrmals und begann immer wieder mit neuen Schriften, bis er erschöpft, auf den allerersten Entwurf wieder zurückkam und als endgültige Form festlegte, nachdem fast die Hälfte des Schreibpapierblocks verbraucht war. Er faltete die kleine Liebesbotschaft sorgfältig, sodass sie in seine Hemdtasche gut passte. Dann legte er ihn vor den buddhistischen Altar und betete:

„Möge der allmächtige Buddha mir beistehen. Ich liebe diese Frau aufrichtig mit all meinem Herzen und meiner Seele. Wenn ich sie je zur Frau bekomme, werde ich sie immer und ewig bis zu meinem letzten Tag lieben und ihr treu bleiben, das schwöre ich."

Nach dem inbrünstigen Gebet richtete er den Blick auf den Altar, er sah den erleuchteten Buddha ihm zulächeln. Ob es ein gutes Omen war oder nur seine Einbildung? Für ihn war jedes erdenkliche, positive Zeichen in dieser kritischen Situation willkommen. Heute würde er ihr den Brief irgendwie so geben, dass seine Cousins davon nichts mitbekamen. Wie es genau ablaufen sollte, davon hatte er keine Vorstellung; jedenfalls, egal wie es auch sein mochte, der Brief musste heute unbedingt in ihre Hände gelangen, einmal musste man es ja wagen. Er war mit seinem Vorhaben innerlich so aufgewühlt, dass er den ganzen Tag nichts anderes denken konnte. Seine seltsame Schweigsamkeit an dem Tag veranlasste sogar seine Freunde in der Schulklasse zu einer wagemutigen Vermutung: Der Kerl sei hoffnungslos verliebt, und plane die Dame zu entführen, und sie boten ihm sogar freiwillig ihr Fahrrad oder Pferdewagen als Transportmittel an. Thaung Htin bedankte sich bei seinen Freunden für ihre netten Gesten mit einem Lächeln und verkroch sich lieber in seinen Gedanken. Ja, der Tag werde die Entscheidung bringen, so oder so, was ihm das Schicksal bescheiden möge, werde er endlich akzeptieren. Er brannte auf die baldige Entscheidung, woher und wie er endlich jenen Mut aufgebracht hatte, war ihm selbst ein Rätsel.

Am Nachmittag fasste er einen leeren Eimer an und startete seinen Weg zusammen mit seinen Cousins, Wasser zu holen. Es war schon 15 Uhr und früher als an anderen Tagen, als sie ihre tägliche Arbeit anfingen. Die grelle Sonne lag unter den Wolken und sendete nur gemäßigte Hitze, weil es schon November war. Die Arbeit, Wasser zu holen, schien ihm ganz normal und eingespielt wie eh und je, es war immer so gewesen, aber nun war der heutige Gang für ihn alles andere als normal, es war ein schwerer Gang zum Schafott oder zur Siegerehrung. Jeder Schritt zum Brunnen kam ihm heute doch schwer und träge vor, den er mühsam setzen musste. Zuerst überquerte er die Straße, betrat das schmale Gelände des Spendenhauses, ging hinter dem Spendenhaus zum dicht anliegenden Zauntor, hinter dem das Reich seiner Träume lag. Bevor er das Eingangstor aufmachte, tastete er noch mal nach dem Brief, der sorgfältig gefaltet in seiner Hemdtasche lag. Der groß gewachsene Tamarpin, der dicht hinter der Küchenhütte mindestens seit fünfzig Jahren sein Domizil aufgeschlagen hatte, gewährte dem Gartenbereich kühlen Schatten und ein überspanntes Obdach, wo die Küche und der Brunnen im Hinterhof des Hauses untergebracht waren, und prächtige Gewächse wie Blumenrohr mit grünen, rötlich und purpurn gefärbten Blättern, Frangipani mit duftenden weißen Blüten und Wundersträucher mit farbenfrohen langen Blättern wuchsen. Als Thaung Htin das Zauntor, das nur in der Nacht geschlossen wurde, leise aufmachte, sah er, dass sowohl die Eingangstür als auch das Fenster der Küchenhütte, die vom Zauntor in ein paar Metern Entfernung lag und wo sich Mama Mya beim Kochen aufhielt, noch offen waren. Nach ein paar Schritten erblickte er seltsamerweise das gelbe Gewand eines Mönches in der Küchenhütte, kurz danach schlossen sich plötzlich die Eingangstür und Fenster der Küchenhütte zeitgleich und ein kleines Stück des gelben Gewandes war durch eiliges Schließen unglücklicherweise dabei im Türschlitz zuerst eingeklemmt und nach außen hängen geblieben, jedoch nach kurzer Zeit wieder verschwunden.

Was? Mama Mya mit einem Mönch …? Das kann doch nicht wahr sein! Die Frage drang in all seine Gedanken und ins Herz mit einer Heftigkeit, die ihm sehr wehtat. Warum denn mit einem Mönch? Du hast doch so viel Verehrer, ich hätte dir jeden anderen gegönnt, aber doch nicht mit einem Mönch, oh mein Gott! Er fasste sich an seinen Kopf und fühlte sich fast benommen von dem unerwarteten Ereignis. Seine zwei Cousins waren ebenfalls verblüfft und sprachlos und standen unbewegt vor dem Brunnen, sie wussten nicht zurecht, was sie nun tun sollen. Angesichts der unangenehmen Situation sagte sein Cousin Maung Saw mit einer extra lauten Stimme, damit diejenigen, die sich betroffen fühlten, auch klar und deutlich die Botschaft wahrnehmen konnten:

„Also, Leute, wir füllen die Eimer voll Wasser und gehen nach Hause. Wir machen damit heute Schluss und kommen erst morgen Nachmittag, Okay?"

„Okay", stimmten Thaung Htin und Aung Sein zu.

Unmittelbar danach war sich Thaung Htin erst dessen bewusst geworden, dass er und seine Cousins durch Verlassen dieses Standortes Mama Mya und ihrem Liebhaber gerade den ungestörten Eintritt in das Paradies ermöglichten. Je mehr ihm die Tragweite klar wurde, desto heftiger ergriffen ihn Trauer, Wut und Eifersucht, zugleich zwangen sie ihn, die Arena doch nicht kampflos dem anderen zu überlassen. Plötzlich fing Thaung Htin an, mit einer lauten Stimme zu schreien, was seinen Cousins zunächst unerwartet und unverständlich erschein und nur noch Kopfschütteln hervrorief:
„Hallo, Mama Mya, wo bist du? Hallo, hallo. Es scheint, ja, niemand da zu sein... Hallo, Mama Mya, Mama Mya! ..."

Die Lautstärke seiner Stimme nahm immer mehr ab, da er zusehen musste, dass seine eifersüchtige Störaktion im Sande verlaufen war, und es klang am Ende wirklich danach, als ertränke er im Meer der tiefen Trauer und riefe vergeblich nach ihrer Hilfe. Fast geistesabwesend griff er einen Wassereimer und stürzte aus dem Hinterhof nach Hause. Sein Cousin Aung Sein kommentierte seufzend:

„Der verliebte Junge ist eingeschnappt. Das war vorauszusehen. Was hat man denn davon, wenn man in eine ältere Frau verliebt ist? Gar nichts!"

Thaung Htin wusste nicht recht, wie er den Tag überstanden hatte. Am nächsten Nachmittag war er zufällig im Spendenhaus. Da kam der zehnjährige Sohn von U Tha und erzählte ungezwungen vor seinem Vater und Thaung Htin, was er heute im Morgengrauen im Inneren des Spendenhauses gesehen hatte:

„Ich war heute ganz früh im Spendenhaus, als ihr im vorderen Teil den Mönchen gekochten Reis anbot, weil ich gestern irgendwo auf den Reissäcken mein Spielzeug vergessen habe. Als ich zwischen den Reissäcken in eine Ecke einbog, sah ich dahinter in der Dunkelheit verworren zwei Personen: eine in gelber Mönchsrobe und eine in farbiger Tamein. Ich stieg vorsichtig und leise auf die hohe Stelle der gestapelten Reissäcke, um von oben besser sehen zu können. Als sich meine Augen langsam an das Dämmerlicht gewöhnt hatten, sah ich von oben ganz deutlich - die Frau war Mama Mya und ein Mönch! Die mussten vorher in der Dunkelheit durch die Hintertür hier hereingekommen sein, als ihr vorne beschäftigt wart. Mama Mya lag auf einem Reissack, ihre Beine waren nackt. Ein junger Mönch, den wir ein paar Mal hier auf dem Gelände gesehen haben, stand vor ihr, hob seine Robe hoch und stieß sie zwischen ihren Beinen mehrere Male. Die beiden hatten ganz schon kräftig gestöhnt. Danach bin ich weggeschlichen."

Als die Erzählung des Jungen zu Ende kam, schloss Thaung Htin seine feuchten Augen und verließ schlagartig das Spendenhaus und rannte nach Hause, was beim ruhigen U Tha unverständliche Verwunderung auslöste. Thaung Htins Augen waren voll von Tränen, und er fühlte unermessliche Schmerzen, als hätte ihm ein Ungeheuer Herz und Innereien bei lebendigem Leibe herausgerissen. Nun war seine Seele vollständig leer. Zu Hause angelangt, schmiss er sich auf sein Bett, zog eine Decke über den Kopf, damit ihn keiner sehen konnte, dass er wie ein kleines Kind weinte. Fast eine halbe Stunde lang verharrt er unter der Decke, um mit seinen Tränen fertig zu werden. Die Frau, die er leidenschaftlich geliebt hatte, war ihm nun endgültig verloren gegangen. Er schlug sein Tagebuch auf und schrieb einen Satz, den er irgendwo einmal gelesen und im Gedächtnis behalten hatte: „Die unerfüllte Liebe ist am dauerhaftesten."

Nach etwa einem Monat hörte er über Umwege, dass sich die Tante von Mama Mya beim Abt über den jungen Mönch beschwert hätte. Daraufhin musste der junge Mönch das Mitte-Kloster verlassen. Jedoch zurückgekehrt war er nicht mehr zu Mama Mya.

In der Schule ging der Unterricht weiter, wie es immer gewesen war. Einmal kam Saya U Ba Kaung als Ersatzlehrer für die ausgefallene Stunde für Englisch. U Ba Kaung war ein Mathematiklehrer der 5. Klasse. Was er an dem Tag den Schulkindern beibrachte, war gleich einer geistigen Revolution in den Köpfen mancher Kinder, dessen Thaung Htin oft mit großer Freude und Dankbarkeit gedachte. Der Ersatzlehrer lehrte an dem Tag die Kinder die Kunst der Dichtung: Wie ein Gedicht aufgebaut wird, wie die Verse zusammengereimt werden zu einer wunderbaren, klingenden Dichtung. Danach war regelrecht die Dichtereuphorie im Kreise seiner Freunde ausgebrochen, jeder versuchte beim Umgang miteinander, möglichst in ausdrucksvollen Versen die eigene Äußerung kundzutun, und der Angeredete erwiderte nicht minder in dichterischer Manier. Unter den Freunden war ein gewisser Hla Maung, der in die Dichtkunst nicht nur so vernarrt, sondern auch fähig war, brillante Verse zu formulieren, sodass Thaung Htin ihm neidlos Respekt zollen musste. Da Thaung Htin von Geburt an Eckzähne hatte, eröffnete einmal Hla Maung mit einem giftigen Vers den Angriff auf seinen Kontrahenten:

Du, halber Hund und halber Vampir mit Eckzähne
Kniet nieder, wenn ich mit dir rede.

Es steht keinesfalls in deinem minderen Ermessen,
Mich sogar mit frechen Augen zu erblicken.

Die Antwort ließ nicht lang auf sich warten, Thaung Htin feuerte mit der Kanone gleichen Kalibers zurück:

Du altes Scheusal mit sonderbar eingebildeter Manier,
Selbst verherrlicht stinkst du ja wie ein Aasgeier.
Wer dennoch fände Spaß beim Blick auf einen jämmerlichen Vogel,
Sicher käme er unweigerlich gleich einem superdummen Trottel.

Da mischte sich Maung Ko aus dem Myitkaing-Stadtviertel ein, ebenfalls ein selbst ernannter Dichter, der ab und zu kurze Geschichte in ein Heft schrieb und seine Kommilitonen zum Lesen gelegentlich aufzwang:

Halt, ihr niederträchtig streitsüchtige Halunken,
Ihr besudelt heiligen Altar der Literatur,
Mit anstandslosen Wortsalven einander beschmutzen,
Stempel ihr selbst mit Dummkopfs Signatur.

Es war eine unheimliche Freude für Thaung Htin und seine Freunde, mit spitzfindigen Versen einander zu übertrumpfen und zu allgemeiner Heiterkeit beizutragen. Soe Thein, der mit der Dichterei vorher noch nie aufgefallen war, preschte eines Tages mit seinem Beitrag vor, was den Freunden einen lang anhaltenden Lachanfall bescherte ‚und zugleich ihn eine gehörige Portion Anerkennung einheimsen ließ:

Meine Liebe zu dir, so massiv wie Himalajaberg,
Breit wie ein Ozean, was ich dir ewig vermacht.
Ach, habe doch keine Angst, Liebste, gewähre mir ein wenig Gnaden.
Trotz immenser Größe passt meine Liebe sogar in deinen schmalen
Graben.

Sogleich wurde der Neuling Soe Thein offiziell in den Kreis der Möchtegern-Dichter aufgenommen.

Die Liebe zur Dichtung hat in Burma jahrhundertelange Tradition. Während der Pagan-Dynastie in 13. Jahrhundert hatte es die allererste urkundlich registrierte Dichtung in burmesisch gegeben. In den folgenden Jahrhunderten kamen immer mehr Literaten hinzu, deren schöne und ausdrucksvolle Verse ihnen in der Dichtung der burmesischen Sprache zu unsterblicher Ehre gereichten. Jedes Jahr im Dezember wurde landesweit ein Ehrentag für die Dichter feierlich in allen Städten begangen. An dem Tag fand im großen Saal in Pakokku ein Wettbewerb statt, bei dem etwa zehn ausgewählte Personen, als Vertreter der verschiedenen Leseklubs der Stadt, die Dichter mit einem rhetorischen Beitrag ehrten, den sie auf der Bühne vor großem Publikum vortrugen. Der Kandidat, der den besten

Vortrag gehalten hatte, wurde mit Preisen und Lorbeeren überhäuft, dass er oder sie auf einem Schlag zu einer Berühmtheit der Stadt geworden war. Eine der Frauen, die solchen Ruhm und Ehre erlangt hatte, war die ältere Schwester des Möchte-gern-Dichters Hla Maung, der ständig mit Thaung Htin in unerbittlichem Clinch lag, einander durch zynische Verse die Ehre des anderen, so weit wie möglich, niederzuringen. Für die erfolgreiche Dame standen damals die Heiratskandidaten Schlange. Nach so vielen Jahren erfuhr Thaung Htin erst, dass sie sich nach gängiger Auffassung der Städter von Pakokku bei der Auswahl ihres Ehegatten doch verwählt hätte.

Jedes Schuljahr fanden für alle Klassen dreimal Prüfungen statt, der erste Test im September, der zweite Test im Dezember und die Finalprüfung Ende März. Der erste Test und das Finale waren für alle Schulkinder sehr wichtig. Diejenigen, die in einzelnen Fächern oder in der Gesamtwertung aller Fächer die ersten drei Plätze belegt hatten, wurden am Auszeichnungstag, der jährlich im Oktober mit Kulturveranstaltungen z. B. einem von Schulkindern gespielten Theaterstück oder einem Sologesangsbeitrag in der Schule feierlich begangen wurde, mit Preisen ausgezeichnet. Unter den Schulkindern war ein gewisser Schüler namens Ket Sein, der zusammen mit Thaung Htin die Grundschule besucht hatte. Er erlangte als Musterschüler eine besondere Bekanntheit, weil er jedes Jahr in der Klasse, wo er war, in der Gesamtwertung der Fächer immer den ersten Platz belegte. Nachdem er den ersten Platz bei dem ersten Test der 5. Klasse erklommen hatte, übersprang er der sechsten Klasse und belegte in der zweiten Test-Prüfung wiederum den ersten Platz in der 6. Klasse. Er wiederholte seine Ausnahmestellung bis zur 10. Klasse, wonach er das Studium an der Universität fortsetzte. Thaung Htin war besonders in den Fächern Mathematik und Englisch stark und konnte jedes Schuljahr einen der ersten drei Plätze belegen. Seine Cousins waren ebenfalls gut in der Schule, sodass sie alle am Tag der Auszeichnung als Preisträger jedes Jahr vertreten waren.

Nun war Thaung Htin in der 7. Klasse, und das Jahr schrieb 1956. In der Schule galt ein Mädchen namens Ahni von der neunten Klasse als die Schönste; kein Wunder, dass sich alle Jungen mit eigener individueller Balzentechnik stets bemühten, auf irgendeine Weise ihre Gunst zu erwerben oder sich diese zu erschleichen oder sich mittels klassischer Liebesbriefe offiziell in die Warteliste der Hofkandidaten einzureihen. Sie, Ahni, hatte zurecht am meisten gelesen über schlaflose Nächte, Herzausschüttungen, Herzzusammenbrüche, Leiden der inneren Organe, Bitte um die milde Gabe, Drohung über das bevorstehende Unglück, Selbstmord nicht ausgeschlossen, himmlische Lobpreisungen ihrer Schönheit, wie ihre Augen gleich Diamanten funkelten, wie ihre Lippen den Blütenblätter einer Rose ähnelten, wie ein Verehrer sein Herz, Lunge, Nieren, alles was er besaß, auf der Stelle herausschneiden und ihr vorlegen würde, wenn sie es ihm befehlen würde etc. etc. in den etlichen Briefen, die auf dem schön farbig dekorierten oder parfümierten oder mit duftenden Jasminblüten beigefügten oder mit echten Tränen getränkten und mit schönsten Schriften formulierten Blättern niedergeschrieben und künstlerisch und fantasievoll gestaltet und gefaltet wurden. Als die zweitschönste galt Khin Lay, die Freundin von Ahni. Da Khin Lay trotz ihrer schönen tiefen Augen, die die Jungen mit einem vielsagenden geheimnisvollen Blick wahrlich Herzenssprünge auf der Stelle spüren lassen konnten, eine ausgesprochen scharfe Zunge hatte, wagten die wenigsten ihr Liebesgrüße zu bestellen. Ahni dagegen trug stets einen gleichbleibenden lächelnden Blick, der in verschiedenen Versionen gedeutet werden konnte, und alle Hofnarren, wie könnte es anders sein, diesen jeweils zu ihren eigenen Gunsten ausgelegt hatten und sich zugleich zu neuen Taten animiert fühlten. Thaung Htin hatte sich längst einen Überblick verschafft und sah keinen Sinn, sich in die Reihe der vergeblich wartenden Bittsteller für die schönste Ahni zu stellen. Daher entschied er sich, bei einem Mädchen seine Balzenkunst auszuprobieren, das in einer Schulklasse unter ihm war und nicht so auffällig wirkte. Prompt wurde seine briefliche Liebesbotschaft mit einer ermutigenden Antwort von ihr belohnt. Es gab überhaupt wenige Schüler, die eine nennenswerte Brieffreundin angeln konnten, es gab noch weniger, die tatsächlich den ersten Kuss ausprobiert hatten. Dazu war die Überwachung der Eltern, der Geschwister zu Hause und Hunderter Augen, sowohl in der Schule als auch im Umfeld, die vor Neugier platzen würden, zu übermächtig. Wo die menschliche Natur unter Verschluss gehalten wurde, blühten deren Fantasien andererseits bis in ungeahnte Höhen.

Es war schon November. Es wurde in der Schule bekannt, dass der Schulpförtner Ko Aung, ein alter Junggeselle im Alter von fünfunddreißig Jahren, dessen Arbeit in der Überwachung der Schulgebäude und Schuleinrichtungen bestand, nun endlich eine junge Frau geheiratet hatte. Ko Aung hatte all die Jahre in der Schule übernachtet, d. h. am Abend mehrere Schulbänke zusammengestellt und als Bett benutzt. Eine Schulbank war etwa zwei Meter lang, sechzig Zentimeter breit und ein Meter hoch, wobei ein Tretbalken unten in einer Höhe von zwanzig Zentimetern in der Längsrichtung eingebaut wurde, sodass man bequem die Füße darauf stellen konnte. Die Sitzbank wurde separat hinter der Schulbank aufgestellt. Nun als Ehemann musste er verständlicherweise wiederum Schulbänke als Ehebett verwenden, weil die Aufgabe, die Schulgebäude zu überwachen, besonders in der Nacht, immer seine Arbeit gewesen war.

In interessierten Schülerkreisen, es waren nicht gering, wurde mächtig gemunkelt, in welchem Schulklassenraum Ko Aung sein Ehebett aufgestellt haben könnte. Manche waren schon im Stil des berühmten Detektivs Sherlock Holmes tätig geworden, Nachforschungen hinsichtlich dieser Angelegenheit anzustellen, z. B. alle Klassenbänke genauer zu untersuchen, etwa nach kleinen verdächtigen Flecken oder eventuell sonderbar riechenden Gerüchen unter die Lupe zu nehmen, und sie tauschten ihre erzielten Forschungsergebnisse freigiebig miteinander aus, mit dem Ziel zweifelsfrei festzustellen: In welchem Raum und in welchem Gebäude vollzog Ko Aung seine alltäglichen Eheverpflichtungen? Aber, wenn die erzielten Ergebnisse ohne jeglichen Zweifel feststehen würden, was dann? Über die nächsten Schritte gingen die angehenden Forscher ziemlich auseinander, manche sahen sich am Ende ihres Lateins, viele wagten nicht den nächsten Schritt, was danach logischerweise folgen müsste, da hier aber der persönliche Einsatz und der unerschütterliche Wagemut unbedingt erforderlich waren, und es eventuelle unabsehbare Strafe von der Schule oder vom Elternhaus zur Folge haben könnte. Seit Langem hatte sich Thaung Htin brennend interessiert für die Lösung dieses äußerst geheimnisvollen Problems. Er war breit, seine ganze Courage in die Waagschale zu werfen. Er und seine Freunde hatten schon in den Romanen, die im Leseklub zur Verfügung standen und deren Inhalt nur hinter vorgehaltener Hand weiter gereicht wurde, mehrfach gelesen: über die geheimnisumwitterte Beziehung zwischen Mann und Frau. Aber mit eigenen Augen gesehen hatten sie diese noch nie, da kam er folgerichtig auf die Idee, in einer Nacht in das Schulgebäude einzuschleichen und nach der Liebeshandlung des Ehepaars Ko Aung heimlich auszuspähen. Wie die Türen und Fenster in allen Schulgebäuden geschaffen und aufgemacht werden konnten, war ohnehin nicht nur ihm, sondern allen genauestens bekannt. Aber allein das zu unternehmen, wäre ein riskantes Unterfangen, und bei der Suche eines Kompagnons für das Vorhaben es publik zu machen, würde unabsehbare Folgen nach sich ziehen. Daher suchte er ganz diskret Ausschau nach einem zuverlässigen Partner. Als eines Tages ein gewisser Aung Mong, Schüler der 8. Klasse, ihn diesbezüglich ansprach, entschloss er sich, es gemeinsam mit ihm zu unternehmen, da Aung Mong genau wie er unternehmungslustig war. Es sollte gleich am Wochenende, also am Samstag in der Nacht, losgehen, um am Sonntag ausgiebig ausschlafen zu können.

In einer Nacht im November, als sie sich wie verabredet vor der Schule trafen, kam ein anderer Schulfreund namens Beda, ein Cousin von Aung Mong, hinzu. Als die Nacht bei ungefähr um 22 Uhr stockfinster wurde, kletterten die drei Jungen vorsichtig über das Haupteingangstor, schlichen sich im Schneckentempo vorwärts. Es war zuerst festzustellen, in welchem Schulgebäude der Meister sein Schlafgemach aufgeschlagen hatte. Es gab nur drei flache Gebäude, die infrage kommen könnten, das eine links vom Eingangstor, das andere in der Mitte und das Hauptgebäude mit dem Lehrerzimmer. Die lange Baracke rechts vom Eingang war ohne Wände, und am hinteren Ende war die Schulbibliothek untergebracht, in der keine Schulbänke existierten, daher schied diese aus. Die drei Jungen näherten sich jedem Gebäude und spitzten ihre Ohren dicht am Fenster, verharrten lange Zeit geduldig, um irgendein leises Zeichen z. B. Husten, Schnarchen oder Stimme festzustellen. Da der langjährige Junggeselle Ko Aung gerade seine Flitterwochen begonnen hatte, war es mit großer Wahrscheinlichkeit anzunehmen, dass er seine Handlungen während der Nacht mehrmals ausführen würde und auch die eingelegten Pausen nicht ewig dauern könnten.

Nach etwa einer halbstündlichen entbehrungsvollen Abtastphase vernahmen sie endlich mit großer Freude eine leise menschliche Stimme, die von einer Frau zu sein schien, vom mittleren Gebäude, das ca. 20 Meter lang und 8 Meter breit war und drei Klassenräume für die 9. Klasse beherbergte. Zwischen den einzelnen Klassen waren nur leicht bewegliche Trennwände aufgestellt, die jederzeit zur Seite geschafft werden konnten. Nun schlichen sie um das Gebäude und untersuchten jedes Fenster, ob es von außen leicht geöffnet werden konnte. Der Erfolg war doch immer auf der Seite der Mühseligen. Zum Glück war das Fenster an der östlichen Seite von innen nicht fest verriegelt worden und daher konnte es mit einem kleinen Handgriff geöffnet werden. Sie traten auf Zehenspitzen durch das Fenster in den dunklen Raum und mussten mehrere Schulbänke und Sitzreihen vorsichtig überwinden und im mittleren Gang sich sofort bücken, um in sicherer Deckung zur Mitte des Raums, wo die leise Stimme eines Weibes erklungen war, auf leisen Sohlen hinzukommen. Zuerst war es für die drei Jungen lebensnotwendig, die Eingangstür an der Ostseite aufzumachen und für einen eventuellen Rückzug bereitzuhalten. Die Aufgabe wurde gleich von Aung Mong erledigt. Obwohl sich die Augen mit der Zeit an die Finsternis gewöhnt hatten, mussten sie sich notgedrungenerweise mit den Händen ständig herumhantieren, sodass sie erfuhren, was für Hindernisse unterwegs zu überwinden seien. Trotz der enormen Vorsicht, die zu bewahren galt, stieß Thaung Htin mit seiner Stirn unerwartet an die Kante einer Schulbank, die in der Dunkelheit auf dem Weg lag. Die Schmerzen erfassten seine ganzen Sinne, und er musste die Zähne zusammenbeißen, um keinen Laut von sich zu geben. Unmittelbar danach erlitt Aung Mong das gleiche Schicksal und schrie unbewusst laut, während er seine just erworbene Beule auf der Stirn mit der Handfläche rieb: „Aua!"

Als die junge vermählte Frau von Ko Aung, die gerade im Bett, das eigentlich aus den zusammengestellten Schulbänken bestand, mit ihrem Ehemann einander umschlungen lag, diese seltsame entsetzliche Stimme zum ersten Mal unerwartet vernommen hatte, fuhr sie zusammen und dachte gleich an Geister aus der unteren Welt, die sich herumtrieben, die Menschen in Angst und Schrecken zu versetzen. Von fürchterlicher Angst gepackt, schrie sie so laut:

„Das sind die Geister …, das sind die Geister …, ich habe Angst …, ich habe Angst."

„Ach, Unsinn, das sind doch keine Geister …", besänftigte Ko Aung, ahnend, dass ihm jemand einen Bubenstreich spielte, aber er wollte sich keinesfalls seine Flitterwochen verderben lassen und sich nur allein auf seine schöne Stunde mit seiner lieben Frau konzentrieren, daher behielt er Ruhe und Gelassenheit, was ohnehin seine Natur war.

Bei dieser Szene wäre Thaung Htin beinahe von einem Lachanfall überrumpelt worden, hätte er sich mit beiden Händen nicht das Maul zugesperrt gehalten.

„Was war es denn, wenn es keine Geister sind?", hakte die junge Frau nach.

„Vielleicht war das der Wind, oder eine Katze miaut", erklärte Ko Aung seiner Frau seelenruhig, die sich auch nach einer Weile damit zufriedengab.

Die drei Jungen mussten sich nun fast eine halbe Stunde lang ganz still verhalten, um das gesamte Unternehmen nicht zu gefährden. Sie lagen ganz flach auf dem Boden und krochen wie ein Regenwurm ganz langsam vorwärts, und manchmal krochen sie auf dem Rücken über die Fußabtreterbalken unter den Schulbänken hindurch, um zum Zentrum des Geschehens zu gelangen, wobei sie mittlerweile etliche Schürfwunden an Armen und Beinen, einige Beulen am Kopf und total verschmutzte Kleider davon trugen. Als sie unmittelbar im Zentrum des Universums standen, d. h. sie lagen flach auf den Fußabtreterbalken unter den Schulbänken, stellten sie mit Erstaunen und Frohsinn fest, dass sich jene Schulbänke, worauf das frisch vermählte Ehepaar den naturbedingten Handlungen mit voller Freude, Hingabe und Begierde nachging, ganz schön gewaltig hin und her wackelte, als hätte ein Erdbeben beträchtlicher Skala gerade stattgefunden. Danach folgte eine Reihe von stöhnenden vokalischen Tönen von „Ah … Ei … Oh … Eh …", die buchstäblich die himmlische Glückseligkeit des Ehepaars widerspiegelten und ebenfalls von den ungebetenen drei Gästen mit einem aufrichtigen Glückwunsch und einer großen Hochachtung registriert wurden. Natürlich waren die Jungen von der akustischen

Liebesszene überaus glücklich gewesen, aber doch nicht völlig befriedigt, weil sie sich unmittelbar von Anfang an vorgenommen hatten, mit eigenen Augen das Ding anzusehen. Nun waren die Hauptakteure unmittelbar danach vor Erschöpfung eingeschlafen und eine zeitweilige Pause war eingelegt worden, die logischerweise ein paar Stunden dauern könnte. Als die drei Jungs auf ihre Armbanduhr schauten, zeigte sie schon drei Uhr morgens früh, sie hatten schon fast fünf Stunden lang zur Erforschung der hiesigen Affäre ihre ganze Kraft aufopferungsvoll hingegeben, nun standen sie buchstäblich mit leeren Händen da und waren sehr müde und am Ende ihrer Kräfte. Sie krochen vorsichtig aus der Deckung und standen endlich auf den Beinen, was ihnen sehr gut tat, und sahen vor ihren Augen das weiße Moskitonetz, in dem die beiden Hauptprotagonisten schlummerten und derweil unverschämt laut schnarchten. Es hatte keinen Sinn mehr, auf das Erwachen der Akteure zu warten, in eventueller Hoffnung, dass sie etwas zu sehen bekommen würden. Der Morgen würde bald da sein und damit ebenfalls das unverrückbare Ende des ganzen Vorhabens. Gerade zu dieser Zeit erinnerte sich Thaung Htin mit einem lachenden und einem weinenden Augen an das banale burmesische Sprichwort, von dem man selten Gebrauch machte und das doch genau der Situation entsprach, in die er nun unglücklich hineingeraten war: Es ist wie bei einem Hund, der sich zwischen den Beinen eines Elefanten aufhält und vergeblich darauf wartet, dass das große hängende Glied des Elefanten irgendwann herunterfällt. Er musste innerlich herzhaft lachen, wenn er sich an das zutreffende Sprichwort erinnerte. Bevor sie den enttäuschten Rückzug antraten, hoben sie von der Kopfseite des Bettes das Moskitonetz, steckten jeder den Kopf hinein, um auf das überglücklich schnarchende Paar den letzten Blick zu werfen. Aber es war absolut nichts zu sehen, weil hier eine totale Finsternis herrschte. Als er sich zusammen mit seinen Freunden ungefähr um halb vier Uhr mit verschmutzten Kleidern und ganz ermüdet aus dem Gebäude schlich, um nach Hause zu gehen, warf er noch einen kurzen Blick auf den großen Tamarpin auf dem Schulhof; es schien, als ob der große Tamarpin ihm mit einem milden Lächeln sagte: „Du, kleiner Lümmel."

Am Montag, als die Schule anfing, verbreite sich die Nachricht wie ein Lauffeuer in der Schule, dass Thaung Htin, Aung Mong und Beda die Liebesszene des Ehepaars Ko Aung die ganze Nacht angeschaut hätten. Der angeblich geschädigte Ko Aung hatte sich in keiner Weise beschwert, aus welchen Gründen auch immer. Viele interessierte Schüler scharrten sich um die drei Jungen, als wären sie wie Helden auf einem Schlag zum Ritter geschlagen worden. Durch ihre einmalige unverschämte Tat, die ein anständiger Junge nicht Mal in Gedanken ausführen würde, wurden sie nun gezwungen, unfreiwillig in die Geschichte der Khandaw-Oberschule einzugehen. Wenn es nach seinen Freunden Shwe Man. Hla Nyint, Hla Maung, Aung Nyaing und Maung Ou ginge, würde Thaung Htin sogar mit einem Tapferkeitsorden geehrt werden. Dagegen regten sich die Mädchen, die mit Thaung Htin nicht sonderlich befreundet waren, besonders auf und beschimpften Thaung Htin und seine Kumpel und nannten sie charakterlose Wüstlinge. Die Ausnahmen bei den Mädchen waren diejenigen, die sich mit ihm gut standen, z. B. Kyi Thaung, Tin Hla und Saw Kyaing, die ihn lediglich als „Glotzer" titulierten. Wegen seiner guten schulischen Leistungen musste Thaung Htin paradoxerweise mehr abfällige Äußerungen von allen Seiten der sogenannten anständigen Gesellschaft ertragen als Aung Mong und Beda. Dessen ungeachtet bemühten sich manche interessierte Schüler bei den angeblichen Helden um nähere Auskunft, wenn möglich sogar im Details. Weil die Protagonisten den gutmütigen Ko Aung keinesfalls in den Schmutz ziehen wollten, wurden die abermaligen Bitten der Übereifrigen kategorisch abschlägig beschieden und sie erhielten immer eine monotone Antwort:

„Ah, wir haben gar nichts gesehen, wir sind beim Ausspähen einfach eingeschlafen."

Bei Ko Aung hatten sie sich später entschuldigt, worauf der gute Mensch Ko Aung wie immer reagierte:

„Ich habe ja gar nicht mitgekriegt, dass ihr da gewesen wart. Wenn schon, das hätte mich gar nicht gestört, ich war selber in bester Laune und konzentriert genug, meine Ehepflichten tadellos zu erfüllen. Da lasse ich mich von niemandem stören, also macht euch keine Gedanken darüber."

Nur in der Lehrerschaft brach diesbezüglich eine heftige Diskussion aus. Manche, die konservativ Gesinnten und einen Angriff auf die traditionelle Moral sahen, waren unerhört schockiert und waren der einhelligen Meinung, jenen drei Schülern den strengsten Verweis zu erteilen. Da aber keine Beschwerde vorlag, waren sie machtlos. Für manche Lehrkräfte war es ein Rätsel, wie ein solcher Schüler wie Thaung Htin, der sehr gute Leistungen in der Schule zeigte und gleichzeitig einen verdorbenen Charakter haben konnte. Die anderen Lehrer wie Saya U Chit Pe, Saya U Ba Than und Saya U Myit und die restlichen Lehrer hielten es für sehr amüsant und maßen der fraglichen Angelegenheit keine allzu große Bedeutung bei, während sie sich, an eigene Schulbubenstreiche in ihrer Jugendzeit erinnernd, davon ausgiebig ergötzten. Danach rankte eine Legende nach der anderen um den Kundschafter Thaung Htin. Nach Jahren, als Thaung Htin zum Auslandstudium nach Deutschland ging, erzählte immer noch sein verehrter Lehrer Saya U Myit bei passender

Gelegenheit: „Einmal kam ich ins Klassenzimmer. Was finde ich da? Ich sah Thaung Htin unter der Schulbank, auf dem Fußabtreterbalken, eingeschlafen. Ich weckte ihn und sagte: Du, Thaung Htin, das Ehepaar Ko Aung ist schon längst weg. Du kannst nun nach Hause gehen und ausschlafen." Danach folgte immer großes Gelächter, laut Aussage der Freunde Thaung Htins, die die besagte Geschichte weiter reichten.

Nun näherte sich das Schuljahr langsam dem Ende, und die Finalexamen für alle Klassen standen unmittelbar bevor. Seit jeher waren die Examen für 4., 7. und 10. Klasse staatliche Examen und wurden im März abgehalten. Sie waren ausschließlich schriftlich. Dabei wurden die gleichen Fragebogen und Aufgaben landesweit am gleichen Tag verteilt, und die Ergebnisse der Examen wurden ebenfalls vom Staat zentral bekannt gegeben. Die Examen für die 7. Klasse, die Thaung Htin und seine Freunde nun mit großer Spannung erwarteten, fanden in dem Gebäude der Oberschule No. 1 im nordöstlichen Teil der Stadt statt, wobei die Khandaw-Oberschule offiziell als Oberschule No. 2 bezeichnet wurde. In den Klassenräumen im oberen Stock des großen Schulgebäudes saßen die Schüler und Schülerinnen entsprechend ihrer Identifikationsnummer, getrennt voneinander, an Schreibtischen. Die Fragebögen für das Fach Englisch wurden am ersten Tag an die Examensteilnehmer verteilt. Die Freunde und Schüler, die gerne durch irgendeinen Kommunikationsweg ihren Freunden im Prüfungssaal helfen wollten, standen unauffällig im Erdgeschoss und positionierten sich an einer günstigen Stelle, von wo aus sie ihre Freunde mittels Geheimzeichen durch die Fenster erreichen konnten. Das Examen, das ausschließlich schriftlich war, dauerte genau drei Stunden, wobei während dieser Zeit die Examensteilnehmer mit Erlaubnis die Toilette besuchen durften. Manche meldeten sich schon etwa fünfzehn Minuten nach dem Examensbeginn, dass sie unbedingt zur Toilette gehen mussten, sonst würden ihre Blasen sofort platzen. Selbstverständlich hatten sie in kurzer Zeit den ganzen Fragebogen auf einem Blatt abgeschrieben, mit dem Vermerk, wo sie Hilfe brauchten. Zu einem Toilettenfenster angelangt, streckte einer seinen Kopf sofort aus dem Fenster nach draußen und winkte seine auf ihn unten sehnsüchtig wartenden Freunde herbei, und ließ einen gefalteten Hilfe-Schrei-Brief nach unten fallen. Nach Erhalt der Information arbeiteten die Freunde unten schnell und uneigennützig, schrieben die benötigten Antworten auf ein Blatt und falteten es in viereckiger Form, in dessen Mitte eine kleine flache Steinscheibe beigepackt wurde, um ihn nach oben zielgerecht werfen zu können. Nach ungefähr einer Stunde erschien wieder

der gleiche Schüler an dem Toilettenfenster und winkte seine Retter heran, wobei er gleich ein gefaltetes Briefchen, darin reichliche richtige Antworten aufgeschrieben, sofort von unten zugeworfen bekam.

Drei Stunden waren vorüber, die heutige Prüfung für das Fach Englisch war gar nicht so einfach gewesen. Alle Examensteilnehmer mussten ihre Fragebogen abgeben und verließen den Prüfungssaal. Unten warteten die Freunde auf sie mit großer Erwartung und Hoffnung. Einer wurde neugierig von seinen Freunden gefragt:

„Hast du alles abgeschrieben?"

„Ja, natürlich, alles, diese diversen schönen Sätze der englischen Sprache, was auf dem Papier stand, was ihr mir zugeworfen habt, ich danke euch vielmals, ihr seid wahre Freunde!", strahlte er seine dankbaren Gefühle unverblümt, ganz offenherzig, aus.

„Wirklich alles, was auf dem Papier stand?", hakte einer mit einer unverständlichen Miene noch mal nach.

„Ja, ganz genau, ich habe alle Sätze sauber und korrekt abgeschrieben, was ihr mir freundlicherweise empfohlen habt und die letzte Aufgabe war ja Aufsatz", drückte er ganz klar noch mal aus.

„Du, Idiot, hast du nicht gewusst, was der letzte Satz bedeutete?, fragte ihn einer mit unglaublicher Ernsthaftigkeit.

„Nein, ich habe über die Bedeutung gar nicht nachgedacht, sondern nur ganz fleißig und korrekt abgeschrieben", bestätigte er noch einmal.

„Na, ja, kann man nichts machen", sagte einer seiner Helfer und erklärte gleich danach: „Der letzte Satz lautete: „Copy you only", d. h., du sollst alleine abschreiben und nicht an anderen weiter geben!"
Ein schallendes Gelächter brach aus, wobei dem betreffenden Protagonisten nicht wohl zumute war.

Als am zweiten Tag des Examens alle Teilnehmer vor dem Schulgebäude erschienen, kam eine Nachricht im Radio, dass in der Hauptstadt eine große Schülerdemonstration stattgefunden hätte, dabei sei ein Schüler der 7. Klasse durch versehentliche Schüsse der Polizei getötet worden. Der Grund der Demonstration sei ein am gestrigen Abend verbreitetes Gerücht, dass die Examensfragen für 7. Klasse durch eine undichte Stelle des Ausbildungsministeriums in manchen Schulen vorher bekannt geworden seien. Eine große Unruhe brach im Kreis der Examensteilnehmer und Lehrer aus, ob es überhaupt noch möglich war, die Examen wie bisher fortzusetzen. Die große Schülerdemonstration in Rangun wurde innerhalb kurzer Zeit von der Organisation „Studentenunion" auf die Beine gestellt. Die politische Organisation „Studentenunion" war seit der Kolonialzeit 1931 im Interesse der Schüler und Studierenden von den Studenten der Universität Rangun ins Leben gerufen worden und hatte seit dieser Zeit starken Zulauf und reges Interesse der Studierenden gefunden. Viele aktive Studenten waren Mitglieder dieser Gesellschaft gewesen. Erst im Jahre 1936 wurden alle einzelnen Studentenverbände von allen Schulen und Städten unter dem Dachverband der „All Burma Student Union" - (ABSU) – mit Hauptsitz an der Universität Rangun zusammengefasst, dessen erster Generalsekretär Aung San gewesen war. Die Unabhängigkeitsbewegung Burmas wäre nie denkbar gewesen ohne die Entstehung und vitale politische Aktivität jener „Studentenunion". Sie war wahrhaftig die Wiege des burmesischen Staates in der Neuzeit. Auf der Flagge der „Studentenunion" wurde ein angreifender Pfau in gelber Farbe auf rotem Hintergrund abgebildet. Von dieser Zeit an wehte die Flagge des angreifenden Pfaus in der modernen Geschichte Burmas. Seit jeher bildeten die Studenten in Burma eine Speerspitze der politischen Meinungsbildung und Bewegung. Die ABSU war faktisch eine gewaltige außerparlamentarische politische Macht und nahm oft Stellung zu den aktuellen gesellschaftlichen und politischen Themen im Lande, nicht nur in der Zeit der britischen Kolonie, sondern auch nach der Unabhängigkeit unter der burmesischen Regierung. Dies wollte sich die Regierung der Partei AFPFL unter U Nu nicht länger gefallen lassen und wartete auf eine günstige Gelegenheit, die unliebsame Studentenorganisation zu zerschlagen.

Nun wurde die Regierung von der „Studentenunion" wegen ihrer Unfähigkeit bei der Durchführung der Examen massiv an den Prager gestellt und mit dem landesweiten Boykott der Examen gedroht, alle Zeitungen verurteilten einhellig die Regierung. Im Parlament wurde die Regierung von den Oppositionsparteien scharf angegriffen. Die Regierung wurde gezwungen, sofort Maßnahmen zu ergreifen, um die unabsehbare politische Niederlage rechtzeitig abzuwenden. Unmittelbar vor dem Examensbeginn für den zweiten Tag kam die Eilmeldung im Radio, die Finalexamen für 7. Klasse werden landesweit nicht fortgesetzt. Alle Teilnehmer des Examens werden ohne Ausnahme staatlich anerkannt, dass sie alle die 7. Klasse bestanden haben. Viele Schüler des Jahrganges 1956 waren von der Nachricht hoch erfreut, die Examen der 7. Klasse ohne jegliche Mühe bestanden zu haben, dabei hatte ein gewisser Schülerkamerad Harry Tan in Rangun sein Leben lassen müssen. In der Schule sympathisierten die meisten Kinder mit der „Studentenunion" und viele waren Mitglied dieser Studentenorganisation. Ko Khin Maung, der ältere Bruder von Thaung Htin war zwei Jahre lang Präsident dieser „Studentenunion" in Pakokku gewesen, bevor er in 1956 nach Rangun zum Studium an der Universität ging.

Als Thaung Htin in der 8. Klasse war, kam der fragwürdige Beschluss der

Regierung im Oktober 1956, dass die „Studentenunion" innerhalb von dreißig Tagen aufgelöst werden müsste. Es war der verzweifelte Akt der Regierung, die größte außerparlamentarische Opposition mundtot zu machen. Es wurde in allen Städten landesweit dagegen protestiert, die Schüler boykottierten die Schule, die Studenten der Colleges und Universitäten blieben den Vorlesungen fern, stattdessen demonstrierten sie massenhaft gegen den Angriff der Regierung auf die demokratischen Rechte der Bürger. Die Studentenunion der beiden Oberschulen in Pakokku riefen alle Schüler zur Demonstration gegen die staatliche Willkür auf, viele Schüler und Schülerinnen einschließlich Thaung Htin und seiner Freunde beteiligten sich beim Massenprotest, indem sie mit Transparenten durch die Stadt marschierten. Die lautstarken Slogans aus Kehlen Hunderter von Schülern hallten in jeder Ecke der Stadt wieder:

„Studentenunion ist ...   unsere Organisation."
„Hände weg von ...   Studentenunion."
„Studentenunion zu verteidigen ... ist unsere Aufgabe."
„Studentenunion ist ...   Säule der Demokratie."
„Regierung U Nus ist ...   Vernichter der Demokratie."

Mittels massenhafter Kundgebungen kämpften die Schüler und Studenten im ganzen Lande um das Recht der Versammlungsfreiheit. Sechsundzwanzig Studenten wurden dabei verhaftet, zweihundertsechsundfünfzig Studenten wurden von den Universitäten zeitweilig ausgeschlossen. Aber der Versuch der Regierung, die Studenten und Schüler gefügig zu machen, schlug am Ende fehl. Die Regierung musste den Rückzug antreten und nach und nach alle verhafteten Studenten bedingungslos freilassen. Die von der Universität ausgeschlossenen Studenten durften das Studium wieder aufnehmen. Nach der Niederlage änderte sich die Strategie der Regierung. Anstatt der vergeblichen Versuche, die etablierte Studentenorganisation zu zerstören, implantierte die Regierung einen neuen willfährigen Studentenverband, den sogenannten „DSO" (Democratic Student Organisation), an den Universitäten und Oberschulen, deren Mitglieder meist Kinder der politisch einflussreichen und betuchten Familien waren und von den fundamentalen Rechten jedes Bürgers in der demokratischen Gesellschaft in keiner Weise überzeugt waren. Das Hauptanliegen der DSO war, jegliche Maßnahmen der Regierung gutzuheißen, so war auch deren Anzahl der Mitglieder sehr gering, und sie hatte in der politischen Landschaft Burmas keine nennenswerte Rolle gespielt.

Trotz der politischen Tumulte, die gelegentlich in der Machtkonstellation der politischen Parteien in dem demokratisch parlamentarischen System zwangsläufig vorkamen, verlief das Leben des einfachen burmesischen Bürgers ganz normal. Die Gehälter der Angestellten des Staates z. B. Lehrer, Dozenten, Post- oder Verwaltungsbeamten, Angestellten in Krankenhäusern und Mühlabfuhr, Polizisten, Soldaten und Offiziere reichten gut aus, täglich sich satt zu essen und die eigene Familie ausreichend zu ernähren. Die Bürger, die nicht in staatlichen Diensten ihren Lebensunterhalt bestritten, sondern in freien Wirtschaften z. B. im Handel mit täglichen Bedarfsgütern, Lebensmitteln, Handel mit landwirtschaftlichen Produkten, die es im Kreis von Pakokku in Hülle und Fülle gaben, im Handwerk, im Transportwesen, in Holzsägewerken, Textilfabriken, Reismühlen und in der Landwirtschaft, sie alle verdienten ausreichend Geld, sodass sie ihre Zukunft einigermaßen mit Sicherheit planen konnten. Das Geld, was man heute verdiente, werde in etlichen Jahren immer noch so wertvoll sein wie jetzt, so glaubten die Menschen und so war es auch seit Menschengedenken. Ein unterster Angestellter in der Post verdiente 100 Kyat monatlich, damit konnte er seine Familie mit zwei Kindern gut ernähren. Nun waren die Lebensmittel und Bedarfsgüter billig und konnten überall und ohne jegliche Beschränkung erworben und wieder veräußert werden. Burma war die Reiskammer Asiens und exportierte die Überschüsse ins Ausland. Unter dem politischen System der parlamentarischen Demokratie prosperierte die Wirtschaft Burmas stetig seit der Unabhängigkeit 1948 von der britischen Kolonialherrschaft. Der Wohlstand eines normalen burmesischen Bürgers im Jahre 1956 war den benachbarten Ländern z. B. Thailand, Indien, Malaysia und Singapur weit voraus. Die Hauptstadt Rangun war damals eine blühende Metropole im ganz Südostasien.

In der Khandaw-Oberschule verlief das Leben der Schulkinder gewohnt wie seit Jahren. Was aber für Thaung Htin in der 8. Klasse nicht zufrieden verlief, war seine schulische Leistung. Zum ersten Mal belegte er im ersten Test nur noch den fünften Platz. Am Auszeichnungstag bekam er nur einen einzigen Preis für Englisch. Er war über sich selbst sehr wütend und suchte fieberhaft die Ursache und auch gleich war diese ihm fündig geworden: die Brieffreundin. Obwohl er ihr ein paar Liebesbriefe geschrieben und Antwortbriefe in der gleichen Art zurückerhalten hatte, war er weder zu einem Rendezvous mit ihr gekommen noch hatte er sich darum sonderlich bemüht. Lediglich diskret tauschten sie in der Schule von fern her liebliche Blicke miteinander aus. Da die anderen Schulkameraden immer mit Argusaugen verdächtige Beziehungen zwischen Jungen und Mädchen betrachteten, hatte er nie den Mut aufbringen können, sich vor allen Leuten mit ihr zu unterhalten. Unabhängig davon sah aber Thaung Htin jene Beziehung als den Hauptgrund, warum seine schulischen Leistungen nicht mehr glänzten. Er beschloss, die Beziehung einseitig zu ihr abzubrechen, und von sich aus keine Briefe mehr zu schreiben und ihre Briefe auch nicht mehr zu beantworten. In der Schule während der Pause schaute er auch nicht mehr nach ihr, wenn er ihr zufällig begegnete, verhielt er sich getreu seiner Entscheidung so, als hätte er sie nie gekannt.

Es war verständlich, dass das Mädchen mehr als wütend auf ihn war, und sie suchte die endgültige Entscheidung. Sie legte ihre Geschichte vor ihren Freundinnen freimütig dar und bat sie um Hilfe, die schwebende Angelegenheit endlich zu klären. Ihre Freundinnen, die in der Schule wegen ihres starken Mundwerkes und unerschrockenen Mutes ziemlich bekannt und von den Jungen gefürchtet wurden, versammelten sich eines Nachmittags mit ihr zusammen auf dem Schulhof, während sich Thaung Htin zu der Zeit in der Bibliothek aufhielt. Ein Mädchen namens Nini von der tapferen Garde schaute durch das Fenster in die Bibliothek und rief Thaung Htin in einem ganz kühlen Ton zu, dass er rauskommen sollte. Von ihrem Blick mit wohlbekannter Mutigkeit und dazu noch mit vier bis fünf Kameradinnen draußen, die ebenfalls mit den Tapferkeitsmedaillen in der gleichen Kategorie dekoriert waren, sah Thaung Htin folgerichtig, dass er es hier in dieser Stunde mit um Leben und Tod kämpfenden Amazonen zu tun hatte und er von hier mit dem Leben davon zu kommen, weder verbal noch handgreiflich, nicht im geringsten eine Chance hatte. In dieser brenzlichen Situation erinnerte er sich des klugen Spruches irgendeines Weisen, dass die Tapferkeit nicht darin bestehe, sich mit Draufgängergeist ins Verderben zu stürzen, sondern mit Bedachtheit und Übersicht sich selbst in Sicherheit zu bringen. Sich jener Weisheit befleißigend, suchte er eilig eine Hintertür und bahnte sich gleich mit schleunigsten Schritten seinen Weg in die Freiheit. Die Amazonengarde, die auf ihn vor der Bibliothek gewartet hatte, war von der langen Warterei ungeduldig geworden und beauftragte Nini noch mal in der Bibliothek nachzuschauen, und es fiel ihr sofort auf, dass sich der kleine Kerl in Luft aufgelöst hatte.

„So ein Feigling, der Kerl ist einfach davongeschlichen … kaum zu glauben!", verkündete Nini mit einem Lachanfall, der sogleich die ganze Amazonengarde mitriss, sich über den ungeliebten Kerl Thaung Htin herzhaft zu amüsieren.

„Der Lümmel hatte ganz schon Schiss vor uns", stellte eine Freundin mit offensichtlicher Befriedigung fest und brachte erneut ihre Freundinnen vor Lachen fast zum Platzen.

Die Brieffreundin und ihre Garde hatten endlich Genugtuung, dem Feigling, wegen seiner Missetaten, einen gehörigen Schreck eingejagt zu haben. Thaung Htin seinerseits fand sich damit ab, für seine eigene Schuld gebührend bezahlt zu haben.

Zum Schulanfang im Juni 1957 kam Thaung Htin in die neunte Klasse. Eigentlich stellte die neunte Klasse die höchste Klasse in der Oberschule dar, weil das Finalexamen für 9. und 10. Klasse die Aufnahmeprüfung in die Universität bedeutete. Wenn ein Neuntklässler beim Examen in allen Fächern genügend Punkte erreicht hatte, wurde er zur Universität zugelassen, andernfalls wurde er nur in die 10. Klasse aufgenommen, vorausgesetzt, dass er die Prüfung bestanden hatte. Die Lernstoffe für die 9. und 10. Klasse waren identisch. Wenn einer die Aufnahme in die Universität nicht geschafft hatte, blieb ihm nicht anderes üblich, als ein Jahr in der Klasse weiter zu bleiben. So gab es drei parallele Klassen für die 9. und 10. Klasse mit ungefähr siebzig Schülern und dreißig Schülerinnen, manche wiederholten schon drei Jahre lang dieselbe Klasse. Die Lehrer und Lehrerinnen für jene Klassen waren meistens jung und einige gerade von der Universität gekommen.

Einer der neuen jungen Lehrer namens U Sein Toke - wörtlich übersetzt hieß es „Riesendiamant" – war besonders auffällig, nicht nur in seiner äußeren Kleidung, sondern auch in seiner Lehrmethodik, das langweilige Fach ‚Geschichte' für die Zuhörer mit einprägsamen gesellschaftlichen, politischen Begründungen und Schlussfolgerungen äußerst interessant zu gestalten. Jedenfalls für Thaung Htin war er überhaupt der einzige überragende Lehrer, der den uninteressantesten Lernstoff in ein begeisterungsfähiges Material verzaubern konnte. Er wurde von den Schulkindern mit dem würdigen Spitznamen „Riesendiamant" bedacht. Riesendiamant trug stets einen Bangkoke-Longyi und eine piekfeine weiße seidene Jacke über einem weißen Hemd, dazu auf Glanz polierte schwarze westliche Schuhe, wobei die Burmesen, fast alle, nur Sandalen aus Leder oder Gummi trugen. Auf seinem Kopf standen wellige schwarze Haare, die mit der damals in Burma wohl bekanntesten und aus England importierten Haarcreme namens „Brylcreme", deren eigenartiger angenehmer Duft sich aus einigen Metern Entfernung wahrnehmen ließ, ganz elegant eingerieben und auf Hochglanz gebracht waren. Es war wahrlich schwer zu entscheiden, welcher Glanz an Vortrefflichkeit den andern überragte, der auf dem Kopf oder der auf den Schuhen? Körperlich war er von kleinem Wuchs, maß nicht einmal 1,60 m, zumal die Schuhe mit dem hohen Absatz ihn einige Zentimeter größer erscheinen ließen. Seine Haut war relativ hell und zeigte immer ein freundliches junges Gesicht. Er war höchstens Mitte zwanzig. Unterhalb seiner glänzenden Haare, die sich vom Scheitel an der linken Seite, über die Mitte, nach rechts ganz glatt hinzogen und sich erst am Ende wie sanfte Wellen an die Seite des Kopfes ganz zart schmiegten, blickten immer zwei große Augen, die besonders, wenn er den Schülern und Schülerinnen die sozialpolitischen Zusammenhänge begreiflich machte, vor Begeisterung und Freude leuchteten, was von den Schulkindern mit Dankbarkeit und Hingabe erwidert wurde. Seine starken Kinnbacken zeugten von unerschrockenem Willen. Wenn sein Unterricht anfing, klang seine Stimme und Sprache klar und verständlich:

„Also wir wollen heute das feudale System der burmesischen Monarchie in den verschiedenen Dynastien in die genauere Betrachtung ziehen. Erstens: Die burmesische Monarchie war von der Art ausschließlich eine absolute Monarchie, deren Machtanspruch keinen Widerspruch duldete. Die burmesischen Könige behaupteten zwar nicht, wie bei manchen absoluten Monarchien in anderen Ländern, dass sie etwa vom Himmel oder Gott stammen, aber wenn ein Burmese König geworden ist, dann galt es, dass er selbst das Gesetz war. Zweitens: Die Übertragung der Macht wird durch die Erbfolge bestimmt, dadurch wurden die Macht und Funktion nur auf die familiäre Abstammung beschränkt und nicht auf jenen erstreckt, die über Fähigkeit, Wissen und Eignung verfügten. Drittens: Es fehlte ein effektives Verwaltungssystem, mit dem man ein Land regierte und von den Nachfolgern übernommen und weiter verbessert werden konnte. Wenn ein Herrscher ein kluger und umsichtiger König war, wie Anawyatha oder Kyansitha im 11. Jahrhundert während der Pagan-Dynastie, dann blühte das Land, aber andernfalls zerfiel das Königreich viel schneller. Viertens: Dazu kommt noch ein nicht minder wichtiger Grund hinzu, dass sich die burmesischen Prinzen und Prinzessinnen unter den eigenen Verwandten vermählten, zwar nicht unter den Verwandten ersten Grades aber doch unter Verwandten zweiten und dritten Grades. Das hatte unvermeidbare genetische Folgen, sodass manche Thronfolger durch Inzucht mehr einem Idioten ähnelten als einem normalen Gesunden. Diese Faktoren hatten fatale Wirkung für das gesamte Land und führten zwangsläufig zum Niedergang der Dynastie, wie wir oft in der Geschichte Burmas gesehen haben. Nun ziehen wir aus heutiger Sicht das Fazit: Absolute Monarchie ist in den meisten Ländern der Erde verschwunden, dieses System war nicht überlebensfähig, weil es konträr zur Demokratie war. Demokratie ist die Staatsform, bei der ein Staat nach dem Willen des Volkes regiert wird, und alle Menschen in diesem System frei und gleich vor dem Gesetz sind. Von der Monarchie bleibt lediglich nur noch die konstitutionelle Monarchie, die nur durch die Verfassung begrenzte repräsentative Aufgaben ausführt, die mit der Demokratie vereinbar sind. In der nächsten Stunde werden wir über die parlamentarische Demokratie, das beste und bewährteste System in der Welt und zum Glück auch in Burma und über die Militärdiktatur, das abscheulichste und menschenverachtende System, ausführlich sprechen." Riesendiamant war gleich nach seinem Abschluss an der Universität Mandalay mit dem akademischen Grad B.A. im Spezialfach Geschichte an die Khandaw-Oberschule gekommen, weil er aus Pakokku gebürtig war. Geboren und aufgewachsen war er im Stadtteil Myitkaing. Nachdem er seine Arbeit als Oberschullehrer aufgenommen hatte, konnte er mit seiner alten Mutter nur noch einige Jahre zusammenleben, die dann dem seit mehreren Jahren verstorbenen Vater bald folgte. Er wohnte nun mit seiner alten sechzigjährigen Tante zusammen, die ihm den Haushalt führte. Die ganzen Jahre hatte er sich nur auf das Studium konzentriert. Auf die hübschen Damen hätte er so gern ein Auge werfen wollen, aber er war nicht erfahren im Umgang mit dem anderen Geschlecht, er gehörte zum äußerst schüchternen Typ, der stets dazu neigt, eher zu schweigen und ruhig zu bleiben, als seine innere Unsicherheit preiszugeben. Wenn er mit den Schülern sprach, war es ganz normal. Nur wenn er mit irgendeiner erwachsenen Schülerin ein Gespräch führen sollte, die so gern mit ihren kreisenden Augen spielte, ihn in ihren geheimnisvollen Bann zu locken, dann fühlte er seltsamerweise eine innere Unruhe, die seine Wangen gleich rot werden ließ, wie sehr er sich auch dagegen stemmte. Seine Tante machte sich schon oft Gedanken, wann er endlich eine Frau finden würde. Wenn sie eine junge hübsche Frau sah, war sie gleich mit dem Gedanken beschäftigt, ob sie zu ihrem Neffen passen würde. In ihrem Stadtviertel hatte sie stets die Augen aufgemacht, welche jungen Frauen als Heiratskandidatin für ihren wählerischen Neffen infrage kämen, von welcher Herkunft die Eltern sind, und in welchem Vermögensverhältnis sie seien, was für Charakter und Bildung jene Frauen besäßen usw. und usw. Es gab auch etliche Eltern, die ihre Tochter als eine Heiratskandidatin durch nahe und ferne Bekannte ins Gespräch brachten. Der Beruf eines Oberschullehrers genoss einen sehr respektablen Ruf, und dessen monatliches Salär von etwa dreihundert Kyat bildete damals eine beträchtliche Summe. Da sich aber zu ihrem Verdruss ihr Neffe jeglicher Kandidatin gegenüber, die sie sorgfältig ausgewählt und präsentiert hatte, sehr unbeweglich zeigte, war sie mit der Zeit doch dem Zweifel nahe, ob die ersehnte Hochzeit ihres Neffen zu ihrer Lebzeit noch zustande kommen würde. Trotz des Respekts seiner Tante gegenüber konnte er sich seinerseits, aus seiner inneren Überzeugung, aber der lakonischen Bemerkung nicht enthalten, dass derartige Verabredungen dem Kuhhandel nahekämen, wenn die betreffenden Personen emotional miteinander nichts zu tun hätten, es musste sich im Leben irgendwie ergeben. Obwohl er dies sagte, war er weit davon entfernt, jemals zu ersinnen, wie dieses „Irgendwie" zustande kommen sollte. So waren die Jahre vergangen, es schien so, als würde sich keine denkwürdige Veränderung in seinem Leben ergeben.

Heute war wieder Unterricht für Geschichte in der zehnten Klasse. In den vorderen Sitzreihen saßen Schülerinnen, manche waren schon junge Damen, die ihre Blicke auf Riesendiamant, den ewigen Junggesellen, gerne mit anderen diskreten Botschaften verknüpften; manche waren von mitleidiger Natur, nicht wenige waren von der spaßigen Art, ernsthaft und gut gemeinte waren nicht selten, melancholisch und verliebt Getarnte waren auch vertreten, spielend tiefe Augen, die ihn sofort sogar hypnotisieren und verliebt machen wollten, verfolgten ihn mittlerweile unauffällig. Doch die meisten schauten ihn mit ehrlichem Respekt an. Unter den Studentinnen war eine gewisse junge Dame Ma San Yi im Alter von neunzehn, etwas mollige Figur, rundes Gesicht, unauffällig in ihrem Wesen weder innerhalb der Schule noch außerhalb, weder introvertiert noch extrovertiert, durchschnittliche schulische Leistung. Sie hatte seit langem Riesendiamant mit einer besonderen Intention aufmerksam beobachtet. Ihr war es vom ersten Blick an zweifelsfrei klar gewesen, dass Riesendiamant, trotz seiner bestechenden pädagogischen Fähigkeit, bezüglich Frauen von Tuten und Blasen keine Ahnung hatte. Wenn sie ihn auf dem Schulhof beim zufälligen Gespräch, das ganz selten vorkam, direkt in die Augen schaute, geriet er schon in eine spürbare Unsicherheit. Dies zu verheimlichen, pflegte er jedes Mal ihrem Blick sofort auszuweichen und auf ein anderes Gespräch zu lenken. Wenn sie dennoch, ungeachtet seiner trivialen uneffektiven Abwehrmaßnahmen, anfing, ihren Augen eine begehrliche Färbung zu verleihen und sie vorsichtig auf ihn zu richten, dann geriet seine Welt aus den Fugen, und er ergriff abrupt die Flucht mit einer vorgeschobenen Begründung, er hätte wichtige Meetings mit anderen Lehrern. Nein, nein, sie dürfte ihn nicht so radikal angreifen, er war zu scheu, also müsste sie bei der Taktik einen ganz anderen Weg wählen – einen mehr sanfteren, unauffälligen Weg, auf dem er ihr nicht ausweichen und vor ihr nicht mehr flüchten konnte. Als sie die allererste Erfahrung mit ihm gesammelt hatte, hielt sie sich eine Zeit lang ziemlich zurück. Zuweilen verhielt sie sich sogar uninteressiert an ihm, sie warf in seiner Unterrichtsstunde keine nennenswerten Blicke auf ihn. Wenn ihr Blick ihn zufällig traf, war es ein farbloser, nichtssagender Blick. Nun schien es so, dass er durch ihre taktische Zurückhaltung etwas vertraulicher zu ihr geworden war. Er glich wahrlich einem Kind, wenn man ihm zu viel Zuneigung bringt, schlägt es diese aus. Wenn man sich ihm gegenüber zurückhält, schenkt das Kind allmählich von sich aus Zutraulichkeit.

Seinerseits hatte Riesendiamant längst registriert, dass eine gewisse Schülerin Ma San Yi ihn ständig mit seltsamen Augen anschaute, was er bisher noch nicht so oft erlebt hatte. War sie etwa in ihn verliebt? Ach, Unsinn! Es gibt noch mehr hübschere Frauen, die ihn zum Manne nehmen wollten. Er hatte schon einige Fotos gesehen, die seine Tante ihm vorgelegt hatte. Er konnte seine innere Scheu nur nicht überwinden, offen und ehrlich zu sagen, die gefalle ihm und die nicht. Auf gar keinem Fall würde er die von den Eltern abgemachte und wie eine Art Handelsware arrangierte Ehe akzeptieren. Aber was die innere Befindlichkeit jener Schülerin Ma San Yi betraf, konnte er aus seiner bescheidenen Erfahrung keinesfalls urteilen, da er bis zu dem Alter weder von einer Frau geliebt worden noch in eine Frau verliebt gewesen war. Unabhängig von allem war er ihr Lehrer, so würde er sich gemäß den Pflichten und der Würde eines Lehrers entsprechend verhalten, das war das Ziel und Credo seiner Person. In seiner Person als geachteter Lehrer wäre es gerade angebracht und zugleich enorm wichtig, die Meinung der umgebenden Gesellschaft peinlich zu achten, damit es überhaupt nicht im geringsten Anlass gab, seinen Ruf in irgendeiner Weise zu beschädigen. Schließlich lautet beim Umgang mit der Gesellschaft ein sehr wichtiges Sprichwort, das jeder Burmese von Geburt an beherzigt: Schande ist schrecklicher als der Tod.

Ma San Yi ihrerseits arbeitete beharrlich an ihren Plan, sie lernte emsig das Fach Geschichte, notierte penibel die Fakten, wie und aus welchen Gründen die burmesischen Dynastien kamen und gingen, in welchen Jahrhunderten und unter welchen politischen Vorkommnissen welche Könige zur Macht emporkamen usw. usw. Sie kaute, verdaute, vereinnahmte alle unwichtigen und wichtigen historischen Daten, wohl gemerkt, nicht aus Liebe zu diesem Fach, sondern aus rein strategischen Gründen. Ihre Mühe hatte sich vollständig ausgezahlt, sie war die Erste geworden im Fach Geschichte, was die Punktzahlen bei der ersten Testprüfung für die zehnte Klasse betraf. Es war vorauszusehen, dass manche Schüler und Schülerinnen hinter vorgehaltener Hand gern munkelten, ob die Benotung im Fach Geschichte mit rechten Dingen geschehen sei, da doch die besagte Schülerin in den ganzen Jahren gerade in den schulischen Dingen überhaupt nicht hervorgetreten war. Nun hatte sie eine geachtete Stellung sowohl in der Klasse als auch zu Riesendiamant, was das Allerwichtigste war, errungen. Wenn sie in der Klasse während der Unterrichtsstunde Riesendiamant eine Frage stellte, konnte dies den Klassenkameraden, besonders anderen Schülerinnen, nicht mehr egal sein. Sie wurde von allen mit Argusaugen betrachtet, wie ihr Blick, ihre Mimik, ihre Wortwahl gewählt und angesetzt waren. Es war schon aufgefallen, dass sie sich an den

Tagen, wenn der Unterricht Geschichte stattfand, besonders hübsch ankleidete und sogar schminkte. Riesendiamant seinerseits schien nach der erwiesenen ausgezeichneten Leistung jener Schülerin davon fest überzeugt, dass es vom Standpunkt eines Lehrers durchaus gerechtfertigt war, die beste Schülerin in seinem Fach mit vorzüglicher Beachtung zu behandeln. Wenn der zuständige Fachlehrer für sein Fach nichts genügend tue, wer sollte denn überhaupt noch etwas tun?

Es war ein sonniger Tag im Dezember, die Tage in dem Monat waren morgens ein wenig kühl, der Wind wehte meist aus Norden. Der große Tamapin auf dem Schulhof schien die kühle Frische ausgiebig zu genießen und ließ vergnügt seine kleinen Blätter in der Sonne tanzen. In drei Monaten würden die Finalexamen stattfinden. In der Schulpause in der Morgenstunde sprach Ma San Yi Riesendiamant an:
„Saya, ich habe eine Bitte an Sie."
„Ja, was denn Ma San Yi? Wenn ich Ihnen helfen kann, werde ich es gern tun."
„Ich habe in letzten Tagen aus reinem Interesse die Geschichte anderer asiatischer Länder durchgelesen", erzählte sie ihm, ohne dabei in seine Augen zu schauen. Wohlüberlegt hielt sie sich mit ihrer Mimik und Gestik auffallend zurück, um ihn sanft in die gewünschte Richtung zu lenken, und fügte hinzu:
„Dabei gibt es eine Menge Dinge, die mir nicht ganz klar sind. Ich wäre Ihnen sehr dankbar, wenn Sie mir helfen könnten. Wenn es Ihnen keine Umstände machen sollte, würde ich gern nach der Schule Sie zu Hause aufsuchen und ausführlich fragen. Natürlich, wenn es Ihnen wirklich ... wirklich keine Umstände machen sollte."
Sie hatte das Wort „wirklich" dabei zweimal benutzt und ganz weich und lang betont, sodass das Wort in seine Seele langsam und effektiv eindrang, während sie ihn fast flehentlich anblickte. Ihre Art und ihre Worte waren so entwaffnend, dass er auf der Stelle ihrer Bitte entsprach. Sie war ja außerdem die beste Schülerin in seinem Fach. Ihr zu helfen, war ihm fast heilig. Es war genau so eingetreten, wie sie vorausgerechnet hatte, morgen sollte sie vorbeikommen.
An dem Tag vermied sie in der Klasse mit äußerster Akribie jegliche Auffälligkeit, um niemanden ihr geheimes Vorhaben wittern zu lassen, obwohl die Zeit ihr an dem Tag wie eine zähflüssige Masse vorkam, die in Schneckentempo dahin floss. Als der Unterricht ca. 16 Uhr vorbei war, hatte sie sich extra Zeit genommen, ganz langsam ihre Bücher, Bleistift, Federhalter und Lineal in die Tasche zu stecken, sodass alle Klassenkameraden bereits

weg waren, um als letzte das Klassenzimmer verlassen zu können. Sie hatte vorher ihrer Freundin, mit der sie täglich per Fahrrad nach Hause fuhr, gesagt, dass sie heute alleine zum Khandaw-Bazar vorbeigehen und daher später nach Haue kommen würde. Bevor sie ging, holte sie schnell einen kleinen Spiegel aus der Schultasche, schaute hinein, machte ihre Haare zurecht, malte mit dem Lippenstift ihre farblosen Lippen extra rot, hielt den kleinen Spiegel von vorne und hinten, um aus ihrem molligen Aussehen das Beste herauszuholen. Einen gewünschten Mann zu angeln, kommt es für eine Frau nicht immer auf die äußerliche Schönheit an, sondern viel mehr auf ihre Schlauheit. Das hatte sie einmal ihre Tante sagen hören, als sie noch klein war; seitdem hatte sie diesen Rat verinnerlicht. Nun werde sie als junge Frau genau diesem Rat folgen. Nach dem Schulschluss war nun schon fast eine halbe Stunde vergangen. Sie stieg auf ihr Fahrrad, nachdem sie ihre Schultasche verstaut hatte. Obwohl sie langsam radelte, spürte sie eine Art Herzklopfen, was sie noch nie erlebt hatte. Es war ja das erste große Unternehmen, das sie je erdacht und geplant hatte. Sie radelte durch das Khandaw-Viertel auf die Bojoke-Aung-San-Straße, dann nach Westen zum Stadtteil Myitkaing, es war ihr schon längst bekannt, wo Riesendiamant wohnte.

Als sie vor dem Zauntor des Hauses von Riesendiamant vom Fahrrad abstieg, schauten schon einige Nachbarn neugierig. Sie registrierten zum ersten Mal überhaupt, dass eine junge unbekannte Frau in das Haus des Lehrers kam. Sie war auf gar keinen Fall eine Verwandte des Hauses, sonst kannten sie sie schon vom Sehen. Ma San Yi brauchte ja zum Glück nicht lange den Blicken der nachbarlichen Beobachtung ausgesetzt zu werden, da kam gleich Riesendiamant aus dem Haus und begrüßte sie herzlich:

„Kommen Sie Ma San Yi. Haben Sie mein Haus gleich gefunden?"

„Ja, Saya… das war nicht schwierig", sagte sie und trat durch das Zauntor ein, Riesendiamant nahm ihr Fahrrad und stellte es an der Wand des Hauses ab.

„Kommen Sie ins Haus", lud er sie freundlich vom Eingang des Hauses ein.

Da keine andere Stimme im Hause zu hören war, fragte sie ihn beiläufig:

„Saya, wohnen sie hier in diesem großen Haus allein?"

„Nein, nein, ich wohne mit meiner Tante. Meine Tante war seit gestern mit Verwandten zusammen nach Mandalay zu einer Pilgerfahrt abgereist, sie kommt in einer Woche zurück."

„Also …", sagte sie und dachte dabei, dass sogar die Sterne nun für sie unverhofft günstig standen.

„Und wo wohnen denn Ihre Eltern?"

„Mein Vater ist schon lange tot, mit meiner Mutter habe ich noch bis vor zwei Jahren hier in dem Haus zusammengelebt, dann ist sie auch gestorben. Seitdem lebt hier meine Tante mütterlicherseits mit mir."

„Es tut mir sehr leid für Sie, Saya … Ich kann mir gar nicht vorstellen, wenn meine Eltern nicht mehr leben würden", brachte sie ihr aufrichtiges Bedauern zum Ausdruck.

„Aber, keine Ursache, bitte nehmen Sie Platz ", wies er den Sitzplatz hin.

„Meine Eltern leben in Myitche. Seitdem ich die Khandaw-Schule besuche, wohne ich jetzt bei meiner Tante", erwähnte sie über ihre eigene Familiensituation.

„Wollen Sie was trinken, Kaffee oder Tee oder Wasser?", fragte er.

„Nein, nein, Saya…,ich wollte keine Umstände machen."

„Seien Sie nicht so bescheiden, ich mache Kaffee für Sie und für mich, okay?"

Sie lächelte ihn an und nickte. Er ging in die Küche und kochte Kaffee.

„Saya…, soll ich Ihnen beim Kaffee helfen?", rief sie hinüber in Richtung Küche.

„Nein, bleiben Sie ruhig, das kann ich alleine fertig kriegen", rief er zurück und dachte dabei, dass Ma San Yi eine sehr nette Person sei. Immerhin war es zum ersten Mal in seinem Leben überhaupt, dass er für einen Damenbesuch Kaffee kochte. Zum Glück hatte er noch ein Stück Kuchen im Schrank gefunden. Er füllte zwei Tassen Kaffee, platzierte Milch, Zucker und Kuchen auf einer Servierplatte und brachte sie zum Tisch.

„Ach, Saya, ich mache Ihnen zu viel Arbeit", sagte sie fast entschuldigend für seine entgegengebrachte Freundlichkeit.

„Keine Ursache, ich mache es gerne."

Sie übernahm geschickt die Aufgabe, Milch und Zucker in die beiden Tassen zu geben und fragte nebenbei:

„Wollen Sie einen Löffel Zucker oder … zwei?" Als sie die Frage an ihn richtete, schaute sie ihn mit einem begehrlichen Lächeln an, das durch die zarte Bewegung ihrer roten Lippen noch zusätzlich an Attraktivität verstärkt wurde. Riesendiamant fühlte sich einwenig geschmeichelt und gehätschelt zugleich und machte ein verschmitztes Gesicht, er antwortete:

„Zwei, wenn ich bitten darf." Seine Art der Antwort klang ein wenig einladend für sie.

„Sie dürfen viel mehr, als sie überhaupt denken können", fügte sie mit einem koketten Lächeln zu, das auf die ewige Junggesellenseele wohltuend wirkte, als rieselte ein kühles Tröpfchen in der heißen Sonne. Riesendiamant merkte zum ersten Mal im Leben, wie angenehm und fröhlich doch eine weibliche Gesellschaft sei.

Sie rührte Kaffee ein paar Mal mit einem Löffel und reichte die Tasse anschließend Riesendiamant, dabei berührte sie ihn mit Bedacht seine Finger. Ihm war es anzumerken, dass ein eigenartiges warmes Gefühl in seiner Seele mit Eiltempo durchgerauscht war. Ihrerseits zeigte sie aber keine Regung und äußerte beiläufig:

„Saya, Ihre Finger sind aber kalt, sind Sie etwa erkältet?"

Sie fragte ihn mit einem betörenden Blick und fügte hinzu, ohne seine Antwort abzuwarten:

„Zeigen Sie mir Mal Ihre Hände!"

Da er die Kaffeetasse in seiner linken Hand hielt, griff sie überraschend seine rechte Hand ganz zart und hielt sie zwischen ihren beiden Handflächen und flüsterte leise vor sich hin:

„So kalt ist sie aber nicht …, dann lasse ich sie mal durch meine Wangen besser fühlen."

Sie legte seine Hand unversehens auf ihre zarte Wange, während sie in dieser Zeit ihn keines Blickes würdigte. Riesendiamant dagegen erlebte unerwartete Überraschungen, eine nach der anderen, die seine Emotionen in kürzester Zeitspanne vollkommen durcheinanderwirbelten, sein Gesicht färbte sich rot, das Blut strömte ihm mit rasender Geschwindigkeit in den Adern; die Kaffeetasse fiel plötzlich aus seiner linken Hand herunter und brach entzwei.

„Oh … Entschuldigung, es tut mir leid", sagte sie und fing an, die zerstreuten Scherben auf dem Fußboden aufzusammeln.

„Ah … lassen Sie das, ich mache das schon", bückte er sich blitzartig zum Boden, um die Scherben aufzuheben und stieß sie dabei unbeabsichtigt und ungeschickt mit seinem Schädel an ihren Kopf.

„Oh", stöhnte sie, während sie sich mit beiden Händen an ihren Kopf fasste, um beträchtliche Schmerzen auszuhalten; sie wankte sich geschickt zur Seite und lehnte sich an seine Schulter, wobei Riesendiamant nicht aufhören konnte, seine aufrichtige Entschuldigung immer wieder zum Ausdruck zu bringen:

„Entschuldigen Sie, das ist meine Schuld … meine Schuld!"

Er war ratlos, als ob die ganze Welt vor seinen Augen brennen würde. Mit seinen Händen fasste er sie mal an ihren Kopf, mal an ihre Wangen und sagte ängstlich:

„Was mache ich dann bloß …, geht es Ihnen …Ihnen wieder gut?"

Ma San Yi schloss die Augen, um diesen Augenblick mit viel Vergnügen und Befriedigung zu genießen, dass er sich wirklich mit echten Gefühlen um sie sorgte. Nach einer Weile öffnete sie die Augen langsam und seufzte vor Erleichterung:

„Es war ein harter Schlag von Ihnen, Saya, aber nun ist alles in Ordnung!"
„Entschuldigen Sie vielmals, das war dumm von mir", versuchte er mit fast weinender Stimme, seine abermalige Entschuldigung vorzubringen.
„Nun Schluss mit ihrer Entschuldigungsbitte, Sie haben doch nie die Absicht gehabt, mich umzubringen, nicht wahr?", fragte sie mit einem kecken Augenzwinkern.
„Oh, nein..., wie könnte ich so einer jungen hübschen Dame jemals wehtun?"
Unbeabsichtigt entfuhr ihm angesichts der seltsamen Umstände jene gewagte Formulierung, die er zu sagen nicht Mal im Traum gedacht hatte. Sie war so glücklich, von ihm solches Kompliment zu hören und dachte nur, dass sie nicht mehr so weit entfernt war von ihrem Ziel.
„Nun räumen wir zusammen ab, ja?", diktierte sie, „und keine Widerrede, dass Sie es alleine machen wollen, schließlich wollte ich mal Ihre Küche ansehen."
Er folgte ihr wie ein kleiner Hund seiner Herrin, als sie die Servierplatte in der Hand hielt und zur Küche voranschritt. Sie merkte, dass ein Schlafzimmer auf der rechten Seite lag. Als sie aus der Küche trat, fasste sie sich überraschend an den Kopf, machte ihre beiden Augen zu, blieb eine Weile auf der Stelle stehen und machte auf einmal ein schmerzliches Gesicht und flüsterte leise:
„Oh, ich spüre plötzlich ein Stechen im Kopf, vielleicht noch eine Nachwirkung vom Kopfstoß, mir ist schwindlig ... schwindlig."
Im ersten Moment war Riesendiamant vor Schreck wie gelähmt, und doch fing er ganz schnell den schwankenden Körper der jungen Dame in seinen Arme auf und trug sie auf das Bett seiner Tante. Er saß auf der Bettkante, fasste sie zärtlich an den Händen und fragte ängstlich mit einem bleichen Gesicht, gepeinigt von Selbstvorwürfen, dass er diesen Unfall verursacht hatte:
„Wie geht es Ihnen?"
Sie flüsterte bei geschlossenen Augen: „Es tut mir leid, Saya, dass ich Ihnen Schwierigkeiten mache. Ich war gestern ein wenig erkältet ... und fühle mich heute etwas schwach ... und daher dieses Schwindelgefühl ... und ... und ... der Brustkorb tut mir sehr weh ..., vielleicht von der Erkältung."
Sie hustete absichtlich ein paar Mal kräftig, während sie sich mit beiden Händen auf den Brustkorb presste, dann bat sie ihn mit einer Flüsterstimme: „Saya, mein Brustkorb tut mir sehr weh, können Sie mit ihrer Handfläche darauf drücken. Dann werden die Schmerzen vielleicht weniger."
Er legte seine beiden Handflächen auf ihren Brustkorb, übte einen leichten Druck aus, so zart wie möglich, um ihr nicht wehzutun. Wie vom

Blitz getroffen, war ihm in dem Moment auf einem Schlag bewusst geworden, dass seine Hände die runden gewölbten Brüste einer jungen Frau zum allerersten Mal in seinem Leben überhaupt berührten; seine Hände fingen an zu zittern und sich selbstständig auf den Wölbungen und Vertiefungen zu bewegen, als würden sie von ihm losgelöst und von seltsamen unbekannten Kräften aus einer anderen Welt beherrscht; ihre heraustretenden Brustwarzen glitten geschmeidig zwischen seinen Fingern.

Ihn ergriff ein bisher noch nie erlebtes Gefühl der Furcht, der Euphorie, des Schüttelfrosts, des Wagemuts, der Abenteuerlust, der tiefsten Leidenschaft, die Boten der Begierde, die ihn wie ein rasender Wasserstrom mitrissen und zu einem unbekannten Ufer hinführten.

Überraschend nahm er ihren Körper in seine Arme, presste mit unbezwingbarem Verlangen seine Lippen auf ihre. Erfasst von der lodernden Flamme des Begehrens, strich er ihr zitternd mit seinen Händen gefühlsvoll über ihre Körperteile, ihrerseits erwiderte sie ihn mit voller Hingabe und unstillbarer Glut der Wollust, bis sie beide überglücklich an das Ufer der nimmer endenden Wonne gelangten.

Mittlerweile machten sich die neugierigen Nachbarn schon Gedanken, was in dem Hause des respektablen Oberschullehrers Riesendiamant geschehen könnte. Über den Zaun richteten sie ihre neugierigen Blicke bis ins Haus. Es war nun schon 20 Uhr und fast über vier Stunden vergangen, seitdem die junge Frau ins Haus hineingegangen war, das elektrische Licht brannte noch, also die beiden waren noch zu Hause. Die siebzigjährige Nachbarin Oma Htu, die Riesendiamant von Kindheit an kannte, machte sich schon berechtigte Sorgen. Sie kam aus dem Haus mit ihrer Tochter Ma Saw Myaing, die etwa vierzig Jahre alt war. Sie unterhielten sich auf der Straße mit anderen älteren Nachbarn U Tha Bo und seiner Frau Daw Tin Kyu, die etwa zehn Jahre jünger waren als Oma Htu und den jungen Mann Riesendiamant sehr gut kannten. Angesichts der seltsamen Situation hielt es Oma Htu nicht mehr aus und äußerte vor den anderen:

„Ich glaube, es stimmt etwas nicht, da drin! Es ist schon eine Ewigkeit her, dass eine junge Frau ins Haus hineingegangen war. Seine Tante Daw Mya war vor zwei Tagen nach Mandalay zu einer Pilgerfahrt gefahren, da passiert schon was. Die jungen Leute kann man nie ohne Aufsicht alleine lassen. Dabei hatte Daw Mya vor der Reise mich extra gebeten, auf ihren jungen Neffen aufzupassen."

U Tha Bo schien aber nicht sonderlich besorgt zu sein wie Oma Htu und versuchte die Wogen zu glätten, voraus ahnend, was in dem Hause vorgefallen sein könnte:

„Oma Htu, machen Sie sich nicht so viele Sorgen, Maung Sein Toke ist schon ein geachteter Oberschullehrer, er ist kein Kind mehr, er weiß schon, was er tut. Es wird schon Gründe geben, warum sich die junge Frau lange Zeit im Hause aufhält, und es wird auch seine Richtigkeit haben. Wenn ich mich nicht täusche, werden wir noch heute ein Freudenfest erleben, warte Mal ab."

Ma Saw Myaing sagte: „Mutter, ich habe mich erkundigt, wer diese junge Besucherin ist. Meine Tochter ging in die achte Klasse in der Khandaw-Schule, meine Tochter sagte, die junge Frau sei eine Schülerin von der zehnten Klasse. Manche Schülerinnen von ihrer Klasse sagen sogar, dass diese junge Frau ziemlich scharf sei auf Saya U Sein Toke."

Da preschte Oma Htu voller Erregung energisch vor:

„Da haben wir es, da müssen wir dem Jungen zur Hilfe eilen, wenn sie ihn irgendwie bedrohen sollte."

Aber U Tha Bo entgegnete der aufgeregten Oma Htu mit besänftigenden Worten:

„Oma bleiben Sie ganz ruhig, er ist ein erwachsener Mann von fünfundzwanzig Jahren und mit Verstand und Intelligenz ausgestattet. Wie könnte denn eine junge Frau ihn bedrohen?"

„Bedrohung mit Gewalt, das nicht. Aber es gibt vielleicht eine viel raffiniertere Bedrohung der anderen Art. Wer weiß? ...", brachte Daw Saw Myaing, die die Künste der Verführung noch nicht verlernt zu haben schien, eine bisher vernachlässigte Möglichkeit in Betracht.

Für Daw Tin Kyu schien aber dies von marginaler Bedeutung zu sein, sie verurteilte entschieden jeglichen Verstoß gegen allgemein akzeptierte moralische Maßstäbe und machte ihrem Ärger Luft:

„Jedenfalls finde ich es höchst unanständig, dass eine junge Frau ohne Aufsicht, die gar nicht mit ihm verwandt ist, den jungen Mann aufsucht und bis in die Nacht hinein bei ihm bleibt. Was hat sie dort zu suchen? Ich kenne Maung Sein Toke von Kindheit an, der Junge ist durch und durch ein anständiger Kerl. Es gibt mehrere junge Frauen, die ihn zum Manne haben wollten, ich kenne schon welche, seine Tante Daw Mya hatte mir mal die Bilder dieser jungen Bewerberinnen gezeigt, die die Eltern mitgeschickt haben. Man... du, das waren hübsche, reiche, intelligente Frauen, einige haben an der Universität studiert. Einige Mütter hatten sogar mich gebeten, bei der Anbahnung der Beziehung ihrer Töchter mit Maung Sein Toke irgendwie zu helfen." Seufzend erzählte sie weiter: „Ich habe alles versucht, aber der Junge wollte nicht verkuppelt werden, seltsam ..., was die jungen Leute heute denken."

Die vier betagten Leute bewachten das Haus von Riesendiamant, um eventuelle Geschehnisse peinlich unter die Lupe zu nehmen. Oma Htu sagte nach einer Weile mit Ungeduld:

„Also, wir sollen von nun an noch etwa eine halbe Stunde warten. Wenn sich bis dahin nichts rührt, gehen wir einfach ins Haus hinein und schauen nach, was wirklich los ist. Ich bin immerhin von seiner Tante persönlich beauftragt worden, auf den Jungen aufzupassen. Was meint ihr?"

Daw Tin Kyu stimmte der Oma zu, obwohl U Tha Bo und Daw Saw Myaing am Anfang nicht dazu geneigt waren, gaben sie am Ende den beiden alten Damen nach.

Vor Erschöpfung war Riesendiamant fast eingeschlafen, aber er vernahm im Halbschlaf so etwas wie ein leises Schluchzen in seiner Nähe, als ob er träumte. Er wachte plötzlich auf. Tatsächlich weinte Ma San Yi neben ihm, die Tränen rollten über ihre Wangen. Er schien, noch nicht ganz im Bilde zu sein, und fragte sie:

„Was hast du denn, meine Liebe? Warum weinst du denn?"

Unter den Tränen mit schluchzender Stimme sagte sie:

„Es war alles dumm gelaufen, ich schäme mich, ... ich schäme mich sehr. Seitdem das alles so passiert war, kann ich nicht mehr nach Hause. Egal was passiert, ich kann nicht mehr aus diesem Haus herausgehen, ich bin als Frau ruiniert. Was werden meine Tante und Onkel von mir denken, wenn ich spät in der Nacht nach Hause komme; sie werden mich jetzt behandeln, als ob ich eine Hure geworden wäre. Was werden deine Nachbarn über mich erzählen, wenn ich so spät von hier rausgehe. Sie alle werden mich auslachen und als unanständige Frau abstempeln. Es ist schon fast 21 Uhr. Ich habe alles verloren ..." Sie brach in lautes Weinen aus, ihr zierlicher Körper bebte vor bitteren Tränen.

„Was? Schon 21 Uhr!" Riesendiamant war nun wirklich von der Realität wach gerüttelt worden, er schüttelte den Kopf ein paar Mal kräftig, rieb sich die Augen mit der Handfläche, um es ernsthaft nachzudenken, was weiter geschehen sollte. Er nahm die weinende Frau zärtlich in die Arme und wischte ihr die Tränen ab. Nun war er vor vollendete Tatsachen gestellt, was er nicht im geringsten vorher geahnt hatte. Er war mit der jungen Frau eine intime Beziehung eingegangen, die in der burmesischen Gesellschaft, nach gängiger Auffassung, nur nach der Hochzeit gestattet war. Seit Jahrhunderten hatten die Burmesen, nicht anders als andere Völker, die Jungfräulichkeit gepriesen, als wäre diese viel höher zu bewerten als Nichtjungfräulichket. Diese überlieferte Bewertung war die reinste ideologische Krankheit, die von dem Patriarchat im Laufe der Geschichte aufgezwungen worden war. Der eindeutige Beweis war, dass es bei den Männern nicht ein

Jota Unterschied gab zwischen Verheirateten und Ledigen. Für ihn persönlich genoss eine Frau, egal verheiratet oder nicht verheiratet, Jungfrau oder nicht, den gleichen Stellenwert in der Gesellschaft. Er hätte solche Thematik in der Schulklasse gern mit den Jungen und Mädchen diskutiert. Aber wenn er das getan hätte, wäre die allgemeine Empörung unausweichlich gewesen mit der Unterstellung, er hätte die Jugendlichen auf den falschen moralischen Pfad bringen wollen, das hätte er nicht tun sollen usw. usw. Solch ein gesellschaftliches Problem konnte nur langsam und behutsam angepackt werden. Die frontale Attacke gegen die vorherrschenden ethischen Normen der Gesellschaft würde selten Erfolg bringen, wenn sie von der Masse nicht geteilt wurde. Nun, in seinem Fall hatte er eine gesetzte gesellschaftliche Grenze überschritten. Also, als Mann musste er Konsequenzen tragen, sonst würden er und Ma San Yi ebenfalls mit Schimpf und Schande überhäuft werden, sein Ruf als geachteter Oberschullehrer wäre für immer ruiniert; das konnte er sich nie und nimmer leisten. Ehrlich gesagt, er hätte gern noch ein paar Jahre als Junggeselle verbracht und manche Frauen gern näher kennengelernt. Einige Frauen, deren Fotos seine Tante ihm vorgelegt hatte, hatten ihm sehr gefallen, aber er hatte sich nicht getraut, offen und ehrlich zu sagen, die gefalle mir und die nicht. Außerdem war es eine künstliche Kuppelei, eine Art Kuhhandel, die ihm zuwider war. Ob die anderen Frauen, die ihn gern heiraten wollten, ihm besser passen würden als Ma San Yi, das konnte er mit dem besten Willen nicht beurteilen, weil er mit den anderen Frauen nie in Berührung gekommen war. Er wollte eigentlich erst eine Frau richtig lieben und eine Zeit lang wie ein Liebespaar verbringen und dann nach einem oder zwei Jahren ausgiebigen Kennenlernens heiraten. Leider war alles anders gekommen, als er gedacht hatte.

Nun, es musste geschehen, was geschehen musste. Nach reiflicher Überlegung sagte er zu Ma San Yi, die gespannt auf seine Reaktion gewartet hatte:

„Mach dir keine Sorgen, meine Liebe, ich werde dich heiraten. Ich werde jetzt rausgehen und meine Nachbarn ins Haus einladen und vor allen erklären, dass wir heiraten wollen. Sie sollen uns nach burmesischem Brauch als Mann und Frau anerkennen."

Seine Stimme war männlich und klar ohne jeglichen Zweifel, sie hatte inzwischen aufgehört zu weinen. Endlich war sie zum Ziel gekommen, wohin sie wollte, dafür hatte sie zielstrebig gearbeitet; sie konnte sich noch nicht richtig fassen, dass sie sich durch List und weibliche Verführungskünste einen hoch angesehenen Ehemann erkämpft hatte, um dessen Gunst die anderen Frauen jahrelang vergeblich gebuhlt hatten, die noch intelligenter und hübscher waren als sie - eine unscheinbare Schülerin der zehnten

Klasse. Das hieß, sie müsste doch viel intelligenter und schlauer sein als die anderen, es war ein erhabenes Gefühl und zugleich großes Glück in ihrer Seele. Sie konnte voller Stolz in die Welt hinausschreien: Seht ihr alle, ich habe geschafft, was ich wollte.

Riesendiamant kam aus dem Haus und traf so gleich die versammelten Leute, die auf der Straße ohnehin neugierig auf ihn gewartet hatten, und zu der Zeit bis zu zehn Personen angehäuft waren; er begrüßte sie freundlich: „Hallo Oma Htu, Onkel Tha Bo, Tante Saw Myain, Tante Tin Kyu, und alle meine Nachbarn, es ist gut, dass ich Sie alle gleich antreffe. Darf ich Sie alle ins Haus einladen, es gibt etwas Erfreuliches."

„Da sind wir aber gespannt", sagte Oma Htu mit einem gewissen Unterton. Im Hause hatte Ma San Yi schon Tee für die Gäste gekocht und brachte ihn zum Tisch zusammen mit Keks und anderem süßen Kleingebäck, die sie noch in der Küche rechtzeitig zum Glück gefunden hatte, als die Gäste Platz nahmen, während sie alle die neue Dame im Hause von Riesendiamant einem äußert kritischen Blick unterzogen. Riesendiamant, noch nicht ganz mit der bevorstehenden neuen Rolle eines Ehemannes vertraut, fing an, zaghaft die Gäste über die Familiensituation zu informieren, während dessen er manchmal an sein Ohrläppchen fasste oder seine Hände ineinander schob:

„Oma Htu, Onkel Tha Bo, Tante Tin Kyu und Tante Saw Myaing und alle verehrten Nachbarn, sie haben mich wie meine Eltern und meine eigene Tante von Kind an beaufsichtigt und erzogen. Seit meine leiblichen Eltern nicht mehr da sind, sind sie alle mein Vater und zugleich meine Mutter." Nach anfänglicher Schwierigkeit kam Riesendiamant langsam in gewohnter Fahrt als erfahrener Geschichtenerzähler, er fuhr fort, „Daher habe ich nicht nur die Pflicht, sondern auch den Wunsch, Ihnen heute etwas ganz Wichtiges in meinem Leben mitzuteilen, zwar Folgendes: Ich möchte diese junge Frau heiraten."

Er legte seine Hand sanft auf die Schulter der Ma San Yi, die neben ihm Platz genommen hatte, setzte fort, „Sie heißt Ma San Yi, sie ist Schülerin der zehnten Klasse in unserer Schule, neunzehn Jahre alt. Ich kenne sie seit einem Dreivierteljahr, seitdem ich ihre Klasse unterrichte. Da sie auch mich zum Manne nehmen wollte, bitten wir Sie, als unsere Ehrengäste und Trauzeugen und zugleich als meine engsten Verwandten, uns heute nach burmesischem Brauch zu trauen."

Alle Gäste waren angenehm gerührt von seinen aufrichtigen Worten. Manche seufzten schon erleichtert vor Freude: „Ach so!"

Besonders Oma Htu, die zuvor fast eine feindliche Stellung bezogen hatte, fühlte sich plötzlich von dem unerwarteten erfreulichen Ereignis überwältigt und ergriff sofort das Wort, das ihr ohnehin als der Ältesten unter den Versammelten als Pflicht zufiel:

„Es ist für uns ein erfreuliches Ereignis, euer Bündnis als Mann und Frau willkommen zu heißen. Sowohl der Mann als auch die Frau hat Pflichten und Rechte. Erfülle diese entsprechend so, dass ihr beide miteinander glücklich werdet. Es wird immer Höhen und Tiefen in der Ehe geben. Das Wichtigste ist, dass man beim täglichen Umgang miteinander immer Respekt und Nachsicht übt. Nur im Schoße des Respekts und der Nachsicht zueinander kann eine dauerhafte Liebe lebendig werden. In meinem Namen und im Namen der Gäste erkläre ich Euch als Mann und Frau und wünsche alles, alles Gute im Leben."

Beeindruckt von den weisen Worten der alten Dame, klatschten ihr alle begeistert Beifall.

An nächsten Tag verbreitete sich die Nachricht über die plötzliche Vermählung von Reisendiamant rasch nicht nur in der Schule, sondern auch in allen Teilen der Stadt Pakokku. Viele begrüßten dies als ein erfreuliches Ereignis. Viele Kenner der Szene jedoch behaupteten: Dies musste aufgrund der übereilten Vermählung eine raffinierte Verführung gewesen sein. Manche Frauen gratulierten der neu gebackenen Ehefrau zu ihrer grandiosen Leistung, die so genanten superhübschen, intelligenten und reichen Konkurrentinnen mit einer kleinen List nicht nur überholt, sondern auch weit hinter sich gelassen zu haben. Einige Frauen beweinten sogar den verloren gegangenen Ehemann; einige Damen verfluchten die Siegerin, unfaire Künste angewandt und sie um einen begehrten Mann betrogen zu haben, wohl wissend, dass es Fair Play auf diesem Gebiet seit Menschengedenken nie und nimmer gegeben hatte.

In einem Klassenraum der zehnten Klasse der Khandaw-Oberschule saß Thaung Htin und schrieb während der Mittagspause in seinem Tagebuch über seinen verehrten Lehrer Riesendiamant. Er sah vom Klassenraum aus den großen Tamarpin ihm zulächeln und las den Titel seinem großen Freund vor:

„Was meinst du großer Tamarpin? Ich habe so getitelt: Verführung des Oberschullehrers Riesendiamant oder Entführung eines Riesendiamanten. Welche gefällt dir am besten?"

Der große Tamarpin schmunzelte nachdenklich und überließ Thaung Htin schweigend die Wahl.

Im März 1958 fand das Finalexamen für die 10. Klasse statt, das Thaung Htin und seine Freunde bestanden hatten, und verließen im Juni Pakokku in Richtung Rangun, um an der Universität Rangun zu studieren. Danach kam er jedes Jahr nur noch in den Sommerferien im April und Mai nach

Hause. Jedes Jahr einmal hatte er den großen Tamarpin wieder gesehen, bis er im Januar 1962 nach Ostdeutschland für lange Jahre zum Auslandstudium flog.

Nun stand er in 1976, nach fast fünfzehn Jahren, wieder vor dem großen Tamarpin. Die Schule, auf deren Schulhof der große Tamarpin immer noch majestätisch wie damals steht, war nicht mehr dieselbe Khandaw-Oberschule, die Thaung Htin besucht hatte. Die Oberschule war längst in die neuen Gebäude an der Pauk-Straße umgezogen. Die alten Schulgebäude, in denen er einst jahrelang heimisch gewesen war, gehörten zur neuen Grundschule. Er hatte jetzt gar nicht gemerkt, dass er fast über zwei Stunden lang voller Nostalgie vor dem großen Tamarpin auf dem Schulhof verbracht hatte, in dem er in den alten Erinnerungen seiner Schulzeit schwelgte.

„He, Thaung Htin, gehen wir, sicher hast du ja lange geträumt von deiner damaligen Schulzeit", sagte sein Freund Aung Kyi. Seine Schulfreunde Aung Kyi und Sein Win hatten ihn bei der Erinnerungsfahrt am Sonntag durch die Stadt begleitet und ihn in der alten Schule allein gelassen, sodass er ungestört in aller Ruhe seine Erinnerungen auffrischen konnte. Thaung Htin berührte den großem Tamarpin an den Baumstamm, dessen Oberfläche wie gepanzerte Schuppen aussah, noch einmal zärtlich und schaute nach oben, wo sich die mächtigen Zweige in vier Richtungen hinstreckten und mit ihren zigtausend kleinen Blättern einen breitflächigen Schutzschirm spannten, um auf der Erde eine große Schattenoase zu bilden. Er flüsterte seinem großen Freund leise zu:

„Lebe wohl, mein großer Freund Tamarpin, diesmal weiß ich wirklich nicht, wann ich dich je wieder sehe. Aber wenn ich in Pakokku bin, werde ich immer wieder zu dir kommen."

Als er sich langsam vom großen Tamarpin entfernte, sah er die zigtausend Blätter hin- und herschaukeln, als winke der große Tamarpin ihn wehmütig zum Abschied.

Von seinen Freunden hatte er bereits erfahren, dass seine drei Lieblingslehrer Saya U Myit, Saya U Chit Pe und Saya U Ba Than schon gestorben waren und nur seine Lehrerin von der Grundschule Ahma Lay noch lebte.

„Es ist schon einige Jahre her, dass Riesendiamant auch ins Jenseits hinübergegangen war", sagte Sein Win und setzte fort, um Thaung Htin umfassend zu informieren, „es war ziemlich tragisch, wie es mit Riesendiamant geschah. Wir hörten eines Tages, dass er ins psychiatrische Krankenhaus in Rangun gebracht wurde. Nach der Genesung, die ein paar Monate gedauert hatte, kehrte er von Rangun mit dem Zug zurück, zuerst nach Myingyan, von da aus wollte er mit dem Motorboot nach Pakokku weiter, wie wir jedes

Jahr von der Universität nach Hause zurückkamen. An dem Tag, als Riesendiamant in Myingyan ankam, war der Zug verspätet. Das Motorboot war vom Hafen bereits abgefahren, es gab ja nur eine Fahrt am Tag nach Pakokku. Er wollte unbedingt so schnell wie möglich nach Hause, nicht Mal eine Nacht am Hafen verbringen und die nächste Fahrt abwarten. Es ist so seltsam, wie das Schicksal einen Menschen zwingt, dem vorbestimmten Weg zu folgen. Wie es kommen musste, charterte er ein kleines Boot, ihn sofort nach Pakokku zu bringen, das würde immerhin mindestens sechs bis sieben Stunden auf dem strudelreichen Wasserweg dauern. Kein Bootsmann am Hafen wollte mitmachen, das war immerhin fast siebzig bis achtzig km stromabwärts und gerade nicht ungefährlich auf diesem großen Fluss Irawadi, worin nach Myingyan gleich der Chingyin-Fluss einmündet, dort ist es am gefährlichsten mit starken Strömungen und zahlreichen Wirbeln. Am Ende fand er doch einen, der eher aus Mitgefühl mit ihm mitmachte, als wegen des Geldes, weil er wie ein Kind um Hilfe gebettelt hatte. Außerdem bot er genug Geld an, sodass der Bootsmann mit den Extrakosten zurechtkam, sein Boot am nächsten Tag von Pakokku nach Myingyan von einem regulären Passagier-Motorboot mitschleppen zu lassen. Dann fuhren beide mit dem kleinen Boot stromabwärts. Unterwegs, vermutlich an der Mündung des Chindwin-Flusses, war das Boot gekentert. Beide, er und sein Bootsmann, wurden wahrscheinlich vom starken Strudel in die Tiefe des Flusses hineingezogen und waren ertrunken, die Leichen wurden vom reißenden Strom Irawadi mitgenommen. Was der große Fluss hernimmt, gibt er niemals zurück."

Die Stimme seines Freundes Sein Win war am Ende seiner Erzählung immer noch ergriffen, obschon sich der tragische Fall vor etlichen Jahren ereignet hatte.

„Riesendiamant war ein ausgezeichneter Lehrer. Obwohl ich keine besondere menschliche Nähe zu ihm habe wie bei Saya U Chit Pe, Saya Myit oder Saya U Ba Than, war Riesendiamant auch ein tadelloser guter Mensch. Schade, dass sein Leben ein tragisches Ende genommen hat", sagte Thaung Htin sichtlich betroffen, während er in seinen Gedanken immer noch Riesendiamant sah - in blink und blank geputzten westlichen Schuhen, mit glänzend welligen Haaren, Longyi aus Bangkok-Seide und weißem seidenen Oberhemd.

„Also wollen wir heute die Pagan-Dynastie eingehend analysieren …", klang die typische klare Stimme des Riesendiamant immer noch in seinen Ohren.

Am nächsten Tag besuchte er das Haus seines verstorbenen Lehrers Saya Myit, wo dessen gleichaltrige Schwester mit ihrem Sohn und Enkelkindern zusammen noch lebte, wie damals vor zwanzig Jahren. In dem Haus, unter dem erweiterten Bambusdach an der östlichen Seite war damals der Klassenraum mit einigen Schulbänken und einer Schreibtafel eingerichtet, wo Thaung Htin und seine Freunde in den Sommerferien unter der Aufsicht des Lehrers Saya Myit zusätzlich Mathematik gebüffelt hatten.

Saya Myits freundliches Gesicht mit leuchtenden kleinen Augen, die Falten, die auf beiden Seiten von der Wange bis zur Kinnbacke liefen und ihn keineswegs alt aussehen, sondern im Gegenteil, ihm, gemäß seiner inneren wahren Ausstrahlung, würdig erscheinen ließen, und die weißen spärlich wachsenden Haare, die sich lieber auf der linken und rechten Seite des Kopfes ansiedelten als in der Mitte, waren seine unvergesslichen und unvergänglichen Kennzeichen, an die sich Thaung Htin gerne erinnerte. Hier unter diesem Dach hatte Thaung Htin Dezember 1961 seine Lehrer Saya Myit und Saya U Chit Pe zum letzten Mal vor seiner Abfahrt nach Ostdeutschland gesehen. Saya U Chit Pe mit seinen markanten kanackigen gewaltigen Sprüchen, die jeden zittern und zugleich von seiner zweifelsfrei gutmütigen Natur unfehlbar spüren ließen, war einer der drei Lehrer von der Oberschule, die ihm am meisten für das Leben mitgegeben hatte.

„Dein Lehrer hatte oft von dir gesprochen", sagte die über siebzigjährige alte Frau mit silbernen Haaren. „Er hatte seine gesamten Ersparnisse, in große Geldscheine angelegt, wie auch alle anderen Pensionierten es getan hatten. Dann war auf einmal alles verloren, als die Geldscheine für 100 und 50 Kyat 1964 von der Militärregierung plötzlich ungültig erklärt wurden. Von diesem Schicksalsschlag hat sich mein Bruder nie wieder erholt. Er hat oft gesagt, Thaung Htin wäre der Einzige, der ihm eventuell helfen könnte. Er hatte auf dich gewartet, bis er tot war. Das war 1965."

Die alte Frau schaute ihn mit traurigen Augen an. Und wenn sein Lehrer am Ende die nackte Wahrheit erfahren hätte, dass sein Hoffnungsträger Thaung Htin unter dieser Militärregierung gar nicht imstande war, ihm zu helfen, wäre das ein noch schlimmeres Unglück gewesen, dachte Thaung Htin mit schwerem Herzen.

Anschließend besuchte er das Haus seines Lehrers Saya U Ba Than. Das zweistöckige große Haus auf einem breiten Grundstück, dessen Erdgeschoss damals voll von Schulbänken war und wo einst Thaung Htin und seine Freunde extra Lernstunden in den Ferienmonaten in Englisch zugelegt hatten, war nun unbewohnt und leer. Zum Glück fand er zufällig Ma Wet, die einzige Tochter seines Lehrers, die nun über zwanzig Jahre alt war und in der Nähe ihres alten Hauses lebte. Sie erzählte ihm, dass ihre Eltern vor einem Jahr hintereinander gestorben seien. Auf seine Frage, wie das alles geschehen war, erzählte ihm Ma Wet die letzten Schicksalsjahre ihres

Vaters und seines Kollegen Saya U Chit Pe.

Die ganzen Jahre bis Anfang 1962 waren gute Zeiten für alle staatlichen Angestellten, der Geldwert war seit Ende des zweiten Weltkriegs stabil, das Wort - Inflation - war damals unbekannt. Von den ältesten Lehrern in der Khandaw-Oberschule ging als allererster Saya U Chit Pe im Alter von 60, Anfang 1960, in Rente, danach folgte Saya Myit nach einem Jahr und Saya U Ba Than Ende 1962. Die Pensionsansprüche für die ehemaligen Lehrer waren nicht hoch aber mehr als ausreichend, ein sorgenfreies Leben zu führen. Dies änderte sich schlagartig, als General Ne Win im März 1962 an die Macht kam. Die einst florierende Wirtschaft stürzte allmählich in den Kollaps. Dann versetzte die Militärjunta mit der Geldscheinaktion viele Menschen existenziell in den Ruin. Zu den unzähligen Verlierern zählten tausende und abertausende pensionierte Lehrer und Angestellten des Staates und viele Bürger, die jahrelang emsig das Geld auf die hohe Kante gelegt hatten; nun wurden sie auf einmal verurteilt, ein armseliges und bedürftiges Leben zu führen.

Satya U Chit Pe ertrug es äußerlich mit Fassung, aber dennoch hatte es ihn am schlimmsten erwischt. Seine Frau war seit Jahren blind. Als die wirtschaftliche Katastrophe hereinbrach, musste er sich äußerst anstrengen, mit seiner bescheidenen Lehrerrente gegen die ständig steigenden Preise anzukämpfen, jeder Tag war ein Überlebenskampf. Bevor er 1967 verschieden war, lag er noch fast ein Jahr lang gelähmt im Bett, sogar sprechen konnte er kaum noch. Als seine ehemaligen Schüler ihn einmal besuchten, hatte er bitterlich geweint, wobei seine undeutliche Stimme von außen kaum vernehmbar war, flossen die Tränen über seinen Wangen. Seit Saya U Chit Pe verstorben war, hatte es im Leben des Saya U Ba Than nichts anderes gegeben, als den täglichen Daseinskampf als pensionierter Lehrer weiter zu führen, bis er aus Not eine Privatstunde für Englisch für die Schulkinder gab. Von da an war er glücklicherweise imstande, ohne große materielle Sorgen ein zufriedenes Leben zu führen, bis er eine Zwangsaufforderung der Justizbehörden 1975 bekam, bei einem Prozess, in den seine Schwester Daw Mon verwickelt war, vor Gericht als Zeuge auszusagen. Sein ganzes Leben lang hatte er noch nie mit Gerichten zu tun gehabt, aus dem Grunde war es ihm ein sehr unangenehmes Gefühl, obwohl es ihm selber nicht klar war, ob seine Aussage für den Angeklagten oder den Kläger nützlich sein sollte. Seine Schwester hatte vor dreizehn Jahren, bevor General Ne Win zur Macht kam, ein Pfandleihgeschäft betrieben und gegen Gold jemandem Geld geliehen. Damals als Gold verpfändet wurde, hatte das Geld seinen festen Wert und Gold war billig. Nun nach dreizehn Jahren des wirtschaftlichen Untergangs hatte sich der Goldpreis verzehnfacht und der Wert des Geldes war nur noch ungefähr ein Fünftel dessen, was er damals wert war. Der Pfandgläubiger und Pfandschuldner bekriegten sich gegenseitig, welcher Geldwert nun nach dreizehn Jahren aufgebracht werden musste für das damals verpfändete Gold. Obwohl Saya U Ba Than in das Geschäft seiner Schwester nicht im geringsten involviert war und vor Gericht nur Fragen marginaler Bedeutung zu beantworten hatte, dichteten die Leute von der Seite des Klägers ihm an, nur aufgrund seiner Verwandtschaft mit dem Beklagten, unseriöse, anstandslose Gerüchte über ihn, er sei genau so habgierig wie seine Schwester, die gesamte Sippe der Verwandtschaft bestünde nur aus Halunken, die das Geld der armen Leute ergauern wollten usw.

Für einen Menschen wie Saya U Ba Than, der immer Ehre und guten Ruf in der Gesellschaft bewahrt hatte und wiederum von der Gesellschaft überall bis dahin mit Respekt und Zuvorkommen behandelt wurde, war es ein großer Schock, derartig abfällige Äußerungen ohnmächtig über sich ergehen zu lassen, was er nicht verdient hatte. Es schmerzte ihn sehr, dass er altersbedingt, mehr Kraft und Vitalität aufzubringen nicht mehr in der Lage war, gegen den absichtlichen Rufmord vorzugehen.

Als er im Gerichtssaal zum zweiten Mal in den Zeugenstand gerufen wurde, ging er langsam und träge zwischen den Sitzreihen zum Zeugenstand. Er merkte, dass seine Schritte ihm so schwer geworden waren, als würden seine Beine mit einem Zentner Gewicht zusätzlich belastet; alle Anwesenden starrten auf ihn, manche mit einem mitleidigen Blick, manche mit schadenfrohen Augen. Danach wusste er nicht mehr, er war im Gerichtssaal zusammengebrochen. Man stellte sofort nur noch seinen Tod fest.

Am folgendem Tag besuchte Thaung Htin seine Schulfreunde Thein Htay, Kyi Win, Saw Kyaing, Khin Lay und andere in Kandaw-Stadtviertel. Von den vier Schullehrern, die für Thaung Htin sehr viel bedeutet hatten, konnte er nur noch Ahma Lay von der Grundschule treffen. Sie hatte sich nicht verändert, genau so herzlich und ausgeglichen wie vor Jahren, nur ihre Söhne Ah-Kyi, Ah-Ni und Tochter Ah-Nwe waren schon verheiratet. Als er ihre fürchterliche Strafe, das Bauchfleisch zwischen dem Zeigefinger und Daumen zu kneten, in der ersten Klasse noch mal in Erinnerung brachte, hatte sie darüber nur noch herzlich gelacht.

Danach ging er in das Mitte-Kloster, schlenderte zwischen den Wohngebäuden der Mönche, um sich einen Überblick zu verschaffen, was inzwischen geändert war. Er besuchte die Mönche, die er sehr gut gekannt hatte. Sein ehemaliger Mönch-Lehrer U Pandita war längst nach seiner Heimatstadt Taugdwingyi zurückgekehrt und sein Patronat zum Noviziat, U Zaw

Tika lebte nicht mehr. Das Mitte-Kloster hatte sich äußerlich nicht geändert, alle Mönche gingen noch den täglich festgelegten Arbeiten nach: Vorlesungen, Meditation, Almosenbetteln und Auswendiglernen der Pali-Verse. In jeder Ecke des großen Klosters klang die melodische Rezitation der Pali-Verse, die die Mönche und Novizen beim Auswendiglernen der buddhistischen Lehre fleißig repetierend einsetzten, als summten unzählige Bienen dauernd und emsig. Da er vorher erfahren hatte, dass U Gan Damar, den er kannte, seit einigen Jahren Abt des Klosters geworden war und nun im großen Gebäude residierte, besuchte er den Ehrwürdigen. In der Mitte des Klostergeländes stand auf einer Fläche von fünfzig Mal fünfzig Metern ein großes Gebäude, gebaut aus Ziegelsteinen. Der Fußboden sowohl im Erdgeschoss als auch im ersten Stock war mit feinsten polierten Teakholz-Paketen belegt, die Seitenwände mit großen Fenstern ausgestattet; das Erdgeschoss lag schon mindesten zwei Meter über dem Boden und konnte vom breit angelegten Nord- und Westportal erreicht werden, deren vom Erdboden nach oben führenden Treppenaufgänge waren mit weißen Marmorplatten angefertigt. An der östlichen Spitze des Erdgeschosses lag ein großer buddhistischer Altar mit einer Buddhastatue im Schneidersitz auf einem vergoldeten Thron. In der Mitte des ersten Stocks wurde eine fast ein Meter große getreue Abbildung der berühmten Shwedagon-Pagode aus reinem massivem Silber für die Anbetung der Pilger aufgestellt. Die mehrfach aufgeschichteten Dächer des großen Gebäudes waren mit kunstvollen säulenartigen Verzierungen versehen. Vom großen Gebäude führte jeweils ein überdachter Gehweg zu den vier Haupttoren am Klostereingang, wobei der Gehweg zum Nordtor auf zwei Ebene aufgebaut war und mit einer fast sechzig Meter hohen Turmuhr abgeschlossen wurde. Das große Gebäude wurde lediglich für die Predigt-Veranstaltung oder Shin Phu Pwe (Noviziat-Veranstaltung) benutzt. Diese riesige Klosteranlage war von einer reichen Gönnerin gestiftet worden, die aus Pakokku stammte und in den sechziger Jahren durch den Reishandel in Rangun reich geworden war. Als Thaung Htin klein war, war er sehr oft in diesem großen Gebäude herumgelaufen. Damals residierte der Abt nicht in dem großen Gebäude.

Als er das große Gebäude betrat und sich langsam dem Abt näherte, saß der Abt auf einem Sessel. Vor dem ehrbaren Abt machte er respektvoll Kotau und stellte sich mit seinem Namen Thaung Htin vor und nannte auch den Namen seiner Eltern, sodass der Abt ihn leichter erinnern konnte. Da konnte sich U Gan Damar an seine Eltern gut erinnern.

„Ja, ich habe deine Mutter gut gekannt, sie hat eine ganze Menge für unser Kloster getan, deinen Vater habe ich wenig gesehen, weil er ja die ganze

Zeit in Rangun war, ich habe auch gehört, dass du nach Deutschland zum Auslandsstudium gefahren bist", sagte er, während er sich mit der rechten Hand an seine Glatze fasste und sich gemütlich über sie nach hinten und nach vorn fuhr, wie sein Mönch-Lehrer U Pandita es oft getan hatte. Auf seine Frage, ob das Klosterleben anders geworden war als vor fünfzehn Jahren, sagte er nachdenklich:

„Äußerlich gesehen hat sich nicht viel geändert, aber es gibt schon bestimmte Dinge außerhalb des Klosters, die uns Sorgen bereiten. Aber, übrigens, ich wollte mich schon längst mit jemandem unterhalten, der im Ausland gewesen und die Welt einigermaßen mit anderen Augen gesehen hat. Wie findest du Burma, vor deinem Auslandsstudium und danach?"

Thaung Htin erzählte dem Abt, dass Burma in Vergleich zu anderen benachbarten Staaten Thailand und Malaysia viel rückständiger geworden sei und vor fünfzehn Jahren sei dies gerade umgekehrt. Er sehe, dass Menschen und das Land insgesamt viel ärmer als vorher geworden sind. U Gan Damar sagte:

„Ich bin der gleichen Ansicht wie du. Nicht nur ich, sondern auch alle Mönche sehen das, wie die Menschen damals, als die alte Regierung U Nu an der Macht war, es viel leichter im Leben hatten als jetzt. Seit über vierzehn, fünfzehn Jahren merken wir deutlich, dass die Notlage der meisten Menschen von Jahr zu Jahr immer größer wird. Wir Mönche brauchen nicht extragroße Augen aufzumachen, jeder wachsame Mönch registrierte schon die negativen Veränderungen. Es gibt genug Beispiele in unserer eigenen burmesischen Geschichte. Unter guten und gerechten Königen blühte das Land und das Volk war glücklich, dagegen unter schlechten und ungerechten Herrschern ging das Land nieder und das Volk musste leiden. Wir als Mönche haben zwar andere Ziele im Leben gesetzt als das Laienvolk, nämlich das ewige Glück, Nirwana, zu erreichen, aber andererseits leben wir mitten unter dem Volk. Unser ehrwürdiger Buddha hat Mönchsorden in der Menschengesellschaft aufgebaut, er hatte unter den Menschen gelebt und nicht abseits von Menschen. Wir als Mönche sollen nicht nur unser Ziel verfolgen, sondern auch den Menschen zu guten Taten verhelfen, wir sollen den Menschen den Weg zu ihrem Glück zeigen und dahin führen. Das ist der Sinn und Zweck, warum die Mönchsgesellschaft mitten ins Volk von unserem ehrwürdigen Buddha hineingepflanzt worden war."

U Gan Damar machte eine kurze Pause in seiner Ausführung, hob die obere Mönchsrobe zurecht, die von der Schulter heruntergerutscht war, und nahm wieder Platz, seine rechte Schulter leicht an die Lehne des Sessels angelehnt. Körperlich war der fast siebzigjährige Abt schmal gebaut, doch bezeugten seine blitzenden Augen seine tief gehende analytische Scharfsin-

nigkeit und Wachsamkeit auf alle Vorgänge innerhalb und außerhalb des Klosters. Es waren dieselben Worte und Gedanken, die einst Thaung Htin vor zwanzig Jahren von seinem Mönch-Lehrer U Pandita gehört hatte. Der ehrwürdige Abt fuhr fort:
„Als Individuum soll sich ein Mönch niemals in die individuellen Angelegenheiten der Laien einmischen. Dazu haben wir strikte Ordensregeln. Aber unsere buddhistische Gemeinschaft besteht aus Buddha, Dama (seine Lehre), Sanga (Mönche, Nachfolger Buddhas) und Laienvolk, d. h. Mönche und Laienvolk gehören zur gemeinsamen Gesellschaft. Aus diesem Grunde ist es für die Mönchsgemeinschaft nicht egal und kann nicht egal sein, wenn das Volk von der Regierung ausgeplündert, in seinen fundamentalen Rechten beschnitten und wie leibeigene Knecht behandelt wird. Es besteht eine gegenseitige Verpflichtung an sich für die Mönchsgemeinschaft gegenüber der Menschengesellschaft und umgekehrt, weil wir nebeneinander und miteinander leben. Vorläufig schauen wir noch zu, wie es im Lande läuft. Wenn es schlimmer wird, wird der Tag kommen, dass wir Mönche für die Menschen auf die Straße gehen und gegen diese Regierung friedlich demonstrieren müssen, wenn wir auch dabei umkommen."
U Gan Damar stand vom Sessel auf, ging zum Fenster, warf einen kurzen Blick nach draußen und fragte ihn:
„Was hast du noch in Rangun erlebt, seit dem du zurück bist?"
Thaung Htin berichtete dem Abt kurz über die Studentenunruhe beim Begräbnis U Thants.
„Ich habe schon darüber gehört", hielt der Abt kurz inne und fuhr fort, „lassen es uns trotzdem hoffen, dass es den Menschen in Zukunft besser geht. Aber es könnte auch anders kommen, ich mache mir schon Sorgen über die Zukunft dieses Landes."

Am letzten Tag vor der Abreise besuchte er einen Schulfreund Maung Pu, der nach der Schule in die Armee eingetreten war. Maung Pu und Maung Ou waren Brüder mit einem Altersunterschied von etwa drei Jahren und in der gleichen Klasse wie Thaung Htin gewesen, da Maung Pu in der siebten Klasse sitzen geblieben war. Die beiden waren klein gebaut aber von Geburt an mit einem ungeheuren Muskelpaket ausgestattet, womit sie sich von jung an täglich rauften, mal vom älteren Bruder mit Ohrfeigen angefangen und prompt mit kräftigem Fußtritt von dem jüngeren erwidert, mal von dem jüngeren mit Fausthieb in die nächste Runde geleitet und sofort mit kräftigem Kinnhaken von dem älteren beglichen. Ihr Haus war im wahrsten Sinne des Wortes ein Tollhaus von der Morgenfrühe bis zum Abend. Aber außerhalb des Hauses gaben sich die raubeinigen Brüder seltsamerweise sehr friedlich, zahm und sogar sehr höflich zu allen, und hatten nie in der Schule Raufereien angezettelt noch waren sie daran beteiligt gewesen; in der Schule hatte es, so weit sich Thaung Htin dessen noch erinnern konnte, nie nennenswerte Gewaltausbrüche zwischen den Schulkindern gegeben. Die Brüder Maung Pu und Maung Ou erlangten in der Schule und in der ganzen Stadt Pakokku Berühmtheit, weil sie jedes Jahr am Sportfest alle Preise für alle Lauf- und Spring-Disziplinen abräumten. In der Fußballmannschaft der Schule waren sie jahrelang wahre Helden. Maung Pu war mit einer Schulkameradin von Thaung Htin namens Nyint Thi verheiratet. Maung Pu nannte seine Frau seit Anfang der Beziehung mit dem Kosename „Ah-Thi". Bei der Anbahnungsphase zwischen den beiden hatte Thaung Htin kräftig mitgeholfen, in dem er als Briefkurier die wichtigen Botschaften zuverlässig transportierte. Als Thaung Htin 1958 am Yankin-College studierte, absolvierte Maung Pu seinen Dienst in der Militärkaserne in Yankin, so hatten sich die beiden Freunde wieder getroffen. Eines Tages sagte Maung Pu, dass Nyint Thi, die in der gleichen Klasse wie Thaung Htin gewesen war, ihm sehr gefiel. Er bat Thaung Htin, seinen Liebesbrief an sie zu überbringen und ein gutes Wort für ihn einzulegen, wenn Thaung Htin in den Sommerferien nach Pakokku zurückfahre, weil er auch mit ihr gut befreundet sei. Da Thaung Htin fest überzeugt war, dass Maung Pu während der Schulzeit in sie sehr verliebt gewesen war und mit ihr es sehr ernst meinte, war es für ihn eine selbstverständliche Verpflichtung, seinem Freund und zugleich seiner Schulkameradin zu helfen, als hätte Amor ihm in diesem Fall Pfeil und Bogen zeitweilig überlassen. Nachdem Thaung Htin den Auftrag gewissenhaft ausgeführt hatte, entwickelte sich rasant die Beziehung zwischen den beiden. Nach etwa einem Jahr, als Maung Pu mit seiner Truppe in einer anderen Garnison stationiert war, kam er für ein paar Tage nach Pakokku zurück, seine liebe Freundin zu treffen. Da Ah-Thi große Probleme voraussah, wenn sie ihre Eltern über ihre Beziehung zu Maung Pu informieren und um Erlaubnis zur Heirat bitten würde, entschloss sie sich kurz auf der Stelle, mit ihrem Geliebten dem Elternhauszu entfliehen, was sie auch nach Jahren nie bereut zu haben schien. Damit war Thaung Htin eine Art Patronat jener Ehe geworden.

Maung Pu, nun im Rang eines Oberfeldwebels, diente in einer Infanterieeinheit der Armee, die im Ort Pautain, fünf km westlich von Pakokku, stationiert war. In Pautain gab es einen kleinen See, der durch die jährliche Überflutung des Flusses Irawadi entstanden und damals unter den Schulkindern als ein beliebter Picknickplatz bekannt war, als Thaung Htin noch in die Oberschule ging. Das Ehepaar Maung Pu begrüßte ihn herzlich, als er mit dem Fahrrad ankam. Sie hatten schon drei Kinder, der Älteste war gerade acht Jahre alt, und die Jüngste war noch ein Säugling. Nyint Thi hatte sich nicht verändert und freute sich, den alten Freund von der Schulzeit nach so vielen Jahren wieder zu sehen. Sie schien ständig mit den Kindern beschäftigt zu sein, und die Jüngste nagte noch an ihrer Brust. Sie wohnten in einer langen Baracke, die in fünf bis sechs kleinen Wohnungen für die Familien der Soldaten eingeteilt waren. In der ganzen Kaserne sah man etwa fünfundzwanzig Baracken, die jeweils zu dritt in einer Reihe hingestellt waren. Seine Infanterieeinheit zählte ca. zweihundert Soldaten. Da die Familien auch dort zusammen wohnten, beherbergte die Kasernen gut und gern fast sechshundert Menschen. Maung Pu führte seinen Freund durch das Gelände. Viele Kinder spielten unter dem Schatten eines großen Banyanbaums. Maung Pu zeigte ihm ganz stolz einen großen Schweinestall, der unter Aufsicht eines Sergeanten stand und seit einigen Jahren in der Kaserne betrieben wurde. Laut seinem Freund war ebenfalls geplant, in absehbarer Zeit Gänse und Hühner zu züchten. Neben dem See wurden auf den Feldern verschiedene Gemüse angebaut. Sein Freund erklärte, dass alle Soldaten bei Schweinestallarbeiten und Gemüseanbau mitmachen mussten, da die Gehälter für alle Soldaten und Unteroffiziere kaum ausreichten, die eigene Familie zu ernähren und die Lebensmittelrationen, die gelegentlich zu billigen Sonderpreisen an die Truppe geliefert wurden, bedauerlicherweise nur seltenen waren. Im See hatten sie vor Jahren oft geangelt, aber er war mehrfach überfischt, sodass er jetzt keine Nahrungsquelle bildete; ausnahmsweise kamen Fische in den See, wenn der See in der Regenzeit durch Überflutung vom Irawadi angeschwollen war. Die Offiziere waren auch die ganze Zeit damit beschäftigt, die Selbstversorgung der eigenen Einheit zu sichern. Hier an diesem Standort war seine Truppe seit über dreizehn Jahren stationiert gewesen und zum Glück hatte es auch keine militärische Operation gegeben. Als die beiden an eine entlegene Stelle der Kaserne kamen, wo sie sich ungestört unterhalten konnten, fragte Thaung Htin seinen Freund gezielt nach der Meinung der Soldaten über die letzten Arbeiterunruhen in Rangun. Maung Pu sagte:

„Ich bin jedenfalls froh, auf dem Lande stationiert zu sein, und dazu noch in der Heimatstadt. Ich habe auch von den Studenten- und Arbeiterunruhen in Rangun gehört, wo viele umgekommen waren. Wenn meine Truppe in Rangun stationiert gewesen und ich abkommandiert worden wäre, auf die demonstrierenden Studenten zu schießen, dann würde meine Welt zusammenbrechen. Unter den Studenten sind bestimmt auch welche aus Pakokku, vielleicht Söhne und Nichten oder Verwandte meiner Freunde und Bekannte. Bei den Gedanken darüber spüre ich schon graue Haare."

Maung Pu verzog zuweilen das Gesicht zu einer Grimasse, als er seine Gedanken dem alten Freund anvertraute, während sein rundes Gesicht mit kleinen Augen, das in der ganzen Schülerzeit nur bei Faulenzen und Fußballspielen besonders hervortrat, nahm nun reife und nachdenkliche Züge an, die Thaung Htin vorher bei ihm nie gekannt hatte, und setzte fort: „Es versteht sich von selbst, dass ich über solche Dinge in der Kaserne nichts laut sagen kann. Nur mit Verwandten oder guten Freunden konnte ich so etwas leisten. Aber in der Truppe sind auch eine ganze Menge Soldaten, die nicht begeistert und nicht bereit sind, auf unschuldige Bürger das Gewehr zu richten, aber leider sind auch welche da, die bei der Aussicht auf die kleinste Gehaltserhöhung oder Beförderung sofort losschlagen würden, ohne eine Miene zu verziehen. Ich bin damals in die Armee gegangen, weil ich zu faul war, etwas anderes zu lernen. Ich wollte von der Schule und von Zuhause wegkommen und eigenes Leben aufbauen, wo ich Unterkunft und ausreichenden Verdienst habe. Solche jungen Leute wie ich finden nur in der Armee Arbeit und sonst nirgendwo. Ich habe nie gedacht, dass jemand in der Armee Probleme mit Gewissenskonflikten haben könnte. Wenn ich mein Leben noch einmal anfangen könnte, würde ich ganz sicher anders entscheiden."

„Ja, das kann ich gut verstehen", pflichtete Thaung Htin seinem Freund bei, und fragte weiter neugierig nach der politischen Haltung der einfachen Soldaten:

„Was haben die einfachen Soldaten gedacht, als General Ne Win 1962 durch den Militärputsch an die Macht kam?"

„Alle Soldaten haben gejubelt, ich auch; jeder hatte gedacht, dass es von nun an uns, den einfachen Soldaten, besser geht und dem ganzen Land auch. Wie wir im Laufe der Jahre erlebt haben, hat es sich gezeigt, dass es nur unser leerer Wunschtraum gewesen war. Wir haben nicht gewusst, was der General mit der Machtübernahme vorhatte – die Alleinherrschaft! Die anderen Dinge sind ihm eigentlich gar nicht wichtig. Die Wirtschaft war überall kaputt, die Preise für alle Waren steigen und steigen und sind nun mindestens drei-, viermal teurer als vor dem Militärputsch, die ganze Bevölkerung ist viel ärmer geworden als in den Jahren, als wir noch in der Schule waren. Mit unserem Gehalt als einfacher Soldat konnten wir vor 1962 viel mehr kaufen und gut leben als jetzt, das kommt mir wie ein Paradies vor – damals", sagte er seufzend.

„Ich habe zwar mehrfach gehört, dass es den einfachen Soldaten nicht besser ging als der einfachen Bevölkerung, aber jetzt habe ich erst zuverlässige Informationen aus erster Quelle überhaupt. Die einfachen Soldaten müssen ein beschissenes Leben führen, während die obere Schicht des Militärs im Schlaraffenland lebt", bemerkte Thaung Htin.

„Als General Tin Oo, den Ne Win abgelöst hatte, noch in der Armee war, hatte er sich wirklich um die einfachen Soldaten gekümmert. Das hatte sich in der Truppe herumgesprochen. Er wurde von allen Soldaten und Offizieren verehrt und ebenfalls von der Bevölkerung. Aber siehst du, die guten Leute werden einfach abgesägt", brachte Maung Pu seine tiefe Enttäuschung zum Ausdruck.

„Was halten die Soldaten von dem sogenannten burmesischen Weg zum Sozialismus, den Ne Win am Anfang seiner Machtübernahme verkündet hat?", wollte Thaung Htin von seinem Freund wissen.

„Ah weißt du, er kann verkünden, was er will. Am Anfang waren wir, wie schon gesagt, optimistisch, aber wir erleben jetzt, was dieses System bedeutet, und wie das ganze Land seit Jahren bergab geht. Wann das enden sollte, weißt niemand. Kannst du dich noch an unseren Geschichtslehrer Riesendiamant erinnern? Der sagte: Militärdiktatur sei das menschenverachtendste und abscheulichste System. Damals habe ich nicht begriffen, was seine Worte bedeuteten, heute erst nach Jahren sind sie mir viel verständlicher und bewusster geworden", äußerte Maung Pu sichtlich bewegt.

„Ich glaube, wenn sich eines Tages gutgesinnte Soldaten, aufrechte Offiziere, die Bevölkerung und die Mönche zusammenschließen und sich gegen diese Schmarotzerschicht der Armee erheben, dann und dann wird sich unser Land wirklich frei und dauerhaft entwickeln. Aber ob es zu unseren Lebzeiten noch geschieht, bin ich nicht so sicher", entschlüpfte Thaung Htin eine vorsichtig optimistische Bemerkung, die jedoch überwiegend von Skepsis überschattet war.

„Hoffen wir bestens, zumindest für die Zukunft unserer Kinder. Was jetzt mich betrifft, ist es schon zu spät, etwas Neues anzufangen. Einen anderen Beruf habe ich leider nicht, und was für mich jetzt am wichtigsten zählt, ist meine Familie zu ernähren. Trotz der ärmlichen Lebensverhältnisse, die wir hier führen müssen, bin ich recht zufrieden. Ich liebe meine Frau Ah-Thi wie bei der ersten Begegnung, und sie liebt mich genau so viel wie vorher, unsere Kinder sind gesund. Das ist das große Glück, was ich habe und auch das Allerwichtigste für mich. Was sollte ich noch mehr wünschen. Mehr kann ich so wie so nicht vom Leben erwarten. Ich wünsche nur eines, dass ich nie in einer Truppe eingesetzt werde, auf friedliche Bürger zu schießen. Ein kaltblütiger Mord an unbewaffneten Bürgern und Studenten, die friedlich demonstrieren, ist das Schrecklichste überhaupt. Dafür bete ich jeden Tag."

Die ernsthaft und voller Überzeugung ausgesprochenen Worte und das mit den Jahren in Denken und Fühlen reifer gewordene Gesicht seines Freundes, der immer noch den Soldatenberuf ausübte, schienen in den Ohren und Augen Thaung Htins zeitweilig nach einem Schimmer von Zuversicht zu klingen.

Thaung Htin wünschte aus ganzem Herzen, dass der allmächtige Gott die Gebete seines Freundes erhören möge.

Das Vermächtnis eines Anständigen

Als Thaung Htin Mitte September 1976 von seiner Heimatstadt Pakokku nach Rangun zurückkam, waren die Zeitungen voll von den laufenden Meldungen über den Strafprozess gegen Hauptmann Ohn Kyaw Myint und seine Kameraden, die ein Mordkomplott gegen Nr. Eins – Staatspräsident Ne Win, Nr. Zwei – General San Yu und Nr. Drei – Oberst Tin Oo alias One-and-half - geplant haben sollten. Zusammen mit Ohn Kyaw Myint, dem Hauptangeklagten, saßen ein Oberst, ein Major und vier Hauptleute, die an der Verschwörung beteiligt waren, auf der Anklagebank. Der ehemalige Oberbefehlshaber der burmesischen Streitkräfte General Tin Oo, der von Ne Win am 6. März 1976 in den Ruhestand versetzt worden war, wurde im Zusammenhang mit dem gescheiterten Unternehmen ebenfalls vor Gericht gestellt.

„So eine Scheiße, hätte es doch geklappt, diese Arschlöcher umzubringen", seufzten viele Bürger verärgert und zugleich bedauernd, dass eine Chance vertan war.

„So ein großes Pech für uns alle, dass es diesmal nicht gelungen war", ärgerten sich unzählige Menschen verschiedener politischer Couleur, die aber stets um die Entwicklung des Landes besorgt waren.

„Wenn es geklappt hätte, wäre das ein großes Festival geworden für das burmesische Volk", jammerten viele Bürger.

„Wenn es mit einem Mal nicht zum Erfolg führt, kann es nächstes Mal besser klappen. Dass es überhaupt so ein tapferes Komplott gegeben hatte, das war ein sehr erfreuliches Ereignis für uns", lautete das Urteil eines nachdenklichen Bürgers.

„Es gibt nicht viele mutige Menschen wie Hauptmann Ohn Kyaw Myint und seine Freunde, die ihr eigenes Leben riskieren, um das Übel im Lande zu beseitigen", fällte ein alter Mann sein Urteil.

„In der Bevölkerung war lange Zeit der Eindruck entstanden, dass die burmesische Armee nur noch aus blinden gehorsamen Soldaten bestehe, die ihren machtlüsternen egozentrischen Generälen stets ergeben sind. Ohn Kyaw Myint hat mit seinem selbstlosen mutigen Attentatsversuch bewiesen, dass es in der Armee anständige Kerle gibt. Ich bin so stolz auf Hauptmann Ohn Kyaw Myint, der diesen Plan ausgeheckt und mit ganzem Eifer vorangetrieben hat, und wünschte, dass es ein paar mehr Soldaten solcher Art geben möge, dann würde unsere Heimat ganz anders aussehen als jetzt", dachte ein ehrlicher Soldat.

„Ich bin der Ansicht, dass es in der Armee viele Soldaten und Offiziere gibt, die wie Hauptmann Ohn Kyaw Myint denken, aber nicht so mutig sind wie er, sein eigenes Leben zu riskieren. Schau doch General Tin Oo, der von der Nr. Eins geschasst worden war, der war ein Mann der Aufrichtigkeit, ein Mann der Hoffnung für die Bevölkerung. Aus welchen Gründen auch immer, er will nicht gegen die Obrigkeit kämpfen, oder hat er keine Vision über die Zukunft des Landes? Wenn einer wie Hauptmann Ohn Kyaw Myint, der nicht nur eine gerechte Gesinnung, sondern auch den Wagemut besitzt, die Truppe anzuführen und dazu noch die Vision vor Augen hat, wie seine Heimat danach wirklich aussehen solle, werden auch viele ihm folgen. Wenn es bei erstem Ohn Kyaw Myint nicht gelingt, wird es bei zweitem Ohn Kyaw Myint sicher gelingen", äußerte ein Journalist, der die Vorgänge objektiv beurteilte und an seiner berechtigen Hoffnung weiterhin festhielt.

„Ich bin jedenfalls nicht so optimistisch, dass es ein nächstes Mal geben werde. Ein solches Wagnis und diese Typen von Menschen wie Hauptmann Ohn Kyaw Myint kamen bedauerlicherweise nicht so oft in der Geschichte vor ", analysierte ein nüchterner Denkender.

Das Gespräch war in jenen Tagen überall das Gleiche, auf dem Markt, im Café, in Essbuden, im Park oder auf den Straßen, in der Hauptstadt oder auf dem Lande, nur unterhielt man sich leise hinter vorgehaltener Hand mit den vertrauten Menschen und Freunden, sodass kein unerwünschter Dritter dies mithören konnte.

„Ich hätte mich vor Freude vollgesoffen, wenn man diese obersten Militärsippenmitglieder ins Jenseits befördert hätte, egal auf welchen Wegen, sanft durch Kredenzen eines schmackhaften Gifttrunks oder brutal durch Enthaupten auf dem Schafott oder eine Kugel ins Herz. Warum freust du dich an dem Verderben dieser Menschen? Wenn jemand mich so fragen würde, werde ich mit ruhigem Gewissen sagen, dass das Vernichten dieser Übeltäter die Befreiung unseres Volkes aus der Knechtschaft bedeutet, ja, so einfach ist das. Es war zum Bedauern, dass es diesmal zum Erfolg nicht gereicht hat, aber das war der Anfang", sagte Thaung Htin im Kreis seiner Freunde im Forschungsinstitut, als er mit John, Charley und Ko Maung Maung einmal zusammenkam.

„Wenn man es recht bedenkt, dass etliche hohe Offiziere von Ohn Kyaw Myint und seinem Mitstreiter Hauptmann Win Thein über den geheimen Plan informiert wurden und ihn dabei nicht verraten haben, kann man sehen, dass viele zumindest stillschweigend dem Plan zustimmten, Diktator Ne Win und seine Helfer zu beseitigen. Viele haben verständlicherweise Angst, etwas von sich aus zu unternehmen, aber wenn einer es wagt, agitiert und mobilisiert, stehen sie nicht im Wege, d. h., in der Armee gibt es genug Kräfte, die die Veränderung wollen. Man muss sie nur erreichen", bemerkte Ko Maung Maung.

„Dass einer wie Ohn Kyaw Myint endlich Courage aufbringt, gegen den Despoten Ne Win vorzugehen, war für mich eine große erfreuliche Tatsache. Ohn Kyaw Myint war eigentlich ein Mensch edler Gesinnung, der das Schicksal seiner Heimat nicht in den Händen eines Diktators lassen wollte. Menschen dieser Art sind wahre Helden im Namen der Humanität, auch wenn ihre Taten auf den ersten Blick gewalttätig aussehen mögen. Je mehr man das Problem genauer betrachtet, sieht man viel klarer, wie diese Menschen Kopf und Kragen riskieren – allein um das Wohl der Gesamtheit. Diese Art von Menschen müssen wir verehren, wir müssen es unseren Kindern und Kindeskindern beibringen, dass diese Sorte von Menschen verehrungswürdig ist. Das ist das Mindeste, was wir d. h. die Menschen, die keinen solchen Wagemut besitzen wie Ohn Kyaw Myint, zu den guten Taten für das Wohl der Menschengemeinschaft beitragen können", sagte Thaung Htin.

„Da können wir dir hier alle ohne Vorbehalt zustimmen", pflichtete Ko Maung Maung ihm bei.

In der Zeit, als Thaung Htin und seine Freunde den couragierten Hauptmann Ohn Kyaw Myint bewunderten, saß jener seit Anfang September 1976 in einer Zelle des berüchtigten Insein-Gefängnisses. Seine Zelle war zufälligerweise genau neben der Zelle, in der der vor einem Monat hingerichtete Studentenführer Salai Tin Maung Oo eingekerkert gewesen war. Ohn Kyaw Myint hatte von den Mithäftlingen und zugänglichen Gefängniswärtern mitbekommen, dass der von ihm viel beachtete Studentenführer fast sein Zellennachbar geworden wäre, wenn dieser vor Kurzem nicht gehängt worden wäre – wegen Hochverrats, dasselbe Verbrechen, das ihm auch zur Last gelegt wurde. Er konnte sich dessen sehr gut erinnern, wie jener Tin Maung Oo in der Aula der Universität Rangun die Massen mit seiner feurigen Rede zum Kochen gebracht hatte, wie er und seine Mitstreiter durch eine mächtige Demonstration, an der sich abertausende Studenten und Zivilisten beteiligten und dem Diktator Ne Win fast eine Woche lang die Stirn geboten hatten. Es war für Ohn Kyaw Myint ein großes Glück, dieses seltene Ereignis miterleben zu dürfen. Sich gegen solch einen Diktator wie Ne Win aufzulehnen und diese Auflehnung nach außen sichtbar zu machen und dabei die Bevölkerung zur Teilnahme an dieser Aktion zu mobilisieren, dazu war großartiges Organisationstalent notwendig. Das hatte der Studentenführer Salai Tin Maung Oo mit seinen Freunden auf perfekteste Weise gelöst. Je mehr Ohn Kyaw Myint über den Studentenführer Tin Maung Oo nachdachte, umso mehr verspürte er Achtung vor ihm. Und was für ein Schicksal, das ihn mit Tin Maung Oo verband? Es schien, dass die beiden das gleiche Los gezogen hätten: Gebt euer Blut für das Land und für die Menschen. Soweit er nun den Prozessablauf einschätzen konnte, werde er auch sicherlich dem gleichen Ende – dem Tod - geweiht sein wie sein Idol. Ihn machte es besonders betroffen, dass der ehemalige Oberbefehlshaber General Tin Oo, den er so verehrte, ebenfalls angeklagt wurde, angeblich wegen wissentlicher Verheimlichung der Hochverratspläne. Trotz allem hatte er es nie bereut, derartige Attentatspläne geschmiedet zu haben, es war nur sehr zu bedauern, dass es nicht erfolgreich gelaufen war. Wenn er je freikommen sollte, würde er es ganz bestimmt noch mal versuchen, den Diktator und seine Sippe zu beseitigen. Er war felsenfest überzeugt, dass es richtig war, was er unternommen hatte; er musste tun, was für sein Heimatland in dieser Situation dringend notwendig war. Das Land müsse von oben aus gründlich reformiert werden, sonst werde alles beim Alten bleiben. Es war ein langer erkenntnisreicher Weg, den er jahrelang durchgelaufen war, bis er den letzten Entschluss fassen konnte mit all den Konsequenzen, die auch auf ihn zukommen mochten.

Als er noch jung war und vor zehn Jahren für seinen Lebensunterhalt im Inyalake-Hotel im Norden Ranguns als Kellner arbeiten musste, hatte er noch über vieles ganz anders gedacht. Sein Ziel damals war, eines Tages ein sorgloses Leben mit einem gesicherten Einkommen zu führen, womit er seine armen Eltern und Geschwister finanziell zu unterstützen in der Lage wäre. Es war mehr als verständlich für einen jungen Mann, der aus einem materiell bedürftigen Milieu stammte, dass das Entkommen aus der Armut als wahre Befreiung seines Lebens empfand und dies als sein Lebensziel betrachtete. Wie war es denn damals vor zehn Jahren?

„He.. Boy, bring mir ein Bier", bestellte ein weißer Amerikaner, als Ohn Kyaw Myint als junger Kellner in der großen Halle des Hotels bereitstand, um die Wünsche der anwesenden Gäste abzulesen und sofort deren Wünschen nach zu kommen. „Ok, Gentleman", verbeugte er sich vor dem Gast und beeilte sich, das Bier von der Theke zu holen. Es war ein unheimliches Glück, diesen Job unverhofft bekommen zu haben, daher befleißigte er sich stets der vorzüglichen Bedienung der Gäste. Er hörte immer aufmerksam zu, wie die ausländischen Gäste Englisch sprachen, er versuchte die richtige Aussprache zu lernen, auf korrekte Betonung zu achten. Er wollte unbedingt diese englische Sprache beherrschen, um alles Wissenswerte, das meist nicht in burmesisch übersetzt war, in Englisch lesen und die Weltliteratur, Romane, sozialkritische Abhandlungen von verschiedenen Philosophen in der Fremdsprache studieren zu können. Beherrscht man die englische Sprache nicht, dann würde es für einen Provinzler wie ihn niemals eine Aufstiegsmöglichkeit im Leben geben, er müsste im Leben hart kämpfen, wenn er etwas erreichen wollte. Weil seine Familie zur ärmlichen Schicht gehörte, war für ihn nie eine Aussicht vorhanden, nach dem Abitur ein Studium an der Universität zu absolvieren. Daher blieb ihm keine andere Wahl, als sein Elternhaus in der Provinz Dait-u, ca. zweihundert km nördlich von Rangun, wo er bis zur mittleren Reife in die Schule gegangen war, schon in jungem Alter von sechzehn Jahren zu verlassen, um sich in die neue Welt der Hauptstadt zu wagen und dort eine Aufstiegschance zu suchen. Wie die zufällige Fügung ihn begünstigen wollte, hatte er eine Arbeit als Aushilfe in der Küche des Inyalake-Hotels in Rangun gefunden, womit zuerst ihm das Allerwichtigste - Nahrung und Unterkunft – gesichert waren.

Jenes Inyalake-Hotel war ein Geschenk der Sowjetunion an Burma und im Jahre 1960 am östlichen Ufer des Inya-Sees in Rangun errichtet worden. Der junge Ohn Kyaw Myint wusch täglich das Geschirr, trocknete es mit dem Tuch ab, legte Bestecke in die Schublade, Teller und Schüsseln in die Schränke, machte die Kochtöpfe sauber, wischte den Boden auf. Er war fleißig, gewissenhaft in der Arbeit, immer hilfsbereit, zuvorkommend und aufrichtig zu jedem und vor allem wissbegierig gewesen. Äußerlich, was ihn kenntlich zeichnete, war sein Haarwirbel, der seltsamerweise fast an der Stirn platziert war. Außer diesem Merkmal war bei ihm nie etwas Auffälliges vorhanden, sein Auftreten war stets bescheiden und höflich, sodass er von allen geschätzt wurde. Sobald seine tägliche Arbeit beendet war, las er meist und lernte autodidaktisch aus den Büchern alle Fächer, die für das Abitur notwendig waren. Als der junge Ohn Kyaw Myint durch seinen Fleiß und Beharrlichkeit das Abitur im März 1958 bestanden hatte, wurde ihm von den freundlichen Mitarbeitern herzlich gratuliert. Sein Chef setzte ihn als Belohnung sogar bei der Gästebedienung als Kellner ein – zwar zur Probe, ob er mit seinen Sprachkenntnissen in Englisch zurechtkommen würde. Als er die Probe mit Bravour bestand, durfte er von da an zum Erfreuen sowohl seiner Kollegen als auch der Hotelgäste nur noch kellnern. Nach dem Abitur setzte er mit dem gleichen unverminderten Eifer und dem eisernen Willen sein Studium zum B.A. an der Abenduniversität fort - einer Zweigstelle der Universität Rangun, an der den berufstätigen Studenten am Abend Lehrgänge angeboten wurden. Am Tag war er im Hotel beschäftigt und am Abend saß er auf der Schulbank und dann vertiefte sich bis spät in die Nacht hinein in die Bücher. Täglich informierte er sich aus den Zeitungen, was im eigenen Lande und international geschah. In jungen Jahren war er schon ungewöhnlich an Politik interessiert. Manchmal besuchte er auf dem Campus der Universität Rangun die Vorlesungen, wenn er sich dann und wann mit Erlaubnis seines Chefs von seiner täglichen Arbeit freimachen konnte.

Seit Beginn seines Studiums an der Universität 1958 hatte er mehrmals nachgedacht, welche berufliche Laufbahn er nach dem B.A. fürs Leben einschlagen sollte. Zur Auswahl stand ihm der Beruf als Lehrer oder als Beamter, falls eine Stelle überhaupt vorhanden wäre, oder die Fortsetzung seines Berufes im Hotelgewerbe oder die Offizierslaufbahn in der Armee, mehr war nicht vorhanden. In der Hotelbranche musste man lange dienen, denn die Möglichkeit vorwärtszukommen war immer begrenzt. In der Armee sah er mehr Aufstiegschance als anderswo, so stand sein Entschluss in früheren Jahren schon fest, nach der Erlangung B.A. in die Armee einzutreten. Wenn er manchmal am Tag zur Universität Rangun kam, schlenderte er gemächlich auf der Kanzler Straße und genoss die Atmosphäre des Universitätslebens, er beneidete manchmal die anderen Studenten, die sich sorgenfrei nur dem Studium widmen konnten. Aber keineswegs jammerte er über sein Leben, er war schließlich sehr glücklich, am Tag hart zu arbeiten, sodass sein Studium am Abend ermöglicht werden konnte. Schließlich gab es noch viele unzählige, die keine Möglichkeit bekamen, sich überhaupt in der Nähe der Universität aufzuhalten. Wenn er auf dem Campus gewesen war, besuchte er Vorlesungen oder verbrachte die meiste Zeit in der Hauptbibliothek. Er besorgte sich mehrere Bücher über sozialkritische Betrachtungen, an denen er sehr interessiert war, z. B. über die Französische Revolution und deren Urheberphilosophen Rousseau und Voltaire. Ob er die komplizierten Gedankengänge dieser Philosophen überhaupt verstehen könnte oder würde, ah, egal, er würde versuchen zu verstehen. Wenn er diese mit einem Mal nicht kapieren würde, würde er es mehrere Male versuchen, diese zu verstehen. In manchen Tagen ging er in das mit roten Ziegelsteinen gebaute Gebäude der Studentenunion, das heiligste Gebäude nach der Aula auf dem Campus, er schaute gern die auf Wände befestigten eingerahmten Bilder der großen Politiker Aung San, Ko Nu, Ko Raschit usw. an, die als Vorsitzende der Studentenunion damals vor dem zweiten Weltkrieg in diesem Gebäude gesessen, diskutiert, flammende Rede gehalten und große politische Umwälzungen im Lande eingeleitet hatten. Vor diesen historischen Persönlichkeiten, deren Leistungen über jeden Zweifel erhaben waren, verspürte er tiefen Respekt. Er wünschte, dass er in seinem Leben etwas Wertvolles für das Land Burma und für die Menschen in irgendeiner Weise beitragen könnte. Bevor er jeden Abend ins Bett ging, wie es bei jedem gläubigen Buddhisten der Fall war, betete er täglich vor dem buddhistischen Alter.

Der junge Kellner, der nebenbei das Studium absolvierte, bestand die jährlichen Prüfungen, sodass er sich am Ende des vierten Studienjahres im März 1962 auf das Finalexamen zum B.A. gewissenhaft vorbereitete. Unmittelbar vor dem Examen, am 2. März, geschah etwas, was für das Land Burma und die Bevölkerung unabsehbare Folgen nach sich ziehen würde, jedoch am Anfang für die normalen Bürger harmlos aussehen mochte – der Militärputsch durch General Ne Win. Ohn Kyaw Myint las in der Zeitung, dass Ministerpräsident U Nu, alle Minister und wichtige Politiker verhaftet seien. Nach der Machtübernahme durch die Armee wurde jedoch der Grund angegeben, dass die Shan-Nationalität die föderale Staatsform gefordert hätte, um anschließend die Union endgültig verlassen zu können; die Armee müsste den Zerfall der Union verhindern. Für eine ungemein für die Politik interessierte Person wie Ohn Kyaw Myint schien die Begründung der neuen Machthaber etwas rätselhaft zu sein. Aber er hatte nun keine Zeit dazu, sich tagelang mit diesem staatstragenden politischen Geschehen zu befassen, da das Abschlussexamen im März für alle Studienjahrgänge vor der Tür stand. Denn, wenn er die Abschlussprüfungen nicht bestehen würde, musste er sie noch einmal wiederholen, das konnte er sich nicht leisten, also musste er sich nur darauf konzentrieren, was ihm im Moment am wichtigsten erschien. Wenn die Armee entscheide, dass die Macht übernommen werden müsse, dann werde es stichhaltige Gründe geben, die er mit seinem bescheidenen Wissen noch nicht ganz verstehen könne, so dachte er und gab sich damit zufrieden.

Nach der Machtübernahme durch das Militär fing das Leben an der Universität an, sich langsam und doch spürbar für die Studenten zu ändern. In Mai 1962 wurde der Senat der Universität nach Wünschen der Militärmachthaber reformiert, im gleichen Zug wurde der höchste Posten der Universität Rangun – der Kanzler, dessen Funktion seit Gründung der Universität jeher immer der Rektor innehatte - durch vier Militäroffiziere: Brigadegeneral Tin Pe, Brigadegeneral San Yu , Oberst Than Sein und Oberst

Tin Soe ersetzt. Unmittelbar danach wurde eine Reihe von neuen strengeren Vorschriften für die Bewohner der Studentenheime auf dem Campus erlassen, um die Aktivität der Studenten zu kontrollieren.

Ende Mai wurde das Resultat des Abschlussexamens der Universität bekannt gegeben, unter den Bestandenen war auch der junge Ohn Kyaw Myint dabei. Seit Ende des Examens war er wieder seiner gewohnten Arbeit im Hotel nachgegangen. Wochen lang hatte er den Boden der Universität nicht betreten. Am 1. Juli wurde von der Armee publik gemacht, dass nun im Lande der burmesische Sozialismus aufgebaut werden sollte. Nach zwei Tagen las er in der Zeitung, dass eine große Studentenunruhe mit Demonstrationen gegen den Militärputsch auf dem Campus ausgebrochen sei. Er hatte am Spätabend des 7. Juli im Radio gehört, wie der General Ne Win wutentbrannt der Bevölkerung mit unmissverständlich einschüchternden Worten gedroht hatte: „Wenn meine Soldaten mit Gewehren schießen, zielen sie richtig. Ich bin fest entschlossen, jeglichen Widerstand gegen die Regierung mit äußerster Gewalt niederzuschlagen."

Am 8. Juli hörte er von einem Arbeitskollegen, der in der Nähe der Universität Rangun, in Kamayut, ansässig war, dass gestern die Armeeeinheiten den Campus gestürmt, ca. hundert Studenten erschossen und das historische Gebäude der Studentenunion mit Dynamit gesprengt hätten.

„Was, das kann doch nicht wahr sein?" Ohn Kyaw Myint konnte kaum glauben, dass so etwas Unvorstellbares geben könnte. Am nächsten Tag fuhr er mit dem Bus zur Universität, der Bus fuhr langsam auf der University-Avenue-Straße, näherte sich allmählich dem Haupttor der Universität. Das ganze Universitätsgelände war abgeriegelt von Soldaten. Besonders das Haupttor war von Dutzenden bewaffneten Soldaten bewacht, der Eintritt auf dem Campus war den normalen Bürgern untersagt. Nur Taxis wurden erlaubt durch andere Eingänge auf den Campus zu fahren, um die Studenten von den Studentenwohnheimen abzuholen, die nun gezwungen wurden, die Heime zu verlassen und nach Hause zu fahren. Der Lehrbetrieb war auf dem Campus sofort eingestellt, alle Lehrkräfte wurden nach Hause geschickt. Die Universität Rangun und alle anderen Universitäten und Colleges landesweit wurden mit sofortiger Wirkung geschlossen.

Hier an der Universität Rangun, nach dem Tag des Infernos wurden Zivilisten nur von draußen erlaubt, einen Blick auf dem Campus zu werfen; dies war schon grauenhaft genug für den jungen Ohn Kyaw Myint. Ihm stockte der Atem. An der Stelle des einstigen Gebäudes der Studentenunion lagen Trümmerhaufen, zersplittere Holzbalken standen verwahrlos, zersägte Wände tauchten geisterhaft hier und da auf, zahllose in Stücke zerbrochene Dachziegel lagen zerstreut auf den umliegenden Plätzen bis auf die Straße außerhalb des Campus, zerrissene Blätter aus Büchern und Zeitungen krochen aus den umgekippten und platt gedrückten Holzschränken, gebrochene Bilderrahmen zwängten sich zwischen den Bruchstücken der roten Ziegelsteine, die Fotos von Ko Aung San und Ko Nu wurden von Glassplittern durchbohrt und begraben unter dem Schutt, ein paar geknickte Eisenstäbe schauten einsam und verloren aus den da gebliebenen Eckpfeilern. Einige abgerissene Fleisch- und Knochenteile von Armen und Beinen einiger vor der Sprengung in dem Gebäude versteckten Studenten, die bei der Sprengung mit Dynamit entsetzlich in Stücke zerrissen worden waren, hingen gespenstisch blutverschmiert und staubbedeckt an manchen Holz- und Ziegelsplittern, die von einem Schwarm Leichenteile abnagender Fliegen umlagert waren. Manche Leichen lagen fürchterlich zerquetscht unter der Last der Ziegelwände, ein zufällig unzerstört gebliebener dicker Wandblock an der vorderen Seite am Eingang reckte sich schauderhaft aus den toten Trümmerteilen, ein zerfetztes Stück roter Flagge der Studentenunion lag seltsamerweise erhaben auf dem schiefen kleinen Wandstück an der Nordseite, der rote Staub aus zermalmten unzähligen Ziegelsteinen stieg aus den Trümmern, wenn der Wind über der Ruine vorbeisauste. Mehrere schöne Baumfarne, die einst mit segelförmigen Wedeln den Eingang des Gebäudes voller Stolz verschönerten, blieben nun als Baumstümpfe ohne jegliche Grazie und Pracht, eingezwängt mitten in dreckigen Schutt- und Geröllmassen. Dieser Ort schien Rache und Zerstörungswut zu atmen. Lediglich eine ca. zweimeterhohe Säule blieb, die für den gefallenen Studentenführer Bo Aung Gyaw vor dem Gebäude der Studentenunion in der Kolonialzeit errichtet worden war, unversehrt erhalten. Für den jungen Ohn Kyaw Myint war es ein furchterregender Blick auf den düsteren Friedhof und auf die grausam verwüstete Landschaft, auf die untergegangene Epoche der Freiheit und in den finstersten Abgrund der Unmenschlichkeit. Dieses Erlebnis hatte sich tief in seine Seele für immer unauslöschlich eingeprägt. Tief betroffen murmelte er mit Tränen in den Augen vor sich hin:

„Das darf nicht sein, so etwas darf niemals sein. Derjenige, der dieses Verbrechen befohlen hat, darf nicht ungeschoren davon kommen. Er muss eine gerechte Strafe bekommen."

Der junge Ohn Kyaw Myint erfuhr später, dass einige seiner Kommilitonen am 7. Juli auf dem Campus durch die Schüsse der Soldaten umgekommen waren. Nach Angabe der Armee sollten 17 Studenten umgekommen sein, aber in der Tat war die Anzahl der Getöteten weit höher. Allein von dem Studentenheim Taungnyu waren gesamt 17 Studenten erschossen worden. Am Tag der Massaker hielten sich ca. fünftausend Studenten auf dem Campus auf, die ebenfalls an der Demonstration direkt beteiligt waren. Für den normalen Bürger war es zweifelsfrei erwiesen, dass bei der wildwütigen Schießerei der Soldaten mit modernsten automatischen Maschinengewehren in die demonstrierende Menge mindestens über hundert Studenten massakriert worden waren. Ein derartiges Verbrechen hatte es noch nie in der Geschichte Burmas seit der Unabhängigkeit gegeben. In der Zeit der demokratischen Regierung von U Nu hatte es immer wieder Studentendemonstrationen gegeben, ihre eigene politische Meinung frei und demokratisch zum Ausdruck zu bringen. Dafür gab es von der Seite der Regierung weder Drohung noch Mord an den Demonstranten. Jeder Bürger, der sich mit Politik einigermaßen befasste, musste in diesen Tagen mit großem Bedauern zur Kenntnis nehmen, dass der burmesische Sozialismus nach Prägung der sogenannten Revolutionsregierung mit der Militärdiktatur gleich zu setzen sei und die Epoche der Militärdiktatur und Versklavung des eigenen Volkes in Burma durch das eigene Militär in Wahrheit bereits im Gange war.

Einige Tage nach der Sprengung beeilte sich das Militär fieberhaft mit den Aufräumarbeiten auf dem Campus. Zahlreiche Blutflecken auf der Kanzler Straße wurden gründlich von Arbeitern, die von der Armee beauftragt wurden, entfernt, die Ruinenteile des gesprengten Studenten-Gebäudes wurden von Bulldozern und angeheuerten Arbeitern tagelang, Teile für Teile, weggetragen, der Boden wurde glatt planiert und dort in Rasen umgewandelt. Es stand nun eine leere Fläche, als ob vorher nie etwas dort existiert hätte.

Nach der unvergesslichen bitteren Erfahrung tobte sich im Inneren Ohn Kyaw Myints ein heftiger Gewissenskonflikt aus, ob er überhaupt in die Armee eintreten sollte, wie er ursprünglich für seine Zukunft vorgesehen hatte. Seit diesen Tagen spürte er berechtigterweise einen gewissen Hass gegen die Soldaten, aber andererseits ermahnte ihn seine nüchterne Vernunft, dass es nicht berechtigt sei, alle Soldaten pauschal zu verurteilen oder die ganze Armee mit der Soldateska des Generals Ne Win zu identifizieren. Schließlich gebe es viele Offiziere und Soldaten, die solches Verbrechen verabscheuen und ablehnen würden. Es gebe aufrechte und ehrliche Offiziere, Soldaten und genauso viele Gauner, Gewissenlose und Karrieristen darunter, die stets nur nach dem eigenen Vorteil trachten. Wenn man zur Sorte von Soldaten wie den General Aung San emporschaue, der einst diese burmesische Befreiungsarmee gegründet und diesem Lande alles von sich gegeben hatte, könne man nur stolz sein, an den Tugenden dieser großen Persönlichkeit – für die Menschen und mit den Menschen - teilhaftig zu werden. Es hatte eine Reihe von Offizieren in der burmesischen Volksarmee gegeben, z. B. Brigadegeneral Kyaw Zaw, Oberst Ba Htu, die wegen ihrer Aufrichtigkeit, gerechter Gesinnung und Tapferkeit von der Bevölkerung verehrt werden. Also, die burmesische Armee ist nicht die Vasallentruppe irgendeines Diktators, sie ist nicht das Eigentum eines machthungrigen Despoten, sie war und sie ist das Bollwerk zur Verteidigung der Freiheit und demokratischer Rechte des Volkes. Die burmesische Armee war seit der Gründung unter General Aung San für das Volk da und es darf nach Willen des Gründungsvaters nie umgekehrt sein. Er, Ohn Kyaw Myint, werde aber niemals ein Söldner sein, der die Waffe gegen unschuldige Menschen richtet. Sein Dienst mit der Waffe werde eine humane Aufgabe haben, die Schwachen zu schützen, an der gerechten Seite zu stehen und gegen die Diktatur jeglicher Art zu kämpfen, das schwor er bei seiner Seele.

Wie seit langem geplant, schloss sich Ohn Kyaw Myint im September 1962 der Armee an. Er wurde wie die anderen jungen Leute, die von der Universität kamen, sofort zum OTS-Lehrgang (Offiziers Training Schule) geschickt, um dort ein Jahr lang Sozialwissenschaft, Waffentechnik, Logistik und vor allem Strategie und Operation der Kriegsführung zu erlernen und sich einem intensiven Militärtraining zu unterziehen. Beim Abschluss des 29. OTS-Lehrganges war er der beste Offiziersschüler gewesen und bestand die Prüfungen mit Auszeichnung in sämtlichen Fächern. Unmittelbar danach folgte die Abkommandierung an die Front, um dort an der Landesgrenze, wo seit der Unabhängigkeit in 1948 immer wieder bewaffnete Konflikte mit Karen-Aufständischen ausbrachen, praktische Erfahrungen als Leutnant zu sammeln. Als er neben seinen Soldaten im Schützengraben lag und die Sterne am Nachthimmel noch leuchteten, hat er oft nachgedacht, warum dieser Krieg gegen Karen-Aufständischen fast über 15 Jahre dauerte und noch kein Ende sah. Er hatte mit eigenen Augen gesehen, dass meist unschuldige Kinder, Frauen und alte Menschen darunter leiden mussten. Es musste doch eine friedliche Lösung geben, die die zermürbende Waffengewalt vollkommen überflüssig macht, die viele unzählige Opfer gefordert hatte, wenn man mit den Nationalitäten fair und gleichberechtigt umgehen würde. Während des Studiums an der Universität hatte er aus Interesse das Pinlon-Abkommen durchgelesen, das damals 1947 vor der Unabhängigkeit der Nationalführer Aung San mit allen Nationalitäten im Blick auf die Gründung der Union von Burma einvernehmlich erzielt hatte. Darin wurde die faire, gleichberechtigte Stellung aller Nationalitäten festgeschrieben. Jedoch lag in der Verfassung der Union von Burma der eigentliche Geburtsfehler, der immer wieder zur Aushöhlung der Rechte der Nationalitäten führte, und der langjährige Bürgerkrieg, der sich erst nach dem abscheulichen Attentat auf den Nationalführer Aung San und seine Kabinettsmitglieder zu einem Flächenbrand ausbreitete, hatte dazu noch beigetragen, die ohnehin lückenhafte Verfassung noch mehr zu durchlöchern. Ohn Kyaw Myint konnte sich sehr gut an die Pressemeldungen über die Konferenz bezüglich der Verfassungsreform Anfang 1962 vor dem Militärputsch erinnern. Es wurde damals berichtet, dass nun die Regierung von U Nu und die Führer aller Nationalitäten nach ausführlichen Diskussionen übereingekommen seien, die Geburtsfehler der Union diesmal für immer zu beseitigen und eine nach allen Seiten wasserdichte neue Verfassung mit einer föderalen Staatsform, in der alle Nationalitäten absolut gleichberechtigt sind, auszuarbeiten. Es kam ihm langsam in den Sinn, dass die Begründung der Armee über die Machtergreifung im März 1962 lautete: Zerfall der Union aufgrund der Forderung der Shan-Nationalität nach einer föderalen Staatsform. Damals hatte er wie viele andere darüber nicht viel nachgedacht, ob es der Wahrheit entsprach oder eine Lüge gewesen war. Je mehr er nun inmitten des sich unvermindert austobenden Bürgerkrieges gegen eigene Brüder und Schwester, die Karen heißen, darüber nachdachte, umso mehr wurde ihm klarer, dass jene damalige Begründung der Armeeführung eine reine Vertuschung der Tatsachen gewesen war und lediglich als ein Alibi zur Machtergreifung vorgebracht wurde. Nun hatte Leutnant Ohn Kyaw Myint erst richtig begriffen, dass General Ne Win mit seinen Gefolgsleuten nur aus purem Machtkalkül den Staatsstreich eingeleitet hatte, und der General scheute sich nicht im geringsten, um alles zu tun seine Macht zu verteidigen, in dem er das Gemetzel an Studenten durch seine Söldner ausüben ließ.

Derweil erteilte General Ne Win, der unmittelbar nach dem Massaker an Studenten in Juli 1962 für fünf Monate nach Europa verschwand, seinem Geheimdienst den Befehl, alle Offiziere des 29. OTS-Lehrganges sofort unter die Lupe zu nehmen. Der General hegte die berechtigte Befürchtung, dass die Studenten, die nach dem Juni 1962, d. h. nach den schrecklichen Ereignissen, in die Armee eintraten, persönlich für ihn gefährlich sein könnten. Diese Leute würden bestimmt die Erschießung eigener Kameraden nicht so leicht vergessen haben, und daher ihre Motive, in die Armee einzutreten, könnten ganz anders sein als das, was dem General genehm sein könnte. Kurz danach schnüffelte sein Geheimdienst akribisch den bisherigen Lebenslauf, das soziale Umfeld aller Offiziere samt Werdegang deren Eltern und präsentierte seinem Gebieter einen ausführlichen Bericht mit den dazugehörigen Fotos. General Ne Win las ausführlich die Unterlagen. Beim Bericht über jenen Ohn Kyaw Myint fiel ihm besonders auf, dass dessen Fähigkeiten außerordentlich seien und dieser über ungewöhnliche Intelligenz verfüge. Der General prägte sich besonders den Namen Ohn Kyaw Myint ins Gedächtnis ein, weil er intelligente Menschen misstraute und sie sogar hasste, weil jene Intelligenz-Klasse angeblich zu viel denke, zu viele Fragen stelle und letztlich ihm, dem General, nicht gerne gehorche.

Im Laufe der Jahre diente Leutnant Ohn Kyaw Myint an der Front in verschiedenen Garnisonen. Wenn er ein paar Tage Urlaub bekam, fuhr er nach Hause nach Nyaung Laypin, wo seine Eltern, Verwandten und Freunde noch lebten. Als er Ende 1966 nach langer Zeit von der Front in seine Heimatstadt zu Besuch kam, erlebte er schon beträchtliche Veränderungen, die er sich an der Front nicht vorgestellt hatte. Alle Lebensmittel – Reis, Gemüse, Fleisch - waren unübersehbar viel teurer geworden, die Preise von Kleidung und Textilien so hoch geklettert, dass man dies kaum glauben konnte. Einfache Menschen erlebten am eigenen Leibe nur Elend und Armut, was ihnen vorher fremd gewesen war. War das wirklich der burmesische Sozialismus? Ja, das war's. Was der einfache Mensch am eigenen Leibe erlebt, hinterläßt ein Brandmal in der Seele. Der junge Leutnant Ohn Kyaw Myint hörte viel von seinen Bekannten über die radikale Verstaatlichung der privaten Betriebe bis hin zu kleinen Läden, die unmittelbar danach einbrechende Warenknappheit, Verarmung der Bevölkerung und plötzlich reich gewordene Militäroffiziere. Er sah, wie das Leben seiner Verwandten und Bekannten viel mühseliger geworden war als vor Jahren in seiner Jugendzeit. Er hatte nie gewusst und sich vorstellen können, dass das Leben der einfachen Bevölkerung innerhalb von vier Jahren bergab gehen könnte. Nach Beendigung seiner Offiziersschule verbrachte er die ganze Zeit an der Front, er und seine Truppen bekamen die Rationen wie gewohnt. Das Wichtigste an der Front, das man unbedingt verinnerlichen musste, waren Sicherheit, Angriff und Verteidigung. Daher hatten sich die fatalen Veränderungen im Leben der Bevölkerung auf dem Lande seiner Kenntnis entzogen. Manchmal hatte er Gerüchte vernommen, dass im Lande die Preise hochschnellten. So war es für ihn eine große traurige Überraschung, die katastrophalen Auswirkungen auf das Leben der Menschen, die durch die Maßnahmen der Militärregierung ausgelöst wurden, nun leibhaftig in seiner Heimat zu erleben.

Sehen die Militärbosse gar nicht, wie schlecht es dem Volk geht?
Das war die häufigste Frage, die er sich in diesen Tagen stellte. Laut reden darüber konnte er nicht, durfte er nicht, und es würde in der gegenwärtigen

Lage nur ihm persönlich schaden und keinen positiven Effekt geben. Es gab nicht viele Offiziere, mit denen er sich über die ernsthaften politischen Probleme vertraulich unterhalten konnte. Besonders politische Ansichten eines Militäroffiziers, die kritisch und fast konträr zur herrschenden Doktrin der Militärregierung waren, wollte niemand im Kreis der Armee hören oder damit zu tun haben. Also, hier war äußerste Vorsicht geboten.

Manchmal, wenn er nach Rangun kam, seine ehemaligen Arbeitskollegen im Hotel Inyalake, mit denen er durch langjährige Zusammenarbeit sehr verbunden war, zu besuchen, dann konnte er im vertrauten Kreis ungeschminkte Meinungen austauschen. Er hörte von ihnen und sah auch mit eigenen Augen in der Hauptstadt, wie sich manche Militäroffiziere auf Kosten der Bevölkerung schamlos bereicherten. Dann empfand er ein mulmiges Gefühl, mit jenen Gewissenlosen in der gleichen tiefgrünen Uniform zu stecken. Er erfuhr nach und nach, wie zigtausende einfache Soldaten, die im Lande stationiert waren, unter horrenden Preisen der täglichen Bedarfsgüter genauso litten wie die Bevölkerung. Ihre Gehälter reichten kaum noch, eine neue Kleidung für die Ehefrau und für die Kinder zu kaufen. Manche Offiziere und Kommandanten kümmerten sich, so weit wie möglich, um das Wohlergehen der einfachen Soldaten, aber es gab auch etliche hohe Offiziere, die nur noch ihrer Raffgier nachgingen. Nun in dieser Zeit, wo die Armee das ganze Land regierte, ließ sie ihre absolute Macht überall ausnahmslos gelten, in der Politik, Wirtschaft, Justiz, Literatur, Verlagswesen und alle anderen Bereiche des täglichen Lebens. Daraus schlugen viele Uniformierten ihren Profit und ihren Reichtum. Musste das wirklich so sein? Musste die Armee ihre Finger überall reinstecken? Ohn Kyaw Myint hatte gelesen, dass die Aufgabe der Armee in einem demokratischen Staat sei, das Land gegen äußere Feinde zu verteidigen. In solchen Staaten sorgen die Politiker und unterschiedliche Parteien hauptsächlich für die Politik, die Künstler für die Kunst, die Wirtschaftenden für die Wirtschaft, die Juristen für die Justiz, Literaten für die Literatur, Journalisten und Redakteure für Information und Verlagswesen. Viele leisten ihren Beitrag zur Entwicklung der Gesellschaft, Vielfalt bereichert die Gemeinschaft, das war das Leben in der Zeit der demokratischen Regierung von U Nu. Wieso mischten sich nun die Armeeoffiziere überall in Burma ein? War es das Kennzeichen des burmesischen Sozialismus? Wenn es so wäre, was war dann das erzielte Resultat? Die erzielten Ergebnisse waren – zerstörte Wirtschaft, ständig steigende Preise, Verarmung der Bevölkerung, reiche Schicht der Militäroffiziere, keine freie und kritische Presse und Nachrichten, kein unabhängiges Justizwesen, nur eine einzige politische Partei, die im Lande regierte, an deren Schalthebeln der Macht saßen nur hohe Militärbonzen; Schriftsteller und Journalisten, deren Manuskripte nicht mehr gedruckt werden; Gefängnisse voll von Politikern, Journalisten und Schriftstellern.

Wenn General Ne Win und seine Generäle diese katastrophalen Ergebnisse objektiv betrachten, müssen sie dieses politische System sofort stoppen, wenn sie wirklich im Interesse des Landes agieren wollten. Leutnant Ohn Kyaw Myint machte sich viele Gedanken, überhäufte sich mit unsäglichen Fragen, versuchte die Widersprüche zu lösen, stemmte sich mit Verbissenheit dagegen, die Ursache und kausale Wirkung zu verstehen und letztlich zu begreifen, was die eigentliche Intention des Generals Ne Win war, das ganze Land Burma auf den von ihm zugewiesenen Weg zum Sozialismus zu zwingen, koste es, was es wolle. Existiert da wirklich der viel gepriesene, allheilende Sozialismus am Ende der mühseligen Entbehrungen oder doch nur eine Fata Morgana? Oder war der gepriesene Weg nur Mittel zum Zweck? Was für ein Zweck denn? Steckt dahinter nur sein persönlicher Vorteil? Was für einen Sinn hat es überhaupt, ein ganzes Land ins ökonomische Desaster zu stürzen? Was für einen Sinn ..., was für einen Sinn ...? Nein, er wusste es nicht, die Zeit und sein bescheidener Verstand schienen noch nicht reif zu sein, das Licht in den letzten finsteren Winkel der verschleierten Politik hineinzubringen, so viel Kopfzerbrechen auch das Rätsel ihm beschert hatte.

Die Jahre vergingen, aber die Fragen, die ständig an ihn nagten, ließen ihn nicht mehr los. Inzwischen war Ohn Kyaw Myint zum Oberleutnant befördert worden, er ging seiner Arbeit stets gewissenhaft mit voller Hingabe und kollegial zu den Mitmenschen nach, sodass ihm sowohl von seinen Vorgesetzten als auch von den Soldaten stets mit Respekt und Freundlichkeit begegnet wurde. Überall, wohin er kam, war er besonders wegen seines ausgeprägten Intellekts aufgefallen, der aber nicht in persönlicher Dominanz führte, sondern in sachlicher und einvernehmlicher Beziehung zu den anderen mündete.

Er wurde im Jahre 1972 schließlich zum Hauptmann befördert und gleichzeitig zum Dienst im Generalstab in Rangun auserkoren. Der Generalstab war die Kommandobehörde, wo wichtige Entscheidungen für die gesamte Armee wie etwa Streitkräfteplanung, Ausbildung, Einsatzplanung, Personalplanung, Einsatzführung, Aufmarschplanung, Mobilmachung und Logistik etc. getroffen und zur endgültigen Ausführung genehmigt wurden. Hier in der Schaltstelle der Streitkräfte gewann Hauptmann Ohn Kyaw Myint bald den Überblick über die wichtigen Kommandeure der gesamten Armee und erhielt täglich wichtige Informationen landesweit. Im Generalstab war längst bekannt, dass ein gewisser Generalmajor Tin Oo – er hatte zufällig gleichen Namen wie der verhaßte Geheimdienstchef Oberst Tin Oo, alias One-and-half, aber doch menschlich himmelweit entfernt war von dem jenigen Kommandeur von der zentralen Militärzone, sowohl von den Offizieren als auch von einfachen Soldaten, aufgrund seiner besonderen Tapferkeit, Aufrichtigkeit und Kollegialität sehr verehrt wurde, und man sah ihn mit Freude und Erwartung als kommenden Chef der burmesischen Armee.

In der Geschichte der burmesischen Volksarmee hatte es bis 1962 nur zwei große Persönlichkeiten gegeben, die sowohl von der Armee als auch von der Bevölkerung uneingeschränkt verehrt wurden: General Aung San und Brigadegeneral Kyaw Zaw. Nach der Unabhängigkeit Burmas war General Ne Win ununterbrochen Chef der Armee, aber aufgrund seiner dubiosen Lebensführung war er berechtigterweise beim Volk unbeliebt. Seit der Machtübernahme der Armee war der Ruf der burmesischen Armee, Offiziere und Soldaten beim Volk in gleichen Maßen – zum Leidwesen der anständigen und aufrechten Soldaten – ziemlich anrüchig geworden. Generalmajor Tin Oo, der vor Kurzem befördert und 1972 zum Vizebefehlshaber der Streitkräfte ernannt wurde, war der allererste Offizier überhaupt, dem nach der Etablierung der Militärjunta 1962 sowohl von der Armee als auch von der Bevölkerung zu Recht ungeahnte Beliebtheit und Verehrung entgegengebracht wurden. Er war weder Populist noch derjenige, der gezielt nach Rampenlicht suchte, obschon er derweil als ein mit höchster Tapferkeitsmedaille ausgezeichneter Volkstribun in der Armee weit bekannt war, sondern lebte und handelte stets nach den moralischen Grundprinzipien, die einst sein Vorbild General Aung San ihm am ersten Tag seines soldatischen Lebens beigebracht hatte: aufrichtig, gerecht und zum Wohl des Volkes! Die derzeitige Staatsführung, die aus Nr. Eins General Ne Win, Nr. Zwei General San Yu und Geheimdienstchef One-and-half bestand und auf ungefährdetem Machtpolster festsaß, genoss in der Bevölkerung keinen guten Ruf. Das Volk kannte lediglich die Nr. Eins als eine machtbesessene, skrupellose Person, die Nr. Zwei als dessen Erfüllungsgehilfe und One-and-half als den treuesten Wachhund von Nr. Eins. In der Zeit, die für die burmesische Bevölkerung als düster und jeder Hoffnung beraubt schien, kam jener Generalmajor Tin Oo wie eine Lichtgestalt hervor, der Jahre lang erniedrigte und ausgebeutete Menschen in die gerechtere Welt führen könnte. Durch den jahrtausendalten buddhistischen Einfluss sind die Menschen in Burma so erzogen, dass sie die Älteren und Weisen respektieren und auch sich gerne denen unterordnen. Wenn die Gesellschaft von einer führenden Persönlichkeit unmissverständlich überzeugt war, dass diese Person aufrichtig, gerecht, weise und immer für das Wohl des Volkes lebte, wie z. B. General Aung San, dann eroberte solche Persönlichkeit in relativ kurzer Zeit viele treuherzige Anhänger, und einige davon waren sogar jederzeit breit, für derartige führende Person das eigene Leben zu opfern.

Hauptmann Ohn Kyaw Myint war wie andere junge Offiziere und Soldaten überglücklich, einen Vorgesetzten wie jenen Generalmajor Tin Oo zu haben, der in jeder Hinsicht als Vorbild galt. Inzwischen war Hauptmann Ohn Kyaw Myint der Adjutant des Brigadegenerals Htin Kyaw geworden und ein anderer Hauptmann San Kyi als Adjutant des Generalmajors Tin Oo, die nun im Generalstab ihren Tätigkeiten nachgingen. Im Generalstab waren mehrere junge Offiziere beschäftigt, darunter auch einige als Adjutant des jeweiligen Militärkommandeurs. Zum engen Freundeskreis des Hauptmanns Ohn Kyaw Myint im Generalstab zählten Hauptmann Tun Kyaw, Hauptmann Ba Chit, Hauptmann San Kyi, die ebenfalls als Nachbar im Offizierquartier wohnten. Als Nachbar wohnte ebenfalls ein gewisser Major Mg Latt, der im Leben des Hautmanns Ohn Kyaw Myint eine ungeahnte Rolle spielen würde.

Das Jahr 1974 war die wichtigste Zäsur im Leben des jungen Hauptmanns Ohn Kyaw Myint. Anfang Januar 1974 übergab General Ne Win die politische Macht an seinen zivilen Nachfolger U Ne Win, der nicht nur den gleichen Namen trug, sondern wahrlich die gleiche Person war, nur mit einem kleinen Unterschied, dass er sich anstatt in Uniform in eine zivile Kleidung hüllte und nicht mehr als General, sondern als Präsidenten titulieren ließ, was sich für die kritischen Beobachter als eine reine Augenwischerei darstellte. Der einzige erfreuliche Anlass für Hauptmann Ohn Kyaw Myint im Jahre 1974 war, dass sein Hoffnungsträger Generalmajor Tin Oo im März zum General und damit zum Oberbefehlshaber der burmesischen Streitkräfte befördert worden war. Doch das ging inmitten der turbulenten Ereignisse der Arbeiterunruhen im Juni und der tagelangen gewaltigen Studentenunruhen im Dezember gleichen Jahres vollkommen unter. Während des Begräbnisses des U Thants wurden hunderte Studenten durch Schlagstöcke der Polizei zu Tode geprügelt, viele erschossen. Wenn Ohn Kyaw Myint am Tag Zeit hatte, war er in diesen ereignisreichen Tagen auf dem Campus gewesen, zwar in Zivilkleidung, damit er nicht auffiel. Dort, in der Aula, hatte er die flammenden Reden der Studenten, Arbeiter, Mönche und Journalisten gehört, die immer wieder die ausbeuterische, menschenunwürdige Politik der Militärdiktatur der jetzigen Regierung anprangerten und vom frenetischen Beifall der fast vier Tausend Zuhörer oft unterbrochen wurden. Er hatte hautnah verspürt, was das Volk dachte und fühlte. Er hatte hier, an diesem Ort, die Signale des erniedrigten Volkes

vernommen. Das Volk sagte:
„Wir sind in diesen Jahren unfreier und entrechteter als je zuvor, wir sind unterjocht worden vom Militär unseres eigenen Fleisches und Blutes, was für eine Schande ist das! Wann werden wir endlich frei sein von dieser Unterjochung?"
Der Schrei des Volkes war unüberhörbar. Nun war es ihm nach jahrelanger Suche nach der Wahrheit endlich klar geworden, warum General Ne Win die Macht an sich gerissen und dem Land eine Militärdiktatur aufgezwungen hatte, die er nach außen mit den wohlklingenden, ideologischen Schlagworten verpackt, zynisch und auf demagogische Weise als burmesischen Weg zum Sozialismus verkaufte. In Wahrheit war er nur darauf erpicht, alleiniger Herrscher in Burma zu werden und sich ewig auf den Thron festzunageln. Wie das Volk dabei Leiden und Folter über sich ergehen lassen musste, und wie es seiner Freiheiten beraubt wurde, war für ihn belanglos, denn es ging um seine alleinige Macht. Hauptmann Ohn Kyaw Myint war fest überzeugt, dass das verarmte, geknechtete Volk das Werk des Diktators Ne Win und seiner Bande war und es keine nennenswerten Änderungen in diesem Lande geben werde, solange jener Diktator Ne Win an der Macht bleibe.

Wie kann man das heutige menschenfeindliche diktatorische Staatssystem in Burma in das demokratische System, in dem jeder Mensch frei und vor dem Gesetz gleich gestellt ist, zurückführen, oder wie kann er denn zu dieser Änderung persönlich beitragen? Das war die Frage, die den jungen Hauptmann Ohn Kyaw Myint von nun an ständig begleitete. Er kam zur Erkenntnis, dass ein dauerhaftes Umwandeln in eine demokratisch freiheitliche Staatsform in diesem Lande herbeizuführen nur dann gelingen könnte, wenn eine bekannte Persönlichkeit, die sowohl vom Volk als auch von der Armee verehrt und akzeptiert wurde, an der Spitze der Erneuerungsbewegung mitmarschieren würde. Da sah er in der aufrichtigen Person des neuen Chefs der burmesischen Armee General Tin Oo die Verwirklichung seiner Sehnsucht und Hoffnung nach einer bessern Zukunft des Heimatlandes. Er glaubte, dass in naher Zukunft dieser gerechte Mensch zur Macht kommen und dann die notwendigen Änderungen in der Politik unbedingt vornehmen werde, weil er als wahrheitsliebender und gerechter Mensch genau weiß, wie das Land so heruntergekommen war und welche Ursachen tatsächlich das Land ins Desaster geführt hatten. Die bessere Zukunft werde ganz bestimmt kommen, ganz bestimmt ...

Seit dem Hauptmann Ohn Kyaw Myint anfing, fest daran zu glauben, ließ sich diejenige Qual leichter ertragen, dass jedes Mal in seinem Magen wie eine Übelkeit aufstieg, wenn er die neuzeitliche Kolonialherrenklasse in Militäruniform tagtäglich aus der Nähe ansehen musste. Besonders weh tat es ihm, wenn er hilflos erleben musste, wie oft die Universitäten geschlossen wurden, es war schlicht und einfach ein Verbrechen an der jungen Generation. Wenn er nach der Arbeit seine Nachbarfreunde Hauptmann San Kyi und Hauptmann Tun Kyaw dann und wann traf, war das Gesprächsthema immer die aktuellen politischen und sozialen Probleme im Lande, jedes Mal waren sie der übereinstimmenden Auffassung, dass es so viele Änderungen im Lande geben müsste. Wie er von jung an gewöhnt war, las er sehr viel, informierte er sich stets allseitig und gründlich, führte seine Arbeit gewissenhaft aus, sodass ihm immer Anerkennung und Respekt seitens seiner Kollegen oder Vorgesetzten gewiss waren.

Mittlerweile setzte General Tin Oo Kraft seiner Position in der Regierung durch, die Rationen der an der Front stationierten Soldaten auf das Doppelte zu erhöhen, da er aus seiner Erfahrung zu gut informiert war, wie bedürftig die einfachen Soldaten waren mit ihren Gehältern, die bei inzwischen vier- bis fünffach hochgeschnellten Warenpreisen die ganzen Jahre unverändert geblieben waren. Um den ärmsten Soldaten zu helfen, ließ er aus den alten Armeebeständen Kleidung, Decken und Haushaltsgegenstände an die bedürftigen Soldaten verteilen. Viele Offiziere waren froh, dass endlich jemand etwas für die Linderung der Nöte der einfachen Soldaten tat, was sie lange Zeit gewünscht hatten, aber doch leider nicht in der Lage gewesen waren, dies zu realisieren. Dies erhöhte berechtigterweise die Beliebtheit seiner Person unter den Soldaten, jedoch löste es zur gleichen Zeit Alarmzeichen im engsten Machtzirkel des Diktators aus, der längst registriert hatte, dass jener General Tin Oo nach ganz anderen moralischen Maßstäben handelte, die ihnen gänzlich fremd waren. Er kam wie ein Fremdkörper in jenem Machtzentrum vor, wo immer Intrigen, Mistrauen und Machtgier den Alltag füllten.

Hier hatte One-and-half seit Jahren seine beherrschende Stellung unmittelbar unter dem Diktator Ne Win eingenommen - mit der plausiblen Begründung, die bei dem Despoten Gefallen fand, dass alle Ministerien und Armeeoffiziere vom Geheimdienst lückenlos überwacht werden müssten, um den verehrten Alleinherrscher jederzeit rückenfrei zu halten. Jeder Schriftverkehr mit dem Ausland einschließlich des Informationsaustausches zwischen den Ministerien wurde vom Geheimdienst kontrolliert, sodass One-and-half als die graue Eminenz von allen gefürchtet und gehasst wurde. Da trat jener General Tin Oo, der neue Chef der Streitkräfte, wie ein Sprössling in Erscheinung, der den heiligen Boden der Machteliten beschmutzen wollte. Er könnte besonders gefährlich für das etablierte

Machtzentrum werden, weil hinter ihm ganze Streitkräfte und das Volk standen. Also war die schnellstmögliche Handlung vonnöten, um den Neuling unauffällig aus dem Verkehr zu ziehen. One-and-half ließ alles in einer Liste auftragen, was für den Neuling als negativ interpretiert werden könnte.

Schon längst hatte der Diktator Wind bekommen, dass der neue kleine General Tin Oo viel Furore in der Armee und in der Bevölkerung machte, was ihm nicht sonderlich gefiel, und so gleich zitierte er instinktiv One-and-half zu sich, um den Neuling und sein Umfeld beschatten zu lassen – eine Art reflexartiger Maßnahme, die in ihm auslöste, wenn jemand in der Zukunft für ihn zur Gefahr werden könnte. Die Nr. Zwei, General San Yu tat sein Bestes dazu, in dem er sich über General Tin Oo beim Diktator beschwerte, dass die Erhöhung der Rationen für die Soldaten mehr Etat beanspruche und General Tin Oo damit Separatismus betreibe. Das Ergebnis des Betreibens dieses Trios war, dass der Hoffnungsträger General Tin Oo am 6. März 1976 von seinem Posten abgesetzt wurde. Da es aber keinen stichhaltigen Grund zu seiner Entlassung gab, wurde in der Zeitung angegeben, dass seine Frau angeblich Bestechung angenommen hätte, aber jeder nachdenkliche Bürger verstand sofort, dass es sich hier um eine pure Abschlachtung einer aufrechten Persönlichkeit handelte, auf die die Bevölkerung lange Zeit sehnlich gewartet hatte.

Als die Nachricht über die Entlassung des Generals Tin Oo in der Zeitung stand, brach eine große Unruhe sowohl in der Armee als auch in der Bevölkerung aus.

„Das ist eben menschliches Schicksal, wenn es Aufstieg gibt, gibt es auch Niedergang", mutmaßten diejenigen, die eher zum Fatalismus geneigt waren, bezüglich des aus der Machtelite ausgestoßenen Generals Tin Oo.

„Er war ein Engel, der sich ins Reich der Dämonen verirrt hat, er gehört einfach nicht dazu", meinten manche Friedfertigen.

„Es ist immer dasselbe, wenn einer fähig und gerecht ist, der wird sofort gefeuert. Der Diktator hat immer Angst vor solchen Menschen", analysierten die Kenner der Szene.

„So einen guten, gerechten General hatten wir lange Zeit nicht mehr gehabt. Warum müssen sie uns den wegnehmen?", resignierten viele Soldaten und Offiziere.

„Diese Idioten Nr. Eins, Nr. Zwei und One-and-half, die können nicht mal den Geruch eines anständigen Menschen leiden, so verlogen sind sie. Aber irgendwann wird der Tag kommen, an dem es diesem Haufen an den Kragen geht, wartet nur ab", schworen manche mit der Faust in der Tasche.

Mittlerweile versammelten sich auf dem Campus der Universität Rangun mehrere Studenten, die sich aufgeregt miteinander unterhielten über den zum Rücktritt gezwungenen General Tin Oo, der als Ausnahmesoldat von den Studenten, die gänzlich antimilitärisch eingestellt waren, Verehrung genoss.

„So eine Schande, einen aufrechten General abzuservieren, wir müssen dagegen demonstrieren."

„Ja, es stimmt, wir müssen unsere Solidarität mit General Tin Oo deutlich zeigen. Kommt, Kameraden, wir veranstalten zu Ehren des Generals Tin Oo einen Demonstrationszug auf dem Campus", sagte ein älterer Student auf dem Campus der Rangun-Universität und trommelte mächtig auf, in dem er sich sofort an die vorbeigehenden Studenten wandte:

„Kameraden, ihr habt sicher in der heutigen Zeitung die traurige Nachricht gelesen, dass General Tin Oo, das Oberhaupt der Streitkräfte, seines Postens enthoben wurde. Er war als aufrechter Soldat und gerechter Mensch, verehrt von den Soldaten und von der Bevölkerung. Er hatte nichts gemein mit den Machenschaften der Militärfaschisten. Kommt Kameraden, kommt, es ist nun höchste Zeit, unsere Verehrung für den General Tin Oo zum Ausdruck zu bringen und gleichzeitig unsere Abscheu vor dem Diktator Ne Win und seinen Vasallen deutlich zu zeigen. Kommt hierher zusammen!"

Langsam kamen die Studenten in Massen vor das Studentenheim „Mandalay", wo der energische Aufruf ertönte und sich schon einige Studenten aufhielten. Die Anzahl der Versammelten nahm rasch zu und zählte schon innerhalb kurzer Zeit fast vier bis fünf Hundert. Einer rollte ein eilig angefertigtes Transparent aus, worauf in großen Buchstaben geschrieben stand: „Es lebe General Tin Oo."

Der Demonstrationszug rollte auf die Kanzler Straße vom Haupteingang zur Aula, am Ende waren es fast tausend Studenten, die ihre Sympathie mit dem entlassenen General zum Ausdruck brachten. Ihre gewaltige Solidaritätsbekundung, die aus voller Kehle posaunte, hallte weit über den Campus hinaus:

„Es lebe General Tin Oo."

„Es lebe der General unserer Herzen."

„Es lebe der General unserer Herzen."

Alle, die den Aufruf wahrnahmen, gedachten im Stillen des entmachteten Generals. Derweil gab es in der ganzen Armee sowie in der Bevölkerung und unter den Studenten nicht wenige, die um ihn trauerten und ihn sogar beweinten.

Für Hauptmann Ohn Kyaw Myint war der 6. März 1976 der traurigste Tag seines Lebens, er sah seine Träume für eine bessere Zukunft des Heimatlandes zersägt und vernichtet, seine Hoffnung, die mit der Person des Hoffnungsträgers verbunden war, geraubt, seinen Glauben, dass es in der jetzigen Machthierarchie eine Chance für eine aufrechte Führungspersönlichkeit geben könnte, die eines Tages menschenwürdige Politik durchsetzt, vollständig zerstört. Er war der Ansicht, dass die Eliminierung seines Hoffnungsträgers von höchster Stelle d. h. vom Diktator Ne Win inszeniert sein musste. Sofort hatte er mit seinen Freunden Hauptmann San Kyi, Tun Kyaw und Ba Chit darüber Meinungen ausgetauscht, alle waren in ähnlicher Verfassung wie er, sie alle hatten im Stillen große Hoffnung auf General Tin Oo gesetzt.

Was sollte er jetzt tun? Er wusste es nicht. Er wollte zuerst mit dem General Tin Oo, so schnell wie möglich, persönlich sprechen und ihn wissen lassen, wie er und viele junge Offiziere über dessen Entlassung bestürzt gewesen waren. Als er mit seinem Freund Hauptmann San Kyi, der bis dahin Adjutant des Generals Tin Oo gewesen war, in dem Haus des Generals erschien, Kotau zu machen – eine Geste des Respekts, die junge Menschen nach der buddhistischen Tradition gegenüber älteren zu tun pflegen -, sagte er: „Es ist unfassbar für mich und für viele junge Offiziere, dass Sie von Ihrem Posten abgelöst werden."

„Es ist eben mein Schicksal, es hat mich auch am Anfang stark betroffen, aber ich habe mich damit abgefunden", sagte der General mit Fassung und ruhiger Gelassenheit.

„Es ist mir ein Rätsel, warum solche Menschen wie sie, auf die die meisten Menschen große Hoffnung setzten, von den Machthabern mit Angabe von fadenscheinigen Gründen aus dem Amt verjagt werden müssen", sagte Ohn Kyaw Myint.

„Es ist die Frage, auf die man in unterschiedlicher Weise antworten kann. Genaue Gründe weiß ich nicht, aber unsere Führungsspitze hat mit dieser Entscheidung sicher Gutes gemeint."

„Glauben Sie, dass diese führenden Staatsmänner wirklich wissen oder wissen wollen, wie schlecht es dem einfachen Volk geht?"

„Ich weiß sehr gut, wie unerträglich unsere Bevölkerung seit Jahren unter den verschiedenartigen Lasten leidet. Leider habe ich nun keine Macht mehr, diesbezüglich in irgendeiner Weise Einfluss zu nehmen", entschlüpfte dem General unbewusst eine Bemerkung, die auf seine tiefe Resignation, die er nach außen hin unbedingt vermeiden wollte, hindeuten ließ.

Als Hauptmann Ohn Kyaw Myint sich nach dem aufschlussreichen Gespräch auf dem Heimweg machte, verfiel er in tiefes Nachdenken, was in der gegenwärtigen Situation als Notwendiges und Richtiges zu tun sei. Er lief in seinem Arbeitszimmer auf und ab, kam zu der Schlussfolgerung, dass die jetzige Staatsführung vor allem Nr. Eins, Diktator Ne Win, und seine Erfüllungsgehilfen Nr. Zwei und One-and-half unbedingt beseitigt werden müssen, bevor politisch ein neuer Anfang mit General Tin Oo im Lande überhaupt angefangen werden könnte. Wenn nur Diktator Ne Win verschwinde, und die Nr. Zwei One-and-half am Leben bleiben würden, werde die Bande weiterhin für sich die Macht beanspruchen und den Widerstand anzetteln, also müssen alle drei weg. Beseitigen heiße Töten, er müsse die drei im schlimmsten Fall umbringen, was sehr wahrscheinlich sein werde. Ja, töten, das müsste er, ob er will oder nicht. Gefangen nehmen, das ginge auch, aber nur im Ausnahmefall. Er müsse, im Grunde genommen, einen Militärputsch organisieren, die korrupte Führung beseitigen und die Macht dem General Tin Oo, der von Armee und Volk akzeptiert wird, übergeben, sodass eine völlig neue politische Ära im Lande beginnt. Wenn der Machtwechsel auch durch ein unvermeidbares Blutbad zustande komme, werde General Tin Oo am Ende die Macht ablehnen können, weil er nun im Interesse der gesamten Bevölkerung die Verantwortung übernehmen müsse. Wenn er aber General Tin Oo seinen Plan mitteile, werde er wegen des Blutvergießens ganz sicher das Vorhaben ablehnen. Es gebe aufrechte, großartige Menschen, die sich aus moralischen Prinzipien scheuen, anderen Menschen Leid zuzufügen. Aber andererseits der Truppe des Gangsters Ne Win gegenüber Milde und Genade walten zu lassen, bedeute das Hinwegschauen über das Elend der Abermillionen von Bürgern. Welche Last mehr oder weniger wiege, müsse jeder aus eigener Überlegung sein Urteil fällen und dementsprechend sein Tun und Lassen bestimmen. Hier handele es sich um ethische Normen von „Müssen" oder „Sollen". Keiner habe in diesem Fall das absolute Recht, allein für sich zu beanspruchen. Aufgrund dessen habe er das so hinzunehmen, wie es in der Wirklichkeit sei. Er, Ohn Kyaw Myint, spüre aber nicht im Geringsten ein schlechtes Gewissen, als Schlächter, der jenen Diktator und dessen Gefolge ausrottete, in die Geschichte einzugehen,weil er es nicht für sich tue, sondern im Interesse der unterjochten Bevölkerung und vieler Soldaten. In der prekären Lage des Landes müsse jemand die unliebsame Aufgabe übernehmen, er oder der andere, das sei vollkommen belanglos. Er habe diesmal die Aufgabe zugelost bekommen, dies durchzuführen, er bereue nicht, wenn er im Falle des Misslingens am Galgen landen würde. Wenn es ihm gelinge, wofür er zuversichtlich sei und sein müsse, werde die Macht nicht für ihn, sondern für jemanden sein, der fähig ist, das Land endlich aus dem Schlamassel zu führen. Dann erst sei seine Aufgabe vollbracht. Die Aufgabe ist allein nicht zu bewältigen, er ist nur ein unbedeutender kleiner Hauptmann, nun Adjutant des Generals Kyaw Htin, neu ernannter Chef der Streitkräfte, nachdem sein verehrter General Tin Oo von dem Posten abgelöst worden war. Mit seinem Rang und Abzeichen habe er in der Armee kein Gewicht. Der Militärputsch, der in Burma bis jetzt stattgefunden hatte, war eingeleitet von der höchsten Stelle der Armee, also von General Ne Win, daher war die Organisation und Durchführung einfach. Die besten Voraussetzungen habe er nicht und dürfe auch nicht wünschen, er müsse mit den vorhandenen Bedingungen fertig werden. Als kleiner Offizier müsse er von unten anfangen, daher lauern ungeahnte und verborgene Gefahren überall auf ihn, er müsse nun zuerst die Gleichgesinnten organisieren und zu einer handlungsfähigen Gruppe formen, um endlich loszuschlagen.

Mit seinen Freunden Hauptmann San Kyi, Tun Kyaw und Ba Chit sprach er über den Plan, die Führungsspitze zu eliminieren und die Macht an den General Tin Oo zu übertragen. Die drei waren damit einverstanden, an jenem Plan mitzuwirken, jedoch hielten sie es für unbedingt notwendig, einflussreiche Kommandeure für das Geheimunternehmen zu gewinnen, Waffen, möglichst Schnellfeuerwaffen, zu besorgen und mindestens eine oder zwei Kompanien zu gewinnen, deren Truppenoffiziere als absolut zuverlässig eingestuft werden können. Es war ihnen von Anfang an klar, dass je mehr ihr Geheimplan zu neuen Personen geöffnet würde, umso gefährlicher ihr Weg sein würde, da durch undichte Stellen geradezu der gefürchtete Geheimdienst aufgerufen werden könnte. Aber es bleibt ihnen praktisch keine andere Wahl. Um den Plan zum Erfolg zu führen, mussten sie diesen riskanten Weg beschreiten. Sie gingen gemeinsam die Liste durch, sprachen über die Kommandeure und deren politische und gesellschaftliche Anschauungen, so weit sie ihnen bekannt und zugänglich waren, die eventuell für ihren Geheimplan ein offenes Ohr haben könnten oder zumindest diesen als Geheimnis bewahren würden. Als Tag X für die Realisierung ihres Geheimplans wählten sie 27. März 1976. An dem Dinner im Hause des Präsidenten sollten an dem Tag alle Führungskommandeure einschließlich Nr. Eins, Nr. Zwei und One-and-half teilnehmen. Wenn es an dem Tag aus irgendeinem Grund nicht realisiert werden könnte, sollte der nächste Versuch am 29. März im Verteidigungsministerium folgen, wo ein Meeting der Parteispitze angesetzt war. Als der Geheimplan und dessen Organisation ungefähr in Umrissen erkennbar waren, besuchte Hauptmann Ohn Kyaw Myint zum zweiten Mal General Tin Oo, um die Stimmung abzutasten. Ohn Kyaw Myint sagte dem General:
„Herr General, es gibt in der Armee nicht wenige Offiziere, die bereit

sind, ihr Leben zu opfern, damit Sie wieder an die Macht kommen, weil wir glauben, dass Sie aufrecht und fähig sind, das ganze Land aus dem gegenwärtigen Elend herauszuführen."

„Das ist für mich eine große Ehre, das Vertrauen von vielen zu genießen. Aber, wie Sie wissen, bin ich nicht mehr im Dienst."

„Viele Soldaten und Offiziere in der Armee sind der Überzeugung, dass ihre Ablösung nicht mit rechten Dingen zugegangen ist."

„Es ist nun mal geschehen, was man nicht ändern kann."

„Aber wenn die jetzige Führungsspitze abgelöst oder eliminiert wird, werden Sie bereit sein, die Macht zu übernehmen, um das Land aus dem Schlamassel zu führen?"

Der pensionierte General hörte genau zu und sagte:

„Jeder Mensch kann im Leben in eine Lage kommen, wo er sich seiner Verantwortung nicht entziehen kann. Aber das Vorgehen der Gewaltanwendung oder Eliminierung halte ich nicht für vernünftig und angebracht. Man solle in diese Richtung weder denken noch etwas ausführen."

Der General hatte mit Bedacht die Worte ausgewählt, um Gewalttaten zu vermeiden, die unabsehbare Folge haben könnten, andererseits würde es ihm nie in den Sinn kommen, die jungen Leute, die sich um die Zukunft des Heimatlandes Sorgen machen, ans Messer zu liefern.

„Wir, die jungen Offiziere sind fest entschlossen etwas zu unternehmen", deutete Ohn Kyaw Myint mit entschiedener Stimme an.

Darauf reagierte der General, gezeichnet von der Sorge um die Zukunft der jungen Offiziere, mit der knappen Bemerkung:

„In diesem Fall halte ich es für nötig, dass sogar ich selbst ihren Chef General Kyaw Htin darüber informiere."

Die Worte des Generals brachten Ohn Kyaw Myint im ersten Moment fast in Rage, aber er fand sofort wieder Ruhe, wohl wissend, dass der aufrechte General nur aus Sorge um die jungen Offiziere so reagierte und niemals Schaden ihnen anrichten würde. Ohn Kyaw Myint hatte auch nie erwartet, dass der General das Vorhaben gutheiße und an dem Plan sofort mitwirken würde. Er hatte sich eigentlich wie ein Weiser verhalten, der persönlich Verantwortung trug und zugleich den anderen eine eigene Entscheidungsfreiheit ließ. Ohn Kyaw Myint gewann durch das zweite Gespräch die Zuversicht, dass der General niemals die Verantwortung von sich weisen würde, wenn es darauf ankäme.

Oft und intensiv berieten die vier Freunde, bei welchen hochrangigen Kommandeuren der Versuch der Agitation gestartet werden sollte. Dabei erinnerten sie sich an einen gewissen aufrechten Oberst Hla Pe, den Kommandeur des Militärbezirks Nord, der immer ehrlich und offen sagte, was er dachte und - niemals überheblich zu seinen Untergebenen und ebenfalls nie unterwürfig zu seinen Vorgesetzten war. Er hatte immer offenes Ohr besonders für junge Offiziere. Seine Art der Persönlichkeit war wie die des Generals Tin Oo. Daher entschieden sie sich, beim Oberst Hla Pe den ersten Versuch zu wagen.

Wie der Zufall im Leben es manchmal mit sich brachte, fanden Ohn Kyaw Myint und Tun Kyaw zum Glück einen enthusiastischen Mentor in Oberst Hla Pe, als die beiden sich mit dem Oberst im Haus der Offiziere eines Abends trafen und nach vorsichtigem Abtasten schließlich ihre Meinung über die ungerechte Ablösung des Generals Tin Oo zur Sprache brachten. Da sahen sie, wie ihre Worte auf fruchtbaren Boden fielen, der Oberst sagte direkt ohne jegliche Schnörkel:

„Ich weiß, dass es hier eine abgetakelte Intrige war. Ob der Präsident Ne Win dabei im Hintergrund die Fäden zog, weiß man nicht. Aber jedenfalls war es sicher, dass Nr.2, General San Yu und der Geheimdienstchef wesentlich die Finger im Spiel gehabt haben mussten. Das findet jeder Soldat und Bürger zugleich als große Schweinerei, eine große Persönlichkeit wie General Tin Oo, der von jedem Vertrauen und Verehrung genießt, mit nichtigen Gründen von seinem Posten zu entfernen. Ich wollte am liebsten die Leute, die dieses Verbrechen an General Tin Oo geübt haben, sofort erschießen."

Ermutigt von den Worten des Obersts teilten die jungen Offiziere ihm mit, was sie vorhatten. Der Oberst, ehrlich und offen, wie seine Art war, sagte ihnen väterlich:

„Wenn ihr so etwas plant, seid wachsam und vorsichtig. Zu viel Wissende sind nicht gut, zu wenig Wissende sind ebenfalls nicht gut. Man muss die richtige Anzahl von Beteiligten haben, die absolut zuverlässig sind. Ich bin lange in der Armee. Ich habe gesehen, wie viele Offiziere und Bürger unter dem Deckmantel der sogenannten sozialistischen Programmpartei verdorben wurden, während die einfache Bevölkerung täglich ums Überleben kämpfen muss. Diese Partei hat das ganze Land ins wirtschaftliche Chaos geführt, viele Militäroffiziere sind korrupt und kaum noch zu ertragen. Daher betrachte ich es als das Beste, wenn dieses Einparteiensystem und die derzeitige Führung vollkommen verschwinden. Wenn es nach mir ginge, muss das Land ungefähr vier bis fünf Jahre unter strenger militärischer Führung gestellt, diesen Parteieinfluss aus allen Bereichen vollständig säubern und dann erst muss das Land freigelassen werden, damit Wirtschaft und Gesellschaft sich so entwickeln können, wie es einmal in unserem Land gewesen ist."

Der Oberst träumte auch von einer besseren Zukunft seiner Heimat, darin war er genauso jung und hoffnungsvoll wie jene jungen Offiziere vor ihm. Auf die Frage wies der Oberst die jungen Männer daraufhin, wo und bei wem die Truppe Soldaten für ihr Vorhaben eventuell zu beschaffen sei.

Die Be-gegnung mit Oberst Hla Pe war für die jungen Offiziere ein unerwartet großes Glück und eine enorme Ermunterung zugleich, dass ihr Vorhaben richtig sei. Jedes Mal wenn Ohn Kyaw Myint an den väterlichen Oberst Hla Pe dachte, spürte er dessen Aufrichtigkeit und Selbstlosigkeit und verneigte sich voller Dankbarkeit und Verehrung vor dieser äußerlich schmächtigen, doch innerlich großartigen Persönlichkeit.

Als der erste Versuch, einen angesehenen Kommandeur ins Boot zu holen, ihnen geglückt war, beschäftigten sich die drei jungen Protagonisten, wie nötige Waffen beschafft werden könnten. Ohn Kyaw Myint sagte:

„Wir brauchen unbedingt ein paar Pistolen und vor allem Schnellfeuerwaffen wie Maschinenpistolen und ausreichend Munition. Ich habe mich erkundigt. Das Waffendepot soll dem Stationsleiter für Rangun unterstehen, er heißt Major Sein Myint. Kennt ihr ihn persönlich oder hattet ihr mit ihm schon mal etwas zu tun?"

„Ich habe einmal mit ihm gesprochen, vor Jahren, er ist ein junger Major, freundlich. Du kannst mal versuchen, mit ihm zu sprechen", sagte Tun Kyaw.

Ohn Kyaw Myint eilte in den nächsten Tagen zu Major Sein Myint. Hier müsste er wieder sein Glück versuchen, ob Gott ihm diesmal auch beistehe, wusste er nicht. Als er Gelegenheit hatte mit Major Sein Myint unter vier Augen zu sprechen, erzählte er ihm vertrauensvoll von dem Geheimplan und bat ihm bei der Beschaffung der nötigen Waffen zu helfen, obwohl ihm bewusst war, dass es anstatt der gewünschten Hilfe zusätzliche Gefahr bedeuten könnte. Zum Glück brachte Major Sein Myint ihm nicht nur Hilfe, sondern beteiligte sich auch als eifriger Unterstützer seines Planes. Major Sein Myint war froh und zugleich stolz, an dieser gerechten Aktion tatkräftig mitzuwirken. Er beschaffte zwei Pistolen, zwei Maschinenpistolen und sechs Magazine voller Patronen für Ohn Kyaw Myint. Dabei überschritt er bewusst, seine Kompetenz, da die Ausgabe bestimmter Waffen der ausdrücklichen Genehmigung des Verteidigungsministeriums bedurfte. Seine Leute im Waffendepot hatten registriert, dass sich ihr Chef Major Sein Myint über die gültigen Bestimmungen hinwegsetzte. Wenn er sich mit diesem jungen Ohn Kyaw Myint vergleiche, der bei der Aktion Kopf und Kragen riskiere, war sein Beitrag sogar unbedeutend, so dachte Major Sein Myint und war bereit, seinerseits diesen kleinen Beitrag zu leisten. Er fragte anschließend Ohn Kyaw Myint:

„Habt ihr dem Geheimplan einen bestimmten Namen gegeben, sodass

ihr unbemerkt vor anderen darüber kommunizieren könnt?"
„Nein", antwortete Ohn Kyaw Myint.
„Dann nennt das „Chili" als Geheimname", so taufte Major Sein Myint das Unternehmen auf den brennenden pikanten Namen.
„Ich sage dir vorher Bescheid, wenn es losgeht", sagte Ohn Kyaw Myint dankbar mit einer bewegten Miene zu dem neuen Vertrauten.
„Viel Glück, mein Freund", sagte Major Sein Myint und fügte lautlos hinzu:
„Möge ihm Gott beistehen."
Aufgrund der Bemühungen seines Freundes Tun Kyaw erfuhr Ohn Kyaw Myint, dass die Infanterieeinheit vom Major Mg Latt, die nach der Studentenunruhe am 23. März 1976 auf dem Campus der Universität Rangun stationiert war, für den Geheimplan benutzt werden konnte. Ohn Kyaw Myint machte sich schnell auf den Weg zum Campus, Major Mg Latt zu treffen. Er teilte Major Mg Latt alles über den Geheimplan „Chili" mit und informierte über den neuesten Stand der Organisation, dass ein angesehener Kommandeur und ein Major mit von der Partie seien. Er bat um Hilfe, dem Plan zum Erfolg zu verhelfen. Major Mg Latt versprach, an dem Plan mitzuwirken. Da der erste Termin der Realisierung nur noch zwei Tage entfernt war, berichtete ihm Ohn Kyaw Myint ausführlich, wie es ablaufen sollte: „Am 27. März, Tag des nationalen Aufstandes, gibt es ein Festbankett in der Präsidentenvilla, wo alle ranghohen Militäroffiziere, einschließlich Nr. Eins, Nr. Zwei und der Geheimdienstchef, am Dinner teilnehmen. Wenn an diesem Abend alle Spitzenleute anwesend sind, werden ich und zwei andere Offiziere mit den versteckten Waffen den Dinnerraum der Präsidentenvilla betreten und allen befehlen, sich sofort mit dem Gesicht zu Boden hinzulegen. Wer sich widersetzt, wird sofort erschossen. In dieser Zeit muss Ihre Truppe die Villa bereits umzingelt haben, um den Dinnergästen den Eindruck zu geben, dass sich eine große Truppe an der Aktion beteilige und für sie von außen keine Hilfe zu erwarten sei. Im Innenraum erklären wir, dass wir die Leute von innen und außen umzingelt haben. Sie sollen aber draußen, wenn jemand von der Militärpolizei zufällig vorbeikommen sollte, einfach sagen, dass Ihre Truppe für die Sicherheit der Anwesenden da wäre. In der Zeit wird sich einer von uns zur Rundfunkstation eilen und dort eine Erklärung im Radio vorlesen, der Text der Erklärung lautet: Eine Gruppe junger Offiziere, die mit der Ablösung des Generals Tin Oo nicht einverstanden sind, haben ab diesem Zeitpunkt die Macht übernommen. Die politische Macht wird sofort an General Tin Oo übertragen werden. Wir bitten alle Bürger und Soldaten, Ruhe zu bewahren. Danach werden wir General Tin Oo bitten,

die Verantwortung für den Staat zu übernehmen und im Radio eine Ansprache an die Bevölkerung zu halten. Das ist der Plan. Dabei ist die Anwesenheit Ihrer Truppe entscheidend wichtig. Ihre Truppe muss vorher da sein, bevor wir mit den Waffen den Dinnerraum betreten. Sonst können wir die ganzen Leute nicht auf die Dauer mit Waffen in Schach halten. Daher bitte ich Sie, an dem Tag Ihre Truppe bereitzuhalten. Wenn ich Sie von dort anrufe, von hier aus mit Ihrer Truppe zu starten, das würde per Lkw höchsten eine Stunde dauern. Bitte beziehen Sie sofort Stellung vor der Villa. Wenn wir sehen, dass Ihre Soldaten da sind, werden wir sofort mit den Waffen den Dinnerraum betreten. Das ist alles. Daher bitte ich Sie noch einmal, an dem Tag nach meinem Anruf sich sofort in Marsch zu setzen. Ihr Beistand ist für uns von größter Bedeutung. Wenn es aus irgendeinem Grund nicht verwirklicht werden sollte, werden wir denselben Plan am 29. März wiederholen, wenn das Politbüro der Partei im Verteidigungsministerium tagt."

Major Mg Latt versprach: „Ich werde mit meiner Truppe da sein."

Ein mulmiges Gefühl beschlich Ohn Kyaw Myint jedoch, ob es mit der Truppe von Major Mg Latt zur entscheidenden Stunde wirklich klappen würde. Ihm war klar, dass jedes Unternehmen gewisse Risiken in sich barg, die man nie und nimmer ausschließen könnte. Je näher der Tag X rückte, umso nervöser fühlte er sich, dass er es kaum noch aushalten konnte. Er hatte immer wieder alle möglichen diversen Szenen in Gedanken durchgespielt. Er saß auf der Couch und überlegte mehrmals, wie er, San Kyi und Tun Kyaw von welchem Gang in den Dinnerraum eintreten sollten, wo er mit der Maschinenpistole stehen sollte. Es käme darauf an, wie der große, lange Festtisch aussähe, viereckig, länglich oder oval ... und wie die drei Spitzenleute dort Platz nähmen. Er müsste einen Platz wählen, wo er alle im Blick hätte - besonders auf die drei, sodass er sofort Feuer eröffnen und die drei mit minimalem Kraftaufwand schnell zur Strecke bringen könnte. Detaillierte Pläne könnte er ja nur erst an dem Tag X machen, wenn er den Dinnerraum einmal gesehen habe. Also nur Geduld bis dahin.

Es ist schon so weit, der Tag X ist schon da ..., der Tag X ist schon da. Ohn Kyaw Myint schreitet schnell durch den Saal, wo das Festdinner stattfindet. Der Tisch ist länglich und u-förmig angeordnet, alle Sitzplätze sind nummeriert und mit Namen versehen, an der oberen Spitze ist der Platz für Nr. Eins, daneben auf der linken Seite für Nr. Zwei und dicht daneben für One-and-half. Auf der rechten Seite fängt mit dem Platz für General Kyaw Htin, usw. Die Anzahl der Teilnehmer ist genau fünfzig. Er notiert, wo die Türen sind, es sind nur zwei – an der rechten und linken Seite des

Saales. Nun sind alle Teilnehmer im Saal. Ungewöhnlicherweise zieht der Diktator Ne Win heute einen dunklen Anzug an, sonst ist er immer in burmesischer Zivilkleidung zu sehen, seitdem er sich Staatspräsident nennt. Es war von Nr. Eins angeordnet worden, dass alle Teilnehmer hier in der Präsidentenvilla keine Waffen tragen dürfen – ausgenommen Nr. Eins. Ob Nr. Eins für seinen Wachhund Geheimdienstchef diesbezüglich eine Ausnahme macht, ist nicht zu erfahren. Es könnte sein, dass Nr. Eins heimlich in der Hosentasche eine Pistole trägt. Ohn Kyaw Myint behält jede kleinste Bewegung der Nr. Eins im Auge. Er schaut nach draußen und stellt fest, dass die Truppe von Major Mg Latt bereits Stellung bezogen hatte. Er gibt San Kyi und Tun Kyaw einen Wink, die Aktion zu starten. Sie holen aus dem Versteck Maschinenpistolen und betreten gemeinsam den Dinnerraum, riegeln die Türen ab. In der gleichen Zeit eilt Ba Chit zur staatlichen Rundfunkstation, die vorbereitete Erklärung an die Bevölkerung im Radio vorzulesen. Ohn Kyaw Myint bezieht schnell ein paar Meter hinter den drei Führungsspitzen Stellung, San Kyi auf der linken und Tun Kyaw auf der rechten Seite des Saals. Sie richten ihre Maschinenpistolen auf die Gäste.

Bevor die Anwesenden begreifen konnten, was wirklich los sei, schreit Ohn Kyaw Myint laut und deutlich:

„Achtung alle Anwesenden, das ist ein Staatsstreich von jungen Offizieren, nun nicht bewegen. Verstanden! Sie alle sind von innen und außen umzingelt. Draußen wird von unserer Truppe überwacht. Nun legen sie sich langsam mit dem Gesicht zu Boden, machen sie keine Dummheiten. Sonst wird sofort geschossen!"

Die Stimme von Ohn Kyaw Myint ist kompromisslos und hart. Alle Offiziere legen sich schnell neben dem Sitzplatz auf den Boden, während Nr. Eins, Nr. Zwei und One-and-half noch zögern, ob sie dem Befehl gleich und bedingungslos gehorchen sollen oder nicht – offenbar aus ihrer bisherigen herrscherlichen Einstellung, dass sie noch nie im Leben von einem unterrangigen kommandiert worden waren, was für sie einer beispiellosen Erniedrigung gleichkäme. Bei dem Anblick auf die drei zögerlichen, wider spenstigen Kreaturen gerät Ohn Kyaw Myint gleich in Wut und schreit:

„Was macht ihr drei, schnell hinlegen!"

Da ist ihm in dem Augenblick nicht entgangen, dass One-and-half und Nr. Eins gleichzeitig aus der Hosentasche eine versteckte Pistole herauszuholen versuchen. Ohn Kyaw Myint brüllt vor Wut:

„Ihr Mistkerle, darauf habe ich sehnsüchtig gewartet."

Sofort eröffnete er das Feuer auf die drei. Krachen und Dröhnen erfüllen den Raum. Die Kugeln, die aus seiner Maschinenpistole hintereinander sekundenschnell folgen, durchsieben One-and-half, Nr. Zwei und Nr. Eins;

zuerst kippt One-and-half um, Nr. Zwei sackt zusammen und Nr. Eins, dessen Rücken zerfetzt und blutverschmiert ist, stürzt zu Boden. Ohn Kyaw Myint sieht wie in einem Film, wie der Diktator Ne Win, der jahrelang das burmesische Volk in die Knechtschaft gezwungen hatte, nun endlich im Namen des Volkes hingerichtet wurde, und die zwei als seine Erfüllungsgehilfen ebenfalls mit ins Jenseits befördert wurden. Er ist stolz, den Auftrag des Volkes eigenhändig erfüllt zu haben. Dann plötzlich hört Ohn Kyaw Myint einen Pistolenschuss aus einer Ecke, der ihm einen starken Stich in die Brust hinterlässt, er merkt, dass er immer schwächer wird. Das Blut strömt aus seinem Hemd, ihm entgleitet die Maschinenpistole aus der Hand, dann weiß er nicht mehr, was danach geschieht.

Als er wieder zu Bewusstsein kam, befand er sich zu seiner Verblüffung auf einer Couch, niemand war in der Nähe. Er schaute um sich und fragte, wo all die Leute geblieben sein könnten. Und was war mit seiner Schusswunde? Er berührte mit beiden Händen seine Brust; komisch, er spürte keine Schmerzen. Nun verstand er endlich, dass er auf der Couch eingeschlafen war und geträumt hatte. Er konnte sich in diesem Augenblick ein herzhaftes Lachen über seinen Albtraum nicht verkneifen, jedoch war ihm vollkommen bewusst, dass die Realität des Geheimplans und dessen Folge für ihn viel ernster und grausamer sein könnten.

Der Tag X war schon da, diesmal nicht im Traum, sondern in der Realität. In der Präsidentenvilla in Ahlon versammelten sich die Spitzenarmeeleute, Diktator Ne Win war wie gewohnt in seiner präsidialen Kleidung burmesischer Prägung. Darin könnte er gut eine Pistole unterbringen, dachte Ohn Kyaw Myint beim Blick auf ihn. Im Festsaal waren zwei lange Tischreihen aufgebaut, an deren Spitze ein Segment hinzugefügt wurde. Dort in der Mitte war der Platz für Nr. Eins, daneben auf der rechten Seite waren die Plätze für Nr. Zwei und One-and-half. Links zu Nr. Eins war für General Kyaw Htin reserviert. Ohn Kyaw Myint schaute sich genau an, wo er am besten mit den Waffen stehen sollte. Die Anzahl der erschienenen Gäste war ca. fünfzig. Die jungen Adjutanten der Kommandeure wie Ohn Kyaw Myint und San Kyi hatten ihre Plätze am äußersten Ende des Tisches. Dass Nr. Eins, Nr. Zwei und One-and-half nicht weit voneinander saßen, wie er im Traum gesehen hatte, war für Ohn Kyaw Myint ein Glück, denn wenn er mit der Waffe zielen musste, sollten die Kugeln nur die drei treffen und nicht die anderen. Bei dem Gedanken juckte es ihm schon in den Fingern, die drei über den Haufen zu schießen. Die Festtische waren mit erlesenen Speisen und Getränken gedeckt und mit Blumen geschmückt. Als alle Gäste im Saal Platz genommen hatten, ging Ohn Kyaw Myint nach draußen, rief Major Mg Latt per Funktelefon, das er vorher an einem sicheren Ort versteckt hatte. Es schien leider niemand am anderen Ende der Leitung zu sein. Er versuchte es mehrere Male, leider vergeblich. Was sollte er nun machen? Ein neuer Versuch wurde abermals gestartet, aber leider kein Ton auf der anderen Seite. Wo könnte denn der Kerl sein? rätselte Ohn Kyaw Myint. Dann wäre alles umsonst, wenn er Major Mg Latt nicht erreichen könnte, dieser Gedanke machte ihn nervös, er musste sich gewaltig zusammenreißen, um nicht die Nerven zu verlieren. Besser wäre es, wenn er nach einer Weile versuche, dachte er und betrat den Saal erneut. Da hatte Nr. Eins gerade angefangen, seine Festrede zu halten, nun konnte er jetzt nicht mehr hinausgehen, denn das wäre ja fast Majestätsbeleidigung, die zusätzliche Gefahren heraufbeschwören würde, was er im Moment nicht gebrauchen konnte. Er musste nun höllisch aufpassen, dass sein Verhalten keinen Verdacht bei den lauernden Wachhunden des One-and-half weckte.

Es waren schon fast dreißig Minuten vergangen, so viel wertvolle Zeit war unwiederbringlich verloren gegangen, als Nr. Eins wieder Platz genommen hatte. Als das Festessen anfing, ging Ohn Kyaw Myint hinaus, als müsste er unbedingt zur Toilette. San Kyi, Tun Kyaw und Ba Chit folgten ihm unauffällig mit einiger Verzögerung nach. Draußen versuchten sie erneut, Major Mg Latt zu erreichen, leider auch diesmal vergeblich. Noch einmal, dann noch einmal …Er wischte sich mehrfach den Schweiß von der Stirn. „Verflucht noch mal, wo ist der Kerl geblieben?" platzte Ohn Kyaw Myint der Kragen. Es war inzwischen schon fast 22 Uhr geworden. San Kyi sagte:

„Wenn die Truppe nicht da ist, können wir lieber die ganze Sache abblasen, sonst ist es zu gefährlich."

„Das stimmt, ohne Truppe draußen können wir hier drinnen die ganzen Leute nicht effektiv kontrollieren. Wenn jemand von außen kommend hier den Saal betritt, oder jemand nach außen gelangt, dann wird es sehr kompliziert für uns", fügte Tun Kyaw hinzu.

Ohn Kyaw Myint ahnte es vorher, dass dies eine schwache Stelle in der ganzen Organisation war, aber er war auf die freiwillige Hilfe und Zuverlässigkeit des Majors Mg Latt angewiesen. Durch die Vermittlung seines Freundes Tun Kyaw kam es zu der Gelegenheit, Major Mg Latt für sein Vorhaben zu gewinnen. Nun ging leider alles schief, was ihm innerlich sehr zu schaffen machte. Er war sich dessen bewusst, dass er weder Recht noch Macht hatte, Major Mg Latt gegenüber eine Beschwerde oder einen Tadel auszusprechen, nein, es war ein rein freiwilliger Beitrag von den Beteiligten. Manche schätzten Freiwilligkeit, die aus moralischen Prinzipien abgeleitet wurden, viel höher im Leben ein als Pflicht, die sich eher aus gesellschaftlichen Bestimmungen ergab. Jeder nahm unterschiedlich wahr, wie schwer und wichtig die Freiwilligkeit bewertet wurde, daher gibt es die entsprechenden Reaktionen der einzelnen Menschen. Ohn Kyaw Myint gab sich Mühe, seine Wut zu überspielen und soweit wie möglich ruhig und sachlich zu denken. Es könnte auch sein, dass bei Major Mg Latt etwas ganz Dringendes unverhofft passiert war und er seinen Anruf anzunehmen verhindert war. Sie hatten ja ohnehin die Möglichkeit einkalkuliert, dass irgendein unvorhersehbares Hindernis auftauchen könnte, daher war auch ein nächster Operationstermin eingeplant. Weil es nicht mehr zu ändern war, beschlossen sie gemeinsam, das Vorhaben heute abzublasen. So kam es, dass der Tag X, der mit so viel Hoffnung und Erwartung verknüpft war, vorbeirauschte, als sei nichts gewesen. Lediglich blieb ihm der Trost, es werde in zwei Tagen, d. h. übermorgen die nächste Gelegenheit geben, den Geheimplan doch noch zu verwirklichen.

Ohn Kyaw Myint besuchte am nächsten Tag den Major Mg Latt in dessen Haus. Er berichtete, die Aktion sei abgeblasen, weil die Truppe nicht da gewesen war. Darüber waren alle Beteiligten, besonders der General und Oberst, nicht so glücklich gewesen. Er bat den Major, morgen, am 29. März, mit seiner Truppe unbedingt dabei zu sein, wenn die Politbüromitglieder der BSPP im Verteidigungsministerium tagten. Er würde ihn von dort aus anrufen, wenn die Beteiligten am Ort vollzählig erschienen seien, dann sollte Major Mg Latt mit seiner Truppe starten. Major Mg Latt versprach hoch und heilig, diesmal unbedingt dabei zu sein. Nach dem Gespräch war Ohn Kyaw Myint sehr zuversichtlich, dass es ihm beim zweiten Versuch unbedingt gelingen würde.

Am 29. März hatten Ohn Kyaw Myint und seine Freunde rechtzeitig die notwendige Vorbereitungen getroffen, die Waffen wurden im Verteidigungsministerium bereits versteckt. An dem Tag waren alle Mitglieder des Politbüros einschließlich Nr. Eins, Nr. Zwei und One-and-half schon versammelt. Die Politbüromitglieder waren ausschließlich ranghohe Militäroffi- ziere und Exoffiziere, die unter dem Diktator Ne Win gedient hatten. Diesmal nahmen Nr.1, Nr.2 und One-and-half auch in einer Reihe Platz, nur zwischen Nr. Eins und Nr. Zwei war eine kleine Lücke, die für Ohn Kyaw Myint bei der Handhabung der Waffe kein Problem sein dürfte. Die Anzahl der Versammelten war über dreißig, die Adjutanten saßen nur in hinteren Reihen, sodass es für Ohn Kyaw Myint und seine Freunde hier relativ günstiger schien, nach draußen zu gelangen. Weil es vor zwei Tagen schief gegangen war, waren die jungen Offiziere nun sehr eifrig, das

Unternehmen endlich zum Erfolg zu führen. Als es so weit war, rief Ohn Kyaw Myint Major Mg Latt an. Am anderen Ende der Telefonleitung war Major Mg Latt diesmal anwesend. Er hatte auf diesen Anruf von Ohn Kyaw Myint gewartet. Vor zwei Tagen hatte er sich absichtlich ganz weit vom Telefon aufgehalten, weil er mit der Überlegung, ob er an der Aktion teilnehmen sollte oder nicht, noch nicht ganz fertig gewesen war, hinterher spürte er ein schlechtes Gewissen gegenüber seinen Kameraden, sie im Stich gelassen zu haben. Diesmal hatte er sich fest vorgenommen, unbedingt mit seinen Freunden eine große Aktion in Gang zu setzen, die in die Geschichte Burmas eingehen und die politische Wende zum Wohl aller Menschen in diesem Lande einleiten würde. Ja an diesem Prozess müsste man unbedingt teilnehmen, wenn man Gelegenheit dazu geboten bekäme. Je mehr er darüber nachdachte, umso mehr überzeugter war er, dass er unmittelbar vor Realisierung eines Vorganges vom historischen Ausmaß stehe. Fast benommen von der Bedeutung des Vorhabens fing er an, mit sich selbst zu reden:

„Ich war von dem Geheimplan begeistert und von der Vision des Hauptmanns Ohn Kyaw Myint überzeugt, dass es richtig war, die politische Wende mit der Person des Generals Tin Oo zu verknüpfen und nun diese einzuleiten. Es war auch gerechtfertigt, die jetzige Führungsspitze mit Waffen zu eliminieren, weil es keine andere Möglichkeit in der Tat gebe, denn Diktator Ne Win werde nicht so einfach seine Niederlage hinnehmen, wenn er am Leben bliebe. Wenn es so klappt, wie wir uns vorgenommen haben, werden die Menschen uns zujubeln, als wären wir wahre Helden der neuzeitlichen Geschichte Burmas. Unsere Namen werden verewigt sein, die Menschen werden uns sehr dankbar sein, sie aus der Knechtschaft des Militärs befreit zu haben. Viele Soldaten und Offiziere werden überglücklich sein, den aufrechten General Tin Oo und einen wahrhaftigen Staatsmann wieder zu haben, der sich dem Wohl der gesamten Bevölkerung widmen wird. Das Land werde endlich wieder Gerechtigkeit und Hoffnung für die Zukunft haben. Es ist so schön, davon weiter zu träumen, wirklich schön unendlich zu fantasieren ..."

Da klingelte das Telefon.

Nun ist die Zeit gekommen, alles in die Tat umzusetzen. Er kann es nicht mehr hinausschieben. Ja oder nein? Trotz der verspäteten Entscheidungsfindung, für die er viel Selbstüberwindung und Zeit brauchte, zögerte und überlegte er noch mal, den Hörer gleich abnehmen oder nicht. Er zauderte, seine Hand zum Hörer auszustrecken, als wankte ihm der Boden unter den Füßen. Stattdessen ging er wie ein unruhiger Geist hin und her, während das Telefon weiterhin Laute von sich gab. Seine Hände zitterten unkontrol-

liert. Plötzlich machte er Halt, als stieße er auf ein unüberwindbares Hindernis und redete leise mit sich weiter:
„Aber wenn der Geheimplan irgendwie scheitern würde, was dann? Was passiert danach?"
Seine Knie fingen an, weich zu werden, er fühlte den kalten Schweiß auf der Stirn.
„Die werden sofort feststellen, dass meine Truppe beteiligt gewesen war, zwar unter meinem Kommando, dann werde ich mit Sicherheit im Gefängnis landen - mindesten über zehn Jahre dort - , falls wenn ich mit Ohn Kyaw Myint und anderen nicht zusammen hingerichtet werden sollte. Wenn ich mit meiner Truppe unterwegs gewesen wäre, und auf dem Weg die Militärpolizei zufällig auftaucht und frage, wohin meine Truppe sich bewege, und ich schwindle so und so. Wenn der Militärpolizist mit seinem Funktelefon nachprüfe, wird er sofort feststellen, dass es gelogen war, dann werde ich sofort vom Geheimdienst verhaftet. Gesetzt den Fall, dass ich mit meiner Truppe ohne Zwischenfälle bis zum Ort durchkäme, und jemand vom Geheimdienst - die Leute sind bestimmt dort anwesend – meine Soldaten sieht und mich fragt, auf wessen Befehl meine Truppe hierher beordert wurde, dann kommt alles ans Licht. Das wäre das Ende meines Lebens, meiner Familie, ich werde aus der Armee ausgestoßen. Wenn ich je aus dem Gefängnis herauskomme, werden meine Frau und meine Kinder vielleicht nie mehr für mich da sein."
Er schüttelte langsam den Kopf, als sähe er Lawinen des Unglücks auf ihn zurollen.
„Ich hatte gedacht, dass ich genauso tapfer bin und Courage habe wie Ohn Kyaw Myint. Nun muss ich in entscheidender Stunde mit großem Bedauern und zugleich mit Scham zugeben, dass ich zu solchen Wagemutigen nicht gehöre und nicht gehören kann. Ich sehe ein, dass, was ich riskieren muss, im Vergleich mit dem von Ohn Kyaw Myint und seinen Freunden ganz und gar unbedeutend ist. Wie dem auch sei, ich könne über meine Feigheit nicht springen. Ich schäme mich dafür, ich schäme mich ... Möget ihr mir verzeihen, dass ich nicht mutig genug war, sogar den kleinsten Beitrag meinerseits zu leisten."
Er schaute unsicher um sich, als stehe er demütig vor tausenden Augen, die genau ihn fixieren.
„Ich weiß, dass es so viele Offiziere und Soldaten in der Armee gibt, die wie ich tagtäglich sehen, wie die Bevölkerung seit Jahren unter der Militärdiktatur leidet, aber trotzdem wagen sie nicht, sich gegen die Militärclique zu erheben, weil sie genauso wie ich davor zittern, persönlich belangt zu werden. Diese Tatsache solle nicht als Entschuldigung gelten, es ist leider

wahr. Obwohl ich nicht so couragiert bin, wie ich mir gewünscht hätte, werde ich niemals meine Kameraden verraten, ich werde den Geheimplan niemandem weitergeben und in mir so bewahren, wie einst Ohn Kyaw Myint ihn mir anvertraut hatte. Freunde, möget ihr mir, dem Feigling, verzeihen, ich bitte euch, ich bitte euch ..."

Das ständige Klingeln des Telefons klang ihm wie Dröhnen und Donnerschläge, die ihn bis zu seiner innersten Seele durchbohrten und ihm unsägliche Schmerzen bereiteten. Er bedeckte seine Ohren mit beiden Händen, um den ununterbrochen schreienden Hilferuf seiner Kameraden in seiner akustischen Wahrnehmung, so weit wie möglich, auszuschalten. Er entfernte sich widerwillig und träge vom Telefonapparat, während seine Augen feucht waren von den Tränen, Tränen des Schamgefühls und schlechten Gewissens und Tränen der Enttäuschung über sich selbst. Flehend richtete er immer wieder seine Entschuldigungsworte an seine Freunde:

„Möget ihr mir verzeihen ..., möget ihr mir verziehen ..."

Am anderen Ende der Leitung standen Ohn Kyaw Myint und seine drei Freunde wieder ratlos. Ohn Kyaw Myint war so enttäuscht und aufgebracht, dass er kaum noch Vernünftiges zu denken in der Lage war. Das große Vorhaben, worauf sie sich monatelang mit Leib und Seele vorbereitet hatten und ihr Leben dafür aufs Spiel zu setzen bereit waren, sollte sich nun einfach in Luft auflösen, als sei nichts gewesen. Dieser Gedanke trieb ihn fast zum Wahnsinn. Er war darauf und dran, allein mit seiner Maschinenpistole in den Tagungsraum einzudringen und die drei Spitzenfunktionäre totzuschießen, egal was auch danach kommen möge. Die drei Freunde versuchten, ihn zu besänftigen, und Ba Chit sagte anschließend:

„Wenn du die drei Leute erschießt, wirst du früher oder später aufgehängt. Gewinnen kannst du hier sowieso nicht mehr. Aber unser Ziel, General Tin Oo an die Macht zu bringen, wird hier in diesem Ort nie verwirklicht werden, wenn die Truppe von Mg Latt nicht da ist. Ob diese verdammte Tatsache uns gefällt oder nicht, das müssen wir einfach akzeptieren. Ob du die drei umbringst oder nicht, das ändert gar nichts mehr. Aber wenn du noch lebst, werden wir eine nächste Gelegenheit finden, den Plan in der Zukunft zu verwirklichen."

In der Zeit war das seltsame Gebaren der jungen Offiziere besonders des Ohn Kyaw Myint den Geheimdienstlern aufgefallen. Sie berichteten sofort One-and-half, der daraufhin vorsichtige Beschattung der jungen Offiziere anordnete. Nachdem sich die explosive Reaktion beim Ohn Kyaw Myint langsam gelegt hatte, kam es ihm allmählich in den Sinn, dass, was er hitzig und kopflos gedacht habe, seine Freunde ebenfalls in große Gefahr bringen könnte. Daher gab Ohn Kyaw Myint sein Vorhaben auf, zumindest an diesem Tag. Nun musste er von dem Plan für immer Abschied nehmen, mit Hilfe einer Truppe, die nicht von ihm selbst geführt wurde, seinen Geheimplan jemals zu realisieren.

Als er Oberst Hla Pe in den nächsten Tagen traf, berichtete er ihm, dass der Plan aufgrund der fehlenden Truppe leider nicht umgesetzt werden konnte. Der Oberst verstand sehr gut, wie die jungen Offiziere am Boden zerstört waren. Er hätte ihnen auch gern mit seiner Truppe tatkräftig geholfen, aber seine Einheit war im Norden Burmas stationiert, sodass konkrete Unterstützung seinerseits leider nicht möglich war.

"Es ist heutzutage sehr schwierig, eine Truppe am richtigen Ort zur richtigen Zeit zu bekommen. Außerdem sind die alten Bekannten und Freunde in der Armee nur noch selten anzutreffen, weil altgediente Offiziere oft aus ihren Posten entfernt und immer durch neue junge Offiziere ersetzt werden, gehen die langjährigen persönlichen Verbindungen immer mehr verloren. Das war auch von der Staatsspitze gewollt, und seit Jahren in der Armee so praktiziert, um eine Revolte aus der Armee so weit wie möglich zu erschweren", sagte der nachdenkliche Oberst.

Seit der Geheimplan zweimal gescheitert war, war die Gruppe der jungen Offiziere fast demoralisiert, nur Ohn Kyaw Myint beharrte hartnäckig auf einer weiteren Verfolgung des Geheimplans. In der Zeit stieß auf die Gruppe ein neues Mitglied – Hauptmann Win Thein. Win Thein war der Adjutant des Obersts Min Gaung, Kommandeur des Militärbezirks West. Er war wie frisches Blut für die Gruppe des Ohn Kyaw Myint in der Zeit der Ratlosigkeit und des Stillstandes. Win Thein vertrat im Gegensatz zu den anderen die Ansicht, dass die Sache groß aufgezogen werden müsste, d. h. mehr einflussreiche ranghohe Offiziere für den Plan gewonnen werden müssten, unabhängig von Gefahren, die der Plan mit sich bringen würde. Politisch teilte er mit Ohn Kyaw Myint die gleichen Ansichten, dass die Sozialistische Programmpartei abgeschafft und Demokratie mit Mehrparteiensystem wieder eingeführt werden müsse. Sie träumten schon, mit einflussreichen Offizieren einen Revolutionsrat zu gründen und einen Staatsstreich durchzuführen. Bei der Anwerbung sollte offen gesagt werden, dass General Tin Oo dem Revolutionsrat vorstünde. Hauptmann Win Thein verfolgte seinen Plan emsig weiter, während Ohn Kyaw Myint aus Erfahrung mehr auf sich zu stellen geneigt war. Sie planten gemeinsam, am Flughafen das Attentat auf die drei Staatsspitzenfunktionäre auszuüben. Die Nr. Eins nahm für sich das Recht in Anspruch, jedes Jahr für mehrere Wochen oder sogar Monate nach Europa zu fliegen – angeblich zur gesundheitlichen Untersuchung und Erholung. Da erschienen jedes Mal Nr. Zwei und One-and-half am Flughafen, ihrem Gebieter gute Erholung zu wünschen. Das wäre die beste Gelegenheit, die drei mit einem Streich zu beseitigen. Damit nach der erfolgreichen Hinüberführung der drei Protagonisten ins Jenseits der Revolutionsrat sofort in Aktion treten könnte, würde Hauptmann Win Thein mit Hochdruck daran arbeiten.

Trotz seines großen Eifers, das Vorhaben mit aller Kraft voranzubringen, schien Win Thein andererseits kein allzu großer Menschenkenner zu sein. Sein erster Anwerbungsversuch fiel auf seinen Chef, Oberst Min Gaung. Min Gaung war ein einfacher Soldat mit einer stockkonservativen Einstellung, der über seinen Tellerrand hinaus zu sehen nicht fähig war. Für ihn reduzierte sich das Leben nach einer einfachen Formel: Befehl annehmen und Befehl geben, sein Vorgesetzter sei stets klüger als er. Win Thein versuchte eines Tages, mit seinem Chef ansatzweise über den Geheimplan ins Gespräch zu kommen. Win Thein sagte:

„Es gibt eine Reihe von Persönlichkeiten in der Armee, die denken, dass die heutige Führungsspitze für die ökonomische Misere des Landes verantwortlich sei."

„Es gibt keine bessere und klügere Führung als die jetzige", entgegnete der Oberst auf monotone Denkweise, wie es ihm gewohnt war.

„Wenn es eine neue Armeeführung geben sollte, die heutige Führungsspitze des Staates zu ersetzen und das Land aus dem Elend zu befreien, wie würden sie zu dieser Führung stehen?"

„Ich werde dieser neuen Führung den bedingungslosen Kampf ansagen, wer es auch sein möge. Unser Großvater, der Staatspräsident, regiert das Land seit Ewigkeit, weil er der Klügste von uns ist, er hat immer kluge Leute ausgewählt, daran habe ich nie gezweifelt", untermauerte der Oberst seine schlichte Auffassung mit der trivialen Logik, die genau seiner primitiven Intelligenz entsprach.

„Wenn aber an der Spitze der neuen Führung eine Persönlichkeit stünde, die von Ihnen sehr respektiert wird, was dann?"

„Egal wer die neue Gruppe auch führt, ich werde nicht akzeptieren, dass die jetzige Führung abgelöst wird, ich werde erbitterten Widerstand leisten."

Der letzte Satz des Obersts war gefärbt mit einer überdeutlichen Portion Ärger, sodass Win Thein es für ratsam hielt, das Gespräch sofort zu stoppen und das Thema der Unterhaltung in eine andere Richtung zu lenken, da die weitere Erörterung über die fragwürdige Thematik ihm Gefahr bedeuten könnte.

Derweil versuchte Ohn Kyaw Myint, etwas auf eigene Faust zu unternehmen. Er besuchte ein Panzerregiment und erkundigte sich, unter welchen Bedingungen der Panzer zu haben sei. Da er sich bei der Erkundigung als Adjutant des Generals Kyaw Htin, der nach General Tin Oo auf den Posten des Befehlshabers der Streikkräfte aufgestiegen war, vorstellte, geriet er nie in den Verdacht, dass er damit andere Ziele verfolgen könnte. Bei der Luftwaffe holte er ebenfalls Informationen ein, unter welchem Umstand ein Kampfjet benutzt werden konnte. Je länger die hektischen Ereignisse in die Weite rückten, umso ruhiger dachte er darüber nach und kam doch zu der Einsicht, dass es sein größter Fehler und seine verpasste Chance war, die drei Staatsfunktionäre damals nicht eigenhändig erschossen zu haben. Er trauerte der vertanen Gelegenheit nach.

Wenn es ihm geglückt wäre, wäre das auch gleichzeitig sein Todesurteil gewesen, aber in diesem Fall hätte er das Mindestmaß seiner Aufgabe erfüllt. Ohne diesen Diktator Ne Win und seine zwei Erfüllungsgehilfen bestehe für das Land relativ bessere Möglichkeit, sich weiter zu entwickeln, die Menschen werden endlich befreit sein von der Gefangenschaft des Militärs. Ob diese Befreiung von Dauer sein werde, wird es davon abhängen, ob ein Gerechter wie General Tin Oo an die Macht kommt oder nicht. Jedenfalls hätte er durch die Liquidierung jener drei Personen die notwendige Voraussetzung geschaffen, damit die anderen Schritte folgen können. Den nächsten Schritt, General Tin Oo an die Macht zu bringen, könne er persönlich sicherlich nicht mehr bewerkstelligen, da er möglicherweise auf dem Galgen stehen würde. Wenn er mit den anderen zusammen etwas unternehme, werde er zwangsläufig immer abhängig von den anderen sein, damit könne er nie flexibel und schnell reagieren, wie er es für notwendig halte.

Maßlos ärgerte er sich über seine damalige Kurzsichtigkeit, daher richtete er sein Augenmerk nur noch darauf, womit er allein und effektiv zuschlagen könnte. Das Vorhaben von Win Thein unterstützte er vorbehaltlos, aber er behielt seine Option weiterhin aufrecht. Seine anderen Freunde, San Kyi, Tun Kyaw und Ba Chit, hatten sich in der Zeit aus lauter Ideenlosigkeit von dem Geheimplan schon verabschiedet. Win Thein hatte als nächstes Ziel vor, Oberst Than Tin für den Geheimplan anzuwerben, weil dieser aus der gleichen Provinz stammte wie er. Oberst Than Tin war als Vizeminister im Ministerium für Industrie tätig. Obwohl Win Thein dem Oberst noch nie persönlich begegnet war, bildete er sich vor lauter Selbstüberschätzung ein, dass er für das Unternehmen den Oberst erfolgreich gewinnen könne oder ihn zumindest vertraulich darüber informieren könne, ohne Gefahr zu laufen. Zu seiner Freude war der Oberst sogar sehr interessiert an dem Plan und entlockte ihm alle Informationen und die Namen der Beteiligten. Win Thein war sehr glücklich, endlich eine wichtige Persönlichkeit für den Kampf gewonnen zu haben, leider musste er später feststellen, dass es ein Pyrrhussieg war. Der Oberst Than Tin, der im Leben immer nach der Gunst der Stunde trachtete, rannte sofort zum Diktator Ne Win und berichtete ihm von dem geheimen Mordplan. Danach folgte nur noch die sofortige Verhaftung aller Beteiligten und Mitwisser des Planes. Unter den Verhafteten durfte General Tin Oo gar nicht fehlen, da die Machthaber ihn am meisten fürchteten und als das Zentrum der Verschwörung betrachteten. Dass Ohn Kyaw Myint zuerst in die Botschaft der USA flüchtete, um politisches Asyl zu erbitten und die Botschaft ihrerseits aus diplomatischen Gründen dies ablehnen musste, war nur noch als Fußnote erwähnenswert.

Nun saß er seit Monaten allein in seiner Gefängniszelle. Im Gerichtssaal war er unzählige Male erschienen, Reden der Anklage und der Verteidigung hatte er mehrfach gehört. Inzwischen hatten seine Mitstreiter schon die Seite gewechselt, nicht mehr als Angeklagte, sondern als Zeuge des Anklägers aufzutreten, um die eigene Haut zu retten. Schon am Anfang des Prozesses beeilten sich San Kyi, Tun Kyaw und Ba Chit, in die Rolle des Ahnungslosen zu schlüpfen, die von ihm, Ohn Kyaw Myint, in die Irre geleitet worden seien. Ihnen wurde schon Freiheit vom Regime zugesichert, um auf die wichtigen Leute besser abzielen zu können. Am Ende hatte sogar Win Thein, der sich einst mit Feuer und Flamme für den Geheimplan eingesetzt, ranghohe Offiziere angeworben und damit das Unglück ausgelöst hatte, seine Rolle getauscht, die eigene Überzeugung über Bord geworfen, die fest geglaubte politische Idee glatt geleugnet, mit allerlei Aussagen seinen Mitstreiter Ohn Kyaw Myint zusätzlich belastet, um für sich Strafmilderung zu erreichen. Es war schon voraussehbar, dass dieser gewisse Hauptmann Win Thein wegen seiner Kollaboration nur ein paar Jahre kosmetische Haft bekommt und anschließend durch irgendeine Sonderbegnadigung freigelassen und anschließend mit einer großzügigen staatlichen Belohnung in seiner Berufskarriere senkrecht starten würde. Ah, wie manche Menschen doch wie Chamäleons Farbe wechseln können, wenn sie Gelegenheit bekämen, ihre Gesinnung gegen persönliche Vorteile zu tauschen. Aber Ohn Kyaw Myint nahm es niemandem übel. In der Tat war er ohnehin der Urheber dieses Planes, der eigentliche Täter des Mordkomplotts, wenn es wirklich zur Ausführung gekommen wäre. Es war von Anfang an klar gewesen, dass der Staatsanwalt mit allen Mitteln versuchte, die Anklage hauptsächlich auf ihn, General Tin Oo und Oberst Hla Pe zu konzentrieren. Das hatten sie auch mit der Zeit geschafft, er war nach langem Prozess nun zum Tode verurteilt – wegen des Versuches die Staatsführer zu ermorden und die Sozialistische Programmpartei zu liquidieren. Oberst Hla Pe und General Tin Oo wurden wegen der Mitwisserschaft zu sieben Jahren Zuchthaus verurteilt. Major Sein Myint, der Ohn Kyaw Myint Waffen verschafft hatte, wurde wegen der Mittäterschaft zu zwanzig Jahren Gefängnis verurteilt.

In seiner kleinen Zelle erhob sich Ohn Kyaw Myint und ging auf und ab, stand zeitweise ganz versteinert am Gitterfenster, fasste die Gitterstäbe mit beiden Händen an. Der gedämpfte Lichtschein drang von außen durch die Gitterstäbe, der Himmel war im Juli, inmitten der Regenzeit, dicht bewölkt, veränderte seine Gestalt von Minute zu Minute, begoss die Erde mit einer Unmenge von Dauerregen. Schaute Ohn Kyaw Myint durch die Gitterstäbe hinaus, sah er nur die leblose graue Gefängnismauer, die mehrmals am Tag von Monsunregen durchgepeitscht wurde, es schien so, als wäre alles ausgestorben und er allein übrig geblieben. Aber wenn er aus dieser Zelle jemals herauskäme, landete er nirgendwo als am Galgen, das stand schon längst fest, er wusste nur nicht, wann es so weit sein würde. Es war schon Juli 1977, also über ein Jahr vergangen, seitdem er in der Zelle gelandet war. Wenn der Gefängniswärter in diesen Tagen morgens an seiner Zellentür erschien, dachte er, es wäre schon so weit. Er hatte sich lange Zeit überlegt, was er zu seinen Kameraden zum Abschied sagen würde – ehrlich und offen – über seine Wünsche, Hoffnungen und Ängste, obwohl er nie Gelegenheit haben würde, vor ihnen lebendig aufzutreten. Es sollte die letzte Botschaft von ihm sein, die er seinen Kameraden hinterließ. Daher schrieb er mit Bleistift auf einen keinen Zettel, jene Schreibutensilien hatte er von einem freundlichen Gefängniswärter auf seine Bitte hin vor ein paar Tagen zugesteckt bekommen:

Insein Gefängnis, Juli 1977
Freunde, ich werde euch bald für immer verlassen. Es ist für mich ein sehr trauriger Moment, aber ich habe das vorausgesehen, und das war leider nicht zu vermeiden. Wenn ihr mich fragt, ob ich keine Angst vor dem Tod habe? Doch, ich habe Angst davor wie ihr alle. Ich möchte auch leben bis ins hohe Alter, ich möchte glücklich werden, ich möchte träumen, ich möchte das Leben genießen wie ihr. Ich hatte, wie vom Schicksal bestimmt, zwei Alternativen gehabt – entweder vor der Wahrheit und Wirklichkeit die Augen verschließen und so weiterleben oder der Wahrheit und Wirklichkeit genau ins Auge schauen und dem entsprechend die Verantwortung übernehmen. Seit der Machtübernahme durch General Ne Win 1962 werden

die elementarsten Menschenrechte abgeschafft. Demokratie ist für uns nur noch ein Fremdwort. Die Gefängnisse sind voll von Politikern, Studenten, Journalisten und andersdenkenden Bürgern. Jeder vernünftige Mensch weiß, dass seit Jahren die große Mehrheit unserer Bevölkerung unter der schlimmsten wirtschaftlichen Not leidet, die von Jahr zu Jahr nur noch zunimmt. Unser Land Burma war einst als Reiskammer Asiens in der Welt bekannt und besaß einen hohen Lebensstandard, jeder hatte mehr als genug zu essen. Nun sind wir nach vierzehn Jahren Ne Wins Herrschaft eines der ärmsten Länder der Welt geworden. In der gleichen Zeit, als fast jeder Bürger politisch und wirtschaftlich unterdrückt und ausgebeutet wird und ein armseliges Dasein führen musste, sonnen sich Diktator Ne Win und seine Günstlinge gewissenlos im Überfluss der Macht und des Reichtums.

Solange dieser Diktator Ne Win und seine Verbrecherbande an der Macht bleiben, wird sich in unserem Lande nichts ändern. Daher habe ich freiwillig die Aufgabe übernommen, den Diktator und seine Sippe zu beseitigen. Dass ich dabei draufgehen könnte, war selbstverständlich. Vielleicht denkt ihr, dass ich zu selbstlos sei, nein, das stimmt ganz und gar nicht. Wenn es mir geglückt wäre, den Diktator und seine zwei engsten Gauner zu erschießen, dann würden Millionen von unseren Bürgern endlich von der Diktatur befreit sein. Meine Geschwister, meine Kinder, meine Verwandten, meine Freunde, meine Bekannte, viele unzählige Menschen werden endlich frei sein, und ihre Zukunft kann nur noch besser werden. Davon bin ich fest überzeugt. Die Freiheit von Millionen Menschen und ihre bessere Zukunft wiegen vielmehr als meine eigene persönliche Freiheit. Daher habe ich diesen Weg gewählt.

Kameraden, ihr seht tagtäglich, wie die Menschen unter der Militärdiktatur leiden. Wacht auf Kameraden, lasst euch nicht als Komplizen dieser Diktatur benutzen. Ihr habt Waffen. Das Volk hat euch einst diese Waffen gegeben, um es vor äußeren Feinden zu schützen. Die Diktatoren haben diese Waffen missbraucht, um das eigene Volk zu versklaven. Eine Waffe kann einen wehrlosen Menschen schützen oder ihn auch töten. Wenn der Diktator euch befiehlt, auf wehrloses Volk zu schießen, lauft hinüber und verbündet euch mit dem Volk. Dann werden viele andere Armeeeinheiten eurem guten Beispiel folgen. Kameraden, benutzt eure Waffen, um die Wiedererlangung der Freiheit des Volkes zu erkämpfen. Ihr seid fähig und dazu ausgebildet, euer Volk vor machtlüsternen Diktatoren zu schützen. Der Vater unserer Nation Bojoke Aung San hat einmal gesagt: Die Armee ist Eigentum des Volkes aber nicht umgekehrt. Egal, wie diese Diktatoren heißen mögen, sei es General Ne Win oder Präsident Ne Win, sie benutzen eure Waffen nur zur Unterdrückung der wehrlosen Menschen.

Kameraden, besinnt euch auf euere Verantwortung, ihr habt als Soldaten viel edlere Aufgaben, nämlich an der Seite des Volkes zu stehen - anstatt als Handlanger der Diktatoren zu dienen.

Euer Kamerad Hauptmann Ohn Kyaw Myint

Ohn Kyaw Myint faltete den kleinen Zettel, worauf sein Vermächtnis geschrieben stand, sorgfältig zusammen und bewahrte ihn bei sich auf. Als eines Tages der Gefängnisaufseher mit einem ranghohen Militäroffizier in der Morgenfrühe vor seiner Zellentür erschien, wusste er sofort, dass sein letzter Tag gekommen sei und er nun zum Galgen geführt würde. Blitzschnell zog er den gefalteten Zettel aus seiner Hemdtasche und breitete dies mit der Handfläche aus und ließ ihn eilig durch das Gitterfenster nach außen fallen, bevor er abgeführt wurde. Der heulende Wind des Monsuns, der in diesen Monaten der Regenzeit ständig tobte, trug den kleinen Zettel weit aus dem Gefängnisgebäude hinaus in die Freiheit. Seltsamerweise sauste der Sturm an dem Tag stundenlang, bis der Regen schließlich einsetzte.

Hauptmann Ohn Kyaw Myint wurde am 27. Juli 1977 im Insein-Gefängnis durch den Strang hingerichtet. Als die Nachricht über die Hinrichtung nach und nach das Volk erreichte, gingen viele zur Pagode und zündeten Kerzen an, betteten inbrünstig für das Seelenheil des selbstlosen und tapferen Hauptmannes, der für die Freiheit des Volkes sein Leben geopfert hatte. Viele Studenten und Soldaten hielten eine stille Andacht für den gefallenen Helden. Viele Bürger sagten:

„Hauptmann Ohn Kyaw Myint war ein Anständiger, mit seinesgleichen zusammen hat er einen Aufstand der Anständigen gegen die Militärdiktatur angezettelt. Auch wenn einige ihre eigene Überzeugung für die Strafmilderung oder den Freispruch verkauft hatten, gehört ihnen unser Respekt. Unsere aufrichtige Verehrung gilt aber dem Hauptmann Ohn Kyaw Myint, der als großer Kämpfer für die Freiheit des burmesischen Volkes in die Geschichte eingehen wird. Wir verneigen uns demütig vor diesem großen Helden."

Es wurde gesagt, dass jener kleine Zettel, worauf das Vermächtnis des Hauptmanns Ohn Kyaw Myint geschrieben stand, später irgendwo auf der Hauptstraße in Insein zufällig von einem Passanten gefunden worden sei. Der Zettel sei teilweise durchnässt doch deutlich lesbar gewesen; der Mann hatte gleich das wertvolle Fundstück zu seinen Freunden gebracht, die das Schreiben für echt befanden und mehrfach Kopien anfertigten und an Freunde und Nachbarn weiter verteilten. So verbreitete sich das Vermächtnis eines Anständigen in den nächsten Tagen und Wochen. Wer jenes Schreiben gelesen hatte, war felsenfest davon überzeugt, dass die Worte und Gedanken von Hauptmann Ohn Kyaw Myint, dem wahren Helden der Widerstandsbewegung gegen die Militärdiktatur, stammen mussten.

Der Weg ins Ungewisse

Thaung Htin hatte sich vorgenommen, seinen Freunden heute unbedingt mitzuteilen, dass er bald von ihnen Abschied nehmen musste. Fast zwei Jahre lang hatte er sich Zeit gelassen, zu überlegen, wohin sein persönlicher Weg führen sollte. In den letzten Monaten hatte er nur noch im blauen Dunst des Alkohols seine persönliche Rettung gesucht, die ihm aber scheinbar nur für kurze Dauer Obdach gewährte, jedoch nach der Ernüchterung mit vermehrter Intensität auf ihn zuschlug und ihn zwang, endlich über seine Zukunft eine Entscheidung zu treffen und damit auch seinen fast chronisch gewordenen Leidensweg auf einmal zu beenden. Sein damaliger naiver Glaube vor der Rückkehr nach Burma, dass die Armee unter General Ne Win eine gerechte, menschenwürdige Gesellschaft in Burma aufbaute, war nach einem Jahr Aufenthalt im Lande vollständig verflogen. Damit war auch sein ursprüngliches Vorhaben, sogar unter dem Fassadensozialismus des Militärregimes mit seinem bescheidenen Wissen seinen kleinen Beitrag zum Aufbau der Gesellschaft in seiner Heimat zu leisten und damit glücklich zu werden, nach bitteren Erfahrungen als pures Trugbild herausgestellt worden, weshalb er sich eine Zeit lang scheute, das Scheitern seiner Lebensideale, weswegen er in das Land seines Ursprunges zurückgekehrt war, so wahrzunehmen, wie es der harten Realität entsprach.

Unter dem eisernen Griff des totalitären Regimes gingen die vom Ausland zurückgekehrten Akademiker verschiedene Wege, wenige huldigten den Machthabern, manche passten sich dem Militär an, viele hielten sich aber weit distanziert von der Militärclique, viele andere unterstützten demonstrierende Studenten und streikende Arbeiter, einige beteiligten sich sogar ganz aktiv, indem sie die verfolgten Studenten versteckten und somit ins Visier des Geheimdienstes gerieten, manche suchten aus purer Enttäuschung und Hoffnungslosigkeit ihr Heil im Alkohol, nicht wenige verließen das Land auf legalem oder nicht legalem Wege. Was sollte er denn machen?

Gegen die verhasste Militärjunta einen erbitterten Widerstand zu leisten und einen mutigen Kampf durchzuführen wie manche Studenten oder junge Militäroffiziere, dazu hatte Thaung Htin keine Courage oder sah er für sich als sinnloses Unterfangen, das vom Beginn an zum Scheitern verurteilt war. Sein Leben für diesen Kampf zu opfern, dafür war seine Selbstlosigkeit nicht groß genug, er klammerte sich immer noch an seine egoistischen Träume, die für einen durchschnittlichen Sterblichen durchaus als berechtigt angesehen werden könnten, ohne ihm hier eine besondere Gnade bei der kritischen Bewertung seiner Person zu gewähren. Er gehörte, schlicht und einfach, zu normalen Bürgern, die sich über die Militärdiktatur aufregten aber aus diesen und jenen Gründen doch sich scheuen, von sich aus Effektives zu unternehmen.

Die Nachrichten über die tapferen und konsequent denkenden Studenten wie den ehemaligen Studentenführer Ba Swe Lay und seine Kameraden, die zum Kampf gegen die Militärregierung auf die Seite der im Untergrund operierenden Kommunisten gelaufen, und jedoch bei der ideologischen Auseinandersetzung innerhalb der kommunistischen Partei von den radikalen Kommunisten enthauptet worden waren, bildeten keine Ermutigung für die Linksenthusiasten, genauso wenig wie die patriotischen Befreiungskämpfer um den ehemaligen Ministerpräsidenten U Nu, die durch falsche militärische Maßnahmen z. B. den Bombenanschlag im Basar von Rangun viele unschuldige Menschen getötet und damit, die Unterstützung von der breiten Bevölkerung zu gewinnen, vollkommen versagt hatten, dienten den Bürgern in keiner Weise als Hoffnungsschimmer. Lange, lange Zeit hatte er gegrübelt, wohin seine Reise gehen sollte. Wenn er hier länger bleiben würde, war es ihm gewiss, dass er irgendwann aus Hoffnungslosigkeit eingehen werde, entweder als notorischer Säufer oder mit der Waffe gegen die Regierung kämpfender Partisan. Alles Geschehene bewusst zu verdrängen und nur scheinbare Befreiung im alkoholischen Rausch zu suchen, war für ihn vollkommen sinnlos. Genauso kam es ihm unbefriedigend vor, sich den rechten oder linken Partisanen anzuschließen, die ihr Vertrauen mit manchen Aktionen verspielt hatten, jedoch hielt er die Zielsetzung der bewaffneten Partisanen, die Militärregierung zu vertreiben, grundsätzlich für sinnvoll und unterstützenswert, obwohl der Gedanke für sein direktes persönliches Engagement in einem von beiden Lagern in jetzigem Zustand der Partisanen bei ihm keine Begeisterung ausgelöst hatte – vielleicht mehr aus Feigheit und Egoismus. Vor dem Gedanken, die Heimat für immer zu verlassen, sträubte er sich vehement, da er damit seine Lebensideale vollkommen aufgeben müsste. Wenn er für sich ein bequemes Leben haben wollte, hätte er sich nach seinem Studium in Magdeburg in den Westen absetzen können, wie es einige von seinen burmesischen Freunden bereits getan hatten. Aber er wollte unbedingt in die Heimat zurück, um die sich selbst gestellte Lebensaufgabe zu erfüllen.

Bevor er in die Heimat zurückgekehrt war, hatte er sich viel vorgenommen, was er im Lande machen würde. Er hatte in Magdeburg viele Schulbücher von der Grundschule bis zum Abitur gesammelt und mitgebracht, um die deutschen Schulbücher der naturwissenschaftlichen Fächer ins Burmesisceh zu übersetzen und neben der Beschäftigung auf seinem Fachgebiet bei der Bildungsreform mitzuarbeiten. Wenn er nun die Schulbücher ansehen musste, die in seinen Regalen unbenutzt herumschlummerten, und wenn er feststellen musste, mit welchen Problemen er und die meisten hier im Lande unter den machthungrigen paranoiden Militäroffizieren tagtäglich sich zu beschäftigen gezwungen wurden, tat es ihm innerlich weh. Seine Arbeit über die Holzvergasung im Forschungsinstitut schien ihm am Anfang interessant. Seitdem er nach eineinhalbjähriger Arbeit brauchbare Ergebnisse erzielt hatte, sah er aber im Voraus, dass das Projekt unter dem allgemeinen Zustand der Militärherrschaft kein effektives Ergebnis bringen und am Ende lediglich nur als reine fachliche Beschäftigung abgetan würde. Er gehörte aber auch nicht zu dem besessenen Wissenschaftlertyp, der sich nur auf seine eigene Arbeit konzentrierte, auch wenn es draußen überall brannte, die Arbeiter und die Studenten demonstrieren und haufenweise erschlagen und erschossen wurden. Hielt man seine Augen auf und Ohren offen, nur um flüchtig wahrzunehmen, was im Lande geschah, so verloren viele junge Akademiker, die wie Thaung Htin mit einem gewissen Idealismus, beim Aufbau des Landes mitzuwirken, in die Heimat zurückgekommen waren, eher oder später die Motivation und den Glauben an die Zukunft. Wenn man den Glauben an die Zukunft verliere, wäre man ja in der Gegenwart bereits gestorben, d. h., er wäre schon längst eine lebendige Leiche, ein abgestorbener Baumstumpf!

Wie lange sollte er in dem unerträglichen Zustand noch verharren? Einmal besuchte ihn ein Jugendfreund aus Pakokku, der hieß Ahkyi und war der älteste Sohn seiner verehrten Grundschullehrerin Ahma Lay. Er war ein sehr feiner Mensch, immer hilfsbereit zu allen, nie sich selbst in den Vordergrund gestellt und von allen gern gemocht, lebte seit seiner Geburt immer in seiner Heimat Pakokku und arbeitete als Lehrer in der Grundschule. Seit ein paar Jahren hatte er den Posten eines Parteisekretärs der BSPP in einem Stadtteil Pakokku übertragen bekommen und glaubte an die sozialistische Zukunft des Landes, wie die Armeeoffiziere gern vollmundig davon predigten. Voller Begeisterung und Ehrlichkeit erzählte er Thaung Htin, dass er viele Gefangene betreute, damit sie nach der Haftentlassung wieder auf den richtigen Weg kommen. Die Leute waren ihm immer dankbar, und er war ebenfalls sehr glücklich mit seiner Arbeit, den Haftentlassenen ein wenig geholfen zu haben. Thaung Htin beneidete ihn sehr, dass sein Freund Ahkyi in seiner überschaubaren Welt ein Obdach gefunden hatte, worunter er sich glücklich fühlte. Nur das Glück ist so eine Sache, die sich nicht kopieren lässt. Was einen Menschen glücklich macht, könnte für den anderen vielleicht nicht so genügend sein oder ganz anders empfunden werden. Manchmal fragte Thaung Htin sich selbst, warum er hier in diesem Lande nicht so glücklich werden könne wie sein Jugendfreund Ahkyi. Auf die Frage des persönlichen Glücks sagte einmal Khin Mg Saw, ein Freund von ihm, der auch aus der DDR nach dem Studium zurückgekommen war, sehr zutreffendes:

„Du kannst nicht mehr so denken und dich glücklich fühlen wie dein Jugendfreund, der immer nur hier gelebt hat, weil du die Welt gesehen und ganz andere Erfahrungen gesammelt hast. Dass du mehr als die anderen über die weite Sicht verfügst, kann dir ein Segen sein, andererseits auch ein Fluch. Daran lässt sich nichts ändern."

Ja, er konnte genauso wenig einen großen Baum umstürzen wie seine seit Jahren verfestigte Vorstellung über sein persönliches Glück. Ob er anderswo eine Lebensaufgabe sehen und finden würde, die sein Leben erfüllen könnte, wusste er nicht. Hier im Lande existierte tatsächlich seine Lebensaufgabe, die er leider nicht verwirklichen konnte. Es glich einem Raum, der vom Licht hell erleuchtet war, aber seine Augen waren zugedeckt, empfangen keine Sonnenstrahlen, fühlten keine erfrischende Helligkeit. Es war hier Licht, das er jedoch nicht fühlen und sich daran erfreuen konnte. Nun sollte er die erzwungenen Augenbinden zerreißen und mit offenen Augen sich in die andere Finsternis außerhalb des Landes wagen. Er konnte sich nicht vorstellen, was ihn dort erwarten würde. Würde er jemals dort wieder Lichtschein finden und sich glücklich fühlen können? Aber wer nicht wagt, gewinnt auch nicht, also musste er von hier weg, damit er die Hoffnung aufrechterhalte, in der Zukunft am Ende der Dunkelheit doch das ersehnte Licht wieder erblicken zu können. Andererseits bedeutete das Aufgeben seiner gesteckten Ziele nichts anderes als eine Bankrotterklärung vor sich selbst, die ihn unheimlich quälte. Wenn es ein Fünkchen Hoffnung geben würde, dass es hier in Burma in absehbarer Zeit aufwärtsgeht, wäre er bereit, hier weiter zu bleiben, egal unter welchen Umständen auch immer, aber dieses Fünkchen Hoffnung war nirgendwo zu erblicken. Den augenblicklichen Zustand so weiter hinzunehmen, kam ihm ebenfalls unerträglicher Qual gleich, obwohl er von besten Freunden umgeben war, aber die besten Freunde waren kein Ersatz für seine zerbrochene Lebensaufgabe. Nun stand er vor einem neuen Weg – dem Weg ins Ungewisse.

Er musste nun aber die Entscheidung treffen und diese unverzüglich ausführen, solange er noch von seinem studierten Wissen irgendwo Gebrauch machen könnte. Nach zweijähriger Bedenkzeit hatte er sich endlich entschlossen, alles aufzugeben und das Land für immer zu verlassen. Aber das Land zu verlassen war unter jener Militärregierung keine einfache Angelegenheit. Die Militärregierung hatte vor Jahren eine Regelung für die Ausreisegenehmigung für die vom Ausland zurückgekommenen Akademiker eingeführt. Wer noch nicht zehn Jahre lang im Lande gearbeitet hatte, erhielt keine Ausreiseerlaubnis, es sei denn, dass der Betrag von 50000,- Kyat an die Regierung gezahlt wurde; erst danach wurde der Reisepass ausgestellt. Diese Geldsumme war für diejenigen, die betuchte Eltern hatten, kein Problem, aber für den armen Schlucker Thaung Htin war der Betrag ein Vermögen, das er nie und nimmer aufbringen konnte. Wenn er je diese Summe theoretisch besessen hätte, wäre er auch nicht bereit, derartig hohe Summe an die habgierige Militärjunta zu hinterlassen. So blieb ihm nur eine Möglichkeit, ohne Ausreisegenehmigung und Reisepass über große Berge und durch Urwald nach Thailand durchzubrennen. Ohne eine Genehmigung der Behörde das Land zu verlassen, war nach dem geltenden Gesetz ein schweres Verbrechen, obwohl die Regierung fast tausend Kilometer lange Grenze zwischen Thailand und Burma nicht lückenlos kontrollieren konnte. Manche Glückliche hatten es ohne legalen Besitz eines Reisepasses bis Bangkok geschafft und dann weiter ins Ausland. Manche waren als Illegale in Bangkok für immer gestrandet. Viele waren auch auf den Bergen oder im Urwald verschollen oder zwischen die Fronten der Karen-Aufständischen und Regierungstruppen geraten, erschossen oder gefangen genommen oder auf dem Weg nach Bangkok von der thailändischen Polizei geschnappt und ins Gefängnis gesteckt worden. Manchen gelang es nicht, von der Grenze wegzukommen. Egal, was auch mit ihm passieren möge, Thaung Htin war bereit, alle Risiken auf sich zu nehmen. Sein Plan war, sich einer Gruppe von Edelsteinhändlern anzuschließen, die nach Mea Sot, einer Grenzstadt auf der thailändischen Seite, fuhren. Die Reise sollte viereinhalb Tage dauern, und zwar zu Fuß durch Dschungel und über vier große Berge. Die Reise war streng geheim und darf nur im absolut vertrauten Kreis besprochen werden, da es zu gefährlich war, vom Geheimdienst nach Paragraf 5, dem beliebig auslegbaren Gummiparagraf, verhaftet zu werden.

Als er seinen Familienmitgliedern und seinen engsten Freunden seinen Entschluss mitteilte, war die Aufregung groß, was zu erwarten war. Sie hatten auch gewusst, dass Thaung Htin mit dem Leben hier nicht glücklich war. Besonders seine jüngere Schwester Ma Khin Htay hatte es sehr hart getroffen, die sehr an ihm hing. Seine engsten Freunde Phru, Win Kyaw, Tin Hlaing, John, Charlie und Eddy hatten schon vorher geahnt, dass die oftmaligen wutentbrannten Äußerungen des Thaung Htin über die politischen Verhältnisse hier im Lande eigentlich die Frühbotschaft über seine persönliche Konsequenz sein könnten, die er eines Tages ziehen würde, sein Leben dementsprechend gravierend umzustellen. Keiner war froh, von einem guten Freund Abschied zu nehmen.

Als Thaung Htin vor der Abreise gemeinsam mit Tin Hlaing, Phru und Win Kyaw eine Flasche Rum leerte, die Tin Hlaing freundlicherweise beisteuerte, erfuhren sie die traurige Nachricht, dass Hauptmann Ohn Kyaw Myint vor zwei Tagen im Insein-Gefängnis hingerichtet worden sei. Thaung Htin erhob sein Glas und sagte zum Trinkspruch:

„Dieses Glas trinken wir auf einen Freund Hauptmann Ohn Kyaw Myint, der sein Leben für den Kampf gegen die verhasste Ne Win Diktatur opferte. Er war selbstlos und der wahre Held des Freiheitskampfes. Wir verneigen uns vor ihm. Auch wenn ich nicht so große Courage habe wie er, das Leben für die Heimat hinzugeben, verspreche ich heute, dass ich mich bemühen werde, zum Wohle unserer Heimat in der Zukunft etwas zu tun, zwar im Sinne von Hauptmann Ohn Kyaw Myint."

Alle erhoben die Gläser und tranken den kräftigen Rum aus.

„Du, teurer Freund Thaung Htin, dein Weg ist gerade nicht einfach und voll von unbekannten Gefahren, aber wir glauben fest daran, dass du es schaffst, was du dir vorgenommen hast, dazu wünschen wir dir viel Glück. Du wirst uns bestimmt fehlen. Meinerseits habe ich auch nicht die Absicht, hier für immer zu bleiben", sagte Phru.

„Wer wollte die eigene Heimat für immer verlassen? Dazu mus es schon sehr ernsthafte Gründe für dich geben, die wir gut verstehen können", sagte Win Kyaw.

Danach sagte Tin Hlaing:

„Diesmal trinken wir auf einen guten Freund Thaung Htin, der uns bald verlässt. Der hat uns viel Freude und unvergessliche Erlebnisse beschert, woran wir uns oft erinnern und erfreuen werden, wenn er auch nicht mehr unter uns weilt. Wir glauben aber fest daran, dass wir ihn irgendwo auf dieser Welt in naher Zukunft ganz bestimmt wiedersehen werden. Möge er gesund zum Ziel kommen und sein Glück finden."

Zum Abschied drückte Tin Hlaing ihm einen kleinen Zettel in die Hand und sagte:

„Bewahre diesen Zettel sorgfältig auf und nimm ihn mit, das ist das Vermächtnis von Ohn Kyaw Myint."

„Ja, ich habe davon gerüchteweise gehört", sagte Thaung Htin.

„Ich habe diesen Zettel heute Morgen von einem Studenten aus Insein bekommen. Er hatte vorher viele Kopien davon gemacht, ich habe ihn ebenfalls mehrfach vervielfältigt und weiter verteilt", sagte Tin Hlaing mit einer bewegten Miene.

Das Gesicht seines Freundes schien an diesem Abend viel ernster gewesen zu sein als je zuvor.

DRITTER TEIL

Durch Wälder und über Berge

„Kyaw Kri ki… Kih…", krähten die Hähne lauthals vom Dach der Raststation: „Leute … steht auf, es ist schon Morgen!"

„Woher kommen denn die Hähne auf das Dach der Raststation? Im Urwald gibt es doch keine solchen Hähne", rätselte Thaung Htin im Schlummer über die Herkunft der schreienden Wecker, „vielleicht müssen es die sein, welche die Stationsleute gezüchtet haben."

Von der Küche stieg schon Rauch auf, der neue Tag brach an. Der Tau, gestern in der Nacht heimlich eingenistet, hing immer noch an den grünen Blättern der Bäume. Überall schwebten Nebelschwaden im Wald, als flögen tausende zarte blaue Seidentücher gemächlich zwischen den Bäumen und über den Bäumen umher. Die Sonne versteckte sich immer noch hinter dem dichten Urwald; ihre abtastenden zarten Rosastreifen, die die frohe Botschaft über ihr baldiges Erscheinen verkünden sollten, wurden von dem aufsteigenden Nebel gierig verschluckt. Thaung Htin und seine Freunde standen auf, er fühlte sich matt, seine Beine waren immer noch träge und steif, als hinge an ihnen ein Zentnergewicht. Nach der Morgentoilette nahmen sie das Frühstück zu sich: Klebreis mit gebratenem Fleisch.

„Gott sei Dank, dass die gestrige Nacht ohne Nennenswertes abgelaufen war", atmete Nyain Aung in gelöster Stimmung auf, während er seinen heißen Tee pustete.

„Ich hatte auch Sorgen gehabt, konnte zuerst kaum einschlafen", fügte Tha Tun bei seinem gemächlichen Tee-Schlürfen hinzu.

„Geschnarcht hast du aber wie ein Bär, dabei konntest du nicht mal schlafen, wenn du wirklich geschlafen hättest, würdest du bestimmt wie ein Elefant brüllen", schob Thaung Htin eine Bemerkung ein, die bei den Anwesenden leichtes Schmunzeln hervorrief.

Nun fing der lange Fußmarsch an. Zunächst sah sich Thaung Htin genötigt, einen Holzstock als Stütze beim Gehen zu benutzen, da ihm unerträgliche Schmerzen in den Beinen zu schaffen machten. Er war nicht der Einzige, Tha Tun bediente sich ebenfalls eines Gehstocks, seine schweren Beine flottzukriegen. Die anderen, einschließlich Mama Khine, zogen mit flinken Beinen los, als ob die gestrige Reise für sie nur ein kleiner Spaziergang gewesen wäre.

„Man, du, die sind aber stark", sagte Tha Tun mit einem neidischen Blick auf die anderen; zu seinem Erstaunen musste Thaung Htin ebenfalls mit wohlwollender Achtung beipflichten. Als sich Thaung Htin der eilig voranschreitenden Gruppe mit aller Mühe anschloss, näherte sich ihm Mama Khine und erkundigte sich, ob es ihm noch in den Beinen sehr wehtat.

„Es geht schon", bedankte sich Thaung Htin bei ihr für die freundliche Anteilnahme. Erfreulich war, dass an diesem Morgen noch kein Regen fiel, und die Gruppe recht schnell vorwärtskam.

Je mehr man lief, desto mehr lösten sich die steifen Muskeln, und die Schmerzen in den Beinen wurden allmählich weniger. Der schmale Pfad, den allerlei buntfarbige Sträucher, Dickicht und Farnpflanzen mit grüngelben gefächerten Blättern und Bäume verschiedener Größe und Art und vor allem Bambushaine säumten, schlängelte sich auf und ab immer tiefer in den dichten Wald, obwohl zunächst der freie Himmel häufig zu sehen war, wurde die Sicht nach oben zunehmend beschränkt von dem ewig grünen Blätterwerk. In manchen Gebieten wurde er nur noch von zwanzig bis fünfundzwanzig Metern hohen Riesenbambusbäumen beherrscht, deren Durchmesser fast 30 Zentimeter erreichten. Der schmale Pfad wurde von den Tausend Stämmen des Riesenbambus förmlich zerquetscht. Manche Bambusse waren bekleidet mit kleinen sternförmigen gelbweißen Blüten, die man sehr selten bei Bambus überhaupt zu sehen bekam. Sie zogen ein einziges Mal im Leben offenbar das schönste Gewand an, das sie je besaßen, weil es ihr letzter Tag am Leben war, so sagte man. Danach starb der Bambus – unmittelbar nach der Blütezeit, wie seltsam es doch die Natur geschaffen hat. Der Herrschaftsbereich des Riesenbambus wurde oft unterbrochen und durchlöchert von zahlreichen Teakbäumen, die eine Höhe bis zu dreißig Metern erreichten. Nun, im Juli und Anfang August, fing gerade die Blütezeit des Teakbaums an und erstreckte sich bis Ende Oktober. Die kleinen gelben fadenförmigen Blüten, die aus den weißen Blütenblättern hervortraten, bedeckten den ganzen Baum. Im Hintergrund überspannten die tiefgrünen, über einen halben Meter langen, fast elliptisch großen Blätter den ganzen Baum, dessen Durchmesser nicht selten einundeinhalb Meter erreichte. Laut historischer Angaben sollten die Engländer wegen dieser wertvollen Teakholzwälder Burma einst kolonisiert haben.

Nach drei Stunden Marsch erreichten sie die Station „Kawsei", eine Garküche war am Wegrand, sodass die Gruppe Rast machte, um sich satt zu essen - gerade vor der schwierigsten Etappe der Reise, nämlich das Überqueren des Gurken-Berges. Wer diesen seltsam delikaten Namen erfunden hatte, wusste niemand. Der Berg soll wie eine Gurke aussehen und etwa tausendfünfhundert Meter hoch sein und an manchen Stellen sogar über zweitausend Meter.

Jeder bestellte Reis mit Fleisch und aß es schnell, trank hastig Tee oder Wasser, um zügig die Reise fortsetzen zu können. Thaung Htin und Phathi genehmigten sich zusätzlich noch ein Gläschen Reisschnaps. Auf dem breiten Tisch, wo mehrere Teller, Tassen, Kochtöpfe, Gewürze, Zwiebel, Gemüse und Curry-Gerichte aufgestellt wurden, wühlte die Besitzerin der Garküche emsig zwischen Tellern, Tassen und Kochtöpfen herum, sie schien nach etwas zu suchen. Als jeder der Gruppe für das Essen bereits bezahlt hatte, behauptete sie mit einem nervösen Gesicht, dass ihr eine Tasse verschwunden sei und einer von den Anwesenden diese entwendet haben musste. Auf die unerhört freche Behauptung waren die Gäste nicht vorbereitet und reagierten zunächst sprachlos. Tha Tun aber schoss mit einer gewaltigen Wut auf sie zurück, es sei unverschämt, so die Gäste zu beschuldigen und alle hier seien keine Diebe, sie solle sich stattdessen noch mal mehr Mühe geben, gründlich überall ihre Tasse durchzusuchen. Wütend fuchtelte sie mit den Armen und fauchte:

„Wenn ich den Dieb erwische, der kann was erleben."

Während sie ihre Wut austobte, suchte sie fieberhaft überall erneut nach der Tasse. Nun kam die verloren geglaubte Tasse doch unverhofft unter dem Deckel eines Kochtopfes zum Vorschein, sie zog fröhlich die Tasse an sich und sagte phlegmatisch:

„Zum Glück habe ich sie wieder gefunden."

Sie hielt es nicht mal für nötig, den beschuldigten Gästen ein Wort der Entschuldigung zu widmen.

„Mein Gott, so eine unmögliche Frau, ein bisschen Höflichkeit kennt sie nicht einmal", empörte sich Tha Tun maßlos.

„Ah, es hat doch keinen Sinn, sich mit der Frau herumzustreiten, komm, gehen wir weiter!", zog Nyaing Aung den Schlussstrich und blies zum Abmarsch.

Die Gruppe folgte dem schmalen Pfad weiter auf der flachen Ebene, der sich mal zwischen Bambusbäumen durchschlängelte, mal unter den riesigen Hartholzbäumen wie den Padautbäumen (Petrocarpus marcro-carpus), deren Holz zu einer der wertvollsten Sorten zählte und deren berauschender Blütenduft sich beim burmesischen Jahreswechsel Mitte April jeden Burmesen bei günstigem Winde sogar von einer Entfernung von einem halben Kilometer so spürbar angenehm wahrnehmen und erfreuen lässt, durchschritt, wo der Boden aber von dichtem Buschwerk aus buntfarbigen Windegewächsen, Kletterpflanzen, vermischt mit allerlei Trompetenbaumgewächsen, bewachsen war. Sehr häufig vertreten waren auf der flachen Ebene eisenharte, fast vierzig Meter hohe, Pyinkadobäume (Dipterocarpus alatus), die wegen der besonderen Härte des Holzes als Eisenholz bekannt war und für die Hartholzschwellen beim Bau der Eisenbahnschienen und als Brückenpfeiler breite technische Verwendung gefunden hatten. In der Nähe der Berglandschaft tauchten zum ersten Mal die Bambusrohrleitungen auf, die kilometerweit miteinander verbunden waren und das Fließwasser von den Bergen zu einem Dorf im Tal weiterleiteten.

    Schnellen Schrittes erreichten sie am Vormittag die Raststation am Fuße des Gurken-Berges. Sie hielten sich hier nur kurz für eine Atempause auf, tranken Wasser, aßen Kleinigkeiten. Nun setzten sie den ersten Schritt auf den ehrwürdigen Berg, der sich zwischen Thailand und Burma wie eine riesige Mauer von Süden nach Norden erstreckt. Jeder verschaffte sich einen Stock aus Bambus oder Baumzweig, um ihn als Stütze beim Aufstieg zu benutzen. Die hohen Berge empfingen viel Regen von dem aus Südwesten herwehenden Monsun, und der Wald war hier sehr dicht, sodass man unterwegs, vom Boden aus, kaum den blauen Himmel sehen konnte. Nicht selten fand man meterdicke Bäume dicht nebeneinander. Baumkrone um Baumkrone schirmten von oben dicht gedrängt die Bergkämme und Täler ab, sodass unten auf dem Boden kein Lichtstrahl anzutreffen war, es herrschte daher überall nur eine gedämpfte grüngelbe Schattierung im dichten Dunst. Der Aufstiegspfad war meist von den unzähligen riesigen Stämmen der allerlei südtropischen Hartholzbäumen umzingelt, die sich weit in den Himmel emporreckten.

    Das mühselige Hinaufsteigen auf dem unwegsamen Pfad verlangte viel Kraft und Ausdauer, sodass Thaung Htin und seine Kameraden unterwegs durch mehrmalige Verschnaufpausen neu auftanken mussten. Unterwegs fing es an, zu nieseln. Der Waldboden wurde an manchen Stellen so rutschig, dass sich jeder nur äußerst mühselig bewegen konnte. Auf dem halben Weg sauste ein schneller Bach von oben herunter und verwandelte sich an einer Schlucht in einen gespreizten Wasserfall. Der Weg zur anderen Seite des Berges führte über einen Pass. Manchmal ließ sich jener Pass durch eine Lücke zwischen den Baumkronen blicken, es schien nicht mehr weit zu sein. Aber man spürte auf Dauer unweigerlich das Gefühl, dass je näher man heranrückte, umso mehr entfernte er sich. Es erforderte mehr als vier Stunden Zeit, auf den Pass anzukommen, der bei circa tausendzweihundert Meter Höhe lag und dort nur ein großer Felsblock majestätisch dasaß, der in seiner unmittelbaren Nähe keine Bäume, die höher als er waren, zu dulden schien, aus welchen Gründen auch dies sein mochte. Thaung Htin legte sich erschöpft auf den nackten Felsen hin, sich seine matten Beine ein wenig erholen zu lassen. Sein ganzer Körper war völlig durchnässt vom Schweiß. Dann aß er genüsslich eine Zitrone und dachte sich dabei, eine Etappe in seiner langen Reise hinter sich gelassen zu haben. Es sollte unterwegs insgesamt vier Berge geben, die zu überwinden waren, nun war dies der Erste. Tha Tun machte ebenfalls Rast neben ihm. Es war immerhin eine große Leistung, dass die beiden langsamsten den Bergpass nicht als letzte erreichten, sondern im Mittelfeld. Da die anderen sich beeilten, ohne eine Pause einzulegen, wurden Thaung Htin und Tha Tun dazu verdonnert, sich der Gruppe sofort anzuschließen, ohne ein gemütliches Päuschen ausgiebig genießen zu können.

Der Abstieg vom Berg war meist sehr steil, sodass man sich an Ästen oder Wurzeln der Bäume festhalten musste, während man langsam nach unten hinab glitt. Manchmal lief man gemütlich eine kleine flache Strecke und dann musste man wieder schroff abfallend nach unten absteigen. Nach zwei Stunden Abstieg kamen sie in die Raststation namens Eisbach an; hier sollte es so kalt sein, dass sich das fließende Wasser im Bach, das dicht neben der Station plätscherte, und wonach die Station benannt wurde, manchmal zu Eis gefror. Zu der Station zählten fünf längliche Bambushütten, die in fünf Ecken des säuberlich gehaltenen runden Platzes standen. Jede Hütte war circa acht Meter lang, in der Mitte war ein Gang, auf dessen beiden Seiten aus Bambusbrettern zusammengefügte Liegestätten auf einen halben Meter hohen Stelzen gebaut waren. Die Hüttenwände bestanden aus eingeflochtenen Bambusstreifen und das Dach aus mehrfach aufgeschichteten Teakbaumblättern. An einem Ende des Ganges war ein Zimmer, wo der Hauswirt wohnte und eine Garküche daneben angeschlossen war. In der Mitte der Station wuchs ein fast zwanzig Meter hoher Tohabaum mit einer weitverzweigten Krone und bot mit seinen langen Kronblättern ein friedliches Obdach für die Hütten. Um die Raststation herum war nur noch ein dichter Dschungel.

Die Gruppe, geführt von Nyaing Aung, betrat eine Hütte. Der Hauswirt, ein circa über sechzig Jahre alter Mann, gewickelt mit einem langen grauen Handtuch wie einen Turban um seinen Kopf, sein Gesicht von tiefen Furchen durchzogen, kam mit überschwänglicher Freude angerannt, die Gäste zu begrüßen.

„Töchterchen, bring Mal Tee für die Gäste", rief der Hauswirt seine Tochter, die sich im hinteren Raum aufhielt. Thaung Htin, Mama Khine, Pathi und die anderen schüttelten vor dem Eingang Regentropfen von ihren Hüten und Plastikumhängen ab, bevor sie in den Gang der Hütte traten. In der Hütte herrschte eine verhaltene Ruhe, es brannte nur eine kleine Petroleumlampe, die imstande war, die Gegenstände im Innenraum nur in undeutlichen, groben Formen erscheinen zu lassen. Aus Neugier drang Nyaing Aung bis in das Innere der Hütte, wo der Gang zu Ende war. Plötzlich sah er zu seinem Erstaunen eine undeutlich längliche Gestalt auf der Liegefläche, die mit einer dünnen Decke zugedeckt war.

„Was ist das hier?", fragte Nyain Aung. Der Hauswirt, der bei dieser Frage ziemlich verlegen und unangenehm damit konfrontiert zu sein schien, sie zu beantworten, sagte beiläufig, als ob es eine unwichtige Angelegenheit wäre:

„Ah, ja, der junge Mann hat Fieber und sich ins Bett gelegt."

Nyain Aung, der sich voll bewusst war, dass eine Krankheit wie Fieber in solch unwegsamem Dschungel nur das schlimmste Ende eines Menschen bedeuten könnte, war aufgeschreckt und stürzte sich auf den Kranken, fühlte mit seiner Handfläche die Stirn des jungen Mannes.

„Oh mein Gott, er ist so kalt, als ob er kein Blut mehr hätte!", rief Nyain Aung aus; seine Befürchtung hatte sich vollauf bestätigt, die Augen des Kranken waren unbeweglich. Thaung Htin beeilte sich, nahm neben Nyaing Aung Platz und fühlte den Puls des Kranken:

„Der Puls ist okay, aber er schient seit langer Zeit in Koma zu sein."

„Seit wann liegt er hier da?", fragte Nyaing Aung den Hauswirt.

„Er liegt hier seit fünf Tagen", antwortete der Hauswirt.

„Und, seit wann ist er in Koma?

„Ich glaube, seit dem dritten Tag", fuhr der Hauswirt weiter fort, „er ist ein Lastenträger, eine Gruppe von Lastenträgern hatte sich vor fünf Tagen auf dem Rückweg von Thailand hier eine Nacht aufgehalten, am nächsten Tag waren sie abgereist. Wir haben gar nicht gewusst und waren gar nicht informiert worden, dass einer hier mit Fieber liegen bleibt", gab der Hauswirt widerwillig Auskunft, während er einen fast weinenden Gesichtsausdruck machte.

Ein wenig schlechtes Gewissen spürte der Hauswirt doch, dass er sich um den fremden Kranken nicht gekümmert hatte. Seit der Kranke in seiner Hütte lag, kam kein Gast mehr zu ihm. Aus Angst, dass der Kranke in der Nacht tot sein könnte und mit einem Toten unter einem Dach zu nächtigen, vermied jeder Gast seine Hütte. Mit den ausgebliebenen Gästen war auch sein finanzieller Verdienst dahin. Ihm wäre es lieber, wenn der Kranke sofort gesund und aus seiner Hütte für immer verschwinden würde, aber die Möglichkeit schien ihm mit zunehmender Dauer aussichtslos zu sein. Was tatsächlich eher eintreten könnte, war die andere Möglichkeit, dass der Kranke unbemerkt hinübergehen könnte. Auf diese Variante hatte er sich eingelassen. Um diesen Endzustand schneller herbeizuschaffen, hatte er sich entschlossen, dem Kranken weder Essen noch Getränke zu geben, es war seit dem dritten Tag, als der Kranke aufzustehen nicht mehr imstande war. Schließlich war der Kranke mit ihm nicht verwandt, Geld hatte er auch nicht mehr bei sich. Ein einziger Zehnkyat-Schein war in seiner Hemdtasche gefunden worden, als der Hauswirt am dritten Tag in seiner Tasche herumwühlte. Damit hielt der Hauswirt die Kosten für den zweitägigen Aufenthalt des Kranken in seiner Hütte, also vier Kyat für zwei Nächte Übernachtung und sechs Kyat für die Bewirtung, für beglichen. Nun ab dem dritten Tag sah er sich an keinerlei Verpflichtung mehr gebunden. Er hatte sogar auf seine Tochter geschimpft, als er sie erwischt hatte, dass sie heimlich einmal dem Kranken etwas zu trinken gab. Seine Nachbarn wussten Bescheid, dass sich bei ihm ein Unglück eingenistet hatte. Weil sie durch diesen Umstand mehr Gäste bekamen als sonst, war es ihnen gerade nicht ungelegen.

Täglich schauten sie bei ihm herein, nur um zu sehen, ob der Kranke noch lebte. Der Hauswirt hatte es langsam satt, er wollte am liebsten in der Nacht den Kranken heimlich begraben. Dann wäre das aber ein glatter Mord. Davor scheute er sich, so weit wollte er doch nicht gehen. Manchmal tat er ihm leid; der junge Mann konnte nichts dafür, er hatte nur Pech. Wenn man als Lastenträger irgendwo angeheuert wurde und mit einer Last von vierzig Kilo auf dem Buckel, über vier bis fünf Tage, auf diesem Weg über Berge und durch Täler und Dschungel zu Fuß zu gehen hatte, ging einem manchmal die Puste aus, die Erschöpfung verzehrte den Körper viel schneller, als man glaubte. Es war schon schwer genug ohne Last diese lange Strecke zwischen Thailand und Burma zu bewältigen. Wenn man noch ein Körpergewicht zusätzlich auf dem Rücken zu tragen hatte, dann wäre es manchmal kaum vorstellbar, wie diese Lastenträger es schaffen mussten. Wenn ein Lastenträger unterwegs ausgelaugt hinfällt, dann steht er meist nicht mehr auf, Krankheiten wie Fieber und Malaria warteten schon wie Totengräber auf die Unglückseligen. Der Antreiber, der die Gruppe der Lastenträger führte, stand im Sold des Händlers in der Stadt Moulmein oder anderswo. Der Antreiber bekam von dem Auftraggeber nur dann seinen Lohn, wenn er die ganzen Waren rechtzeitig lieferte, er konnte sich keine Verzögerung leisten. Der Lastenträger erhielt ebenfalls sein volles Entgelt, wenn er die Waren bis zum Bestimmungsplatz hingebracht hatte. Wenn ein Träger einer Gruppe nicht mehr aufstehen konnte, wurden die Waren unter den anderen Trägern aufgeteilt, der Unglückliche wurde einfach seinem Schicksal überlassen. Das Leben eines Menschen war nichts wert im Vergleich zu den Waren auf seinem Rücken. So war es all die Jahre gewesen. Seitdem Kawthulay, die Befreiungsarmee des Karen-Volks, die Sache in die Hände nahm, einen solchen unverantwortlichen Antreiber auf der Strecke ausfindig machte und ihn auf der Stelle erschoss, der seinen Lastenträger in Stich gelassen hatte, waren danach derartige Fälle mit der Zeit weniger geworden. Trotzdem gab es immer noch gelegentlich solche traurigen Vorkommnisse. Ah, was dachte er dabei, er hatte keine schlimme Sache gemacht, er war nicht der Antreiber, der diesen jungen Mann in Stich gelassen hatte. Er konnte nichts mehr tun für den Kranken. Wenn er jeden Tag sah, wie viele Gäste in Nachbars Hütte übernachteten und wie viel Geld sie verdienten, und wie viel er täglich Geld verlor, ärgerte er sich maßlos, nur wegen dieses verdammten Kranken. Sollte er doch zur Hölle oder zum Himmel gehen, egal wohin, Hauptsache sollte er doch schnell verduften, dachte der Hauswirt. Aber auf die Frage, wie lange der Kranke hier lag, wusste er nicht recht, wie er sein Verhalten rechtfertigen sollte, und er kam sich ziemlich hilflos vor.

„Was? Seit fünf Tagen! Oh mein Gott", sagte Nyaing Aung entsetzt und rief aus:

„Ko Tha Tun, gib mir Tigerbalmsalbe, schnell!"

Thein Wa und Mama Khine holten die Salbe aus der Tasche und reichten diese weiter. Nyaing Aung fasste den rechten Arm des Patienten, trug die Salbe auf mehrere Stellen und rieb sie mit der Handfläche mehrmals auf und ab ein. Thaung Htin nahm den linken Arm des Kranken und tat dasselbe, um den eiskalten Körper ein wenig zu erwärmen.

„Ja, so, richtig einreiben, ihr macht das gut, sehr gut ..., dann fließt das Blut schneller, das wird er merken", feuerte Tha Tun von nebenan mit begeisterten Augen an, indem er aktiv mit dem Schwenken seines Kopfes entsprechend der Bewegungsrichtung der einreibenden Hände unbewusst simulierte.

„Statt so viel zu quasseln, kannst du auch gleich mit deiner Hand zugreifen", sagte Thaung Htin, an Tha Tun gewandt.

Tha Tun streckte daraufhin instinktiv sofort seine Hände, die segnende Tat, die er just enthusiastisch gepriesen hatte, zu vollbringen. Doch unmittelbar vor dem Berühren seiner Hand mit der des Kranken schien plötzlich eine höllische Angst ihn ergriffen zu haben; er zog hastig seine Hände zurück, sein Gesicht erbleichte zusehends. Er konnte seine Todesangst nicht verbergen, die eisigen Hände des Kranken zu berühren, der vielleicht in den nächsten Stunden den letzten Hauch von sich geben könnte.

Findet ein Mensch den tragischen Tod, so glauben die Burmesen, werde er zuerst ein herumirrender Geist, dessen Schicksal noch nicht endgültig entschieden ist, ob er zum Himmel oder zur Unterwelt gehören würde; in dieser unsicheren Übergangsphase treibt er herum wie ein verrückter Geist und spukt gern besonders des Nachts. Wenn dann der Tote sich seiner erinnert, so dachte Tha Tun, und als umherirrender Geist vom Jenseits herüber kommt und ihm einen Besuch abstatten würde, was dann? Bei dem Gedanken allein schon zitterte sein Knie und es lief ihm kalt den Rücken hinunter, also von nun an schwieg er doch lieber und zog ein mürrisches Gesicht, egal, wenn die Leute ihn auch folgerichtig als Feigling abstempeln würden. Er würde tausendmal Feiglingsplakat um seinen Hals hängen als dem umherirrenden Geist mit einer ausgestreckten Zunge von zwei Meter Länge, und Augen so groß wie Autoreifen, Zähne so groß wie Zaunbretter, irgendwo in der Nacht begegnen. Nein, danke. Tha Tun saß stumm, ihm blieb nichts anderes übrig, als ein unbehagliches Grinsen vorzuschicken.

„Wir sollen auch Brust und Rücken ebenfalls mit der Salbe einreiben", schlug Thaung Htin vor.

„Du hast recht, das machen wir gleich", stimmte Nyaing Aung zu und machte das Hemd des Kranken frei. Sie rieben mit der Salbe die Brust, immer auf und ab, wie eine richtige Massage und danach den Rücken. Bei jeder Bewegung seiner Handfläche trieb sich Thaung Htin selbst an, dass er mit aller Macht versuchen müsse, den jungen Mann aus dem eisigen toten Reich herauszuholen: Wach auf Junge, wach auf, du bist noch höchstens Mitte zwanzig, du bist zu jung zu sterben, du hast noch viel zu erleben, nicht aufgeben, rief er in Gedanken immer wieder. Die Augen des jungen Mannes hatten keine Farbe mehr, bewegten sich kaum, seine Arme und Hände waren kraftlos, sein Gesicht glich eher einer toten Maske, die Haut war trocken und eisig wie die Wüste in der finsteren Nacht. Nur sein schwacher Puls vermittelte noch einen kleinen Hoffnungsschimmer. Angesichts der Agonie, die sich vor seinen Augen abspielte, versank Thaung Htin immer wieder in endlose Gedanken, während seine Hände gegen die eisige Kälte des Körpers des jungen Mannes anzukämpfen versuchten:

Was mag dieser junge Mann in dem Augenblick denken, so weit er noch zu denken fähig ist. Wandern alle seine Sinne zu seinen Eltern, seiner Freundin oder zu seiner angetrauten Ehefrau oder zu seinen Kindern. Er hat keine Papiere bei sich, zu bezeugen, wer er ist, wo er wohnt. Keiner weiß, wie er heißt und wer seine Verwandten sind. Nun in dem Augenblick ist er in Wahrheit niemand und Nichts; wenn er sterben würde, wird man sagen, dass ein Unbekannter, der niemand heißt, das Leben verlässt. Er ist wie Nichts, das aus Nichtexistierenden bestehen würde, aber er ist in der Tat ein Leben aus Fleisch und Blut, gefüllt mit Begierde, Hass und Liebe, sodass man seine Existenz beim besten Willen nicht leugnen kann. Doch liegen manchmal Leben und Nichts so dicht beieinander, deren Unterschied für die Erdenmenschen kaum zu erfassen scheint. Oder Nichts und Leben sind sie dasselbe?

Thaung Htin hing noch seinen trägen Gedanken nach, als schließlich Nyaing Aung seufzend sagte:

„Wir haben alles versucht, bis wir schwitzen, vielleicht kommt er durch, vielleicht auch nicht. Das wissen alleine die Götter."

Er breitete die dünne Decke über den Kranken aus, Thaung Hin legte seine Handfläche auf die Stirn des Kranken, vielleicht zum letzten Mal zu fühlen, ob das verloren gegangene Bewusstsein doch noch zurückkäme. Nyaing Aung holt aus seiner Tasche einen Zehnkyat-Schein heraus, Thaung Htin tat dazu denselben Betrag Geld. Er übergab dem Hauswirt und bat ihn:

„Bitte geben Sie dem jungen Mann etwas Essen und Getränke."

Der Hauswirt nahm das Geld, ohne etwas zu erwidern, während seine junge Tochter, die neben ihm stand, ihr bewegendes, dankbares Gefühl unverkennbar zeigte.

„Komm, gehen wir nun zum Essen", sagte Nyaing Aung, und die Gruppe zog zum Ausgang. Die schwache Flamme der kleinen Petroleumlampe, die von der Mitte der Hütte alles zugeschaut hatte, schwankte hin und her, als winkte sie den Fremden zum Abschied. Der Hauswirt begleitete die Gäste bis zum Ende des Ganges und sagte mit einem verhaltenden Lächeln:

„Danke schön für alles."

In einer anderen Hütte, wo das Essen verkauft wurde, saßen schon einige Leute einer anderen Reisegruppe ebenfalls beim Abendessen. Heute war so ein sehr anstrengender Tag, jeder von der Gruppe Thaung Htins war sowohl physisch als auch psychisch so ausgelaugt, dass jeder, tief versunken in eigene Gedanken, stumm dasaß und das Essen in den Mund hinein schaufelte, ohne ein Wort miteinander zu tauschen. Sie alle, außer Mama Khine, tranken anschließend ein paar Reisschnäpse, um ein warmes Gefühl im Körper willkommen zu heißen. Es hatte angefangen, zu regnen. Je mehr die Nacht voranschritt, umso mehr schlich sich die Kälte im Schlepptau der Finsternis ein. Immerhin lag die Raststation auf etwa achthundert Meter Höhe. Nach dem Essen schauten sich die Gäste in den anderen Hütten um, um zu entscheiden, wo sie schlafen sollten, während Thaung Htin allein noch am Essplatz ausharrte. Er schaute ab und zu hinüber zu der Hütte, wo der Kranke lag. Der Eingang der Hütte erschien nur noch schemenhaft verworren im gedämpften Lichtschein der kleinen Petroleumlampe. Nun war auch der schattenhafte Eingang plötzlich in Dunkelheit verschwunden, scheinbar wurde die kleine Lampe ausgeschaltet, oder hatte sie ihren Geist aufgegeben. Hoffentlich hatte der junge Mann sein Leben noch nicht aufgegeben, hoffte Thaung Htin mit gemischten Gefühlen. Er hatte diesen jungen Mann vorher im Leben weder gesehen noch gekannt, dennoch empfand er seltsamerweise tiefe Freundschaft zu dem Unbekannten. Dieser kam ihm wie ein Kumpel vor, mit dem Thaung Htin jahrelang befreundet war und nun durch die unglückliche Schicksalswendung in heftige Agonie geraten war. Was für ein Schicksal war es doch, jemanden näher kennenzulernen, der dem Tode geweiht war?

Nach einer Weile kam Mama Khine zurück und zeigte Thaung Htin die Hütte, wo sie übernachten würde. Nyaing Aung, Tha Tun und Phathi hatten sich für eine andere Hütte entschieden. Mama Khine fragte Thaung Htin, ob er auch in ihrer Hütte übernachten könnte, da sie als weibliche Person dort allein sei und die restlichen, außer Thein Wa, nur Fremde seien. Er sagte ihr zu.

Der Monsunregen, der vorher sanft angefangen hatte, peitschte nun heftig das Dach und die Wände der Hütte. Der kalte Wind, der den Regen begleitete, heulte wie ein jähzorniger Sturm um die Hütte und Baumzipfel, als sang er inbrünstig unaufhörlich Klagelieder. Worüber er sich zu beklagen hatte, war aus seinen Tönen kaum vernehmbar. Der rauschende schmale Bach plätscherte gemächlich unmittelbar neben der Hütte vorbei, als hätte er nicht im geringsten Interesse, an dem tobenden Rummel des Windes zu partizipieren. Es war fast Mitternacht und stockfinster. In der Hütte, auf dem rechten Bambusflur schliefen Thein Wa und ein Fremder, auf dem linken Flur schlief Mama Khine in der Mitte und Thaung Htin am Rande; zwischen dem rechten und linken Flur befand sich ein Gang, ähnlich wie in den anderen Hütten. Thaung Htin hüllte sden ganzen Körper in die dünne Decke, zog die Beine hoch und steckte den Kopf ebenfalls unter die Decke. Aber die frostige Kälte, die der heulende Wind in die Hütte hereinbrachte und ihm kaum eine Minute ruhigen Schlaf gönnte, war viel hinterlistiger, sie drang durch das Gewebe seiner Decke, durch das Hemd, durch seine Longyi und nagte wie Eiszapfen fressgierig an seiner nackten Haut. Der Monsunregen wurde mit der Zeit nicht schwächer, sondern goss noch heftiger, als fielen Regentropfen wie faustdicke Steine auf das Hüttendach. Die Regentropfen, die auf dem Teakblätterdach herunter glitten, fielen auf die weiche Erde und schlugen tiefe Furchen und ließen mehrfach dumpfe Trommelstimmen erklingen. Thaung Htin versuchte mit seiner Handfläche, die Beine und Hände einzureiben, um sich einwenig zu erwärmen. Alle Versuche waren gescheitert, wie viel Mühe er auch aufzubringen versuchte. Das Wärmegefühl, das durch die vorhin getrunkenen Reisschnäpse ihn ausreichend zu umhüllen schien, war längst verschwunden. Sogar seine Zähne hatten angefangen, zu klappern. Vielleicht suche ich mal, bei Mama Khine etwas Wärme zu finden, dachte er und rollte sich zwei-, dreimal, bis sich sein Rücken an den der Mama Khine anschmiegte, während er stöhnte:

„Es ist kalt, so kalt."

„Was machst du denn da?" schob ihn Mama Khine, überrascht von dem unerwarteten Besuch, plötzlich mit den Händen unsanft ab; er rollte sich zurück und stöhnte vor Kälte abermals erneut:

„Es ist so kalt, hu…hu…"

Er blies mehrmals die warme Atemluft in seine Hände.

Eilig holte Mama Khine ihre Tigerbalmsalbe, reichte ihm diese mit der ausgestreckten Hand:

„Hier nimm die Tigerbalmsalbe."

Er nahm sie dankbar an, rieb die Salbe ein paar Mal auf die Brust und an die Nase ein und reichte ihr diese zurück. Er fühlte ihre zarte Hand, die immer noch in der Dunkelheit zu ihm ausgesteckt lag. Seine Hand berührte zartfühlend ihre, eine wohltuende Wärme durchrauschte seinen Körper. Er fasste vorsichtig ihre Hand, ihre Finger klammerten seine Hand noch fester, sie zogen sich einander noch näher. In seinen Adern rollte feuriges Blut. Er drückte ihren Körper mit leidenschaftlicher Begier in seine Arme. Der Duft ihrer Haut war verführerisch, ihre weichen langen Haare streichelten sein Gesicht, er verspürte ihren Hauch, der immer rasanter wurde; ihre brennenden Lippen, die sich an seine schmiegten, waren so empfindsam wie ein Rosenblütenblatt und so heftig, als würden sie von der Glut der unbezähmbaren Leidenschaft erfasst. Ihre Zuneigung, die sie für ihn vom ersten Blick an empfand und sich in ihrem Herzen aufgestaut hatte, brodelte mit unermesslicher Kraft und brach aus wie ein riesiger Vulkan. Ihre Erregung und seine Rührung gerieten ins Reich der unkontrollierbaren Sinne. Sie gelangten, getragen in einer Sänfte des Regenbogens, zu einer Ekstase der berauschenden Fantasie und wonnevollen Verzückung. Sie schmiegten sich aneinander so innig und fest, dass aus zwei Körpern nur noch ein Körper wurde. Ihre Wange, zart wie Seidentuch, liebkoste seine und flüsterte ihm ins Ohr:

„Liebster, ich habe so lange auf dich gewartet."

Die Regentropfen des Monsuns hatten längst aufgehört, unbarmherzig auf das Dach der Hütte zu trommeln, der tobende Wind setzte sich zur schweigsamen Stille, als lauschte er der sanften Melodie der endlosen Emotionen der Liebenden. In der stillen Stunde der Mitternacht sang eine Schleiereule mit einer halskratzenden schrillen Stimme aus der Ferne: „Gekrahe...Gekrahe...Gekrahe." Ein bellender Rehbock gesellte sich launisch mit einem rauen lauten Gesang dazu, das melodische Grunzen der Wildschweine ertönte zuweilen in regelmäßigen Zeitabständen, als gäben sie den Takt des nächtlichen Orchesters des Urwaldes an.

Sie lagen noch einander zärtlich umschlungen, als ein schrilles Geschrei ausbrach, das aus dem Munde von Thein Wa stammte: „Was macht ihr denn da? Denkt ihr, dass ich es nicht weiß?" Unangenehm überrascht und gestört von jemandem, der unaufgefordert die Rolle eines Moralapostels für sich zu beanspruchen geneigt zu sein schien, trennten sich Thaung Htin und Mama Khine blitzschnell und blieben in einer gebührenden Entfernung zueinander. Danach kehrte die Stille wieder zurück, als wäre nichts gewesen. Vielleicht hatte der gewisse Herr geträumt und im Traum was gesagt oder hatte er tatsächlich gelauscht und wollte nur seinen Neid loswerden, dachte Thaung Htin. Noch mal den Gipfel des süßen Lebens gedanklich erklommen, schlief er erschöpft ein.

Der neue Tag brach an, der blauweiße Nebelschleier, der kleine und große Bäume überall nur in verworrenen Konturen erscheinen ließ, wich allmählich nur zögerlich zurück. Die Spatzen und Sperlinge wachten auf, krochen aus ihren Nestern und fingen an, wie gewohnt, ihre täglichen Lieder vielstimmig abzuleiern. Die Gäste und Einheimischen absolvierten eilig die Morgentoilette, sie verpackten ihre Sachen und Decken in die Taschen; der Rauch von den Hütten, wo das morgendliche Essen verkauft wurde, stieg gekräuselt und träge hoch.

Plötzlich ertönte ein schriller Aufschrei aus der Hütte, wo der kranke junge Mann lag:

„Ah, ich dachte, er ist tot. Aber er ist noch nicht tot, haha ... haha ..., gucke mal!"

Der seltsame Aufschrei, der mit einem Lachen abschloss, könnte nichts ganz Negatives bedeuten, dachte Thaung Htin. Nach näherer Erkundigung stellte sich heraus, dass die Leute in der Morgenfrühe den in Koma gelegenen Kranken – in der Annahme des Todes - auf die nasse Erde außerhalb der Hütte gelegt hatten. Nach einer Weile fing der tot geglaubte Körper an, sich merklich zu bewegen, aus welchen Gründen auch dies geschehen mochte. Thaung Htin und seine Gruppe musste nach dem Frühstück sofort aufbrechen, da sie heute eine lange beschwerliche Strecke über Berge und durch Täler zu bewältigen hatten. Thaung Htin warf einen flüchtigen Blick hinüber auf die traurige Hütte, flüsterte vor sich hin:

„Lebe wohl, alter Freund. Ich freue mich, dass du noch lebst, aber es ist noch ein langer, langer Weg, bis du von hier lebendig herauskommst. Möge dir Glück beistehen."

Die allerersten Schritte waren beschwerlich, besonders Thaung Htin und Tha Tun hatten mit nagenden Schmerzen in den Beinen zu kämpfen. Als die Gruppe langsam Anlauf gewann und Thaung Htin und Mama Khine ein wenig entfernt den anderen nachhinkten, näherte sie sich ihm und sagte vorwurfsvoll mit einem scheinbar ärgerlichen Gesicht:

„Was hast du gestern gemacht? So was macht man doch nicht."

Von der Seite schaute er sie begehrlich aus den Augenwinkeln an und erwiderte:

„Stimmt, so was macht man nicht. Aber wenn ein Mann eine Frau sehr gern hat, dann passiert so was automatisch."

Ihre Augen leuchteten hinter dem betörenden Blick auf; der Vorwurf, der ohnehin keine Klage enthalten hatte, entpuppte sich als eine in scheinbar rauen Worten verkleidete Offenbarung ihres sehnlichen Verlangens nach ihm. Sie streifte ihn ein paar Mal mit einem prüfenden Blick, am Ende ihrer kritischen Beobachtung war sie doch so beseelt von seinen zärtlichen Worten und diesem seinen eigenartigen liebreizenden Blick aus den Augenwinkeln.

Nach drei Stunden Marsch erreichten sie die Station „Yethayaukegi". Dort lagen drei Hütten nebeneinander. In einer Hütte war ein Kaufladen untergebracht, wo Essen, Tabak, Süßigkeiten und Getränke angeboten wurden, mehrere Leute gingen dort ein und aus. In einer anderen Rasthütte hielten sich drei Leute auf, einer hatte ein von Knie abwärts ziemlich geschwollenes Bein, sein Gesicht war von Schmerzen gezeichnet. Am Schienbein war eine mit Eiter gefüllte faustdicke Wunde. Von außen war deutlich zu sehen, dass die Infektion weit vorangeschritten war, sodass es, wenn die Wunde nicht rechtzeitig heilte, ihm bald lebensgefährlich werden konnte. Die anderen zwei Leute waren in tiefgrüner Soldatenuniform und mit Gewehren an der Schulter. Sie waren ein Offizier und ein Soldat der Kawthulay, die Dienstaufsicht hatten, die Reiseroute zu kontrollieren. Sie waren gerade dabei, den Verwundeten auszufragen.

„In welcher Lastenträgergruppe waren sie denn überhaupt?"

„In der Gruppe von Ko Ba Htu aus Mudon", sagte der Verwundete, während er sein geschwollenes Bein hochhob, um dieses auf dem höher gelegenen Sitzplatz auszustrecken, da die vereiterte Wunde ihm beim Sitzen viele Schmerzen bereitete.

„Seit wann ist die Gruppe weg?", fragte der Offizier.

„Seit fünf Tagen."

„Wie ist das passiert mit der Wunde?"

„Ich war unterwegs gegen ein kantiges Bambusrohr gestoßen und am Bein verletzt, aber bin jeden Tag weiter gelaufen, bis es nicht mehr ging. Dann hat der Antreiber einen Geldschein von dreißig Kyat in meine Hemdtasche gesteckt und mich hier einfach liegen gelassen", zuckte der Verwundete bedauernd mit einem gewissen naiven Gesicht seine Schulter.

Der Offizier stieß einen tiefen Seufzer und rief mit aufgebrachter Stimme aus:

„Wenn wir diesen Scheißkerl Ba Htu erwischen, wird er sofort auf der Stelle erschossen."

Nachdem der Offizier seine ungeheuerliche Wut ausgestoßen hatte, verfinsterte sich sein Gesicht zunehmend, und er fiel in ein seltsames Schweigen, als fürchte er sich vor etwas:

Ja, das werde er ganz bestimmt tun, wenn er diesem rücksichtslosen Antreiber irgendwann begegnen würde. Das Wichtigste in diesem Moment sei dem Verwundeten zu helfen. Aber wie soll er diesem Verwundeten nun helfen, Verbandszeug oder Medizin habe er nicht bei sich. Medizinische Versorgung für seine Soldaten gibt es nur in der Zentralstelle, und zwar viele Kilometer weit weg von hier. Er habe im Lauf seiner langen Dienstjahre mehr als genug mit ansehen müssen, wie viele Menschen auf dieser mühseligen Route ihr Leben hatten lassen müssen. Er und seine Kameraden müssen manchmal diesen und jenen Antreiber, Diebe oder Räuber erschießen, das war die einfachste Sache. Aber diese hilflosen Menschen ansehen zu müssen, wobei er für sie nichts mehr tun könne und diese nur noch dem Schicksal überlassen müsse, das ist nicht einfach. Seit das Militär in Burma an die Macht kam, waren viele auf diesem Weg durch Wälder geflüchtet. Etliche waren Politiker, junge Studenten und Akademiker, die ihr unerträgliches Leben aus den Fängen der Militärjunta zu entreißen versuchten. Arme Lastenträger kamen ebenfalls in den Dschungel, weil sie ihr armseliges Leben finanziell aufbessern wollten. Sie alle wagten aus verschiedenen Gründen durch den Dschungel ihren abenteuerlichen Weg einzuschlagen, um nach Thailand zu gelangen; aber dieser Dschungel ist heimtückisch, er zeigt seine schönen angenehmen Farben, solange man noch gesundheitlich fähig ist, dies zu empfangen. Wenn man auf dem mehrtägigen langen Fußweg, bergauf, bergab, tief in den Urwäldern plötzlich erschöpft und nach Atem ringt, dann zeigt der Dschungel wie ein Ungeheuer sein wahres Gesicht, er überfällt plötzlich jeden Unglücklichen bestialisch mit seinen tödlichen Waffen: Fieber und Malaria. Diese Ungeheuer fordern ihren grausamen Tribut, und viele müssen mit dem Leben bezahlen. In Wahrheit ist diese Route die Straße des Grauens, wenn sie auch auf den ersten Blick so friedfertig aussehen mag.

Der Offizier hob das Gewehr auf die Schulter und verließ die Hütte mit einer wütenden und zugleich mit einer hilflosen, traurigen Miene, sich wohl bewusst, dass das Schicksal des Verwundeten schon besiegelt war. Der Soldat folgte ihm schweigend.

An dieser Station sah Thaung Htin zum ersten Mal mehrere Träger mit den schweren Warenkörben aus geflochtenem Bambus auf dem Rücken. Der Warenkorb war mit einem Riemen jeweils an der Stirn aufgehängt und auf dem Rücken festgebunden. Um beim Auf- und Abstieg mit der Ladung balancieren zu können, wurden zwei Holzstöcke jeweils an der linken und rechten Seite des Korbbodens befestigt, die beim Gehen mit den Händen festgehalten wurden. Eine Gruppe von etwa zehn Lastenträgern machte gerade Rast auf dem Rückweg von der thailändischen Grenze. Die Warenkörbe waren voll von Textilien, Radiokassetten, Batterien usw., die in Burma schwer zu beschaffen und sehr teuer waren. Die Lastenträger schienen dringend Pause zu brauchen, manche setzten sich ermüdet auf den Boden mit ausgestreckten Beinen und angelehnt an einem Baumstamm, manche legten sich hin auf der Wiese und rauchten ihre mitgebrachten Zigaretten, manche stillten hastig ihren Durst beim Wassertopf in der Hütte. Nach einer Weile von zwanzig Minuten rief der Antreiber die Gruppe auf zum Abmarsch. Die Karawane zog weiter, Thaung Htin schaute nach, wie die Warenkörbe zwischen dem grünen Gestrüpp und Dickicht sich hin und her bewegend immer kleiner wurden und allmählich aus der Sicht verschwanden; er wünschte von ganzem Herzen jedem Träger gute Gesundheit.

„Wir ziehen weiter", verkündete Thein Wa, „wir müssen vor der Dunkelheit unbedingt die „Fehti-Raststation" erreichen, es ist immerhin noch eine ganze Strecke zu bewältigen."

Der schmale Pfad bahnte sich geschickt zwischen den mit knallroten Blumen geschmückten dichten dornigen Korallen- und Pfauensträuchern, schlüpfte zuweilen unter den riesigen hohen Sakawabäumen (Michelia Champaca) durch, stolz dekoriert mit duftenden, mehrblättrig umhüllten, safranfarbigen Blüten, kurvte um den steilen Bergkamm und nahm auf Anhieb die beträchtliche Höhe des stark bewaldeten Hügels. Unterwegs pflückte Thaung Htin am Wegrand eine weiße Blüte des Sternjasmins und steckte sie ins Haar Mama Khines. Sie sah ja so reizend aus, mit einem verführerischen Duft im Haar. Sie warf ihm einem zärtlichen Blick zu, sie hätte ihn aus Liebreiz sofort in die Arme geschlossen, falls die anderen sie in dem Moment gerade nicht beobachtet und sich belustigt hätten. Ungeachtet dessen starrte sie ihn noch verstohlen mit vielsagenden Augen an. Es ging ihr doch jedes Mal ans Herz, wenn er sie aus seinen Augenwinkeln so anschaute.

Gewandt an Thaung Htin und Mama Khine, erhob Tha Tun mit einer Siegerpose und strahlenden Augen seine Stimme, der die Szene zufällig beobachtet hatte:

„Ja, wir wissen alle Bescheid."

Jedoch waren seine Manieren in erfreulicher Weise so gestikuliert, als wollte er just ein großes Geheimnis des Lebens lüften, während sich Thaung Htin und Mama Khine gemeinsam ein schmunzelndes und vor allem unschuldiges Gesicht machten, da ja weder ihrer- noch seinerseits irgendein Geheimnis festzustellen war.

Am Vormittag traten sie endlich aus dem Schatten der Wälder, sahen sieben, acht Kilometer weit nur noch flache Wiese, keine Bäume, kein Gebüsch, kaum zu glauben, eine Steppe inmitten des Urwaldes; die Einheimischen nannten es „Glatzberg", einen passenderen Namen hätte man ja nicht finden können. An dieser Station aßen sie zu Mittag: Reis und Curry - aus Schweinehundfleisch. Als Thaung Htin zum ersten Mal in seinem Leben zu hören bekam, dass tatsächlich ein Tier im burmesischen Urwald lebt, der sich sowohl dem Schwein als auch dem Hund ähnelt, demzufolge als ‚Schweinehund' tituliert wurde, musste er herzhaft lachen, da er und seine Kommilitonen an der TH Magdeburg sich zu damaliger Zeit mit diesem Ehrentitel ‚Schweinehund' bei jeder passenden Gelegenheit gegenseitig reichlich bedacht hatten. Es war ein reines Vergnügen unter dem freien Himmel auf der flachen Wiese wie ein Spaziergang, ohne die geringste Anstrengung, vorwärtszukommen. Aber diese Freude währte leider nicht lange, am Ende des Glatzberges wartete nicht nur dichter Urwald, sondern auch ein sehr steiler Anstieg von drei bis vier Hundert Meter Höhe, dann verflachte sich der Pfad eine Weile und schnellte wiederum in beträchtliche Höhe. Jeder musste die eigenen Kräfte so einteilen, dass die Puste ihm unterwegs nicht ausging. Der schmale Pfad war überdacht und eingezwängt von einem Gewölbe von dichten Blättern; die Farbe des Dunkelgrüns herrschte überall, wohin man schaute. Thein Wa sagte, dass die Gruppe gerade auf dem „Deckelberg" angekommen sei, der Berg, der wie ein Deckel alles abdeckte und alles gegen Sonnenstrahlen abschirmte.

Tha Tun war wiederum der Letzte, der den anderen beträchtlich nachhinkte. Thaung Htin versuchte, mit allerlei lustigen Sprüchen ihn zu ermuntern und dessen Schmerzen in den Beinen und Füßen vergessen zu machen. Thaung Htin selber hatte Angst Letzter auf der Strecke zu werden, da ja niemand wusste, was für Gefahren im Urwald lauern könnten. Bekanntlich leben hier große Raubkatzen wie Tiger, Leopard, wilde Elefanten und giftige Schlangen wie die Kobra. Man sagt, dass besonders große Raubtiere Menschennähe vermeiden. Wer würde sich auf derlei Aussagen verlassen und sein eigenes Leben riskieren? Daher bemühte er sich stets, nicht als der Letzte den anderen hinterher zu laufen, obwohl die Schmerzen in den Beinen täglich zunahmen und dies auszukurieren keine Zeit da war.

Die östliche Seite des Deckelberges, wo der steile Abstieg begann und relativ weniger Regen als auf westlicher Seite fiel, war von zahlreichen Kieferbäumen bewachsen. Der Pfad war nun nicht mehr so beengt und man atmete frei unter den gedämpften Lichtstrahlen, die sich zwischen den Nadelblättern der Kieferbäume durchschlängelten und es doch nie bis zum Boden schafften. Hier an dem Ort erschien die wölbende Umgebung ausnahmsweise in leicht grüner Tönung. Der Abstieg dauerte volle drei Stunden, in Schweiß gebadet kamen sie am Fuß des Deckelberges an. Dort hielten sie sich eine Weile auf, aßen etwas Kräftiges an der Garküche der Raststation und nahmen den Marsch schleunigst wieder auf. Sie überquerten einen breiten, heftig fließenden Bach über einen dicken Baumstamm, der als Brücke diente.

Jenseits des Baches war eine gepflegte Gegend. Zwei Häuser aus Bambus und Holz, auf hohen Stelzen gebaut, standen nebeneinander. Hier war die Zollstelle von Kawthulay eingerichtet. In der Mitte des breiten Geländes war ein Durchgang, wo ein Soldat Platz nahm, und die Reisenden die Angabe über ihre mitgebrachten Handelswaren machten. Ein bis zwei Prozent des Warenwertes musste man hier als Ausfuhrzoll entrichten. Meist wurde ein viel niedrigerer Wert angegeben als sonst, der diensthabende Kawthulay-Soldat gab sich stets zufrieden mit der Wertangabe der Reisenden und wünschte allen mit einem freundlichen Lächeln gute Reise.

„Wenn anstatt Kawthulay burmesische Soldaten hier sitzen würden, hätten die uns alles geraubt", sagte Nyain Aung, während er mit dankbaren Augen zu den freundlichen Kawthulay-Soldaten zurückblickte.

„Ganz sicher, die hätten sogar unsere Unterhose mitgenommen", ergänzte Pathi.

„In der Zeit von Bogoke Aung San war die burmesische Armee wirklich eine Volksarmee, die von der gesamten Bevölkerung geliebt und verehrt wurde. Was ist dann unter Ne Win daraus geworden?" fragte Thaung Htin mit einem tiefen Seufzer.

Als die Gruppe die Zollstelle hinter sich gelassen hatte, wurde Thein Wa gefragt, wie weit es noch bis zur Raststation sei, wo sie heute Abend übernachten werden.

„Ah ... es ist nicht weit, nur noch ein Stückchen", sagte er beiläufig, wie er stets zu sagen pflegte. Mittlerweile waren alle mehrmals eines Besseren belehrt worden, dass sein ‚Stückchen' wörtlich nicht ‚Stückchen Strecke' hieß, sondern zumindest ein bis zwei Stunden intensive Laufarbeit bedeutete. Vor der Dunkelheit erreichten sie die „Fehti-Station", wo nur eine unbewohnte Hütte einsam neben einem kleinen Bach stand, dessen Wasser klar und seicht war. Er rauschte leise behaglich zwischen den großen und kleinen Steinen dahin, als hätte er es nie eilig. Die Gegend war nicht so stark bewaldet, von der Hütte aus kann man die Umgebung durch die Lücken zwischen Zweigen und Blättern einigermaßen überblicken. In der Hütte waren zwei, drei Töpfe aus Aluminium und eine kleine Büchse in einer Ecke. Thein Wa wühlte überall herum und verkündete erfreut:

„Ha ... Ha ... wir haben hier Salz und Zwiebel, damit kochen wir eine gute Suppe, ein paar Blechtassen sind auch noch da."

Die Station war weit entfernt von den Siedlungen, wo einheimische Karen lebten, daher war die Station unbewohnt. Die Rastenden pflegten ein Teil ihres Proviants in der Hütte zurückzulassen, damit die danach ankommenden Gäste wenig Probleme mit dem Essen hatten. Thein Wa war sofort damit beschäftigt, in der Nähe der Hütte nach essbaren Pflanzenblättern Ausschau zu halten und sie zu pflücken. Der Flur der Hütte aus geflochtenem Bambus war in einem ziemlich bedürftigen Zustand und wies schon mehrere abgerissene Stellen auf. Bei leisem Betreten gab er schon ein fürchterliches Quietschen von sich. Angesicht der maroden Befindlichkeit des Schlafgemachs und der engen Räumlichkeit hielt Thaung Htin es für ratsam, bei der Nächtigung nicht in der Nähe von Mama Khine zu verweilen, da es durch schwer kontrollierbare Gefühlsausbrüche ganz gewiss äußerste Peinlichkeit nach sich ziehen würde.

Mittlerweile nahmen Tha Tun und Nyaing Aung unweit von der Hütte, verdeckt hinter einem Stein, in seichtem Wasser des Baches nach Herzenslust splitternackt ein erfrischendes Bad. Thaung Htin und Pathi kamen hinzu und sahen zuerst niemanden außer, dass ein paar Haarkrümel auf der Wasseroberfläche herumschwammen. Aus Neugier fasste Thaung Htin den Haarkrümel mit der Hand fest an und zog ihn aus dem Wasser, da sah er den nackten ehrwürdigen Herrn von Tha Tun zappelnd am Ende der langen Haare.

„Da ist aber ein Fisch, den werden wir gleich grillen, aber ohne Schwanz, den schneiden wir vorher ab", trommelte Phati pathetisch mit einem lauten Gelächter.

Als alle, sich gesäubert, sich gewaschen, sich gekämmt und sich verschönert, in der Hütte erschienen, war das Abendessen bereits aufgetischt auf dem Bambusflur. Das Abendessen, zubereitet von Thein Wa, bestand aus nur einem einzigen Gericht: Gemüsesuppe. Aus welchen seltsamen

Blättern sie sich zusammensetzte und wie der Meister Thein Wa sie so mit dürftigen Mitteln fantasievoll hingezaubert hatte, war schon lobenswert genug. Die Suppe schmeckte so ausgezeichnet, dass jeder an dem Abend sehr glücklich war, trotz der fehlenden Mahlzeit mit Reis und Fleisch. Am Abend suchte jeder für sich ein kleines Fleckchen Schlafplatz und legte sich hin, wo es stabil genug war. Während für Thaung Htin, Phati und Thein Wa im vorderen Teil der Hütte ein Schlafplatz fündig geworden war, fanden Mama Khine, Nyaing Aung und Tha Tun ihre Plätze am hinteren Teil der Hütte. Vom ständigen Laufen war der Körper so ermüdet und verzehrt, dass jeder beim Hinlegen sofort einschlief. Es war so still in der Nacht, nicht einmal das gewohnte Zirpen irgendeiner Zikade war zu hören, der kleine Bach schlenderte stumm vor sich hin, eine frische Brise säuselte scheinbar lustlos dann und wann in den regungslosen Blättern, die silberne Mondsichel schien nicht erbaut zu sein, aus ihrem Versteck hinter den dunklen Wolken herauszukommen.

Der neue Tag brach an. Wiederum zauberte Ko Thein Wa Kakao aus einer Büchse, die er mitgebracht hatte, alle waren gerührt von seiner Fürsorglichkeit und ihm so dankbar, mit solcher Kostbarkeit verwöhnt zu werden. Nach dem Schlürfen des leckeren Kakaos zogen sie los vor dem Sonnenaufgang. Nach drei Stunden Marsch erreichten sie die Raststation namens Doppelthütte, wo ebenfalls nur eine unbewohnte Hütte mit Proviantresten zu finden war. Da kreierte Thein Wa aus allerlei Pflanzenblättern eine schmackhafte Suppe, die alle gierig mit erstaunten Gemütern verschlangen. Sie setzten den Marsch fort, trafen einen Fluss, der circa siebzig Meter breit war und eine recht schnelle Strömung mit sich trug. Dieser Fluss führte zuerst nach Norden, an der Stadt Kyawkareik vorbei, bog nach Westen und mündete bei Moulmein ins Meer. Sie liefen nun stundenlang den Fluss entlang, kamen am Mittag an einer Bootsanlegestelle. Nach Bezahlung für die Überfahrt steuerte der Bootsmann sein Gefährt mit den Passagieren zum anderen Ufer. Jenseits des Flusses wartete glücklicherweise eine lang ersehnte Garküche, die sie lange Zeit vermisst hatten und sich dort überglücklich mit Essen vollstopfen konnten. Danach drangen sie wieder in den dichten Dschungel, nun fing der Anstieg auf den letzten, vierten Berg an. Der schmale Pfad wand sich um die steile Wand des Berges, dessen Erde stark lehmig war. Der Fußweg war gerade für eine Person breit, und besonders der glitschige Boden, voll von Pfützen, machte jedem das Leben schwer. Bei jedem Schritt war man gezwungen, mit beiden Händen an der Wand Halt zu finden und sich Schritt für Schritt seitlich zu bewegen, bis die kritische Engpassstelle vorbei war. Die ganze Strecke des äußerst mühseligen Pfads verlief eng und nur auf rutschigem Boden, sodass die Angst vor der Gefahr des Abstürzens in den tiefen Abgrund auf der anderen Seite des Pfades, wo nur noch der steile Abhang bis zwanzig Meter nach unten sauste, bei jedem im Nacken saß. Thaung Htin betete zu Gott inbrünstig, dass jetzt kein Regen fallen möge, andernfalls wäre jeder Schritt des Fortkommens für alle lebensbedrohlich geworden. Die Einheimischen nannten diesen Berg zu Recht „Affenrutschberg". An manchen Stellen waren noch Hufabdrücke von Ochsen oder Kühen zu sehen. Es wurde erzählt, dass vor Kurzem mehrere Kühe auf diesem Weg zur thailändischen Grenze zum Verkauf getrieben wurden und einige auch in die Schlucht hinabgestürzt seien. In den Wänden waren seltsamerweise von Natur aus mehrere große Höhlen gebildet worden. Man sagte, dass sich einst die Räuber in den Höhlen versteckt hielten und die vorbeikommenden Reisenden hier gnadenlos ausraubten. Seitdem Kawthulay die Räuber ausfindig machte und auf der Stelle erschoss, verschwanden die Räuber endgültig. Nach der über dreieinhalb Stunden langen qualvollen Klettertour ließen sie endlich glücklich den Affenrutschberg hinter sich.

„Das war die schwierigste Etappe auf der ganzen Reise", sagte Thein Wa, alle stimmten ihm vorbehaltlos zu.

Nun lief der Pfad auf der flachen Ebene, die nicht so stark bewaldet war und manchmal der Reisegruppe einen seltenen Blick auf den blauen Himmel und damit auch ein herzerfrischendes freies Gefühl bescherte. Just nach dem zu kurzen freien Gefühl wurden sie doch vom finsteren tiefen Urwald wieder eingenommen. Nach dem Marsch, der circa drei Stunden dauerte, durch den hügeligen, dichten Wald, wo kein Licht und stattdessen nur noch ein tiefgrünes beengtes Gefühl vorherrschend waren, als wären sie unter den Blätterlawinen lebendig begraben, traten sie spät am Nachmittag endgültig aus der Gefangenschaft der finsteren Welt der Berge und des Urwaldes. Sie hatten fast die ganzen Tage, vom Morgen bis Sonnenuntergang meist nur Bäume, Berge und Täler um sich gehabt, die Farbe ihrer Sichtweite bestand nur aus tiefem Grün und Finsternis. Ihre Augen waren tagelang an gedämpftes, schwaches Licht gewöhnt, sodass der dauernd freie blaue Himmel und normales Tageslicht für sie auf einmal im ersten Moment wie eine schrille Beleuchtung vorkamen. Vom Berg aus sahen sie schon vor ihnen in der Ferne das Grenzdorf Phalo und die Grenzstadt Mae Sot in der flachen Ebene auf der thailändischen Seite.

„Hura, hura, wir haben es geschafft", schrien alle laut aus vollem Halse, als wären sie in das Gelobte Land angekommen.

„Ich hätte gerne aus dem glücklichen Anlass einen kräftigen Schnaps getrunken, wenn ich was hätte", sagte Thaung Htin sehnlich.

„Schnaps habe ich nicht, aber eine kleine Flasche Hustensaft, da ist aber auch viel Alkohol darin, hier nimm", reichte ihm Pathi mit einer wohlwollenden Geste.

Thaung Htin erhob die kleine Flasche:

„Auf euer Wohl und danke euch vielmals, dass ihr mich mitgenommen habt."

Er kippte den fünfzig Milliliter Inhalt in seine Kehle, fühlte sich sogar danach ein wenig betrunken, da der sogenannte Pathis Hustensaft nur aus Kräuterpulver und fast reinem selbst gebrannten Alkohol bestand und nun dieser in seinem blanken leeren Magen herumplätscherte.

Der Abstieg vom Berg in das Tal war fast ein flacher Weg mit Blick nach Osten, wo die Staatsgrenze zwischen Burma und Thailand verlief. Auf dem ganzen Weg hatte man die Schmerzen in den Beinen und Füßen unterdrückt, ignoriert und weggeschaut, nun verlangten die Vernachlässigten zurecht ihre Genugtuung. Beide Beine Thaung Htins waren merklich geschwollen, die Füße stark lädiert, die Gummisandalen waren fast abgeschliffen. Der Gang war nicht mehr normal, er wurde schwächer und bedurfte mehr Zeit und Ruhe, jeder Schritt verlangte Kraftanstrengung und war immer verbunden mit einer peinigenden körperlichen Empfindung, der Holzstock diente nun jedem als unverzichtbare Stütze. Am Abend noch vor der Dunkelheit kamen sie erschöpft bei der Raststation namens „Dreihütte" an. Nachdem sie die Hütte für die Übernachtung ausgesucht hatten, gingen sie alle schnurstracks zur Essbude. Alle aßen leckere Speisen mit Haut und Haar und tranken heimatlichen Schnaps. Alle spendeten Essen und Schnaps für den Wegweiser Thein Wa, der die Gruppe bis hierher erfolgreich geführt hatte. Thaung Htin erkundigte sich, wie viel Kilometer morgen noch zu laufen seien. Thein Wa antwortete diesmal genauer als sonst:

„Vier bis fünf Stunden laufen."

„Also genauer gesagt, mindestens zwei Stückchen nach ihrer herkömmlichen Messeinheit, nicht wahr?", rechnete Thaung Htin nach dem gewohnten Jargon Thein Was um, was dem Thein Wa ein seltenes Lächeln entlockte. Thaung Htin fragte ihn aus Neugier noch mal über die Ochsen, die über den Affenrutschberg in Richtung Thailand getrieben worden waren.

Wie er es immer gewöhnt war, sagte Thein Wa in einem trägen Ton:

„Ja, das stimmt, es werden viele Vierbeinige aus Burma zur thailändischen Grenze geschafft und dort verkauft."

Er machte ein, zwei kräftige Züge an der Zigarette, die er vorher vom Pathi angeboten bekam, und fuhr fort:

„Mit dem Geld kaufen die Leute Radiokassetten, Textilien, Uhren und Haushaltsmittel, die in Burma sehr teuer sind, und schleppen diese Waren auf demselben Weg nach Burma."

Weil Thein Wa ein wenig Schnaps getrunken hatte, kam ihm scheinbar seine Zunge relativ beweglicher als sonst vor, und er fügte hinzu:

„Vor sechzehn Jahren, als ich noch zwanzig Jahre alt war, war der Handel an dieser Grenze gerade umgekehrt."

„Das heißt etwa 1961 vor der Militärregierung", datierte Thaung Htin aufmerksam.

„Ja das stimmt, damals waren wir, die Burmesen, viel reicher als die Thailänder, wir hatten alles, was wir brauchen. Wir können in Myawadi, also im eigenen Land alles kaufen. Die Burmesen hatten auch Geld dazu. An der Grenzstadt Myawadi, die ist auf der burmesischen Seite, war man viel reicher als Mae Sot auf der thailändischen Seite."

Thein Wa paffte ein paar Mal kräftig. Im Lichtschein der Petroleumlampe, die ruhig auf dem Tisch stand, glänzte sein dunkles Gesicht, und er schien in dem Augenblick glücklich und von innerem Verlangen animiert zu sein, aus seinem Leben den Interessenten zu erzählen, was vorher nie der Fall gewesen war. Er nahm seine Rede wieder auf, als die anderen gespannt auf seine Fortsetzung warteten, während der blaue Dunst seiner Zigarette sein dunkles Gesicht zeitweilig noch dunkler erscheinen ließ:

„Ich hatte dreißig Kyat in der Tasche, für ein Kyat bekam ich damals über vier Baht thailändisches Geld. Das war schon viel Geld. Viele Thailänder suchten in Myawadi Arbeit. Damals hat es nie burmesische Dienstmädchen gegeben, die in den Häusern auf der thailändischen Seite arbeiten mussten. Jetzt, nach sechzehn Jahren ist es alles umgekehrt geworden, nun ist ein Kyat nicht einmal ein Baht wert, viele burmesische Mädchen dienen als Hausmagd in thailändischen Häusern. Wir Burmesen sind in den letzten Jahren viel ärmer geworden. Ich verstehe nicht viel von Politik."

Er zuckte mit der Schulter und fuhr fort:

„Ich war ein einfacher Bauer wie meine Eltern. Als ich noch jung war, konnten wir gut leben, Textilien oder Bedarfsgüter waren billig, und man konnte sie überall leicht kriegen. Heute ist das Leben so schwer geworden. Alles ist teurer und wir wissen auch nicht mehr, wie wir überhaupt täglich satt werden sollen. Ich weiß nicht, warum wir auf burmesischer Seite so schnell arm geworden sind, aber umgekehrt das Leben auf thailändischer Seite leichter und reicher geworden ist, ich verstehe das einfach nicht."

Thein Wa schloss sein langes Plädoyer, in dem er es aus seiner innersten Seele zu erzählen bisher nie getan und nun doch zum ersten Mal aus sich heraus ganz offen sein Herz ausgeschüttet hatte. Das war wahrlich eine innere Befreiung, die er auch tatsächlich zu genießen schien.

„Ja, es war alles richtig, was Thein Wa jetzt gerade erzählt hatte", fügte

Mama Khine mit einem nachdenklichen Gesicht hinzu, die neben Thaung Htin saß und bis dahin ruhig geblieben war, und setzte fort: „Ich kann mich auch genau daran erinnern, wir waren oft in Mae Sot, als wir jung waren. Damals war es so einfach, dahin zu kommen. Wir brauchten von Moulmein in Bus oder Lkw einzusteigen, da sind wir in vier oder fünf Stunden in Mae Sot gewesen. Wir brauchten damals nicht zu befürchten, dass burmesische Soldaten uns ausrauben könnten. Das burmesische Geld war damals so wertvoll, und wir hatten immer ausreichend Geld. Die Thailänder hatten große Achtung vor den Burmesen. Jetzt ist es anders geworden, die Thailänder denken jetzt, dass alle Burmesen arme Teufel sind, was auch leider stimmt."

Nyaing Aung bestellte noch mal eine Portion Reis und ein Rindfleischgericht, er wandte sich an den neugierigen Thaung Htin und knüpfte das Gesprächsthema an, was gerade in der Runde war:

„Die Waren aus Thailand, die heutzutage in das Landesinnere Burmas transportiert werden, müssen viele Kontrollstellen, die mal von Mitgliedern der sozialistischen Programmpartei, mal von der Armee zu beliebiger Zeit an beliebigen Orten, im Zug, auf der Landstraße oder am Hafen aufgebaut wurden, passieren. Jedes Mal muss man mit einem Teil der Waren oder mit dem Bargeld als Durchgangsgebühr bezahlen. Jeder, der Macht hat, hält die Hand auf, im Namen der alleinigen herrschenden Partei oder der Armee oder der Lokalbehörden. So werden die Preise der Bedarfsgüter so hoch getrieben, dass normale Bürger sie sich kaum noch leisten können. Manche Großhändler, die zum Militärkommandeur an der Grenzregion gute Beziehung haben, bezahlen direkt ein paar Millionen an den Kommandeur und schleusen die Güter sogar per Lkw, eskortiert von Soldaten, bis nach Rangun. Oder die Kommandeure selbst machen solche Geschäfte. Der Posten eines Kommandeurs besonders an der Grenze zu Thailand ist in der Armee sehr begehrt und jeder Kommandeur ist nach etwa zwei Jahren unermesslich reich geworden. Wenn der alte Kommandeur abgelöst wird, kommt der neue, und derselbe Vorgang wiederholt sich weiter."

„Ja, das war anders vor sechzehn Jahren", meldete Thein Wa erneut, „wenn mein Onkel, der reich war, von Thailand viele Waren gekauft und nach Myawadi gebracht hatte, musste er einen bestimmten Prozentsatz an die burmesischen Behörden an der Grenze bezahlen, den man Zollgebühr nennt. Mein Onkel wusste im voraus genau, wie viel er bezahlen muss. Danach konnte er die Waren in Burma überall hinbringen, wohin er wollte, keine Behörde hielt mehr die Hand auf, noch mal vom ihm Geld zu bekommen. Heute ist alles anders, ich verstehe auch nicht warum."

Seine Stimme klang am Ende ein wenig resigniert.

Nach einer Weile, als sie für die körperliche Erwärmung tüchtig Schnaps getrunken hatten, wobei sich nur Tha Tun als einziger Antialkoholiker erwies und Mama Khine als weibliche Person nie Alkohol anrührte, zogen sie sich zurück zum Schlafen. Nur Thaung Htin und Mama Khine blieben noch in der Essbude. Sie rückte dicht an ihn, sie streichelte sanft sein Gesicht und ließ ihre zarten Hände schmiegsam auf seinen Arm gleiten. Er bestellte noch mal einen Schnaps, mit dem Gedanken, dass er beim Abschied von Burma diesen Geschmack des heimatlichen Edelgetränks noch recht lange in Erinnerung behalten möchte.

Er trank langsam und genießerisch und ließ den halben Inhalt des kleinen Glases auf dem Tisch stehen. Mama Khine nahm seine rechte Hand zwischen ihre Hände und sagte:

„Wenn alle nach Mae Sot gehen, kommst du mit mir mit, zu dem Haus meines Edelsteinhändlers. Sie sind Thailänder und vielleicht können sie dir irgendwie weiter helfen, nach Bangkok zu kommen. Damit die Leute dich gut behandeln, werde ich vorsichtshalber sagen, dass du mein Geschäftspartner bist und an meinen Jadesteinen finanziell beteiligt bist."

„Ich bin dir so dankbar, dass du mir helfen willst. Meine Reise ist noch sehr lang. Erst ein kleines Stück ist hinter mir, was für Probleme auf mich zurollen, weiß alleine Gott. Ich will mich zuerst nach Bangkok durchschlagen. In Bangkok lebt seit Jahren ein Freund von mir, d. h. genauer gesagt, ein Freund meines Freundes. Der ist mit einer Thailänderin verheiratet und arbeitet als Ingenieur in einer Gießereifirma, er hat in Westdeutschland studiert. Ich hatte mit ihm eine briefliche Verbindung gehabt, sodass ich mich in Bangkok bei ihm aufhalten kann, wenn ich es bis dahin geschafft habe. Aber jedenfalls, solange ich keinen offiziellen Reisepass habe, ist mein Leben nirgendwo sicher, daher muss ich versuchen, in die USA oder nach Kanada auszuwandern. Ich werde sehen, wohin meine endgültige Reise hinführt. Es ist mir eine glückliche Fügung des Schicksals, dass ich dir auf dieser kurzen Reise begegnet bin. Wir wissen doch sehr gut, dass unsere Begegnung von Anfang an zeitlich begrenzt war, wenn es auch grausam klingen mag", sagte Thaung Htin mit einer gewissen Fassung, während er seinen Blick geradeaus auf die kleine Petroleumlampe richtete, deren Flamme bei leichtem Wind hin und her schwankte.

„Was für eine Ironie des Schicksals, im Moment des Abschieds tauchen in meinem Leben seltsamerweise Frauen auf, bei denen ich gegen meine leidenschaftlichen Gefühle vollkommen machtlos war", sagte er fast flüsternd vor sich hin. Sie starrte ebenfalls auf die Flamme der Petroleumlampe; ihre sinnlichen Augen, die eine sanfte Ruhe ausstrahlten, waren gedämpft beleuchtet; ihre schöne schmale Nase warf manchmal einen unscheinbar kleinen Schatten auf ihre helle Wange, wenn sie sich zu ihm drehte.

„Ja, das stimmt, die Zeit war von Anfang an begrenzt, wie unser Schicksal vorausbestimmt war. Aber was das Schicksal nicht begrenzen kann, sind meine inneren Gefühle. Ich bin zum ersten Mal im Leben so glücklich, was ich vorher nie gekannt habe, dass es so etwas überhaupt noch für mich gibt. Diese kleine Zeitspanne, die mir das Schicksal gewährt, will ich voll auskosten, solange ich noch dieses seltene Glück genießen kann, will ich aus mir voll ausschöpfen. Wenn ich dadurch später darunter mehr leide, ist es mir doch egal", sagte Mama Khine mit einer ruhigen entspannten Stimme, während sie seine linke Hand zwischen ihre Hände nahm und an ihre Brust presste. Er legte seinen Arm um ihren zarten Körper und zog sie ganz zärtlich enger zu sich und sagte:

„Komm, gehen wir, es ist schon Zeit."

Sie traten aus der Essbude und betraten die Dunkelheit in Richtung zur Schlafhütte.

„Heute Nacht schlafe ich neben dir, egal was die anderen über uns reden oder nicht reden", sagte Mama Khine mit einer fest entschlossenen Stimme, während sie sich ihm ungeduldig in die Arme warf. Sie streute die zarten Küsse auf seine Wangen, seinem Hals und häufte die brennende Leidenschaft auf seinen Lippen. Seine Arme gewährten ihr Wärme und Geborgenheit. Ihre Hände zerrten ihn heftig zu sich, ihre erregten Schenkel schmiegten sich fügsam eng verschlungen an seine Lende, als wären sie mit seinem Körper untrennbar fest verbunden.

Der letzte Tag der Reise hat begonnen. Alle standen früh auf, aßen Frühstück aus gebratenem Reis und Fisch, tranken grünen Tee und setzten den ersten Schritt. Am Anfang waren sie zusammen, aber nach einer Weile waren wie immer Thaung Htin und Tha Tun die Letzten, weil sie oft aus verständlichen Gründen immer wieder Rast machen mussten. Thaung Htin sah die geschwollenen Beine von Tha Tun, und im Vergleich waren seine eigenen Beine nicht weniger dick. Bei solcher Schwellung kann auch der beste Masseur nicht mehr helfen. Jeder Schritt war eine mit bestem Willen nicht mehr zu leugnende Peinigung des eigenen Körpers. Gehumpelt und gewackelt kamen sie langsam weiter durch einen kleinen Wald, der von Teakbäumen spärlich bewachsen war. Auf dem Weg sahen sie schon mehrere Leute, die zur Grenze gingen oder von dort zurückkamen. Am Wegrand war ein Fußballspielfeld. Man nannte es nun Viehmarkt, weil dort manchmal Vierbeiner aus Burma zum Verkauf angeboten wurden. Um circa 11 Uhr kamen sie an die Grenzkontrollstelle von Kyawthulay. Hier wurden die Passierscheine für die Einreise in die Stadt Mae Sot ausgestellt. Wer im Besitz von diesem Reisedokument mit Kyawtulay-Stempel war, durfte sich in Mae Sot unbehelligt frei bewegen. Pathi erzählte dem diensthabenden Soldaten in seiner Muttersprache der Karen über Thaung Htin, der Soldat nickte freundlich mit dem Kopf und übergab ihnen Passierscheine, ohne dafür die übliche Gebühr von siebzig Kyat zu verlangen. Danach kam ein Offizier zu den beiden und fragte, ob sie noch etwa zehn Minuten Zeit hätten, und bat in sein Büro.

Im Büro sagte der Offizier zu Thaung Htin: „Ihr Freund hat uns erzählt, dass Sie in Deutschland studiert haben und nun endgültig Burma verlassen wollen. Wir kämpfen gegen diese Militärjunta seit Jahren. Wir können solche gebildeten Leute gebrauchen. Haben Sie nicht Lust, sich uns anzuschließen?"

Thaung Htin hatte geahnt, dass diese Frage mit Recht ihm irgendwann gestellt würde. Er sagte: „Bezüglich dieser Militärregierung sind wir gleicher Meinung, dass sie mit allen Mitteln bekämpft werden muss. Jedoch habe ich vorläufig andere Pläne und nehmen sie mir es nicht übel, wenn ich mich an ihrer politischen Bewegung jetzt nicht aktiv beteiligen kann. Ich werde aber alle politischen Aktivitäten gegen das burmesische Militär unterstützen, so weit es in meiner Macht liegt."

„Ich verstehe Sie sehr gut, jedenfalls wünsche Ihnen viel Glück für ihre weitere Reise", sagte der Offizier und verabschiedete sich höflich.

Thaung Htin bedankte sich anschließend bei Phati, da er durch die Fürsprache seines Freundes den Passierschein kostenlos erhalten hatte. Am Ufer des kleinen Flusses ‚Thauyin', der die Demarkationslinie zwischen Burma und Thailand bildet, verabschiedete sich Thaung Htin von seinen Reisefreunden Tha Tun, Thein Wa und Phati, während Thein Wa und Tha Tun hier auf die Rückkehr der anderen warten würden. Phati und Nyaing Aung hatten svor, jeder für sich, zu anderen Edelsteinhändlern in Mae Sot zu gehen.

Die schmale Brücke, gebaut im seichten Wasser des Thauyin-Flusses, verband das thailändische Dorf ‚Pahlo' auf der östlichen Seite mit einem unscheinbar kleinen Dorf der Karen-Bevölkerung auf der westlichen Seite, das etwa fünfzig Häuser, einige Läden und saubere Straßen aufzuweisen hatte. Während auf der burmesischen Seite nur spärlich elektrisch – dank des Stromgeneraltors der Kawthulay – beleuchtet wurde, war Phalo erstrahlt von unzähligen Neonleuchtern, vollgestopft mit Läden verschiedener Konsumwaren, mit Restaurants und billigen Schlafquartieren. Sogar ein Rotlichtviertel, täglich umlagert von enthusiastischen Freiern, war demonstrativ und sichtbar vertreten. Es wimmelte hier von Geschäftsleuten und vor allem von Lastenträgern aus Burma, die von irgendeinem Antreiber oder Geschäftsmann angeheuert wurden und auf die Waren, die sie auf dem Rücken schleppen mussten, warteten. Während auf der burmesischen Seite Alkohol und Prostitution von Kawthulay strikt verboten und jegliches Verbrechen, sei es Diebstahl, Raub oder eine schwere Tat, mit sofortiger Erschießung bestraft wurden, herrschte auf der thailändischen Seite Eldoradostimmung, hier wurde amüsiert, gesoffen, gehurt. Hinter den Häusern und Läden waren stinkende Müllberge aufgetürmt. Seit Jahren war Phalo ein Umschlagplatz für thailändische Waren, die nach Burma zuerst mit unzähligen Lastenträgern über Berge und durch Urwald transportiert und dann auf dem Wasserweg per Boot oder von einem günstigen Verkehrspunkt mittels Lkw bis Moulmein im Landesinneren weiter befördert wurden. Hier in Phalo regierte nur das Geschäft, es gab keine polizeilichen Kontrollen über die Nationalität der Anwesenden. Nur dann wenn ein Ausländer z. B. Burmese bis in die vierzig Kilometer entfernte Stadt Mae Sot ohne einen von Kawthulay ausgestellten Passierschein oder ohne einen gültigen Reisepass eindrang und dort von den thailändischen Polizisten, die stets in der Stadt ein waches Auge besonders auf Burmesen hielten, erwischt wurde, landete er sicher ins Gefängnis. Die thailändischen Grenzdörfer und Städte wie Phalo und Mae Sot hatten sich in den letzten fünfzehn Jahren wirtschaftlich rasant entwickelt, während auf der anderen Seite die Wirtschaft Burmas bergab ging. Zwischen Phalo und Mae Sot gab es eine gut ausgebaute Straße und eine regelmäßige Verkehrsverbindung.

Am Nachmittag stiegen Thaung Htin und Mama Khine in ein Sammeltaxi ein, einem Typ von Mazda-Pickup, das für circa zehn Passagiere Platz anbot und nach Mae Sot startete, das etwa eine Stunde Fahrt nordöstlich von Pahlo lag. Vom hinteren Sitz im Taxi aus sah Thaung Htin die hohen Berge, bedeckt von ewig grünen Wäldern auf der burmesischen Seite. Der Monsunregen hatte gerade angefangen, den dünnen Schleier über die Wälder zu ziehen; tiefblaue Wolken, die wie gerollte Haarlocken aussahen, streiften sanft über die Baumkronen, mittlerweile wandelte sich ewiges Tiefgrün des Urwaldes hinter dem Dunstschleier in leichtblaue Farbe. Thaung Htin sah das Naturschauspiel auf der heimatlichen Seite und raunte vor sich hin:

„Lebewohl meine Heimat. Verzeihe mir, dass ich dich verlassen muss. Ich hoffe, dass ich es dir irgendwann in irgendeiner Weise wieder gut machen kann."

Mae Sot

Mae Sot ist eine kleine thailändische Stadt an der Grenze zu Burma mit ungefähr siebzigtausend Einwohnern, umgeben von Wäldern und Reisfeldern. Das Haus des Edelsteinhändlers, zu dem Mama Khine und Thaung Htin gekommen waren, lag dicht neben einer dicken gelben Mauer von circa sechs Metern Höhe. Kyantha, so hieß der Hausherr. Der Hausherr in einer hellbraunen Offiziersuniform, die Thaung Htin schon in Burma als Uniform der Polizei geläufig gewesen war, begrüßte ganz herzlich die neuen Gäste. Er war schätzungsweise im Alter von über vierzig. Sein Gesicht, seine Hände und sein gesamtes Wesen ließen deutlich erkennen, dass er durch und durch eine ehrliche Haut war und eine unverkennbar freundliche Gesinnung in sich trug. Es gibt im Leben Menschen, die vom ersten Blick an wie klares Wasser durchschaubar sind und andere Menschen, die wie eine undurchsichtige milchige Flüssigkeit etwas Rätselhaftes in sich verbergen. Bei Herrn Kyantha war man geneigt, mit einer fast absoluten Gewissheit im Voraus die Aussage zu wagen, wie er, Kyantha, sich in kritischen Momenten verhalten könnte. Dass er auch nicht wie ein Geschäftsmann aussah und auch keiner war, ließ sich leicht erraten. Seine Tätigkeit, die er in besagter Uniform ausübte, war Gefängnisverwalter. Die gelbe Mauer, die neben seinem Hause lag, war das Gefängnis von Mae Sot und sein Arbeitsplatz. Seine Frau, die etwas jünger zu sein schien als er und ständig mit ihrer dreijährigen Tochter beschäftigt war, verhielt sich dagegen reserviert und sogar distanziert zu den burmesischen Gästen, aus welchen Gründen es auch sein mochte. Kyantha versuchte, mit ein paar burmesischen Wörtern seine Gäste zu erfreuen.

In seinem Hause hielten sich schon zu der Zeit drei burmesische Gäste aus Chaungnitkya auf, die ebenfalls mit Jade zu tun hatten. Sie waren alte Bekannte von Mama Khine. Der Kopf der Gruppe war ein Herr namens Ba Yin, ein siebenunddreißigjähriger mit einer platten Nase in der Mitte des runden Gesichtes, als hätte jemand ihn bei der Geburt auf die Nase gedrückt; er war mollig und stämmig gebaut, fröhlich und immer zum Scherzen aufgelegt. Die anderen zwei Herren waren kyaw Thein, der zwei bis drei Jahre jünger zu sein schien als Ba Yin, und Baw Lal, der vom Alter her der Jüngste war. Von den Gesichtern der drei Herren war deutlich abzulesen, dass sie den Aufenthalt in Mae Sot richtig genossen. Sie alle waren sehr freundlich zu Thaung Htin und sprachen wie Mama Khine perfekt thailändisch.

Am Abend wurde das Essen von einem Restaurant bestellt, der bekannte thailändische Schnaps ‚Mekong' durfte hier nicht fehlen. Es wurde fröhlich gespeist und reichlich getrunken. Zum Abendessen gesellte sich eine junge Frau dazu, die mit ihrem Mann, ebenfalls in gleicher Uniform wie Kyantha gekleidet und als Grenzpolizist tätig, gerade angekommen war. Sie musste im Alter von ungefähr Mitte dreißig sein, machte einen überschwänglich freundlichen Eindruck auf die Gäste. Sie hatte sich in taktischer Weise sogar einen burmesischen Namen zugelegt: Ma Ei Nwe. Sie war die Schwägerin Kyanthas, die Frau seines jüngeren Bruders Ahtan. Vor fünf Jahren war sie als Maklerin in den Jadehandel eingestiegen, nicht etwa dass sie über fundierte fachliche Kenntnisse von Jadesteinen verfügte, sondern weil sie lediglich Vermittlungsgebühr von fünf Prozent des Warenwertes, wie üblich in diesem Geschäft, kassieren wollte. Immerhin betrug ein Jadebeutel – so nennt man im Fachjargon –, der aus einem gefalteten weißen Papier bestand und zehn bis fünfzehn fein polierte, runde, flache Jadesteine von der Größe eines Fingers bzw. Daumens, enthielt, einen Mindestwert von sieben bis zehntausend Baht. Die burmesischen Kaufleute, die sich Edelsteinhändler nannten, brachten jeder für sich einen bis mehrere Jadebeutel mit. Das war immerhin eine beträchtliche Provision, die sie jedes Mal kassierte. Zu diesem Zweck ließ sie die burmesischen Händler im Hause Kyanthas in Mae Sot übernachten und vermittelte als Maklerin das Geschäft zwischen burmesischen Verkäufern und den Käufern aus Bangkok, Hongkong oder Taiwan, die ständig zwischen Mae Sot und Bangkok pendelten. Ihr eigentliches Domizil war in einem kleinen Dorf namens ‚Mekongkin' in der Nähe von Pahlo, wo sie mit ihrem Mann Ahtan und ihren Eltern lebte. Alle Burmesen aus dem gleichen Dorf Chaungnitkya, die mit Jade handelten, kamen zu ihr. Somit gründete sie ihr Vermögen, das seit fünf Jahren ständig wuchs.

Wie vorgesehen wurde Thaung Htin von Mama Khine als ihr Geschäftspartner vorgestellt und beiläufig erzählt, dass er in Ostdeutschland an der Universität studiert habe. Alle behandelten ihn mit Respekt und höflich. Ma Ei Nwe begrüßte Thaung Htin sehr freundlich, da er doch vor allem für ihr Geschäft als neuer Kunde galt. Ba Yin und seine Freunde waren schon mehrere Male geschäftlich hier gewesen und mit dem Milieu in Thailand gut vertraut. Für Thaung Htin war es doch etwas vollkommen Neues, er musste versuchen, die inneren Befindlichkeiten der Thailänder – insbesondere zu den Burmesen – hinter dem gewöhnlich höflichen Lächeln, das den Südostasiaten aus langer Tradition zu eigen geworden war, zu ergründen und so weit wie möglich zu verstehen. Die tausendjährige Geschichte Burmas erzählt gerne heroisch von den burmesischen Königen, die oft Thailand überfielen, alles im Lande ausplünderten, unzählige wehrlose Menschen mordeten und sogar zahlreiche buddhistische Pagoden zerstörten, wenn sie sich einmal mächtig fühlten, obschon sich diese Räuber- und Plünderbanden zu Buddhismus bekannt hatten. Alle Gäste aus Burma, die bis dahin zu Ma Ei Nwe kamen, gehörten zum auf der östlichen Hochebene Burmas lebenden Shan-Volk, das mit Thailändern sowohl sprachlich als auch historisch und kulturell eng verbunden war. Dagegen war Thaung Htin als der allererste echte Burmese in ihrem Hause als Gast aufgetaucht. Als es Abend wurde, verabschiedeten sich Ma Ei Nwe und Ahtan von den Gästen und fuhren in ihrem Auto nach Mekongkin zurück.

Im Hause Kyanthas waren die Räumlichkeiten für die Gäste nicht ausreichend vorhanden, sodass ein Bett mit einem Moskitonetz außerhalb des Hauses auf dem Gang für Thaung Htin vorbereitet wurde. Aus Not wurde Tugend, draußen bei frischer Luft zu nächtigen, da die Nächte warm und schwül waren. Vom Bett aus sah er die hohe Gefängnismauer, die von ihm nur circa vier Meter entfernt war und nun im Mondschein grau aussah. In seinem Leben war er bis dahin weder in der Nähe eines Gefängnisses gewesen noch mit ihm in direkter oder indirekter Weise in Berührung gekommen. Ein seltsam mulmiges Gefühl erfasste ihn doch, wenn er die hohe dicke Mauer anstarrte. Es kam ihm vor, als warte ein graues Ungeheuer auf ihn in nächster Distanz. „Ich habe gar nichts gegen dich und ich will mit dir auch nichts zu tun haben. Nimm mir es nicht übel, wenn meine Worte etwas unhöflich klingen sollten", richtete er seine Bitte an das unbekannte Wesen.

Als er im Begriff war einzuschlafen, berührte ihn eine sanfte Hand auf der Wange, eine vertraute betörende Zartheit, die ihm wohl bekannt war und ihn jedes Mal ins Reich der Fabel und glühenden Fantasie mitnahm. Er zog sie sanft zu sich; ihre schmiegsamen Arme, gleich einer zerbrechlichen Schlingpflanze, legten sich eng um seinen Körper; ihr Hauch und berauschender Duft verführten seine schon benebelten Sinne, ihre flüsternden Worte sangen wie verzaubert um die wonnevolle Nacht.

Am nächsten Tag besuchte Thaung Htin mit Mama Khine zusammen den anderen burmesischen Edelsteinhändler Ko Win, der als Makler das hiesige Geschäft mehrere Jahre in Mae Sot betrieb und hier seit über sieben Jahren lebte. Wie viele junge Studenten aus Burma hatte er sich einst der Widerstandsbewegung gegen Diktator Ne Win anschließen wollen, die an der thailändischen Grenze eine bewaffnete Armee aus jungen Burmesen Ende 1970 aufgebaut hatte. Als die Befreiungsbewegung langsam zerfiel, hatte ihn sein Schicksal hierher nach Mae Sot verschlagen. Man sah auf den ersten Blick sein gutmütiges ehrliches Gesicht, das rundlich und etwas üppige Wangen in sich integrierte. Er war von Gestalt her nicht dick, doch ein wenig mollig, und einem behaglich ruhigen Menschentyp könnte man ihn durchaus mit Recht zuordnen. Er sprach nie Überflüssiges und Schleimiges, und was er sagte, meinte er auch so innerlich. Sein Vater war Chinese und die Mutter Burmesin, so hatte er scheinbar ein Gespür für Geschäftliches im Blut. Seine Frau, vom Volksstamm der Karen, war sehr arbeitsam und ständig in der Küche mit der Versorgung und Bewirtung der Gäste beschäftigt. Immerhin hielten sich in dem Hause etwa fünfzehn bis zwanzig Gäste auf. Einer davon war Nyaing Aung, sodass Thaung Htin mit dem alten Freund wieder zusammenkam.

Von erstem Tag an erkundigte sich Thaung Htin bei anderen Burmesen, wie man nach Bangkok gelangen könnte. So wurde ihm über die einzige Möglichkeit berichtet, dass man mit einem Sammeltaxi zuerst nach der von hier siebzig Kilometer entfernten Stadt Tak fahren müsse, und danach von dort aus Bangkok per Expressbus erreichen könne. Der einzige gefährliche Haken sei, dass alle Taxis und sämtliche Fahrzeuge von Mae Sot nach Tak von thailändischen Polizisten streng kontrolliert werden. Wage es jemand, ohne gültigen Reisepass zu versuchen, so lande er bestimmt hinter der gelben Mauer des Gefängnisses, das Thaung Htin von dem Haus, wo er sich jetzt aufhielt, aus der Nähe tagtäglich, mehr als genug, ansehen musste und dort der freundliche Kyantha seine tägliche Arbeit verrichtete. Es wurde gesagt, dass das Gefängnis in Mae Sot voll von Burmesen sei, die unterwegs nach Tak ohne gültige Reisepapiere erwischt worden seien.

Alle Burmesen, die sich im Gebiet Mae Sot aufhielten, besaßen nie einen gültigen Reisepass, ausgenommen die Soldaten der Patriotischen Front Burmas - der im Jahre 1969 gegründeten Widerstandsgruppe des ehemaligen Ministerpräsidenten U Nu - die nun etwa hundert Kilometer südlich von Mae Sot im Dschungel, auf burmesischem Gebiet, stationiert war. Diese burmesischen Befreiungskämpfer, so nannten sie sich, besaßen Ausweise von ihrer Organisation, und ihnen wurden von Thai-Behörden erlaubt, sich innerhalb Thailands frei zu bewegen.

Abgesehen von dieser Ausnahme gehörten alle Burmesen zu Geschäftsleuten, die sich nur zeitweilig hier in Mae Sot aufhielten oder zu den Flüchtlingen, die aus politischen oder sozialen Gründen hierher von Schicksal verschlagen wurden. Aber diejenigen Burmesen, die unterwegs nach Tak in Richtung Bangkok waren, zählten mit größter Wahrscheinlichkeit zu illegalen Flüchtlingen, die aus verschiedenen Motiven ihre Heimat Burma für immer verlassen hatten, diese waren Zigtausende. Erst von Bangkok aus könnte man versuchen, in andere Länder zu immigrieren. Wer Glück hatte, dem gelang eine legale Existenz in den Ländern wie USA, Kanada oder Australien. Wer weniger mit Glück gesegnet war, blieb in Bangkok für immer als Illegaler hängen; wer Pech hatte, landete in einem thailändischen Gefängnis. Einziger Vorteil, den die Burmesen in diesem misslichen Umstand von Natur aus gegeben betrachten konnten, ist, dass es zwischen Thailänder und Burmesen vom Aussehen keinen Unterschied gibt. Dieses Faktum, dass sich fast alle Burmesen hier in Thailand illegal aufhielten, war allen bekannt, besonders den thailändischen Polizisten. Einmal hätten sich zwei Burmesen von Mae Sot in einem Lkw unter den Gemüsekörben versteckt und versucht, nach Tak zu kommen. Unterwegs an der Kontrollstelle hätten die Polizisten die Gemüsekörbe von oben wahllos mit Bajonetten durchstochen, um die eventuell versteckten Burmesen herauszulocken. Als der Lkw in Tak eintraf, waren beide Burmesen durch Bajonettstiche längst tot. Käme man schon in Tak an, dann hätte man es fast geschafft, im Expressbus nach Bangkok sei fast keine Kontrolle mehr, so sagte man, aber jedenfalls solle man auch im Bus nicht auffällig auftreten, z. B. wenn jemand im Bus englisch sprechen würde, hätte man sich selber damit enttarnt, dass man aus Burma stamme. Dann könne es eventuell sehr gefährlich werden, wenn jemand die Polizei benachrichtigt, denn die Thailänder sprechen kaum englisch. Zwischen Mae Sot und Tak gebe es nur eine einzige Straße, die große Berge überqueren müsse, die genau so hoch seien wie der Gurken-Berg.

Am zweiten Tag fragte Thaung Htin den Hausherrn Kyantha, wo das Postamt sei, weil er mit einem burmesischen Freund, der in Bangkok lebte, telefonieren möchte. Das Postamt befand sich am westlichen Teil der Stadt. Das telefonische Gespräch beim Postamt kam leider aus unerklärlichen Gründen, die bei der Empfängerseite zu liegen schien, nicht zustande. Der Postbeamte half ihm sehr freundlich, obwohl er kein Wort Englisch verstand, womit Thaung Htin vergeblich versuchte, sich mit ihm zu verständigen. Thaung Htin versuchte mit einigen Worten auf thailändisch, ihm zu erklären, dass das Gespräch noch mal versucht werden sollte. Der zweite Versuch klappte zum Glück, doch leider kam es nicht zur Verständigung, da die andere Seite in Bangkok kein Englisch sprach. Am nächsten Tag versuchte er es noch mal, mit seinen bescheidenden thailändischen Vokabeln Kontakt zu bekommen, leider war es vergeblich. Er hatte vorgehabt, mit seinem Freund Deutsch zu reden und sich über die Risiken unterwegs nach Bangkok zu informieren und eventuell um seinen Rat zu bitten, was er, Thaung Htin, am bestens unternehmen sollte. Der freundliche Postbeamte schaute ihn teilnahmsvoll mit einem gewissen Mitleid an und fragte ihn: „Telegramm?" Ja, das ist eine gute Idee, ich muss unbedingt ein Telegramm schicken, da kann ich sogar im Telegramm deutsche Wörter schreiben, dachte er und bedankte sich beim Postbeamten in thailändisch:

„Kow kum ma krap - Danke schön." Obschon seine Aussprache ein wenig dürftig klang, hatte der Postbeamte seine Erwiderung freundlich aufgenommen und legte ihm ein Telegrammblatt vor. Daraufhin schickte er ein Telegramm nach Bangkok, dass er jetzt in Mae Sot angekommen sei. Allererst musste er den Kontakt zu dem Freund herstellen, bevor er den nächsten Schritt planen konnte. Große Sorge wegen des fehlgeschlagenen Kontakts zu machen, war in diesem Anfangsstadium nicht angebracht, nichtsdestoweniger bereitete es ihm doch ein unbehagliches Gefühl. Falls er umgezogen wäre oder aus unerklärlichen Gründen nicht mehr auffindbar wäre, was mache ich dann überhaupt? Ah, Quatsch, denk doch nicht so was, machte er sich selbst Mut, wenn ihm auch bewusst war, dass sein Unternehmen von vielen unsicheren Faktoren beeinflusst werden konnte. Während er über den gescheiterten Versuch mit einem nachdenklichen Gesicht grübelte, betrachtete ihn unbemerkt ein alter Herr von nebenan, der mit einer dunklen Brille ausgestattet war. Der Mann sprach ihn freundlich in burmesisch an:

„Kommen Sie aus Burma?"

Erfreut, dass der andere burmesisch sprach, erwiderte Thaung Htin, dass er von Rangun gekommen sei und wolle gerade mit einem burmesischen Freund in Bangkok Kontakt aufnehmen. Auf die Frage, wie er bis Mae Sot gekommen sei, erzählte Thaung Htin seinen bisherigen Werdegang in knappen Worten. Der alte Herr stellte sich freundlich vor, dass er U Hla Bu heiße und 1963 Burma verlassen und sich seitdem hier in Mae Sot niedergelassen habe. Er lud Thaung Htin in sein Haus ein, falls er Zeit hätte. So fuhr Thaung Htin in seinem Auto in die Mitte der Stadt.

U Hla Bu hatte bereits in der neuen Heimat eine Existenz aufgebaut und besaß einen großen Textilladen in der Stadtmitte. Der Laden war im Erdgeschoss untergebracht und seine Familie wohnte in der ersten Etage des Gebäudekomplexes. Sein Hauptgeschäft lag aber im Handel mit Rubinen und Saphiren, die die burmesischen Händler von Mogoke mitbrachten. Der Warenwert fing bei hunderttausend Baht an bis zu Millionen. Diese Art Handel mit burmesischen Edelsteinen in Mae Sot war erst richtig in Gang gekommen, als die Militärregierung den Zivilisten verboten hatte, den Handel mit Edelsteinen zu betreiben, und dieses Geschäft unter Staatsmonopol gestellt hatte. U Hla Bu erzählte, dass er in Burma als Chef der Fischerei- und Perlenzucht-Industrie unter Oberst Aung Gyi gearbeitet habe. Oberst Aung Gyi war ein sehr fähiger führender Kopf, der als der Einzige in der Militärregierung die Wirtschaft des Landes zu entwickeln verstand, jedoch vom Diktator Ne Win 1963 mehr aus machtpolitischen Gründen abgesetzt worden war.

U Hla Bu stellte seinen Familienmitgliedern Thaung Htin vor. Seine Frau, Burmesin, klein und von heller Haut, in der Gestalt einer tüchtigen Chinesin, nicht nur vom Aussehen, sondern auch in der konfuzianischen Arbeitseinstellung, saß am Schreibtisch und beschäftigte sich emsig mit Listen der Warenbestellung und des Verkaufs. Sie hob nur kurz den Blick zu Thaung Htin und nickte flüchtig mit dem Kopf. Seine jüngere Tochter Khin Mi, ca. im geschätzten Alter von zwanzig, schien ein leidenschaftliches Wesen zu sein; ihre Lippen waren scharlachrot gefärbt, die Farbe ihrer Haut weiß wie Marmor; ihr Gang mit schlanken Beinen und einer wohlgeformten Figur war graziös, doch vermengt mit einem leichten Anschein der Koketterie, die sich im Geist ihrer jugendlichen Unbekümmertheit widerspiegelte. Sie half in der Geschäftsstelle der Eltern.

Im Textilgeschäft arbeiteten außer eigenen Familienmitgliedern noch drei Burmesen. Als Manager angestellt war ein vierzigjähriger Herr Ko Aung Thein, sein Gesicht glich einem aufrecht gestellten Ei, länglich von oben nach unten, ein dünner Schnurrbart über der schmalen Oberlippe; er versuchte bewusst, sein vorgestrecktes Bäuchlein ständig hinter dem Hemd zurückzuhalten, was ihm aber meist nicht gelang. Vor ein paar Jahren war er aus Burma geflüchtet. Wegen seiner Erfahrung als Manager in einer Handelsgesellschaft in Burma wurde er hier im Geschäft als Manager angestellt. Dass er ab und zu nach der hübschen Tochter des Hauses Khin Mi schielte, war menschlich zu verstehen. Sein unübersehbar machtbewusstes Auftreten, dessen Ursache sicher nicht in der Verheimlichung seiner inneren Unsicherheit zu sein schien, sondern in seiner Natur der Machtbesessenheit zu finden eher wahrscheinlicher war, begleitet von einem eigenartigen Grinsen, machte jedoch auf einen Fremden wie Thaung Htin nicht gerade einen angenehmen Eindruck, sondern hinterließ eher die Impression, dass dieser Mensch über Leichen gehen könnte, wenn es um sein Interesse ginge. Oder hatte er doch in Thaung Htin seinen zukünftigen potenziellen Konkurrenten gesehen und demzufolge gleich seine Zähne gefletscht, um sein Revier zu verteidigen.

Umso erfreulicher war die Bekanntschaft mit Robert, den alle Familienmitglieder, einschließlich U Hla Bu, mit der respektablen Anrede für den Lehrer in burmesisch ‚Saya' ansprachen, weil er, außer seiner Arbeit im Geschäft, die Kinder von U Hla Bu regelmäßig die englische Sprache lehrte. Robert war im Alter von dreißig, hatte eine sanfte Art, zu sprechen und unaufdringlich und sympathisch zu erscheinen im Gegensatz zu Manager Aung Thein. Robert hatte ausgesprochen feine Hände wie ein Künstler. Was Thaung Htin aus seiner bescheidenen Kenntnis über Kunst in Beziehung zu Roberts Händen vermutete, bewahrheitete sich, als U Hla Bu stolz erzählte, dass Robert sogar in einer Band Gitarre gespielt habe. Roberts Gesicht war fast viereckig, seine Augen strahlten unverwechselbar Freundlichkeit und Einfühlungsvermögen aus, seine dünnen Lippen zogen sich seltsamerweise in die Breite. In Rangun geriet er vor Jahren einmal in einen heftigen Konflikt mit den burmesischen Behörden, und aus Angst hinter Gitter zu landen, welches in Burma unter dem Diktator Ne Win gang und gäbe war, flüchtete er allein nach Thailand. Er verspürte ein schlechtes Gewissen, seine Frau und sein Kind in Burma gelassen zu haben, er träumte ständig, dass seine Familie ihm nachkommen möge.

Ein merkwürdiger Menschentyp war doch Chit Chit, ein fünfundzwanzigjähriger junger Mann aus Rangun, der nun als Dolmetscher für U Hla Bu arbeitete. Er beherrschte die thailändische Sprache perfekt, während sein Herr und Gönner aus Altersgründen nicht mehr gewillt war, die Schulbank zu drücken. Seine Art zu sprechen und sich zu bewegen war vollkommen weiblich, seine Stimme war weich, und seine Wortwahl enthielt sogar Nuancen, die einer Frau eigen waren. Der Name ‚Chit Chit' allein klang in burmesisch schon definitiv nicht männlich. Trotz allem akzeptierten ihn alle, wie er war, mit all seinen individuellen Attributen. Aus welchen spezifischen Gründen er Burma verlassen und es ihn hier nach Mae Sot verschlagen hatte, war schwer zu ergründen, aber die eigene Hei-mat zu verlassen war schon eine nicht unwichtige Entscheidung im Leben eines Menschen.

Die ältere Tochter, die bereits seit drei Jahren mit einem Thailänder ver-Heiratet war, wurde ebenfalls mit Thaung Htin bekannt gemacht. Vertrauenswürdig erzählte U Hla Bu, dass er anfangs die Heirat seiner Tochter mit einem Thailänder nicht gewünscht hätte, aber doch weil die beiden seit längeren Jahren einander kannten und vom Herzen mochten, hatte er am Ende zugestimmt und das Enkelkind sei nun schon zwei Jahre alt. Als Starthilfe für die Tochter und den Schwiegersohn hatte er ein anderes Textiliengeschäft auf der anderen Straßenseite aufgemacht. Er gehörte schon seit Jahren zu den angesehenen Persönlichkeiten der Stadt Mae Sot; er versuchte nie, seine Konkurrenten in der Geschäftswelt in irgendeiner Weise zu verdrängen. In Eintracht und Frieden miteinander zu leben war seine Lebenseinstellung, die vermutlich nicht erst durch die gesellschaftlichen Verhältnisse in Thailand beeinflusst wurde. Er verriet dem jungen Mann Thaung Htin, dem er vom ersten Blick an Vertrauenswürdigkeit und kritischen Verstand zusprach, die seltsamen Gegebenheiten hier, die einem in Burma fremd vorkamen.

„Weißt du, dass das Leben eines Menschen hier in Mae Sot buchstäblich am seidenen Faden hängt. Wenn auch heute alles gut läuft, könnte es schon morgen vorbei sein. Es gibt hier genug Berufskiller, die man mit fünftausend Baht sofort anheuern kann. Waffen sind so leicht beschaffbar. Man muss hier jeden Tag die Augen aufhalten. Wenn man in Burma, als ich dort lebte, mit jemandem in Konflikt geraten ist, kann man noch ruhig schlafen. Aber hier in Thailand wird das Leben eines Menschen in solchen Fällen nicht mehr sicher. Wenn du irgendwie hier mit dem Taxi fährst, besonders außerhalb der Stadt, bitte aufpassen. Der Taxifahrer kann sich auf einmal in einen Räuber oder Killer verwandeln, wenn du als Passagier alleine im Taxi sitzt. Viele Taxifahrer sind in Ordnung, aber es gibt auch welche, die nur auf eine Gelegenheit warten."

Er machte Pause, schaute aus dem Fenster. Sein bebrilltes Gesicht, etwas rundlich mit ausgesprochen gutmütigen Augen, zeigte schon gewisse Sorgenfalten auf der Stirn, die Sorge, dass etwas Unvorhergesehenes im Leben auftauchen könnte. Nach einer Weile nahm er wieder den Gesprächsfaden auf.

„Obwohl ich hier seit über vierzehn Jahre lebe, eine Menge thailändischer Freunde habe, mit allen Thai-Behörden gut auskomme, fühle ich mich immer noch nicht heimisch. Wenn man in ein fremdes Land in jüngerem Alter kommt und die Sprache beherrscht und hier aufwächst, kann es sein, dass man sich hier allmählich heimisch fühlt. Für solche Leute von der älteren Generation wie mich und meine Frau ist das nicht mehr einfach. Unsere gefühlsmäßige Bindung zur alten Heimat und die Erinnerung daran sind viel stärker, je mehr das Alter voranschreitet, obwohl wir hier für uns und unsere Kinder eine feste Existenz aufgebaut haben. Wie du jetzt gerade kennengelernt hast, waren die drei, Aung Thein, Robert und Chit Chit, viel jünger als ich, trotzdem haben sie auch ständig mit Heimweh zu kämpfen. Vielleicht ist das Heimweh nicht mal so stark abhängig von Alter, sondern viel mehr von den Erlebnissen in der Heimat, die man glücklich und intensiv erlebt hat. Die drei waren in der Widerstandsbewegung gegen die Militärregierung Ne Wins, die vom ehemaligen Ministerpräsidenten U Nu militärisch organisiert wurde, mehr oder weniger involviert. Das Vorhaben, an der thailändischen Grenze eine militärische Befreiungsarmee der Patriotischen Front Burmas aufzubauen, war gut. Ich habe diese Bewegung mit allen Kräften unterstützt. Leider verlangte diese Bewegung den jungen Männern viel ab, die mussten jahrelang im Urwald im Trainingslager ausharren, die Erfolge ihrer Bewegung waren aber dagegen zu dürftig. Du wirst auch einigen Burmesen in Mae Sot begegnen, die sich von dieser Befreiungsbewegung im Laufe der Jahre abgesetzt haben, weil sie so lange Jahre nicht durchhalten konnten."

Er setzte fort, nachdem er eine Zeit lang das Ölgemälde, das Burmas

Wahrzeichen ‚Schwedagon-Pagode' in Rangun in hellen Farben ausdrucksvoll zeigte und nun in seinem Arbeitszimmer an der Wand hing, eingehend und sehnsüchtig betrachtete:

„Ich träume immer noch davon, wie wir am Sonntag zur Schwedagon-Pagode zum Gebet fuhren, manchmal im Kandawgi-Park spazieren gingen, ab und zu mit Freunden in der Bar im Strandhotel Bier tranken oder am Bogyoke-Aungsan-Markt einen Einkaufsbummel machten. Trotz vieler Träume ist aber die Rückkehr nach Burma aus verschiedenen Gründen nicht realistisch und nicht mal daran zu denken."

Ja, er wusste aus seiner bitteren Erfahrung, was Traum und was Wirklichkeit war. Thaung Htin hörte ihm aufmerksam zu. Er hatte sich vorher gewundert, warum sich eine Reihe von Menschen mit fast gegensätzlichen Charakteren um diesen gutmütigen alten Mann sammelte. Nach und nach wurde es Thaung Htin klar, dass der alte gute Mann unmittelbar um ihn eine kleine burmesische Welt aufbauen wollte - mit Menschen verschiedener Herkunft und seelischen Befindlichkeiten. Er hatte Burmesen aufgenommen, die ihre Heimat verlassen hatten, und Arbeit gegeben, so weit er denjenigen vertrauen konnte und der andere für die vorhandene Arbeit geeignet war. Wenn er sähe, dass er von seinen Landleuten umgeben war und sich in seiner gewohnten Landessprache mit den anderen verständigen könnte, spürte er das glückliche Gefühl, als wäre er in seiner vertrauten Heimat, die er innerlich nie und nimmer verlassen hatte.

Wer wagte es, zu behaupten, dass er seinen Illusionen nachhing? Nein, niemand war berechtigt, diesen alten Mann als puren Träumer abzustempeln. Wenn er mit seiner Vorstellung geflüchteten Menschen in irgendeiner Weise half und diese Tat auch von den Bedürftigen als Segen empfunden wurde, dann war eben seine Handlung eine Tugend.

Am dritten Tag gingen Thaung Htin und Mama Khine wieder zu dem Haus des Maklers Ko Win. Dort kam ein chinesischer Kaufmann aus Hongkong, der gerade in Mae Sot eingetroffen war und sich ein, zwei Wochen hier aufhalten wollte, um alle Jadeangebote in den Häusern der verschiedenen Makler anzusehen und einzukaufen. Diejenigen Anbieter, die von dieser Art Jadehandel von hohem Warenwert noch nicht erfahren genug waren oder nie ein Gespür von psychologischem Taktieren besaßen, drängten sich gern nach vorne, ihre Waren so schnell wie möglich dem Käufer vorzulegen. Der Kaufmann, mit allen Wassern gewaschen, notierte schon das Verhalten jedes Anbieters, bevor der Anbieter die Jadetüte vor ihn legte. Der Kaufmann verstand kein burmesisch, aber er las gerne die Gesichter, die burmesisch redeten. Um ihn versammelten sich nun mehrere

Leute, einer holte eine Jadetüte heraus und legte diese ihm vor. Die Tüte wurde geöffnet, in dem der Anbieter die zusammengefalteten Papierseiten nach außen ausbreitete. Der Kaufmann tastete zuerst mit der Handfläche die ganzen Steine ganz grob, dann nahm er Stück für Stück zwischen Daumen und Zeigefinger und betrachtete diesen im Licht. Danach holte er eine fingerbreite Taschenlampe, leuchtete jeden Stein von hinten, um kleinste Defekte oder Risse im Stein herauszufinden. Dabei verzog er meist den Mund und stellte seine Geringschätzung über die vorgelegten Steine zur Schau, mit der wohlüberlegten Absicht, den Preis, so weit wie möglich, herunterzudrücken. Der Kaufmann fragte meist mit einem lustlosen Gesicht beiläufig nach dem Preis, um vor allem den Verkäufer zu bluffen. Der Anbieter ließ sich auch nicht beirren und nannte meist die Summe ‚100000 Baht', den zehnfachen Preis des tatsächlichen Wertes. Der Kaufmann grinste unverhohlen und bot nur 5000 Baht.

Hier fing gewöhnlich das Feilschen um den Preis an, bis der beiderseitig annehmbare Betrag erreicht wurde. Dann wurde die Jadetüte mit einem Klebeband fest geschnürt, dies galt als Abmachung für beide Seiten. Nach zwei, drei Tagen wurde die fällige Summe vom Käufer bezahlt. Wenn aber der Verkäufer später mit dem Preis nicht einverstanden sein sollte, konnte er das Klebeband lösen, damit erlosch die Abmachung.

Manche versierte Verkäufer wie Nyaing Aung, der ebenfalls seine Jade vorzeigte und von der guten Qualität seiner Steine fest überzeugt war, packte die Tüte sofort wieder zu, als er den geringen Betrag von 5000 Baht hörte, den der Käufer wie gewohnt lässig genannt hatte. Nyaing Aung nahm die Tüte zu sich mit der Bemerkung, dass dies nicht der würdige Preislevel sei, auf dem die Verhandlung beginnen sollte. Thaung Htin übersetzte bei dieser Gelegenheit in Englisch, was sein Freund Nyain Aung in Burmesisch gesprochen hatte, da die Worte des Verkäufers den weiteren Verlauf wesentlich beeinflussen könnten. Der Käufer, sichtlich überrascht von Stolz der anderen Seite, überlegte, ob er die Steine richtig angesehen habe, und bat, die Steine noch mal ansehen zu dürfen. Nach nochmaligem Begutachten bot er von Anfang an den doppelten Preis von 10000 Baht. Obwohl das Endangebot bei 17000 Baht angekommen war, schlug Nyain Aung es aus, da er überzeugt war, dass sogar derselbe Käufer ihm nach ein paar Tagen hinterher laufen würde. An dem Tag wurden einige Geschäftsabschlüsse gemacht, der Makler Ko Win war zufrieden. Einige Händler, die ihre Waren losgeworden waren, bereiteten sich schon auf die Abreise vor. Thaung Htin hatte an dem Tag sehr interessanten lebensechten Psychologieunterricht hautnah erlebt. Er hatte große Achtung vor Nyaing Aung, der kühlen und klugen Kopf in kritischer Situation bewahrt und den Gegner aus seiner Deckung taktisch meisterhaft herausgelockt hatte.

Am nächsten Tag kam derselbe Kaufmann wieder ins Haus. Er begrüßte Nyain Aung mit einer gewissen Aufmerksamkeit, jedoch bat er nicht, die Ware ihm noch mal vorzulegen. Nyain Aung seinerseits blieb ganz unberührt erhaben ruhig, ob die Aufwartung des Käufers ihm selbstverständlich wäre. Ein Verkäufer, der seine zwei Tüten Jadesteine gestern gezeigt und nur ein niedriges Angebot bekommen hatte, vermischte in der gestrigen Nacht die Steine noch mal anders und präsentierte heute dies als neue Ware - wieder in zwei Tüten. Der Kaufmann, verblüfft von der neuen Gestalt der grünen Steine, bot sofort den Endpreis von 10000 Baht, den doppelten Preis von gestrigen. Der Handel wurde erfolgreich abgeschlossen. Der andere Verkäufer, dessen Waren wegen einiger Risse in den Steinen sehr ein niedriges Angebot bekam, kochte in der gestrigen Nacht alle seine Jadesteine in einer klebrigen Haarcreme, die dunkelgrün gefärbt war und die er auf Anraten eines Kollegen gleich besorgt hatte. Nun ließ er durch den anderen Verkäufer seine Waren vorlegen, nun bot der Käufer einen besseren Preis als gestern. Prompt wurde der Handel abgeschlossen.

Der neue Tag war angebrochen. Thaung Htin wartete ungeduldig auf die Nachricht aus Bangkok, er musste sich noch in Geduld üben. Der freundliche Kyantha hatte sogar extra ein Telegramm notwendigkeitshalber in thailän-disch nach Bangkok geschickt, nachdem er von Thaung Htin über das Vorhaben informiert worden war. So weit er kann, werde er Thaung Htin helfen, sagte er von sich aus. Seitdem Athan und Ma Ei Nwe über die Pläne von Thaung Htin erfahren hatten, verstanden sie sofort, dass Thaung Htin nur als Anhängsel von Mama Khine mit einer ganz anderen Absicht mitgekommen war. Nur mit wie viel er an den Jadesteinen von Mama Khine tatsächlich beteiligt war, wussten sie nicht. Soweit mein Gefühl sagte, wird es ein Nullbetrag sein, witterte schon Ma Ei Nwe das Allerschlimmste.

Täglich wurde das Essen für die Gäste im Hause von Kyantha gekocht. Damit der Gastgeber Kyantha nicht für die Unkosten – Essen und Getränke - wegen der Gäste aufzukommen brauchte, sammelten die Gäste, pro Person hundert Baht, und gaben dem freundlichen Kyantha, der dankbar das Geld annahm. Thaung Htin verstand langsam, warum sich die Frau von Kyantha etwas distanziert zu den Gästen verhielt. Es war rätselhaft, wie Ma Ei Nwe, die als Makler offiziell Provision beim Verkauf der Waren einstrich, mit Kyantha die Unkosten, die durch die Bewirtung der Gäste in seinem Hause entstanden waren, aufteilte. Anderseits hatte Thaung Htin im Grunde genommen, persönlich auf sich bezogen, überhaupt keine Ware ins Geschäft weder für Ma Ei Nwe noch für Kyantha mitgebracht, sodass er in keiner Weise berechtigt war, über jemanden Beschwerde zu richten.

Thaung Htin war sich bewusst, dass er mehr auf Bittstellerstand beschränkt war als jeder andere. An dem Tag hielten sich Thaung Hitn und Mama Khine wieder im Hause von Makler Ko Win auf. Die Steine von Mama Khine war sie bedauerlicherweise auch noch nicht mit dem Preis losgeworden, der ihrer Vorstellung entsprach. Am Nachmittag schlug Nyain Aung vor, seine gute Bekannte Pfi Kyu zu besuchen.
Pfi Kyu war eine bekannte Persönlichkeit im Kreis der Edelsteinhändler in Mae Sot. Sie war etwa Mitte vierzig, kleidete sich sehr modern. Der kurze Haarschnitt verlieh ihrem Gesicht mit üppigen Backen zusätzlich eine markante Gestalt. Scharlachrot hatte der spezielle Lippenstift ihre Lippen verzaubert, und ein leichter Schimmer vom Make-up war auf ihrem Gesicht zu sehen. Im Gegensatz zu anderen Frauen zog sie anstatt der langen Kleidung ständig Hose an, die ihren etwas molligen Körper schmiegsam und proportionsgerecht erscheinen ließ. Sie saß auf dem Sofa lässig mit überschlagenen Beinen, ließ ihren Mann mit einem Wink ein paar Dosen Bier bringen, bot Bier den Gästen an und sagte mit einer erhobenen Bierdose: „Zum Wohl!" Sie trank gern Bier besonders mit ihren männlichen Kollegen. Anschließend holte sie eine Schachtel Zigaretten, legte sie auf den Tisch, sodass jeder Gast zugreifen konnte. Sie zündete ihre Zigarette an, paffte kräftig einige Male und plauderte in burmesisch und thailändisch gemischt, sodass alle die Unterhaltung verstehen konnten. Sie sprach sogar erstaunlich gut burmesisch, weil sie jahrelang durch Jadehandel mit Burmesen viel zu tun hatte. Sie machte Witze und lachte gerne herzlich und laut und schien offenbar diese Momente richtig zu genießen, während sie andererseits alle Anwesenden durch ihr ungehemmt herzhaftes Lachen ergötzte. Wenn sie lachte, wurden ihre Augen kleiner und verschwanden sogar manchmal völlig aus dem Gesicht.
Nyain Aung machte ihr Komplimente:
„Pfi Kyu, sie werden nie alt, sie sehen sogar mit den voranschreitenden Jahren viel jüngerer aus als vor Jahren."
„Was, sie machen mir den Heiratsantrag? Nein, das habe ich schon hinter mir", winkte sie mit einem gewissen süffisanten Lächeln ab. Die ganze Zeit wurde hin und her erzählt, gelacht und getrunken.
Es schien merkwürdig für Thaung Htin, dass der Mann von Pfi Kyu während der ganzen Unterhaltung allein in der Ecke schmorte, als sei er als Dienstmagd und gar nicht in die Gesellschaft einbezogen. Thaung Htin versuchte, mit ihm in Englisch ins Gespräch zu kommen. Der Ehemann von Pfi Kyu sagte sogar in gutem Englisch, dass er wünschte, dass sich die Gäste und Madam in dem Hause glücklich fühlten. Es fiel Thaung Htin auf, dass der Mann Methew, so hieß er, Pfi Kyu nicht mal flüchtig als seine

Frau bezeichnete oder zu bezeichnen wagte. Es war unübersehbar, dass der Mann Mathew beim Gehen auf dem rechten Fuß hinkte, obwohl er sich besonders vor den Gästen bemühte, normale Haltung zu bewahren. Thaung Htin unterhielt sich mit ihm allgemein über belanglose Dinge, dabei war es ihm mehr als deutlich aufgefallen, dass Pfi Kyu persönlich für ihren Mann nicht einmal einen flüchtigen Blick übrig hatte, während Methew ab und zu aufmerksam auf die Gäste und auf Pfi Kyu einen Blick warf, um eventuelle Wünsche der Anwesenden abzulesen und ihnen mit Bier oder Zigarette nachzukommen.

Als sie unterwegs nach Hause waren, fragte Thaung Htin aus Neugier Nyain Aung, was bei Pfi Kyu und ihrem Mann los sei. Nyain Aung sagte: „Das ist eine traurige Geschichte, die mich sehr tief berührt hat. Das muss ich euch einmal erzählen." Nyaing Aung schöpfte einen langen Atem, bevor er anfing, mit der Geschichte fortzufahren:

„Die beiden kannten sich scheinbar lange, lange Jahre. Verheiratet sind sie erst seit sieben Jahren, Spätheirat sagen wir so. Vor ungefähr fünf Jahren hatte Pfi Kyu angefangen, burmesische Jadehändler kennenzulernen, um langsam ins Jadegeschäft einzusteigen. Wie ihr jetzt gesehen habt, war sie und ist sie eine Person der wahren menschlichen Wärme. Aufgrund ihrer Herzlichkeit war es ihr gelungen, eine Menge Kunden zu gewinnen, ihr Wohlstand stieg merklich. Sie investierte mit Herz und Seele in die Arbeit, der Mann übernahm Bewirtung der Gäste und das Kochen zu Hause. Die Ehe funktionierte sehr harmonisch, sie liebte ihren Mann sehr. Wenn man zu ihr zu Besuch kam - ich hatte sie vor drei Jahren zum ersten Mal mit einem Bekannten besucht – hörte man in ihrem Hause die sanfte Musik, ein Lied komponiert von Charlie Chaplin, manchmal abgespielt vom Plattenspieler oder Kassettenrecorder. Ich verstehe kein Englisch, aber ich habe mich bemüht, den Inhalt dieses schönen Liedes zu verstehen und damit auch zu begreifen, wie glückselig Pfi Kyu damals gewesen war. Die Melodie lautet so, ich kenne den Text sogar auswendig."

Nyain Aung versuchte, den Text mit entsprechenden melodischen Rhythmen wieder zu geben:

„I' ll be ... loving you ... eternally
With a love that's true...eternally
(Ich liebe dich für immer; mit einer Liebe, die wahrhaftig ist auf Ewigkeit)
For ever true and loving you... Eternally"
(Ewig und immer gehöre ich dir.)

Das war das Lieblingslied von Pfi Kyu und ihrem Mann. Oft sang Pfi Kyu das Lied nach oder piff die Melodie vor sich hin. Das Lied entsprach genau dem inneren seelischen Zustand der Eheleute Pfi Kyu. Die beiden waren sehr, sehr glücklich."

Diese herzergreifende Melodie war allen bekannt. Wie oft hatte auch Thaung Htin dieses Lied vor sich hin gepfiffen, als er noch Student an der Rangun-Universität war. Mama Khine hatte auch diese schöne Melodie mehrfach im Radio gehört, nun waren sie wiederum von dieser Melodie berauscht. Die zarten Worte des Liedes drängen sich in die Seele derjenigen, deren Gefühle dafür empfänglich waren. Mama Khine ergriff Thaung Htins Hand, ihre Augen waren fast von Tränen überschwemmt.

„Wie gesagt, in dieser Melodie und der Atmosphäre widerspiegelte sich zu dieser Zeit genau die seelische Befindlichkeit der Eheleute Pfi Kyu, und jeder, der in ihrer Nähe kam, spürte dieses etwas Emotionale am eigenen Leibe. Bedauerlicherweise änderte sich dieser Zustand vor zwei Jahren, ich habe diesen auch später mitbekommen. Ihr Mann Methew, nun durch die Verdienste seiner Frau Pfi Kyi wohlhabend geworden, fing an, sich außerhalb des Hauses zu amüsieren. Solange er am Abend wieder nach Hause zurückkam, hatte Pfi Kyu Verständnis dafür gehabt. Einmal aber brannte er mit einer jungen Frau durch, ein paar Tage kam er nicht zurück. Für Pfi Kyu war es ein großer Schock, sie wollte es einfach nicht wahrhaben, dass Methew ihr so etwas antun könnte. Pfi Kyu hatte bis dahin geglaubt, dass die langjährige Liebe zwischen ihr und Methew nicht so einfach zerstört werden könne und er bald zu ihr zurückkommen würde. Er würde auf die Knie fallen und ihr sagen, dass er sie immer noch liebe, und bitte nun um Entschuldigung. Stattdessen vergnügte Methew sich mit der jungen Frau, verpulverte das ganze Geld. Als die junge Frau nach einigen Tagen herausfand, dass er schon verheiratet war, verstieß sie ihn auf der Stelle. Da er keine andere Bleibe hatte, kam er zu Pfi Kyu zurück. Er betrat das Haus durch die Hintertür. Pfi Kyu fragte, warum er zurückgekommen sei. Er sagte eintönig, die andere Frau habe ihn verstoßen, und daher habe er auch keine andere Bleibe mehr. Da schrie Pfi Kyi ihn empört an, dass sie kein Müllabladeplatz für seinen Dreck sei, und zog gleich die Pistole aus der Schublade und feuerte auf ihn. Zum Glück traf die Kugel sein rechtes Bein. Er wurde sofort ins Krankenhaus geschleppt, wurde nach einem Monat wieder gesund. Was aber nicht wieder gesund wurde, war die gebrochene Seele von Pfi Kyu. Seit dem verstummte diese wunderschöne Melodie ‚I 'll be loving you eternally' in dem Hause für immer. Obwohl sie Methew unter demselben Dach wohnen ließ, sprach sie kaum noch mit ihm, sie schlief getrennt von ihm, jeder in einem anderen Zimmer, er kochte Essen und machte den Haushalt. Sie ging weg, wohin sie wollte, blieb manchmal Tage oder Wochen verschwunden, kam zurück, nur um Kleider zu wechseln. Dann verschwand sie wieder, wie eine ruhelose Seele, die immer herumwandert und nie ein Zuhause gefunden hat; niemand wusste, wohin sie ging und wo sie gewesen war." Alle waren ergriffen von der traurigen Erzählung Nyaing Aungs, gingen wortlos nebeneinander, jeder für sich versunken in endlosen Gedanken. Sie kamen an einer belebten Straße vorbei, wo mehrere Kaufläden verschiedener Waren in Reihe standen, da klang von einem Radio in irgendeinem Geschäft ausgerechnet gerade eben besagtes Lied: I'll be loving you eternally. Alle drei verlangsamten die Schritte, um sich den zärtlichen Worten des Liedes hinzugeben. Die Melodie schien aber diesmal viel trauriger zu klingen als je zuvor.

Heute ist schon der 11. August, seit einer Woche bin ich in Mae Sot, möge die Nachricht von Bangkok so schnell wie möglich zu mir kommen, dachte Thaung Htin, als der neue Tag angebrochen war. Es war seit zwei Tagen bekannt, dass die polizeiliche Durchsuchung nach Illegalen in der ganzen Stadt Maesot am 11. August stattfinden würde. Wer waren dann die sogenannten Illegalen? Damit waren ausschließlich Burmesen gemeint. Deswegen blieben Ko Ba Yin und Thaung Htin und alle heute zu Hause. Die Passierscheine, die in Phalo von Kawthulay für den Eintritt und Aufenthalt in Mae Sot ausgestellt wurden, waren in der Tat staatsrechtlich bedeutungslos. Wenn ein Burmese mit einem solchen Passierschein nun in der Stadt von einem Polizisten erwischt würde, landete er sofort im Gefängnis, falls er nicht das nötige Kleingeld von ein paar Tausend Baht bei sich hätte, um es in die Tasche des Polizisten zu stecken. Derartige polizeiliche Durchsuchungen fanden oft statt, zum Glück wurden sie jedes Mal im Kreis der Burmesen vorher bekannt, sodass man der Gefahr ausweichen konnte. Die thailändischen Behörden duldeten Burmesen im Raum Mae Sot, ausgenommen von politisch geduldeten burmesischen Befreiungskämpfern, weil die fremden Waren nach Thailand mitbrachten und von Thailand Waren kauften, daher die Wirtschaft durch den formlosen Grenzverkehr boomte. Viele Burmesen hatten sich seit Jahren hier in den Grenzregionen niedergelassen und trugen zur wirtschaftlichen Entwicklung bei. Die Thai-Behörden kannten diese wirtschaftlich tüchtigen Burmesen, von denen sie finanzielle Zuwendungen von dieser oder jener Art erhielten, so ließen sie diese Menschen in Ruhe. Wenn ein Burmese zu ranghohen Beamten im Distrikt oder einflussreichen Persönlichkeiten in der Regierung in Bangkok persönlich gute Beziehung unterhielt, der hatte dann nichts mehr zu befürchten, obwohl er keinen gültigen Pass in der Hand hielt. Aber vom Gesetz und Recht her gesehen, waren die Thai-Behörden jederzeit in der Lage diese Burmesen zu verhaften, ihre Güter zu konfiszieren und sie außer Landes zu verweisen.

Der Burmese lebte in der Tat nach Gutdünken des Thailänders, andererseits mussten sich viele Burmesen so gar sehr glücklich schätzen, dass es überhaupt Thailand gab.

An dem Abend wurde im Hause Kyanthas wiederum fröhlich gegessen und gezecht, da die Durchsuchungsaktion, die zum Glück niemandem der Gäste geschadet hatte, vorbei war. Nach dem Essen fuhren alle mit dem Auto von Ahtan in die Stadt, die Frauen wurden vor dem Kino abgeladen, weil sie zusammen einen Film sehen wollten. Die Männer wurden dagegen zu einem großen Haus außerhalb der Stadt gebracht. Alle waren außerordentlich fröhlich gelaunt, nur Thaung Htin war als Neuling ahnungslos, was bevorstand. Unmittelbar nach dem Eintritt in das Haus landeten sie in einem fast dunklen Raum, der an der Decke mit einem ausgebreiteten Fischernetz dekoriert war. Eine angenehme verführerische Musik klang irgendwo im Hintergrund. Sie nahmen Platz am Tisch, Bierflaschen rollten eine nach der anderen auf den Tisch. Auf einer Seite des Raums wurde ein stufenweise angelegtes Podium angeschlossen, das hell beleuchtete war. Auf der breiten Treppe saßen bildhübsche junge Frauen, nummeriert von eins bis siebzehn. Es war ein öffentliches Bordell, das Thaung Htin vorher noch nie gesehen hatte. Es wurde hier in Thailand niemals jene obszöne Bezeichnung ‚Bordell' verwendet, stattdessen unter dem wohlklingenden Name „Massagesalon" oder „Thailändisches Bad" liebevoll getauft.

Kyantha, in seiner Uniform mit seiner Pistole am Gürtel, fungierte als Schutzpatron der Truppe und feuerte seine Leute ständig in burmesisch an: „Jungs, ran an die Buletten!" Ba Yin und seine Leute traten sofort in Aktion, während Thaung Htin noch zögerte. Letztendlich entschied er sich für eine hübsche Frau, nannte an der Kasse die Nummer. Nach Bezahlen von fünfzig Baht führte ihn die ausgewählte Dame in ein sauberes und schön gestaltetes Zimmer. Da es seine allererste Erfahrung war - in einem öffentlichen Freudenhaus, wollte er zuerst die Ouvertüre genussvoll genießen, jedoch war die Dame darauf und dran, sofort zum Hauptteil überzugehen, was er als verfrüht betrachtete. Da die Dame von ihrer Position und er auch von seiner Betrachtung nicht ein Jota abzurücken bereit war, kam die geschäftliche Bindung nicht zustande. In Anbetracht der Unmöglichkeit, zum Erfolg zu gelangen, zog er sich an, ging raus, ohne in irgendeiner Weise böse zu sein. Die Dame, von seiner Reaktion erschrocken, folgte ihm sofort auf den Gang. Da kam gerade Ba Yin und erkundigte sich nach dem seltsamen Gebaren. Thaung Htin erzählte aus seiner Sicht das Ereignis, sie dagegen zeigte, anstatt der wörtlichen Erklärung, bildlich einen gekrümmten Zeigefinger. Ba Yin appellierte an sie eindringlich, noch einmal zu versuchen. Er und sie kehrten wieder zurück ins Zimmer. Leider beharrten beide jeweils auf ihren angestammten Positionen wie zuvor, sodass der Fehlschlag von Beginn an determiniert war. Er sagte und gestand ihr ohne Argwohn und Hinterlist, dass es wenig Sinn habe. Er zog sich wieder an, sie folgte ihm mit ängstlichem Gesicht, dass er über sie bei der Aufsichtsperson Beschwerde einbringen könnte, und dies würde mit absoluter Gewissheit schlimme Folgen nach sich ziehen. Sie sagte ihm auf dem Gang repetierend, dass Burmese und Thailänder Freunde seien. Als er vor der Aufsichtsperson stand, sagte er ihr mit einem Lächeln in thailändisch: „Kawkum Ma Krab - vielen Dank." Ihr Lächeln war diesmal über jeden Zweifel echt und vor allem voll von Dankbarkeit, die er nicht im geringsten verdient hatte, denn es war ja schließlich seine Pflicht, gegenüber den anderen fair zu sein.

An seinem Tisch war niemand anwesend. Athan war schon von Beginn an, ohne seine Zeit verlustig zu werden, seiner Routinearbeit schnurstracks nachgegangen, während sein Bruder Kyantha seine Wollüstigkeit ausgiebig austobte, nachdem er sein Waffenarsenal in seiner Sicht- und Griffbreite auf der Kommode neben dem Bett, sorgfältig und gewissenhaft abgelegt hatte. Danach kamen Bow Lal und Ba Yin langsam mit erschöpften Gesichtern zurück, die jeweils schon mehrfach ihre Männlichkeit vollen Stolzes bewiesen hatten. Nach dem Thaung Htin über den unglücklichen Ausgang erzählt hatte, verschwand Ba Yin sofort mit einer selbst beauftragten Mission, um seinen Freund doch mit allen Mitteln ins Paradies hochzuheben. Nach einer Weile näherte sich eine junge Dame, die über eine gewisse Portion englischer Sprachkenntnisse verfügte und den ihr anvertrauten Auftrag jenes Gentlemans ernsthaft beherzigte, um den problematischen Kerl doch noch rumzukriegen, unauffällig dem Tisch, wo Thaung Htin gemächlich gähnend residierte. Bald kamen sie halb in thailändisch und halb in Englisch in ein angenehmes kommunikatives Verhältnis, das rasant in kurzer Zeitspanne folgerichtig in den beiderseitig einvernehmlichen Zustand der Verbindung mit Leib und Seele einmündete, wofür aber Thaung Htin seinem Kollegen Ba Yin zu Dank verpflichtet sein musste.

Nach diesen Tagen brannte eine heftige Diskussion im Kreis der Familienmitglieder von Kyantha, ob ein solcher Burmese wie Thaung Htin, der nur nach Bangkok wollte, überhaupt geholfen werden sollte oder nicht. Sie hatten bisher noch nie einen derartigen Fall erlebt. Alle Gäste, die bis dahin zu Ma Ei Nwe bzw. zu Kyantha gekommen waren, brachten als Geschäftsleute Jade. Sie kassierten Provision von diesem Geschäft. Diese Gäste gehörten ausschließlich zum Shan-Volk, sie sprachen die gleiche Sprache wie Thailänder. Ma Ei Nwe sagte:

„Dieser Thaung Htin kam als erster Burmese in unser Haus, ob er überhaupt an Jadewaren von Mama Khine tatsächlich beteiligt war, stand in den Sternen. Ich bin strikt dagegen, auf irgendeine Art diesem Burmesen Hilfe zu leisten. Wenn sich mein Gefühl nicht täuscht, wette ich eins zu tausend, dass der Kerl an den Waren nicht beteiligt war, also ist der Kerl für uns nutzlos." Ihre Stimme war kompromisslos kalt.

„Wenn er statt Burmese ein Shan gewesen wäre, hätte ich ihm irgendwie geholfen. Wenn er als Burmese Jadesteine zu mir mitgebracht hätte, werde ich ihn wegen des gegenseitigen Geschäfts gut und höflich behandeln. Aber einem Burmesen, der zu mir gar nichts mitgebracht hat, bewusst helfen, das werde ich nie tun. Schließlich haben diese Burmesen in unserer Geschichte als Räuber und Tyrannen mehrfach unser Land ausgeraubt und unsere Vorfahren wahllos gemordet", fügte Ma Ei Nwe mit aufgeregter Stimme hinzu.

Kyantha teilte ihre scharfe kompromisslose Meinung nicht und konterte: „Ah, in welchem Jahrhundert lebst du noch. Ob ein Burmese oder Shan, es spielt hier keine Rolle, da sind alle Menschen gleich. Du sollst auch nicht vergessen, dass Thailänder oft Teile Burmas besetzt und ausgeplündert hatten, wenn sie dazu in der Lage waren. Ich finde Thaung Htin ehrlich und nett, deswegen werde ich ihm helfen, wo ich kann."

Athan dagegen warf die konkrete Frage auf:

„Wie sollen wir ihm überhaupt helfen? Eigentlich habe ich als Grenzpolizist sogar die Pflicht, solche Burmesen, die mit anderer Absicht als Geschäft nach Thailand gekommen waren, wie Thaung Htin zu verhaften. Weil er ein Bekannter von Mama Khine ist, muss ich davon absehen. Auf der Strecke bis nach Tak sind scharfe Kontrollstellen. Man muss die Polizisten in der Kontrollstelle mit genügend Geld bestechen. Es könnte auch drei, vier Tausend Baht sein, es könnten auch über zehntausend oder fünfzigtausend sein, man könnte es vorher nie wissen. Also helfen werden wir, nur wenn er dazu genug Geld hat."

Anschließend fügte er noch hinzu, da er auf eine geniale Idee just in dem Moment gekommen war:

„Oder wir schmuggeln den Kerl in unserem Polizeiauto und bringen bis Bangkok, dann versaufen wir dort sein ganzes Geld, was er hat. Da können wir auch noch bei Gelegenheit richtiges Nachtleben genießen...He..He."

„Das ist keine schlechte Idee", stimmte Kyantha unverblümt mit fröhlicher Laune zu, obwohl Ma Ei Nwe über diese geniale Lösung nicht gerade begeistert war.

„Wenn sein Freund in Bangkok arbeitet, wie er sagt, kann er dann von ihm genug Geld ausleihen", bemerkte Ma Ei Nwe gleichgültig mit zuckenden Schultern.

Von dem Inhalt jenes Gespräches erfuhr Thaung Htin, nachdem Ba Yin ihm vertraulich informiert hatte. Also geht es hier um Geld, dachte Thaung Htin. An dem Tag traf der kurze Brief von seinem Freund aus Bangkok ein, dass er ihn in Bangkok bald erwarte. Thaung Htin freute sich unheimlich, dass nun die Verbindung endlich zustande gekommen war. Wenn nun Kyantha ihm helfe, nach Bangkok zu kommen, werde er ihm später reichlich wiedergutmachen, wenn er gearbeitet und Geld verdient hatte, dachte Thaung Htin vorgestern. Nun in der neuen Situation, die sich vom Tag zu Tag schnell änderte, war er nicht mehr sicher, ob er überhaupt von Kyantha Hilfe erwarten könnte. Er schrieb daher sofort einen Brief nach Bangkok, dass die Kontrolle bis nach Tak sehr scharf sei, ob sein Freund irgendeinen sicheren Weg wüsste, oder ihn in Mae Sot eventuell abholen könnte.

Inzwischen wurde es offenkundig, dass die Brüder Kyantha, besonders Ahtan, das Geld vorher sehen wollten, bevor sie etwas für Thaung Htin unternahmen, schließlich müssten sie Geld unterwegs benutzen oder eventuell für die Bestechung unterwegs ausgeben, wenn es sein musste. Das ganze Vermögen, das Thaung Hitn zu der Zeit besaß, belief sich auf genau achthundert Baht. Von Burma aus war er schon mit knappen Mitteln gestartet. Zum Glück hatte ein Freund, Khin Maung Saw, ihm siebenhundert Kyat vor der Reise in die Tasche gesteckt, ohne dass er ihn um Hilfe gebeten hatte, wofür er seinem Freund sehr dankbar war. In Burma war niemand in der Lage gewesen, ihn finanziell für die bevorstehende Reise unter die Arme zu greifen. Khin Maung Saw war überhaupt der Einzige gewesen, der ihm helfen konnte. Er hatte einen Jadering mittlerer Qualität mitgebracht, den er seinem Freund Nyaing Aung in Mae Sot verkaufen ließ. Nach Ausgaben unterwegs und was nun übrig geblieben war, war nur noch ein läppischer Betrag. Damit werden die Brüder Kyantha nicht mal einen Finger rühren.

Ba Yin erzählte Thaung Htin, dass die Brüder Kyantha nun etwa Verdacht schöpften, dass er, Thaung Htin, eventuell ein gefährlicher oder unerwünschter Politiker sein könnte. Wenn sie nun Thaung Htin allein ziehen lassen würden und er unterwegs verhaftet worden wäre, dann würde die zuständige Behörde nachprüfen und herausfinden, dass Thaung Htin bei Kyantha übernachtet hatte, und Ahtan und Kyantha wurden als Staatsbeamter ganz sicher große Probleme haben. Deswegen sollte Thaung Htin von den Brüdern von nun an genau beobachtet werden, sagte Ba Yin. Da aber ihre Vermutung nicht der Wahrheit entsprach, hatte Thaung Htin kein schlechtes Gewissen, aber seine Angelegenheit war dadurch noch unnötig komplikationsreicher geworden, weil die Gastgeber ihn misstrauten.

Die Brüder beschlossen nun, vorläufig Thaung Htin nicht in Mae Sot, sondern im Hause Athans, in einem kleinen Dorf namens Mekonkin, nicht weit von Phalo, wohnen zu lassen - aus Sicherheitsgründen, wie sie sagten. Die Brüder waren der Ansicht, dass wenn Thaung Htin ein gefährlicher Politiker wäre, würde sich die burmesische Seite bald an die thailändische Behörde wenden. In Mae Sot könnte er sehr leicht entdeckt werden. Wenn er im Hause von Kyantha festgenommen würde, dann wäre es auch für Kyantha eine große Katastrophe. Kyantha hatte verständlicherweise große Angst davor. Wenn später Thaung Htin von seinem Freund genug Geld geschickt bekäme und es zweifelsfrei erwiesen wäre, dass er kein gefährlicher Politiker sei, dann würden sie bei guter Gelegenheit ihn nach Bangkok bringen. Vorläufig musste er jedenfalls weg von hier. Ma Ei Nwe, die ohnehin auf Thaung Htin nicht gut zu sprechen war, schlug Alarm. Sie schimpfte mit Mama Khine, durch ihr leichtsinniges Mitbringen dieser unerwünschten Person alle anderen in Gefahr gebracht zu haben.

Am 16. August stiegen Thaung Htin und Mama Khine ins Auto und wurden nach Mekonkin gebracht. Für Thaung Htin war es so innerlich widerstrebend, sich in dem Hause von Ma Ei Nwe aufzuhalten, wo er doch als unerwünschte Person galt. Er würde gern zwei-, dreimal den Gurken-Berg klettern, anstatt ihr Haus zu betreten, wo er nicht willkommen war. Wohin sollte er dann gehen? Sollte er nun versuchen, bei U Hla Bu unterzukommen? Wenn er versuchen würde, U Hla Bu seine prekäre Lage zu schildern, könnte er ihm vielleicht Zuflucht gewähren, aber andererseits könnten die Brüder Kyantha in dieser ängstlichen und hektischen Situation ungewollt sogar dadurch in Panik geraten und gegen ihn bei der Polizei Anzeige erstatten, die waren ja schon ohnehin Polizisten. Nein, Junge, du machst es dadurch noch schlimmer, als du je dir vorstellen kannst, leider war es mit deiner Chance schlecht bestellt, sagte ihm seine innere Stimme.

Nein, es gab keinen anderen Ausweg für ihn, er musste nun in die schreckliche Hölle gehen und dort mit zusammengebissenen Zähnen geduldig ausharren, egal was für Peinigung und Qual auf ihn zukommen mochten. Er musste dort so lange ausharren, bis der Zweifel der Gastgeber einigermaßen nachließ und die Nachricht von seinem Freund aus Bangkok eintraf. Danach würde es sich klar abzeichnen, wie der nächste Schritt aussehen würde. Es blieb ihm keine andere Wahl, als sich nun darauf einzustellen, dass hier besonders die Hausherrin ihm bald persönliche Erniedrigungen zufügen würde. Wie lange musste er sich auf der Folterbank einspannen lassen?

Mama Khine sagte ihm, es täte ihr sehr leid, dass nun Thaung Htin unberechtigt verdächtigt und unschöne Komplikationen erleben musste, weil sie ihn hierher mitgebracht hatte. Das sei nicht ihre Schuld, sie habe ihm mit bestem Willen helfen wollen, erwiderte er wohl wissend, dass es nicht einfach sein würde, aus diesem Schlamassel herauszukommen. Mit Thaung Htin zusammen wurden auch Ba Yin, Kyaw Thein und Bow Lal nach Mekongkin ausquartiert. Es schien, dass das Haus von Kyantha mit Gästen, die eigentlich nur mit dem Geschäft von Ma Ei Nwe zu tun hatten, wochenlang übervoll war und nun sollte endlich aufgeräumt werden. Besonders die Frau von Kyantha, die sich bis dahin zu den Gästen ziemlich distanziert verhalten hatte, betrachtete den finanziellen Ausgleich von der Seite der Ma Ei Nwe an Kyanthas Familie als zu wünschen übrig und verlangte vehement die Ausquartierung der anderen Gäste in einem Zug zusammen mit diesem unerwünschten Thaung Htin. Kyantha schien ebenfalls des Problems mit den burmesischen Gästen überdrüssig geworden zu sein. Dass die Leute, mit denen sich Thaung Htin gut verständigen konnte, auch nach Mekonkin mitkamen, war ein Trost für ihn, aber für sie war es im Gegensatz zu Thaung Htin keineswegs eine Höllenfahrt.

Das Anwesen von Ma Ei Nwe in Mekongkin umfasste mindesten zweitausend Quadratmeter mit vielen hochgewachsenen Bäumen, in der Mitte standen zwei große Häuser. In einem Haus lebten Ma Ei Nwe, Ahtan, die Kinder und Dienstmädchen. Ein großer Raum mit den Schlafplätzen für die Gäste war an das Haus angebaut. Das Haus war versehen mit allen Wohlstandsgütern wie Fernsehen, Stereoanlagen und Kühlschrank, von denen die normalen Burmesen nur träumen konnten. Im anderen Haus lebten ihre Eltern, die hauptsächlich die Bewirtung der Gäste übernahmen. Vor dem Haus standen vier Pkws, die sowohl für den Warentransport als auch für Personenverkehr benutzt wurden. Das Wohlhaben der Familie war mehr als deutlich zu sehen. Westlich unweit von dem Haus in zwei Kilometern verlief die Staatsgrenze zu Burma.

Am Mittag wurden alle Gäste zum Essen gebeten, Ma Ei Nwe präsentierte mit bester Laune ihre Gastfreundlichkeit. Sie füllte den Essteller für Thaung Htin extra voll mit Reis und schmackhaftem Fleischgericht. Sie sagte im Besonderen zu Thaung Hitn ganz zuvorkommend sogar in burmesisch, dass er beim Essen nicht bescheiden sein sollte. Er fühlte sich zeitweilig durch die unerwartet freundliche Geste von der Hausherrin ein wenig erleichtert. Nachdem Essen wollte er den Teller wegräumen, da zeigte Ma Ei Nwe mit einem strengen Gesicht, dass dies unnötig sei. Sie ließ das Dienstmädchen, das aus Burma stammte, schleunigst herbeikommen und das Geschirr wegräumen. Nach dem Essen suchte Thaung Htin eine Arbeit innerhalb des Hauses, mit der Absicht abzuarbeiten, für das, was er hier gegessen hatte. Da bot sich die Gelegenheit, dem Zimmermann bei seiner Arbeit auszuhelfen, der gerade zu der Zeit das Haus Ma Ei Nwes ausbaute. Er hatte richtig abgearbeitet, sodass er am ganzen Körper schweißnass gebadet war.

Am Abend hatte er seine Schlafdecke zwischen den Brettern in dem Raum ausgebreitet, wo die Zimmermannsarbeit stattgefunden hatte, während andere Gäste in den fein sauberen Räumen schliefen. Den Tag hatte er schon fast überstanden. Was würde der nächste Tag ihm bringen? Es gibt Abschnitte im Leben eines Menschen, wo Überleben bis zum nächsten Tag viel wichtiger war als jedes andere Problem. Er musste in den nächsten Tagen nach Mae Sot gehen, vielleicht zum Haus des Maklers Ko Win, damit er dieses als neue Adresse für die Briefverbindung an seinen Freund in Bangkok weiterleiten konnte. Sein Freund Nyain Aung war vor einigen Tagen, nach erfolgreichem Verkauf seiner Steine, bereits auf dem Weg nach Burma. Dann werde ich weiter sehen, wo und wann ein Ausweg sein soll, dachte er, wenn auch die Zukunft ihm völlig dunkel erschien. Er wäre fast eingeschlafen, wenn eine zarte vertraute Berührung ihn nicht aufgeweckt hätte. Vielleicht war das gar nicht die eingebildete zarte Berührung, sondern nur ein purer Traum. Ob es Traum war oder nicht, was machte denn schon der Unterschied. Wenn es Traum wäre, dann träumte er eben. Wenn es nicht Traum wäre und doch die Wirklichkeit, dann hatte er eben ihre gefühlvollen Lippen, ihre innige Umarmung, ihre nimmer enden wollenden flüsternden Worte, die von glühender Leidenschaft beseelt waren, hautnah gespürt und noch mal erlebt, als sei er im Paradies auf Erden.

Als Frühstück gab es Klebreis und gebratenen Fisch. So etwas hatte Thaung Htin seit Jahren nicht mehr gegessen. Als er jung war vor 1962, und es den Burmesen noch gut ging, hatte er oft solch leckeres Frühstück in Pakokku gegessen. Damals war seine Familie weder reich noch arm, eine durchschnittliche Familie konnte sich damals ein derartiges Frühstück leisten, was heute nur noch für wenige reiche Familien reserviert war. Er genoss das Essen so sichtlich, dass sich die Eltern von Ma Ei Nwe sehr freuten. Er kam mit seinem bescheidenen Wortschatz in thailändisch ins Gespräch. Er erzählte, er hätte ein solches gutes Essen oft gehabt, als er noch klein war. Nun sind die Menschen in Burma viel ärmer geworden und so etwas Leckeres können sich nur noch wenige leisten. Auf die Frage der alten Eheleute, ob er nun nach dem Abschluss des Geschäfts nach Burma zurückfahre, sagte er, dass er nach Bangkok zu fahren vorhabe, dort arbeite ein Freund von ihm als Ingenieur in einem Betrieb. Er habe in Ostdeutschland studiert, während in der gleichen Zeit sein Freund in Westdeutschland studiert habe. Sein Versuch in thailändisch war mit so viel Fehlern in Ausdrücken und mit falschen Betonungen reichlich ausgestattet, sodass sowohl Ma Ei Nwe als auch ihre Eltern dabei herzhaft lachen mussten. Danach griff Ma Ei Nwe sofort das Wort. Was Ma Ei Nwe erzählte, hatte Thaung Htin genau von den Gesichtern ihrer Eltern abgelesen. Während ihrer Erzählung veränderten sich die einst freundlichen Gesichter ihrer Eltern allmählich zu farblosen dann zu verärgerten Grimassen. Wie könnte man denn anders erwarten, Ma Ei Nwe stellte eben mit einem unbeweglichen Gesichtsausdruck ihre Version dar:

„Dieser Kerl ist entweder ein gefährlicher Politiker, der unsere Familie ganz schöne Schwierigkeiten bereiten könnte, oder ein hergelaufener Typ, der nach Bangkok will, als ob dort ihn das Paradies erwarte. Er sagte, sein Freund arbeite dort. Wenn es so ist, warum konnte sein Freund hierher nicht kommen, ihn abzuholen. Vielleicht hat dieser Freund überhaupt keine Arbeit. Was bildet dieser Burmese sich überhaupt ein, so einfach nach Bangkok zu gehen und dort herumzulungern, wo alle unsere Thailänder diese Hauptstadt mit allem Respekt betrachten. Weil Mama Khine sagte, dass er an ihrer Jade beteiligt war, mussten wir ihn mit Widerwillen als Gast akzeptieren. Aber ich glaube gar nicht, dass er wirklich an der Ware von Mama Khine Anteil hat. Wenn es nach mir ginge, hätte ich diesen Kerl schon längst rausgeschmissen. Statt Reis solle man ihm lieber Sand zum Fressen geben, so eine nutzlose Kreatur und so viel Probleme für uns!"

Ab diesem Zeitpunkt würdigten die Eltern Ma Ei Nwes ihn keines Blickes mehr, besonders die Mutter zog sogar eine deutlich feindselige Haltung gegenüber Thaung Htin und warf ihm ab und zu verhasste Blicke zu. Die Mitglieder der Familie mieden ihn schon von weitem, als sei er Aussätziger. Die Hausherrin Ma Ei Nwe trug stets dagegen Freundlichkeit zur Schau, aber sie verbarg das reinste Gift hinter der freundlichen Maske. Am liebsten würde er diesen Ort sofort verlassen, wenn er könnte. Du musst diese Demütigungen ertragen. Es hilft gar nicht, gegenüber diesen Leuten deine Geschichte glaubhaft noch mal darzustellen, sie glauben dir sowieso nicht. Also, Zähne zusammenbeißen und durchhalten, redete er oft mit sich. Er ging danach allein nach draußen spazieren, weil es ihm in dem Haus so unerträglich geworden war. Wenn er nach Westen schaute, lagen in einigen Kilometern ewig grüne Wälder, die westwärts auf die hohen Berge kletterten, sie gehörten schon seiner Heimat Burma. Dunkle Monsunwolken schwebten am Himmel, näherten sich langsam den grünen Wäldern, streiften sie sanft darüber, als umarmten warmherzig und küssten sie die zarten Blätter. „Ich könnte weder zu Euch zurück noch weiter vorwärtskommen, ich weiß nicht, wie lange ich noch in dieser Hölle stecken bleiben muss", redete er seufzend vor sich hin und fühlte sich innerlich so niedergeschlagen.

Inzwischen hatten alle Gäste mitbekommen, was die Hausherrin geleistet hatte und dies die Gäste einhellig unmöglich fanden. In dem Hause hielten sich nun etwa fünfzehn Gäste, die alle wie Mama Khine aus Chaungnitkya stammten. Mehrere Leute kamen zu Thaung Htin, erkundigten sich bei ihm, was vorgefallen war. Ein Gast, den er vorher gar nicht näher kannte, sagte sogar, wenn er Geld gehabt hätte, würde er sogar Thaung Htin ausreichend geben, um die Reise nach Bangkok antreten zu können. Wenn es auch für Thaung Htin keine konkrete Hilfe darstellte, war solche moralische Unterstützung ihm unheimlich wichtig in einer derartigen miserablen Situation. Ein Gast namens Ko Tin Lin, der bei dem Vorfall anwesend gewesen war, sagte zu Thaung Htin:

„Ma Ei Nwe war vor fünf Jahren, als ihr Geschäft anfing, sehr höflich, hilfreich und zuvorkommend zu allen Gästen, unabhängig vom Geldbeutel. Damals konnte sie sich nicht mal ein Auto leisten. Dank der Gäste aus Chaungnitkya war sie innerhalb von fünf Jahren so reich geworden und vor allem ziemlich hochnäsig geworden, dass man sie kaum noch erkennt. Zu den Gästen mit großen Beträgen ist sie nach wie vor sehr höflich und hilfsbereit. Aber zu den Gästen mit kleinen Beträgen verhält sie sich von oben herab, überheblich und knauserig. Wissen sie, wenn wir Waren großer Menge z. B. Baumwollgarn, das in Burma sehr teuer ist, hier kaufen wollen, müssen wir immer über Ma Ei Nwe die Waren bestellen. Jeder weiß, dass eine Packung Garn im Geschäft in Mae Sot siebenhundert Baht kostet. Aber wir Burmesen dürfen nicht dort direkt einkaufen, da gibt es heimliche Abmachungen zwischen dem Ladenbesitzer und solchem Makler wie Ma Ei Nwe, der die Gäste aufgenommen hat. Es wurden Hindernisse aufgebaut, sodass die Burmesen ein oder zwei Hemden für sich im Geschäft zu kaufen kein Problem haben, aber hundert Hemden als Handelsware dort zu kaufen, und von dort die Waren zu bewegen, gar nicht möglich ist. Sie können die Handelswaren nur noch über den Makler kaufen, bei denen sie sich aufhalten. Der Verkaufspreis von Ma Ei Nwe für eine Packung Garn beträgt achthundert Baht, damit kassiert sie für jedes Garn hundert Baht Gewinn. Versucht ein Burmese die Handelswaren nicht über seinen Makler, sondern alleine zu kaufen und dann die Waren nach der Grenze zu transportieren, dann taucht sofort ein Polizist auf, fragt nach seinem Reisedokument, das er nicht hat. Der Passierschein vom Kawthulay kann ihm gar nicht helfen, weil es kein staatlich anerkanntes Papier ist. Dann wandert er gemächlich ins Gefängnis, seine Waren werden vom Polizisten weggenommen. So läuft es in der Praxis seit Jahren. Ma Ei Nwe kassiert damit zweimal von einem burmesischen Kunden, einmal Provision vom Jadeverkauf und dann einmal vom Einkauf der thailändischen Waren. Somit summiert sich schnell ihr Reichtum in kurzer Zeit von fünf Jahren. Wenn wir behaupten, dass die Leute von Chaungnitkya sie reich gemacht haben, ist das keine Übertreibung mehr. Schließlich stammen alle ihre Kunden von Chaungnitkya. Sie sind vielleicht der Erste, der nicht von unserem Dorf war. Vor allem, was diese Leute sie verdächtigen und unterstellen, das ist ja eine Unverschämtheit. Sie haben Geld und sind reich, damit haben sie immer noch kein Recht, andere unschuldige Menschen nach Herzenslust zu beleidigen. Also lassen sie sich nicht von ihrer Predigt stören. Sie redet gern, wie teuflisch Alkohol ist, und trinkt heimlich Schnaps."

Am Ende seines letzten Satzes lachte er so herzhaft, dass sogar Thaung Htin seine augenblickliche Lage vergaß und sich an seiner Fröhlichkeit beteiligte.

Am Nachmittag hatte es angefangen, stark zu regnen. Deswegen hatte Ma Ei Nwe ihre Einkaufstour nach Mae Sot, die sie mit ihrem Mann Athan zu unternehmen gedachte, auf morgen verschoben. Sie wollte in einem Juwelierladen einen Diamantring ansehen, Schätzwert von dreißigtausend Baht. Das war für sie kein Betrag mehr, über den sie noch einen Augenblick nachdenken musste. Die Zeiten hatten sich radikal verändert. Vor sechs Jahren hatte sie einen Ring im Wert von tausend Baht, ihre ganze Familie musste allein von dem Verdienst ihres Mannes Athan leben, der als Polizist arbeitete. Das war nicht einfach. Sie musste täglich sparsam mit dem Geld umgehen. Das Einkommen ihrer Familie lag gerade über dem eines armseligen Staatsangestellten, aber auch nicht viel mehr. Einen solchen Ring von dreißigtausend Baht hätte sie sich damals nicht mal im Traum leisten können. Seitdem sie in den Jadehandel eingestiegen war, und mehrere Kunden aus Chaungnitkya gewonnen hatte und weitere Kunden zu ihr kamen, ging ihr Wohlstand von Jahr zu Jahr merklich nach oben. Wenn sie nun mit ihrem Ehemann Athan vor den Schmuck- und Juwelierläden in Mae Sot schlenderte, begrüßten die Ladenbesitzer sie mit ehrerbietungsvollem Respekt, sie drängelten sich sogar aneinander vorbei, den Ehrengast in ihr Geschäft einzuladen. Im Hintergrund tuschelten manche schon: „Das ist die reiche Frau aus Mekonkin, die hat Geld wie Heu." Das machte sie glücklich und ungeheuer stolz auf das, was sie innerhalb von ein paar Jahren geschafft hatte. Ihr Mann Athan in seiner polizeilichen Uniform repräsentierte stets sichtbar die staatliche Macht, die nun, mit ihrem Geld und Vermögen synthetisiert, endlich zu Ehre, Macht und Berühmtheit gereichte: die reiche Familie aus Mekonkin!

Ohne zu übertreiben, war ihre Familie im Dorf Mekonkin eine der reichsten, vielleicht sogar die reichste. Alle im Dorf kannten sie und verneigten sich vor ihr, das hatte sie in den letzten Jahren leiblich gespürt und unheimlich stolz gemacht. In ihrer Familie war sie unumstritten das Familienoberhaupt, da sie erst durch ihr Geschäft den Wohlstand ihrer ganzen Familie rapide hatte anheben können. Sogar ihr Mann Athan zollte ihr unverblümt Respekt und erkannte sie als heimlichen Chef der Familie an. Als Höhepunkt ihres Lebens wollte sie mit Athan nach Bangkok reisen. Jeder Bürger in Thailand schwärmte von seiner Hauptstadt Bangkok, die sie in Landessprache ehrfürchtig „Kunteb" nannten und träumten, mindesten einmal im Leben dort gewesen zu sein. Hörten sie den Namen „Kunteb", so dachten die Männer zuallererst an bildhübsche Frauen in unzähligen Massagesalons, schwungvoll tanzende nackte Schönheiten in diversen Nachtlokalen, und zuletzt an die bis in den Himmel ragenden Hochhäuser und Luxusautos. Dagegen ließ jener Name „Kunteb" die Frauen sofort träumen von extravaganten Modegeschäften, eleganten großen Einkaufscentern und großen teuren Hotels.

Der sehnlichste Wunsch Ma Ei Nwes war, im vornehmsten Hotel in Kunteb zu übernachten, im auserlesenen Nobelrestaurant fürstlich zu speisen, sich in der elegantesten Boutique mit schicksten Kleidern verwöhnen zu lassen, im teuersten Juweliergeschäft sich ein Diamantcollier zu behängen, in das neueste Modell Mercedes als Besitzer ihn einzusteigen und damit in Kunteb herumzufahren, und vor allem von allen, die sie zufällig oder absichtlich einmal sahen, als die steinreiche und schöne Dame aus Mekonkin bewundert und beneidet zu werden. Das würde die wahre Krönung ihres Lebens sein. Was sie aber keinesfalls dort ansehen wollte, sind solche arbeitslosen burmesischen Herumtreiber wie Thaung Htin, die dort auf der Straße herumlungern und das makellose Bild ihrer heiligen Hauptstadt Kunteb beschmutzen, wo sie doch gerade ihren Höhepunkt des Lebens zu zelebrieren gedachte. Sie würde diesen nutzlosen Kerl Thaung Htin lieber hinter Gitter bringen als ihn nach Bangkok ziehen zu lassen.

Die reiche Dame Ma Ei Nwe lag nun auf dem Bett, angelehnt an Kissen, dachte über ihren Werdegang der letzten Jahre nach und war offensichtlich sehr glücklich damit, was sie praktisch erreicht hatte.

„Ah Myint, bring mal ein Glas Orangensaft", schrie sie laut in Richtung Küche, sodass die Hausmagd sie deutlich hören konnte.

Diese Hausmagd hatte sie seit fünf Jahren aus Burma, aus dem Dorf Chaungnitkya, geholt, woher ihre Kunden stammten. Nach einer Weile kam Ah Myint mit einem Glas Orangensaft zu ihr. Als sie das Glas ihrer Chefin reichen wollte, stolperte sie unglücklich über den glatt polierten Fußboden, landete mit dem Gesicht auf dem Fußboden, das Glas war zer-

brochen, der Orangensaft überall verschüttet. Schnell aufgestanden sagte sie erschrocken mit gesenktem Kopf: „Entschuldigen Sie vielmals."
Die Chefin, rot vor Zorn im Gesicht, ließ die dreckigsten Schimpfwörter auf sie niederprasseln: „Du, verfluchter Esel, pass doch auf, Du machst mein ganzes Zimmer dreckig. Ihr Burmesen, Dummköpfe, versteht so wie so nicht, was sorgfältige Arbeit heißt. Darum seid ihr auch arm und elend."
„Entschuldigen Sie Chefin." Während sie mit einem fast weinenden Gesicht sagte, sammelte sie fieberhaft Glassplitter in einer dicken Tüte, wischte den Fußboden mit einem Lappen mehrfach, kontrollierte nochmals den Fußboden, indem sie mit ihrer Handfläche auf den Boden langsam streifte, um den kleinsten Glassplitter aufzuspüren. Am Ende wischte sie mit nassem Tuch den Boden.

Ihre Chefin schaute sie mit grimmigem Gesicht an und donnerte: „Für deine dreckige Arbeit bekommst du in diesem Monat nur die Hälfte deines Gehaltes, verstanden?"

„Ja", sagte das Dienstmädchen mit tränenden Augen. Sie bekam ohnehin fünfhundert Baht als Gehalt, davon hatte sie jeden Monat vierhundert Baht ihren armen Eltern in Chaungnitkya geschickt. Nun in diesem Monat wurde das Geld knapp, ihre Eltern und Brüderchen würden es noch zu spüren bekommen. Je mehr sie darüber grübelte, um so mehr ärgerte sie sich über sich selbst, warum ihr so ein Missgeschick passieren konnte. Ihre Chefin war doch vor Jahren ganz anders gewesen, nett und hilfreich, geizig war sie damals nicht. Nun war alles anders geworden. Derartige Schimpfworte, die sie in den letzten Jahren oft von ihrer Chefin anhören musste, waren vor fünf Jahren aus ihrem Mund kaum denkbar gewesen, damals war sie noch nicht so reich wie jetzt. Wenn man viel Geld hat, ändert sich eben alles, so dachte sie und fand sich damit ab. Was sie aber nicht begreifen konnte, war, dass ihre Chefin Burmesen verachtete. Wenn ihre Chefin Ärger mit ihr hatte, schimpfte die Chefin jedes Mal auf sie und nannte sie dumme Burmesin, obwohl sie zum Shan-Volk gehörte und die gleiche Sprache sprach wie ihre Chefin. Obwohl ihre Chefin die Burmesen verachtete, hatte sie ein Bild des Generals Ne Win, des Staatschefs von Burma, extra in einen goldenen Rahmen eingerahmt und an die Wand in ihrem Schlafzimmer aufgehängt. Vor fünf Jahren war sie noch jung und wusste nicht, wer dieser alte Mann in Militäruniform war. Einmal wurde sie vor Jahren von ihrer Chefin selbst aufgeklärt, er sei Staatsoberhaupt von ihrer Heimat Burma. Das verstand sie überhaupt nicht, weshalb ihre Chefin diesen General verehrte und jedoch die Burmesen allgemein verachtete. Vielleicht sei die Sache nicht so einfach, zu verstehen, wenn sie älter und ein wenig klüger werde, würde sie es besser verstehen, dachte sie und beließ es dabei.

Ja, es stimmte. Im Allgemeinen hatte Ma Ei Nwe für Burmesen nichts übrig. Im Geschichtsunterricht in der Schule hatte sie gelernt, die Burmesen hätten die thailändische Hauptstadt Ayutthaya mehrfach zerstört, Paläste ausgeraubt, die thailändische Bevölkerung geknechtet, unzählige Männer und Frauen ermordet. Diese grausamen Opfer waren ihre Vorfahren gewesen und die jetzigen Burmesen die Nachkommen der damaligen Räuber und Mörder. Das Recht sei auf ihrer Seite, diese Burmesen zu hassen und sie nehme dieses Recht für sich in Anspruch. Wer könnte sie denn daran hindern? Jedoch verehrte und mochte sie von ganzem Herzen – ausnahmsweise - einen Burmesen. Diese große Persönlichkeit, die ihre Seele und den Verstand ausgeraubt hatte, war ausgerechnet General Ne Win, der gerade in Burma für jeden ehrlichen Bürger als größter Verbrecher galt. Die Einstellung Ma Ei Nwes schien im ersten Augenblick als Paradoxie, die von jedem normalen Menschen akzeptiert zu werden kaum denkbar war. Jedoch basierte ihre grenzenlose Verehrung verblüffenderweise auf handfesten konkreten Fakten. Ma Ei Nwe hatte mit eigenen Augen gesehen, dass sich die Grenzregionen Thailands, wo sie auch seit Geburt lebte, wirtschaftlich rapide entwickelt hatten, seit dieser General Ne Win in Burma an die Macht gekommen war.

Unter der Herrschaft des Generals ging aber die Wirtschaft Burmas in den Abgrund. Einst billige Konsumwaren und lebensnotwendige Güter verschwanden in Burma immer mehr vom Markt. Die Burmesen kamen zu den Grenzstädten Thailands, verschleuderten Gold, Silber, Vieh, das sie noch im Besitz hatten; Jade und Rubinen folgten nach und nach. Dafür kauften sie massenweise die Waren von Thailand, die nicht mehr in Burma vorhanden waren. Als sie nicht mehr viel im Besitz hatten, kamen die Burmesen als billige Arbeitskräfte nach Thailand, schufteten dort meist für einen Hungerlohn, lebten als Illegale überall zerstreut. Viele Mädchen aus Burma landeten als Dienstmagd in thailändischen Häusern, etliche junge Frauen aber in der Prostitution. Wenige und nur wenige Burmesen schafften in Thailand, ein menschenwürdiges Leben zu etablieren. In der gleichen Zeit stieg in thailändischen Grenzgebieten zum Erfreuen der Thailänder der Lebensstandard schnell nach oben, besonders geschäftstüchtige Thailänder wie Ma Ei Nwe wurden durch trickreich eingefädelte Profite in rasantem Tempo reich. Diesen Reichtum verdankte sie mit Recht dem General Ne Win, dem wahren Urheber ihres Reichtums jenseits der Grenze Thailands. Wenn in Burma solche demokratische Regierung wie vom ehemaligen Ministerpräsidenten U Nu weiter an der Macht gewesen wäre anstatt der Militärregierung des Generals, dann wäre der wirtschaftliche Aufschwung in den thailändischen Grenzgebieten zu Burma nie gekommen. Wenn nun das Militär von General Ne Win plötzlich verschwinden würde, dann würde das auch das Ende des Reichtums von Ma Ei Nwe und ihresgleichen bedeuten. Darum wünschte sie von ganzem Herzen und betete täglich für das Wohlergehen ihres verehrten Generals Ne Win. Möge er gesund und ewig an der Macht bleiben. Jährlich am 11. Mai, dem Geburtstag des Generals ging sie seit Jahren extra zur Pagode, mit besonderer Opfergabe, für den geliebten und verehrten Despoten zu beten.

Wenn sie manchmal sein Bild anschaute, das hübsche Gesicht, die militärische Dienstmütze, die goldenen Sterne auf der Schulterklappe - Dienstabzeichen eines Generals -, fand sie, dass alles zu seinem hübschen Gesicht so passend und optimal stand. Es war ihr nie langweilig gewesen, sein Foto immer wieder anzuschauen. An dem Bild des Generals konnte sie sich nicht sattsehen. Am Anfang war ihr Mann Athan so gar auf den General eifersüchtig, dann hatte er aber wirklich eingesehen, dass der burmesische Diktator doch der wahre Schutzengel seines und ihres Wohlstands war. Danach war seine Eifersucht für immer verschwunden.

Ma Ei Nwe holte das eingerahmte Bild des Generals von der Wand zu sich, betrachtete es eingehend ganz aus der Nähe. Als sie sah, dass ein Fleckchen auf der Glasscheibe saß, wischte sie es sorgfältig mit einem nassen Tuch weg, sie starrte noch mal unersättlich auf das Bildnis des Generals und spürte sogar, dass er blinzelte, ja, tatsächlich, er blinzelte mit dem rechten Auge – zum Zeichen seiner Zuneigung zu ihr; was denn sonst? Er sehe sogar hübscher als ihr Ehemann Athan aus, seine Lippen sehen wirklich wollüstig aus, damit hat er schon eine Menge Frauen geküsst. Er sei ein großer Ganove und Frauenschwarm, sagte man, das muss eben stimmen. Bei solcher Position und Macht werde jede Frau vor ihm schwach, sie wäre auch nicht anders vor ihm; sie würde ihm alles zu Füßen legen, was sie besaß - ihr Herz, ihre Seele, ihren Körper. Er war, er ist und er werde ihr Beschützer, ihr Wohltäter, ihr Herz, ihre Seele, ihr Geliebter sein - in alle Ewigkeit. Wenn sie manchmal von ihm träume, wurde sie fast wahnsinnig.

Am nächsten Tag versuchte Thaung Htin den normalen Gang einzulegen, indem er dem Zimmermann bei der Renovierungsarbeit im Hause tatkräftig mithalf und bei zufälliger Begegnung mit der Hausherrin oder ihrer Eltern, sich so zu verhalten, als ob diese Leute für ihn Luft wären. Eine ungewöhnliche Situation erforderte eben eine ungewöhnliche Verhaltensregel. Trotz seiner starken Abwehrhaltung zu seinem eigenen Schutz verspürte er, dass jeder Happen, den der Gastgeber ihm nicht gegönnt hatte, in seiner Kehle stecken blieb, bis er mit Anstrengung diesen herunterschlucken musste. Du musst das fressen, ob du willst oder nicht, das ist für dein Überleben wichtig, ermahnte er sich selbst beim Kauen des Essens. Manchmal, wenn er am Nachmittag außerhalb der Ortschaft in den Wald spazieren ging, um sich schneller die Zeit zu vertreiben, und Mama Khine ihm folgte, sah er glückliche Momente, wenn er sie in die Armen schließen konnte.

„Ich weiß, dass der Tag, an dem du mich für immer verlässt, immer näherkommt. Ich darf nicht daran denken, will auch nicht denken. Das ist aber mein persönliches Problem, was ich zu lösen leider nicht imstande bin. Dass du aber in dem Hause von Ma Ei Nwe ganz schäbig behandelt wurdest, das tat mir weh. Das hast du nicht verdient", sagte Mama Khine, in dem sie sich an seine Wange schmiegte.

„Ob ich das verdient habe oder nicht, spielt hier keine Rolle mehr. Ich muss das durchstehen, egal wie", erwiderte Thaung Htin mit zusammengebissen Zähnen. Er verspürte nur ihre warmen Tränen, die auf seinen Wangen herüberkamen.

„Komm, nicht weinen! Wir hatten vorgehabt, nicht unnötig einander traurig zu machen", tröstete Thaung Htin.

„Weißt du, vielleicht habe ich es nicht einmal verdient, so eine zärtliche Liebe in so einem hohen Alter leiblich zu erleben. Jedenfalls habe ich eben mal Glück, dies zu erleben. Das kann mir keiner nehmen. Ich bin ja schon eine alte Schachtel von dreiundvierzig."

Sie lachte dabei, während sie sich ihre Tränen mit der Handfläche abwischte.

„Ich bin mir voll bewusst, dass ein solches Erlebnis mit dir nur eine kurze schöne Episode war. Ich habe mir nie eingebildet, dass das mehr als eine unvergessliche Erinnerung würde. Wenn du mich fragen würdest, ob ich mit dir für immer mitgehen könne? Nein, das kann ich nicht mehr. Wenn ich zwanzig Jahre jünger wäre und keine große Verantwortung tragen müsste, würde es noch gehen. Ich habe nun meine Tochter und ein Enkelkind, für die ich sorgen muss, die warten auf mich. Wenn man erwachsen ist, hat man Verpflichtungen, denen man sich nicht entziehen kann. Du hast einen anderen Weg vor dir, den du allein fortsetzen musst. Das ist ein langer Weg, bis du wieder Ruhe findest und dich richtig ausruhen kannst. Trotzdem wünsche ich mir so sehr, in deinen Armen zu schlummern, deine Lippen zu tasten, mich an deine Wange zu schmiegen schmiegen. Wie schön ist das Leben, wenn man liebt, wenn man einander so zärtlich küssen kann."

Sie streifte mit ihren Lippen zartfühlend seiner Wange, ihre Armen umschlangen ihn fest.

„Einmal träumte ich, mit dir Hand und Hand spazieren zu gehen auf einer Wiese, die so ausgedehnt war, dass man nie das Ende sehen könnte. Unterwegs kam ein starker Regen und Sturm, ich halte dich fest mit aller Kraft, leider wurden wir vom starken Wind auseinandergetrieben. Als ich aufwachte, war mein Gesicht nass von Tränen und Schweiß. Wir sind, im Grunde genommen, wie die Regentropfen, Tropfen des Monsuns, wir stammen irgendwoher aus der Luft, weiß man nicht woher. Wir kommen manchmal so nah zueinander, dass man glaubte, wir wären für immer zusammen, dann plötzlich wieder vom Winde des Schicksals auseinandergetrieben. Am Ende landen wir, erschöpft von der langen Reise, auf dr Erde, weit getrennt voneinander und jeder für sich. Wir werden so gleich von der Muttererde in den Schoß genommen, um uns in den ewigen Schlaf zu singen", sagte Mama Khine mit einem ruhigen, in sich gekehrten Gesicht, während die Tränen ihr über die Wangen rollten.

Nach dreitägigem Ausharren in dem Haus von Ma Ei Nwe, das für Thaung Htin unbedingt notwendig gewesen war, um die überspitzte Reaktion des ungeliebten Gastgebers abzubauen, verließ Thaung Htin das Haus mit einer kleinen Tragtasche, in die sein Hab und Gut hineinpasste, nach Mae Sot, nachdem er Mama Khine sein Vorhaben bereits mitgeteilt hatte. Er musste ihr fest versprechen, dass er sich von ihr verabschiedet, bevor er nach Bangkok fährt. Andernfalls werde sie noch einmal zu ihm nach Mae Sot kommen, bevor sie nach Burma zurückkehrt. Angekommen in dem Hause des Maklers Ko Win, erzählte er ihm von seiner misslichen Lage in Mekongkin. Ko Win seinerseits lud Thaung Htin ein, in seinem Hause zu wohnen, bis er seine Reise nach Bangkok fortsetzen konnte. Es war vor allem eine warmherzige Einladung, die er nicht erwartet hatte, und er machte an dem Tag seinem unerträglichen Leben im Hause von Ma Ei Nwe ein Ende. Er schickte einen Brief nach Bangkok mit der neuen Kontaktadresse.

Lebt wohl Freude, lebt wohl

Was für eine seelische Freiheit, die er endlich als willkommener Gast im Hause von Ko Win genießen konnte! Jeder Happen Essen, jede Tasse Tee, jeder Schluck Trinkwasser, jeder Löffel Suppe, was er hier in dem Hause zu sich nahm, war schmackhaft, voll von gutem Willen und Freundlichkeit, als wären in jedes Körnchen Reis und jedes Tröpfchen Wasser die Seele und Güte des Gastgebers eingezogen. Wenn er aufwachte, genoss er die aufgehende Sonne; wenn die Nacht anbrach, freute er sich auf den ruhigen Schlaf. Als er sich noch im Hause Ma Ei Nwes aufhalten musste, fühlte er sich, als ob er im Hausarrest unter ständiger Beobachtung eines strengen Aufsehers stehen würde. Jeder Löffel Reis, den er dort aß, würde vielleicht von dem Gastgeber mit Argusaugen festgehalten und sogar penibel gezählt. Wenn es nach der Hausherrin Ma Ei Nwe gehen würde, hätte sie ihm Sand statt Reis auf den Teller zum Fressen verabreicht. Nun war er weg von diesem Gefühl des Unfreiseins und der Abhängigkeit. Der Zustand des Leidens, unerwünscht zu sein, verachtet und erniedrigt zu werden, war zum Glück nun zu Ende gegangen. Es war gut, dass er die Hölle leibhaftig erlebt hatte, sonst würde er nicht genug schätzen können, was Paradies bedeutete. Der Mensch bedarf des Menschen sehr.

Es waren circa fünfzehn Gäste, die zurzeit im ersten Stock des Hauses Ko Wins schliefen. Alle waren sehr freundlich zu Thaung Htin. Er seinerseits half den Gästen, in dem er die Konversation zwischen Gästen und dem Käufer beim Preisfeilschen um die Jadesteine jeweils in Englisch und Burmesisch übersetzte, sodass eine interessante und angenehme Stimmung beim Verhandeln herrschte. Es war angesagt worden, dass ein potenzieller Käufer aus Singapur heute hier im Hause erscheinen würde. Als der Käufer Platz genommen hatte, wurde er umlagert von interessierten burmesischen Händlern, die ihre Jadesteine verkaufen wollten. Mehre Handelsabschlüsse wurden an dem Tag erfolgreich getätigt. Als sich die Verkaufsrunde fast dem Ende näherte, brachte ein Verkäufer eine dicke Tüte und platzierte sie vor dem Käufer. Die Tüte war im Vergleich zur normalen Jadetüte ungewöhnlich groß, alle brannten vor Neugier, was der Inhalt sein könnte. Der Käufer holte langsam den Inhalt aus der Tüte, als ob ein Magier aus seiner Wundertüte etwas Ungewöhnliches herzaubern wollte. Es war ein roher Jadestein, mindesten so groß wie dreimal Faustgröße, es sah wie eine dicke Kartoffel aus. Ein dünner Schleier von tiefgrüner Farbe war an manchen Stellen fadenförmig zu sehen. Die Oberfläche war meist glatt, wies überall graue Punkte auf der hellgrauen Oberfläche des Steines aus; gewichtsmäßig würde er mindesten einundeinhalb Kilogramm wiegen. Es war tatsächlich Jadestein. Der Käufer nahm den Stein in die Hand, wog ihn ein paar Mal, schaute ganz genau auf jede Stelle. Er hatte derartige rohe Jadesteine schon einmal gesehen, hier wusste man nie genau, wie viel tiefgrüne Jade tatsächlich darin enthalten war, weil das Durchleuchten mit der Taschenlampe wegen der dicken rauen Oberfläche nicht möglich war. Der Käufer wendete den Stein mehrmals in seiner Hand und dachte nach: Wenn man Glück hat, verdient man ein großes Vermögen mit wenig Aufwand. Wenn man Pech hat, verliert man alles, Wagnis muss aber im Rahmen bleiben.

Er war sich noch nicht schlüssig, ob er überhaupt in den Handel einsteigen sollte oder nicht. Der Verkäufer bewegte sich nicht, er saß ruhig im Schneidersitz auf der Matte wie alle anderen und rauchte lediglich eine Zigarre und wartete geduldig auf das Zeichen des Käufers. Der Käufer schaute seinen Kontrahenten mit einem gewissen Lächeln an und versuchte, Hinweise auf eventuell verborgene Geheimnisse des Steines dem Gesicht zu entlocken. Der Verkäufer blieb wie ein erfahrener Pokerspieler unerschüttert und verschlossen, als interessierte es ihn gar nicht, ob der Käufer ein Angebot vorzulegen bereit war oder nicht. Nun hatte sich der Käufer offenbar entschlossen, sein Glück zu versuchen.

„Wie viel?", fragte der Käufer.

Nun ist er doch endlich in den Ring eingestiegen, ich muss ihn eben dahin ziehen, wo für mich das meiste hängen bleibt, dachte der Verkäufer und nannte prompt:

„Fünfhunderttausend Baht!"

Alle schauten gespannt auf den Käufer und warteten neugierig darauf, wie er reagieren würde. Der Käufer hatte bis dahin maximal hunderttausend Baht gehört, und zwar für die Jadesteine, bei denen man die Qualität der Jade mit bloßen Augen genau sehen konnte. Aber für solch einen rohen Stein, der nichts oder etwas oder viel verbergen könnte, so viel zu verlangen, das wäre doch ein glatter Unsinn, oder ist doch was dran, dachte der Käufer. Ein Kollege von ihm hatte einmal einen rohen Stein mit zwanzigtausend Baht in Bangkok gekauft. Als der Stein gesägt wurde, fand man darin ausreichend Jade erster Qualität, er war auf einen Schlag Millionär geworden.

Sollte er denn dem Beispiel seines Kollegen folgen? Wenn es schief geht, werde ich dadurch nicht arm. Wenn mir das Glück beisteht, werde ich mit einmal steinreich sein.

„Ich biete zwanzigtausend Baht", sagte er.

Tin Pe, so hieß der Verkäufer, zögerte abwägend ein Weilchen, ob er schon im frühen Stadium seine endgültige Zustimmung signalisieren sollte oder nicht.

„Es ist zwar viel weniger als ich mir vorstellte, aber lassen wir das zuerst als Einigungspreis betrachten", konterte der Verkäufer anschließend seelenruhig.

Ko Win holte schnell das Klebeband herbei und überreichte dies dem Käufer. Der Käufer steckte den Jadestein in die Tüte, wickelte zwei-, dreimal mit dem Klebeband kreuz und quer, signierte mit dem Kugelschreiber auf dem gewickelten Klebeband. Am nächsten Tag würde er kommen und den vereinbarten Preis bezahlen, wenn das Klebeband von dem Verkäufer nicht nachträglich gelöst würde.

Nachdem der Käufer das Haus verlassen hatte, tobte sich eine erregte Diskussion unter den Anwesenden aus, ob sich Ko Tin Pe mit dem gebotenen Betrag begnügen sollte oder nicht. Einer behauptete, der Käufer schaue den Stein mit Glotzaugen so genau, das sei ein eindeutiges Zeichen, dass er den Stein unbedingt haben wolle. Meist verrate der Käufer nicht gern offen, dass er Interesse daran habe. Gewöhnlich verhalte er sich sogar umgekehrt, indem er eine eher geringschätzige Haltung gegenüber dem Stein bevorzuge. Deswegen sei er fest davon überzeugt, dass der Käufer noch mehr bieten werde, wenn Tin Pe den jetzigen Preis annulliere. Der andere war der entgegengesetzten Meinung, man solle sich lieber mit einem relativ guten Preis zufriedengeben, als ein Risiko einzugehen, wo man vielleicht alles verlieren könne. Schließlich sei der Betrag zwanzigtausend Baht eine Menge Geld, die man nicht so leicht verdienen könne. Die Meinungen schwankten hin und her, aber keiner fragte danach, wie viel Tin Pe für den Stein überhaupt bezahlt hatte. Alle waren stillschweigend der Ansicht, dass der Kaufpreis höchstens etwa tausend Baht betragen musste. Seinerseits äußerte Tin Pe nicht Mal andeutungsweise etwas über den ursprünglichen Kaufpreis, sondern dachte nur noch an die Höhe des Gewinns, den er erzielen möchte. Er hatte den Stein in Mandalay zu einem läppischen Preis von vierhundert Kyat, also vierhundert Baht, gekauft. Wenn er nun den Preis von drei- oder vierzigtausend Baht erzielen könnte, das wäre optimal. Er hatte gehört, dass fast alle seiner Meinung waren, dass der Käufer unbedingt den Stein haben wollte. Wenn er nun nach und nach das Verhalten des Käufers analysierte, kam er zur Überzeugung, dass der Käufer den ersten Preis nur als Preis des Abtastens gemeint haben musste. Er hatte auch aus Sicherheit beim ersten Angebot zugegriffen, was sich im nachhinein als voreilig herausstellte. Höhere Preise mussten todsicher folgen. Daher würde er zu dem jetzigen Preis nicht verkaufen. Er zerriss das Klebeband seiner Jadetüte.

Am nächsten Tag sah der Käufer zunächst sehr verwundert aus, dass das Geschäft nicht zustande kam. Allmählich wich das Gefühl des Erstaunens, dafür trat eher Erleichterung ein, dass der riskante Kauf ohne seine Bemühung nichtig geworden war. Der Verkäufer dagegen hoffte geduldig, dass der höhere Preis bald vom Käufer genannt würde. Es war vergeblich. Der Käufer verließ bald, ohne noch mal über den rohen Jadestein zu reden, das Haus. Am nächsten Tag kam derselbe Käufer vorbei, aber er zeigte, zum Erstaunen des Verkäufers Ko Tin Pe, kein Interesse mehr an dem rohen Jadestein. In den nächsten Tagen folgten verschiedene Käufer aus Hongkong und Singapur. Sie schauten den rohen Jadestein lediglich als interessantes Objekt an, ließen aber keinerlei Kaufinteresse verlauten, was Tin Pe mit innerer Unruhe sehnsüchtig erwartete. Wenn der Mensch von Habgier überwältigt wird, pflegt er nur noch dahin zu starren, wo großes Geld liegt. Jedoch liegen das große Geld und dessen Schatten dicht nebeneinander. Wenn man vom Glück nicht gesegnet ist, wird man sich nur noch mit dem Schatten begnügen müssen. Manche, die ihm einst geraten hatten, seinen Stein nicht zu verkaufen, fingen an, hinter seinem Rücken klammheimlich zu reden, er hätte doch nicht so gierig sein sollen; wenn er damals losgeschlagen hätte, hätte er längst Ruhe. Manche bedauerten ihn und versuchten, ihn zu trösten: Wenn man hoch pokere, könne man manchmal gewinnen, ein andermal auch verlieren. Ko Tin Pe merkte nun, dass seine Strategie, einen noch höheren Preis zu erzielen als das erste Angebot, vollkommen gescheitert war. Den riesigen Gewinn von fast zwanzigtausend Baht hatte er buchstäblich in den Sand gesetzt, den Betrag, den er zu haben nicht einmal zu träumen je gewagt hatte. Als er allein unbeobachtet von allen war, beweinte er das große Geld, das ihm verloren gegangen war.

„Welcher Tag ist denn heute?", fragte der neuer Gast Mya Than, der sich seit einer Woche hier im Hause mit seinem Bruder Aung Khin zusammen einquartiert hatte, um ihre in Rangun erworbene Jade in Mae Sot zu verkaufen.

„Heute ist Montag", sagte Thaung Htin, während er auf die Nachricht von Bangkok wartete. Es war schon über eine Woche vergangen, seitdem er wieder nach Mae Sot zurückgekehrt war. Nun musste er sich Gedanken machen, wie er seine Reise fortsetzen sollte, denn die Rastzeit, die er sich gönnen konnte, würde bald vorbei sein.

Als Thaung Htin noch über seine düstere Zukunft nachdachte, verkündete jener Mya Than fröhlich an der Türschwelle:

„Jetzt gehe ich, meinen neuen Anzug abzuholen."

Dann verschwand er sofort, ohne auf seinen Bruder zu warten.

„Mein Bruder ist so scharf auf seinen westlichen Anzug, kaum zu glauben", bemerkte Aung Khin mit einem Kopfschütteln.

Nach einer halben Stunde erschien Mya Than in einem tadellosen piekfeinen neuen Anzug, der nicht gerade billig sein durfte. Die Farbe des Anzugs war grau und mit länglichen Streifen versehen, sodass es zu seinem dunklen Gesicht gut passte. Er ragte über 1,70 Meter, also größer als ein durchschnittlicher Burmese. Man könnte mit Fug und Recht behaupten, er sähe im Anzug sehr stattlich aus. Nur ein paar Kleinigkeiten fehlten an dieser stattlichen Erscheinung: eine Krawatte, ein weißes Hemd und glanzpolierte schwarze Schuhe. Stattdessen trug er Gummisandalen, wie es bei den meisten Burmesen der Fall war, und ein blaues Hemd. Dass sein teurer Anzug unter der gegebenen Gestaltung nicht zur vollständigen Entfaltung kam, und bei dem Betrachter einen faden Geschmack hinterließ, kümmerte ihn wenig. Er fühlte sich nun im brandneuen Anzug, optisch ein Stückchen näher an sein Idol - Burt Reynolds - gerückt zu sein, jenem amerikanischen Schauspieler, der in diesen Jahren zu seinem größten Ruhm erlangt hatte.

Sein größter Wunsch war, sich einmal wie ein Amerikaner anzukleiden, dies war nun endlich in Thailand realisiert worden. Seitdem er in Mae Sot angekommen war, ging er täglich ins Kino, schaute stets amerikanische Filme an, in denen sein Lieblingsschauspieler Burt Reynolds vorkam. Obwohl er nur ein paar Brocken Englisch verstand, genoss er nach Herzenslust alle Szene des Films. Er musste den anderen immer wieder mit vollem Enthusiasmus von dem Film erzählen, was ihm offensichtlich großes Vergenügen bescherte. Bei jeder Gelegenheit mitten in seiner Erzählphase, die ihm passend schien, benutzte er oft die Rezitation aus dem Film: „Wie Burt Reynolds zusagen pflegte: Let be born, be by born, d.h. lass es geschehen, wie es geschehen soll." Ob der ehrbare Mr. Reynolds es tatsächlich so gesagt hatte, konnte jener, der dieses Filmes nicht kundig gewesen war, leider nicht feststellen, jedoch sinngemäß musste es richtigerweise lauten: „Let bygones, be bygones." Aber ihn ausgerechnet in seinem begeisterten Redefluss wegen eines geringfügigen Fehlers zu stören, war in keiner Weise angebracht, so ließ man es geschehen, wie es geschehen sollte. Zum Mittag ging er an dem Tag mit seinem Bruder sogar in ein Nobelrestaurant, um die Taufe seines neuen Anzuges gebührend zu feiern. Wohl wissend, dass der Gast mit dem schönen Anzug und einfachen Gummisandalen am Fuß, nur ein Jadehändler aus Burma sein könnte, begrüßte ihn der Kellner mit einer überschwänglichen Freundlichkeit in englischer Sprache schon am Eingang:

„Oh, Mister, sie haben einen sehr eleganten Anzug."

Dieses Kompliment hatte ihn so himmlisch eingestimmt, dass er dem Kellner extra zehn Baht Trinkgeld in die Hand gedrückt hatte, wobei sein Bruder die großzügige Spendenfreundlichkeit seines älteren Bruders an dem Tag sehr erstaunt registriert hatte. Am Abend speiste er mit anderen Gästen zusammen im Hause Ko Wins – natürlich in demselben Anzug, wobei er mit unterschlagenen Beinen am Tisch dasaß.

„Mr. Reynolds im Schneidersitz, das kann man sich ja durchaus vorstellen", bemerkte Thaung Htin am Esstisch, wobei Mya Than den Vergleich seiner Person mit seinem Idol als ein willkommenes Kompliment aufnahm und mit einem gewissen Lächeln seine Dankbarkeit quittierte.

Als die Nacht hereinbrach, schlief der besagte Herr Mya Than in dem eleganten Anzug, den er den ganzen Tag anhatte. Als der neue Tag erwachte, schlummerte er immer noch in dem Anzug auf dem Bett. Aufgrund seines dicken Anzugs bedurfte er im Gegensatz zu anderen Gästen beim Schlafen nicht Mal einer dünnen Decke. Als er endlich aufstand und in den Spiegel schaute, fand er, dass sein schöner Anzug in beträchtlichen Maßen in Mitleidenschaft gezogen worden war und sich nun in ziemlich zerknittertem Zustand befand. Aber die kleinen Schönheitsfehler könnten angesichts der grandiosen magischen Gestalt des Anzugs vollkommen vernachlässigt werden, so fand er sich mit diesen kleinen Lästigkeiten ab. Sein gewohntes Leben verlief ganz normal weiter - in demselben Anzug. Mittag trugen seine dünnen Beine, verhüllt in der nun zerknitterten Hose, ihn ins Kino, danach schlenderte er lässig, mit einer Zigarette in der Hand, auf dem Marktplatz, sodass jeder ihn in seinem schönen Anzug bewundern konnte, wobei er von den geschäftigen Marktfrauen jedoch als eher aus der Provinz gerade angekommener Hinterdörfler gehalten und belächelt wurde. Doch ein Lächeln war eben ein Lächeln der Freude und nicht das der Hässlichkeit, so kam es nicht unberechtigterweise bei dem Burmesen Mya Than gut an. So spielte es sich schon fast über eine Woche lang ab, bis die mitgebrachte Jade verkauft war, deren Abwicklung von ihm und seinem jüngeren Bruder ganz professionell über die Bühne gebracht wurde.

Bevor er sich zur Rückkehr nach Burma von allen Gästen verabschiedete, faltete er seinen Lieblingsanzug zuerst ordentlich genau so, wie er ihn ursprünglich vom Schneider ausgehändigt bekommen hatte, verpackte ihn dann in einer schönen Plastik-Tasche und gab sogar ein inniges Küsschen darauf und platzierte sie schließlich sanft in seinem Rucksack.

Als er endlich weg war, sagte ein Gast: „Das ist ja ein komischer Kauz, so einen teueren Anzug Tag und Nacht ununterbrochen zu tragen, so was gibt's doch gar nicht."
Ein junger Gast mischte sich ein:
„ Natürlich, es gibt so etwas, eben haben wir es gesehen. Ehrlich gesagt, es hat mich gar nicht gestört."
Ein anderer Gast rief lustig aus: „Lass es geschehen, wie es ist oder wie es sein soll."
Ein älterer Herr gab seinen Kommentar dazu:
„Schließlich, was derjenige Herr macht, ist seine persönliche Angelegenheit. Damit hat er niemanden beleidigt, gestört oder unrecht getan. So hat niemand recht, ihn in irgendeiner Weise zu verurteilen. Lass ihn doch glücklich sein, wie er sich sein Glück vorstellt."
Ja, das stimmt, das Glück ist wie ein unsichtbares Gebilde, das von jedem in unterschiedlicher Weise betastet und befühlt werden kann.

Jemand hatte erzählt, dass man mit dreieinhalbtausend Baht ohne Schwierigkeiten sogar nach Bangkok hin- und zurückfahren konnte. Als Thaung Htin diese Möglichkeit näher verfolgte, stellte es sich heraus, dass keiner darüber Bescheid wusste, und eine Garantie über die Unversehrtheit nie gegeben werden konnte. Für Thaung Htin war es nicht ratsam, nachdem er bis hierher gekommen war, am letzten Abschnitt seiner Reise ein volles Risiko einzugehen, ohne nötige Geduld zu bewahren. Wenn es sich aber nachher herausstellte, dass es keinen anderen Weg als den risikoreichen gab, dann musste er es eben wagen. Zumal dreieinhalbtausend Baht aufzubringen, war für ihn in der gegenwärtigen Situation schier unmöglich. Als Reserve hielt er in seiner Hand noch etwa siebenhundert Baht. Jemanden, den man nicht näher kennt, um Geld zu bitten, war eine sehr unangenehme Angelegenheit, die ihm zutiefst widerstrebte. Von Mama Khine wollte er sich keinesfalls Geld borgen, da sie über wenig Mittel verfügte. Von U Hla Bu, den er nur flüchtig kannte, solche finanzielle Hilfe zu erwarten und mit dieser Erwartung ihn zu bitten, fiel ihm sehr schwer. Ko Win, seinen Gastgeber, der ihn ohnehin in sein Hause aufgenommen und ihm tägliche Bleibe, ohne Gegenleistung, gewährt hatte, noch mal mit einem finanziellen Hilfeschrei zusätzlich zu belästigen, war schon in Gedanken widerlich. Den burmesischen Freund in Bangkok, den er eigentlich durch einen gemeinsamen Freund nur brieflich gekannt hatte, um derartigen finanziellen Beistand zu bitten, war ebenfalls ziemlich peinlich. Daher blieb ihm keine andere Wahl, als den Brief von Bangkok abzuwarten, mit einer eventuellen Möglichkeit in Mae Sot abgeholt zu werden. Je länger die Zeit aber voranschritt, umso unruhiger wurde doch sein Leben.

Die Gäste, die ihre Ware verkauft hatten, verließen das Haus und neue Gäste kamen an, sodass sich etwa zehn bis fünfzehn Gäste ständig in dem Haus von Ko Win aufhielten. Wenn manche nach Geschäftsabschluss fröhlich wegfuhren, schaute Thaung Htin ihnen mit einem gewissen neidischen Gefühl nach, dass seine Reise noch nicht fortgesetzt werden konnte. Wann werde ich denn endlich losfahren können? Das war dieselbe Empfindung, die er spürte, als er über Rangun fliegende Passagierflugzeuge am Himmel sah. Er sagte jedes Mal, zähneknirschend: „Warte ab, es wird eines Tages so weit sein, dass ich für immer von hier wegfliege."

Drei neue Gäste waren angekommen, einer hieß Hla Ohn, in mittlerem Alter, war schmächtig gebaut und ziemlich ruhig, suchte von sich aus wenig Kontakt zu den anderen. Die anderen zwei kamen zusammen aus Rangun, waren im Gegensatz zu Hla Ohn sehr freundlich und gesprächig. Der ältere Mann namens Khin Myint, war Mitte dreißig und ein warmherziger

Mensch, mit dem sich Thaung Htin auf den ersten Blick an gut verstand, und dieser war Reisebegleiter des eigentlichen Jadehändlers Soe Thein, der etwas jünger als er zu sein schien.

Als der Nachmittag näher rückte, tauchte an der Schwelle des Hauses Ko Wins ein mittelalter Herr auf, der mit einer tadellosen Hose und einem weißen Hemd gekleidet war. Seine vom Scheitel nach links durchgekämmten Haare, die nur seitlich gewachsen und daher seine Glatze in der Mitte nur spärlich bedeckten, flogen gleich im Wind umher, wenn eine Brise vorbeirauschte. Seine Sandalen mit einem extra hohen Absatz ließen seine körperliche Statur dennoch nicht höher erscheinen, als er wirklich war. Wie Thaung Htin nachher erfuhr, war dieser Herr der berüchtigte Makler Aung Sein, der ebenfalls aus Burma stammte und vor allem auf dubiösen Wege das Geld der anderen an sich raffte. Als der ruhige neue Gast Hla Ohn, der in der Ecke hockte, den Makler Aung Sein hereinkommen sah, sprang er mit einem Satz auf, stürzte sich auf den Makler und packte ihn an die Gurgel, während er laut aufschrie:

„Du Lump, du hast meine Steine gestohlen. Ich bringe dich um."

Alle Gäste im Hause waren von dem Vorfall überrascht und riefen laut aus:

„Was ist los?"

Die Situation schnell begriffen, sprangen Khin Myint und drei Leute sofort auf und trennten die Streithähne mit aller Gewalt auseinander. Drei Leute hielten den aufgebrachten Hla Ohn in der Ecke fest, während der schnell herbeigeeilte Hausherr Ko Win den Makler Aung Sein, dessen Gesicht aus Wut und Scham feuerrot geworden war, aus dem Haus nach draußen führte. Der angegriffene Aung Sein stieß mächtige Schimpfworte in Richtung seines Gegners aus, während er seinen zerknitterten Hemdkragen zurechtmachte, wobei Ko Win ihn zu besänftigen versuchte:

„Es tut mir sehr leid, dass bei deinem Besuch in meinem Hause so etwas passiert."

„Das ist nicht deine Schuld", sagte der angegriffene Makler kurz und verschwand eilig danach.

Als die Unruhe sich gelegt hatte, erzählte jener aufgebrachte neue Gast Hla Ohn, auf Anfrage der anderen, widerwillig, dass der unangenehme Vorfall schon vor vier Jahren geschehen sei. Am Anfang war er seit Jahren Kunde bei diesem Makler Aung Sein gewesen. Einmal hatten er und einige Händler ihre Jadesteine beim Makler Aung Sein gelassen und waren nach Burma zurückgekehrt, um nach einem oder zwei Monaten zurückzukommen, weil zu Hause das Feld bestellt werden musste. Es war auch nicht ungewöhnlich und kam ab und zu vor, dass die Händler beim Makler, zu dem sie jahrelang gegangen und ein Vertrauensverhältnis hatten, ihre

Jadesteine aufbewahren ließen, falls der Verkauf der Steine während ihrer Anwesenheit noch nicht vollzogen werden konnte; sie verließen sie mit dem Hinweis auf den Mindestpreis für den Verkauf. Als er und andere nach Mae Sot zurückkamen, hörte man die Hiobsbotschaft, dass das Haus des Maklers Aung Sein und eine Reihe von Häusern im Sommer einem großen Brand zum Opfer gefallen seien. Damit waren ihre Jadesteine ebenfalls im Brand verloren gegangen. Hinterher hätten sie aus einer zuverlässigen Quelle erfahren, dass Makler Aung Sein die Jadesteine, die ihm zur Aufbewahrung anvertraut wurden, vor dem Brand beiseitegeschafft und daraus nach und nach sein Vermögen gemacht hatte. Der große Brand wurde ebenfalls von Ko Win bestätigt:

„Ja, damals war auch unsere Mietwohnung ebenfalls in den Brand geraten, wir haben aber alles gerettet und allen Händlern zurückgegeben, was ihnen gehörte. Wie es bei anderen war, weiß ich nicht genau."

Ko Win war immer bescheiden und enthielt sich stets negativer Äußerung über seine Berufskollegen.

„Jedenfalls, wenn etwas Schlimmeres passiert und wir mit der thailändischen Polizei zu tun hätten, dann werden wir alle große Schwierigkeit bekommen, Gott sei Dank, dass es glimpflich abgelaufen war", äußerte Ko Win, ohne seinem Gast Hla Ohn Vorwurf zu machen.

„Es tut mir sehr leid, dass es so passiert war, ich verspreche Ihnen, dass es nie wieder vorkommt", entschuldigte sich Hla Ohn.

Seit diesem Großbrand genoss Ko Win unter den burmesischen Jadehändlern wegen seiner Ehrlichkeit einen sehr guten Ruf, ebenfalls hatte der Makler Ko Aung Sein gerade aufgrund seiner Skrupellosigkeit Berühmtheit erlangt. Nichtsdestotrotz kamen jedoch etliche Händler immer noch zu ihm – angeblich wegen dieser Berühmtheit, wenn es auch paradox klingen mochte. Manche bewunderten ihn sogar ausgerechnet wegen seiner kaltschnäuzigen Gerissenheit, die einmalige Chance beim Schopfe gepackt zu haben.

Heute bekam Thaung Htin die erlösende Nachricht aus Bangkok, dass ein Bekannter von seinem Freund unterwegs nach Mae Sot sei und ihn bei Gelegenheit in der nächsten Woche abholen werde, Thaung Htin solle sich ein paar Tage gedulden und zu Hause warten. Damit schienen die ungewissen Tage für ihn langsam zu Ende zu gehen. Wenn er aber genauer nachdachte, wie er im Pkw schwarz mitfahren sollte, versteckt im Kofferraum oder unter dem Rücksitz …? Würden die Polizisten an der Kontrollstelle nicht alles nachschauen? Ah, was, man kann nicht alles vorauswissen, es wird wie eine Flucht per Pkw aus der DDR in den Westen sein, lass dich mal überraschen, dachte er.

In diesen Tagen war Thaung Htin oft mit seinen Gedanken bei Mama Khine. Was machte sie wohl in der Zeit? Er vermisste ihre betörenden Blicke, er sehnte sich nach ihrer zärtlichen Umarmung, er fühlte in Gedanken ihre leidenschaftlichen Lippen.

Es war eine seltsame Begegnung, die in seiner Seele für immer lebendig erhalten bleiben würde. Jedes Wort, das sie ihm zu Gehör brachte, klang so zärtlich und liebevoll. Jeder Blick, den sie ihm zuwarf, erweckte in ihm Begehr und Leidenschaft. Jede Berührung ihrer Hand, ihrer Lippe, ihres Körpers war getränkt in voller Verzückung und im Zauberrausch.

Obwohl seine Sehnsucht nach Mama Khine ihn nach Mekonkin zu treiben versuchte, widerstand er dieser Verführung, da der Gedanke allein, im Hause der launenhaften Hausherrin Ma Ei Nwe noch mal aufzutauchen, wo er erniedrigt und seelisch gepeinigt wurde, ihm so widerlich und unerträglich war. Thaung Htin schaute auf die Armbanduhr, es war schon Mittag. Wo würde sie sein? Als er seine Armbanduhr anstarrte, schweiften seine Gedanken ins ferne Mekonkin und in die Wälder, wo er mit ihr zusammen gewesen war. Wenn der Urwald zwischen Burma und Thailand jemals sprechen könnte, würde er sicherlich von einer zärtlichen Geschichte erzählen. Eine schöne Geschichte, die sich nie wiederholen würde.

Da kam zufällig Aung Myint zu ihm gelaufen, er schaute Thaung Htin eine Weile bedächtig an und sagte:

„Hoffentlich störe ich dich nicht, scheinbar bist du gerade beim Träumen. Übrigens!" Er fasste vorsichtig die Armbanduhr Thaung Htins an, betrachtete die Uhr eingehend und fuhr fort:

„Dieselbe Uhr hatte ich vor Jahren gehabt, sehr gute Qualität, zuverlässig, ich mag diese Form und Zeigerblatt."

Er machte eine Pause und nahm den Gesprächsfaden wieder auf:

„Dann kam ein sehr enger Freund von mir vor sechs Jahren, der war in einer finanziellen Not, ausgerechnet als seine Frau gerade schwanger war. Da habe ich ihm meine Uhr gegeben, damit er aus der Misere rauskommt. Danach habe ich keine Uhr mehr. Solche gute Qualität könnte ich mir auch nicht mehr leisten."

Gerade seine Art, ehrlich und offen zu sein, machte ihn sympathisch, Aung Myint war kein Jadehändler, lediglich war er auf Bitten seines Kollegen Soe Thein, der Jadesteine in Rangun gekauft hatte, nach Mae Sot mitgekommen. Dafür bekam er als Vergütung Geld, das nicht so viel sein durfte. Aung Myint war einer von den wenigen, denen Thaung Htin im Leben begegnet war, die man ohne großes Bedenken von Anfang an als vertrauenswürdig und ehrlich einstufen würde.

Ihm kam da in dem Moment eine Idee in den Sinn, diesem gutmütigen Menschen, der sich eine Armbanduhr nicht mehr leisten konnte, eine Freude zu machen. Diese gute Armbanduhr hatte er von seinem Vater bekommen. Nun war ihm die Zeit und passende Gelegenheit gekommen, seinen Besitz jemandem weiter zu geben, der bedürftiger war als er. Kurz entschlossen, sagte Thaung Htin zu Aung Myint:
„Weißt du, ich werde nächste Woche nach Bangkok reisen. Am Tag vor der Abfahrt schenke ich dir diese Uhr. Das verspreche ich dir."
Aung Myint, etwas verblüfft von der unerwarteten frohen Botschaft, erwiderte zögerlich:
„Wieso? Du brauchst doch, sowieso, deine Uhr, ob du wegfährst oder nicht."
Thaung Htin sagte: „Du brauchst die Uhr mehr als ich. Ich werde irgendwann wieder eine Uhr bekommen. Du hast für einen guten Zweck deine Uhr dem anderen vermacht. Aus gleichem Grund schenke ich dir die. Hab noch Geduld bis nächste Woche!"
Aung Myint war sprachlos, obwohl es ihn freute, denn es geschah ja bar jeder Erwartung seinerseits.

Wenn ein Mensch einem anderen Gutes tut, besteht immer die Wahrscheinlichkeit, dass es irgendwann von irgendjemandem in der gleichen oder ähnlichen Weise erwidert wird. Nur darf er niemals fordern, dass seine gute Tat unbedingt erwidert werden muss, sonst wäre das eine Tat mit Berechnung. Eine Tat mit derartiger Berechnung ist selten tugendhaft. Buddha sagte bezüglich der zwischenmenschlichen Handlung in seiner Lehre, es gebe zu einer Aktion immer eine Reaktion. Drittes Axiom des newtonschen Lehrsatzes in der Physik besagt, dass es zu einer Aktion immer eine gleichgroße entgegengesetzte Reaktion gibt. ‚Entgegengesetzt' bedeutet nicht, dass es im Bereich des menschlichen Lebens negativ sein muss.

Heute kam ein Burmese, der lange Jahre in Mae Sot lebte. Er hieß Tin Tut, stand politisch der Patriotischen Front Burmas nah. Ob er ein Mitglied dieser Organisation war, erwähnter er nicht offen von sich aus. In der hitzigen Diskussion mit Thaung Htin über die Taktik der Widerstandsbewegung gegen das Militärregime vertrat er eine radikale Position.
„Zum Kampf gegen Ne Win gehören nicht nur diplomatische, sondern auch militärische Mittel. Zu militärischen Mitteln gehören wiederum, grob gesagt, erstens - die Angriffe auf strategisch wichtige Stützpunkte des Regimes, und zweitens – Stiftung von Unruhen im Hinterland durch Bombenexplosionen, die auf dem Marktplatz oder an publikumswirksamen orten durchgeführt werden müssen."

„Ich muss Ihnen zugeben, dass ich auf dem Gebiet der strategischen und operativen Kriegsführung, die sie hier angedeutet haben, ein Laie bin", sagte Thaung Htin, „aber aus gesundem Menschenverstand, bin ich aber in der Lage zu beurteilen, ob dieses Bombenlegen auf dem Marktplatz, wo es von vielen unschuldigen Menschen täglich wimmelt, es sich tatsächlich nach Erwägung der positiven und negativen Effekte für den Täter insgesamt vorteilhaft auswirkt oder nicht.

„Das können sie als Laie, wie sie jetzt zugegeben haben, gar nicht beurteilen", behauptete Khin Tut großspurig.

„Ich habe Ihnen zugegeben, zwar als Laie im Bezug auf die Kunst der Kriegsführung, aber nicht auf deren Auswirkung auf Menschen, wie mich und andere, deswegen werde ich mich auch darauf beschränken, mein Urteil zu bilden. Es könnte sein, dass ihre Strategie in anderen Kulturkreisen oder Ländern durchaus Erfolg verspricht. Jedoch in solchen Ländern mit vorwiegend friedfertigen Buddhisten, wirken Bombenleger in keiner Weise sympathisch, sondern viel mehr abstoßend und verabscheuungswürdig, und damit auch die Partei, deren Ziele der Bombenleger vertritt."

„Was sie hier sagen, ist wage Vermutung und theoretische Erläuterung, die mit der Realität nichts zu tun haben", beharrte Tin Tut auf seinem Standpunkt.

„Okay, wenn sie so meinen, nun genauer. Nachdem die Bomben auf dem Aungsan-Markt in der Mitte Ranguns vor drei Jahren explodiert waren, - es wurden Gerüchte verbreitet, dass es auf das Konto der Patriotischen Front ginge, ich nehme an, dass es auch stimmen könnte, nachdem ich ihre Erläuterung gehört habe – hatten die Menschen kein Vertrauen mehr in die Patriotische Front Burmas. In der gegenwärtigen Situation sieht keiner mehr in diesem Verein den Retter für die Zukunft Burmas. Anstatt auf dem Markt, wo unschuldige Menschen sterben mussten, hätte sie vor dem Kriegsministerium Bomben gelegt oder besser auf den Diktator Ne Win ein Attentat, wie Hauptmann Ohn Kyaw Myint geplant hatte, verübt, dann hätte die Patriotische Front viel Sympathie und Anhänger in der Bevölkerung gewonnen."

„Natürlich, wer hätte es denn nicht gern gemacht, ein Attentat auf Ne Win? Das wäre die beste Werbung für die Patriotische Front, das weiß jeder, aber das ist logistisch nicht einfach."

„Ja, natürlich einfach ist es nicht. Weil es nicht einfach ist, dort Bomben zu zünden, wo es wirklich unbedingt notwendig war, sind die Leute einfach auf Plätzen ausgewichen, wo das einfach war, aber natürlich mit fatalen Folgen. Und sie erreichen damit gerade die umgekehrte Richtung, wohin sie nicht wollen. Für Ne Wins Regierung war das ein gefundenes Fressen, sie

nutzte geschickt aus, die wahren Ziele der Patriotischen Front unkenntlich zu machen. Das ist das Tragischste überhaupt." Nach den vernichtenden Worten Thaung Htins schwieg Tin Tut eine Zeit lang nachdenklich. Thaung Htin fragte ihn:
„Waren sie schon mal in Rangun gewesen, seitdem die Bomben explodiert waren?"
„Nein, ich war nie wieder dort, seit 1970, seitdem ich Burma verlassen habe."
„Es sollte aber keinesfalls bedeuten, dass ich die Patriotische Front ablehne. Ich bin durchaus mit den strategischen Zielen der Patriotischen Front vollkommen einverstanden, diese Militärsippe Ne Wins mit allen Mitteln zu bekämpfen. Aber was die operativen Maßnahmen betrifft – spezifisch: Bombenanzünden an menschenintensiven Orten, bin ich nicht damit einverstanden", sagte Thaung Htin.

„Es könnte sein, dass es in der Bevölkerung unmittelbar danach eine Irritation ausgelöst hatte, das ist selbstverständlich, aber auf die Dauer wird diese operative Methode einen Erfolg versprechen, wie z. B. Fiedel Castro den kubanischen Partisanenkrieg geführt hat", betonte Tin Tut immer noch hartnäckig.

„Soviel ich weiß, hatte die Truppe von Castro oft mehrere Regierungsstützpunkte erfolgreich angegriffen, aber es war mir nicht bekannt, dass sie auf Marktplätzen Bomben gelegt hätte. Wissen Sie, ich bin die ganzen Jahre in Rangun gewesen. Nach der Bombenexplosion verfluchten die Menschen die Patriotische Front, jetzt nach drei Jahren verdammen sie immer noch diesen Verein, niemand will mehr etwas von dieser Gesellschaft wissen. Das ist leider die bittere Wahrheit. Dass es ihnen sehr schwer fällt, dieses Faktum anzuerkennen, das kann ich sehr gut verstehen", erwiderte Thaung Htin. Als Tin Tut an dem Abend das Haus Ko Wins verließ, war er schweigsam geworden, was seiner Natur nicht entsprach. Im Leben eines Menschen kommen manchmal Momente, in denen seine ein ganzes Leben lang geglaubten Ideale von der Realität vollkommen ausgelöscht werden. Es tat in der Seele eines Menschen unsagbar weh.

Eine Woche war schnell vergangen und noch eine Woche war danach vorüber, aber derjenige, der Thaung Htin abholen sollte, war nirgendwo zu sehen. Vielleicht war dieser Freund bei der Reise verhindert oder hatte die Route geändert oder war sonst irgendwohin gegangen, aber nicht nach Mae Sot. Wenn man auf etwas wartet, vergeht die Zeit zu langsam. Wenn man von der Ungewissheit geplagt wird, ob etwas, worauf man wartet, überhaupt eintrifft, wirkt die Zeit wie eine Folterbank. Je länger die Zeit voranschreitet, umso unerträglicher und grausamer ist das Leben eines Wartenden. Was sollte er tun? An diesem Übergangsort konnte er keineswegs sein Leben schmoren lassen, wie manche Burmesen, die hier jahrelang tagein und tagaus lebten. Nein, ich lasse mich an diesem Ort nicht einbuddeln, schwor er zähneknirschend. Er musste zuerst nach Bangkok kommen, egal wie, danach werde sich sein Weg zeigen, wohin seine endgültige Reise ihn führt. Er hatte oft gehört, dass der Thai-Polizist an der Kontrollstelle selten einen Schlafenden in Sammeltaxis aufweckte. Obwohl diese Information mit Vorsicht zu genießen war, bildete sie überhaupt eine schmale Chance für ihn. Er musste versuchen, nach dem Motto: Wer nicht wagt, gewinnt eben nicht. Er hatte sich fest entschlossen, morgen früh von Mae Sot per Sammeltaxi nach Tak abzureisen, egal was auch kommen mochte. Wenn das Glück ihm beistünde, würde er unbeschadet nach Bangkok reisen können. Wenn er Pech hatte, würde seine Reise ins Gefängnis führen. Jedenfalls war es nun Zeit, dass er unbedingt handeln musste. Nach seiner Entscheidung am Mittag zog er seine Armbanduhr aus und drückte sie in die Hände Aung Myints, der es immer noch nicht glauben konnte, dass er wirklich eine Armbanduhr von jemandem geschenkt bekam, den er seit ein paar Tagen kannte und von ihm keine Gegenleistung verlangte. Thaung Htin vertraute ihm seinen Plan:

„Ich werde morgen per Sammeltaxi abreisen, egal was passiert. Einmal muss man es eben wagen."

„Ich wünsche dir viel Glück, mein Freund, ich bin dir so dankbar für diese Uhr. Ich habe dir nichts zum Abschied zu geben. Was ich dir geben kann, ist nur ein leeres Wort: vielen, vielen Dank und viel Glück", sagte Ko Aung Myint tief bewegt.

„Ah, weißt du, was im Leben manchmal auf den ersten Blick leer und inhaltslos erscheint, ist voll von Güte und Tugend. Wenn man Glitzerndes sieht, steckt dahinter meistens Luft. Das haben wir dann und wann erlebt. Jedenfalls freue ich mich, dass ich dir mit dieser Uhr eine kleine Freude machen kann. Dazu hast du dich ja schon im Leben würdig erwiesen", sagte Thaung Htin, befriedigt über seine kleine gute Tat.

„Du sprichst ja wie ein Engel", erwiderte Ko Aung Myint mit fast weinenden Augen.

„Das wäre schön, wenn ich ein Engel wäre, dann brauche ich mir keine Gedanken mehr machen über die Kontrollstelle unterwegs, dann werde ich über die Luft schweben und nach Bangkok fliegen", konterte Thaung Htin lachend über den eigenen witzigen Einfall.

Es war schon Nachmittag 14 Uhr. Ein gepflegter Mann betrat das Haus Ko Wins und fragte: „Ich habe gehört, dass sich ein Gast namens Thaung Htin bei euch aufhält."

Ein Gast antwortete: „Ja, der ist oben."

Nachdem Thaung Htin die endgültige Entscheidung hinter sich hatte, fühlte er sich erleichtert, in eine neue Phase des Lebens zu treten, obwohl die neue Phase in die Befreiung oder genauso gut ins Verderben führen könnte. Als er gerade über die Kontrollstelle nachdachte, kam der Mann direkt auf Thaung Htin zu und sagte freudestrahlend:
„He, Thaung Htin, kannst du dich an mich noch erinnern? Ich bin Nyi Yin. Mein Gott, ich habe nicht gedacht, dass ich dich wiedersehe. Ich habe heute Vormittag gehört, dass du hier bist, da bin ich gleich vorbeigekommen. Komm mit zu mir nach Hause, unterwegs können wir uns unterhalten."

Im ersten Moment konnte sich Thaung Htin an ihn gar nicht erinnern, dann kam ihm ein kurzes Gespräch mit einer Schulkameradin vor einem Jahr in seiner Heimatstadt Pakokku ins Gedächtnis, dass Nyi Yin irgendwo in Thailand sei. Nach und nach kam ihm in Erinnerung, dass er mit seiner Frau Hla Hla bis zum Abitur in der gleichen Klasse gewesen war, während Nyi Yin, etwa drei Jahre älter als er, bereits bei der Polizei arbeitete. Da sie nicht voneinander weit wohnten, kannten sie sich von Sehen gut, auch wenn sich Thaung Htin an das Gesicht seines Freundes nach fast neunzehn Jahren kaum noch erinnern konnte. Unter den Schulkameraden in Pakokku war Thaung Htin aufgrund des Auslandsstudiums in Ost-deutschland gut bekannt, da ein Auslandsstudium eine Seltenheit in jedermanns Leben darstellte.

„Weißt du, vor fünf Jahren war dein Vater einmal in Mae Sot gewesen. Damals ging es mir sehr schlecht und ich war gar nicht in der Lage gewesen, deinen Vater einmal zu mir einzuladen. Damals sagte dein Vater, dass du noch in Deutschland bist", sagte Nyi Yin.

„Ja, mein Vater hat mir erzählt, dass er einmal in Mae Sot war, sicher hat er erwähnt, dass er dich getroffen hat. Aber ich konnte damals deinen Namen und dein Gesicht nicht zusammenbringen. Was für ein Schicksal, dass man nach so vielen Jahren unverhofft einander wieder trifft."

Unterwegs erzählte Thaung Htin ihm alles, warum er nach Mae Sot gekommen sei.

„Es ist richtig, was du gesagt hast. Jeder muss einmal endgültig eine Entscheidung treffen. Das steht mir noch vor. Was dein Vorhaben betrifft, per Sammeltaxi zu fahren, ist ziemlich gefährlich. Warte ein bisschen, ich werde sehen, was ich für dich tun kann. Kommt erst mal zu mir, wir haben nachher noch eine ganze Menge zu erzählen", sagte Nyi Yin.

Mit dem Moped von Nyi Yin fuhren sie los in die Stadt zu seiner Familie. Er stellte seine thailändische Frau vor, die auf den ersten Blick eine reservierte Haltung gegenüber dem neuen Gast nahm. Die Frau hatte fünf Kinder aus erster Ehe, und der Jüngste war erst zweieinhalb Jahre und die Älteste elf Jahre alt. Die Kinder waren zu Thaung Htin sehr freundlich. Es schien, dass Nyi Yin noch nicht lange mit der Frau zusammenlebte. Als Nyi Yin eine Weile alleine in die Stadt ging, etwas zu besorgen, und Thaung Htin mit den Kindern zusammen war, kam die Frau und fragte ihn in burmesisch, ob eine Aussicht bestehe, dass die burmesische Ehefrau Nyi Yins nach Mae Sot nachkommen könnte. Sie würde sie gern hierher holen. Nun konnte Thaung Htin ihre anfängliche Zurückhaltung ihm gegenüber gut verstehen. Sie war besorgt, dass Nyi Yin sie eventuell verlassen könnte, um zu seiner Frau in Burma zurückzukehren. Daher schien es, dass sie jegliche Beziehung ihres Mannes zu Burma und zu Burmesen mit Besorgnis betrachtete. Die Frage, die von ihr gestellt wurde, war ohnehin nicht leicht, die Antwort dazu war noch schwieriger mit einer Ausgewogenheit zu erteilen, damit die Gefühle nicht verletzt würden.

„Ich weiß nicht, ich kenne die familiären Verhältnisse von Nyi Yin in Burma zu wenig, daher ist es sehr schwierig zu sagen", antwortete er.

Die Frau entfernte sich, ohne etwas zu sagen. Dagegen umlagerten die Kinder ihn, mit der Aufforderung mit ihnen zu spielen. Die Kinder waren von ihm begeistert, weil er mit komischer Aussprache thailändisch sprach und die sprachlichen Fehler, die er zwangsläufig machte, waren für die Kinder Anlass zum schallenden Lachen. Als er aus ihrem Lehrbuch für Englisch vorlesen musste, beteiligte sich sogar der Jüngste mit vollem Eifer, indem Thaung Htin einen Satz vorlas und die Kinder nachsagen mussten. "Good Morning", las Thaung Htin vor. Angefangen von Ältesten, wiederholten alle korrekt den Satz. Der Jüngste kam an die Reihe und rief laut: „ Gu... Mon". Alle lachten herzhaft.

„I go to school", las Thaung Htin an anderer Stelle des Buches vor. Diesmal preschte der Jüngste vor:

„I bo too uul." Alle johlten laut und ergötzten sich an seiner niedlichen Sprache. Seit Antritt seiner langen Reise hatte er noch nie so ausgelassen gelacht und die Freude genossen wie in diesem Moment. Er mochte besonders Kinder. Als er im Hause Kyanthas war, verhielten sich die Kinder sehr distanziert zu ihm, auch wenn er es seinerseits vergeblich mehrmals versuchte. Nach einer Weile kam Nyi Yin zurück. Sein Freund sagte ihm: „Nun bringe ich dich nach Hause zurück. In zwei Stunden hole ich dich ab. Heute Abend schläfst du bei uns, damit die Spur vor der Reise verwischt wird. Morgen bringt ein Bekannter von mir dich auf dem Motorrad nach Tak. Dort hältst du dich in dem Haus eines Freundes von mir bis zum Abend auf, die werden dich zum Bus bringen, der die ganze Nacht bis

Bangkok durchfährt. Lass die anderen nichts darüber wissen. Ausführlich sprechen wir noch. Komm, gehen wir."

Die Kinder wollten Thaung Htin erst gar nicht gehen lassen. Als Nyi Yin ihnen erklärte, dass der Onkel nach zwei Stunden wiederkommt, waren sie zufrieden. Als Nyi Yin Thaung Htin vor dem Haus von Ko Win absetzte, steckte er einen Fünfhundertbahtschein in die Hemdtasche seines Freundes mit knappen Worten: „Du brauchst das."
Thaung Htin war seinem Freund sehr dankbar, der ohne jegliche Vorahnung und Erwartung plötzlich wie vom Himmel auftauchte - wie ein Engel, so würde Ko Aung Myint ihn sicher bezeichnen -, nur mit einer Absicht und ohne jegliche Erwartung und Berechnung, seinem Freund zu helfen. Unabhängig davon fühlte er sich doch etwas unangenehm, von seinem Freund Geld anzunehmen. Wenn er jemandem was geben könnte, war das für ihn eine ungehemmte Freude. Jedoch wenn er aber von jemandem, wegen eigener Not, etwas annehmen musste, fühlte er sich nicht wohl.

Vor dem Eingang seines vorläufigen Quartiers sagte Aung Myint zu ihm, dass eine Frau auf ihn warte. Als er nach oben kam, wurde er von Mama Khine mit lächelnden Augen erwartet. Wenn niemand hier gewesen wäre, wäre sie ihm gleich um den Hals gefallen. Weil die anderen anwesend waren, mussten die beiden Haltung bewahren.

„Komm, gehen wir nach draußen", führte Thaung Htin Mama Khine zu einem kleinen abgelegenen Weg, etwas weit weg von den Häusern, der von vielen Bäumen umsäumt und ruhig war, und wo sie allein sein konnten. Dort angekommen warfen sie sich einander innig in die Arme. Sie ließ ihre weichen Wangen sanft auf seine gleiten, ihre zarten Lippen auf seinen zergehen, ihren ganzen Körper sich in seinen auflösen. Jeder spürte, dass der eigene Atem schneller raste und die Seelen am Ende schwerelos in der Luft schwebten, als seien sie im Reich der paradiesischen Träume angekommen. Als sie wach wurden, fanden sie sich umschlungen am Fuße eines großen Mangobaums wieder, dessen dichte Blätter und Äste die Liebenden von außen verdeckt abschirmte. Was für ein Glück, einander leidenschaftlich zuzugehören, ohne aufeinander Anspruch zu stellen.

„Mein Schatz, wie bist du heute hierher gekommen?"
„Mit Sammeltaxi, übrigens fahre ich morgen zurück nach Burma. Deswegen wollte ich dich noch mal sehen", sagte sie nachdenklich. „Ich habe so eine Sehnsucht nach dir, jeden Tag habe ich an dich gedacht. Ich kann dich auch gut verstehen, dass du über die Schwelle der Familie Ma Ei Nwe den Fuß nicht mehr setzen willst. Deswegen warst du gar nicht zu mir gekommen. Ich musste auch dort warten, bis meine Steine verkauft wurden.

Nun habe ich alles hinter mir", sagte sie, während sie ihm die Wangen mit ihren beiden Händen liebevoll streichelte und ihm in die Augen schaute.

„Weißt du, wenn du mich so begehrlich aus den Augenwinkeln verstohlen anschaust, werde ich fast verrückt, da möchte ich dich am liebsten gleich auffressen, dann bist du immer in mir. Aber andererseits ist es zu schade, dich aufzuessen. Da kann man dich in anderer Weise viel besser verwenden, nicht wahr, mein Schatz?"

Sie tippte mit ihrem Zeigefinger liebevoll auf seine Nasenspitze.

„So eine niedliche Nase hast du. Da kann man auf die rechte Seite der niedlichen Nase einmal küssen…"

Die rechte Seite seiner Nase war beglückt von ihrem zärtlichen Kuss.

„Damit aber die linke Seite nicht eifersüchtig wird, gebe ich auch ein Küsschen auf die linke Seite."

Die linke Seite seiner Nase empfing hocherfreut ihre liebevollen Lippen.

„Ho …, die kleine Nasenspitze ist nun sehr wütend, dass sie gar nichts abgekriegt hat. Das kann man ja nicht durchgehen lassen, nicht wahr?"

Seiner kleinen Nasenspitze wurde doch die zarteste Berührung ihrer leidenschaftlichen Lippen zuteil.

„Es ist so seltsam im Leben, ich war noch nie so verliebt und so glücklich gewesen, wie mit dir. Ich war verheiratet, weil meine Eltern es wollten. Von der Liebe wusste ich gar nichts, es war nur Pflichterfüllung gegenüber dem Gatten und den Eltern. Jahrelang habe ich auf dem Feld, tagein und tagaus, gearbeitet. Mein Mann hatte mich vor Jahren verlassen und ist mit einer jungen Frau losgezogen. Seitdem weiß ich nicht mehr, wo er ist, ich will es auch gar nicht mehr wissen. Als du in meinem Haus aufgetaucht warst, habe ich zum ersten Mal im Leben gemerkt, dass du mir mein Herz gestohlen hast."

„Also, bin ich ein Dieb ja?", bemerkte er dazwischen.

„Wegen des Diebstahls werde ich dich streng bestrafen", sagte sie mit strengen Augen und überfiel ihn sogleich, bedeckte ihn mit leidenschaftlichen Küssen auf die Stirn, auf die Wangen, auf Lippen und auf den Hals.

„Weißt du, ich habe immer geschworen, dass ich nie über traurige Dinge nachdenke oder dir sage, solange ich mich in deinen Armen ausruhe. Es ist nur verlorene Zeit für uns beide, mit den traurigen Dingen, die wir nicht ändern können, Zeit zu vergeuden", sagte sie ruhig, währenddessen sie ihn mit beiden Armen umschlang und ganz eng zu sich zog und mit ihren Lippen seinen Mund gefühlvoll liebkoste. Ihre funkelnden Augen, voll von Wärme und Zartgefühl, streiften langsam über sein Gesicht so behutsam, als wollte sie das kleinste Staubteilchen auf dem Gesicht ihres Geliebten ausfindig machen und dies mit ihren zarten Lippen entfernen.

„Mein Liebster, weinen werde ich, wenn ich allein zu Hause bin und an dich denke, ich werde diese unvergesslichen Stunden, die du mir geschenkt hast, als die schönste Erinnerung in mir bewahren. Nun hier ist ein kleines Geschenk, was du auf deiner Reise unbedingt brauchen wirst." Sie gab ihm einen Briefumschlag. Als er ihn öffnete, kamen vier große Geldscheine, viertausend Baht.

„Nein, Mama Khine, ich nehme das nicht. Es ist sehr lieb von dir. Wenn du eine reiche Frau wärest, hätte ich das, ohne Gewissensbisse, angenommen. Du hast noch Tochter und Enkelkind, für die du sorgen musst. Ich komme schon gut aus. Bitte nimm es zurück." Er steckte es in ihre Tasche zurück.

„Aber du brauchst es doch, Liebster."

Mama Khine schaute ihn mit flehenden Augen an.

„Nein, ich brauche es nicht. Morgen früh fahre ich nach Bangkok, ein Freund von mir hat für mich alles arrangiert. Einer bringt mich mit dem Motorrad über die Kontrollstelle bis Tak. Danach fahre ich von Tak aus per Expressbus weiter nach Bangkok. Du brauchst dir um mich keine Sorge mehr zu machen."

„Ja, du fährst morgen weg?" Es schien, dass sie vor dem Abschied, woran sie nicht denken wollte, panikartige Angst hatte.

„Der endgültige Abschied, den ich nie wahr haben wollte, ist doch gekommen, es ist fast ein Wunder, dass wir uns heute überhaupt noch getroffen haben. Wenn ich erst ein Tag später gekommen wäre, hätte ich dich nie getroffen ..., oh mein Gott!", sagte sie mit einer fast erschrockenen Stimme. Sie schaute auf die Uhr und sagte:

„In einer halben Stunde fährt das letzte Sammeltaxi nach Mekongkin und nun müssen wir aufbrechen."

Er brachte sie zur Haltestelle für Sammeltaxis. Sie werde nicht weinen, sie sei kein Kind mehr, sie sei eine starke Frau, dachte sie ständig im Kopf. Das Glück war ihr nur zeitweilig gewährt worden, solange sie dieses seltene Glücklichsein genießen durfte, wollte sie nicht eine Minute Zeit verschwenden, sich mit traurigen Dingen gedanklich zu befassen, die später auf sie zurollen würden. Sie versuchte alle traurigen Szenen aus dem Gedächtnis zu verbannen, es war ihr durchaus gelungen – nur bis dahin. Als sie ihn jedoch zum letzten Mal zum Abschied umarmte, bevor sie ins Sammeltaxi einstieg, kam es ihr doch überraschend ins Bewusstsein, was die ganze Zeit absichtlich verdrängt wurde, dass sie ihn nie mehr - nie mehr im Leben - wiedersehen könne. Seine zärtlichen Lippen werde sie nie mehr fühlen können, seine leidenschaftliche Umarmung würde ihr für immer fehlen, seinen begehrlichen Blicken, die ihr Herz jedes Mal flattern ließen, werde sie nie mehr begegnen können. Die Zeit, in der sie das große Glück in ihren Händen halten durfte, war nun definitiv abgelaufen. Es war nun wie ein Schock, der sie nun plötzlich ergriffen hatte; die betrübten Gefühle, die sie bisher erfolgreich bekämpft hatte, überfielen sie wie die Wölfe und zerfleischten ihr Herz, ihre Seele blutete und der Atem stockte. Plötzlich fühlte sie sich panikartig benommen, ihre Hände zitterten. Immer wieder schlug erbarmungslos dieser grausame Gedanke, dass sie ihn von nun an für immer verlieren würde, wie ein Peitschenhieb auf ihren entblößten Rücken. Tränen rollten ihr unaufhörlich über die Wangen, ihr Schluchzen wurde unkontrollierbar stärker, ihr zierlicher Körper bebte. Thaung Htin nahm ihren bebenden Körper zärtlich in seine Arme, um sie zum letzten Mal zu trösten. Unter starken Tränen flüsterte sie ihm ins Ohr:

„Liebster ... muss ich dich wirklich für immer verlieren?"

Zum letzten Mal versuchte sie, mit tränenerstickter Stimme ihm etwas zu sagen, bevor sie widerwillig in das Sammeltaxi einstieg:

„Lebewohl Liebster."

Aber die Stimme war ihr versagt geblieben. Das Sammeltaxi fuhr los, während alle Insassen teilnahmsvoll ihre Blicke auf die junge Frau richteten. Sie versuchte, Tränen mit dem Taschentuch wegzuwischen. Sein Gesicht und seine Gestalt, die sie noch vom Taxi aus sehen konnte, wurden langsam verworrener und dann verschwand er nach einer Weile völlig aus dem Blickfeld. Sie weinte leise vor sich hin:

„Lebewohl mein Liebster ..., lebewohl ..."

Eine alte Frau, die auf der Sitzbank neben ihr saß, fasste voller Anteilnahe ihre Hand und schaute sie mit mitleidvollen Augen an. Das Sammeltaxi raste mit hoher Geschwindigkeit auf der Landstraße, weit, weit weg von ihrem Liebsten.

Thaung Htin verharrte eine Zeit lang an der Taxihaltestelle und winkte mit aufgewühlten schmerzlichen Gefühlen immer noch nach seiner Liebsten, obwohl das Taxi schon längst aus seiner Sicht verschwunden war. Was für ein seltsames Schicksal, dass sich jedes Mal im Leben wiederholen musste; liebt er eine Frau leidenschaftlich, dann muss er sie wieder verlassen. Nachdem er zurückgekommen war, verabschiedete er sich vom Ehepaar Ko Win: „Ich danke Ihnen vielmals, dass sie mir in meinen schwersten Tagen geholfen haben. Ich werde das nie vergessen. Ich hoffe, dass ich es irgendwann wieder gut machen kann. Ab heute werde ich mich im Hause von meinem Freund Nyi Yin aufhalten, bis ich vielleicht in ein bis zwei Wochen meine Reise antreten kann."

Das Ehepaar Ko Win wünschte ihm viel Glück. Seinem Freund Aung Myint vertraute er sein wirkliches Vorhaben an, das nicht für jedermann bestimmt war.

„Täglich schaue ich vielmals auf meine Armbanduhr und jedes Mal erscheint vor dem Zifferblatt ein Engel, das bist du. Ich danke dir vielmals und viel Glück", sagte Aung Myint ihm zum Abschied.

Als er mit seinem Freund Nyi Yin in dessen Haus zurückkam, war es schon spät am Abend. Aber die Kinder waren wach geblieben, dem Onkel gute Nacht zu sagen. Er begrüßte alle fünf Kinder und wünschte jedem von ihnen schöne Träume in der Nacht. Als die Kinder sich zur Ruhe begeben hatten, saßen die beiden Freunde im Wohnzimmer mit ein paar Dosen Bier.

„Deine Frau spricht doch burmesisch?"

„Sie ist Shan, daher spricht sie burmesisch und thailändisch. Sie lebte lange Jahre in Mae Sot", erklärte Ni Yin.

„Das wusste ich nicht. Sie fragte mich vorhin, ob Hla Hla eventuell hierher nachkommen würde. Sie würde Hla Hla gerne hier haben, sagte sie."

„Das ist nicht so einfach, mir ist selber noch nicht klar, wie das ganze Leben weitergehen soll", stieß Ni Yin einen schwerfälligen Seufzer aus.

„Im Leben gibt es manchmal Momente, bei dem man nie sicher ist, was das Beste und Erträglichste für alle Beteiligten ist", sagte Thaung Htin, „übrigens, wie bist du hierher gekommen. Ich habe damals Ma Yi Win, die Cousine deiner Frau Hla Hla, gar nicht gefragt, warum du nach Thailand gegangen warst. Hast du mit der Patriotischen Front Burmas zu tun?

„Ja, das ist eine lange Geschichte, ich muss dir das erzählen", so fing Ni Yin an, seinen Leidensweg zu schildern:

„Wie du dich vielleicht noch erinnern kannst, war ich schon Leiter der Administration bei der Polizei in Pakokku, als du Anfang Januar 1962 zum Auslandsstudium gingst. Ich war nach Beendigung der siebten Klasse in den polizeilichen Dienst eingetreten. Abitur habe ich auch nachgeholt und ebenfalls durch das Fernstudium bis zum B.A. geschafft. Kurz, nach dem du ins Ausland gefahren warst, kam Ne Win durch einen Militärputsch an die Macht. Was danach folgte, weißt Du inzwischen Bescheid." Ein tiefer Seufzer folgte danach, bevor Nyi Yin Bier in die Gläser eingoss und reichte seinem Freund dies, und anschließend leerte er sein Glas langsam nachdenklich, ja so gar schwermütig.

„In der Zeit war ich schon mit Hla Hla bereits verheiratet und hatte drei Kinder. Meine Frau arbeitete als Krankenschwester. Ich kam in 1967 nach Rangun, um einen Betriebswirtschaftslehrgang an der Universität zu absolvieren, nach dem ich meine Arbeitsstelle in der Polizei in Pakokku gekündigt hatte. In Rangun machte ich Jobs bei Gelegenheit, um mein Studium zu finanzieren. Ende 1968 formte Ne Win einen dreiunddreißigköpfigen

Beraterstab, dessen Mitglieder meist aus erfahrenen Politikern bestanden, wie U Nu und ehemaligen Kabinettsmitglieder, die er 1962 ins Gefängnis gesteckt und nun für diesen Zweck kurz zuvor aus dem Gefängnis entlassen hatte. Dieser Beraterstab sollte dem Diktator Ne Win Vorschläge unterbreiten, die der politischen und wirtschaftlichen Entwicklung des Landes dienlich sein können. Um die Talfahrt der wirtschaftlichen Lage und den politischen Stillstand zu überwinden, machte U Nu, in Übereinstimmung mit seinen Kollegen, einen ehrlichen und ernsthaften Vorschlag: Ne Win solle das Parlament zusammenrufen. U Nu würde als Ministerpräsident offiziell zurücktreten und Ne Win als Präsidenten vorschlagen. Es bringe damit der Ne Wins Regierung Legalität zurück und die parlamentarische Demokratie sei wieder hergestellt. Die Wirtschaft könne nur unter einem demokratischen System dauerhaft gedeihen. Dieser gut gemeinte Vorschlag wurde in den von der Regierung kontrollierten Zeitungen erst vier Monaten später, im Juni 1969, publik gemacht. Danach ging U Nu im März nach Indien zur Pilgerfahrt. Die gesamte Bevölkerung und U Nu hatten geduldig auf Ne Wins Antwort gewartet."

Ni Yin schob den Teller mit Fleischbraten zu Thaung Htin, schnappte ein Stück und aß genüsslich.

„Aber Ne Win dachte gar nicht daran, das zu beantworten, oder er hielt es für nicht notwendig zu antworten, weil die parlamentarische Demokratie gerade gegen sein despotisches System war. In einer Demokratie musste er gegenüber dem Parlament und dem Volk rechenschaftspflichtig sein, es gibt keine Diktatur in dem System. Was er errichten wollte, war die Alleinherrschaft, egal wie das Land darunter litt. Ne Win verkündete aber intern, im Gremium der BSPP (Burmesische sozialistische Programm Partei), die er für eigene Zwecke aus der Taufe gehoben hatte, dass er zum Wohle der Bauern und Arbeiter das politische System geändert habe, deswegen den Vorschlag U Nus ablehne. Weil die offizielle Antwort von Ne Win ausblieb, reiste U Nu von Indien nach London weiter. Er hielt dort im August 1969 eine Pressekonferenz ab und verkündete den Widerstand gegen die Diktatur Ne Win. Das war die Geburtsstunde der Patriotischen Front Burmas, mit dem Ziel, Ne Wins Diktatur mit allen Mitteln, auch mit Waffengewalt, zu bekämpfen."

Thaung Htin wusste nichts darüber, wie diese Widerstandsbewegung entstanden war. Er hörte aufmerksam zu, was sein Freund erzählte. Schließlich war die persönliche Geschichte seines Freundes Nyi Yin eigentlich ein Stück der Leidensgeschichte des burmesischen Volkes unter der Herrschaft des Diktators Ne Win.

„Wir hörten in Rangun von der BBC den Aufruf des ehemaligen Ministerpräsidenten U Nu, dem verhassten Ne Win mit allen Mitteln Widerstand zu leisten. Das war die neueste und frohe Botschaft, die wir seit der Machtergreifung Ne Wins überhaupt gehört haben. Wir alle glaubten, dass es richtig war und eine große Ermutigung für uns alle darstellte, dass sich eine solche Persönlichkeit wie U Nu an die Spitze der Widerstandsbewegung gestellt hatte. Wir alle, Jung und Alt, schöpften wieder Hoffnung, dass doch in absehbarer Zeit uns von der Unterjochung Ne Wins zu befreien eine Möglichkeit bestünde. Unter der Hand wurde die geheime Nachricht verbreitet, dass eine patriotische Befreiungsarmee, unter der politischen Leitung von U Nu gebildet werde und alle, die daran Interesse haben, willkommen seien. Eine Militärausbildung werde an der burmesisch-thailändischen Grenze in Wankha in der Nähe von Mae Sot, unter der Leitung von Bo Letya, Bo Setkya und Bo Yan Naing, Mitgliedern der berühmten Dreißig-Kameraden, die damals mit Aung San für die Unabhängigkeit Burmas gekämpft hatten, stattfinden. Anfang 1970 verließen viele junge Leute, Studenten, Angestellte, Politiker, Journalisten, Schriftsteller heimlich Burma über die Berge und durch Urwälder nach Wanka, um sich dieser Widerstandsarmee an der Grenze anzuschließen. Das waren Tausende. Manche waren nie dahin gekommen, weil sie mehrere Tage auf dem Fußmarsch, unterwegs im Dschungel, erschöpft umfielen und nie wieder aufstanden oder von Malaria oder Fieber in den Tod getrieben wurden."

Nyi Yin machte eine Pause um ein paar Dosen Bier aus der Küche zu holen.

„Auf der Strecke, die du gerade gekommen warst, hatten damals viele Leute das Leben gelassen. Es war grausam. Viele Leute erreichten zwar Wanka, das Trainingslager am Rande des Urwaldes, waren aber von Malaria infiziert und später gestorben. Die Leute, die heil und gesund im Ausbildungslager angekommen waren, zählten schon fast fünftausend; einer davon war ich. Es war nicht gering. Dieses Militärausbildungslager existierte eigentlich seit 1965, geleitet von Bo Yan Naing, der es unter der Herrschaft Ne Wins nicht aushalten konnte und eher Burma verlassen hatte. Aber erst durch das Arrangement von U Nu wurde diese Widerstandsarmee richtig lebendig und erhielt genug Waffen, Munition und finanzielle Unterstützung von USA. Thailand gewährte uns ungehinderte Bewegungsfreiheit. Hier wurde jeder ein Jahr lang militärisch hart ausgebildet. Später wurden die Truppen in drei Standorten im Urwald, südlich von Mae Sot, verteilt, um eine bessere Organisation zu ermöglichen. Bo Letya war Oberbefehlshaber, unter ihm fungierten U Thyin, ehemaliger Handelsminister, Bo Yan Naing und Bo Setkya jeweils als Generäle und zuständig für eigene Stationen und Truppen. Das Gebiet, wo die burmesische Befreiungsarmee, auch Patriotische Front Burmas (PFB) genannt, stationiert war, befand sich

auf dem Territorium, das von jeher von der Kawthulay kontrolliert wurde. Daher gab es immer wieder Reibungen und Konflikte. Kawthulay bestand darauf, dass die Truppenbewegungen der PFB der Kawthulay voraus berichtet werden mussten. Es war auch verständlich, dass die Kawthulay unsere neue Armee, ausgerüstet mit modernen Waffen, mit Argusaugen betrachteten, zumal der Befreiungskampf Teile der Karen-Bevölkerung, die Kawthulay seit der Unabhängigkeit Burmas repräsentierte, viel Opfer gekostet hatte. Unzählige Dörfer der Karen wurden bis jetzt von der burmesischen Armee verwüstet, viele Kinder, Frauen und Familien wurden umgebracht und vertrieben. An der Grenze auf der thailändischen Seite wurden mehrere Flüchtlingslager errichtet, um diese heimatlosen Karen-Familien aufzufangen. Dort leben zigtausende Menschen ohne jegliche Hoffnung auf eine Zukunft. Diese unzähligen Karen können auch nicht mehr zurück in ihre angestammten Dörfer in Burma, dort sind alle Häuser verbrannt, Vieh- und Rinderherden geschlachtet oder mitgenommen von den burmesischen Soldaten. Daher war das Misstrauen seitens Kawthulay gegenüber uns mehr als verständlich. Manchmal wurden kleine Einheiten der PFB von Kawtulay aufgerieben. Also war das Leben für uns dort nicht gerade ungefährlich. Die meisten der PFB-Mitgleider waren vorher noch nie Soldat gewesen und an ein hartes spartanisches Leben im Urwald nicht gewöhnt. Dieses entbehrungsreiche Leben ein Jahr durchzustehen, erforderte schon eine Menge von jedem Beteiligten. Eine Tatsache, die zu der Moral der Truppen wenig beitrug, war, dass die Generäle und Kommandeure die meiste Zeit in großen Städten wie Mae Sot oder Bangkok verbrachten, während einfache Soldaten, die aus reinen Idealen ihr Leben opferten, im Urwald blieben. Das Hauptanliegen, d. h. die Militäroperationen gegen die strategisch wichtigen Stützpunkte der Armee Ne Wins, war leider nicht erfolgreich gelaufen. Nur das Zünden von Bomben in Rangun war verwirklicht worden, was ausgerechnet bei ausbleibenden militärischen Erfolgen fatale Folgen für das Image der PFB nach sich zog."
Nyi Yin machte ein nachdenkliches Gesicht und fuhr fort:
„Wir brauchten Erfolge, damit jeder sich selbst Mut zusprechen konnte. Mit der Zeit brachen im Militärlager persönliche Konflikte aus, zwischen den Spitzen unserer Führer, die wiederum blutige Auseinandersetzungen bei den unteren Ebenen auslösten. Zu dieser Zeit war unser Militärführer Bo Letya bei einem unerwarteten Angriff der Kawthulay gefallen, als er mit einer kleinen Truppe unterwegs war. Wir waren Soldaten aus Überzeugung und keine Söldner, daher waren moralisches Umfeld und politische und militärische Fortschritte, die für uns positiv zählten, unsere Überzeugung verstärkten oder unsere Kampfmoral aufrechterhielten, umso mehr not-

wendig als in einer Söldnerarmee. Nachdem ich zweieinhalb Jahre im Urwald durchgehalten hatte, fing ich an, selbst Fragen zu stellen, ob es überhaupt noch Sinn hat, in der Truppe zu bleiben. Viele hatten sich schon aus Enttäuschung von der Truppe abgesetzt, blieben in Bangkok oder in Mae Sot, manche sind ins Ausland immigriert. Ich war mehrere Male in Bangkok. Ich weiß nicht warum, es zog mich gar nicht dahin. Ins Ausland habe ich keine Neigung zu gehen. Du warst lange Jahre in Europa, deswegen hast du eine andere Beziehung zu diesen Menschen und der Kultur. Ich war noch nie dort gewesen. Ich wollte lieber in der Nähe meiner Heimat bleiben, wenn ich auch dorthin nicht mehr zurückkehren konnte. Jeder, der Burma nicht wegen irgendeines Geschäftes verlassen hat, ist mehr oder weniger politisch motiviert. Sie sind alle ohne Ausnahme gegen dieses Militärregime. Dein und mein Name sind längst in die schwarze Liste eingetragen worden."

Ein Weilchen hielt er inne und setzte fort:

„Nicht selten war ich in meinen Gedanken bei meinen Kindern und Hla Hla. Was machte denn meine Familie jetzt? Das war die Frage, die ich mir oft stellte und mich quälte und nie befriedigend beantworten konnte. Ich war mehr mit meiner Familie und mit meiner Heimat verbunden, als ich je gedacht habe. Deswegen habe ich mich nach fast drei Jahren 1973 entschlossen, mich in Mae Sot niederzulassen, damit ich mindestens in der Nähe zu meiner Familie und zu meiner Heimat bleibe, nachdem ich die Patriotische Front endgültig verlassen hatte. Obwohl ich die Truppe verlassen habe, hänge ich immer noch an der Idee der Widerstandsbewegung. Es sind dort eine ganze Menge Leute geblieben, keiner betrachtete uns als Deserteure. Wenn in Burma unverhofft in Zukunft eine positive Änderung eintrifft und die PFB effektiv eingreifen kann, werde ich mich sofort wieder der Truppe anschließen. Ich bin keinesfalls Opportunist, ich betrachte mich lediglich als Reservist in Wartestellung. Es könnte auch sein, dass ich dies selber erfinde, um mein schlechtes Gewissen ein wenig zu beruhigen. Vielleicht gibt es noch eine bessere Zukunft in Burma, wenn die Aussicht auch ziemlich gering ist. In Wahrheit bin ich wie jemand, der seine Ideale zu Grabe getragen hat, irgendwie am Friedhof immer noch ausharrt, mit der unrealistischen Erwartung, dass der Tote doch wieder auferstehen würde. Nach Verstand klingt es vollkommen verrückt, aber das Gefühl ist manchmal viel stärker als der nüchterne Verstand. So war meine Geschichte. Danach habe ich meine jetzige Frau kennengelernt und bin mit ihren Kindern zusammengezogen. Danach habe ich in das Jadegeschäft investiert und nach und nach ein paar Kunden von Burma erworben, sodass wir einigermaßen gut leben können. Wie die Geschichte fortlaufen wird, ist mir noch nicht ganz klar."

Hier trafen zwei junge Freunde zufällig, wie vom Schicksal auf verschiedenen Wegen getrieben, aufeinander in einem fremden Ort - jeder mit seinen eigenen gescheiterten Idealen; nun tasten sie in Finsternis umher, um einen Ausweg und neues Licht im Leben zu finden.

Am nächsten Morgen brachte Nyi Yin seinen Freund zu einem alten Hotel, wo ein junger Mann mit langen Haaren, gekleidet in Jeanshose und Jeansjacke, auf ihn und Thaung Htin gewartet hatte. Er war ein guter Bekannter von Nyi Yin und würde nun Thaung Htin auf dem Motorrad nach Tak bringen. Thaung Htin hatte ebenfalls für diese Reise eine Jeanshose und ein T-Shirt mit dem Aufdruck von Charles Bronsons grinsendem Gesicht angezogen, sodass er wie ein normaler Bursche vom Lande aussähe. Mit seinen langen welligen Haaren, die er seit seiner Rückkehr aus Magdeburg all die Jahre hindurch in Burma trotz heimlicher und öffentlicher Kritik seitens der Gut- oder Andersgemeinten und aus teils eigener Eitelkeit und Trotzreaktion seinerseits beibehalten hatte, sah er nun in dieser brisanten Stunde tatsächlich wie ein Teenager aus Thailand aus, was ihm einen Vorteil bringen würde. Nyi Yin gab dem jungen Mann fünfhundert-Baht für seine Dienste im voraus. Danach nahm er die Handtasche von Thaung Htin, in der seine gesamten Habseligkeiten -Tagebuch, eine Hose, ein Hemd, Zahnpasta und Zahnbüste - enthalten waren; die sollte per Sammeltaxi separat nach Tak geschickt werden, sodass nichts Verdächtiges an dem Burmesen haften blieb. Der junge Mann schaute auf die Gummisandalen Thaung Htins, schmunzelte ein Weilchen und gab ihm seine Sandalen, die einen hohen Absatz hatten und ein moderner und zeitgemäßer Typ waren, als die Thaung Htin anhatte. Hinterher war Thaung Htin aufgefallen, dass Thailänder nun solche Sandalen von altem Typ, den die Burmesen gewöhnlich noch anziehen, nicht mehr benutzten. Das könnte sogar den kontrollierenden Polizisten sehr auffällig und verdächtig vorkommen. Thaung Htin war innerlich dem aufmerksamen jungen Mann sehr dankbar. Nun sahen sie, die beiden, optisch perfekt so aus, als wären sie junge Leute, die aus Langeweile und Zeitvertreib von Mea Sot nach Tak unterwegs waren. Nyi Yin gab Thaung Htin eine Telefonnummer, die er in Bangkok im Notfall kontaktieren sollte und dann wünschte er ihm viel Glück beim Abschied. Nyi Yin wollte zuletzt einen Fünfhundert-Bahtschein ihm in die Hemdtasche stecken, aber Thaung lehnte dankend ab, da er nun bis Bangkok ausreichend mit Geldmittel ausgestattet sei.

„Ich danke dir vielmals, mein Freund, vielleicht kann ich es dir irgendwann im Leben wieder gutmachen", sagte Thaung Htin zum Abschied. Seitdem er diese mühselige lange Reise angetreten hatte, war er Menschen begegnet, die ihm aus der Misere geholfen hatten. Er fühlte sich verpflichtet, dass er besonders diesen Menschen gegenüber eines Tages seine Dankbarkeit erkennbar zeigen musste.

Das Motorrad raste auf der asphaltierten breiten Straße mit hoher Geschwindigkeit nach Osten, den hohen Bergen entgegen. Auf beiden Seiten der Straße waren nur ewig grüne Wälder, die aber durch bebaute Felder stellenweise abgelöst wurden. An manchen Stellen dominierten rote Gesteine, die sich von Norden nach Süden Kilometer weit erstreckten. Dann lösten stellenweise Eukalyptusbäume, mit ihren typischen hellen Blättern und Baumrinden, die Szene ab, bis südtropische Nutzholzbäume sie wieder beherrschten. Die Landstraße schlängelte sich durch die Täler, kletterte auf Bergkämme, lief manchmal neben einem rauschenden Bach, sauste steil herunter, fuhr auf einer flachen Ebene, passierte einige Male Brücken. Ab und zu wehte heftiger Wind aus Südwesten - die Botschaft des herannahenden Monsunregens. Thaung Htin dachte an die Worte seines Freundes Nyi Yins: „Es ist relativ sicher, mit dem Motorrad bei der polizeilichen Kontrolle durchzukommen, aber wie manchmal sich die Polizisten anstellen würden, weiß man nie vorher genau. Daher besonders an der Kontrollstelle die Augen aufhalten!"

Nun musste er sich darauf vorbereiten, wenn der schlimmste Fall eintreffen würde, d. h., wenn der Polizist ihn direkt fragen würde, was würde er antworten?

Dann würde ich sagen: ‚Ich verstehe nicht, meine Ohren sind nicht gut, das heiße in thailändisch: Mai Kauch Kyain. Hyu mai di Krap.'

Ja das stimmt, freute er sich zunächst auf den Einfall, wobei er ein paar brauchbare Wörter aus seinem bescheidenen thailändischen Wortschatz zusammenzimmern konnte. Er wiederholte einige Male den Satz, sodass es in der schwierigen Aussprache auch richtig funktionierte. Je mehr er aber den Satz wiederholte, schlich sich der Zweifel ein, ob ein echter Thailänder auch wirklich so sagen würde. Anstatt dass man sagt, seine Ohren seien nicht gut, wäre doch sprachlich sauberer und korrekter, zu sagen, er sei taub. ‚Taub', das ist der richtige Ausdruck. Ah, verflucht noch mal, ich kenne ja dieses Wort gar nicht in der thailändischen Sprache. Du, Idiot, hättest du eher dieses Wort nachgefragt, bereute er maßlos. Nun, bei dieser Geschwindigkeit war es ihm nicht möglich, seinen Vordermann danach zu fragen. Na, gut, dann hilft das nicht, also überlege scharf, was du noch machen könntest. Ich werde mich einfach als taubstumm darstellen. Wenn der Polizist mich fragt, mache ich einfach ein unverständliches Gesicht, Mund auf und ‚Ahhh…' sage. Das war's. Mehr kann ich aus meiner Sicht nicht viel veranstalten. Wenn er aber seinen Personalausweis herausholt und mir zeigt und von mir das Gleiche zu tun verlangen würde, dann wäre das das Ende meiner langen Reise. Er werde hinter der Gefängnismauer in Mae Sot monatelang sitzen, ja die Mauer, die er vor ein paar Wochen vom Haus Kyanthas, wo er übernachtet hatte, tagein und tagaus sich satt ansehen musste.

Als er weiter über den negativen Ausgang nachdenken wollte, merkte er, dass der junge Mann die Geschwindigkeit gedrosselt hatte und fuhr langsam entlang einer Biegung, da nach dreihundert Meter tauchte eine Polizeikontrollstelle auf der linken Seite der Straße auf. Der junge Mann wendete sich an ihn und sagte in Thailändisch: „Dtahm roo-ut Ra Wang..., Mai fut Krap." Es hieße: Achtung, Polizeikontrolle, nicht sprechen! Vielleicht hatte sein Partner auch vor, ihn als taubstumm anzugeben, dachte Thaung Htin und freute sich ein wenig.

Vor der Kontrollstelle hielten alle Privatautos und Sammeltaxis. Die Polizisten kontrollierten die Ausweise der Passagiere penibel und ließen erst danach die Autos passieren. Sein Motorrad näherte sich im Schritttempo langsam der Passierstelle und war nur noch ungefähr fünfzig Meter bis dahin entfernt. Dann kam ein Motorrad an die Reihe. Ein Polizist hielt an, fragte den Fahrer nach irgendetwas, was Thaung Htin nicht verstehen konnte, dann ließ er das Motorrad passieren.

Es wäre gut, wenn die Polizisten uns auch so einfach passieren lassen würden, dachte Thaung Htin mit merklich erhöhtem Herzklopfen. Ganz ruhig bleiben, Junge, sagte er und gemahnte sich, behutsam und unaufgeregt zu verhalten. Es waren nur noch zwanzig Meter; die Insassen von zwei Sammeltaxis, die vor ihm standen, wurden aufgefordert, auszusteigen und ihre Ausweise in der Hand zu halten. Ein Polizist kontrollierte die Ausweise, als das Motorrad von Thaung Htin langsam zur Kontrollschranke auf der parallelen Spur rollte. Ein anderer Polizist kam näher zum Motorrad, schaute den Fahrer und Thaung Htin ein Weilchen an, was für Thaung Htin eine Ewigkeit zu sein schien und sein Pulsschlag rasant stieg. Als zwei, drei Minuten, die sein weiteres Schicksal entscheiden würden, ob sein Weg in den Himmel oder in die Hölle zusteuerte, vorbei waren, gab der Polizist am Ende seiner Beobachtung den beiden einen Wink mit dem Kopf, dass das Motorrad weiterfahren konnte.

Gott sei Dank, seufzte Thaung Htin mit unbeschreiblicher Erleichterung, als wäre er just aus der Todeszelle entlassen. Es könnte auch genauso schief gehen und das Szenarium, in dem ihm die Handschellen angelegt wurden, war in Wahrheit nur Haaresbreite entfernt von seiner gegenwärtigen Freiheit gewesen. Je mehr man darüber nachdachte, wie der sogenannte

Erfolg oder Misserfolg, Glück oder Unglück vom Zufall begünstigt werden könnte, musste man zwangsläufig im Leben umso bescheidener sein. Das Motorrad raste wieder mit gewohnter Geschwindigkeit. Zwischen Mae Sot und Tak liegen Berge, die ca. fast tausendzweihundert Meter hoch sind. Eine Kontrollstelle hatten sie hinter sich gebracht. Eine andere Kontrollstelle sollte es noch zwischen den Bergen geben. Nun verdunkelte sich der Himmel, die Wolken zogen schnell von Südwesten kommend in Richtung Nordosten. Ein gewittriger Schauer setzte ein, als sie höher ins Gebirge eindrangen.

Der Regenschauer hatte sich glücklicherweise nicht verstärkt. Sie fuhren eine Weile auf einer ebenen Strecke, bevor sie eine Senke überquerten und kamen anschließend an eine Stelle, wo auf beiden Seiten der Straße ein kleines Stück Wald abgeholzt war. Er merkte, dass das Motorrad das Tempo verlangsamt hatte. Vor ihm sah er mehrere Fahrzeuge, die vor der Kontrollstelle Schlange standen. Nun kam für ihn die letzte entscheidende Schlacht. Wie würde er sie überstehen? Er sah, dass alle Passagiere aus dem Sammeltaxi aussteigen mussten, und alle Privatautos und Motorräder ohne anzuhalten weiterfuhren. Wenn sein Motorrad auch ohne Kontrolle durchkommen würde, wäre es das größte Glück, was der liebe Gott ihm jemals bescheren könnte. Aber Wunschtraum und Wirklichkeit waren im Leben oft nicht dasselbe.

Wie bei der ersten Kontrollstelle sagte der junge Mann ihm, dass er keinesfalls sprechen solle. Inzwischen löste ein junger Polizist den Kollegen ab und ließ alle Autos, sei es privat oder Sammeltaxi, und alle Motorräder anhalten. Als er die Kontrolle über die Autos übernahm, kontrollierte ein anderer Polizist auf der parallelen Spur die Motorräder. Das Motorrad Thaung Htins war nun nur noch zehn Meter entfernt von der Kontrollstelle und nur noch vier Motorräder vor ihm. Er sah, dass zwei junge Männer, zwei Insassen aus einem Sammeltaxi, von drei Polizisten aus der kontrollierten Menge gezerrt und abgeführt wurden, nachdem ihnen Handschellen angelegt worden waren. Ein Polizist sagte zu seinen anderen Kollegen: „Das sind die Burmesen."

Zwei verhaftete Burmesen sahen sehr armselig aus, jeder hatte eine Handtasche an der Schulter hängend. Sie wurden von allen Passagieren bemitleidet, jeder schaute mit teilnahmsvollen Augen, wie zwei unglückliche Burmesen ins Gebäude der Kontrollstelle verschleppt wurden.

Mittlerweile mussten der Fahrer und Beifahrer von den Motorrädern absteigen und eigene Personalausweise in der Hand halten. Der Polizist kontrollierte genau die Ausweise und ließ danach die Leute passieren. Nun war alles aus, das Schicksal Thaung Htins war schon besiegelt. Er konnte nur

noch ein paar Minuten Freiheit genießen, danach würde alles vorbei sein. Das Motorrad umdrehen, das ließ sich nicht mehr machen, es war schon zu spät. Just in dem Moment sah Thaung Htin einen thailändischen Motorradfahrer, der keinen Personalausweis vorweisen konnte, sich längere Zeit mit dem Polizisten unterhielt und doch am Ende die Weiterfahrt erlaubt wurde. Sein Vordermann, der auch die Szene genau beobachtet hatte, wandte sich zu Thaung Htin und sagte leise: „Keine Angst, nur nicht sprechen!"
Es war eine gut gemeinte Ermunterung für ihn, aber ihm war bewusst, dass sein Schicksal auf der Kippe stand. Zum Glück hatte er wie bei den vor Kurzem verhafteten zwei Burmesen keine Handtasche an der Schulter, die verdächtig erscheinen konnte. Daher bestand für ihn theoretisch eine kleine Chance, wenn sein Partner den Polizisten glauben machen konnte, dass dieser mit seinem taubstummen Cousin zum Besuch der Verwandten in Tak unterwegs sei, aber leider vergessen hätte, für seinen Cousin Ausweis extra einzustecken. Wenn der Polizist ihm glauben würde und durchgehen ließe ... Es gibt im Leben eines Menschen Momente, in denen man nie genau weiß, ob das Paradies oder die Hölle in nächster Sekunde auf ihn wartet, diese Erfahrung musste er nun noch mal machen. Aber die Wahrscheinlichkeit war zu gering, dass er damit durchkommen würde, zumal die Polizisten seit Jahren mit reichlicher Erfahrung ausgestattet waren, viele sich als Thailänder verstellte Burmesen, sei es aus dem Sammeltaxi oder vom Motorrad, herauszufischen und zu verhaften. In dieser brisanten Situation, in der für ihn alles verloren zu sein schien, wirkte er ziemlich gefasst, ohne jegliche Aufregung, weil es ihm gar nichts mehr nutzen würde. Ich muss mich auf das Schlimmste vorbereiten, wenn das zufällig nicht eintreffen sollte, habe ich eben Glück, sagte er in Gedanken zu sich. Er stellte sich seelisch und moralisch wie ein zu Tode geweihter Gefangener ein, als würde er bereits auf die Guillotine gebracht und wartete nur noch darauf, dass das Fallbeil ihm den Kopf vom Rumpf abtrennte.

Nun waren sie an der Reihe und standen vor dem Polizisten. Sein Partner holte seinen Personalausweis heraus, zeigte ihn und erklärte dem Polizisten ruhig, indem er auf Thaung Htin hinwies, dass dieser sein Cousin sei und leider taubstumm. Sein Onkel hätte ihn heute früh angerufen, sofort nach Tak zu kommen, da Oma auf dem Sterbebett lag. Da hatte er seinen Cousin abgeholt und war sofort losgefahren. Dabei hatte er vollkommen vergessen, den Personalausweis seines Cousins einzustecken. Der Polizist musterte Thaung Htin mehrmals von oben bis unten, fand aber äußerlich nichts Verdächtiges, das auf einen Burmesen hinweisen könnte. Das Gebaren eines Taubstummen tief verinnerlicht, blieb Thaung Htin währenddessen ganz ruhig, machte ein unbewegtes Gesicht, als ob ihn alles gar nicht anginge, obschon ein Schrecken ihm durch die Glieder fuhr.

„Ist er wirklich kein Burmese?", fragte der Polizist provozierend mit einem grinsenden Gesicht; um eventuelle Unsicherheitsmerkmale oder etwas Auffälliges aus Thaung Htin herauszulocken. Thaung Htin zog eher ein undefinierbares Gesicht, das auf nichts deuten ließ. Jedoch fühlte er die stechenden Augen des Polizisten, als ob ein Schreckgespenst ihn auf eine fürchterliche Folterbank spannte und seine Hände und Beine auseinanderzog, um ihn zum Reden zu zwingen. Du musst das durchstehen, egal wie, sagte er und stellte sich ganz dumm an. Sein Gesicht sah weder ängstlich noch gleichgültig aus. Nach einer Weile sagte der Polizist: „Ihr könnt weiterfahren."

Es war schon die Erlösung, aber sein Partner war zum Glück klug genug, nicht fieberhaft sofort loszufahren, was den Verdacht beim Polizisten eventuell nachträglich auslösen könnte, sondern ganz gemütlich unaufgeregt stieg er aufs Motorrad und ließ danach Thaung Htin Platz nehmen. Dann startete er ganz langsam das Motorrad. Thaung Htin sagte erleichtert, als käme er gerade aus der Hölle: „Gott, ich danke Dir."

Der Wind pfiff zwischen den grünen Blättern der unzähligen Bäume am Straßenrand, die Blätter schaukelten hin und her, die Äste und Zweige atmeten die frische Luft und lösten sich zuweilen aus ihrer starren Haltung. Die kleinen Regentropfen tanzten schon im Wind umher und hinterließen auf seinem Gesicht eine zarte Berührung. Ja, das waren die Tropfen des Monsuns, wie Mama Khine sagen würde. Eine heftige Windböe wirbelte alles auf, winzige Regentropfen glitten gemächlich wie Balletttänzer in der Luft, zuweilen schien es so, als hätten sie ihr Schicksal dem launischen Willen des Windes völlig überlassen. Die Tropfen des Monsuns fielen auf seine ausgestreckte Hand, er beobachtete die unzähligen Tropfen, in denen er die Gesichter seiner Freunde sah, die ihn in turbulenten Abschnitten seines Lebens in Burma und in unvergesslichen Jahren in Magdeburg begleitet hatten. Die Gesichter jener Freunde, die in seiner Seele unauslöschbar eingraviert waren, tauchten eine nach den anderen auf: Mama Khine, Nyi Yin, Tin Hlaing, Phru, Win Kyaw, Charlie, John, Eddy, Pho Kyaw, Tun Tun, Jürgen, Peter, Uwe, Otto, Robbi, Osmani, Wenzi, Ahmed usw. Er richtete nun den letzten Gruß an seine Freunde:

„Freunde, ich hoffe, dass ich euch irgendwann im Leben wieder umarmen kann. Mein Weg ist noch lang. Ich muss weiter, bis ich Ruhe gefunden habe. Daher, lebt wohl Freunde, lebt wohl."

WICHTIGE PERSONEN

Mitglieder der Reisegruppe

Thaung Htin	-	auch Dr. Maung Thaung Htin,
	-	Maung genannt
Mama Khine	-	weibliches Mitglied
Nyaing Aung	-	Goldschmied
Tha Tun	-	Reisebegleiter vom Nyaing Aung
Phati	-	ein Angehörige der Karen-Nationalität
Thein Wa,	-	Wegweiser

Personen in Mae Sot

Nyi Yin	-	ein Jugendfreund von Thaung Htin
U Hla Bu	-	Makler für Edelsteingeschäft
Ma Ei Nwe	-	Maklerin für Edelsteingeschäft
Kyantha	-	Gefängnisverwalter,
	-	Schwager von Ma Ei Nwe
Ahtan	-	Polizist, Ehemann von Ma Ei Nwe,
	-	jüngerer Bruder von Kyantha
Ko Win	-	Makler für Edelsteingeschäft
Ba Yin	-	Edelsteinhändler
Baw Lal	-	Edelsteinhändler
Aung Myint	-	Edelsteinhändler
Mya Than	-	Edlesteinhändler
PFB	-	Patriotische Front Burmas

Personen von der RIT

RIT	-	Rangoon Institut of Technology
	-	(Technische Universität Rangun)
Phru	-	auch Dr. Saw Phru,
Tin Hlaing	-	auch Dr. Tin Hlaing, Dozent
Win Kyaw	-	auch Ko Win Kyaw, wiss. Assistent
Dr. San Tint	-	auch Ko San Tint, Dozent
Dr. Aung Gyi	-	Rektor
Dr. Khin Maung Win	-	Dozent
U Aung Than	-	Dozent
Aung Soe	-	auch Dr. Aung Soe, Dozent
U Tin Hlaing	-	Dozent
Ma Cho Cho,	-	wissenschaftliche Assistentin

Freunde und Mitarbeiter von CRO

CRO	- Central Research Organisation
	- (Institut für Forschung)
Ko Maung Maung	- Mitarbeiter in CRO
John Tun Mya	- auch John , Mitarbeiter in CRO
Charlie Cho	- auch Charlie, Mitarbeiter in CRO

Verwandten von Thaung Htin

Ma Khin Htay	- jüngere Schwester von Thaung Htin
Ma Khin Kyi	- ältere Schwester von Thaung Htin
Ma Lay	- Nichte von Thaung Htin
Thu Maw	- auch Ko Thu Maw,
	- jüngerer Bruder von Thaung Htin
U Waing	- Vater von Thaung Htin
Ko Khin Maung	- älterer Bruder von Thaung Htin
U Tun Pe	- Schwager von Thaung Htin, Ehemann
	- der älteren Schwester Ma Khin Kyi
Daw Soe Mu	- Tante von Ma Lay,
Hla Nyint	- Cousin von Ma Lay, Sohn der Daw Soe Mu
Kyi Aung	- auch Maung Aung Kyi, Ko Kyi Aung,
	- Freund von Ma Lay
Phone Myint	- auch Ko Phone Myint , Nachbar
	- und Freund von Thaung Htin
Pho Kyaw	- auch Tun Aung Kyaw, Freund
Tun Tun	- Bruder von Pho Kyaw

Historische Personen

Aung San	- auch Ko Aung San, auch Bojoke Aung San
	- (1915-1947),Nationalheld Burma verehrt
	- von allen Burmesen, Vater der heutigen
	- Politikerin Aung San Su Kyi
Ko Nu	- auch U Nu (1907 – 1995), Ministerpräsident
	- Burmas (1948 – 1961)
U Thant	- (1909-1974), Generalsekretär der
	- UNO (1961 – 1971)

U Tin Htut	-	(1902-1948), Brigadegeneral Tin Htut(1948),
	-	Chefredakteur der Zeitung Nwe Times of
	-	Burma, ermordet in 1948
U Tun Hla Aung	-	(1902-1960), Chefermittler im Mordprozess der
	-	Nationalhelden Aung San und seine Kabinettsmit-
	-	glieder, durch seine Arbeit wurden die Attentäter
	-	U Saw und Beteiligten unverzüglich verhaftet und
	-	verurteilt worden,
Kyaw Zaw	-	(1919-), Brigadegeneral, Mitglied der Dreißigkame-
	-	raden, die mit Aung San für die Unabhängigkeit
	-	gekämpft hatten, verehrt vom Volk, 1957 Amtes
	-	enthoben vom General Ne Win
General Tin Oo	-	(1927-), Armeechef (1974-1976), verehrt von
	-	Armee und Volk, in 1976 Amtes enthoben von
	-	Ne Win, jetzige stellvertretende Vorsitzender der Oppositionspartei NLD
Tin Maung Oo	-	(1951-1976), Salai Tin Maung Oo, Studenten-
	-	führer, vom Militärjunta zu Tode verurteilt und
	-	in Juni 1976 hingerichtet
Ohn Kyaw Myint	-	(1942-1977), Hauptmann Ohn Kyaw Myint,
	-	wegen Versuch des Attentats auf Diktator Ne Win
	-	zu Tode verurteilt und hingerichtet in Juli 1977
Ne Win	-	(1911-2002), auch Gereral Ne Win, Diktator
	-	Burmas (1962 – 1988), Spitzname: Nr. 1
Shu Maung	-	Jugendname von Ne Win
Oberst Aung Gyi	-	(1918-2012) fähigste Mitglied der Militärjunta, in
	-	1963 Amtes enthoben von Ne Win
Oberst Tin Oo	-	(1930-1992) Geheimdienstchef, Spitzname:
	-	One-and-half(anderthalb), 1983 geschasst von Ne Win
Khin May Than	-	1973 verstorbene Ehefrau des Diktators Ne Wins
U Saw	-	(1900-1948), Galon U Saw, Ministerpräsident in
	-	Kolonialzeit(1940-1942), gehängt wegen Attentat
	-	auf Aung San und dessen Kabinettsmitglieder

GLOSSAR

Ko	-	höfliche Anrede für gleichaltrige männliche Personen
	-	z.b. Ko San Tint; bedeutet: Bruder San Tint
Maung	-	Anrede für jüngere männliche Personen, z.b.
	-	Maung Thaung Htin = Brüderchen Thaung Htin
U	-	höfliche Anrede für ältere männliche Personen,
	-	z.b. U Aung Hla, bedeutet: Herr oder Onkel
Ma	-	Anrede für jüngere oder gleichaltrige weibliche
	-	Personen, z.b. Ma Cho Cho = Schwester Cho Cho
Daw	-	höfliche Anrede für ältere weibliche Personen,
	-	bedeutet Frau oder Tante, z.b. Daw Soe Mu
	-	bedeutet: Frau Soe Mu oder Tante Soe Mu
Ako oder	-	Höfliche Anrede für älteren Bruder,
Koko	-	z.b. Ako Thu Maw, bedeutet: älterer Bruder Thu Maw
Akogyi	-	höfliche Anrede ebenfalls für großen älteren Bruder,
	-	bedeutet: großer Bruder (älter als Koko oder Ako)
Mama	-	Höfliche Anrede für ältere Schwester
Saya	-	höfliche Anrede für Lehrer oder Dozenten
	-	z.b. Saya U San Tint , bedeutet: Lehrer u San Tint,
	-	vergleichbar mit " Sir "
Sayama	-	höfliche Anrede für Lehrerin oder Dozentin
Kyat	-	burmesische Währung, 1 USD = ca. 800 Kyats
Pya	-	kleinste burmesische Währung
	-	100 Pyas = 1 Kyat
Tamein	-	Wickelrock für Frauen
Longyi	-	Wickelrock für Männer
Bangkoke-Longyi	-	Longyi aus Bangkoke-Seide
Tamarpin	-	Baum der Gattung Tragant (Astragalus),
	-	wachsen in Mittelburma
Shan	-	eine Nationalität, die im östlichem Teil Burmas leben.
Karen	-	eine Nationalität, leben im südöstlichen Teil Burma
Karenni	-	Teil der Karen, die gegen Zentralregierung Burmas
	-	ankämpfen
Kawthulay	-	Befreiungsarmee der Karen-Bevölkerung
Nat	-	Geist, Geister

Natkadaw	-	Gemahlin des Geistes; Person, durch die
	-	Geister mit Menschen kommunizieren
Nat-Befragung	-	Geisterbefragung
Seepotlate	-	leichte grüne Zigarre
Piyaze	-	Saubermittel, Frauen zu imponieren.
Shin Pyu Pye	-	Rituelle Zeremonie zum Eintritt ins Noviziat
Bojoke	-	General, z.b. Bojoke Aung San
RASU	-	Rangoon Arts und science University
	-	Rangun Universität für Geistes- &
	-	Naturwissenschften
BSPP	-	Burmesische Sozialistische Programm Partei

Nachwort

Es wäre mir unmöglich gewesen, über den Diktator General Ne Win ausführlich zu schreiben, wenn es vorher eine detaillierte journalistische Recherche des 2008 verstorbenen burmesischen Journalisten U Thaung („Dubiose Machenschaften des Generals Ne Win" erschienen in Burmesisch in 2001) nicht gegeben hätte. Glücklicherweise hatte ich 2006 Gelegenheit, mit U Thaung mehrere Male telefonisch über sein Buch zu sprechen, als er noch in Florida lebte. Ich berichtete ihm damals über mein Vorhaben, politische Geschehenisse in Burma vor und nach zweitem Weltkrieg in Zusammenhang mit dem Werdegang des Diktators Ne Win in belletristischer Form dem breiten Leserpublikum zugänglich zu machen. U Thaung ermunterte mich ausdrücklich, mein Vorhaben unbedingt zu realisieren. Dafür bin ich ihm sehr zu Dank verpflichtet. Ebenfalls wurden die historischen Fakten aus den vorhandenen Quellen verwendet, um nur einige zu nennen: Biografie des Generals Ne Win (von Dr. Maung Maung), Burma under the Japanese (von U Nu), Saturday Son (von U Nu), Who kill Aung San (Khin Oung), Memories of the Earl of Listowel(über den Nationalhelden Aung San 1948), Grandfather Longlegs (über Major Seagrim und die Karen-Nationalität von Ian Morrison in 1946) und diverse Artikel über Aung San.

Viel zu danken habe ich meinem Freund Nwe Aung für eine Reihe von wertvollen Zeitungsartikeln über den Verschwörungsprozess gegen Hauptmann Ohn Kyaw Myint und seine Mitstreiter. Ebenfalls bei Ko Zaw Lwin, der mir viele Informationen über das Leben der burmesischen Befreiungskämpfer an der thailändischen Grenze gegeben hatte, und bei meinen Freunden Dr. Than Tun und Khin Mg Saw für eine Reihe von wertvollen Auskünften möchte ich mich vielmals bedanken. Kipp Koh Lian, der mir bei der Recherche über den Studentenführer Salai Tin Maung Oo und dessen Familienmitglieder viel geholfen hatte, bin ich zu Dank verpflichtet. Sehr dankbar bin ich meinem Freund Dr. Gholam Quader, der sich all die Jahre bei jedem Computerproblem sofort geeilt, damit mir die ständige Schreibarbeit ermöglicht, und stets mit angeregten Diskussionen mir zur Seite gestanden hatte. Mein besonderer Dank gilt meinen Lektorinnen Barbara Quader, Marita Peichl, Garlinde Than, Eva Grigoleit und zuletzt Heinz Gädike für ihre mühevolle Arbeit und wertvolle Hinweise. Vor allem danke ich Frau Jutta Kahle vielmals für ihre akribisch geleistete Arbeit, mein Buch professionell zu lektorieren.

Printed in Poland
by Amazon Fulfillment
Poland Sp. z o.o., Wrocław